古文辞类纂

上

〔清〕姚鼐 编

长江出版传媒
崇文书局

图书在版编目（CIP）数据

古文辞类纂 /（清）姚鼐编．
—武汉 ：崇文书局，2017.5（2018.5 重印）
ISBN 978-7-5403-4388-0
Ⅰ．①古…
Ⅱ．①姚…
Ⅲ．①古典散文－散文集－中国
Ⅳ．① I262

中国版本图书馆 CIP 数据核字（2017）第 083131 号

古文辞类纂

策　　划　万文社
责任编辑　高　娟
出版发行　长江出版传媒｜崇文书局
地　　址　武汉市雄楚大街 268 号 C 座 11 层
电　　话　(027)87293001　邮政编码　430070
印　　刷　三河市荣展印务有限公司
开　　本　787mm×1092mm　　1/16
印　　张　53.25
字　　数　772 千字
版　　次　2017 年 5 月第 1 版
印　　次　2018 年 5 月第 4 次印刷
定　　价　138.00 元

（如发现印装质量问题，影响阅读，请与承印厂调换）

出版说明

《古文辞类纂》是清代学者姚鼐编纂的一部古文总集。全书共七十五卷，选录自先秦时代到清代的古文名家散文、辞赋作品七百余篇，按文体分为论辨、序跋、奏议、书说、赠序、诏令、传状、碑志、杂记、箴铭、颂赞、辞赋、哀祭等十三类，加以校勘和点评。

姚鼐（1731—1815），字姬传，室名惜抱轩，安徽桐城人，是清代著名的桐城派文学家和理论家，与方苞、刘大櫆并称为“桐城三祖”。他编纂的这部《古文辞类纂》充分体现了桐城派的文学主张，是清末至民国时期具有重要影响力的一部古文选本，长期以来一直获得读者们的好评。晚清的另一位文学家吴汝纶曾称誉道：“姚选《古文》为古文第一善本。”

《古文辞类纂》的一大特色在于选目。此书重点选择了先秦、两汉、唐宋八大家、明代归有光和清代桐城派的文章，突出了姚鼐推崇的文学典范，体现了要求言之有物、言之有序的“桐城义法”。而姚鼐为各篇文章所添加的评语也有独到之处。无论是指出文章流变的线索，揭示不同作家之间的渊源关系，还是对作品进行艺术分析，对错句讹字进行校勘，皆不乏精辟的见解。

《古文辞类纂》在姚鼐生前并无刊刻。嘉庆、道光年间，陆续有根据姚鼐中年订本刊刻的康绍镛刊刻本和根据姚鼐晚年订本刊刻的吴启昌刊刻本出现，然皆未臻完备。至光绪年间，李承渊得姚鼐晚年圈点本，又取康、吴二本与之对校，勘定付梓，称为李氏求要堂本，最为精善。本次我们即选取根据李氏求要堂本刊印的中华书局四部备要1924年铅印本为底本整理出版，以飨读者。整理过程中，我们将原书断句改为现行新式标点，将繁体竖排改为简体横排，酌改了原书中个别明显有误的错字，最大可能地保留了原版的风貌。由于编者水平所限，整理未当之处在所难免，敬请读者不吝指正。

序

鼐少闻古文法于伯父姜坞先生及同乡刘耕南先生，少究其义，未知深学也。其后游宦数十年，益不得暇，独以幼所闻者，置之胸臆而已。乾隆四十年，以疾请归，伯父前卒，不得见矣。刘先生年八十，犹喜谈说，见则必论古文。后又二年，余来扬州，少年或从问古文法。夫文无所谓古今也，惟其当而已。得其当，则《六经》至于今日，其为道也一。知其所以当，则于古虽远，而于今取法，如衣食之不可释；不知其所以当，而敝弃于时，则存一家之言，以资来者，容有俟焉。于是以所闻习者，编次论说，为《古文辞类纂》。其类十三：曰论辨类、序跋类、奏议类、书说类、赠序类、诏令类、传状类、碑志类、杂记类、箴铭类、颂赞类、辞赋类、哀祭类。一类内而为用不同者，别之为上下编云。

论辨类者，盖原于古之诸子，各以所学著书诏后世。孔孟之道与文，至矣。自老、庄以降，道有是非，文有工拙。今悉以子家不录，录自贾生始。盖退之著论，取于《六经》、孟子，子厚取于韩非、贾生，明允杂以苏、张之流，子瞻兼及于庄子。学之至善者神合焉；善而不至者貌存焉。惜乎子厚之才，可以为其至，而不及至者，年为之也。

序跋类者，昔前圣作《易》，孔子为作《系辞》《说卦》《文言》《序卦》《杂卦》之传，以推论本原，广大其义。《诗》《书》皆有序，而《仪礼》篇后有记，皆儒者所为。其馀诸子，或自序其意，或弟子作之，《庄子·天下篇》《荀子》末篇皆是也。余撰次古文辞，不载史传，以不可胜录也。惟载太史公、欧阳永叔表、志、叙、论数首，序之最工者也。向、歆奏校，书各有序，世不尽传，传者或伪。今存子政《战国策序》一篇，著其概。其后目录之序，子固独优已。

奏议类者，盖唐、虞、三代圣贤陈说其君之辞，《尚书》具之矣。周衰，列国臣子为国谋者，谊忠而辞美，皆本《谟》《诰》之遗，学者多诵之。其载《春秋》内外传者不录，录自战国以下。汉以来有表、奏、疏、议、上书、封事之异名，其实一类。惟对策虽亦臣下告君之辞，而其体少别，故置之下编。两苏应制举时所进《时务策》，又以附对策之后。

书说类者，昔周公之告召公，有《君奭》之篇。春秋之世，列国士大夫或面相告语，或为书相遗，其义一也。战国说士，说其时主，当委质为臣，则入之奏议；其已去国，或说异国之君，则入此编。

赠序类者，老子曰："君子赠人以言。"颜渊、子路之相违，则以言相赠处。梁王觞诸侯于范台，鲁君择言而进，所以致敬爱陈忠告之谊也。唐初赠人始以序名，作者亦众。至于昌黎，乃得古人之意，其文冠绝前后作者。苏明允之考名"序"，故苏氏讳"序"，或曰引，或曰说。今悉依其体，编之于此。

诏令类者，原于《尚书》之《誓》《诰》。周之衰也，文诰犹存。昭王制，肃强侯，所以悦人心而胜于三军之众，犹有赖焉。秦最无道，而辞则伟。汉至文、景，意与辞皆美矣，后世无以逮之。光武以降，人主虽有善意，而辞气何其衰薄也？檄令皆谕下之辞，韩退之《鳄鱼文》，檄令类也，故悉附之。

传状类者，虽原于史氏，而义不同。刘先生云："古之为达官名人传者，史官职之。文士作传，凡为圬者、种树之流而已。其人既稍显，即不当为之传，为之行状，上史氏而已。"余谓先生之言是也。虽然，古之国史立传，不甚拘品位，所记事犹详。又实录书人臣卒，必撮序其平生贤否。今实录不纪臣下之事，史馆凡仕非赐谥及死事者，不得为传。乾隆四十年定一品官乃赐谥，然则史之传者，亦无几矣。余录古传状之文，并纪兹义，使后之文士得择之。昌黎《毛颖传》，嬉戏之文，其体传也，故亦附焉。

碑志类者，其体本于《诗》，歌颂功德，其用施于金石。周之时，有石鼓刻文，秦刻石于巡狩所经过，汉人作碑文，又加以序。序之体，盖秦刻琅邪具之矣。茅顺甫讥韩文公碑序异史迁，此非知言。金石之文，自与史家异体，如文公作文，岂必以效司马氏为工耶？志者，识也。或立石墓上，或埋之圹中，古人皆曰志。为之铭者，所以识之之辞也。然恐人观之不详，故又为序。世或以石立墓上曰碑，曰表，埋乃曰志，及分志、铭二之，独呼前序曰志者，皆失其义。盖自欧阳公不能辨矣。墓志文，录者尤多，今别为下编。

杂记类者，亦碑文之属。碑主于称颂功德，记则所记大小事殊，取义各异，故有作序与铭诗全用碑文体者，又有为纪事而不以刻石者。柳子厚纪事小文，或谓之序，然实记之类也。

箴铭类者，三代以来，有其体矣。圣贤所以自戒警之义，其辞尤质，而意尤深。若张子作《西铭》，岂独其理之美耶？其文固未易几也。

颂赞类者，亦《诗·颂》之流，而不必施之金石者也。

辞赋类者，《风》《雅》之变体也，楚人最工为之，盖非独屈子而已。余尝谓《渔父》及《楚人以弋说襄王》《宋玉对王问遗行》，皆设辞无事实，皆辞赋类耳。太史公、刘子政不辨，而以事载之，盖非是。辞赋固当有韵，然古人亦有无韵者，以义在托讽，亦谓之赋耳。汉世校书，有《辞赋略》，其所列者甚当。昭明太子《文选》，分体碎杂，其立名多可笑者，后之编集者，或不知其陋而仍之。余今编辞赋，一以汉略为法。古文不取六朝人，恶其靡也。独辞赋则晋、宋人犹有古人韵格存焉。惟齐、梁以下，则辞益俳而气益卑，故不录耳。

哀祭类者，《诗》有《颂》，《风》有《黄鸟》《二子乘舟》，皆其原也。楚人之辞至工，后世惟退之、介甫而已。

凡文之体类十三，而所以为文者八：曰神、理、气、味、格、律、声、色。神、理、气、味者，文之精也；格、律、声、色者，文之粗也。然苟舍其粗，则精者亦胡以寓焉？学者之于古人，必始而遇其粗，中而遇其精，终则御其精者而遗其粗者。文士之效法古人，莫善于退之，尽变古人之形貌，虽有摹拟，不可得而寻其迹也。其他虽工于学古，而迹不能忘，扬子云、柳子厚，于斯盖尤甚焉，以其形貌之过于似古人也。而遽摈之谓不足与于文章之事，则过矣。然遂谓非学者之一病，则不可也。

乾隆四十四年秋七月，桐城姚鼐纂集序目

目录

卷二十七　书说类三

卷二十八　书说类四

卷二十九　书说类五

卷一　论辨类一

过秦论上

贾　生

秦孝公据崤、函之固，拥雍州之地，君臣固守，以窥周室，有席卷天下、包举宇内、囊括四海之意，并吞八荒之心。当是时，商君佐之，内立法度，务耕织，修守战之备；外连衡而斗诸侯。于是秦人拱手而取西河之外。

孝公既没，惠王、武王蒙故业，因遗册，南兼汉中，西举巴蜀，东割膏腴之地，收要害之郡。诸侯恐惧，会盟而谋弱秦，不爱珍器、重宝、肥美之地，以致天下之士，合从缔交，相与为一。当是时，齐有孟尝，赵有平原，楚有春申，魏有信陵。此四君者，皆明智而忠信，宽厚而爱人，尊贤重士，约从离横，并韩、魏、燕、楚、齐、赵、宋、卫、中山之众。于是六国之士，有宁越、徐尚、苏秦、杜赫之属为之谋，齐明、周最、陈轸、昭滑、楼缓、翟景、苏厉、乐毅之徒通其意，吴起、孙膑、带佗、兒良、王廖、田忌、廉颇、赵奢之朋制其兵。尝以十倍之地，百万之众，叩关而攻秦。《汉书》作仰关，《史记》作叩。鼐按：对下开关，字作叩为当。师古乃讥作叩字是流俗本，非也。秦人开关延敌，九国之师，逡巡遁逃而不敢进。秦无亡矢遗镞之费，而天下诸侯已困矣。于是从散约解，争割地而奉秦。秦有余力而制其敝，追亡逐北，伏尸百万，流血漂卤。因利乘便，宰割天下，分裂河山。强国请服，弱国入朝。

延及孝文王、庄襄王，享国日浅，国家无事。及至秦王，篇中秦王字，《史记》本如此，《汉书》俱作始皇。鼐按:《陈政事疏》亦称始皇为秦王，似谊恶暴秦，不称其谥。奋六世之余烈，振长策而御宇内，吞二周而亡诸侯，履至尊而制六合，执棰柎以鞭笞天下，威振四海。南取百越之地，以为桂林、象郡。百越之君，俯首系颈，委命下吏。乃使蒙恬北筑长城而守藩篱，却匈奴七百余里。胡人不敢南下而牧马，士不敢弯弓而报怨。于是废先王之道，焚百家之言，以愚黔首。堕名城，杀豪俊，收天下之兵聚之咸阳，销锋铸镰，以为金人十二，以弱黔首之民。然后斩华为城，因河为池，据亿丈之城，临不测之溪以为固。良将劲弩，守要害之处；信臣精卒，陈利兵而谁何。天下已定，秦王之心，自以为关中之固，金城千里，子孙帝王万世之业也。

秦王既没，馀威震于殊俗。陈涉瓮牖绳枢之子，甿隶之人，而迁徙之徒，才能不及中人，非有仲尼、墨翟之贤，陶朱、猗顿之富；蹑足行伍之间，而倔起什伯之中，率罢散之卒，将数百之众，而转攻秦，斩木为兵，揭竿为旗，天下云集响应，赢粮而景从，山东豪俊，遂并起而亡秦族矣。

且夫天下非小弱也。雍州之地，崤、函之固，自若也。陈涉之位，非尊于齐、楚、燕、赵、韩、魏、宋、卫、中山之君；锄櫌棘矜，非锬于句戟长铩也；适戍之众，非抗于九国之师；深谋远虑，行军用兵之道，非及乡时之士也。然而成败异变，功业相反也。试使山东之国，与陈涉度长絜大，比权量力，则不可同年而语矣。然秦以区区之地，千乘之权，招八州而朝同列，百有余年矣，然后以六合为家，崤、函为宫。一夫作难而七庙隳，身死人手，为天下笑者，何也？仁义不施，而攻守之势异也。固是合后二篇，义乃完，然首篇为特雄骏闳肆。

过秦论中

贾　生

秦并海内，兼诸侯，南面称帝，以养四海，天下之士斐然向风。若是者何也？曰：近古之无王者久矣，周室卑微，五霸既没，令不行于天下。

是以诸侯力政，强侵弱，众暴寡，兵革不休，士民罢敝。今秦南面而王天下，是上有天子也。既元元之民冀得安其性命，莫不虚心而仰上。当此之时，守威定功，安危之本，在于此矣。

秦王怀贪鄙之心，行自奋之智，不信功臣，不亲士民，废王道，立私权，禁文书而酷刑法，先诈力而后仁义，以暴虐为天下始。夫并兼者高诈力，安定者贵顺权：此言取与守不同术也。秦离战国而王天下，其道不易，其政不改，是其所以取之守之者异也。孤独而有之，故其亡可立而待。借使秦王计上世之事，并殷周之迹，以制御其政，后虽有淫骄之主，而未有倾危之患也。故三王之建天下，名号显美，功业长久。

今秦二世立，天下莫不引领而观其政。夫寒者利裋褐，而饥者甘糟糠。天下之嗷嗷，新主之资也。此言劳民之易为仁也。向使二世有庸主之行而任忠贤，臣主一心而忧海内之患，缟素而正先帝之过；裂地分民以封功臣之后；建国立君以礼天下；虚囹圄而免刑戮，除去收帑污秽之罪，使各反其乡里；发仓廪，散财币，以振孤独穷困之士；轻赋少事，以佐百姓之急；约法省刑，以持其后，使天下之人皆得自新，更节修行，各慎其身；塞万民之望，而以威德与天下。天下集矣，即四海之内，皆欢然各自安乐其处，惟恐有变。虽有狡猾之民，无离上之心，则不轨之臣，无以饰其智，而暴乱之奸止矣。

二世不行此术，而重之以无道，坏宗庙与民更始，作阿房宫；繁刑严诛，吏治刻深；赏罚不当，赋敛无度；天下多事，吏弗能纪，百姓困穷而主弗收恤。然后奸伪并起，而上下相遁，蒙罪者众，刑戮相望于道，而天下苦之。自君卿以下，至于众庶，人怀自危之心，亲处穷苦之实，咸不安其位，故易动也。是以陈涉不用汤、武之贤，不借公侯之尊，奋臂于大泽，而天下响应者，其民危也。故先王见始终之变，知存亡之机。是以牧民之道，务在安之而已。天下虽有逆行之臣，必无响应之助矣。故曰“安民可与行义，而危民易与为非”，此之谓也。贵为天子，富有天下，身不免于戮杀者，正倾非也。是二世之过也。

过秦论下

贾　生

秦并兼诸侯山东三十余郡，缮津关，据险塞，修甲兵而守之。然陈涉以戍卒散乱之众数百，奋臂大呼，不用弓戟之兵，锄耰白梃，望屋而食，横行天下，秦人阻险不守，关梁不阖，长戟不刺，强弩不射。楚师深入，战于鸿门，曾无藩篱之艰。于是山东大扰，诸侯并起，豪俊相立。秦使章邯将而东征。章邯因以三军之众，要市于外，以谋其上。群臣之不信，可见于此矣。子婴立，遂不寤。藉使子婴有庸主之才，仅得中佐，山东虽乱，秦之地可全而有，宗庙之祀，未当绝也。

秦地被山带河以为固，四塞之国也。自缪公以来至于秦王，二十余君，常为诸侯雄。岂世世贤哉？其势居然也。且天下尝同心并力而攻秦矣。当此之世，贤智并列，良将行其师，贤相通其谋，然困于阻险而不能进，秦乃延入战而为之开关，百万之徒逃北而遂坏。岂勇力智慧不足哉？形不利，势不便也。秦小邑并大城，守险塞而军，高垒毋战，闭关据阨，荷戟而守之。诸侯起于匹夫，以利合，非有素王之行也；其交未亲，其下未附，名为亡秦，其实利之也。彼见秦阻之难犯也，必退师安土息民，以待其敝，收弱扶罢以令大国之君，不患不得意于海内。贵为天子，富有天下，而身为禽者，其救败非也。

秦王足己不问，遂过而不变；二世受之，因而不改，暴虐以重祸；子婴孤立无亲，危弱无辅。三主惑而终身不悟，亡，不亦宜乎？当此时也，世非无深虑知化之士也，然所以不敢尽忠拂过者，秦俗多忌讳之禁，忠言未卒于口，而身为戮没矣。故使天下之士，倾耳而听，重足而立，钳口而不言。是以三主失道，忠臣不敢谏，知士不敢谋，天下已乱，奸不上闻，岂不哀哉！

先王知雍蔽之伤国也，故置公卿大夫士，以饰法设刑而天下治。其强也，禁暴诛乱而天下服；其弱也，五伯征而诸侯从；其削也，内守外附而社稷存。故秦之盛也，繁法严刑而天下振；及其衰也，百姓怨望而海内畔矣。故周五序得其道，而千余岁不绝；秦本末并失，故不长久。

由此观之，安危之统。相去远矣。野谚曰："前事之不忘，后事之师也。”是以君子为国，观之上古，验之当世，参以人事，察盛衰之理，审权势之宜，去就有序，变化应时，故旷日长久，而社稷安矣。

论六家要指

太史公谈

《易大传》：“天下一致而百虑，同归而殊途。”夫阴阳、儒、墨、名、法、道德，此务为治者也，直所从言之异路，有省不省耳。

尝窃观阴阳之术，大祥而众忌讳，使人拘而多所畏；然其序四时之大顺，不可失也。儒者博而寡要，劳而少功，是以其事难尽从；然其序君臣父子之礼，列夫妇长幼之别，不可易也。墨者俭而难遵，是以其事不可偏循；然其强本节用，不可废也。法家严而少恩；然其正君臣上下之分，不可改矣。名家使人俭而善失真；然其正名实，不可不察也。道家使人精神专一，动合无形，赡足万物；其为术也，因阴阳之大顺，采儒、墨之善，撮名、法之要，与时迁移，应物变化，立俗施事，无所不宜，指约而易操，事少而功多。儒者则不然，以为人主天下之仪表也，主倡而臣和，主先而臣随，如此，则主劳而臣逸。至于大道之要，去健羡，绌聪明，释此而任术。夫神大用则竭，形大劳则敝，形神骚动，欲与天地长久，非所闻也。

夫阴阳，四时、八位、十二度、二十四节，各有教令，顺之者昌，逆之者不死则亡，未必然也，故曰“使人拘而多畏”。夫春生夏长、秋收冬藏，此天道之大经也，弗顺则无以为天下纲纪。故曰“四时之大顺，不可失也”。

夫儒者以六艺为法，六艺经传以千万数，累世不能通其学，当年不能究其礼，故曰“博而寡要，劳而少功”。若夫列君臣父子之礼，序夫妇长幼之别，虽百家弗能易也。

墨者亦尚尧舜道，言其德行曰：“堂高三尺，土阶三等，茅茨不翦，采椽不刮。食土簋，啜土刑，粝粱之食，藜藿之羹，夏日葛衣，冬日鹿裘。”其送死，桐棺三寸，举音不尽其哀；教丧礼，必以此为万民之率。使天下法若此，则尊卑无别也。夫世异时移，事业不必同，故曰“俭而难遵”。要曰强本节用，则人给家足之道也。此墨子之所长，虽百家弗能废也。

法家不别亲疏，不殊贵贱，一断于法，则亲亲尊尊之恩绝矣，可以行一时之计，而不可长用也，故曰“严而少恩”。若尊主卑臣，明分职不得相逾越，虽百家弗能改也。

名家苛察缴绕，使人不得反其意，专决于名而失人情，故曰“使人俭而善失真”。若夫控名责实，参伍不失，此不可不察也。

道家无为，又曰无不为。其实易行，其辞难知。其术以虚无为本，以因循为用，无成势，无常形，故能究万物之情；不为物先，不为物后，故能为万物主。有法无法，因时为业；有度无度，因物与合。故曰“圣人不朽，时变是守”。虚者，道之常也，因者，君之纲也，群臣并至，使各自明也。其实中其声者谓之端，实不中其声者谓之窾。窾言不听，奸乃不生；贤不肖自分，白黑乃形。在所欲用耳，何事不成！乃合大道，混混冥冥，光耀天下，复反无名。凡人所生者神也，所托者形也；神大用则竭，形大劳则敝，形神离则死。死者不可复生，离者不可复反，故圣人重之。由是观之，神者生之本也，形者生之具也。不先定其神，而曰我有以治天下，何由哉？

卷二　论辨类二

原道

韩退之

博爱之谓仁，行而宜之之谓义，由是而之焉之谓道，足乎己无待于外之谓德。仁与义为定名，道与德为虚位。故道有君子小人，而德有凶有吉。

老子之小仁义，非毁之也，其见者小也。坐井而观天，曰“天小”者，非天小也，彼以煦煦为仁，孑孑为义，其小之也则宜。其所谓道，道其所道，非吾所谓道也；其所谓德，德其所德，非吾所谓德也。凡吾所谓道德云者，合仁与义言之也，天下之公言也；老子之所谓道德云者，去仁与义言之也，一人之私言也。

周道衰，孔子没，火于秦，黄、老于汉，佛于晋、魏、梁、隋之间。其言道德仁义者，不入于杨，则入于墨，不入于老，则入于佛。入于彼，必出于此。入者主之，出者奴之，入者附之，出者污之。噫！后之人其欲闻仁义道德之说，孰从而听之？老者曰：“孔子，吾师之弟子也。”佛者曰：“孔子，吾师之弟子也。”为孔子者，习闻其说，乐其诞而自小也，亦曰吾师亦尝师之云尔。不惟举之于其口，而又笔之于其书。噫！后之人，虽欲闻仁义道德之说，其孰从而求之？甚矣，人之好怪也！不求其端，不讯其末，论仁义道德，是求其端。自“古之为民”以下五段，皆讯其末之事。惟怪之欲闻。

古之为民者四，今之为民者六；古之教者处其一，今之教者处其三。

农之家一，而食粟之家六；工之家一，而用器之家六；贾之家一，而资焉之家六。奈之何民不穷且盗也！

古之时，人之害多矣。有圣人者立，然后教之以相生养之道：为之君，为之师，驱其虫蛇禽兽而处之中土；寒然后为之衣，饥然后为之食；木处而颠，土处而病也，然后为之宫室；为之工以赡其器用，为之贾以通其有无，为之医药以济其夭死，为之葬埋祭祀以长其恩爱，为之礼以次其先后，为之乐以宣其湮郁，为之政以率其怠倦，为之刑以锄其强梗。相欺也，为之符玺斗斛权衡以信之；相夺也，为之城郭甲兵以守之。害至而为之备，患生而为之防。今其言曰："圣人不死，大盗不止，剖斗折衡，而民不争。"呜呼！其亦不思而已矣！如古之无圣人，人之类灭久矣。何也？无羽毛鳞介以居寒热也，无爪牙以争食也。此段辟老。

是故君者，出令者也；臣者，行君之令而致之民者也；民者，出粟米麻丝，作器皿，通货财，以事其上者也。君不出令，则失其所以为君；臣不行君之令而致之民，民不出粟米麻丝，作器皿，通货财，以事其上，则诛。今其法曰：必弃而君臣，去而父子，禁而相生养之道，以求其所谓清净寂灭者。呜呼！其亦幸而出于三代之后，不见黜于禹、汤、文、武、周公、孔子也；其亦不幸而不出于三代之前，不见正于禹、汤、文、武、周公、孔子也。此段辟佛。

帝之与王，其号名殊，其所以为圣一也。夏葛而冬裘，渴饮而饥食，其事殊，其所以为智一也。今其言曰："曷不为太古之无事？"是亦责冬之裘者曰："曷不为葛之之易也！"责饥之食者曰："曷不为饮之之易也？"此段辟老，仍承害至为备、患生为防意。茅顺甫云：正譬杂遝，各无数语，是笔力天纵。

《传》曰："古之欲明明德于天下者，先治其国；欲治其国者，先齐其家；欲齐其家者，先修其身；欲修其身者，先正其心；欲正其心者，先诚其意。"然则古之所谓正心而诚意者，将以有为也。今也欲治其心，而外天下国家，灭其天常，子焉而不父其父，臣焉而不君其君，民焉而不事其事。孔子之作《春秋》也，诸侯用夷礼则夷之，进于中国则中国之。《经》曰："夷狄之有君，不如诸夏之亡也。"邢疏云："中国虽偶无君，若周、召共和之年，而礼义不废。"公意盖同此。《诗》曰："戎狄是膺，荆舒是惩。"今也举夷狄之法，而加之先王之教之上，几何其不胥而为夷也！此段辟佛，仍承弃君臣父子意。

夫所谓先王之教者何也？博爱之谓仁，行而宜之之谓义，由是而之焉之谓道，足乎己无待于外之谓德。其文:《诗》《书》《易》《春秋》;其法:礼、乐、刑、政；其民：士、农、工、贾；其位：君臣、父子、师友、宾主、昆弟、夫妇；其服：麻丝；其居：宫室；其食：粟米、果蔬、鱼肉。其为道易明，而其为教易行也。是故以之为己，则顺而祥；以之为人，则爱而公；以之为心，则和而平；以之为天下国家，无所处而不当。是故生则得其情，死则尽其常；郊焉而天神假，庙焉而人鬼飨。曰：斯道也，何道也？曰：斯吾所谓道也，非向所谓老与佛之道也。尧以是传之舜，舜以是传之禹，禹以是传之汤，汤以是传之文、武、周公，文、武、周公传之孔子，孔子传之孟轲，轲之死，不得其传焉。荀与杨也，择焉而不精，语焉而不详。由周公而上，上而为君，故其事行；由周公而下，下而为臣，故其说长。

然则如之何而可也？曰：不塞不流，不止不行，人其人，火其书，庐其居，明先王之道以道之，鳏寡孤独废疾者有养也，其亦庶乎其可也。

原性

韩退之

性也者，与生俱生也；情也者，接于物而生也。性之品有三，而其所以为性者五；情之品有三，而其所以为情者七。

曰：何也？曰：性之品有上中下三，上焉者善焉而已矣，中焉者可导而上下也，下焉者恶焉而已矣。其所以为性者五，曰仁、曰礼、曰信、曰义、曰智。上焉者之于五也，主于一而行于四；中焉者之于五也，一不少有焉，则少反焉，其于四也混；下焉者之于五也，反于一而悖于四。性之于情视其品。情之品有上中下三，其所以为情者七，曰喜、曰怒、曰哀、曰惧、曰爱、曰恶、曰欲。上焉者之于七也，动而处其中；中焉者之于七也，有所甚，有所亡，然而求合其中者也；下焉者之于七也，亡与甚直情而行者也。情之于性视其品。

孟子之言性曰："人之性善。"荀子之言性曰："人之性恶。"扬子之言性曰："人之性善恶混。"夫始善而进恶，与始恶而进善，与始也混而今也善恶，皆举其中而遗其上下者也，得其一而失其二者也。叔鱼之生也，其母视之，知其必以贿死；杨食我之生也，叔向之母闻其号也，知必灭其宗；越椒之生也，子文以为大戚，知若敖氏之鬼不食也：人之性果善乎？后稷之生也，其母无灾，其始匍匐也，则岐岐然，嶷嶷然；文王之在母也，母不忧，既生也，傅不勤，既学也，师不烦：人之性果恶乎？尧之朱，舜之均，文王之管蔡，习非不善也，而卒为奸；瞽叟之舜，鲧之禹，习非不恶也，而卒为圣人：人之性善恶果混乎？故曰："三子之言性也，举其中而遗其上下者也，得其一而失其二者也。"

曰："然则性之上下者，其中不可移乎？"曰："上之性就学而愈明；下之性畏威而寡罪，是故上者可教，而下者可制也，其品则孔子谓不移也。"曰："今之言性者异于此，何也？"曰："今之言者，杂佛老而言也。杂佛老而言也者，奚言而不异？"

原毁

韩退之

古之君子，其责己也重以周，其待人也轻以约。重以周，故不怠；轻以约，故人乐为善。

闻古之人有舜者，其为人也，仁义人也。求其所以为舜者，责于己曰："彼人也，予人也，彼能是，而我乃不能是。"早夜以思，去其不如舜者，就其如舜者。闻古之人有周公者，其为人也，多才与艺人也。求其所以为周公者，责于己曰："彼人也，予人也，彼能是，而我乃不能是。"早夜以思，去其不如周公者，就其如周公者。舜，大圣人也，后世无及焉；周公，大圣人也，后世无及焉。是人也，乃曰："不如舜，不如周公，吾之病也。"是不亦责于身者重以周乎！其于人也，曰："彼人也，能有是，是足为良人矣；能善是，是足为艺人矣。"取其一，不责其二；即其新，不究其旧，恐恐然惟惧其人之不得为善之利。一善易修也；一艺易能也，其于人也，乃曰："能有是，是亦足矣。"曰："能善是，是亦足矣。"不亦待于人者轻以约乎！

今之君子则不然：其责人也详，其待己也廉。详，故人难于为善；廉，故自取也少。己未有善，曰："我善是，是亦足矣。"己未有能，曰："我能是，是亦足矣。"外以欺于人，内以欺于心，未少有得而止矣。不亦待其身者已廉乎！其于人也，曰："彼虽能是，其人不足称也；彼虽善是，其用不足称也。"举其一，不计其十；究其旧，不图其新，恐恐然惟惧其人之有闻也。是不亦责于人者已详乎！夫是之谓不以众人待其身，而以圣人望于人，吾未见其尊己也。

虽然，为是者有本有原，怠与忌之谓也。怠者不能修，而忌者畏人修，吾尝试之矣。尝试语于众曰："某良士！某良士！"其应者，必其人之与也；不然，则其所疏远，不与同其利者也；不然，则其畏也。不若是，强者必怒于言，懦者必怒于色矣。姜坞先生云：此用《管子·九变》及《战国策·为齐献书赵王》文法。又尝语于众曰："某非良士！某非良士！"其不应者，必其人之与也；不然，则其所疏远，不与同其利者也；不然，则其畏也。不若是，强者必说于言，懦者必说于色矣。是故事修而谤兴，德高而毁来。

呜呼，士之处此世，而望名誉之光，道德之行，难已！将有作于上者，得吾说而存之，其国家可几而理欤！

讳辩

韩退之

愈与李贺书，劝贺举进士。贺举进士有名，与贺争名者毁之，曰："贺父名晋肃，贺不举进士为是，劝之举者为非。"听者不察也，和而唱之，同然一辞。皇甫湜曰："若不明白，子与贺且得罪。"愈曰："然。"

律曰："二名不偏讳。"释之者曰：谓若"言'徵'不称'在'，言'在'不称'徵'"是也。律曰："不讳嫌名。"释之者曰：谓若"禹与雨"、"丘与蓲"之类是也。今贺父名晋肃，贺举进士，为犯二名律乎？为犯嫌名律乎？父名晋肃，子不得举进士；若父名仁，子不得为人乎？

夫讳始于何时？作法制以数天下者，非周公、孔子欤？周公作《诗》

不讳，孔子不偏讳二名，《春秋》不讥不讳嫌名。康王钊之孙实为昭王；曾参之父名“晳”，曾子不讳“昔”。周之时有骐期，汉之时有杜度，此其子宜如何讳？将讳其嫌，遂讳其姓乎？将不讳其嫌者乎？汉讳武帝名彻为“通”，不闻又讳车辙之辙为某字也；讳吕后名雉为“野鸡”，不闻又讳治天下之治为某字也。今上章及诏，不闻讳“浒、势、秉、机”也，惟宦官宫妾乃不敢言“谕”及“机”，以为触犯。士君子言语行事，宜何所法守也？今考之于经，质之于律，稽之以国家之典，贺举进士，为可邪，为不可邪？

凡事父母，得如曾参，可以无讥矣；作人得如周公、孔子，亦可以止矣。今世之士，不务行曾参、周公、孔子之行，而讳亲之名，则务胜于曾参、周公、孔子，亦见其惑也。夫周公、孔子、曾参卒不可胜，胜周公、孔子、曾参，乃比于宦官宫妾，则是宦官宫妾之孝于其亲，贤于周公、孔子、曾参者邪？刘海峰先生云：结处反复辨难，曲盘瘦硬，已开半山门户。但韩公力大，气较浑融，半山便稍露筋节，第觉其削薄。

对禹问

韩退之

或问曰：“尧、舜传诸贤，禹传诸子，信乎？”曰：“然。”“然则禹之贤不及于尧与舜也欤？”曰：“不然。尧舜之传贤也，欲天下之得其所也；禹之传子也，忧后世争之之乱也。尧舜之利民也大，禹之虑民也深。”

曰：“然则尧、舜何以不忧后世？”曰：“舜如尧，尧传之；禹如舜，舜传之。得其人而传之者，尧舜也；无其人，虑其患而不传者，禹也。舜不能以传禹，尧为不知人；禹不能以传子，舜为不知人。尧以传舜，为忧后世；禹以传子，为虑后世。”

曰：“禹之虑也则深矣，传之子而当不淑则奈何？”曰：“时益以难理，传之人则争，未前定也；传之子则不争，前定也。前定虽不当贤，犹可以守法；不前定而不遇贤，则争且乱。天之生大圣也不数，其生大恶也亦不数。传诸人，得大圣，然后人莫敢争；传诸子，得大恶，然后人受其乱。禹之后四百年然后得桀，亦四百年然后得汤与伊尹。汤与伊尹不可待而传也，与其传不得圣人，而争且乱；孰若传诸子，虽不得贤，犹可守法？”

曰：“孟子之所谓天与贤则与贤；天与子则与子者，何也？”曰：“孟子之心，以为圣人不苟私于其子以害天下，求其说而不得，从而为之辞。”

获麟解

韩退之

麟之为灵昭昭也，咏于《诗》，书于《春秋》，杂出于传记百家之书，虽妇人小子皆知其为祥也。

然麟之为物，不畜于家，不恒有于天下，其为形也不类，非若马、牛、犬、豕、豺、狼、麋、鹿然。然则虽有麟，不可知其为麟也。角者吾知其为牛，鬣者吾知其为马，犬、豕、豺、狼、麋、鹿，吾知其为犬、豕、豺、狼、麋、鹿，唯麟也不可知。不可知，则其谓之不祥也亦宜。

虽然，麟之出，必有圣人在乎位，麟为圣人出也。圣人者必知麟，麟之果不为不祥也。

又曰：麟之所以为麟者，以德不以形。若麟之出不待圣人，则谓之不祥也亦宜。

改葬服议

韩退之

《经》曰：“改葬，缌。”《春秋谷梁传》亦曰：“改葬之礼缌，举下缅也。”此皆谓子之于父母，其他则皆无服。何以识其必然？《经》次五等之服，小功之下，然后著改葬之制，更无轻重之差。以此知惟记其最亲者，其他无服，则不记也。若主人当服斩衰，其余亲各服其服，则《经》亦言之，不当惟云缌也。《传》称“举下缅”者，缅犹远也，下谓服之最轻者也，以其远，故其服轻也。江熙曰：“礼，天子、诸侯易服而葬。以为交于神明者，不可以纯凶，况其缅者乎？是故改葬之礼，其服惟轻。”以此而言，则亦明矣。

卫司徒文子改葬其叔父，问服于子思。子思曰：“礼，父母改葬缌，既葬而除之，不忍无服送至亲也；非父母无服，无服则吊服而加麻。”此又其著者也。文子又曰：“丧服既除，然后乃葬，则其服何服？”子思曰：“三年之丧，未葬服不变，除何有焉？”然则改葬与未葬者有异矣。古者诸侯五月而葬，大夫三月而葬，士逾月，无故未有过时而不葬者也。过时而不葬，谓之不能葬，《春秋》讥之。若有故而未葬，虽出三年，子之服不变。此孝子之所以著其情，先王之所以必其时之道也。虽有其文，未有著其人者，以是知其至少也。

改葬者，为山崩水涌毁其墓，及葬而礼不备者，若文王之葬王季，以水啮其墓；鲁隐公之葬惠公，以有宋师，太子少，葬故有阙之类是也。丧事有进而无退，有易以轻服，无加以重服。殡于堂则谓之殡，瘗于野则谓之葬。近代以来，事与古异。或游或仕，在千里之外；或子幼妻稚而不能自还，甚者拘以阴阳畏忌，遂葬于其土。及其反葬也，远者或至数十年，近者亦出三年，其吉服而从于事也久矣，又安可取未葬不变服之例，而反为之重服与？在丧当葬，犹宜易以轻服，况既远而反纯凶以葬乎？若果重服，是所谓未可除而除，不当重而更重也。

或曰：“丧，与其易也，宁戚，虽重服不亦可乎？”曰：“不然。易之与戚，则易固不如戚矣。虽然，未若合礼之为懿也。俭之与奢，则俭固愈于奢矣。虽然，未若合礼之为懿也。过犹不及，其此类之谓乎！”

或曰：“《经》称‘改葬，缌’，而不著其月数，则似三月而后除也；子思之对文子，则曰既葬而除之。今宜如何？”曰：“自启至于既葬而三月，则除之，未三月则服以终三月也。”曰：“妻为夫何如？”曰：“如子。”“无吊服而加麻则何如？”曰：“今之吊服，犹古之吊服也。”

师　说

韩退之

古之学者必有师。师者，所以传道、授业、解惑也。

人非生而知之者，孰能无惑？惑而不从师，其为惑也，终不解矣。生乎吾前，其闻道也固先乎吾，吾从而师之；生乎吾后，其闻道也亦先乎吾，吾从而师之。吾师道也，夫庸知其年之先后生于吾乎！是故无贵无贱，无长无少，道之所存，师之所存也。

嗟乎！师道之不传也久矣，欲人之无惑也难矣。古之圣人，其出人也远矣，犹且从师而问焉；今之众人，其下圣人也亦远矣，而耻学于师。是故圣益圣，愚益愚，圣人之所以为圣，愚人之所以为愚，其皆出于此乎！

爱其子，择师而教之，于其身也，则耻师焉，惑矣。彼童子之师，授之书而习其句读者，非吾所谓传其道、解其惑者也。授句读及巫、医、乐师、百工，未尝非授业，但非传道、解惑耳。此两段明是以授业之师，陪传道解惑之师，而用笔变化，使之不觉。句读之不知，惑之不解，或师焉，或不焉，小学而大遗，吾未见其明也。

巫、医、乐师、百工之人，不耻相师。士大夫之族，曰师曰弟子云者，则群聚而笑之。问之，则曰：彼与彼年相若也，道相似也，位卑则足羞，官盛则近谀。呜呼！师道之不复可知矣。巫、医、乐师、百工之人，君子不齿，今其智乃反不能及，其可怪也欤！

圣人无常师。孔子师郯子、苌弘、师襄、老聃，郯子之徒，其贤不及孔子。孔子曰："三人行，则必有我师。"此段承"圣人犹且从师"意申说，以终首句"必有师"之意。是故弟子不必不如师，师不必贤于弟子，闻道有先后，术业有专攻，如是而已。

李氏子蟠，年十七，好古文，六艺经传皆通习之，不拘于时，学于余。余嘉其能行古道，作《师说》以贻之。

争臣论

韩退之

或问谏议大夫阳城于愈："可以为有道之士乎哉？学广而闻多，不求闻于人也。行古人之道，居于晋之鄙，晋之鄙人，熏其德而善良者几千人。大臣闻而荐之，天子以为谏议大夫，人皆以为华，阳子不色喜，居于位五年矣，视其德如在野，彼岂以富贵移易其心哉！”

愈应之曰：“是《易》所谓‘恒其德贞而夫子凶’者也，恶得为有道之士乎哉！在《易·蛊》之上九云：‘不事王侯，高尚其事。’《蹇》之六二则曰：‘王臣蹇蹇，匪躬之故。’夫亦以所居之时不一，而所蹈之德不同也。若《蛊》之上九，居无用之地，而致匪躬之节；以《蹇》之六二，在王臣之位，而高不事之心；则冒进之患生，旷官之刺兴，志不可则，而尤不终无也。今阳子在位，不为不久矣；闻天下之得失，不为不熟矣；天子待之，不为不加矣，而未尝一言及于政，视政之得失，若越人视秦人之肥瘠，忽焉不加喜戚于其心。问其官，则曰谏议也；问其禄，则曰下大夫之秩也；问其政，则曰我不知也。有道之士，固如是乎哉！且吾闻之，有官守者，不得其职则去；有言责者，不得其言则去。今阳子以为得其言乎哉？得其言而不言，与不得其言而不去，无一可者也。阳子将为禄仕乎？古之人有云：‘仕不为贫，而有时乎为贫。’谓禄仕者也，宜乎辞尊而居卑，辞富而居贫，若抱关击柝者可也。盖孔子尝为委吏矣，尝为乘田矣，亦不敢旷其职，必曰会计当而已矣，必曰牛羊遂而已矣。若阳子之秩禄，不为卑且贫，章章明矣，而如此，其可乎哉！”

或曰：“否，非若此也。夫阳子恶讪上者，恶为人臣招其君之过而以为名者，故虽谏且议，使人不得而知焉。《书》曰：‘尔有嘉谋嘉猷，则入告尔后于内，尔乃顺之于外，曰斯谋斯猷，惟我后之德。’夫阳子之用心，亦若此者。”

愈应之曰：“若阳子之用心如此，滋所谓惑者矣。入则谏其君，出不使人知者，大臣宰相者之事，非阳子之所宜行也。夫阳子本以布衣隐于蓬蒿之下，主上嘉其行谊，擢在此位，官以谏为名，诚宜有以奉其职，使四方、后代知朝廷有直言骨鲠之臣，天子有不僭赏从谏如流之美，庶岩穴之士，闻而慕之，束带结发，愿进于阙下，而伸其辞说，致吾君于尧、舜，熙鸿号于无穷也。若《书》所谓，则大臣宰相之事，非阳子之所宜行也。且阳子之心，将使君人者恶闻其过乎！是启之也。”

或曰：“阳子之不求闻而人闻之，不求用而君用之，不得已而起，守其道而不变，何子过之深也！”

愈曰：“自古圣人贤士，皆非有求于闻用也，闵其时之不平，人之不义，得其道，不敢独善其身，而必以兼济天下也，孜孜矻矻，死而后已。故禹过家门不入，孔席不暇暖，而墨突不得黔。彼二圣一贤者，岂不知自安逸之为乐哉？诚畏天命而悲人穷也。夫天授人以贤圣才能，岂使自有馀而已？诚欲以补其不足者也。耳目之于身也，耳司闻而目司见，听其是非，视其险易，然后身得安焉。圣贤者，时人之耳目也；时人者，圣贤之身也。且阳子之不贤，则将役于贤以奉其上矣；若果贤，则固畏天命而闵人穷也，恶得以自暇逸乎哉！”

或曰：“吾闻君子不欲加诸人，而恶讦以为直者。若吾子之论，直则直矣，无乃伤于德而费于辞乎？好尽言以招人过，国武子之所以见杀于齐也。吾子其亦闻乎？”

愈曰：“君子居其位，则思死其官；未得位，则思修其辞以明其道。我将以明道也，非以为直而加人也。且国武子不能得善人，而好尽言于乱国，是以见杀。《传》曰：‘惟善人能受尽言。’谓其闻而能改之也。子告我曰，阳子可以为有道之士也。今虽不能及已，阳子将不得为善人乎哉！”

鼒按：此文风格，盖出于《左》《国》。

守戒

韩退之

《诗》曰：“大邦维翰。”《书》曰：“以蕃王室。”诸侯之于天子，不惟守土地奉职贡而已，固将有以翰蕃之也。

今人有宅于山者，知猛兽之为害，则必高其柴楥，而外施阱井以待之；宅于都者，知穿窬之为盗，则必峻其垣墙，而内固扃鐍以防之。此野人鄙夫之所及，非有过人之智而后能也。今之通都大邑，介于屈强之间，而不知为之备。噫！亦惑矣。野人鄙夫能之，而王公大人反不能焉，岂材力为有不足欤？盖以谓不足为而不为耳。

天下之祸，莫大于不足为，材力不足者次之。不足为者，敌至而不知；材力不足者，先事而思，则其于祸也有间矣。彼之屈强者，带甲荷戈，不知其多少；其绵地则千里，而与我壤地相错，无有丘陵、江河、洞庭、孟门之关其间；又自知其不得与天下齿，朝夕举踵引颈，冀天下之有事，以乘吾之便。此其暴于猛兽穿窬也甚矣。呜呼！胡知而不为之备乎哉？贲、育之不戒，童子之不抗；鲁鸡之不期，蜀鸡之不支。今夫鹿之于豹，非不巍然大矣，然而卒为之禽者，爪牙之材不同，猛怯之资殊也。

曰："然则如之何而备之？"曰："在得人。"

杂说四首录二首

韩退之

龙嘘气成云，云固弗灵于龙也。然龙乘是气，茫洋穷乎玄间，薄日月，伏光景，感震电，神变化，水下土，汩陵谷，云亦灵怪矣哉！

云，龙之所能使为灵也，若龙之灵，则非云之所能使为灵也。然龙弗得云，无以神其灵矣。失其所凭依，信不可与！异哉！其所凭依，乃其所自为也。《易》曰："云从龙。"既曰龙，云从之矣。

世有伯乐，然后有千里马。一句断。千里马常有，而伯乐不常有，故虽有名马，只辱于奴隶人之手，骈死于槽枥之间，不以千里称也。

马之千里者，一食或尽粟一石，食马者不知其能千里而食也，是马也，虽有千里之能，食不饱，力不足，才美不外见，且欲与常马等不可得，安求其能千里也！

策之不以其道，食之不能尽其才，鸣之而不能通其意，执策而临之曰："天下无马。"呜呼！其真无马邪？其真不知马也？

伯夷颂

韩退之

士之特立独行，适于义而已。不顾人之是非，皆豪杰之士，"皆"字冒下宾主四层。信道笃而自知明者也。一家非之，力行而不惑者寡矣；至于一国一州非之，力行而不惑者，盖天下一人而已矣；若至于举世非之，力行而不惑者，则千百年乃一人而已耳。若伯夷者，穷天地、亘万世而不顾者也。昭乎日月，不足为明，崒乎太山，不足为高；巍乎天地，不足为容也。

当殷之亡，周之兴，微子贤也，抱祭器而去之；武王、周公圣也，从天下之贤士与天下之诸侯而往攻之，未尝闻有非之者也。彼伯夷、叔齐者，乃独以为不可。殷既灭矣，天下宗周，彼二子乃独耻食其粟，饿死而不顾。由是而言，夫岂有求而为哉？信道笃而自知明也。

今世之所谓士者，一凡人誉之，则自以为有馀；一凡人沮之，则自以为不足。此卑者极卑。彼独非圣人而自是如此，此高者极高，若异于中道。夫圣人乃万世之标准也。余故曰：若伯夷者，特立独行，穷天地、亘万世而不顾者也。虽然，微二子，乱臣贼子接迹于后世矣。用意反侧荡漾，颇似太史公论赞。

封建论

柳子厚

天地果无初乎？吾不得而知之也；生人果有初乎？吾不得而知之也。然则孰为近？曰：有初为近。孰明之？由封建而明之也。彼封建者，更古圣王尧、舜、禹、汤、文、武而莫能去之，盖非不欲去之也，势不可也。势之来，其生人之初乎！不初无以有封建，封建非圣人意也。

彼其初与万物皆生，草木榛榛，鹿豕狉狉，人不能搏噬。而且无毛羽，莫克自奉自卫。荀卿有言，必将假物以为用者也。夫假物者必争，争而不已，必就其能断曲直者而听命焉。其智而明者，所伏必众，告之以直而不改，必痛之而后畏，由是君长刑政生焉。故近者聚而为群，群之分其争必大，大而后有兵有德。又有大者，众群之长又就而听命焉，以安其属。于是有诸侯之列，则其争又有大者焉。德又大者，诸侯之列又就而听命焉，以安其封。于是有方伯连帅之类，则其争又有大者焉。德又大者，方伯连帅之类又就而听命焉，以安其人。然后天下会于一。是故有里胥而后有县大夫，有县大夫而后有诸侯，有诸侯而后有方伯连帅，有方伯连帅而后有天子。自天子至于里胥，其德在人者，死必求其嗣而奉之。故封建非圣人意也，势也。

夫尧、舜、禹、汤之事远矣，及有周而甚详。周有天下，裂土田而瓜分之，设五等，邦群后，布履星罗，四周于天下，轮运而辐集，合为朝觐会同，离为守臣扞城。然而降于夷王，害礼伤尊，下堂而迎觐者。历于宣王，挟中兴复古之德，雄南征北伐之威，卒不能定鲁侯之嗣。陵夷迄于幽、厉，王室东徙，而自列为诸侯。厥后问鼎之轻重者有之，射王中肩者有之，伐凡伯、诛苌弘者有之。天下乖戾，无君君之心。余以为周之丧久矣，徒建空名于公侯之上耳，得非诸侯之盛强，末大不掉之咎欤！遂判为十二，合为七国，威分于陪臣之邦，国殄于后封之秦，则周之败端，其在乎此矣。

秦有天下，裂都会而为之郡邑，废侯卫而为之守宰，据天下之雄图，都六合之上游，摄制四海，运于掌握之内，此其所以为得也。不数载而天下大坏，其有由矣。亟役万人，暴其威刑，竭其货贿，负锄梃谪戍之徒，圜视而合从，大呼而成群，时则有叛人而无叛吏，人怨“叛人”、“人怨”皆是“民”字，避讳，后未改耳。于下，而吏畏于上，天下相合，杀守劫令而并起，咎在人怨，非郡邑之制失也。汉有天下，矫秦之枉，徇周之制，剖海内而立宗子，封功臣，数年之间，奔命扶伤而不暇，困平城，病流矢，陵迟不救者三代，后乃谋臣献画，而离削自守矣。然而封建之始，郡国居半，时则有叛国而无叛郡。秦制之得，亦以明矣，继汉而帝者，虽百代可知也。唐兴，制州邑，立守宰，此其所以为宜也。然犹桀猾时起，虐害方域者，失不在于州而在于兵，时则有叛将而无叛州。州县之设，固不可革也。

或者曰：“封建者，必私其土，子其人，适其俗，修其理，施化易也。守宰者，苟其心，思迁其秩而已，何能理乎？”余又非之。周之事迹，断可见矣。列侯骄盈，黩货事戎，大凡乱国多，理国寡，侯伯不得变其政，天子不得变其君，私土子人者百不有一，失在于制，不在于政，周事然也。秦之事迹，亦断可见矣。有理人之制，而不委郡邑是矣；有理人之臣，而不使守宰是矣。理人之臣，治统于丞相、御史大夫及监郡御史，不使守宰专擅。郡邑不得正其制，守宰不得行其理，酷刑苦役而万人侧目，失在于政，不在于制，秦事然也。

汉兴，天子之政，行于郡，不行于国，制其守宰，不制其侯王。侯王虽乱，不可变也，国人虽病，不可除也，及夫大逆不道，然后掩捕而迁之，勒兵而夷之耳。大逆未彰，奸利浚财，怙势作威，大刻于民者，无如之何。及夫郡邑，可谓理且安矣。何以言之？且汉知孟舒于田叔，得魏尚于冯唐，闻黄霸之明审，睹汲黯之简靖，拜之可也，复其位可也，卧而委之以辑一方可也。有罪得以黜，有能得以赏。朝拜而不道，夕斥之矣；夕受而不法，朝斥之矣。设使汉室尽城邑而侯王之，纵令其乱人，“乱人”亦当作乱民。戚之而已，孟舒、魏尚之术，莫得而施；黄霸、汲黯之化，莫得而行。明谴而导之，拜受而退已违矣。下令而削之，缔交合从之谋，周于同列，则相顾裂眦，勃然而起。幸而不起，则削其半。削其半，民犹瘁矣，曷若举而移之以全其人乎？汉事然也。今国家尽制郡邑，连置守宰，其不可变也固矣。善制兵，谨择守，则理平矣。

或者又曰：“夏、商、周、汉封建而延，秦郡邑而促。”尤非所谓知理者也。魏之承汉也，封爵犹建，晋之承魏也，因循不革，而二姓陵替，不闻延祚。今矫而变之，垂二百祀，大业弥固，何系于诸侯哉！或者又以为殷、周，圣王也，而不革其制，固不当复议也。是大不然。殷、周之不革者，是不得已也。盖以诸侯归殷者三千焉，资以黜夏，汤不得而废；归周者八百焉，资以胜殷，武王不得而易。徇之以为安，仍之以为俗，汤、武之所不得已也。夫不得已，非公之大者也，私其力于己也，私其卫于子孙也。秦之所以革之者，其为制，公之大者也；其情，私也，私其一己之威也，私其尽臣畜于我也。然而公天下之端自秦始。

夫天下之道，理安斯得人者也。使贤者居上，不肖者居下，而后可以理安。今夫封建者，继世而理。继世而理者，上果贤乎？下果不肖乎？则生人之理乱，未可知也。将欲利其社稷，以一其人之视听，则又有世大夫世食禄邑以尽其封略。圣贤生于其时，亦无以立于天下，封建者为之也。岂圣人之制使至于是乎？吾固曰：“非圣人之意也，势也。”真西山云：此篇间架宏阔，辩论雄俊，真可为作文之法。

桐叶封弟辨

柳子厚

古之传者有言，成王以桐叶与小弱弟戏，曰：“以封女。”周公入贺。王曰：“戏也。”周公曰：“天子不可戏。”乃封小弱弟于唐。

吾意不然。王之弟当封邪？周公宜以时言于王，不待其戏而贺以成之也；不当封邪？周公乃成其不中之戏，以地以人与小弱者为之主，其得为圣乎？且周公以王之言不可苟焉而已，必从而成之耶？设有不幸，王以桐叶戏妇寺，亦将举而从之乎？凡王者之德，在行之何若，设未得其当，虽十易之不为病。要于其当，不可使易也，而况以其戏乎？若戏而必行之，是周公教王遂过也。

吾意周公辅成王宜以道，从容优乐，要归之大中而已，必不逢其失而为之辞；又不当束缚之，驰骤之，使若牛马然，急则败矣。且家人父子尚不能以此自克，况号为君臣者邪？是直小丈夫缺缺者之事，非周公所宜用，故不可信。

或曰：封唐叔，史佚成之。姜坞先生云：封唐叔事，《吕览·重言篇》以为周公，《说苑·君道篇》采之。若《史记·晋世家》，则以为史佚。

晋文公问守原议

柳子厚

晋文公既受原于王，难其守。问寺人勃鞮，以畀赵衰。余谓守原，政之大者也，所以承天子，树霸功，致命诸侯，不宜谋及媟近，以忝王命。而晋君择大任，不公议于朝，而私议于宫；不博谋于卿相，而独谋于寺人。虽或衰之贤足以守，国之政不为败，而贼贤失政之端，由是滋矣。况当其时不乏言议之臣乎！狐偃为谋臣，先轸将中军。晋君疏而不咨，外而不求，乃卒定于内竖，其可以为法乎！

且晋君将袭齐桓之业，以翼天子，乃大志也。然而齐桓任管仲以兴，进竖刁以败，则获原启疆，适其始政，所以观示诸侯也。而乃背其所以兴，迹其所以败，然而能霸诸侯者，以土则大，以力则强，以义则天子之册也。诚畏之矣，乌能得其心服哉！其后景监得以相卫鞅，宏、石得以杀望之，始之者，晋文公也。

呜呼！得贤臣以守大邑，则问非失举也，盖失问也。然犹羞当时陷后代若此，况于问与举又两失者，其何以救之哉！余故著晋君之罪，以附《春秋》许世子止、赵盾之义。

复性书三首录其末

李习之

昼而作，夕而休者，凡人也。作乎作者，与万物皆作；休乎休者，与万物皆休。吾则不类于凡人：昼无所作，夕无所休。作非吾作也，作有物；休非吾休也，休有物。作邪！休邪！二者离而不存，予之所存者，终不亡且离也。

人之不力于道者，昏不思也。天地之间，万物生焉。人之于万物一物也，其所以异于禽兽虫鱼者，岂非道德之性全乎哉？受一气而成其形，一为物而一为人，得之甚难也。生乎世又非深长之年也。以非深长之年，行甚难得之身，而不专专于大道，肆其心之所为，则其所以自异于禽兽虫鱼者亡几矣。昏而不思，其昏也终不明矣。

吾之生二十有九年矣。思十九年时，如朝日也；思九年时，亦如朝日也。人之受命，其长者不过七十、八十、九十年，百年者则稀矣。当百年之时，而视乎九年时也，与吾此日之思于前也，远近其能大相悬邪？其又能远于朝日之时邪？然则人之生也，虽享百年，若雷电之惊相激也，若风之飘而旋也，可知耳矣，况千百人而无一及百年者哉？故吾之终日志于道德，犹惧未及也。彼肆其心之所为者，独何人邪？海峰先生云：文特劲健而飘洒。

卷三　论辨类三

本　论三首录其次

欧阳永叔

佛法为中国患千余岁，世之卓然不惑而有力者，莫不欲去之。已尝去矣，而复大集，攻之暂破而愈坚，扑之未灭而愈炽，遂至于无可奈何。是果不可去邪？盖亦未知其方也。

夫医者之于疾也，必推其病之所自来，而治其受病之处。病之中人，乘乎气虚而入焉，则善医者，不攻其疾而务养其气。气实则病去，此自然之效也。故救天下之患者，亦必推其患之所自来，而治其受患之处。佛为夷狄，去中国最远，而有佛固已久矣。尧舜三代之际，王政修明，礼义之教充于天下。于此之时，虽有佛无由而入。及三代衰，王政阙，礼义废，后二百余年，而佛至乎中国。由是言之，佛所以为吾患者，乘其阙、废之时而来，此其受患之本也。补其阙，修其废，使王政明而礼义充，则虽有佛，无所施于吾民矣。此亦自然之势也。

昔尧、舜三代之为政，设为井田之法，籍天下之人，计其口，而皆授之田，凡人之力能胜耕者，莫不有田而耕之，敛以什一，差其征赋，以督其不勤，使天下之人，力皆尽于南亩，而不暇乎其他。然又惧其劳且怠而入于邪僻也，于是为制牲、牢、酒醴以养其体，弦、匏、俎豆以悦其耳目，于其不耕休力之时，而教之以礼。故因其田猎而为蒐狩之礼，因其嫁娶而为婚姻之礼，因其死葬而为丧祭之礼，因其饮食群聚而为乡射之礼。

非徒以防其乱，又因而教之，使知尊卑长幼，凡人之大伦也。故凡养生送死之道，皆因其欲而为之制。饰之物采而文焉，所以悦之使其易趣也；顺其情性而节焉，所以防之使其不过也。然犹惧其未也，又为立学以讲明之。故上自天子之郊，下至乡党，莫不有学，择民之聪明者而习焉，使相告语而诱劝其愚惰。呜呼，何其备也！盖尧、舜、三代之为政如此，其虑民之意甚精，治民之具甚备，防民之术甚周，诱民之道甚笃。行之以勤而被于物者洽，浸之以渐而入于人者深，故民之生也，不用力乎南亩，则从事于礼乐之际；不在其家，则在乎庠序之间。耳闻目见，无非仁义，乐而趣之，不知其倦；终身不见异物，又奚暇夫外慕哉！故曰：虽有佛无由而入者，谓有此具也。

及周之衰，秦并天下，尽去三代之法，而王道中绝。后之有天下者，不能勉强。其为治之具不备，防民之渐不周，佛于此时乘间而出。千有余岁之间，佛之来者日益众，吾之所为者日益坏。井田最先废，而兼并游惰之奸起。其后所谓蒐狩、婚姻、丧祭、乡射之礼，凡所以教民之具，相次而尽废，然后民之奸者有暇而为他，其良者泯然不见礼义之及己。夫奸民有馀力，则思为邪僻；良民不见礼义，则莫知所趣。佛于此时乘其隙，方鼓其雄诞之说而牵之，则民不得不从而归矣。又况王公大人，往往倡而驱之曰："佛是真可归依者。"然则吾民何疑而不归焉？幸而有一不惑者，方艴然而怒曰："佛何为者？吾将操戈而逐之。"又曰："吾将有说以排之。"夫千岁之患，遍于天下，岂一人一日之可为？民之沉酣入于骨髓，非口舌之可胜。然则将奈何？曰："莫若修其本以胜之。"昔战国之时，杨、墨交乱，孟子患之而专言仁义，故仁义之说胜，则杨、墨之学废。汉之时，百家并兴，董生患之而退修孔氏，故孔氏之道明，而百家息。此所谓修其本以胜之之效也。

今八尺之夫，被甲荷戟，勇盖三军，然而见佛则拜，闻佛之说则有畏慕之诚者，何也？彼诚壮佼，其中心茫然无所守而然也。一介之士，眇然柔懦，进趋畏怯，然而闻有道佛者，则义形于色，非徒不为之屈，又欲驱而绝之者，何也？彼无他焉，学问明而礼义熟，中心有所守以胜之也。然则礼义者，胜佛之本也。今一介之士，知礼义者，尚能不为之屈，使天下皆知礼义，则胜之矣。此自然之势也。

朋党论 在谏院进

欧阳永叔

臣闻朋党之说，自古有之，惟幸人君辨其君子、小人而已。

大凡君子与君子以同道为朋，小人与小人以同利为朋，此自然之理也。然臣谓小人无朋，惟君子则有之，其故何哉？小人所好者禄利也，所贪者财货也。当其同利之时，暂相党引以为朋者，伪也；及其见利而争先，或利尽而交疏，则反相贼害，虽其兄弟亲戚，不能相保。故臣谓小人无朋，其暂为朋者伪也。君子则不然。所守者道义，所行者忠信，所惜者名节，以之修身，则同道而相益；以之事国，则同心而共济，终始如一。此君子之朋也。故为人君者，但当退小人之伪朋，用君子之真朋，则天下治矣。

尧之时，小人共工、驩兜等四人为一朋，君子八元、八凯十六人为一朋。舜佐尧，退四凶小人之朋，而进元、凯君子之朋，尧之天下大治。及舜自为天子，而皋、夔、稷、契等二十二人，并列于朝，更相称美，更相推让，凡二十二人为一朋，而舜皆用之，天下亦大治。《书》曰："纣有臣亿万，惟亿万心；周有臣三千，惟一心。"纣之时，亿万人各异心，可谓不为朋矣，然纣以亡国。周武王之臣三千人为一大朋，而周用以兴。后汉献帝时，尽取天下名士囚禁之，目为党人，及黄巾贼起，汉室大乱，后方悔悟，尽解党人而释之，然已无救矣。唐之晚年，渐起朋党之论，及昭宗时，尽杀朝之名士，咸投之黄河，曰："此辈清流，可投浊流。"而唐遂亡矣。

夫前世之主，能使人人异心不为朋，莫如纣；能禁绝善人为朋，莫如汉献帝；能诛戮清流之朋，莫如唐昭宗之世：然皆乱亡其国。更相称美推让而不自疑，莫如舜之二十二臣，舜亦不疑而皆用之。然而后世不诮舜为二十二人朋党所欺，而称舜为聪明之圣者，以能辨君子与小人也。周武之世，举其国之臣三千人共为一朋，自古为朋之多且大莫如周。然周用此以兴者，善人虽多而不厌也。

夫兴亡治乱之迹，为人君者可以鉴矣。

为君难论二首

欧阳永叔

一

语曰，为君难者，孰难哉？盖莫难于用人。

夫用人之术，任之必专，信之必笃，然后能尽其材，而可共成事。及其失也，任之欲专，则不复谋于人，而拒绝群议，是欲尽一人之用，而先失众人之心也。信之欲笃，则一切不疑，而果于必行，是不审事之可否，不计功之成败也。夫违众举事，又不审计而轻发，其百举百失，而及于祸败，此理之宜然也。然亦有幸而成功者，人情成是而败非，则又从而赞之，以其违众为独见之明，以其拒谏为不惑群论，以其偏信而轻发为决于能断。使后世人君慕此三者以自期，至其信用一失，而及于祸败，则虽悔而不可及。此甚可叹也！前世为人君者，力拒群议，专信一人，而不能早悟，以及于祸败者多矣。不可以遍举，请试举其一二。

昔秦苻坚，地大兵强，有众九十六万，号称百万，蔑视东晋，指为一隅，谓可直以气吞之耳。然而举国之人皆言晋不可伐，更进互说者不可胜数。其所陈天时、人事，坚随以强辨折之，忠言谠论，皆沮屈而去。如王猛、苻融，老成之言也，不听。太子宏、少子诜，至亲之言也，不听。沙门道安，坚平生所信重者也，数为之言，不听。惟听信一将军慕容垂者。垂之言曰："陛下内断神谋足矣，不烦广访朝臣以乱圣虑。"坚大喜曰："与吾共定天下者惟卿耳。"于是决意不疑，遂大举南伐。兵至寿春，晋以数千人击之，大败而归。比至洛阳，九十六万兵，亡其八十六万。坚自此兵威沮丧，不复能振，遂至于乱亡。近五代时，后唐清泰帝患晋祖之镇太原也，地近契丹，恃兵跋扈，议欲徙之于郓州。举朝之士，皆谏以为未可。帝意必欲徙之，夜召常所与谋枢密直学士薛文遇问之，以决可否。文遇对曰："臣闻作舍道边，三年不成。此事断在陛下，何必更问群臣？"帝大喜曰："术者言我今年当得一贤佐助我中兴，卿其是乎！"即时命学士草制，徙晋祖于郓州。明旦宣麻，在廷之臣皆失色。后六日而晋祖反书至，清泰帝忧惧不知所为，谓李嵩曰："我适见薛文遇，为之肉颤，欲自抽刀刺之。"嵩对曰："事已至此，悔无及矣。"但君臣相顾涕泣而已。由是言之，能力拒群议，专信一人，莫如二君之果也；由之以致祸败乱亡，亦莫如二君之酷也。方苻坚欲与慕容垂共定天下，清泰帝以薛文遇为贤佐助我中兴，可谓临乱之君，各贤其臣者也。

或有诘予曰："然则用人者，不可专信乎？"应之曰："齐桓公之用管仲，蜀先主之用诸葛亮，可谓专而信矣，不闻举齐、蜀之臣民非之也。盖其令出而举国之臣民从，事行而举国之臣民便，故桓公、先主得以专任而不贰也。使令出而两国之人不从，事行而两国之人不便，则彼二君者，其肯专任而信之以失众心而敛国怨乎？

二

呜呼！用人之难，难矣，未若听言之难也。

夫人之言非一端也。巧辨纵横而可喜，忠言质朴而多讷，此非听言之难，在听者之明、暗也；谀言顺意而易悦，直言逆耳而触怒，此非听言之难，在听者之贤、愚也。是皆未足为难也。若听其言则可用，然用之有辄败人之事者；听其言若不可用，然非如其言不能以成功者。此然后为听言之难也。请试举其一二。

战国时，赵将有赵括者，善言兵，自谓天下莫能当。其父奢，赵之名将，老于用兵者也，每与括言，亦不能屈。然奢终不以括为能也。叹曰："赵若以括为将，必败赵事。"其后奢死，赵遂以括为将。其母自见赵王，亦言括不可用。赵王不听，使括将而攻秦。括为秦军射死，赵兵大败，降秦者四十万人，坑于长平。盖当时未有如括善言兵，亦未有如括大败者也。此听其言可用，用之辄败人事者，赵括是也。

秦始皇欲伐荆，问其将李信，用兵几何？信方年少而勇，对曰："不过二十万足矣。"始皇大喜，又以问老将王翦，翦曰："非六十万不可。"始皇不悦，曰："将军老矣，何其怯也！"因以信为可用，即与兵二十万使伐荆。王翦遂谢病，退老于频阳。已而信大为荆人所败，亡七都尉而还。始皇大惭，自驾如频阳谢翦，因强起之。翦曰："必欲用臣，非六十万不可。"

于是卒与六十万而往，遂以灭荆。夫初听其言若不可用，然非如其言不能以成功者，王翦是也。

且听计于人者，宜如何？听其言若可用，用之宜矣，辄败事。听其言若不可用，舍之宜矣，然必如其说则成功。此所以为难也。

予又以谓秦、赵二主，非徒失于听言，亦由乐用新进，忽弃老成，此其所以败也。大抵新进之士喜勇锐，老成之人多持重，此所以人主之好立功名者，听勇锐之语则易合，闻持重之言则难入也。

若赵括者，则又有说焉。予略考《史记》所书，是时赵方遣廉颇攻秦。颇，赵名将也。秦人畏颇，而知括虚言易与也，因行反间于赵曰："秦人所畏者赵括也，若赵以为将，则秦惧矣。"赵王不悟反间也，遂用括为将以代颇。蔺相如力谏以为不可。赵王不听，遂至于败。由是言之，括虚谈无实而不可用，其父知之，其母亦知之，赵之诸臣蔺相如等亦知之，外至敌国亦知之，独其主不悟尔。夫用人之失，天下之人皆知其不可，而独其主不知者，莫大之患也。前世之祸乱败亡由此者，不可胜数也。欧公之论，平直详切，陈悟君上，此体为宜。

唐论

曾子固

成、康殁，而民生不见先王之治，日入于乱，以至于秦，尽除前圣数千载之法。天下既攻秦而亡之，以归于汉，汉之为汉，更二十四君，东、西再有天下，垂四百年，然大抵多用秦法。其改更秦事，亦多附己意，非放先王之法，而有天下之志也。有天下之志者，文帝而已。然而天下之材不足，故仁闻虽美矣，而当世之法度，亦不能放于三代。汉之亡，而强者遂分天下之地。晋与隋虽能合天下于一，然而合之未久而已亡，其为不足议也。

代隋者唐，更十八君，垂三百年，而其治莫盛于太宗之为君也。诎己从谏，仁心爱人，可谓有天下之志。以租庸任民，以府卫任兵，以职事任官，以材能任职，以兴义任俗，以尊本任众。赋役有定制，兵、农有定业，官无虚名，职无废事。人习于善行，离于末作，使之操于上者，要而不烦；取于下者，寡而易供，民有农之实，而兵之备存；有兵之名，而农之利在。事之分有归，而禄之出不浮；材之品不遗，而治之体相承。其廉耻日以笃，其田野日以辟。以其法修则安且治，废则危且乱，可谓有天下之材。行之数岁，粟米之贱，斗至数钱；居者有余蓄，行者有余资；人人自厚，几致刑措，可谓有治天下之效。夫有天下之志，有天下之材，又有治天下之效，然而不得与先王并者，法度之行，拟之先王未备也。躬亲行阵之间，战必胜，攻必克，天下莫不以为武，而非先王之所尚也。四夷万里，古所未及以政者，莫不服从，天下莫不以为盛，而非先王之所务也。太宗之为政于天下者，得失如此。

由唐、虞之治，五百余年而有汤之治；由汤之治，五百余年而有文、武之治，由文武之治，千有余年而始有太宗之为君。有天下之志，有天下之材，又有治天下之效，然而又以其未备也，不得与先王并而称极治之时，是则人生于文、武之前者，率五百余年而一遇治世；生于文、武之后者，千有余年而未遇极治之时也，非独民之生于是时者之不幸也。士之生于文、武之前者，如舜、禹之于唐，八元、八凯之于舜，伊尹之于汤，太公之于文、武，率五百余年而一遇；生于文、武之后，千有余年，虽孔子之圣，孟轲之贤而不遇，虽太宗之为君，而未可以必得志于其时也，是亦士民之生于是时者之不幸也。故述其是非得失之迹，非独为人君者可以考焉；士之有志于道而欲仕于上者，可以鉴矣。

易论

苏明允

圣人之道，得礼而信，得《易》而尊，信之而不可废，尊之而不敢废。故圣人之道所以不废者，礼为之明而《易》为之幽也。

生民之初，无贵贱，无尊卑，无长幼，不耕而不饥，不蚕而不寒，故其民逸；民之苦劳而乐逸也，若水之走下。而圣人者，独为之君臣，而使天下贵役贱；为之父子，而使天下尊役卑；为之兄弟，而使天下长役幼。

蚕而后衣，耕而后食，率天下而劳之。一圣人之力，固非足以胜天下之民之众，而其所以能夺其乐而易之以其所苦，而天下之民亦遂肯弃逸而即劳，欣然戴之以为君师，而遵蹈其法制者，礼则使然也。

圣人之始作礼也，其说曰："天下无贵贱，无尊卑，无长幼，是人之相杀无已也。不耕而食鸟兽之肉，不蚕而衣鸟兽之皮，是鸟兽与人相食无已也。有贵贱，有尊卑，有长幼，则人不相杀；食吾之所耕，而衣吾之所蚕，则鸟兽与人不相食。"人之好生也甚于逸，而恶死也甚于劳。圣人夺其逸、死而与之劳、生，此虽三尺竖子，知所趋避矣。故其道之所以信于天下而不可废者，礼为之明也。

虽然，明则易达，易达则亵，亵则易废。圣人惧其道之废而天下复于乱也，然后作《易》。观天地之象以为爻，通阴阳之变以为卦，考鬼神之情以为辞。探之茫茫，索之冥冥，童而习之，白首而不得其源。故天下视圣人，如神之幽，如天之高，尊其人而其教亦随而尊。故其道之所以尊于天下而不敢废者，《易》为之幽也。

凡人之所以见信者，以其中无所不可测者也；人之所以获尊者，以其中有所不可窥者也。是以礼无所不可测，而《易》有所不可窥。故天下之人，信圣人之道而尊之。不然，则《易》者，岂圣人务为新奇秘怪以夸后世邪！圣人不因天下之至神，则无所施其教。

卜筮者，天下之至神也。而卜者听乎天而人不预焉者也，筮者决之天而营之人者也。龟漫而无理者也，灼荆而钻之，方、功、义、弓，惟其所为，而人何预焉？圣人曰："是纯乎天，技耳！技何所施吾教？"于是取筮。夫筮之所以或为阳或为阴者，必自分而为二始。挂一，吾知其为一而挂之也；揲之以四，吾知其为四而揲之也；归奇于扐，吾知其为一为二为三为四而归之也，人也。分而为二，吾不知其为几而分之也，天也。圣人曰："是天人参焉，道也。道有所施吾教矣。"于是因而作《易》，以神天下之耳目，而其道遂尊而不废。此圣人用其机权以持天下之心，而济其道于无穷也。海峰先生云：出入起伏，纵横如志，甚雄而畅。

乐 论

苏明允

礼之始作也，难而易行，既行也，易而难久。

天下未知君之为君，父之为父，兄之为兄，而圣人为之君、父、兄；天下未有以异其君、父、兄，而圣人为之拜、起、坐、立；天下未有肯靡然以从我拜起坐立，而圣人身先之以耻。呜呼！其亦难矣。天下恶夫死也久矣，圣人招之曰："来！吾生尔。"既而其法果可以生天下之人。天下之人，视其向也如此之危，而今也如此之安，则宜何从？故当其时虽难而易行。既行也，天下之人，视君、父、兄，如头足之不待别白而后识；视拜、起、坐、立，如寝食之不待告语而后从事。虽然百人从之，一人不从，则其势不得遽至乎死。天下之人，不知其初之无礼而死，而见其今之无礼而不至乎死也，则曰："圣人欺我。"故当其时虽易而难久。呜呼！圣人之所恃以胜天下之劳逸者，独有死生之说耳。死生之说不信于天下，则劳逸之说将出而胜之；劳逸之说胜，则圣人之权去矣。

酒有鸩，肉有堇，然后人不敢饮食；药可以生死，然后人不以苦口为讳。去其鸩，彻其堇，则酒肉之权固胜于药。圣人之始作礼也，其亦逆知其势之将必如此也。曰："告人以诚而后人信之。幸今之时，吾之所以告人者，其理诚然，而其事亦然，故人以为信。吾知其理，而天下之人知其事，事有不必然者，则吾之理不足以折天下之口，此告语之所不及也。"告语之所不及，必有以阴驱而潜率之。于是观之天地之间，得其至神之机，而窃之以为乐。

雨，吾见其所以湿万物也；日，吾见其所以燥万物也；风，吾见其所以动万物也。隐隐谹谹而谓之雷者，彼何用也？阴凝而不散，物蹙而不遂，雨之所不能湿，日之所不能燥，风之所不能动，雷一震焉，而凝者散，蹙者遂。曰雨者，曰日者，曰风者，以形用；曰雷者，以神用。用莫神于声，故圣人因声以为乐。为之君臣、父子、兄弟者礼也，礼之所不及而乐及焉。正声入乎耳，而人皆有事君事父事兄之心，则礼者固吾心之所有也，而圣人之说，又何从而不信乎？茅顺甫云：论乐之旨非是，而文特袅娜百折，无限烟波，又云：苏氏父子于经术甚疏，故论六经处，大都渺茫不根，特其行文纵横，往往空中布景，绝处逢生，令人有凌云御风之态。刘海峰先生云：后半风驰雨骤，极挥斥之致，而机势圆转如辘轳。

诗论

苏明允

人之嗜欲，好之有甚于生，而愤憾怨怒，有不顾其死，于是礼之权又穷。

礼之法曰：“好色，不可为也；为人臣，为人子，为人弟，不可以有怨于其君、父、兄也。”使天下之人皆不好色，皆不怨其君、父、兄，夫岂不善？使人之情皆泊然而无思，和易而优柔，以从事于此，则天下固亦大治。而人之情又不能皆然。好色之心驱诸其中，是非不平之气攻诸其外，炎炎而生，不顾利害，趋死而后已。噫！礼之权止于死生，天下之事不至乎可以博生者。则人不敢触死以违吾法。今也人之好色，与人之是非不平之心，勃然而发于中，以为可以博生也，而先以死自处其身，则死生之机固已去矣。死生之机去，则礼为无权。区区举无权之礼，以强人之所不能，则乱益甚而礼益败。

今吾告人曰：“必无好色，必无怨而君、父、兄。”彼将遂从吾言而忘其中心所自有之情邪？将不能也。彼既已不能纯用吾法，将遂大弃而不顾；吾法既已大弃而不顾，则人之好色，与怨其君父兄之心，将遂荡然无所隔限，而易内窃妻之变，与弑其君父兄之祸，必反公行于天下。圣人忧焉，曰：“禁人之好色而至于淫，禁人之怨其君父兄而至于叛，患生于责人太详。好色之不绝，而怨之不禁，则彼将反不至于乱。”故圣人之道，严于礼而通于《诗》。

礼曰：“必无好色，必无怨而君父兄。”《诗》曰：“好色而不至于淫，怨而君父兄而无至于叛。”严以待天下之贤人，通以全天下之中人。吾观《国风》，婉娈柔媚，而卒守以正，好色而不至于淫者也；《小雅》悲伤诟讟，而君臣之情卒不忍去，怨而不至于叛者也。故天下观之曰：“圣人固许我以好色，而不尤我之怨吾君父兄也。许我以好色，不淫可也；不尤我之怨吾君父兄，则彼虽以虐遇我，我明讥而明怨之，使天下明知之，则吾之怨亦得当焉，不叛可也。”夫背圣人之法，而自弃于淫叛之地者，非断不能也。断之始生于不胜，人不自胜其忿，然后忍弃其身。故《诗》之教，不使人之情至于不胜也。夫桥之所以为安于舟者，以有桥而言也。水潦大至，桥必解，而舟不至于必败。故舟者，所以济桥之所不及也。

吁！礼之权穷于易达而有《易》焉，穷于后世之不信而有《乐》焉，穷于强人而有《诗》焉，吁！圣人之虑事也盖详。

书论

苏明允

风俗之变，圣人为之也。圣人因风俗之变而用其权，圣人之权用于当世，而风俗之变益甚，以至于不可复反；幸而又有圣人焉，承其后而维之，则天下可以复治；不幸其后无圣人，其变穷而无所复入则已矣。

昔者吾尝欲观古之变而不可得也，于《诗》，见商与周焉而不详；及今观《书》，然后见尧舜之时，与三代之相变，如此之亟也。自尧而至于商，其变也皆得圣人而承之，故无忧。至于周，而天下之变穷矣。忠之变而入于质，质之变而入于文，其势便也。及夫文之变而又欲反之于忠也，是犹欲移江河而行之山也。人之喜文而恶质与忠也，犹水之不肯避下而就高也。彼其始未尝文焉，故忠质而不辞。今吾日食之以太牢，而欲使之复茹其菽哉！呜呼！其后无圣人，其变穷而无所复入则已矣，周之后而无王焉，固也。其始之制其风俗也，固不容为其后者计也，而又适不值乎圣人，固也，后之无王者也。此段说权用而风俗之变益甚。此下说风俗之变而因用其权。此文首先提清两层，后面先应后一层；再应前一层，使其文有反复之势。

当尧之时，举天下而授之舜，舜得尧之天下而又授之禹。方尧之未授天下于舜也，天下未尝闻有如此之事也，度其当时之民，莫不以为大怪也。然而舜与禹也，受而居之，安然若天下固其所有，而其祖宗既已为之累数十世者，未尝与其民道其所以当得天下之故也；又未尝悦之以利，而开之以丹朱、商均之不肖也。其意以为天下之民以我为当在此位也，则亦不俟乎援天以神之，誉己以固之也。

汤之伐桀也，嚣嚣然数其罪而以告人，如曰：彼有罪，我伐之，宜也。既又惧天下之民不己悦也，则又嚣嚣然以言柔之曰："万方有罪，在予一人，予一人有罪，无以尔万方。"如曰：我如是而为尔之君，尔可以许我焉尔。吁，亦既薄矣！至于武王，而又自言其先祖父皆有显功，既已受命而死，其大业不克终，今我奉承其志，举兵而东伐，而东国之士女，束帛以迎我，纣之兵，倒戈以纳我。吁，又甚矣！如曰：吾家之当为天子久矣。如此乎民之欲我速入商也。伊尹之在商也，如周公之在周也。伊尹摄位三年，而无一言以自解；周公为之，纷纷乎急于自疏其非篡也。夫固由风俗之变而后用其权，权用而风俗成，吾安坐而镇之，夫孰知风俗之变而不复反也？

明论

苏明允

天下有大知，有小知；人之智虑有所及，有所不及。圣人以其大知而兼其小知之功，贤人以其所及而济其所不及；愚者不知大知，而以其所不及丧其所及。故圣人之治天下也以常，而贤人之治天下也以时。既不能常，又不能时，悲夫殆哉！夫惟大知而后可以常，以其所及济其所不及而后可以时。常也者，无治而不治者也；时也者，无乱而不治者也。

日月经乎中天，大可以被四海，而小或不能入一室之下，彼固无用此区区小明也。故天下视日月之光，俨然其若君父之威，故自有天地而有日月，以至于今，而未尝可以一日无焉。天下尝有言曰："叛父母，亵神明，则雷霆下击之。"雷霆故不能为天下尽击此等辈也，而天下之所以兢兢然不敢犯者，有时而不测也。使雷霆日轰轰焉绕天下，以求夫叛父母亵神明之人而击之，则其人未必能尽，而雷霆之威无乃亵乎！故夫知日月雷霆之分者，可以用其明矣。

圣人之明，吾不得而知也；吾独爱夫贤者之用其心约而成功博也；吾独怪夫愚者之用其心劳而功不成也。是无他也，专于其所及而及之，则其及必精；兼于其所不及而及之，则其及必粗。及之而精，人将曰："是惟无及，及则精矣。不然，吾恐奸雄之窃笑也。”齐威王即位，大乱三载，威王一奋，而诸侯震惧二十年。是何修何营邪？夫齐国之贤者，非独一即墨大夫明矣；乱齐国者，非独一阿大夫，与左右誉阿而毁即墨者几人亦明矣。一即墨大夫易知也，一阿大夫易知也，左右誉阿而毁即墨者几人易知也。从其易知而精之，故用心甚约而成功博也。

天下之事，譬如有物十焉，吾举其一，而人不知吾之不知其九也。历数之至于九，而不知其一，不如举一之不可测也，而况乎不至于九也？

谏论二首并序

苏明允

贤君不时有，忠臣不时得，故作《谏论》。

一

古今论谏，常与讽而少直，其说盖出于仲尼。

吾以为讽直一也，顾用之之术何如耳。伍举进隐语，楚王淫益甚；茅焦解衣危论，秦帝立悟。讽固不可尽与，直亦未易少之。吾故曰顾用之之术何如耳。然则仲尼之说非乎？曰：仲尼之说，纯乎经者也；吾之说，参乎权而归乎经者也。如得其术，则人君有少不为桀、纣者，吾百谏而百听矣，况虚己者乎？不得其术，则人君有少不若尧、舜者，吾百谏而百不听矣，况逆忠者乎？然则奚术而可？曰：机智勇辨，如古游说之士而已。夫游说之士以机智勇辨济其诈，吾欲谏者以机智勇辨济其忠。请备论其效。

周衰，游说炽于列国，自是世有其人，吾独怪夫谏而从者百一，说而从者十九；谏而死者皆是，说而死者未尝闻。然而抵触忌讳，说或甚于谏。由是知不必乎讽谏而必乎术也。说之术可为谏法者五：理谕之、势禁之、利诱之、激怒之、隐讽之之谓也。触聋以赵后爱女贤于爱子，未旋踵而长安君出质；甘罗以杜邮之死诘张唐，而相燕之行有日；赵卒以两贤王之意语燕，而立归武臣：此理而谕之也。子贡以内忧教田常，而齐不得伐鲁；武公以麋鹿胁顷襄，而楚不敢图周；鲁连以烹醢惧垣衍，而魏不果帝秦：此势而禁之也。田生以万户侯启张卿，而刘泽封；朱建以富贵饵闳孺，而辟阳赦；邹阳以爱幸悦长君，而梁王释：此利而诱之也。苏秦以牛后羞韩，而惠王按剑太息；范雎以无王耻秦，而昭王长跪请教；郦生以助秦陵汉，而沛公辍洗听计：此激而怒之也。苏代以土偶笑田文；楚人以弓缴感襄王；蒯通以娶妇悟齐相：此隐而讽之也。五者相倾险诐之论。虽然，施之忠臣，足以成功。何则？理而谕之，主虽昏必悟；势而禁之，主虽骄必惧；利而诱之，主虽怠必奋；激而怒之，主虽懦必立；隐而讽之，主虽暴必容。悟则明，惧则恭，奋则勤，立则勇，容则宽。致君之道，尽于此矣。

吾观昔之臣，言必从，理必济，莫若唐魏郑公。其初实学纵横之说，此所谓得其术者与？噫！龙逢、比干不获称良臣，无苏秦、张仪之术也；苏秦、张仪不免为游说，无龙逢、比干之心也。是以龙逢、比干，吾取其心，不取其术；苏秦、张仪，吾取其术，不取其心。以为谏法。

二

夫臣能谏，不能使君必纳谏，非真能谏之臣；君能纳谏，不能使臣必谏，非真能纳谏之君。欲君必纳乎，向之论备矣；欲臣必谏乎，吾其言之。

夫君之大，天也；其尊，神也；其威，雷霆也，人之不能抗天、触神、忤雷霆亦明矣。圣人知其然，故立赏以劝之，《传》曰“兴王赏谏臣”是也。犹惧其选耎阿谀，使一日不得闻其过，故制刑以威之。《书》曰：“臣下不正，其刑墨”是也。人之情非病风丧心，未有避赏而就刑者，何苦而不谏哉？赏与刑不设，则人之情又何苦而抗天、触神、忤雷霆哉？自非性忠义，不悦赏，不畏罪，谁欲以言博死者？人君又安能尽得性忠义者而任之？今有三人焉，一人勇，一人勇怯半，一人怯。有与之临乎渊谷者，且告之曰：“能跳而越此谓之勇，不然为怯。”彼勇者耻怯，必跳而越焉。其勇怯半者与怯者则不能也。又告之曰：“跳而越者与千金，不然则否。”彼勇怯半者奔利，必跳而越焉。其怯者犹未能也。须臾顾见猛虎，暴然向逼，则怯者不待告，跳而越之如康庄矣。然则人岂有勇、怯哉？要在以势驱之耳。

君之难犯，犹渊谷之难越也。所谓性忠义，不悦赏，不畏罪者，勇者也，故无不谏焉；悦赏者。勇怯半者也，故赏而后谏焉；畏罪者，怯者也，故刑而后谏焉。先王知勇者不可常得，故以赏为千金，以刑为猛虎，使其前有所趋，后有所避，其势不得不极言规失，此三代所以兴也。末世不然，迁其赏于不谏，迁其刑于谏，宜乎臣之噤口卷舌，而乱亡随之也。间或贤君欲闻其过，亦不过赏之而已。

呜呼！不有猛虎，彼怯者肯越渊谷乎？此无他，墨刑之废耳。三代之后，如霍光诛昌邑不谏之臣者。不亦鲜哉！今之谏赏，时或有之，不谏之刑，缺然无矣。苟增其所有，有其所无，则谀者直，佞者忠，况忠直者乎？诚如是，欲闻谠言而不获，吾不信也。

管仲论

苏明允

管仲相威公，霸诸侯，攘戎翟，终其身齐国富强，诸侯不叛。管仲死，竖刁、易牙、开方用，威公薨于乱，五公子争立，其祸蔓延，讫简公，齐无宁岁。

夫功之成，非成于成之日，盖必有所由起；祸之作，不作于作之日，亦必有所由兆。则齐之治也，吾不曰管仲，而曰鲍叔；及其乱也，吾不曰竖刁、易牙、开方，而曰管仲。何则？竖刁、易牙、开方三子，彼固乱人国者，顾其用之者威公也。夫有舜而后知放四凶，有仲尼而后知去少正卯。彼威公何人也？顾其使威公得用三子者，管仲也。

仲之疾也，公问之相。当是时也，吾以仲且举天下之贤者以对，而其言乃不过曰"竖刁、易牙、开方三子，非人情，不可近"而已。呜呼！仲以为威公果能不用三子矣乎？威公声不绝乎耳，色不绝乎目，而非三子者，则无以遂其欲。彼其初之所以不用者，徒以有仲焉耳。一日无仲，则三子者可以弹冠相庆矣。仲以为将死之言，可以絷威公之手足邪？夫齐国不患有三子，而患无仲；有仲，则三子者三匹夫耳。不然，天下岂少三子之徒，虽威公幸而听仲，诛此三人，而其余者，仲能悉数而去之邪？呜呼！仲可谓不知本者矣。因威公之问，举天下之贤者以自代，则仲虽死，而齐国未为无仲也。夫何患三子者，不言可也。

五霸莫盛于威、文。文公之才，不过威公，其臣又皆不及仲；灵公之虐，不如孝公之宽厚。文公死，诸侯不敢叛晋，晋袭文公之余威，得为诸侯之盟主者百有余年。何者？其君虽不肖，而尚有老成人焉。威公之薨也，一乱涂地，无惑也。彼独恃一管仲，而仲则死矣。夫天下未尝无贤者，盖有有臣而无君者矣。威公在焉，而曰天下不复有管仲者，吾不信也。仲之书，有记其将死，论鲍叔、宾胥无之为人，且各疏其短。是其心以为是数子者皆不足以托国，而又逆知其将死，则其书诞谩不足信也。

吾观史鳟以不能进蘧伯玉而退弥子瑕，故有身后之谏。萧何且死，举曹参以自代。大臣之用心，固宜如此也。夫国以一人兴，以一人亡，贤者不悲其身之死，而忧其国之衰，故必复有贤者而后可以死。彼管仲者，何以死哉？

权 书十首录四

苏明允

孙 武

求之而不穷者，天下奇才也。天下之士，与之言兵而曰我不能者几人？求之于言而不穷者几人？言不穷矣，求之于用而不穷者几人？呜呼！至于用而不穷者，吾未之见也。

孙武十三篇，兵家举以为师，然以吾评之，其言兵之雄乎？今其书论奇权密机，出入神鬼，自古以兵著书者罕所及。以是而揣其为人，必谓有应敌无穷之才。不知武用兵，乃不能必克，与书所言远甚。吴王阖庐之入郢也，武为将军；及秦、楚交败其兵，越王入践其国，外祸内患，一旦迭发，吴王奔走，自救不暇，武殊无一谋以弭斯乱。若按武之书，以责武之失，凡有三焉。

《九地》曰："威加于敌，则交不得合。"而武使秦得听包胥之言，出兵救楚，无忌吴之心，斯不威之甚，其失一也。《作战》曰:“久暴师则钝兵挫锐，屈力殚货，则诸侯乘其弊而起。”且武以九年冬伐楚，至十年秋始还，可谓久暴矣，越人能无乘间入国乎？其失二也。又曰:“杀敌者怒也。”今武纵子胥、伯嚭鞭平王尸，复一夫之私忿，以激怒敌。此司马戍、子西、子期所以必死仇吴也。句践不颓旧冢而吴服，田单谲燕掘墓而齐奋，知谋与武远矣。武不达此，其失三也。然始吴能以入郢，乃因胥、嚭、唐、蔡之怒，及乘楚瓦之不仁，武之功盖亦鲜耳。夫以武自为书，尚不能自用，以取败北，况区区祖其故智馀论者，而能将乎？

且吴起与武一体之人也，皆著书言兵，世称之曰“孙、吴”。然而吴起之言兵也轻。法制草略，无所统纪，不若武之书辞约而意尽，天下之兵说皆归其中。然吴起始用于鲁，破齐;及入魏，又能制秦兵;入楚，楚复霸。而武之所为反如是，书之不足信也固矣。

今夫外御一隶，内治一妾，是贱丈夫亦能，夫岂必有人而教之？及夫御三军之众，阖营而自固，或且有乱，然则是三军之众惑之也。故善将者视三军之众，与视一隶一妾无加焉，故其心常若有馀。夫以一人之心，当三军之众，而其中恢恢然犹有馀地，此韩信之所以多多而益办也。故夫用兵岂有异术哉？能勿视其众而已矣。

六 国

六国破灭，非兵不利，战不善，弊在赂秦。赂秦而力亏，破灭之道也。或曰:“六国互丧，率赂秦邪？”曰:“不赂者以赂者丧。盖失强援，不能独完。故曰弊在赂秦也。”秦以攻取之外，小则获邑，大则得城，较秦之所得，与战胜而得者，其实百倍；诸侯之所亡，与战败而亡者，其实亦百倍。则秦之所大欲，诸侯所大患，固不在战矣。

思厥先祖父，暴霜露，斩荆棘，以有尺寸之地，子孙视之不甚惜，举以与人，如弃草芥。今日割五城，明日割十城，然后得一夕安寝，起视四境，而秦兵又至矣。然则诸侯之地有限，暴秦之欲无厌，奉之弥繁，侵之愈急，故不战而强弱胜负已判矣，至于颠覆，理固宜然。古人云:“以地事秦，犹抱薪救火，薪不尽，火不灭。”此言得之。

齐人未尝赂秦，终继五国迁灭，何哉？与嬴而不助五国也。五国既丧，齐亦不免矣。燕、赵之君，始有远略，能守其土，义不赂秦。是故燕虽小国而后亡，斯用兵之效也，至丹以荆卿为计，始速祸焉。赵尝五战于秦，二败而三胜；后秦击赵者再，李牧连却之，洎牧以谗诛，邯郸为郡，惜其用武而不终也。且燕、赵处秦革灭殆尽之际，可谓智力孤危，战败而亡，诚不得已。向使三国各爱其地，齐人勿附于秦，刺客不行，良将犹在，则胜负之数，存亡之理，当与秦相较，或未易量。

呜呼！以赂秦之地，封天下之谋臣；以事秦之心，礼天下之奇才，并力西向，则吾恐秦人食之不得下咽也。悲夫！有如此之势，而为秦人积威之所劫，日削月割，以趋于亡，为国者无使为积威之所劫哉！

夫六国与秦皆诸侯，其势弱于秦，而犹有可以不赂而胜之之势；苟以天下之大，而从六国破亡之故事，是又在六国下矣。

项 籍

吾尝论项籍有取天下之才，而无取天下之虑；曹操有取天下之虑，而无取天下之量；刘备有取天下之量，而无取天下之才。故三人终其身无成焉。

且夫不有所弃，不可以得天下之势；不有所忍，不可以尽天下之利。是故地有所不取，城有所不攻，胜有所不就，败有所不避。其来不喜，其去不怒，肆天下之所为，而徐制其后，乃克有济。呜呼！项籍有百战百胜之才，而死垓下，无惑也。吾于其战巨鹿也，见其虑之不长，量之不大，未尝不怪其死于垓下之晚也。方籍之渡河，沛公始整兵向关。籍于此时若急引军趋秦，及其锋而用之，可以据咸阳，制天下。不知出此，而区区与秦将争一旦之命。既全巨鹿，而犹徘徊河南新安间，至函谷，则沛公入咸阳数月矣。夫秦人既已安沛公而仇籍，则其势不得强而臣。故籍虽迁沛公汉中，而卒都彭城，使沛公得还定三秦，则天下之势，在汉不在楚。楚虽百战百胜，尚何益哉！故曰兆垓下之死者，巨鹿之战也。

或曰："虽然，籍必能入秦乎？"曰："项梁死，章邯谓楚不足虑，故移兵伐赵，有轻楚心，而良将劲兵，尽于巨鹿。籍诚能以必死之士，击其轻敌寡弱之师，入之易耳。且亡秦之守关，与沛公之守，善否可知也；沛公之攻关，与籍之攻，善否又可知也。以秦之守而沛公攻入之；沛公之守，而籍攻入之。然则亡秦之守，籍不能入哉？”或曰：“秦可入矣，如救赵何？”曰：虎方捕鹿，罴据其穴，搏其子，虎安得不置鹿而返？返则碎于罴明矣，军志所谓‘攻其必救’也。使籍入关，王离、涉间必释赵自救。籍据关逆击其前，赵与诸侯救者十余壁蹑其后，覆之必矣。是籍一举解赵之围，而收功于秦也。战国时，魏伐赵，齐救之。田忌引兵疾走大梁，因存赵而破魏。彼宋义号知兵，殊不达此。屯安阳不进，而曰待秦敝，吾恐秦未敝，而沛公先据关矣。籍与义俱失焉。

是故古之取天下者，常先图所守。诸葛孔明弃荆州而就西蜀，吾知其无能为也。且彼未尝见大险也，彼以为剑门者，可以不亡也。吾尝观蜀之险，其守不可出，其出不可继，兢兢而自完，犹且不给，而何足以制中原哉？若夫秦、汉之故都，沃土千里，洪河大山，真可以控天下，又乌事夫不可措足如剑门者，而后曰险哉？

今夫富人必居四通五达之都，使其财帛出于天下，然后可以收天下之利。有小丈夫者，得一金，椟而藏诸家，拒户而守之。呜呼！是求不失也，非求富也。大盗至，劫而取之，又焉知其果不失也？

高帝

汉高帝挟数用术，以制一时之利害，不如陈平；揣摩天下之势，举指摇目，以劫制项羽，不如张良。微此二人，则天下不归汉，而高帝乃木强之人而止耳。然天下已定，后世子孙之计，陈平、张良智之所不及，则高帝常先为之规画处置，以中后世之所为，晓然如目见其事而为之者。盖高帝之智，明于大而暗于小，至于此而后见也。

帝尝语吕后曰：“周勃重厚少文，然安刘氏必勃也。可令为太尉。”方是时，刘氏既安矣，勃又将谁安邪？故吾之意曰：高帝之以太尉属勃也，知有吕氏之祸也。虽然，其不去吕后，何也？势不可也。昔者武王没，成王幼，而三监叛。帝意百岁后，将相大臣及诸侯王，有武庚禄父者，而无有以制之也。独计以为家有主母，而豪奴悍婢不敢与弱子抗。吕氏佐帝定天下，为大臣素所畏服，独此可以镇压其邪心，以待嗣子之壮。故不去吕后者，为惠帝计也。

吕后既不可去，故削其党以损其权，使虽有变，而天下不摇，是故以樊哙之功，一旦遂欲斩之而无疑。呜呼！彼岂独于哙不仁邪？且哙与帝偕起，拔城陷阵，功不为少矣。方亚父嗾项庄时，微哙诮让羽，则汉之为汉，未可知也。一旦人有恶哙欲灭戚氏者，时哙出伐燕，立命平、勃即军中斩之。夫哙之罪未形也，恶之者诚伪未必也，且高帝之不以一女子斩天下之功臣，亦明矣。彼其娶于吕氏，吕氏之族，若产、禄辈，皆庸才不足恤，独哙豪健，诸将所不能制，后世之患，无大于此矣。夫高帝之视吕后也，犹医者之视堇也。使其毒可以治病，而无至于杀人而已矣。樊哙死，则吕氏之毒将不至于杀人。高帝以为是足以死而无忧矣。彼平、勃者，遗其忧者也。哙之死于惠之六年也，天也。使其尚在，则吕禄不可绐，太尉不得入北军矣。

或谓哙于帝最亲，使之尚在，未必与产、禄叛。夫韩信、黥布、卢绾皆南面称孤，而绾又最为亲幸，然及高帝之未崩也，皆相继以逆诛。谁谓百岁之后，椎埋屠狗之人，见其亲戚乘势为帝王，而不欣然从之邪？吾故曰："彼平、勃者，遗其忧者也。"

衡论十首录三

苏明允

御将

人君御臣，相易而将难。将有二：有贤将，有才将，而御才将尤难。御相以礼，御将以术，御贤将之术以信，御才将之术以智。不以礼不以信，是不为也；不以术不以智，是不能也。故曰：御将难，而御才将尤难。

六畜其初皆兽也，彼虎豹能搏能噬，而马亦能蹄，牛亦能触。先王知能搏能噬者，不可以人力制，故杀之；杀之不能，驱之而后已。蹄者可馭以羁绁，触者可拘以楅衡。故先王不忍弃其才，而废天下之用。如曰"是能蹄，是能触，当与虎豹并杀而同驱”，则是天下无骐骥，终无以服乘邪！先王之选才也，自非大奸剧恶如虎豹之不可以变其搏噬者，未尝不欲制之以术，而全其才，以适于用。况为将者，又不可责以廉隅细谨，顾其才何如耳。汉之卫、霍、赵充国，唐之李靖、李勣，贤将也；汉之韩信、黥布、彭越，唐之薛万彻、侯君集、盛彦师，才将也。贤将既不多有，得才者而任之，可也。苟又曰“是难御！”则是不肖者而后可也。结以重恩，示以赤心，美田宅，丰饮馔，歌童舞女，以极其口腹耳目之欲，而折之以威，此先王之所以御才将者也。

近之论者，或曰:“将之所以毕智竭力，犯霜露、蹈白刃而不辞者，冀赏耳。为国家者，不如勿先赏以邀其成功。”或曰:“赏所以使人。不先赏，人不为我用。”是皆一隅之说，非通论也。将之才固有小、大。杰然于庸将之中者，才小者也；杰然于才将之中者，才大者也。才小志亦小，才大志亦大。人君当观其才之小、大，而为制御之术，以称其志，一隅之说，不可用也。

夫养骐骥者，丰其刍粒，洁其羁络，居之新闲，浴之清泉，而后责之千里。彼骐骥者，其志常在千里也，夫岂以一饱而废其志哉？至于养鹰则不然。获一雉饲以一雀，获一兔饲以一鼠，彼知不尽力于击搏，则其势无所得食，故然后为我用。才大者骐骥也，不先赏之，是养骐骥者饥之而责其千里，不可得也；才小者鹰也，先赏之，是养鹰者饱之而求其击搏，亦不可得也。是故先赏之说，可施之才大者；不先赏之说，可施之才小者，兼而用之可也。

昔者汉高帝一见韩信，而授以上将，解衣衣之，推食哺之；一见黥布，而以为淮南王，供具饮食如王者；一见彭越，而以为相国。当是时，三人者未有功于汉也。厥后追项籍垓下，与信、越期而不至，捐数千里之地以畀之，如弃敝屣。项氏未灭，天下未定，而三人者已极富贵矣。何则？高帝知三人者之志大，不极于富贵，则不为我用；虽极于富贵，而不灭项氏，不定天下，则其志不已也。至于樊哙、滕公、灌婴之徒则不然。拔一城，陷一阵，而后增数级之爵，否则终岁不迁也。项氏已灭，天下已定，樊哙、滕公、灌婴之徒，计百战之功，而后爵之通侯。夫岂高帝至此而啬哉？知其才小而志小，虽不先赏不怨；而先赏之，则彼将泰然自满，而不复以立功为事故也。

噫！方韩信之立于齐，蒯通、武涉之说未去也。当是之时，而夺之王，汉其殆哉！夫人岂不欲三分天下而自立者？而彼则曰：“汉王不夺我齐也。”故齐不捐，则韩信不怀；韩信不怀，则天下非汉之有。呜呼！高帝可谓知大计矣。

申法

古之法简，今之法繁。简者不便于今，而繁者不便于古，非今之法不若古之法，而今之时不若古之时也。

先王之作法也，莫不欲服民之心；服民之心，必得其情；情然邪而罪亦然，则固入吾法矣。而民之情，又不皆如其罪之轻重大小，是以先王忿其罪而哀其无辜，故法举其略，而吏制其详。杀人者死，伤人者刑，则以著于法，使民知天子之不欲我杀人伤人耳。若其轻重出入，求其情而服其心者，则以属吏。任吏而不任法，故其法简。

今则不然。吏奸矣，不若古之良；民偷矣，不若古之淳。吏奸，则以喜怒制其轻重而出入之，或至于诬执；民偷，则吏虽以情出入，而彼得执其罪之大小以为辞。故今之法，纤悉委备，不执于一，左右前后四顾而不可逃，是以轻重其罪，出入其情，皆可以求之法。吏不奉法，辄以举劾，任法而不任吏，故其法繁。

古之法若方书，论其大概，而增损剂量，则以属医者，使之视人之疾，而参以己意。今之法若鬻屦，既为其大者，又为其次者，又为其小者，以求合天下之足。故其繁简则殊，而求民之情以服其心则一也。然则今之法不劣于古矣，而用法者尚不能无弊。何则？律令之所禁，画一明备，虽妇人孺子，皆知畏避，而其间有习于犯禁而遂不改者，举天下皆知之，而未尝怪也。

先王欲杜天下之欺也，为之度，以一天下之长短；为之量，以齐天下之多寡；为之权衡，以信天下之轻重。故度量权衡，法必资之官，资之官而后天下同。今也庶民之家，刻木比竹，绳丝缒石以为之。富商豪贾，内以大，出以小。齐人适楚，不知其孰为斗，孰为斛。持东家之尺而校之西邻，则若十指然。此举天下皆知之，而未尝怪者，一也。先王恶奇货之荡民，且哀夫微物之不能遂其生也，故禁民采珠贝；恶夫物之伪而假真且重费也，故禁民糜金以为涂饰。今也采珠贝之民，溢于海滨；糜金之工，肩摩于列肆。此又举天下皆知之，而未尝怪者，二也。先王患贱之陵贵，而下之僭上也，故冠服器皿，皆以爵列为等差，长短大小，莫不有制。今也工商之家，曳纨锦，服珠玉，一人之身，循其首以至足，而犯法者十九。此又举天下皆知之，而未尝怪者，三也。先王惧天下之吏负县官之势以侵劫齐民也，故使市之坐贾视时百物之贵贱而录之，旬辄以上，百以百闻，千以千闻，以待官吏之私卖；十则损三,三则损一以闻，以备县官之公籴。今也吏之私侇，而从县官公籴之法。民曰:“公家之取于民也固如是。”是吏与县官敛怨于下，此又举天下皆知之，而未尝怪者，四也。先王不欲人之擅天下之利也，故仕则不商，商则有罚；不仕而商，商则有征。是民之商不免征，而吏之商又加以罚。今也吏之商既幸而不罚，又从而不征，资之以县官公籴之法，负之以县官之徒，载之以县官之舟，关防不讥，津梁不呵。然则为吏而商，诚可乐也，民将安所措手足？此又举天下皆知之，而未尝怪者，五也。

若此之类，不可悉数。天下之人，耳习目熟，以为当然。宪官法吏，目击其事，亦恬而不问。夫法者，天子之法也，法明禁之，而人明犯之，是不有天子之法也，衰世之事也。而议者皆以为今之弊，不过吏胥執法以为奸；而吾以为吏胥之奸，由此五者始。今有盗白昼持梃入室，而主人不之禁，则踰垣穿穴之徒，必且相告而肆行于其家，其必先治此五者，而后诘吏胥之奸可也。

田 制

古之税重乎？今之税重乎？周公之制，园廛二十而税一，近郊十一，远郊二十而三，稍、甸、县、都，皆无过十二，漆林之征，二十而五。盖周之盛时，其尤重者，至四分而取一，其次者，乃五而取一，然后以次而轻，始至于十一，而又有轻者也。今之税，虽不啻十一，然而使县官无急征，无横敛，则亦未至乎四而取一与五而取一之为多也。是今之税与周之税，轻重之相去无几也。虽然，当周之时，天下之民，歌舞以乐其上之盛德；而吾之民，反戚戚不乐，常若擢筋剥肤以供亿其上。周之税如此，吾之税亦如此，而其民之哀乐，何如此之相远也？其所以然者，盖有由矣。

周之时，用井田；井田废，田非耕者之所有，而有田者不耕也。耕者之田，资于富民。富民之家，地大业广，阡陌连接，募召浮客，分耕其中，鞭笞驱役，视以奴仆，安坐四顾，指麾于其间。而役属之民，夏为之耨，秋为之获，无有一人违其节度以嬉。而田之所入，己得其半，耕者得其半。有田者一人，而耕者十人，是以田主日累其半，以至于富强；耕者日食其半，以至于穷饿而无告。夫使耕者至于穷饿，而不耕不获者，坐而食富强之利，犹且不可；而况富强之民，输租于县官，而不免于怨叹嗟愤。何则？彼以其半而供县官之税，不若周之民以其全力而供其上之税也。周之十一，以其全力而供十一之税也，使以其半供十一之税，犹用十二之税然也。况今之税，又非特止于十一而已，则宜乎其怨叹嗟愤之不免也。噫！贫民耕而不免于饥，富民坐而饱且嬉，又不免于怨，其弊皆起于废井田。井田复，则贫民有田以耕，谷食粟米，不分于富民，可以无饥。富民不得多占田以锢贫民，其势不耕则无所得食。以地之全力，供县官之税，又可以无怨。是以天下之士争言复井田。

既又有言者曰："夺富民之田，以与无田之民，则富民不服，此必生乱。如乘大乱之后，土旷而人稀，可以一举而就。高祖之灭秦，光武之承汉，可为而不为，以是为恨。"吾又以为不然。今虽使富民皆奉其田而归诸公，乞为井田，其势亦不可得。何则？井田之制，九夫为井，井间有沟；四井为邑，四邑为丘，四丘为甸，甸方八里，旁加一里为一成，成间有洫，其地百井而方十里；四甸为县，四县为都，四都方八十里，旁加十里为一同，同间有浍，其地万井而方百里。百里之间，为浍者一，为洫者百，为沟者万。既为井田，又必兼备沟洫。沟洫之制，夫间有遂，遂上有径；十夫有沟，沟上有畛；百夫有洫，洫上有途；千夫有浍，浍上有道；万夫有川，川上有路。万夫之地，盖三十二里有半，而其间为川、为路者一，为浍、为道者九，为洫、为涂者百，为沟、为畛者千，为遂、为径者万。此二者非塞溪壑，平涧谷，夷丘陵，破坟墓，坏庐舍，徙城郭，易疆垅，不可为也。纵使能尽得平原广野，而遂规画于其中，亦当驱天下之人，竭天下之粮，穷数百年专力于此，不治他事，而后可以望天下之地，尽为井田，尽为沟洫，已而又为民作屋庐于其中，以安其居而后可。吁！亦已迂矣。井田成，而民之死其骨已朽矣。古者井田之兴，其必始于唐、虞之世乎？非唐、虞之世，则周之世无以成井田。唐、虞启之，至于夏、商，稍稍葺治，至周而大备。周公承之，因遂申定其制度，疏整其疆界，非一日而遽能如此也，其所由来者渐矣。

夫井田虽不可为，而其实便于今。今诚有能为近井田者而用之，则亦可以苏民矣乎？闻之董生曰："井田虽难卒行，宜少近古，限民名田，以赡不足。"名田之说，盖出于此。而后世未有行者，非以不便民也，惧民不肯损其田以入吾法，而遂因此以为变也。孔光、何武曰："吏民名田，无过三十顷，期尽三年而犯者，没入官。"夫三十顷之田，周民三十夫之田也，纵不能尽如此制，一人而兼三十夫之田，亦已过矣。而期之三年，是又迫蹙平民，使自坏其业，非人情难用。吾欲少为之限，而不夺其田尝已过吾限者，但使后之人不敢多占田以过吾限耳。要之数世，富者之子孙，或不能保其地以复于贫，而彼尝已过吾限者，散而入于他人矣，或者子孙出而分之以无几矣。如此，则富民所占者少而余地多，则贫民易取以为业，不为人所役属，各食其地之全利，利不分于人，而乐输于官。夫端坐于朝廷，下令于天下，不惊民，不动众，不用井田之制，而获井田之利，虽周之井田，何以远过于此哉！

卷四　论辨类四

志　林

苏子瞻

平　王

太史公曰："学者皆称周伐纣，居洛邑，其实不然。武王营之，成王使召公卜居之，居九鼎焉。而周复都丰、镐，至犬戎败幽王，周乃东徙于洛。"苏子曰："周之失计，未有如东迁之谬也。自平王至于亡，非有大无道者也。颣王之神圣，诸侯服享，然终以不振，则东迁之过也。"

昔武王克商，迁九鼎于洛邑，成王、周公复增营之。周公既殁，盖君陈、毕公更居焉，以重王室而已，非有意于迁也。周公欲葬成周，而成王葬之毕，此岂有意于迁哉？

今夫富民之家，所以遗其子孙者，田宅而已，不幸而有败，至于乞假以生，可也，然终不敢议田宅。今平王举文、武、成、康之业而大弃之，此一败而鬻田宅者也。夏、商之王，皆五六百年，其先王之德，无以过周，而后王之败，亦不减幽、厉，然至于桀、纣而后亡。其未亡也，天下宗之，不如东周之名存而实亡也。是何也？则不鬻田宅之效也。

盘庚之迁也，复殷之旧也。古公迁于岐，方是时，周人如狄人也，逐水草而居，岂所难哉！卫文公东徙度河，恃齐而存耳。齐迁临淄，晋迁于绛，于新田，皆其盛时，非有所畏也。其余避寇而迁都，未有不亡；虽不即亡，未有能复振者也。春秋时，楚大饥，群蛮畔之，申息之北门不启，楚人谋徙于阪高。蒍贾曰：“不可。我能往，寇亦能往。”于是乎以秦人巴人灭庸，而楚始大。苏峻之乱，晋几亡矣，宗庙宫室，尽为灰烬。温峤欲迁都豫章，三吴之豪，欲迁会稽。将从之矣，独王导不可，曰：“金陵，王者之都也。王者不以丰俭移都。若弘卫文大帛之冠，何适而不可？不然，虽乐土为墟矣。且北寇方强，一旦示弱，窜于蛮越，望实皆丧矣。”乃不果迁，而晋复安。贤哉导也，可谓能定大事矣。

嗟夫！平王之初，周虽不如楚之强，顾不愈于东晋之微乎？使平王有一王导定不迁之计，收丰、镐之遗民，而修文、武、成、康之政，以形势临东诸侯，齐、晋虽强，未敢贰也，而秦何自霸哉！魏惠王畏秦，迁于大梁；楚昭王畏吴，迁于都；顷襄王畏秦，迁于陈；考烈王畏秦，迁于寿春，皆不复振，有亡徵焉。东汉之末，董卓劫帝迁于长安，汉遂以亡；近世李景迁于豫章，亦亡。故曰：“周之失计，未有如东迁之谬也。”

鲁隐公

公子翚请杀桓公以求太宰。隐公曰：“为其少故也，吾将授之矣，使营菟裘，吾将老焉。”翚惧，反谮公于桓公而弑之。苏子曰：盗以兵拟人，人必杀之，夫岂独其所拟，途之人皆捕击之矣；途之人与盗非仇也，以为不击，则盗且并杀己也。隐公之智，曾不若是途之人也，哀哉！

隐公，惠公继室之子也，其为非嫡，与桓均尔，而长于桓。隐公追先君之志而授国焉，可不谓仁乎？惜乎其不敏于智也。使隐公诛翚而让桓，虽夷、齐何以尚兹？骊姬欲杀申生而难里克，则优施来之；二世欲杀扶苏而难李斯，则赵高来之。此二人之智，若出一人，而其受祸亦不少异。里克不免于惠公之诛，李斯不免于二世之虐，皆无足哀者，吾独表而出之，以为世戒。

君子之为仁义也，非有计于利害。然君子之所为，义利常兼，而小人反是。李斯听赵高之谋，非其本意，独畏蒙氏之夺其位，故勉而听高。使斯闻高之言，即召百官，陈六师而斩之，其德于扶苏，岂有既乎？何蒙氏之足忧！释此不为，而具五刑于市，非下愚而何！

呜呼！乱臣贼子，犹蝮蛇也，其所螫草木犹足以杀人，况其所噬啮者欤！郑小同为高贵乡公侍中，尝诣司马师，师有密疏未屏也，如厕还，问小同:“见吾疏乎？”曰:“不见。”师曰:“宁我负卿，无卿负我。”遂酖之。王允之从王敦夜饮，辞醉先寝。敦与钱凤谋逆，允之已醒，悉闻其言。虑敦疑己，遂大吐，衣面皆污；敦果照视之，见允之卧吐中乃已。哀哉小同，殆哉岌岌乎允之也！孔子曰:“危邦不入，乱邦不居。”有以也夫！

吾读史得鲁隐公、晋里克、秦李斯、郑小同、王允之五人，感其所遇祸福如此，故特书其事。后之君子可以览观焉。此与论周东迁，皆杂引古事错综成论，而此篇尤为奇肆飘忽，其神气盖近《孟子》，是不可以貌论也。管仲辞子华篇，其文体亦然，但蹊径少平直尔。

范蠡

越既灭吴，范蠡以为勾践为人长颈鸟喙，可以共患难，不可与共逸乐，乃以其私徒属浮海而行。至齐，以书遗大夫种曰:“飞鸟尽，良弓藏；狡兔死，走狗烹。子可以去矣。”苏子曰:范蠡独知相其君而已，以吾相蠡，蠡亦鸟喙也。

夫好货，天下贱士也。以蠡之贤，岂聚敛积实者？耕于海滨，父子力作，以营千金，屡散而复积，此何为者哉？岂非才有余而道不足，故功成名遂身退，而心终不能自放者乎？使勾践有大度，能始终用蠡，蠡亦非清静无为，以老于越者也。吾故曰:“蠡亦鸟喙也。”鲁仲连既退秦军，平原君欲封连，以千金为寿。连笑曰:“所贵于天下士者，为人排难解纷，而无所取也。即有取，是商贾之事，连不忍为也。”遂去，终身不复见。逃隐于海上，曰:“吾与富贵而诎于人，宁贫贱而轻世肆志焉。”使范蠡之去如鲁连，则去圣人不远矣。

呜呼！春秋以来，用、舍、进、退，未有如蠡之全者也，而不足于此，吾是以累叹而深悲焉！

战国任侠

春秋之末至于战国，诸侯卿相皆争养士，自谋夫说客谈天雕龙、坚白同异之流，下至击剑扛鼎、鸡鸣狗盗之徒，莫不宾礼，靡衣玉食以馆于上者，何可胜数！越王勾践有君子六千人；魏无忌、齐田文、赵胜、黄歇、吕不韦，皆有客三千人，而田文招致任侠奸人六万家于薛；齐稷下谈者亦千人。魏文侯、燕昭王、太子丹、皆致客无数。下至秦汉之间，张耳、陈馀号多士，宾客厮养，皆天下豪杰，而田横亦有士五百人。其略见于传记者如此，度其馀当倍官吏而半农夫也。此皆奸民蠹国者，民何以支，而国何以堪乎？

苏子曰：此先王之所不能免也。国之有奸也，犹鸟兽之有猛鸷，昆虫之有毒螫也。区处条理，使各安其处，则有之矣；锄而尽去之，则无是道也。吾考之世变，知六国之所以久存，而秦之所以速亡者，盖出于此，不可以不察也。

夫智、勇、辩、力，此四者，皆天民之秀杰者也，类不能恶衣食以养人，皆役人以自养者也。故先王分天下之富贵，与此四者共之，此四者不失职，则民靖矣。四者虽异，先王因俗设法，使出于一；三代以上出于学；战国至秦出于客；汉以后出于郡县吏；魏、晋以来，出于九品中正；隋、唐至今，出于科举。虽不尽然，取其多者论之。六国之君，虐用其民，不减始皇、二世，然当是时，百姓无一人叛者，以凡民之秀杰者，多以客养之，不失职也。其力耕以奉上，皆椎鲁无能为者，虽欲怨叛而莫为之先，此其所以少安而不即亡也。

始皇初欲逐客，用李斯之言而止，既并天下，则以客为无用，于是任法而不任人，谓民可以恃法而治，谓吏不必才，取能守吾法而已。故堕名城，杀豪杰，民之秀异者，散而归田亩。向之食于四公子、吕不韦之徒者，皆安归哉？不知其能槁项黄馘以老死于布褐乎？抑将辍耕太息以俟时也？秦之乱虽成于二世，然使始皇知畏此四人者，有以处之，使不失职，秦之亡不至若是速也。纵百万虎狼于山林而饥渴之，不知其将噬人，世以始皇为智，吾不信也。

楚、汉之祸，生民尽矣，豪杰宜无几，而代相陈豨，从车千乘，萧、曹为政，莫之禁也。至文、景、武之世，法令至密，然吴濞、淮南、梁王、魏其、武安之流，皆争致宾客，世主不问也。岂惩秦之祸，以为爵禄不能尽縻天下士，故少宽之，使得或出于此也邪！

若夫先王之政则不然，曰："君子学道则爱人，小人学道则易使也。"呜呼！此岂秦汉之所及也哉！

始皇扶苏

秦始皇时，赵高有罪，蒙毅按之当死，始皇赦而用之。长子扶苏好直谏，上怒，使北监蒙恬兵于上郡。始皇东游会稽，并海，走琅琊，少子胡亥、李斯、蒙毅、赵高从。道病，使蒙毅还祷山川；未及还，上崩。李斯、赵高矫诏立胡亥，杀扶苏、蒙恬、蒙毅，卒以亡秦。

苏子曰：始皇制天下轻重之势，使内外相形以禁奸备乱者，可谓密矣。蒙恬将三十万人，威振北方，扶苏监其军，而蒙毅侍帷幄为谋臣，虽有大奸贼，敢睥睨其间哉？不幸道病，祷祠山川，尚有人也，而遣蒙毅，故高、斯得成其谋。始皇之遣毅，毅见始皇病，太子未立而去左右，皆不可以言智。虽然，天之亡人国，其祸败必出于智所不及。圣人为天下，不恃智以防乱，恃吾无致乱之道耳。

始皇致乱之道，在用赵高。夫阉尹之祸，如毒药猛兽，未有不裂肝碎首者也。自书契以来，惟东汉吕强、后唐张承业二人号称善良，岂可望一二于千万，以徼必亡之祸哉！然世主皆甘心而不悔，如汉桓、灵，唐肃、代，犹不足深怪。始皇、汉宣皆英主，亦湛于赵高、恭、显之祸，彼自以为聪明人杰也，奴仆熏腐之馀何能为？及其亡国乱朝，乃与庸主不异。吾故表而出之，以戒后世人主如始皇、汉宣者。

或曰：李斯佐始皇定天下，不可谓不智。扶苏亲始皇子，秦人戴之久矣，陈胜假其名，犹足以乱天下；而蒙恬持重兵在外，使二人不即受诛，而复请之，则斯、高无遗类矣。以斯之智，而不虑此，何哉？

苏子曰：呜呼！秦之失道，有自来矣，岂独始皇之罪！自商鞅变法，以殊死为轻典，以参夷为常法，人臣狼顾胁息，以得死为幸，何暇复请？方其法之行也，求无不获，禁无不止。鞅自以为轶尧、舜而驾汤、武矣，及其出亡而无所舍，然后知为法之弊。夫岂独鞅悔之，秦亦悔之矣！荆轲之变，持兵者熟视始皇环柱而走，莫之救者，以秦法重故也。李斯之立胡亥，不复忌二人者，知威令之素行，而臣子不敢复请也。二人之不敢请，亦知始皇之鸷悍而不可回也，岂料其伪也哉！周公曰:“平易近民，民必归之。”孔子曰:“有一言而可以终身行之，其恕矣乎！”夫以忠恕为心，而以平易为政，则上易知而下易达，虽有卖国之奸，无所投其隙，仓卒之变，无自发焉。然其令行禁止，盖有不及商鞅者矣，而圣人终不以彼易此。商鞅立信于徙木，立威于弃灰，刑其亲戚、师傅，积威信之极，以及始皇，秦人视其君如雷电、鬼神，不可测也。古者公族有罪，三宥然后制刑。今至使人矫杀其太子而不忌，太子亦不敢请，则威信之过也。

故夫以法毒天下者，未有不反中其身，及其子孙者也。汉武与始皇，皆果于杀者也，故其子如扶苏之仁，则宁死而不请，如戾太子之悍，则宁反而不诉，知诉之必不察也。戾太子岂欲反者哉？计出于无聊也。故为二君之子者，有死与反而已。李斯之智，盖足以知扶苏之必不反也。吾又表而出之，以戒后世人主之果于杀者。

范增

汉用陈平计，间疏楚君臣。项羽疑范增与汉有私，稍夺其权。增大怒曰:“天下事大定矣，君王自为之。愿赐骸骨归卒伍。”归未至彭城，疽发背死。

苏子曰：增之去善矣。不去，羽必杀增，独恨其不早耳。然则当以何事去？增劝羽杀沛公，羽不听，终以此失天下，当于是去邪？曰：否。增之欲杀沛公，人臣之分也；羽之不杀，犹有人君之度也；增曷为以此去哉？《易》曰:“知几其神乎！”《诗》曰:“相彼雨雪，先集维霰。”增之去，当于羽杀卿子冠军时也。

陈涉之得民也，以项燕、扶苏；项氏之兴也，以立楚怀王孙心；而诸侯叛之也，以弑义帝。且义帝之立，增为谋主矣。义帝之存亡，岂独为楚之盛衰，亦增之所与同祸福也，未有义帝亡而增独能久存者也。羽之杀卿子冠军也，是弑义帝之兆也；其弑义帝，则疑增之本也，岂必待陈平哉？

物必先腐也而后虫生之，人必先疑也而后谗入之。陈平虽智，安能间无疑之主哉？

吾尝论义帝，天下之贤主也，独遣沛公入关，而不遣项羽；识卿子冠军于稠人之中，应杀义帝之兆。而擢以为上将；不贤而能如是乎？羽既矫杀卿子冠军，义帝必不能堪。非羽弑帝，则帝杀羽，不待智者而后知也。增始劝项梁立义帝，应疑增之本诸侯以此服从，中道而弑之，非增之意也。夫岂独非其意，将必力争而不听也。不用其言，而杀其所立，羽之疑增，必自是始矣。方羽杀卿子冠军，增与羽比肩而事义帝，君臣之分未定也。为增计者，力能诛羽则诛之，不能则去之，岂不毅然大丈夫也哉！增年已七十，合则留，不合则去；不以此时明去就之分，而欲依羽以成功名，陋矣！

虽然，增，高帝之所畏也。增不去，项羽不亡。呜呼，增亦人杰也哉！

伊尹论

苏子瞻

办天下之大事者，有天下之大节者也；立天下之大节者，狭天下者也。夫以天下之大，而不足以动其心，则天下之大节有不足立，而大事有不足办者矣。

今夫匹夫匹妇，此下一段承“办大事”二句发论，皆知洁廉忠信之为美也，使其果洁廉而忠信，则其智虑未始不如王公大人之能也。唯其所争者，止于箪食豆羹；而箪食豆羹足以动其心，则宜其智虑之不出乎此也。箪食豆羹非其道不取，则一乡之人莫敢以不正犯之矣；一乡之人莫敢以不正犯之，而不能办一乡之事者，未之有也。推此而上，其不取者愈大，则其所办者愈远矣。

让天下，与让箪食豆羹无以异也；此下一段承“立大节”二句发论，看他双起双承，却笔势变幻不觉。治天下，与治一乡亦无以异也。然而不能者，有所蔽也。天下之富，是箪食豆羹之积也；天下之大，是一乡之推也。承

“无异”。非千金之子，不能运千金之资。贩夫贩妇，得一金而不知所措，非智不若，所居之卑也。承“有敝”。孟子曰：“伊尹耕于有莘之野，非其道也，非其义也，虽禄之以天下弗受也。”夫天下不能动其心，是故其才全；以其全才而制天下，是故临大事而不乱。古之君子，唐应德云：断。必有高世之行，非苟求为异而已。卿相之位，千金之富，有所不屑，将以自广其心，使穷达利害，不能为之芥蒂，以全其才，而欲有所为耳。后之君子，盖亦尝有其志矣，得失乱其中，而荣辱夺其外，立大节反面。是以役役至于老死而不暇，亦足悲矣。

孔子叙《书》，至于舜、禹、皋陶相让之际，盖未尝不太息也。夫以朝廷之尊，而行匹夫之让，孔子安取哉？取其不汲汲于富贵，有以大服天下之心焉耳。夫太甲之废，唐应德云：续。天下未尝有是，而伊尹始行之，天下不以为惊；以臣放君，天下不以为僭；既放而复立，太甲不以为专。何则？其素所不屑者，足以取信于天下也。彼其视天下眇然不足以动其心，而岂忍以废放其君求利也哉！

后之君子，蹈常而习故，惴惴焉惧不免于天下，一为希阔之行，则天下群起而诮之，办大事反面。两层反面，却分置两处，俱是文字变幻处。不知求其素而以为古今之变，时有所不可者，亦已过矣夫！

荀卿论

苏子瞻

尝读《孔子世家》，观其言语文章，循循莫不有规矩，不敢放言高论，言必称先王，然后知圣人忧天下之深也，茫乎不知其畔岸而非远也，浩乎不知其津涯而非深也。其所言者，匹夫匹妇之所共知；而所行者，圣人有所不能尽也。呜呼，是亦足矣！使后世有能尽吾说者，虽为圣人无难；而不能者，不失为寡过而已矣。

子路之勇，子贡之辨，冉有之智，此三者，皆天下之所谓难能而可贵者也。然三子者，每不为夫子之所悦。颜渊默然不见其所能，若无以异于众人者，而夫子亟称之。且夫学圣人者，岂必其言之云尔哉？亦观其意之所向而已。夫子以为后世必有不足行其说者矣，必有窃其说而为不义者矣，是故其言平易正直，而不敢为非常可喜之论，要在于不可易也。

昔者常怪李斯事荀卿，既而焚灭其书，大变古先圣王之法，于其师之道，不啻若寇仇。及今观荀卿之书，然后知李斯之所以事秦者，皆出于荀卿，而不足怪也。荀卿者，喜为异说而不让，敢为高论而不顾者也。其言愚人之所惊，小人之所喜也。子思、孟轲，世之所谓贤人君子也，荀卿独曰："乱天下者，子思、孟轲也。"天下之人，如此其众也；仁人义士，如此其多也，荀卿独曰："人性恶，桀、纣性也，尧、舜伪也。"由是观之，意其为人，必也刚愎不逊，而自许太过。彼李斯者，又特甚者耳。

今夫小人之为不善，犹必有所顾忌。是以夏、商之亡，桀、纣之残暴，而先王之法度礼乐刑政，犹未至于绝灭而不可考者，是桀、纣犹有所存，而不敢尽废也。彼李斯者，独能奋而不顾，焚烧夫子之《六经》，烹灭三代之诸侯，破坏周公之井田，此亦必有所恃者矣。彼见其师历诋天下之贤人，自是其愚，以为古先圣王皆无足法者，不知荀卿特以快一时之论，而不自知其祸之至于此也。其父杀人报仇，其子必且行劫。荀卿明王道，述礼乐，而李斯以其学乱天下，其高谈异论有以激之也。

孔、孟之论，未尝异也，而天下卒无有及者。苟天下果无有及者，则尚安以求异为哉！

韩非论

苏子瞻

圣人之所为恶夫异端，尽力而排之者，非异端之能乱天下，而天下之乱所由出也。

昔周之衰，有老聃、庄周、列御寇之徒，更为虚无淡泊之言，而治其猖狂浮游之说，纷纭颠倒，而卒归于无有。由其道者，荡然莫得其当，是以忘乎富贵之乐，而齐乎死生之分。此不得志于天下，高世远举之人，所以放心而无忧，虽非圣人之道，而其用意，固亦无恶于天下。自老聃之死百余年，有商鞅、韩非，著书言治天下无若刑名之贤。及秦用之，终于胜、广之乱，教化不足而法有余，秦以不祀，而天下被其毒。

后世之学者知申、韩之罪，而不知老聃、庄周之使然。何者？仁义之道，起于夫妇、父子、兄弟相爱之间，而礼乐刑政之原，出于君臣、上下相忌之际。相爱，则有所不忍；相忌，则有所不敢。不敢与不忍之心合，而后圣人之道得存乎其中。今老聃、庄周论君臣、父子之间，泛泛乎若萍游于江湖而适相值也，夫是以父不足爱，而君不足忌。不忌其君，不爱其父，则仁不足以怀，义不足以劝，礼乐不足以化。此四者皆不足用，而欲置天下于无有，夫无有岂诚足以治天下哉！商鞅、韩非，求为其说而不得，得其所以轻天下而齐万物之术，是以敢为残忍而无疑。

今夫不忍杀人，而不足以为仁，而仁亦不足以治民。则是杀人不足以为不仁，而不仁亦不足以乱天下。如此，则举天下惟吾之所为，刀锯斧钺，何施而不可？昔者夫子未尝一日易其言，虽天下之小物，亦莫不有所畏。今其视天下眇然若不足为者，此其所以轻杀人与！

太史迁曰："申子卑卑，施于名实。韩子引绳墨，切事情，明是非，其极惨核少恩，皆原于道德之意。"尝读而思之，事固有不相谋而相感者。庄、老之后，其祸为申、韩。由三代之衰至于今，凡所以乱圣人之道者，其弊固已多矣，而未知其所终，奈何其不为之所也！

始皇论

苏子瞻

昔者生民之初，不知所以养生之具，击搏挽裂，与禽兽争一旦之命，惴惴然朝不谋夕，忧死之不给，是故巧诈不生而民无知。然圣人恶其无别，而忧其无以生也，是故作为器用。耒耜、弓矢、舟车、网罟之类，莫不备至，使民乐生便利，役御万物而适其情，而民始有以极其口腹耳目之欲。器利用便而巧诈生，求得欲从而心志广，圣人又忧其桀猾变诈而难治也，是故制礼以反其初。

礼者，所以反本复始也。圣人非不知箕踞而坐，不揖而食，便于人情，而适于四体之安也。将必使之习为迂阔难行之节，宽衣博带，佩玉履舄，所以回翔容与，而不可以驰骤。上自朝廷，而下至于民，其所以视听其耳目者，莫不近于迂阔。其衣以黼黻文章，其食以笾豆簠簋，其耕以井田，其进取选举以学校，其治民以诸侯。嫁娶、死丧，莫不有法，严之以鬼神，而重之以四时，所以使民自尊而不轻为奸。故曰:“礼之近于人情者，非其至也。”周公、孔子所以区区于升降揖让之间，丁宁反复，而不敢失坠者，世俗之所谓迂阔，而不知夫圣人之权固在于此也，自五帝三代相承而不敢破。至秦有天下，始皇帝以诈力而并诸侯，自以为智术之有余，而禹、汤、文、武之不知出此也，于是废诸侯，破井田，凡所以治天下者，一切出于便利，而不耻于无礼。决坏圣人之藩墙，而以利器明示天下。故自秦以来，天下惟知所以求生避死之具，而以礼者为无用赘疣之物。何者？其意以为生之无事乎礼也。苟生之无事乎礼，则凡可以得生者，无所不为矣。呜呼，此秦之祸所以至今而未息欤！

昔者始有书契，以科斗为文，而其后始有规矩摹画之迹，盖今所谓大小篆者。至秦而更以隶，其后日以变革，贵于速成，而从其易。又创为纸，以易简策，是以天下簿书符檄，繁多委压，而吏不能究，奸人有以措其手足。如使今世而尚用古之篆书、简策，则虽欲繁多，其势无由。由此观之，则凡所以便利天下者，是开诈伪之端也。

嗟夫！秦既不可及矣，苟后之君子欲治天下而惟便利之求，则是引民而日趋于诈也。悲夫！此文格势正似老泉，盖东坡少年如此。此后乃自变成体耳。东坡才思大于厥考矣，而笔力坚劲，或不逮也。

留侯论

苏子瞻

古之所谓豪杰之士者，必有过人之节。人情有所不能忍者，匹夫见辱，拔剑而起，挺身而斗，此不足为勇也。天下有大勇者，卒然临之而不惊，无故加之而不怒，此其所挟持者甚大，而其志甚远也。

夫子房受书于圯上之老人也，其事甚怪。然亦安知其非秦之世有隐君子者，出而试之？观其所以微见其意者，皆圣贤相与警戒之义，而世不察，以为鬼物，亦已过矣。且其意不在书。当韩之亡，秦之方盛也，以刀锯鼎镬待天下之士，其平居无罪夷灭者，不可胜数，虽有贲、育，无所获施。夫持法太急者，其锋不可犯，而其势未可乘。子房不忍忿忿之心，以匹夫之力，而逞于一击之间。当此之时，子房之不死者，其间不能容发，盖亦已危矣。千金之子，不死于盗贼，何者？其身之可爱，而盗贼之不足以死也。子房以盖世之才，不为伊尹、太公之谋，而特出于荆轲、聂政之计，以侥幸于不死，此圯上老人所为深惜者也，是故倨傲鲜腆而深折之。《九叹》："切淟涊之流俗。"王逸云："垢浊也。"即鲜腆字。彼其能有所忍也，然后可以就大事。故曰："孺子可教也。"楚庄王伐郑，郑伯肉袒牵羊以迎。庄王曰："其君能下人，必能信用其民矣。"遂舍之。勾践之困于会稽而归，臣妾于吴者，三年而不倦。且夫有报人之志，而不能下人者，是匹夫之刚也。夫老人者以为子房才有馀，而忧其度量之不足，故深折其少年刚锐之气，使之忍小忿而就大谋。何则？非有平生之素，卒然相遇于草野之间，而命以仆妾之役，油然而不怪者，此固秦皇之所不能惊，而项籍之所不能怒也。

观夫高帝之所以胜，而项籍之所以败者，在能忍与不能忍之间而已矣。项籍惟不能忍，是以百战百胜而轻用其锋；高祖忍之，养其全锋而待其弊，此子房教之也。当淮阴破齐而欲自王，高祖发怒，见于辞色。由此观之，犹有刚强不忍之气，非子房其谁全之？

太史公疑子房以为魁梧奇伟。而其状貌乃如妇人女子，不称其志气。呜呼，此其所以为子房欤！

贾谊论

苏子瞻

非才之难，所以自用者实难。惜乎贾生王者之佐，而不能自用其才也。夫君子之所取者远，则必有所待；所就者大，则必有所忍。古之贤人，皆有可致疑脱"治"字之才，而卒不能行其万一者，未必皆其时君之罪，或者其自取也。

愚观贾生之论，如其所言，虽三代何以远过？得君如汉文，犹且以不用死。然则是天下无尧、舜，终不可以有所为邪？仲尼圣人，历试于天下，苟非大无道之国，皆欲勉强扶持，庶几一日得行其道。将之荆，先之以子夏，申之以冉有。君子之欲得其君，如此其勤也。孟子去齐，三宿而后出昼，犹曰“王其庶几召我”。君子之不忍弃其君，如此其厚也。有待。公孙丑问曰：“夫子何为不豫？”孟子曰：“方今天下，舍我其谁哉！而吾何为不豫？”君子之爱其身，如此其至也。有忍。夫如此而不用，然后知天下之果不足与有为，而可以无憾矣。若贾生者，非汉文之不用生，生之不能用汉文也。

夫绛侯亲握天子玺，而授之文帝；灌婴连兵数十万，以决刘、吕之雄雌。又皆高帝之旧将，此其君臣相得之分，岂特父子骨肉手足哉！贾生，洛阳之少年，欲使其一朝之间，尽弃其旧而谋其新，亦已难矣。为贾生者，上得其君，下得其大臣，如绛、灌之属，优游浸渍而深交之，使天子不疑，大臣不忌，然后举天下而惟吾之所欲为，不过十年，可以得志。安有立谈之间，而遽为人痛哭哉！不能待。观其过湘，为赋以吊屈原，悲郁愤闷，趯然有远举之志。其后卒以自伤哭泣，至于夭绝。是亦不善处穷者也。夫谋之一不见用，安知终不复用也？不知默默以待其变，而自残至此。不能忍。两意反正处，皆序地错综。呜呼！贾生志大而量小，才有余而识不足也。

古之人，有高世之才，必有遗俗之累，是故非聪明睿哲不惑之主，则不能全其用。古今称苻坚得王猛于草茅之中，一朝尽斥去其旧臣，而与之谋。彼其匹夫略有天下之半，其以此哉！愚深悲贾生之志，故备论之。亦使人君得如贾生之臣，则知其有狷介之操，一不见用，则忧伤病沮，不能复振。而为贾生者，亦慎其所发哉！

晁错论

苏子瞻

天子之患，最不可为者，名为治平无事，而其实有不测之忧。坐观其变，而不为之所，则恐至于不可救，起而强为之，则天下狃于治平之安，而不吾信。唯仁人君子，豪杰之士，为能出身为天下犯大难以求成大功。此固非勉强期月之间，而苟以求名者之所能也。天下治平，无故而发大难之端，吾发之，吾能收之，然后能免难于天下。事至，而循循焉欲去之，使他人任其责，则天下之祸，必集于我。昔者晁错尽忠为汉，谋弱山东之诸侯。诸侯并起，以诛错为名，而天子不察，以错为说。天下悲错之以忠而受祸，而不知错之有以取之也。

古之立大事者，不唯有超世之才，亦必有坚忍不拔之志。昔禹之治水，凿龙门，决大河而放之海，方其功之未成也，盖亦有溃冒冲突可畏之患。惟能前知其当然，事至不惧而徐为之所，是以得至于成功。夫以七国之强，而骤削之，其为变岂足怪哉！错不于此时捐其身，为天下当大难之冲，而制吴、楚之命，乃为自全之计，欲使天子自将，而己居守。且夫发七国之难者谁乎？己欲求其名，安所逃其患？以自将之至危，与居守之至安，较易知也。己为难首，择其至安，而遗天子以其至危，此忠臣义士，所以愤惋而不平者也。当此之时，虽无袁盎，错亦未免于祸。何者？己欲居守，而使人主自将，以情而言，天子固已难之矣。而重违其议，是以袁盎之说，得行于其间。使吴、楚反，错以身任其危，日夜淬砺，东向而待之，使不至于累其君，则天子将恃之以为无恐，虽有百盎，可得而间哉？

嗟夫！世之君子，欲求非常之功，则无务为自全之计。使错自将而击吴楚，未必无功，惟其欲自固其身，而天子不悦，奸臣得以乘其隙。错之所以自全者，乃其所以自祸与？

大臣论二首

苏子瞻

一

以义正君，而无害于国，可谓大臣矣。天下不幸而无明君，使小人执其权，当此之时，天下之忠臣义士，莫不欲奋臂而击之。夫小人者，必先得于其君，而自固于天下，是故法不可击。击之而不胜，身死，其祸止于一身；击之而胜，君臣不相安，天下必亡。是以《春秋》之法，不待君命而诛其侧之恶人谓之叛。“晋赵鞅入于晋阳以叛”是也。

世之君子，将有志于天下，欲扶其衰而救其危者，必先计其后而为可居之功，其济不济，则命也，是故功成而天下安之。今小人，君不诛而吾诛之，则是侵君之权，而不可居之功也。夫既已侵君之权，而能北面就人臣之位，使君不吾疑者，天下未尝有也。

国之有小人，犹人之有瘿。今人之瘿，必生于颈，而附于咽，是以不可去。有贱丈夫者，不胜其忿，而决去之，夫是以去疾而得死。汉之亡，唐之灭，由此故也。自桓、灵之后，至于献帝，天下之权，归于内竖。贤人君子，进不容于朝，退不容于野。天下之怒，可谓极矣。当此之时，议者以为天下之患，独在宦官；宦官去，则天下无事。然窦武、何进之徒，击之不胜，止于身死；袁绍击之而胜，汉遂以亡。唐之衰去，其迹亦大类此。自辅国、元振之后，天子之废立听于宦官。当此之时，士大夫之论，亦惟宦官之为去。然而李训、郑注、元载之徒，击之不胜，止于身死；至于崔昌遐击之而胜，姜坞先生云：易崔允之名，以庙讳故也。然崔字垂休。唐亦以亡。方其未去，是累然者，瘿而已矣；及其既去，则溃裂四出，而继之以死。何者？此侵君之权，而不可居之功也。

且为人臣而不顾其君，捐其身于一决，以快天下之望，亦已危矣。故其成，则为袁、为崔，败则为何、窦，为训、注。然则忠臣义士，亦奚取于此哉？夫窦武、何进之亡，天下悲之，以为不幸。然亦幸而不成，使其成也，二子者将何以居之？故曰：“以义正君，而无害于国，可谓大臣矣。”

二

天下之权在于小人，君子之欲击之也，不亡其身，则亡其君。然则是小人者，终不可去乎？闻之曰：“迫人者其智浅，迫于人者其智深。”非才有不同，所居之势然也。古之为兵者，围师勿遏，穷寇勿追，诚恐其知死而致力，则虽有众，无所用之。故曰：“同舟而遇风，则胡、越可使相救如左右手。”小人之心，自知其负天下之怨，而君子之莫吾赦也，则将日夜为计，以备一旦卒然不可测之患。今君子又从而疾恶之，是以其谋不得不深，其交不得不合。交合而谋深，则其致毒也，忿戾而不可解。故凡天下之患，起于小人，而成于君子之速之也。小人在内，君子在外；君子为客，小人为主。主未发而客先焉，则小人之词直，而君子之势近于不顺。直则可以欺众，而不顺则难以令其下。故昔之举事者，常以中道而众散，以至于败，则其理岂不甚明哉！

若夫智者则不然。内以自固其君子之交，而厚集其势；外以阳浮而不逆于小人之意，以待其间。宽之使不吾疾，狃之使不吾虑。啖之以利以昏其智，顺适其意以杀其怒，然后待其发而乘其隙，推其坠而挽其绝。故其用力也约，而无后患；莫为之先，故君不怒而势不逼。如此者，功成而天下安之。

今夫小人，急之则合，宽之则散，是从古以然也。见利不能不争，见患不能不避，无信不能不相诈，无礼不能不相渎。是故其交易间，其党易破也。而君子不务宽之以待其变，而急之以合其交，亦已过矣。

君子小人杂居而未决，为君子之计者，莫若深交而无为。苟不能深交而无为，则小人倒持其柄，而乘吾隙。昔汉高之亡，以天下属平、勃。及高后临朝，擅王诸吕，废黜刘氏，平日纵酒无一言。及用陆贾计，以千金交欢绛侯，卒以此诛诸吕，定刘氏。使此二人者而不相能，则是将相相攻之不暇，而何暇及于刘、吕之存亡哉？故其说曰：“将相和调，则士豫附；士豫附，则天下虽有变而权不分。”呜呼，知此其足以为大臣矣！

卷五　论辨类五

商论

苏子由

商之有天下者三十世，而周之世三十有七；商之既衰而复兴者五王，而周之既衰而复兴者，宣王一人而已。夫商之多贤君，宜若其世之过于周；周之贤君不如商之多，而其久于商者乃数百岁，其故何也？

盖周公之治天下，务以文章繁缛之礼，和柔驯扰刚强之民。故其道本于尊尊而亲亲，贵老而慈幼，使民之父子相爱，兄弟相悦，以无犯上难制之气；行其至柔之道，以揉天下之戾心，而去其刚毅果敢之志。故其享天下至久，而诸侯内侵，京师不振，卒于废为至弱之国。何者？优柔和易，可以为久，而不可以为强也。若夫商人之所以为天下者，不可复见矣。尝试求之《诗》《书》。《诗》之宽缓而和柔，《书》之委曲而繁重者，举皆周也。而商人之诗骏发而严厉，其书简洁而明肃，以为商人之风俗，盖在乎此矣。

夫惟天下有刚强不屈之俗也，故其后世有以自振于衰微，然至其败也，一散而不可复止。盖物之强者易以折，而柔忍者可以久存。柔者可以久存，而常困于不胜；强者易以折，而其末也，乃可以有所立。此商之所以不长，而周之所以不振也。

呜呼！圣人之虑天下，亦有所就而已，不能使之无弊也。使之能久而不能强，能以自振而不能以及远。此二者，存乎其后世之贤与不贤矣。太公封于齐，尊贤而尚功。周公曰："后世必有篡弑之臣。"周公治鲁，亲亲而尊尊，太公曰：“后世寖衰矣。”夫尊贤尚功，则近于强；亲亲尊尊，则近于弱。终之齐有田氏之祸，而鲁人困于盟主之令。盖商之政近于齐，而周公之所以治周者，其所以治鲁也。故齐强而鲁弱，鲁未亡而齐亡也。

六 国 论

苏子由

尝读六国《世家》，窃怪天下之诸侯，以五倍之地，十倍之众，发愤西向，以攻山西千里之秦，而不免于灭亡，常为之深思远虑，以为必有可以自安之计。盖未尝不咎其当时之士，虑患之疏，而见利之浅，且不知天下之势也。

夫秦之所与诸侯争天下者，不在齐、楚、燕、赵也，而在韩、魏之郊；诸侯之所与秦争天下者，不在齐、楚、燕、赵也，而在韩、魏之野。秦人之有韩、魏，譬如人之有腹心之疾也。韩、魏塞秦之冲，而蔽山东之诸侯，故夫天下之所重者，莫如韩、魏也。昔者范雎用于秦而收韩，商鞅用于秦而收魏；昭王未得韩、魏之心，而出兵以攻齐之刚寿，而范雎以为忧。然则秦之所忌者，可以见矣。秦之用兵于燕、赵，秦之危事也。越韩过魏，而攻人之国都，燕、赵拒之于前，而韩、魏乘之于后，此危道也。而秦之攻燕、赵，未尝有韩、魏之忧，则韩、魏之附秦故也。

夫韩、魏，诸侯之障，而使秦人得出入于其间，此岂知天下之势邪！委区区之韩、魏，以当强虎狼之秦，彼安得不折而入于秦哉？韩、魏折而入于秦，然后秦人得通其兵于东诸侯，而使天下遍受其祸。夫韩、魏不能独当秦，而天下之诸侯借之以蔽其西，故莫如厚韩亲魏以摈秦，秦人不敢逾韩、魏以窥齐、楚、燕、赵之国，而齐、楚、燕、赵之国，因得以自完于其间矣。以四无事之国，佐当寇之韩、魏，使韩、魏无东顾之忧，而为天下出身以当秦兵；以二国委秦，而四国休息于内，以阴助其急。若此，可以应夫无穷，彼秦者将何为哉？不知出此，而乃贪疆埸尺寸之利，背盟败约，以自相屠灭。秦兵未出，而天下诸侯已自困矣，至使秦人得伺其隙以取其国，可不悲哉！

三 国 论

苏子由

天下皆怯而独勇，则勇者胜；皆暗而独智，则智者胜。勇而遇勇，则勇者不足恃也；智而遇智，则智者不足用也。夫唯智勇之不足以定天下，是以天下之难蜂起而难平。

盖尝闻之，古者英雄之君，其遇智勇也，以不智不勇，而后真智大勇，乃可得而见也。悲夫！世之英雄，其处于世，亦有幸不幸邪？汉高祖、唐太宗，是以智勇独过天下而得之者也；曹公、孙、刘，是以智勇相遇而失之者也。以智攻智，以勇击勇，此譬如两虎相捽，齿牙气力无以相胜，其势足以相扰，而不足以相毙。当此之时，惜乎无有以汉高帝之事制之者也。

昔者项籍乘百战百胜之威，而执诸侯之柄，咄嗟叱咤，奋其暴怒，西向以逆高祖。其势飘忽震荡，如风雨之至，天下之人，以为遂无汉矣。然高帝以其不智不勇之身，横塞其冲，徘徊而不得进，其顽钝椎鲁，足以为笑于天下，而卒能摧折项氏而待其死，此其故何也？夫人之勇力，用而不已，则必有所耗竭；而其智虑久而无成，则亦必有所倦怠而不举。彼欲用其所长，以制我于一时，而我闭门而拒之，使之失其所求，逡巡求去而不能去，而项籍固已惫矣。

今夫曹公、孙权、刘备，此三人者，皆知以其才相取，而未知以不才取人也。世之言者曰："孙不如曹，而刘不如孙。"刘备惟智短而勇不足，故有所不若于二人者，而不知因其所不足以求胜，则亦已惑矣。盖刘备之才近似于高祖，而不知所以用之之术。昔高祖之所以自用其才者，其道有三焉耳：先据势胜之地，以示天下之形；广收信、越出奇之将，以自辅其所不逮；有果锐刚猛之气而不用，以深折项籍猖狂之势。此三事者，三国之君，其才皆无有能行之者。独有一刘备近之而未至，其中犹有翘然自喜之心，欲为椎鲁而不能钝，欲为果锐而不能达，二者交战于中，而未有所定。是故所为而不成，所欲而不遂。弃天下而入巴蜀，则非地也；用诸葛孔明治国之才，而当纷纭征伐之冲，则非将也；不忍愤愤之心，犯其所短，而自将以攻人，则是其气不足尚也。

嗟夫！方其奔走于二袁之间，困于吕布而狼狈于荆州，百败而其志不折，不可谓无高祖之风矣，而终不知所以自用之方。夫古之英雄，唯汉高帝为不可及也夫？

汉文帝论

苏子由

老子曰："柔胜刚，弱胜强。"汉文帝以柔御天下，刚强者皆承风而靡。尉佗称号南越，帝复其坟墓，召贵其兄弟，佗去帝号，俯伏称臣。匈奴桀敖，陵驾中国，帝屈体遗书，厚以缯絮，虽未能调伏，然兵革之祸，比武帝世十一二耳。吴王濞包藏祸心，称病不朝，帝赐之几杖，濞无所发怒，乱以不作。使文帝尚在，不出十年，濞亦已老死，则东南之乱，无由起矣。至景帝不能忍，用晁错之计，削诸侯地，濞因之号召七国，西向入关，汉遣三十六将军，竭天下之力，仅乃破之。

错言诸侯强大，削之亦反，不削亦反。削之，则反疾而祸小；不削，则反迟而祸大。世皆以其言为信，吾以为不然。诚如文帝忍而不削，濞必未反，迁延数岁之后，变故不一，徐因其变而为之备，所以制之者固多术矣。猛虎在山，日食牛羊，人不能堪，荷戈而往刺之，幸则虎毙，不幸则人死，其为害亟矣。晁错之计，何以异此？若能高其垣墙，深其陷阱，时伺而谨防之，虎安能必为害？此则文帝之所以备吴也。

呜呼！为天下虑患，而使好名贪利小丈夫制之，其不为晁错者鲜矣！

唐　论

苏子由

天下之变，常伏于其所偏重而不举之处，故内重则为内忧，外重则为外患。古者聚兵京师，外无强臣，天下之事，皆制于内，当此之时，谓之内重。内重之弊，奸臣内擅，而外无所忌；匹夫横行于四海，而莫能禁。其乱不起于左右之大臣，则生于山林小民之英雄。故夫天下之重，不可使专在内也。古者诸侯大国，或数百里，兵足以战，食足以守，而其权足以生杀，然后能使四夷盗贼之患，不至于内，天子之大臣，有所畏忌，而内患不作。当此之时，谓之外重。外重之弊，诸侯拥兵，而内无以制。由此观之，则天下之重，固不可使在内，而亦不可使在外也。

自周之衰，齐、晋、秦、楚，绵地千里，内不胜于其外，以至于灭亡而不救。秦人患其外之已重而至于此也，于是收天下之兵，而聚之关中，夷灭其城池，杀戮其豪杰，使天下之命皆制于天子。然至于二世之时，陈胜、吴广，大呼起兵，而郡县之吏，熟视而走，无敢谁何。赵高擅权于内，颐指如意，虽李斯为相，备五刑而死于道路，其子李由守三川，拥山河之固，而不敢校也。此二患者，皆始于外之不足，而无有以制之也。

至于汉兴，惩秦孤立之弊，乃大封侯王，而高帝之世，反者九起。其遗孽馀烈，至于文、景，而为淮南、济北、吴、楚之乱。于是武帝分裂诸侯，以惩大国之祸，而其后百年之间，王莽遂得以奋其志于天下，而刘氏之子孙无复龃龉。魏、晋之世，乃益侵削诸侯，四方微弱，不复为乱。而朝廷之权臣，山林之匹夫，常为天下之大患。此数君者，其所以制其内外、轻重之际，皆有以自取其乱，而莫之或知也。夫天下之重在内则为内忧，在外则为外患。而秦、汉之间，不求其势之本末，而更相惩戒，以就一偏之利，故其祸循环无穷而不可解也。且夫天子之于天下，非如妇人孺子之爱其所有也。得天下而谨守之，不忍以分于人，此匹夫之所谓智也，而不知其无成者未始不自不分始。故夫圣人将有所大定于天下，非外之有权臣，则不足以镇之也。而后世之君，乃欲去其爪牙，剪其股肱，而责其成功，亦已过矣。

夫天下之势，内无重，则无以威外之强臣；外无重，则无以服内之大臣，而绝奸民之心。此二者，其势相持而后成，而不可一轻者也。昔唐太宗既平天下，分四方之地，尽以沿边为节度府，而范阳、朔方之军，皆带甲十万，上足以制夷狄之难，下足以备匹夫之乱，内足以禁大臣之变，而将帅之臣常不至于叛者，内有重兵之势以预制之也。贞观之际，天下之兵八百余府，而在关中者五百，举天下之众，而后能当关中之半。然而朝廷之臣，亦不至于乘间衅以邀大利者，外有节度之权以破其心也。

故外之节度，有周之诸侯外重之势，而易置从命，得以择其贤、不肖之才，是以人君无征伐之劳，而天下无世臣暴虐之患。内之府兵，有秦之关中内重之势，而左右谨饬，莫敢为不义之行，是以上无逼夺之危，下无诛绝之祸。盖周之诸侯，内无府兵之威，故陷于逆乱，而不能以自正；秦之关中，外无节度之援，故胁于大臣，而不能以自立。有周秦之利，而无周秦之害，形格势禁，内之不敢为变，而外之不敢为乱，未有如唐制之得者也。而天下之士，不究利害之本末，猥以成败之遗踪，而论计之得失，徒见开元之后，强兵悍将，皆为天下之大患，而遂以太宗之制，为猖狂不审之计。

夫论天下，论其胜败之形，以定其法制之得失，则不若穷其所由胜败之处。盖天宝之际，府兵四出，萃于范阳，而德宗之世，禁兵皆戍赵、魏。是以禄山、朱泚，得至于京师，而莫之能禁；一乱涂地，终于昭宗，而天下卒无宁岁。内之强臣，虽有辅国、元振、守澄、士良之徒，而卒不能制唐之命，诛王涯，杀贾悚，自以为威震四方，然刘从谏为之一言，而震慴自敛，不敢复肆。其后崔昌遐倚朱温之兵以诛宦官，去天下之监军，而无一人敢与抗者。由此观之，唐之衰，其弊在于外重；而外重之弊，起于府兵之在外，非所谓制之失，而后世之不用也。

原过

王介甫

天有过乎？有之，陵历斗蚀是也。地有过乎？有之，崩弛竭塞是也。天地举有过，卒不累覆且载者何？善复常也。人介乎天地之间，则固不能无过，卒不害圣且贤者何？亦善复常也。故太甲思庸，孔子曰“勿惮改过”，扬雄贵迁善，皆是术也。

予之朋有过而能悔，悔而能改，人则曰：“是向之从事云尔！今从事与向之从事弗类，非其性也，饰表以疑世也。”夫岂知言哉！

天播五行于万灵，人固备而有之。有而不思则失，思而不行则废。一日咎前之非，沛然思而行之，是失而复得，废而复举也。顾曰“非其性”，是率天下而戕性也。且如人有财，见篡于盗，已而得之，曰“非夫人之财，向篡于盗矣”，可欤？不可也。财之在己，固不若性之为己有也。财失复得，曰“非其财”且不可，性失复得，曰“非其性”，可乎？

复仇解

王介甫

或问复仇。对曰：非治世之道也。

明天子在上，自方伯、诸侯以至于有司，各修其职，其能杀不辜者少矣；不幸而有焉，则其子弟以告于有司；有司不能听，以告于其君；其君不能听，以告于方伯；方伯不能听，以告于天子。则天子诛其不能听者，而为之施刑于其仇。乱世，则天子、诸侯、方伯，皆不可以告。故《书》说纣曰：“凡有辜罪，乃罔恒获，小民方兴，相为敌仇。”盖仇之所以兴，以上之不可告，辜罪之不常获也。方是时，有父兄之仇而辄杀之者，君子权其势，恕其情，而与之可也。故复仇之义，见于《春秋传》，见于《礼记》，为乱世之为子弟者言之也。《春秋传》以为父受诛，子复仇，不可也。此言不敢以身之私，而害天下之公，又以为父不受诛，子复仇可也。此言不以有可绝之义，废不可绝之恩也。

《周官》之说曰：“凡复仇者，书于士，杀者无罪。”疑此非周公之法也。凡所以有复仇者，以天下之乱，而士之不能听也。有士矣，不能听其杀人之罪以施行，而使为人之子弟者仇之，然则何取于士而禄之也？古之于杀人，其听之可谓尽矣，犹惧其未也，曰：“与其杀不辜，宁失不经。”今书于士，则杀之无罪，则所谓复仇者，果所谓可仇者乎？庸讵知其不独有可言者乎？就当听其罪矣，则不杀于士师，而使仇者杀之何也？故疑此非周公之法也。

或曰：“世乱而有复仇之禁，则宁杀身以复仇乎？将无复仇而以存人之祀乎？”曰：“可以复仇而不复，非孝也；复仇而殄祀，亦非孝也。以仇未复之耻，居之终身焉，盖可也。仇之不复者天也，不忘复仇者己也。克己以畏天，心不忘其亲，不亦可矣。

息 争

刘才甫

昔者孔子之弟子，有德行，有政事，有言语、文学，其鄙有樊迟，其狂有曾点。孔子之师，有老聃，有郯子，有苌弘、师襄。其故人有原壤，而相知有子桑伯子。仲弓问子桑伯子，而孔子许其为简；及仲弓疑其太简，然后以雍言为然。是故南郭惠子问于子贡曰："夫子之门，何其杂也！"呜呼，此其所以为孔子欤！

至于孟子，乃为之言曰："今天下不之杨则之墨，杨、墨之言不息，孔子之道不著。能言距杨、墨者，圣人之徒。"当时因以孟子为好辩。虽非其实，而好辩之端，由是启矣。唐之韩愈，攘斥佛、老，学者称之。下逮有宋，有洛、蜀之党，有朱、陆之同异。为洛之徒者，以排击苏氏为事；为朱之学者，以诋諆陆子为能。

吾以为天地之气化，万变不穷，则天下之理，亦不可以一端尽。昔者曾子之一以贯之，自力行而入；子贡之一以贯之，自多学而得。以后世观之，子贡是则曾子非矣。然而孔子未尝区别于其间，其道故有以包容之也。夫所恶于杨、墨者，为其无父无君也。斥老、佛者，亦曰弃君臣，绝父子，不为昆弟夫妇，以求其清净寂灭。如其不至于是，而吾独何为訾警之？

大盗至，胠箧探囊，则荷戈戟以随之；服吾之服，而诵吾之言，吾将畏敬亲爱之不暇。今也操室中之戈，而为门内之斗，是亦不可以已乎！夫未尝深究其言之是非，见有稍异于己者，则众起而排之，此十足以论人也。人貌之不齐，稍有巨细长短之异，遂斥之以为非人，岂不过哉！北宫黝、孟施舍，其去圣人之勇盖远甚，而孟子以为似曾子、似子夏。然则诸子之迹虽不同，以为似子夏、似曾子可也。

居高以临下，不至于争，为其不足与我角也。至于才力之均敌，而惟恐其不能相胜，于是纷纭之辩以生。是故知道者，视天下之歧趋异说，皆未尝出于吾道之外，故其心恢然有馀。夫恢然有余，而于物无所不包，此孔子之所以大而无外也。恣肆纵荡处，本于《庄子》，但不逮《庄子》之闳奇耳。

卷六　序跋类一

十二诸侯年表序

司马子长

太史公读《春秋历谱谍》，至周厉王，未尝不废书而叹也。曰：呜呼！师挚见之矣。纣为象箸而箕子唏；周道缺，诗人本之衽席，《关雎》作；《后汉·明帝纪》"应门失守，《关雎》刺世"，章怀引薛君《韩诗章句》云：今时大人，内倾于色，贤人见其萌，故咏《关雎》。鼐按：太史公意，盖以《关雎》即为师挚作，与孔、郑说《论语》挚为鲁哀时人异义。不知亦是《韩诗》说否。仁义陵迟，《鹿鸣》刺焉。及至厉王，以恶闻其过，公卿惧诛而祸作，厉王遂奔于彘，乱自京师始，而共和行政焉。是后或力政，强乘弱，兴师不请天子。然挟王室之义，以讨伐为会盟主，政由五伯，诸侯恣行，淫侈不轨，贼臣篡子滋起矣。

齐、晋、秦、楚，其在成周微甚，封或百里，或五十里。晋阻三河，齐负东海，楚介江、淮，秦因雍州之固，四国迭兴，更为伯主，文、武所褒大封，皆威而服焉。是以孔子明王道，干七十余君，莫能用，故西观周室，论史记旧闻，兴于鲁而次《春秋》，上记隐，下至哀之获麟，约其辞文，去其烦重，以制义法。王道备，人事浃。七十子之徒，口受其传指，为有所刺讥、褒讳、挹损之文辞，不可以书见也。

鲁君子左丘明惧弟子人人异端，各安其意，失其真，故因孔子史记具论其语，成《左氏春秋》。铎椒为楚威王傅，为王不能尽观《春秋》，采取成败，卒四十章，为《铎氏微》。赵孝成王时，其相虞卿，上采《春秋》，下观近世，亦著八篇，为《虞氏春秋》。吕不韦者，秦庄襄王相，亦上观尚古，删拾《春秋》，集六国时事，以为八览、六论、十二纪，为《吕氏春秋》。及如荀卿、孟子、公孙固、韩非之徒，公孙固一篇十八章，在《艺文志·儒家》。各往往捃摭《春秋》之文以著书，不可胜纪。汉相张苍历谱五德，上大夫董仲舒推《春秋》义，颇著文焉。

太史公曰：儒者断其义，驰说者骋其辞，不务综其终始。历人取其年月，数家隆于神运，谱谍独记世谥，鼐按："历人"、"谱谍"二类，《七略》并为"历谱"，入《数术略》。其"数家隆于神运"，邹子终始之流也，入《诸子略·阴阳家》。其辞略，欲一观诸要难。于是谱十二诸侯，自共和讫孔子，表见《春秋》《国语》。学者所讥盛衰大指著于篇，为成学治国闻者要删焉。今本"治古文者"，徐广曰：一云"治国闻者"，鼐按：当作"治国闻者"为是。

六国表序

司马子长

太史公读《秦记》，至犬戎败幽王，周东徙洛邑，秦襄公始封为诸侯，作西畤，用事上帝，僭端见矣。

《礼》曰："天子祭天地，诸侯祭其域内名山大川。"今秦杂戎、翟之俗，先暴戾，后仁义，位在藩臣，而胪于郊祀，君子惧焉。及文公逾陇，攘夷狄，尊陈宝，营岐、雍之间，而穆公修政，东竟至河，则与齐桓、晋文中国侯伯侔矣。是后陪臣执政，大夫世禄，六卿擅晋权，征伐会盟，威重于诸侯。及田常杀简公而相齐国，诸侯晏然弗讨，海内争于战攻矣。三国终之卒分晋，田和亦灭齐而有之，六国之盛自此始。务在强兵并敌，谋诈用而从衡短长之说起，矫称蜂出，誓盟不信，虽置质剖符，犹不能约束也。秦始小国，僻远，诸夏宾之，比于戎、翟。至献公之后，常雄诸侯。论秦之德义不如鲁、卫之暴戾者，量秦之兵不如三晋之强也。然卒并天下，非必险固便、形势利也，盖若天所助焉。

或曰："东方物所始生，西方物之成孰。"夫作事者必于东南，收功实者常于西北。故禹兴于西羌，汤起于亳，周之王也，以丰、镐伐殷，秦之帝用雍州兴，汉之兴自蜀、汉。

秦既得意，烧天下《诗》《书》，诸侯史记尤甚，为其有所刺讥也。《诗》《书》所以复见者，多藏人家，而史记独藏周室，以故灭。惜哉惜哉！独有《秦记》，又不载日月，其文略不具。然战国之权变亦有可颇采者，何必上古？秦取天下多暴，然世异变，成功大。《传》曰“法后王”，何也？以其近己而俗变相类，议卑而易行也。学者牵于所闻，见秦在帝位日浅，不察其终始，因举而笑之不敢道，此与以耳食无异。悲夫！

余于是因《秦记》，踵《春秋》之后，起周元王，表六国时事，讫二世，凡二百七十年，著诸所闻兴坏之端，后有君子，以览观焉。

秦楚之际月表序

司马子长

太史公读秦、楚之际，曰：初作难，发于陈涉；虐戾灭秦，自项氏；拨乱诛暴，平定海内，卒践帝祚，成于汉家。五年之间，号令三嬗，自生民以来，未始有受命若斯之亟也。

昔虞、夏之兴，积善累功数十年，德洽百姓，摄行政事，考之于天，然后在位。汤、武之王，乃由契、后稷，修仁行义十余世，不期而会孟津八百诸侯，犹以为未可，其后乃放弑。秦起襄公，章于文、缪，献、孝之后，稍以蚕食六国，百有余载，至始皇乃能并冠带之伦。以德若彼，用力如此，盖一统若斯之难也。

秦既称帝，患兵革不休以有诸侯也，于是无尺土之封，堕坏名城，销锋镝，锄豪桀，维万世之安。然王迹之兴，起于闾巷，合从讨伐，轶于三代，乡秦之禁，适足以资贤者为驱除难耳。故愤发其所为天下雄，安在无土不王？此乃传之所谓大圣乎？岂非天哉，岂非天哉！非大圣孰能当此受命而帝者乎？

汉兴以来诸侯年表序

司马子长

太史公曰：殷以前尚矣。周封五等：公、侯、伯、子、男。然封伯禽、康叔于鲁、卫，地各四百里，亲亲之义，褒有德也；太公于齐，兼五侯地，尊勤劳也。武王、成、康所封数百，而同姓五十五，地，上不过百里，下三十里，以辅卫王室。管、蔡、康叔、曹、郑，“康叔”，盖“唐叔”字误或过或损。厉、幽之后，王室缺，侯伯强国兴焉。天子微，弗能正。非德不纯，形势弱也。

汉兴，序二等。高祖末年，非刘氏而王者，若无功上所不置而侯者，天下共诛之。高祖子弟同姓为王者九国，唯独长沙异姓；而功臣侯者百有馀人。自雁门、太原以东，至辽阳，为燕、代国，常山以南，太行左转，度河、济、阿、甄以东薄海，为齐、赵国；自陈以西，南至九疑，“西”字疑衍东带江、淮、谷、泗，薄会稽，为梁、楚、吴、淮南、长沙国：皆外接于胡、越。而内地北距山以东，尽诸侯地，大者或五六郡，连城数十，置百官、宫观，僭于天子。汉独有三河、东郡、颍川、南阳，自江陵以西至蜀，北自云中至陇西，与内史凡十五郡，而公主、列侯颇食邑其中。何者？天下初定，骨肉同姓少，故广强庶孽，以镇抚四海，用承卫天子也。

汉定百年之间，亲属益疏，诸侯或骄奢，忕邪臣计谋为淫乱，大者叛逆，小者不轨于法，以危其命，殒身亡国。天子观于上古，然后加惠，使诸侯得推恩分子弟国邑。故齐分为七，赵分为六，梁分为五，淮南分三，及天子支庶子为王，王子支庶为侯，百有余焉。吴楚时，前后诸侯或以适削地，是以燕、代无北边郡，吴、淮南、长沙，无南边郡，齐、赵、梁、楚支郡名山陂海咸纳于汉。诸侯稍微，大国不过十余城，小侯不过数十里，上足以奉贡职，下足以供养祭祀，以蕃辅京师。而汉郡八九十，形错诸侯间，犬牙相临，秉其阨塞地利，强本干、弱枝叶之势也。尊卑明而万事各得其所矣。

臣迁谨记高祖以来至太初诸侯，谱其下益损之时，令后世得览。形势虽强，要之以仁义为本。

高祖功臣侯者年表序

司马子长

太史公曰：古者人臣功有五品：以德立宗庙、定社稷曰勋，以言曰劳，用力曰功，明其等曰伐，积日曰阅。封爵之誓曰："使河如带，泰山若厉，国以永宁，爰及苗裔。"始未尝不欲固其根本，而枝叶稍陵夷衰微也。

余读高祖侯功臣，察其首封，所以失之者，曰：异哉所闻！《书》曰："协和万国。"迁于夏商，或数千岁。盖周封八百，幽、厉之后，见于《春秋》。《尚书》有唐、虞之侯伯，历三代千有余载，自全以蕃卫天子，岂非笃于仁义奉上法哉？

汉兴，功臣受封者百有余人，天下初定，故大城名都，散亡户口，可得而数者十二三。是以大侯不过万家，小者五六百户，后数世，民咸归乡里，户益息，萧、曹、绛、灌之属，或至四万，小侯自倍，富厚如之。子孙骄溢，忘其先，淫嬖。至太初，百年之间，见侯五，馀皆坐法殒命亡国，耗矣，罔亦少密焉。然皆身无兢兢于当世之禁云。

居今之世，志古之道，所以自镜也，未必尽同。帝王者各殊礼而异务，要以成功为统纪，岂可绲乎？观所以得尊宠及所以废辱，亦当世得失之林也，何必旧闻？于是谨其终始，表见其文，颇有所不尽本末；著其明，疑者阙之。后有君子，欲推而列之，得以览焉。

建元以来侯者年表序

司马子长

太史公曰：匈奴绝和亲，攻当路塞；闽越擅伐，东瓯请降。二夷交侵，当盛汉之隆，以此知功臣受封，侔于祖考矣。何者？自《诗》《书》称三代，"戎狄是应，荆荼是徵"，齐桓越燕伐山戎，武灵王以区区赵服单于，秦缪用百里霸西戎，吴、楚之君以诸侯役百越。况乃以中国一统，明天子在上，兼文武，席卷四海，内辑亿万之众，岂以晏然不为边境征伐哉！自是后，遂出师北讨强胡，南诛劲越，将卒以次封矣。

战国策序

刘子政

周室自文、武始兴，崇道德，隆礼义，设辟雍、泮宫、庠序之教，陈礼乐、弦歌、移风之化，叙人伦，正夫妇，天下莫不晓然论孝悌之义、惇笃之行，故仁义之道满乎天下，卒致之刑措四十余年，远方慕义，莫不宾服，《雅》《颂》歌咏，以思其德。下及康、昭之后，虽有衰德，其纲纪尚明。及春秋时，已四五百载矣，然其余业遗烈，流而未灭。五伯之起，尊事周室。五伯之后，时君虽无德，人臣辅其君者，若郑之子产，晋之叔向，齐之晏婴，挟君辅政，以并立于中国，犹以义相支持，歌咏以相感，聘觐以相交，期会以相一，盟誓以相救。天子之命，犹有所行；会享之国，犹有所耻。小国得有所依，百姓得有所息。故孔子曰："能以礼让为国乎何有？"周之流化，岂不大哉！

及春秋之后，众贤辅国者既没，而礼义衰矣。孔子虽论《诗》《书》，定礼乐，王道粲然分明，以匹夫无势，化之者七十二人而已，皆天下之俊也。时君莫尚之，是以王道遂用不兴。故曰："非威不立，非势不行。"仲尼既没之后，田氏取齐，六卿分晋，道德大废，上下失序。至秦孝公，捐礼让而贵战争，弃仁义而用诈谲，苟以取强而已矣。夫篡盗之人，列为侯王，诈谲之国，兴立为强，是以转相放效，后生师之，遂相吞灭，并大兼小，暴师经岁，流血满野，父子不相亲，兄弟不相安，夫妇离散，莫保其命，湣然道德绝矣。

晚世益甚，万乘之国七，千乘之国五，敌侔争权，尽为战国，贪饕无耻，竞进无厌；国异政教，各自制断；上无天子，下无方伯，力功争强，胜者为右；兵革不休，诈伪并起。当此之时，虽有道德，不得施设。有谋之强，负阻而恃固，连与交质，重约结誓，以守其国。故孟子、孙卿儒术之士，弃捐于世；而游说权谋之徒，见贵于俗。是以苏秦、张仪、公孙衍、陈轸、代、厉之属，主从横短长之说，左右倾侧。苏秦为从，张仪为横，横则秦帝，从则楚王，所在国重，所去国轻。

然当此之时，秦国最雄，诸侯方弱，苏秦结之，合六国为一，以傧背秦。秦人恐惧，不敢窥兵于关中，天下不交兵者二十九年。然秦国势便形利，权谋之士，咸先驰之。苏秦始欲横秦，弗用，故东合从。及苏秦死后，张仪连横，诸侯听之，西向事秦。是故始皇因四塞之固，据崤、函之阻，跨陇、蜀之饶，听众人之策，乘六世之烈，以蚕食六国，兼诸侯，并有天下，仗于谋诈之积，终无信笃之诚，无道德之教、仁义之化，以缀天下之心。任刑法以为治，信小术以为道，遂燔烧《诗》《书》，坑杀儒士，上小尧、舜，下邈三王。二世愈甚，惠不下施，情不上达，君臣相疑，骨肉相疏，化道浅薄，纲纪坏败，民不见义，而悬于不宁。抚天下十四岁，天下大溃，诈伪之弊也。其比王德，岂不远哉？孔子曰："道之以政，齐之以刑，民免而无耻；道之以德，齐之以礼，有耻且格。"夫使天下有所耻，故化可致也。苟以诈伪偷活取容，自上为之，何以率下？秦之败也，不亦宜乎！

战国之时，君德浅薄，为之谋策者，不得不因势而为资，据时而为画，故其谋扶急持倾，为一切之权，虽不可以临国教化，兵革救急之势也。皆高才秀士，度时君之所能行，出奇策异智，转危为安，易亡为存，亦可喜，皆可观。此文固不若《过秦论》之雄骏，然冲溶浑厚，无意为文，而自能尽意，若庄子所谓"木鸡"者。此境亦贾生所无也。

记秦始皇本纪后

班孟坚

孝明皇帝十七年十月十五日乙丑，曰："周历已移，仁不代母，姜坞先生云：《宋书》志"五德递王"，有二家之说，邹衍以相胜立体，刘向以相生为义。按《前汉·律历志》引刘歆《三统历》，谓周以木德王；汉高祖伐秦继周，木生火，故为火德；秦以水德在周、汉之间，犹共工氏在炮牺，神农之间，霸而不王，为闰位，不当五德之序。此文首言周历已移，应以汉代，而天复以秦值其位者，仁不代母耳。秦值其位，吕政残虐。然以诸侯十三，并兼天下，极情纵欲，养育宗亲，三十七年，兵无所不加，制作政令，施于后王。盖得圣人之威，河神授图，据狼弧，蹈参伐，佐政驱除，距之，称始皇。始皇既没，胡亥极愚，郦山未毕，复作阿房，以遂前策，云凡所为贵有天下者，肆意极欲。大臣至欲罢先君所为，”诛斯、去疾，任用赵高。痛哉言乎！人头畜鸣，不威不伐，恶不笃，不虚亡。距之不得留，残虐以促期，虽居形便之国，犹不得存。

子婴度次得嗣，冠玉冠，佩华绂，车黄屋，从百司，谒七庙。小人乘非位，莫不怳忽失守，偷安日日，独能长念却虑，父子作权，近取于户牖之间，竟诛猾臣，为君讨贼。高死之后，宾婚未得尽相劳，餐未及下咽，酒未及濡唇，楚兵已屠关中，真人翔霸上，素车婴组，奉其符玺以归帝者。郑伯茅旌鸾刀，严王退舍，河决不可复壅，鱼烂不可复全。贾谊、司马迁曰："向使婴有庸主之才，仅得中佐，山东虽乱，秦之地可全而有，宗庙之祀，未当绝也。”秦之积衰，天下土崩瓦解，虽有周旦之材，无所复陈其巧，而以责一日之孤，误哉！俗传秦始皇起罪恶，胡亥极，得其理矣，复责小子，云秦地可全，所谓不通时变者也。

纪季以酅，《春秋》不名，吾读《秦纪》，至于子婴车裂赵高，未尝不健其决，怜其志。婴死生之义备矣。

汉诸侯王表序

班孟坚

昔周监于二代，三圣制法，立爵五等，封国八百，同姓五十有余。周公、康叔建于鲁、卫，各数百里；太公于齐，亦五侯九伯之地。《诗》载其制曰："介人惟藩，大师惟垣，大邦惟屏，大宗惟翰。怀德惟宁，宗子惟城。毋俾城坏，毋独斯畏。”所以亲亲贤贤，褒表功德，关诸盛衰，深根固本，为不可拔者也。故盛则周、召相其治，致刑错；衰则五霸扶其弱，与共守。自幽、平之后，日以陵夷，至乎厄陋河、洛之间，分为二周，有逃责之台，被窃铁之言。然天下谓之共主，强大弗之敢倾。历载八百余年，数极德尽，既于王赧，降为庶人，用天年终。号位已绝于天下，尚犹枝叶相持，莫得居其虚位，海内无主，三十余年。

秦据势胜之地，骋狙诈之兵，蚕食山东，壹切取胜。因矜其所习，自任私知，姗笑三代，荡灭古法，窃自号为皇帝，而子弟为匹夫，内亡骨肉本根之辅，外亡尺土藩翼之卫。陈、吴奋其白梃，刘、项随而毙之。故曰：周过其历，秦不及期，国势然也。

汉兴之初，海内新定，同姓寡少，惩戒亡秦孤立之败，于是剖裂疆土，立二等之爵，功臣侯者，百有余邑，尊王子弟，大启九国。自雁门以东，尽辽阳，为燕、代；常山以南，太行左转，度河、济，渐于海，为齐、赵；穀、泗以往，奄有龟、蒙，为梁、楚；东带江、湖，薄会稽，为荆、吴；北界淮濒，略庐、衡，为淮南；波汉之阳，亘九嶷，为长沙。诸侯比境，周匝三垂，外接胡、越。天子自有三河、东郡、颍川、南阳，自江陵以西至巴蜀，北自云中至陇西，与京师内史，凡十五郡。公主列侯，颇邑其中。而藩国大者，夸州兼郡，连城数十，宫室百官，同制京师。可谓挢枉过其正矣。虽然，高祖创业，日不暇给，孝惠享国又浅，高后女主摄位，而海内晏如，亡狂狡之忧，卒折诸吕之难，成太宗之业者，亦赖之于诸侯也。

然诸侯原本以大末，流滥以致溢。小者淫荒越法，大者睽孤横逆，以害身丧国。故文帝采贾生之议，分齐、赵；景帝用晁错之计，削吴、楚；武帝施主父之册，下推恩之令，使诸侯王得分户邑以封子弟，不行黜陟，而藩国自析。自此以来，齐分为七，赵分为六，梁分为五，淮南分为三。皇子始立者，大国不过十余城。长沙、燕、代，虽有旧名，皆亡南北边矣。

景遭七国之难，抑损诸侯，减黜其官。武有衡山、淮南之谋，作左官之律，设附益之法，诸侯惟得衣食税租，不与政事。至于哀、平之际，皆继体苗裔，亲属疏远。生于帷墙之中，不为士民所尊，势与富室亡异。而本朝短世，国统三绝，是故王莽知汉中外殚微，本末俱弱，亡所忌惮，生其奸心。因母后之权，假伊、周之称，颛作威福，庙堂之上，不降阶序而运天下。诈谋既成，遂据南面之尊，分遣五威之吏，驰传天下，班行符命。汉诸侯王，厥角稽首，奉上玺韨，惟恐在后；或乃称美颂德，以求容媚，岂不哀哉！是以究其终始强弱之变，明监戒焉。鼐按：太史公年表序，托意高妙，笔势雄远，有包举天下之概。孟坚此文，多因太史公语，议论尤密，而文体则已入卑近，范蔚宗以下，史家率模仿之。

卷七 序跋类二

读仪礼

韩退之

余尝苦《仪礼》难读，又其行于今者盖寡，沿袭不同，复之无由。考于今，诚无所用之。然文王、周公之法制，粗在于是。孔子曰："吾从周。"谓其文章之盛也。

古书之存者希矣，百氏杂家，尚有可取，况圣人之制度邪！于是掇其大要奇辞奥旨著于篇，学者可观焉。惜乎吾不及其时进退揖让于其间，呜呼盛哉！

读荀子

韩退之

始吾读孟轲书，然后知孔子之道尊，圣人之道易行，王易王，伯易伯也；以为孔子之徒没，尊圣人者，孟氏而已。晚得扬雄书，益尊信孟氏。因雄书而孟氏益尊，则雄者亦圣人之徒与！

圣人之道不传于世，周之衰，好事者各以其说干时君，纷纷籍籍相乱，六经与百家之说错杂，然老师大儒犹在；火于秦，黄、老于汉，其存而醇者，孟轲氏而止耳，扬雄氏而止耳。及得荀氏书，于是又知有荀氏者也。考其辞，时若不粹;要其归，与孔子异者鲜矣。抑犹在轲、雄之间乎！

孔子删《诗》《书》，笔削《春秋》，合于道者著之，离于道者黜去之。故《诗》《书》《春秋》无疵。余欲削荀氏之不合者，附于圣人之籍，亦孔子之志与！

孟氏醇乎醇者也，荀与扬大醇而小疵。

韦侍讲盛山十二诗序

韩退之

韦侯昔以考功副郎守盛山。人谓韦侯美士，考功显曹，盛山僻郡，夺所宜处，纳之恶地，以枉其材，韦侯将怨且不释矣。

或曰：不然。夫得利则跃跃以喜，不利则戚戚以泣，若不可生者，岂韦侯谓哉！韦侯读六艺之文，以探周公、孔子之意，又妙能为辞章，可谓儒者。夫儒者之于患难，苟非其自取之，其拒而不受于怀也，若筑河堤以障屋霤；其容而消之也，若水之于海，冰之于夏日；其玩而忘之以文辞也，若奏金石以破蟋蟀之鸣，虫飞之声。况一不快于考功、盛山一出入息之间哉！

未几，果有以韦侯所为十二诗遗余者。其意方且以入溪谷，上岩石，追逐云月，不足日为事，读而歌咏之。令人欲弃百事往而与之游，不知其出于巴东以属朐䏰也。于时应和者凡十人。

及此年，韦侯为中书舍人，侍讲六经禁中。和者通州元司马为宰相，洋州许使君为京兆，忠州白使君为中书舍人，李使君为谏议大夫，黔府严中丞为秘书监，温司马为起居舍人，皆集阙下。于是盛山十二诗与其和者，大行于时，联为大卷，家有之焉。慕而为者将日益多，则分为别卷，韦侯俾余题其首。姜坞先生云：韦贯之初贬果州，后改巴州盛山，今夔州府开县。朐䏰，《汉志》作朐忍，朐音劬，忍如字。《说文》作朐䏰。徐铉读朐音蠢，䏰音允，今云阳县，唐云安县也。

荆潭唱和诗序

韩退之

从事有示愈以《荆潭酬唱诗》者。愈既受以卒业，因仰而言曰：

“夫和平之音淡薄，而愁思之声要妙，欢愉之辞难工，而穷苦之言易好也。是故文章之作，恒发于羁旅草野。至若王公贵人，气满志得，非性能而好之，则不暇以为。

“今仆射裴公，开镇蛮荆，统郡惟九。常侍杨公领湖之南，壤地二千里。德刑之政并勤，爵禄之报两崇，乃能存志乎诗书，寓辞乎咏歌，往复循环，有唱斯和，搜奇抉怪，雕镂文字，与韦布里闾憔悴专一之士，较其毫厘分寸，铿锵发金石，幽眇感鬼神，信所谓材全而能巨者也。两府之从事，与部属之吏，属而和之，苟在编者，咸可观也。宜乎施之乐章，纪诸册书。”

从事曰：“子之言是也。”告于公，书以为《荆潭唱和诗序》。

上巳日燕太学听弹琴诗序

韩退之

与众乐之之谓乐，乐而不失其正，又乐之尤也。

四方无斗争金革之声，京师之人，既庶且丰，天子念致理之艰难，乐安居之闲暇，肇置三令节，诏公卿群有司，至于其日，率厥官属饮酒以乐，所以同其休，宣其和，感其心，成其文者也。

三月初吉，实惟其时。司业武公于是总太学儒官三十有六人，列燕于祭酒之堂。樽俎既陈，肴羞惟时。盏斝序行，献酬有容。歌《风》《雅》之古辞，斥夷狄之新声。褒衣危冠，与与如也。有儒一生，魁然其形，抱琴而来，历阶以升，坐于樽俎之南，鼓有虞氏之南风，赓之以文王、宣父之操，优游夷愉，广厚高明，追三代之遗音，想舞雩之咏叹。及暮而退，皆充然若有得也。

武公于是作歌诗以美之，命属官咸作之，命四门博士昌黎韩愈序之。

茅顺甫云：风雅。

张中丞传后序

韩退之

元和二年四月十三夜，愈与吴郡张籍，阅家中旧书，得李翰所为《张巡传》。翰以文章自名，为此传颇详密，然尚恨有阙者。不为许远立传，又不载雷万春事首尾。

远虽材若不及巡者，开门纳巡，位本在巡上，授之柄而处其下，无所疑忌，竟与巡俱守死，成功名；城陷而虏，与巡死先后异耳。两家子弟材智下，不能通知二父志，以为巡死而远就虏，疑畏死而辞服于贼。远诚畏死，何苦守尺寸之地，食其所爱之肉，以与贼抗而不降乎？当其围守时，外无蚍蜉蚁子之援，所欲忠者，国与主耳，而贼语以国亡主灭。远见救援不至，而贼来益众，必以其言为信。外无待而犹死守，人相食且尽，虽愚人亦能数日而知死处矣，远之不畏死亦明矣。乌有城坏，其徒俱死，独蒙愧耻求活？虽至愚者不忍为。呜呼！而谓远之贤而为之耶？

说者又谓，远与巡分城而守，城之陷，自远所分始。姜坞先生云：大历中：巡子去疾上书；言城陷，贱所入自远分。则当时有妄为是语者，去疾不详而苟同之也。以此诟远，此又与儿童之见无异。人之将死，其脏腑必有先受其病者。引绳而绝之，其绝必有处。观者见其然，从而尤之，其亦不达于理矣。小人之好议论，不乐成人之美如是哉！如巡、远之所成就，如此卓卓，犹不得免，其他则又何说！《新唐书》云：议者谓巡守睢阳，众六万，既粮尽，不持满按队出再生之路，与夫食人宁若杀人。于是张澹、李纾、董南史、张建封、樊晃、朱巨川、李翰，咸谓巡蔽遮江、淮，沮贼势，天下不亡，其功也。翰等皆名士，由是天下无异言。鼐按：此文上两段，皆专为远辩当时之诬。下一段，申韩等之论，兼为张、许辩谤，而以“小人之好议论”五句上下文作纽。

当二公之初守也，宁能知人之卒不救，弃城而逆遁？苟此不能守，虽避之他处何益？及其无救而且穷也，将其创残饿羸之余，虽欲去，必不达。二公之贤，其讲之精矣。守一城，捍天下，以千百就尽之卒，战百万日滋之师。蔽遮江、淮，沮遏其势，天下之不亡，其谁之功也？当是时，弃城而图存者，不可一二数，擅强兵坐而观者相环也。不追议此，而责二公以死守，亦见其自比于逆乱，设淫辞而助之攻也。

愈尝从事于汴、徐二府，屡道于两州间，亲祭于其所谓“双庙”者。其老人往往说巡、远时事，云：南霁云之乞救于贺兰也，贺兰嫉巡、远之声威功绩出己上，不肯出师救。爱霁云之勇且壮，不听其语，强留之，具食与乐，延霁云坐。霁云慷慨语曰：“云来时，睢阳之人，不食月余日矣，云虽欲独食，义不忍；虽食，且不下咽！”因拔所佩刀断一指，血淋漓，以示贺兰。一座大惊，皆感激为云泣下。云知贺兰终无为云出师意，即驰去。将出城，抽矢射佛寺浮图，矢著其上砖半箭，曰：“吾归破贼，必灭贺兰，此矢所以志也。”愈贞元中，过泗州，船上人犹指以相语。城陷，贼以刃胁降巡，巡不屈。即牵去，将斩之。又降霁云。云未应，巡呼云曰：“南八，男儿死耳，不可为不义屈。”云笑曰：“欲将以有为也，公有言，云敢不死！”即不屈。

张籍曰：有于嵩者，少依于巡，及巡起事，嵩常在围中。籍大历中，于和州乌江县见嵩，嵩时年六十余矣。以巡初尝得临涣县尉，好学，无所不读。籍时尚小，粗问巡、远事，不能细也、云：巡长七尺余，须髯若神。尝见嵩读《汉书》，谓嵩曰：“何为久读此？”嵩曰：“未熟也。”巡曰：“吾于书读不过三遍，终身不忘也。”因诵嵩所读书，尽卷，不错一字。嵩惊，以为巡偶熟此卷，因乱抽他帙以试，无不尽然。嵩又取架上诸书，试以问巡，巡应口诵无疑。嵩从巡久，亦不见巡常读书也。为文章，操纸笔立书，未尝起草。

初，守睢阳时，士卒仅万人，城中居人户亦且数万，巡因一见问姓名，其后无不识者。巡怒，须髯辄张。及城陷，贼缚巡等数十人坐，且将戮，巡起旋。其众见巡起，或起、或泣。巡曰：“汝勿怖，死，命也。”众泣不能仰视。巡就戮时，颜色不乱，阳阳如平常。远宽厚长者，貌如其心。与巡同年生，月日后于巡，呼巡为兄，死时年四十九。嵩，贞元初，死于亳、宋间，或传嵩有田在亳、宋间，武人夺而有之，嵩将诣州讼理，为所杀。嵩无子。张籍云。

论语辩二首

柳子厚

或问曰："儒者称《论语》孔子弟子所记，信乎？"曰："未然也。孔子弟子曾参最少，少孔子四十六岁。曾子老而死，是书记曾子之死，则去孔子也远矣。曾子之死，孔子弟子略无存者已，吾意曾子弟子之为之也。何哉？且是书载弟子必以字，独曾子、有子不然。由是言之，弟子之号之也。""然则有子何以称子？"曰："孔子之殁也，诸弟子以有子为似夫子，立而师之，其后不能对诸子之问，乃叱避而退，则固尝有师之号矣。今所记独曾子最后死，余是以知之，盖乐正子春、子思之徒与为之尔。"或曰："仲尼弟子尝杂记其言，然而卒成其书者，曾氏之徒也。"此语程子亦取之，朱子载之《集注》前。然鼐疑其未必然。《檀弓》最推子游，似子游之徒所为，而于子游称字，曾子、有子称子，似圣门相沿，称皆如此，非以字与子为重轻也。

尧曰："咨！尔舜，天之历数在尔躬，四海困穷，天禄永终。"舜亦以命禹，曰："余小子履，敢用玄牡，敢昭告于皇天后土，有罪不敢赦。万方有罪，罪在朕躬；朕躬有罪，无以尔万方。"或问之曰："《论语》，书记问对之辞耳。今卒篇之首，章然有是，何也？"柳先生曰："《论语》之大，莫大乎是也，是乃孔子常常讽道之辞云尔。彼孔子者，覆生人之器也。上焉尧、舜之不遭，而禅不及己；下之无汤之势，而己不得为天吏。生人无以泽其德，日视闻其劳死怨呼，而己之德涸焉无所依而施，故于常常讽道云尔而止也，此圣人之大志也，无容问对于其间。弟子或知之，或疑之，不能明，相与传之。故于其为书也，卒篇之首，严而立之。"方侍郎云：摽然若秋云之远，使人可望而不可即。

辩列子

柳子厚

刘向古称博极群书，然其录《列子》，独曰郑穆公时人。穆公在孔子前几百岁，《列子》书言郑国，皆云子产、邓析，不知向何以言之如此？

《史记》郑繻公二十四年，楚悼王四年围郑，郑杀其相驷子阳。子阳正与列子同时。是岁周安王四年，秦惠王、韩烈侯、赵武侯二年，魏文侯二十七年，燕釐公五年，齐康公七年，宋悼公六年，鲁穆公十年，不知向言鲁穆公时，遂误为郑耶？不然，何乖错至如是！其后张湛徒知怪《列子》书言穆公后事，亦不能推知其时，然其书亦多增窜非其实。要之庄周为放依其辞，其称夏棘、狙公、纪渻子、季咸等，皆出《列子》，不可尽纪。虽不概于孔子道，然其虚泊寥阔，居乱世远于利，祸不得逮于身，而其心不穷。《易》之“遁世无闷”者，其近是与？余故取焉。其文辞类《庄子》，而尤质厚，少伪作，好文者可废邪！

其《杨朱》《力命》，疑其《杨子》书。其言魏牟、孔穿，皆出列子后，不可信。然观其辞，亦足通知古之多异术也。读焉者，慎取之而已矣。方侍郎云：古雅澹荡。

辩文子

柳子厚

《文子》书十二篇，其传曰老子弟子。其辞时若有可取，其指意皆本老子。然考其书，盖驳书也。其浑而类者少，窃取他书以合之者多，凡孟、管辈数家，皆见剽窃，峣然而出其类。其意绪文辞，叉牙相抵而不合，不知人之增益之与？或者众为聚敛以成其书与？然观其往往有可立者，又颇惜之。悯其为之也劳，今刊去谬恶乱杂者，取其似是者，又颇为发其意，藏于家。

辩鬼谷子

柳子厚

元冀好读古书，然甚贤《鬼谷子》，为其指要几千言。《鬼谷子》要为无取，汉时刘向、班固录书无《鬼谷子》，《鬼谷子》后出，而险戾峭薄，恐其妄言乱世，难信。学者宜其不道，而世之言纵横者，时葆其书。尤者晚乃益出七术，怪谬异甚，不可考校。其言益奇，而道益陋，使人狙狂失守，而易于陷坠。幸矣，人之葆之者少，今元子又文之以指要，呜呼，其为好术也过矣！方侍郎云：破空而游，邈然难攀。

辩晏子春秋

柳子厚

司马迁读《晏子春秋》，高之，而莫知其所以为书。或曰，晏子为之而人接焉；或曰，晏子之后为之。皆非也。吾疑其墨子之徒有齐人者为之。

墨好俭，晏子以俭名于世，故墨子之徒，尊著其事，以增高为己术者。且其旨多尚同、兼爱、非乐、节用、非厚葬久丧者，是皆出《墨子》。又非孔子，好言鬼神事，非儒、明鬼，又出《墨子》。其言问枣及古冶子等尤怪诞，又往往言墨子闻其道而称之，此甚显白者。

自刘向、歆、班彪、固父子，皆录之儒家中，甚矣，数子之不详也！盖非齐人不能具其事，非墨子之徒，则其言不若是。后之录诸子书者，宜列之墨家。非晏子为墨也，为是书者，墨之道也。

辩鹖冠子

柳子厚

余读贾谊《鹏赋》，嘉其辞，而学者以为尽出《鹖冠子》。余往来京师，求《鹖冠子》无所见，至长沙，始得其书读之，尽鄙浅言也，唯谊所引用为美，馀无可者。吾意好事者伪为其书，反用《鹏赋》以文饰之，非谊有所取之，决也。太史公《伯夷列传》，称贾子曰："贪夫殉财，烈士殉名，夸者死权。"不称《鹖冠子》，迁号为博极群书，假令当时有其书，迁岂不见耶？假令真有《鹖冠子》书，亦必不取《鹏赋》以充入之者。何以知其然耶？曰："不类。"

愚溪诗序

柳子厚

灌水之阳有溪焉，东流入于潇水。或曰："冉氏尝居也，故姓是溪曰冉溪。"或曰："可以染也，名之以其能，故谓之染溪。"余以愚触罪，谪潇水上，爱是溪，入二三里，得其尤绝者家焉。古有愚公谷，今余家是溪，而名莫能定，土之居者犹龂龂然，不可以不更也。故更之为愚溪。

愚溪之上，买小丘为愚丘；自愚丘东北行六十步得泉焉，又买居之为愚泉。愚泉凡六穴，皆出山下平地，盖上出也，合流屈曲而南为愚沟。遂负土累石，塞其隘为愚池。愚池之东为愚堂，其南为愚亭，池之中为愚岛。嘉木异石错置，皆山水之奇者，以余故，咸以愚辱焉。

夫水，知者乐也。今是溪独见辱于愚，何哉？盖其流甚下，不可以灌溉，又峻急多坻石，大舟不可入也。幽邃浅狭，蛟龙不屑，不能兴云雨，无以利世，而适类于余，然则虽辱而愚之可也。宁武子邦无道则愚，智而为愚者也；颜子终日不违如愚，睿而为愚者也：皆不得为真愚。今余遭有道，而违于理，悖于事，故凡为愚者，莫我若也。夫然，则天下莫能争是溪，余得专而名焉。

溪虽莫利于世，而善鉴万类，清莹秀澈，锵鸣金石，能使愚者喜笑眷慕，乐而不能去也。余虽不合于俗，亦颇以文墨自慰，漱涤万物，牢笼百态，而无所避之。以愚辞歌愚溪，则茫然而不违，昏然而同归，超鸿蒙，混希夷，寂寥而莫我知也。于是作《八愚诗》纪于溪石上。

卷八　序跋类三

唐书艺文志序

欧阳永叔

自六经焚于秦，而复出于汉，其师传之道中绝，而简编脱乱讹缺，学者莫得其本真，于是诸儒章句之学兴焉。其后传注、笺解、义疏之流，转相讲述，而圣道粗明，然其为说，固已不胜其繁矣。至于上古三皇五帝以来世次，国家兴灭终始，僭窃伪乱，史官备矣；而传记、小说，外及方言、地理，职官、氏族，皆出于史官之流也。自孔子在时，方修明圣经以绌缪异，而老子著书论道德；接乎周衰，战国游谈放荡之士田骈、慎到、列、庄之徒，各极其辨，而孟轲、荀卿始专修孔氏以折异端。然诸子之论，各成一家，自前世皆存而不绝也。

夫王迹息而《诗》亡，《离骚》作而文辞之士兴。历代盛衰，文章与时高下，然其变态百出，不可穷极，何其多也！自汉以来，史官列其名氏篇第，以为六艺九种、七略，至唐始分为四类，曰经、史、子、集；而藏书之盛，莫盛于开元。其著录者，五万三千九百一十五卷，而唐之学者自为之书，又二万八千四百九十六卷。呜呼，可谓盛矣！

六经之道，简严易直，而天人备，故其愈久而益明。其余作者众矣，质之圣人，或离或合，然其精深闳博，各尽其术，而怪奇伟丽，往往震发于其间，此所以使好奇爱博者不能忘也。然凋零磨灭，亦不可胜数，岂其华文少实，不足以行远欤！而俚言俗说，猥有存者，亦其有幸不幸欤？今著于篇，有其名而无其书者，十盖五六也，可不惜哉！

五代职方考序

欧阳永叔

呜呼！自三代以上，莫不分土而治也。后世鉴古矫失，始郡县天下，而自秦、汉以来，为国孰与三代长短？及其亡也，未始不分，至或无地以自存焉。盖得其要，则虽万国而治，失其所守，则虽一天下不能以容。岂非一本于道德哉！

唐之盛时，虽名天下为十道，而其势未分；既其衰也，置军节度，号为方镇，镇之大者，连州十余，小者犹兼三四。故其兵骄则逐帅，帅强则叛上，土地为其世有，干戈起而相侵，天下之势，自兹而分。然唐自中世多故矣，其兴衰救难，常倚镇兵扶持，而侵陵乱亡，亦终以此。岂其利害之理然欤！

自僖、昭以来，日益割裂。梁初，天下别为十一，南有吴、浙、荆、湖、闽、汉，西有岐、蜀，北有燕、晋，而朱氏所有七十八州以为梁。庄宗初起并、代，取幽、沧，有州三十五，其后又取梁魏博等十有六州，合五十一州以灭梁；岐王称臣，又得其州七；同光破蜀，已而复失，惟得秦、凤、阶、成四州，而营、平二州，陷于契丹；其增置之州一，合一百二十三州以为唐。石氏入立，献十有六州于契丹，而得蜀金州，又增置之州一，合一百九州以为晋。刘氏之初，秦、凤、阶、成复入于蜀；隐帝时，增置之州一，合一百六州以为汉。郭氏代汉，十州入于刘旻，世宗取秦、凤、阶、成、瀛、莫，一作漠。《唐志》莫州本鄚州。开元十三年，以“鄚”“郑”文相类，更名。此考作漠。及淮南十四州，又增置之州五，而废者三，合一百一十八州以为周。宋兴因之。此中国之大略也。

其馀外属者，强弱相并，不常其得失。至于周末，闽已先亡，而在者七国。自江以下，二十一州为南唐。自剑以南，及山南西道四十六州为蜀，自湖南北十州为楚，自浙东西十三州为吴越。自岭南北四十七州为南汉。自太原以北十州为东汉。而荆、归、峡三州为南平。合中国所有，二百六十八州，而军不在焉。

唐之封疆远矣，前史备载，而羁縻寄治虚名之州在其间。五代乱世，文字不完，而时有废省，又或陷于夷狄，不可考究其详，其可见者，具之如谱。

自唐有方镇，而史官不录于地理之书。以谓方镇兵戎之事，非职方所掌故也。然而后世因习，以军目地，而没其州名。又今置军者，徒以虚名升建为州府之重，此不可以不书也。州县凡唐故而废于五代，若五代所置而见于今者，及县之割隶今因之者，皆宜列以备职方之考。其馀尝置而复废，尝改割而复旧者，皆不足书。山川物俗，职方之掌也。五代短世，无所变迁，故亦不复录，而录其方镇军名，以与前史互见云尔。茅顺甫云：数十年之间，易世者五，其所当州郡分割，画次如掌。

一行传序

欧阳永叔

呜呼！五代之乱极矣，传所谓“天地闭，贤人隐”之时欤！当此之时，臣弑其君，子弑其父，而搢绅之士，安其禄而立其朝，充然无复廉耻之色者，皆是也。

吾以谓自古忠臣义士，多出于乱世，而怪当时可道者何少也！岂果无其人哉？虽曰干戈兴学校废，而礼义衰，风俗隳坏至于如此，然自古天下未尝无人也。吾意必有洁身自负之士，嫉世远去而不可见者。自古材贤，有韫于中而不见于外，或穷居陋巷，委身草莽，虽颜子之行，不遇仲尼而名不彰，况世变多故，而君子道消之时乎！吾又以谓必有负材能、修节义，而沉沦于下、泯没而无闻者。求之传记，而乱世崩离，文字残缺，不可复得；然仅得者，四五人而已。

处乎山林而群麋鹿，虽不足以为中道，然与其食人之禄，俯首而包羞；孰若无愧于心，放身而自得？吾得二人焉，曰郑遨、张荐明。势利不屈其心，去就不违其义，吾得一人焉，曰石昂。苟利于君，以忠获罪，何必自明？有至死而不言者，此古之义士也，吾得一人焉，曰程福赟。五代之乱，君不君，臣不臣，父不父，子不子，至于兄弟夫妇，人伦之际，无不大坏，而天理几乎其灭矣。于此之时，能以孝弟自修于一乡，而风行于天下者，犹或有之，然其事迹不著，而无可纪次，独其名氏或因见于书者，吾亦不敢没，而其略可录者，吾得一人焉，曰李自伦。作《一行传》。

宦者传论

欧阳永叔

自古宦者乱人之国，其源深于女祸。女，色而已，宦者之害，非一端也。

盖其用事也近而习，其为心也专而忍。能以小善中人之意，小信固人之心，使人主必信而亲之。待其已信，然后惧以祸福而把持之，虽有忠臣硕士，列于朝廷，而人主以为去己疏远，不若起居饮食前后左右之亲为可恃也。故前后左右者日益亲，则忠臣硕士日益疏，而人主之势日益孤；势孤则惧祸之心日益切，而把持者日益牢。安危出其喜怒，祸患伏于帷闼，则向之所谓可恃者，乃所以为患也。患已深而觉之，欲与疏远之臣图左右之亲近，缓之则养祸而益深，急之则挟人主以为质。虽有圣智，不能与谋，谋之而不可为，为之而不可成，至其甚则俱伤而两败。故其大者亡国，其次亡身，而使奸豪得借以为资而起，至抉其种类，尽杀以快天下之心而后已。此前史所载宦者之祸常如此者，非一世也。夫为人主者，非欲养祸于内，而疏忠臣硕士于外，盖其渐积而势使之然也。

夫女色之惑，不幸而不悟，则祸斯及矣；使其一悟，捽而去之可也。宦者之为祸，虽欲悔悟，而势有不得而去也，唐昭宗之事是已。故曰“深于女祸”者谓此也，可不戒哉！

伶官传论

欧阳永叔

呜呼，盛衰之理，虽曰天命，岂非人事哉！原庄宗之所以得天下，与其所以失之者，可以知之矣。

世言晋王之将终也，以三矢赐庄宗而告之曰：“梁，吾仇也，燕王吾所立，契丹与吾约为兄弟，而皆背晋以归梁。此三者，吾遗恨也。与尔三矢，尔其无忘乃父之志。”庄宗受而藏之于庙。其后用兵，则遣从事以一少牢告庙，请其矢，盛以锦囊，负而前驱，及凯旋而纳之。方其系燕父子以组，函梁君臣之首，入于太庙，还矢先王，而告以成功，其意气之盛，可谓壮哉！及仇雠已灭，天下已定，一夫夜呼，乱者四应，仓皇东出，未及见贼，而士卒离散，君臣相顾，不知所归，至于誓天断发，泣下沾襟，何其衰也！岂得之难，而失之易欤！抑本其成败之迹，而皆自于人欤！

《书》曰：“满招损，谦受益。”忧劳可以兴国，逸豫可以亡身，自然之理也。故方其盛也，举天下之豪杰莫能与之争；及其衰也，数十伶人困之，而身死国灭，为天下笑。夫祸患常积于忽微，而智勇多困于所溺，岂独伶人也哉！姜坞先生云：晁公武论吴镇《五代史纂误》云：《通鉴考异》证欧阳史差误，如庄宗还三矢之类甚众。今镇书皆不及，特证其字之脱错而已。余检《通鉴考异》无其文，盖《考异》有全书、而今附注于《通鉴》下者，或芟略之也。按：刘仁恭父子未尝事梁，又克用为燕攻潞州以解梁围，迄守光之立，克用之卒，未有交兵事。又《契丹传》云：晋王憾契丹之附梁，临卒，以一箭授庄宗，期必灭契丹，则云灭燕还矢事，虚也，想《考异》不过有疑于此。然公云“世言”，想别有本，又不载之传记，而虚寄之于论以致慨，又何害也！

集古录目序

欧阳永叔

物常聚于所好，而常得于有力之强。有力而不好，好之而无力，虽近且易，有不能致之。象犀虎豹，蛮夷山海杀人之兽，然其齿、角、皮革，可聚而有也。玉出昆仑流沙万里之外，经十余译，乃至乎中国。珠出南海，常生深渊，采者腰绠而入水，形色非人，往往不出，则下饱蛟鱼。金矿于山，凿深而穴远，篝火馔粮而后进，其崖崩窟塞，则遂葬于其中者，率常数十百人。其远且难，而又多死祸常如此。然而金玉珠玑，世常兼聚而有也。凡物好之而有力，则无不至也。

汤盘、孔鼎，岐阳之鼓，岱山、邹峄、会稽之刻石，与夫汉、魏以来圣君贤士桓碑彝器、铭诗序记，下至古文、籀、篆、分、隶诸家之字书，皆三代以来至宝怪奇伟丽工妙可喜之物，其去人不远，其取之无祸，然而风霜兵火，湮沦磨灭，散弃于山岩墟莽之间，未尝收拾者，由世之好者少也。幸而有好之者，又其力或不足，故仅得其一二，而不能使其聚也。

夫力莫如好，好莫如一。予性颛而嗜古，凡世人之所贪者，皆无欲于其间，故得一其所好于斯。好之已笃，则力虽未足，犹能致之。故上自周穆王以来，下更秦、汉、隋、唐、五代，外至四海、九州，名山大泽，穷岩绝谷，荒林破冢，神仙鬼物，诡怪所传，莫不皆有，以为《集古录》。以谓传写失真，故因其石本，轴而藏之，有卷帙次第，而无时世之先后，盖其取多而未已，故随其所得而录之。又以谓聚多而终必散，乃撮其大要别为录目，因并载夫可与史传正其阙谬者，以传后学，庶益于多闻。

或讥予曰："物多则其势难聚，聚久而无不散，何必区区于是哉！"予对曰："足吾所好，玩而老焉可也。象犀金玉之聚，其能果不散乎？予固未能以此而易彼也。"姜坞先生云：公尝自跋此序，谓"谢希深善评文章，尹师鲁辨论精博，余每有所作，仲纸疾读，便得深意，以示他人，亦或有所称，皆非予所自得。此序之作，惜无谢、尹知音"云云，余谓公此文，前幅近于瑰放莽苍，故自憙耳。要之，公笔力有近弱处，故于所当驰骤回斡处，终未快意。

苏氏文集序

欧阳永叔

予友苏子美之亡后四年，始得其平生文章遗稿于太子太傅杜公之家，而集录之以为十卷。子美，杜氏婿也，遂以其集归之，而告于公曰：斯文，金玉也。弃掷埋没粪土，不能销蚀，其见遗于一时，必有收而宝之于后世者。虽其埋没而未出，其精气光怪，已能常自发见，而物亦不能掩也。故方其摈斥摧挫、流离穷厄之时，文章已自行于天下。虽其怨家仇人，及尝能出力而挤之死者，至其文章，则不能少毁而掩蔽之也。凡人之情，忽近而贵远。子美屈于今世犹若此，其伸于后世宜如何也？公其可无恨！

予尝考前世文章政理之盛衰，而怪唐太宗致治几乎三王之盛，而文章不能革五代之余习。后百有余年，韩、李之徒出，然后元和之文始复于古。唐衰兵乱，又百余年，而圣宋兴，天下一定，晏然无事，又几百年，而古文始盛于今。自古治时少而乱时多。幸时治矣，文章或不能纯粹，或迟久而不相及，何其难之若是欤！岂非难得其人欤！苟一有其人，又幸而及出于治世，世其可不为之贵重而爱惜之欤！

嗟吾子美，以一酒食之过，至废为民，而流落以死。此其可以叹息流涕，而为当世仁人君子之职位宜与国家乐育贤材者惜也。

子美之齿少于予，而予学古文，反在其后。天圣之间，予举进士于有司，见时学者，务以言语声偶擿裂，号为时文，以相夸尚。而子美独与其兄才翁，及穆参军伯长，作为古歌诗杂文，时人颇共非笑之，而子美不顾也。其后天子患时文之弊，下诏书讽勉学者以近古，由是其风渐息，而学者稍趋于古焉。独子美为于举世不为之时，其始终自守，不牵世俗趋舍，可谓特立之士也。

子美官至大理评事、集贤校理而废，后为湖州长史以卒。享年四十有一。其壮貌奇伟，望之昂然，而即之温温，久而愈可爱慕。其才虽高，而人亦不甚嫉忌，其击而去之者，意不在子美也。赖天子聪明仁圣，凡当时所指名而排斥，二三大臣而下，欲以子美为根而累之者，皆蒙保全，今并列于荣宠；虽与子美同时饮酒得罪之人，多一时之豪俊，亦被收采，进显于朝廷。而子美独不幸死矣，岂非其命也？悲夫！

江邻几文集序

欧阳永叔

余窃不自揆，少习为铭章，因得论次当世贤士大夫功行，自明道、景祐以来，名卿巨公，往往见于予文矣。至于朋友故旧，平居握手言笑，意气伟然，可谓一时之盛。而方从其游，遽哭其死，遂铭其藏者，是可叹也。盖自尹师鲁之亡，逮今二十五年之间，相继而没，为之铭者，至二十人。又有余不及铭，与虽铭而非交且旧者，皆不与焉。呜呼，何其多也！不独善人君子难得易失，而交游零落如此，反顾身世，死生盛衰之际，又可悲夫！而其间又有不幸罹忧患，触网罗，至困厄流离以死，与夫仕宦连蹇，志不获伸而殁，独其文章尚见于世者，则又可哀也与！然则虽其残篇断稿，犹为可惜，况其可以垂世而行远也？故余于圣俞、子美之殁，既已铭其圹，又类集其文而序之，其言尤感切而殷勤者以此也。

陈留江君邻几，常与圣俞、子美游，而又与圣俞同时以卒，余既志而铭之。后十有五年，来守淮西，又于其家得其文集而序之。邻几，毅然仁厚君子也，虽知名于时，仕宦久而不进，晚而朝廷方将用之，未及而卒。其学问通博，文辞雅正深粹，而议论多所发明。诗尤清淡间肆可喜。然其文已自行于世矣，固不待余言以为轻重，而余特区区于是者，盖发于有感而云然。

熙宁四年三月日，六一居士序。

释惟俨文集序

欧阳永叔

惟俨姓魏氏，杭州人。少游京师三十余年，虽学于佛，而通儒术，善为辞章，与吾亡友曼卿交最善。曼卿遇人无所择，必皆尽其忻欢；惟俨非贤士不交，有不可其意，无贵贱一切闭拒，绝去不少顾。曼卿之兼爱，惟俨之介，所趋虽异，而交合无所间。曼卿尝曰："君子泛爱而亲仁。"惟俨曰："不然。吾所以不交妄人，故能得天下士，若贤不肖混，则贤者安肯顾我哉！"以此，一时贤士多从其游。

居相国浮图，不出其户十五年，士尝游其室者，礼之惟恐不至；及去为公卿贵人，未始一往干之。然尝窃怪平生所交，皆当世贤杰，未见卓卓著功业，如古人可记者。因谓："世所称贤才，若不笞兵走万里立功海外，则当佐天子号令赏罚于明堂，苟皆不用，则绝宠辱，遗世俗，自高而不屈，尚安能酣豢于富贵而无为哉？”醉则以此诮其坐人。人亦复之，以谓：“遗世自守，古人之所易，若奋身逢时，欲必就功业，此虽圣贤难之，周、孔所以穷达异也。今子老于浮图，不见用于世，而幸不践穷亨之途，乃以古事之已然，而责今人之必然耶？”然惟俨虽傲乎退偃于一室，天下之务，当世之利病，与其言，终日不厌。惜其将老也已。

曼卿死，惟俨亦买地京城之东，以谋其终，乃敛生平所为文数百篇示予，曰：“曼卿之死，既已表其墓，愿为我序其文，及我之见也。”嗟夫！惟俨既不用于世，其材莫见于时，若考其笔墨驰骋文章赡逸之能，可以见其志矣。刘海峰先生云：两释集序，俱以曼卿相经纬，此篇虽不及秘演之烟波，而忽起忽落，自有奇气。

释秘演诗集序

欧阳永叔

予少以进士游京师，因得尽交当世之豪贤。然犹以谓国家臣一四海，休兵革，养息天下以无事者四十年，而智谋雄伟非常之士，无所用其能者，往往伏而不出，山林屠贩，必有老死而世莫见者。欲从而求之不可得，其后得吾亡友石曼卿。曼卿为人，廓然有大志，时人不能用其材，曼卿亦不屈以求合，无所放其意，则往往从布衣野老，酣嬉淋漓，颠倒而不厌。予疑所谓伏而不见者，庶几狎而得之。故尝喜从曼卿游，欲因以阴求天下奇士。浮屠秘演者，与曼卿交最久，亦能遗外世俗，以气节相高，二人欢然无所间。曼卿隐于酒，秘演隐于浮屠，皆奇男子也。然喜为歌诗以自娱，当其极饮大醉，歌吟笑呼，以适天下之乐，何其壮也！一时贤士，皆愿从其游，予亦时至其室。十年之间，秘演北渡河，东之济、郓，无所合，困而归，曼卿已死，秘演亦老病。嗟夫！二人者予乃见其盛衰，则予亦将老矣夫！

曼卿诗辞清绝，尤称秘演之作，以为雅健有诗人之意。秘演状貌雄杰，其胸中浩然，既习于佛，无所用，独其诗可行于世，而懒不自惜，已老，胠其橐，尚得三四百篇，皆可喜者。曼卿死，秘演漠然无所向，闻东南多山水，其巅岩崛崒，江涛汹涌，甚可壮也。遂欲往游焉，足以知其老而志在也。于其将行，为叙其诗，因道其盛时以悲其衰。茅顺甫云：多慷慨呜咽之音，命意最旷而逸，得司马子长之神髓矣。

卷九　序跋类四

战国策目录序

曾子固

刘向所定《战国策》三十三篇，《崇文总目》称十一篇者阙，臣访之士大夫家，始尽得其书，正其误谬，而疑其不可考者，然后《战国策》三十三篇复完。叙曰：

向叙此书，言周之先，明教化，修法度，所以大治。及其后，谋诈用而仁义之路塞，所以大乱。其说既美矣。卒以谓此书，战国之谋士，度时君之所能行，不得不然，则可谓惑于流俗，而不笃于自信者也。

夫孔、孟之时，去周之初已数百岁，其旧法已亡，旧俗已熄久矣。二子乃独明先王之道，以谓不可改者，岂将强天下之主以后世之所不可为哉？亦将因其所遇之时，所遭之变，而为当世之法，使不失乎先王之意而已！二帝三王之治，其变固殊，其法固异，而其为国家天下之意，本末先后，未尝不同也。二子之道，如是而已。盖法者所以适变也，不必尽同；道者所以立本也，不可不一。此理之不易者也。故二子者守此，岂好为异论哉！能勿苟而已矣。可谓不惑乎流俗，而笃于自信者也。

战国之游士则不然。不知道之可信，而乐于说之易合，其设心注意，偷为一切之计而已。故论诈之便而讳其败，言战之善而蔽其患。其相率而为之者，莫不有利焉，而不胜其害也；有得焉，而不胜其失也。卒至苏秦、商鞅、孙膑、吴起、李斯之徒，以亡其身；而诸侯及秦用之者，亦灭其国。其为世之大祸明矣，而俗犹莫之寤也。惟先王之道，因时适变，为法不同，而考之无疵，用之无敝，故古之圣贤，未有以此而易彼也。

或曰："邪说之害正也，宜放而绝之，则此书之不泯其可乎？"对曰："君子之禁邪说也，固将明其说于天下，使当世之人，皆知其说之不可从，然后以禁则齐；使后世之人，皆知其说之不可为，然后以戒则明，岂必灭其籍哉！放而绝之，莫善于是。是以孟子之书，有为神农之言者，有为墨子之言者，皆著而非之。至于此书之作，则上继春秋，下至楚、汉之起，二百四五十年之间，载其行事，固不可得而废也。"

此书有高诱注者，二十一篇，或曰二十二篇。《崇文总目》存者八篇，今存者十篇云。吕东莱云：此篇节奏从容和缓，且有条理，又藏锋不露。王道思云：何等谨严，而雍容敦博之气宛然。

新序目录序

曾子固

刘向所集次《新序》三十篇，目录一篇，隋、唐之世，尚为全书，今可见者十篇而已。臣既考正其文字，因为其序。论曰：

古之治天下者，一道德，同风俗。盖九州之广，万民之众，千岁之远，其教已明，其习已成之后，所守者一道，所传者一说而已。故《诗》《书》之文，历世数十，作者非一，而其言未尝不相为终始，化之如此其至也。当是之时，异行者有诛，异言者有禁，防之又如此其备也。故二帝三王之际，及其中间，尝更衰乱，而馀泽未熄之时，百家众说，未有能出于其间者也。及周之末世，先王之教化法度既废，余泽既熄，世之治方术者，各得其一偏，故人奋其私智，家尚其私学者，蜂起于中国，皆明其所长而昧其短，矜其所得而讳其失。天下之士，各自为方而不能相通，世之人不复知夫学之有统，道之有归也。先王之遗文虽在，皆绌而不讲，况至于秦，为世之所大禁哉！

汉兴，六艺皆得于断绝残脱之余，世复无明先王之道以一之者，诸儒苟见传记百家之言，皆说而向之。故先王之道，为众说之所蔽，闇而不明，郁而不发，而怪奇可喜之论，各师异见，皆自名家者，诞漫于中国，一切不异于周之末世，其弊至于今尚在也。自斯以来，天下学者，知折衷于圣人，而能纯于道德之美者，扬雄氏而止耳。如向之徒，皆不免乎为众说之所蔽，而不知有所折衷者也。孟子曰："待文王而兴者，凡民也。豪杰之士，虽无文王犹兴。"汉之士，岂特无明先王之道以一之者哉！亦其出于是时者，豪杰之士少，故不能特起于流俗之中、绝学之后也。

盖向之序此书，于今为最近古，虽不能无失，然远至舜、禹，而次及于周、秦以来，古人之嘉言善行，亦往往而在也，要在慎取之而已。故臣既惜其不可见者，而校其可见者特详焉，亦足以知臣之攻其失者，岂好辨哉！臣之所不得已也。

列女传目录序

曾子固

刘向所叙《列女传》凡八篇，事具《汉书》向列传，而《隋书》及《崇文总目》，皆称向《列女传》十五篇，曹大家注。以《颂义》考之，盖大家所注，离其七篇为十四，与《颂义》凡十五篇，而益以陈婴母及东汉以来凡十六事，非向书本然也。盖向旧书之亡久矣。嘉祐中，集贤校理苏颂始以《颂义》为篇次，复定其书为八篇，与十五篇者，并藏于馆阁。而《隋书》以《颂义》为刘歆作，与向列传不合。今验《颂义》之文，盖向之自叙。又《艺文志》有向《列女传颂图》，明非歆作也。自唐之乱，古书之在者少矣，而《唐志·列女传》凡十六家，至大家注十五篇者，亦无录。然其书今在，则古书之或有录而亡，或无录而在者，亦众矣，非可惜哉！今校雠其八篇，及十五篇者已定，可缮写。

初，汉承秦之敝，风俗已大坏矣，而成帝后宫赵、卫之属，尤自放。向以谓王政必自内始，故列古女善恶所以致兴亡者，以戒天子。此向述作之大意也。其言太任之娠文王也，目不视恶色，耳不听淫声，口不出敖言。又以谓古之人胎教者皆如此。夫能正其视听言动者，此大人之事，而有道者之所畏也。顾令天下之女子能之，何其盛也！以臣所闻，盖为之师傅、保姆之助，诗书图史之戒，珩璜琚瑀之节，威仪动作之度，其教之者虽有此具，然古之君子，未尝不以身化也。故《家人》之义，归于反身；二《南》之业，本于文王，夫岂自外至哉！世皆知文王之所以兴，能得内助；而不知其所以然者，盖本于文王之躬化。故内则后妃有《关雎》之行，外则群臣有二《南》之美，与之相成，其推而及远，则商辛之昏俗，江汉之小国，兔罝之野人，莫不好善而不自知，此所谓身修故家国天下治者也。后世自问学之士，多徇于外物，而不安其守，其室家既不见可法，故竞于邪侈，岂独无相成之道哉！士之苟于自恕，顾利冒耻而不知反己者，往往以家自累故也。故曰："身不行道，不行于妻子。"信哉！如此人者，非素处显也，然去二《南》之风，亦已远矣，况于南乡天下之主哉！向之所述，劝戒之意，可谓笃矣。

然向号博极群书，而此传称《诗·芣苢》《柏舟》《大车》之类，与今序《诗》者之说，尤乖异，盖不可考。至于《式微》之一篇，又以谓二人之作，岂其所取者博，故不能无失欤？其言象计谋杀舜，及舜所以自脱者，颇合于《孟子》。然此传或有之，而《孟子》所不道者，盖亦不足道也。凡后世诸儒之言经传者，固多如此，览者采其有补，而择其是非可也。故为之序论以发其端云。

徐干中论目录序

曾子固

臣始见馆阁及世所有徐干《中论》二十篇，以谓尽于此。及观《贞观政要》，怪太宗称尝见干《中论·复三年丧》篇，而今书此篇阙。因考之《魏志》，见文帝称干著《中论》二十余篇，于是知馆阁及世所有干《中论》二十篇者，非全书也。

干，字伟长，北海人。生于汉、魏之间。魏文帝称干怀文抱质，恬淡寡欲，有箕山之志。而先贤行状，亦称干笃行体道，不耽世荣。魏太祖特旌命之，辞疾不就，后以为上艾长，又以疾不行。盖汉承周衰及秦灭学之余，百氏杂家与圣人之道并传，学者罕能独观于道德之要，而不牵于俗儒之说。至于治心、养性、去就、语默之际，能不悖于理者固希矣，况至于魏之浊世哉！干独能考六艺，推仲尼、孟轲之旨，述而论之。求其辞时若有小失者，要其归不合于道者少矣。其所得于内者，又能信而充之，逡巡浊世，有去就、显晦之大节。臣始读其书，察其意而贤之。因其书以求其为人，又知其行之可贤也。惜其有补于世，而识之者少，盖迹其言行之所至，而以世俗好恶观之，彼恶足以知其意哉！

顾臣之力，岂足以重其书，使学者尊而信之！因校其脱谬，而序其大略，盖所以致臣之意焉。

范贯之奏议集序

曾子固

尚书户部郎中、直龙图阁范公贯之奏议凡若干篇，其子世京集为十卷，而属余序之。

盖自至和以后十余年间，公尝以言事任职。自天子大臣至于群下，自掖庭至于四方幽隐，一有得失善恶，关于政理，公无不极意反复为上力言。或矫拂情欲，或切劘计虑，或辩别忠佞而处其进退，章有一再或至于十余上，事有阴争独陈，或悉引谏官御史合议肆言。仁宗尝虚心采纳，为之变命令，更废举，近或立从，远或越月逾时，或至于其后，卒皆听用。盖当是时，仁宗在位岁久，熟于人事之情伪与群臣之能否，方以仁厚清静，休养元元。至于是非予夺，则一归之公议，而不自用也。其所引拔以言为职者，如公，皆一时之选。而公与同时之士，亦皆乐得其言，不曲从苟止。故天下之情，因得毕闻于上，而事之害理者，常不果行。至于奇邪恣睢，有为之者，亦辄败悔。故当此之时，常委事七八大臣，而朝政无大阙失，群目奉法遵职，海内乂安。夫因人而不自用者天也，仁宗之所以其仁如天，至于享国四十余年，能承太平之业者，由是而已。后世得公之遗文，而论其世，见其上下之际相成如此，必将低回感慕，有不可及之叹，然后知其时之难得。则公言之不没，岂独见其志，所以明先帝之盛德于无穷也！

公为人温良慈恕，其从政宽易爱人；及在朝廷，危言正色，人有所不能及也。凡同时与公有言责者，后多至大官，而公独早卒。公讳师道，其世次州里，历官行事，有今资政殿学士赵公忭为公之墓铭云。

先大夫集后序

曾子固

公所为书，号《仙凫羽翼》者三十卷，《西陲要纪》者十卷，《清边前要》五十卷，《广中台志》八十卷，《为臣要纪》三卷，《四声韵》五卷，总一百七十八卷，皆刊行于世。今类次诗、赋、书、奏一百二十三篇，又自为十卷，藏于家。

方五代之际，儒学既摈焉，后生小子，治术业于闾巷，文多浅近。是时公虽少，所学已皆知治乱得失兴坏之理。其为文闳深隽美，而长于讽谕，今类次乐府已下是也。宋既平天下，公始出仕。当此之时，太祖、太宗已纲纪大法矣，公于是勇言当世之得失。其在朝廷，疾当事者不忠，故凡言天下之要，必本天子忧怜百姓、劳心万事之意，而推大臣从官执事之人观望怀奸、不称天子属任之心，故治久未洽。至其难言，则人有所不敢言者，虽屡不合而出，而所言益切，不以利害祸福动其意也。

始公尤见奇于太宗，自光禄寺丞、越州监酒税召见，以为直史馆，遂为两浙转运使。未久而真宗即位，益以材见知，初试以知制诰，及西兵起，又以为自陕以西经略判官。而公尝激切论大臣，当时皆不说，姜坞先生云：切论大臣者，向文简也。《宋史》本传言致尧抗疏自陈："臣言丞相某事未效，不敢受章绂之赐。"词旨狂躁。荆公为致尧墓志亦载此事。故不果用。然真宗终感其言，故为泉州未尽一岁，拜苏州，五日，又为扬州，将复召之也。而公于是时又上书，语斥大臣尤切，故卒以龃龉终。

公之言，其大者，以自唐之衰，民穷久矣，海内既集，天子方修法度，而用事者尚多烦碎，治财利之臣又益急。公独以谓宜遵简易，罢管榷，以与民休息，塞天下望。祥符初，四方争言符应，天子因之，遂用事泰山，祠汾阴，而道家之说亦滋甚，自京师至四方，皆大治宫观。公益诤，以谓天命不可专任，宜绌奸臣，修人事，反复至数百千言。呜呼！公之尽忠，天子之受尽言，何必古人？此非传之所谓主圣臣直者乎！何其盛也！何其盛也！

公在两浙，奏罢苛税二百三十余条。在京西，又与三司争论，免民租，释逋负之在民者。盖公之所试如此，所试者大，其庶几矣。公所尝言甚众，其在上前及书亡者，盖不得而集；其或从或否，而后常可思者，与历官行事，庐陵欧阳修公已铭公之碑特详焉，此故不论，论其不尽载者。公卒以龃龉终，其功行或不得在史氏记；藉令记之，当时好公者少，史其果可信欤！后有君子，欲推而考之，读公之碑与书，及予小子之序其意者，具见其表里，其于虚实之论，可核矣。

公卒，乃赠谏议大夫。姓曾氏，讳某，南丰人。序其书者，公之孙巩也。王道思曰：先生之文，如此篇之委曲感慨而气不迫晦者，亦不多有。茅顺甫云：子固阐扬先世所不得志处有大体，而文章措注处极浑雄。

馆阁送钱纯老知婺州诗序

曾子固

熙宁三年三月，尚书司封员外郎、秘阁校理钱君纯老出为婺州。三馆秘阁同舍之士。相与饮饯于城东佛舍之观音院，会者凡二十人。纯老亦重僚友之好，而欲慰处者之思也，乃为诗二十言以示坐者。于是在席人各取其一言为韵，赋诗以送之。纯老至州，将刻之石，而以书来曰："为我序之。"

盖朝廷常引天下儒学之士聚之馆阁，所以长养其材而待上之用。有出使于外者，则其僚必相告语，择都城之中广宇丰堂游观之胜，约日皆会，饮酒赋诗，以序去处之情，而致绸缪之意，历世寖久，以为故常。其从容道义之乐，盖他司所无；而其赋诗之所称引况谕，莫不道去者之义，祝其归仕于王朝，而欲其无久于外。所以见士君子之风流习尚，笃于相先，非世俗之所能及；又将待上之考信于此，而以其汇进，非空文而已也。

纯老以明经进士制策入等，历教国子生，入馆阁，为编校书籍校理检讨。其文章学问，有过人者，宜在天子左右，与访问，任献纳，而顾请一州，欲自试于川穷山阻僻绝之地，其志节之高，又非凡才所及。此赋诗者所以推其贤，惜其志，殷勤反复，而不能已。余故为之序其大指，以发明士大夫之公论，而与同舍视之，使知纯老之非久于外也。茅顺甫云：文之典刑，雍容雅颂。

书魏郑公传

曾子固

予观太宗常屈已以从群臣之议，而魏郑公之徒，喜遭其时，感知己之遇，事之大小，无不谏诤，虽其忠诚自至，亦得君而然也。则思唐之所以治，太宗之所以称贤主，而前世之君不及者，其渊源皆出于此也；能知其有此者，以其书存也。及观郑公以谏净事付史官，而太宗怒之，薄其恩礼，失终始之义，则未尝不反复嗟惜，恨其不思，而益知郑公之贤焉。

夫君之使臣，与臣之事君者何？大公至正之道而已矣。大公至正之道，非灭人言以掩己过，取小亮以私其君，此其不可者也。又有甚不可者，夫以谏诤为当掩，是以谏诤为非美也。则后世谁复当谏诤乎？况前代之君，有纳谏之美，而后世不见，则非惟失一时之公，又将使后世之君，谓前代无谏诤之事，是启其怠且忌矣。太宗末年，群下既知此意而不言，渐不知天下之得失，至于辽东之败，而始恨郑公不在，世未尝知其悔之萌芽出于此也。

夫伊尹、周公，何如人也？伊尹、周公之切谏其君者，其言至深，而其事至迫，存之于《书》，未尝掩焉。至今称太甲、成王为贤君，而伊尹、周公为良相者，以其书可见也。令当时削而弃之，成区区之小让，则后世何所据依而谏？又何以知其贤且良与！桀、纣、幽、厉、始皇之亡，则其臣之谏词无见焉，非其史之遗，乃天下不敢言而然也。则谏诤之无传，乃此数君之所以益暴其恶于后世而已矣。

或曰：“《春秋》之法，为尊亲贤者讳，与此戾矣。”夫《春秋》之所以讳者恶也，纳谏岂恶乎？“然则焚稿者非欤？”曰：焚稿者谁欤？非伊尹、周公为之也，近世取区区之小亮者为之耳。其事又未是也，何则？以焚其稿为掩君之过，而使后世传之，则是使后世不见稿之是非，而必其过常在于君，美常在于己也，岂爱其君之谓欤！孔光之去其稿之所言，其在正邪，未可知也，而焚之而惑后世，庸讵知非谋己之奸计乎？

或曰："造辟而言，诡辞而出，异乎此。"曰：此非圣人之所曾言也。令万一有是理，亦谓君臣之间，议论之际，不欲漏其言于一时之人耳，岂杜其告万世也？噫！以诚信待己，而事其君，而不欺乎万世者，郑公也。益知其贤云，岂非然哉！岂非然哉！其言深切，足以感动人主，又繁复曲尽而不厌，此自为杰作。熙甫爱之，非过也。

卷十 序跋类五

族谱引

苏明允

《苏氏族谱》，谱苏氏之族也。苏氏出于高阳，而蔓延于天下。唐神龙初，长史味道刺眉州，卒于官，一子留于眉，眉之有苏氏自此始。而谱不及者，亲尽也。亲尽则曷为不及？谱为亲作也。凡子得书，而孙不得书者何也？以著代也。自吾之父，以至吾之高祖，仕不仕，娶某氏，享年几，某日卒，皆书，而他不书者何也？详吾之所自出也。自吾之父，以至吾之高祖，皆曰讳某，而他则遂名之，何也？尊吾之所自出也。谱为苏氏作，而独吾之所自出得详与尊，何也？谱，吾作也。呜呼！观吾之谱者，孝弟之心，可以油然而生矣。

情见于亲，亲见于服。服始于衰，而至于缌麻，而至于无服。无服则亲尽，亲尽则情尽。情尽，则喜不庆，忧不吊。喜不庆，忧不吊，则途人也。吾所与相视如途人者，其初兄弟也。兄弟其初，一人之身也。悲夫！一人之身，分而至于途人，此吾谱之所以作也。其意曰：分至于途人者，势也，势吾无如之何也，幸其未至于途人也，使其无至于忽忘焉可也。呜呼！观吾之谱者，孝弟之心，可以油然而生矣。系之以诗曰：

吾父之子，今为吾兄。吾疾在身，兄呻不宁。数世之后，不知何人。彼死而生，不为戚欣。兄弟之亲，如足于手，其能几何？彼不相能，彼独何心？

族谱后录

苏明允

苏氏之先，出于高阳。高阳之子曰称，称之子曰老童，老童生重黎及吴回。重黎为帝喾火正，曰祝融，以罪诛，其后为司马氏；而其弟吴回复为火正。吴回生陆终，陆终生子六人：长曰樊，为昆吾。次曰惠连，为参胡。次曰篯，为彭祖。次曰来言，为会人。次曰安，为曹姓。季曰季连，为芈姓。六人者，皆有后，其后各分为数姓。昆吾始姓己氏，其后为苏、顾、温、董。当夏之时，昆吾为诸侯伯，历商，而昆吾之后无闻。至周，有忿生，为司寇，能平刑以教百姓，周公称之，盖《书》所谓司寇苏公者也。司寇苏公与檀伯达，皆封于河，世世仕周，家于其封，故河南、河内皆有苏氏。六国之际，秦及代、厉，其苗裔也。至汉兴，而苏氏始徙入秦。或曰：高祖徙天下豪杰以实关中，而苏氏迁焉。其后曰建，家于长安杜陵，武帝时，为将以击匈奴有功，封平陵侯，其后世遂家于其封。建生三子：长曰嘉，次曰武，次曰贤。嘉为奉车都尉，其六世孙纯为南阳太守，生子曰章，当顺帝时，为冀州刺史，又迁为并州，有功于其人，其子孙遂家于赵州。其后至唐武后之世，有味道焉。味道，圣历初为凤阁侍郎，以贬为眉州刺史，迁为益州长史，未行而卒。有子一人，不能归，遂家焉。自是眉始有苏氏。故眉之苏，皆宗益州长史味道；赵郡之苏皆宗并州刺史章；扶风之苏，皆宗平陵侯建；河南、河内之苏，皆宗司寇忿生。而凡苏氏皆宗昆吾樊，昆吾樊宗祝融吴回。盖自昆吾樊至司寇忿生，自司寇忿生至平陵侯建，自平陵侯建至并州刺史章，自并州刺史章至益州长史味道，自益州长史味道至吾之高祖，其间世次，皆不可纪。而洵始为族谱以纪其族属。

谱之所纪，上至于吾之高祖，下至于吾之昆弟；昆弟死，而及昆弟之子。曰：呜呼！高祖之上，不可详矣。自吾之前，而吾莫之知焉已矣；自吾之后，而莫之知焉。则从吾谱而益广之，可以至于无穷。盖高祖之子孙，家授一谱而藏之，其法曰：凡嫡子而后得为谱。为谱者，皆存其高祖，而迁其高祖之父，世世存其先人之谱无废也。而其不及高祖者，自其得为谱者之父始，而存其所宗之谱，皆以吾谱冠焉。

其说曰：此古之小宗也。古者有大宗有小宗。《传》曰："别子为祖，继别为宗，继祢者为小宗。”有百世不迁之宗，有五世则迁之宗。百世不迁者，别子之后也。宗其继别子之所自出者，百世不迁者也；宗其继高祖者，五世则迁者也。别子者，公子及士之始为大夫者也。别子不得祢其父，而自使其嫡子后之，则为大宗。故曰：“继别为宗。”族人宗之，虽百世而大宗死，则为之齐衰三月，其母、妻亡亦然。死而无子，则支子以其昭穆后之，此所谓百世不迁之宗也。别子之庶子又不得祢别子，而自使其嫡子为后，则又为小宗，故曰：“继祢者为小宗。”小宗五世之外则易宗。其继祢者，亲兄弟宗之；其继祖者，从兄弟宗之；其继曾祖者，再从兄弟宗之；其继高祖者，三从兄弟宗之。死而无子，则支子亦以其昭穆后之。此所谓五世则迁之宗也。凡今天下之人，惟天子之子与始为大夫者，而后可以为大宗，其馀则否。独小宗之法，犹可施于天下，故为族谱，其法皆从小宗。

凡吾之宗其继高祖者，高祖之嫡子祈。祈死无子，天下之宗法不立，族人莫克以其子为之后，是以继高祖之宗亡，而虚存焉。其继曾祖者，曾祖之嫡子宗善，宗善之嫡子昭图，昭图之嫡子惟益，惟益之嫡子允元。其继祖者，祖之嫡子讳序，序之嫡子澹，澹之嫡子位。其继祢者，祢之嫡子澹，澹之嫡子位。曰，呜呼！始可以详之矣。百世之后，凡吾高祖之子孙，得其家之谱而观之，则为小宗；得吾高祖之子孙之谱而合之，而以吾谱考焉，则至于无穷，而不可乱也。是为谱之志云尔。

元祐会计录序

苏子由

臣闻汉祖入关，萧何收秦图籍，周知四方盈虚强弱之实。汉祖赖之，以并天下。丙吉为相，匈奴尝入云中、代郡，吉使东曹考案边琐，条其兵食之有无，与将吏之才否，逡巡进对，指挥遂定。由此观之，古之人所以运筹帷幄之中、制胜千里之外者，图籍之功也。

盖事之在官，必见于书，其始无不具者，独患多而易忘，久而易灭，数十岁之后，人亡而书散，其不可考者多矣。唐李吉甫始簿录元和国计，并包巨细，无所不具。国朝三司使丁谓等因之，为景德、皇祐、治平、熙宁四书，网罗一时出内之计，首尾八十余年，本末相授，有司得以居今而知昔，参酌同异，因时施宜，此前人作书之本意也。臣以不佞，待罪地官，上承元丰之馀业，亲觏二圣之新政，时事之变易，财赋之登耗，可得而言也。

谨按：艺祖皇帝创业之始，海内分裂，租赋之入，不能半今世。然而宗室尚鲜，诸王不过数人;仕者寡少，自朝廷郡县，皆不能备官;士卒精练，常以少克众。用此三者，故能奋于不足之中，而绰然常若有余。及其列国款附，琛贡相属于道，府库充塞，创景福内库入畜金币，为殄虏之策。太宗因之，克平太原；真宗继之，怀服契丹。二患既弭，天下安乐，日登富庶，故咸平、景德之间，号称太平。群臣称颂功德，不知所以裁之者。于是请封泰山，祀汾阴，礼亳社，属车所至，费以巨万。而上清、昭应、崇禧、景灵之宫，相继而起。累世之积，縻耗多矣。其后昭应之灾，臣下复以营缮为言，大臣力争，章献感悟，沛然遂与天下休息。仁宗仁圣，清心省事，以幸天下。然而民物蕃庶，未复其旧，而夏贼窃发，边久无备，遂命益兵以应敌，急征以养兵，虽间出内藏之积，以求纾民，而四方骚然，民不安其居矣。其后西戎既平，而已益之兵，遂不复汰。加以宗子蕃衍，充牣宫邸；官吏冗积，员溢于位。财之不赡，为日久矣。英宗嗣位，慨然有救弊之意，群臣竦观，几见日新之政，而大业未遂，神考嗣世，忿流弊之委积，闵财力之伤耗，览政之初，为富国强兵之计。有司奉承，违失本旨，始为青苗、助役，以病农民；继为市易盐铁，以困商贾。利孔百出，不专于三司。于是经入竭于上，民力屈于下。继以南征交阯，西讨拓跋，用兵之费，一日千金。虽内帑别藏，时有以助之，而国亦惫矣。今二圣临御，方恭默无为，求民之疾苦而疗之，令之不便，无不释去，民亦少休矣。而西夏不宾，水旱继作，凡国之用度，大率多于前世。当此之时，而不思所以济之，岂不殆哉！

臣历观前世，持盈守成，艰于创业之君。盖盈之必溢，而成之必毁，物理之至，有不可逃者。盈、成之间，非有德者不安，非有法者不久。昔秦、隋之盛，非无法也。内建百官，外列郡县。至于汉、唐，因而行之，卒不能改，然皆二世而亡，何者？无德以为安也。汉文帝恭俭寡欲，专务以德化民，民富而国治，后世莫及。然身没之后，七国作难，几于乱亡。

晋武帝削平吴、蜀，任贤使能，容受直言，有明主之风。然而亡不旋踵，子弟内叛，羌胡外乱，遂以失国。此二帝者，皆无法以为久也。今二圣之治，安而静，仁而恕，德积于世，秦、隋之忧，臣无所措心矣。然而空匮之极，法度不立，虽无汉、晋强臣敌国之患，而数年之后，国用旷竭，臣恐来可安枕而卧也，故臣愿得终言之。

凡会计之实，取元丰之八年，而其为别有五：一曰收支，二曰民赋，三曰课人，四曰储运，五曰经费。五者既具，然后著之以见在，列之以通表，而天下之大计，可以画地而谈也。若夫内藏右曹之积，与天下封桩之实，非昔三司所领，则不入会计，将著之他书，以备观览焉。臣谨序。

会计录民赋序

苏子由

古之民政，有不可复者三焉。自祖宗以来，论事者尝以为言，而为政者，尝试其事矣。然为之愈详，而民愈扰；事之愈力，而功愈难。其故何哉？

古者隐兵于农，无事则耕，有事则战。安平之世，无廪给之费；征伐之际，得勤力之士。此儒者之所叹息而言也。然而熙宁之初，为保甲之令，民始嫁母赘子，断坏支体，以求免丁。及其既成，子弟挟县官之势，以邀其父兄；擅弓剑之技，以暴其乡党。至今河朔、京东之盗，皆保甲之余也。其后元丰之中，为保马之法，使民计产养马，畜马者众，马不可得。民至持金帛买马于江淮，小不中度，辄斥不用。郡县岁时阅视可否，权在医驵，民不堪命。民兵之害，乃至于此。此所谓不可复者一也。

《周官》泉府之制：凡民之贷者，以国服为之息。贷而求息，三代之政，有不然者矣。《诗》曰："倬彼甫田，岁取十千，我取其陈，食我农人。自古有年。"而《孟子》亦云："春省耕而补不足，秋省敛而助不给。"古盖有是道矣，而未必有常数，亦未必有常息也。至于熙宁，青苗之法，凡主客户得相保任而贷贷息，岁取十二，出入之际，吏缘为奸，请纳之劳，民费自倍。凡自宫而及私者，率取二而得一；自私而入公者，率输十而得五。

钱积于上，布帛米粟，贱不可售，岁暮寒苦，吏卒在门，民号无告。二十年之间，民无贫富，家产尽耗。此所谓不可复者二也。

古者治民，必周知其夫家田亩、六畜、器械之数，未有不知其数，而能制其贫富者也；未有不能制其贫富，而能得其心者也。故三代之君，开井田，画沟洫，谨步亩，严版图，因口之众寡以授田，因田之厚薄以制赋。经界既定，仁政自成。下及隋、唐，风流已远，然其授民田，有口分、永业，皆取之于官。其敛民财，有租、庸、调，皆计之于口。其后世乱、法坏，变为两税，户无主客，以见居为簿；人无丁中，以贫富为差。田之在民，其渐由此。贸易之际，不可复知。贫者急于售田，则田多而税少；富者利于避役，则田少而税多。侥幸一兴，税役皆弊，故丁谓之记景德，田况之记皇祐，皆以均税为言矣。然嘉祐中，薛向、孙琳始议方田，量步亩，审肥瘠，以定赋税之入。熙宁中，吕惠卿复建手实，抉私隐，崇告讦，以实贫富之等。元丰中，李琮追究逃绝，均虚数，虐编户，以补失陷之税。此三者，皆为国敛怨，所得不补所失，事不旋踵而罢。此所谓不可复者三也。

故臣愚以谓为国者，当务实而已，不求其名。诚使民尽力耕田，赋输以养兵，终身无复征戍之劳，而朝廷招募勇力强狡之民，教之战阵，以卫良民，二者各得其利，亦何所不可哉！富民之家，取有余以贷不足，虽有倍称之息，而子本之债，官不为理。偿进之日，布缕菽粟，鸡豚狗彘，百物皆售，州县晏然。处曲直之断，而民自相养，盖亦足矣。至于田赋厚薄多寡之异，虽小有不齐，而安静不挠，民乐其业。赋以时入，所失无几。因其交易，而质其欺隐，绳之以法，亦足以禁其太甚。昔宇文融括诸道客户，州县观望，虚张其数，以实户为客，虽得户八十余万，岁得钱数百万，而百姓困弊，实召天宝之乱。均税之害，何以异此！

凡此三者，皆儒者平昔之所称颂，以为先王之遗法，用之足以致太平者也。然数十年以来，屡试而屡败，足以为后世好名者之戒耳。惟嘉祐以前，百役在民。衙前大者主仓库，躬馈运，小者治燕飨，职迎送，破家之祸，易于反掌。至于州县役人，皆贪官暴吏之所诛求，仰以为生者。先帝深求其病，鬻坊场以募衙前，均役钱以雇诸役，使民得阖门治生，而吏不敢苛问。有司奉行，不得其当，坊场求数倍之价，役钱觳宽剩之积，而民始困踬不堪其生矣。

今二圣览观前事，知其得失之实，既尽去保甲、青苗、均税，至于役法，举差雇之中，唯便民者取之。郡县奉承，虽未即能尽，而天下之民知天子之爱我矣。故臣于民赋之篇，备论其得失，俾后有考焉。

周礼义序

王介甫

士弊于俗学久矣，圣上闵焉，以经术造之。乃集儒臣，训释厥旨，将播之校学，而臣某实董《周官》。

惟道之在政事，其贵贱有位，其后先有序，其多寡有数，其迟速有时，制而用之存乎法，推而行之存乎人。其人足以任官，其官足以行法，莫盛乎成周之时；其法可施于后世，其文有见于载籍，莫具乎《周官》之书。盖其因习以崇之，赓续以终之，至于后世，无以复加。则岂特文、武、周公之力哉！犹四时之运，阴阳积而成寒暑，非一日也。

自周之衰，以至于今，历岁千数百矣。太平之遗迹，扫荡几尽，学者所见，无复全经。于是时也，乃欲训而发之，臣诚不自揆，然知其难也。以训而发之之为难，则又以知夫立政造事追而复之之为难。然窃观圣上，致法就功，取成于心，训迪在位，有冯有翼，亹亹乎乡六服承德之世矣。以所观乎今，考所学乎古，所谓见而知之者，臣诚不自揆，妄以为庶几焉。故遂冒昧自竭，而忘其材之弗及也。

谨列其书，为二十有二卷，凡十余万言，上之御府，副在有司，以待制诏颁焉。谨序。

书 义 序

王介甫

熙宁二年，臣某以《尚书》入侍，遂与政，而子雱实嗣讲事，有旨为之说以献。八年，下其说太学班焉。惟虞、夏、商、周之遗文，更秦而几亡，遭汉而仅存，赖学士大夫诵说，以故不泯。而世主或莫知其可用。天纵皇帝大知，实始操之以验物，考之以决事；又命训其义，兼明天下后世。而臣父子以区区所闻，承乏与荣焉。然言之渊懿，而释以浅陋；命之重大，而承以轻渺。兹荣也，只所以为愧也欤！谨序。

诗义序

王介甫

《诗》三百十一篇，其义具存，其辞亡者六篇而已。上既使臣雱训其辞，又命臣某等训其义。书成，以赐太学，布之天下，又使臣某为之序。谨拜手稽首，言曰：

《诗》上通乎道德，下止乎礼义，放其言之文，君子以兴焉；循其道之序，圣人以成焉。然以孔子之门人，赐也、商也有得于一言，则孔子悦而进之，盖其说之难明如此。则自周衰以迄于今，泯泯纷纷，岂不宜哉！

伏惟皇帝陛下，内德纯茂，则神罔时恫；外行恂达，则四方以无侮。日就月将，学有缉熙于光明，则颂之所形容，盖有不足道也。微言奥义，既自得之，又命承学之臣，训释厥遗，乐与天下共之。顾臣等所闻，如爝火焉，岂足以赓日月之余光？姑承明制，代匮而已。

《传》曰："美成在久。"故《棫朴》之作人，以寿考为言，盖将有来者焉，追琢其章，缵圣志而成之也。臣衰且老矣，尚庶几及见之。谨序。

读孔子世家

王介甫

太史公叙帝王，则曰本纪；公侯传国，则曰世家；公卿特起，则曰列传。此其例也。其列孔子为世家，奚其进退无所据邪？

孔子，旅人也，栖栖衰季之世，无尺土之柄，此列之以传宜矣。曷为世家哉？岂以仲尼躬将圣之资，其教化之盛，舄奕万世，故为之世家以抗之，又非极挚之论也。

夫仲尼之才，帝王可也，何特公侯哉？仲尼之道，世天下可也，何特世其家哉？处之世家，仲尼之道，不从而大；置之列传，仲尼之道，不从而小。而迁也，自乱其例，所谓多所牴牾者也。

读孟尝君传

王介甫

世皆称孟尝君能得士，士以故归之，而卒赖其力，以脱于虎豹之秦。嗟乎！孟尝君特鸡鸣狗盗之雄耳，岂足以言得士？不然，擅齐之强，得一士焉，宜可以南面而制秦，尚何取鸡鸣狗盗之力哉！夫鸡鸣狗盗之出其门，此士之所以不至也。

读刺客传

王介甫

曹沫将而亡人之城，又劫天下盟主，管仲因勿倍，以市信一时，可也。余独怪知伯国士豫让，岂顾不用其策耶？让，诚国士也，曾不能逆策三晋，救知伯之亡，一死区区，尚足校哉！其亦不欺其意者也。聂政售于严仲子，荆轲豢于燕太子丹，此两人者，汙隐困约之时，自贵其身，不妄愿知，亦曰有待焉。彼挟道德以待世者何如哉？

书李文公集后

王介甫

文公非董子作《士不遇赋》，惜其自待不厚。以余观之，《诗》三百发愤于不遇者甚众；而孔子亦曰：“凤鸟不至，河不出图，吾已矣夫！”盖叹不遇也。文公论高如此，及观于史，一不得职，则诋宰相以自快。今吾于人也，听其言而观其行，言不可独信久矣。

虽然，彼宰相名实固有辨。彼诚小人也，则文公之发，为不忍于小人叫也。为史者独安取其怒之以失职耶！世之浅者，固以其利心量君子，以为触宰相以近祸，非以其私则莫为也。夫文公之好恐，盖所谓皆过其分者耳。方其不信于天下，更以推贤进善为急，一士之不显，至寝食为之不甘，盖奔走有力成其名而后已。士之废兴，彼各有命，身非王公大人之位，取其任而私之，又自以为贤，仆仆然忘其身之劳也，岂所谓知命者耶！

《记》曰：“道之不行，贤者过之，不肖者不及也。”夫文公之过也，抑其所以为贤欤！

灵谷诗序

王介甫

吾州之东南，有灵谷者，江南之名山也。龙蛇之神，虎豹翚翟之文章，楩楠豫章竹箭之材，皆自山出，而神林鬼冢、魑魅之穴，与夫仙人释子恢谲之观，咸附托焉。至其淑灵和清之气，盘礴委积于天地之间，万物之所不能得者，乃属之于人，而处士君实生其址。

君姓吴氏，家于山阯。豪杰之望，临吾一州者，盖五六世，而后处士君出焉。其行，孝弟忠信；其能，以文学知名于时。惜乎其老矣，不得与夫虎豹翚翟之文章，楩楠豫章竹箭之材俱出，而为用于天下。顾藏其神奇，而与龙蛇杂此土以处也。

然君浩然有以自养，遨游于山川之间，啸歌讴吟，以寓其所好，而终身乐之不厌。有诗数百篇，传诵于闾里。他日出《灵谷》三十二篇，以属其甥曰：“为我读而序之。”唯君之所得，盖有伏而不见者，岂特尽于此诗而已！虽然，观其镵刻万物，而接之以藻缋，非夫诗人之巧者，亦孰能至于此？

汉口志序

归熙甫

越山西南高而下倾于海，故天目于浙江之山最高，然仅与新安之平地等。自浙望之，新安盖出万山之上云。故新安，山郡也，州邑乡聚，皆依山为坞。而山惟黄山为大，大鄣山次之，秦初置鄣郡以此。诸水自浙岭渐溪至率口，与率山之水会，北与练溪合，为新安江。过严陵滩，入于钱塘，而汊川之水，亦会于率口。汊川者，合琅璜之水，流岐阳山之下。两水相交谓之汊，盖其口山围水绕，林木茂密，故居人成聚焉。

唐广明之乱，都使程沄集众为保，营于其外，子孙遂居之。新安之程，蔓衍诸邑，皆祖梁忠壮公，而都使实始居汊口。其显者为宋端明殿学士珌；而若庸师事饶仲元，其后吴幼清、程钜夫皆出其门，学者称之为徽庵先生。其他名德，代有其人。程君元成汝玉，都使之后也，故为《汊口志》，志其方物、地俗，与丘陵坟墓。汝玉之所存，可谓厚矣，盖君子之不忘乎乡，而后能及天下也。

噫！今名都大邑，尚犹恨纪载之轶。汊口一乡，汝玉之能为其山水增重也如此，则文献之于世，其可少乎哉！

题张幼于哀文太史卷

归熙甫

文太史既没，幼于哀其平日所与尺牍，摹之石上。太史尊宿，幼于年辈远不相及，而往复勤恳如素交。吴中自来先后辈相接引类如此，故文学渊源，远有承传，非他郡之所能及也。嗟乎！士故乐于有所为。若夫旷世独立，仰以追思千载之前，俯以望未来之后世，其亦可慨也夫！

书孝妇魏氏诗后

方灵皋

古者妇于舅姑服期，先王称情以立文，所以责其实也。妇之爱舅姑，不若子之爱其父母，天也。苟致爱之实，妇常得子之半，不失为孝妇。古之时，女教修明，妇于舅姑，内诚则存乎其人，而无敢显为悖者，盖入室而盥馈，以明妇顺；三月而后反马，示不当于舅姑而遂逐也。终其身荣辱去留，皆视其事舅姑之善否，而夫之宜不宜不与焉。惟大为之坊，此其所以犯者少也。近世士大夫百行不怍，而独以出妻为丑，闾阎化之。由是妇行放佚而无所忌，其于舅姑，以貌相承，而无勃谿之声者，十室无二三焉，况责以诚孝与！妇以类已者多而自证，子以习非者众而相安，百行之衰，人道之所以不立，皆由于此。

广昌何某，妻魏氏，刲肱求疗其姑，几死。其事虽人子为之，亦为过礼，而非笃于爱者不能。以天下妇顺之不修，非绝特之行，不足以振之，则魏氏之事，岂可使无传与！抑吾观节孝之过中者，自汉以降始有之，三代之盛，未之前闻也，岂至性反不若后人之笃与？盖道教明，而人皆知夫义之所止也。后世人道衰薄，天地之性，有所壅遏不流，其郁而钟于一二人者，往往发为绝特之行，而不必轨于中道，然用以矫枉扶衰，则固不可得而议也。

魏氏之舅官京师，士大夫多为诗歌以美之，予因发此义以质后之人。

议论好，而文非高古。

海舶三集序

刘才甫

乘五板之船，浮于江淮，滃然云兴，勃然风起，惊涛生，巨浪作，舟人仆夫，失色相向，以为将有倾覆之忧、沉沦之惨也。又况海水之所汩没，渺尔无垠，天吴睒赐，鱼鼋撞冲，人于其中，萍飘蓬转，一任其挂罥奔驰，曾不能以自主。故往往魄动神丧，不待樯摧橹折，而梦寐为之不宁。

顾乃俯仰自如，吟咏自适，驰想于沆瀣之虚，寄情于霞虹之表，翩然而藻思翔，蔚然而鸿章著，振开、宝之余风，仿佛乎杜甫、高、岑之什，此所谓神勇者矣。余谓不然。人臣悬君父之命于心，大如日轮，响如霆轰。则其于外物也，视之而不见其形，听之而不闻其声。彼其视海水之荡潏，如重茵莞席之安；视崇岛之崕峗当前，如翠屏之列、几砚之陈；视百灵怪物之出没而沉浮，如佳花美竹奇石之星罗于苑囿。歌声出金石，若夫风潮澎湃之音，彼固有不及知者，而又何震慴恐惧之有？

翰林徐君亮直先生，以康熙某年之月日，奉使琉球，岁且及周，歌诗且千百首，名之曰《海舶三集》，海内之荐绅大夫，莫不闻而知之矣。后二十余年，先生既归老于家，乃命大櫆为之序。有奇气，实似昌黎，而语略繁。

倪司城诗集序

刘才甫

余友倪君司城，非今世之所谓诗人也。其试童子，尝冠于童子矣；其在太学，尝冠于太学诸生矣。其应乡试而出，太仓王相国使人亟求其草稿观之。然则司城之于举进士，可操券取也，而卒不获一售以终其身。雍正之初，尝为中书而使蜀焉。其后为洋与南郑二县令，前后十六年，其德泽加于百姓，大臣尝有荐其才可知一郡及为藩臬之副使者，而卒老于县令不得调。信乎人之穷达悬于天，而非人力之所能为邪！

司城于书无所不读，而尤详于圣人之经，必究极根源乃止。其齿长余于十有余岁，而与余同学为古文。余间出文相质，司城虽心以为善，而未尝有面谀之言，其刻求于一字一句之间，如酷吏之治狱，必不稍留余地。余少盛气不自抑，或与之辨争，至于喧哄。然司城不以余之争而少为宽假，余亦不以其刻求而自讳其疵纇也，苟有作，必出使视之。其后每相见，则每至于争；而一日不见，则又未尝不相思。盖古之所谓益友者如此，而吾特幸与之为友也。

司城抱负奇伟，不得见于世，则往往为歌诗以自娱。其壮年周游黔、蜀，崎岖万里，其诗尤雄放，穷极文章之变。虽其他稍涉平易者，而语必雅健，能不失诗人之意旨。时人不能尽知，更千百世后，必有能知之者。

余虽与司城同乡里，其久相聚处，乃反在异地。司城既家居，不相见者常至五六年。岁庚午，司城一至京师，余与相聚才数日，怅然别去，忽忽阅四岁。今春余将之武昌，道过司城。司城出酒肴共酌，意气慷慨，其平时飞动之意，犹不能无。然而司城年已七十矣。

司城所为诗仅千有余篇，其锓板以行世，用白金无过百两，而家贫力未能及。余将与四方友人共谋之，而未知其何如。虽然，司城之诗藏于家，其光怪已自发见不可揜；虽其行世，岂能加毫末于司城哉！然则锓板与否存乎人，而司城固可不问矣。

卷十一　奏议类上编一

楚莫敖子华对威王

威王问于莫敖子华曰："自从先君文王以至不穀之身，亦有不为爵劝，不为禄勉，以忧社稷者乎？"莫敖子华对曰："如华不足以知之矣。"王曰："不于大夫，无所闻之。"莫敖子华对曰："君王将何问者也？彼有廉其爵，贫其身，以忧社稷者；有崇其爵，丰其禄，以忧社稷者；有断头决腹，一瞑而万世不视，不知所益，以忧社稷者；亦有不为爵劝，不为禄勉，以忧社稷者。"

王曰："大夫此言，将何谓也？"莫敖子华对曰："昔令尹子文，缁帛之衣以朝，鹿裘以处，未明而立于朝，日晦而归食，朝不谋夕，无一日之积。故彼廉其爵，贫其身，以忧社稷者，令尹子文是也。昔者叶公子高，身获于表薄而财于柱国，定白公之祸，宁楚国之事，恢先君以揜方城之外，四封不廉，名不挫于诸侯。当此之时也，天下莫敢以兵南向。叶公子高食田六百畛，故彼崇其爵，丰其禄，以忧社稷者，叶公子高是也。昔者吴与楚战于柏举，两御之间，夫卒交。莫敖大心抚其御之手，顾而太息曰：'嗟乎子呼！楚国亡之日至矣，吾将深入吴军，若扑一人，若捽一人，以与大心者也，社稷其为庶几乎！'故断头决腹，一瞑而万世不视，不知所益，以忧社稷者，莫敖大心是也。昔吴与楚战于柏举，三战入郢，寡君当作"君王"。身出，大夫悉属，百姓离散。棼冒勃苏曰：'吾被坚执锐赴强敌而死，此犹一卒也，不若奔诸侯。'于是赢粮潜行，上峥山，逾深溪，跖穿膝暴，七日而薄秦王之朝。雀立不转，昼吟宵哭，七日不得告，水浆无入口，瘨而殚闷，旄不知人。秦王闻而走之，冠带不相及，左奉其首，右濡其口，勃苏乃苏。秦王身问之：‘子孰谁也？’棼冒勃苏对曰：‘臣非异，楚使新造盩棼冒勃苏。吴与楚人战于柏举，三战入郢，寡君身出，大夫悉属，百姓离散。使下臣来，告亡，且求救。’秦王顾令之起，‘寡人闻之，万乘之君，得罪一士，社稷其危，今此之谓也。’遂出革车千乘，卒万人，属之子满与子虎，下塞以东，与吴人战于浊水，而大败之，亦闻于遂浦。故劳其身，愁其思，以忧社稷者，棼冒勃苏是也。吴与楚战于柏举，三战入郢，君王身出，大夫悉属，百姓离散。蒙谷结斗于宫唐之上，舍斗奔郢，曰：‘若有孤，楚国社稷其庶几乎！’遂入大宫，负鸡次之典，以浮于江，逃于云梦之中。昭王反郢，五官失法，百姓昏乱。蒙谷献典，五官得法，而百姓大治。此蒙谷之功，多与存国相若，封之执圭，田六百畛。蒙谷怒曰：‘谷非人臣，社稷之臣，苟社稷血食，余岂患无君乎！’遂自弃于磨山之中，至今无冒。鼐按：冒者，言覆冒子孙田禄之类。或作“位”，非是。故不为爵劝、不为禄勉，以忧社稷者，蒙谷是也。”

王乃太息曰：“此古之人也。今之人，焉能有之邪？”莫敖子华对曰：“昔者先君灵王，好小腰，楚士约食，冯而能立，式而能起。食之可欲，忍而不入；死之可恶，然而不避。华闻之，其君好发者，其臣决拾。君王直不好，若君王诚好贤，此五臣者，皆可得而致之。”

张仪司马错议伐蜀

司马错与张仪争论于秦惠王前。司马错欲伐蜀，张仪曰：“不如伐韩。”王曰：“请闻其说。”

对曰：“亲魏善楚，下兵三川，塞轘辕、缑氏之口，当屯留之道，魏绝南阳，楚临南郑，秦攻新城、宜阳，以临二周之郊，诛周主之罪，侵楚、魏之地。周自知不救，九鼎宝器必出。据九鼎，按图籍，挟天子以令天下，天下莫敢不听。此王业也。今夫蜀，西僻之国，而戎狄之长也。敝兵劳众，不足以成名；得其地，不足以为利。臣闻争名者于朝，争利者于市。

今三川、周室，天下之市朝也，而王不争焉，顾争于戎狄，去王业远矣。”

司马错曰：“不然。臣闻之，欲富国者务广其地，欲强兵者务富其民，欲王者务博其德。三资者备，而王随之矣。今王之地小民贫，故臣愿从事于易。夫蜀，西僻之国也，而戎狄之长也，而有桀、纣之乱。以秦攻之，譬如使豺狼逐群羊也。取其地，足以广国也；得其财，足以富民缮兵。不伤众而彼已服矣。故拔一国而天下不以为暴；利尽西海，诸侯不以为贪。是我一举而名实两附，而又有禁暴止乱之名。今攻韩，劫天子。劫天子，恶名也，而未必利也，又有不义之名，而攻天下之所不欲，危。臣请谒其故：周，天下之宗室也；齐，韩之与国也。周自知失九鼎，韩自知亡三川，则必将并力合谋，以因于齐、赵，而求解乎楚、魏。以鼎与楚，以地与魏，王不能禁，此臣所谓危，不如伐蜀之完也。”

惠王曰：“善。寡人听子。”卒起兵伐蜀，十月取之，遂定蜀。蜀主更号为侯，而使陈庄相蜀。蜀既属，秦益强，富厚轻诸侯。

苏子说齐闵王

苏子说齐闵王曰：臣闻用兵而喜先天下者忧，约结而喜主怨者孤。夫后起者，藉也，而远怨者，时也。是以圣人从事，必藉于权而务兴于时。夫权藉者，万物之率也；而时势者，百事之长也。故无权藉，倍时势，而能事成者寡矣。

今虽干将、莫邪，此下承后起说。非得人力，则不能割刿矣。坚箭利金，不得弦机之利，则不能远杀矣。矢非不铦，而剑非不利也。何则？权藉不在焉。何以知其然也？昔者赵氏袭卫，车舍人不休傅卫国，城刚平；卫八门土，而二门堕矣。此亡国之形也。卫君跣行，告愬于魏。魏王身被甲底剑，挑赵索战，邯郸之中骛，河山之间乱。卫得是藉也，亦收余甲而北面，残刚平，堕中牟之郭。卫非强于赵也，譬之卫矢而魏弦机也，藉力魏而有河东之地，赵氏惧。楚人救赵而伐魏，战于州西，出梁门，军舍林中，马饮于大河。赵得是藉也，亦袭魏之河北，烧棘沟，队黄城。故刚平之残也，中牟之堕也，黄城之队也，棘沟之烧也，此皆非赵、魏之欲也。

然二国劝行之者何也？卫明于时权之藉也。今世之为国者不然矣。兵弱而好敌强，国罢而好众怨，事败而好鞠之，兵弱而憎下人，地狭而好敌大，事败而好长诈。行此六者而求霸，则远矣。

臣闻善为国者，此下承远怨说。顺民之意，而料兵之能，然后从于天下。故约不为人主怨，伐不为人挫强。如此，则兵不费，权不轻，地可广，欲可成也。昔者齐之与韩、魏伐秦、楚也，战非甚疾也，分地又非多韩、魏也。然而天下独归咎于齐者，何也？以其为韩、魏主怨也。且天下遍用兵矣，齐、燕战而赵氏兼中山，秦、楚战韩、魏不休，而宋、越专用其兵。此十国者，皆以相敌为意，而独举心于齐者何也？约而好主怨，伐而好挫强也。

且夫强大之祸，以下皆言后起，而远怨意即寓其内。常以王人为意也。夫弱小之殃，常以谋人为利也。是以大国危，小国灭也。大国之计，莫若后起而重伐不义。夫后起之藉，与多而兵劲，则是以众强敌罢寡也。兵必立也，事不塞天下之心，则利必附矣。大国行此，则名号不攘而至，霸王不为而立矣。小国之情，莫如谨静而寡信诸侯。谨静则四邻不反，寡信诸侯则天下不卖。外不卖，内不反，则积蓄朽腐而不用，币帛矫蠹而不服矣。小国道此，则不祠而福矣，不贷而见足矣。故曰："祖仁者王，立义者霸，用兵穷者亡。"何以知其然也？昔吴王夫差，以强大为天下先，强袭郢而栖越，身从诸侯之君，而卒身死国亡，为天下戮看，何也？此夫差平居而谋王，强大而喜先天下之祸也。昔者莱、莒好谋，陈、蔡好诈，莒恃越而灭，蔡恃晋而亡，此皆内长诈、外信诸侯之殃也。由此观之，则强弱大小之祸，可见于前事矣。语曰："骐骥之衰也，驽马先之；孟贲之倦也，女子胜之。"夫驽马、女子，筋力骨劲，非贤于骐骥、孟贲也。何则？后起之藉也。今天下之相与也不并灭，有而案兵而后起，寄怨而诛不直，微用兵而寄于义，则亡天下可踽足而须也。明于诸侯之故，察于地形之理者，不约亲，不相质而固，不趋而疾，众事而不反，交割而不相憎，俱强而加以亲。何则？形同忧而兵趋利也。何以知其然也？昔者燕、齐战于桓之曲，燕不胜，十万之众尽，胡人袭燕楼烦数县，取其牛马。夫胡之与齐，非素亲也，而用兵又非约质而谋燕也。然而甚于相趋者何也？形同忧而兵趋利也。由此观之，约于同形则利长，后起则诸侯可趋役也。

故明主察相，以下极言用兵之害，不能后起而致怨者。诚欲以霸王为志，则战攻非所先。战者，国之残也，而都县之费也。残费已先，而能从诸侯者寡矣。彼战者之为残也，士闻战则输私财而富军市，输饮食而待死士，令折辕而炊之，杀牛而觞士，则是路窘之道也。中人祷祝，君翳酿，通都小县置社，有市之邑，莫不正事而奉王，则此虚中之计也。夫战之明日，尸死扶伤，虽若有功也，军出费，中哭泣，军则重出费以送死伤，国中则哭泣以迎之。则伤主心矣。死者破家而葬，夷伤者空财而共药，完者内酺而华乐，故其费与死伤者钧。故民之所费也，十年之田而不偿也。军之所出，矛戟折，镮弦绝，伤弩破车，罢马亡矢之太半。甲兵之具，官之所私出也，士大夫之所匿，厮养卒之所窃，十年之田而不偿也。天下有此再费者，而能从诸侯者寡矣。攻城之费，百姓理襜蔽，举冲橹，家杂总，身窟穴，中罢于刀金，而士困于土功，将不释甲，期数而能拔城者为亟耳。上倦于教，士断于兵，故三下城而能胜敌者寡矣。故曰：彼战攻者非所先也。何以知其然也？昔智伯瑶攻范中行氏，杀其君，灭其国，又西围晋阳，吞兼二国，而忧一主，此用兵之盛也。然而智伯卒身死国亡，为天下笑者，何谓也？兵先战攻，而灭二子之患也。昔者中山悉起而迎燕、赵，南战于长子，败赵氏；北战于中山，克燕军，杀其将。夫中山，千乘之国也，而敌万乘之国二，再战比胜，此用兵之上节也。然而国遂亡、君臣于齐者何也？不啬于战攻之患也。由此观之，则战攻之败，可见于前事矣。今世之所谓善用兵者，终战比胜，而守不可拔，天下称为善，一国得而保之，则非国之利也。臣闻战大胜者，其士多死而兵益弱；守而不可拔者，其百姓罢而城郭露。夫士死于外，民残于内，而城郭露于竟，则非王之乐也。今夫鹄的非咎罪于人也，便弓引弩而射之，中者则喜，不中则愧。少长贵贱，则同心于贯之者何也？恶其示人以难也。今穷战比胜，而守必不拔，则是非徒示人以难也，又且害人者也，然则天下仇之必矣。夫罢士露国，而多与天下为仇，则明君不居也。素用强兵而弱之，则察相不事；彼明君察相者，则五兵不动而诸侯从，辞让而重赂至矣。故明君之攻战也，甲兵不出于军而敌国胜，冲橹不施而边城降，士民不知而王业至矣。彼明君之从事也，用财少，旷日远而为利长者，故曰：兵后起则诸侯可趋役也。

臣之所闻，此下言用谋之利，明于权藉、时势者。攻战之道非师者，虽有百万之军，北之堂上；虽有阖闾、吴起之将，禽之户内。千丈之城，拔之尊俎之间；百尺之冲，折之衽席之上。故钟鼓竽瑟之音不绝，地可广而欲可成；和乐倡优侏儒之笑不乏，诸侯可同日而致也。故名配天地不为尊，利制海内不为厚。故夫善为王业者，在劳天下而自逸，乱天下而自安，诸侯无成谋，则其国无宿忧也。何以知其然？佚治在我，劳乱在天下，则王之道也。锐兵来而拒之，患至而移之，使诸侯无成谋，则其国无宿忧矣。何以知其然矣？昔者魏王拥土千里，带甲三十六万，恃其强而拔邯郸，黄丕烈谓“而”“能”字通。《国策》“能”字多作“而”。鲍氏增“恃”字非。西围定阳，又从十二诸侯，朝天子以西谋秦。秦王恐之，寝不安席，食不甘味，令于竟内，尽堞中为战具，竟为守备，为死士置将，以待魏氏。卫鞅谋于秦王曰：“夫魏氏其功大，而令行于天下，有十二诸侯而朝天子，其与必众。故以一秦而敌大魏，恐不如。王何不使臣见魏王，则臣请必北魏矣。”秦王许诺。卫鞅见魏王曰：“大王之功大矣，令行于天下矣。今大王之所从十二诸侯，非宋、卫也，则邹、鲁、陈、蔡，此固大王之所以鞭箠使也，不足以王天下。大王不若北取燕，东伐齐，则赵必从矣。西取秦，南伐楚，则韩必从矣。大王有伐齐、楚心，而从天下之志，则王业见矣。大王不如先行王服，然后图齐、楚。”魏王悦于卫鞅之言也，故身广公宫，制丹衣柱，建九斿，从七星之旟。此天子之位也，而魏王处之。于是齐、楚怒，诸侯奔齐。齐人伐魏，杀其太子，覆其十万之军。魏王大恐，跣行按兵于国，而东次于齐，然后天下乃舍之。当是时，秦王垂拱而受西河之外，而不以德魏王。故卫鞅之始与秦王计也，谋约不下席，言于尊俎之间，谋成于堂上，而魏将已禽于齐矣。冲橹未施，而西河之外已入于秦矣。此臣之所谓北之堂上，禽将户内，拔城于尊俎之间，折冲席上者也。”

《战国策》以此为苏子之辞，或疑为苏秦，或疑为苏代，吴师道固辨其非矣。　鼐按：此篇末引商鞅见魏王之语，正如秦、代所以愚齐之计。若借卫鞅以发其情，而寤愍王焉者，岂非齐之忠臣乎？篇首“苏子”字盖误。不则或苏厉之辞。当齐湣、燕昭之时，代常居燕，厉常居齐。齐国既破，赵将与秦攻其遗烬，其危亟矣。厉独为书与赵王止之，岂厉犹忠于为齐谋者，有异于其两昆邪？

虞卿议割六城与秦

秦攻赵于长平，大破之，引兵而归。因使人索六城于赵而媾。赵计未定。楼缓新从秦来，赵王与楼缓计之。曰："与秦城何如？不与何如？"楼缓辞让曰："此非人臣之所能知也。"王曰："虽然，试言公之私。"楼缓曰："王亦闻夫公甫文伯母乎？公甫文伯官于鲁，病死，妇人为之自杀于房中者二人。其母闻之，不肯哭也。相室曰：'焉有子死而不哭者乎？'其母曰：'孔子贤人也，逐于鲁，是人不随，今死而妇人为死者二人，《国策》作十六人，今依《史记》。若是者，其于长者薄，而于妇人厚。'故从母言之，为贤母也；从妇言之，必不免为妒妇也。故其言一也，言者异，则人心变矣。今臣新从秦来，而言勿与，则非计也；言与之，则恐王以臣之为秦也。故不敢对。使臣得为王计之，不如予之。"王曰："诺。"

虞卿闻之，入见王。王以楼缓言告之。虞卿曰："此饰说也。"王曰："何谓也？"虞卿曰："秦之攻赵也，倦而归乎？王以其力尚能进，爱王而不攻乎？"王曰："秦之攻我也，不遗余力矣，必以倦而归也。"虞卿曰："秦以其力攻其所不能取，倦而归，王又以其力之所不能攻而资之，是助秦自攻也。来年秦复攻王，王无以救矣。"

王以虞卿之旨告楼缓。楼缓曰："虞卿能尽知秦力之所至乎？诚知秦力之所不至，此弹丸之地，犹不与也，令秦来年复攻王，得无割其内而媾乎？"王曰："诚听子割矣，子能必来年秦之不复攻我乎？"楼缓对曰："此非臣之所敢任也。昔者三晋之交于秦相善也。今秦释韩、魏而独攻王，王之所以事秦，必不如韩、魏也。今臣为足下解负亲之攻，启关通币，齐交韩、魏，至来年而王独不取于秦，王之所以事秦者，必在韩、魏之后也。此非臣之所敢任也。"

王以楼缓之言告虞卿。虞卿曰："楼缓言不媾，来年秦复攻王，得无更割其内而媾？今媾，楼缓又不能必秦之不复攻也，虽割何益？来年复攻，又割其力之所不能取而媾也，此自尽之术也。不如无媾。秦虽善攻，不能取六城；赵虽不能守，亦不至失六城。秦倦而归，兵必罢。我以六城收天下以攻罢秦，是我失之于天下，而取偿于秦也。吾国尚利，孰与坐而割地，自弱以强秦？今楼缓曰秦善韩、魏而攻赵者，必王之事秦不如韩、魏也，是使王岁以六城事秦也，即坐而地尽矣。来年秦复求割地，王将予之乎？不予，则是弃前资而挑秦祸也；与之，则无地而给之。语曰：‘强者善攻，而弱者不能自守。’今坐而听秦，秦兵不敝而多得地，是强秦而弱赵也。以益愈强之秦，而割愈弱之赵，其计固不止矣。且秦，虎狼之国也，无礼义之心，其求无已，而王之地有尽。以有尽之地，给无已之求，其势必无赵矣。故曰：此饰说也。王必勿与。”王曰：“诺。”

楼缓闻之，入见于王，王又以虞卿之言告之。楼缓曰：“不然。虞卿得其一，未知其二也。夫秦、赵构难，而天下皆说，何也？曰：我将因强而乘弱。今赵兵困于秦，天下之贺战胜者，则必尽在于秦矣。故不若亟割地求和以疑天下，慰秦心。不然，天下将因秦之怒，乘赵之敝而瓜分之。赵且亡，何秦之图？王以此断之，勿复计也。”

虞卿闻之，又入见王曰：“危矣！楼子之为秦也。夫赵兵困于秦，又割地为和，是愈疑天下，而何慰秦心哉？是不亦大示天下弱乎？且臣曰勿予者，非固勿予而已也。秦索六城于王，王以六城赂齐。齐，秦之深仇也，得王六城，并力而西击秦也。齐之听王，不待辞之毕也。是王失于齐，而取偿于秦，一举结三国之亲，而与秦易道也。”赵王曰：“善”。因发虞卿东见齐王，与之谋秦。虞卿未反，秦之使者已在赵矣。楼缓闻之，逃去。鼐按：《史记》以始劝赵割六城为赵郝之计。后楼缓来赵，乃复劝之。其两人之辞，《国策》尽以为楼缓之语。今依《国策》。

中旗说秦昭王

秦昭王谓左右曰：“今日韩、魏，孰与始强？”对曰：“弗如也。”王曰：“今之如耳、魏齐，孰如孟尝、芒卯之贤？”对曰：“弗如也。”王曰：“以孟尝、芒卯之贤，帅强韩、魏之兵以伐秦，犹无奈寡人何也；今以无能之如耳、魏齐，帅弱韩、魏以攻秦，其无奈寡人，何亦明矣！”左右皆曰：“甚然。”

中旗推琴对曰：“王之料天下过矣。昔者六晋之时，智氏最强，灭破范中行，帅韩、魏以围赵襄子于晋阳，决晋水以灌晋阳，城不沉者三板耳。

智伯出行水，韩康子御，魏桓子骖乘。智伯曰：‘始吾不知水之可亡人之国也，乃今知之。汾水利以灌安邑，绛水利以灌平阳。’魏桓子肘韩康子，康子履魏桓子蹑其踵，肘足接于车上，而智氏分矣，身死国亡，为天下笑。今秦之强，不能过智伯，韩、魏虽弱，尚贤在晋阳之下也。此乃方其用肘足时也，愿王之勿易也。”

信陵君谏与秦攻韩

魏将与秦攻韩，无忌谓魏王曰：

秦与戎翟同俗，有虎狼之心，贪戾好利而无信，不识礼义德行。苟有利焉，不顾亲戚兄弟，若禽兽耳。此天下之所同知也，非有所施厚积德也。故太后，母也，而以忧死；穰侯，舅也，功莫大焉，而竟逐之；两弟无罪，而再夺之国。此其于亲戚兄弟若此，而又况于仇雠之敌国乎！今大王与秦伐韩而益近秦患，臣甚惑之。而王弗识也，则不明矣。群臣知之，而莫以此谏，则不忠矣。

今夫韩氏以一女子承一弱主，内有大乱，外安能支强秦、魏之兵？王以为不破乎？韩亡，秦有郑地，与大梁邻，王以为安乎？欲得故地，而今负强秦之祸也，王以为利乎？

秦非无事之国也，韩亡之后，必且更事。《国策》使事，《史记》更事，《史》是，更事必就易与利。就易与利，必不伐楚与赵矣。是何也？夫越山逾河，绝韩之上党而攻强赵，则是复阏与之事也，秦必不为也。若道河内，倍邺、朝歌，绝漳、滏之水，而以与赵兵决胜于邯郸之郊，是受智伯之祸也，秦又不敢。伐楚，道涉山谷，行三千里，而攻冥阨之塞。冥阨，依《史》,《策》作“危隘”。所行者甚远，而所攻者甚难，秦又弗为也。若道河外，背大梁，而右上蔡、召陵，以与楚兵决于陈郊，秦又不敢也。故曰秦必不伐楚与赵矣，又不攻卫与齐矣。

韩亡之后，兵出之日，非魏无攻矣。秦故有怀、茅、邢邱，城、垝津以临河内，此句依《史记》。《国策》作“怀地、邢邱、安城、垝津而以之临河内”。河内、共、汲莫不危矣。秦有郑地，得垣雍，决荥泽而水大梁，大梁必亡矣。王之使者大过矣。乃恶安陵氏于秦，秦之欲诛诛，《国策》作“许”。之久矣。然而秦之叶阳、昆阳与舞阳、高陵邻，听使者之恶也，随安陵氏而亡之，秦绕舞阳之北以东临许，则南国必危矣。《国策》魏攻管篇，安陵君对信陵君曰：“吾先君成侯，受诏襄王，以守此地。”鼐按：襄王者，梁襄王也。成侯者，安陵始封之君，非惠王之子，则襄王之子也。魏至安厘王，去襄王四世，而安陵益疏绝为异国，故取恶于魏，欲并韩而亡之。然安陵在魏西南，犹足蔽魏之南国，苟亡之，则南国危矣。鲍彪、吴师道注《国策》，乃以襄王为赵襄子，成侯为赵成侯，不知其为魏同姓国也。且赵曷为封子姓于韩魏间乎？南国虽无危，则魏国岂得安哉？

且夫憎韩不爱安陵氏可也，夫不患秦之不爱南国非也。“之”，犹及也。异日者，秦乃在河西，晋国之去梁也千里有余，有河、山以阑之，有周、韩以间之，从林乡军以至于今，秦十攻魏，五入国中，边城尽拔，文台堕，垂都焚，林木伐，麋鹿尽，而国继以围。又长驱梁北，东至陶、卫之郊，北至乎阚，所亡乎秦者，山北、《史》有“山南”字，非是。河外、河内，大县数百，名都数十。秦乃在河西，晋国之去大梁也尚千里，而祸若是矣。又况于使秦无韩而有郑地，无河、山以阑之，无周、韩以间之，去大梁百里，祸必百此矣。

异日者从之不成也，楚、魏疑而韩不可得而约也。今韩受兵三年矣，秦挠之以讲，韩知亡犹弗听，投质于赵，而请为天下雁行顿刃，以臣之愚观之，则楚、赵必与之攻矣。此何也？则皆知秦欲之无穷也，非尽亡天下之兵而臣海内之民，必不休矣。是故臣愿以从事王，王速受楚、赵之约，而挟韩之质，以存韩为务，因求故地于韩，韩必效之。如此，则士民不劳而故地得，其功多于与秦共伐韩，然而无与强秦邻之祸。

夫存韩、安魏而利天下，此亦王之大时已。通韩之上党于共、宁，使道已通，因而关之，出入者赋之，是魏重质韩以其上党也。共有其赋，足以富国。韩必德魏、爱魏、重魏、畏魏，韩必不敢反魏，韩是魏之县也。魏得韩以为县，则卫、大梁、河外必安矣。今不存韩，则二周必危，安陵必易，楚、赵大破，魏、齐甚畏，天下之西乡而驰秦，入朝为臣之日不久矣。《国策》无“矣”字。《史》无“之日”字，以文义皆当有之。

李斯谏逐客书

臣闻吏议逐客，窃以为过矣。

昔缪公求士，西取由余于戎，东得百里奚于宛，迎蹇叔于宋，来邳豹、公孙支于晋。此五子者，不产于秦而缪公用之，并国二十，遂霸西戎。孝公用商鞅之法，移风易俗，民以殷盛，国以富强，百姓乐用，诸侯亲服，获楚、魏之师，举地千里，至今治强。惠王用张仪之计，拔三川之地，西并巴、蜀，北收上郡，南取汉中，包九夷，制鄢、郢，东据成皋之险，割膏腴之壤，遂散六国之从，使之西面事秦，功施到今。昭王得范雎，废穰侯，逐华阳，强公室，杜私门，蚕食诸侯，使秦成帝业。此四君者，皆以客之功。由此观之，客何负于秦哉！向使四君却客而不纳，疏士而不与，“与”依《文选》作“用”。是使国无富利之实，而秦无强大之名也。

今陛下致昆山之玉，有随、和之宝，垂明月之珠，服太阿之剑，乘纤离之马，建翠凤之旗，树灵鼍之鼓，此数宝者，秦不生一焉，而陛下说之何也？必秦国之所生然后可，则是夜光之璧，不饰朝廷；犀象之器，不为玩好；郑、卫之女，不充后宫；而骏良駃騠，不实外厩；江南金锡不为用，蜀之丹青不为采。所以饰后宫，充下陈，娱心意，说耳目者，必出于秦然后可，则是宛珠之簪，傅玑之珥，阿缟之衣，锦绣之饰，不进于前，而随俗雅化，佳冶窈窕赵女不立于侧也。夫击瓮叩缶，弹筝搏髀，而歌呜呜快耳《史记》有“目”字，今从《文选》。者，真秦之声也；《郑》《卫》《桑间》《韶》《虞》《武》《象》者，异国之乐也。今弃击瓮叩缶而就《郑》《卫》，退弹筝而取《韶》《虞》，若是者何也？快意当前，适观而已矣。今取人则不然。不问可否，不论曲直，非秦者去，为客者逐。然则是所重者在乎色乐珠玉，而所轻者在乎民人也。此非所以跨海内制诸侯之术也。

臣闻地广者粟多，国大者人众，兵强则士勇。是以太山不让土壤，故能成其大；河海不择细流，故能就其深，王者不却众庶，故能明其德。是以地无四方，民无异国，四时充美，鬼神降福，此五帝、三王之所以无敌也。今乃弃黔首以资敌国，却宾客以业诸侯，使天下之士退而不敢西向，裹足不入秦，此所谓“藉寇兵而赍盗粮”者也。

夫物不产于秦，可宝者多；士不产于秦，愿忠者众。今逐客以资敌国，损民以益雠，内自虚而外树怨于诸侯，求国无危，不可得也。

李斯论督责书

二世责问李斯曰："吾有私议而有所闻于韩子也。曰：'尧之有天下也，堂高三尺，采椽不斫，茅茨不剪，虽逆旅之宿，不勤于此矣。冬日鹿裘，夏日葛衣，粢粝之食，藜藿之羹，饭土匦，啜土铏，虽监门之养，不觳于此矣。禹凿龙门，通大夏，疏九河，曲九防，决渟水放之海，而股无胈，胫无毛，手足胼胝，面目黎黑，遂以死于外，葬于会稽，虽臣虏之劳，不烈于此矣。'然则夫所贵于有天下者，岂欲苦形劳神，身处逆旅之宿，口食监门之养，手持臣虏之作哉？此不肖人之所勉也，非贤者之所务也。彼贤人之有天下也，专用天下适己而已矣，此所以贵于有天下也。夫所谓贤人者，必能安天下而治万民，今身且不能利，将恶能治天下哉！故吾愿赐志广欲，长享天下而无害，为之奈何？"

李斯子由为三川守，群盗吴广等西略地过去，弗能禁。章邯以破逐广等兵，使者覆案三川相属，诮让斯居三公位，如何令盗如此。李斯恐惧，重爵禄，不知所出。乃阿二世意，欲求容，以书对曰：

夫贤主者，必且能全道而行督责之术者也。督责之，则臣不敢不竭能以徇其主矣。此臣主之分定，上下之义明，则天下贤不肖，莫敢不尽力竭任以徇其君矣。是故主独制于天下而无所制也，能穷乐之极矣。贤明之主也，可不察焉！

故申子曰"有天下而不恣睢，命之曰以天下为桎梏"者，无他焉，不能督责。而顾以其身劳于天下之民，若尧、禹然，故谓之桎梏也。夫不能修申、韩之明术，行督责之道，专以天下自适也，而徒务苦形劳神，以身徇百姓，则是黔首之役，非畜天下者也，何足贵哉！夫以人徇已，则己贵而人贱；以己徇人，则己贱而人贵。故徇人者贱，而人所徇者贵。自古及今，未有不然者也。凡古之所为尊贤者，为其贵也；而所为恶不肖者，为其贱也。而尧、禹以身徇天下者也，因随而尊之，则亦失所为尊贤之心矣，夫可谓大缪矣。谓之为“桎梏”，不亦宜乎？不能督责之过也。

故韩子曰“慈母有败子，而严家无格虏”者，何也？则能罚之加焉必也。故商君之法，刑弃灰于道者。夫弃灰，薄罪也，而被刑，重罚也。彼唯明主为能深督轻罪。夫罪轻且督深，而况有重罪乎？故民不敢犯也。是故韩子曰“布帛寻常，庸人不释；铄金百镒，盗跖不搏”者，非庸人之心重，寻常之利深，而盗跖之欲浅也；又不以盗跖之行，为轻百镒之重也。搏必随手刑，则盗跖不搏百镒；而罚不必行也，则庸人不释寻常。是故城高五丈，而楼季不轻犯也；泰山之高百仞，而跛牂牧其上。夫楼季也而难五丈之限，岂跛牂也而易百仞之高哉？峭堑之势异也。明主圣王之所以能久处尊位，长执重势，而独擅天下之利者，非有异道也，能独断而审督责，必深罚，故天下不敢犯也。今不务所以不犯，而事慈母之所以败子也，则亦不察于圣人之论矣。夫不能行圣人之术，则舍为天下役，何事哉？可不哀邪！

且夫俭节仁义之人立于朝，则荒肆之乐辍矣；谏说论理之臣间于侧，则流漫之志诎矣；烈士死节之行显于世，则淫康之虞废矣。故明主能外此三者，而独操主术以制听从之臣，而修其明法，故身尊而势重也。凡贤主者，必将能拂世摩俗，而废其所恶，立其所欲，故生则有尊重之势，死则有贤明之谥也。是以明君独断，故权不在臣也。然后能灭仁义之涂，掩驰说之口，困烈士之行，塞聪掩明，内独视听，故外不可倾以仁义烈士之行，而内不可夺以谏说忿争之辩，故能荦然独行恣睢之心，而莫之敢逆。若此然后可谓能明申、韩之术，而修商君之法。法修术明而天下乱者，未之闻也。故曰“王道约而易操”也。唯明主为能行之。若此，则为督责之诚，则臣无邪，臣无邪则天下安，天下安则主严尊，主严尊则督责必，督责必则所求得，所求得则国家富，国家富则君乐丰。故督责之术设，则所欲无不得矣。群臣百姓，救过不给，何变之敢图？若此，则帝道备，而可谓能明君臣之术矣。虽申、韩复生，不能加也。

卷十二　奏议类上编二

至言

贾　山

臣闻为人臣者，尽忠竭愚，以直谏主，不避死亡之诛者，臣山是也。臣不敢以久远谕，愿借秦以为谕。唯陛下少加意焉。

夫布衣韦带之士，修身于内，成名于外，而使后世不绝息。至秦则不然。贵为天子，富有天下，赋敛重数，百姓任罢，赭衣半道，群盗满山，使天下之人戴目而视，倾耳而听。一夫大呼，天下响应者，陈胜是也。秦非徒如此也。起咸阳而西至雍，离宫三百，钟鼓帷帐，不移而具。又为阿房之殿，殿高数十仞，东西五里，南北千步，从车罗骑，四马骛驰，旌旗不桡。为宫室之丽至于此，使其后世曾不得聚庐而托处焉。为驰道于天下，东穷燕、齐，南极吴、楚，江湖之上，濒海之观毕至。道广五十步，三丈而树，厚筑其外，隐以金椎，树以青松。为驰道之丽至于此，使其后世曾不得邪径而托足焉。死葬乎骊山，吏徒数十万人，旷日十年。下彻三泉，合采金石，冶铜锢其内，漆涂其外，被以珠玉，饰以翡翠，中成观游，上成山林。为葬薶之侈至于此，使其后世曾不得蓬颗蔽冢而托葬焉。秦以熊罴之力，虎狼之心，蚕食诸侯，并吞海内，而不笃礼义，故天殃已加矣。臣昧死以闻，愿陛下少留意，而详择其中。

臣闻忠臣之事君也，言切直则不用而身危，不切直则不可以明道。故切直之言，明主所欲急闻，忠臣之所以蒙死而竭知也。地之硗者，虽有善种，不能生焉；江皋河濒，虽有恶种，无不猥大。昔者夏、商之季世，虽关龙逄、箕子、比干之贤，身死亡而道不用。文王之时，豪俊之士皆得竭其智，刍荛采薪之人皆得尽其力，此周之所以兴也。故地之美者善养禾，君之仁者善养士。雷霆之所击，无不摧折者，万钧之所压，无不糜灭者。今人主之威，非特雷霆也；势重，非特万钧也。开道而求谏，和颜色而受之，用其言而显其身，士犹恐惧而不敢自尽，又乃况于纵欲恣行暴虐，恶闻其过乎！震之以威，压之以重，则虽有尧、舜之智，孟贲之勇，岂有不摧折者哉？如此，则人主不得闻其过失矣；弗闻，则社稷危矣。古者圣王之制，史在前书过失，工诵箴谏，瞽诵诗谏，公卿比谏，士传言谏过，庶人谤于道，商旅议于市，然后君得闻其过失也。闻其过失而改之，见义而从之，所以永有天下也。天子之尊，四海之内，其义莫不为臣。然而养三老于太学，亲执酱而馈，执爵而酳，祝饐在前，祝鲠在后，公卿奉杖，大夫进履，举贤以自辅弼，求修正之士使直谏。故以天子之尊，尊养三老，视孝也；立辅弼之臣者，恐骄也；置直谏之士者，恐不得闻其过失也；学问至于刍荛者，求善无餍也；商人、庶人诽谤己而改之，从善无不听也。

昔者，秦政力并万国，富有天下，破六国以为郡县，筑长城以为关塞。秦地之固，大小之势，轻重之权，其与一家之富，一夫之强，胡可胜计也！然而兵破于陈涉，地夺于刘氏者，何也？秦王贪狼暴虐，残贼天下，穷困万民，以适其欲也。昔者，周盖千八百国，以九州之民养千八百国之君，用民之力，不过岁三日，什一而籍，君有余财，民有余力，而颂声作。秦皇帝以千八百国之民自养，力罢不能胜其役，财尽不能胜其求。一君之身耳，所以自养者驰骋弋猎之娱，天下弗能供也。劳罢者不得休息，饥寒者不得衣食，亡罪而死刑者无所告诉。人与之为怨，家与之为仇，故天下坏也。秦皇帝身在之时，天下已坏矣，而弗自知也。秦皇帝东巡狩，至会稽、琅邪，刻石著其功，自以为过尧、舜统，县石铸钟虡，筛土筑阿房之宫，自以为万世有天下也。古者圣王作谥，三四十世耳。虽尧、舜、禹、汤、文、武，累世广德，以为子孙基业，无过二三十世者也。秦皇帝曰“死而以谥法，是父子名号有时相袭也，以一至万，则世世不相复也，故死而号曰始皇帝，其次日二世皇帝者，欲以一至万也。秦皇帝计其功德，度其后嗣，世世无穷，然身死才数月耳，天下四面而攻之，宗庙灭绝矣。

秦皇帝居灭绝之中，而不自知者何也？天下莫敢告也。其所以莫敢告者何也？亡养老之义，亡辅弼之臣，亡进谏之士，纵恣行诛，退诽谤之人，杀直谏之士，是以道谀偷合苟容，比其德则贤于尧、舜，课其功则贤于汤、武，天下已溃而莫之告也。《诗》曰："匪言不能，胡此畏忌？听言则对，谮言则退。"此之谓也。以上皆论受谏不敢适欲。

又曰："济济多士，文王以宁。"天下未尝亡士也，然而文王独言"以宁"者何也？文王好仁则仁兴，得士而敬之则士用，用之有礼义。故不致其爱敬，则不能尽其心；不能尽其心，则不能尽其力；不能尽其力，则不能成其功。故古之贤君于其臣也，尊其爵禄而亲之；疾则临视之无数，死则往吊哭之，临其小敛、大敛，已棺涂而后为之服，锡衰麻绖，而三临其丧；未敛，不饮酒食肉，未葬，不举乐，当宗庙之祭而死，为之废乐。故古之君人者于其臣也，可谓尽礼矣；服法服，端容貌，正颜色，然后见之。故臣下莫敢不竭力尽死以报其上，功德立于后世，而令闻不忘也。以上论敬士。

今陛下念思祖考，术追厥功，图所以昭光洪业休德，使天下举贤良方正之士，天下皆䜣䜣焉，曰将兴尧、舜之道，三王之功矣。天下之士莫不精白以承休德。今方正之士皆在朝廷矣，又选其贤者使为常侍诸吏，与之驰驱射猎，一日再三出。臣恐朝廷之解弛，百官之堕于事也。诸侯闻之，又必怠于政矣。

陛下即位，亲自勉以厚天下，损食膳，不听乐，减外徭卫卒，止岁贡；省厩马以赋县传，去诸苑以赋农夫，出帛十万余匹以振贫民；礼高年，九十者一子不事，八十者二算不事；赐天下男子爵，大臣皆至公卿；"大臣"者，既官之为大臣矣，而又言为公卿者，言赐爵也。彻侯、关内侯有食邑，吏民奉为君公，故曰公。大庶长等为卿。汉因秦制，公士至不更四级，盖比古之士；大夫至五大夫五级，盖比古之大夫；左庶长至大庶长九级，盖比古之卿。山所谓公卿者意如此，非三公九卿之谓。余既为此解，阅刘昭注《续汉书·百官志》引刘邵爵制，其比拟同余说，极详备，大可证明此说之不误也。发御府金赐大臣、宗族，亡不被泽者；赦罪人，怜其亡发，赐之巾，怜其衣赭书其背，父子兄弟相见也而赐之衣。平狱缓刑，天下莫不说喜。是以元年膏雨降，五谷登，此天之所以相陛下也。刑轻于它时而犯法者寡，衣食多于前年而盗贼少，此天下之所以顺陛下也。臣闻山东吏布诏令，民虽老羸癃疾，扶杖而往听之，愿少须臾毋死，思见德化之成也。今功业方就，名闻方昭，四方乡风。今从豪俊之臣，方正之士，直与之日日猎射，击兔伐狐，以伤大业，绝天下之望，臣窃悼之。《诗》曰："靡不有初，鲜克有终。"臣不胜大愿，愿少衰射猎，以夏岁二月，定明堂，造太学，修先王之道。风行俗成，万世之基定，然后唯陛下所幸耳。古者大臣不媟，故君子不常见其齐严之色，肃敬之容。大臣不得与宴游，方正修洁之士不得从射猎，使皆务其方以高其节，则群臣莫敢不正身修行，尽心以称大礼。如此，则陛下之道尊敬，功业施于四海，垂于万世子孙矣。诚不如此，则行日坏而荣日灭矣。夫士修之于家，而坏之于天子之廷，臣窃愍之。陛下与众臣宴游，与大臣方正朝廷论议，夫游不失乐，朝不失礼，议不失计，轨事之大者也。雄肆之气，喷薄横出，汉初之文如此，昭、宣以后，盖希有矣，况东京而降乎！

陈政事疏

贾　生

臣窃惟事势，可为痛哭者一，可为流涕者二，此"二"字疑本是"一"字，后论匈奴一事，而迭出"可为流涕"句耳，非有二也，俗人或遂于起处增一为二。可为长太息者六，若其它背理而伤道者，难遍以疏举。进言者皆曰天下已安已治矣，臣独以为未也。曰安且治者，非愚则谀，皆非事实知治乱之体者也。夫抱火厝之积薪之下而寝其上，火未及燃，因谓之安。方今之势，何以异此！本末舛逆，首尾冲决，国制抢攘，非甚有纪，胡可谓治！陛下何不壹令臣得孰数之于前，因陈治安之策，试详择焉。

夫射猎之娱，与安危之机孰急？使为治劳智虑，苦身体，乏钟鼓之乐，勿为可也。乐与今同，而加之诸侯轨道，兵革不动，民保首领，匈奴宾服，四荒乡风，百姓素朴，狱讼衰息。大数既得，则天下顺治，海内之气，清和咸理，生为明帝，没为明神，名誉之美，垂于无穷。《礼》，祖有功而宗有德，使顾成之庙称为太宗，上配太祖，与汉亡极。建久安之势，成长治之业，以承祖庙，以奉六亲，至孝也；以幸天下，以育群生，至仁也；立经陈纪，轻重同得，后可以为万世法程，虽有愚幼不肖之嗣，犹得蒙业而安，至明也。以陛下之明达，因使少知治体者得佐下风，致此非难也。其具可素陈于前，愿幸无忽。臣谨稽之天地，验之往古，按之当今之务，日夜念此至孰也。虽使禹、舜复生，为陛下计，亡以易此。

夫树国，固必相疑之势，下数被其殃，上数爽其忧，甚非所以安上而全下也。今或亲弟谋为东帝，亲兄之子西乡而击，今吴又见告矣。天子春秋鼎盛，行义未过，德泽有加焉，犹尚如是，况莫大诸侯，权力且十此者乎！然而天下少安，何也？大国之王幼弱未壮，汉之所置傅相方握其事。数年之后，诸侯之此"之"字疑衍。王大抵皆冠，血气方刚，汉之傅相称病而赐罢，彼自丞尉以上遍置私人，如此，有异淮南、济北之为邪！此时而欲为治安，虽尧、舜不治。

黄帝曰："日中必熭，操刀必割。"今令此道顺而全安，甚易，不肯早为，已乃堕骨肉之属而抗刭之，岂有异秦之季世乎？夫以天子之位，乘今之时，因天之助，尚惮以危为安，以乱为治，假设陛下居齐桓之处，将不合诸侯而匡天下乎？臣又知陛下有所必不能矣。假设天下如曩时，此下两段，乃承上"虽尧舜不治"意，引同异姓两层影照，所谓"两不能"乃势不可为，与上文"不能"义别。淮阴侯尚王楚，黥布王淮南，彭越王梁，韩信王韩，张敖王赵，贯高为相，卢绾王燕，陈豨在代，令此六七公者皆亡恙，当是时而陛下即天子位，能自安乎？臣有以知陛下之不能也。天下淆乱，高皇帝与诸公并起，非有仄室之势以豫席之也。诸公幸者乃为中涓，其次仅得舍人，材之不逮至远也。高皇帝以明圣威武即天子位，割膏腴之地以王诸公，多者百余城，少者乃三四十县，德至渥也。然其后十年之间，反者九起。陛下之与诸公？非亲角材而臣之也，又非身封王之也，自高皇帝不能以是一岁为安，故臣知陛下之不能也。然尚有可诿者，曰疏，臣请试言其亲者。假令悼惠王王齐，元王王楚，中子王赵，幽王王淮阳，共王王梁，灵王王燕，厉王王淮南，六七贵人皆亡恙，当是时陛下即位能为治乎？臣又知陛下之不能也。若此诸王，虽名为臣，实皆有布衣昆弟之心，虑亡不帝制而天子自为者。擅爵人，赦死罪，甚者或戴黄屋，汉法令非行也。虽行不轨于厉王者，令之不肯听，召之安可致乎！幸而来至，法安可得加！

动一亲戚，天下圜视而起，陛下之臣虽有悍如冯敬者，适启其口，匕首已陷其匈矣。陛下虽贤，谁与领此？故疏者必危，亲者必乱，已然之效也。其异姓负强而动者，汉已幸胜之矣，又不易其所以然。同姓袭是迹而动，既有征矣，其势尽又复然。殃祸之变，未知所移。殃祸在下，则骨肉抗刭，设移于上，或危社稷。明帝处之，尚不能以安，后世将如之何？

屠牛坦一朝解十二牛，而芒刃不顿者，所排击剥割，皆众理解也。至于髋髀之所，非斤则斧。夫仁义恩厚，人主之芒刃也；权势法制，人主之斤斧也。今诸侯王，皆众髋髀也。释斤斧之用，而欲婴以芒刃，臣以为不缺则折。胡不用之淮南、济北？势不可也。

臣窃迹前事，大抵强者先反。淮阴王楚最强，则最先反；韩信倚胡，则又反；贯高因赵资，则又反；陈豨兵精，则又反；彭越用梁，则又反；黥布用淮南，则又反；卢绾最弱，最后反。长沙乃在二万五千户耳，功少而最完，势疏而最忠，非独性异人也，亦形势然也。曩令樊、郦、绛、灌据数十城而王，今虽以残亡可也。令信、越之伦列为彻侯而居，虽至今存可也。然则天下之大计可知已。欲诸王之皆忠附，则莫若令如长沙王；欲臣子之勿菹醢，则莫若令如樊、郦等；欲天下之治安，莫若众建诸侯而少其力。力少则易使以义，国小则无邪心。令海内之势，如身之使臂，臂之使指，莫不制从，诸侯之君不敢有异心，辐凑并进而归命天子，虽在细民，且知其安，故天下咸知陛下之明。割地定制，令齐、赵、楚各为若干国，使悼惠王、幽王、元王之子孙，毕以次各受祖之分地，地尽而止，及燕、梁它国皆然。其分地众而子孙少者，建以为国，空而置之，须其子孙生者，举使君之。诸侯之地，其削颇入汉者，为徙其侯国及封其子孙他所，以数偿之。一寸之地，一人之众，天子亡所利焉，诚以定治而已，故天下咸知陛下之廉。地制壹定，宗室子孙莫虑不王，下无倍畔之心，上无诛伐之志，故天下咸知陛下之仁。法立而不犯，令行而不逆，贯高、利几之谋不生，柴奇、开章之计不萌，细民乡善，大臣致顺，故天下咸知陛下之义。卧赤子天下之上而安，植遗腹，朝委裘，而天下不乱，当时大治，后世诵圣。壹动而五业附，陛下谁惮而久不为此？

天下之势，方病大瘇。一胫之大几如要，一指之大几如股，平居不可屈信，一二指搐，身虑亡聊。失今不治，必为锢疾，后虽有扁鹊，不能为已。病非徒瘇也，又苦跖戾。元王之子，帝之从弟也；今之王者，从弟之子也。惠王之子，亲兄子也；惠王下，今《汉书》本脱“之子”二字，从《资治通鉴》增。姜坞先生云：是时王戊王楚，从第之子也；文王则王齐，共王、喜王、城阳，兄子之子也。惠王子罢军等，仅为列侯，是亲者无分地也。其后文帝十五年，尽王惠王子六人，盖正以贾生此言耳。今之王者，兄子之子也。亲者或亡分地以安天下，疏者或制大权以逼天子，臣故曰非徒病瘇也，又苦跖戾。可为痛哭者，此病是也。

天下之势方倒县。凡天子者，天下之首。何也？上也。蛮夷者，天下之足。何也？下也。今匈奴嫚侮侵掠，至不敬也，为天下患，至亡已也，而汉岁致金絮采缯以奉之。夷狄征令，是主上之操也；天子共贡，是臣下之礼也。足反居上，首顾居下，倒县如此，莫之能解，犹为国有人乎？非亶倒县而已，又类辟，且病痱。夫辟者一面病，痱者一方痛。今西边北边之郡，虽有长爵不轻得复，五尺以上不轻得息，斥候望烽燧不得卧，将吏被介胄而睡，臣故曰一方病矣。医能治之，而上不使，可为流涕者此也。

陛下何忍以帝皇之号为戎人诸侯！势既卑辱，而祸不息，长此安穷！进谋者率以为是，固不可解也，亡具甚矣。臣窃料匈奴之众，不过汉一大县，以天下之大，困于一县之众，甚为执事者羞之。陛下何不试以臣为属国之官以主匈奴，行臣之计，请必系单于之颈而制其命，伏中行说而笞其背，举匈奴之众唯上之令。今不猎猛敌而猎田彘，不搏反寇而搏畜菟，玩细娱而不图大患，非所以为安也。德可远施，威可远加，而直数百里外威令不信，可为流涕者此也。

今民卖僮者，为之绣衣丝履偏诸缘，内之闲中，是古天子后服所以庙而不宴者也，而庶人得以衣婢妾。白縠之表，薄纨之里，緁以偏诸，美者黼绣，是古天子之服，今富人大贾嘉会召客者以被墙。古者以奉一帝一后而节适，今庶人屋壁得为帝服，倡优下贱得为后饰，然而天下不屈者，殆未有也。且帝之身自衣皂绨，而富民墙屋被文绣，天子之后以缘其领，庶人孽妾缘其履，此臣所谓舛也。夫百人作之不能衣一人，欲天下亡寒，胡可得也？一人耕之，十人聚而食之，欲天下亡饥，不可得也。饥寒切于民之肌肤，欲其亡为奸邪，不可得也。国已屈矣，盗贼直须时耳。然而献计者曰“毋动，为大耳。”夫俗，至大不敬也，至亡等也，至冒上也，进计者犹曰“毋为”，可为长太息者此也。

商君遗礼义，弃仁恩，并心于进取，行之二岁，秦俗日败。故秦人家富子壮则出分，家贫子壮则出赘。借父耰鉏，虑有德色；母取箕帚，立而谇语。抱哺其子，与公并倨；妇姑不相说，则反唇而相稽。其慈子耆利，不同禽兽者亡几耳。然并心而赴时，犹日蹷六国，兼天下。功成求得矣，终不知反廉愧之节，仁义之厚。信并兼之法，遂进取之业，天下大败；众掩寡，智欺愚，勇威怯，壮陵衰，其乱至矣。是以大贤起之，威震海内，德从天下。曩之为秦者，今转而为汉矣，然其遗风余俗，犹尚未改。今世以侈靡相竞，而上亡制度；弃礼谊，捐廉耻，日甚，可谓月异而岁不同矣。逐利不耳，虑非顾行也，今其甚者杀父兄矣。盗者剟寝户之帘，搴两庙之器，白昼大都之中剽吏而夺之金。矫伪者出几十万石粟，赋六百余万钱，乘传而行郡国，此其亡行义之尤至者也。而大臣特以簿书不报，期会之间，以为大故。至于俗流失，世坏败，因恬而不知怪，虑不动于耳目，以为是适然耳。夫移风易俗，使天下回心而乡道，类非俗吏之所能为也。俗吏之所务，在于刀笔筐箧，而不知大体。陛下又不自忧，窃为陛下惜之。夫立君臣，等上下，使父子有礼，六亲有纪，此非天之所为，人之所设也。夫人之所设，不为不立，不植则僵，不修则坏。管子曰：“礼义廉耻，是谓四维；四维不张，国乃灭亡。”使管子愚人也则可，管子而少知治体，则是岂可不为寒心哉！秦灭四维而不张，故君臣乖乱，六亲殃戮，奸人并起，万民离叛，凡十三岁而社稷为虚。今四维犹未备也，故奸人几幸，而众心疑惑。岂如今定经制，令君君臣臣，上下有差，父子六亲各得其宜，奸人亡所几幸，而群臣众信，上不疑惑！此业壹定，世世常安，而后有所持循矣。若夫经制不定，是犹度江河亡维楫，中流而遇风波，船必覆矣。可为长太息者此也。

夏为天子，十有余世，而殷受之。殷为天子，二十余世，而周受之。周为天子，三十余世，而秦受之。秦为天子，二世而亡。人性不甚相远也，何三代之君有道之长，而秦无道之暴也？其故可知也。古之王者，太子乃生，固举以礼，使士负之，有司齐肃端冕，见之南郊，见于天也。过阙则下，过庙则趋，孝子之道也。故自为赤子，而教固已行矣。昔者成王幼在襁抱之中，召公为太保，周公为太傅，太公为太师。保，保其身体；

傅，傅之德义；师，道之教训：此三公之职也。于是为置三少，皆上大夫也，曰少保、少傅、少师，是与太子宴者也。故乃孩提有识，三公、三少固明孝仁礼义以道习之，逐去邪人，不使见恶行。于是皆选天下之端士孝悌博闻有道术者以卫翼之，使与太子居处出入。故太子乃生而见正事，闻正言，行正道，左右前后皆正人也。夫习与正人居之不能毋正，犹生长于齐，不能不齐言也；习与不正人居之不能毋不正，犹生长于楚之地不能不楚言也。故择其所耆，必先受业，乃得尝之；择其所乐，必先有习，乃得为之。孔子曰："少成若天性，习贯如自然。"及太子少长，知妃色，则入于学。学者，所学之官也。"官"当依《大戴》作"宫"。《学礼》曰："帝入东学，上亲而贵仁，则亲疏有序而恩相及矣；帝入南学，上齿而贵信，则长幼有差而民不诬矣；帝入西学，上贤而贵德，则圣智在位而功不遗矣；帝入北学，上贵而尊爵，则贵贱有等而下不踰矣；帝入太学，承师问道，退习而考于太傅，太傅罚其不则而匡其不及，则德智长而治道得矣。此五学者既成于上，则百姓黎民化辑于下矣。"及太子既冠成人，免于保傅之严，则有记过之史，彻膳之宰，进善之旌，诽谤之木，敢谏之鼓。瞽史诵诗，工诵箴谏，大夫进谋，士传民语。习与智长，故切而不愧；化与心成，故中道若性。三代之礼：春朝朝日，秋暮夕月，所以明有敬也；春秋入学，坐国老，执酱而亲馈之，所以明有孝也；行以鸾和，步中《采齐》，趣中《肆夏》，所以明有度也；其于禽兽，见其生不食其死，闻其声不食其肉，故远庖厨，所以长恩且明有仁也。

夫三代之所以长久者，以其辅翼太子有此具也。及秦而不然。其俗固非贵辞让也，所上者告讦也；固非贵礼义也，所上者刑罚也。使赵高傅胡亥而教之狱，所习者非斩劓人，则夷人之三族也。故胡亥今日即位而明日射人，忠谏者谓之"诽谤"，深计者谓之"妖言"，其视杀人，若艾草菅然。岂惟胡亥之性恶哉？彼其所以道之者非其理故也。鄙谚曰："不习为吏，视已成事。"又曰："前车覆，后车诫。"夫三代之所以长久者，其已事可知也。然而不能从者，是不法圣智也。秦世之所以亟绝者，其辙迹可见也，然而不避，是后车又将覆也。夫存亡之变，治乱之机，其要在是矣。天下之命，县于太子；太子之善，在于早谕教与选左右。夫心未滥而先谕教，则化易成也；开于道术智谊之指，则教之力也。若其服习积贯，则左右而已。夫胡、粤之人，生而同声，耆欲不异，及其长而成俗，累数译而不能相通，行有虽死而不相为者，则教习然也。臣故曰选左右早谕教最急。夫教得而左右正，则太子正矣；太子正而天下定矣。《书》曰：“一人有庆，兆民赖之。”此时务也。

凡人之智，能见已然，不能见将然。夫礼者禁于将然之前，而法者禁于已然之后，是故法之所用易见，而礼之所为至难知也。若夫庆赏以劝善，刑罚以惩恶，先王执此之政，坚如金石；行此之令，信如四时；据此之公，无私如天地耳，岂顾不用哉？然而曰礼云礼云者，贵绝恶于未萌，而起教于微眇，使民日趋善远罪而不自知也。孔子曰：“听讼，吾犹人也，必也使毋讼乎！”为人主计者，莫如先审取舍；取舍之极定于内，而安危之萌应于外矣。安者，非一日而安也；危者，非一日而危也。皆以积渐然，不可不察也。人主之所积，在其取舍。以礼义治之者积礼义，以刑罚治之者积刑罚；刑罚积而民怨背，礼义积而民和亲。故世主欲民之善同，而所以使民善者或异。或道之以德教，或驱之以法令。道之以德教者，德教洽而民气乐；驱之以法令者，法令极而民风哀。哀乐之感，祸福之应也。秦王之欲尊宗庙而安子孙，与汤、武同；然而汤、武广大其德行，六七百岁而弗失；秦王治天下，十余岁则大败。此亡它故矣，汤、武之定取舍审，而秦王之定取舍不审矣。夫天下，大器也。今人之置器，置诸安处则安，置诸危处则危。天下之情与器亡以异，在天子之所置之。汤、武置天下于仁义礼乐，而德泽洽，禽兽草木广裕，德被蛮貊四夷，累子孙数十世，此天下所共闻也。秦王置天下于法令刑罚，德泽亡一有，而怨毒盈于世，下憎恶之如仇雠，祸几及身，子孙诛绝，此天下之所共见也。是非其明效大验邪！人之言曰：“听言之道，必以其事观之，则言者莫敢妄言。”今或言礼谊之不如法令，教化之不如刑罚，人主胡不引商、周、秦事以观之也？

人主之尊譬如堂，群臣如陛，众庶如地。故陛九级上，廉远地，则堂高；陛亡级，廉近地，则堂卑。高者难攀，卑者易陵，理势然也。故古者圣王制为等列，内有公、卿、大夫、士，外有公、侯、伯、子、男，然后有官师小吏，延及庶人，等级分明，而天子加焉，故其尊不可及也。里谚曰：“欲投鼠而忌器。”此善谕也。鼠近于器，尚惮不投，恐伤其器，况于贵臣之近主乎！廉、耻、节、礼以治君子，故有赐死而亡戮辱，是以黥劓之罪不及大夫，以其离主上不远也。礼：不敢齿君之路马，蹵其刍者有罚；见君之几杖则起，遭君之乘车则下，入正门则趋；君之宠臣虽或有过，刑戮之罪不加其身者，尊君之故也。此所以为主上豫远不敬也，所以体貌大臣而厉其节也。今自王侯三公之贵，皆天子之所改容而礼之也，古天子之所谓伯父、伯舅也，而令与众庶同黥、劓、髡、刖、笞、骂、弃市之法，然则堂不亡陛乎？被戮辱者不泰迫乎？廉耻不行大臣，无乃握重权大官而有徒隶亡耻之心乎？夫望夷之事，二世见当以重法者，投鼠而不忌器之习也。臣闻之：履虽鲜不加于枕；冠虽敝不以苴履。夫尝已在贵宠之位，天子改容而体貌之矣，吏民尝俯伏以敬畏之矣，今而有过，帝令废之可也，退之可也，赐之死可也，灭之可也；若夫束缚之，系緤之，输之司寇，编之徒官，司寇小吏詈骂而榜笞之，殆非所以令众庶见也。夫卑贱者，习知尊贵者之一旦吾亦乃可以加此也，非所以习天下也，非尊尊贵贵之化也。夫天子之所尝敬，众庶之所尝宠，死而死耳，贱人安得如此而顿辱之哉！

豫让事中行之君，智伯伐而灭之，移事智伯。及赵灭智伯，豫让衅面吞炭，必报襄子，五起而不中。人问豫子，豫子曰："中行众人畜我，我故众人事之；智伯国士遇我，我故国士报之。"故此一豫让也，反君事仇，行若狗彘；已而抗节致忠，行出呼列士，人主使然也。故主上遇其大臣如遇犬马，彼将犬马自为也；如遇官徒，彼将官徒自为也。顽顿亡耻，奊诟亡节。《说文》"謑诟，耻也。"謑或从奊，作謨，胡礼切。"奊，头衺骫奊态也。"胡结切。今《汉书》通为奊字，当读作謨。廉耻不立，且不自好，苟若而可，故见利则逝，见便则夺。主上有败，则因而梃之矣；主上有患，则吾苟免而已，立而观之耳；有便吾身者，则欺卖而利之耳。人主将何便于此？群下至众，而主上至少也，所托财器职业者粹于群下也。俱亡耻，俱苟安，则主上最病。故古者礼不及庶人，刑不至大夫，所以厉宠臣之节也。古者大臣有坐不廉而废者，不谓不廉，曰"簠簋不饰"；坐汙秽淫乱男女亡别者，不曰汙秽，曰"帷薄不修"；坐罢软不胜任者，不谓罢软，曰"下官不职"。故贵大臣定有其罪矣，犹未斥然正以呼之也，尚迁就而为之讳也。故其在大谴大何之域者，闻谴何则白冠氂缨，盘水加剑，造请室而请罪耳，上不执缚系引而行也。其有中罪者，闻命而自弛，鼐按：弛者，解去其职。师古云“自废而死”者非。上不使人颈盭而加也。其有大罪者，闻命则北面再拜，跪而自裁，上不使捽抑而刑之也。曰：“子大夫自有过耳，吾遇子有礼矣。”遇之有礼，故群臣自喜；婴以廉耻，故人矜节行。上设廉耻礼义以遇其臣，而臣不以节行报其上者，则非人类也。故化成俗定，则为人臣者主耳忘身，国耳忘家，公耳忘私，利不苟就，害不苟去，唯义所在。上之化也，故父兄之臣诚死宗庙，法度之臣诚死社稷，辅翼之臣诚死君上，守圄扞敌之臣诚死城郭封疆。故曰“圣人有金城”者，比物此志也。彼且为我死，故吾得与之俱生；彼且为我亡，故吾得与之俱存；夫将为我危，故吾得与之皆安。顾行而忘利，守节而仗义，故可以托不御之权，可以寄六尺之孤。此厉廉耻、行礼谊之所致也，主上何丧焉！此之不为，而顾彼之久行，故曰可为长太息者此也。长太息者六，文内阙一。西山先生引《新书》“诸侯官名制度同于天子”者补之。鼐谓:《新书》者未敢信以为真贾生之文也。若果如此，孟坚必不删削之。意谓此一段为论积贮，即载于《食货志》者是已。

论积贮疏

贾　生

《通鉴》因《食货志》有“文帝感此开籍田躬耕”语，而文帝二年，有《开籍田诏》，遂置此疏于文帝二年。此非是。文帝二年，汉才二十七年，而此云几四十年，必在长沙召回时也。

管子曰：“仓廪实而知礼节。”民不足而可治者，自古及今，未之尝闻。

古之人曰：“一夫不耕，或受之饥，一女不织，或受之寒，生之有时，而用之亡度，则物力必屈。”古之治天下，至纤至悉也，故其畜积足恃。今背本而趋末，食者甚众，是天下之大残也；淫侈之俗，日日以长，是天下之大贼也。残贼公行，莫之或止；大命将泛，莫之振救。生之者甚少，而靡之者甚多，天下财产，何得不蹶？

汉之为汉，几四十年矣，公私之积，犹可哀痛。失时不雨，民且狼顾，岁恶不入，请卖爵子，既闻耳矣，安有为天下阽危者若是，而上不惊者？世之有饥穰，天之行也，禹、汤被之矣。即不幸有方二三千里之旱，国胡以相恤？卒然边境有急，数十百万之众，国胡以馈之？兵、旱相乘，天下大屈，有勇力者聚徒而衡击，罢夫羸老，易子而咬其骨，政治未毕通也，远方之能疑者，并举而争起矣。乃骇而图之，岂将有及乎？

夫积贮者，天下之大命也。苟粟多而财有余，何为而不成？以攻则取，以守则固，以战则胜，怀敌附远，何招而不至？今驱民而归之农，皆著于本，使天下各食其力。末技游食之民，转而缘南亩，则畜积足，而人乐其所矣。可以为富安天下，而直为此廪廪也，李奇曰：廪廪，危也。鼐按：此即凛凛字，《说文》本作㯳，隶省作凛，此又假借廪字耳。哀十五年《左传》“廪然陨大夫之尸”同此。窃为陛下惜之。

请封建子弟疏

贾　生

陛下即不定制，如今之势，不过一传再传，诸侯犹且人恣而不制，豪植而大强，汉法不得行矣。陛下所以为蕃扞及皇太子之所恃者，唯淮阳、代二国耳。代北边匈奴，与强敌为邻，能自完则足矣。而淮阳之比大诸侯，仅如黑子之著面，适足以饵大国耳，不足以有所禁御。方今制在陛下，制国而令子适足以为饵，岂可谓工哉？

人主之行异布衣。布衣者，饰小行，竞小廉，以自托于乡党；人主唯天下安社稷固不耳。高皇帝瓜分天下以王功臣，反者如蝟毛而起，以为不可，故蕲去不义诸侯，而虚其国，择良日，立诸子洛阳上东门之外，毕以为王，而天下安。故大人者，不牵小行，以成大功。

今淮南地远者或数千里，越两诸侯，而县属于汉。其吏民繇役往来长安者，自悉而补，中道衣敝，钱用诸费称此。其苦属汉而欲得王至甚，逋逃而归诸侯者已不少矣，其势不可久。臣之愚计，愿举淮南地以益淮阳，而为梁王立后，割淮阳北边二三列城，与东郡以益梁。不可者，可徙代王而都睢阳。梁起于新郪以北著之河，淮阳包陈以南揵之江，则大诸侯之有异心者，破胆而不敢谋。梁足以扞齐、赵，淮阳足以禁吴、楚，陛下高枕，终无山东之忧矣，此二世之利也。当今恬然，适遇诸侯之皆少，数岁之后，陛下且见之矣。

夫秦日夜苦心劳力以除六国之祸，今陛下力制天下，颐指如意，高拱以成六国之祸，难以言智。苟身亡事，畜乱宿祸，孰视而不定，万年之后，传之老母弱子，将使不宁，不可谓仁。臣闻圣主言问其臣而不自造事，故使人臣得毕其愚忠。唯陛下财幸。

谏封淮南四子疏

贾　生

窃恐陛下接王淮南诸子，曾不与如臣者孰计之也。淮南王之悖逆亡道，天下孰不知其罪？陛下幸而赦迁之，自疾而死，天下孰以王死之不当？今奉尊罪人之子，适足以负谤于天下耳。此人少壮，岂能忘其父哉？

白公胜所为父报仇者，大父与伯父叔父也。白公为乱，非欲取国代主也。发愤快志，剡手以冲仇人之匈，固为俱靡而已。淮南虽小，黥布尝用之矣，汉存特幸耳。夫擅仇人足以危汉之资，于策不便。虽割而为四,四子一心也。予之众，积之财，此非有子胥、白公报于广都之中，即疑有钊诸、荆轲起于两柱之间，所谓假贼兵为虎翼者也。愿陛下少留计！

谏放民私铸疏

贾　生

法使天下公得顾租，铸铜锡为钱，敢杂以铅铁为它巧者，其罪黥。然铸钱之情，非淆杂为巧则不可得赢，而淆之甚微，为利甚厚。夫事有召祸，而法有起奸。今令细民人操造币之势，各隐屏而铸作，因欲禁其厚利微奸，虽黥罪日报，其势不止。乃者民人抵罪，多者一县百数，及吏之所疑，榜笞奔走者甚众。夫县法以诱民，使入陷阱，孰积于此！曩禁铸钱，死罪积下；今公铸钱，黥罪积下。为法若此，上何赖焉？

又民用钱，郡县不同，或用轻钱，百加若干；或用重钱，平称不受。法钱不立，吏急而壹之乎？则大为烦苛，而力不能胜；纵而弗呵乎，则市肆异用，钱文大乱。苟非其术，何乡而可哉？今农事弃捐，而采铜者日蕃，释其耒耨，冶镕炊炭，奸钱日多，五谷不为多。善人怵而为奸邪，愿民陷而之刑戮，刑戮将甚不详，亲何而忽！国知患此，吏议必曰禁之，禁之不得其术，其伤必大。令禁铸钱，则钱必重，重则其利深，盗铸如云起，弃市之罪，又不足以禁矣。奸数不胜，而法禁数溃，铜使之然也。故铜布于天下，其为祸博矣。今博祸可除，而“七福”可致也。

何谓“七福”？上收铜勿令布，则民不铸钱，黥罪不积，一矣。伪钱不蕃，民不相疑，二矣。采铜铸作者反于耕田，三矣。铜毕归于上，上挟铜积，以御轻重，钱轻则以术敛之，重则以术散之，货物必平，四矣。以作兵器，以假贵臣，多少有制，用别贵贱，五矣。以临万货，以调盈虚，以收奇羡，则官富实，而末民困，六矣。制吾弃财，以与匈奴逐争其民，则敌必怀，七矣。故善为天下者，因祸而为福，转败而为功。今久退“七福”而行博祸，臣诚伤之。

卷十三　奏议类上编三

言兵事书

晁　错

臣闻汉兴以来，胡虏数入边地，小入则小利，大入则大利。高后时，再入陇西，攻城屠邑，驱略畜产。其后复入陇西，杀吏卒，大寇盗。窃闻战胜之威，民气百倍；败兵之卒，没世不复。自高后以来，陇西三困于匈奴矣，民气破伤，亡有胜意。今兹陇西之吏，赖社稷之神灵，奉陛下之明诏，和辑士卒，底厉其节，起破伤之民以当乘胜之匈奴，用少击众，杀一王，败其众而有大利。非陇西之民有勇怯，乃将吏之制巧拙异也。故兵法曰："有必胜之将，无必胜之民。"由此观之，安边境，立功名，在于良将，不可不择也。

臣又闻用兵，临战合刃之急者三：一曰得地形，二曰卒服习，三曰器用利。兵法曰：丈五之沟，渐车之水，山林积石，经川丘阜，草木所在，此步兵之地也，车骑二不当一。土山丘陵，曼衍相属，平原广野，此车骑之地也，步兵十不当一。平陵相远，川谷居间，仰高临下，此弓弩之地也，短兵百不当一。两陈相近，平地浅草，可前可后，此长戟之地也，剑楯三不当一。萑苇竹萧，草木蒙茏，支叶茂接，此矛铤之地也，长戟二不当一。曲道相伏，险阸相薄，此剑楯之地也，弓弩三不当一。士不选练，卒不服习，起居不精，动静不集，趋利弗及，避难不毕，前击后解，与金鼓之音相失，此不习勒卒之过也，百不当十。兵不完利，与空手同；甲不坚密，与袒裼同；弩不可以及远，与短兵同；射不能中，与亡矢同；中不能入，与亡镞同：此将不省兵之祸也，五不当一。故兵法曰：器械不利，以其卒予敌也；卒不可用，以其将予敌也；将不知兵，以其主予敌也；君不择将，以其国予敌也。四者，兵之至要也。

臣又闻小大异形，强弱异势，险易异备。夫卑身以事强，小国之形也；合小以攻大，敌国之形也；以蛮夷攻蛮夷，中国之形也。今匈奴地形技艺与中国异，上下山阪，出入溪涧，中国之马弗与也；险道倾仄，且驰且射，中国之骑弗与也；风雨罢劳，饥渴不困，中国之人弗与也：此匈奴之长技也。若夫平原易地，轻车突骑，则匈奴之众易挠乱也；劲弩长戟，射疏及远，则匈奴之弓弗能格也；坚甲利刃，长短相杂，游弩往来，什伍俱前，则匈奴之兵弗能当也；材官驺发，矢道同的，则匈奴之革笥木荐弗能支也；下马地斗，剑戟相接，去就相薄，则匈奴之足弗能给也：此中国之长技也。以此观之，匈奴之长技三，中国之长技五。陛下又兴数十万之众，以诛数万之匈奴，众寡之计，以一击十之术也。

虽然，兵，凶器；战，危事也。以大为小，以强为弱，在俛卬之间耳。夫以人之死争胜，跌而不振，则悔之亡及也。帝王之道，出于万全。今降胡义渠蛮夷之属来归谊者，其众数千，饮食长技与匈奴同，可赐之坚甲絮衣，劲弓利矢，益以边郡之良骑，令明将能知其习俗、和辑其心者，以陛下之明约将之。即有险阻，以此当之；平地通道，则以轻车材官制之。两军相为表里，各用其长技，衡加之以众，此万全之术也。

传曰："狂夫之言，而明主择焉。"臣错愚陋，昧死上狂言，唯陛下财择。

论守边备塞书

晁　错

臣闻秦时北攻胡貉，筑塞河上，南攻扬、粤，置戍卒焉。其起兵而攻胡、粤者，非以卫边地而救民死也，贪戾而欲广大也，故功未立而天下乱。

且夫起兵而不知其势，战则为人禽，屯则卒积死。夫胡貉之地，积阴之处也，木皮三寸，冰厚六尺，食肉而饮酪，其人密理，鸟兽毳毛，其性能寒。扬、粤之地，少阴多阳，其人疏理，鸟兽希毛，其性能暑。秦之戍卒不能其水土，戍者死于边，输者偾于道。秦民见行，如往弃市，因以谪发之，名曰“谪戍”。先发吏有谪及赘婿、贾人，后以尝有市籍者，又后以大父母、父母尝有市籍者，后入闾取其左。发之不顺，行者深怨，有背畔之心。凡民守战至死而不降北者，以计为之也。故战胜守固。则有拜爵之赏；攻城屠邑，则得其财卤以富家室，故能使其众蒙矢石，赴汤火视死如生。今秦之发卒也，有万死之害，而亡铢两之报，死事之后，不得一算之复，天下明知祸烈及己也。陈胜行戍，至于大泽，为天下先倡，天下从之如流水者，秦以威劫而行之之敝也。

胡人衣食之业不著于地，其势易以扰乱边境。何以明之？胡人食肉饮酪，衣皮毛，非有城郭田宅之归居，如飞鸟走兽于广野，美草甘水则止，草尽水竭则移。以是观之，往来转徙，时至时去，此胡人之生业，而中国之所以离南亩也。今使胡人数处转牧行猎于塞下，或当燕、代，或当上郡、北地、陇西，以候备塞之卒，卒少则入。入不救，“入不救”，一本作“陛下不救”。则边民绝望而有降敌之心；救之，少发则不足，多发，远县才至，则胡又已去。聚而不罢，为费甚大；罢之，则胡复入。如此连年，则中国贫苦而民不安矣。

陛下幸忧边境，遣将吏发卒以治塞，甚大惠也。然令远方之卒守塞，一岁而更，不知胡人之能，不如选常居者，家室田作，且以备之。以便为之高城深堑，具蔺石，布渠答，复为一城其内，城间百五十步。要害之处，通川之道，调立城邑，毋下千家，为中周虎落。先为室屋，具田器，乃募罪人及免徒复作，令居之；不足，募以丁奴赎罪，及输奴婢欲以拜爵者；不足，乃募民之欲往者，皆赐高爵，复其家，予冬夏衣廪食，能自给而止。郡县之民，得买其爵，以自增至卿，其亡夫若妻者，县官买予之。人情非有匹敌，不能久安其处。塞下之民，禄利不厚，不可使久居危难之地。胡人入驱，而能止其所驱者，以其半予之，县官为赎其民。鼒按：此言能夺还胡所驱略者，以半入官，以半予能夺还者。然畜产器物，则遂予之，若内有人民，官又当以财赎之，不使竟为奴，又不使夺还者失礼也。师古解与句读皆失之。如是，则邑里相救助，赴胡不避死，非以德上也，欲全亲戚而利其财也。此与东方之戍卒，不习地势而心畏胡者，功相万也。以陛下之时，徙民实边，使远方亡屯戍之事，塞下之民父子相保，亡系虏之患，利施后世，名称圣明，其与秦之行怨民，相去远矣。

复论募民徙塞下书

晁　错

陛下幸募民相徙以实塞下，使屯戍之事益省，输将之费益寡，甚大惠也。下吏诚能称厚惠，奉明法，存恤所徙之老弱，善遇其壮士，和辑其心而勿侵刻，使先至者安乐而不思故乡，则贫民相募而劝往矣。

臣闻古之徙远方以实广虚也，相其阴阳之和，尝其水泉之味，审其土地之宜，观其草木之饶，然后营邑立城，制里割宅，通田作之道，正阡陌之界。先为筑室，家有一堂二内，门户之闭，置器物焉。民至有所居，作有所用，此民所以轻去故乡，而劝之新邑也。为置医巫，以救疾病，以修祭祀，男女有昏，生死相恤，坟墓相从，种树畜长，室屋完安，此所以使民乐其处，而有长居之心也。

臣又闻古之制边县以备敌也，使五家为伍，伍有长；十长一里，里有假士；四里一连，连有假五百；十连一邑，邑有假候：皆择其邑之贤才有护、习地形知民心者，居则习民于射法，出则教民于应敌。故卒伍成于内，则军正定于外，服习以成，勿令迁徙。幼则同游，长则共事。夜战声相知，则足以相救；昼战目相见，则足以相识；欢爱之心，足以相死。如此而劝以厚赏，威以重罚，则前死不还踵矣。所徙之民非壮有材力，但费衣粮，不可用也；虽有材力，不得良吏，犹亡功也。

陛下绝匈奴不与和亲，臣窃意其冬来南也，壹大治，则终身创矣。欲立威者，始于折胶，来而不能困，使得气去，后未易服也。愚臣亡识，唯陛下财察。

论贵粟疏

晁　错

鼐按:《错传》言守边备塞、劝民立本二事。然则此篇与“臣闻秦时”一篇，同时上也。《汉书》以入《食货》，故传不载，亦可证贾生“长太息之一”在《食货志》内，为孟坚所分析尔。

圣王在上而民不冻饥者，非能耕而食之，织而衣之也，为开其资财之道也。故尧、禹有九年之水，汤有七年之旱，而国亡捐瘠者，以畜积多而备先具也。今海内为一，土地人民之众不避汤、禹，加以亡天灾数年之水旱，而畜积未及者，何也？地有遗利，民有余力，生谷之土未尽垦，山泽之利未尽出也，游食之民未尽归农也。民贫，则奸邪生。贫生于不足，不足生于不农，不农则不地著，不地著则离乡轻家，民如鸟兽，虽有高城深池，严法重刑，犹不能禁也。

夫寒之于衣，不待轻暖；饥之于食，不待甘旨；饥寒至身，不顾廉耻。人情，一日不再食则饥，终岁不制衣则寒。夫腹饥不得食，肤寒不得衣，虽慈母不能保其子，君安能以有其民哉！明主知其然也，故务民于农桑，薄赋敛，广畜积，以实仓廪，备水旱，故民可得而有也。民者，在上所以牧之，趋利如水走下，四方亡择也。

夫珠玉金银，饥不可食，寒不可衣，然而众贵之者，以上用之故也。其为物轻微易臧，在于把握，可以周海内而亡饥寒之患。此令臣轻背其主，而民易去其乡，盗贼有所劝，亡逃者得轻资也。粟米布帛生于地，长于时，聚于力，非可一日成也；数石之重，中人弗胜，不为奸邪所利，一日弗得而饥寒至。是故明君贵五谷而贱金玉。

今农夫五口之家，其服役者不下二人，其能耕者不过百亩，百亩之收不过百石。春耕夏耘，秋获冬臧，伐薪樵，治官府，给繇役；春不得避风尘，夏不得避暑热，秋不得避阴雨，冬不得避寒冻，四时之间亡日休息；又私自送往迎来，吊死问疾，养孤长幼在其中。勤苦如此，尚复被水旱之灾，急政暴赋，赋敛不时，朝令而暮当具，有者半贾而卖，亡者取倍称之息，于是有卖田宅、鬻子孙以偿责者矣。而商贾大者积贮倍息，小者坐列贩卖，操其奇赢，日游都市，乘上之急，所卖必倍。故其男不耕耘，女不蚕织，衣必文采，食必粱肉，亡农夫之苦，有仟伯之得。因其富厚，交通王侯，力过吏势，以利相倾；千里游敖，冠盖相望，乘坚策肥，履丝曳缟。此商人所以兼并农人，农人所以流亡者也。

今法律贱商人，商人已富贵矣；尊农夫，农夫已贫贱矣。故俗之所贵，主之所贱也；吏之所卑，法之所尊也。卜下相反，好恶乖迕，而欲国富法立，不可得也。方今之务，莫若使民农而已矣。欲民务农，在于贵粟；贵粟之道，在于使民以粟为赏罚。今募天下入粟县官，得以拜爵，得以除罪。如此，富人有爵，农民有钱，粟有所渫。夫能入粟以受爵，皆有余者也。取于有余以供上用，则贫民之赋可损，所谓损有余补不足，令出而民利者也。顺于民心，所补者三：一曰主用足，二曰民赋少，三曰劝农功。今令民有车骑马一匹者，复卒三人。车骑者，天下武备也，故为复卒。神农之教曰："有石城十仞，汤池百步，带甲百万，而亡粟，弗能守也。"以是观之，粟者，王者大用，政之本务。令民入粟受爵，至五大夫以上，乃复一人耳，此其与骑马之功相去远矣。爵者，上之所擅，出于口而亡穷；粟者，民之所种，生于地而不乏。夫得高爵与免罪，人之所甚欲也。使天下入粟于边，以受爵、免罪，不过三岁，塞下之粟必多矣。

谏猎书

司马长卿

臣闻物有同类而殊能者，故力称乌获，捷言庆忌，勇期贲、育。臣之愚，窃以为人诚有之，兽亦宜然。今陛下好陵阻险，射猛兽，卒然遇轶材之兽，骇不存之地，犯属车之清尘，舆不及还辕，人不暇施巧，虽有乌获、逢蒙之技，力不得用，枯木朽株尽为害矣。是胡、越起于毂下，而羌、夷接轸也，岂不殆哉！虽万全无患，然本非天子之所宜近也。

且夫清道而后行，中路而后驰，犹时有衔橛之变。而况涉乎蓬蒿，驰乎丘坟，前有利兽之乐，而内无存变之意，其为祸也不亦难矣！夫轻万乘之重不以为安，而乐出于万有一危之途以为娱，臣窃为陛下不取也。

盖明者远见于未萌，而智者避危于无形，祸固多藏于隐微而发于人之所忽者也。故鄙谚曰:“家累千金，坐不垂堂。”此言虽小，可以喻大。臣愿陛下之留意幸察。

谏伐闽越书

淮南王安

陛下临天下，布德施惠，缓刑罚，薄赋敛，哀鳏寡，恤孤独，养耆老，振匮乏，盛德上隆，和泽下洽，近者亲附，远者怀德，天下摄然，人安其生，自以没身不见兵革。今闻有司举兵，将以诛越，臣安窃为陛下重之。

越方外之地，剪发文身之民也，不可以冠带之国法度理也。自三代之盛，胡、越不与受正朔，非强弗能服，威弗能制也。以为不居之地，不牧之民，不足以烦中国也。故古者封内甸服，封外侯服，侯卫宾服，蛮夷要服，戎狄荒服，远近势异也。自汉初定以来，七十二年，吴、越人相攻击者不可胜数。然天子未尝举兵而入其地也。

臣闻越非有城郭邑里也，处谿谷之间，篁竹之中，习于水斗，便于用舟，地深昧而多水险。中国之人不知其势阻而入其地，虽百不当其一。得其地，不可郡县也，攻之不可暴取也。以地图察其山川要塞，相去不过寸数，而间独数百千里，阻险林丛，弗能尽著，视之若易，行之甚难。天下赖宗庙之灵，方内大宁，戴白之老，不见兵革，民得夫妇相守、父子相保，陛下之德也。越人名为藩臣，贡酎之奉不输大内，一卒之用不给上事，自相攻击而陛下发兵救之，是反以中国而劳蛮夷也。且越人愚戆轻薄，负约反复，其不用天子之法度，非一日之积也。一不奉诏，举兵诛之，臣恐后兵革无时得息也。

间者，数年岁比不登，民待卖爵赘子以接衣食，赖陛下德泽振救之，得毋转死沟壑。四年不登，五年复蝗，民生未复。今发兵行数千里，资衣粮入越地，舆轿而逾领，拖舟而入水，行数百千里，夹以深林丛竹，水道上下击石，林中多蝮蛇猛兽，夏月暑时，呕泄霍乱之病相随属也。曾未施兵接刃，死伤者必众矣。前时南海王反，陛下先臣使将军间忌将兵击之，以其军降，处之上淦。后复反，会天暑多雨，楼船卒水居击棹，未战而疾死者过半，亲老涕泣，孤子啼号，破家散业，迎尸千里之外，裹骸骨而归，悲哀之气，数年不息，长老至今以为记。曾未入其地，而祸已至此矣！臣闻军旅之后，必有凶年，言民之各以其愁苦之气，薄阴阳之和，感天地之精，而灾气为之生也。陛下德配天地，明象日月，恩至禽兽，泽及草木，一人有饥寒不终其天年而死者，为之凄怆于心。今方内无狗吠之警，而使陛下甲卒死亡，暴露中原，沾渍山谷，边境之民，为之早闭晏开，朝不及夕，臣安窃为陛下重之！

不习南方地形者，多以越为人众兵强，能难边城，淮南全国之时，多为边吏，臣窃闻之，与中国异。限以高山，人迹所绝，车道不通，天地所以隔外内也。其入中国，必下领水。领水之山峭峻，漂石破舟，不可以大船载食粮下也。越人欲为变，必先田馀干界中，积食粮，乃入伐材治船。边城守候诚谨，越人有入伐材者，辄收捕焚其积聚，虽百越，奈边城何！且越人绵力薄材，不能陆战，又无车骑弓弩之用，然而不可入者，以保地险，而中国之人不能其水土也。臣闻越甲卒不下数十万，所以入之，五倍乃足，挽车奉粮者不在其中。南方暑湿，近夏瘅热，暴露水居，蝮蛇蠚生，疾疠多作，兵未血刃，而病死者什二三。虽举越国而虏之，不足以偿所亡。

臣闻道路言：闽越王，弟甲弑而杀之，甲以诛死，其民未有所属。陛下若欲来内，处之中国，使重臣临存，施德垂赏以招致之，此必携幼扶老以归圣德。若陛下无所用之，则继其绝世，存其亡国，建其王侯，以为畜越，此必委质为藩臣，世共贡职。陛下以方寸之印，丈二之组，镇抚方外，不劳一卒，不顿一戟，而威德并行。今以兵入其地，此必震恐，以有司为欲屠灭之也，必雉兔逃入山林险阻。背而去之，则复相群聚；留而守之，历岁经年，则士卒罢倦，食粮乏绝。男子不得耕稼树种，妇人不得纺绩织纴，丁壮从军，老弱转饷，居者无食，行者无粮，民苦兵事，亡逃者必众；随而诛之，不可胜尽，盗贼必起。臣闻长老言：秦之时，尝使尉屠睢击越，又使监禄凿渠通道，越人逃入深山林丛，不可得攻。留军屯守空地，旷日持久，士卒劳倦，越乃出击之，秦兵大破，乃发谪戍以备之。当此之时，外内骚动，百姓靡敝，行者不还，往者莫反，皆不聊生，亡逃相从，群为盗贼，于是山东之难始兴。此老子所谓"师之所处，荆棘生之"者也。兵者凶事，一方有急，四面皆从。臣恐变故之生，奸邪之作，由此始也。

《周易》曰："高宗伐鬼方，三年而克之。"鬼方，小蛮夷，高宗，殷之盛天子也；以盛天子伐小蛮夷，三年而后克，言用兵之不可不重也。臣闻天子之兵，有征而无战，言莫敢校也。如使越人蒙死徼幸，以逆执事之颜行，文颖曰："颜行"犹"雁行"。鼐按：信陵君书，"请为天下雁行顿刃。""雁行"者，相连而进，"顿刃"，乃是居前当锋刃也。"颜行"者。"颜者，额颡居前，"行"者若额然，与"雁行"义异。厮舆之卒，有不一备而归者，虽得越王之首，臣犹窃为大汉羞之。陛下以四海为境，九州为家，八薮为囿，江汉为池，生民之属，皆为臣妾。人徒之众，足以奉千官之共；租税之收，足以给乘舆之御。玩心神明，秉执圣道，负黼依，凭玉几，南面而听断，号令天下，四海之内，莫不响应。陛下垂德惠以覆露之，使元元之民，安生乐业，则泽被万世，传之子孙，施之无穷，天下之安，犹泰山而四维之也。夷狄之地，何足以为一日之间而烦汗马之劳乎？《诗》云："王犹允塞，徐方既来。"言王道甚大，而远方怀之也。

臣闻之，农夫劳而君子养焉，愚者言而智者择焉。臣安幸得为陛下守藩，以身为障蔽，人臣之任也。边境有警，爱身之死而不毕其愚，非忠臣也。臣安窃恐将吏之以十万之师为一使之任也。

言世务书

严　安

臣闻《邹子》曰："政教文质者，所以云救也，当时则用，过则舍之，有易则易之。故守一而不变者，未睹治之至也。"今天下人民，用财侈靡，车马衣裘宫室，皆竞修饰，调五声使有节族，杂五色使有文章，重五味方丈于前，以观欲天下。彼民之情，见美则愿之，是教民以侈也。侈而无节，则不可赡，民离本而徼末矣。末不可徒得，故搢绅者不惮为诈，带剑者夸杀人以矫夺，而世不知愧，故奸轨浸长。夫佳丽珍怪，固顺于耳目，故养失而泰，乐失而淫，礼失而采，教失而伪。伪、采、淫、泰，非所以范民之道也。是以天下人民逐利无已，犯法者众。臣愿为民制度，以防其淫，使贫富不相耀，以和其心。心既和平，其性恬安。恬安不营，则盗贼销；盗贼销，则刑罚少；刑罚少，则阴阳和，四时正，风雨时，草木畅茂，五谷蕃孰，六畜遂字，民不夭厉，和之至也。

臣闻周有天下，其治三百余岁，成、康其隆也，刑错四十余年而不用。及其衰，亦三百余年，故五伯更起。五伯者，常佐天子兴利除害，诛暴禁邪，匡正海内，以尊天子。五伯既没，贤圣莫续，天子孤弱，号令不行。诸侯恣行，强陵弱，众暴寡。田常篡齐，六卿分晋，并为战国，此民之始苦也。于是强国务攻，弱国修守，合从连衡，驰车毂击，介胄生虮虱，民无所告愬。

及至秦王，蚕食天下，并吞战国，称号皇帝，一海内之政，坏诸侯之城。销其兵，铸以为钟虡，示不复用。元元黎民得免于战国，逢明天子，人人自以为更生。乡使秦缓刑罚，薄赋敛，省徭役，贵仁义，贱权利，上笃厚，下佞巧，变风易俗，化于海内，则世世必安矣。秦不行是风，循其故俗，为知巧权利者进，笃厚忠正者退，法严令苛，谄谀者众，日闻其美，意广心逸。欲威海外，使蒙恬将兵以北攻强胡，辟地进境，戍于北河，飞刍挽粟以随其后。又使尉屠睢将楼船之士攻越，使监禄凿渠运粮，深入越地，越人遁逃。旷日持久，粮食乏绝，越人击之，秦兵大败。秦乃使尉佗将卒以戍越。当是时，秦祸北构于胡，南挂于越，宿兵于无用之地，进而不得退。行十余年，丁男被甲，丁女转输，苦不聊生，自经于道树，死者相望。及秦皇帝崩，天下大畔，陈胜、吴广举陈，武臣、张耳举赵，项梁举吴，田儋举齐，景驹举郢，周市举魏，韩广举燕，穷山通谷，豪士并起，不可胜载也。然本皆非公侯之后，非长官之吏，无尺寸之势，起闾巷，杖棘矜，应时而动，不谋而俱起，不约而同会，壤长地进，至乎伯王，时教使然也。秦贵为天子，富有天下，灭世绝祀，穷兵之祸也。故周失之弱，秦失之强，不变之患也。

今徇南夷，朝夜郎，降羌僰，略芗州，建城邑，深入匈奴，焚其龙城，议者美之。此人臣之利，非天下之长策也。今中国无狗吠之警，而外累于远方之备，靡敝国家，非所以子民也。行无穷之欲，甘心快意，结怨于匈奴，非所以安边也。祸挐而不解，兵休而复起，近者愁苦，远者惊骇，非所以持久也。今天下锻甲摩剑，矫箭控弦，转输军粮，未见休时，此天下所共忧也。夫兵久而变起，事烦而虑生，今外郡之地或几千里，列城数十，形束壤制，带胁诸侯，非宗室之利也。上观齐、晋所以亡，公室卑削，六卿大盛也。下览秦之所以灭，刑严文刻，欲大无穷也。今郡守之权，非特六卿之重也，地几千里，非特闾巷之资也，甲兵器械，非特棘矜之用也。以逢万世之变，则不可胜讳也。

论伐匈奴书

主父偃

臣闻明主不恶切谏以博观，忠臣不避重诛以直谏，是故事无遗策而功流万世。今臣不敢隐忠避死，以效愚计，愿陛下幸赦而少察之。

《司马法》曰:“国虽大，好战必亡；天下虽平，忘战必危。”天下既平，天子大凯，春蒐秋狝，诸侯春振旅，秋治兵，所以不忘战也。且夫怒者，逆德也，兵者，凶器也，争者，末节也。古之人君，一怒必伏尸流血，故圣王重行之。

夫务战胜，穷武事，未有不悔者也。昔秦皇帝任战胜之威，蚕食天下，并吞战国，海内为一，功齐三代。务胜不休，欲攻匈奴，李斯谏曰:“不可。夫匈奴无城郭之居，委积之守，迁徙鸟举，难得而制。轻兵深入，粮食必绝；踵粮以行，重不及事。得其地，不足以为利；得其民，不可调而守也。胜必弃之，非民父母。靡敝中国，快心匈奴，非完计也。”秦皇帝不听，遂使蒙恬将兵而攻胡，拓地千里，以河为境。地固泽卤，不生五谷，然后发天下丁男以守北河。暴兵露师十有余年，死者不可胜数，终不能逾河而北。是岂人众之不足，兵革之不备哉？其势不可也。又使天下飞刍挽粟，起于黄、腄、琅邪负海之郡，转输北河，率三十钟而致一石。男子疾耕不足于粮饷；女子纺绩不足于帷幕。百姓靡敝，孤寡老弱不能相养，道死者相望。盖天下始叛也。

及至高皇帝定天下，略地于边，闻匈奴聚代谷之外而欲击之。御史成谏曰：“不可。夫匈奴兽聚而鸟散，从之如搏景。今以陛下盛德攻匈奴，臣窃危之。”高帝不听，遂至代谷，果有平城之围。高帝悔之，乃使刘敬往结和亲，然后天下亡干戈之事。

故兵法曰：“兴师十万，日费千金。”秦常积众数十万人，虽有覆军杀将，系虏单于，适足以结怨深仇，不足以偿天下之费。夫匈奴行盗侵驱，所以为业，天性固然。上自虞、夏、殷、周，固不程督，禽兽畜之，不比为人。夫不上观虞、夏、殷、周之统，而下循近世之失，此臣之所以大恐，百姓所疾苦也。且夫兵久则变生，事苦则虑易。使边境之民靡敝愁苦，将吏相疑而外市，故尉佗、章邯得成其私，而秦政不行，权分二子，此得失之效也。故《周书》曰：“安危在出令，存亡在所用。”愿陛下孰计之而加察焉！

禁民挟弓弩议

吾丘子赣

臣闻古者作五兵，非以相害，以禁暴讨邪也。安居则以制猛兽而备非常，有事则以设守卫而施行阵。及至周室衰微，上无明王，诸侯力政，强侵弱，众暴寡，海内抏敝，是以巧诈并生，智者陷愚，男者威怯，苟以得胜为务，不顾义理。故机变械饰，所以相贼害之具不可胜数。于是秦兼天下，废王道，立私议，灭《诗》《书》而首法令，去仁恩而任刑戮，堕名城，杀豪桀，销甲兵，折锋刃。其后，民以耰鉏箠梃相挞击，犯法滋众，盗贼不胜，至于赭衣塞路，群盗满山，卒以乱亡。故圣王务教化而省禁防，知其不足恃也。

今陛下昭明德，建太平，举俊材，兴学官，三公、有司或由穷巷，起白屋，裂地而封，宇内日化，方外乡风。然而盗贼犹有者，郡国二千石之罪，非挟弓弩之过也。《礼》曰男子生，桑弧蓬矢以主之，明示有事也。孔子曰：“吾何执？执射乎？”大射之礼，自天子降及庶人，三代之道也。《诗》云：“大侯既抗，弓矢斯张，射夫既同，献尔发功。”言贵中也。

愚闻圣王合射以明教矣，未闻弓矢之为禁也。且所为禁者，为盗贼之以攻夺也。攻夺之罪死，然而不止者，大奸之于重诛固不避也。臣恐邪人挟之而吏不能止，良民以自备而抵法禁，是擅贼威而夺民救也。窃以为无益于禁奸，而废先王之典，使学者不得习行其礼，大不便。

谏除上林苑

东方曼倩

臣闻谦逊静悫，天表之应，应之以福；骄溢靡丽，天表之应，应之以异。今陛下累郎台，恐其不高也；弋猎之处，恐其不广也。如天不为变，则三辅之地，尽可以为苑，何必盩屋、鄠、杜乎！奢侈越制，天为之变，上林虽小，此谓本有之上林，萧相国所谓“上林中多空地，弃”是也。臣尚以为大也。

夫南山，天下之阻也。南有江、淮，北有河、渭，其地从汧、陇以东，商、雒以西，厥壤肥饶。汉兴，去三河之地，止霸、产以西，都泾、渭之南，此所谓天下陆海之地，秦之所以虏西戎兼山东者也。其山出玉、石、金、银、铜、铁，豫章、檀、柘，异类之物，不可胜原，此百工所取给，万民所卬足也。又有秔、稻、梨、栗、桑、麻、竹箭之饶，土宜姜、芋，水多蛙鱼，贫者得以人给家足，无饥寒之忧。故酆、镐之间号为土膏，其贾亩一金。今规以为苑，绝陂池水泽之利，而取民膏腴之地，上乏国家之用，下夺农桑之业，弃成功，就败事，损耗五谷，是其不可一也。且盛荆棘之林，而长养麋鹿，广狐兔之苑，大虎狼之虚，又坏人冢墓，发人室庐，令幼弱怀土而思，耆老泣涕而悲，是其不可二也。斥而营之，垣而囿之，骑驰东西，车骛南北，又有深沟大渠，夫一日之乐亦足以危无隄之舆，是其不可三也。故务苑囿之大，不恤农时，非所以强国富人也。

夫殷作九市之宫而诸侯畔，灵王起章华之台而楚民散，秦兴阿房之殿而天下乱。粪土愚臣，忘生触死，逆盛意，犯隆指，罪当万死，不胜大愿，愿陈《泰阶六符》，以观天变，不可不省。

化民有道对

东方曼倩

尧、舜、禹、汤、文、武、成、康，上古之事，经历数千载，尚难言也，臣不敢陈。愿近述孝文皇帝之时，当世耆老皆闻见之。贵为天子，富有四海，身衣弋绨，足履革舄，以韦带剑，莞蒲为席，兵木无刃，衣緼无文，集上书囊以为殿帷；以道德为丽，以仁义为准。于是天下望风成俗，昭然化之。今陛下以城中为小，图起建章，左凤阙，右神明，号称千门万户；木土衣绮绣，狗马被缋罽；宫人簪瑇瑁，垂珠玑；设戏车，教驰逐，饰文采，丛珍怪；撞万石之钟，击雷霆之鼓，作俳优，舞郑女。上为淫侈如此，而欲使民独不奢侈失农，事之难者也。陛下诚能用臣朔之计，推甲乙之帐燔之于四通之衢，却走马示不复用，则尧、舜之隆宜可与比治矣。《易》曰："正其本，万事理；失之豪氂，差以千里。"愿陛下留意察之！

卷十四　奏议类上编四

尚德缓刑书

路长君

臣闻齐有无知之祸，而桓公以兴；晋有骊姬之难，而文公用伯。近世赵王不终，诸吕作乱，而孝文为太宗。由是观之，祸乱之作，将以开圣人也。故桓、文扶微兴坏，尊文、武之业，泽加百姓，功润诸侯，虽不及三王，天下归仁焉。文帝永思至德，以承天心，崇仁义，省刑罚，通关梁，一远近，敬贤如大宾，爱民如赤子，内恕情之所安，而施之于海内，是以囹圄空虚，天下太平。夫继变化之后，必有异旧之恩，此圣贤所以昭天命也。往者，昭帝即世而无嗣，大臣览戚，焦心合谋，皆以昌邑尊亲，援而立之。然天不授命，淫乱其心，遂以自亡。深察祸变之故，乃皇天之所以开至圣也。故大将军受命武帝，股肱汉国，披肝胆，决大计，黜亡义，立有德，辅天而行，然后宗庙以安，天下咸宁。

臣闻《春秋》正即位，大一统而慎始也。陛下初登至尊，与天合符，宜改前世之失，正始受命之统，涤烦文，除民疾，存亡继绝，以应天意。

臣闻秦有十失，其一尚存，治狱之吏是也。秦之时，羞文学，好武勇，贱仁义之士，贵治狱之吏；正言者谓之诽谤，遏过者谓之妖言。故盛服先生不用于世，忠良切言皆郁于胸，誉谀之声日满于耳；虚美熏心，实祸蔽塞。此乃秦之所以亡天下也。方今天下赖陛下厚恩，亡金革之危，饥寒之患，父子夫妻勠力安家，然太平未洽者，狱乱之也。

夫狱者，天下之大命也，死者不可复生，绝者不可复属。《书》曰：“与其杀不辜，宁失不经。”今治狱吏则不然，上下相驱，以刻为明；深者获公名，平者多后患。故治狱之吏皆欲人死，非憎人也，自安之道在人之死。是以死人之血流离于市，被刑之徒比肩而立，大辟之计岁以万数，此仁圣之所以伤也。太平之未洽，凡以此也。

夫人情安则乐生，痛则思死。棰楚之下，何求而不得？故囚人不胜痛，则饰辞以视之；吏治者利其然，则指道以明之；上奏畏却，则锻炼而周内之。盖奏当之成，虽咎繇听之，犹以为死有余辜。何则？成练者众，文致之罪明也。是以狱吏专为深刻，残贼而亡极，偷为一切，不顾国患，此世之大贼也。故俗语曰：“画地为狱，议不入；刻木为吏，期不对。”此皆疾吏之风，悲痛之辞也。故天下之患，莫深于狱，败法乱正，离亲塞道，莫甚乎治狱之吏。此所谓一尚存者也。

臣闻乌鸢之卵不毁，而后凤皇集；诽谤之罪不诛，而后良言进。故古人有言：“山薮藏疾，川泽纳汙，瑾瑜匿恶，国君含诟。”唯陛下除诽谤以招切言，开天下之口，广箴谏之路，扫亡秦之失，尊文、武之德，省法制，宽刑罚，以废治狱，则太平之风可兴于世，永履和乐，与天亡极，天下幸甚！

论霍氏封事

张子高

臣闻公子季友有功于鲁，大夫赵衰有功于晋，大夫田完有功于齐，皆畴其官邑，延及子孙，终后田氏篡齐，赵氏分晋，季氏颛鲁。故仲尼作《春秋》，迹盛衰，讥世卿最甚。

乃者大将军决大计，安宗庙，定天下，功亦不细矣。夫周公，七年耳，而大将军二十岁，海内之命，断于掌握。方其隆时，感动天地，侵迫阴阳，月朓日蚀，昼明宵光，地大震裂，火生地中，天文失度，祆祥变怪，不可胜记，皆阴类盛长，臣下颛制之所生也。朝臣宜有明言，曰陛下褒宠故大将军以报功德足矣。间者辅臣颛政，贵戚大盛，君臣之分不明，请罢霍氏三侯皆就第。及卫将军张安世，宜赐几杖归休，时存问召见，以列侯为天子师。明诏以恩不听，群臣以义固争而后许，天下必以陛下为不忘功德，而朝臣为知礼，霍氏世世无所患苦。今朝廷不闻直声，而令明诏自亲其文，非策之得者也。

今两侯以出，人情不相远，以臣心度之，大司马及其枝属，必有畏惧之心。夫近臣自危，非完计也，臣敞愿于广朝白发其端，直守远郡，其路无由。夫心之精微，口不能言也；言之微眇，书不能文也。故伊尹五就桀，五就汤，萧相国荐淮阴累岁乃得通，况乎千里之外，因书文谕事指哉！惟陛下省察。

谏击匈奴书

魏弱翁

臣闻之，救乱诛暴，谓之义兵，兵义者王；敌加于己，不得已而起者，谓之应兵，兵应者胜；争恨小故，不忍愤怒者，谓之忿兵，兵忿者败；利人土地货宝者，谓之贪兵，兵贪者破；恃国家之大，矜民人之众，欲见威于敌者，谓之骄兵，兵骄者灭。此五者，非但人事，乃天道也。

间者匈奴尝有善意，所得汉民，辄奉归之，未有犯于边境。虽争屯田车师，不足致意中。今闻诸将军欲兴兵入其地，臣愚不知此兵何名者也！

今边郡困乏，父子共犬羊之裘，食草莱之实，常恐不能自存，难以动兵。“军旅之后，必有凶年”，言民以其愁苦之气，伤阴阳之和也。出兵虽胜，犹有后忧，恐灾害之变因此以生。今郡国守相多不实选，风俗尤薄，水旱不时。案今年计，子弟杀父兄、妻杀夫者，凡二百二十二人，臣愚以为此非小变也。今左右不忧此，乃欲发兵报纤介之忿于远夷，殆孔子所谓“吾恐季孙之忧不在颛臾，而在萧墙之内”也。愿陛下与平昌侯、平恩侯及有识者详议乃可。

陈兵利害书

赵翁孙

目窃见骑都尉安国前幸赐书，择羌人可使使罕，谕告以大军当至，汉不诛罕，以解其谋。恩泽甚厚，非臣下所能及。臣独私美陛下盛德至计亡已，故遣开豪雕库，宣天子至德，罕、开之属皆闻知明诏。今先零羌杨玉，此羌之首帅名王，将骑四千及煎巩骑五千，阻石山木，候便为寇，罕羌未有所犯。今置先零，先击罕，释有罪，诛亡辜，起壹难，就两害，诚非陛下本计也。

臣闻兵法:“攻不足者守有余”，又曰“善战者致人，不致于人”。今罕羌欲为敦煌、酒泉寇，宜饬兵马，练战士，以须其至，坐得致敌之术，以逸击劳，取胜之道也。今恐二郡兵少不足以守，而发之行攻，释致虏之术而从为虏所致之道，臣愚以为不便。先零羌虏欲为背叛，故与罕、开解仇结约，然其私心，不能亡恐汉兵至而罕、开背之也。臣愚以为其计常欲先赴罕、开之急，以坚其约，先击罕羌，先零必助之。今虏马肥，粮食方饶，击之恐不能伤害，适使先零得施德于罕羌，坚其约，合其党。虏交坚党合，精兵二万余人，迫胁诸小种，附著者稍众，莫须之属不轻得离也。如是，虏兵寖多，诛之用力数倍。臣恐国家忧累繇十年数，不二三岁而已。

臣得蒙天子厚恩，父子俱为显列。臣位至上卿，爵为列侯，犬马之齿七十六，为明诏填沟壑，死骨不朽，亡所顾念。独思惟兵利害，至孰悉也，于臣之计，先诛先零已，则罕、开之属不烦兵而服矣。先零已诛，而罕、开不服，涉正月击之，得计之理，又其时也。以今进兵，诚不见利。唯陛下裁察!

屯田奏三首

赵翁孙

臣闻兵者，所以明德除害也，故举得于外，则福生于内，不可不慎。臣所将吏士、马牛食，月用粮谷十九万九千六百三十斛，盐千六百九十三斛，茭藁二十五万二百八十六石。难久不解，繇役不息。又恐它夷卒有不虞之变，相因并起，为明主忧，诚非素定庙胜之册。且羌虏易以计破，难用兵碎也。故臣愚以为击之不便。计度临羌东至浩亹，羌虏故田及公田，民所未垦，可二千顷以上，其间邮亭多坏败者。臣前部士入山，伐材木大小六万余枚，皆在水次。愿罢骑兵，留弛刑应募，及淮阳、汝南步兵与吏士私从者，合凡万二百八十一人，用谷月二万七千三百六十三斛，盐三百八斛，分屯要害处。冰解漕下，缮乡亭，浚沟渠，治湟陿以西道桥七十所，令可至鲜水左右。田事出，赋人二十亩。至四月草生，发郡骑及属国胡骑伉健各千，倅马什二就草，为田者游兵。以充入金城郡，益积畜，省大费。今大司农所转谷至者，足支万人一岁食。谨上田处及器用簿，唯陛下裁许。

臣闻帝王之兵，以全取胜，是以贵谋而贱战。战而百胜，非善之善者也，故先为不可胜以待敌之可胜。蛮夷习俗，虽殊于礼义之国，然其欲避害就利，爱亲戚，畏死亡，一也。今虏亡其美地荐草，愁于寄托远遁，骨肉离心，人有畔志，而明主般师罢兵，万人留田，顺天时，因地利，以待可胜之虏，虽未即伏辜，兵决可期月而望。羌虏瓦解，前后降者万七百余人，及受言去者凡七十辈，此坐支解羌虏之具也。臣谨条不出兵留田便宜十二事：步兵九校，吏士万人，留屯以为武备，因田致谷，威德并行，一也。又因排折羌虏，令不得归肥饶之地，贫破其众，以成羌虏相畔之渐，二也。居民得并田作，不失农业，三也。军马一月之食，度支田士一岁，罢骑兵以省大费，四也。至春省甲士卒，循河湟漕谷至临羌，以视羌虏，扬威武，传世折冲之具，五也。以闲暇时下所伐材，缮治邮亭，充入金城，六也。兵出，乘危徼幸；不出，令反畔之虏窜于风寒之地，离霜露疾疫瘃堕之患，坐得必胜之道，七也。亡经阻远追死伤之害，八也。内不损威武之重，外不令虏得乘间之势，九也。又亡惊动河南大幵小幵，使生它变之忧，十也。治湟陿中道桥，令可至鲜水，以制西域，信威千里，从枕席上过师，十一也。大费既省，繇役豫息，以戒不虞，十二也。留屯田得十二便，出兵失十二利。臣充国材下，犬马齿衰，不识长册，唯明诏博详公卿议臣采择。

臣闻兵以计为本，故多算胜少算。先零羌精兵今馀不过七八千人，失地远客，分散饥冻。罕、幵、莫须，又颇暴略其羸弱畜产，畔还者不绝，皆闻天子明令相捕斩之赏。臣愚以为虏破坏可日月冀，远在来春，故曰兵决可期月而望。窃见北边自敦煌至辽东，万一千五百余里，乘塞列隧，有吏卒数千人，虏数大众攻之而不能害。今留步士万人屯田，地势平易，多高山远望之便。部曲相保，为堑垒木樵，校联不绝，便兵弩，饬斗具，烽火幸通，势及并力，以逸待劳，兵之利者也。臣愚以为屯田，内有亡费之利，外有守御之备。骑兵虽罢，虏见万人留田，为必禽之具，其土崩归德，宜不久矣。从今尽三月，虏马羸瘦，必不敢捐其妻子于他种中，远涉河山而来为寇。又见屯田之士，精兵万人，终不敢复将其累重还归故地。是臣之愚计，所以度虏且必瓦解其处，不战而自破之册也。至于虏小寇盗，时杀人民，其原未可卒禁。臣闻战不必胜，不苟接刃；攻不必取，不苟劳众。诚令兵出，虽不能灭先零，亶能令虏绝不为小寇，则出兵可也。即今同是而释坐胜之道，从乘危之势，往终不见利，空内自罢敝，贬重而自损，非所以视蛮夷也。又大兵一出，还不可复留，湟中亦未可空，如是，繇役复发也。且匈奴不可不备，乌桓不可不忧。今久转运烦费，倾我不虞之用以赡一隅，臣愚以为不便。校尉临众幸得承威德，奉厚币，拊循众羌，谕以明诏，宜皆乡风。虽其前辞尝曰“得亡效五年”，宜亡它心，不足以故出兵。臣窃自惟念奉诏出塞，引军远击，穷天子之精兵，散车甲于山野，虽无尺寸之功，偷得避慊之便，而亡后咎余责，此人臣不忠之利，非明主社稷之福也。臣幸得奋精兵，讨不义，久留天诛，罪当万死。陛下宽仁，未忍加诛，令臣数得孰计。愚臣伏计孰甚，不敢避斧钺之诛，昧死陈愚，唯陛下省察。

入粟赎罪议

萧长倩

民函阴阳之气，有好义欲利之心，在教化之所助。虽尧在上，不能去民欲利之心，而能令其欲利不胜其好义也；虽桀在上，不能去民好义之心，而能令其好义不胜其欲利也。故尧、桀之分，在于义利而已，道民不可不慎也。

今欲令民量粟以赎罪，如此则富者得生，贫者独死，是贫富异刑，而法不壹也。人情贫穷，父兄囚执，闻出财得以生活，为人子弟者，将不顾死亡之患，败乱之行，以赴财利，求救亲戚。一人得生，十人以丧，如此，伯夷之行坏，公绰之名灭。政教壹倾，虽有周、召之佐，恐不能复。

古者臧于民，不足则取，有馀则予。《诗》曰“爰及矜人，哀此鳏寡。”上惠下也。又曰“雨我公田，遂及我私”，下急上也。今有西边之役，民失作业，虽户赋口敛，以赡其困乏，古之通义，百姓莫以为非。以死救生，恐未可也。陛下布德施教，教化既成，尧、舜亡以加也。今议开利路以伤既成之化，臣窃痛之！

罢珠厓对

贾君房

臣幸得遭明盛之朝，蒙危言之策，无忌讳之患，敢昧死竭卷卷。

臣闻尧、舜，圣之盛也，禹入圣域而不优，故孔子称尧曰“大哉”，《韶》曰“尽善”，禹曰“无间”。以三圣之德，地方不过数千里，西被流沙，东渐于海，朔南暨声教，讫于四海，欲与声教则治之，不欲与者不强治也。故君臣歌德，含气之物各得其宜。

武丁、成王，殷、周之大仁也，然地东不过江、黄，西不过氐、羌，南不过蛮荆，北不过朔方。是以颂声并作，视听之类咸乐其生，越裳氏重九译而献，此非兵革之所能致。及其衰也，南征不还，齐桓救其难，孔子定其文。以至乎秦，兴兵远攻，贪外虚内，务欲广地，不虑其害。然地南不过闽、越，北不过太原，而天下溃畔，祸卒在于二世之末，《长城》之歌至今未绝。

赖圣汉初兴，为百姓请命，平定天下。至孝文皇帝，闵中国未安，偃武行文，则断狱数百，民赋四十，丁男三年而一事。时有献千里马者，诏曰：“鸾旗在前，属车在后，吉行日五十里，师行三十里，朕乘千里之马，独先安之？”于是还马，与道里费，而下诏曰：“朕不受献也，其令四方毋求来献。”当此之时，逸游之乐绝，奇丽之赂塞，郑、卫之倡微矣。夫后宫盛色，则贤者隐处；佞人用事，则诤臣杜口。而文帝不行，故谥为孝文，庙称太宗。至孝武皇帝元狩六年，太仓之粟，红腐而不可食；都内之钱，贯朽而不可校。乃探平城之事，录冒顿以来数为边害，籍兵厉马，因富民以攘服之。西连诸国至于安息，东过碣石以玄菟、乐浪为郡，北却匈奴万里，更起营塞，制南海以为八郡。则天下断狱万数，民赋数百，造盐铁酒榷之利以佐用度，犹不能足。当此之时，寇贼并起，军旅数发，父战死于前，子斗伤于后，女子乘亭障，孤儿号于道，老母寡妇饮泣巷哭，遥设虚祭，想魂乎万里之外。淮南王盗写虎符，阴聘名士，关东公孙勇等诈为使者。是皆廓地泰大，征伐不休之故也。

今天下独有关东，关东大者，独有齐、楚，民众久困，连年流离，离其城郭，相枕席于道路。人情莫亲父母，莫乐夫妇，至嫁妻卖子，法不能禁，义不能止，此社稷之忧也。今陛下不忍悁悁之忿，欲驱士众挤之大海之中，快心幽冥之地，非所以救助饥馑、保全元元也。《诗》云：“蠢尔蛮荆，大邦为仇。”言圣人起则后服，中国衰则先畔；动为国家难，自古而患之久矣，何况乃复其南方万里之蛮乎！骆越之人，父子同川而浴，相习以鼻饮，与禽兽无异，本不足郡县置也。颛颛独居一海之中，雾露气湿，多毒草虫蛇水土之害，人未见虏，战士自死，又非独珠厓有珠犀瑇瑁也，弃之不足惜，不击不损威。其民譬犹鱼鳖，何足贪也！

臣窃以往者羌军言之，暴师曾未一年，兵出不逾千里，费四十余万万，大司农钱尽，乃以少府禁钱续之。夫一隅为不善，费尚如此，况于劳师远攻，亡士毋功乎？求之往古则不合，施之当今又不便。臣愚以为非冠带之国，《禹贡》所及，《春秋》所治，皆可且无以为。愿遂弃珠厓，专用恤关东为忧。

卷十五　奏议类上编五

条灾异封事

刘子政

臣前幸得以骨肉备九卿，奉法不谨，乃复蒙恩。窃见灾异并起，天地失常，征表为国。欲终不言，念忠臣虽在甽亩，犹不忘君，惓惓之义也。况重以骨肉之亲，又加以旧恩未报乎！欲竭愚诚，又恐越职，然惟二恩未报，忠臣之义，一抒愚意，退就农亩，死无所恨。

臣闻舜命九官，济济相让，和之至也。众贤和于朝，则万物和于野，故箫《韶》九成，而凤皇来仪；击石拊石，百兽率舞。四海之内，靡不和宁。及至周文，开基西郊，杂遝众贤，罔不肃和，崇推让之风，以销分争之讼。文王既没，周公思慕，歌咏文王之德，其诗曰："於穆清庙，肃雍显相；济济多士，秉文之德。"当此之时，武王、周公继政，朝臣和于内，万国欢于外，故尽得其欢心，以事其先祖。其诗曰："有来雍雍，至止肃肃；相维辟公，天子穆穆。"言四方皆以和来也。诸侯和于下，天应报于上，故《周颂》曰："降福穰穰。"又曰："饴我厘麰。"厘麰，麦也，始自天降。此皆以和致和，获天助也。

下至幽、厉之际，朝廷不和，转相非怨，诗人疾而忧之曰："民之无良，相怨一方。"众小在位而从邪议，歙歙相是而背君子，故其诗曰："歙歙訿訿，亦孔之哀！谋之其臧，则具是违；谋之不臧，则具是依！"君子独处守正，不桡众枉，勉强以从王事，则反见憎毒谗愬，故其诗曰："密勿从事，不敢告劳，无罪无辜，谗口嗸嗸。”当是之时，日月薄蚀而无光，其诗曰：“朔日辛卯，日有蚀之，亦孔之丑。”又曰：“彼月而微，此日而微，今此下民，亦孔之哀！”又曰：“日月鞠凶，不用其行；四国无政，不用其良！”天变见于上，地变动于下，水泉沸腾，山谷易处。其诗曰：“百川沸腾，山冢卒崩，高岸为谷，深谷为陵。哀今之人，胡憯莫惩！”霜降失节，不以其时，其诗曰：“正月繁霜，我心忧伤；民之讹言，亦孔之将！”言民以是为非，甚众大也。此皆不和、贤不肖易位之所致也。

自此之后，天下大乱，篡杀殃祸并作，厉王奔彘，幽王见杀。至乎平王末年，鲁隐之始即位也，周大夫祭伯乖离不和，出奔于鲁，而《春秋》为讳，不言来奔，伤其祸殃自此始也。是后尹氏世卿而专恣，诸侯背畔而不朝，周室卑微。二百四十二年之间，日食三十六，地震五，山陵崩阤二，彗星三见，夜常星不见，夜中星陨如雨一，火灾十四。长狄入三国，五石陨坠，六鹢退飞，多麋，有蜮、蜚，鸜鹆来巢者，皆一见。昼冥晦，雨木冰。李梅冬实。七月霜降，草木不死。八月杀菽。大雨雹。雨雪雷霆失序相乘。水、旱、饥、蝝、螽、螟，蜂午并起。当是时，祸乱辄应，弑君三十六，亡国五十二，诸侯奔走不得保其社稷者，不可胜数也。周室多祸，晋败其师于贸戎，伐其郊；郑伤桓王；戎执其使；卫侯朔召不往，齐逆命而助朔；五大夫争权；三君更立，莫能正理。遂至陵夷不能复兴。由此观之，和气致祥，乖气致异；祥多者其国安，异众者其国危，天地之常经，古今之通义也。

今陛下开三代之业，招文学之士，优游宽容，使得並进。今贤不肖浑淆，白黑不分，邪正杂糅，忠谗并进。章交公车，人满北军。朝臣舛午，胶戾乖刺，更相谗愬，转相是非。传授增加，文书纷纠，前后错谬，毁誉浑乱。所以营惑耳目，感移心意，不可胜载。分曹为党，往往群朋，将同心以陷正臣。正臣进者，治之表也；正臣陷者，乱之机也。乘治乱之机，未知孰任，而灾异数见，此臣所以寒心者也。夫乘权借势之人，子弟鳞集于朝，羽翼阴附者众，辐辏于前，毁誉将必用，以终乖离之咎。是以日月无光，雪霜夏陨，海水沸出，陵谷易处，列星失行，皆怨气之所致也。夫遵衰周之轨迹，循诗人之所刺，而欲以成太平，致雅、颂，犹却行而求及前人也。初元以来六年矣，案《春秋》六年之中，灾异未有稠如今者也。

夫有《春秋》之异，无孔子之救，犹不能解纷，况甚于《春秋》乎？

原其所以然者，谗邪并进也。谗邪之所以并进者，由上多疑心，既已用贤人而行善政，如或谮之，则贤人退而善政还。夫执狐疑之心者，来谗贼之口；持不断之意者，开群枉之门。谗邪进则众贤退，群枉盛则正士消。故《易》有《否》《泰》：小人道长，君子道消；君子道消，则政日乱，故为否，否者，闭而乱也。君子道长，小人道消；小人道消，则政日治，故为泰。泰者，通而治也。《诗》又云“雨雪麃麃，见晛聿消”，与《易》同义。昔者鲧、共工、驩兜与舜、禹杂处尧朝，周公与管、蔡并居周位，当是时，迭进相毁，流言相谤，岂可胜道哉！帝尧、成王能贤舜、禹、周公而消共工、管、蔡，故以大治，荣华至今。孔子与季、孟偕仕于鲁，李斯与叔孙通俱宦于秦，定公、始皇贤季孟、李斯，而消孔子、叔孙，故以大乱，污辱至今。故治乱荣辱之端，在所信任；信任既贤，在于坚固而不移。《诗》云“我心匪石，不可转也”，言守善笃也。《易》曰“涣汗其大号”，言号令如汗，汗出而不反者也。今出善令，未能逾时而反，是反汗也；用贤未能三旬而退，是转石也。《论语》曰：“见不善如探汤。”今二府奏佞谄不当在位，历年而不去，故出令则如反汗，用贤则如转石，去佞则如拔山，如此望阴阳之调，不亦难乎！

是以群小窥见间隙，缘饰文字，巧言丑诋，流言飞文，哗于民间。故《诗》云：“忧心悄悄，愠于群小。”小人成群，诚足愠也。昔孔子与颜渊、子贡更相称誉，不为朋党；禹、稷与皋陶传相汲引，不为比周。何则？忠于为国，无邪心也。故贤人在上位，则引其类而聚之于朝，《易》曰：“飞龙在天，大人聚也”。在下位则思与其类俱进，《易》曰：“拔茅茹以其汇，征吉”。在上则引其类，在下则推其类，故汤用伊尹，不仁者远，而众贤至，类相致也。今佞邪与贤臣并在交戟之内，合党共谋，违善依恶，歙歙訿訿，数设危险之言，欲以倾移主上。如忽然用之，此天地之所以先戒，灾异之所以重至者也。

自古明圣，未有无诛而治者也，故舜有四放之罚，而孔子有两观之诛，然后圣化可得而行也。今以陛下明知，诚深思天地之心，迹察两观之诛，览《否》《泰》之卦，观雨雪之诗，历周、唐之所进以为法，原秦、鲁之所消以为戒，考祥应之福，省灾异之祸，以揆当世之变，放远佞邪之党，坏散险诐之聚，杜闭群枉之门，广开众正之路，决断狐疑，分别犹豫，使是非炳然可知，则百异消灭，而众祥并至，太平之基，万世之利也。

臣幸得托肺附，诚见阴阳不调，不敢不通所闻。窃推《春秋》灾异以效今事一二，条其所以，不宜宣泄。臣谨重封昧死上。鼐按：《尔雅》“蠠没，勉也”。郭注：“犹黾勉。”此奏内“密勿从事”，颜师古注同郭说。盖所引者或齐、鲁、韩诗，而解之者以毛诗也。世遂读“密勿”为黾勉，则非是《尔雅》音义。蠠本或作蠠，《说文》曰：蠠古蜜字，《礼记》“恤勿”之勿，读“没”，亦勉义。又“勿勿诸其欲其飨之也”，郑注：“勿勿”，犹“勉勉”。然则此“密勿”当依《尔雅》读“蜜没”。“毁誉将必用，以终乖离之咎”，此东坡所谓“小人之党常胜”者也。元帝非不知君子、小人之别，但疑君子未必无党护之习，欲间杂用小人，以伺察之，故此奏以“乖和”二字立案，以“去疑”为主，中以“灾异”为之征。

论甘延寿等疏

刘子政

郅支单于囚杀使者吏士以百数，事暴扬外国，伤威毁重，群臣皆闵焉。陛下赫然欲诛之，意未尝有忘。西域都护延寿、副校尉汤，承圣指，倚神灵，总百蛮之君，揽城郭之兵，出百死，入绝域，遂蹈康居，屠五重城，搴歙侯之旗，斩郅支之首，县旌万里之外，扬威昆山之西，扫谷吉之耻，立昭明之功，万夷慴伏，莫不惧震。呼韩邪单于见郅支已诛，且喜且惧，乡风驰义，稽首来宾，愿守北藩，累世称臣。立千载之功，建万世之安，群臣之勋莫大焉。

昔周大夫方叔、吉甫，为宣王诛猃狁，而百蛮从，其《诗》曰：“啴啴焞焞，如霆如雷，显允方叔，征伐猃狁，蛮荆来威。”《易》曰：“有嘉折首，获匪其丑。”言美诛首恶之人，而诸不顺者皆来从也。今延寿、汤所诛震，虽《易》之折首，《诗》之雷霆，不能及也。论大功者，不录小过；举大美者，不疵细瑕。《司马法》曰“军赏不逾月”，欲民速得为善之利也，盖急武功、重用人也。吉甫之归，周厚赐之，其《诗》曰：“吉甫宴喜，既多受祉，来归自镐，我行永久。”千里之镐犹以为远，况万里之外，其勤至矣！延寿、汤既未获受祉之报，反屈捐命之功，久挫于刀笔之前，非所以劝有功，厉戎士也。

昔齐桓前有尊周之功，后有灭项之罪，君子以功覆过，而为之讳行事。贰师将军李广利捐五万之师，靡亿万之费，经四年之劳，而仅获骏马三十匹，虽斩宛王毋鼓之首，犹不足以复费，其私罪恶甚多。孝武以为万里征伐，不录其过，遂封拜两侯，三卿、二千石百有余人。今康居之国，强于大宛；郅支之号，重于宛王；杀使者罪，甚于留马。而延寿、汤不烦汉士，不费斗粮，比于贰师，功德百之。且常惠随欲击之乌孙，郑吉迎自来之日逐，犹皆裂土受爵。故言威武勤劳，则大于方叔、吉甫；列功覆过，则优于齐桓、贰师；近事之功，则高于安远、长罗。而大功未著，小恶数布，臣窃痛之！宜以时解县通籍，除过勿治，尊宠爵位，以劝有功。

论起昌陵疏

刘子政

臣闻《易》曰："安不忘危，存不忘亡，是以身安而国家可保也。"故贤圣之君，博观终始，穷极事情，而是非分明。王者必通三统，明天命所授者博，非独一姓也。孔子论《诗》，至于"殷士肤敏，祼将于京"，喟然叹曰："大哉天命！善不可不传于子孙，是以富贵无常；不如是，则王公其何以戒慎，民萌何以劝勉？"盖伤微子之事周，而痛殷之亡也。虽有尧、舜之圣，不能化丹朱之子，虽有禹、汤之德，不能训末孙之桀、纣。自古及今，未有不亡之国也。昔高皇帝既灭秦，将都洛阳，感寤刘敬之言，自以德不及周，而贤于秦，遂徙都关中，依周之德，因秦之阻。世之长短，以德为效，故常战栗，不敢讳亡。孔子所谓"富贵无常"，盖谓此也。

孝文皇帝居霸陵，北临厕，意凄怆悲怀，顾谓群臣曰："嗟乎！以北山石为椁，用纻絮斮陈漆其间，岂可动哉！"张释之进曰："使其中有可欲，虽锢南山犹有隙；使其中无可欲，虽无石椁，又何戚焉？"夫死者无终极，而国家有废兴，故释之之言，为无穷计也。孝文寤焉，遂薄葬，不起山坟。

《易》曰："古之葬者，厚衣之以薪，藏之中野，不封不树。后世圣人易之以棺椁。”棺椁之作，自黄帝始。黄帝葬于桥山，尧葬济阴，丘垅皆小，葬具甚微。舜葬苍梧，二妃不从。禹葬会稽，不改其列。殷汤无葬处，文、武、周公葬于毕，秦穆公葬雍橐泉宫祈年馆下，樗里子葬于武库，皆无丘垅之处。此圣帝明王、贤君智士远览独虑无穷之计也。其贤臣孝子亦承命顺意而薄葬之，此诚奉安君父，忠孝之至也。

夫周公，武王弟也，葬兄甚微。孔子葬母于防，称古墓而不坟。曰："丘东西南北之人也，不可不识也。"为四尺坟，遇雨而崩。弟子修之，以告孔子。孔子流涕曰："吾闻之，古者不修墓。"盖非之也。延陵季子适齐而反，其子死，葬于嬴、博之间，穿不及泉，敛以时服，封坟掩坎，其高可隐，而号曰："骨肉归复于土，命也，魂气则无不之也。"夫嬴、博去吴，千有余里，季子不归葬。孔子往观曰："延陵季子于礼合矣。"故仲尼孝子，而延陵慈父，舜、禹忠臣，周公弟弟，其葬君亲骨肉皆微薄矣；非苟为俭，诚便于体也。宋桓司马为石椁，仲尼曰："不如速朽。"秦相吕不韦集知略之士而造《春秋》，亦言薄葬之义，皆明于事情者也。

逮至吴王阖闾，违礼厚葬，十有余年，越人发之。及秦惠、文、武、昭、严襄五王，皆大作丘陇，多其瘗臧，咸尽发掘暴露，甚足悲也。秦始皇帝葬于骊山之阿，下锢三泉，上崇山坟，其高五十余丈，周回五里有余；石椁为游馆，人膏为灯烛，水银为江海，黄金为凫雁。珍宝之臧，机械之变，棺椁之丽，宫馆之盛，不可胜原。又多杀宫人，生薶工匠，计以万数。天下苦其役而反之，骊山之作未成，而周章百万之师至其下矣。项籍燔其宫室营宇，往者咸见发掘。其后牧儿亡羊，羊入其凿，牧者持火照求羊，失火烧其臧椁。自古至今，葬未有盛如始皇者也，数年之间，外被项籍之灾，内离牧竖之祸，岂不哀哉！

是故德弥厚者葬弥薄，知愈深者葬愈微。无德寡知，其葬愈厚，丘陇弥高，宫庙甚丽，发掘必速。由是观之，明暗之效，葬之吉凶，昭然可见矣。周德既衰而奢侈，宣王贤而中兴，更为俭宫室，小寝庙，诗人美之，《斯干》之诗是也，上章道宫室之如制，下章言子孙之众多也。及鲁严公刻饰宗庙，多筑台囿，后嗣再绝，《春秋》刺焉。周宣如彼而昌，鲁、秦如此而绝，是则奢俭之得失也。

陛下即位，躬亲节俭，始营初陵，其制约小，天下莫不称贤明。及徙昌陵，增埤为高，积土为山，发民坟墓，积以万数。营起邑居，期日迫卒，功费大万百余。死者恨于下，生者愁于上，怨气感动阴阳，因之以饥馑，物故流离，以十万数，臣甚惽焉。以死者为有知，发人之墓，其害多矣；若其无知，又安用大？谋之贤知则不说，以示众庶则苦之，若苟以说愚夫淫侈之人，又何为哉！陛下慈仁笃美甚厚，聪明疏达盖世，宜弘汉家之德，崇刘氏之美，光昭五帝、三王，而顾与暴秦乱君竞为奢侈，比方丘陇，说愚夫之目，隆一时之观，违贤知之心，亡万世之安，臣窃为陛下羞之！唯陛下上览明圣黄帝、尧、舜、禹、汤、文、武、周公、仲尼之制，下观贤知穆公、延陵、樗里、张释之之意。孝文皇帝，去坟薄葬，以俭安神，可以为则；秦昭、始皇增山厚臧，以侈生害，足以为戒。初陵之樵，宜从公卿大臣之议，以息众庶。此文风韵颇与相如《谏猎》相近。姜坞先生云：子政之文，如睹古之君子，右徵、角，左宫、羽，趋以《采荠》，行以《肆夏》，规矩揖扬，玉声锵鸣之容。昌黎屈指古之文章仅数人，孟子、汉两司马、刘子政、扬子云而已，虽贾生不及也。南宋乃有称董生而抑刘者，岂知言哉！《谏昌陵疏》，浑融遒逸，当为第一，《灾异》《封事》次之。

极谏外家封事

刘子政

臣闻人君莫不欲安，然而常危；莫不欲存，然而常亡，失御臣之术也。夫大臣操权柄，持国政，未有不为害者也。昔晋有六卿，齐有田、崔，卫有孙、宁，鲁有季、孟，常掌国事，世执朝柄。终后田氏取齐；六卿分晋；崔杼弑其君光；孙林父、宁殖出其君衎，弑其君剽；季氏八佾舞于庭，三家者以《雍》彻，并专国政，卒逐昭公。周大夫尹氏筦朝事，浊乱王室，子朝、子猛更立，连年乃定。故经曰“王室乱”，又曰“尹氏杀王子克”，甚之也。《春秋》举成败，录祸福，如此类甚众，皆阴盛而阳微，下失臣道之所致也。故《书》曰：“臣之有作威作福，害于而家，凶于而国。”孔子曰“禄去公室，政逮大夫”，危亡之兆。秦昭王舅穰侯及泾阳、叶阳君专国擅势，上假太后之威，三人者权重于昭王，家富于秦国，国甚危殆，赖雎范雎之言，而秦复存。二世委任赵高，专权自恣，壅蔽大臣，终有阎乐望夷之祸，秦遂以亡，近事不远，即汉所代也。

汉兴，诸吕无道，擅相尊王，吕产、吕禄席太后之宠，据将相之位，兼南北军之众，拥梁、赵王之尊，骄盈无厌，欲危刘氏，赖忠正大臣绛侯、朱虚侯等竭诚尽节以诛灭之，然后刘氏复安。今王氏一姓乘朱轮华毂者二十三人，青紫貂蝉，充盈幄内，鱼鳞左右。大将军秉事用权，五侯骄奢僭盛，并作威福，击断自恣，行污而寄治，身私而托公，依东宫之尊，假甥舅之亲，以为威重。尚书、九卿、州牧、郡守，皆出其门，管执枢机，朋党比周。称誉者登进，忤恨者诛伤；游谈者助之说，执政者为之言。排摈宗室，孤弱公族，其有智能者，尤非毁而不进。远绝宗室之任，不令得给事朝省，恐其与己分权；数称燕王、盖主以疑上心，避讳吕、霍而弗肯称。内有管、蔡之萌，外假周公之论，兄弟据重，宗室磐互。历上古至秦、汉，外戚僭贵未有如王氏者也。虽周皇甫、秦穰侯、汉武安、吕、霍、上官之属，皆不及也。

物盛必有非常之变先见，为其人征象。孝昭帝时，冠石立于泰山，仆柳起于上林。而孝宣帝即位，今王氏先祖坟墓在济南者，其梓柱生枝叶，扶疏上出屋，根插地中，虽立石起柳，无以过此之明也。事势不两大，王氏与刘氏亦且不并立，如下有泰山之安，则上有累卵之危。陛下为人子孙，守持宗庙，而令国祚移于外亲，降为皂隶，纵不为身，奈宗庙何！妇人内夫家，外父母家，此亦非皇太后之福也。孝宣皇帝不与舅平昌、乐昌侯权，所以全安之也。

夫明者起福于无形，销患于未然。宜发明诏，吐德音，援近宗室，亲而纳信，黜远外戚，毋授以政，皆罢令就第，以则效先帝之所行，厚安外戚，全其宗族，诚东宫之意，外家之福也。王氏永存，保其爵禄，刘氏长安，不失社稷，所以褒睦外内之姓，子子孙孙无疆之计也。如不行此策，田氏复见于今，六卿必起于汉，为后嗣忧。昭昭甚明，不可不深图，不可不蚤虑。《易》曰：“君不密，则失臣；臣不密，则失身；几事不密，则害成。”唯陛下深留圣思，审固几密，览往事之戒。以折中取信，居万安之实，用保宗庙，久承皇太后，天下幸甚！

上星孛奏

刘子政

臣闻帝舜戒伯禹，毋若丹朱敖；周公戒成王，毋若殷王纣。《诗》曰“殷鉴不远，在夏后之世”，亦言汤以桀为戒也。圣帝明王常以败乱自戒，不讳废兴，故臣敢极陈其愚，惟陛下留神察焉。

谨按春秋二百四十二年，日蚀三十六，襄公尤数，率三岁五月有奇而壹食。汉兴讫竟宁，孝景帝尤数，率三岁一月而壹食。臣向前数言日当食，今连三年比食。自建始以来，二十岁间而八食，率二岁六月而一发，古今罕有。异有小大希稠，占有舒疾缓急，而圣人所以断疑也。《易》曰：“观乎天文，以察时变。”昔孔子对鲁哀公，并言夏桀、殷纣暴虐天下，故历失则摄提失方，孟陬无纪，此皆易姓之变也。秦始皇之末至二世时，日月薄食，山陵沦亡，辰星出于四孟，太白经天而行，无云而雷，枉矢夜光，荧惑袭月，蘖火烧宫，野禽戏廷，都门内崩，长人见临洮，石陨于东郡，星孛大角，大角以亡。观孔子之言，考暴秦之异，天命信可畏也。及项籍之败，亦孛大角。汉之入秦，五星聚于东井，得天下之象也。孝惠时，有雨血，日食于冲，灭光星见之异。孝昭时，有泰山卧石自立，上林僵柳复起，大星如月西行，众星随之，此为特异，孝宣兴起之表，天狗夹汉而西，久阴不雨者二十余日，昌邑不终之异也：皆著于《汉纪》。观秦、汉之易世，览惠、昭之无后，察昌邑之不终，视孝宣之绍起，天之去就，岂不昭昭然哉！高宗、成王亦有雊雉、拔木之变，能思其故，故高宗有百年之福，成王有复风之报，神明之应，应若景向，世所同闻也。

臣幸得托末属，诚见陛下宽明之德，冀销大异，而兴高宗、成王之声，以崇刘氏，故猥猥数奸死亡之诛。今日食尤屡，星孛东井，摄提炎及紫宫，有识长老，莫不震动。此变之大者也。其事难一二记，故《易》曰：“书不尽言，言不尽意。”是以设卦指爻，而复说义。《书》曰：“伻来以图。”天文难以相晓，臣虽图上，犹须口说，然后可知，愿赐清燕之间，指图陈状。

上政治得失疏

匡稚圭

臣闻五帝不同礼，三王各异教，民俗殊务，所遇之时异也。陛下躬圣德，开太平之路，闵愚吏民触法抵禁，比年大赦，使百姓得改行自新，天下幸甚。臣窃见大赦之后，奸邪不为衰止，今日大赦，明日犯法，相随入狱，此殆导之未得其务也。盖保民者，“陈之以德义”，“示之以好恶”，观其失而制其宜，故动之而和，绥之而安。今天下俗贪财贱义，好声色，上侈靡，廉耻之节薄，淫辟之意纵，纲纪失序，疏者逾内，亲戚之恩薄，婚姻之党隆，苟合徼幸，以身没利。不改其原，虽岁赦之，刑犹难使错而不用也。

臣愚以为宜壹旷然大变其俗。孔子曰：“能以礼让，为国乎，何有？”朝廷者，天下之桢干也。公卿大夫相与循礼恭让，则民不争；好仁乐施，则下不暴；上义高节，则民兴行；宽柔和惠，则众相爱。四者，明王之所以不严而成化也。何者？朝有变色之言，则下有争斗之患；上有自专之士，则下有不让之人；上有克胜之佐，则下有伤害之心；上有好利之臣，则下有盗窃之民：此其本也。今俗吏之治，皆不本礼让，而上克暴，或忮害，好陷人于罪，贪财而慕势，故犯法者众，奸邪不止，虽严刑峻法，犹不为变。此非其天性，有由然也。

臣窃考《国风》之诗，《周南》《召南》被贤圣之化深，故笃于行而廉于色。郑伯好勇，而国人暴虎；秦穆贵信，而士多从死；陈夫人好巫，而民淫祀；晋侯好俭，而民畜聚；太王躬仁，邠国贵恕。由此观之，治天下者审所上而已。今之伪薄忮害，不让极矣。臣闻教化之流，非家至而人说之也。贤者在位，能者在职，朝廷崇礼，百僚敬让，道德之行，由内及外，自近者始，然后民知所法，迁善日进而不自知。是以百姓安，阴阳和，神灵应，而嘉祥见。《诗》曰：“商邑翼翼，四方之极。寿考且宁，以保我后生。”此成汤所以建至治，保子孙，化异俗而怀鬼方也。今长安，天子之都，亲承圣化，然其习俗无以异于远方，郡国来者无所法则，或见侈靡而放效之。此教化之原本，风俗之枢机，宜先正者也。

臣闻天人之际，精祲有以相荡，善恶有以相推，事作乎下者，象动乎上，阴阳之理各应其感。阴变则静者动，阳蔽则明者暗，水旱之灾随类而至。今关东连年饥馑，百姓乏困，或至相食，此皆生于赋敛多，民所共者大，而吏安集之不称之效也。陛下祇畏天戒，哀闵元元，大自减损，省甘泉、建章宫卫，罢珠厓，偃武行文，将欲度唐、虞之隆，绝殷、周之衰也。诸见罢珠厓诏书者，莫不欣欣，人自以将见太平也。宜遂减宫室之度，省靡丽之饰，考制度，修外内，近忠正，远巧佞，放郑卫，进《雅》《颂》，举异材，开直言，任温良之人，退刻薄之吏，显絜白之士，昭无欲之路，览《六艺》之意，察上世之务，明自然之道，博和睦之化，以崇至仁，匡失俗，易民视，令海内昭然咸见本朝之所贵，道德弘于京师，淑问扬乎疆外，然后大化可成，礼让可兴也。

论治性正家疏

匡稚圭

臣闻治乱安危之机，在乎审所用心。盖受命之王务在创业垂统传之无穷，继体之君心存于承宣先王之德而褒大其功。昔者成王之嗣位，思述文、武之道以养其心，休烈盛美皆归之二后而不敢专其名，是以上天歆享，鬼神祐焉。其《诗》曰："念我皇祖，陟降廷止。"言成王常思祖考之业，而鬼神祐助其治也。

陛下圣德天覆，子爱海内，然阴阳未和、奸邪未禁者，殆论议者未丕扬先帝之盛功，争言制度不可用也，务变更之，所更或不可行，而复复之，是以群下更相是非，吏民无所信。臣窃恨国家释乐成之业，而虚为此纷纷也。愿陛下详览统业之事，留神于遵制扬功，以定群下之心。《大雅》曰："无念尔祖，聿修厥德。"孔子著之《孝经》首章，盖至德之本也。传曰："审好恶，理情性，而王道毕矣。"能尽其性，然后能尽人物之性；能尽人物之性，可以赞天地之化。治性之道，必审己之所有余，而强其所不足。盖聪明疏通者戒于大察，寡闻少见者戒于雍蔽，勇猛刚强者戒于大暴，仁爱温良者戒于无断，湛静安舒者戒于后时，广心浩大者戒于遗忘。必审己之所当戒而齐之以义，然后中和之化应，而巧伪之徒，不敢比周而望进。唯陛下戒之，所以崇圣德也。

臣又闻室家之道修，则天下之理得，故《诗》始《国风》,《礼》本《冠婚》。始乎《国风》，原情性而明人伦也；本乎《冠婚》，正基兆而防未然也。福之兴莫不本乎室家，道之衰莫不始乎梱内。故圣王必慎妃后之际，别嫡长之位。礼之于内也，卑不逾尊，新不先故，所以统人情而理阴气也。其尊嫡而卑庶也，嫡子冠乎阼，礼之用醴，众子不得与列，所以贵正体而明嫌疑也。非虚加其礼文而已，乃中心与之殊异，故礼探其情而见之外也。圣人动静游燕所亲，物得其序；得其序，则海内自修，百姓从化。如当亲者疏，当尊者卑，则佞巧之奸因时而动，以乱国家。故圣人慎防其端，禁于未然，不以私恩害公义。陛下圣德纯备，莫不修正，则天下无为而治。《诗》云:“于以四方，克定厥家。”《传》曰:“正家而天下定矣。”

戒妃匹劝经学威仪之则疏

匡稚圭

陛下秉至孝，哀伤思慕不绝于心，未有游虞弋射之宴，诚隆于慎终追远，无穷已也，窃愿陛下虽圣性得之，犹复加圣心焉。《诗》云“茕茕在疚”，言成王丧毕思慕，意气未能平也。盖所以就文、武之业，崇大化之本也。

臣又闻之师曰:“妃匹之际，生民之始，万福之原。”婚姻之礼正，然后品物遂而天命全。孔子论《诗》以《关雎》为始，言太上者民之父母，后夫人之行不侔乎天地，则无以奉神灵之统而理万物之宜。故《诗》曰:“窈窕淑女，君子好仇。”言能致其贞淑，不贰其操，情欲之感无介乎容仪，宴私之意不形乎动静，鼐按：稚圭本学齐诗，齐诗以《关雎》为刺宴起，故云“情欲之感”，“宴私之意”。朱子善其语，取入《集传》，然其说诗实不同。夫然后可以配至尊而为宗庙主。此纲纪之首，王教之端也，自上世已来，三代兴废，未有不由此者也。愿陛下详览得失盛衰之效以定大基，采有德，戒声色，近严敬，远技能。

窃见圣德纯茂，专精《诗》《书》，好乐无厌。臣衡材驽，无以辅相善义，宣扬德音。臣闻六经者，圣人所以统天地之心，著善恶之归，明吉凶之分，通人道之正，使不悖于其本性者也。故审《六艺》之指，则天人之理可得而和，草木昆虫可得而育，此永永不易之道也。及《论语》《孝经》，圣人言行之要，宜究其意。

臣又闻圣王之自为动静周旋，奉天承亲，临朝飨臣，物有节文，以章人伦。盖钦翼祇栗，事天之容也；温恭敬逊，承亲之礼也；正躬严恪，临众之仪也；嘉惠和说，飨下之颜也。举错动作，物遵其仪，故形为仁义，动为法则。孔子曰："德义可尊，容止可观，进退可度，以临其民，是以其民畏而爱之，则而象之。"《大雅》云："敬慎威仪，惟民之则。"诸侯正月朝觐天子，天子惟道德昭穆穆以视之，又观以礼乐，飨醴乃归。故万国莫不获赐祉福，蒙化而成俗。今正月初幸路寝，临朝贺，置酒以飨万方，传曰："君子慎始。"愿陛下留神动静之节，使群下得望盛德休光，以立基桢，天下幸甚！

罢边备议

侯　应

周、秦以来，匈奴暴桀，寇侵边境，汉兴尤被其害。臣闻北边塞至辽东，外有阴山，东西千余里，草木茂盛，多禽兽，本冒顿单于依阻其中，治作弓矢，来出为寇，是其苑囿也。至孝武世，出师征伐，斥夺此地，攘之于幕北。建塞徼，起亭隧，筑外城，设屯戍以守之，然后边境得用少安。幕北地平，少草木，多大沙，匈奴来寇，少所蔽隐。从塞以南，径深山谷，往来差难。边长老言匈奴失阴山之后，过之未尝不哭也。如罢备塞戍卒，示夷狄之大利，不可一也。今圣德广被，天覆匈奴，匈奴得蒙全活之恩，稽首来臣。夫夷狄之情，困则卑顺，强则骄逆，天性然也。前以罢外城，省亭隧，今裁足以候望通烽火而已。古者安不忘危，不可复罢，二也。中国有礼义之教，刑罚之诛，愚民犹尚犯禁，又况单于能必其众不犯约哉！三也。自中国尚建关梁以制诸侯，所以绝臣下之觊欲也。设塞徼，置屯戍，非独为匈奴而已，亦为诸属国降民，本故匈奴之人，恐其思旧逃亡，四也。近西羌保塞，与汉人交通，吏民贪利，侵盗其畜产妻子，以此怨恨，起而背畔，世世不绝。今罢乘塞，则生嫚易分争之渐，五也。往者从军多没不还者，子孙贫困，一旦亡出，从其亲戚，六也。又边人奴婢愁苦，欲亡者多，曰“闻匈奴中乐，无奈候望急何”，然时有亡出塞者，七也。盗贼桀黠，群辈犯法，如其窘急，亡走北出，则不可制，八也。起塞以来百有余年，非皆以土垣也，或因山岩石，木柴僵落，溪谷水门，稍稍平之，卒徒筑治，功费久远，不可胜计。臣恐议者不深虑其终始，欲以壹切省繇戍，十年之外，百岁之内，卒有他变，障塞破坏，亭隧灭绝，当更发屯缮治，累世之功，不可卒复，九也。如罢戍卒，省候望，单于自以保塞守御，必深德汉，请求无已，小失其意，则不可测，开夷狄之隙，亏中国之固，十也。非所以永持至安，威制百蛮之长策也。

讼陈汤疏

谷子云

臣闻楚有子玉、得臣，文公为之仄席而坐；赵有廉颇、马服，强秦不敢窥兵井陉；近汉有郅都、魏尚，匈奴不敢南乡沙幕。由是言之，战克之将，国之爪牙，不可不重也。

盖“君子闻鼓鼙之声，则思将率之臣”。窃见关内侯陈汤，前使副西域都护，忿郅支之无道，闵王诛之不加，策虑愊亿，义勇奋发，卒兴师奔逝，横厉乌孙，逾集都赖，屠三重城，斩郅支首，报十年之逋诛，雪边吏之宿耻，威震百蛮，武畅西海，汉元以来，征伐方外之将，未尝有也。今汤坐言事非是，幽囚久系，历时不决，执宪之吏欲致之大辟。昔白起为秦将，南拔郢都，北坑赵括，以纤介之过，赐死杜邮，秦民怜之，莫不陨涕。今汤亲秉钺，席卷喋血万里之外，荐功祖庙，告类上帝，介胄之士靡不慕义，以言事为罪，无赫赫之恶。《周书》曰：“记人之功，忘人之过，宜为君者也。”夫犬马有劳于人，尚加帷盖之报，况国之功臣者哉？

窃恐陛下忽于鼓鼙之声，不察《周书》之意，而忘帷盖之施，庸臣遇汤，卒从吏议，使百姓介然有秦民之恨，非所以厉死难之臣也。

讼陈汤疏

耿　育

延寿、汤为圣汉扬钩深致远之威，雪国家累年之耻，讨绝域不羁之君，系万里难制之虏，岂有比哉！先帝嘉之，仍下明诏，宣著其功，改年垂历，传之无穷。应是南郡献白虎，边陲无警备。会先帝寝疾，然犹垂意不忘，数使尚书责问丞相，趣立其功。独丞相匡衡排而不予，封延寿、汤数百户，此功臣战士所以失望也。

孝成皇帝承建业之基，乘征伐之威，兵革不动，国家无事。而大臣倾邪，谗佞在朝，曾不深惟本末之难，以防未然之戒，欲专主威，排妒有功，使汤块然被冤拘囚，不能自明，卒以无罪，老弃燉煌，正当西域通道，令威名折冲之臣旋踵及身，复为郅支遗虏所笑，诚可悲也！至今奉使外蛮者，未尝不陈郅支之诛以扬汉国之盛。夫援人之功以惧敌，弃人之身以快谗，岂不痛哉！

且安不忘危，盛必虑衰，今国家素无文帝累年节俭富饶之畜，又无武帝荐延枭俊禽敌之臣，独有一陈汤耳！假使异世不及陛下，尚望国家追录其功，封表其墓，以劝后进也。汤幸得身当圣世，功曾未久，反听邪臣鞭逐斥远，使亡逃分窜，死无处所。远览之士，莫不计度，以为汤功累世不可及，而汤过人情所有，汤尚如此，虽复破绝筋骨，暴露形骸，犹复制于唇舌，为嫉妒之臣所系虏耳！此臣所以为国家尤戚戚也！

治河议

贾　让

治河有上、中、下策。古者立国居民，疆理土地，必遗川泽之分，度水势所不及。大川亡防，小水得入，陂障卑下，以为污泽，使秋水多，得有所休息，左右游波，宽缓而不迫。夫土之有川，犹人之有口也。治土而防其川，犹止儿啼而塞其口，岂不遽止？然其死可立而待也。故曰：“善为川者，决之使道；善为民者，宣之使言。”盖堤防之作，近起战国，雍防百川，各以自利。齐与赵、魏，以河为竟。赵、魏濒山，齐地卑下，作堤去河二十五里。河水东抵齐堤，则西泛赵、魏；赵、魏亦为堤去河二十五里。虽非其正，水尚有所游荡，时至而去，则填淤肥美，民耕田之。或久无害，稍筑室宅，遂成聚落。大水时至漂没，则更起堤防以自救，稍去其城郭，排水泽而居之，湛溺自其宜也。今堤防狭者去水数百步，远者数里。近黎阳南故大金堤，从河西西北行，至西山南头，乃折东，与东山相属。民居金堤东，为庐舍，住十余岁，更起堤，从东山南头直南与故大堤会。又内黄界中，有泽方数十里，环之有堤，往十余岁太守以赋民，民今起庐舍其中，此臣亲所见者也。东郡白马故大堤，亦复数重，民皆居其间。从黎阳北尽魏界，故大堤去河远者数十里，内亦数重，此皆前世所排也。河从河内，北至黎阳，为石堤，激使东抵东郡平刚；又为石堤，使西北抵黎阳观下；又为石堤，使东北抵东郡津北；又为石堤，使西北抵魏郡昭阳；又为石堤，激使东北。百余里间，河再西三东，迫厄如此，不得安息。

今行上策，徙冀州之民当水冲者，决黎阳遮害亭，放河使北入海。河西薄大山，东薄金堤，势不能远泛滥，期月自定。难者将曰："若如此，败坏城郭田庐冢墓以万数，百姓怨恨。"昔大禹治水，山陵当路者毁之，故凿龙门，辟伊阙，析底柱，破碣石，堕断天地之性。此乃人功所造，何足言也！今濒河十郡治堤，岁费且万万，及其大决，所残亡数。如出数年治河之费，以业所徙之民，遵古圣之法，定山川之位，使神、人各处其所而不相奸。且以大汉方制万里，岂其与水争咫尺之地哉？此功一立，河定民安，千载亡患，故谓之上策。

若乃多穿漕渠于冀州地，使民得以溉田，分杀水怒，虽非圣人法，然亦救败术也。难者将曰："河水高于平地，岁增堤防，犹尚决溢，不可以开渠。"臣窃按视遮害亭西十八里，至淇水口，乃有金堤，高一丈。自是东，地稍下，堤稍高，至遮害亭，高四五丈。往五六岁，河水大盛，增丈七尺，坏黎阳南郭门，入至堤下。水未逾堤二尺所，从堤上北望，河高出民屋，百姓皆走上山。水留十三日，堤溃二所，吏民塞之。臣循堤上，行视水势，南七十余里，至淇口，水适至堤半，计出地上五尺所。今可从淇口以东为石堤，多张水门。初元中，遮害亭下河去堤足数十步，至今四十余岁，适至堤足。由是言之，其地坚矣。恐议者疑河大川难禁制，荥阳漕渠足以卜之，其水门但用木与土耳，今据坚地作石堤，势必完安。冀州渠首尽当印此水门。治渠非穿地也，但为东方一堤，北行三百余里，入漳水中，其西因山足高地，诸渠皆往往股引取之，旱则开东方下水门溉冀州，水则开西方高门分河流。通渠有三利，不通有三害。民常罢于救水，半失作业;水行地上，凑润上彻，民则病湿气，木皆立枯，卤不生谷;决溢有败，为鱼鳖食：此三害也。若有渠溉，则盐卤下隰，填淤加肥；故种禾麦，更为粳稻，高田五倍，下田十倍；转漕舟船之便：此三利也。今濒河堤吏卒郡数千人，伐买薪石之费岁数千万，足以通渠成水门；又民利其灌溉，相率治渠，虽劳不罢。氏田适治，河堤亦成，此诚富国安民，兴利除害，支数百岁，故谓之中策。

若乃缮完故堤，增卑倍薄，劳费亡已，数逢其害，此最下策也。

谏不许单于朝书

扬子云

臣闻《六经》之治，贵于未乱；兵家之胜，贵于未战。二者皆微，然而大事之本，不可不察也。今单于上书求朝，国家不许而辞之，臣愚以为汉与匈奴从此隙矣。本北地之狄，五帝所不能臣，三王所不能制，其不可使隙甚明。臣不敢远称，请引秦以来明之。

以秦始皇之强，蒙恬之威，带甲四十余万，然不敢窥西河，乃筑长城以界之。会汉初兴，以高祖之威灵，三十万众困于平城，士或七日不食。时奇谲之士、石画之臣甚众，卒其所以脱者，世莫得而言也。又高皇后常忿匈奴，群臣庭议，樊哙请以十万众横行匈奴中，季布曰：“哙可斩也，妄阿顺指。”于是大臣权书遗之，然后匈奴之结解，中国之忧平。及孝文时，匈奴侵暴北边，候骑至雍甘泉，京师大骇，发三将军屯细柳、棘门、霸上以备之，数月乃罢。孝武即位，设马邑之权，欲诱匈奴，使韩安国将三十万众徼于便地，匈奴觉之而去，徒费财劳师，一虏不可得见，况单于之面乎！其后深惟社稷之计，规恢万载之策，乃大兴师数十万，使卫青、霍去病操兵，前后十余年。于是浮西河，绝大幕，破寘颜，袭王庭，穷极其地，追奔逐北，封狼居胥山，禅于姑衍，以临瀚海，虏名王贵人以百数。自是之后，匈奴震怖，益求和亲，然而未肯称臣也。

且夫前世岂乐倾无量之费，役无罪之人，快心于狼望之北哉？以为不壹劳者不久佚，不暂费者不永宁，是以忍百万之师以摧饿虎之喙，运府库之财填卢山之壑而不悔也。至本始之初，匈奴有桀心，欲掠乌孙，侵公主，乃发五将之师十五万骑猎其南，而长罗侯以乌孙五万骑震其西，皆至质而还。时鲜有所获，徒奋扬威武，明汉兵若雷风耳。虽空行空反，尚诛两将军。故北狄不服，中国未得高枕安寝也。逮至元康、神爵之间，大化神明，鸿恩溥洽，而匈奴内乱，五单于争立，日逐、呼韩邪携国归死，扶伏称臣，然尚羁縻之，计不颛制。自此之后，欲朝者不拒，不欲者不强。何者？外国天性忿鸷，形容魁健，负力怙气，难化以善，易隶以恶，其强难诎，其和难得。故未服之时，劳师远攻，倾国殚货，伏尸流血，破坚拔敌，如彼之难也；既服之后，慰荐抚循，交接赂遗，威仪俯仰，如此之备也。往时常屠大宛之城，蹈乌桓之垒，探姑缯之壁，籍汤姐之场，艾朝鲜之旃，拔两越之旗，近不过旬月之役，远不离二时之劳，固已犁其庭，扫其闾，郡县而置之，云彻席卷，后无余灾。惟北狄为不然，真中国之坚敌也，三垂比之悬矣，前世重之兹甚，未易可轻也。

今单于归义，怀款诚之心，欲离其庭，陈见于前，此乃上世之遗策，神灵之所想望，国家虽费，不得已者也。奈何距以来厌之辞，疏以无日之期，消往昔之恩，开将来之隙！夫款而隙之，使有恨心，负前言，缘往辞，归怨于汉，因以自绝，终无北面之心，威之不可，谕之不能，焉得不为大忧乎？夫明者视于无形，聪者听于无声，诚先于未然，即蒙恬、樊哙不复施，棘门、细柳不复备，马邑之策安所设，卫、霍之功何得用，五将之威安所震？不然，壹有隙之后，虽智者劳心于内，辨者毂击于外，犹不若未然之时也。且往者图西域，制车师，置城郭都护三十六国，费岁以大万计者，岂为康居、乌孙能逾白龙堆而寇西边哉？乃以制匈奴也。夫百年劳之，一日失之，费十而爱一，臣窃为国不安也。唯陛下少留意于未乱未战，以遏边萌之祸。子云此奏，颇似《信陵谏伐韩书》。

毁庙议

刘子骏

臣闻周室既衰，四夷并侵，猃狁最强，于今匈奴是也。至宣王而伐之，诗人美而颂之曰："薄伐猃狁，至于太原。"又曰："啴啴推推，如霆如雷，显允方叔，征伐猃狁，荆蛮来威。"故称中兴。及至幽王，犬戎来伐，杀幽王，取宗器。自是之后，南夷与北夷交侵，中国不绝如线。《春秋》纪齐桓南伐楚，北伐山戎，孔子曰："微管仲，吾其被发左衽矣。"是故弃桓之过而录其功，以为伯首。及汉兴，冒顿始强，破东胡，禽月氏，并其土地，地广兵强，为中国害；南越尉佗，总百粤，自称帝。故中国虽平，犹有四夷之患，且无宁岁，一方有急，三面救之，是天下皆动而被其害也。孝文皇帝厚以货赂，与结和亲，犹侵暴无已。甚者兴师十余万众，近屯京师，及四边，岁发屯备虏，其为患久矣，非一世之渐也。诸侯郡守，连匈奴及百粤以为逆者，非一人也，匈奴所杀郡守、都尉，略取人民，不可胜数。孝武皇帝悯中国罢劳，无安宁之时，乃遣大将军、骠骑、伏波、楼船之属，南灭百粤，起七郡；北攘匈奴，降昆邪十万之众，置五属国，起朔方，以夺其肥饶之地；东伐朝鲜，起玄菟、乐浪，以断匈奴之左臂；西伐大宛，并三十六国，结乌孙，起敦煌、酒泉、张掖，以鬲婼羌，裂匈奴之右肩。单于孤特，远遁于幕北。四垂无事，斥地远境，起十余郡。功业既定，乃封丞相为富民侯，以大安天下，富实百姓，其规模可见。又招集天下贤俊，与协心同谋，兴制度，改正朔，易服色，立天地之祠，建封禅，殊官号，存周后，定诸侯之制，永无逆争之心，至今累世赖之。单于守藩，百蛮服从，万世之基也。中兴之功，未有高焉者也。

高帝建大业，为太祖；孝文皇帝德至厚也，为文太宗；孝武皇帝，功至著也，为武世宗；此孝宣帝所以发德音也。《礼记·王制》及《春秋谷梁传》：天子七庙，诸侯五，大夫三，士二；天子七日而殡，七月而葬，诸侯五日而殡，五月而葬：此丧事尊卑之序也，与庙数相应。其文曰："天子三昭三穆，与太祖之庙而七；诸侯二昭二穆，与太祖之庙而五。"故德厚者流光，德薄者流卑。《春秋左氏传》曰："名位不同，礼亦异数。"自上以下，降杀以两，礼也。七者其正法，数可常数者也，宗不在此数中。宗变也，苟有功德则宗之，不可预为设数。故于殷太甲为太宗，太戊曰中宗，武丁曰高宗。周公为“毋逸”之戒，举殷三宗以劝成王。由是言之，宗无数也。然则所以劝帝者之功德博矣。以七庙言之，孝武皇帝未宜毁；以所宗言之，则不可谓无功德。《礼记·祀典》曰：“夫圣王之制祀也，功施于民则祀之，以劳定国则祀之，能救大灾则祀之。”窃观孝武皇帝，功德皆兼而有焉，凡在于异姓，犹将特祀之，况于先祖？

或说天子五庙无见文，又说中宗、高宗者，宗其道而毁其庙。名与实异，非尊德贵功之意也。《诗》云：“蔽芾甘棠，勿翦勿伐，邵伯所茇。”思其人犹爱其树，况宗其道而毁其庙乎？迭毁之礼，自有常法，无殊功异德，固以亲疏相推。及至祖宗之序，多少之数，经传无明文，至尊至重，难以疑文虚说定也。孝宣皇帝举公卿之议，用众儒之谋，既以为世宗之庙，建之万世，宣布天下，臣愚以为孝武皇帝功烈如彼，孝宣皇帝崇立之如此，不宜毁。

出师表

诸葛孔明

臣亮言：先帝创业未半，而中道崩殂。今天下三分，益州罢毙，此诚危急存亡之秋也。然侍卫之臣不懈于内，忠志之士忘身于外者，盖追先帝之殊遇，欲报之于陛下也。诚宜开张圣听，以光先帝遗德，恢宏志士之气，不宜妄自菲薄，引喻失义，以塞忠谏之路也。

宫中、府中，俱为一体，陟罚臧否，不宜异同。若有作奸犯科及为忠善者，宜付有司论其刑赏，以昭陛下平明之治，不宜偏私，使内外异法也。侍中、侍郎郭攸之、费祎、董允等，此皆良实，志虑忠纯，是以先帝简拔以遗陛下。愚以为宫中之事，事无大小，悉以咨之，然后施行，必能裨补阙漏，有所广益。将军向宠，性行淑均，晓畅军事，试用于昔日，先帝称之曰能，是以众议举宠为督。愚以为营中之事，事无大小，悉以咨之，必能使行阵和穆，优劣得所也。亲贤臣，远小人，此先汉所以兴隆也；亲小人，远贤臣，此后汉所以倾颓也。先帝在时，每与臣论此事，未尝不叹息痛恨于桓、灵也。侍中、尚书、长史、参军，此悉贞亮死节之臣也，愿陛下亲之信之，则汉室之隆，可计日而待也。

臣本布衣，躬耕于南阳，苟全性命于乱世，不求闻达于诸侯。先帝不以臣卑鄙，猥自枉屈，三顾臣于草庐之中，咨臣以当世之事，由是感激，遂许先帝以驱驰。后值倾覆，受任于败军之际，奉命于危难之间，尔来二十有一年矣。先帝知臣谨慎，故临崩寄臣以大事也。受命以来，夙夜忧叹，恐托付不效，以伤先帝之明，故五月渡泸，深入不毛。今南方已定，兵甲已足，当奖帅三军，北定中原，庶竭驽钝，攘除奸凶，兴复汉室，还于旧都。此臣之所以报先帝，而忠陛下之职分也。至于斟酌损益，进尽忠言，则攸之、祎、允之任也。

愿陛下托臣以讨贼兴复之效，不效则治臣之罪，以告先帝之灵。若无兴德之言，则责攸之、祎、允等咎，以彰其慢。陛下亦宜自谋，以咨诹善道，察纳雅言，深追先帝遗诏。臣不胜受恩感激。今当远离，临表涕泣，不知所云。此文乃似刘子政，东汉奏议，蔑有逮者。

卷十六　奏议类上编六

禘 祫 议

韩退之

右今月十六日敕旨："宜令百僚议，限五日内奏闻者。"将仕郎、守国子监四门博士臣韩愈谨献议曰：

伏以陛下追孝祖宗，肃敬祀事，凡在拟议，不敢自专，聿求厥中，延访群下。然而礼文繁漫，所执各殊，自建中之初迄至今岁，屡经禘、祫，未合适从。臣生遭圣明，涵泳恩泽，虽贱不及议，而志切效忠，今辄先举众议之非，然后申明其说。

一曰："献、懿庙主，宜永藏之夹室。"臣以为不可。夫祫者合也，毁庙之主，皆当合食于太祖。献、懿二祖，即毁庙主也，今虽藏于夹室，至禘、祫之时，岂得不食于太庙乎？名曰合祭，而二祖不得祭焉，不可谓之合矣。二曰："献、懿庙主，宜毁之瘗之。"臣又以为不可。谨按《礼记》天子立七庙，一坛一墠，其毁庙之主，皆藏于祧庙，虽百代不毁，祫则陈于太庙而飨焉。自魏、晋以降，始有毁瘗之议，事非经据，竟不可施行。今国家德厚流光，创立九庙，以周制推之，献、懿二祖，犹在坛墠之位，况于毁瘗而不禘、祫乎？三曰："献、懿庙主，宜各迁于其陵所。"臣又以为不可。二祖之祭于京师，列于太庙也，二百年矣。今一朝迁之，岂惟人听疑惑，抑恐二祖之灵眷顾依迟，不即飨于下国也，四曰："献、懿庙主，宜附于兴圣庙而不禘、祫。"臣又以为不可。《传》曰："祭如在。"景皇帝虽太祖，其于属乃献、懿之子孙也。今欲正其子东向之位，废其父之大祭，固不可为典矣。五曰："献、懿二祖，宜别立庙于京师。"臣又以为不可。夫礼有所降，情有所杀，是故去庙为祧，去祧为坛，去坛为墠，去墠为鬼，渐而之远，其祭益稀。昔者鲁立炀宫，《春秋》非之，以为不当取已毁之庙，既藏之主，而复筑宫以祭。今之所议，与此正同。

又虽违礼立庙，至于禘、祫也，合食则禘无其所，废祭则于义不通，此五说者，皆所不可。故臣博采前闻，求其折中。以为殷祖玄王，周祖后稷，太祖之上皆自为帝。又其代数已远，不复祭之，故太祖得正东向之位，子孙从昭穆之列。礼所称者，盖以纪一时之宜，非传于后代之法也。《传》曰："子虽齐圣，不先父食。"盖言子为父屈也。景皇帝虽太祖也，其于献、懿则子孙也。当禘祫之时，献祖宜居东向之位，景皇帝宜从昭穆之列，祖以孙尊，孙以祖屈，求之神道，岂远人情？又常祭甚众，合祭甚寡，则是太祖所屈之祭太少，所伸之祭至多，比于伸孙之尊，废祖之祭，不亦顺乎？事异殷、周，礼从而变，非所失礼也。朱子云："所"字疑衍。

臣伏以制礼作乐者，天子之职也。陛下以臣议有可采，粗合天心，断而行之，是则为礼。如以为犹或可疑，乞召臣对，面陈得失，庶有发明。谨议。

复仇议

韩退之

右伏奉今月五日敕："复仇，据《礼》经则义不同天，征法令则杀人者死。礼、法二事，皆王教之端，有此异同，必资论辨。宜令都省集议闻奏者。"朝议郎、行尚书职方员外郎、上骑都尉韩愈议曰：

伏以子复父仇，见于《春秋》，见于《礼记》，又见《周官》，又见诸子史，不可胜数，未有非而罪之者也。最宜详于律，而律无其条，非阙文也。盖以为不许复仇，则伤孝子之心，而乖先王之训；许复仇，则人将倚法专杀，无以禁止其端矣。夫律虽本于圣人，然执而行之者，有司也；经之所明者，制有司者也。丁宁其义于经，而深没其文于律者，其意将使法吏一断于法，而经术之士，得引经而议也。《周官》曰："凡杀人而义者，令勿仇，仇之则死。"义，宜也，明杀人而不得其宜者，子得复仇也，此百姓之相仇者也。《公羊传》曰："父不受诛，子复仇可也。"不受诛者，罪不当诛也。诛者，上施于下之辞，非百姓之相杀者也。又《周官》曰："凡报仇雠者，书于士，杀之无罪。"言将复仇，必先言于官，则无罪也。

今陛下垂意典章，思立定制，惜有司之守，怜孝子之心，示不自专，访议群下，臣愚以为复仇之名虽同，而其事各异：或百姓相仇，如《周官》所称，可议于今者。或为官所诛，如《公羊》所称，不可行于今者。又《周官》所称，将复仇先告于士则无罪者，若孤稚羸弱，抱微志而伺敌人之便，恐不能自言于官，未可以为断于今也。然则杀之与赦，不可一例。宜定其制曰："凡有复父仇者，事发，具其事申尚书省，尚书省集议奏闻，酌其宜而处之。"则经、律无失其指矣。谨议。

论佛骨表

韩退之

臣某言：伏以佛者，夷狄之一法耳。自后汉时流入中国，上古未尝有也。昔者黄帝在位百年，年百一十岁；少昊在位八十年，年百岁；颛顼在位七十九年，年九十八岁；帝喾在位七十年，年百五岁；帝尧在位九十八年，年百一十八岁；帝舜及禹，年皆百岁。此时天下太平，百姓安乐寿考，然而中国未有佛也。其后殷汤亦年百岁，汤孙太戊在位七十五年，武丁在位五十九年，书史不言其年寿所极，推其年数，盖亦俱不减百岁；周文王年九十七岁，武王年九十三岁，穆王在位百年，此时佛法亦未入中国，非因事佛而致然也。

汉明帝时始有佛法，明帝在位才十八年耳。其后乱亡相继，运祚不长。宋、齐、梁、陈、元魏以下，事佛渐谨，年代尤促。惟梁武帝在位四十八年，前后三度舍身施佛，宗庙之祭不用牲牢，尽日一食止于菜果，其后竟为侯景所逼，饿死台城，国亦寻灭。事佛求福，乃更得祸。由此观之，佛不足事，亦可知矣。

高祖始受隋禅，则议除之。当时群臣材识不远，不能深知先王之道，古今之宜，推阐圣明，以救斯弊，其事遂止。臣常恨焉。伏惟睿圣文武皇帝陛下，神圣英武，数千百年已来，未有伦比。即位之初，即不许度人为僧、尼、道士，又不许创立寺观。臣常以为高祖之志，必行于陛下之手；今纵未能即行，岂可恣之转令盛也！

今闻陛下令群僧迎佛骨于凤翔，御楼以观，舁入大内；又令诸寺递迎供养。臣虽至愚，必知陛下不惑于佛，作此崇奉，以祈福祥也，直以年丰人乐，徇人之心，为京都士庶设诡异之观、戏玩之具耳，安有圣明若此，而肯信此等事哉！然百姓愚冥，易惑难晓，苟见陛下如此，将谓真心事佛，皆云天子大圣，犹一心敬信，百姓何人，岂合更惜身命？焚顶烧指，百十为群，解衣散钱，自朝至暮，转相仿效，惟恐后时，老少奔波，弃其业次。若不即加禁遏，更历诸寺，必有断臂脔身以为供养者。伤风败俗，传笑四方，非细事也。

夫佛本夷狄之人，与中国言语不通，衣服殊制，口不言先王之法言，身不服先王之法服，不知君臣之义、父子之情。假如其身至今尚在，奉其国命，来朝京师，陛下容而接之，不过宣政一见，礼宾一设，赐衣一袭，卫而出之于境，不令惑众也；况其身死已久，枯朽之骨，凶秽之余，岂宜令入宫禁？

孔子曰："敬鬼神而远之。"古之诸侯行吊于其国，尚令巫祝先以桃茢祓除不祥，然后进吊。今无故取朽秽之物，亲临观之，巫祝不先，桃茢不用，群臣不言其非，御史不举其失，臣实耻之！乞以此骨付之有司，投诸水火，永绝根本，断天下之疑，绝后代之惑，使天下之人，知大圣人之所作为，出于寻常万万也，岂不盛哉！岂不快哉！佛如有灵，能作祸祟，凡有殃咎，宜加臣身，上天鉴临，臣不怨悔。无任感激恳悃之至，谨奉表以闻。

潮州刺史谢上表

韩退之

臣某言：臣以狂妄戆愚，不识礼度，上表陈佛骨事，言涉不敬，正名定罪，万死犹轻。陛下哀臣愚忠，恕臣狂直，谓臣言虽可罪，心亦无他，特屈刑章，以臣为潮州刺史。既免刑诛，又获禄食，圣恩宏大，天地莫量，破脑刳心，岂足为谢！臣某诚惶诚恐，顿首顿首。

臣以正月十四日，蒙恩除潮州刺史，即日奔驰上道，经涉岭海，水陆万里，以今月二十五日到州上讫。与官吏百姓等相见，具言朝廷治平，天子神圣，威武慈仁，子养亿兆人庶，无有亲疏远迩，虽在万里之外，岭海之陬，待之一如畿甸之间，辇毂之下。有善必闻，有恶必见，早朝晚罢，兢兢业业，惟恐四海之内、天地之中，一物不得其所，故遣刺史面问百姓疾苦，苟有不便，得以上陈。国家宪章完具，为治日久，守令承奉诏条，违犯者鲜，虽在蛮荒，无不安泰。闻臣所称圣德，惟知鼓舞欢呼，不劳施为，坐以无事。臣某诚惶诚恐，顿首顿首。

臣所领州，在广府极东界上，去广府虽云才二千里，然来往动皆经月。过海口，下恶水，涛泷壮猛，难计程期，飓风鳄鱼，患祸不测。州南近界，涨海连天，毒雾瘴氛，日夕发作。臣少多病，年才五十，发白齿落，理不久长；加以罪犯至重，所处又极远恶，忧惶惭悸，死亡无日。单立一身，朝无亲党，居蛮夷之地，与魑魅为群，苟非陛下哀而念之，谁肯为臣言者？

臣受性愚陋，人事多所不通，惟酷好学问文章，未尝一日暂废，实为时辈所见推许。臣于当时之文，亦未有过人者。至于论述陛下功德，与诗书相表里，作为歌诗，荐之郊庙，纪泰山之封，镂白玉之牒，铺张对天之闳休，扬厉无前之伟绩。编之乎诗书之策而无愧，措之乎天地之间而无亏，虽使古人复生，臣亦未肯多让。

伏以大唐受命有天下，四海之内，莫不臣妾；南北东西，地各万里。自天宝之后，政治少懈，文致未优，武克不刚。孽臣奸隶，蠹居棋处，摇毒自防，外顺内悖，父死子代，以祖以孙，如古诸侯，自擅其地，不贡不朝，六七十年。四圣传序，以至陛下。陛下即位以来，躬亲听断，旋乾转坤，关机阖辟，雷厉风飞，日月清照，天戈所麾，莫不宁顺，大宇之下，生息理极。高祖创制天下，其功大矣，而治未太平也；太宗太平矣，而大功所立，咸在高祖之代，非如陛下承天宝之后，接因循之馀，六七十年之外，赫然兴起，南面指麾，而致此巍巍之治功也。宜定乐章，以告神明，东巡泰山，奏功皇天，具著显庸，明示得意。使永永年代，服我成烈。当此之际，所谓千载一时，不可逢之嘉会。而臣负罪婴衅，自拘海岛，戚戚嗟嗟，日与死迫；曾不得奏薄伎于从官之内、隶御之间，穷思毕精，以赎罪过，怀痛穷天，死不闭目。

瞻望宸极，魂神飞去。伏惟皇帝陛下，天地父母，哀而怜之，无任感恩恋阙，惭惶恳迫之至。谨附表陈谢以闻。

驳复仇议

柳子厚

臣伏见天后时，有同州下邽人徐元庆者，父爽，为县尉赵师韫所杀，卒能手刃父仇，束身归罪。当时谏臣陈子昂建议诛之，而旌其闾，且请编之于令，永为国典。臣窃独过之。

臣闻礼之大本，以防乱也，若曰："无为贼虐，凡为子者杀无赦。"刑之大本，亦以防乱也，若曰："无为贼虐，凡为治者杀无赦。"其本则合，其用则异，旌与诛莫得而并焉。诛其可旌兹谓"滥"，黩刑甚矣！旌其可诛兹谓"僭"，坏礼甚矣！果以是示于天下，传于后代，趋义者不知所向，违害者不知所立，以是为典，可乎？

盖圣人之制，穷理以定赏罚，本情以正褒贬，统于一而已矣。向使刺谳其诚伪，考正其曲直，原始而求其端，则刑、礼之用，判然离矣。何者？若元庆之父不陷于公罪，师韫之诛独以其私怨，奋其吏气，虐于非辜，州牧不知罪，刑官不知问，上下蒙冒，吁号不闻，而元庆能以戴天为大耻，枕戈为得礼，处心积虑，以冲仇人之胸，介然自克，即死无憾，是守礼而行义也，执事者宜有惭色，将谢之不暇，而又何诛焉？其或元庆之父不免于罪，师韫之诛，不愆于法，是非死于吏也，是死于法也。法其可仇乎？仇天子之法，而戕奉法之吏，是悖骜而凌上也，执而诛之，所以正邦典，而又何旌焉？

且其议曰："人必有子，子必有亲，亲亲相仇，其乱谁救？"是惑于礼也甚矣！礼之所谓仇者，盖以冤抑沉痛而号无告也；非谓抵罪触法，陷于大戮，而曰“彼杀之，我乃杀之”。不议曲直，暴寡胁弱而已，其非经背圣，不亦甚哉！《周礼》调人掌司万人之仇，“凡杀人而义者，令勿仇，仇之则死”，“有反杀者，邦国交仇之”，又安得亲亲相仇也？《春秋公羊传》曰：“父不受诛，子复仇，可也；父受诛，子复仇，此推刃之道，复仇不除害。”今若取此以断两下相杀，则合于礼矣。

且夫不忘仇，孝也；不爱死，义也。元庆能不越于礼，服孝死义，是必达理而闻道者也。夫达理闻道之人，岂其以王法为敌仇者哉？议者反以为戮，黩刑坏礼，其不可以为典明矣！请下臣议附于令，有断斯狱者，不宜以前议从事。谨议。海峰先生云：子厚此等文，虽精悍，然失之过密，神气拘滞，少生动飞扬之妙，不可不辨。

卷十七　奏议类上编七

论台谏言事未蒙听允书

欧阳永叔

臣闻自古有天下者，莫不欲为治君而常至于乱，莫不欲为明主而常至于昏者，其故何哉？患于好疑而自用也。

夫疑心动于中，则视听惑于外。视听惑，则忠邪不分而是非错乱；忠邪不分而是非错乱，则举国之臣皆可疑；既尽疑其臣，则必自用其所见。夫以疑惑错乱之意，而自用则多失，多失，则其国之忠臣必以理而争之。争之不切，则人主之意难回；争之切，则激其君之怒心，而坚其自用之意。然后君臣争胜，于是邪佞之臣得以因隙而入，希旨顺意，以是为非，以非为是，惟人主之所欲者，从而助之。夫为人主者，方与其臣争胜，而得顺意之人，乐其助己，而忘其邪佞也，乃与之并力以拒忠臣。夫为人主者，拒忠臣而信邪佞，天下无不乱，人主无不昏也。自古人主之用心，非恶忠臣而喜邪佞也，非恶治而好乱也，非恶明而欲昏也，以其好疑自用，而与臣下争胜也。使为人主者，豁然去其疑心，而回其自用之意，则邪佞远而忠言入；忠言入，则聪明不惑，而万事得其宜，使天下尊为明主，万世仰为治君，岂不臣主俱荣而乐哉！其与区区自执，而与臣下争胜，用心益劳而事益惑者，相去远矣。臣闻《书》载仲虺称汤之德曰："改过不悋。"又戒汤曰："自用则小。"成汤，古之圣人也，不能无过，而能改过，此其所以为圣也。以汤之聪明，其所为不至于缪戾矣，然仲虺犹戒其自用。则自古人主，惟能改过而不敢自用，然后得为治君、明主也。

臣伏见宰臣陈执中，自执政以来，不叶人望，累有过恶，招致人言，而执中迁延，尚玷宰府。陛下忧勤恭俭，仁爱宽慈，尧、舜之用心也。推陛下之用心，天下宜至于治者久矣，而纪纲日坏，政令日乖，国日益贫，民日益困，流民满野，滥官满朝，其亦何为而致此？由陛下用相不得其人也。

近年宰相多以过失因言者罢去，陛下不悟宰相非其人，反疑言事者好逐宰相。疑心一生，视听既惑，遂成自用之意。以谓宰相当由人主自去，不可因言者而罢之，故宰相虽有大恶显过，而屈意以容之；彼虽惶恐自欲求去，而屈意以留之；虽天灾水旱，饥民流离，死亡道路，皆不暇顾，而屈意以用之。其故非他，直欲沮言事者尔。言事者何负于陛下哉？使陛下上不顾天灾，下不恤人言，以天下之事，委一不学无识、谗邪很愎之执中而甘心焉，言事者本欲益于陛下，而反损圣德者多矣。然而言事者之用心，本不图至于此也，由陛下好疑自用而自损也。今陛下用执中之意益坚，言事者攻之愈切，陛下方思有以取胜于言事者，而邪佞之臣得以因隙而入。必有希合陛下之意者，将曰：执中宰相，不可以小事逐，不可使小臣动摇。甚者则诬言事者欲逐执中而引用他人。陛下方患言事者上忤圣聪，乐闻斯言之顺意，不复察其邪佞而信之，所以拒言事者益峻，用执中益坚。夫以万乘之尊，与三数言事小臣角必胜之力，万一圣意必不可回，则言事者益当知难而止矣。然天下之人与后世之议者，谓陛下拒忠言，庇愚相，以陛下为何如主也？前日御史论梁适罪恶，陛下赫怒，空台而逐之；而今日御史又复敢论宰相，不避雷霆之威，不畏权臣之祸。此乃至忠之臣也，能忘其身而爱陛下者也，陛下嫉之恶之，拒之绝之。执中为相，使天下水旱流亡，公私困竭，而又不学无识，憎爱挟情，除改差缪，取笑中外，家私秽恶，流闻道路，阿意顺旨，专事逢君，此乃谄上傲下、愎戾之臣也，陛下爱之重之，不忍去之。陛下睿智聪明，群臣善恶，无不照见，不应倒置如此。直由言事者太切，而激成陛下之疑惑尔。执中不知廉耻，复出视事，此不足论；陛下岂忍因执中上累圣德，而使忠臣直士卷舌于明时也？

臣愿陛下廓然回心，释去疑虑，察言事者之忠，知执中之过恶，悟用人之非，法成汤改过之圣，遵仲虺自用之戒，尽以御史前后章疏，出付外廷，议正执中之过恶，罢其政事，别用贤材，以康时务，以拯斯民，以全圣德，则天下幸甚！臣以身叨恩遇，职在论思，意切言狂，罪当万死。

移沧州过阙上殿疏

曾子固

臣闻基厚者势崇，力大者任重，故功德之殊，垂光锡祚，舄奕繁衍，久而弥昌者，盖天人之理，必至之符。然生民以来，能跻登兹者，未有如大宋之隆也。夫禹之绩大矣，而其孙太康乃坠厥绪；汤之烈盛矣，而其孙太甲既立不明。周自后稷十有五世，至于文王，而大统未集；武王、成王，始收太平之功，而康王之子昭王，难于南狩，昭王之子穆王，殆于荒服；及于幽、厉，陵夷尽矣。及秦以累世之智并天下，然二世而亡。汉定其乱，而诸吕、七国之祸相寻以起。建武中兴，然冲、质以后，世故多矣。魏之患，天下为三。晋、宋之患，天下为南北。隋文始一海内，然传子而失。唐之治，在于贞观、开元之际，而女祸世出，天宝以还，纲纪微矣。至于五代，盖五十有六年，而更八姓十有四君，其废兴之故甚矣。

宋兴，太祖皇帝为民去大残，致更生，兵不再试，而粤、蜀、吴、楚五国之君生致阙下，九州来同，复禹之迹。内辑师旅，而齐以节制；外卑藩服，而约以绳墨。所以安百姓，御四夷，纲理万事之具，虽创始经营，而弥纶已悉。莫贵于为天子，莫富于有天下，而舍子传弟，为万世策造邦受命之勤，为帝太祖，功未有高焉者也。太宗皇帝遹求厥宁，既定晋疆，钱俶自归，作则垂宪，克绍克类，保世靖民。丕丕之烈，为帝太宗，德未有高焉者也。真宗皇帝继统遵业，以涵煦生养，蕃息齐民，以并容遍覆，扰服异类。盖自天宝之末，宇内板荡，及真人出，天下平，而西北之虏，犹间入窥边，至于景德，二百五十余年，契丹始讲和好，德明亦受约束，而天下销锋灌燧，无鸡鸣犬吠之警，以迄如今。故于是时，遂封泰山，禅社首，荐告功德，以明示万世不祧之庙，所以为帝真宗。仁宗皇帝宽仁慈恕，虚心纳谏，慎注措，谨规矩，早朝晏退，无一日之懈。在位日久，明于群臣之贤不肖忠邪，选用政事之臣，委任责成；然公听并观，以周知其情伪。其用舍之际，一稽于众，故任事者亦皆警惧，否辄罢免，世以谓得驭臣之体。春秋未高，援立有德，付畀惟允，故传天下之日，不陈一兵，不宿一士，以戒非常，而上下晏然，殆古所未有。其岂弟之行，足以附众者，非家施而人悦之也，积之以诚心。民皆有父之尊，有母之亲，故弃群臣之日，天下闻之，路祭巷哭，人人感动欷歔，其得人之深，未有知其所由然者。故皇祖之庙，为宋仁宗。英宗皇帝，聪明睿智，言动以礼，上帝眷相，大命所集，而称疾逊避，至于累月。自践东朝，渊默恭慎，无所言施议为，而天下传颂称说，德号彰闻。及正南面，勤劳庶政，每延见三事，省决万机，必咨访旧章，考求古义，闻者惕然，皆知其志在有为，虽早遗天下，成功盛烈，未及宣究，而明识大略，足以克配前人之休。故皇考之庙，为宋英宗。

陛下神圣文武，可谓有不世出之姿；仁孝恭俭，可谓有君人之大德。悯自晚周、秦、汉以来，世主率皆不能独见于众人之表，其政治所出，大抵踵袭卑近，因于世俗而已。于是慨然以上追唐虞三代荒绝之迹，修列先王法度之政为其任在己，可谓有出于数千载之大志。变易因循，号令必信，使海内观听，莫不奋起，群下遵职，以后为羞，可谓有能行之效。今斟酌损益，革弊兴坏，制作法度之事，日以大备，非因陋就寡、拘牵常见之世所能及也。继一祖四宗之绪，推而大之，可谓至矣。盖前世或不能附其民者，刑与赋役之政暴也。宋兴以来，所用者鞭扑之刑，然犹详审反复，至于缓过纵之诛，重误入之辟，盖未尝用一暴刑也；田或二十而税一，然岁时省察，数议宽减之宜，下蠲除之令，盖未尝加一暴赋也；民或老死不知力政，然犹忧怜恻怛，常谨复除之科，急擅兴之禁，盖未尝兴一暴役也。所以附民者如此。前世或失其操柄者，天下之势，或在于外戚，或在于近习，或在于大臣；宋兴以来，戚里宦臣，曰将曰相，未尝得以擅事也。所以谨其操柄者如此。而况辑师旅于内，天下不得私尺兵一卒之用；卑藩服于外，天下不得专尺土一民之力。其自处之势如此。至于畏天事神，仁民爱物之际，未尝有须臾懈也。其忧劳者又如此。盖不能附其民，而至于失其操柄，又怠且忽，此前世之所以危且乱也。民附于下，操柄谨于上，处势甚便，而加之以忧劳，此今之所以治且安也。故人主之尊，意谕色授，而六服震动；言传号涣，而万里奔走；山岩窟穴之氓，不待期会，而时输岁送以供其职者，惟恐在后；航浮索引之国，非有发召，而篚赍橐负以致其贽者，惟恐不及。西北之戎，投弓纵马，相与袨服而戏豫；东南之夷，正冠束衽，相与挟册而吟诵。至于六府顺叙，百嘉鬯遂，凡在天地之内，含气之属，皆裕如也。盖远莫懿于三代，近莫盛于汉唐，然或四三年，或一二世，而天下之变，不可胜道也。岂有若今五世六圣，百有二十余年，自通邑大都，至于荒陬海聚，无变容动色之虑，萌于其心；无援枹击柝之戒，接于耳目。臣故曰生民以来，未有如大宋之隆也。

窃观于《诗》，其在《风》《雅》，陈大王、王季、文王致王迹之所由，与武王之所以继代，而成王之兴，则"美"有《假乐》《凫鹥》，"戒"有《公刘》《泂酌》，其所言者，盖农夫女工、筑室治田、师旅祭祀、饮尸受福，委曲之常务，至于《兔罝》之武夫，行修于隐，牛羊之牧人，爱及微物，无不称纪。所以论功德者，由小以及大，其详如此。后嗣所以昭先人之功，当世之臣子所以归美其上，非徒荐告鬼神、觉悟黎庶而已也。《书》称劝之以九歌，俾勿坏，盖歌其善者，所以兴其向慕兴起之意，防其怠废难久之情，养之于听，而成之于心，其于劝帝者之功美，昭法戒于将来，圣人之所以列之于经，垂为世教也。今大宋祖宗兴造功业，犹大王、王季、文王，陛下承之以德，犹武王、成王，而群臣之于考次论撰，列之简册，被之金石，以通神明，昭法戒者，阙而不图，此学士大夫之过也。盖周之德，盛于文、武，而雅、颂之作，皆在成王之世。今以时考之，则祖宗神灵，固有待于陛下。臣诚不自揆，辄冒言其大体，至于寻类取称，本隐以之显，使莫不究悉，则今文学之臣充于列位，惟陛下之所使。

至若周之积仁累善，至成王、周公为最盛之时，而《泂酌》言皇天亲有德、飨有道，所以为成王之戒。盖履极盛之势，而动之以戒惧者，明之至，智之尽也。如此者，非周独然。唐、虞，至治之极也，其君臣相饬曰："兢兢业业，一日二日万几。"则处至治之极，而保之以祗慎，唐、虞之所同也。今陛下履祖宗之基，广太平之祚，而世世治安，三代所不及，则宋兴以来全盛之时，实在今日。陛下仰探皇天所以亲有德、飨有道之意，而奉之以夤畏，俯念一日二日万几之不可以不察，而处之以兢兢，使休光美实，日新岁益，闳远崇侈，循之无穷，至千万世，永有法则，此陛下之素所蓄积。臣愚区区爱君之心，诚不自揆，欲以庶几诗人之义也。惟陛下之所择！

卷十八　奏议类上编八

上皇帝书

苏子瞻

臣近者不度愚贱，辄上封章言买灯事。自知渎犯天威，罪在不赦，席藁私室，以待斧钺之诛。而侧听逾旬，威命不至，问之府司，则买灯之事寻已停罢。乃知陛下不惟赦之，又能听之，惊喜过望，以至感泣。何者？改过不吝，从善如流，此尧、舜、禹、汤之所勉强而力行，秦、汉以来之所绝无而仅有。顾此买灯毫发之失，岂能上累日月之明？而陛下翻然改命，曾不移刻，则所谓智出天下而听于至愚，威加四海而屈于匹夫。臣今知陛下可与为尧、舜，可与为汤、武，可与富民而措刑，可与强兵而伏戎虏矣！有君如此，其忍负之！惟当披露腹心，捐弃肝脑，尽力所至，不知其他。乃者，臣亦知天下之事有大于买灯者矣，而独区区以此为先者，盖未信而谏，圣人不与，交浅言深，君子所戒，是以试论其小者，而其大者固将有待而后言。今陛下果赦而不诛，则是既已许之矣；许而不言，臣则有罪，是以愿终言之。

臣之所欲言者三：愿陛下结人心、厚风俗、存纪纲而已。

人莫不有所恃。人臣恃陛下之命，故能役使小民；恃陛下之法，故能胜伏强暴。至于人主所恃者谁与？《书》曰："予临兆民，凛乎若朽索之驭六马。"言天下莫危于人主也。聚则为君臣，散则为仇雠，聚、散之间，不容毫厘，故天下归往谓之王，人各有心谓之独夫。由此观之，人主之所恃者，人心而已。人心之于人主也，如木之有根，如灯之有膏，如鱼之有水，如农夫之有田，如商贾之有财。木无根则槁，灯无膏则灭，鱼无水则死，农夫无田则饥，商贾无财则贫，人主失人心则亡。此必然之理也，不可逭之灾也，其为可畏，从古以然。苟非乐祸好亡，狂易丧志，孰敢肆其胸臆，轻犯人心乎？昔子产焚载书以弭众言，赂伯石以安巨室，以为众怒难犯，专欲难成；而孔子亦曰："信而后劳其民，未信则以为厉己也。"惟商鞅变法，不顾人言，虽能骤致富强，亦以召怨天下，使其民知利而不知义，见刑而不见德，虽得天下，旋踵而亡。至于其身，亦卒不免，负罪出走而诸侯不纳，车裂以徇而秦人莫哀。君臣之间，岂愿如此！宋襄公虽行仁义，失众而亡；田常虽不义，得众而强。是以君子未论行事之是非，先观众心之向背。谢安之用诸桓未必是，而众之所乐，则国以义安；庾亮之召苏峻未必非，而势有不可，则反为危辱。自古迄今，未有和易同众而不安，刚果自用而不危者也。

今陛下亦知人心之不悦矣，中外之人，无贤不肖，皆言祖宗以来治财用者，不过三司使副判官，经今百年，未尝阙事。今者无故又创一司，号曰制置三司条例司。六七少年，日夜讲求于内；使者四十余辈，分行营干于外。造端宏大，民实惊疑；创法新奇，吏皆惶惑。贤者则求其说而不可得，未免于忧；小人则以其意度于朝廷，遂以为谤。谓陛下以万乘之主而言利，谓执政以天子之宰而治财。商贾不行，物价腾踊。近自淮甸，远及川、蜀，喧传万口，论说百端：或言京师正店，议置监官；夔路深山，当行酒禁；拘收僧尼常住，减克兵吏廪禄。如此等类，不可胜言，而甚者至以为欲复肉刑。斯言一出，民且狼顾。陛下与二三大臣亦闻其语矣，然而莫之顾者，徒曰："我无其事，又无其意，何恤于人言？"夫人言虽未必皆然，而疑似则有以致谤。人必贪财也，而后人疑其盗；人必好色也，而后人疑其淫。何者？未置此司，则无此谤，岂去岁之人皆忠厚，而今岁之士皆虚浮！孔子曰："工欲善其事，必先利其器。"又曰："必也正名乎！"今陛下操其器而讳其事，有其名而辞其意，虽家置一喙以自解，市列千金以购人，人必不信，谤亦不止。夫制置三司条例司，一作"使"。求利之名也；六七少年与使者四十余辈，求利之器也。驱鹰犬而赴林薮，语人曰我非猎也，不如放鹰犬而兽自驯；操网罟而入江湖，语人曰我非渔也，不如捐网罟而人自信。故臣以为消谗慝而召和气，复人心而安国本，则莫若罢制置三司条例司。夫陛下之所以创此司者，不过以兴利除害也，使罢之而利不兴，害不除，则勿罢；罢之而天下悦，人心安，兴利除害，无所不可，则何苦而不罢？陛下欲去积弊而立法，必使宰相熟议而后行，事若不由中书，则是乱世之法。圣君贤相，夫岂其然！必若立法不免由中书，熟议不免使宰相，此司之设，无乃冗长而无名！

智者所图，贵于无迹。汉之文、景，纪无可书之事；唐之房、杜，传无可载之功。而天下之言治者与文、景，言贤者与房、杜，盖事已立而迹不见，功已成而人不知。故曰："善用兵者无赫赫之功。"岂惟用兵，事莫不然！今所图者万分未获其一也，而迹之布于天下，已若泥中之斗兽，亦可谓拙谋矣。陛下诚欲富国，择三司官属与漕运使副，而陛下与二三大臣孜孜讲求，磨以岁月，则积弊自去而人不知，但恐立志不坚，中道而废。孟子有言："其进锐者其退速。"若有始有卒，自可徐徐，十年之后，何事不立？孔子曰："欲速则不达，见小利则大事不成。"使孔子而非圣人，则此言亦不可用。《书》曰："谋及卿士，至于庶人，翕然大同，乃底元吉。"若逆多而从少，则静吉而作凶。今自宰相大臣，既已辞免不为，则外之议论，断亦可知。宰相，人臣也，且不欲以此自污，而陛下独安受其名而不辞，非臣愚之所识也。槑按：此处有抵巇相倾习气。

君臣宵旰，几一年矣，而富国之效，茫如捕风，徒闻内帑出数百万缗，祠部度五千余人耳，以此为术，其谁不能？且遣使纵横，本非令典。汉武遣绣衣直指，桓帝遣八使，皆以守宰狼籍，盗贼公行，出于无术，行此下策。宋文帝元嘉之政，比于文、景，当时责成郡县，未尝遣使，及至孝武，以郡县迟缓，始命台使督之，以至萧齐，此弊不革。故景陵"竞"字避宋讳改"景"。王子良上疏极言其事，以为此等朝辞禁门，情态即异，暮宿州县，威福便行，驱迫邮传，折辱守宰，公私烦扰，民不聊生。唐开元中，宇文融奏置劝农判官，使裴宽等二十九人并摄御史，分行天下，招携户口，检责漏田。时张说，杨玚、皇甫璟、杨相如皆以为不便，而相继罢黜。虽得户八十余万，皆州县希旨，以主为客，以少为多。及使百官集议都省，而公卿以下，惧融威势，不敢异辞。陛下试取其传读之，观其所行，为是为否。近者均税宽恤，冠盖相望，朝廷亦旋觉其非，而天下至今以为谤。曾未数岁，是非较然。臣恐后之视今，犹今之视昔。且其所遣，尤不适宜，事少而员多，人轻而权重。夫人轻而权重，则人多不服，或致侮慢以兴争；事少而员多，则无以为功，必须生事以塞责。陛下虽严赐约束，不许邀功，然人臣事君之常情，不从其令而从其意。今朝廷之意，好动而恶静，好同而恶异，指意所在，谁敢不从？臣恐陛下赤子自此无宁岁矣！

至于所行之事，行路皆知其难。何者？汴水浊流，自生民以来，不以种稻。秦人之歌曰："泾水一石，其泥数斗，且溉且粪，长我禾黍。"何尝曰长我粳稻耶？今欲陂而清之，万顷之稻，必用千顷之陂，一岁一淤，三岁而满矣。陛下遽信其说，即使相视地形，万一官吏苟且顺从，真谓陛下有意兴作，上糜帑廪，下夺农时，堤防一开，水失故道，虽食议者之肉，何补于民！天下久平，民物滋息，四方遗利，盖略尽矣。今欲凿空寻访水利，所谓即鹿无虞，岂惟徒劳，必大烦扰！凡所擘画利害，不问何人，小则随事酬劳，大则量才录用。若官私格沮，并行黜降，不以赦原；若材力不办兴修，便许申奏替换。赏可谓重，罚可谓轻，然并终不言诸色人妄有申陈，或官私误兴功役，当得何罪。如此，则妄庸轻剽浮浪奸人，自此争言水利矣。成功则有赏，败事则无诛，官司虽知其疎，岂可便行抑退？所在追集老少，相视可否，吏卒所过，鸡犬一空。若非灼然难行，必须且为兴役。何则？格沮之罪重，而误兴之过轻，人多爱身，势必如此。且古陂废堰，多为侧近冒耕，岁月既深，已同永业，苟欲兴复，必尽追收，人心或摇，甚非善政。又有好讼之党，多怨之人，妄言某处可作陂渠，规坏所怨田产，或指人旧业，以为官陂，冒佃之讼，必倍今日。臣不知朝廷本无一事，何苦而行此哉？

自古役人，必用乡户，犹食之必用五谷，衣之必用麻丝，济川之必用舟楫，行地之必用牛马，虽其间或有以他物充代，然终非天下所可常行。今者徒闻江浙之间，数郡雇役，而欲措之天下，是犹见燕、晋之枣栗，岷、蜀之蹲鸱，而欲以废五谷，岂不难哉！又欲官卖所在坊场，以充衙前雇直，虽有长役，更无酬劳。长役所得既微，自此必渐衰散，则州郡事体，憔悴可知。士大夫捐亲戚，弃坟墓，以从官于四方者，宣力之余，亦欲取乐，此人之至情也。若凋弊太甚，厨传萧然，则似危邦之陋风，恐非太平之盛观。陛下诚虑及此，必不肯为。且今法令莫严于御军，军法莫严于逃窜，禁军三犯，厢军五犯，大率处死，然逃军常半天下。不知雇人为役，与厢军何异？若有逃者，何以罪之？其势必轻于逃军，则其逃必甚于今日，为其官长，不亦难乎！

近者虽使乡户颇得雇人，然至于所雇逃亡，乡户犹任其责。今遂欲于两税之外，别立一科，谓之庸钱，以备官雇，则雇人之责，官所自任矣。自唐杨炎废租、庸、调以为两税，取大历十四年应于赋敛之数，以定两税之额，则是租调与庸，两税既兼之矣，今两税如故，奈何复欲取庸？圣人立法，必虑后世，岂可于两税之外，别立科名？万一不幸后世有多欲之君，辅之以聚敛之臣，庸钱不除，差役仍旧，使天下怨讟，推所从来，则必有任其咎者矣。又欲使坊郭等第之民，与乡户均役；品官形势之家，与齐民并事。其说曰:《周礼》田不耕者出屋粟，宅不毛者有里布，而汉世宰相之子不免戍边。此其所以借口也。古者官养民，今者民养官，给之以田而不耕，劝之以农而不力，于是乎有里布、屋粟、夫家之征。而民无以为生，去为商贾，事势当尔，何名役之？且一岁之戍，不过三日，三日之雇，其直三百。今世三大户之役，自公卿以降无得免者，其费岂特三百而已！大抵事若可行，不必皆有故事，若民所不悦，俗所不安，纵有经典明文，无补于怨。若行此二者，必怨无疑。女户单丁，盖天民之穷者也，古之王者，首务恤此。而今陛下首欲役之，此等苟非户将绝而未亡，则是家有丁而尚幼，若假之数岁，则必成丁而就役，老死而没官。富有四海，忍不加恤？孟子曰:“始作俑者，其无后乎！”《春秋》书作丘甲，用田赋，皆重其始为民患也。

青苗放钱，自昔有禁。今陛下始立成法，每岁常行，虽云不许抑配，而数世之后，暴君污吏，陛下能保之与？异日天下恨之，国史记之曰青苗钱自陛下始，岂不惜哉！且东南买绢，本用见钱；陕西粮草，不许折兑，朝廷既有著令，职司又每举行，然而买绢未尝不折盐，粮草未尝不折钞，乃知青苗不许抑配之说，亦是空文。只如治平之初，拣刺义勇，当时诏旨慰谕，明言永不戍边，著在简书，有如盟约。于今几日，论议已摇，或以代还东军，或欲抵换弓手，约束难恃，岂不明哉！纵使此令决行，果不抑配，计其间愿请之户，必皆孤贫不济之人，家若自有赢余，何至与官交易？此等鞭挞已急，则继之逃亡；逃亡之余，则均之邻保；势有必至，理有固然。且夫常平之为法也，可谓至矣，所守者约，而所及者广，借使万家之邑，止有千斛，而谷贵之际，千斛在市，物价自平；一市之价既平，一邦之食自足，无操瓢乞丐之弊，无里正催驱之劳。今若变为青苗，家贷一斛，则千户之外孰救其饥？且常平宫钱，常患其少，若尽数收籴，则无借贷；若留充借贷，则所籴几何？乃知常平、青苗，其势不能两立，坏彼成此，所丧愈多，亏官害民，虽悔何逮！臣窃计陛下欲考其实，则必亦问人。人知陛下方欲力行，必谓此法有利无害。以臣愚见，恐未可凭。何以明之？臣顷在陕西，见刺义勇提举诸县，臣尝亲行，愁怨之民，哭声振野。当时奉使还者，皆言民尽乐为，希合取容，自古如此。不然，则山东之盗，二世何缘不觉；南诏之败，明皇何缘不知？今虽未至于斯，亦望陛下审听而已。

昔汉武之世，财力匮竭，用贾人桑宏羊之说，买贱卖贵，谓之均输。于时商贾不行，盗贼滋炽，几至于乱。孝昭既立，学者争排其说，霍光顺民所欲，从而予之，天下归心，遂以无事。不意今者此论复兴，立法之初，其说尚浅，徒言徙贵就贱，用近易远。然而广置官属，多出缗钱，豪商大贾，皆疑而不敢动，以为虽不明言贩卖，然既以许之变易，变易既行，而不与商贾争利者，未之闻也。夫商贾之事，曲折难行，其买也，先期而予钱；其卖也，后期而取直。多方相济，委曲相通，倍称之息，由此而得。今官买是物，必先设官置吏，簿书廪禄，为费已厚；非良不售，非贿不行，是以官买之价，比民必贵，及其卖也，弊复如前，商贾之利，何缘而得？朝廷不知虑此，乃捐五百万缗以与之。此钱一出，恐不可复，纵使其间薄有所获，而征商之额，所损必多。今有人为其主牧牛羊者，不告其主，以一牛而易五羊，一牛之失，则隐而不言，五羊之获，则指为劳绩。陛下以为坏常平而言青苗之功，亏商税而取均输之利，何以异此！

陛下天机洞照，圣略如神，此事至明，岂有不晓？必谓已行之事，不欲中变，恐天下以为执德不一，用人不终，是以迟留岁月，庶几万一。臣窃以为过矣。古之英主，无出汉高。郦生谋挠楚权，欲复六国，高祖曰“善”，趣刻印，及闻留侯之言，吐哺而骂曰“趣销印”。夫称善未几，继之以骂，刻印销印，有同儿戏，何尝累高祖之知人，适足以明圣人之无我。陛下以为可而行之，知其不可而罢之，至圣至明，无以加此。议者必谓民可与乐成，难与虑始，故劝陛下坚执不顾，期于必行。此乃战国贪功之人行险侥幸之说，陛下若信而用之，则是徇高论而逆至情，持空名而邀实祸，未及乐成而怨已起矣。臣之所愿结人心者，此之谓也。

士之进言者为不少矣，亦尝有以国家之所以存亡，历数之所以长短告陛下者乎？夫国家之所以存亡者，在道德之浅深，而不在乎强与弱；历数之所以长短者，在风俗之厚薄，而不在乎富与贫。道德诚深，风俗诚厚，虽贫且弱，不害于长而存；道德诚浅，风俗诚薄，虽强且富，不救于短而亡。人主知此，则知所轻重矣。是以古之贤君，不以弱而忘道德，不以贫而伤风俗。而智者观人之国，亦必以此察之。齐，至强也，周公知其后必有篡弑之臣；卫，至弱也，季子知其后亡；吴破楚入郢，而陈大夫逢滑知楚之必复；晋武既平吴，何曾知其将乱；隋文既平陈，房乔知其不久；元帝斩郅支，朝呼韩，功多于武、宣矣，偷安而王氏之衅生；宣宗收燕、赵，复河湟，力强于宪、武矣，销兵而庞勋之乱起。臣愿陛下务崇道德而厚风俗，不愿陛下急于有功而贪富强。使陛下富如隋，强如秦，西取灵武，北取燕、蓟，谓之有功可也，而国之长短则不在此。夫国之长短，如人之寿夭，人之寿夭在元气，国之长短在风俗。世有尫羸而寿考，亦有盛壮而暴亡。若元气犹存，则尫羸而无害，及其已耗，则盛壮而愈危。是以善养生者，慎起居，节饮食，导引关节，吐故纳新。不得已而用药，则择其品之上、性之良，可以久服而无害者，则五藏和平而寿命长。不善养生者，薄节慎之功，迟吐纳之效，厌上药而用下品，伐真气而助强阳，根本已空，僵仆无日。天下之势，与此无殊。故臣愿陛下爱惜风俗，如护元气。

古之圣人，非不知深刻之法，可以齐众，勇悍之夫，可以集事，忠厚近于迂阔，老成初若迟钝。然终不肯以彼而易此者，知其所得小而所丧大也。曹参，贤相也，曰："慎无扰狱市。"黄霸，循吏也，曰："治道去泰甚。"或讥谢安以清谈废事，安笑曰："秦用法吏，二世而亡。"刘晏为度支，专用果锐少年，务在急速集事，好利之党，相师成风。德宗初即位，擢崔祐甫为相，祐甫以道德宽大推广上意，故建中之政，其声翕然，天下想望，庶几贞观。及卢杞为相，讽上以刑名整齐天下，驯致浇薄以及播迁。我仁祖之御天下也，持法至宽，用人有叙，专务掩覆过失，未尝轻改旧章。然考其成功，则曰未至；以言乎用兵，则十出而九败；以言其府库，则仅足而无余。徒以德泽在人，风俗知义，是以升遐之日，天下如丧考妣。社稷长远，终必赖之。则仁祖可谓知本矣。今议者不察，徒见其末年吏多因循，事不振举，乃欲矫之以苛察，齐之以智能，招来新进勇锐之人，以图一切速成之效，未享其利，浇风已成。且天时不齐，人谁无过？国君含垢，至察无徒。若陛下多方包容，则人材取次可用，必欲广置耳目，务求瑕疵，则人不自安，各图苟免，恐非朝廷之福，亦岂陛下所愿哉！汉文欲用虎圈啬夫，释之以为利口伤俗，今若以口舌捷给而取士，以应对迟钝而退人，以虚诞无实为能文，以矫激不仕为有德，则先王之泽，遂将散微。

自古用人，必须历试，虽有卓异之器，必有已成之功。一则使其更变而知难，事不轻作；一则待其功高而望重，人自无辞。昔先主以黄忠为后将军，而诸葛亮忧其不可，以为忠之名望，素非关、张之伦，若班爵遽同，则必不悦。其后关羽果以为言。以黄忠豪勇之姿，以先主君臣之契，尚复虑此，而况其他？世常谓汉文不用贾生，以为深恨，臣尝推究其旨，窃谓不然。贾生固天下之奇才，所言亦一时之良策。然请为属国，欲系单于，则是处士之大言，少年之锐气。昔高祖以三十万众，困于平城，当时将相群臣，岂无贾生之比？三表、五饵，人知其疏，而欲以困中行说，尤不可信。兵，凶器也，而易言之，正如赵括之轻秦，李信之易楚。若文帝亟用其说，则天下殆将不安。使贾生尝历艰难，亦必自悔其说，用之晚岁，其术必精，不幸丧亡，非意所及。不然，文帝岂弃才之主，绛、灌岂蔽贤之士！至于晁错，尤号刻薄，文帝之世，止于太子家令，而景帝既立，以为御史大夫。申屠贤相，发愤而死，更法改令，天下骚然，及至七国发难，而错之术亦穷矣。文、景优劣，于此可见。大抵名器爵禄，人所奔趋，必使积劳而后迁，以明持久而难得，则人各安其分，不敢躁求。今若多开骤进之门，使有意外之得，公卿侍从，跬步可图，其得者既不以侥幸自名，则不得者必皆以沉沦为恨，使天下常调，举生妄心，耻不若人，何所不至，欲望风俗之厚，岂可得哉！

选人之改京官，常须十年以上，荐更险阻，计析毫厘，其间一事聱牙，常至终身沦弃。今乃以一人之荐举而予之，犹恐未称，章服随至，使积劳久次而得者，何以厌服哉？夫常调之人，非守则令，员多阙少，久已患之，不可复开多门以待巧进。若巧者侵夺已甚，则拙者迫怵无聊，利害相形，不得不察，故近来朴拙之人愈少，而巧进之士益多，惟陛下重之惜之，哀之救之。如近日三司献言，使天下郡选一人，催驱三司文字，许之先次指射以酬其劳，则数年之后，审官吏部，又有三百余人，得先占阙，常调待次，不其愈难！此外勾当发运均输，按行农田水利，已据监司之体，各怀进用之心，转对者望以称旨而骤迁，奏课者求为优等而速化，相胜以力，相高以言，而名实乱矣。惟陛下以简易为法，以清净为心，使奸无所缘，而民德归厚。臣之所愿厚风俗者，此之谓也。

古者建国，使内外相制，轻重相权，如周、如唐，则外重而内轻；如秦、如魏，则外轻而内重。内重之蔽，必有奸臣指鹿之患；外重之蔽，必有大国问鼎之忧。圣人方盛而虑衰，常先立法以救蔽。国家租赋总于计省，重兵聚于京师，以古揆今，则似内重。恭惟祖宗所以预图而深计，固非小臣所能臆度而周知。然观其委任台谏之一端，则是圣人过防之至计。历观秦汉以及五代，谏争而死，盖数百人，而自建隆以来，未尝罪一言者，纵有薄责，旋即超升。许以风闻，而无官长，风采所系，不问尊卑。言及乘舆，则天子改容；事关廊庙，则宰相待罪。故仁宗之世，议者讥宰相但奉行台谏风旨而已。圣人深意，流俗岂知？擢用台谏，固未必皆贤，所言亦未必皆是，然须养其锐气，借之重权者，岂徒然哉？将以折奸臣之萌，而救内重之弊也。夫奸臣之始，以台谏折之而有余；及其既成，以干戈取之而不足。今法令严密，朝廷清明，所谓奸臣，万无此理。然养猫以去鼠，不可以无鼠而养不捕之猫；畜狗以防奸，不可以无奸而畜不吠之狗。陛下得不上念祖宗设此官之意，下为子孙立万一之防？朝廷纪纲，孰大于此！臣自幼小所记，及闻长老之谈，皆谓台谏所言，常随天下公议。公议所与，台谏亦与之；公议所击，台谏亦击之。及至英庙之初，始建称亲之议，本非人主大过，亦无典礼明文，徒以众心未安，公议不允，当时台谏以死争之。今者物论沸腾，怨讟交至，公议所在，亦可知矣，而相顾不发，中外失望。夫弹劾积威之后，虽庸人亦可以奋扬；风采消委之余，虽豪杰有不能振起。臣恐自兹以往，习惯成风，尽为执政私人，以致人主孤立，纪纲一废，何事不生？孔子曰："鄙夫可与事君也与哉！其未得之也，患不得之；既得之，患失之，苟患失之，无所不至矣。"臣始读此书，疑其太过，以为鄙夫之患失，不过备位而苟容。及观李斯忧蒙恬之夺其权，则立二世以亡秦；卢杞忧怀光之数其恶，则误德宗以再乱。其心本生于患失，而其祸乃至于丧邦，孔子之言，良不为过。是以知为国者，平居必常有忘躯犯颜之士，则临难庶几有徇义守死之臣。苟平居尚不能一言，则临难何以责其死节？人臣苟皆如此，天下亦曰殆哉！君子和而不同，小人同而不和。和如和羹，同如济水，故孙宝有言："周公上圣，召公大贤，犹不相悦，著于经典，两不相损。"晋之王导，可谓元臣，每与客言，举坐称善，而王述不悦，以为"人非尧舜，安得每事尽善"。导亦敛衽谢之。若使言无不同，意无不合，更唱迭和，何者非贤？万一有小人居其间，则人主何缘得以知觉？臣之所谓愿存纪纲者，此之谓也。

臣非敢历诋新政，苟为异论。如近日裁减皇族恩例，刊定任子条式，修完器械，阅习鼓旗，皆陛下神算之至明，乾刚之必断，物议既允，臣敢有辞？然至于所献三言，则非臣之私见，中外所病，其谁不知！昔禹戒舜曰："无若丹朱傲，惟慢游是好。"舜岂有是哉！周公戒成王曰："无若殷王受之迷乱，酗于酒德哉！"成王岂有是哉！周昌以汉高为桀、纣，刘毅以晋武为桓、灵，当时人君曾莫之罪，书之史册以为美谈。使臣所献三言，皆朝廷未尝有此，则天下之幸，臣与有焉；若有万一似之，则陛下安可不察？然而臣之为计，可谓愚矣！以蝼蚁之命，试雷霆之威，积其狂愚，岂可屡赦？大则身首异处，破坏家门；小则削籍投荒，流离道路。虽然，陛下必不为此。何也？臣天赋至愚，笃于自信，向者与议学校贡举，首违大臣本意，已期窜逐，敢意自全？而陛下独然其言，曲赐召对，从容久之，至谓臣曰："方今政令得失安在？虽朕过失，指陈可也。"臣即对曰："陛下生知之性，天纵文武，不患不明，不患不勤，不患不断，但患求治太速，进人太锐，听言太广。"又俾述其所以然之状。陛下颔之曰："卿所献三言，朕当熟思之。"臣之狂愚，非独今日，陛下容之久矣！岂有容之于始，而不赦之于终？恃此而言，所以不惧。臣之所惧者，讥刺既众，怨仇实多，必将诋臣以深文，中臣以危法，使陛下虽欲赦臣而不得，岂不殆哉！死亡不辞，但恐天下以臣为戒，无复言者。是以思之经月，夜以继日，书成复毁，至于再三。感陛下听其一言，怀不能已，卒吐其说，惟陛下怜其愚忠而卒赦之，不胜俯伏待罪忧恐之至！茅顺甫云：指陈利害似贾谊，明切事情似陆贽。海峰先生云：虽自宣公奏议来，而笔力雄伟，抒词高朗，宣公不及也。宣公止敷陈条达明白，足动人主之听，故欧、苏咸效其体。

卷十九　奏议类上编九

代张方平谏用兵书

苏子瞻

臣闻好兵犹好色也，伤生之事非一，而好色者必死；贼民之事非一，而好兵者必亡：此理之必然者也。夫惟圣人之兵，皆出于不得已，故其胜也，享安全之福；其不胜也，必无意外之患。后世用兵，皆得已而不已，故其胜也，则变迟而祸大；其不胜也，则变速而祸小。是以圣人不计胜负之功，而深戒用兵之祸。何者？兴师十万，日费千金，内外骚动，殆于道路者七十万家。内则府库空虚，外则百姓穷匮，饥寒逼迫，其后必有盗贼之忧；死伤愁怨，其终必致水旱之报。上则将帅拥众，有跋扈之心；下则士众久役，有溃叛之志。变故百出，皆由用兵。至于兴事首议之人，冥谪尤重，盖以平民无故缘兵而死，怨气充积，必有任其咎者。是以圣人畏之重之，非不得已不敢用也。

自古人主好动干戈，由败而亡者，不可胜数。臣今不敢复言，请为陛下言其胜者。秦始皇既平六国，复事胡越，戍役之患，被于四海。虽拓地千里，远过三代，而坟土未干，天下怨叛。二世被害，子婴就擒，灭亡之酷，自古所未尝有也。汉武帝承文、景富溢之余，首挑匈奴，兵连不解，遂使侵寻及于诸国，岁岁调发，所至成功。建元之间，兵祸始作，是时蚩尤旗出，长与天等，其春戾太子生，自是师行三十余年，死者无数，及巫蛊事起，京师流血，僵尸数万，太子父子皆败。故班固以为太子生长于兵，与之终始，帝虽悔悟自克，而殁身之恨，已无及矣。隋文帝既下江南，继事夷狄，炀帝嗣位，此志不衰，皆能诛灭强国，威震万里，然而民怨盗起，亡不旋踵。唐太宗神武无敌，尤喜用兵，既已破灭突厥、高昌、吐谷浑等，犹且未厌，亲驾辽东，皆志在立功，非不得已而用。其后武氏之难，唐室陵迟，不绝如线。盖用兵之祸，物理难逃。不然，太宗仁圣宽厚，克己裕人，几至刑措，而一传之后，子孙涂炭，此岂为善之报也哉！由此观之，汉、唐用兵于宽仁之后，故胜而仅存；秦、隋用兵于残暴之余，故胜而遂灭。臣每读书至此，未尝不掩卷流涕，伤其计之过也。若使此四君者，方其用兵之初，随即败衄，惕然戒惧，知用兵之难，则祸败之兴，当不至此。不幸每举辄胜，故使狃于功利，虑患不深。臣故曰：胜则变迟而祸大，不胜，则变速而祸小，不可不察也。

昔仁宗皇帝覆育天下，无意于兵，将士惰偷，兵革朽钝。元昊乘间，窃发西鄙，延安、泾原、麟、府之间，败者三四，所丧动以万计，而海内晏然；兵休事已，而民无怨言，国无遗患。何者？天下臣庶，知其无好兵之心，天地鬼神，谅其有不得已之实故也。今陛下天锡勇智，意在富强，即位以来，缮甲治兵，伺候邻国，群臣百僚，窥见此指，多言用兵。其始也，弼臣执国命者，无忧深思远之心；枢臣当国论者，无虑害持难之识；在台谏之职者，无献替纳忠之议；从微至著，遂成厉阶。既而薛向为横山之谋，韩绛效深入之计，陈升之、吕公弼等阴与之协力，师徒丧败，财用耗屈，较之宝元、庆历之败，不及十一，然而天怒人怨，边兵背叛，京师骚然，陛下为之旰食者累月。何者？用兵之端，陛下作之，是以吏士无怒敌之意，而不直陛下也。尚赖祖宗积累之厚，皇天保佑之深，故使兵出无功，感悟圣意。然浅见之士，方且以败为耻，力欲求胜，以称上心。于是王韶构祸于熙河，章惇造衅于梅山，熊本发难于渝泸。然此等皆戕贼已降，俘累老弱，困弊腹心，而取空虚无用之地以为武功，使陛下受此虚名，而忽于实祸，勉强砥砺，奋于功名。故沈起、刘彝复发于安南，使十余万人暴露瘴毒，死者十而五六，道路之人毙于输送，赀粮器械，不见敌而尽。以为用兵之意，必且少衰。而李宪之师，复出于洮州矣！今师徒克捷，锐气方盛，陛下喜于一胜，必有轻视四夷、陵侮敌国之意，天意难测，臣实畏之！

且夫战胜之后，陛下可得而知者，凯旋捷奏，拜表称贺，赫然耳目之观耳。至于远方之民，肝脑屠于白刃，筋骨绝于馈饷，流离破产，鬻卖男女，薰眼折臂自经之状，陛下必不得而见也；慈父、孝子、孤臣、寡妇之哭声，陛下必不得而闻也。譬犹屠杀牛羊，刳脔鱼鳖以为膳羞，食者甚美，死者甚苦，使陛下见其号呼于梃刃之下，宛转于刀几之间，虽八珍之美，必将投箸而不忍食，而况用人之命以为耳目之观乎！且使陛下将卒精强，府库充实，如秦、汉、隋、唐之君，既胜之后，祸乱方兴，尚不可救；而况所任将吏罢软凡庸，较之古人万万不逮。而数年以来，公私窘乏，内府累世之积，扫地无余；州郡征税之储，上供殆尽；百官廪俸，仅而能继；南郊赏给，久而未办。以此举动，虽有智者，无以善其后矣。且饥疫之后，所在盗贼蜂起，京东河北，尤不可言。若军事一兴，横敛随作，民穷而无告，其势不为大盗，无以自全。边事方深，内患复起，则胜、广之形，将在于此。此老臣所以终夜不寐，临食而叹，至于痛哭而不能自止也。

且臣闻之，凡举大事，必顺天心。天之所向，以之举事必成；天之所背，以之举事必败。盖天心向背之迹，见于灾祥丰歉之间。今自近岁日蚀星变，地震山崩，水旱疠疫，连年不改，民死将半，天心之向背可以见矣！而陛下方且断然不顾，兴事不已。譬如人子得过于父母，惟有恭顺静默，引咎自责，庶几可解。今乃纷然诘责奴婢，恣行箠楚，以此事亲，未有见赦于父母者。故臣愿陛下远览前世兴亡之迹，深察天心向背之理，绝意兵革之事，保疆睦邻，安静无为，为社稷长久之计，上以安二宫朝夕之养，下以济四方亿兆之命。则臣虽老死沟壑，瞑目于地下矣。

昔汉祖破灭群雄，遂有天下；光武百战百胜，祀汉配天。然至白登被围，则讲和亲之议；西域请吏，则出谢绝之言。此二帝者，非不知兵也，盖经变既多，则虑患深远。今陛下深居九重，而轻议讨伐，老臣庸懦，私窃以为过矣。然而人臣纳说于君，因其既厌而止之，则易为力；迎其方锐而折之，则难为功。凡有血气之伦，皆有好胜之意。方其气之盛也，虽布衣贱士，有不可夺，自非智识特达，度量过人，未有能于勇锐奋发之中，舍己从人，惟义是听者也。今陛下盛气于用武，势不可回，臣非不知，而献言不已者，诚见陛下圣德宽大，听纳不疑，故不敢以众人好胜之常心，望于陛下。且意陛下他日亲见用兵之害，必将哀痛悔恨，而追咎左右大臣未尝一言，臣亦将老且死，见先帝于地下，亦有以借口矣。惟陛下哀而察之！余尝谓东坡此书是子虚乌有之事。盖东坡在黄州，既闻永乐徐禧之败，神宗悔痛，乃追作是文，聊以发挥己意。其以烹宰禽兽为譬，乃是在黄州戒杀后议论也。史言神宗于永乐事后，恨昔无人言其不可，又言："在内惟吕公著，在外惟赵卨，言用兵非好事耳。"吾度公著、卨之言，未必能及东坡此言之痛快。若果先代方平，而方平上之，帝安得忘之哉！近毕秋帆《续资治通鉴》取东坡书，为方平实事，载于元丰四年，又载帝述吕公著、赵卨事于元丰六年，是矛盾之说也。又方平乃佥人，屡为司马温公所弹，毕书据苏氏私怀作志之美而嘉予之，皆非实也。

徐州上皇帝书

苏子瞻

按公黄州上文潞公书，则此奏具稿而未及上也。

臣以庸材，备员册府，出守两郡，皆东方要地。私窃以为守法令、治文书、赴期会，不足以报塞万一；辄伏思念东方之要务、陛下之所宜知者，得其一二，草具以闻，而陛下择焉。

臣前任密州建言：自古河北与中原离合，常系社稷存亡；而京东之地，所以灌输河北，瓶竭则罍耻，唇亡则齿寒。而其民喜为盗贼，为患最甚，因为陛下画所以待盗贼之策。及移守徐州，览观山川之形势，察其风俗之所上，而考之于载籍，然后又知徐州为南北之襟要，而京东诸郡安危所寄也。昔项羽入关，既烧咸阳而东归，则都彭城。夫以羽之雄略，舍咸阳而取彭城，则彭城之险固形便，足以得志于诸侯者可知矣。臣观其地，三面被山，独其西平川数百里，西走梁、宋，使楚人开关而延敌，材官驺发，突骑云纵，真若屋上建瓴水也。地宜粟麦，一熟而饱数岁。其城三面阻水，楼堞之下以汴、泗为池，独其南可通车马，而戏马台在焉。其高十仞，广袤百步，若用武之世，屯千人其上，聚櫑木炮石凡战守之具，以与城相表里，而积三年粮于城中，虽用十万人不易取也。其民皆长大，胆力绝人，喜为剽掠，小不适意，则有飞扬跋扈之心，非止为盗而已。汉高祖沛人也，项羽宿迁人也，刘裕彭城人也，朱全忠砀山人也，皆在今徐州数百里间耳。其人以此自负，凶桀之气，积以成俗。魏太武以三十万众攻彭城不能下；而土智兴以卒伍庸材，恣睢于徐，朝廷亦不能讨，岂非以其地形便利，人卒勇悍故耶？州之东北七十余里，即利国监，自古为铁官商贾所聚，其民富乐。凡三十六冶，冶户皆大家，藏镪巨万，常为盗贼所窥，而兵卫寡弱，有同儿戏。臣中夜以思，即为寒心：使剧贼致死者十余人白昼入市，则守者皆弃而走耳。地既产精铁，而民皆善锻，散冶户之财以啸召无赖，则乌合之众，数千人之仗，可以一夕具也。顺流南下，辰发巳至，而徐有不守之忧矣。不幸而贼有过人之才，如吕布、刘备之徒，得徐而逞其志，则东京之安危未可知也。

近者河北转运司奏乞禁止利国监铁，不许入河北，朝廷从之。昔楚人忘弓不能忘楚，孔子犹小之，况天下一家，东北二冶皆为国兴利，而夺彼与此，不已隘乎？自铁不北行，冶户皆有失业之忧，诣臣而诉者数矣。臣欲因此以征冶户，为利国监之捍屏。今三十六冶，冶各百余人，采矿伐炭，多饥寒亡命强力鸷忍之民也。臣欲使冶户每冶各择有材力而忠谨者保任十人，籍其名于官，授以刼刃刀槊，教之击刺，每月两衙集于知监之庭而阅试之，藏其刃于官以待大盗，不得役使，犯者以违制论。冶户为盗所拟久矣，民皆知之，使冶出十人以自卫，民所乐也；而官又为除近日之禁，使铁得北行，则冶户皆悦而听命，奸猾破胆而不敢谋矣。

徐城虽险固，而楼橹敝恶，又城大而兵少，缓急不可守，今战兵千人耳。臣欲乞移南京新招骑射两指挥于徐，此故徐人也，尝屯于徐，营垒材石既具矣，而迁于南京，异时转运使分东、西路，畏馈饷之劳而移之西耳。今两路为一，其去来无所损益，而足以为徐之重。城下数里，颇产精石无穷，而奉化厢军，见阙数百人。臣愿募石工以足之，听不差出使，此数百人者，常采石以甃城，数年之后，举为金汤之固。要使利国监不可窥，则徐无事；徐无事，则京东无虞矣。沂州山谷重阻，为逋逃渊薮，盗贼每入徐州界中，陛下若采臣言，不以臣为不肖，愿复三年守徐，且得兼领沂州兵甲，巡检公事，必有以自效。

京东恶盗，多出逃军。逃军为盗，民则望风畏之，何也？技精而法重也。技精则难敌，法重则致死，其势然也。自陛下置将官，修军政，士皆精锐，而不免于逃者，臣尝考其所由，盖自近岁以来，部送罪人配军者，皆不使役人而使禁军。军士当部送者，受牒即行，往返常不下十日，道路之费，非取息钱不能办。百姓畏法不敢贷，贷亦不可复得，惟所部将校，乃敢出息钱与之，归而刻其粮赐。以故上下相持，军政不修，博弈饮酒，无所不至，穷苦无聊，则逃去为盗。臣自至徐，即取不系省钱百余千别储之，当部送者，量远近裁取，以三月刻纳，不取其息；将吏有敢贷息钱者，痛以法治之；然后严军政，禁酒、博。比期年，士皆饱暖，练熟技艺，等第为诸郡之冠。陛下遣敕使按阅，所具见也。臣愿下其法诸郡，推此行之，则军政修而逃者寡，亦去盗之一端也。

臣闻之汉相王嘉曰："孝文时，二千石长吏安官乐职，上下相望，莫有苟且之意。其后稍稍变易，公卿以下转相促急，司隶部刺史发扬阴私，吏或居官数月而退。二千石益轻贱，吏民慢易之，知其易危，小失意则起离畔之心。前山阳亡徒苏令纵横，吏士临难，莫肯仗节死义者，以守相威权素夺故也。国家有急，取办于二千石，二千石尊重难危，乃能使下。"以王嘉之言而考之于今，郡守之威权，可谓素夺矣。上有监司伺其过失，下有吏民持其长短，未及按问，而差替之命已下矣。欲督捕盗贼，法外求一钱以使人且不可得。盗贼凶人，情重而法轻者，守臣辄配流之，则使所在法司复按其状，劾以失入。惴惴如此，何以得吏士死力，而破奸人之党乎？由此观之，盗贼所以滋炽者，以陛下守臣权太轻故也。臣愿陛下稍重其权，责以大纲，阔略其小故。凡京东多盗之郡，自青、郓以降，如徐、沂、齐、曹之类，皆慎择守臣，听法外处置强盗，颇赐缗钱，使得以布设耳目，畜养爪牙。然缗钱多赐则难常，少又不足于用。臣以为每郡可岁别给一二百千，使以酿酒，凡使人葺捕盗贼，得以酒与之，敢以为他用者坐赃论。赏格之外，岁得酒数百斛，亦足以使人矣。此又治盗之一术也。然此皆其小者，其大者非臣之所当言，欲默而不发，则又私自念遭值陛下英圣特达如此，若有所不尽，非忠臣之义，故昧死复言之。

昔者以诗赋取士，今陛下以经术用人，名虽不同，然皆以文词进耳。考其所得，多吴、楚、闽、蜀之人。至于京东、西、河北、河东、陕西五路，盖自古豪杰之场，其人沉鸷勇悍，可任以事，然欲使治声律，读经义，以与吴、楚、闽、蜀之人争得失于毫厘之间，则彼有不仕而已，故其得人常少。夫惟忠孝礼义之士，虽不得志，不失为君子；若德不足而才有余者，困于无门，则无所不至矣。故臣愿陛下特为五路之士，别开仕进之门。汉法：郡县秀民，推择为吏，考行察廉，以次迁补，或至二千石，入为公卿。古者不专以文词取人，故得士为多。黄霸起于卒史，薛宣奋于书佐，朱邑选于啬夫，邴吉出于狱吏，其余名臣循吏由此而进者，不可胜数。唐自中叶以后，方镇皆选列校以掌牙兵。是时四方豪杰不能以科举自达者，皆争为之，往往积功以取旄钺，虽老奸巨盗，或出其中，而名卿贤将如高仙芝、封常清、李光弼、来瑱、李抱玉、段秀实之流，所得亦已多矣。王者之用人如江河，江河所趋，百川赴焉，蛟龙生之；及其去而之他，则鱼鳖无所还其体，而鲵鳅为之制。今世胥史、牙校皆奴仆庸人者，无他，以陛下不用也。今欲用胥史、牙校，而胥史行文书，治刑狱钱谷，其势不可废鞭挞，鞭挞一行，则豪杰不出于其间，故凡士之刑者不可用，用者不可刑。故臣愿陛下采唐之旧，使五路监司、郡守，共选士人以补牙职，皆取人材心力有足过人而不能从事于科举者，禄之以今之庸钱，而课之镇税场务、督捕盗贼之类，自公罪杖以下听赎。依将校法，使长吏得荐其才者，第其功阀，书其岁月，使得出仕比任子，而不以流外限其所至。朝廷察其尤异者擢用数人，则豪杰英伟之士渐出于此途，而奸猾之党可得而笼取也。其条目委曲，臣未敢尽言，惟陛下留神省察。

昔晋武平吴之后，诏天下罢军役，州郡悉去武备，惟山涛论其不可。帝见之曰“天下名言也”，而不能用。及永宁之后，盗贼蜂起，郡国皆以无备不能制，其言乃验。今臣于无事之时，屡以盗贼为言，其私忧过计亦已甚矣，陛下纵能容之，必为议者所笑。使天下无事而臣获笑可也，不然，事至而图之，则已晚矣。干犯天威，罪在不赦。茅顺甫曰：此等文字，识见、笔力，并入西汉。

圜丘合祭六议札子

苏子瞻

臣伏见九月二十二日诏书节文：俟郊礼毕，集官详议祠皇地祇事，及郊祀之岁庙享典礼闻奏者。臣恭睹陛下近者至日亲祀郊庙，神祇飨答，实蒙休应。然则圜丘合祭，允当天地之心，不宜复有改更。

臣窃为议者欲变祖宗之旧，圜丘祀天而不祀地，不过以谓冬至祀天于南郊，阳时阳位也；夏至祀地于北郊，阴时阴位也，以类求神，则阳时阳位，不可以求阴也。是大不然。冬至南郊，既祀上帝，则天地百神，莫不从也。古者秋分夕月于西郊，亦可谓阴位矣，至于从祀上帝，则以冬至而祀月于南郊，议者不以为疑。今皇地祇亦从上帝，而合祭于圜丘，独以为不可，则过矣。《书》曰："肆类于上帝，禋于六宗，望于山川，遍于群神。"舜之受禅也，自上帝、六宗、山川、群神，莫不毕告，而独不告地祇，岂有此理哉？武王克商，庚戌，柴望。柴，祭上帝也；望，祭山川也。一日之间，自上帝而及山川，必无南、北郊之别也，而独略地祇，岂有此理哉？臣以知古者祀上帝，则并祀地祇矣。何以明之？《诗》之序曰："昊天有成命，郊祀天地也。"此乃合祭天地，经之明文，而说者乃以比之"丰年，秋冬报"也，曰："秋、冬各报，而皆歌《丰年》；则天、地各祀，而皆歌《昊天有成命》也。"是大不然。《丰年》之诗曰："丰年多黍多稌，亦有高廪，万亿及秭，为酒为醴，烝畀祖妣，以洽百礼，降福孔皆。"歌于秋可也，歌于冬亦可也。《昊天有成命》之诗曰："昊天有成命，二后受之，成王不敢康。夙夜基命宥密，於缉熙，单厥心，肆其靖之。"终篇言天而不及地，颂所以告神明也，未有歌其所不祭，祭其所不歌也。今祭地于北郊，歌天而不歌地，岂有此理哉？臣以此知周之世祀上帝，则地祇在焉，歌天而不歌地，所以尊上帝，故其《序》曰"郊祀天地也"。《春秋》书"不郊，犹三望"。《左氏传》曰："望，郊之细也。"说者曰，三望，泰山、河、海。或曰，淮海也。又或曰，分野之星及山川也。鲁，诸侯也，故郊之细，及其分野山川而已。周有天下，则郊之细，独不及五岳、四渎乎？岳渎犹得从祀，而地祇独不得合祭乎？秦焚诗书，经籍散亡，学者各以意推类而已。王、郑、贾、服之流，未必皆得其真。

臣以《诗》《书》《春秋》考之，则天地合祭久矣。议者乃谓合祭天地，始于王莽，以为不足法。臣窃谓礼当验其是非，不当以人废。光武皇帝，亲诛莽者也，尚采用元始合祭故事。谨按《后汉书·郊祀志》：建武二年，初制郊兆于洛阳，为圜坛八陛，中又为重坛，天地位其上，皆南乡，西上。此则汉世合祭天地之明验也。又按《水经注》：伊水东北至洛阳县圜丘东，大魏郊天之所，准汉故事为圜坛八陛，中又为重坛，天地位其上。此则魏世合祭天地之明验也。唐睿宗将有事于南郊，贾曾议曰："有虞氏褚黄帝而郊喾，夏后氏稀黄帝而郊鲧，郊之与庙皆有禘。禘于庙，则祖宗合食于太祖；禘于郊，则地祇群望，皆合于圜丘，以始祖配享，盖有事祭，非常祀也。三辅故事，祭于圜丘，上帝后土，位皆南面，则汉尝合祭矣。"时褚无量、郭山恽等皆以曾言为然。明皇天宝元年二月敕曰："凡所祠享，必在躬亲，朕不亲祭，礼将有阙。其皇地祇宜于南郊合祭。"是月二十日，合祭天地于南郊，自后有事于圜丘皆合祭。此则唐世合祭天地之明验也。

今议者欲冬至祀天，夏至祀地，盖以为用周礼也。臣请言周礼与今礼之别。古者一岁，祀天者三，明堂飨帝者一，四时迎气者五，祭地者二，飨宗庙者四。为此十五者，皆天子亲祭也；而又朝日夕月，四望山川，社稷五祀，及群小祀之类，亦皆亲祭，此周礼也。太祖皇帝受天眷命，肇造宋室，建隆初郊，先飨宗庙，并祀天地；自真宗以来，三岁一郊，必先有事景灵，遍飨太庙，乃祀天地：此国朝之礼也。夫周之礼，亲祭如彼其多，而岁行之，不以为难；今之礼，亲祭如此其少，而三岁一行，不以为易，其故何也？古者天子出入，仪物不繁，兵卫甚简，用财有节，而宗庙在大门之内，朝诸侯，出爵赏，必于太庙，不止时祭而已。天子所治，不过王畿千里，唯以斋祭礼乐为政事。能守此，则天下服矣，是故岁岁行之，率以为常。至于后世，海内为一，四方万里，皆听命于上，机务之繁，亿万倍于古。日力有不能给。自秦、汉以来，天子仪物日以滋多，有加无损，以至于今，非复如古之简易也。今所行皆非周礼：三年一郊，非周礼也；先郊二日而告原庙，一日而祭太庙，非周礼也；郊而肆赦，非周礼也；优赏诸军，非周礼也；自后妃以下至文武官，皆得荫补亲属，非周礼也；自宰相宗室以下至百官，皆有赐赉，非周礼也。此皆不改，而独于地祇则曰："周礼不当祭于圜丘。"此何义也？

议者必曰：今之寒暑，与古无异，而宣王薄伐猃狁，六月出师，则夏至之日，何为不可祭乎？臣将应之曰：舜一岁而巡四岳，五月方暑，南至衡山，十一月方寒，而北至常山，亦今之寒暑也，后世人主能行之乎？周所以十二岁一巡者，惟不能如舜也。夫周已不能行舜之礼，而谓今可以行周之礼乎？天之寒暑虽同，而礼之繁简则异。是以有虞氏之礼，夏商有所不能行；夏商之礼，周有所不能用，时不同故也。宣王以六月出师，驱逐猃狁，盖非得已，且吉甫为将，王不亲行也。今欲定一代之礼，为三岁常行之法，岂可以六月出师为比乎？

议者必又曰：夏至不能行礼，则遣官摄祭祀，亦有故事。此非臣之所知也。《周礼·大宗伯》"若王不与则摄位"，郑氏注曰："王有故，则代行其祭事。"贾公彦疏曰："有故，谓王有疾及哀惨皆是也。"然则摄事非安吉之礼也。后世人主，不能岁岁亲祭，故命有司行事，其所从来久矣。若亲郊之岁，遣官摄事，是无故而用有故之礼也。

议者必又曰：省去繁文末节，则一岁可以再郊。臣将应之曰：古者以亲郊为常礼，故无繁文；今世以亲郊为大礼，则繁文有不能省也。若帷城幔屋，盛夏则有风雨之虞。陛下自宫入庙，出郊，冠通天，乘大辂，日中而舍，百官卫兵暴露于道，铠甲具装，人马喘汗，皆非夏至所能堪也。王者父事天，母事地，不可偏也。事天则备，事地则简，是于父母有隆杀也。岂得以为繁文末节，而一切欲损去乎？国家养兵，异于前世。自唐之时，未有军赏，犹不能岁岁亲祠。天子出郊，兵卫不可简省，大辂一动，必有赏给。今三年一郊，倾竭帑藏，犹恐不足，郊赉之外，岂可复加？若一年再赏，国力将何以给？分而与之，人情岂不失望？

议者必又曰：三年一祀天，又三年一祀地。此又非臣之所知也。三年一郊，已为疏阔，若独祭地而不祭天，是因事地而愈疏于事天，自古未有六年一祀天者。如此则典礼愈坏，欲复古而背古益远，神祇必不顾飨，非所以为礼也。

议者必又曰：当郊之岁，以十月神州之祭，易夏至方泽之祀，则可以免方暑举事之患。此又非臣之所知也。夫所以议此者，为欲举从周礼也。今以十月易夏至，以神州代方泽，不知此周礼之经耶？抑变礼之权耶？若变礼从权而可，则合祭圜丘，何独不可？十月亲祭地，十一月亲祭天，先地后天，古无是礼，而一岁再郊，军国劳费之患，尚未免也。

议者必又曰：当郊之岁，以夏至祀地祇于方泽，上不亲郊而通爟火，天子于禁中望祀。此又非臣之所知也。《书》之望秩，《周礼》之四望，

《春秋》之三望，皆谓山川在境内而不在四郊者，故远望而祭也。今所在之处，俯则见地，而云望祭，是为京师不见地乎？

此六议者，合祭可不之决也。夫汉之郊礼，尤与古戾，唐亦不能如古。本朝祖宗钦崇祭祀，儒臣礼官讲求损益，非不知圜丘、方泽皆亲祭之为是也。盖以时不可行，是故参酌古今，上合典礼，下合时宜，较其所得，已多于汉、唐矣。天、地、宗庙之祭，皆当岁遍，今不能岁遍，是故遍于三年当郊之岁；又不能于一岁之中，再举大礼，是故遍于三日。此皆因时制宜，虽圣人复起，不能易也。今并祀不失亲祭，而北郊则必不能亲往，二者孰为重乎？若一年再郊，而遣官摄事，是长不亲祀地也。三年间郊，当行郊地之岁，而暑雨不可亲行，遣官摄事，则是天、地皆不亲祭也。夫分祀天、地，决非今世之所能行，议者不过欲于当郊之岁，天、地、宗庙，分而为三耳。分而为三，有三不可：夏至之日，不可以动大众，举大礼，一也；军赏不可复加，二也；自有国以来，天、地、宗庙，惟享此祭，累圣相承，惟用此礼，此乃神祇所歆，祖宗所安，不可轻动，动之则有吉凶祸福，不可不虑，三也。凡此三者，臣熟计之，无一可行之理。伏请从旧为便。昔西汉之衰，元帝纳贡禹之言毁宗庙，成帝用丞相衡之议改郊位，皆有殃咎，著于史策，往鉴甚明，可为寒心。伏望陛下详览臣此章，则知合祭天地乃是古今正礼，本非权宜，不独初郊之岁所当施行，实为无穷不刊之典。愿陛下谨守太祖建隆、神宗熙宁之礼，无更改易郊祀庙享，以敉宁上下神祇。仍乞下臣此章，付有司集议，如有异论，即须画一解破臣所陈六议，使皆屈伏，上合周礼，下不为当今军国之患。不可固执，更不论当今可与不可施行，所贵严祀大典，蚤以时定。取进止。

卷二十 奏议类上编十

上仁宗皇帝言事书

王介甫

臣愚不肖，蒙恩备使一路，今又蒙恩召还阙廷，有所任属，而当以使事归报陛下，不自知其无以称职，而敢缘使事之所及，冒言天下之事。伏惟陛下详思而择处其中，幸甚！

臣窃观陛下有恭俭之德，有聪明睿智之才。夙兴夜寐，无一日之懈；声色狗马观游玩好之事，无纤芥之蔽，而仁民爱物之意孚于天下；而又公选天下之所愿以为辅相者，属之以事，而不式于谗邪倾巧之臣。此虽二帝、三王之用心，不过如此而已，宜其家给人足，天下大治。而效不至于此。顾内则不能无以社稷为忧，外则不能无惧于夷狄，天下之财力日以困穷，而风俗日以衰坏，四方有志之士，諰諰然常恐天下之久不安。此其故何也？患在不知法度故也。今朝廷法严令具，无所不有，而臣以谓无法度者何哉？方今之法度，多不合乎先王之政故也。孟子曰："有仁心仁闻而泽不加于百姓者，为政不法于先王之道故也。"以孟子之说，观方今之失，正在如此而已。夫以今之世去先王之世远，所遭之变所遇之势不一，而欲一一修先王之政，虽甚愚者犹知其难也。然臣以谓今之失患在不法先王之政者，以谓当法其意而已。夫二帝、三王，相去盖千有余载，一治一乱，其盛衰之时具矣。其所遭之变、所遇之势亦各不同，其施设之方亦皆殊，而其为天下国家之意，本末先后，未尝不同也。臣故曰：当法其意而已。

法其意，则吾所改易更革，不至乎倾骇天下之耳目，嚣天下之口，而固已合乎先王之政矣。

虽然，以方今之势揆之，陛下虽欲改易更革天下之事，合于先王之意，其势必不能也。陛下有恭俭之德，有聪明睿知之才，有仁民爱物之意，诚加之意，则何为而不成？何欲而不得？然而臣顾以谓陛下虽欲改易更革天下之事，合于先王之意，其势必不能者，何也？以方今天下之人才不足故也。臣尝试窃观天下在位之人，未有乏于此时者也。夫人才乏于上，则有沈废伏匿在下，而不为当时所知者矣。臣又求之于闾巷草野之间，而亦未见其多焉，岂非陶冶而成之者非其道而然乎？

臣以谓方今在位之人才不足者，以臣使事之所及则可知矣。今以一路数千里之间，能推行朝廷之法令，知其所缓急，而一切能使民以修其职事者甚少。而不才苟简贪鄙之人，至不可胜数；其能讲先王之意以合当时之变者，盖阖郡之间往往而绝也。朝廷每一令下，其意虽善，在位者犹不能推行，使膏泽加于民，而吏辄缘之为奸，以扰百姓。臣故曰：在位之人才不足，而草野闾巷之间亦未见其多也。夫人才不足，则陛下虽欲改易更革天下之事以合先王之意，大臣虽有能当陛下之意而欲领此者，九州之大，四海之远，孰能称陛下之旨，以一二推行此，而人人蒙其施者乎？臣故曰：其势必未能也。孟子曰："徒法不能以自行。"非此之谓乎！然则方今之急，在于人才而已。诚能使天下之才众多，然后在位之才，可以择其人而取足焉。在位者得其才矣，然后稍视时势之可否，而因人情之患苦，变更天下之弊法，以趋先王之意，甚易也。

今之天下，亦先王之天下，先王之时，人才尝众矣，何至于今而独不足乎？故曰陶冶而成之者，非其道故也。商之时，天下尝大乱矣，在位贪毒祸败，皆非其人，及文王之起，而天下之才尝少矣。当是时，文王能陶冶天下之士，而使之皆有士君子之才，然后随其才之所有而官使之。《诗》曰："岂弟君子，遐不作人。"此之谓也。及其成也，微贱兔罝之人，犹莫不好德，《兔罝》之诗是也。又况于在位之人乎？夫文王惟能如此，故以征则服，以守则治。《诗》曰："奉璋峩峩，髦士攸宜。"又曰："周王于迈，六师及之。"言文王所用，文武各得其材，而无废事也。及至夷、厉之乱，天下之才又尝少矣，至宣王之起，所与图天下之事者，仲山甫而已。故诗人叹之曰："德犹如毛，维仲山甫举之，爱莫助之。"盖闵人士之少，而山甫之无助也。宣王能用仲山甫，推其类以新美天下之士，而后人才复众，于是内修政事，外讨不庭，而复有文、武之境土。故诗人美之曰："薄言采芑，于彼新田，于此菑亩。"言宣王能新美天下之士，使之有可用之才，如农夫新美其田，而使之有可采之芑也。由此观之，人之才未尝不自人主陶冶而成之者也。所谓人主陶冶而成之者何也？亦教之、养之、取之、任之有其道而已。

所谓教之之道何也？古者天子诸侯，自国至于乡党皆有学，博置教导之官而严其选，朝廷礼乐刑政之事，皆在于学；士所观而习者，皆先王之法言德行治天下之意。其材亦可以为天下国家之用，苟不可以为天下国家之用则不教也，苟可以为天下国家之用者，则无不在于学。此教之之道也。

所谓养之之道何也？饶之以财，约之以礼，裁之以法也。何谓饶之以财？人之情，不足于财，则贪鄙苟得，无所不至。先王知其如此，故其制禄，自庶人之在官者，其禄已足以代其耕矣。由此等而上之，每有加焉，使其足以养廉耻而离于贪鄙之行；犹以为未也，又推其禄以及其子孙，谓之世禄，使其生也，既于父母、兄弟、妻子之养，婚姻朋友之接，皆无憾矣；其死也，又于子孙无不足之忧焉。何谓约之以礼？人情足于财，而无礼以节之，则又放僻邪侈，无所不至。先王知其如此，故为之制度，婚丧祭养燕享之事，服食器用之物，皆以命数为之节，而齐之以律度量衡之法；其命可以为之，而财不足以具，则弗具也，其财可以具，而命不得为之者，不使有铢两分寸之加焉。何谓裁之以法？先王于天下之士，教之以道艺矣，不帅教，则待之以屏弃远方、终身不齿之法；约之以礼矣，不循礼，则待之以流、杀之法。《王制》曰："变衣服者其君流。"《酒诰》曰："厥或诰曰：群饮，汝勿佚，尽执拘以归于周，予其杀。"夫群饮、变衣服，小罪也；流、杀，大刑也；加小罪以大刑，先王所以忍而不疑者，以为不如是，不足以一天下之俗而成吾治。夫约之以礼，裁之以法，天下所以服从无抵冒者，又非独其禁严而治察之所能致也，盖亦以吾至诚恳恻之心，力行而为之倡，凡在左右通贵之人，皆顺上之欲而服行之，有一不帅者，法之加，必自此始。夫上以至诚行之，而贵者知避上之所恶矣，则天下之不罚而止者众矣。故曰此养之之道也。

所谓取之之道者何也？先王之取人也，必于乡党，必于庠序，使众人推其所谓贤能，书之以告于上而察之。诚贤能也，然后随其德之大小、才之高下，而官使之。所谓察之者，非专用耳目之聪明，而听私于一人之口也。欲审知其德，问以行；欲审知其才，问以言；得其言行则试之以事。所谓察之者，试之以事是也，虽尧之用舜，不过如此而已，又况其下乎？若夫九州之大，四海之远，万官亿丑之贱，所须士大夫之才则众矣。有天下者，又不可以一一自察之也，又不可偏属于一人，而使之于一日二日之间，考试其行能而进退之也。盖吾已能察其才行之大者以为大官矣，因使之取其类以持久试之，而考其能者以告于上，而后以爵命禄秩予之而已。此取之之道也。

所谓任之之道者何也？人之才德，高、下、厚、薄不同，其所任有宜有不宜，先王知其如此，故知农者以为后稷，知工者以为共工，其德厚而才高者以为之长，德薄而才下者以为之佐属。又以久于其职，则上狃习而知其事，下服驯而安其教，贤者则其功可以至于成，不肖者则其罪可以至于著，故久其任而待之以考绩之法。夫如此，故智能才力之士，则得尽其智以赴功，而不患其事之不终、其功之不就也。偷惰苟且之人，虽欲取容于一时，而顾僇辱在其后，安敢不勉乎！若夫无能之人，固知辞避而去矣，居职任事之日久，不胜任之罪，不可以幸而免故也。彼且不敢冒而知辞避矣，尚何有比周谗谄争进之人乎？取之既已详，使之既已当，处之既已久，至其任之也又专焉，而不一一以法束缚之，而使之得行其意。尧、舜之所以理百官而熙众工者，以此而已。《书》曰："三载考绩，三考，黜陟幽明。"此之谓也。然尧、舜之时，其所黜者，则闻之矣，盖四凶是也。其所陟者，则皋陶、稷、契，皆终身一官而不徙。盖其所谓陟者，特加之爵命、禄赐而已耳。此任之之道也。

夫教之、养之、取之、任之之道如此，而当时人主又能与其大臣悉其耳目心力，至诚恻怛，思念而行之，此其人臣之所以无疑，而于天下国家之事无所欲为而不得也。

方今州县虽有学，取墙壁具而已，非有教导之官，长育人才之事也。唯太学有教导之官，而亦未尝严其选。朝廷礼乐刑政之事，未尝在于学，学者亦漠然自以礼乐刑政为有司之事，而非己所当知也。学者之所教，讲说章句而已，讲说章句，固非古者教人之道也。近岁乃始教之以课试之文章。夫课试之文章，非博诵强学穷日之力则不能；及其能工也，大则不足以用天下国家，小则不足以为天下国家之用。故虽白首于庠序，穷日之力以帅上之教，及使之从政，则茫然不知其方者皆是也。

盖今之教者，非特不能成人之材而已，又从而困苦毁坏之，使不得成材者，何也？夫人之才，成于专而毁于杂，故先王之处民才，处工于官府，处农于畎亩，处商贾于肆，而处士于庠序，使各专其业而不见异物，惧异物之足以害其业也。所谓士者，又非特使之不得见异物而已，一示之以先王之道，而百家诸子之异说，皆屏之而莫敢习者焉。今士之所宜学者，天下国家之用也，今悉使置之不教，而教之课试之文章，使其耗精疲神，穷日之力以从事于此；及其任之以官也，则又悉使置之，而责之以天下国家之事。夫古之人以朝夕专其业于天下国家之事，而犹才有能有不能；今乃移其精神，夺其日力，以朝夕从事于无补之学，及其任之以事，然后卒然责之以为天下国家之用，宜其才之足以有为者少矣。臣故曰非特不能成人之才，又从而困苦毁坏之，使不得成才也。

又有甚害者，先王之时，士之所学者，文武之道也。士之才有可以为公卿大夫，有可以为士，其才之大小宜不宜则有矣。至于武事，则随其才之大小，未有不学者也。故其大者，居则为六官之卿，出则为六军之将也；其次则比闾族党之师，亦皆卒伍师旅之帅也。故边疆宿卫，皆得士大夫为之，而小人不得奸其任。今之学者，以为文武异事，吾知治文事而已，至于边疆宿卫之任，则推而属之于卒伍。往往天下奸悍无赖之人，苟其才行足以自托于乡里者，亦未有肯去亲戚而从召募者也。边疆宿卫，此乃天下之重任，而人主之所当慎重者也。故古者教士，以射御为急，其他技能则视其人才之所宜而后教之，其才之所不能，则不强也。至于射，则为男子之事，人之生有疾则已，苟无疾，未有去射而不学者也。在庠、序之间，固当从事于射也，有宾客之事则以射，有祭祀之事则以射，别士之行同能偶则以射。于礼乐之事未尝不寓以射，而射亦未尝不在于礼乐祭祀之间也。《易》曰："弧矢之利，以威天下。"先王岂以射为可以习揖让之仪而已乎？固以为射者武事之尤大，而威天下守国家之具也。居则以是习礼乐，出则以是从战伐，士既朝夕从事于此，而能者众，则边疆宿卫之任，皆可以择而取也。夫士尝学先王之道，其行义尝见推于乡党矣，然后因其才而托之以边疆宿卫之事，此古之人君所以推干戈以属之人，而无内外之虞也。今乃以夫天下之重任、人主所当至慎之选，推而属之奸悍无赖、才行不足自托于乡里之人，此方今所以諰諰然常抱边疆之忧，而虞宿卫之不足恃以为安也。今孰不知边疆宿卫之士不足恃以为安哉？顾以为天下学士以执兵为耻，而亦未有能骑射行阵之事者，则非召募之卒伍，孰能任其事者乎？夫不严其教，高其选，则士之以执兵为耻而未尝有能骑射行阵之事，固其理也。凡此皆教之非其道故也。

方今制禄，大抵皆薄，自非朝廷侍从之列，食口稍众，未有不兼农商之利而能充其养者也。其下州县之吏，一月所得，多者钱八九千，少者四五千，以守选待除守阙通之，盖六七年而后得三年之禄，计一月所得，乃实不能四五千，少者乃实不能及三四千而已，虽厮养之给，亦窘于此矣。而其养生、丧死、婚姻、葬送之事，皆当于此出。夫出中人之上者，虽穷而不失为君子；出中人之下者，虽泰而不失为小人。唯中人不然，穷则为小人，泰则为君子。计天下之士，出中人之上下者，千百而无十一，穷而为小人，泰而为君子者，则天下皆是也。先王以为众不可以力胜也，故制行不以己，而以中人为制，所以因其欲而利道之，以为中人之所能守，则其制可以行乎天下，而推之后世。以今之制禄，而欲士之无毁廉耻，盖中人之所不能也。故今官大者，往往交赂遗，营资产，以负贪污之毁；官小者，贩鬻乞丐，无所不为。夫士已尝毁廉耻以负累于世矣，则其偷惰取容之意起，而矜奋自强之心息，则职业安得而不弛，治道何从而兴乎？又况委法受赂，侵牟百姓者，往往而是也。此所谓不能饶之以财也。

婚丧、奉养、服食、器用之物，皆无制度以为之节，而天下以奢为荣，以俭为耻。苟其财之可以具，则无所为而不得，有司既不禁，而人又以此为荣；苟其财不足，而不能自称于流俗，则其婚丧之际，往往得罪于族人亲姻，而人以为耻矣。故富者贪而不知止，贫者则勉强其不足以追之，此士之所以重困，而廉耻之心毁也。凡此所谓不能约之以礼也。

方今陛下躬行俭约，以率天下，此左右通贵之臣所亲见，然而其闺门之内，奢靡无节，犯上之所恶，以伤天下之教者，有已甚者矣，未闻朝廷有所放绌以示天下。昔周之人拘群饮而被之以杀刑者，以为酒之末流生害，有至于死者众矣，故重禁其祸之所自生。重禁其祸之所自生，故其施刑极省，而人之抵于祸败者少矣。今朝廷之法，所尤重者独贪吏耳。重禁贪吏而轻奢靡之法，此所谓禁其末而弛其本。自“陛下躬行”至“弛其本”，与后段“法严令具”至“不能裁之以刑也”两段，当前后互易。《荆公集》见一南宋雕本，极多舛错，世亦无佳本正之。盖“世之识者”一段，补“饶财”之馀意，“陛下躬行”一段，补“约以礼裁以刑”之馀意。均当在“不能裁之以刑也”结句之后，而为刊本舛误，遂无觉其文势之不顺者。至“然而世之议者”上，仍有脱字。

然而世之议者，以为方今官冗，而县官财用已不足以供之，下有脱文。其亦蔽于理矣。今之入官诚冗矣，然而前世置员盖甚少，而赋禄又如此之薄，则财用之所不足，盖亦有说矣，吏禄岂足计哉！臣于财利固未尝学，然窃观前世治财之大略矣。盖因天下之力，以生天下之财；取天下之财，以供天下之费，自古治世，未尝以不足为天下之公患也。患在治财无其道耳。今天下不见兵革之具，而元元安土乐业，各致己力以生天下之财，然而公私常以困穷为患者，殆以理财未得其道，而有司不能度世之宜而通其变耳。诚能理财以其道而通其变，臣虽愚，固知增吏禄不足以伤经费也。

方今法严令具，所以罗天下之士，可谓密矣，然而亦尝教之以道艺，而有不帅教之刑以待之乎？亦尝约之以制度，而有不循理之刑以待之乎？亦尝任之以职事，而有不任事之刑以待之乎？夫不先教之以道艺，诚不可以诛其不帅教；不先约之以制度，诚不可以诛其不循礼；不先任之以职事，诚不可以诛其不任事。此三者，先王之法所尤急也，今皆不可得诛。而薄物细故，非害治之急者，为之法禁，月异而岁不同，为吏者至于不可胜记，又况能一一避之而无犯者乎？此法令所以玩而不行，小人有幸而免者，君子有不幸而及者焉，此所谓不能裁之以刑也。凡此皆治之非其道也。“治”当作“养”。

方今取士，强记博诵而略通于文辞。谓之茂才异等，贤良方正；茂才异等、贤良方正者，公卿之选也。记不必强，诵不必博，略通于文辞，而又尝学诗赋，则谓之进士；进士之高者，亦公卿之选也。夫此二科所得之技能，不足以为公卿，不待论而后可知。而世之议者，乃以为吾常以此取天下之士，而才之可以为公卿者，常出于此，不必法古之取人而后得士也。其亦蔽于理矣。先王之时，尽所以取人之道，犹惧贤者之难进，而不肖者之杂于其间也。今悉废先王所以取士之道，而驱天下之才士悉使为贤良、进士，则士之才可以为公卿者，固宜为贤良、进士，而贤良、进士亦固宜有时而得才之可以为公卿者也。然而不肖者，苟能雕虫篆刻之学，以此进至乎公卿；才之可以为公卿者，困于无补之学，而以此绌死于岩野，盖十八九矣。夫古之人有天下者，其所以慎择者公卿而已。公卿既得其人，因使推其类以聚于朝廷，则百司庶物无不得其人也。今使不肖之人幸而至乎公卿，因得推其类聚之朝廷，此朝廷所以多不肖之人，而虽有贤智，往往困于无助，不得行其意也。且公卿之不肖，既推其类以聚于朝廷；朝廷之不肖，又推其类以备四方之任使；四方之任使者，又各推其不肖以布于州郡，则虽有同罪举官之科，岂足恃哉！适足以为不肖者之资而已。

其次九经、五经、学究、明法之科，朝廷固已尝患其无用于世，而稍责之以大义矣。然大义之所得，未有以贤于故也。今朝廷又开明经之选，以进经术之士，然明经之所取，亦记诵而略通于文辞者，则得之矣。彼通先王之意，而可以施于天下国家之用者，顾未必得与于此选也。

其次则恩泽子弟，庠序不教之以道艺，官司不考问其才能，父兄不保任其行义，而朝廷辄以官予之，而任之以事。武王数纣之罪，则曰“官人以世”。夫官人以世，而不计其才行，此乃纣之所以乱亡之道，而治世之所无也。

又其次曰“流外”，朝廷固已挤之于廉耻之外，而限其进取之路矣，顾属之以州县之事，使之临士民之上，岂所谓以贤治不肖者乎！以臣使事之所及，一路数千里之间，州县之吏出于流外者，往往而有；可属任以事者，殆无二三，而当防闲其奸者皆是也。盖古者有贤不肖之分，而无流品之别，故孔子之圣，而尝为季氏吏，盖虽为吏，而亦不害其为公卿。及后世有流品之别，则凡在流外者，其所成立固尝自置于廉耻之外，而无高人之意矣。夫以近世风俗之流靡，自虽士大夫之才，势足以进取，而朝廷尝奖之以礼义者，晚节末路，往往怵而为奸；况又其素所成立，无高人之意，而朝廷固已挤之于廉耻之外，限其进取者乎？其临人亲职，放僻邪侈，固其理也。至于边疆宿卫之选，则臣固已言其失矣。凡此皆取之非其道也。

方今取之既不以其道，至于任之，又不问其德之所宜，而问其出身之后先；不论其才之称否，而论其历任之多少。以文学进者，且使之治财；已使之治财矣，又转而使之典狱；已使之典狱矣，又转而使之治礼：是则一人之身，而责之以百官之所能备，宜其人才之难为也！夫责人以其所难为，则人之能为者少矣；人之能为者少，则相率而不为。故使之典礼，未尝以不知礼为忧，以今之典礼者，未尝学礼故也；使之典狱，未尝以不知狱为耻，以今之典狱者，未尝学狱故也。天下之人，亦已渐渍于失教，被服于成俗，见朝廷有所任使非其资序，则相议而讪之，至于任使之不当其才，未尝有非之者也。且在位者数徙，则不得久于其官，故上不能狃习而知其事，下不肯服驯而安其教；贤者则其功不可以及于成，不肖者则其罪不可以至于著。若夫迎新将故之劳，缘绝簿书之弊，固其害之小者，不足悉数也。设官大抵皆当久于其任，而至于所部者远，所任者重，则尤宜久于其官，而后可以责其有为。而方今尤不得久于其官，往往数日辄迁之矣。取之既已不详，使之既已不当，处之既已不久，至于任之则又不专，而又一一以法束缚之，不得行其意。臣故知当今在位多非其人，稍假借之权，而不一一以法束缚之，则放恣而无不为。

虽然，在位非其人，而恃法以为治，自古及今，未有能治者也。即使在位皆得其人矣，而一一以法束缚之，不使之得行其意，亦自古及今，未有能治者也。夫取之既已不详，使之既已不当，处之既已不久，任之又不专，而又一一以法束缚之，故虽贤者在位，能者在职，与不肖而无能者，殆无以异。夫如此，故朝廷明知其贤能，足以任事，苟非其资序，则不以任事而辄进之；虽进之，士犹不服也。明知其无能而不肖，苟非有罪为在事者所劾，不敢以其不胜任而辄退之；虽退之，士犹不服也。彼诚不肖无能，然而士不服者何也？以所谓贤能者任其事，与不肖而无能者亦无以异故也。臣前以谓不能任人以职事，而无不任事之刑以待之者，盖谓此也。

夫教之、养之、取之、任之，有一非其道，则足以败天下之人才，又况兼此四者而有之，则在位不才苟简贪鄙之人至于不可胜数，而草野闾巷之间亦少可任之才，固不足怪。《诗》曰："国虽靡止，或圣或否；民虽靡朊，或哲或谋；或肃或艾，如彼泉流，无沦胥以败。"此之谓也。

夫在位之人才不足矣，而闾巷草野之间亦少可用之才，则岂特行先王之政而不得也？社稷之托，封疆之守，陛下其能久以天幸为常，而无一旦之忧乎？盖汉之张角，三十六万同日而起，所在郡国莫能发其谋；唐之黄巢，横行天下，所至将吏无敢与之抗者。汉、唐之所以亡，祸自此始。唐既亡矣，陵夷以至五代，而武夫用事，贤者伏匿消沮而不见，在位无复有知君臣之义、上下之礼者也。当是之时，变置社稷，盖甚于弈棋之易，而元元肝脑涂地，幸而不转死于沟壑者无几耳。夫人才不足，其患盖如此，而方今公卿大夫莫肯为陛下长虑后顾，为宗庙万世计，臣窃惑之。昔晋武帝趋过目前，而不为子孙长远之谋。当时在位，亦皆偷合苟容，而风俗荡然，弃礼义，捐法制，上下同失，莫以为非。有识固知其将必乱矣，而其后果海内大扰，中国列于夷狄者二百余年。伏惟三庙祖宗神灵所以付属陛下，固将为万世血食，而大庇元元于无穷也。臣愿陛下鉴汉、唐、五代之所以乱亡，惩晋武苟且因循之祸，明诏大臣，思所以陶成天下之才，虑之以谋，计之以数，为之以渐，期为合于当世之变，而无负于先王之意，则天下之人才不胜用矣。人才不胜用，则陛下何求而不得，何欲而不成哉！

夫虑之以谋，计之以数，为之以渐，则成天下之才甚易也。臣始读《孟子》，见孟子言王政之易行，心则以为诚然。及见与慎子论齐、鲁之地，以为先王之制国，大抵不过百里者，以为今有王者起，则凡诸侯之地，或千里，或五百里，皆将损之，至于数十百里而后止。于是疑孟子虽贤，其仁智足以一天下，亦安能毋劫之以兵革，而使数百千里之强国，一旦肯损其地之十八九，比于先王之诸侯。至其后，观汉武帝用主父偃之策，令诸侯王地悉得推恩封其子弟，而汉亲临定其号名，辄别属汉，于是诸侯王之子弟各有分土，而势强地大者卒以分析、弱小。然后知虑之以谋，计之以数，为之以渐，则大者固可使小，强者固可使弱，而不至乎倾骇变乱败伤之衅，孟子之言不为过。又况今欲改易更革，其势非若孟子所为之难也。臣故曰：虑之以谋，计之以数，为之以渐，则其为甚易也。

然先王之为天下，不患人之不为，而患人之不能；不患人之不能，而患己之不勉。何谓不患人之不为，而患人之不能？人之情，所愿得者，善行、美名、尊爵、厚利也，而先王能操之以临天下之士，天下之士有能遵之以治者，则悉以其所愿得者以与之。士不能则已矣，苟能则孰肯舍其所愿得，而不自勉以为才？故曰：不患人之不为，患人之不能。何谓不患人之不能，而患己之不勉？先王之法，所以待人者尽矣，自非下愚不可移之才，未有不能赴者也。然而不谋之以至诚恻怛之心，力行而先之，未有能以至诚恻怛之心，力行而应之者也。故曰：不患人之不能，而患己之不勉。陛下诚有意乎成天下之才，则臣愿陛下勉之而已。

臣又观朝廷异时欲有所施为变革，其始计利害未尝不熟也，顾有一流俗侥幸之人不悦而非之，则遂止而不敢。夫法度立则人无独蒙其幸者，故先王之政，虽足以利天下，而当其承敝坏之后，侥幸之时，其创法立制，未尝不艰难也。使其创法立制，而天下侥幸之人亦顺悦以趋之，无有龃龉，则先王之法，至今存而不废矣。惟其创法立制之艰难，而侥幸之人不肯顺悦而趋之，故古之人欲有所为，未尝不先之以征诛而后得其意。《诗》曰："是伐是肆，是绝是忽，四方以无拂。"此言文王先征诛而后得意于天下也。夫先王欲立法度以变衰坏之俗，而成人之才，虽有征诛之难，犹忍而为之，以为不若是，不可以有为也。及至孔子，以匹夫游诸侯，所至则使其君臣捐所习，逆所顺，强所劣，憧憧如也，卒困于排逐。然孔子亦终不为之变，以为不如是，不可以有为，此其所守，盖与文王同意。夫在上之圣人，莫如文王，在下之圣人，莫如孔子，而欲有所施为变革，则其事盖如此矣。今有天下之势，居先王之位，创立法制，非有征诛之难也，虽有侥幸之人不悦而非之，固不胜天下顺悦之人众也。然而一有流俗侥幸不悦之言，则遂止而不敢为者，惑也。陛下诚有意乎成天下之才，则臣又愿断之而已。夫虑之以谋，计之以数，为之以渐，而又勉之以成，断之以果，然而犹不能成天下之才，则以臣所闻，盖未有也。

然臣之所称，流俗之所不讲，而今之议者以谓迂阔而熟烂者也。窃观近世士大夫，所欲悉心力耳目，以补助朝廷者有矣。彼其意非一切利害，则以为当世所能行者，士大夫既以此希世，而朝廷所取于天下之士亦不过如此；至于大伦大法，礼义之际，先王之所力学而守者，盖不及也。一有及此，则群聚而笑之，以为迂阔。今朝廷悉心于一切之利害，有司脱字法令于刀笔之间，非一日也，然其效可观矣。则夫所谓迂阔而熟烂者，惟陛下亦可以少留神而察之矣。昔唐太宗正观之初，人人异论，如封德彝之徒，皆以为非杂用秦汉之政不足以为天下，能思先王之事开太宗者，魏文正公一人耳。其所施设，虽未能尽当先王之意，抑其大略可谓合矣，故能以数年之间，而天下几致刑措，中国安宁，蛮夷顺服，自三王以来，未有如此盛时也。唐太宗之初，天下之俗，犹今之世也。魏文正公之言，固当时所谓迂阔而熟烂者也，然其效如此。贾谊曰："今或言德教之不如法令，胡不引商、周、秦、汉以观之？"然则唐太宗之事，亦足以观矣。

臣幸以职事归报陛下，不自知其驽下，无以称职，而敢及国家之大体者，以臣蒙陛下任使，而当归报。窃谓在位之人才不足，而无以称朝廷任使之意，而朝廷所以任使天下之士者，或非其理，而士不得尽其才。此亦臣使事之所及，而陛下之所宜先闻者也。释此不言，而毛举利害之一二，以污陛下之聪明，而终无补于世，则非臣所以事陛下惓惓之意也。伏惟陛下详思而择其中，天下幸甚！

本朝百年无事札子

王介甫

臣前蒙陛下问及本朝所以享国百年、天下无事之故，臣以浅陋，误承圣问，迫于日晷，不敢久留，语不及悉，遂辞而退。窃惟念圣问及此，天下之福，而臣遂无一言之献，非近臣所以事君之义，故敢冒昧而粗有所陈。

伏惟太祖，躬上智独见之明，而周知人物之情伪，指挥付托，必尽其材，变置设施，必当其务，故能驾驭将帅，训齐士卒，外以扞夷狄，内以平中国；于是除苛赋，止虐刑，废强横之藩镇，诛贪残之官吏，躬以简俭为天下先；其于出政发令之间，一以安利元元为事。太宗承之以聪武，真宗守之以谦仁，以至仁宗、英宗，无有逸德，此所以享国百年，而天下无事也。仁宗在位，历年最久，臣于时实备从官，施为本末。臣所亲见，尝试为陛下陈其一二，而陛下详择其可，亦足以申鉴于方今。

伏惟仁宗之为君也，仰畏天，俯畏人，宽仁恭俭，出于自然，而忠恕诚悫，终始如一。未尝妄兴一役，未尝妄杀一人；断狱务在生之，而特恶吏之残扰；宁屈己弃财于夷狄，而终不忍加兵。刑平而公，赏重而信。纳用谏官御史，公听并观，而不蔽于偏至之谗。因任众人耳目，拔举疏远，而随之以相坐之法。盖监司之吏，以至州县，无敢暴虐残酷，擅有调发，以伤百姓；自夏人顺服，蛮夷遂无大变，边人父子夫妇得免于兵死；而中国之人安逸蕃息，以至今日者：未尝妄兴一役、未尝妄杀一人，断狱务在生之而特恶吏之残扰，宁屈己弃财于夷狄而不忍加兵之效也。大臣贵戚，左右近习，莫敢强横犯法，其自重慎，或甚于闾巷之人：此刑平而公之效也。募天下骁雄横猾以为兵，几至百万，非有良将以御之，而谋变者辄败；聚天下财物，虽有文籍委之府史，非有能吏以钩考，而断盗者辄发；凶年饥岁，流者填道，死者相枕，而寇攘者辄得：此赏重而信之效也。大臣贵戚，左右近习，莫能大擅威福，广私货赂，一有奸慝，随辄上闻，贪邪横猾，虽间或见用，未尝得久：此纳用谏官御史，公听并观，而不蔽于偏至之谗之效也。自县令京官，以至监司台阁，陞擢之任，虽不皆得人，然一时之所谓才士，亦罕蔽塞而不见收举者：此因任众人之耳目，拔举疏远，而随之以相坐之法之效也。升遐之日，天下号恸，如丧考妣。此宽仁恭俭，出于自然，忠恕诚悫，终始如一之效也。

然本朝累世因循末俗之弊，而无亲友群臣之议。人君朝夕与处，不过宦官女子；出而视事，又不过有司之细故，未尝如古大有为之君，与学士大夫讨论先王之法，以措之天下也。一切因任自然之理势，而精神之运有所不加，名实之间有所不察。君子非不见贵，然小人亦得厕其间；正论非不见容，然邪说亦有时而用。以诗赋记诵求天下之士，而无学校养成之法；以科名资历叙朝廷之位，而无官司课试之方。监司无检察之人，守将非选择之吏，转徙之亟，既难于考绩；而游谈之众，因得以乱真。交私养望者，多得显官；独立营职者，或见排沮。故上下偷惰取容而已，虽有能者在职，亦无以异于庸人。农民坏于徭役，而未尝特见救恤，又不为之设官以修其水土之利。兵士杂于疲老，而未尝申敕训练，又不为之择将，而久其疆埸之权。宿卫则聚卒伍无赖之人，而未有以变五代姑息羁縻之俗。宗室则无教训选举之实，而未有以合先王亲疏隆杀之宜。其于理财，大抵无法，故虽俭约，而民不富；虽忧勤，而国不强。赖非夷狄昌炽之时，又无尧、汤水旱之变，故天下无事，过于百年，虽曰人事，亦天助也。盖累圣相继，仰畏天，俯畏人，宽仁恭俭，忠恕诚悫，此其所以获天助也。

伏惟陛下，躬上圣之质，承无穷之绪，知天助之不可常恃，知人事之不可怠终，则大有为之时，正在今日。臣不敢辄废将明之义，而苟逃讳忌之诛，伏惟陛下幸赦而留神，则天下之福也。取进止。

进戒疏

王介甫

臣某昧死再拜上疏皇帝陛下：臣窃以为陛下既终亮阴，考之于经，则群臣进戒之时，而臣待罪近司，职当先事有言者也。

窃闻孔子论为邦，先“放郑声”，而后曰“远佞人”。仲虺称汤之德，先“不迩声色，不殖货利”，而后曰“用人惟己”。盖以谓不淫耳目于声色玩好之物，然后能精于用志；能精于用志，然后能明于见理；能明于见理，然后能知人；能知人，然后佞人可得而远。忠臣良士与有道之君子，类进于时，有以自竭，则法度之行，风俗之成，甚易也。若夫人主虽有过人之材，而不能早自戒于耳目之欲，至于过差以乱其心之所思，则用志不精；用志不精，则见理不明；见理不明，则邪说诐行，必窥间乘殆而作，则其至于危乱也，岂难哉！

伏惟陛下即位以来，未有声色玩好之过闻于外，然孔子圣人之盛，尚自以为七十而后敢从心所欲也。今陛下以鼎盛之春秋，而享天下之大奉，所以惑移耳目者为不少矣，则臣之所豫虑，而陛下之所深戒，宜在于此。天之生圣人之材甚吝，而人之值圣人之时甚难；天既以圣人之材付陛下，则人亦将望圣人之泽于此时。伏惟陛下自爱以成德，而自强以赴功，使后世不失圣人之名，而天下皆蒙陛下之泽，则岂非可愿之事哉！

臣愚不胜惓惓，惟陛下恕其狂妄，而幸赐省察。

卷二十一　奏议类下编一

对贤良策一

董　子

制曰：朕获承至尊休德，传之亡穷，而施之罔极，任大而守重，是以夙夜不皇康宁，永惟万事之统，犹惧有阙。故广延四方之豪俊，郡国诸侯公选贤良修絜博习之士，欲闻大道之要，至论之极。今子大夫褎然为举首，朕甚嘉之。子大夫其精心致思，朕垂听而问焉。

盖闻五帝三王之道，改制作乐而天下洽和，百王同之。当虞氏之乐莫盛于《韶》，于周莫盛于《勺》。圣王已没，钟鼓管弦之声未衰，而大道微缺，陵夷至乎桀、纣之行，王道大坏矣。夫五百年之间，守文之君，当涂之士，欲则先王之法，以戴翼其世者甚众，然犹不能反，日以仆灭，至后王而后止，岂其所持操或誖缪而失其统与？固天降命不可复反，必推之于大衰而后息与？呜呼！凡所为屑屑，夙兴夜寐，务法上古者，又将无补与？三代受命，其符安在？灾异之变，何缘而起？性命之情，或夭或寿，或仁或鄙，习闻其号，未烛厥理。伊欲风流而令行，刑轻而奸改，百姓和乐，政事宣昭，何修何饬而膏露降，百谷登，德润四海，泽臻草木，三光全，寒暑平，受天之祜，享鬼神之灵，德泽洋溢，施乎方外，延及群生？

子大夫明先圣之业，习俗化之变、终始之序，讲闻高谊之日久矣，其明以谕朕。科别其条，勿猥勿并，取之于术，慎其所出。乃其不正不直，不忠不极，枉于执事，书之不泄，兴于朕躬，毋悼后害。子大夫其尽心，靡有所隐，朕将亲览焉。

仲舒对曰：

陛下发德音，下明诏，求天命与情性，皆非愚臣之所能及也。臣谨案《春秋》之中，视前世已行之事，以观天人相与之际，甚可畏也。国家将有失道之败，而天乃先出灾害以谴告之；不知自省，又出怪异以警惧之；尚不知变，而伤败乃至。以此见天心之仁爱人君而欲止其乱也。自非大亡道之世者，天尽欲扶持而全安之，事在强勉而已矣。强勉学问，则闻见博而知益明；强勉行道，则德日起而大有功：此皆可使还至而立有效者也。以策之次第，当先对“作乐”，然语非切要，故从非天降命，不可反意说起，以“强勉行道”对“夙兴夜寐”，非无补以警动之，下乃从“行道”引入“作乐”，科条不并，而意自贯通。《诗》曰“夙夜匪解。”《书》云：“茂哉茂哉？”皆强勉之谓也。

道者，所由适于治之路也，仁义礼乐，皆其具也。故圣王已没，而子孙长久安宁数百岁，此皆礼乐教化之功也。王者未作乐之时，乃用先王之乐宜于世者，而以深入教化于民。教化之情不得，雅颂之乐不成，故王者功成作乐，乐其德也。乐者，所以变民风，化民俗也；其变民也易，其化人也著。故声发于和而本于情，接于肌肤，臧于骨髓。故王道虽微缺，而管弦之声未衰也。夫虞氏之不为政久矣，然而乐颂遗风犹有存者，是以孔子在齐而闻《韶》也。夫人君莫不欲安存而恶危亡，然而政乱国危者甚众，所任者非其人，而所由者非其道，是以政日以仆灭也。夫周道衰于幽、厉，非道亡也，幽、厉不由也。至于宣王，思昔先王之德，兴滞补弊，明文、武之功业，周道粲然复兴，诗人美之而作，上天祐之，为生贤佐，后世称诵，至今不绝。此夙夜不解行善之所致也。孔子曰：“人能弘道，非道弘人也。”故治乱废兴在于己，非天降命，不可得反，其所操持谬失其统也。

臣闻天之所大奉使之王者，必有非人力所能致而自至者，此受申之符也。天下之人，同心归之，若归父母，故天瑞应诚而至。《书》曰：“白鱼入于王舟，有火复于王屋，流为乌。”此盖受命之符也。周公曰：“复哉复哉！”孔子曰：“德不孤，必有邻。”皆积善累德之效也。及至后世，淫佚衰微，不能统理群生，诸侯背畔，残贼良民以争壤土，废德教而任刑罚。刑罚不中，则生邪气；邪气积于下，怨恶积于上。上下不和，则阴阳缪戾，而妖孽生矣。此灾异所缘而起也。

臣闻命者，天之令也，性者，生之质也，情者，人之欲也。或夭或寿，或仁或鄙，陶冶而成之，不能粹美，有治乱之所生，故不齐也。孔子曰："君子之德，风也，小人之德，草也，草上之风必偃。"故尧、舜行德则民仁寿；桀、纣行暴则民鄙夭。夫上之化下，下之从上，犹泥之在钧，惟甄者之所为；犹金之在熔，惟冶者之所铸。"绥之斯俫，动之斯和"，此之谓也。

臣谨案《春秋》之文，求王道之端，得之于正。正次王，王次春。春者，天之所为也；正者，王之所为也。其意曰：上承天之所为，而下以正其所为，正王道之端云尔。然则王者欲有所为，宜求其端于天。此段专对"何修何饬"，至篇末皆一意。天道之大者在阴阳。阳为德，阴为刑，刑主杀而德主生。是故阳常居大夏，而以生育养长为事；阴常居大冬，而积于空虚不用之处。以此见天之任德不任刑也。天使阳出布施于上而主岁功，使阴入伏于下而时出佐阳；阳不得阴之助，亦不能独成岁。终阳以成岁为名，此天意也。王者承天意以从事，故任德教而不任刑。刑者不可任以治世，犹阴之不可任以成岁也。为政而任刑，不顺于天，故先王莫之肯为也。今废先王德教之官，而独任执法之吏治民，毋乃任刑之意与！孔子曰："不教而诛谓之虐。"虐政用于下，而欲德教之被四海，故难成也。

臣谨案《春秋》谓一元之意，一者，万物之所从始也，元者，辞之所谓大也。谓一为元者，视大始而欲正本也。《春秋》深探其本，而反自贵者始。故为人君者，正心以正朝廷，正朝廷以正百官，正百官以正万民，正万民以正四方。四方正，远近莫敢不壹于正，而亡有邪气奸其间者。策问内"不正不直"一层，董子所不对，而寓意于此。谓人君正己，固无取以察察为明也。是以阴阳调而风雨时，群生和而万民殖，五谷孰而草木茂，天地之间被润泽而大丰美，四海之内闻盛德而皆徕臣，诸福之物，可致之祥，莫不毕至，而王道终矣。

孔子曰："凤鸟不至，河不出图，吾已矣夫！"自悲可致此物，而身卑贱不得致也。今陛下贵为天子，富有四海，居得致之位，操可致之势，又有能致之资，行高而恩厚，知明而意美，爱民而好士，可谓谊主矣。然而天地未应而美祥莫至者，何也？凡以教化不立而万民不正也。上段言人君“正心以正朝廷”，德也，下段皆言教也。所当修饬二者而已，而以福祥可致间其中，不截然分两段，固是古人文字变化多有如此，而德、教相因，亦非两事也。夫万民之从利也，如水之走下，不以教化堤防之，不能止也。是故教化立而奸邪皆止者，其堤防完也；教化废而奸邪并出，刑罚不能胜者，其堤防坏也。古之王者明于此，是故南面而治天下，莫不以教化为大务。立太学以教于国，设庠序以化于邑，渐民以仁，摩民以谊，节民以礼，故其刑罚甚轻而禁不犯者，教化行而习俗美也。

圣王之继乱世也，埽除其迹而悉去之，复修教化而崇起之。教化已明，习俗已成，子孙循之，行五六百岁尚未败也。至周之末世，大为亡道以失天下。秦继其后，独不能改，又益甚之，重禁文学，不得挟书，弃捐礼谊而恶闻之，其心欲尽灭先圣之道，而颛为自恣苟简之治，故立为天子十四岁而国破亡矣。自古以来，未尝有以乱济乱，大败天下之民如秦者也。其遗毒余烈，至今未灭，使习俗薄恶，人民嚚顽，抵冒殊扞，孰烂如此之甚者也。孔子曰：“腐朽之木不可雕也，粪土之墙不可圬也。”今汉继秦之后，如朽木、粪墙矣，虽欲善治之，亡可奈何。法出而奸生，令下而诈起，如以汤止沸，抱薪救火，愈甚亡益也。窃譬之琴瑟不调，甚者必解而更张之，乃可鼓也；为政而不行，甚者必变而更化之，乃可理也。当更张而不更张，虽有良工，不能善调也；当更化而不更化，虽有大贤，不能善治也。故汉得天下以来，常欲善治而至今不可善治者，失之于当更化而不更化也。古人有言曰：“临渊羡鱼，不如退而结网。”今临政而愿治七十余岁矣，不如退而更化；更化，则可善治，善治则灾害日去，福禄日来。诗云：“宜民宜人，受禄于天。”为政而宜于民者，固当受禄于天。夫仁、义、礼、知、信，五常之道，王者所当修饬也；五者修饬，故受天之祐，而享鬼神之灵，德施于方外，延及群生也。

对贤良策二

董　子

制曰：盖闻虞舜之时，游于岩郎之上，垂拱无为，而天下太平。周文王至于日昃不暇食，而宇内亦治。夫帝王之道，岂不同条共贯与？何逸劳之殊也？

盖俭者不造玄黄旌旗之饰。及至周室，设两观，乘大路，朱干玉戚，八佾陈于庭，而颂声兴。夫帝王之道岂异指哉？或曰良玉不瑑，又云非文亡以辅德，二端异焉。

殷人执五刑以督奸，伤肌肤以惩恶。成、康不式，四十余年天下不犯，囹圄空虚。秦国用之，死者甚众，刑者相望，耗矣哀哉！

呜呼！朕夙寤晨兴，惟前帝王之宪，永思所以奉至尊，章洪业，皆在力本任贤。今朕亲耕藉田以为农先，劝孝弟，崇有德，使者冠盖相望；问勤劳，恤孤独，尽思极神，功烈休德未始云获也。今阴阳错缪，氛气充塞，群生寡遂，黎民未济，廉耻贸乱，贤不肖浑淆，未得其真，故详延特起之士，意庶几乎？今子大夫待诏百有余人，或道世务而未济，稽诸上古而不同，考之于今而难行，毋乃牵于文系而不得骋与？将所由异术，所闻殊方与？各悉对，著于篇，毋讳有司。明其指略，切磋究之，以称朕意。

仲舒对曰：

臣闻尧受命，以天下为忧，而未以位为乐也，故诛逐乱臣，务求贤圣，是以得舜、禹、稷、卨、咎繇。众圣辅德，贤能佐职，教化大行，天下和洽，万民皆安仁乐谊，各得其宜，动作应礼，从容中道。故孔子曰"如有王者，必世而后仁"，此之谓也。尧在位七十载，乃逊于位以禅虞舜。尧崩，天下不归尧子丹朱而归舜。舜知不可辟，乃即天子之位，以禹为相，因尧之辅佐，继其统业，是以垂拱无为而天下治。孔子曰"《韶》尽美矣，又尽善也"，此之谓也。至于殷纣，逆天暴物，杀戮贤知，残贼百姓。伯夷、太公，皆当世贤者，隐处而不为臣，守职之人皆奔走逃亡，入于河海。天下秏乱，万民不安，故天下去殷而从周。文王顺天理物，师用贤圣，是以闳夭、大颠、散宜生等亦聚于朝廷。爱施兆民，天下归之，故太公起海滨而即三公也。当此之时，纣尚在上，尊卑昏乱，百姓散亡，故文王悼痛而欲安之，是以日昃而不暇食也。孔子作《春秋》，先正王而系万事，见素王之文焉。由此观之，帝王之条贯同，然而劳逸异者，所遇之时异也。孔子曰"《武》尽美矣，未尽善也"，此之谓也。

臣闻制度文采玄黄之饰，所以明尊卑，异贵贱，而劝有德也。故《春秋》受命所先制者，改正朔，易服色，所以应天也。然则宫室旌旗之制，有法而然者也。故孔子曰："奢则不逊，俭则固。"俭非圣人之中制也。臣闻良玉不瑑，资质润美，不待刻瑑，此亡异于达巷党人不学而自知也。然则常玉不瑑，不成文章；君子不学，不成其德。

臣闻圣王之治天下也，少则习之学，长则材诸位，爵禄以养其德，刑罚以威其恶，故民晓于礼谊而耻犯其上。武王行大谊，平残贼，周公作礼乐以文之，至于成、康之隆，囹圄空虚四十余年，此亦教化之渐而仁谊之流，非独伤肌肤之效也。至秦则不然。师申、商之法，行韩非之说，憎帝王之道，以贪狼为俗，非有文德以教训于天下也。诛名而不察实，为善者不必免，而犯恶者未必刑也。是以百官皆饰空言虚辞而不顾实，外有事君之礼，内有背上之心，造伪饰诈，趣利无耻。又好用憯酷之吏，赋敛亡度，竭民财力，百姓散亡，不得从耕织之业，群盗并起。是以刑者甚众，死者相望，而奸不息，俗化使然也。故孔子曰"导之以政，齐之以刑，民免而无耻"，此之谓也。

今陛下并有天下，海内莫不率服，广览兼听，极群下之知，尽天下之美，至德昭然，施于方外，夜郎、康居，殊方万里，说德归谊，此太平之致也。然而功不加于百姓者，殆王心未加焉。曾子曰："尊其所闻，则高明矣；行其所知，则光大矣。高明光大，不在于它，在乎加之意而已。"愿陛下因用所闻，设诚于内而致行之，则三王何异哉？

陛下亲耕藉田以为农先，夙寤晨兴，忧劳万民，思惟往古，而务以求贤，此亦尧、舜之用心也，然而未云获者，士素不厉也。此篇亦应前篇"设诚于内，德也"，"厉士求贤长吏，教也"。从贤长吏内又推出选郎吏之法及官不计日月两层，亦如介甫上仁宗书，纲中有目，目中有细目，但汉人文法自浑古耳。夫不素养士，而欲求贤，譬犹不瑑玉而求文采也。故养士之大者，莫大乎太学。太学者，贤士之所关也，教化之本原也。今以一郡一国之众，对亡应书者，是王道往往而绝也。臣愿陛下兴太学，置明师，以养天下之士，数考问以尽其材，则英俊宜可得矣。今之郡守、县令，民之师帅，所使承流而宣化也；故师帅不贤，则主德不宣，恩泽不流。今吏既亡教训于下，或不承用主上之法，暴虐百姓，与奸为市，贫穷孤弱，冤苦失职，甚不称陛下之意。是以阴阳错缪，氛气充塞，群生寡遂，黎民未济，皆长吏不明，使至于此也。

夫长吏多出于郎中、中郎，吏二千石子弟选郎吏，又以富訾，未必贤也。按郎中比三百石，盖出为令；中郎比六百石，盖出为守。其选此者，以吏二千石子弟及富訾二途，汉初制盖如此。若爰盎以兄哙任为郎中，是吏二千石子弟也。张释之、司马相如，皆以訾为郎。惟冯唐以孝著，为郎中署长，意其比甚少，故董子云“未必贤也”。自元光九年举孝廉，元朔五年予博士弟子，嗣后郎选乃出此二途。班固所云“总礼官之甲科，群百郡之廉孝”，其原自董子发之。此固郎选之盛矣。然汉初所云“以訾为郎”者，訾算十以上得就选耳，去取犹决于上，有市籍者，犹不得官。及武帝元鼎以后，株送徒入财得补郎，则市侩以财贿自操仕进之权矣。是郎选之盛衰，皆当武帝之世也。且古所谓功者，以任官称职为差，非所谓积日累久也。故小材虽累日，不离于小官；贤材虽未久，不害为辅佐。是以有司竭力尽知，务治其业而以赴功。今则不然。累日以取贵，积久以致官，是以廉耻贸乱，贤不肖浑淆，未得其真。臣愚以为使诸列侯、郡守、二千石各择其吏民之贤者，岁贡各二人以给宿卫，且以观大臣之能；所贡贤者有赏，所贡不肖者有罚。夫如是，诸侯、吏二千石，皆尽心于求贤，天下之士可得而官使也。遍得天下之贤人，则三王之盛易为，而尧舜之名可及也。毋以日月为功，实试贤能为上，量材而授官，录德而定位，则廉耻殊路，贤不肖异处矣。陛下加惠，宽臣之罪，令勿牵制于文，使得切磋究之，臣敢不尽愚？

对贤良策三

董 子

制曰：盖闻“善言天者必有征于人，善言古者必有验于今”。故朕垂问乎天人之应，上嘉唐、虞，下悼桀、纣，寖微寖灭、寖明寖昌之道，虚心以改。今子大夫明于阴阳所以造化，习于先圣之道业，然而文采未极，岂惑乎当世之务哉？条贯靡竟，统纪未终，意朕之不明与？听若眩与？夫三王之教所祖不同，而皆有失，或谓久而不易者道也，意岂异哉？今子大夫既已著大道之极，陈治乱之端矣，其悉之究之，孰之复之。《诗》不云乎“嗟尔君子，毋常安息，神之听之，介尔景福”？朕将亲览焉，子大夫其茂明之。前两策问，遍问诸贤良。此策盖独问董子，故策首谢此意。

仲舒复对曰：

臣闻《论语》曰：“有始有卒者，其为圣人乎？”今陛下幸加惠，留听于承学之臣，复下明册以切其意，而究尽圣德，非愚臣之所能具也。前所上对，条贯靡竟，统纪不终，辞不别白，指不分明，此臣浅陋之罪也。

册曰：“善言天者必有征于人，善言古者必有验于今。”臣闻天者，群物之祖也，故遍覆包函而无所殊，建日月风雨以和之，经阴阳寒暑以成之。故圣人法天而立道，亦溥爱而亡私，布德施仁以厚之，设谊立礼以导之。春者，天之所以生也；仁者，君之所以爱也；夏者，天之所以长也；德者，君之所以养也；霜者，天之所以杀也；刑者，君之所以罚也。由此言之，天人之征，古今之道也。孔子作《春秋》，上揆之天道，下质诸人情，参之于古，考之于今。故《春秋》之所讥，灾害之所加也；《春秋》之所恶，怪异之所施也。书邦家之过，兼灾异之变，以此见人之所为，其美恶之极，乃与天地流通而往来相应，此亦言天之一端也。古者修教训之官，务以德善化民，民已大化之后，天下常亡一人之狱矣。今世废而不修，亡以化民，民以故弃仁谊而死财利，是以犯法而罪多，一岁之狱以万千数。以此见古之不可不用也，故《春秋》变古则讥之。天令之谓命，命非圣人不行；质朴之谓性，性非教化不成；人欲之谓情，情非度制不节。是故王者上谨于承天意，以顺命也；下务明教化民，以成性也；正法度之宜，别上下之序，以防欲也。修此三者，而大本举矣。人受命于天，固超然异于群生，入有父子兄弟之亲，出有君臣上下之谊，会聚相遇，则有耆老长幼之施；粲然有文以相接，欢然有恩以相爱，此人之所以贵也。生五谷以食之，桑麻以衣之，六畜以养之，服牛乘马，圈豹槛虎，是其得天之灵，贵于物也。故孔子曰：“天地之性人为贵。”明于天性，知自贵于物；知自贵于物，然后知仁谊；知仁谊，然后重礼节；重礼节，然后安处善；安处善，然后乐循理；乐循理，然后谓之君子。故孔子曰“不知命，亡以为君子”，此之谓也。

册曰：“上嘉唐、虞，下悼桀、纣，寖微寖灭寖明寖昌之道，虚心以改。”臣闻众少成多，积小致巨，故圣人莫不以暗致明，以微致显。是以尧发于诸侯，舜兴乎深山，非一日而显也，盖有渐以致之矣。言出于己，不可塞也；行发于身，不可掩也。言行，治之大者，君子之所以动天地也。故尽小者大，慎微者著。《诗》云："唯此文王，小心翼翼。"故尧兢兢日行其道，而舜业业日致其孝，善积而名显，德章而身尊，此其寖明寖昌之道也。积善在身，犹长日加益，而人不知也；积恶在身，犹火之销膏，而人不见也。非明乎情性、察乎流俗者，孰能知之？此唐、虞之所以得令名，而桀、纣之可为悼惧者也。夫善恶之相从，如景乡之应形声也。故桀、纣暴谩，谗贼并进，贤知隐伏，恶日显，国日乱，晏然自以如日在天，终陵夷而大坏。夫暴逆仁者，非一日而亡也，亦以渐至。故桀、纣虽亡道，然犹享国十余年，此其寖微寖灭之道也。

册曰："三王之教所祖不同，而皆有失，或谓久而不易者，道也，意岂异哉？"臣闻夫乐而不乱、复而不厌者谓之道，道者万世亡弊，弊者道之失也。先王之道，必有偏而不起之处，故政有眊而不行，举其偏者以补其弊而已矣。三王之道所祖不同，非其相反，将以救溢扶衰，所遭之变然也。故孔子曰："亡为而治者，其舜乎！"改正朔，易服色，以顺天命而已。其余尽循尧道，何更为哉！故王者有改制之名，亡变道之实。然夏上忠，殷上敬，周上文者，所继之救，当用此也。孔子曰："殷因于夏礼，所损益可知也；周因于殷礼，所损益可知也；其或继周者，虽百世可知也。"此言百王之用。以此三者矣。夏因于虞，而独不言所损益者，其道如一而所上同也。道之大，原出于天，天不变，道亦不变，是以禹继舜，舜继尧，三圣相受而守一道，亡救弊之政也，故不言其所损益也。由是观之，继治世者其道同，继乱世者其道变。今汉继大乱之后，若宜少损周之文，致用夏之忠者。

陛下有明德嘉道，愍世俗之靡薄，悼王道之不昭，故举贤良方正之士，论谊考问，将欲兴仁谊之休德，明帝王之法制，建太平之道也。臣愚不肖，述所闻，诵所学，道师之言，仅能勿失耳。若乃论政事之得失，察天下之息秏，此大臣辅佐之职，三公九卿之任，非臣仲舒所能及也。然而臣窃有怪者。此篇末陈不夺民利、罢绌百家二事，非策所及，而自发之，亦因册有"悉之究之"语也。然皆贯以天人古今，故首尾一线。夫古之天下亦今之天下，今之天下亦古之天下，共是天下，古亦大治，上下和睦，习俗美盛，不令而行，不禁而止，吏亡奸邪，民亡盗贼，囹圄空虚，德润草木，泽被四海，凤皇来集，麒麟来游，以古准今，壹何不相逮之远也！安所胶盭而陵夷若是？意者有所失于古之道与？有所诡于天之理与？试迹之古，返之于天，党可得见乎？

夫天亦有所分予，予之齿者去其角，傅其翼者两其足，是所受大者不得取小也。古之所予禄者，不食于力，不动于末，是亦受大者不得取小，与天同意者也。夫已受大，又取小，天不能足，而况人乎！此民之所以嚣嚣苦不足也。身宠而载高位，家温而食厚禄，因乘富贵之资力，以与民争利于下，民安能如之哉！是故众其奴婢，多其牛羊，广其田宅，博其产业，畜其积委，务此而亡已，以迫蹵民，民日削月朘，寖以大穷。富者奢侈羡溢，贫者穷急愁苦；穷急愁苦而上不救，则民不乐生；民不乐生，尚不避死，安能避罪！此刑罚之所以蕃而奸邪不可胜者也。故受禄之家，食禄而已，不与民争业，然后利可均布，而民可家足。此上天之理，而亦太古之道。天子之所宜法以为制，大夫之所当循以为行也。故公仪子相鲁，之其家见织帛，怒而出其妻，食于舍而茹葵，愠而拔其葵，曰："吾已食禄，又夺园夫红女利乎！"古之贤人君子在列位者皆如是，是故下高其行而从其教，民化其廉而不贪鄙。及至周室之衰，其卿大夫缓于谊而急于利，亡推让之风而有争田之讼。故诗人疾而刺之曰："节彼南山，维石岩岩，赫赫师尹，民具尔瞻。"尔好谊，则民乡仁而俗善；尔好利，则民好邪而俗败。由是观之，天子大夫者，下民之所视效，远方之所四面而内望也。近者视而放之，远者望而效之，岂可以居贤人之位而为庶人行哉！夫皇皇求财利常恐乏匮者，庶人之意也；皇皇求仁谊常恐不能化民者，大夫之意也。《易》曰："负且乘，致寇至。"乘车者君子之位也，负担者，小人之事也，此言居君子之位而为庶人之行者，其祸患必至也。若居君子之位，当君子之行，则舍公仪休之相鲁，亡可为者矣。

《春秋》大一统者，天地之常经，古今之通谊也。今师异道，人异论，百家殊方，指意不同，是以上亡以持一统，法制数变，下不知所守。臣愚以为诸不在六艺之科、孔子之术者，皆绝其道，勿使并进。邪辟之说灭息，然后统纪可一而法度可明，民知所从矣。

卷二十二　奏议类下编二

对制科策

苏子瞻

宋时制科，有才识兼茂、明于体用科，有贤良方正、直言极谏科，有博学鸿词科。子瞻此对，乃仁宗嘉祐五年问贤良方正、直言极谏策也。子由为兄墓志云“欧阳公以直言举之”，而《宋史》本传乃云“以才识兼茂举之”，盖史误也。

臣谨对曰：臣闻天下无事，则公卿之言轻于鸿毛；天下有事，则匹夫之言重于泰山。非智有所不能，而明有所不察，缓急之势异也。方其无事也，虽齐桓之深信其臣，管仲之深得其君，以握手丁宁之间，将死深悲之言，而不能去其区区之三竖；及其有事且急也，虽唐代宗之庸，程元振之用事，柳伉之贱且疏，而一言以入之，不终朝而去其腹心之疾。夫言之于无事之世者，足以有所改为，而常患于不信；言之于有事之世者，易以见信，而常患于不及改为。此忠臣志士之所以深悲，天下之所以乱亡相寻，而世主之所以不悟也。今陛下处积安之时，乘不拔之势，拱手垂裳而天下向风，动容变色而海内震恐，虽有一事之失常，一物之不获，固未足以忧陛下也。所为亲策贤良之士者，以应故事而已，岂以臣言为真足以有感于陛下耶！虽然，君以名求之，臣以实应之，陛下为是名也，臣敢不为是实也。

伏惟制策有：“念祖宗先帝大业之重，而自处于寡昧，以为志勤道远，治不加进。臣窃以为陛下即位以来，岁历三纪，更于事变，审于情伪，不为不熟矣，而治不加进，虽臣亦疑之；然以为志勤道远，则虽臣至愚，亦未敢以明诏为然也。夫志有不勤，而道无远。陛下苟知勤矣，则天下之事，粲然无不毕举，又安以访臣为哉！今也犹以道远为叹，则是陛下未知勤也。臣请言勤之说。夫天以日运故健，日月以日行故明，水以日流故不竭，人之四肢以日动故无疾，器以日用故不蠹。天下者，大器也，久置而不用，则委靡废放，日趋于弊而已矣。陛下深居法宫之中，其忧勤而不息邪？臣不得而知也；其宴安而无为邪？臣不得而知也。然所以知道远之叹由陛下之不勤者，诚见陛下以天下之大，欲轻赋税则财不足，欲威四夷则兵不强，欲兴利除害则无其人，欲敦世厉俗则无其具。大臣不过遵用故事，小臣不过谨守簿书，上下相安，以苟岁月。此臣所以妄论陛下之不勤也。臣又窃闻之：自顷岁以来，大臣奏事，陛下无所诘问，直可之而已。臣始闻而大惧，以为不信，及退而观其效见，则臣亦不敢谓不信也。何则？人君之言，与士庶不同，言脱于口，而四方传之，捷于风雨。故太祖、太宗之世，天下皆讽诵其言语，以为耸动之具。今陛下之所震怒而赐谴者，何人也？合于圣意诱而进之者，何人也？所与朝夕论议深言者，何人也？越次躐等召而问讯之者，何人也？四者臣皆未之闻焉，此臣所以妄论陛下之不勤也。臣愿陛下条天下之事，其大者有几，可用之人有几，某事未治，某人未用。鸡鸣而起，曰："吾今日为某事，用某人。"他日又曰："吾所为某事，其果济矣乎？所用某人，其人果才矣乎？如是孜孜焉，不违于心，屏去声色，放远善柔，亲近贤达，远览古今，凡此者勤之实也，而道何远乎？

伏惟制策有："夙兴夜寐，于今三纪，德有所未至，教有所未孚，阙政尚多，和气或盭。田野虽辟，民多亡聊；边境虽安，兵不得撤；利入已浚，浮费弥广；军冗而未练，官冗而未澄；庠序比兴，礼乐未具；户罕可封之俗，士忽胥让之节。此所以讼未息于虞、芮，刑未措于成、康，意在位者不以教化为心，治民者多以文法为拘；禁防繁多，民不知避；法叙宽滥，吏不知惧；累系者众，愁叹者多。"凡此陛下之所忧数十条者，臣皆能为陛下历数而备言之，然而未敢为陛下道也。何者？陛下诚得御臣之术，而固执之，则向之所忧数十条者，皆可以捐之大臣，而己不与；今陛下区区以向之数十条为己忧者，则是陛下未得御臣之术也。天下所谓贤者，陛下皆得而用之矣。方其未用也，常若有余；而其既用也，则不足。是岂其才之有变乎？古之用人者，日夜提策之。武王用太公，其相与问答百余万言，今之《六韬》是也。桓公用管仲，其相与问答亦百余万言，今之《管子》是也。古之人君，其所以反复穷究其臣者若此。今陛下默默而听其所为，则夫向之所忧数十条者，无时而举矣。古之忠臣，其受任也，必先自度曰："吾能办是矣乎？"度能办是也，则又曰："吾君能忘己而任我乎？能无以小人间我乎？"度其能忘己而任我也，能无以小人间我也，然后受之。既已受之矣，则以身任天下之责而不辞，享天下之利而不愧。今也内不度己，外不度君，而轻受之；受之而众不与也，则引身而求去；陛下又为美辞而遣之，加之重禄而慰之。夫引身而求退者，非果廉节而有让也，是邀君以自固也，是自明其非我之欲留以逃谤也，是不能办其事而以其患遗后人也，陛下奈何听之！臣故曰陛下未得御臣之术也。

若夫"德有所未至，教有所未孚"者，此实不至也。德之必有以著其德之之形，教之必有以显其教之之状。德之之形，莫著于轻赋；教之之状，莫显于去杀。此二者，今皆未能焉，故曰实不至也。夫以选举之重而不取才行，官吏之众而不行考课，农末之相倾而平粜之法不立，贫富之相役而占田之数无限，天下之阙政，则莫大乎此，而和气安得不盭乎？

田野辟者，民之所以富足之道也；其所以无聊，则吏政之过也。然臣闻天下之民，常偏聚而不均：吴蜀有可耕之人，而无其地；荆襄有可耕之地，而无其人。由此观之，则田野亦未可谓尽辟也。夫以吴、蜀、荆、襄之相形，而饥寒之民终不能去狭而就宽者，世以为怀土而重迁，非也。行者无以相群，则不能行；居者无以相友，则不能居；若辈徙饥寒之民，则无有不听矣。

"边境已安，而兵不得撤"者，有安之名，而无安之实也。臣欲小言之，则自以为愧；大言之，则世俗以为笑。臣请略言之：古之制北狄者，未始不通西域，今之所以不能通者，是夏人为之障也。朝廷置灵武于度外几百年矣，议者以为绝域异方，曾不敢近，而况于取之乎？然臣以为事势有不可不取者。不取灵武，则无以通西域；西域不通，则契丹之强未有艾也。然灵武之所以不可取者，非以数郡之能抗吾中国，吾中国自困而不能举也。其所以自困而不能举者，以不生不息之财，养不耕不战之兵，块然如巨人之病腿，非不杩然大矣，而手足不能以自举。欲去是疾也，则莫若捐秦以委之，使秦人断然如战国之世，不待中国之援，而中国亦若未始有秦者。有战国之全利，而无战国之患，则夏人举矣。其便莫如稍徙缘边之民不能战守者于空闲之地，而以其地益募民为屯田。屯田之兵稍益，则向之戍卒，可以稍减，使数岁之后，缘边之民尽为耕战之夫，然后数出兵以苦之，要以使之厌战而不能支，则折而归吾矣。如此而北狄始有可制之渐，中国始有息肩之所。不然，将济师之不暇，而又何撤乎！

所谓“利入已浚，而浮费弥广”者，臣窃以为外有不得已之二虏，内有得已而不已之后宫。后宫之费，不下一敌国，金玉锦绣之工，日作而不息，朝成夕毁，务以相新；主帑之吏，日夜储其精金良帛而别异之，以待仓卒之命，其为费岂可胜计哉！今不务去此等，而欲广求利之门，臣知所得之不如所丧也。

“军冗而未澄”者，臣尝论之曰，此将不足恃之过也。然以其不足恃之故，而拥之以多兵，不蒐去其无用，则多兵适所以为败也。

“官冗而未澄”者，臣尝论之曰，此审官吏部与职司无法之过也。夫审官吏部，是古者考绩黜陟之所也，而特以日月为断。今纵未能复古，可略分其郡县，不以远近为差，而以难易为等，第其人之所堪而别异之，才者常为其难，而不才者常为其易；及其当迁也，难者常速，而易者常久。然而为此者固有待也。内之审官吏部，与外之职司，常相关通。而为职司者，不惟举有罪、察有功而已，必使尽第其属吏之所堪，以诏审官吏部。审官吏部常从内等其任使之难易，职司常从外第其人之优劣，才者常用，不才者常闲，则冗官可澄矣。

“庠序兴而礼乐未具”者，臣盖以为庠序者，礼乐既兴之所用，非所以兴礼乐也。今礼乐鄙野而未完，则庠序不知所以为教，又何以兴礼乐乎？如此而求其可封，责其胥让，将以息讼而措刑者，是却行而求前也。夫上之所向者，下之所趋也，而况从而赏之乎？上之所背者，下之所去也，而况从而罚之乎！今陛下责在位者不务教化，而治民者多拘文法，臣不知朝廷所以为赏罚者何也！无乃或以教化得罪，而多以文法受赏与？夫禁防未至于繁多而民不知避者，吏以为市也，叙法不为宽滥而吏不知惧者，不论其能否，而论其久近也。缧系者众，愁叹者多，凡以此也。

伏惟制策有："仍岁以来，灾异数见，乃六月壬子，日食于朔，淫雨过节，暖气不效，江河溃决，百川腾溢，永思厥咎，深切在予，变不虚生，缘政而起。"此岂非陛下厌闻诸儒牵合之论，而欲闻其自然之说乎？臣不敢复取《洪范传》《五行志》以为对，直以意推之。夫日食者，是阳气不能履险也。何谓阳气不能履险？臣闻五月二十三分月之二十，是为一交，交当朔则食。交者，是行道之险者也，然而或食或不食，则阳气之有强弱也。今有二人并行而犯雾露，其疾者必其弱者也；其不疾者必其强者也。道之险，一也，而阳气之强弱异。故夫日之食，非食之日而后为食，其亏也久矣，特遇险而见焉。陛下勿以其未食也为无灾，而其既食而复也为免咎，臣以为未也，特出于险耳。

夫淫雨大水者，是阳气融液汗漫而不能收也。诸儒或以为阴盛，臣请得以理折之。夫阳动而外，其于人也为嘘，嘘之气，温然而为湿；阴动而内，其于人也为噏，噏之气，冷然而为燥。以一人推天地，天地可见也。故春夏者，其一嘘也；秋冬者，其一噏也，夏则川泽洋溢，冬则水泉收缩，此燥湿之效也。是故阳气汗漫融液而不能收，则常为淫雨大水，犹人之嘘而不能吸也。今陛下以至仁柔天下，兵骄而益厚其赐，戎狄桀傲而益加其礼，荡然与天下为咻呴温暖之政，万事堕坏，而终无威刑以坚凝之，亦如人之嘘而不能吸，此淫雨大水之所由作也。天地告戒之意，阴阳消复之理，殆无以易此矣。

而制策又有："五事之失，六沴之作，刘向所传，吕氏所纪，五行何修而得其性？四时何行而顺其令？非正阳之月，伐鼓救变，其合于经乎？方盛夏之时，论囚报重，其考于古乎？"此陛下畏天恐惧求端之过，而流入于迂儒之说，此皆愚臣之所学于师而不取者也。夫五行之相沴，本不至于六。六沴者，起于诸儒欲以六极分配五行，于是始以皇极附益而为六。夫皇极者，五事皆得，不极者，五事皆失，非所以与五事并列而别为一者也。是故有眊而又有蒙，有极而无福。曰五福皆应，此亦自知其疏也。吕氏之时令，则柳宗元之论备矣，以为有可行者，有不可行者，其可行者皆天事也，其不可行者皆人事也。若夫禜社伐鼓，本非有益于救灾，特致其尊阳之意而已。《书》曰："乃季秋月朔，辰弗集于房，瞽奏鼓，啬夫驰，庶人走。”由此言之，则亦何必正阳之月，而后伐鼓救变，如左氏之说乎？盛夏报囚，先儒固已论之，以为仲尼诛齐优之月，固君子之所无疑也。

伏惟制策有“京师诸夏之根本，王教之渊源，百工淫巧无禁，豪右僭差不度”。此在陛下身率之耳。后宫有大练之饰，则天下以罗纨为羞；大臣有脱粟之节，则四方以膏粱为污。虽无禁令，又何忧乎？

伏惟制策有：“治当先内，或曰何以为京师？政在擿奸；或曰不可挠狱市。”此皆一偏之说，不可以不察也。夫见其一偏而辄举以为说，则天下之说，不可以胜举矣。自通人而言之，则曰治内所以为京师也。不挠狱市，所以为擿奸也。如使不挠狱市而害其为擿奸，则夫曹参者是为逋逃主也。

伏惟制策有：“推寻前世，深观治迹，孝文尚老子而天下富殖，孝武用儒术而天下虚秏，道非有弊，治奚不同？”臣窃以为不然。孝文之所以为得者，是儒术略用也；其所以得而未尽者，是用儒之未纯也；而其所以为失者，是用老也。何以言之？孝文得贾谊之说，然后待大臣有礼，御诸侯有术；而至于兴礼乐，系单于，则曰“未暇”。故曰儒术略用而未纯也。若夫用老之失，则有之矣。始以区区之仁，坏三代之肉刑，而易之以髡笞；髡笞不足以惩中罪，则又从而杀之。用老之失，岂不过甚矣哉！且夫孝武亦未可谓用儒之主也。博延方士而多兴妖祠，大兴宫室而甘心远略，此岂儒者教之？今夫有国者，徒知徇其名而不考其实，见孝文之富殖，而以为老子之功；见孝武之虚秏，而以为儒者之罪，则过矣。此唐明皇之所以溺于晏安，撤去禁防，而为天宝之乱也。

伏惟制策有：“王政所由，形于诗道，周公《豳诗》，王业也，而系之《国风》；宣王北伐，大事也，而载之《小雅》。”臣闻《豳诗》言后稷、公刘所以致王业之艰难者也，其后累世而至文王。文王之时，则王业既以大成矣，而其诗为二《南》。二《南》之诗，犹列于《国风》，而至于《豳》，独何怪乎？昔季札观周乐，以为《大雅》曲而有直体，《小雅》思而不贰，怨而不言。夫曲而有直体者，宽而不流也；思而不贰、怨而不言者，狭而不迫也。由此观之，则《大雅》《小雅》之所以异者，取其辞之广狭，非取其事之大小也。

伏惟制策有：“周以冢宰制国用，唐以宰相兼度支；钱谷，大计也，兵师，大众也，何陈平之对，谓当责之内史，韦贤之言，不宜兼于宰相？”

臣以为宰相虽不亲细务，至于钱谷、兵师，固当制其赢虚、利害，陈平所谓责之内史者，特以宰相不当治其簿书多少之数耳。昔唐之初，以郎官领度支，而职事以治；及兵兴之后，始立使额，参佐既众，簿书益繁，百弊之源，自此而始。其后裴延龄、皇甫镈皆以剥下媚上，至于希世用事，以宰相兼之，诚得防奸之要。而韦贤之议，特以其权过重欤！故李德裕以为贱臣不当议令，臣常以为有宰相之风矣。

伏惟制策有："钱货之制，轻重之相权；命秩之差，虚实之相养。水旱蓄积之备，边陲守御之方，圜法有九府之名，乐语有五均之义。此六者，亦方今之所当论也。"昔单穆公曰："民患轻，则多作重以行之；若不堪重，则多作轻以行之，亦不废重。轻可改而重不可废，不幸而过，宁失于重。"此制钱货之本意也。命者，人君之所擅，出于口而无穷；秩者，民力之所供，取于府而有限。以无穷养有限，此虚实之相养也。水旱蓄积之备，则莫若复隋、唐之义仓；边陲守御之方，则莫若依秦、汉之更卒。《周官》有太府、天府、泉府、玉府、内府、外府、职内、职金、职币，是谓九府，太公之所行以致富。古者天子取诸侯之士以为国均，则市不式价，四民常均，是谓五均。献王之所致以为法，皆所以均民而富国也。

凡陛下之所以策臣者，大略如此。而于其末复策之曰："富人强国，尊君重朝，弭灾致祥，改薄从厚，此皆前世之急政，而当今之要务。"此臣有以知陛下之圣意，以为向之所以策臣者，各指其事，恐臣不得尽其辞，是以复举其大体而概问焉。又恐其不能切至也，故又诏之曰："悉意以陈，而无悼后害。"臣是以敢复进其狷狂之说。夫天下者，非君有也，天下使君主之耳！陛下念祖宗之重，思百姓之可畏，欲进一人，当同天下之所欲进；欲退一人，当同天下之所欲退。今者每进一人，则人相与诽曰：是进于某也，是某之所欲也；每退一人，则又相与诽曰：是出于某也，是某之所恶也。臣非敢以此为举信也，然而致此言者，则必有由矣。今无知之人相与谤于道曰：圣人在上，而天下之所以不尽被其泽者，便嬖小人附于左右，而女谒盛于内也。为此言者，固妄矣，然而天下或以为信者，何也？徒见谏官御史之言，矻矻乎难入，以为必有间之者也；徒见蜀之美锦，越之奇器，不由方贡而入于宫也。如此而向之所谓急政要务者，陛下何暇行之？臣不胜愤懑，谨复列之于末，惟陛下宽其万死，幸甚！幸甚！

卷二十三　奏议类下编三

策略一

苏子瞻

臣闻天下治、乱，皆有常势，是以天下虽乱，而圣人以为无难者，其应之有术也。水旱盗贼，人民流离，是安之而已也；乱臣割据，四分五裂，是伐之而已也；权臣专制，擅作威福，是诛之而已也；四夷交侵，边鄙不宁，是攘之而已也。凡此数者，其于害民蠹国为不少矣，然其所以为害者有状，是故其所以救之者有方也。

天下之患，莫大于不知其然而然；不知其然而然者，是拱手而待乱也。国家无大兵革几百年矣，天下有治平之名而无治平之实，有可忧之势而无可忧之形，此其有未测者也。方今天下非有水旱盗贼、人民流离之祸，而咨嗟怨愤，常若不安其生；非有乱臣割据、四分五裂之忧，而休养生息，常若不足于用；非有权臣专制、擅作威福之弊，而上下不交，君臣不亲；非有四夷交侵、边鄙不宁之灾，而中国皇皇，常有外忧：此臣所以大惑也。今夫医之治病，切脉观色，听其声音，而知病之所由起，曰此寒也，此热也，或曰此寒热之相搏也，及其他无不可为者。今且有人恍然而不乐，问其所苦，且不能自言，则其受病有深而不可测者矣。其言语、饮食、起居、动作，固无以异于常人，此庸医之所以为无足忧，而扁鹊、仓公之所以望而惊也。其病之所由起者深，则其所以治之者，固非卤莽因循苟且之所能去也。而天下之士，方且掇拾三代之遗文，补葺汉、唐之故事，以为区区之论，可以济世，不已疏乎？方今之势，苟不能涤荡振刷，而卓然有所立，未见其可也。

臣尝观西汉之衰，其君皆非有暴鸷淫虐之行，特以怠惰弛废，溺于晏安，畏期月之劳，而忘千载之患，是以日趋于亡而不自知也。天君者，天也，仲尼赞《易》，称天之德曰：“天行健，君子以自强不息。”由此观之，天之所以刚健而不屈者，以其动而不息也。惟其动而不息，是以万物杂然各得其职而不乱，其光为日月，其文为星辰，其威为雷霆，其泽为雨露，皆生于动者也。使天而不知其动，则其块然者将腐坏而不能自持，况能以御万物哉！苟天子一日赫然奋其刚明之威，使天下明知人主欲有所立，则智者愿效其谋，勇者乐致其死，纵横颠倒，无所施而不可。苟人主不先自断于中，群臣虽有伊、吕、稷、契，无如之何。故臣特以人主自断而欲有所立为先，而后论所以为立之要云。

策略四

苏子瞻

天子与执政之大臣，既已相得而无疑，可以尽其所怀，直己而行道，则夫当今之所宜先者，莫如破庸人之论，以开功名之门，而后天下可为也。

夫治天下譬如治水，方其奔冲溃决、腾涌漂荡而不可禁也，虽欲尽人力之所至，以求杀其尺寸之势而不可得；及其既衰且退也，骎骎乎若不足以终日。故夫善治水者，不惟有难杀之忧，而又有易衰之患。导之有方，决之有渐，疏其故而纳其新，使不至于壅阏腐败而无用。嗟夫！人知江河之有水患也，而以为沼沚之可以无忧，是乌知舟楫灌溉之利哉！夫天下未平，英雄豪杰之士，务以其所长，角奔而争利，惟恐天下一日无事也。是以人人各尽其材，虽不肖者亦自淬厉而不至于怠废。故其勇者相吞，智者相贼，使天下不安其生。为天下者，知夫大乱之本，起于智勇之士，争利而无厌，是故天下既平，则削去其具，抑远天下刚健好名之士，而奖用柔懦谨畏之人，不过数十年，天下靡然无复往时之喜事也。于是能者不自愤发，而无以见其能；不能者益以弛废而无用。当是之时，人君欲有所为，而左右前后，皆无足使者，是以纲纪日坏而不自知，此其为患，岂特英雄豪杰之士，趑趄而已哉？圣人则不然，当其久安于逸乐也，则以术起之，使天下之心，翘翘然常喜于为善，是故能安而不衰。且夫人君之所恃以为天下者，天下皆为而己不为。夫使天下皆为而己不为者，开其利害之端，而辨其荣辱之等，使之踊跃奔走，皆为我役而不自知，夫是以坐而收其功也。如使天下皆欲不为而得，则天子谁与共天下哉？今者治平之日久矣，天下之患，正在此也。臣故曰破庸人之论，开功名之门，而后天下可为也。

今夫庸人之论有二：其上之人务为宽深不测之量，而下之士好言中庸之道。此二者，皆庸人相与议论，举先贤之言，而猎取其近似者，以自解说其无能而已矣。夫宽深不测之量，古人所以临大事而不乱，有以镇世俗之躁，盖非以隔绝上下之情，养尊而自安也。誉之则劝，非之则沮，闻善则喜，见恶则怒，此三代圣人之所共也，而后之君子必曰誉之不劝，非之不沮，闻善不喜，见恶不怒，斯以为不测之量，不已过乎！夫有劝有沮，有喜有怒，然后有间而可入；有间而可入，然后智者得为之谋，才者得为之用。后之君子，务为无间，夫天下谁能入之？

古之所谓中庸者，尽万物之理而不过，故亦曰皇极。夫极，尽也。后之所谓中庸者，循循焉为众人之所能为，斯以为中庸矣，此孔子、孟子之谓乡原也。“一乡皆称原人焉，无所往而不为原人”，“同乎流俗，合乎污世”，“曰古之人”，“何为踽踽凉凉，生斯世也，为斯世也，善斯可矣”。谓其近于中庸而非，故曰“德之贼也”。孔子、孟子恶乡原之贼夫德也，欲得狂者而见之，狂者又不可得见，欲得狷者而见之，曰：“狂者进取，狷者有所不为也。”今日之患，惟不取于狂者狷者，皆取于乡原，是以若此靡靡不立也。孔子，子思之所从受中庸者也；孟子，子思之所授以中庸者也，然皆欲得狂者狷者而与之。然则淬厉天下，而作其怠惰，莫如狂者狷者之贤也。臣故曰破庸人之论，开功名之门，而后天下可为也。东坡策论，其笔势多取于《庄子·外篇》。

策 略 五

苏子瞻

臣闻天子者，以其一身寄之乎巍巍之上，以其一心运之乎茫茫之中，安而为泰山，危而为累卵，其间不容毫厘。是故古之圣人不恃其有可畏之资，而恃其有可爱之实；不恃其有不可拔之势，而恃其有不忍叛之心。何则？其所居者，天下之至危也。天子恃公卿以有其天下，公卿大夫士以至于民转相属也，以有其富贵。苟不得其心，而欲羁之以区区之名，控之以不足恃之势者，其平居无事，犹有以相制，一旦有急，是皆行道之人，掉臂而去，尚安得而用之！古之失天下者，皆非一日之故，其君臣之欢，去已久矣，适会其变，是以一散而不可复收。方其未也，天子甚尊，大夫士甚贱，奔走万里，无敢后先，俨然南面以临其臣曰："天何言哉！"百官俯首就位，敛足而退，兢兢惟恐有罪。群臣相率为苟安之计，贤者既无所施其才，而愚者亦有所容其不肖，举天下之事，听其自为而已。及乎事出于非常，变起于不测，视天下莫与同其患，虽欲分国以与人而且不及矣。秦二世、唐德宗盖用此术，以至于颠沛而不悟，岂不悲哉！

天下者，器也；天子者，有此器者也。器久不用而置诸箧笥，则器与人不相习，是以扞格而难操。良工者，使手习知其器，而器亦习知其手，手与器相信而不相疑，夫是故所为而成也。天下之患，非经营祸乱之足忧，而养安无事之可畏。何者？惧其一旦至于扞格而难操也。昔之有天下者，日夜淬厉其百官，抚摩其人民，为之朝聘、会同、燕享，以交诸侯之欢；岁时月朔，致民读法饮酒蜡腊，以遂万民之情；有大事，自庶人以上，皆得至于外朝以尽其词。犹以为未也，而五载一巡狩，朝诸侯于方岳之下，亲见其耆老贤士大夫，以周知天下之风俗。凡此者，非以为苟劳而已，将以驯致服习天下之心，使不至于扞格而难操也。及至后世，坏先王之法，安于逸乐而恶闻其过，是以养尊而自高，务为深严，使天下拱手，以貌相承而心不服。其腐儒老生又出而为之说曰："天子不可以妄有言也，史且书之，后世且以为讥。"使其君臣相视而不相知，如此，则偶人而已矣。天下之心既已去，而伥伥焉抱其空器，不知英雄豪杰已议其后。臣尝观西汉之初，高祖创业之际，事变之兴亦已繁矣，而高祖以项氏创残之余，与信、布之徒争驰于中原。此六七公者，皆以绝人之姿，据有土地、甲兵之众，其势足以为乱，然天下终以不摇，卒定于汉。传十数世矣，而至于元、成、哀、平，四夷向风，兵革不试，而王莽一竖子乃举而移之，不用寸兵尺铁，而天下屏息，莫敢或争。此其故何也？创业之君，出于布衣，其大臣将相，皆有握手之欢，凡在朝廷者，皆有尝试挤掇，以知其才之短长，彼其视天下如一身，苟有疾痛，其手足不期而自救。当此之时，虽有近忧而无远患。及其子孙，生于深宫之中，而狃于富贵之势，尊卑阔绝而上下之情疏，礼节繁多而君臣之义薄，是故不为近忧，而常为远患。及其一旦，固已不可救矣。圣人知其然，是以去苛礼而务至诚，黜虚名而求实效，不爱高位重禄，以致山林之士，而欲闻切直不隐之言者，凡皆以通上下之情也。昔我太祖、太宗，既有天下，法令简约，不为崖岸，当时大臣将相，皆得从容终日，欢如平生；下至士、庶人，亦得以自效。故天下称其言至今，非有文采缘饰，而开心见诚，有以入人之深者。此英主之奇术，御天下之大权也。

方今治平之日久矣，臣愚以为宜日新盛德，以激昂天下久安怠惰之气，故陈其五事，以备采择。其一曰：将相之臣，天子所恃以为治者，宜日夜召论天下之大计，且以熟观其为人。其二曰：太守刺史，天子所寄以远方之民者，其罢归，皆当问其所以为政，民情风俗之所安，亦以揣知其才之所堪。其三曰：左右扈从、侍读、侍讲之人，本以论说古今兴衰之大要，非以应故事备数而已，经籍之外，苟有以访之，无伤也。其四曰：吏民上书，苟小有可观者，宜皆召问优游，以养其敢言之气。其五曰：天下之吏，自一命以上，虽其至贱，无以自通于朝廷，然人主之为，岂有所不可哉！察其善者，卒然召见之，使不知其所从来。如此，则远方之贱吏，亦务自激发为善，不以位卑禄薄，无由自通于上，而不修饰；使天下习知天子乐善亲贤恤民之心，孜孜不倦。如此，翕然皆有所感发，知爱于君，而不可与为不善；亦将贤人众多，而奸吏衰少，刑法之外，有以大慰天下之心焉耳。按：此篇立论极善，而文不免于冗长，此东坡少年体有未成处。

决壅蔽

苏子瞻

所贵乎朝廷清明，而天下治平者，何也？天下不诉而无冤，不谒而得其所欲，此尧、舜之盛也。其次不能无诉，诉而必见察；不能无谒，谒而必见省。使远方之贱吏，不知朝廷之高，而一介之小民，不识官府之难，而后天下治。

今夫一人之身，有一心两手而已。疾痛疴痒动于百体之中，虽其甚微，不足以为患，而手随至。夫手之至，岂其一一而听之心哉？心之所以素爱其身者深，而手之所以素听于心者熟，是故不待使命而卒然以自至。圣人之治天下，亦如此而已百官之众，四海之广，使其关节脉理相通为一，叩之而必闻，触之而必应。夫是以天下司使为一身，天子之贵、士民之贱可使相爱，忧患可使同，缓急可使救。今也不然，天下有不幸而诉其冤，如诉之于天；有不得已而谒其所欲，如谒之于鬼神；公卿大臣不能究其详悉，而付之于胥吏。故凡贿赂先至者，朝请而夕得，徒手而来者，终年而不获。至于故常之事，人之所当得而无疑者，莫不务为留滞，以待请属。举天下一毫之事，非金钱无以行之。昔者汉、唐之弊，患法不明而用之不密，使吏得以空虚无据之法，而绳天下，故小人以无法为奸。今也法令明具而用之至密，举天下惟法之知，所欲排者，有小不如法而可指以为瑕，所欲与者，虽有所乖戾而可借法以为解，故小人以法为奸。

今夫天下所为多事者，岂事之诚多耶？吏欲有所鬻而未得，则新故相仍，纷然而不决，此王化之所以壅遏而不行也。昔桓、文之霸，百官承职，不待教令而办，四方之宾至，不求有司。王猛之治秦，事至纤悉，莫不尽举，而人不以为烦。盖史之所记，麻思还冀州，请于猛。猛曰："速装，行矣。"至暮而符下，及出关，郡县皆已被符。其令行禁止，而无留事者，至于纤悉，莫不皆然。苻坚以戎狄之种，至为霸王，兵强国富，垂及升平者，猛之所为，固宜其然也。今天下治安，大吏奉法，不敢顾私，而府史之属，招权鬻法，长吏心知而不问，以为当然，此其弊有二而已。事繁而官不勤，故权在胥吏。欲去其弊也，莫如省事而励精。省事莫如任人，励精莫如自上率之。

今之所谓至繁，天下之事，关于其中，诉者之多，而谒者之众，莫如中书与三司。天下之事，分于百官，而中书听其治要；郡县钱币，制于转运使，而三司受其会计，此宜若不至于繁多。然中书不待奏课以定其黜陟，而关与其事，则是不任有司也；三司之吏，推析赢虚，至于毫毛，以绳郡县，则是不任转运使也。故曰省事莫如任人。

古之圣王，爱日以求治，辨色而视朝，苟少安焉，而至于日出，则终日为之不给。以少而言之，一日而废一事，一月则可知也，一岁则事之积者不可胜数矣。欲事之无繁，则必劳于始而逸于终。晨兴而晏罢，天子未退，则宰相不敢归安于私第；宰相日昃而不退，则百官莫不震悚，尽力于王事而不敢宴游。如此，则纤悉隐微，莫不举矣。天子求治之勤过于先王，而议者不称王季之晏朝，而称舜之无为；不论文王之日昃，而论始皇之量书。此何以率天下之怠耶！臣故曰励精莫如自上率之，则壅蔽决矣。

无沮善

苏子瞻

昔者先王之为天下，必使天下欣欣然常有无穷之心，力行不倦，而无自弃之意。夫惟自弃之人，则其为恶也甚毒而不可解，是以圣人畏之，设为高位重禄以待能者，使天下皆得踊跃自奋，扳援而来。惟其才之不逮，力之不足，是以终不能至于其间，而非圣人塞其门、绝其途也。夫然，故一介之贱吏，闾阎之匹夫，莫不奔走于善，至于老死而不知休息，此圣人以术驱之也。天下苟有甚恶而不可忍也，圣人既已绝之，则屏之远方，终身不齿。此非独不仁也，以为既已绝之，彼将一旦肆其忿毒，以残害吾民。是故绝之则不用，用之则不绝；既已绝之，又复用之，则是驱之于不善，而又假之以其具也。无所望而为善，无所爱惜而不为恶者，天下一人而已矣。以无所望之人，而责其为善；以无所爱惜之人，而求其不为恶，又付之以人民，则天下知其不可也。

世之贤者，何常之有？或出于贾竖贱人，甚者至于盗贼，往往而是；而儒生贵族，世之所望为君子者，或至于放肆不轨，小民之所不若。圣人知其然，是故不逆定于其始进之时，而徐观其所试之效，使天下无必得之由，亦无必不可得之道。天下知其不可必得也，然后勉强于功名，而不敢侥幸；知其不至于必不可得而可勉也，然后有以自慰其心，久而不懈。嗟夫！圣人之所以鼓舞天下之人，日化而不自知者，此其为术欤！

后之为政者则不然：与人以必得，而绝之以必不可得，此其意以为进贤而退不肖。然天下之弊，莫甚于此！今夫制策之及等，进士之高第，皆以一日之间而决取终身之富贵，此虽一时之文词，而未知其临事之能否，则其用之不已太遽乎？

天下有用人而绝之者三：州县之吏，苟非有大过而不可复用，则其他犯法皆可使竭力为善以自赎。而今世之法，一陷于罪戾则终身不迁，使之不自聊赖而疾视其民，肆意妄行而无所顾惜。此其初未必小人也，不幸而陷于其中，途穷而无所入，则遂以自弃。府史贱吏，为国者知其不可阙也，是故岁久则补以外官，以其所从来之卑也，而限其所至，则其中虽有出群之才，终亦不得齿于士大夫之列。夫人出身而仕者，将以求贵也，贵不可得而至矣，则将惟富之求，此其势然也。如是，则虽至于鞭笞戮辱，而不足以禁其贪。今夫此二者，苟不可以遂弃，则宜有以少假之也。入资而仕者，皆得补郡县之吏，彼知其终不得迁，亦将逞其一时之欲，无所不至。夫此诚不可以迁也，则是用之之过而已。臣故曰绝之则不用，用之则不绝，此三者之谓也。

省费用

苏子瞻

夫天下未尝无财也。昔周之兴，文王、武王之国不过百里，当其受命，四方之君长交至于其廷，军旅四出，以征伐不义之诸侯，而未尝患无财。方此之时，关市无征，山泽不禁，取于民者不过十一，而财有余。及其衰也，内食千里之租，外收千八百国之贡，而不足于用。由此观之，夫财岂有多少哉？人君之于天下，俯己以就人，则易为功；仰人以援己，则难为力。是故广取以给用，不如节用以廉取之为易也。

臣请得以小民之家而推之。夫民方其穷困时，所望不过十金之资，计其衣食之费、妻子之奉，出入于十金之中，宽然而有余。及其一旦稍稍蓄聚，衣食既足，则心意之欲日以渐广；所入益众，而所欲益以不给，不知罪其用之不节，而以为求之未至也。是以富而愈贪，求愈多而财愈不供，此其为惑，未可以知其所终也。盍亦反其始而思之？夫向者岂能寒而不衣、饥而不食乎？今天下汲汲乎以财之不足为病，何以异此！国家创业之初，四方割据，中国之地至狭也，然岁岁出师，以诛讨僭乱之国，南取荆楚，西平巴蜀，而东下并潞，其费用之众，又百倍于今可知也。然天下之士，未尝思其始，而惴惴焉患今世之不足，则亦甚惑矣！

夫为国有三计：有万世之计，有一时之计，有不终月之计。古者三年耕，必有一年之蓄，以三十年之通计，则可以九年无饥也。岁之所入，足用而有余，是以九年之蓄，常闲而无用，卒有水旱之变，盗贼之忧，则官可以自办而民不知。如此者，天不能使之灾，地不能使之贫，四夷、盗贼不能使之困，此万世之计也。而其不能者，一岁之入，才足以为一岁之出；天下之产，仅足以供天下之用。其平居虽不至于虐取其民，有急则不免于厚赋。故其国可静而不可动，可逸而不可劳，此亦一时之计也。至于最下而无谋者，量出以为入，用之不给，则取之益多，天下晏然无大患难，而尽用衰世苟且之法，不知有急则将何以加之，此所谓不终月之计也。今天下之利莫不尽取，山陵林麓莫不有禁，关有征，市有租，盐铁有榷，酒有课，茶有算，则凡衰世苟且之法，莫不尽用矣。譬之于人，其少壮之时，丰健勇武，然后可以望其无疾，以至于寿考；今未至于五六十，而衰老之候，具见而无遗，若八九十者，将何以待其后耶？然天下之人方且穷思竭虑，以广求利之门；且人而不思，则以为费用不可复省，使天下而无盐、铁、酒、茗之税，将不为国乎？臣有以知其不然也。

天下之费，固有去之甚易而无损，存之甚难而无益者矣。臣不能尽知，请举其所闻，而其余可以类求焉。夫无益之费，名重而实轻，以不急之实，而被之以莫大之名，是以疑而不敢去。三岁而郊，郊而赦，赦而赏，此县官有不得已者；天下吏士数日而待赐，此诚不可以卒去。至于大吏，所谓股肱耳目，与县官同其忧乐者，此岂亦不得已而有所畏耶？天子有七庙，今又饰老、佛之宫而为之祠，固已过矣，又使大臣以使领之，岁给以巨万计，此何为者也！天下之吏，为不少矣，将患未得其人；苟得其人，则凡民之利，莫不备举，而其患莫不尽去。今河水为患，不使滨河州郡之吏亲行其灾，而责之以救灾之术，顾为都水监。夫四方之水患，岂其一人坐筹于京师而尽其利害？天下有转运使足矣，今江淮之间，又有发运，禄赐之厚，徒兵之众，其为费岂胜计哉！盖尝闻之，里有畜马者，患牧人欺之而盗其刍菽也，又使一人焉为之厩长，厩长立而马益癯。今为政不求其本而治其末，自是而推之，天下无益之费，不为不多矣！臣以为凡若此者，日求而去之，自毫厘以往，莫不有益，惟无轻其毫厘而积之，则天下庶乎少息也。

蓄材用

苏子瞻

夫今之所患兵弱而不振者，岂士卒寡少而不足使与？器械钝弊而不足用与？抑为城郭不足守与？廪食不足给与？此数者皆非也。然所以弱而不振，则是无材用也。

夫国之有材，譬如山泽之有猛兽，江河之有蛟龙，伏乎其中，而威乎其外，悚然有所不可狎者。至于蝼蚖之所蟠，牂豚之所伏，虽千仞之山，百寻之溪，而人易之。何则？其见于外者，不可欺也。天下之大，不可谓无人；朝廷之尊，百官之富，不可谓无才。然以区区之二虏，举数州之众以临中国，抗天子之威，犯天下之怒，而其气未尝少衰，其词未尝少挫，则是其心无所畏也。主忧则臣辱，主辱则臣死。今朝廷之上不能无忧，而大臣恬然，未有拒绝之议。非不欲绝也，而未有以待之，则是朝廷无所恃也。缘边之民西顾而战慄；牧马之士不敢弯弓而北向，吏士未战而先期于败，则是民轻其上也。外之蛮夷无所畏，内之朝廷无所恃，而民又自轻其上，此犹足以为有人乎？

天下未尝无才，患所以求才之道不至。古之圣人，以无益之名而致天下之实，以可见之实而较天下之虚名，二者相为用而不可废。是故其始也，天下莫不纷然奔走从事于其间，而要之以其终，不肖者无以欺其上。

此无他，先名而后实也。不先其名，而惟实之求，则来者寡；来者寡，则不可以有所择。以一旦之急，而用不择之人，则是不先名之过也。天子之所向，天下之所奔也。今夫孙、吴之书，其读之者，未必能战也;多言之士，喜论兵者，未必能用也；进之以武举，试之以骑射，天下之奇才，未必至也。然将以求天下之实，则非此三者不可以致，以为未必然而弃之，则是其必然者终不可得而见也。往者西师之兴，其先也，惟不以虚名多致天下之才而择之，以待一旦之用，故其兵兴之际，四顾惶惑而不知所措。于是设武举，购方略，收勇悍之士，而开猖狂之言，不爱高爵重赏，以求强兵之术。当此之时，天下嚣然莫不自以为知兵也。来者日多，而其言益以无据，至于临事，终不可用，执事之臣亦遂厌之，而知其无益，故兵休之日，举从而废之。今之论者，以为武举、方略之类，适足以开侥幸之门，而天下之实才终不可以求得。此二者皆过也。夫既已用天下之虚名，而不较之以实，至其弊也，又举而废其名，使天下之士不复以兵术进，亦已过矣！

天下之实才，不可以求之于言语，又不可以较之于武力，独见之于战耳！战不可以得而试也，是故见之于治兵。子玉治兵于蒍，终日而毕，鞭七人，贯三人耳。蒍贾观之，以为刚而无礼，知其必败。孙武始见，试以妇人，而犹足以取信于阖闾，使知其可用。故凡欲观将帅之才否，莫如治兵之不可欺也。今夫新募之兵，骄而难令，勇悍而不知战，此真足以观天下之才也。武举、方略之类以来之，新兵以试之，观其颜色和易，则足以见其气；约束坚明，则足以见其威；坐作进退，各得其所，则足以见其能。凡此者，皆不可强也。故曰先之以无益之虚名，而较之以可见之实，庶乎可得而用也。

练军实

苏子瞻

三代之兵，不待择而精，其故何也？兵出于农，有常数而无常人，国有事，要以一家而备一正卒，如斯而已矣。是故老者得以养，疾病者得以为闲民，而役于官者莫不皆其壮子弟。故其无事而田猎，则未尝发老弱之民；师行而馈粮，则未尝食无用之卒。使之足轻险阻，而手易器械，聪明足以察旗鼓之节，强锐足以犯死伤之地，千乘之众，而人人足以自捍，故杀人少而成功多，费用省而兵卒强。盖春秋之时，诸侯相并，天下百战，其《经》《传》所见谓之败绩者，如城濮、鄢陵之役，皆不过犯其偏师而猎其游卒，敛兵而退，未有僵尸百万、流血于江河如后世之战者，何也？民各推其家之壮者以为兵，则其势不可得而多杀也。

及至后世，兵、民既分，兵不得复而为民，于是始有老弱之卒。夫既已募民而为兵，其妻子屋庐既已托于营伍之中，其姓名既已书于官府之籍，行不得为商，居不得为农，而仰食于官，至于衰老而无归，则其道诚不可以弃去。是故无用之卒，虽薄其资粮，而皆廪之终身。凡民之生，自二十以上，至于衰老，不过四十余年之间，勇锐强力之气足以犯坚冒刃者，不过二十余年。今廪之终身，则是一卒凡二十年无用而食于官也。自此而推之，养兵十万，是五万人可去也；屯兵十年，则是五年为无益之费也。民者，天下之本；而财者，民之所以生也。有兵而不可使战，是谓弃财；不可使战而驱之战，是谓弃民。臣观秦、汉之后，天下何其残败之多耶！其弊皆起于分民而为兵。兵不得休，使老弱不堪之卒拱手而就戮，故有以百万之众，而见屠于数千之兵者，其良将善用，不过以为饵，委之啖贼。嗟夫！三代之衰，民之无罪而死者，其不可胜数矣！

今天下募兵至多。往者陕西之役，举籍平民以为兵；加之明道、宝元之间天下旱、蝗，以及近岁青、齐之饥与河、朔之水灾，民急而为兵者日以益众，举籍而按之。近岁以来，募兵之多，无如今日者，然皆老弱不教，不能当古之十五，而衣食之费百倍于古。此甚非所以长久而不变者也。凡民之为兵者，其类多非良民，方其少壮之时，博弈饮酒，不安于家，而后能捐其身；至其少衰而气沮，盖亦有悔而不可复者矣。臣以谓五十以上，愿复为民者宜听；自今以往，民之愿为兵者，皆三十以下则收，限以十年而除其籍。民三十而为兵，十年而复归，其精力思虑，犹可以养生送死，为终身之计。使其应募之日，心知其不出十年，而为十年之计，则除其籍而不怨。以无用之兵终身坐食之费，而为重募，则应者必众。如此，县官长无老弱之兵，而民之不任战者，不至于无罪而死。彼皆知其不过十年而复为平民，则自爱其身而重犯法，不至于叫呼无赖，以自弃于凶人。

今夫天下之患，在于民不知兵，故兵常骄悍，而民常怯，盗贼攻之而不能御，戎狄掠之而不能抗。今使民得更代而为兵，兵得复还而为民，则天下之知兵者众，而盗贼、戎狄将有所忌。然犹有言者，将以为十年而代，故者已去，而新者未教，则缓急有所不济。夫所谓十年而代者，岂其举军而并去之？有始至者，有既久者，有将去者，有当代者，新故杂居而教之，则缓急可以无忧矣。

倡勇敢

苏子瞻

臣闻战以勇为主，以气为决。天子无皆勇之将，而将军无皆勇之士，是故致勇有术。致勇莫先乎倡，倡莫善乎私。此二者，兵之微权，英雄豪杰之士所以阴用而不言于人，而人亦莫之识也。臣请得以备言之。

夫倡者何也？气之先也。有人人之勇、怯，有三军之勇、怯。人人而较之，则勇、怯之相去若莛与楹，至于三军之勇怯则一也。出于反复之间，而差于毫厘之际，故其权在将与君。人固有暴猛兽而不操兵、出入于白刃之中而色不变者，有见虺蜴而却走、闻钟鼓之声而战慄者，是勇、怯之不齐至于如此。然闾阎之小民，争斗戏笑，卒然之间，而或至于杀人。当其发也，其心翻然，其色勃然，若不可以已者，虽天下之勇夫，无以过之；及其退而思其身，顾其妻子，未始不恻然悔也。此非必勇者也，气之所乘，则夺其性而忘其故。故古之善用兵者，用其翻然、勃然于未悔之间；而其不善者，沮其翻然、勃然之心，而开其自悔之意，则是不战而先自败也。故曰致勇有术。

致勇莫先乎倡。均是人也，皆食其食，皆任其事，天下有急，而有一人焉奋而争先，而致其死，则翻然者众矣。弓矢相及，剑盾相交，胜负之势未有所决，而三军之士，属目于一夫之先登，则勃然者相继矣。天下之大，可以名劫也；三军之众，可以气使也。谚曰：“一人善射，百夫决拾。”苟有以发之，及其翻然勃然之间而用其锋，是之谓倡。

倡莫善乎私。天下之人，怯者居其百，勇者居其一，是勇者难得也。

捐其妻子，弃其身以蹈白刃，是勇者难能也。以难得之人，行难能之事，此必有难报之恩者矣。天子必有所私之将，将军必有所私之士，视其勇者而阴厚之。人之有异材者，虽未有功，而其心莫不自异；自异而上不异之，则缓急不可以望其为倡。故凡缓急而肯为倡者，必其上之所异也。昔汉武帝欲观兵于四夷，以逞其无厌之求，不爱通侯之赏，以招勇士，风告天下，以求奋击之人，卒然无有应者。于是严刑峻法，致之死地，而听其以深入赎罪，使勉强不得已之人驰骤于死亡之地，是故其将降而兵破败，而天下几至于不测。何者？先无所异之人，而望其为倡，不已难乎？私者，天下之所恶也，然而为己而私之，则私不可用；为其贤于人而私之，则非私无以济。盖有无功而可赏、有罪而可赦者，凡所以媿其心而责其为倡也。

天下之祸，莫大于上作而下不应；上作而下不应，则上亦将穷而自止。方西戎之叛也，天子非不欲赫然诛之，而将帅之臣谨守封略，外视内顾，莫有一人先奋而致命，而士卒亦循循焉莫肯尽力；不得已而出，争先而归，故西戎得以肆其猖狂，而吾无以应，则其势不得不重赂而求和。其患起于天子无同忧患之臣，而将军无腹心之士。西师之休，十有余年矣，用法益密，而进人益难。贤者不见异，勇者不见私，天下务为奉法循令，要以如式而止。臣不知其缓急，将谁为之倡哉？此文体势辞气，俱似明允。

教战守

苏子瞻

夫当今生民之患，果安在哉？在于知安而不知危，能逸而不能劳。此其患不见于今，而将见于他日，今不为之计，其后将有所不可救者。

昔者先王知兵之不可去也，是故天下虽平，不敢忘战。秋冬之隙，致民田猎以讲武，教之以进退坐作之方，使其耳目习于钟鼓旌旗之间而不乱，使其心志安于斩刈杀伐之际而不慑，是以虽有盗贼之变，而民不至于惊溃。及至后世，用迂儒之议，以去兵为王者之盛节，天下既定，则卷甲而藏之。数十年之后，甲兵顿弊，而人民日以安于佚乐，卒有盗贼之警，则相与恐惧讹言，不战而走。开元、天宝之际，天下岂不大治？惟其民安于太平之乐，酣豢于游戏酒食之间，其刚心勇气，消耗钝眊，痿蹷而不复振。是以区区之禄山一出而乘之，四方之民兽奔鸟窜，乞为囚虏之不暇。天下分裂，而唐室因以微矣。

盖尝试论之。天下之势，譬如一身，王公贵人所以养其身者，岂不至哉！而其平居常苦于多疾，至于农夫小民终岁勤苦，而未尝告病，此其故何也？夫风雨、霜露、寒暑之变，此疾之所由生也。农夫小民，盛夏力作，而穷冬暴露，其筋骸之所冲犯，肌肤之所浸渍，轻霜露而狎风雨，是故寒暑不能为之毒。今王公贵人处于重屋之下，出则乘舆，风则袭裘，雨则御盖，凡所以虑患之具，莫不备至，畏之太甚，而养之太过，小不如意，则寒暑入之矣。是故善养身者，使之能逸而能劳，步趋动作，使其四体狃于寒暑之变，然后可以刚健强力，涉险而不伤。夫民亦然。今者治平之日久，天下之人骄惰脆弱，如妇人孺子不出于闺门，论战斗之事，则缩颈而股慄；闻盗贼之名，则掩耳而不愿听。而士大夫亦未尝言兵，以为生事扰民，渐不可长。此不亦畏之太甚，而养之太过与！

且夫天下固有意外之患也，愚者见四方之无事，则以为变故无自而有，此亦不然矣。今国家所以奉西、北二虏者岁以百万计，奉之者有限，而求之者无厌，此其势必至于战。战者，必然之势也。不先于我，则先于彼，不出于西，则出于北，所不可知者，有迟速、远近，而要以不能免也。天下苟不免于用兵，而用之不以渐，使民于安乐无事之中，一旦出身而蹈死地，则其为患必有所不测。故曰天下之民，知安而不知危，能逸而不能劳，此臣所谓大患也。

臣欲使士大夫尊尚武勇，讲习兵法，庶人之在官者，教以行阵之节；役民之司盗者，授以击刺之术。每岁终则聚于郡府，如古都试之法，有胜负，有赏罚，而行之既久，则又以军法从事。然议者必以为无故而动民，又挠以军法，则民将不安。而臣以为此所以安民也。天下果未能去兵，则其一旦将以不教之民而驱之战。夫无故而动民，虽有小怨，然孰与夫一旦之危哉？今天下屯聚之兵，骄豪而多怨，陵压百姓，而邀其上者，何故？此其心以为天下之知战者，惟我而已。如使平民皆习于兵，彼知有所敌，则固已破其奸谋，而折其骄气，利害之际，岂不亦甚明与？

卷二十四　奏议类下编四

策断中

苏子瞻

臣闻用兵有可以逆为数十年之计者，有朝不可以谋夕者。攻守之方，战斗之术，一日百变，犹以为拙。若此者，朝不可以谋夕者也。古之欲谋人之国者，必有一定之计。句践之取吴，秦之取诸侯，高祖之取项籍，皆得其至计而固执之，是故有利有不利，有进有退，百变而不同，而其一定之计未始易也。句践之取吴，是骄之而已；秦之取诸侯，是散其“从”而已；高祖之取项籍，是间疏其君臣而已。此其至计不可易者，虽百年可知也。今天下宴然未有用兵之形，而臣以为必至于战，则其攻守之方，战斗之术，固未可以豫论而臆断也。然至于用兵之大计，所以固执而不变者，臣请得以豫言之。

夫西戎、北胡，皆为中国之患，而西戎之患小，北胡之患大，此天下之所明知也。管仲曰：“攻坚则瑕者坚，攻瑕则坚者瑕。”故二者皆所以为忧，而臣以为兵之所加，宜先于西，故先论所以治御西戎之大略。

今夫邹与鲁战，则天下莫不以为鲁胜，大小之势异也。然而势有所激，则大者失其所以为大，而小者忘其所以为小，故有以邹胜鲁者矣。夫大有所短，小有所长，地广而备多，备多而力分，小国聚而大国分，则强弱之势将有所反。大国之人，譬如千金之子，自重而多疑；小国之人，计穷而无所恃，则致死而不顾。是以小国常勇，而大国常怯。恃大而不戒，则轻战而屡败；知小而自畏，则深谋而必克。此又其理然也。夫民之所以守战至死而不去者，以其君臣上下欢欣相得之际也。国大则君尊而上下不交，将军贵而吏士不亲，法令繁而民无所措其手足。若夫小国之民，截然其若一家也，有忧则相恤，有急则相赴。凡此数者，是小国之所长，而大国之所短也。大国而不用其所长，使小国常出于其所短，虽百战而百屈，岂足怪哉！且夫大国则固有所长矣，长于战而不长于守。夫守者，出于不足而已。譬之于物，大而不用，则易以腐败。故凡击搏进取，所以用大也。孙武之法，十则围之，五则攻之，倍则分之，敌则能战之，少则能逃之，不若则能避之，自敌以上者，未尝有不战也。自敌以上而不战，则是以有余而用不足之计，固已失其所长矣。凡大国之所恃，吾能分兵而彼不能分，吾能数出而彼不能应，譬如千金之家，日出其财以罔市利，而贩夫小民，终莫能与之竞者，非智不若，其财少也。是故贩夫小民，虽有桀黠之才，过人之智，而其势不得不折而入于千金之家。何则？其所长者，不可以与较也。

西戎之于中国，可谓小国矣。向者惟不用其所长，是以聚兵连年而终莫能服。今欲用吾之所长，则莫若数出，数出莫若分兵。臣之所谓分兵者，非分屯之谓也，分其居者与行者而已。今河西之戍卒，惟患其多，而莫之适用，故其便莫若分兵，使其十一而行，则一岁可以十出；十二而行，则一岁可以五出。十一而十出，十二而五出，则是一人而岁一出也。吾一岁而一出，彼一岁而十被兵焉，则众寡之不侔，劳逸之不敌，亦已明矣。夫用兵必出于敌人之所不能，我大而敌小，是故我能分而彼不能，此吴之所以肄楚，而隋之所以狃陈与！夫御戎之术，不可以逆知其详，而其大略，臣未见有过此者也。

策断下

苏子瞻

古者匈奴之众，不过汉一大县，然所以能敌之者，其国无君臣上下朝觐会同之节，其民五谷米丝麻耕作织纴之劳。其法令以言语为约，故无文书符传之繁；其居处以逐水草为常，故无城郭邑居聚落守望之助。其旃裘肉酪，足以为养生送死之具，故战则人人自斗，败则驱牛羊远徙，不可得而破。盖非独古圣人法度之所不加，亦其天性之所安者，犹狙猿之不可使冠带，虎豹之不可被以羁绁也。故中行说教单于无爱汉物，所得缯絮，皆以驰草棘中，使衣袴弊裂，以示不如旃裘之坚善也；得汉食物皆去之，以示不如湩酪之便美也。由此观之，中国以法胜，而匈奴以无法胜。

圣人知其然，是故精修其法而谨守之，筑为城郭，堑为沟池，大仓廪，实府库，明烽燧，远斥候，使民知金鼓进退坐作之节，胜不相先，败不相弃，此其所以谨守其法而不敢失也。一失其法，则不如无法之为便也。故夫各辅其性而安其生，则中国与胡本不能相犯。惟其不然，是故皆有以相制。胡人之不可从中国之法，犹中国之不可从胡人之无法也。今夫佩玉服韨冕而垂旒者，此宗庙之服，所以登降揖让折旋俯仰为容者也，而不可以骑射。今夫蛮夷而用中国之法，岂能尽如中国哉！苟不能尽如中国，而杂用其法，则是佩玉服韨冕而垂旒，而欲以骑射也。昔吴之先，断发文身，与鱼鳖龙蛇居者数十世，而诸侯不敢窥也。其后楚申公巫臣，始教以乘车射御，使出兵侵楚，而阖庐、夫差又逞其无厌之求，开沟通水，与齐、晋争强。黄池之会，强自冠带，吴人不胜其弊，卒入于越。夫吴之所以强者，乃其所以亡也。何者？以蛮夷之资，而贪中国之美，宜其可得而图之哉！西晋之亡也，匈奴、鲜卑、氐、羌之类，纷纭于中国，而其豪杰间起，为之君长，如刘元海、苻坚、石勒、慕容儁之俦，皆以绝异之姿，驱驾一时之贤俊，其强者至有天下大半，然终于覆亡相继，远者不过一传再传而灭，何也？其心固安于无法也，而束缚于中国之法；中国之人，固安于法也，而苦其无法。君臣相戾，上下相厌，是以虽建都邑，立宗庙，而其心岌岌然，常若寄居于其间，而安能久乎？

且人而弃其所得于天之分，未有不亡者也。契丹自五代南侵，乘石晋之乱，奄至京师，睹中原之富丽、庙社宫阙之壮而悦之，知不可以留也，故归而窃习焉。山前诸郡，既为所并，则中国士大夫有立其朝者矣。故其朝廷之仪，百官之号，文武选举之法，都邑郡县之制，以至于衣服饮食，皆杂取中国之象。然其父子聚居，贵壮而贱老，贪得而忘失，胜不相让，败不相救者，犹在也。其中未能革其犬羊豺狼之性，而外牵于华人之法，此其所以自投于陷阱网罗之中。而中国之人犹曰“今之匈奴非古也，其措置规画，皆不复蛮夷之心”，以为不可得而图之，亦过计矣。

且夫天下固有沈谋阴计之士也，昔先王欲图大事，立奇功，则非斯人莫之与共。秦之尉缭，汉之陈平，皆以樽俎之间，而制敌国之命，此亦王者之心，期以纾天下之祸而已。彼契丹者，有可乘之势三，而中国未之思焉，则亦足惜矣。臣观其朝廷百官之众，而中国士大夫交错于其间，固亦有贤俊慷慨不屈之士，而诟辱及于公卿，鞭扑行于殿陛，贵为将相，而不免囚徒之耻，宜其有惋愤郁结而思变者，特未有路耳。凡此皆可以致其心，虽不为吾用，亦以间疏其君臣，此由余之所以入秦也。幽、燕之地，自古号多雄杰，名于图史者，往往而是。自宋之兴，所在贤俊，云合响应，无有远迩，皆欲洗濯磨淬，以观上国之光，而此一方，独陷于非类。昔太宗皇帝亲征幽州，未克而班师，闻之谍者曰：“幽州士民谋欲执其帅以城降者，闻乘舆之还，无不泣下。”且胡人以为诸郡之民，非其族类，故厚敛而虐使之，则其思内附之心，岂待深计哉！此又足为之谋也，使其上下相猜，君民相疑，然后可攻也。语有之曰：“鼠不容穴，衔窭薮也。”彼僭立四都，分置守宰，仓廪府库，莫不备具。有一旦之急，适足以自累，守之不能，弃之不忍，华、夷杂居，易以生变。如此，则中国之长，足以有所施矣。

然非特如此而已也。中国不能谨守其法，彼慕中国之法而不能纯用，是以胜负相持，而未有决也。夫蛮夷者，以力攻，以力守，以力战，顾力不能则逃。中国则不然，其守以形，其攻以势，其战以气，故百战而力有余。形者有所不守，而敌人莫不忌也；势者有所不攻，而敌人莫不惫也；气者有所不战，而敌人莫不慑也。苟去此三者，而角之于力，则中国固不敌矣，尚何云乎！伏惟国家留意其大者而为之计，其小者臣未敢言焉。唐应德云：此文极其变化横发，而不可羁绁。

君术策五

苏子由

臣闻事有若缓而其变甚急者，天下之势是也。天下之人，幼而习之，长而成之，相咻而成风，相比而成俗，纵横颠倒，纷纷而不知以自定。当此之时，其上之人，刑之则惧，驱之则听，其势若无能为者，然及其为变，常至于破坏而不可御。故夫天子者，观天下之势，而制其所向，以定所归者也。

夫天下之人，弛而纵之，拱手而视其所为，则其势无所不至。其状如长江大河，日夜浑浑，趋于下而不能止；抵曲则激，激而无所泄，则咆勃溃乱，荡然而四出，坏堤防，包陵谷，汗漫而无所制。故善治水者，因其所入而导之，则其势不至于激怒坌涌而不可收；既激矣，又有徐徐而泄之，则其势不至于破决荡溢而不可止。然天下之人，常狎其安流无事之不足畏也，而不为去其所激；观其激作相蹙溃乱未发之际，而以为不至于大惧，不能徐泄其怒，是以遂至横流于中原，而不可卒治。

昔者天下既安，其人皆欲安坐而守之，循循以为敦厚，默默以为忠信。忠臣义士之气，愤闷而不得发，豪俊之士不忍其郁郁之心，起而振之，而世之士大夫好勇而轻进、喜气而不慑者，皆乐从而群和之，直言忤世而不顾，直行犯君而不忌。今之君子，累累而从事于此矣。然天下犹有所不从，其馀风故俗犹众而未去，相与抗拒，而胜负之数未有所定，邪正相搏，曲直相犯，二者溃溃而不知其所终极。盖天下之势已少激矣，而上之人不从而遂决其壅，臣恐天下之贤人，不胜其忿，而自决之也。夫惟天子之尊，有所欲为，而天下从之。今不为决之于上，而听其自决，则天下之不同者，将悻然而不服。而天下之豪俊，亦将奋踊不顾，而力决之，发而不中，故大者伤，小者死，横溃而不可救。譬如东汉之士，李膺、杜密、范滂、张俭之党，慷慨议论，本以矫拂世俗之弊，而当时之君，不为分别天下之邪正，以决其气，而使天下之士发愤而自决之，而天下遂以大乱。

由此观之，则夫英雄之士，不可以不少遂其意也。是以治水者，惟能使之日夜流注而不息，则虽有蛟龙鲸鲵之患，亦将顺流奔走，奋迅悦豫，而不暇及于为变。苟其潴畜浑乱壅闭而不决，则水之白怪皆将勃然放肆，求以自快其意而不可御。故夫天下亦不可小为少决，以顺适其意也。

臣事策一

苏子由

臣闻天下有权臣，有重臣，二者其迹相近而难明。天下之人知恶夫权臣之专，而世之重臣，亦遂不容于其间。夫权臣者，天下不可一日而有，而重臣者，天下不可一日而无也。天下徒见其外，而不察其中，见其皆侵天子之权，而不察其所为之不类，足以举皆嫉之，而无所喜，此亦已太过也。

今夫权臣之所为者，重臣之所切齿；而重臣之所取看，权臣之所不顾也。将为权臣耶？必将内悦其君之心，委曲听顺而无所违戾，外窃其生杀予夺之柄，黜陟天下，以见己之权，而没其君之威惠；内能使其君欢爱悦怿，无所不顺，而安为之上，外能使其公卿大夫百官庶吏无所不归命，而争为之腹心：上爱下顺，合而为一，然后权臣之势遂成而不可拔。至于重臣则不然，君有所为不呵则必争；争之不能，而其事有所必不可听，则专行而不顾。待具成败之迹著，则上之心将释然而自解。其在朝廷之中，天子为之踧然而有所畏，士大夫不敢安肆怠惰于其侧。爵禄庆赏，己得以议其可否，而不求以为己之私惠；刀锯斧钺，己得以参其轻重，而不求以为己之私势。要以使天子有所不可必为，而群下有所震惧，而己不与其利。何者？为重臣者不待天下之归己，而为权臣者亦无斯事天子之畏己也。故各因其行事，而观其意之所在，则大下谁呵欺者？臣故曰为天下安可一日无重臣也。

且今使天下而无重臣，则朝廷之事，惟天子之所为，而无所可否。虽天子有纳谏之明，而百官畏惧战栗，无平昔尊重之势，谁肯触忌讳、冒罪戾而为天下言者？惟其小小得失之际，乃敢上章，欢哗而无所惮，至于国之大事，安危存亡之所系，则将卷舌而去，谁敢发而受其祸？此人主之所大患也。悲夫！后世之君，徒见天下之权臣出入唯唯，以为有礼，而不知此乃所以潜溃其国；徒见天下之重臣刚毅果敢，喜逆其意，则以为不逊，而不知其有社稷之虑。二者淆乱于心，而不能辨其邪正，是以丧乱相仍而不悟，何足伤也！昔者卫太子聚兵以诛江充，武帝震怒，发兵而攻之，京师至使丞相、太子相与交战，不胜而走，又使天下极其所往，而翦灭其迹。当此之时，苟有重臣出身而当之，拥护太子，以待上意之少解，徐发其所蔽，而开其所怒，则其父子之际，尚可得而全也。惟无重臣，故天下皆知之而不敢言。臣愚以为凡为天下宜有以养其重臣之威，使天下百官有所畏忌，而缓急之间，能有所坚忍持重而不可夺者。窃观方今四海无变，非常之事，宜其息而不作。然及今日而虑之，则可以无异日之患。不然者，谁能知其果无有也而不为之计哉？

抑臣闻之：今世之弊，在于法禁太密，一举足不如律令，法吏且以为言，而不问其意之所属，是以虽天子之大臣，亦安敢有所为于法律之外，以安天下之大事？故为天子之计，莫若少宽其法，使大臣得有所守，而不为法之所夺。昔申屠嘉为丞相，至召天子之幸臣邓通立之堂下，而诘责其过，是时通几至于死而不救。天子知之，亦不以为怪，而申屠嘉亦卒非汉之权臣。由此观之，重臣何损于天下哉！

民政策一

苏子由

臣闻王道之至于民也，其亦深矣。贤人君子自洁于上，而民不免为小人；朝廷之间，揖让如礼，而民不免为盗贼。礼行于上，而淫僻邪放之风起于下而不能止，此犹未免为王道之未成也。王道之本，始于民之自喜，而成于民之相爱。而王者之所以求之于民者，其粗始于力田，而其精极于孝悌、廉耻之际。力田者，民之最劳，而孝悌、廉耻者，匹夫匹妇之所不悦。强所最劳，而使之有自喜之心；劝所不悦，而使之有相爱之意。故夫王道之成，而及其至于民，其亦深矣。古者天下之灾，水旱相仍，而上下不相保，此其祸起于民之不自喜于力田。天下之乱，盗贼放恣，兵革不息，而民不乐业，此其祸起于民之不相爱，而弃其孝悌廉耻之节。夫自喜，则虽有太劳，而其事不迁；相爱，则虽有强很之心，而顾其亲戚之乐，以不忍自弃于不义。此二者，王道之大权也。

方今天下之人，狃于工商之利，而不喜于农。惟其最愚下之人，自知其无能，然后安于田亩而不去。山林饥饿之民，皆有盗跖趦趄之心，而闺门之内，父子交忿而不知反。朝廷之上，虽有贤人，而其教不逮于下。是故士大夫之间，莫不以为王道之远而难成也。然臣窃观三代之遗文，至于《诗》，而以为王道之成，有所易而不难者，夫人之不喜乎此，是未得为此之味也。故圣人之为诗，道其耕耨播种之勤，而述其岁终仓廪丰实，妇子喜乐之际，以感动其意。故曰："畟畟良耜，俶载南亩。播厥百谷，实函斯活。或来瞻女，载筐及筥，其饷伊黍，其笠伊纠，其镈斯赵，以薅荼蓼。"当此时也，民既劳矣，故为之言其室家来馌而慰劳之者，以勉卒其事。而其终章曰："荼蓼朽止，黍稷茂止。获之挃挃，积之栗栗。其崇如墉，其比如栉。以开百室，百室盈止，妇子宁止。杀时犉牡，有捄其角。以似以续，续古之人。"当此之时，岁功既毕，民之劳者，得以与其妇子皆乐于此，休息闲暇，饮酒食肉，以自快于一岁。则夫勤者有以自忘其勤，尽力者有以轻用其力，而很戾无亲之人有所慕悦，而自改其操。此非独于《诗》云尔，导之使获其利，而教之使知其乐，亦如是也。且民之性，固安于所乐，而悦于所利，此臣所以为王道之无难者也。

盖臣闻之，诱民之势，远莫如近，而近莫如其所与竞。今行于朝廷之中，而田野之民无迁善之心，此岂非其远而难至者哉！明择郡县之吏，而谨法律之禁，刑者布市，而顽民不悛。夫乡党之民，其视郡县之吏，自以为非其比肩之人，徒能畏其用法，而袒背受笞于其前不为之愧，此其势可以及民之明罪，而不可以及其隐慝。此岂非其近而无所与竞者耶？惟其里巷亲戚之间，幼之所与同戏，而壮之所与共事，此其所与竞者也。臣愚以谓古者郡县有三老、啬夫，今可使推择民之孝悌无过、力田不惰、为民之素所服者为之。无使治事，而使讥诮教诲其民之怠惰而无良者，而岁时伏腊，郡县颇致礼焉，以风天下，使慕悦其事，使民皆有愧耻勉强不服之心。今不从民之所与竞而教之，而从其所素畏，夫其所素畏者，彼不自以为伍，而何敢求望其万一？故教天下，自所与竞者始，而王道可以渐至于下矣。中间引《诗》一段，文字甚佳，而于后半"民所与竞"，义不甚联贯，是子由精神短处。

民政策二

苏子由

臣闻三代之盛时，天下之人，自匹夫以上，莫不务自修洁，以求为君子。父子相爱，兄弟相悦，孝弟忠信之美，发于士大夫之间，而下至于田亩，朝夕从事，终身而不厌。至于战国，王道衰息，秦人驱其民而纳之于耕耘战斗之中，天下翕然而从之，南亩之民而皆争为干戈旗鼓之事。以首争首，以力搏力，进则有死于战，退则有死于将，其患无所不至。周、秦之间，其相去不数十百年，周之小民，皆有好善之心，而秦人独喜于战攻，虽其死亡，而不肯以自存。此二者，臣窃知其故也。夫天下之人，不能尽知礼义之美，而亦不能奋不自顾以陷于死伤之地。其所以能至于此者，上之人实使之然也。然而闾巷之民，劫而从之，则可以与之侥幸于一时之功，而不可以望其久远。而周、秦之风俗，皆累世而不变，此不可不察其术也。

盖周之制，使天下之士，孝悌忠信，闻于乡党，而达于国人者，皆得以登于有司。而秦之法，使其武健壮勇能斩捕甲首者，得以自复其役。上者优之以爵禄，而下者皆得役属其邻里，天下之人知其利之所在，则皆争为之，而尚安知其他？然周以之兴，而秦以之亡，天下遂皆尤秦之不能，而不知秦之所以使天下者，亦无以异于周之所以使天下。何者？至便之势，所以奔走天下，万世之所不易也，而特论其所以使之者何如焉耳。

今者，天下之患实在于民昏而不知教。然臣以谓其罪不在于民，而上之所以使之者或未至也。且天子之所求于天下者，何也？天下之人，在家欲得其孝，而在国欲得其忠，兄弟欲其相与为爱，而朋友欲其相与为信，临财欲其思廉，而患难欲其思义。此诚天子之所欲于天下者。古之圣人，所欲而遂求之，求之以势，而使之自至。是以天下争为其所求，以求称其意。今有人，使人为之牧其牛羊，将责之以其牛羊之肥，则因其肥瘠而制其利害，使夫牧者趋其所利而从之，则可以不劳而坐得其所欲。今求之以牛羊之肥瘠，而乃使之尽力于樵苏之事，以其薪之多少而制其赏罚之轻重，则夫牧人将为牧耶？将为樵耶？为樵则失牛羊之肥，而为牧则无以得赏，故其人举皆为樵，而无事于牧。吾之所欲者牧也，而反樵之为得，此无足怪也。今夫天下之人所以求利于上者，果安在哉？士大夫为声病剽略之文，而治苟且记问之学，曳裾束带，俯仰周旋，而皆有意于天子之爵禄。夫天子之所求于天下者，岂在是也！然天子之所以求之者唯此，而人之所由以有得者亦唯此，是以若此不可却也。嗟夫！欲求天下忠信孝悌之人，而求之于一日之试，天下尚谁知忠信孝悌之可喜，而一日之试之可耻而不为者？《诗》云："无言不酬，无德不报。"臣以为欲得其所求，宜遂以其所欲而求之，开之以利，而作其怠，则天下必有应者。今间岁而一收天下之才，奇人善士，固宜有起而入于其中。然天下之人不能深明天子之意，而以为所为求之者，止于其目之所见，是以尽力于科举，而不知自反于仁义。

臣欲复古者孝悌之科，使州县得以与今之进士同举而皆进，使天下之人，时获孝悌忠信之利，而明知天子之所欲如此，则天下宜可渐化，以副上之所求。然臣非谓孝悌之科，必多得天下之贤才，而要以使天下知上意之所在，而各趋于其利，则庶乎不待教而忠信之俗可以渐复。此亦周、秦之所以使人之术欤！

卷二十五　书说类一

赵良说商君

周显王三十年，秦孝公二十三年

赵良见商君。商君曰："鞅之得见也，从孟兰皋，今鞅请得交，可乎？"

赵良曰："仆弗敢愿也。孔丘有言曰：'推贤而戴者进，聚不肖而王者退。'鼒按：王者言推尊之，《庄子》"彼兀者而王先生"。仆不肖，故不敢受命。仆闻之曰：'非其位而居之曰贪位，非其名而有之曰贪名。'仆听君之义，则恐仆贪位贪名也，故不敢闻命。"商君曰："子不说吾治秦与？"

赵良曰："反听之谓聪，内视之谓明，自胜之谓强。虞舜有言曰：'自卑也尚矣。'君不若道虞舜之道，无为问仆矣。"商君曰："始秦，戎、翟之教，父子无别，同室而居。今我更制其教，而为其男女之别，大筑冀阙，营如鲁、卫矣。子观我治秦也，孰与五羖大夫贤？"

赵良曰："千羊之皮，不如一狐之掖；千人之诺诺，不如一士之谔谔。武王谔谔以昌，殷纣墨墨以亡。君若不非武王乎，则仆请终日正言而无诛，可乎？"商君曰："语有之矣：貌言，华也；至言，实也；苦言，药也；甘言，疾也。夫子果肯终日正言，鞅之药也。鞅将事子，子又何辞焉！"

赵良曰："夫五羖大夫，荆之鄙人也。闻秦缪公之贤，而愿望见，行而无资，自粥于秦客，被褐食牛。期年，缪公知之，举之牛口之下，而加之百姓之上，秦国莫敢望焉。相秦六七年，而东伐郑三置晋国之君，一救荆国之祸。发教封内，而巴人致贡；施德诸侯，而八戎来服。由余闻之，款关请见。五羖大夫之相秦也，劳不坐乘，暑不张盖，行于国中，不从车乘，不操干戈，功名藏于府库，德行施于后世。五羖大夫死，秦国男女流涕，童子不歌谣，舂者不相杵。此五羖大夫之德也。今君之见秦王也，因嬖人景监以为主，非所以为名也。相秦不以百姓为事，而大筑冀阙，非所以为功也。刑黥太子之师傅。残伤民以骏刑，是积怨畜祸也。教之化民也深于命，民之效上也捷于令。今君又左建外易，人臣车盖，不建车上，雨则拥之，其程直，若左建，则曲柄建于车上，即左纛矣。"易"当为"昜"，即马额之锡，其言侈于臣礼，不但坐乘张盖而已。非所以为教也。君又南面也而称寡人，日绳秦之贵公子。《诗》曰：'相鼠有体，人而无礼。人而无礼，胡不遄死。'以《诗》观之，非所以为寿也。公子虔杜门不出已八年矣，君又杀祝欢而黥公孙贾。《诗》曰：'得人者兴，失人者崩。'此数事者，非所以得人也。君之出也，后车十数，从车载甲，多力而骈胁者为骖乘，持矛而操闟戟者，旁车而趋。此一物不具，君固不出。《书》曰：'恃德者昌，恃力者亡。'君之危若朝露，尚将欲延年益寿乎？则何不归十五都，灌园于鄙，劝秦王显岩穴之士，养老存孤，敬父兄，序有功，尊有德，可以少安。君尚将贪商於之富，宠秦国之教，畜百姓之怨，秦王一旦捐宾客而不立朝，秦国之所以收君者，岂其微哉！亡可翘足而待。"商君弗从。

陈轸为齐说楚昭阳

显王四十六年，楚怀王六年

楚使柱国昭阳将兵而攻魏，破之于襄陵，得八邑。又移兵而攻齐，齐王患之。陈轸适为秦使齐，齐王曰："为之奈何？"陈轸曰："王勿忧，请令罢之。"即往见昭阳军中，曰："愿闻楚国之法，破军杀将者，何以贵之？"昭阳曰："其官为上柱国，封上爵执珪。"陈轸曰："其有贵于此者乎？"昭阳曰："令尹。"陈轸曰："今君已为令尹矣，此国冠之上。臣请得譬之。人有遗其舍人一卮酒者，舍人相谓曰：'数人饮此，不足以遍，请遂画地为蛇，蛇先成者独饮之。'一人曰：'吾蛇先成。'举酒而起，曰：'吾能为之足。’及其为之足而后成人夺之酒而饮之，曰：‘蛇固无足，今为之足，是非蛇也。今君相楚而攻魏，破军杀将，功莫大焉。冠之上不可以加矣。今又移兵而攻齐，攻齐胜之，官爵不加于此；攻之不胜，身死爵夺，有毁于楚：此为蛇为足之说也。不若引兵而去以德齐，此持满之术也。”昭阳曰：“善。”引兵而去。

陈轸说楚王无绝齐交

楚怀王十六年

秦欲伐齐，而楚与齐从亲，秦惠王患之，乃宣言张仪免相，使张仪南见楚王，谓楚王曰：“敝邑之王所甚说者，无先大王，虽仪之所甚愿为门阑之厮者，亦无先大王。敝邑之王所甚憎者，无先齐王，虽仪之所甚憎者，亦无先齐王。而大王和之，是以敝邑之王不得事王，而令仪亦不得为门阑之厮也。王为仪闭关而绝齐，今使使者从仪西，取故秦所分楚商於之地方六百里，如是则齐弱矣。是北弱齐，西德于秦，私商於以为富，此一计而三利俱至也。”怀王大悦，乃置相玺于张仪，日与置酒，宣言“吾复得吾商於之地”。群臣皆贺，而陈轸独吊。怀王曰：“何故？”陈轸对曰：“秦之所为重王者，以王之有齐也。今地未可得，而齐交先绝，是楚孤也。夫秦又何重孤国哉？必轻楚矣。且先出地而后绝齐，则秦计不为。先绝齐而后责地，则必见欺于张仪。见欺于张仪，则王必怨之。怨之，是西起秦患，北绝齐交。西起秦患，北绝齐交，则两国之兵必至。臣故吊。”楚王弗听。

陈轸说齐以兵合于三晋

《大事记》载显王四十七年，齐宣二十一年。吴师道疑在赧王十六年

秦伐魏，陈轸合三晋而东，谓齐王曰：“古之王者之伐也，欲以正天下而立功名以为后世也。今齐、楚、燕、赵、韩、梁六国之递甚也，不足以立功名，适足以强秦而自弱也，非山东之上计也，能危山东者，强秦也。

不忧强秦，而递相罢弱，而两归其国于秦，此臣之所以为山东之患。天下为秦相割，秦曾不出力；天下为秦相烹，秦曾不出薪。何秦之智，而山东之愚邪？愿大王之察也。古之五帝、三王、五伯之伐也，伐不道者；今秦之伐天下不然，必欲反之，主必死辱，民必死虏。今韩、梁之目未尝干，而齐民独不也。非齐亲而韩、梁疏也，齐远秦而韩、梁近，今齐将近矣！今秦欲攻梁绛、安邑，秦得绛、安邑以东下河，必表里河山，而东攻齐，举齐属之海，南面而孤楚、韩，梁，北向而孤燕，赵，齐无所出其计矣。愿王熟虑之。今三晋已合矣，复为兄弟约，而出锐师以戍梁绛、安邑，此万世之计也。齐非急以锐师合三晋，必有后忧。三晋合，秦必不敢攻梁，必南攻楚。楚、秦构难，三晋怒齐不与己也，必东攻齐。此臣之所谓齐必有大忧。不如急以兵合于三晋一。”齐王敬诺，果以兵合于三晋。

苏季子说燕文侯

周显王三十五年，燕文公二十八年

苏秦将为从，北说燕文侯曰：“燕东有朝鲜、辽东，北有林胡、楼烦，西有云中、九原，南有滹沱、易水，地方二千里，带甲数十万，车七百乘，骑六千匹，粟支二年。南有碣石、雁门之饶，鼐按：碣石在燕东，海中之货，自此入河；雁门在西北，沙漠之货，自此入。路皆达于燕南，故南有其饶也。北有枣栗之利，民虽不田作，枣栗之实，足食于你矣。此所谓天府也。

“夫安乐无事，不见覆军杀将之忧，无过燕矣。大王知其所以然乎？夫燕之所以不犯寇被兵者，以赵之为蔽于其南也。秦、赵五战，秦再胜而赵三胜，秦、赵相敝，而王以全燕制其后，此燕之所以不犯难也。且夫秦之攻燕也，逾云中、九原，过代、上谷，弥地踵道数千里，虽得燕城，秦计固不能守也。秦之不能害燕亦明矣。今赵之攻燕也，发号出令，不至十日，而数十万之众，军于东垣矣。度滹沱，涉易水，不至四五日而距国都矣。故曰秦之攻燕也，战于千里之外；赵之攻燕也，战于百里之内。夫不忧百里之患，而重千里之外，计无过于此者。是故愿大王与赵从亲，天下为一，则国必无患矣。”

燕王曰："寡人国小，西迫强秦，促近齐、赵，齐、赵强国，今主君幸教诏之，合从以安燕，敬以国从。"于是赍苏秦车马金帛以至赵。

苏季子说赵肃侯

恐即苏秦说燕之年，肃侯之十六年

苏秦从燕之赵，始合从，说赵王曰："天下之卿相人臣，乃至布衣之士，莫不高贤大王之行义，皆愿奉教陈忠于前之日久矣。虽然，奉阳君妒，大王不得任事，是以外宾客、游谈之士无敢尽忠于前者。今奉阳君捐馆舍，大王乃今然后得与士民相亲，臣故敢尽其愚忠。

"为大王计，莫若安民无事，请无庸有为也。安民之本，在于择交，择交而得则民安；择交不得，则民终身不得安。请言外患：齐、秦为两敌，而民不得安，倚秦攻齐，而民不得安，倚齐攻秦，而民不得安。故夫谋人之主，伐人之国，常苦出辞断绝人之交。愿大王慎无出于口也。请屏左右，白言所以异阴阳而已矣。大王诚能听臣，燕必致毡裘狗马之地，齐必致海隅鱼盐之地，楚必致桔柚云梦之地，韩、魏皆可使致封地汤沐之邑。贵戚父兄，皆可以受封侯。夫割地效实，五霸之所以覆军禽将而求也；封侯贵戚，汤、武之所以放杀而争也。今大王垂拱而两有之，是臣之所以为大王愿也。

"大王与秦，则秦必弱韩、魏；与齐，则齐必弱楚、魏。魏弱则割河外，韩弱则效宜阳，宜阳效则上郡绝，此上郡是韩地，在河北者，平阳、上党皆是。非魏西河之外地后入于秦之上郡。河外割则道不通，楚弱则无援。此三策者，不可不熟计也。

"夫秦下轵道，则南阳动，劫韩包周，则赵自销铄；据卫取淇，则齐必入朝。秦欲已得行于山东，则必举甲而向赵。秦甲涉河逾漳，据番吾，则兵必战于邯郸之下矣。此臣之所以为大王患也。

"当今之时，山东之建国，莫如赵强。赵地方三千里，带甲数十万，车千乘，骑万匹，粟支十年。西有常山，南有河、漳，东有清河，北有燕国。燕固弱国，不足畏也。且秦之所畏害于天下者莫如赵，然而秦不敢举兵甲而伐赵者，何也？畏韩、魏之议其后也。然则韩、魏，赵之南蔽也。秦之攻韩、魏也则不然，无有名山大川之限，稍稍蚕食之，傅之国都而止矣。韩、魏不能支秦，必入臣于秦。秦无韩、魏之隔，祸必中于赵矣。此臣之所以为大王患也。

“臣闻尧无三夫之分，舜无咫尺之地，以有天下；禹无百人之聚，以王诸侯;汤、武之卒，不过三千人，车不过三百乘，而为天子:诚得其道也。是故明主外料其敌国之强弱，内度其士卒之众寡、贤与不肖，不待两军相当，而胜败存亡之机节，固已见于胸中矣。岂掩于众人之言，而以冥冥决事哉！

“臣窃以天下地图按之，诸侯之地，五倍于秦，料诸侯之卒，十倍于秦，六国并力为一，西面攻秦，秦破必矣。今西面而事之，见臣于秦。夫破人之与破于人也，臣人之与臣于人也，岂可同日而言之哉！夫横人者，皆欲割诸侯之地以与秦成；与秦成，则高台榭，美宫室，听竽笙琴瑟之音，察五味之和，前有轩辕，后有长庭，美人巧笑，卒有秦患而不与其忧。是故横人日夜务以秦权恐猲诸侯，以求割地，愿大王之熟计也。

“臣闻明主绝疑去谗，屏流言之迹，塞朋党之门，故尊主、广地、强兵之计臣，得陈忠于前矣。故窃为大王计，莫如一韩、魏、齐、楚、燕、赵六国从亲以摈秦，令天下之将相，相与会于洹水之上，通质，刑白马以盟之。约曰:‘秦攻楚，齐、魏各出锐师以佐之，韩绝食道，赵涉河、漳，燕守常山之北。秦攻韩、魏，则楚绝其后，齐出锐师以佐之，赵涉河、漳，燕守云中。秦攻齐，则楚绝其后，韩守成皋，魏塞午道，赵涉河、漳、博关，燕出锐师以佐之。秦攻燕，则赵守常山，楚军武关，齐涉渤海，韩、魏出锐师以佐之。秦攻赵，则韩军宜阳，楚军武关，魏军河外，齐涉清河，秦攻赵，齐不应远涉渤海，盖清河之误耳。《史记》是。燕出锐师以佐之。诸侯有先背约者，五国共伐之。’六国从亲以摈秦，秦必不敢出兵于函谷关，以害山东矣。如是，则霸业成矣。”

赵王曰:“寡人年少，莅国之日浅，未尝得闻社稷之长计。今上客有意存天下，安诸侯，寡人敬以国从。”乃封苏秦为武安君，饰车百乘，黄金千镒，白璧百双，锦绣千纯，以约诸侯。

苏季子说韩昭侯

《史记》作说宣惠王

苏秦为赵合从说韩王曰："韩北有巩、洛、成皋之固，西有宜阳、商阪之塞，"商"字依《史记》,《策》作"常"。东有宛穰、洧水，南有陉山，地方千里，带甲数十万，天下之强弓劲弩，皆自韩出。溪子、少府时力、距来皆射六百步之外。韩卒超足而射，百发不暇止，远者达胸，近者掩心。韩卒之剑戟，皆出于冥山、棠溪、墨阳、合伯、邓师、宛冯、龙渊、太阿，皆陆断马牛，水击鹄雁，当敌即斩。坚甲铁幕，革抉吠芮，无不毕具。《国策》"甲"下有"盾鞮鍪"字。按"吠"读"伐"，即是盾，不当重及，故从《史记》去三字。又下文"被坚甲"三句，乘上三项，则"坚甲"属下句读，与"即斩"属下为句者非是。以韩卒之勇，被坚甲，跖劲弩，带利剑，一人当百，不足言也。夫以韩之劲，与大王之贤，乃欲西面事秦，称东藩，筑帝宫，受冠带，祠春秋，交臂而服焉，夫羞社稷而为天下笑，无过此者矣。是故愿大王之熟计之也。

"大王事秦，秦必求宜阳、成皋。今兹效之，明年又益求割地，与之，即无地以给之；不与，则弃前功而后更受其祸。且夫大王之地有尽，而秦之求无已。夫以有尽之地，而逆无已之求，此所谓市怨而买祸者也，不战而地已削矣。臣闻鄙语曰：'宁为鸡口，无为牛后。'今大王西面交臂而臣事秦，何以异于牛后乎？夫以大王之贤，挟强韩之兵，而有牛后之名，臣窃为大王羞之。"

韩王忿然作色，攘臂按剑，仰天太息曰："寡人虽死，必不能事秦。今主君以赵王之教诏之，敬奉社稷以从。"

苏季子说魏襄王

显王三十六年，魏襄二年

苏子为赵合从，说魏王曰："大王之地，南有鸿沟、陈、汝南、许、郾、昆阳、邵陵、舞阳、新郪，《后汉·郡国志》：汝南，宋公国，周名鄓邱，汉改名新鄭。然则此“新”字衍，抑当依《史记》新都。东有淮、颍、沂、黄、煮枣、无疏，西有长城之界，北有河外、卷、衍、酸枣，《史记》正义谓河外为河南地，此犹未明。盖大梁正河南地，若言其北，当言河内矣。盖魏以大梁、邺夹河南北，并以为都，其正北乃韩之上党，不可举也。此云河外，乃河既折而北流，为东河，其东南曰外，乃秦汉之东郡地，在大梁东北者耳。卷、衍不知何处，必不如注家以汉河南郡之卷为解。盖卷县，正是上文长城之一界，非此卷、衍。此卷、衍亦东郡左右地耳，以张仪说魏“秦下河外，拔卷、衍，则赵不南，魏不北”语证之，尤明。又苏秦说赵，“河外割，则道不通”。亦指此，并非正南河之南地。地方千里，名虽小，然而庐田庑舍，曾无所刍牧牛马之地，人民之众，车马之多，日夜行不绝，輷輷殷殷，若有三军之众。臣窃料之，大王之国不下于楚，然横人訹王外交虎狼之秦，以侵天下，卒有国患，不被其祸。夫挟强秦之势，以内劫其主，罪无过此者。且魏，天下之强国也，大王，天下之贤主也。今乃有意西面而事秦，称东藩，筑帝宫，祠春秋，臣窃为大王愧之。

“臣闻越王勾践，以散卒三千，禽夫差于干遂；武王卒三千人，革车三百乘，斩纣于牧之野。岂其士卒众哉？诚能振其威也。今窃闻大王之卒，武力二十余万，苍头二十万，奋击二十万，厮徒十万，车六百乘，骑五千匹，此其过越王勾践、武王远矣，今乃劫于群臣之说，而欲臣事秦。夫事秦，必割地效质，故兵未用而国已亏矣。凡群臣之言事秦者，皆奸臣，非忠臣也。夫为人臣，割其主之地以外交，偷取一旦之功，而不顾其后，破公家而成私门，外挟强秦之势，而内劫其主，以求割地。愿大王之熟察之也。

“《周书》曰：‘绵绵不绝，蔓蔓若何？毫毛不拔，将成斧柯。前虑不定，后有大患，将奈之何？’大王诚能听臣，六国从亲，专心并力，则必无强秦之患。故敝邑赵王使使臣献愚计，奉明约，在大王诏之。”

魏王曰：“寡人不肖，未尝得闻明教。今主君以赵王之诏诏之，敬以国从。”

苏季子说齐宣王

齐宣十年

苏秦为赵合从，说齐宣王曰：“齐南有泰山，东有琅邪，西有清河，北有渤海，此所谓四塞之国也。齐地方二千里，带甲数十万，粟如邱山。齐车之良，五家之兵，疾如锥矢，战如雷霆，解如风雨。即有军役，未尝倍泰山，绝清河，涉渤海也。临淄之中七万户，臣窃度之，下户三男子，三七二十一万，不待发于远县，而临淄之卒，固已二十一万矣。临淄甚富而实，其民无不吹竽鼓瑟，击筑弹琴，斗鸡走狗，六博蹹鞠者。临淄之途，车毂击，人肩摩，连袵成帏，举袂成幕，挥汗成雨，家殷人足，志高气扬。夫以大王之贤，与齐之强，天下不能当。今乃西面事秦，窃为大王羞之。

"且夫韩、魏所以畏秦者，以与秦接界也。兵出而相当，不十日，而战胜存亡之机决矣。韩、魏战而胜秦，则兵半折，四境不守；战而不胜，以亡随其后。是故韩、魏之所以重与秦战而轻为之臣也。今秦攻齐则不然，倍韩、魏之地，至卫阳晋之道，经亢父之险，车不得方轨，马不得并行，百人守险，千人不能过也。秦虽欲深入，则狼顾，恐韩、魏之议其后也。是故恫疑虚喝，高跃而不敢进，则秦不能害齐亦明矣。夫不料秦之不奈我何也，而欲西面事秦，是群臣之计过。今臣无事秦之名，而有强国之实，臣固愿大王少留计。"

齐王曰："寡人不敏，今主君以赵王之诏告之，敬奉社稷以从。"

苏季子自齐反燕说燕易王

人有毁苏秦者曰："左右卖国反覆之臣也，将作乱。"苏秦恐得罪，归而燕王不复官也。苏秦见燕王曰："臣，东周之鄙人也，无有分寸之功，而王亲拜之于庙，而礼之于廷。今臣为王却齐之兵，而攻得十城，宜以益亲。今来而王不听臣者，人必有以不信伤臣于王者。臣之不信，王之福也。臣闻忠信者所以自为也，进取者所以为人也。且臣之说齐王，曾非欺之也。臣弃老母于东周，固去自为而行进取也。今有孝如曾参，廉如伯夷，信如尾生，得此三人者，以事大王，何若？"王曰："足矣。"苏秦曰："孝如曾参，义不离其亲一宿于外，王又安能使之步行千里，而事弱燕之危主哉？廉如伯夷，义不为孤竹君之嗣，不肯为武王臣，不受封侯，而饿死首阳山下。有廉如此，王又安能使之步行千里，而行进取于齐哉？信如尾生，与女子期于梁下，女子不来，水至不去，抱柱而死。有信如此，王又安能使之步行千里，却齐之强兵哉？臣所谓以忠信得罪于上者也。”

燕王曰：“若不忠信耳，岂有以忠信而得罪者乎？”苏秦曰：“不然。臣闻客有远为吏，而其妻私于人者，其夫将来，其私者忧之。妻曰：‘勿忧，吾已作药酒待之矣。’居三日，其夫果至，妻使妾举药酒进之。妾欲言酒之有药，则恐其逐主母也；欲勿言乎，则恐其杀主父也。于是乎详僵而弃酒。主父大怒，笞之五十。故妾一僵而覆酒，上存主父，下存主母，然而不免于笞。恶在乎忠信之无罪也？夫臣之过，不幸而类是乎！”燕王曰：“先生复就故官。”益厚遇之。

苏代止孟尝君入秦

孟尝君将入秦，止者千数而弗听。苏代欲止之。孟尝君曰：“人事者吾已尽知之矣，吾所未闻者独鬼事耳。”苏代曰：“臣之来也，固不敢言人事也，固且以鬼事见君。”孟尝君见之。谓孟尝君曰：“今者臣来过于淄上，有土偶人与桃梗相与语。桃梗谓土偶人曰：‘子西岸之土也，埏子以为人，至岁八月，降雨下，淄水至，则汝残矣。’土偶曰：‘不然。吾西岸之土也，残则复西岸耳。今子东国之桃梗也，刻削子以为人，降雨下，淄水至，流子而去，则子漂漂者将何如耳？’今秦四塞之国，譬如虎口，而君入之，则臣不知君所出矣。”孟尝君乃止。

苏代说齐不为帝

苏子说齐王曰：“齐、秦立为两帝，王以天下为尊秦乎？且尊齐乎？”王曰：“尊秦。”“释帝，则天下爱齐乎？且爱秦乎？”王曰：“爱齐而憎秦。”“两帝立，约伐赵，孰与伐宋之利也？”姚宏曰：刘本有“王曰不如伐宋”六字。对曰：“夫约均，然与秦为帝，而天下独尊秦而轻齐；齐释帝，则天下爱齐而憎秦。伐赵不如伐宋之利。故臣愿王明释帝以就天下，倍约摈秦，勿使争重，而王以其间举宋。夫有宋，则卫之阳城危；有淮北，则楚之东国危；有济西，则赵之河东危；有陶、平陆，则梁门不启。故释帝而贰之以伐宋之事，则国重而名尊。燕、楚以形服，天下不敢不听，此汤、武之举也。敬秦以为名，而后使天下憎之，此所谓以卑易尊者也。愿王之熟虑之也。”

苏代遗燕昭王书

齐伐宋，宋急，苏代乃遗燕昭王书曰：

夫列在万乘，而寄质于齐，名卑而权轻；奉齐助之伐宋，《史》作“奉万乘助齐伐宋”，今从《国策》。民劳而实费；夫破宋，残楚淮北，肥大齐，仇强而国害：此三者，皆国之大败也。然且王行之者，将以取信于齐也。齐加不信于王，而忌燕愈甚，是王之计过矣。夫以宋加之淮北，强万乘之国也，而齐并之，是益一齐也。北夷方七百里，加之以鲁、卫，强万乘之国也，而齐并之，是益二齐也。夫一齐之强，燕犹狼顾而不能支，今以三齐临燕，其祸必大矣。

虽然，智者举事，因祸为福，转败为功。齐紫，败素也，而贾十倍；越王勾践栖于会稽，复残强吴而霸天下：此皆因祸为福，转败为功者也。今王若欲因祸为福，转败为功，则莫若遥《史》作“挑”霸齐而尊之，使使盟于周室，焚秦符，曰：“其大上计破秦，其次必长摈之。”秦挟摈以待破，秦王必患之。秦五世伐诸侯，今为齐下，秦王之志，苟得穷齐，不惮以国为功。然则王何不使辩士以此言说秦王曰：“燕、赵破宋肥齐，尊之，为之下者，燕、赵非利之也。燕、赵不利而势为之者，以不信秦王也。然则王何不使可信者接收燕、赵，令泾阳君、高陵君先于燕、赵？秦有变，因以为质，则燕、赵信秦。秦为西帝，燕为北帝，赵为中帝，立三帝以令于天下。韩、魏不听，则秦伐之，齐不听，则燕、赵伐之，天下孰敢不听？天下服听，因驱韩、魏以伐齐，曰：‘必反宋地，归楚淮北。’反宋地，归楚淮北，燕、赵之所利也；并立三帝，燕、赵之所愿也。夫实得所利，尊得所愿，燕、赵弃齐，如脱蹝矣。今不收燕、赵，齐霸必成。诸侯赞齐而王不从，是国伐也；诸侯赞齐而王从之，是名卑也。今收燕、赵，国安而名尊；不收燕、赵，国危而名卑。夫去尊安而取危卑，智者不为也。"秦王闻若说，必若刺心。然则王何不使辩士以此若言说秦？秦必取，齐必伐矣。夫取秦，厚交也；伐齐，正利也。尊厚交，务正利，圣王之事也。

燕昭王善其书，曰："先人尝有德苏氏，子之之乱，而苏氏去燕。燕欲报仇于齐，非苏氏莫可。"乃召苏代，复善待之，与谋伐齐。竟破齐，齐湣王出走。

苏代约燕昭王

当在赧王三十六七年，燕昭末年，秦拔楚鄢、郢时

秦召燕王，燕王欲往。苏代约燕王曰："楚得枳而国亡，齐得宋而国亡，齐、楚不得以有枳、宋事秦者，何也？是则有功者，秦之深仇也。秦取天下，非行义也，暴也。秦之行暴，正告天下。

"告楚曰：'蜀地之甲，轻舟《史》作乘船。浮于汶，乘夏水而下江，五日而至郢。汉中之甲，轻舟出于巴，乘夏水而下汉，四日而至五渚。寡人积甲宛，东下随，智者不及谋，勇者不及怒，寡人如射隼矣。王乃待天下之攻函谷，不亦远乎？'楚王为是之故，十七年事秦。

"秦正告韩曰：'我起乎少曲，一日而断太行；我起乎宜阳，而触平阳，二日而莫不尽繇；我离两周而触郑，五日而国举。'韩氏以为然，故事秦。

"秦正告魏曰：'我举安邑，塞女戟，韩氏、此韩氏，河东地名，属魏。太原卷。下轵道，徐广曰：霸陵有轵道亭。鼐按：此谓河内轵县，徐误。道南阳、封、冀，兼包两周。乘夏水，浮轻舟，强弩在前，铦戟在后。决荥口，魏无大梁；决白马之口，魏无黄、黄有三，在河内者曰内黄，在陈留者曰外黄，在曹州者曰小黄，与济阳连。此黄，小黄也。《史记》本有外字，非是。济阳；决宿胥之口，魏无虚、顿邱。陆攻则击河内，水攻则灭大梁。'魏以为然，故事秦。

"秦欲攻安邑，恐齐据《史》作救。之，则以宋委于齐，曰：'宋王无

道，为木人以象寡人，射其面。寡人地绝兵远，不能攻也，王苟能破宋有之，寡人如自得之。’已得安邑，塞女戟，因以破宋为齐罪。

“秦欲攻韩，恐天下救之，则以齐委于天下。曰：‘齐王四与寡人约，四欺寡人，必率天下以攻寡人者三。有齐无秦，有秦无齐，必伐之，必亡之。’已得宜阳、少曲，致蔺、离《史》无离字。石，因以破齐为天下罪。

“秦欲攻魏重楚，则以南阳委于楚。曰：‘寡人固与韩且绝矣，残均陵，塞黾厄，苟利于楚，寡人如自有之。’魏弃与国而合于秦，因以塞黾阨为楚罪。

“兵困于林中，重燕、赵，以胶东委于燕，以济西委于赵。已得讲于魏，质《史》作至。公子延，因犀首属行而攻赵。

“兵伤于离《史》作谯。石，遇败于马陵，《史》作阳马。而重魏，则以叶、蔡委于魏。已得讲于赵，则劫魏，魏不为割。困则使太后、穰侯为和，赢则兼欺舅与母。

“适燕者曰以胶东，适赵者曰以济西，适魏者曰以叶、蔡，适楚者曰以塞黾厄，适齐者曰以宋。必令其言如循环，用兵如刺蜚，母不能制，舅不能约。

“龙贾之战，岸门之战，封陵之战，高商之战，赵庄之战，秦之所杀三晋之民数百万。今其生者，皆死秦之孤也。西河之外，上洛之地，三川晋国晋国，谓安邑。晋末，独有绛、曲沃，而魏居安邑近之，赵、韩皆远，故谓为晋国。苏厉曰：韩亡三川，魏亡晋国。之祸，三晋之半，秦祸如此其大，而燕、赵之秦者，皆以争事秦说其主，此臣之所大患也。”奇峻之气，有过季子。

苏厉为齐遗赵惠文王书

臣闻古之贤君，其德行非布于海内也，教顺非洽于人民也，祭祀时享非数常于鬼神也。甘露降，时雨至，年丰谷熟，民不疾疫，众人善之，然而贤主图之。《国策》作“恶之”。今足下之贤行功力，非数加于秦也；怨毒积怒，非素深于齐也。秦、赵与国，以强征兵于韩，秦诚爱赵乎？其实憎齐乎？物之甚者，贤主察之，秦非爱赵而憎齐也，欲亡韩而吞二周，故以齐餤天下。“憎齐”及“以齐”，《国策》作“韩”。吴师道乃疑厉为韩说，而“齐”字为司马子长所改。此大误也。苏代云：“秦欲攻韩，恐天下救之，则以齐委于天下。”正此时情事。故为齐说，而语及韩《国策》误本，乃尽以“齐”字作“韩”，岂可据耶？事当在齐湣败走，燕未尽取齐七十城时。《大事记》疑非此时事，亦不然也。恐事之不合，故出兵以劫魏、赵；恐天下畏己也，故出质以为信；恐天下亟反也，故征兵于韩以威之。声以德与国，而实伐空韩。臣以秦计为必出于此。

夫物固有势异而患同者。楚久伐而中山亡，今齐久伐而韩必亡。破齐，王与六国分其利也；亡韩，秦独擅之。收二周西，取祭器，秦独私之。赋田计功，王之获利，孰与秦多？说士之计曰：韩亡三川，魏亡晋国，市朝未变，而祸已及矣。燕尽齐之北地，去沙丘、巨鹿，敛三百里；《策》有“秦尽”二字。韩之上党，去邯郸百里；燕、秦谋王之河山，间三百里而通矣。秦之上郡，近挺关，《策》作扞关。《大事记》云：“扞”者，扞敌之“扞”，非关名，故楚、赵皆有之。至于榆中者，千五百里，秦以三郡，《策》作军。攻王之上党，羊肠之西，句注之南，非王有已。逾句注、斩常山而守之，三百里而通于燕，鼒按：上党，盖韩、赵各有分地。韩之上党在南，赵之上党在北，燕尽齐之北地以下，言秦兵之从南路者。秦之上郡以下，言秦兵之从北路者。两路皆通燕，则赵断为三矣。代马、胡犬不东下，昆山之玉不出，此三宝者，亦非王有已。王久伐齐，从强秦攻韩，其祸必至于此。愿王孰虑之。

且齐之所以伐者以事王也，天下属行以谋王也。燕、秦之约成，而兵出有日矣。五国三分王之地，齐倍五国之约，而殉王之患，西兵而禁强秦，秦废帝请服，反高平、根柔于魏，反茎分、先俞于赵，齐之事王，宜为上佼。《策》作“交”。而今乃抵罪，臣恐天下后事王者之不敢自必也。愿王孰计之也。今王毋与天下攻齐，天下必以王为义，齐抱社稷而厚事王，天下必尽重王义。王以天下善秦，秦暴；王以天下禁之，是一世之名宠制于王也。

苏厉为周说白起

苏厉谓周君曰：“败韩、魏，杀犀武，攻赵取蔺、离石、祁者，皆白起。是攻用兵，又有天命也。今攻梁，梁必破，破则周危，君不若止之。”谓白起曰：‘楚有养由基者善射，去柳叶者百步而射之，百发百中，左右皆曰善。有一人过曰：“善射，可教射也矣。”养由基曰：‘人皆善，子乃曰可教射，子何不代我射之也？’客曰：‘我不能教子支左屈右。夫射柳叶者百发百中，而不以善息。少焉气力倦，弓拨矢钩，一发不中，前功尽矣。’今公破韩、魏，杀犀武，而北攻赵，取蔺、离石、祁者，公也，公之功甚多。今公又以秦兵出塞，过两周，践韩，而以攻梁，一攻而不得，前功尽灭。公不若称病不出也。”

卷二十六　书说类二

张仪说魏哀王

张仪为秦连横，说魏王曰："魏地方不至千里，卒不过三十万人。地四平，诸侯四通，条达辐凑，无有名山大川之阻。从郑至梁不过百里，从陈至梁二百余里，马驰人趋，不待倦而至。梁南与楚境，西与韩境，北与赵境，东与齐境，卒戍四方，守亭障者参列，粟粮漕庾，不下十万。魏之地势，故战场也。魏南与楚而不与齐，则齐攻其东；东与齐而不与赵，则赵攻其北；不合于韩，则韩攻其西；不亲于楚，则楚攻其南：此所谓四分五裂之道也。

"且夫诸侯之为从者，以安社稷、尊主、强兵、显名也。今从者一天下，约为兄弟，刑白马以盟于洹水之上，以相坚也。夫亲昆弟同父母，尚有争钱财，而欲恃诈伪反覆苏秦之余谋，其不可以成亦明矣。

"大王不事秦，秦下兵攻河外，拔卷、衍、燕、酸枣，劫卫取阳晋，《策》作"晋阳"，误，今从《史记》。则赵不南：赵不南则魏不北，魏不北则从道绝，从道绝则大王之国欲求无危，不可得也。秦挟韩而攻魏，韩劫于秦，不敢不听。秦、韩为一国，魏之亡可立而须也。此臣之所以为大王患也。为大王计，莫如事秦。事秦则楚、韩必不敢动。无楚、韩之患，则大王高枕而卧，国必无忧矣。

"且夫秦之所欲弱莫如楚，而能弱楚者莫若魏。楚虽有富大之名，其实空虚；其卒虽众多，然而轻走易北，不敢坚战。悉魏之兵南面而伐，胜楚必矣。夫亏楚而益魏，攻楚而适秦，乃嫁祸安国，此善事也。大王不听臣，秦甲出而东伐，虽欲事秦，而不可得也。

“且夫从人多奋辞而寡可信，说一诸侯之王，出而乘其车，约一国而成，反而取封侯之基，是故天下之游士，莫不日夜搤腕瞋目切齿，以言从之便，以说人主。人主览其辞、牵其说，恶得无眩哉！臣闻积羽沉舟，群轻折轴，众口铄金，积毁销骨，故愿大王之孰计之也！”

魏王曰：“寡人蠢愚，前计失之，请称东藩，筑帝宫，受冠带，祠春秋，效河外。”

张仪说楚怀王

张仪为秦破从连衡，说楚王曰：“秦地半天下，兵敌四国，被山带河，四塞以为固。虎贲之士百余万，车千乘，骑万匹，粟如丘山。法令既明，士卒安难乐死，主严以明，将智以武，虽无出兵甲，席卷常山之险，折天下之脊，天下后服者先亡。且夫为从者，无以异于驱群羊而攻猛虎也。夫虎之与羊，不格明矣。今大王不与猛虎而与群羊，窃以为大王之计过矣。

“凡天下强国，非秦而楚，非楚而秦，两国敌侔交争，其势不两立。而“凡天下”以下二十五字，系“从人”语，与下文义不贯，疑衍。大王不与秦，秦下甲兵据宜阳，韩之上地不通。下河东，取成皋，韩必入臣于秦。韩入臣，魏则从风而动。秦攻楚之西，韩、魏攻其北，社稷岂得无危哉？

“且夫约从者，聚群弱而攻至强也。夫以弱攻强，不料敌而轻战，国贫而骤举兵，此危亡之术也。臣闻之，兵不如者勿与挑战，粟不如者勿与持久。夫从人者饰辩虚辞，高主之节行，言其利而不言其害，卒有秦祸，无及为已。是故愿大王之孰计之也。

“秦西有巴蜀，方船积粟，起于汶山，循江而下，至郢三千余里。舫船载卒，一舫载五十人与三月之粮，下水而浮，一日行三百余里，里数虽多，不费汗马之劳，不至十日，而距扞关。扞关惊，则从竟陵以东尽城守矣，黔中、巫郡非王之有已。秦举甲出之武关，南面而攻，则北地绝。秦兵之攻楚也，危难在三月之内，而楚恃诸侯之救，在半岁之外，此其势不相及也。夫恃弱国之救，而忘强秦之祸，此臣之所以为大王患也。

“且大王尝与吴人五战三胜而亡之，陈卒尽矣；有偏守新城，而居民苦矣。臣闻之，功《策》作攻。大者易危，而民敝者怨于上。夫守易危之功而逆强秦之心，臣窃为大王危之！

“且夫秦之所以不出甲于函谷关十五年以攻诸侯者，阴谋有吞天下之心也。楚尝与秦构难，战于汉中，楚人不胜，通侯执珪死者七十余人，遂亡汉中。楚王大怒，兴师袭秦，与秦战于蓝田又却。此所谓两虎相搏者也。夫秦楚相敝，而韩、魏以全制其后，计无过于此者矣。是故愿大王孰计之也。

秦下兵攻卫阳晋，必扃天下之匈，大王悉起兵以攻宋，不至数月，而宋可举。举宋而东指，则泗上十二诸侯，尽王之有已。

“凡天下所信约从亲坚者苏秦，封为武安君而相燕，即阴与燕王谋破齐共分其地；乃佯有罪出奔入齐，齐王因受而相之；居二年而觉，齐王大怒，车裂苏秦于市。夫以一诈伪反覆之苏秦，而欲经营天下，混一诸侯，其不可成也亦明矣。

“今秦之与楚也，接境壤界，固形亲之国也。大王诚能听臣，臣请秦太子入质于楚，楚太子入质于秦，请以秦女为大王箕帚之妾，效万家之都以为汤沐之邑，长为昆弟之国，终身无相攻击。臣以为计无便于此者，故敝邑秦王使使臣献书大王之从车下风，须以决事。”

楚王曰：“楚国僻陋，托东海之上，寡人年幼，不习国家之长计，今上客幸教以明制，寡人闻之，敬以国从。”乃遣使车百乘，献鸡骇之犀、夜光之璧于秦王。苏、张之说，多非当日本辞，为纵横学者为之耳。为此文者，盖以为说顷襄王，若面对怀王，不应云“楚王大怒”云云也。又东海之上，乃楚迁寿春后语，于怀王时不合，盖为此文者，未计张仪之年，不能及怀王后也。

张仪说韩襄王

张仪为秦连横说韩王曰：“韩地险恶，山居，五谷所生，非麦而豆，民之所食大抵豆饭藿羹。一岁不收，民不厌糟糠。地方不满九百里，无二岁之所食。料大王之卒，悉之不过三十万，而厮徒负养在其中矣。为除守徼亭障塞，见卒不过二十万而已。秦带甲百余万，车千乘，骑万匹，虎鸷之士跿跔、科头、贯颐、奋戟者，至不可胜计也。秦马之良，戎兵之众，探前趹后、蹄间三寻者，不可胜数也。山东之卒被甲冒胄以会战，秦人捐甲徒裎以趋敌，左挈人头，右挟生虏。夫秦卒之与山东之卒也，犹孟贲之与怯夫也。以重力相压，犹乌获之与婴儿也。夫率孟贲、乌获之士，以攻不服之弱国，无以异于堕千钧之重集于鸟卵之上，必无幸矣。

“诸侯不料兵之弱，食之寡，而听从人之甘言好辞，比周以相饰也，皆言曰‘听吾计，则可以强霸天下’。夫不顾社稷之长利，而听须臾之说，诖误人主者，无过于此者矣。

“大王不事秦，秦下甲据宜阳，断绝韩之上地，东取成皋、宜阳，则鸿台之宫、桑林之苑非王之有也。夫塞成皋，绝上地，则王之国分矣。先事秦则安矣，不事秦则危矣。夫造祸而求福，计浅而怨深，逆秦而顺赵，虽欲无亡，不可得也。故为大王计，莫如事秦。秦之所欲，莫如弱楚，而能弱楚者，莫如韩，非以韩能强于楚也，其地势然也。今王西面而事秦以攻楚，敝邑秦王必喜。夫攻楚而私其地，转祸而说秦，计无便于此者也。是故秦王使使臣献书大王御史，须以决事。”

韩王曰：“客幸而教之，请比郡县，筑帝宫，祠春秋，称东藩，效宜阳。”

淳于髡说齐宣王见七士

淳于髡一日而见七人于宣王。王曰：“子来！寡人闻之，千里而一士，是比肩而立；百世而一圣，若随踵而至也。今子一朝而见七士，则士不亦众乎？”淳于髡曰：“不然。夫鸟同翼者而聚居，兽同足者而俱行。今求柴胡、桔梗于沮泽，则累世不得一焉，及之睪黍、梁父之阴，则郄车而载耳。夫物各有俦，今髡贤者之俦也。王求士于髡，譬若挹水于河，而取火于燧也。髡将复见之，岂特七士也？”

淳于髡说齐王止伐魏

齐欲伐魏。淳于髡谓齐王曰："韩子卢者，天下之疾犬也。东郭逡者，海内之狡兔也。韩子卢逐东郭逡，环山者三，腾山者五，兔极于前，犬废于后，犬、兔俱罢，各死其处。田父见之，无劳倦之苦，而擅其功。今齐、魏久相持以顿其兵，敝其众，臣恐强秦、大楚承其后，有田父之功。"齐王惧，谢将休士。

淳于髡解受魏璧马

齐欲伐魏，魏使人谓淳于髡曰："齐欲伐魏，能解魏患，唯先生也。敝邑有宝璧二双，文马二驷，请致之先生。"淳于髡曰："诺。"

入说齐王曰："楚，齐之仇敌也；魏，齐之与国也。夫伐与国，使仇敌制其馀敝，名丑而实危，为王弗取也。"齐王曰："善。"乃不伐魏。

客谓齐王曰："淳于髡言不伐魏者，受魏之璧、马也。"王以谓淳于髡曰："闻先生受魏之璧、马，有诸？"曰："有之。""然则先生之为寡人计之何如？"淳于髡曰："伐魏之事，伐魏之事者，髡所说不伐魏之事也。不便，魏虽刺髡，于王何益？若诚便，魏虽封髡，于王何损？且夫王无伐与国之诽，魏无见亡之危，百姓无被兵之患，髡有璧、马之宝，于王何伤乎？"

黄歇说秦昭王

顷襄王三十年，秦白起拔楚西陵，或拔鄢、郢、夷陵，烧先王之墓。王徙东北，保于陈城，楚遂削弱，为秦所轻。于是白起又将兵来伐。

楚人有黄歇者，游学博闻，襄王以为辩，故使于秦，说昭王曰："天下莫强于秦、楚。今闻大王欲伐楚，此犹两虎相斗，而驽犬受其敝，不如善楚。臣请言其说。

"臣闻之：物至而反，冬夏是也；致至而危，累棋是也。今大国之地，半天下，有二垂，此从生民以来，万乘之地未尝有也。先帝文王、武王、王之身，三世而不忘接地于齐，《史》“之身”上，不重“王”字，《策》“接地”上无“忘”字，以文义，皆应有之。以绝从亲之要。今王使成桥守事于韩，成桥以其地入秦，是王不用甲，不伸威，而出百里之地。王可谓能矣。王又举甲兵而攻魏，杜大梁之门，举河内，拔燕酸枣，虚桃人，楚、燕之兵，云翔而不敢校，王之功亦多矣。王休甲息众，二年然后复之，又取蒲衍、首垣，以临仁、平丘、小黄、济阳、婴城，而魏氏服矣。王又割濮、磨之北属之燕，断齐、秦之要，绝楚、赵之脊，天下五合六聚而不敢救也，王之威亦殚矣。王若能持功守威，省攻伐之心，而肥仁义之地，使无复后患，三王不足四，五霸不足六也。王若负人徒之众，恃甲兵之强，乘毁魏氏之威，而欲以力臣天下之主，臣恐有后患。

“《诗》云：‘靡不有初，鲜克有终。’《易》曰：‘狐涉水，濡其尾。’此言始之易，终之难也。何以知其然也？昔智氏见伐赵之利，而不知榆次之祸也；吴见伐齐之便，而不知干隧之败也。此二国者，非无大功也，没利于前，而易患于后也。吴之信越也，从而伐齐，既胜齐人于艾陵，还为越王禽于三江之浦。智氏信韩、魏，从而伐赵，攻晋阳之城，胜有日矣，韩、魏反之，杀智伯瑶于凿台之上。今王妒楚之不毁也，而忘毁楚之强韩、魏也。臣为大王虑而不取。

“《诗》云：‘大武远宅不涉。’从此观之，楚，国援也；邻，国敌也。《诗》云：‘他人有心，予忖度之。跃跃毚兔，遇犬获之。’今王中道而信韩、魏之善王也，此正吴之信越也。臣闻敌不可易，时不可失，臣恐韩、魏之卑辞虑患，而实欺大国也。何则？王既无重世之德于韩、魏，而有累世之怨焉。夫韩、魏父子兄弟接踵而死于秦者，将十世矣。本国残，社稷坏，宗庙隳。刳腹折颐，首身分离，暴骨草泽，头颅僵仆。相望于境，父子老弱，系虏相随于路；鬼神狐祥，言鬼无所归，而为妖祥，如狐也。《史》作“狐伤”。无所食。百姓不聊生，族类离散流亡，为臣妾满海内矣。韩、魏之不亡，秦社稷之忧也。今王资之攻楚，不亦失乎！

“且王攻楚之日，则恶出兵？王将借路于仇雠之韩、魏乎？兵出之日，而王忧其不反也，是王以兵资于仇雠之韩、魏也。王若不借路于仇雠之韩、魏，必攻隋阳右壤，此皆广川大水，山林溪谷，不食之地，王虽有之，不为得地。是王有毁楚之名，无得地之实也。且王攻楚之日，四国必悉起应王。秦、楚之兵构而不离，魏氏将出兵而攻留、方与、铚、胡陵、砀、萧、相，故宋必尽。齐人南面，泗北必举。此皆平原四达膏腴之地也，而王使之独攻。王破楚，于以肥韩、魏于中国而劲齐。韩、魏之强，足以校于秦矣。而齐南以泗为境，东负海，北倚河，而无后患。天下之国，莫强于齐、魏，齐、魏得地葆利而详事下吏，一年之后，为帝若未能，于以禁王之为帝有余。

"夫以王壤土之博，人徒之众，兵革之强，而注地于楚，诎令韩、魏，"注地"，言地偏注于楚也。《史》作"树怨于楚"。诎令，言令下而韩魏不听，为所诎也。《史》作"还令"，一作"迟令"。归帝重于齐，是王失计也。臣为王虑，莫若善楚。秦、楚合而为一以临韩，韩必授首。王襟以东山之险，带以曲河之利，东山，河内山在秦东者。《策》作山东，非。曲河，《策》作河曲，亦非。盖言"带以"，则于义当谓河水，非谓河曲之地也。韩必为关中之侯。若是王以十万戍郑，梁氏寒心，许、鄢陵婴城，上蔡、召陵不往来也，如此而魏亦关内侯矣。王一善楚，而关内二万乘之主，注地于齐，齐之右壤可拱手而取也。是王之地一经两海，要绝天下也，是燕、赵无齐、楚，齐、楚无燕、赵也。然后危动燕、赵，持齐、楚，此四国者，不待痛而服矣。"

范雎献书秦昭王

范子因王稽入秦，献书昭王曰："臣闻明主莅政，有功者不得不赏，有能者不得不官，劳大者其禄厚，功多者其爵尊，能治众者其官大。故不能者，不敢当其职焉，能者亦不得蔽隐。使以臣之言为可，则行而益利其道；若将弗行，则久留臣无谓也。语曰：'庸主赏所爱而罚所恶，明主则不然，赏必加于有功，刑必断于有罪。'今臣之胸不足以当椹质，要不足以待斧钺，岂敢以疑事尝试于王乎？虽以臣为贱而轻辱臣，独不重任臣者后无反覆于王前者耶？

"臣闻周有砥砨，宋有结绿，梁有悬黎，楚有和璞，此四宝者，工之所失也，而为天下名器。然则圣王之所弃者，独不足以厚国家乎？臣闻善厚家者取之于国，善厚国者取之于诸侯。天下有明主，则诸侯不得擅厚者，何也？为其凋荣也。良医知病人之死生，圣主明于成败之事，利则行之，害则舍之，疑则少尝之，虽尧、舜、禹、汤复生，弗能改已。语之至者，臣不敢载之于书，其浅者又不足听也。意者臣愚而不阖于王心耶？亡其言臣者将贱而不足听耶？非若是也，则臣之志，愿少赐游观之间，望见足下而入之。”

书上，秦王说之，因谢王稽说，使人持车召之。

范雎说秦昭王

范雎上书秦昭王，大说，使以传车召范雎，于是范雎乃得见于离宫，佯为不知永巷而入其中，王来而宦者怒，逐之，曰：“王至！”范雎缪为曰：“秦安得王？秦独有太后、穰侯耳。”欲以感怒昭王。昭王至，闻其与宦者争言，遂延迎，谢曰：“寡人宜以身受命久矣，会义渠之事急，寡人旦暮自请太后。今义渠之事已，寡人乃得受命。窃闵然不敏，敬执宾主之礼。”范雎辞让。是日观范雎之见者，群臣莫不洒然变色易容者。

秦王屏左右，宫中虚无人。秦王跽而请曰：“先生何以幸教寡人？”范雎曰：“唯唯。”有间，秦王复跽而请曰：“先生何以幸教寡人？”范雎曰：“唯唯。”若是者三。秦王跽曰：“先生卒不幸教寡人耶？”范雎曰：“非敢然也。臣闻昔者吕尚之遇文王也，身为渔父而钓于渭滨耳。若是者，交疏也。已说而立为太师，载与俱归者，其言深也。故文王遂收功于吕尚，而卒王天下。乡使文王疏吕尚而不与深言，是周无天子之德，而文、武无与成其王业也。今臣，羁旅之臣也，交疏于王，而所愿陈者皆匡君之事，处人骨肉之间，愿效愚忠而未知王之心也。此所以王三问而不敢对者也，臣非有畏而不敢言也。臣知今日言之于前，而明日伏诛于后，然臣不敢避也。大王信行臣之言，死不足以为臣患，亡不足以为臣忧，漆身为厉，被发为狂，不足以为臣耻。且以五帝之圣焉而死，三王之仁焉而死，五伯之贤焉而死，乌获、任鄙之力焉而死，成荆、孟贲、王庆忌、夏育之勇焉而死，死者，人之所必不免也。处必然之势，可以少有补于秦，此臣之所大愿也，臣又何患哉！伍子胥橐载而出昭关，夜行昼伏，至于陵水，无以糊其口，膝行蒲伏，稽首肉袒，鼓腹吹篪，乞食于吴市，卒兴吴国，阖闾为伯。使臣得尽谋如伍子胥，加之以幽囚，终身不复见，是臣之说行也，臣又何忧？箕子、接舆漆身为厉，被发为狂，无益于主。假使臣得同行于箕子，可以有补所贤之主，是臣之大荣也，臣又何耻？臣之所恐者，独恐臣死之后，天下见臣之尽忠而身死，因以是杜口裹足，莫肯乡秦耳。足下上畏太后之严，下惑于奸臣之态，居深宫之中，不离阿保之手，终身迷惑，无与昭奸。大者宗庙灭覆，小者身以孤危，此臣之所恐耳。若夫穷辱之事，死亡之患，臣不敢畏也。臣死而秦治，是臣死贤于生。”秦王跽曰：“先生是何言也！夫秦国辟远，寡人愚不肖，先生乃幸辱至于此，是天以寡人慁先生而存先王之宗庙也。寡人得受命于先生，是天所以幸先王而不弃其孤也。先生奈何而言若是！事无大小，上及太后，下至大臣，愿先生悉以教寡人，无疑寡人也。”范雎拜，秦王亦拜。

范雎曰：“大王之国，四塞以为固，北有甘泉、谷口，南带泾、渭，右陇、蜀，左关、阪，奋击百万，战车千乘，利则出攻，不利则入守。此王者之地也。民怯于私斗而勇于公战，此王者之民也。王并此二者而有之。夫以秦卒之勇，车骑之众，以治诸侯，譬若驰韩卢而搏蹇兔也，霸王之业可致也，而群臣莫当其位。至今闭关十五年，不敢窥兵于山东者，是穰侯为秦谋不忠，而大王之计有所失也。”秦王跽曰：“寡人愿闻失计。”

然左右多窃听者，范雎恐，未敢言内，先言外事，以观秦王之俯仰。因进曰：“夫穰侯越韩、魏而攻齐刚寿，非计也。少出师则不足以伤齐，多出师则害于秦。臣意王之计，欲少出师而悉韩、魏之兵也，则不义矣。今见与国之不亲也，越人之国而攻，可乎？其于计疏矣。且昔齐湣王南攻楚，破军杀将，再辟地千里，而齐尺寸之地无得焉者，岂不欲得地哉？形势不能有也。诸侯见齐之罢弊、君臣之不和也，兴兵而伐齐，大破之。士辱兵顿，皆咎其王，曰：‘谁为此计者乎？’王曰：‘文子为之。’大臣作乱，文子出走。故齐所以大破者，以其伐楚而肥韩、魏也。此所谓借贼兵而赍盗粮者也。王不如远交而近攻，得寸则王之寸也，得尺亦王之尺也。今释此而远攻，不亦缪乎！且昔者中山之国地方五百里，赵独吞之，功成名立，而利附焉，天下莫之能害也。今夫韩、魏，中国之处而天下之枢也，王其欲霸，必亲中国以为天下枢，以威楚、赵。楚强则附赵，赵强则附楚，楚、赵皆附，齐必惧矣。齐惧，必卑词重币以事秦。齐附而韩、魏因可虏也。”

昭王曰：“吾欲亲魏久矣，而魏多变之国也，寡人不能亲。请问亲魏奈何？”对曰：“王卑词重币以事之；不可，则割地而赂之；不可，因举兵而伐之。”王曰：“寡人敬闻命矣。”乃拜范雎为客卿，谋兵事。卒听范雎谋，使五大夫绾伐魏，拔怀。后二岁，拔邢丘。

范雎说昭王论四贵

范雎曰：“臣居山东，闻齐之内有田单，不闻其有王；闻秦之有太后、穰侯、径阳、华阳，不闻其有王。夫擅国之谓王，能专利害之谓王，制生杀之威之谓王。今太后擅行不顾，穰侯出使不报，泾阳、华阳击断无讳，高陵进退不请。四贵备而国不危者，未之有也。为此四者下，乃所谓无王已。然则权焉得不倾，而令焉得从王出乎？

“臣闻善为国者，内固其威而外重其权。穰侯使者操王之重，决裂诸侯，剖符于天下，征敌伐国，莫敢不听。战胜攻取，则利归于陶，国敝御于诸侯；战败，则结怨于百姓，而祸归于社稷。《诗》曰：“木实繁者披其枝，披其枝者伤其心;大其都者危其国，尊其臣者卑其主。’淖齿管齐之权，缩闵王之筋，悬之庙梁，宿昔而死。李兑用赵，减食主父，百日而饿死。今秦太后、穰侯用事，高陵、泾阳佐之，卒无秦王，此亦淖齿、李兑之类也。臣今见王独立于庙朝矣。且臣将恐后世之有秦国者，非王之子孙也。”

秦王惧，于是乃废太后，逐穰侯，出高陵，走泾阳于关外。昭王谓范雎曰：“昔者齐公得管仲时以为仲父，今吾得子，亦以为父。”

乐毅报燕惠王书

臣不佞，不能奉承王命，以顺左右之心，恐伤先王之明，有害足下之义，故遁逃走赵。今足下使人数之以罪，臣恐侍御者不察先王之所以畜幸臣之理，又不白臣之所以事先王之心，故敢以书对。

臣闻贤圣之君，不以禄私亲，其功多者赏之，其能当者处之。故察能而授官者，成功之君也；论行而结交者，立名之士也。臣窃观先王之举也，见有高世主之心，故假节于魏，以身得察于燕。先王过举，厕之宾客之中，立之群臣之上，不谋父兄，以为亚卿。臣窃不自知，自以为奉令承教，可幸无罪，故受命而不辞。

先王命之曰："我有积怨深怒于齐，不量轻弱，而欲以齐为事。"臣曰："夫齐，霸国之余业，而最胜之遗事也，练于兵甲，习于战攻。王若欲伐之，必与天下图之。与天下图之，莫若结于赵。且又淮北、宋地，楚、魏之所欲也，赵若许而约四国攻之，齐可大破也。"先王以为然，具符节，南使臣于赵。顾反命，起兵击齐。以天之道，先王之灵，河北之地随先王而举之济上。济上之军受命击齐，大败齐人。轻卒锐兵，长驱至国。齐王遁而走莒，仅以身免；珠玉财宝，车甲珍器，尽收入燕。齐器设于宁台，大吕陈于元英，故鼎反乎磨室，蓟丘之植植于汶篁。自五霸以来，功未有及先王者也。先王以为慊于志，故裂地而封之，使得比小国诸侯。臣窃不自知，自以为奉命承教，可幸无罪，是以受命不辞。

臣闻贤圣之君，功立而不废，故著于《春秋》；蚤知之士，名成而不毁，故称于后世。若先王之报怨雪耻，夷万乘之强国，收八百岁之蓄积，及至弃群臣之日，馀教未衰，执政任事之臣，修法令，慎庶孽，施及乎萌隶，皆可以教后世。

臣闻之：善作者不必善成，善始者不必善终。昔伍子胥说听于阖闾，而吴王远迹至郢。夫差弗是也，赐之鸱夷而浮之江。吴王不寤先论之可以立功，故沉子胥而不悔；子胥不早见主之不同量，"主不同量"，谓夫差非其父之伦。或有"臣"字，非。是以至于入江而不化。夫免身立功，以明先王之迹，臣之上计也。离毁辱之诽谤，隳先王之名，臣之所以大恐也。临不测之罪，以幸为利，义之所不敢出也。

臣闻古之君子，交绝不出恶声；忠臣去国，不洁其名。臣虽不佞，数奉教于君子矣。恐侍御者之亲左右之说，不察疏远之行。故敢献书以闻，惟君王之留意焉。

周䜣止魏王朝秦

秦败魏于华，魏王且入朝于秦。周䜣谓王曰："宋人有学者，三年反，而名其母。其母曰：'子学三年反而名我者何也？'其子曰：'吾所贤者无过尧、舜，尧、舜名；吾所大者无大天、地，天、地名；今母贤不过尧、舜，母大不过天、地，是以名母也。'其母曰：'子之于学者，将尽行之乎？愿子之有以易名母也；子之于学也，将有所不行也，愿子之且以名母为后也。'今王之事秦，尚有可以易入朝者乎？愿王之有以易之，而以入朝为后。"魏王曰："子患寡人入而不出耶？许绾为我祝曰，入而不出，请殉寡人以头。"周䜣对曰："如臣之贱也，今人有谓臣曰'入不测之渊而必出，不出，请以一鼠首为汝殉'者，臣必不为也。今秦不可知之国也，犹不测之渊也，而许绾之首，犹鼠首也。内王于不可知之秦，而殉王以鼠首，臣窃为王不取也。且无梁，孰与无河内急？"王曰："梁急。""无梁孰与无身急？"王曰："身急。"曰："以三者身上也，河内其下也，秦未索其下，而王效其上，可乎？"

王尚未听也，支期曰："王视楚王。楚王入秦，王以三乘先之。楚王不入，楚、魏为一，尚足以捍秦。"王乃止。王谓支期曰："吾始已诺于应侯矣，今不行者欺之矣。"支期曰："王勿忧也。臣使长信侯请无内王，王待臣也。"支期说于长信侯曰："王命召相国。"长信侯曰："王何以臣为？"支期曰："臣不知也，王急召君。"长信侯曰："吾内王于秦者，宁以为秦耶？吾以为魏也。"支期曰："君无为魏计，君其自为计，且安死乎？安生乎？安穷乎？安贵乎？君其先自为计，后为魏计。"长信侯曰："楼公将入矣，臣今从。"支期曰："王急召君，君不行，血溅君襟矣。"

长信侯行，支期随其后，且见王。支期先入，谓王曰："伪病者乎而见之，臣已恐之矣。"长信侯入见王，王曰："病甚，奈何？吾始已诺于应侯矣，意虽道死，行乎？"长信侯曰："王毋行矣，臣能得之于应侯矣。愿王无忧。"

孙臣止魏安釐王割地

《史记》以为苏代

华阳之战，魏不胜秦，明年，将使段干崇割地而讲。孙臣谓魏王曰："魏不以败之上割，可谓善用不胜矣；而秦王不以胜之上割，可谓不善用胜矣。今处期年乃欲割，是群臣之私，而王不知也。且夫欲玺者段干子也，王使之割地；欲地者，秦也，而王因使之授玺。夫欲玺者制地，而欲地者制玺，其势必无魏矣。且夫奸人固皆欲以地事秦，以地事秦，譬犹抱薪而救火也。薪不尽，则火不止。今王之地有尽，而秦求之无穷，是薪火之说也。"

魏王曰："善！虽然，吾已许秦矣，不可以革也。"对曰："王独不见夫博者之用枭耶？欲食则食，欲握则握。今君劫于群臣而许秦，因曰不可革，何用智之不若枭也？"魏王曰："善！"乃按其行。

卷二十七　书说类三

鲁仲连说辛垣衍

秦围赵之邯郸，魏安釐王使将军晋鄙救赵，畏秦，止于荡阴，不进。魏王使客将军辛垣衍间入邯郸，因平原君谓赵王曰："秦所以急围赵者，前与齐闵王争强为帝，已而复归帝，以齐故。今齐闵王二字衍益弱，方今惟秦雄天下，此非必贪邯郸，其意欲求为帝。赵诚发使尊秦昭王二字亦衍为帝，秦必喜，罢兵去。"平原君犹豫未有所决。

此时鲁仲连适游赵，会秦围赵，闻魏将欲令赵尊秦为帝，乃见平原君曰："事将奈何矣？"平原君曰："胜也何敢言事！百万之众折于外，今又内围邯郸而不去。魏王使客将军辛垣衍令赵帝秦，今其人在是。胜也何敢言事！"鲁仲连曰："始吾以君为天下之贤公子也，吾乃今然后知君非天下之贤公子也。梁客辛垣衍安在？吾请为君责而归之！"平原君曰："胜请为绍介，而见之于先生。"平原君遂见辛垣衍曰："东国有鲁连先生，其人在此，胜请为绍介，而见之于将军。"辛垣衍曰："吾闻鲁连先生，齐国之高士也。衍，人臣也，使事有职，吾不愿见鲁连先生也。"平原君曰："胜已泄之矣。"辛垣衍许诺。

鲁连见辛垣衍而无言。辛垣衍曰："吾视居此围城之中者，皆有求于平原君者也。今吾视先生之玉貌，非有求于平原君者，曷为久居此围城之中而不去也？"鲁连曰："世以鲍焦无从容而死者，皆非也。今众人不知，则为一身。彼秦弃礼义，上首功之国也，权使其士，虏使其民，彼则肆然而为帝，过而遂正于天下，则连有赴《史记》：“蹈”东海而死耳，吾不忍为之民也。所为见将军者，欲以助赵也。”

辛垣衍曰：“先生助之奈何？”鲁连曰：“吾将使梁及燕助之，齐、楚固助之矣。”辛垣衍曰：“燕则吾请以从矣。若乃梁，则吾乃梁人也，先生恶能使梁助之耶？”鲁连曰：“梁未睹秦称帝之害故也。使梁睹秦称帝之害，则必助赵矣。”辛垣衍曰：“秦称帝之害将奈何？”鲁仲连曰：“昔齐威王尝为仁义矣，率天下诸侯而朝周。周贫且微，诸侯莫朝而齐独朝之。居岁余，周烈王崩，诸侯皆吊，齐后往。周怒，赴于齐曰：‘天崩地坼，天子下席，东藩之臣田婴齐后至则斮之。’威王勃然怒曰：‘叱嗟！而母婢也。’卒为天下笑。故生则朝周，死则叱之，诚不忍其求也。彼天子固然，其无足怪。”

辛垣衍曰：“先生独未见夫仆乎？十人而从一人者，宁力不胜、智不若耶？畏之也。”鲁仲连曰：“呜呼！二字《国策》作“然”。梁之比于秦若仆耶？”辛垣衍曰：“然。”鲁仲连曰：“然则吾将使秦王烹醢梁王。”辛垣衍怏然不悦，曰：“嘻！亦太甚矣，先生之言也！先生又恶能使秦王烹醢梁王？”鲁仲连曰：“固也，待吾言之。昔者鬼《史记》“九”，二字通。侯、鄂侯、文王，纣之三公也。鬼侯有子而好，故入之于纣，纣以为恶，醢鬼侯。鄂侯争之急，辩之疾，故脯鄂侯。文王闻之，喟然而叹，故拘之于牖里之库百日，而欲令之死。曷为与人具称帝王，卒就脯醢之地也？齐闵王将之鲁，夷维子执策而从，谓鲁人曰：‘子将何以待吾君？’鲁人曰：‘吾将以十太牢待子之君。’夷维子曰：‘子安取礼而来待吾君？彼吾君者，天子也。天子巡狩，诸侯避舍，纳管键，摄衽抱几，视膳于堂下，天子已食，乃退而听朝也。’鲁人投其籥，不果纳，不得入于鲁。将之薛，假涂于邹。当是时，邹君死，闵王欲入吊，夷维子谓邹之孤曰：‘天子吊，主人必将倍殡柩，设北面于南方，然后天子南面吊也。’邹之群臣曰：‘必若此，吾将伏剑而死。’故不敢入于邹。邹、鲁之臣，生则不能事养，死则不得饭含，《史》作赙襚。然且欲行天子之礼于邹、鲁之臣，不果纳。邹、鲁两国，是时俱亡矣。是于其君不能奉养、饭含也。当齐闵经过两国，两国距其亡无几时耳，亦微甚矣，而尚不肯以天子奉人也。《史记》《国策》凡注家皆失其解。今秦万乘之国，梁亦万乘之国。俱据万乘之国，交有称王之名，睹其一战而胜，欲从而帝之，是使三晋之大臣不如邹、鲁之仆妾也。且秦无已而帝，则且变易诸侯之大臣。彼将夺其所谓不肖而予其所谓贤，夺其所憎而与其所爱，彼又将使其子女谗妾为诸侯妃姬，处梁之宫。梁王安得晏然而已乎？而将军又何以得故宠乎？”

于是辛垣衍起，再拜谢曰：“始以先生为庸人，吾乃今日而知先生为天下之士也。吾请去，不敢复言帝秦。”秦将闻之，为却军五十里。适会公子无忌夺晋鄙军以救赵，击秦，秦军引而去。

于是平原君欲封鲁仲连，鲁仲连辞让者三，终不肯受。平原君乃置酒，酒酣起前，以千金为鲁连寿。鲁连笑曰：“所贵于天下之士者，为人排患、释难、解纷乱而无所取也。即有所取者，是商贾之人也，仲鲁仲，氏也，连，其名也。《国策》误有“仲”字。连不忍为也。”遂辞平原君而去，终身不复见。

鲁仲连与田单论攻狄

田单将攻狄，往见鲁仲子。仲子曰：“将军攻狄，不能下也。”田单曰：“臣以五里之城，七里之郭，破亡余卒，破万乘之燕，复齐墟。攻狄而不下，何也？”上车弗谢而去。遂攻狄，三月而不克之也。齐婴儿谣曰：“大冠若箕，修剑拄颐，攻狄不能下，垒枯骨成丘。”田单乃惧，问鲁仲子曰：“先生谓单不能下狄，请闻其说。”

鲁仲子曰：“将军之在即墨，坐而织蒉，立则杖插，为仕卒倡，曰：‘可当作“何”字往矣？宗庙亡矣？亡日尚矣！归于何党矣！’当此之时，将军有死之心，而士卒无生之气，闻若言，莫不挥泣奋臂而欲战。此所以破燕也。当今将军东有夜邑之奉，西有菑上之虞，黄金横带，而驰乎淄、渑之间，有生之乐，无死之心，所以不胜者也。”田单曰：“单有心，先生志之矣。”

明日，乃厉气循城，立于矢石之所及，援袍鼓之，狄人乃下。

鲁仲连遗燕将书

吾闻之：智者不倍时而弃利，勇士不怯死而灭名，忠臣不先身而后君。今公行一朝之忿，不顾燕王之无臣，非忠也；杀身亡聊城，而威不信于齐，非勇也；功败名灭，后世无称焉，非智也。三者世主不臣，说士不载，故智者不再计，勇士不怯死。今死生荣辱，贵贱尊卑，此时不再至，愿公详计而无与俗同。

且楚攻齐之南阳，魏攻平陆，而齐无南面之心，以为亡南阳之害小，不如得济北之利大，故定计审处之。今秦人下兵，魏不敢东面，衡秦之势成，楚国之形危；齐弃南阳，断右壤，定济北，计犹且为之也。且夫齐之必决于聊城，公勿再计。今楚、魏交退于齐，而燕救不至，以全齐之兵，五天下之规，与聊城共据期年之敝，则臣见公之不能得也。且燕国大乱，君臣失计，上下迷惑，栗腹以十万之众五折于外，以万乘之国被围于赵，壤削主困，为天下僇笑，国敝而祸多，民无所归心。今公又以敝聊之民距全齐之兵，是墨翟之守也。食人炊骨，士无反外之心，是孙膑之兵也，能见于天下。虽然，为公计者，不如全车甲以报于燕。车甲全而归燕，燕王必喜；身全而归于国，士民如见父母，交游攘臂而议于世，功业可明。上辅孤主以制群臣，下养百姓以资说士，矫国更俗，功名可立也。亡意亦捐燕弃世，东游于齐乎？裂地定封，富比乎陶、卫，世世称孤，与齐久存，又一计也。此两计者，显名厚实也。愿公详计而审处一焉。

且吾闻之，规小节者不能成荣名，恶小耻者不能立大功。昔者管夷吾射桓公中其钩，篡也；遗公子纠不能死，怯也；束缚桎梏，辱也。若此三行者，世主不臣而乡里不通。乡使管仲幽囚而不出，身死而不反于齐，则亦名不免为辱人贱行矣，臧获且羞与之同名矣，况世俗乎！故管子不耻身在缧绁之中，而耻天下之不治，不耻不死公子纠，而耻威之不信于诸侯，故兼三行之过而为五霸首，名高天下而光烛邻国。曹子为鲁将，三战三北，而亡地五百里。乡使曹子计不反顾，议不还踵，刎颈而死，则亦名不免为败军禽将矣。曹子弃三北之耻，而退与鲁君计。桓公朝天下，会诸侯，曹子以一剑之任，枝桓公之心于坛坫之上，颜色不变，辞气不悖，三战之所亡，一朝而复之，天下震动，诸侯惊骇，威加吴、越。若此二士者，非不能成小廉而行小节也，以为杀身亡躯，绝世灭后，功名不立，非智也。故去感忿之怨，立终身之名；弃忿悁之节，定累世之功，是以业与三王争流，而名与天壤相弊也。愿公择一而行之。鼒按：鲁仲连此书，《史记》本传所叙载为当，《国策》则误矣。鲁连不肯帝秦之后，乃有与燕将书之事，而不肯帝秦事，在赵孝成王九年，齐王建八年，上距齐襄王五年。田单杀燕骑劫，中间二十二年矣。《国策》谓《与燕将书》在杀骑劫之时，其舛已甚。鲍彪不悟《国策》之误，反疑杀骑劫后二十余年，当燕王喜时，乃有赵杀栗腹之事，仲连不当豫言栗腹，遂谓是书为后人拟为之者，是尤非也。若《史记》所载则不然，其云燕将攻下聊城，是燕王喜时，偶以兵攻齐，才得一城耳。燕将死而齐田单复取聊城，其与襄王法章时复齐七十余城事，不相及也。《史记》单《传》，止载复齐七十余城事，其后赵孝成王请单为将而攻燕，明年田单为赵相，又后十余年，单乃为齐复聊城，《史》皆杂见他传。太史公文简而事备，往往若此，其皆为单事固无疑也。吴文正注《国策》，谓单相赵后，必不还齐而复聊城，此何据而云然耶？仲连是书，意颇滑稽，其劝燕将反国，及东游于齐，皆非其诚语。仲连，战国奇伟士也，不必绳以圣贤制行，且彼以齐为本国，谊当为齐，夫何爱于燕将？吴氏乃谓排难解纷者，必不迫人于穷而致之死，谓《史记》言燕将得书自杀为不可信，其说尤迂。不知仲连之意，不足为《史记》难也。惟考《廉颇传》，邯郸围解五年，廉颇杀栗腹而围燕。《赵世家》《六国表》所记，则解围至杀栗腹，凡七年；而《仲连传》则谓解邯郸围后，二十余年值聊城事，而有栗腹兵折燕被围之语，则相去时益远矣。此似传之误，或传写者失之。

触訾说赵太后

鼒按：赵太后即齐女威后，欲杀於陵子仲者。左师言固善矣，亦会值赵太后明智，易以理喻耳。

赵太后新用事，秦急攻之，赵氏求救于齐。齐曰："必以长安君为质，兵乃出。"太后不肯，大臣强谏，太后明谓左右："有复言令长安君为质者，老妇必唾其面！"

左师触訾愿见，太后盛气而揖之。入而徐趋，至而自谢，曰："老臣病足，曾不能疾走，不得见久矣。窃自恕。恐太后玉体之有所郄也，故愿望见。”太后曰：“老妇恃辇而行。”曰：“日食饮得无衰乎？”曰：“恃鬻耳。”曰：“老臣今者殊不欲食，乃自强步日三四里，少益嗜食，和于身。”曰：“老妇不能。”太后之色少解。

左师公曰：“老臣贱息舒祺，最少，不肖，而臣衰，窃爱怜之，愿令补黑衣之数，古者军礼上下服同色，玄衣玄裳，故曰袀服。宿卫者用军礼，故皆黑衣。以卫王宫，没死以闻。”太后曰：“敬诺。年几何矣？”对曰：“十五岁矣。虽少，愿及未填沟壑而托之。”太后曰：“丈夫亦爱怜其少子乎？”对曰：“甚于妇人。”太后曰：“妇人异甚！”对曰：“老臣窃以为媪之爱燕后，贤于长安君。”曰：“君过矣！不若长安君之甚。”左师公曰：“父母之爱子，则为之计深远。媪之送燕后也，持其踵为之泣，念悲其远也，亦哀之矣。已行，非弗思也，祭祀必祝之，祝曰：‘必勿使反。’岂非计久长有子孙相继为王也哉？”太后曰：“然。”左师公曰：“今三世以前，至于赵之为赵，赵王之子孙侯者，其继有在者乎？”曰：“无有。”曰：“微独赵，诸侯有在者乎？”曰：“老妇不闻也。”“此其近者祸及身，远者及其子孙，岂人主之子孙则必不善哉？位尊而无功，奉厚而无劳，而挟重器多也。今媪尊长安君之位，而封以膏腴之地，多予之重器，而不及今令有功于国，一旦山陵崩，长安君何以自托于赵？老臣以媪为长安君计短也，故以为其爱不若燕后。”太后曰：“诺，恣君之所使之。”于是为长安君约车百乘，质于齐，齐兵乃出。

子义闻之曰：“人主之子也，骨肉之亲也，犹不能恃无功之尊，无劳之奉，以守金玉之重也，而况人臣乎！”

冯忌止平原君伐燕

平原君谓冯忌曰：“吾欲北伐上党，出兵攻燕，何如？”冯忌对曰：“不可。夫以秦将武安君公孙起乘七胜之威，而与马服子战于长平之下，大败赵师，因以其余兵围邯郸之城。赵以七败之余，收破军之敝，而秦罢于邯郸之下，赵守而不可拔者，以攻难而守者易也。今赵非有七克之威也，而燕非有长平之祸也。今七败之祸未复，而欲以罢赵攻强燕，是使弱赵为强秦之所以攻，而使强燕为弱赵之所以守，而强秦以休兵承赵之敝，此乃强吴之所以亡，而弱越之所以霸，故臣未见燕之可攻也。”平原君曰：“善哉！”

蔡泽说应侯

蔡泽见逐于赵，而入韩、魏，遇夺釜鬲于涂。闻应侯任郑安平、王稽，皆负重罪，应侯内惭，乃西入秦。

将见昭王，使人宣言以感怒应侯曰：“燕客蔡泽，天下骏雄弘辩之士也，彼一见秦王，秦王必相之，而夺君位。”应侯闻之曰：“五帝、三代之事，百家之说，吾既知之，众口之辩，吾皆摧之，彼恶能困我而夺我位乎？”使人召蔡泽。蔡泽入则揖应侯，应侯固不快，及见之，又倨。应侯因让之曰：“子尝宣言代我相秦，岂有此乎？”对曰：“然。”应侯曰：“请闻其说。”蔡泽曰：“吁，君何见之晚也！夫四时之序，成功者去。夫人生手足坚强，耳目聪明而心圣智，岂非士之所愿与？”应侯曰：“然。”蔡泽曰：“质仁秉义，行道施德，得志于天下，天下怀乐敬爱而尊慕之，皆愿以为君王，岂不辩智之期与？”应侯曰：“然。”蔡泽复曰：“富贵显荣，成理万物，万物二字《史》作“使”各得其所，性命寿长，终其天年而不夭伤；天下继其统，守其业，传之无穷；名实纯粹，泽流千里，世世称之而无绝：岂非道德之符而圣人所谓吉祥善事与？”应侯曰：“然。”

泽曰：“若秦之商君，楚之吴起，越之大夫种，其卒《史》有“然”字亦可愿与？”应侯知蔡泽之欲困己以说，复缪曰：“何为不可？夫公孙鞅之事孝公也，极身无贰虑，尽公而不顾《策》作“还”私，设刀锯以禁奸邪，信赏罚以致治；竭智能，《史》作“披腹心”。示情素，蒙怨咎，欺旧交，虏《史》作“夺”魏公子印，安秦社稷，利百姓，卒为秦禽将破敌，《策》有“军”字。攘地千里。吴起之事悼王也，使私不得害公，谗不得蔽忠，言不取苟合，行不取苟容，《史》有“不为危易行”句。行义不顾毁誉，《史》作“不辟难”。必欲霸主强国，不辞祸凶。大夫种之事越王也，主虽困辱，悉忠而不解，主虽亡绝，尽能而不离，多《史》作“成”功而不矜，贵富不骄怠。若此三子者，义之至也，忠之节也。是故君子以义死难，视死如归，生而辱，不如死而荣。士固有杀身以成名，义之所在，身虽死无憾。何为而不可哉！”

蔡泽曰：“主圣臣贤，天下之福也；君明臣忠，国之福也；父慈子孝，夫信妇贞，家之福也。故比干忠不能存殷，子胥智不能存吴，申生孝而晋国《策》作“惑”乱。是皆有忠臣孝子，而国家灭乱者，何也？无明君贤父以听之，故天下以其君父为戮辱而怜其臣子。今商君、吴起、大夫种之为人臣是也，其君非也。故世称三子致功而不见德，岂慕不遇世死乎？《国策》无以上四句，《史》有。夫待死而后可以立忠成名，是微子不足仁，孔子不足圣，管仲不足大也。夫人之立功，岂不期于成全耶？身与名俱全者上也，名可法而身死者其次也，名在僇辱而身全者下也。”于是应侯称善。

蔡泽得少间，因曰：“商君、吴起、大夫种，其为人臣，尽忠致功则可愿矣。闳夭事文王，周公辅成王也，岂不亦忠圣乎？以君臣论之，商君、吴起、大夫种其可愿孰与闳夭、周公哉？”应侯曰：“商君、吴起、大夫种不若也。”蔡泽曰：“然则君之主慈仁任忠，惇厚旧故，其贤智与有道之士为胶漆，义不倍功臣，孰与秦孝、楚悼、越王乎？”应侯曰：“未知何如也。”蔡泽曰：“今主亲忠臣，不过秦孝、越王、楚悼，君之设智能，为主安危修政，治乱强兵，批患折难，广地殖谷，富国足家，强主，尊社稷，显宗庙，天下莫敢欺犯其主，主之威盖震海内，功彰万里之外，声名光辉，传于千世，君孰与商君、吴起、大夫种？”应侯曰：“不若。”

蔡泽曰：“今主之亲忠臣，不忘旧故，不若孝公、悼王，勾践；而君之功绩、爱信、亲幸，又不若商君、吴起、大夫种，然而君之禄位贵盛，私家之富，过于三子，而身不退，恐患之甚于三子，窃为君危之。语曰：‘日中则移，月满则亏。’物盛则衰，天之常数也。进退盈缩变化，圣人之常道也。故国有道则仕，国无道则隐。圣人曰：‘飞龙在天，利见大人。’‘不义而富且贵，于我如浮云。’今君之怨已雠，而德已报，意欲至矣，而无变计，窃为君不取也。且夫翠、鹄、犀、象，其处势非不远死也，而所以死者，惑于饵也。苏秦、智伯之智，非不足以辟辱远死也，而所以死者，惑于贪利不止也。是以圣人制礼节欲，取于民有度，使之以时，用之有止，故志不溢，行不骄，常与道俱而不失，故天下承而不绝。以上二十七句，《策》俱无之。昔者齐桓公九合诸侯，一匡天下，至葵丘之会，有骄矜之志，畔者九国。吴王夫差，兵无敌于天下，勇强以轻诸侯，陵齐、晋，遂以杀身亡国。夏育、太史启，《史》作“噭”。叱呼骇三军，而身死于庸夫。此皆乘至盛而不返道理，不居卑退处俭约之患也。夫商君为孝公明法令，禁奸本，尊爵必赏，有罪必罚，平权衡，正度量，调轻重，决裂阡陌，以静生民之业而一其俗，劝民耕农利土，一室无二事，力田蓄积，习战陈之事，是以兵动而地广，兵休而国富，故秦无敌于天下，立威诸侯，成秦国之业。功已成矣，遂以车裂。楚地方数千里，持戟百万，白起率数万之师，以与楚战，一战举鄢、郢以烧夷陵，再战南并蜀、汉。又越韩、魏攻强赵，北坑马服，诛屠四十馀万之众，尽之于长平之下，流血成川，沸声若雷，遂入围邯郸，使秦有帝业。《策》作“业帝”。楚、赵，天下之强国而秦之仇敌也，自是之后，赵、楚慑服不敢攻秦者，白起之势也。身所服者七十余城，功已成矣，而遂赐剑死于杜邮。吴起为楚悼王立法，卑减大臣之威重，罢无能，废无用，损不急之官，塞私门之请，一楚国之俗，禁游客《史》作“说”之民，精耕战之士，南攻扬越，北并陈、蔡，破横散从，使驰说之士无所开其口，禁朋党以厉百姓，定楚国之政，兵震天下，威服诸侯。功已成矣，而卒支解。大夫种为越王深谋远计，免会稽之危，以亡为存，因辱为荣，垦草创《史》作“入”邑，辟地殖谷，率四方之士，专上下之力，辅勾践之贤，报夫差之仇，《策》无二句。卒禽劲吴，令越成霸。功已彰而信矣，勾践终负《策》作“掊”，姚宏本作“捂”而杀之。此四子者，功成而不去，祸至于此，此所谓信而不能屈，往而不能反者也。范蠡知之，超然避世，长为陶朱。君独不观博者乎？或欲大投，或欲分功，此皆君之所明知也。今君相秦，计不下席，谋不出廊庙，坐制诸侯，利施三川，以实宜阳，决羊肠之险，塞太行之口，又斩范、中行之途，六国不得合从，栈道千里，通于蜀汉，使天下皆畏秦，秦之欲得矣，君之功极矣，此亦秦之分功之时也。如是不退，则商君、白公、吴起、大夫种是也。吾闻之‘鉴于水者见面之容，鉴于人者知吉与凶’。《书》曰：‘成功之下，不可久处。’《史》有“四子之祸，君何居焉”八字。君何不以此时归相印，让贤者授之，退而岩居川观，必有伯夷之廉，长为应侯，世世称孤，而有许由、延陵季子之让，乔松之寿，孰与以祸终哉！此则君何居焉！”

此处《史》仍有“忍不能自离，疑不能自决，必有四子之祸矣。《易》曰：‘亢龙有悔’，此言上而不能下，信而不能诎，往而不能自返者也。愿君孰计之”九句。

应侯曰：“善。”乃延入坐为上客。

魏加与春申君论将

天下合从，赵使魏加见楚春申君，曰：“君有将乎？”曰：“有矣，仆欲将临武君。”魏加曰：“臣少之时好射，臣愿以射譬之可乎？”春申君曰：“可。”加曰：“异日者，更羸与魏王处京台之下，仰见飞鸟，更羸谓魏王曰：‘臣为君引弓虚发而下鸟。’魏王曰：‘然则射可至此乎？’更羸曰：‘可。’有间雁从东方来，更羸以虚发而下之。魏王曰：‘然则射可至此乎？’更羸曰：‘此孽也。’王曰：‘先生何以知之？’对曰：‘其飞徐而鸣悲。飞徐者，故疮痛也；鸣悲者，久失群也。故疮未息，而惊心未去也，闻弦者音烈而高飞，故疮陨也。’今临武君尝为秦孽，不可为拒秦之将也。”

汗明说春申君

汗明见春申君，候问三月，而后得见。谈卒，春申君大说之。汗明欲复谈，春申君曰：“仆已知先生，先生大息矣。”汗明憱焉曰：“明愿有问君，而恐，固不审君之圣孰与尧也？”春申君曰：“先生过矣，臣何足以当尧！”汗明曰：“然则君料臣孰与舜？”春申君曰：“先生即舜也。”汗明日：“不然，臣请为君终言之。君之贤实不如尧，臣之能不及舜。夫以贤舜事圣尧三年，而后乃相知也，今君一旦而知臣，是君圣于尧，而臣贤于舜也。”春申君曰：“善！”召门吏为汗先生著客籍，五日一见。汗明曰：“君亦闻骥乎？夫骥之齿至矣，服盐车而上太行，蹄申膝折，尾湛胕溃，漉汁洒地，白汗交流，外坂迁延，负棘而不能上。伯乐遭之，下车攀而哭之，解纻衣以幂之，骥于是俯而喷，仰而鸣，声达于天，若出金石声者何也？

彼见伯乐之知己也。今仆之不肖，厄于州部，堀穴穷巷，沉污鄙俗之日久矣，君独无意湔祓仆，使得为君高鸣屈于梁乎？”

遗章邯书

陈　余

白起为秦将，南征鄢、郢，北坑马服，攻城略地，不可胜计，而竟赐死。蒙恬为秦将，北逐戎人，开榆中地数千里，竟斩阳周。何者？功多秦不能尽封，因以法诛之。今将军为秦将三岁矣，所亡失以十万数，而诸侯并起，滋益多，彼赵高素谀日久，今事急，亦恐二世诛之，故欲以法诛将军以塞责，使人更代将军以脱其祸。夫将军居外久，多内郤，有功亦诛，无功亦诛。且天之亡秦，无愚知皆知之，今将军内不能直谏，外为亡国将，孤特独立而欲常存，岂不哀哉！将军何不还兵，与诸侯为从，约共攻秦，分王其地，南面称孤，此孰与身伏铁质、妻子为僇乎？

卷二十八　书说类四

谏吴王书

邹　阳

臣闻秦倚曲台之宫，县衡天下，画地而不犯，兵加胡越；至其晚节末路，张耳、陈胜，连从兵之据，以叩函谷，咸阳遂危。何则？列郡不相亲，万室不相救也。今胡数涉北河之外，上覆飞鸟，下不见伏兔，斗城不休，救兵不止，死者相随，辇车相属，转粟流输，千里不绝。何则？强赵责于河间，六齐望于惠后，城阳顾于卢博，三淮南之心思坟墓。大王不忧，臣恐救兵之不专，胡马遂进窥于邯郸，越水长沙，还舟青阳。虽使梁并淮阳之兵，下淮东，越广陵，以遏越人之粮，汉亦折西河而下，北守漳水，以辅大国，胡亦益进，越亦益深。此臣之所为大王患也。

臣闻交龙襄首奋翼，则浮云出流，雾雨咸集。圣王底节修德，则游谈之士归义思名。今臣尽智毕议，易精极虑，则无国不可奸；饰固陋之心，则何王之门不可曳长裾乎？然臣所以历数王之朝，背淮千里而自致者，非恶臣国而乐吴民也，窃高下风之行，尤说大王之义，故愿大王之无忽，察听其志。

臣闻鸷鸟累百，不如一鹗。夫全赵之时，武力鼎士，袨服丛台之下者，一旦成市，而不能止幽王之湛患。淮南连山东之侠，死士盈朝，不能还厉王之西也。然而计议不得，虽诸、贲不能安其位亦明矣。故愿大王审画而已。

始孝文皇帝据关入立，寒心销志，不明求衣。自立天子之后，使东牟、朱虚、东褒义父之后，深割婴儿王之壤，子王梁、代，益以淮阳，卒仆济北、囚弟于雍者，岂非象新垣平等哉！今天子新据先帝之遗业，左规山东，右制关中，变权易势，大臣难知。大王弗察，臣恐周鼎复起于汉，新垣过计于朝，则我吴遗嗣，不可期于世矣。高皇帝烧栈道，水章邯，兵不留行，收弊民之倦，东驰函谷，西楚大破。水攻则章邯以亡其城，陆击则荆王以失其地，此皆国家之不几者也，愿大王孰察之！

狱中上梁王书

邹　阳

臣闻忠无不报，信不见疑。臣常以为然，徒虚语耳。昔荆轲慕燕丹之义，白虹贯日，太子畏之。卫先生为秦画长平之事，太白食昴，昭王疑之。夫精变天地，而信不谕两主，岂不哀哉！今臣尽忠竭诚，毕议愿知，左右不明，卒从吏讯，为世所疑，是使荆轲、卫先生复起，而燕、秦不寤也。愿大王孰察之！昔玉人《史记》作"卞和"献宝，楚王诛之；李斯竭忠，胡亥极刑。是以箕子佯狂，接舆避世，恐遭此患也。愿大王察玉人、李斯之意，而后楚王、胡亥之听，毋使臣为箕子、接舆所笑。臣闻比干剖心，子胥鸱夷，臣始不信，乃今知之。愿大王孰察，少加怜焉。以上一段言忠信而不见知。

语曰："有白头如新，倾盖如故。"何则？知与不知也。故樊於期逃秦之燕，借荆轲首以奉丹事；王奢去齐之魏，临城自刭，以却齐而存魏。夫王奢、樊於期非新于齐、秦而故于燕、魏也，所以去二国死两君者，行合于志，慕义无穷也。是以苏秦不信于天下，为燕尾生；白圭战亡六城，为魏取中山。何则？诚有以相知也。苏秦相燕，人恶之燕王，燕王按剑而怒，食以駃騠，白圭显于中山，人恶之魏文侯。文侯赐以夜光之璧。何则？两主二臣，剖心析肝相信，岂移于浮辞哉！故女无美恶，入宫见妒；士无贤不肖，入朝见嫉。昔司马喜膑脚于宋，卒相中山；范雎拉胁折齿于魏，卒为应侯。此二人者，皆信必然之画，捐朋党之私，挟孤独之交，故不能自免于嫉妒之人也。是以申徒狄蹈雍之河，徐衍负石入海，不容于世，义不苟取比周于朝，以移主上之心。故百里奚乞食于道路，缪公委之以政；宁戚饭牛车下，桓公任之以国。此二人者，岂素宦于朝，借誉于左右，然后二主用之哉！感于心，合于行，坚于胶漆，昆弟不能离，岂惑于众口哉！故偏听生奸，独任成乱。昔鲁听季孙之说逐孔子，宋任子冉《史》作“子罕”之计囚墨翟。夫以孔、墨之辩，不能自免于谗谀，而二国以危。何则？众口铄金，积毁销骨也。秦用戎人由余，而伯中国；齐用越人子臧，二字《史》作“蒙”而强威、宣。此二国岂系于俗，牵于世，系奇《史》作“阿”偏之辞哉！公听并观，垂明当世，故意合则胡、越为兄弟，由余、子臧是矣；不合则骨肉为仇敌，朱、象、管、蔡是矣。今人主诚能用齐、秦之明，后宋、鲁之听，则五伯不足侔，而三王易为也。以上一段言新仕羁旅，故为左右所谮。

是以圣王觉寤，捐子之之心，而不说田常之贤，封比干之后，修孕妇之墓，故功业覆于天下。何则？欲善亡厌也。夫晋文亲其仇，强伯诸侯；齐桓用其仇而一匡天下。何则？慈仁殷勤，诚加于心，不可以虚辞借也。至夫秦用商鞅之法，东弱韩、魏，立二字《史》作“魏兵”强天下，卒车裂之，越用大夫种之谋，禽劲吴而伯中国，遂诛其身。是以孙叔敖三去相而不悔，於陵子仲辞三公，为人灌园。今人主诚能去骄傲之心，怀可报之意，披心腹，见情素，堕肝胆，施德厚，终与之穷达，无爱于士，则桀之犬可使吠尧，跖之客可使刺由。何况因万乘之权，假圣王之资乎？然则荆轲湛七族，要离燔妻子，岂足为大王道哉？以上乘第一段，欲王知其忠信而终任之。

臣闻明月之珠，夜光之璧，以暗投人于道，众莫不按剑相眄者，何则？无因而至前也。蟠木根柢，轮囷离奇，《史》作“诡”。而为万乘器者，以左右先为之容也。故无因而至前，虽出随珠和璧，《史》作“随侯之珠，夜光之璧”。只结怨而不见德。有人先游，则枯木朽株，树功而不忘。今夫天下布衣穷居之士，身在贫羸，虽蒙《史》作“包”尧、舜之术，挟伊、管之辩，怀龙逢、比干之意，《史》有“欲尽忠当世之君”。而素无根底之容，虽竭精神，欲开忠于当世之君，《史》作“欲开忠信，辅人主之治”。则人主必袭按剑相眄之迹矣。是使布衣之士，不得为枯木朽株之资也。是以圣王制世御俗，独化于陶钧之上，而不牵乎卑辞《史》作“乱”之语，不夺乎众多之口。故秦皇帝任中庶子蒙《史》有“嘉”字之言，以信荆轲，而匕首窃发。周文王猎泾渭，载吕尚归，以王天下。秦信左右而亡，周用乌集而王，何则？以其能越挛拘之语，驰域外之议，独观乎昭旷之道也。今人主沉谄谀之辞，牵帷墙之制，使不羁之士，与牛骥同皂，此鲍焦所以愤于世《史》有“而不留富贵之乐”也。以上承第二段，欲王知其新任羁旅，而勿信左右。

臣闻盛饰入朝者，不以私污义；砥厉名号者，不以利伤行。故里《史》作“县”名胜母，曾子不入；邑号朝歌，墨子回车。今欲使天下寥廓之士，笼于威重之权，胁于位势之贵，回面污行，以事谄谀之人，而求亲近于左右，则士有伏死堀穴岩薮《史》作“岩岩”之中耳，安有尽忠信而趋阙下者哉？末段兼承前两层意，言忠信之士必不以新任羁旅之故，而屈志于左右者也。

说吴王书

枚　叔

臣闻得全者全昌，失全者全亡。舜无立锥之地，以有天下；禹无十户之聚，以王诸侯。汤、武之土，不过百里，上不绝三光之明，下不伤百姓之心者，有王术也。故父子之道，天性也。忠臣不避重诛以直谏，则事无遗策，功流万世。臣乘愿披腹心而效愚忠，唯大王少加意念恻怛之心于臣乘言。

夫以一缕之任，系千钧之重，上悬无极之高，下垂不测之渊，虽甚愚之人，犹知哀其将绝也。马方骇，鼓而惊之，系方绝，又重镇之；系绝于天，不可复结，队入深渊，难以复出。其出不出，间不容发。能听忠臣之言，百举必脱。必若所欲为，危于累卵，难于上天；变所欲为，易于反掌，安于太山。今欲极天命之寿，敝无穷之乐，究万乘之势，不出反掌之易；以居泰山之安，而欲乘累卵之危，走上天之难，此愚臣之所大惑也。

人性有畏其景而恶其迹者，却背而走，迹愈多，景愈疾，不知就阴而止，景灭迹绝。欲人勿闻，莫若勿言；欲人勿知，莫若勿为。欲汤之沧，一人炊之，百人扬之，无益也，不如绝薪止火而已。不绝之于彼，而救之于此，譬犹抱薪而救火也。养由基，楚之善射者也，去杨叶百步，百发百中。杨叶之大，加百中焉，可谓善射矣。然其所止，乃百步之内耳，比于臣乘，未知操弓持矢也。

福生有基，祸生有胎，纳其基，绝其胎，祸何自来？泰山之霤穿石，单极之绠断干。水非石之钻，索非木之锯，渐靡使之然也。夫铢铢而称之，至石必差；寸寸而度之，至丈必过。石称丈量，径而寡失。夫十围之木，始生如蘖，足可搔而绝，手可擢而拔，据其未生，先其未形也。磨砻底厉，不见其损，有时而尽；种树畜养，不见其益，有时而大；积德累行，不知其善，有时而用；弃义背理，不知其恶，有时而亡。臣愿大王孰计而身行之，此百世不易之道也。

复说吴王

枚　叔

昔者秦西举胡、戎之难，北备榆中之关，南拒羌、笮之塞，东当六国之从。六国乘信陵之籍，明苏秦之约，厉荆轲之威，并力一心以备秦。然秦卒禽六国，灭其社稷而并天下，是何也？则地利不同，而民轻重不等也。今汉据全秦之地，兼六国之众，修戎狄之义，而南朝羌、笮，此其与秦地相十而民相百，大王之所明知也。今夫谗谀之臣，为大王计者，不论骨肉之义，民之轻重，国之大小，以为吴祸，此臣所以为大王患也。

夫举吴兵以訾于汉，譬犹蝇蚋之附群牛，腐肉之齿利剑，锋接必无事矣。天子闻吴率失职诸侯，愿责先帝之遗约，今汉亲诛其三公以谢前过，是大王之威加于天下，而功越于汤、武也。夫吴有诸侯之位，而实富于天子；有隐匿之名，而居过于中国。夫汉并二十四郡，十七诸侯，方输错出，运行数千里，不绝于道，其珍怪不如东山之府；转粟西乡，陆行不绝，水行满河，不如海陵之仓；修治上林，杂以离宫，积聚玩好，圈守禽兽，不如长洲之苑；游曲台，临上路，不如朝夕之池；深壁高垒，副以关城，不如江淮之险。此臣之所以为大王乐也。

今大王还兵疾归，尚得十半。不然，汉知吴之有吞天下之心也，赫然加怒，遣羽林黄头循江而下，袭大王之都；鲁东海绝吴之饷道；梁王饬车骑，习战射，积粟固守，以备荥阳，待吴之饥。大王虽欲反都，亦不得已。夫三淮南之计，不负其约，齐王杀身以灭其迹，四国不得出兵其郡，赵囚邯郸，此不可掩，亦已明矣。大王已去千里之国，而制于十里之内矣。张、韩将北地，弓高宿左右，兵不得下壁，军不得大息，臣窃哀之。愿大王孰察焉。

报任安书

司马子长

太史公牛马走司马迁，再拜言，《汉书》无此十二字。鼐疑太史公“公”字乃“令”字，《文选》传本误耳。少卿足下：曩者辱赐书，教以慎于接物，推贤进士为务。意气勤勤恳恳，若望仆不相师，而用《汉书》作“用而”流俗人之言。仆非敢如此也。仆虽罢驽，亦尝侧闻长者之遗风矣。顾自以为身残处秽，动而见尤，欲益反损，是以独抑郁而无《文选》作“与”谁语。谚曰：“谁为为之？孰令听之？”盖锺子期死，伯牙终身不复鼓琴。何则？士为知己者《汉书》无“者”字用，女为说己者容。若仆大质已亏缺矣，虽材怀随、和，行若由、夷，终不可以为荣，适足以见笑而自点耳。书辞宜答，会东从上来，又迫贱事，相见日浅，卒卒无须臾之间，得竭志意。今少卿抱不测之罪，涉旬月，迫季冬，仆又薄从上上《文选》少一“上”字雍，恐卒然不可讳，是仆终已不得舒愤懑以晓左右，则长逝者魂魄私恨无穷，请略陈固陋。阙然久不报，幸勿为过！

仆闻之：修身者，智之符也；爱施者，仁之端也；取与者，义之表也；耻辱者，勇之决也；立名者，行之极也。士有此五者，然后可以托于世，而列于君子之林矣。故祸莫憯于欲利，悲莫痛于伤心，行莫丑于辱先，诟莫大于宫刑。刑馀之人，无所比数，非一世也，所从来远矣。昔卫灵公与雍渠同载，孔子适陈；商鞅因景监见，赵良寒心；同子参乘，袁丝变色：自古而耻之。夫中材之人，事有关于宦竖，莫不伤气，而况于慷慨之士乎！如今朝廷虽乏人，奈何令刀锯之余，荐天下豪俊哉！

仆赖先人绪业，得待罪辇毂下，二十余年矣。所以自惟：上之不能纳忠效信，有奇策材力之誉，自结明主；次之又不能拾遗补阙，招贤进能，显岩穴之士；外之不能备行伍，攻城野战，有斩将搴旗之功；下之不能积日累劳，取尊官厚禄，以为宗族交游光宠。四者无一遂，苟合取容，无所短长之效，可见如此矣。乡者，仆亦尝厕下大夫之列，陪奉外廷末议，不以此时引纲维，尽思虑；今已亏形为扫除之隶，在阘茸之中，乃欲仰首伸眉，论列是非，不亦轻朝廷、羞当世之士邪！嗟乎！嗟乎！如仆尚何言哉，尚何言哉！

且事本末未易明也。仆少负不羁之才，长无乡曲之誉。主上幸以先人之故，使得奏薄技，出入周卫之中。仆以为戴盆何以望天，故绝宾客之知，忘室家之业，日夜思竭其不肖之才力，务壹心营职，以求亲媚于主上。而事乃有大谬不然者。

夫仆与李陵，俱居门下，鼐按：李陵少为侍中，侍中得入宫门，故谓之门下。太史令盖亦入宫门者，故俱居们下。素非《选》有“能”字相善也。趋舍异路，未尝衔杯酒接殷勤之馀欢。然仆观其为人，自《选》有“守”字奇士，事亲孝，与士信，临财廉，取与义，分别有让，恭俭下人，常思奋不顾身以徇国家之急。其素所蓄积也，仆以为有国士之风。夫人臣出万死不顾一生之计，赴公家之难，斯已奇矣。今举事一不当，而全躯保妻子之臣，随而媒糵“糵”依《李陵传》其短，仆诚私心痛之！且李陵提步卒不满五千，深践戎马之地，足历王庭，垂饵虎口，横挑强胡，抑亿万之师，与单于连战十有余日，所杀过半当。虏救死扶伤不给，旃裘之君长咸震怖，乃悉征其左右贤王，举引弓之民，一国共攻而围之。转斗千里，矢尽道穷，救兵不至，士卒死伤如积，然陵一呼劳军，士无不起，躬《选》有“自”字流涕，沬血饮泣，张空弮，《选》作“拳”，冒白刃，北向争死敌者。《汉》无“者”字。陵未没时，使有来报，汉公卿王侯皆奉觞上寿。后数日，陵败书闻，主上为之食不甘味，听朝不怡，大臣忧惧，不知所出。仆窃不自料其卑贱，见主上惨怆《汉书》作“凄”怛悼，诚欲效其款款之愚，以为李陵素与士大夫绝少分甘，《汉书》作“绝甘分少”，能得人《汉书》有“之”字死力，虽古之《汉》无“之”字名将，不能《汉》无“能”字过也。身虽陷败，彼观其意，且欲得其当而报《选》有“于”字汉，事已无可奈何，其所摧败，功亦足以暴于天下矣。《汉》无“矣”字。仆怀欲陈之而未有路，适会召问，即以此指推言陵之《汉》无“之”字。功，欲以广主上之意，塞睚眦之辞。未能尽明，明主不深《选》无“深”字晓，以为仆沮贰师，而为李陵游说，遂下于理。拳拳之忠，终不能自列，因为诬上，卒从吏议。家贫货赂不足以自赎，交游莫救，《选》有“视”字。左右亲近不为一言，身非木石，独与法吏为伍，深幽囹圄之中，谁可告诉者？此正《选》作“真”少卿所亲见，仆行事岂不然邪？《选》作“乎”。李陵既生降，隤其家声；而仆又佴之《汉》作“茸以”蚕室，重为天下观笑。悲夫！悲夫！事未易一二为俗人言也。此下自耻辱引入立名，如江河之上风起水涌，怒涛万变，而卒输于海，天下之至奇也。

仆之先人非有剖符丹书之功，文史星历近乎卜、祝之间，固人主所戏弄，倡优畜之，《选》作“所蓄”。流俗之所轻也。假令仆伏法受诛，若九牛亡一毛，与蝼蚁何以《汉》无“以”字异！而世俗又不与能死节者次《汉》无“次”比，特以为智穷罪极，不能自免，卒就死耳。何也？素所自树立使然也。《汉》无“也”。人固有一死，死有重于泰山，或轻于鸿毛，用之所趋异也。太上不辱先，其次不辱身，其次不辱理色，其次不辱辞令，其次诎体受辱，其次易服受辱，其次关木索、被箠楚受辱，其次剔《汉》作鬄毛发、婴金铁受辱，其次毁肌肤、断肢体受辱，最下腐刑极矣！《传》曰：“刑不上大夫。”此言士节不可不勉《汉》无“勉”励也。猛虎在深山，百兽震恐；及《汉》有“其”在槛井之中，摇尾而求食，积威约之渐也。故士有画地为牢，势不可《汉》无“可”，下同入；削木为吏，议不可对，定计于鲜也。今交手足，受木索，暴肌肤，受榜箠，幽于圜墙之中。当此之时，见狱巨则头枪地，视徒隶则心惕息。何者？积威约之势也。及已至是，言不辱者，所谓强颜耳，曷足贵乎！且西伯伯也，拘于《汉》无“于”字羑《汉》作“牖”里；李斯相也，具于《汉》作“于”五刑；淮阴王也，受械于陈；彭越、张敖，南面《汉》作“乡”称孤，系狱抵《汉》作“具”罪；绛侯诛诸吕，权倾五伯，囚于请室；魏其大将也，衣赭衣，《汉》无“衣”。关三木；季布为朱家钳奴；灌夫受辱于居室。此人皆身至王侯将相，声闻邻国，及罪至罔加，不能引决自裁。《汉》作“财”。在尘埃之中，古今一体，安在其不辱也！由此言之，勇怯，势也，强弱，形也，审矣，曷足怪乎？夫《汉》作“且”人不能早裁绳墨之外，已《选》作“以”稍陵迟，《汉》作“夷”。至于鞭箠之间，乃欲引节，斯不亦远乎！古人所以重施刑于大夫者，殆为此也。

夫人情莫不贪生恶死，念父母，《汉》作“亲戚”。顾妻子。至激于义理者不然，乃有所不得已也。今仆不幸早失父母，《汉》作“二亲”。无兄弟之亲，独身孤立，少卿视仆于妻子何直哉？且勇者不必死节，怯夫慕义，何处不勉焉！仆虽怯懦，《汉》作“耎”。欲苟活，亦颇识去就之分矣，何至自湛溺缧绁之辱哉？且夫臧获婢妾，犹能引决，况仆之不得已乎？所以隐忍苟活，幽于《汉》作“函”，无“于”字粪土之中而不辞者，恨私心有所不尽，鄙陋《汉》无“陋”没世而文采不表于后世《汉》无“世”也。

古者富贵而名磨《汉》作“摩”灭，不可胜记，惟倜《汉》作“俶”傥非常之人称焉。盖文王《汉》作“西伯”拘而演《周易》；仲尼厄而作《春秋》；屈原放逐，乃赋《离骚》；左丘失明，厥有《国语》；孙子膑脚，《兵法》修列；不韦迁蜀，世传《吕览》；韩非囚秦，《说难》《孤愤》；《诗》三百篇，大抵贤圣发愤之所为《汉》有“作”字也。此人皆意有所郁结，不得通其道，故述往事，思来者。及如左丘明《选》无“明”字无目，孙子断足，终不可用，退而论书策，以舒其愤思，垂空文以自见。

仆窃不逊，近自托于无能之辞，网罗天下放失旧闻，略《汉》无“略”字考其行事，综其终始，《汉》无此句。稽其成败兴坏之纪，《汉》作“理”。上计轩辕，下至于兹，为十表，本纪十二，书八章，世家三十，列传七十，以上二十六字《汉书》无。凡百三十篇，亦欲以究天人之际，通古今之变，成一家之言。草创未就，会遭此祸，惜其不成，是以就极刑而无愠色。仆诚以著此书，藏之名山，传之其人，通邑大都，则仆偿前辱之责，虽万被戮，岂有悔哉！然此可为智者道，难为俗人言也。

且负《汉》作“贫”下未易居，下流多谤议，仆以口语遇遭此祸，重为乡里所戮笑，以污辱先人，亦何面目复上父母之丘墓乎？虽累百世，垢弥甚耳！是以肠一日而九回，居则忽忽若有所亡，出则不知其所《汉》有“如”字往。每念斯耻，汗未尝不发背沾衣也。身直为闺阁之臣，宁得自引深藏《汉》有“于”字岩穴邪？故且从俗浮沈，与时俯仰，以通其狂惑。今少卿乃教以推贤进士，无乃与仆私心剌《汉》作“之私指”谬乎？今虽欲自雕琢《汉》作“瑑”曼辞以自饰，《汉》作“解”。无益，于俗不信，适足取辱耳。要之死日，然后是非乃定。书不能悉意，略陈固陋。谨再拜。

遗盖宽饶书

庶子王生

明主知君絜白公正，不畏强御，故命君以司察之位。擅君以奉使之权，尊官厚禄，已施于君矣。君宜夙夜惟思当世之务，奉法宣化，忧劳天下，虽日有益，月有功，犹未足以称职而报恩也。自古之治，三王之术，各有制度。今君不务循职而已，乃欲以太古久远之事，匡拂天子，数进不用难听之语，以摩切左右，非所以扬令名、全寿命者也。

方今用事之人，皆明习法令，言足以饰君之辞，文足以成君之过。君不惟蘧氏之高踪，而慕子胥之末行，用不訾之躯，临不测之险，窃为君痛之！夫君子直而不挺，曲而不诎。《大雅》云：“既明且哲，以保其身。”狂夫之言，圣人择焉，惟裁省览。

报孙会宗书

杨子幼

恽材朽行秽，文质无所底，幸赖先人余业，得备宿卫，遭遇时变，以获爵位，终非其任，卒与祸会。足下哀其愚蒙，赐书教督以所不及，殷勤甚厚。然窃恨足下不深惟其终始，而猥随俗之毁誉也。言鄙陋之愚心，若逆指而文过，默而息乎，恐违孔氏“各言尔志”之意，故敢略陈其愚，唯君子察焉。

恽家方隆盛时，乘朱轮者十人，位在列卿，爵为通侯，总领从官，与闻政事。曾不能以此时有所建明，以宣德化，又不能与群僚同心并力，陪辅朝廷之遗忘，已负窃位素餐之责久矣。怀禄贪势，不能自退，遭遇变故，横被口语，身幽北阙，妻、子满狱。当此之时，自以夷灭不足以塞责，岂意得全首领，复奉先人之丘墓乎？伏惟圣主之恩，不可胜量。君子游道，乐以忘忧；小人全躯，说以忘罪。窃自思念，过已大矣，行已亏矣，长为农夫以没世矣。是故身率妻、子，戮力耕桑，灌园治产，以给公上，不意当复用此为讥议也。

夫人情所不能止者，圣人弗禁。故君、父至尊亲，送其终也，有时而既。臣之得罪已三年矣。田家作苦，岁时伏腊，烹羊炰羔，斗酒自劳。家本秦也，能为秦声；妇赵女也，雅善鼓瑟。奴婢歌者数人，酒后耳热，仰天拊缶，而呼呜呜。其诗曰："田彼南山，芜秽不治。种一顷豆，落而为萁。人生行乐耳，须富贵何时？"是日也，拂衣而喜；奋褎低昂，顿足起舞，诚淫荒无度，不知其不可也。恽幸有余禄，方籴贱贩贵，逐什一之利，此贾竖之事，污辱之处，恽亲行之。下流之人，众毁所归，不寒而栗，虽雅知恽者，犹随风而靡，尚何称誉之有？董生不云乎："明明求仁义，常恐不能化民者，卿大夫意也；明明求财利，常恐困乏者，庶人之事也。"故道不同不相为谋。今子尚安得以卿大夫之制而责仆哉？

夫西河魏土，文侯所兴，有段干木、田子方之遗风，凛然皆有节概，知去就之分。顷者足下离旧土，临安定。安定山谷之间，昆戎旧壤，子弟贪鄙，岂习俗之移人哉？于今乃睹子之志矣。方当盛汉之隆，愿勉旃，毋多谈。

移让太常博士书

刘子骏

昔唐虞既衰，而三代迭兴，圣帝明王，累起相袭，其道甚著。周室既微，而礼乐不正，道之难全也如此。是故孔子忧道之不行，历国应聘，自卫反鲁，然后乐正，《雅》《颂》乃得其所，修《易》序《书》，制作《春秋》，以纪帝王之道。及夫子没而微言绝，七十子终而大义乖，重遭战国，弃笾豆之礼，理军旅之陈，孔氏之道抑，而孙、吴之术兴。陵夷至于暴秦，焚经书，杀儒士，设挟书之法，行是古之罪，道术由是遂灭。

汉兴，去圣帝明王遐远，仲尼之道又绝。法度无所因袭，时独有一叔孙通，略定礼仪，天下唯有《易》卜，未有它书。至孝惠之世，乃除挟书之律，然公卿大臣绛、灌之属，咸介胄武夫，莫以为意。至孝文皇帝，始使掌故晁错从伏生受《尚书》。《尚书》初出于屋壁，朽折散绝，今其书见在，时师传读而已。《诗》始萌牙。天下众书，往往颇出，皆诸子传说，犹广立于学官，为置博士。在汉朝之儒，唯贾生而已。至孝武皇帝，然后邹、鲁、梁、赵颇有《诗》《礼》《春秋》先师，皆起于建元之间。当此之时，一人不能独尽其经，或为《雅》，或为《颂》，相合而成。《泰誓》后得，博士集而读之。故诏书称曰："礼坏乐崩，书缺简脱，朕甚闵焉。"时汉兴已七八十年，离于全经，固已远矣。

及鲁恭王坏孔子宅，欲以为宫，而得古文于坏壁之中，《逸礼》有三十九，《书》十六篇。天汉之后，孔安国献之，遭巫蛊仓卒之难，未及施行。及《春秋》左氏丘明所修，皆古文旧书，多者二十余通，臧于秘府，伏而未发。孝成皇帝闵学残文缺，稍离其真，乃陈发秘藏，校理旧文，得此三事，以考学官所传，经或脱简，传或间编。传问民间，则有鲁国桓公、赵国贯公、胶东庸生之遗学与此同，抑而未施。此乃有识者之所惜闵，士君子之所嗟痛也。先慨叹作一顿，下乃实说其抑而未施处，情最深郁。往者缀学之士，不思废绝之阙，苟因陋就寡，分文析字，烦言碎辞，学者罢老，且不能究其一艺。信口说而背传记，是末师而非往古，至于国家将有大事，若立辟雍、封禅、巡狩之仪，则幽冥而莫知其原。犹欲保残守缺，挟恐见破之私意，而无从善服义之公心，或怀妒嫉，不考情实，雷同相从，随声是非，抑此三学，以《尚书》为备，谓左氏为不传《春秋》，岂不哀哉！

今圣上德通神明，继统扬业，亦闵文学错乱，学士若兹，虽昭其情，犹依违谦让，乐与士君子同之。故下明诏，试左氏可立不，遣近臣奉指衔命，将以辅弱扶微，与二三君子比意同力，冀得废遗。今则不然，深闭固距而不肯试，猥以不诵绝之，欲以杜塞馀道，绝灭微学。夫可与乐成，难与虑始，此乃众庶之所为耳，非所望士君子也。且此数家之事，皆先帝所亲论，今上所考视，其古文旧书，皆有征验，外内相应，岂苟而已哉！

夫礼失求之于野，古文不犹愈于野乎？往者博士，《书》有欧阳，《春秋》公羊,《易》则施、孟，然孝宣皇帝犹复广立《谷梁春秋》、梁丘《易》、大小夏侯《尚书》，义虽相反，犹并置之。何则？与其过而废之也，宁过而立之。《传》曰:“文武之道未坠于地，在人；贤者志其大者，不贤者志其小者。”今此数家之言，所以兼包大小之义，岂可偏绝哉！若必专己守残，党同门，妒道真，违明诏，失圣意，以陷于文吏之议，甚为二三君子不取也。

卷二十九　书说类五

与孟尚书书

韩退之

愈白：行官自南回，过吉州，得吾兄二十四日手书数番，忻悚兼至。未审入秋来眠食何似？伏惟万福。

来示云：有人传愈近少信奉释氏。此传之者妄也。潮州时，有一老僧号大颠，颇聪明，识道理，远地无可与语者，故自山召至州郭，留十数日，实能外形骸，以理自胜，不为事物侵乱；与之语，虽不尽解，要自胸中无滞碍，以为难得，因与来往。及祭神至海上，遂造其庐。及来袁州，留衣服为别，乃人之情，非崇信其法，求福田利益也。孔子云："丘之祷久矣。"凡君子行己立身，自有法度，圣贤事业，具在方册，可效可师。仰不愧天，俯不愧人，内不愧心，积善积恶，殃庆自各以其类至。何有去圣人之道，舍先王之法，而从夷狄之教，以求福利也！《诗》不云乎："恺悌君子，求福不回。"《传》又曰："不为威惕，不为利疚。"假如释氏能与人为祸祟，非守道君子之所惧也，况万万无此理。且彼佛者，果何人哉？其行事类君子耶？小人耶？若君子也，必不妄加祸于守道之人；如小人也，其身已死，其鬼不灵。天地神祇，昭布森列，非可诬也，又肯令其鬼行胸臆，作威福于其间哉！进退无所据，而信奉之，亦且惑矣。

且愈不助释氏而排之者，其亦有说。孟子云："今天下不之杨，则之墨。”杨墨交乱，而圣贤之道不明，则三纲沦而九法斁，礼乐崩而夷狄横，几何其不为禽兽也！故曰：“能言距杨墨者，圣人之徒也。”扬子云云：“古者杨墨塞路，孟子辞而辟之，廓如也。”夫杨墨行，正道废，且将数百年以至于秦，卒灭先王之法，烧除其经，坑杀学士，天下遂大乱。及秦灭，汉兴且百年，尚未知修明先王之道，其后始除挟书之律，稍求亡书，招学士，经虽少得，尚皆残缺，十亡二三。故学士多老死，新者不见全经，不能尽知先王之事，各以所见为守，分离乖隔，不合不公。二帝、三王、群圣人之道，于是大坏。后之学者无所寻逐，以至于今泯泯也。其祸出于杨墨肆行而莫之禁故也。孟子虽贤圣，不得位，空言无施，虽切何补？然赖其言，而今学者尚知宗孔氏，崇仁义，贵王贱霸而已。其大经大法皆亡灭而不救，坏烂而不收，所谓存十一于千百，安在其能廓如也！然向无孟氏，则皆服左衽而言侏离矣。故愈尝推尊孟氏，以为功不在禹下者，为此也。汉氏已来，群儒区区修补，百孔千疮，随乱随失，其危如一发引千钧，绵绵延延，浸以微灭。于是时也，而倡释老于其间，鼓天下之众而从之。呜呼！其亦不仁甚矣！释老之害，过于杨墨；韩愈之贤，不及孟子。孟子不能救之于未亡之前，而韩愈乃欲全之于已坏之后。呜呼！其亦不量其力，且见其身之危，莫之救以死也！虽然，使其道由愈而粗传，虽灭死，万万无恨。天地鬼神，临之在上，质之在旁，又安得因一摧折，自毁其道以从于邪也？

籍、湜辈，虽屡指教，不知果能不叛去否？辱吾兄眷厚而不获承命，惟增惭惧。死罪死罪！愈再拜。

与鄂州柳中丞书

韩退之

淮右残孽，尚守巢窟，环寇之师，殆且十万。瞋目语难，自以为武人，不肯循法度，颉颃作气势，窃爵位自尊大者，肩相摩、地相属也。不闻有一人援桴鼓誓众而前者，但日令走马来求赏给，助寇为声势而已。

阁下，书生也，诗、书、礼、乐是习，仁义是修，法度是束。一旦去文就武，鼓三军而进之，陈师鞠旅，亲与为辛苦，慷慨感激，同食下卒，将二州之牧以壮士气，斩所乘马以祭踶死之士，虽古名将，何以加兹？此由天资忠孝，郁于中而大作于外，动皆中于机会，以取胜于当世，而为戎臣师，岂常习于威暴之事，而乐其斗战之危也哉？愈诚怯弱，不适于用，听于下风，窃自增气，夸于中朝稠人广众会集之中，所以羞武夫之颜，令议者知将国兵而为人之司命者，不在彼而在此也。

临敌重慎，诫轻出入，良食自爱，以副见慕之徒之心，而果为国立大功也。幸甚！幸甚！

再与鄂州柳中丞书

韩退之

愈愚不能量事势可否，比常念淮右以靡弊困顿三州之地，蚊蚋蚁虫之聚，感凶竖煦濡饮食之惠，提童子之手坐之堂上，奉以为帅，出死力以抗明诏，战天下之兵，乘机逐利，四出侵暴，屠烧县邑，贼杀不辜，环其地数千里，莫不被其毒，洛、汝、襄、荆、许、颍、淮、江，为之骚然。丞相、公卿、士大夫，劳于图议；握兵之将，熊罴貙虎之士，畏懦蹙蹜，莫肯杖戈为士卒前行者。独阁下奋然率先，扬兵界上，将二州之守，亲出入行间，与士卒均辛苦，生其气势。见将军之锋颖，凛然有向敌之意，用儒雅文字章句之业，取先天下武夫，关其口而夺之气。愚初闻时方食，不觉弃匕箸起立，岂以为阁下真能引孤军单进，与死寇角逐，争一旦侥幸之利哉？就令如是，亦不足贵。其所以服人心，在行事适机宜，而风采可畏爱故也。是以前状辄述鄙诚，眷惠手翰还答，益增忻悚。

夫一众人心力耳目，使所至如时雨，三代用师，不出是道。阁下果能充其言，继之以无倦，得形便之地，甲兵足用，虽国家故所失地，旬岁可坐而得，况此小寇，安足置齿牙间？勉而卒之，以俟其至，幸甚！幸甚！

夫远征军士，行者有羁旅离别之思，居者有怨旷骚动之忧，本军有馈饷烦费之难，地主多姑息形迹之患，急之则怨，缓之则不用命，浮寄孤悬，形势销弱，又与贼不相谙委，临敌恐骇，难以有功。若召募土人，必得豪勇，与贼相熟，知其气力所极，无望风之惊，爱护乡里，勇于自战。征兵满万，不如召募数千。阁下以为何如？傥可上闻行之否？

计已与裴中丞相见，行营事宜，不惜时赐示及。幸甚！不宣。

与崔群书

韩退之

自足下离东都，凡两度枉问，寻承已达。宣州主人仁贤，同列皆君子，虽抱羁旅之念，亦且可以度日。无入而不自得，乐天知命者，固前修之所以御外物者也，况足下度越此等百千辈，岂以出处近远累其灵台耶！宣州虽称清凉高爽，然皆大江之南，风土不并于北，将息之道，当先理其心；心闲无事，然后外患不入，风气所宜，可以审备，小小者亦当自不至矣。足下之贤，虽在穷约，犹能不改其乐，况地至近，官荣禄厚，亲爱尽在左右者耶！所以如此云云者，以为足下贤者，宜在上位，托于幕府，则不为得其所，是以及之，乃相亲重之道耳，非所以待足下者也。

仆自少至今，从事于往还朋友间，一十七年矣，日月不为不久，所与交往相识者千百，人非不多，其相与如骨肉兄弟者，亦且不少。或以事同，或以艺取，或慕其一善，或以其久故；或初不甚知而与之已密，其后无大恶，因不复决舍；或其人虽不皆入于善，而于己已厚，虽欲悔之不可。凡诸浅者固不足道，深者止如此。至于心所仰服，考之言行而无瑕尤，窥之阃奥而不见畛域，明白淳粹，辉光日新者，惟吾崔君一人。仆愚陋无所知晓，然圣人之书，无所不读，其精粗巨细，出入明晦，虽不尽识，抑不可谓不涉其流者也，以此而推之，以此而度之，诚知足下出群拔萃，无谓仆何从而得之也，与足下情义，宁须言而后自明耶！所以言者，惧足下以为吾所与深者多，不置白黑于胸中耳。既谓能粗知足下，而复惧足下之不我知，亦过也。

比亦有人说足下诚尽善尽美，抑犹有可疑者。仆谓之曰：“何疑？”疑者曰：“君子当有所好、恶，好、恶不可不明。如清河者，人无贤愚，无不说其善，伏其为人，以是而疑之耳。”仆应之曰：“凤皇、芝草，贤愚皆以为美瑞；青天、白日，奴隶亦知其清明。譬之食物，至于遐方异味，则有嗜者，有不嗜者，至于稻也、粱也、脍也、炙也，岂闻有不嗜者哉？”疑者乃解。解不解，于吾崔君无所损益也。

自古贤者少，不肖者多。自省事已来，又见贤者恒不遇，不贤者比肩青紫；贤者恒无以自存，不贤者志满气得；贤者虽得卑位，则旋而死，不贤者或至眉寿。不知造物者意竟如何，无乃所好、恶与人异心哉！又不知无乃都不省记，任其死生寿夭耶！未可知也。人固有薄卿相之官、千乘之位，而甘陋巷菜羹者。同是人也，犹有好恶如此之异者，况天之与人，当必异其所好、恶无疑也。合于天而乖于人，何害？况又时有兼得者耶！崔君崔君，无怠无怠！

仆无以自全活者，从一官于此，转困穷甚，思自放于伊、颍之上，当亦终得之。近者尤衰惫，左车第二牙无故动摇脱去；目视昏花，寻常间便不分人颜色；两鬓半白，头发五分亦白其一；须亦有一茎两茎白者。仆家不幸，诸父诸兄皆康强早世，如仆者又可以图于久长哉！以此忽忽思与足下相见，一道其怀，小儿女满前，能不顾念？足下何由得归北来？仆不乐江南，官满便终老嵩下，足下可相就，仆不可去矣。珍重自爱，慎饮食，少思虑，惟此之望！愈再拜。

答崔立之书

韩退之

斯立足下：仆见险不能止，动不得时，颠顿狼狈，失其所操持，困不知变，以至辱于再三，君子、小人之所悯笑，天下之所背而驰者也。足下犹复以为可教，贬损道德，乃至手笔以问之，扳援古昔，辞义高远，且进且劝，足下之于故旧之道得矣。虽仆亦固望于吾子，不敢望于他人者耳。然尚有似不相晓者，非故欲发余乎？不然，何子之不以丈夫期我也？不能默默，聊复自明。

仆始年十六七时，未知人事，读圣人之书，以为人之仕者皆为人耳，非有利乎己也。及年二十时，苦家贫，衣食不足，谋于所亲，然后知仕之不唯为人耳。及来京师，见有举进士者，人多贵之，仆诚乐之。就求其术，或出礼部所试赋、诗、策等以相示，仆以为可无学而能，因诣州县求举。有司者好恶出于其心，四举而后有成，亦未即得仕。闻吏部有以博学宏词选者，人尤谓之才，且得美仕。就求其术，或出所试文章，亦礼部之类。私怪其故，然犹乐其名，因又诣州府求举。凡二试于吏部，一既得之，而又黜于中书，虽不得仕，人或谓之能焉。退自取所试读之，乃类于俳优者之辞，颜忸怩而心不宁者数月。既已为之，则欲有所成就，书所谓耻过作非者也。因复求举，亦无幸焉，乃复自疑，以为所试与得之者不同其程度。及得观之，余亦无甚愧焉。

夫所谓博学者，岂今之所谓者乎？夫所谓宏辞者，岂今之所谓者乎？诚使古之豪杰之士，若屈原、孟轲、司马迁、相如、扬雄之徒进于是选，必知其怀惭，乃不自进而已耳。设使与夫今之善进取者竞于蒙昧之中，仆必知其辱焉。然彼五子者，且使生于今之世，其道虽不显于天下，其自负何如哉？肯与夫斗筲者决得失于一夫之目而为之忧乐哉！故凡仆之汲汲于进者，其小得，盖欲以具裘葛，养穷孤；其大得，盖欲以同吾之所乐于人耳。其他可否，自计已熟，诚不待人而后知。今足下乃复比之献玉者，以为必俟工人之剖，然后见知于天下，虽两刖足不为病，且无使勍者再克，诚足下相勉之意厚也。然仕进者，岂舍此而无门哉？足下谓我必待是而后进者，尤非相悉之辞也。仆之玉固未尝献，而足固未尝刖，足下无为为我戚戚也。

方今天下风俗尚有未及于古者，边境尚有被甲执兵者，主上不得怡，而宰相以为忧。仆虽不贤，亦且潜究其得失，致之乎吾相，荐之乎吾君，上希卿大夫之位，下犹取一障而乘之。若都不可得，犹将耕于宽闲之野，钓于寂寞之滨，求国家之遗事，考贤人哲士之终始，作唐之一经，垂之于无穷。诛奸谀于既死，发潜德之幽光，二者将必有一可。足下以为仆之玉凡几献，而足凡几刖也？又所谓勍者果谁哉？再克之刑，信如何也？士固信于知己，微足下无以发吾之狂言。

答陈商书

韩退之

愈白：辱惠书，语高而旨深，三四读，尚不能通晓，茫然增愧赧；又不以其浅弊无过人知识，且喻以所守，幸甚！愈敢不吐情实，然自识其不足补吾子所须也。

齐王好竽。有求仕于齐者，操瑟而往，立王之门，三年不得人，叱曰："吾瑟鼓之，能使鬼神上下，吾鼓瑟合轩辕氏之律吕。"客骂之曰："王好竽，而子鼓瑟，瑟虽工，如王不好何？"是所谓工于瑟而不工于求齐也。今举进士于此世，求禄利行道于此世，而为文必使一世人不好，得无与操瑟立齐门者比欤！文虽工，不利于求；求不得，则怒且怨；不知君子必尔为不也？故区区之心，每有来访者，皆有意于不肖者也。

略不辞让，遂尽言之，惟吾子谅察！愈白。

答李秀才书

韩退之

愈白：故友李观元宾，十年之前，示愈别吴中故人诗六章，其首章则吾子也，盛有所称引。元宾行峻洁清，其中狭隘，不能包容，于寻常人不肯苟有论说，因究其所以，于是知吾子非庸众人。时吾子在吴中，其后愈出在外，无因缘相见。元宾既没，其文益可贵重。思元宾而不见，见元宾之所与者，则如元宾焉。今者辱惠书及文章，观其姓名，元宾之声容恍若相接，读其文辞，见元宾之知人，交道之不污。甚矣！子之心有似于吾元宾也。

子之言以愈所为不违孔子，不以雕琢为工，将相从于此。愈敢自爱其道，而以辞让为事乎？然愈之所志于古者，不惟其辞之好，好其道焉尔。读吾子之辞，而得其所用心，将复有深于是者，与吾子乐之，况其外之文乎！愈顿首。

答吕毉山人书

韩退之

愈白：惠书责以不能如信陵执辔者。夫信陵，战国公子，欲以取士声势倾天下而然耳。如仆者，自度若世无孔子，不当在弟子之列。以吾子始自山出，有朴茂之美意，恐未砻磨以世事。又自周后文弊，百子为书，各自名家，乱圣人之宗，后生习传，杂而不贯，故设问以观吾子。其已成熟乎？将以为友也；其未成熟乎？将以讲去其非而趋是耳，不如六国公子有市于道者也。

方今天下入仕，惟以进士、明经及卿大夫之世耳。其人率皆习熟时俗，工于语言，识形势，善候人主意。故天下靡靡，日入于衰坏，恐不复振起，务欲进足下趋死不顾利害去就之人于朝，以争救之耳，非谓当今公卿间无足下辈文学知识也，不得以信陵比。

然足下衣破衣，系麻鞋，率然叩吾门。吾待足下，虽未尽宾主之道，不可谓无意者。足下行天下，得此于人盖寡，乃遂能责不足于我，此真仆所汲汲求者。议虽未中节，其不肯阿曲以事人灼灼明矣。方将坐足下三浴而三熏之，听仆之所为，少安无躁。茅顺甫云：奇气。

答窦秀才书

韩退之

愈少驽怯，于他艺能，自度无可努力，又不通时事，而与世多龃龉，念终无以树立，遂发愤笃专于文学。学不得其术，凡所辛苦而仅有之者，皆符于空言，而不适于实用，又重以自废。是故学成而道益穷，年老而智愈困。今又以罪，黜于朝廷，远宰蛮县，愁忧无聊，瘴疠侵加，惴惴焉无以冀朝夕。

足下年少才俊，辞雅而气锐，当朝廷求贤于不及之时，当道者又皆良有司，操数寸之管，尽盈尺之纸，高可以钓爵位，循序而进，亦不失万一于甲科。今乃乘不测之舟，入无人之地，以相从问文章为事，身勤而事左，辞重而请约，非计之得也。虽使古之君子，积道藏德，遁其光而不曜，胶其口而不传者，遇足下之请恳恳，犹将倒廪倾囷，罗列而进也。若愈之愚不肖，又安敢有爱于左右哉？

顾足下之能足以自奋，愈之所有如前所陈，是以临事愧耻而不敢答也。钱财不足以赒左右之匮急，文章不足以发足下之事业，稛载而往，垂橐而归，足下亮之而已。

答李翊书

韩退之

六月二十六日，愈白李生足下：生之书辞甚高，而其问何下而恭也？能如是，谁不欲告生以其道？道德之归也有日矣，况其外之文乎！抑愈所谓望孔子之门墙而不入其宫者，焉足以知是且非耶？虽然，不可不为生言之。

生所谓立言者是也。生所为者，与所期者甚似而几矣。抑不知生之志，蕲胜于人而取于人邪？将蕲至于古之立言者邪？蕲胜于人而取于人，则固胜于人而可取于人矣。将蕲至于古之立言者，则无望其速成，无诱于势利。养其根而俟其实，加其膏而希其光；根之茂者其实遂，膏之沃者其光晔，仁义之人，其言蔼如也。

抑又有难者。愈之所为，不自知其至犹未也，虽然，学之二十余年矣。始者非三代、两汉之书不敢观，非圣人之志不敢存，处若忘，行若遗，俨乎其若思，茫乎其若迷。当其取于心而注于手也，惟陈言之务去，戛戛乎其难哉！其观于人，不知其非笑之为非笑也。如是者亦有年，犹不改，然后识古书之正伪与虽正而不至焉者，昭昭然白黑分矣，而务去之，乃徐有得也。当其取于心而注于手也，汩汩然来矣。其观于人也，笑之则以为喜，誉之则以为忧，以其犹有人之说者存也。如是者亦有年，然后浩乎其沛然矣。吾又惧其杂也，迎而距之，平心而察之，其皆醇也，然后肆焉。虽然，不可以不养也。行之乎仁义之途，游之乎诗书之源，无迷其途，无绝其源，终吾身而已矣。气，水也；言，浮物也；水大而物之浮者大小毕浮。气之与言犹是也，气盛，则言之短长与声之高下者皆宜。

虽如是，其敢自谓几于成乎？虽几于成，其用于人也奚取焉？虽然，待用于人者，其肖于器邪？用与舍属诸人。君子则不然，处心有道，行已有方，用则施诸人，舍则传诸其徒，垂诸文而为后世法。如是者，其亦足乐乎？其无足乐也？有志乎古者希矣！志乎古，必遗乎今，吾诚乐而悲之。亟称其人，所以劝之，非敢褒其可褒，而贬其可贬也。问于愈者多矣，念生之言，不志乎利，聊相为言之。愈白。此文学《庄子》。

答刘正夫书

韩退之

愈白进士刘君足下：辱笺教以所不及，既荷厚赐，且愧其诚然，幸甚幸甚！凡举进士者，于先进之门何所不往？先进之于后辈，苟见其至，宁可以不答其意邪？来者则接之，举城士大夫莫不皆然，而愈不幸独有接后辈名。名之所存，谤之所归也。

有来问者，不敢不以诚答。或问为文宜何师？必谨对曰："宜师古圣贤人。"曰："古圣贤人所为书具存，辞皆不同，宜何师？"必谨对曰："师其意，不师其辞。"又问曰：文宜易宜难？必谨对曰："无难易，惟其是尔。"如是而已。非固开其为此而禁其为彼也。

夫百物朝夕所见者，人皆不注视也，及睹其异者，则共观而言之。夫文岂异于是乎？汉朝人莫不能为文，独司马相如、太史公、刘向、扬雄为之最。然则用功深者，其收名也远，若皆与世沈浮，不自树立，虽不为当时所怪，亦必无后世之传也。足下家中百物皆赖而用也，然其所珍爱者，必非常物。夫君子之于文，岂异于是乎？今后进之为文，能深探而力取之，以古圣贤人为法者，虽未必皆是，要若有司马相如、太史公、刘向、扬雄之徒出，必自于此，不自于循常之徒也。若圣人之道，不用文则已，用则必尚其能者。能者非他，能自树立，不因循者是也。有文字来，谁不为文？然其存于今者，必其能者也。顾常以此为说耳。

愈于足下，忝同道而先进者，又常从游于贤尊给事，既辱厚赐，又安敢不进其所有以为答也！足下以为何如？愈白。

答尉迟生书

韩退之

愈白尉迟生足下：夫所谓文者，必有诸其中，是故君子慎其实。实之美、恶，其发也不掩。本深而末茂，形大而声宏，行峻而言厉，心醇而气和，昭晰者无疑，优游者有馀。体不备，不可以为成人；辞不足，不可以为成文。愈之所闻者如是，有问于愈者，亦以是对。

今吾子所为皆善矣，谦谦然若不足，而以征于愈，愈又敢有爱于言乎？抑所能言者，皆古之道;古之道，不足以取于今。吾子何其爱之异也！贤公卿大夫，在上比肩；始进之贤士，在下比肩。彼其得之，必有以取之也。子欲仕乎？其往问焉，皆可学也。若独有爱于是而非仕之谓，则愈也尝学之矣，请继今以言。

与冯宿论文书

韩退之

辱示《初筮赋》，实有意思，但力为之，古人不难到。但不知直似古人，亦何得于今人也？

仆为文久，每自测意中以为好，则人必以为恶矣。小称意，人亦小怪之；大称意，即人必大怪之也。时时应事作俗下文字，下笔令人惭，及示人，则人以为好矣。小惭者，亦蒙谓之小好；大惭者，即必以为大好矣。不知古文直何用于今世也，然以俟知者知耳。昔扬子云著《太玄》，人皆笑之，子云之言曰：“世不我知，无害也。后世复有扬子云，必好之矣。”子云死近千载，竟未有扬子云，可叹也！其时桓谭，亦以为雄书胜老子。老子未足道也，子云岂止与老子争强而已乎？此未为知雄者。其弟子侯芭颇知之，以为其师之书胜《周易》，然侯之他文，不见于世，不知其人果如何耳。以此而言，作者不祈人之知也明矣，直百世以俟圣人而不惑，质诸鬼神而无疑耳。足下岂不谓然乎？

近李翱从仆学文，颇有所得。然其人家贫多事，未能卒其业。有张籍者，年长于翱，而亦学于仆，其文与翱相上下，一二年业之，庶几乎至也。然闵其弃俗尚，而从于寂寞之道，以争名于时也。

久不谈，聊感足下能自进于此，故复发愤一道。愈再拜。

与卫中行书

韩退之

大受足下：辱书为赐甚大，然所称道过盛，岂所谓诱之而欲其至于是欤？不敢当，不敢当。其中择其一二近似者而窃取之，则于交友忠而不反于背面者，少似近焉，亦其心之所好耳。行之不倦，则未敢自谓能尔也，不敢当，不敢当。至于汲汲于富贵，以救世为事者，皆圣贤之事业，知其智能谋力能任者也，如愈者又焉能之？

始相识时，方甚贫，衣食于人，其后相见于汴、徐二州，仆皆为之从事，日月有所入，比之前时，丰约百倍，足下视吾饮食衣服，亦有异乎？然则仆之心，或不为此汲汲也。其所不忘于仕进者，亦将小行乎其志耳，此未易遽言也。

凡祸福吉凶之来，似不在我。惟君子得祸为不幸，而小人得祸为恒；君子得福为恒，而小人得福为幸。以其所为，似有以取之也。必曰"君子则吉，小人则凶"者，不可也。贤、不肖存乎己，贵与贱、祸与福存乎天，名声之善、恶存乎人。存乎己者吾将勉之，存乎天、存乎人者吾将任彼而不用吾力焉。其所守者，岂不约而易行哉？足下曰："命之穷通，自我为之。"吾恐未合于道，足下征前世而言之，则知矣。若曰以道德为己任，穷通之来，不接吾心，则可也。

穷居荒凉，草树茂密，出无驴马，因与人绝，一室之内，有以自娱。足下喜吾复脱祸乱，不当安安而居、迟迟而来也。

与孟东野书

韩退之

与足下别久矣，以吾心之思足下，知足下悬悬于吾也。各以事牵，不可合并，其于人人，非足下之为见，而日与之处，足下知吾心乐否也？吾言之而听者谁与？吾唱之而和者谁与？言无听也，唱无和也，独行而无徒也，是非无所与同也，足下知吾心乐否也？

足卜才高气清，行古道，处今世，无田而衣食，事亲左右无违。足下之用心勤矣，足下之处身劳且苦矣，混混与世相浊，独其心追古人而从之，足下之道，其使吾悲也！

去年春，脱汴州之乱，幸不死，无所于归，遂来于此。主人与吾有故，哀其穷，居吾于符离睢上。及秋，将辞去，因被留以职事。默默在此，行一年矣。到今年秋，聊复辞去。江湖，余乐也，与足下终，幸矣。

李习之娶吾亡兄之女，期在后月，朝夕当来此。张籍在和州居丧，家甚贫，恐足下不知，故具此白，冀足下一来相视也，自彼至此虽远，要皆舟行可至，速图之，吾之望也。

春且尽，时气向热，惟侍奉吉庆。愈眼疾比剧，甚无聊。不复一一，愈再拜。

答刘秀才论史书

韩退之

六月九日，韩愈白秀才刘君足下：辱问见爱，教勉以所宜务，敢不拜赐。愚以为凡史氏褒贬大法，《春秋》已备之矣，后之作者，在据事迹实录，则善恶自见。然此尚非浅陋偷惰者所能就，况褒贬邪！孔子圣人，作《春秋》，辱于鲁、卫、陈、宋、齐、楚，卒不遇而死。齐太史氏兄弟几尽；左丘明纪春秋时事以失明，司马迁作《史记》刑诛，班固瘐死，陈寿起又废，卒亦无所至，王隐谤退死家，习凿齿无一足，崔浩、范晔亦族诛，魏收夭绝，宋孝王诛死。足下所称吴兢，亦不闻身贵而今其后有闻也。夫为史者，不有人祸，则有天刑，岂可不畏惧而轻为之哉？

唐有天下二百年矣，圣君、贤相相踵，其余文武士，立功名、跨越前后者不可胜数，岂一人卒卒能纪而传之邪？仆年志已就衰退，不可自敦率，宰相知其无他才能不足用，哀其老穷，龃龉无所合，不欲令四海内有戚戚者，猥言之上，苟加一职荣之耳，非必督责迫蹙，令就功役也。贱不敢逆盛指，行且谋引去。且传闻不同，善恶随人所见，甚者附党憎爱不同，巧造语言，凿空构立善恶事迹，于今何所承受取信，而可草草作传记，令传万世乎？若无鬼神，岂可不自心惭愧？若有鬼神，将不福人？仆虽呆，亦粗知自爱，实不敢率尔为也。

夫圣唐巨迹，及贤士大夫事，皆磊磊轩天地，决不沈没，今馆中非无人，将必有作者勤而纂之。后生可畏，安知不在足下？亦宜勉之！

重答李翊书

韩退之

愈白李生：生之自道其志可也，其所疑于我者非也。人之来者，虽其心异于生，其于我也皆有意焉。君子之于人，无不欲其入于善，宁有不可告而告之，孰有可进而不进也！言辞之不酬，礼貌之不答，虽孔子不得行于互乡，宜乎余之不为也。苟来者，吾斯进之而已矣，乌待其礼逾而情过乎？虽然，生之志，求知于我邪？求益于我邪？其思广圣人之道邪？其欲善其身而使人不可及邪？其何汲汲于知而求待之殊也！贤、不肖固有分矣，生其急乎其所自立，而无患乎人不已知，未尝闻有响大而声微者也，况愈之于生恳恳邪！

属有腹疾，无聊，不果自书。愈白。

上兵部李侍郎书

韩退之

愈少鄙钝，于时事都不通晓；家贫不足以自活，应举觅官，凡二十年矣。薄命不幸，动遭谗谤，进寸退尺，卒无所成。性本好文学，因困阨悲愁，无所告语，遂得究穷于经、传、史记、百家之说，沉潜乎训义，反覆乎句读，砻磨乎事业，而奋发乎文章。凡自唐虞以来，编简所存，大之为河海，高之为山岳，明之为日月，幽之为鬼神，纤之为珠玑华实，变之为雷霆风雨，奇辞奥旨，靡不通达。惟是鄙钝，不通晓于时事，学成而道益穷，年老而智益困。私自怜悼，悔其初心，发秃齿豁，不见知己。夫牛角之歌，辞鄙而义拙；堂下之言，不书于传记。齐桓举以相国，叔向携手以上，然则非言之者难为，听而识之者难遇也。

伏以阁下内仁而外义，行高而德巨，尚贤而与能，哀穷而悼屈，自江而西，既化而行矣。今者入守内职，为朝廷大臣，当天子新即位，汲汲于理化之日，出言举事，宜必施设。既有听之之明，又有振之之力，宁戚之歌，鬷明之言，不发于左右，则后而失其时矣。谨献旧文一卷，扶树教道，有所明白；南行诗一卷，舒忧娱悲，杂以瓌怪之言、时俗之好，所以讽于口而听于耳也。如赐览观，亦有可采。干黩严尊，伏增惶恐。

应科目时与人书

韩退之

月、日，愈再拜：天池之滨，大江之濆，曰有怪物焉，盖非常鳞凡介之品汇匹俦也。其得水，变化风雨，上下于天不难也；其不及水，盖寻常尺寸之间耳。无高山、大陵、旷途、绝险为之关隔也，然其穷涸不能自致乎水，为猵獭之笑者，盖十八九矣。如有力者，哀其穷而运转之，盖一举手一投足之劳也，然是物也，负其异于众也。且曰："烂死于沙泥，吾宁乐之；若俯首帖耳，摇尾而乞怜者，非我之志也。"是以有力者遇之，熟视之若无睹也，其死其生，固不可知也。

今又有有力者当其前矣，聊试仰首一鸣号焉，庸讵知有力者不哀其穷，而忘一举手一投足之劳，而转之清波乎？其哀之，命也；其不哀之，命也；知其在命而且鸣号之者，亦命也。愈今者实有类于是，是以忘其疏愚之罪而有是说焉，阁下其亦怜察之。

为人求荐书

韩退之

某闻木在山，马在肆，遇之而不顾者，虽日累千万人，未为不材与下乘也。及至匠石过之而不睨，伯乐遇之而不顾，然后知其非栋梁之材、超逸之足也。以某在公之宇下非一日，而又辱居姻娅之后，是生于匠石之园，长于伯乐之厩者也。于是而不得知，假有见知者千万人，亦何足云？今幸赖天子每岁诏公卿大夫贡士，若某等比，咸得以荐闻，是以冒进其说以累于执事，亦不自量已。然执事其知某如何哉？昔人有鬻马不售于市者，知伯乐之善相也，从而求之。伯乐一顾，价增三倍。某与其事颇相类，是故终始言之耳。愈再拜。

与陈给事书

韩退之

愈再拜：愈之获见于阁下有年矣，始者亦尝辱一言之誉。贫贱也，衣食于奔走，不得朝夕继见。其后阁下位益尊，伺候于门墙者日益进。夫位益尊，则贱者日隔；伺候于门墙者日益进，则爱博而情不专。愈也道不加修，而文日益有名。夫道不加修，则贤者不与；文日益有名，则同进者忌。始之以日隔之疏，加之以不专之望，以不与者之心，听忌者之说，由是阁下之庭，无愈之迹矣。

去年春，亦尝一进谒于左右矣，温乎其容，若加其新也；属乎其言，若闵其穷也。退而喜也，以告于人。其后于东京取妻子，又不得朝夕继见。及其还也，亦尝一进谒于左右矣，邈乎其容，若不察其愚也；悄乎其言，若不接其情也。退而惧也，不敢复进。

今则释然悟，翻然悔，曰："其邈也，乃所以怒其来之不继也；其悄也，乃所以示其意也。"不敏之诛，无所逃避。不敢遂进，辄自疏其所以，并献近所为《复志赋》已下十首为一卷，卷有标轴；《送孟郊序》一首，生纸写，不加装饰。皆有揩字、注字处，急于自解而谢，不能俟更写，阁下取其意而略其礼可也。愈恐惧再拜。

上宰相书

韩退之

正月二十七日，前乡贡进士韩愈，谨伏光范门下，再拜献书相公阁下：

《诗》之序曰："菁菁者莪，乐育材也。君子能长育人材，则天下喜乐之矣。"其诗曰："菁菁者莪，在彼中阿，既见君子，乐且有仪。"说者曰："菁菁者，盛也。莪，微草也。阿，大陵也。言君子之长育人材，若大陵之长育微草，能使之菁菁然盛也。'既见君子，乐且有仪'云者，天下美之之辞也。"其三章曰："既见君子，锡我百朋。"说者曰："百朋，多之之辞也。言君子既长育人材，又当爵命之，赐之厚禄以宠贵之云尔。"其卒章曰："汎汎扬舟，载沈载浮，既见君子，我心则休。"说者曰："载，载也。沈浮者，物也。言君子之于人才，无所不取，若舟之于物，浮沈皆载之云尔。'既见君子，我心则休'云者，言若此，则天下之心美之也。"君子之于人也，既长育之，又当爵命宠贵之，而于其才无所遗焉。孟子曰："君子有三乐，王天下不与存焉。"其一曰"乐得天下之英才而教育之"。此皆圣人贤士之所极言至论，古今之所宜法者也。然则孰能长育天下之人材，将非吾君与吾相乎？孰能教育天下之英才，将非吾君与吾相乎？幸今天下无事，小大之官，各守其职，钱谷、甲兵之问，不至于庙堂，论道经邦之暇，舍此宜无大者焉。

今有人，生二十八年矣，名不著于农、工、商贾之版，其业则读书著文，歌颂尧、舜之道，鸡鸣而起，孜孜焉亦不为利。其所读皆圣人之书，杨、墨、释、老之学，无所入于其心。其所著皆约六经之旨而成文，抑邪与正，辨时俗之所惑；居穷守约，亦时有感激怨怼奇怪之辞，以求知于天下，亦不悖于教化，妖淫谀佞诪张之说无所出于其中。四举于礼部乃一得，三选于吏部卒无成，九品之位其可望，一亩之宫其可怀，遑遑乎四海无所归，恤恤乎饥不得食，寒不得衣，滨于死而益固，得其所者争笑之。忽将弃其旧而新是图，求老农老圃而为师，悼本志之变化，中夜涕泗交颐，虽不足当诗人、孟子之谓，抑长育之使成材，其亦可矣；教育之使成才，其亦可矣。抑又闻古之君子相其君也，一夫不获其所，若己推而内之沟中。今有人生七年而学圣人之道以修其身，积二十年，不得已一朝而毁之，是亦不获其所矣。伏念今有仁人在上位，若不往告之而遂行，是果于自弃，而不以古之君子之道待吾相也，其可乎？宁往告焉，若不得志，则命也，其亦行矣。

《洪范》曰："凡厥庶民，有猷、有为、有守，汝则念之；不协于极，不罹于咎，皇则受之；而康而色，曰予攸好德，汝则锡之福。"是皆与善之辞也。抑又闻古之人有自进者，而君子不逆之矣。曰"予攸好德，汝则锡之福"之谓也。抑又闻上之设官制禄，必求其人而授之者，非苟慕其才而富贵其身也，盖将用其能理不能，用其明理不明者耳。下之修己立诚，必求其位而居之者，非苟没于利而荣于名也，盖将推己之所余，以济其不足者耳。然则上之于求人，下之于求位，交相求而一其致焉耳。苟以是而为心，则上之道不必难其下，下之道不必难其上，可举而举焉，不必让其自举也；可进而进焉，不必廉于自进也。抑又闻上之化下得其道，则劝赏不必遍加乎天下，而天下从焉，因人之所欲为而遂推之之谓也。今天下不由吏部而仕进者几希矣，主上感伤山林之士有逸遗者，屡诏内外之臣，旁求于四海，而其至者盖阙焉。岂其无人乎哉？亦见国家不以非常之道礼之而不来耳。彼之处隐就闲者亦人耳，其耳目鼻口之所欲，其心之所乐，其体之所安，岂有异于人乎哉！今所以恶衣食，穷体肤，麋鹿之与处，猿狖之与居，固自以其身不能与时从顺俯仰，故甘心自绝而不悔焉。而方闻国家之仕进者，必举于州县，然后升于礼部、吏部，试之以绣绘雕琢之文，考之以声势之逆顺，章句之短长，中其程式者，然后得从下士之列；虽有化俗之方，安边之策，不由是而稍进，万不有一得焉。彼惟恐入山之不深，入林之不密，其影响昧昧，惟恐闻于人也。今若闻有以书进宰相而求仕者，而宰相不辱焉，而荐之天子而爵命之，而布其书于四方，枯槁沉溺魁闳宽通之士，必且洋洋焉动其心，峩峩焉缨其冠，于于焉而来矣。此所谓劝赏不必遍加乎天下，而天下从焉者也，因人之所欲为而遂推之之谓者也。

伏惟览《诗》《书》《孟子》之所指，念育才、锡福之所以，考古之君子相其君之道，而忘自进自举之罪，思设官制禄之故，以诱致山林逸遗之士，庶天下之行道者知所归焉。小子不敢自幸，其尝所著文，辄采其可者若干首，录在异卷，冀辱赐观焉。干渎尊严，伏地待罪。愈再拜。

后十九日复上书

韩退之

二月十六日，前乡贡进士韩愈，谨再拜言相公阁下：

向上书及所著文后，待命凡十有九日，不得命，恐惧不敢逃遁，不知所为。乃复敢自纳于不测之诛，以求毕其说，而请命于左右。

愈闻之：蹈水火者之求免于人也，不惟其父兄子弟之慈爱，然后呼而望之也；将有介于其侧者，虽其所憎怨，苟不至乎欲其死者，则将大其声疾呼而望其仁之也。彼介于其侧者，闻其声而见其事，不惟其父兄子弟之慈爱，然后往而全之也；虽有所憎怨，苟不至乎欲其死者，则将狂奔尽气，濡手足，焦毛发，救之而不辞也。若是者何哉？其势诚急，而其情诚可悲也。愈之强学力行有年矣。愚不惟道之险夷，行且不息以蹈于穷饿之水火，其既危且亟矣，大其声而疾呼矣，阁下其亦闻而见之矣。其将往而全之欤？抑将安而不救欤？有来言于阁下者曰："有观溺于水而爇于火者，有可救之道，而终莫之救也。"阁下且以为仁人乎哉？不然，若愈者，亦君子之所宜动心者也！

或谓愈："子言则然矣，宰相则知子矣，如时不可何！"愈窃谓之不知言者，诚其材能不足当吾贤相之举耳。若所谓时者，固在上位者之为耳，非天之所为也。前五六年时，宰相荐闻，尚有自布衣蒙抽擢者，与今岂异时哉？且今节度观察使及防御、营田诸小使等，尚得自举判官，无间于已仕未仕者；况在宰相，吾君所尊敬者，而曰不可乎？古之进人者，或取于盗，或举于管库。今布衣虽贱，犹足以方于此。情隘辞蹙，不知所裁，亦惟少垂怜察焉。愈再拜。

与汝州卢郎中论荐侯喜状

韩退之

右其人，为文甚古，立志甚坚，行止取舍，有士君子之操。家贫亲老，无援于朝，在举场十余年，竟无知遇。愈常慕其才，而恨其屈，与之还往，岁月已多，尝欲荐之于主司，言之于上位，名卑官贱，其路无由。观其所为文，未尝不掩卷长叹。

去年愈从调选，本欲携持同行，适遇其人自有家事，迍邅坎坷，又废一年。及春末自京还，怪其久绝消息。五月初至此，自言为阁下所知，辞气激扬，面有矜色。曰："侯喜死不恨矣！喜辞亲入关，羁旅道路，见王公数百，未尝有如卢公之知我也。比者分将委弃泥涂，老死草野，今胸中之气，勃勃然复有仕进之路矣。"愈感其言，贺之以酒，谓之曰："卢公，天下之贤刺史也。未闻有所推引，盖难其人而重其事。今子郁为选首，其言'死不恨'固宜也，古所谓知己者正如此耳。身在贫贱，为天下所不知，独见遇于大贤，乃可贵耳。若自有名声，又托形势，此乃市道之事，又何足贵乎！子之遇知于卢公，真所谓知己者也。士之修身立节，而竟不遇知己，前古以来，不可胜数。或日接膝而不相知，或异世而相慕，以其遭逢之难，故曰'士为知己者死'，不其然乎？不其然乎？"

阁下既已知侯生，而愈复以侯生言于阁下者，非为侯生谋也。感知己之难遇，大阁下之德，而怜侯生之心，故因其行而献于左右焉。谨状。

卷三十　书说类六

寄京兆许孟容书

柳子厚

宗元再拜五丈座前：伏蒙赐书诲谕，微悉重厚，欣踊恍惚，疑若梦寐，捧书叩头，悸不自定。伏念得罪来五年，未尝有故旧大臣肯以书见及者。何则？罪、谤交积，群疑当道，诚可怪而畏也。是以兀兀忘行，尤负重忧，残骸馀魂，百病所集，痞结伏积，不食自饱。或时寒热，水火互至，内消肌骨，非独瘴疠为也。忽奉教命，乃知幸为大君子所宥，欲使膏肓沉没，复起为人。夫何素望，敢以及此！

宗元早岁与负罪者亲善，始奇其能，谓可以共立仁义，裨教化。过不自料，勤勤勉励，惟以中正信义为志，以兴尧、舜、孔子之道，利安元元为务，不知愚陋不可力强，其素意如此也。末路阨塞臲卼，事既壅隔，很忤贵近，狂疏缪戾，蹈不测之辜，群言沸腾，鬼神交怒。加以素卑贱，暴起领事，人所不信。射利求进者填门排户，百不一得，一旦快意，更造怨讟。以此大罪之外，诋诃万端，旁午构扇，使尽为敌仇，协心同攻，外连强暴失职者以致其事：此皆丈人所闻见，不敢为他人道说。怀不能已，复载简牍，此人虽万被诛戮，不足塞责，而岂有赏哉！今其党与幸获宽贷，各得善地，无公事坐食俸禄，明德至渥也，尚何敢更俟除弃废痼，以希望外之泽哉？年少气锐，不识几微，不知当不，但欲一心直遂，果陷刑法，皆自所求取得之，又何怪也？

宗元于众党人中，罪状最甚，神理降罚，又不能即死，犹对人言语，求食自活，迷不知耻，日复一日。然亦有大故：自以得姓来二千五百年，代为冢嗣。今抱非常之罪，居夷獠之乡，卑湿昏雾，恐一日填委沟壑，旷坠先绪，以是怛然痛恨，心骨沸热。茕茕孤立，未有子息，荒陬中少士人女子，无与为婚，世亦不肯与罪人亲昵，以是嗣续之重，不绝如缕。每常春秋时飨，孑立捧奠，顾眄无后继者，懔懔然欷歔惴惕，恐此事便已，摧心伤骨，若受锋刃。此诚丈人所共悯惜也。先墓在城南，无异子弟为主。独托村邻，自谴逐来，消息存亡，不一至乡闾，主守者固以益怠，昼夜哀愤，惧便毁伤松柏，刍牧不禁，以成大戾。近世礼重拜扫，今已阙者四年矣，每遇寒食，则北向长号，以首顿地，想田野道路，士女遍满，皂隶庸丐，皆得上父母丘墓，马医、夏畦之鬼，无不受子孙追养者，然此已息望，又何以云哉？城西有数顷田，树果数百株，多先人手自封植，今已荒秽，恐便斩伐，无复爱惜。家有赐书三千卷，尚在善和里旧宅，宅今已三易主，书存亡不可知。皆付受所重，常系心腑，然无可为者。立身一败，万事瓦裂，身残家破，为世大僇，复何敢更望大君子抚慰收恤，尚置人数中邪？是以当食，不知辛咸节适；洗沐盥漱，动逾岁时；一搔皮肤，尘垢满爪。诚忧恐悲伤，无所告诉，以至此也。

自古贤人才士，秉志遵分，被谤议不能自明者，仅以百数。姜坞先生云：韩、柳文及唐人诗内，凡用“仅”字，每以“多”为义。《晋书·刘颂传》：“三代延祚久长，近者五六百岁，远者仅将千载。”《赵王伦传》：“战所杀害仅十万人。”以“仅”为“多”，亦不始唐人矣。故有无兄盗嫂、娶孤女云挝妇翁者，然赖当世豪杰，分明辨别，卒光史籍；管仲遇盗，升为功臣；匡章被不孝之名，孟子礼之。今已无古人之实，为而有诟，欲望世人之明己，不可得也。直不疑买金以偿同舍，刘宽下车归牛乡人，此诚知疑似之不可辩，非口舌所能胜也。郑詹束缚于晋，终以无死；锺仪南音，卒获返国；叔向囚虏，自期必免；范痤骑危，以生易死；蒯通据鼎耳，为齐上客；张苍、韩信伏斧锧，终取将相；邹阳狱中，以书自活；贾生斥逐，复召宣室；倪宽摈死，后至御史大夫；董仲舒、刘向下狱当诛，为汉儒宗：此皆瓌伟博辨奇壮之士，能自解脱。今以恇怯洪涊，下才末伎，又婴恐惧痼病，虽欲慷慨攘臂，自同昔人，愈疏阔矣。

贤者不得志于今，必取贵于后，古之著书者皆是也。宗元近欲务此，然力薄才劣，无异能解，虽欲秉笔覼缕，神志荒耗，前后遗忘，终不能成章。往时读书，自以不至觝滞，今皆顽然无复省录，每读古人一传，数纸以后，则再三伸卷，复观姓氏，旋又废失。假令万一除刑部囚籍，复为士列，亦不堪当世用矣。

伏惟兴哀于无用之地，垂德于不报之所，但以通家宗祀为念，有可动心者，操之勿失。不敢望归扫茔域，退托先人之庐，以尽馀齿；姑遂少北，益轻瘴疠，就婚娶，求胤嗣，有可付托，即冥然长辞，如得甘寝，无复恨矣。书辞繁委，无以自道，然即文以求其志，君子固得其肺肝焉，无任悬恋之至！不宣。宗元再拜。

与萧翰林俛书

柳子厚

思谦兄足下：昨祁县王师范过永州，为仆言得张左司书，道思谦蹇然有当官之心，乃诚助太平者也，仆闻之喜甚。然微王生之说，仆岂不素知邪？所喜者耳与心叶，果于不谬焉尔。

仆不幸，向者进当臲卼不安之势，平居闭门，口舌无数；况又有久与游者乃岌岌而操其间，其求进而退者皆聚为仇怨，造作粉饰，蔓延益肆，非的然昭晰，自断于内，则孰能了仆于冥冥之间哉！然仆当时年三十三，甚少，自御史里行得礼部员外郎，超取显美，欲免世之求进者怪怒媢嫉，其可得乎？凡人皆欲自达，仆先得显处，才不能逾同列，名木能压当世，世之怒仆，宜也。与罪人交十年，官又以是进，辱在附会，圣朝弘大，贬黜甚薄，不能塞众人之怒，谤语转侈，嚣嚣嗷嗷，渐成怪民。饰智求仕者更言仆以悦仇人之心，日为新奇，务相喜可，自以速援引之路，而仆辈坐益困辱，万罪横生，不知其端。伏自思念，过大恩甚，乃以致此。悲夫！人生少得六七十者，今已三十七矣。长来觉日月益促，岁岁更甚，大都不过数十寒暑，则无此身矣，是非荣辱，又何足道！云云不已，只益为罪，兄知之，勿为他人言也。居蛮夷中久，惯习炎毒，昏眊重膇，意以为常。忽遇北风晨起，薄寒中体，则肌革惨懔，毛发萧条，瞿然注视，怵惕以为异候，意绪殆非中国人。楚、越间声音特异，鴂舌啅噪，今听之怡然不怪，已与为类矣。家生小童，皆自然哓哓，昼夜满耳，闻北人言，则啼呼走匿，虽病夫亦怛然骇之。出门见适州闾市井者，其十有八九，杖而后兴，自料居此，尚复几何，岂可更不知止，言说长短，重为一世非笑哉！读《周易》困卦，至“有言不信，尚口乃穷也”，往复益喜，曰：嗟乎！余虽家置一喙以自称道，诟益甚耳！用是更乐瘖默，思与木石为徒，不复致意。今天子兴教化，定邪正，海内皆欣欣怡愉，而仆与四五子者，独沦陷如此，岂非命与！命乃天也，非云云者所制，余又何恨？

独喜思谦之徒，遭时言道。道之行，物得其利，仆诚有罪，然岂不在一物之数邪？身被之，目睹之，足矣，何必攘袂用力而矜自我出邪？果矜之，又非道也。事诚如此，然居理平之世，终身为顽人之类，犹有少耻，未能尽忘。傥因贼平庆赏之际，得以见白，使受天泽余润，虽朽枿败腐，不能生植，犹足蒸出芝菌，以为瑞物；一释废锢，移数县之地，则世必曰罪稍解矣。然后收召魂魄，买土一廛为耕甿，朝夕歌谣，使成文章，庶木铎者采取，献之法官，增圣唐大雅之什，虽不得位，亦不虚为太平之人矣。此在望外，然终欲为兄一言焉。宗元再拜。

与李翰林建书

柳子厚

杓直足下：州传遽至，得足下书，又于梦得处得足下前次一书，意皆勤厚。庄周言逃蓬藋者，闻人足音则跫然喜。仆在蛮夷中，比得足下二书，及致药饵，喜复何言！仆自去年八月来，痞疾稍已，往时间一二日作，今一月乃二三作，用南人槟榔余甘，破决壅隔太过，阴邪虽败，已伤正气，行则膝颤，坐则髀痹；所欲者补气丰血，强筋骨，辅心力，有与此宜者，更致数物。得良方偕至，益善。

永州于楚为最南，状与越相类。仆闷即出游，游复多恐。涉野则有蝮虮、大蜂，仰空视地，寸步劳倦；近水即畏射工、沙虱，含怒窃发，中人形影，动成疮痏。时到幽树好石，暂得一笑，已复不乐。何者？譬如囚拘圜土，一遇和景，负墙搔摩，伸展支体，当此之时，亦以为适，然顾地窥天，不过寻丈，终不得出，岂复能久为舒畅哉？明时百姓，皆获欢乐。仆士人，颇识古今理道，独怆怆如此，诚不足为理世下执事，至比愚夫愚妇又不可得，窃自悼也。

仆曩时所犯，足下适在禁中，备观本末，不复一一言之。今仆癃残顽鄙，不死幸甚，苟为尧人，不必立事程功，唯欲为量移官，差轻罪累，即便耕田艺麻，取老农女为妻，生男育孙，以供力役，时时作文，以咏太平。摧伤之余，气力可想。假令病尽已，身复壮，悠悠人世，越不过为三十年客耳。前过三十七年，与瞬息无异，复所得者，其不足把玩，亦已审矣。杓直以为诚然乎？仆近求得经史诸子数百卷，尝候战悸稍定，时即伏读，颇见圣人用心、贤士君子立志之分。著书亦数十篇。心病，言少次第，不足远寄，但用自释。贫者士之常，今仆虽羸馁，亦甘如饴矣。

足下言已白常州煦仆，仆岂敢众人待常州邪？若众人即不复煦仆矣。然常州未尝有书遗仆，仆安敢先焉？裴应叔、萧思谦，仆各有书，足下求取观之，相戒勿示人。敦诗在近地，简人事，今不能致书，足下默以此书见之，勉尽志虑，辅成一王之法，以宥罪戾。不悉。某白。子厚永州与诸故人书，茅顺甫比之司马子长、韩退之，诚为不逮远甚。而方侍郎遽云：相其风格，不过如《与山巨源绝交书》。则评亦失公矣。子厚气格紧健，自有得于古人，若叔夜文，虽有韵致，而轻弱不出魏、晋文格，如子厚水山记，间用《水经注》兴象，然岂郦道元所能逮耶？

答吴秀才谢示新文书

柳子厚

某白：向得秀才书及文章，类前时所辱远甚，多贺多贺！秀才志为文章，又在族父处，蚤夜孜孜，何畏不日日新又日新也！虽间不奉对，苟文益日新，则若亟见矣。夫观文章，宜若悬衡然，增之铢两则俯，反是则仰，无可私者。秀才诚欲令吾俯乎？则莫若增重其文。今观秀才所增益者，不啻铢两，吾固伏膺而俯矣；愈重，则吾俯兹甚，秀才其懋焉！苟增而不已，则吾首惧至地耳，又何间疏之患乎？还答不悉。宗元白。

卷三十一　书说类七

与尹师鲁书

欧阳永叔

某顿首师鲁十二兄书记：前在京师相别时，约使人如河上。既受命，便遣白头奴出城，而还言不见舟矣。其夕又得师鲁手简，乃知留船以待，怪不如约，方悟此奴懒去而见绐。临行，台吏催苛百端，不比催师鲁人长者有礼，使人惶迫不知所为，是以又不留下书在京师，但深托君贶因书道修意以西。始谋陆赴夷陵，以大暑，又无马，乃作此行。沿汴绝淮，泛大江，凡五千里，用一百一十程，才至荆南。在路无附书处，不知君贶曾作书道修意否？及来此问荆人，云去郢止两程，方喜得作书以奉问。又见家兄，言有人见师鲁过襄州，计今在郢久矣。师鲁欣戚，不问可知。所渴欲问者，别来安否？及家人处之如何？莫苦相尤否？六郎旧疾平否？

修行虽久，然江湖皆昔所游，往往有亲旧留连，又不遇恶风水。老母用术者言，果以此行为幸。又闻夷陵有米、面、鱼如京、洛，又有梨、栗、橘、柚、大笋、茶荈，皆可饮食，益相喜贺。昨日因参转运作庭趋，始觉身是县令矣，其余皆如昔时。师鲁简中，言疑修有自疑之意者，非他，盖惧责人太深以取直耳。今而思之，自决不复疑也。然师鲁又云阍于朋友，此似未知修心。当与高书时，盖已知其非君子，发于极愤而切责之，非以朋友待之也，其所为何足惊骇？洛中来，颇有人以罪出不测见吊者，此皆不知修心也。师鲁又云非忘亲，此又非也。得罪虽死，不为忘亲，此事须相见可尽其说也。五六十年来，天生此辈，沈默畏慎，布在世间，相师成风，忽见吾辈作此事，下至灶门老婢，亦相惊怪，交口议之，不知此事古人日日有也，但问所言当否而已。又有深相赏叹者，此亦是不惯见事人也。可嗟世人，不见如往时事久矣。往时砧斧、鼎镬，皆是烹斩人之物，然士有死不失义，则趋而就之，与几席枕藉之无异。有义君子在旁，见其就死，知其当然，亦不甚叹赏也。史册所以书之者，盖特欲警后世愚懦者，使知事有当然，而不得避尔，非以为奇而诧人也。幸今世用刑至仁慈，无此物，使有而一人就之，不知作何等怪骇也。然吾辈亦自当绝口，不可及前事也。居间僻处，日知进道而已。此事不须言，然师鲁以修有自疑之言，要知修处之如何，故略道也。安道与余在楚州，谈祸福事甚详，安道亦以为然。俟到夷陵写去，然后得知修所以处之之心也。

又常与安道言：每见前世有名人，当论事时，感激不避诛死，真若知义者；及到贬所，则戚戚怨嗟，有不堪之穷愁，形于文字，其心欢戚，无异庸人，虽韩文公不免此累。用此戒安道，慎勿作戚戚之文。师鲁察修此语，则处之之心又可知矣。近世人因言事，亦有被贬者，然或傲逸狂醉，自言我为大不为小，故师鲁相别，自言益慎职无饮酒，此事修今亦遵此语。咽喉自出京愈矣，至今不曾饮酒，到县后勤官，以惩洛中时懒慢矣。夷陵有一路，只数日可至郢，白头奴足以往来。秋寒矣，千万保重！不宣。

寄欧阳舍人书

曾子固

巩顿首载拜舍人先生：去秋人还，蒙赐书，及所撰先大父墓碑铭，反复观诵，感与惭并。

夫铭志之著于世，义近于史，而亦有与史异者。盖史之于善恶，无所不书。而铭者，盖古之人有功德、材行、志义之美者，惧后世之不知，则必铭而见之；或纳于庙，或存于墓，一也。苟其人之恶，则于铭乎何有？此其所以与史异也。其辞之作，所以使死者无有所憾，生者得致其严。而善人喜于见传，则勇于自立；恶人无有所纪，则以愧而惧。至于通材达识，义烈节士，嘉言善状，皆见于篇，则足为后法。警劝之道，非近乎史，其将安近？

及世之衰，人之子孙者，一欲褒扬其亲，而不本乎理，故虽恶人，皆务勒铭，以夸后世。立言者既莫之拒而不为，又以其子孙之所请也，书其恶焉，则人情之所不得，于是乎铭始不实。后之作铭者，常观其人。苟托之非人，则书之非公与是，则不足以行世而传后。故千百年来，公卿大夫至于里巷之士，莫不有铭，而传者盖少；其故非他，托之非人，书之非公与是故也。

然则孰为其人，而能尽公与是与？非畜道德而能文章者无以为也。盖有道德者之于恶人，则不受而铭之，于众人则能辨焉。而人之行，有情善而迹非，有意奸而外淑，有善恶相悬而不可以实指，有实大于名，有名侈于实。犹之用人，非畜道德者，恶能辨之不惑，议之不徇？不惑、不徇，则公且是矣。而其辞之不工，则世犹不传，于是又在其文章兼胜焉。故曰非畜道德而能文章者无以为也，岂非然哉！

然畜道德而能文章者，虽或并世而有，亦或数十年或一二百年而有之。其传之难如此，其遇之难又如此。若先生之道德文章，固所谓数百年而有者也。先祖之言行卓卓，幸遇而得铭其公与是，其传世行后无疑也。而世之学者，每观传记所书古人之事，至其所可感，则往往衋然不知涕之流落也，况其子孙也哉！况巩也哉！其追晞祖德，而思所以传之之由，则知先生推一赐于巩，而及其三世；其感与报，宜若何而图之？

抑又思若巩之浅薄滞拙，而先生进之；先祖之屯蹶否塞以死，而先生显之，则世之魁闳豪杰不世出之士，其谁不愿进于门？潜遁幽抑之士，其谁不有望于世？善谁不为，而恶谁不愧以惧？为人之父祖者，孰不欲教其子孙？为人之子孙者，孰不欲宠荣其父祖？此数美者，一归于先生。既拜赐之辱，且敢进其所以然。所谕世族之次，敢不承教而加详焉。愧甚！不宣。

谢杜相公书

曾子固

伏念昔者，方巩之得祸罚于河滨，去其家四千里之远，南向而望，迅河大淮，埭堰湖江，天下之险，为其阻阨。而以孤独之身，抱不测之疾，茕茕路隅，无攀缘之亲，一见之旧以为之托，又无至行上之可以感人，利势下之可以动俗，惟先人之医药与凡丧之所急，不知所以为赖；而旅榇之重，大惧无以归者。明公独于此时，闵闵勤勤，营救护视，亲屈车骑，临于河上，使其方先人之病，得一意于左右，而医药之有与谋。至其既孤，无外事之夺其哀，而毫发之私，无有不如其欲，莫大之丧，得以卒致而南。其为存全之恩、过越之义如此。

窃惟明公相天下之道，吟颂推说者穷万世，非如曲士汲汲一节之善，而位之极，年之高，天子不敢烦以政；岂乡闾新学，危苦之情，丛细之事，宜以彻于视听，而蒙省察？然明公存先人之故，而所以尽于巩之德如此。盖明公虽不可起而寄天下之政，而爱育天下之人才，不忍一夫失其所之道，出于自然，推而行之，不以进退，而巩独幸遇明公于此时也。

在丧之日，不敢以世俗浅意，越礼进谢；丧除，又惟大恩之不可名，空言之不足陈，徘徊迄今，一书之未进，顾其惭生于心，无须臾废也，伏惟明公终赐亮察。夫明公存天下之义而无有所私，则巩之所以报于明公者，亦为天下之义而已。誓心则然，未敢谓能也。王明清《挥麈录》云：曾密公讳易占，字不疑。为信州玉山令。有过客杨南仲，公厚赆其行。郡将钱仙芝捃摭，以客所受贿。公不自辨，除名徙英州，以赦自便。将诉其事于朝，行次南都而卒。适公子南丰先生在京师，而杜祁公以故相居宋，自来逆旅，为办后事。鼐按：如书所云，“方先人之病，一意于左右”，是密公卒时，子固在侧，王语亦小异也。

上韩枢密书

苏明允

太尉执事；洵著书夫他长，及言兵事，论古今形势，至自比贾谊。所献《权书》，虽古人已往成败之迹，苟深晓其义，施之于今，无所不可。昨因请见，求进末议，太尉许诺，谨撰其说，言语朴直，非有惊世绝俗之谈，甚高难行之论。太尉取其大纲，而无责其纤悉。

盖古者非用兵决胜之为难，而养兵不用之可畏。今夫水，激之山，放之海，决之为沟塍，壅之为沼址，是天下之人能之；委江、河，注淮、泗，汇为洪波，潴为太湖，万世而不溢者，自禹之后未之见也。夫兵者，聚天下不义之徒，授之以不仁之器，而教之以杀人之事。夫惟天下之未安，盗贼之未殄，然后有以施其不义之心，用其不仁之器，而试其杀人之事。当是之时，勇者无余力，智者无余谋，巧者无余技。故其不义之心变而为忠，不仁之器加之于不仁，而杀人之事施之于当杀。及夫天下既平，盗贼既殄，不义之徒聚而不散，勇者有余力，则思以为乱；智者有余谋，则思以为奸；巧者有余技，则思以为诈。于是天下之患，杂然出矣。此段文字，子瞻兄弟策论常拟之，然精爽劲悍，终不逮此。盖虎豹终日而不杀，则跳踉大叫以发其怒；蝮蝎终日而不螫，则噬啮草木以致其毒。其理固然，无足怪者。昔者刘、项奋臂于草莽之间，秦、楚无赖子弟，千百为辈争起而应者，不可胜数。转斗五六年，天下厌兵，项籍死，而高祖亦已老矣。方是时，分王诸将，改定律令，与天下休息。而韩信、黥布之徒，相继而起者七国，高祖死于介胄之间，而莫能止也，连延及于吕氏之祸，讫孝文而后定。是何起之易而收之难也？刘、项之势，初若决河顺流而下，诚有可喜；及其崩溃四出，放乎数百里之间，拱手而莫能救也。呜呼！不有圣人，何以善其后？

太祖、太宗，躬擐甲胄，跋涉险阻，以斩刈四方之蓬蒿，用兵数十年，谋臣猛将满天下。一旦卷甲而休之，传四世而天下无变。此何术也？荆、楚、九江之地，不分于诸将，而韩信、黥布之徒，无以启其心也。虽然，天下无变，而兵久不用，则其不义之心，蓄而无所发，饱食优游，求逞于良民。观其平居无事，出怨言以邀其上，一日有急，是非人得千金不可使也。往年诏天下缮完城池，西川之事，洵实亲见。凡郡县之富民，举而籍其名，得钱数百万，以为酒食馈饷之费，杵声未绝，城辄随坏，如此者数年而后定。卒事，官吏相贺，卒徒相矜，若战胜凯旋而待赏者。比来京师，游阡陌间，其曹往往偶语，无所讳忌，闻之土人，方春时尤不忍闻，盖时五六月矣。会京师忧大水，锄耰畚筑，列于两河之壖，县官日费千万，传呼劳问之声不绝者数十里，犹且睊睊狼顾，莫肯效用。且夫内之如京师之所闻，外之如西川之所亲见，天下之势今何如也？

御将者，天子之事也；御兵者，将之职也。天子者，养尊而处优，树恩而收名，与天下为喜乐者也，故其道不可以御兵。人臣执法而不求情，尽心而不求名，出死力以捍社稷，使天下之心系于一人，而已不与焉。故御兵者人臣之事，不可以累天子也。今之所患，大臣好名而惧谤，好名则多树私恩，惧谤则执法不坚，是以天下之兵，豪纵至此，而莫之或制也。

顷者狄公在枢府，号为宽厚爱人，狎昵士卒，得其欢心，而太尉适承其后。彼狄公者，知御外之术，而不知治内之道，此边将材也。古者兵在外，爱将军而忘天子；在内，爱天子而忘将军。爱将军所以战，爱天子所以守。狄公以其御外之心而施诸其内，太尉不反其道，而何以为治？或者以为兵久骄不治，一旦绳以法，恐因以生乱。昔者郭子仪去河南，李光弼实代之，将至之日，张用济斩于辕门，三军股慄。夫以临淮之悍，而代汾阳之长者，三军之士，竦然如赤子之脱慈母之怀，而立乎严师之侧，何乱之敢生？且夫天子者，天下之父母也；将相者，天下之师也。师虽严，赤子不敢以怨其父母；将相虽厉，天下不敢以咎其君。其势然也。天子者，可以生人，可以杀人，故天下望其生；及其杀之也，天下曰是天子杀之，故天子不可以多杀。人臣奉天子之法，虽多杀，天下无所归怨。此先王所以威怀天下之术也。

伏惟太尉思天下所以长久之道，而无幸一时之名；尽至公之心，而无恤三军之多言。夫天子推深仁以结其心，太尉厉威武以振其惰。彼其思天子之深仁，则畏而不至于怨；思太尉之威武，则爱而不至于骄。君臣之体顺，而畏、爱之道立。非太尉吾谁望邪？

上欧阳内翰书

苏明允

洵布衣穷居，常窃自叹，以为天下之人，不能皆贤，不能皆不肖。故贤人君子之处于世，合必离，离必合。往者天子方有意于治，而范公在相府，富公为枢密副使，执事与余公、蔡公为谏官，尹公驰骋上下，用力于兵革之地。方是之时，天下之人，毛发丝粟之才，纷纷然而起，合而为一。而洵也自度其愚鲁无用之身，不足以自奋于其间，退而养其心，幸其道之将成，而可以复见于当世之贤人君子。不幸道未成，而范公西，富公北，执事与余公、蔡公分散四出，而尹公亦失势，奔走于小官。洵时在京师，亲见其事，忽忽仰天叹息，以为斯人之去，而道虽成，不复足以为荣也。既复自思念：往者众君子之进于朝，其始也必有善犬焉推之，今也亦必有小人焉间之。今之世无复有善人也则已矣，如其不然也，吾何忧焉！姑养其心，使其道大有成而待之何伤！退而处十年，虽未敢自谓其道有成矣，然浩浩乎其胸中若与曩者异。而余公适亦有成功于南方，执事与蔡公复相继登于朝，富公复自外入为宰相，其势将复合为一。喜且自贺，以为道既已粗成，而果将有以发之也。既又反而思其向之所慕望爱悦之而不得见之者，盖有六人焉。今将往见之矣。而六人者，已有范公、尹公二人亡焉，则又为之潸然出涕以悲。呜呼！二人者不可复见矣，而所恃以慰此心者，犹有四人也，则又以自解。思其止于四人也，则又汲汲欲一识其面，以发其心之所欲言。而富公又为天子之宰相，远方寒士，未可遽以言通于其前；而余公、蔡公，远者又在万里外；独执事在朝廷间，而其位差不甚贵，可以叫呼扳援而闻之以言，而饥寒衰老之病，又痼而留之，使不克自至于执事之庭。夫以慕望爱悦其人之心，十年而不得见，而其人已死如范公、尹公二人者，则四人者之中，非其势不可遽以言通者，何可以不能自往而遽已也！

执事之文章，天下之人莫不知之，然窃自以为洵之知之特深，愈于天下之人。何者？孟子之文，语约而意尽，不为巉刻斩绝之言，而其锋不可犯。韩子之文，如长江大河，浑浩流转，鱼鼋蛟龙，万怪惶惑，而抑遏蔽掩，不使自露，而人望见其渊然之光，苍然之色，亦自畏避，不敢迫视。执事之文，纡余委备，往复百折，而条达疏畅，无所间断，气尽语极，急言竭论，而容与闲易，无艰难劳苦之态。此三者，皆断然自为一家之文也。惟李翱之文，其味黯然而长，其光油然而幽，俯仰揖让，有执事之态；陆贽之文，遣言措意，切近的当，有执事之实；而执事之才，又自有过人者。盖执事之文，非孟子、韩子之文，而欧阳子之文也。夫乐道人之善而不谄者，以其人诚足以当之也。彼不知者，则以为誉人以求其悦己也；夫誉人以求其悦己，洵亦不为也。而其所以道执事光明盛大之德，而不自知止者，亦欲执事之知其知我也。虽然，执事之名满于天下，虽不见其文，而固已知有欧阳子矣。而洵也不幸堕在草野泥涂之中，而其知道之心，又近而粗成，欲徒手奉咫尺之书，自托于执事，将使执事何从而知之，何从而信之哉？

洵少年不学，生二十五岁始知读书，从士君子游，年既已晚，而又不遂刻意厉行以古人自期，而视与己同列者，皆不胜己，则遂以为可矣。其后困益甚，然后取古人之文而读之，始觉其出言用意，与己大异，时复内顾，自思其才，则又似夫不遂止于是而已者。由是尽烧其曩时所为文数百篇，取《论语》《孟子》《韩子》及其他圣人贤人之文，而兀然端坐、终日以读之者，七八年矣。方其始也，入其中而惶然，博观于其外而骇然以惊；及其久也，读之益精，而其胸中豁然以明，若人之言固当然者，然犹未敢自出其言也。时既久，胸中之言日益多，不能自制，试出而书之，已而再三读之，浑浑乎觉其来之易矣，然犹未敢以为是也。近所为《洪范论》《史论》凡七篇，执事观其如何？噫嘻！区区而自言，不知者又将以为自誉，以求人之知己也。惟执事思其十年之心，如是之不偶然也而察之。

上王兵部书

苏子瞻

荆州，南北之交，而士大夫往来之冲也。执事以高才盛名，作牧于此，盖亦尝有以相马之说，告于左右者乎？

闻之曰：骐骥之马，一日行千里而不殆，其脊如不动，其足如无所著，升高而不轾，走下而不轩。其伎艺卓绝，而效见明著，至于如此，而天下莫有识者，何也？不知其相而责其伎也。夫马者，有昂首而丰臆，方蹄而密睫，捷乎若深山之虎，旷乎若秋后之兔，远望目若视日，而志不存乎刍粟，若是者飘忽腾踔，去而不知所止。是故古之善相者，立于五达之衢，一目而眄之，闻其一鸣，顾而循其色，马之技尽矣。何者？其相溢于外而不可蔽也。士之贤不肖，见于面颜而发泄于辞气，卓然其有以存乎耳目之间，而必曰久居而后察，则亦名相士者之过矣。

夫轼，西川之鄙人，而荆之过客也。其足迹偶然而至于执事之门，其平生之所治以求闻于后世者，又无所挟持以至于左右，盖亦易疏而难合也。然自蜀至于楚，舟行六十日，过郡十一，县二十有六，取所见郡县之吏数十百人，莫不孜孜论执事之贤，而教之以求通于下吏。且执事何修而得此称也？轼非敢以求知而望其所以先后于仕进之门者，亦徒以为执事立于五达之衢，而庶几乎一目之眄，或有以信其平生尔。夫今之世，岂惟王公择士，士亦有所择。轼将自楚游魏，自魏无所不游，恐他日以不见执事为恨也，是以不敢不进。不宣。

答李端叔书

苏子瞻

轼顿首再拜：闻足下名久矣，又于相识处往往见所作诗文，虽不多，亦足仿佛其为人矣。寻常不通书问，怠慢之罪，犹可阔略。及足下斩然在疚，亦不能以一字奉慰，舍弟子由至，先蒙惠书，又复懒不即答。顽钝废礼，一至于此，而足下终不弃绝，递中再辱手书，待遇益隆，览之面热汗下也。

足下才高识明，不应轻许与人，得非用黄鲁直、秦太虚辈语，真以为然邪？不肖为人所憎，而二子独喜见誉，如人嗜昌歜、羊枣，未易诘其所以然者。以二子为妄则不可，遂欲以移之众口，又大不可也。

轼少年时，读书作文，专为应举而已。既及进士第，贪得不已，又举制策，其实何所有？而其科号为直言极谏，故每纷然诵说古今，考论是非，以应其名耳。人苦不自知，既以此得，因以为实能之，故譊譊至今，坐此得罪几死。所谓“齐虏以口舌得官”，真可笑也。然世人遂以轼为欲立异同，则过矣。妄论利害，搀说得失，此正制科人习气，譬之候虫、时鸟，自鸣自己，何足为损益？轼每怪时人，待轼过重，而足下又复称说如此，愈非其实。得罪以来，深自闭塞，扁舟草履，放浪山水间，与樵渔杂处，往往为醉人所推骂，辄自喜渐不为人识。平生亲友，无一字见及，有书与之亦不答，自幸庶几免矣。足下又复创相推与，甚非所望。

木有瘿，石有晕，犀有通，以取妍于人，皆物之病也。谪居无事，默自观省，回视三十年以来所为，多其病者，足下所见皆故我，非今我也。无乃闻其声不考其情，取其华而遗其实乎？抑将又有取于此也？此事非相见不能尽。自得罪后，不敢作文字，此书虽非文，然信笔书意，不觉累幅，亦不须示人，必喻此意。岁行尽，寒苦，惟万万节哀强食。不次。

上枢密韩太尉书

苏子由

太尉执事：辙生好为文，思之至深，以为文者气之所形；然文不可以学而能，气可以养而致。孟子曰："我善养吾浩然之气。"今观其文章，宽厚宏博，充乎天地之间，称其气之小大。太史公行天下，周览四海名山大川，与燕、赵间豪俊交游，故其文疏荡，颇有奇气。此二子者，岂尝执笔学为如此之文哉？其气充乎其中而溢乎其貌，动乎其言而见乎其文，而不自知也。

辙生十有九年矣。其居家所与游者，不过其邻里乡党之人；所见不过数百里之间，无高山大野可登览以自广；百氏之书，虽无所不读，然皆古人之陈迹，不足以激发其志气。恐遂汩没，故决然舍去，求天下奇闻壮观，以知天地之广大。过秦、汉之故都，恣观终南、嵩、华之高，北顾黄河之奔流，慨然想见古之豪杰。至京师，仰观天子宫阙之壮，与仓廪、府库、城池、苑囿之富且大也，而后知天下之巨丽。见翰林欧阳公，听其议论之宏辩，观其容貌之秀伟，与其门人贤士大夫游，而后知天下之文章聚乎此也。太尉以才略冠天下，天下之所恃以无忧，四夷之所惮以不敢发；入则周公、召公，出则方叔、召虎，而辙也未之见焉。

且夫人之学也，不志其大，虽多而何为？辙之来也，于山见终南、嵩、华之高，于水见黄河之大且深，于人见欧阳公，而犹以为未见太尉也。故愿得观贤人之光耀，闻一言以自壮，然后可以尽天下之大观而无憾矣。

辙年少，未能通习吏事。向之来，非有取于斗升之禄，偶然得之，非其所乐。然幸得赐归待选，使得优游数年之间，将归益治其文，且学为政。太尉苟以为可教而辱教之，又幸矣！

答韶州张殿丞书

王介甫

某启：伏蒙再赐书，示及先君韶州之政，为吏民称颂，至今不绝。伤今之士大夫不尽知，又恐史官不能记载以次前世良吏之后，此皆不肖之孤，言行不足信于天下，不能推扬先人之功绪余烈，使人人得闻知之。所以夙夜愁痛、疚心疾首而不敢息者，以此也。先人之存，某尚少，不得备闻为政之迹，然尝侍左右，尚能记诵教诲之余。盖先君所存，尝欲大润泽于天下，一物枯槁，以为身羞。大者既不得试，已试，乃其小者耳。小者又将泯没而无传，则不肖之孤，罪大衅厚矣，尚何以自立于天地之间邪？阁下勤勤恻恻，以不传为念，非夫仁人君子乐道人之善，安能以及此？

自三代之时，国各有史，而当时之史，多世其家，往往以身死职，不负其意，盖其所传，皆可考据。后既无诸侯之史，而近世非尊爵盛位，虽雄奇俊烈，道德满衍，不幸不为朝廷所称，辄不得见于史。而执笔者，又杂出一时之贵人，观其在廷论议之时，人人得讲其然不，尚或以忠为邪，以异为同，诛当前而不慄，讪在后而不羞，苟以餍其忿好之心而止耳。而况阴挟翰墨以裁前人之善恶，疑可以贷褒，似可以附毁，往者不能讼当否，生者不得论曲直，赏罚谤誉，又不施其间，以彼其私，独安能无欺于冥昧之间邪？善既不尽传，而传者又不可尽信如此，唯能言之君子，有大公至正之道，名实足以信后世者，耳目所遇，一以言载之，则遂以不朽于无穷耳。伏惟阁下，于先人非有一日之雅，馀论所及，无党私之嫌，苟以发潜德为己事，务推所闻，告世之能言而足信者，使得论次以传焉，则先君之不得列于史官，岂有恨哉！

上凌屯田书

王介甫

俞跗，疾医之良者也。其足之所经，耳目之所接，有人于此，狼疾焉而不治，则必欿然以为己病也。虽人也，不以病俞跗焉则少矣。隐而虞俞跗之心，其族姻旧故有狼疾焉，则何如也？未如之何其已，未有可以治焉而忽者也。

今有人于此，弱而孤，壮而屯蹶困塞，先大父弃馆舍于前，而先人从之，两世之柩，窭而不能葬也。尝观传记，至《春秋》过时而不葬，与子思所论未葬不变服，则戚然不知涕之流落也。窃悲夫古之孝子慈孙，严亲之终，如此其甚也。今也乃独以窭故，犯《春秋》之义，拂子思之说，郁其为子孙之心而不得伸，犹人之狼疾也，奚有间哉？

伏惟执事性仁而躬义，闵艰而悼厄，穷人之俞跗也，而又有先人一日之雅焉，某之疾，庶几可以治焉者也。是故不谋于龟，不介于人，跋千里之途，犯不测之川，而造执事之门，自以为得所归也。执事其忽之欤！

答司马谏议书

王介甫

某启：昨日蒙教。窃以为与君实游处相好之日久，而议事每不合，所操之术多异故也。虽欲强聒，终必不蒙见察，故略上报，不复一一自辨。重念蒙君实视遇厚，于反覆不宜卤莽，故今具道所以，冀君实或见恕也。

盖儒者所争，尤在于名实。名实已明，而天下之理得矣。今君实所以见教者，以为侵官、生事、征利、拒谏，以致天下怨谤也。某则以为受命于人主，议法度而修之于朝廷，以授之于有司，不为侵官；举先王之政，以兴利除弊，不为生事；为天下理财，不为征利；辟邪说，难壬人，不为拒谏。至于怨诽之多，则固前知其如此也。

人习于苟且非一日，士大夫多以不恤国事、同俗自媚于众为善，上乃欲变此，而某不量敌之众寡，欲出力助上以抗之，则众何为而不汹汹？然盘庚之迁，胥怨者民也，非特朝廷士大夫而已。盘庚不为怨者故改其度，度义而后动，是而不见可悔故也。如君实责我以在位久，未能助上大有为，以膏泽斯民，则某知罪矣；如曰今日当一切不事事，守前所为而已，则非某之所敢知。

无由会晤，不任区区向往之至！亦自劲悍，而不如昌黎《答吕毉山人》之奇变。

古文辞类纂

下

〔清〕姚鼐 编

长江出版传媒
崇文书局

卷三十二　赠序类一

送董邵南序

韩退之

燕、赵古称多感慨悲歌之士，董生举进士，连不得志于有司，怀抱利器，郁郁适兹土，吾知其必有合也，董生勉乎哉！

夫以子之不遇时，苟慕义强仁者，皆爱惜焉，矧燕、赵之士，出乎其性者哉！然吾尝闻风俗与化移易，吾恶知其今不异于古所云邪？聊以吾子之行卜之也，董生勉乎哉！

吾因子有所感矣，为我吊望诸君之墓，而观于其市，复有昔时屠狗者乎？为我谢曰："明天子在上，可以出而仕矣。"

送王秀才含序

韩退之

吾少时读《醉乡记》，私怪隐居者无所累于世，而犹有是言，岂诚旨于味邪？及读阮籍、陶潜诗，乃知彼虽偃蹇不欲与世接，然犹未能平其心，或为事物是非相感发，于是有托而逃焉者也。若颜氏子操瓢与箪，曾参歌声若出金石，彼得圣人而师之，汲汲每若不可及，其于外也固不暇，尚何麹蘖之托而昏冥之逃邪？吾又以为悲醉乡之徒不遇也。

建中初，天子嗣位，有意贞观、开元之丕绩，在廷之臣争言事，当此时，醉乡之后世又以直废，吾既悲醉乡之文辞，而又嘉良臣之烈，思识其子孙。今子之来见我也，无所挟，吾犹将张之，况文与行不失其世守，浑然端且厚，惜乎吾力不能振之，而其言不见信于世也。于其行，姑与之饮酒。海峰先生云：含蓄深婉，颇近子长。退之文以雄奇胜人，独《董邵南》及此篇，深微屈曲，读之觉高情远韵，可望不可及。

送孟东野序

韩退之

大凡物不得其平则鸣，草木之无声，风挠之鸣；水之无声，风荡之鸣，其跃也或激之，其趋也或梗之，其沸也或炙之；金石之无声，或击之鸣。人之于言也亦然：有不得已者而后言，其歌也有思，其哭也有怀，凡出乎口而为声者，其皆有弗平者乎！

乐也者，郁于中而泄于外者也，择其善鸣者而假之鸣：金、石、丝、竹、匏、土、革、木八者，物之善鸣者也。维天之于时也亦然，择其善鸣者而假之鸣，是故以鸟鸣春，以雷鸣夏，以虫鸣秋，以风鸣冬，四时之相推敚，其必有不得其平者乎！

其于人也亦然，人声之精者为言，文辞之于言，又其精也，尤择其善鸣者而假之鸣，其在唐、虞，皋陶、禹，其善鸣者也，而假以鸣，夔弗能以文辞鸣，又自假于《韶》以鸣。夏之时，五子以其歌鸣，伊尹鸣殷，周公鸣周，凡载于《诗》《书》六艺，皆鸣之善者也。周之衰，孔子之徒鸣之，其声大而远，《传》曰："天将以夫子为木铎。"其弗信矣乎？其末也，庄周以其荒唐之辞鸣；楚，大国也，其亡也以屈原鸣；臧孙辰、孟轲、荀卿，以道鸣者也，杨朱、墨翟、管夷吾、晏婴、老聃、申不害、韩非、慎到、田骈、邹衍、尸佼、孙武、张仪、苏秦之属，皆以其术鸣。秦之兴，李斯鸣之，汉之时，司马迁、相如、扬雄，最其善鸣者也。其下魏、晋氏，鸣者不及于古，然亦未尝绝也，就其善者，其声清以浮，其节数以急，其辞淫以哀，其志弛以肆，其为言也，乱杂而无章。将天丑其德莫之顾邪？何为乎不鸣其善鸣者也？

唐之有天下，陈子昂、苏源明、元结、李白、杜甫、李观，皆以其所能鸣，其存而在下者，孟郊东野，始以其诗鸣，其高出魏、晋，不懈而及于古，其他浸淫乎汉氏矣！从吾游者，李翱、张籍其尤也，三子者之鸣信善矣，抑不知天将和其声而使鸣国家之盛邪？抑将穷饿其身，思愁其心肠，而使自鸣其不幸邪？三子者之命，则悬乎天矣，其在上也奚以喜？其在下也奚以悲？东野之役于江南也，有若不释然者，故吾道其命于天者以解之。

送高闲上人序

韩退之

苟可以寓其巧智，使机应于心，不挫于气，则神完而守固，虽外物至，不胶于心。机应于心，故物不胶于心；不挫于气，故神完守固。韩公此言，本自状所得于文事者，然以之论道亦然。牢笼万物之态，而物皆为我用者，技之精也；曲应万事之情，而事循其天者，道之至也。必离去事物而后静其心，是韩公所斥“解外胶”“泊然”“淡然”者也。以是为道，其道浅矣；以是为技，其术粗矣。尧、舜、禹、汤治天下，养叔治射，庖丁治牛，师旷治音声，扁鹊治病，僚之于丸，秋之于弈，伯伦之于酒，乐之终身不厌，奚暇外慕！夫外慕徙业者，皆不造其堂，不哜其胾者也。

往时张旭善草书，不治他伎，喜怒窘穷，忧悲愉佚，怨恨思慕，酣醉无聊不平，有动于心，必于草书焉发之。观于物，见山水崖谷，鸟兽虫鱼，草木之花实，日月列星，风雨水火，雷霆霹雳，歌舞战斗，天地事物之变，可喜可愕，一寓于书。故旭之书，变动犹鬼神，不可端倪，以此终其身，而名后世。

今闲之于草书，有旭之心哉！不得其心，而逐其迹，未见其能旭也。为旭有道，利害必明，无遗锱铢，情炎于中，利欲斗进，有得有丧，勃然不释，然后一决于书，而后旭可几也。今闲师浮屠氏，一死生，解外胶，是其为心，必泊然无所起；其于世，必淡然无所嗜。泊与淡相遭，颓堕委靡溃败，不可收拾，则其于书，得无象之然乎？

然吾闻浮屠人善幻，多技能，闲如通其术，则吾不能知矣。

送廖道士序

韩退之

五岳于中州，衡山最远；南方之山，巍然高而大者以百数，独衡为宗，最远而独为宗，其神必灵。

衡之南，八九百里，地益高，山益峻，水清而益驶，其最高而横绝南北者岭。郴之为州，在岭之上，测其高下，得三之二焉，中州清淑之气，于是焉穷。气之所穷，盛而不过，必蜿嬗扶舆，磅礴而郁积。衡山之神既灵，而郴之为州又当中州清淑之气，蜿嬗扶舆，磅礴而郁积，其水土之所生，神气之所感，白金、水银、丹砂、石英、钟乳，橘柚之包，竹箭之美，千寻之名材，不能独当也，意必有魁奇忠信材德之民生其间，而吾又未见也，其无乃迷惑溺没于老佛之学而不出邪？

廖师郴民，而学于衡山，气专而容寂，多艺而善游，岂吾所谓魁奇而迷溺者邪？廖师善知人，若不在其身，必在其所与游。访之而不吾告，何也？于其别，申以问之。

送窦从事序

韩退之

逾瓯闽而南，皆百越之地，于天文其次星纪，其星牵牛，连山隔其阴，巨海敵其阳，是维岛居卉服之民，风气之殊，著自古昔，唐之有天下，号令之所加，无异于远近；民俗既迁，风气亦随；雪霜时降，疠疫不兴；濒海之饶，固加于初。是以人之之南海者，若东西州焉。

皇帝临天下二十有二年，诏工部侍郎赵植为广州刺史，尽牧南海之民，署从事扶风窦平，平以文辞进，于其行也，其族人殿中侍御史牟，合东都交游之能文者二十有八人，赋诗以赠之。于是昌黎韩愈嘉赵南海之能得人，壮从事之答于知我，不惮行之远也；女乐贻周之爱其族叔父，能合文辞以宠荣之，作《送窦从事少府平序》。海峰先生曰：起得雄直，惟退之有此。

送杨少尹序

韩退之

昔疏广、受二子，以年老，一朝辞位而去，于时公卿设供张，祖道都门外，车数百两，道旁观者多叹息泣下，共言其贤，汉史既传其事，而后世工画者又图其迹，至今照人耳目，赫赫若前日事。

国子司业杨君巨源，方以其能诗训后进，一旦以年满七十，亦白丞相，去归其乡，世常说古今人不相及，今杨与二疏，其意岂异也？予忝在公卿后，遇病不能出，不知杨侯去时，城门外送者几人，车几两，马几匹，道旁观者亦有叹息知其为贤以否；姜坞先生云："以"、"与"字古通用。《乡射礼》"主人以宾揖"，郑注："以"犹"与"也。又见《召南》诗笺。而太史氏又能张大其事为传，继二疏踪迹否，不落莫否。见今世无工画者，而画与不画，固不论也。然吾闻杨侯之去，丞相有爱而惜之者，白以为其都少尹，不绝其禄；又为歌诗以劝之，京师之长于诗者，亦属而和之。又不知当时二疏之去，有是事否。古今人同不同，未可知也。

中世士大夫以官为家，罢则无所于归。杨侯始冠，举于其乡，歌《鹿鸣》而来也。今之归，指其树曰："某树，吾先人之所种也；某水某丘，吾童子时所钓游也。"乡人莫不加敬，诫子孙以杨侯不去其乡为法。古之所谓乡先生没而可祭于社者，其在斯人与！其在斯人与！唐应德云：前后照应，而错综变化不可言。此等文字，苏、曾、王集内无之。海峰先生云：驰骤跌荡，生动飞扬，曲尽行文之妙。

送李愿归盘谷序

韩退之

太行之阳有盘谷。盘谷之间，泉甘而土肥，草木丛茂，居民鲜少。或曰：谓其环两山之间，故曰盘；或曰：是谷也，宅幽而势阻，隐者之所盘旋。友人李愿居之。

愿之言曰："人之称大丈夫者，我知之矣！利泽施于人，名声昭于时，坐于庙朝，进退百官，而佐天子出令。其在外，则树旗旄，罗弓矢，武夫前呵，从者塞途，供给之人，各执其物，夹道而疾驰。喜有赏，怒有刑。才畯满前，道古今而誉盛德，入耳而不烦。曲眉丰颊，清声而便体，秀外而惠中。飘轻裾、翳长袖、粉白黛绿者，列屋而闲居，妒宠而负恃，争妍而取怜。大丈夫之遇知于天子，用力于当世者之所为也。吾非恶此而逃之，是有命焉，不可幸而致也。

"穷居而野处，升高而望远，坐茂树以终日，濯清泉以自洁。采于山，美可茹；钓于水，鲜可食。起居无时，惟适之安。与其有誉于前，孰若无毁于其后？与其有乐于身，孰若无忧于其心？车服不维，刀锯不加，理乱不知，黜陟不闻。大丈夫不遇于时者之所为也，我则行之。

"伺候于公卿之门，奔走于形势之途，足将进而趑趄，口将言而嗫嚅；处秽污而不羞，触刑辟而诛戮。侥幸于万一，老死而后止者，其于为人贤不肖何如也？"

昌黎韩愈，闻其言而壮之，与之酒，而为之歌曰：

盘之中，维子之宫。盘之土，可以稼。盘之泉，可濯可沿。盘之阻，谁争子所？窈而深，廓其有容。缭而曲，如往而复。嗟盘之乐兮，乐且无殃。虎豹远迹兮，蛟龙遁藏。鬼神守护兮，呵禁不祥。饮则食兮寿而康，无不足兮奚所望？膏吾车兮秣吾马，从子于盘兮，终吾生以徜徉。

送区册序

韩退之

阳山，天下之穷处也。陆有丘陵之险，虎豹之虞；江流悍急，横波之石，廉利侔剑戟，舟上下失势，破碎沦溺者往往有之。县郭无居民，官无丞、尉，夹江荒茅篁竹之间，小吏十余家，皆鸟言夷面。始至，言语不通，画地为字，然后可告以出租赋，奉期约。是以宾客游从之士，无所为而至。

愈待罪于斯，且半岁矣。有区生者，誓言相好，自南海挐舟而来。升自宾阶，仪观甚伟，坐与之语，文义卓然。庄周云："逃空虚者，闻人足音跫然而喜矣。"况如斯人者，岂易得哉？入吾室，闻诗书仁义之说欣然喜，若有志于其间也。与之翳嘉林，坐石矶，投竿而渔，陶然以乐，若能遗外声利，而不厌乎贫贱也。

岁之初吉，归拜其亲，酒壶既倾，序以识别。

送郑尚书序

韩退之

岭之南，其州七十。其二十二隶岭南节度府，其四十余分四府，府各置帅，然独岭南节度为大府。大府始至，四府必使其佐启问起居、谢守地不得即贺以为礼；岁时必遣贺问，致水土物。大府帅或道过其府，府帅必戎服，左握刀，右属弓矢，帕首挎靴，迎郊。及既至，大府帅先入据馆，帅守屏，若将趋入拜庭之为者。大府与之为让，至一再，乃敢改服，以宾主见。适位执爵，皆兴拜，不许乃止。虔若小侯之事大国，有大事，谘而后行。

隶府之州，离府远者至三千里，悬隔山海，使必数月而后能至。蛮夷悍轻，易怨以变。其南州皆岸大海，多洲岛，帆风一日踔数千里，漫澜不见踪迹。控御失所，依险阻，结党仇，机毒矢，以待将吏，撞搪呼号，以相和应。蜂屯蚁杂，不可爬梳。好则人，怒则兽。故常薄其征入，简节而疏目，时有所遗漏，不究切之，长养以儿子。至纷不可治，乃草薙而禽弥之，尽根株痛断乃止。其海外杂国，若耽浮罗、流求、毛人、夷亶之州，林邑、扶南、真腊、干陀利之属，东南际天地以万数。或时候风潮朝贡，蛮胡贾人，舶交海中。若岭南帅得其人，则一边尽治，不相寇盗贼杀，无风鱼之灾、水旱厉毒之患。外国之货日至，珠、香、象、犀、玳瑁奇物，溢于中国，不可胜用。故选帅常重于他镇，非有文武威风、知大体、可畏信者，则不幸往往有事。

长庆三年四月，以工部尚书郑公为刑部尚书，兼御史大夫，往践其任。郑公尝以节镇襄阳，又帅沧、景、德、棣，历河南尹、华州刺史，皆有功德可称道，入朝为金吾将军、散骑常侍、工部侍郎、尚书。家属百人，无数亩之宅，僦屋以居，可谓贵而能贫，为仁者不富之效也。及是命，朝廷莫不悦。将行，公卿大夫士苟能诗者，咸相率为诗，以美朝政，以慰公南行之思。韵必以“来”字者，所以祝公成政而来归疾也。

送殷员外序

韩退之

唐受天命为天子，凡四方万国，不问海内外，无小大，咸臣顺于朝。时节贡水土百物，大者特来，小者附集。

元和睿圣文武皇帝既嗣位，悉治方内就法度。十二年，诏曰：“四方万国，惟回鹘于唐最亲，奉职尤谨。丞相其选宗室四品一人，持节，往赐君长，告之朕意。又选学有经法、通知时事者一人，与之为贰。”由是殷侯侑自太常博士迁尚书虞部员外郎，兼侍御史，朱衣象笏，承命以行。

朝之大夫，莫不出饯。酒半，右庶子韩愈执盏言曰：“殷大夫：今人适数百里，出门惘惘，有离别可怜之色。持被入直三省，丁宁顾婢子，语剌剌不能休。今子使万里外国，独无几微出于言面，岂不真知轻重大丈夫哉！丞相以子应诏，真诚知人。士不通经，果不足用。”于是相属为诗，以道其行云。

送幽州李端公序

韩退之

元年，今相国李公为吏部员外郎，愈尝与偕朝，道语幽州司徒公之贤。曰:“某前年被诏，告礼幽州，入其地，迓劳之使里至，每进益恭。及郊，司徒公红帓首靴袴，握刀在左，右杂佩，朱子《考异》云:方从杭本，“刀”下有“在”字，而读连下文“左”字为句。今按:若如方意，则当云“左握刀，右杂佩”矣。不应握刀在左，亦不应惟右有佩也。“在”为衍字无疑，杭本误也，“左右杂佩”当自为一句。《内则》所谓“左右佩用”是也。鼐按:此当从杭本，作“握刀在左”。盖握刀者，其佩刀之名，若不连“在左”二字，则真为手持刀而见，无是理也。此杂佩，止是戎事之用，如射决之类，与《内则》之杂佩不同。右有而左无，无害。弓矢亦在右，“右杂佩，弓韔服，矢插房”九字相连，《送郑尚书序》“左握刀，右属弓矢”文，正与此同。弓韔服，矢插房，俯立迎道左。某礼辞曰:‘公天子之宰，礼不可如是。’及府，又以其服即事。某又曰:‘公，三公，不可以将服承命。’卒不得辞，上堂，即客阶，坐必东向。”愈曰:“国家失太平于今六十年。夫十日、十二子相配，数穷六十，其将复平，平必自幽州始，乱之所出也。今天子大圣，司徒公勤于礼，庶几帅先河南北之将，来觐奉职，如开元时乎？”李公曰:“然。”今李公既朝夕左右，必数数为上言，元年之言殆合矣。

端公岁时来寿其亲东都，东都之大夫士莫不拜于门。其为人佐甚忠，意欲司徒公功名流千万岁，请以愈言为使归之献。

送王秀才埙序

韩退之

吾尝以为孔子之道大而能博，门弟子不能遍观而尽识也，故学焉而皆得其性之所近。其后离散分处诸侯之国，又各以所能授弟子，原远而末益分。盖子夏之学，其后有田子方。子方之后，流而为庄周，故周之书，喜称子方之为人。荀卿之书，语圣人必曰孔子、子弓。子弓之事业不传，惟太史公书《弟子传》，有姓名字曰馯臂子弓，子弓受《易》于商瞿。孟轲师子思，子思之学，盖出曾子。自孔子殁，群弟子莫不有书，独孟轲氏之传得其宗，故吾少而乐观焉。

太原王埙，示予所为文，好举孟子之所道者。与之言，信悦孟子，而屡赞其文辞。夫沿河而下，苟不止，虽有迟疾，必至于海；如不得其道也，虽疾不止，终莫幸而至焉。故学者必慎其所道。道于杨、墨、老、庄、佛之学，而欲之圣人之道，犹航断港绝潢以望至于海也。故求观圣人之道，必自孟子始。今埙之所由，既几于知道，如又得其船与楫，知沿而不止，呜呼，其可量也哉！海峰先生云：韩公序文，扫除枝叶，体简辞足。

赠张童子序

韩退之

天下之以明二经举于礼部者，岁至三千人。始自县考试，定其可举者，然后升于州若府，其不能中科者不与是数焉。州若府总其属之所升，又考试之如县，加察详焉，定其可举者，然后贡于天子而升之有司，其不能中科者不与是数焉，谓之乡贡。有司者，总州府之所升而考试之，加察详焉，第其可进者，以名上于天子而藏之，属之吏部，岁不及二百人，谓之出身。能在是选者，厥惟艰哉！二经章句仅数十万言，其传注在外，皆诵之，又约知其大说。繇是举者，或远至十余年，然后与乎三千之数，而升于礼部矣；又或远至十余年，然后与乎二百之数，而进于吏部矣。斑白之老半焉，昏塞不能及者，皆不在是限，有终身不得与者焉。

张童子生九年，自州县达礼部，一举而进立于二百之列；又二年，益通二经，有司复上其事，繇是拜卫兵曹之命。人皆谓童子耳目明达，神气以灵，余亦伟童子之独出于等夷也。童子请于其官之长，随父而宁母，岁八月，自京师道陕南，至虢，东及洛师，北过大河之阳，九月始来及郑。自朝之闻人，以及五都之伯长、群吏，皆厚其饩赂，或作歌诗以嘉童子，童子亦荣矣。

虽然，愈将进童子于道，使人谓童子求益者，非欲速成者。夫少之与长也异观：少之时，人惟童子之异；及其长也，将责成人之礼焉。成人之礼，非尽于童子所能而已也。然则童子宜暂息乎其已学者，而勤乎其未学者可也。愈与童子俱陆公之门人也，慕回、路二子之相请赠与处也，故有以赠童子。

与浮屠文畅师序

韩退之

人固有儒名而墨行者，问其名则是，校其行则非，可以与之游乎？如有墨名而儒行者，问其名则非，校其行则是，可以与之游乎？扬子云称“在门墙则挥之，在夷狄则进之”，吾取以为法焉。

浮屠师文畅，喜文章。其周游天下，凡有行，必请于缙绅先生，以求咏歌其所志。贞元十九春，将行东南，柳君宗元为之请，解其装，得所得序、诗累百余篇，非至笃好，其何能致多如是邪？惜其无以圣人之道告之者，而徒举浮屠之说赠焉。夫文畅，浮屠也，如欲闻浮屠之说，当自就其师而问之，何故谒吾徒而来请也？彼见吾君臣父子之懿，文物事为之盛，其心有慕焉，拘其法而未能入，故乐闻其说而请之。如吾徒者，宜当告之以二帝、三王之道，日月星辰之行，天地之所以著，鬼神之所以幽，人物之所以蕃，江河之所以流而语之，不当又为浮屠之说而渎告之也。

民之初生，固若禽兽夷狄然。圣人者立，然后知宫居而粒食，亲亲而尊尊，生者养而死者藏。是故道莫大乎仁义，教莫正乎礼乐刑政。施之于天下，万物得其宜；措之于其躬，体安而气平。尧以是传之舜，舜以是传之禹，禹以是传之汤，汤以是传之文、武，文、武以是传之周公、孔子，书之于册，中国之人世守之。今浮屠者，孰为而孰传之邪？夫鸟，俯而啄，仰而四顾；夫兽，深居而简出，惧物之为己害也：犹且不脱焉，弱之肉，强之食。今吾与文畅，安居而暇食，优游以生死，与禽兽异者，宁可不知其所自邪？夫不知者，非其人之罪也。知而不为者，惑也；悦乎故，不能即乎新者，弱也；知而不以告人者，不仁也；告而不以实者，不信也。余既重柳请，又嘉浮屠能喜文辞，于是乎言。

送石处士序

韩退之

河阳军节度、御史大夫乌公为节度之三月，求士于从事之贤者。有荐石先生者，公曰："先生何如？"曰："先生居嵩、邙、瀍、谷之间，冬一裘，夏一葛，食朝夕，饭一盂、蔬一盘。人与之钱则辞，请与出游，未尝以事辞，劝之仕，不应。坐一室，左右图书。与之语道理，辩古今事当否，论人高下，事后当成败，若河决下流而东注，若驷马驾轻车就熟路，而王良、造父为之先后也，若烛照、数计而龟卜也。"大夫曰："先生有以自老，无求于人，其肯为某来邪？"从事曰："大夫文武忠孝，求士为国，不私于家。方今寇聚于恒，师环其疆，农不耕收，财粟殚亡。吾所处地，归输之途，治法征谋，宜有所出。先生仁且勇，若以义请而强委重焉，其何说之辞？"于是撰书词，具马、币，卜日以授使者，求先生之庐而请焉。

先生不告于妻子，不谋于朋友，冠带出见客，拜受书礼于门内。宵则沐浴，戒行事，载书册，问道所由，告行于常所来往。晨则毕至，张上东门外。酒三行，且起，有执爵而言者曰："大夫真能以义取人，先生真能以道自任，决去就。为先生别。"又酌而祝曰："凡去就出处何常？惟义之归。遂以为先生寿。"又酌而祝曰："使大夫恒无变其初，无务富其家而饥其师，无甘受佞人而外敬正士，无昧于谄言，惟先生是听，以能有成功，保天子之宠命。"又祝曰："使先生无图利于大夫，而私便其身。"先生起拜祝辞曰："敢不敬蚤夜以求从祝规。"于是东都之人士，咸知大夫与先生果能相与以有成也，遂各为歌诗六韵。退，愈为之序云。

送温处士赴河阳军序

韩退之

伯乐一过冀北之野，而马群遂空。夫冀北马多天下，伯乐虽善知马，安能空其群邪？解之者曰："吾所谓空，非无马也，无良马也。伯乐知马，遇其良辄取之，群无留良焉。苟无良，虽谓无马，不为虚语矣。"

东都，固士大夫之冀北也。恃才能深藏而不市者，洛之北涯曰石生，其南涯曰温生。大夫乌公，以鈇钺镇河阳之三月，以石生为才，以礼为罗，罗而致之幕下。未数月也，以温生为才，于是以石生为媒，以礼为罗，又罗而致之幕下。东都虽信多才士，朝取一人焉拔其尤，暮取一人焉拔其尤。自居守、河南尹以及百司之执事，与吾辈二县之大夫，政有所不通，事有所可疑，奚所谘而处焉？士大夫之去位而巷处者，谁与嬉游？小子后生，于何考德而问业焉？缙绅之东西行过是都者，无所礼于其庐。若是而称曰："大夫乌公一镇河阳，而东都处士之庐无人焉。"岂不可也？

夫南面而听天下，其所托重而恃力者，惟相与将耳。相为天子得人于朝廷，将为天子得文武士于幕下，求内外无治，不可得也。愈縻于兹，不能自引去，资二生以待老；今皆为有力者夺之，其何能无介然于怀邪！生既至，拜公于军门，其为吾以前所称为天下贺，以后所称为吾致私怨于尽取也。留守相公，首为四韵诗歌其事，愈因推其意而序之。意含滑稽而文特嫖姚。

赠崔复州序

韩退之

有地数百里，趋走之吏，自长史、司马已下数十人。其禄足以仁其三族，及其朋友故旧，乐乎心，则一境之人喜；不乐乎心，则一境之人惧。丈夫官至刺史，亦荣矣。

虽然，幽远之小民，其足迹未尝至城邑，苟有不得其所，能自直于乡里之吏者鲜矣，况能自辨于县吏乎！能自辨于县吏者鲜矣，况能自辨于刺史之庭乎！由是刺史有所不闻，小民有所不宣。赋有常而民产无恒，水旱疠疫之不期，民之丰约悬于州，县令不以言，连帅不以信，民就穷而敛愈急，吾见刺史之难为也。

崔君为复州，其连帅则于公。崔君之仁，足以苏复人；于公之贤，足以庸崔君。有刺史之荣，而无其难为者，将在于此乎！愈尝辱于公之知，而旧游于崔君，庆复人之将蒙其休泽也，于是乎言。

送水陆运使韩侍御归所治序

韩退之

六年冬，振武军吏走驿马诣阙告饥。公卿廷议，以转运使不得其人，宜选才干之士往换之，鼐按："换"字，见《薛宣传》。吾族子重华适当其任。

至则出赃罪吏九百余人，脱其桎梏，给耒耜与牛，使耕其傍便近地，以偿所负；释其粟之在吏者四十万斛不征。吏得去罪死，假种粮，齿平人有以自效，莫不涕泣感奋，相率尽力以奉其令。而又为之奔走经营，相原隰之宜，指授方法，故连二岁大熟，吏得尽偿其所亡失四十万斛者，而私其赢余，得以苏息，军不复饥。君曰："此未足为天子言。请益募人为十五屯，屯置百三十人，而种百顷。令各就高为堡，东起振武，转而西过云州界，极于中受降城，出入河山之际，六百余里，屯堡相望，寇来不能为暴，人得肆耕其中，少可以罢漕挽之费。"朝廷从其议，秋果倍收，岁省度支钱千三百万。

八年，诏拜殿中侍御史，锡服朱银。其冬来朝，奏曰："得益开田四千顷，则尽可以给塞下五城矣。田五千顷，法当用人七千。臣令吏于无事时督习弓矢，为战守备，因可以制虏，庶几所谓兵农兼事，务一而两得者也。"大臣方持其议。吾以为边军皆不知耕作，开口望哺，有司常僦人以车船自他郡往输，乘沙逆河，远者数千里，人畜死，蹄踵交道，费不可胜计，中国坐耗，而边吏恒苦食不继。今君所请田，皆故秦、汉时郡县地，其课绩又已验白，若从其言，其利未可遽以一二数也。今天子方举群策，以收太平之功，宁使士有不尽用之叹，怀奇见而不得施设也，君又何忧？而中台士大夫亦同言：侍御韩君前领三县，纪纲二州，奏课常为天下第一；行其计于边，其功烈又赫赫如此。使尽用其策，西北边故所没地，可指期而有也。

闻其归，皆相勉为诗以推大之，而属余为序。

送湖南李正字序

韩退之

贞元中，愈从太傅陇西公平汴州，李生之尊府以侍御史管汴之盐铁，日为酒杀羊享宾客，李生则尚与其弟学，读书习文辞，以举进士为业。愈于太傅府年最少，故得交李生父子间。公薨，军乱，军司马、从事皆死，侍御亦被谗，为民日南。其后五年，愈又贬阳山令。今愈以都官郎守东都省，侍御自衡州刺史为亲王长史，亦留此掌其府事。李生自湖南从事，请告来觐。于时太傅府之士，惟愈与河南司录周君独存，其外则李氏父子，相与为四人。离十三年，幸而集处，得燕而举一觞相属，此天也，非人力也。

侍御与周君，于今为先辈成德；李生温然为君子，有诗八百篇，传咏于时。惟愈也业不益进，行不加修，顾惟未死耳。往拜侍御，谒周君，抵李生，退未尝不发愧也。

往时侍御有无尽费于朋友，及今则又不忍其三族之寒饥，聚而馆之，疏远毕至，禄不足以养，李生虽欲不从事于外，其势不可得已也。重李生之还者，皆为诗，愈最故，故又为序云。

爱直赠李君房别

韩退之

左右前后皆正人也，欲其身之不正，乌可得邪？吾观李生，在南阳公之侧，有所不知，知之未尝不为之思；有所不疑，疑之未尝不为之言。勇不动于气，义不陈乎色。南阳公举措施为，不失其宜，天下之所窥观称道洋洋者，抑亦左右前后有其人乎！

凡在此趋公之庭，议公之事者，吾既从而游矣；言而公信之者，谋而公从之者，四方之人，则既闻而知之矣。李生，南阳公之甥也。人不知者，将曰李生之托婚于贵富之家，将以充其所求而止耳，故吾乐为天下道其为人焉。

今之从事于彼也，吾为南阳公爱之；又未知人之举李生于彼者何辞，彼之所以待李生者何道？举不失辞，待不失道，虽失之此足爱惜，而得之彼为欢忻，于李生道犹若也；举之不以吾所称，待之不以吾所期，李生之言，不可出诸其口矣，吾重为天下惜之！

送郑十校理序

韩退之

秘书，御府也，天子犹以为外且远，不得朝夕视，始更聚书集贤殿，别置校雠官，曰学士，曰校理，常以宠丞相为大学士，其它学士，皆达官也。校理则用天下之名能文学者，苟在选，不计其秩次，惟所用之。由是集贤之书盛积，尽秘书所有，不能处其半，书日益多，官日益重。

四年，郑生涵始以长安尉选为校理。人皆曰是宰相子，能恭俭，守教训，好古义，施于文辞者，如是而在选，公卿大夫家之子弟，其劝耳矣！

愈为博士也，始事相公于祭酒；分教东都生也，事相公于东太学；今为郎于都官也，又事相公于居守。三为属吏，经时五年，观道于前后，听教诲于左右，可谓亲薰而炙之矣。其高大远密者，不敢隐度论也；其勤己而务博施，以己之有，欲人之能，不知古君子何如耳。今生始进仕，获重语于天下，而慊慊若不足，真能守其家法矣，其在门者可进贺也。求告来宁，朝夕侍侧，东都士大夫不得见其面，于其行日，分司吏与留守之从事，窃载酒肴，席定鼎门外，盛宾客以饯之。既醉，各为诗五韵，且属愈为序。

送浮屠令纵西游序

韩退之

其行异，其情同，君子与其进可也。令纵，释氏之秀者，又善为文，浮游徜徉，迹接于天下，藩维大臣、文武豪士，令纵未始不褰衣而负业，往造其门下。其有尊行美德，建功树业，令纵从而为之歌颂，典而不谀，丽而不淫，其有中古之遗风与！乘间致密，促席接膝，讥评文章，商较人士，浩浩乎不穷，愔愔乎深而有归，于是乎吾忘令纵之为释氏之子也。其来也云凝，其去也风休；方欢而已辞，虽义而不求。吾于令纵不知其不可也，盍赋诗以道其行乎？

卷三十三　赠序类二

送杨寘序

欧阳永叔

予尝有幽忧之疾，退而闲居，不能治也。既而学琴于友人孙道滋，受宫声数引，久而乐之，不知疾之在其体也。

夫琴之为技小矣。及其至也，大者为宫，细者为羽，操弦骤作，忽然变之：急者凄然以促，缓者舒然以和。如崩崖裂石，高山出泉，而风雨夜至也；如怨夫、寡妇之叹息，雌雄雍雍之相鸣也。其忧深思远，则舜与文王、孔子之遗音也；悲愁感愤，则伯奇孤子、屈原忠臣之所叹也。喜怒哀乐，动人必深，而纯古淡泊，与夫尧舜三代之言语、孔子之文章、《易》之忧患、《诗》之怨刺无以异。其能听之以耳，应之以手，取其和者，道其湮郁，写其幽思，则感人之际，亦有至者焉。

予友杨君，好学有文，累以进士举，不得志，反从荫调，为尉于剑浦。区区在东南数千里外，是其心固有不平者；且少又多疾，而南方少医药，风俗、饮食异宜。以多疾之体，有不平之心，居异宜之俗，其能郁郁以久乎？然欲平其心以养其疾，于琴亦将有得焉。故余作《琴说》以赠其行，且邀道滋酌酒进琴以为别。

送田画秀才宁亲万州序

欧阳永叔

五代之初，天下分为十三四，及建隆之际，或灭或微，其在者犹七国，而蜀与江南地最大。以周世宗之雄，三至淮上，不能举李氏。而蜀亦恃险为阻，秦、陇、山南，皆被侵夺，而荆人缩手归、峡，不敢西窥以争故地。及太祖受天命，用兵不过万人，举两国如一郡县吏，何其伟欤！

当此时，文初之祖，从诸将西平成都，及南攻金陵，功最多，于时语名将者称田氏。田氏功书史官，录世于家，至今而不绝。及天下已定，将卒无所用其武，士君子争以文儒进。故文初将家子，反衣白衣，从乡进士举于有司。彼此一时，亦各遭其势而然也。

文初辞业通敏，为人敦洁可喜。岁之仲春，自荆南西拜其亲于万州，维舟夷陵。予与之登高以望远，遂游东山，窥绿萝溪，坐磐石，文初爱之，数日乃去。夷陵者，其地志云："北有夷山以为名。"或曰："巴峡之险，至此地始平夷。"盖今文初所见，尚未为山川之胜者。由此而上泝江湍，入三峡，险怪奇绝，乃可爱也。

当王师伐蜀时，兵出两道：一自凤州以入，一自归州以取忠、万以西。今之所经，皆王师向所用武处，览其山川，可以慨然而赋矣。茅顺甫云：风韵跌宕。

送徐无党南归序

欧阳永叔

草木鸟兽之为物，众人之为人，其为生虽异，而为死则同，一归于腐坏澌尽泯灭而已。而众人之中，有圣贤者，固亦生且死于其间，而独异于草木鸟兽众人者，虽死而不朽，逾远而弥存也。其所以为圣贤者，修之于身，施之于事，见之于言，是三者，所以能不朽而存也。修于身者，无所不获；施于事者，有得有不得焉；其见于言者，则又有能有不能也。施于事矣，不见于言可也，自《诗》《书》《史记》所传，其人岂必皆能言之士哉！修于身矣，而不施于事，不见于言，亦可也。孔子弟子，有能政事者矣，有能言语者矣，若颜回者，在陋巷，曲肱饥卧而已；其群居，则默然终日如愚人。然自当时群弟子皆推尊之，以为不敢望而及，而后世更百千岁，亦未有能及之者。其不朽而存者，固不待施于事，况于言乎？

予读班固《艺文志》、唐《四库书目》，见其所列，自三代、秦、汉以来，著书之士，多者至百余篇，少者犹三四十篇，其人不可胜数，而散亡磨灭，百不一二存焉，予窃悲其人，文章丽矣，言语工矣，无异草木荣华之飘风，鸟兽好音之过耳也。方其用心与力之劳，亦何异众人之汲汲营营？而忽焉以死者，虽有迟有速，而卒与三者同归于泯灭，夫言之不可恃也盖如此！今之学者，莫不慕古圣贤之不朽，而勤一世以尽心于文字间者，皆可悲也。

东阳徐生，少从予学为文章，稍稍见称于人。既去，而与群士试于礼部，得高第，由是知名。其文辞日进，如水涌而山出，予欲摧其盛气，而勉其思也，故于其归，告以是言。然予固亦喜为文辞者，亦因以自警焉。

郑荀改名序

欧阳永叔

三代之衰，学废而道不明，然后诸子出。自老子厌周之乱，用其小见，以为圣人之术止于此，始非仁义而诋圣智，诸子因之，益得肆其异说。至于战国，荡而不反，然后山渊、齐秦、坚白异同之论兴，圣人之学几乎其息。最后荀卿子，独用诗书之言，贬异扶正，著书以非诸子，尤以劝学为急。荀卿，楚人，尝以学干诸侯不用，退老兰陵，楚人尊之。及战国平，三代诗书未尽出，汉诸大儒贾生、司马迁之徒，莫不尽用荀卿子。盖其为说最近于圣人而然也。

荥阳郑昊，少为诗赋，举进士，已中第，遂弃之，曰："此不足学也。"始从先生长者学问，慨然有好古不及之意。郑君年尚少，而性淳明，辅以强力之志，得其是者而师焉，无不至也。将更其名，数以请，予使之自择，遂改曰“荀”，于是又见其志之果也。夫荀卿者，未尝亲见圣人，徒读其书而得之，然自子思、孟子已下，意皆轻之。使其与游、夏并进于孔子之门，吾不知其先后也。世之学者，苟如荀卿，可谓学矣，而又进焉，则孰能御哉？余既嘉君善自择而慕焉，因为之字曰“叔希”，且以勖其成焉。

送周屯田序

曾子固

士大夫登朝廷，年七十，上书去其位，天子官其一子而听之，亦可谓荣矣，然而有若不释然者。

余为之言曰：“古之士大夫倦而归者，安居几杖，膳羞被服、百物之珍好自若，天子养以燕、飨、饮食、乡射之礼，自比子弟，袒鞲鞠𪏭，以荐其物，咨其辞说，不于庠序于朝廷；时节之赐，与缙绅之礼于其家者，不以朝则以夕。上之听其休，为不敢勤以事；下之自老，为无为而尊荣也。今一日辞事，返其庐，徒御散矣，宾客去矣，百物之顺其欲者不足，人之群嬉属好之交不与，约居而独游，散弃乎山墟、林莽、僻巷、穷闾之间。如此其于长者薄也，亦曷能使其不欿然于心邪！虽然，不及乎尊事，可以委蛇其身而益闲；不享乎珍好，可以窒烦除薄而益安。不去乎深山长谷，岂不足以易其庠序之位；不居其荣，岂有患乎其辱哉！然则古之所以殷勤奉老者，皆世之任事者所自为，于士之倦而归者，顾为烦且劳也。今之置古事者，顾有司为少耳。士之老于其家者，独得其自肆也。然则何为动其意邪？”

余为之言者，尚书屯田员外郎周君中复。周君与先人俱天圣二年进士，与余旧且好也。既为之辨其不释然者，又欲其有以处而乐也。读余言者，可无异周君，而病今之失矣。南丰曾巩序。姜坞先生云：仁宗时，文武官年七十以上，不自请致仕者，司马池、贾昌朝、包拯、吴奎，皆相继被纠劾。周君想亦迫迮而退，非止足而甘引年者也。子固文殆为释讥。文内“乡射”字，疑讹，或易作“大射”，或作“天子养以燕飨食饮射之礼”皆可。《记》云：“有虞氏以燕礼，夏后氏以飨礼，殷人以食礼，周人修而兼用之。”又《行苇》之诗，言饮射而继之以祈黄耇。郑氏《笺》云：周之先王，将养老，先与群臣行射礼，择其可与者为宾。若乡射，则天子无由亲与其间矣。茅顺甫云：议论似属典刑，而文章烟波驰骤不足，读昌黎所送杨少尹致仕序，天壤矣。

赠黎安二生序

曾子固

赵郡苏轼，余之同年友也。自蜀以书至京师遗余，称蜀之士曰黎生、安生者。既而黎生携其文数十万言，安生携其文亦数千言，辱以顾余。读其文，诚闳壮隽伟，善反复驰骋，穷尽事理；而其材力之放纵，若不可极者也。二生固可谓魁奇特起之士，而苏君固可谓善知人者也。

顷之，黎生补江陵府司法参军，将行，请余言以为赠。余曰："余之知生，既得之于心矣，乃将以言相求于外邪？"黎生曰："生与安生之学于斯文，里之人皆笑以为迂阔。今求子之言，盖将解惑于里人。"余闻之，自顾而笑。

夫世之迂阔，孰有甚于余乎？知信乎古，而不知合乎世；知志乎道，而不知同乎俗：此余所以困于今而不自知也。世之迂阔，孰有甚于余乎！今生之迂，特以文不近俗，迂之小者耳，患为笑于里之人。若余之迂大矣，使生持吾言而归，且重得罪，庸讵止于笑乎！然则若余之于生，将何言哉！谓余之迂为善，则其患若此；谓为不善，则有以合乎世，必违乎古；有以同乎俗，必离乎道矣。生其无急于解里人之惑，则于是焉必能择而取之。

遂书以赠二生，并示苏君以为何如也。

送江任序

曾子固

均之为吏，或中州之人，用于荒边侧境山区海聚之间，蛮夷异域之处；或燕、荆、越、蜀海外万里之人，用于中州，以至四遐之乡。相易而往，其山行水涉沙莽之驰，往往则风霜冰雪瘴雾之毒之所侵加，蛇龙虺蜴虎豹之群之所抵触，冲波急洑、隤崖落石之所覆压。其进也，莫不籯粮裹药，选舟易马，刀兵曹伍而后动，戒朝奔夜，变更寒暑而后至。至则宫庐、器械、被服、饮食之具，土风、气候之宜，与夫人民谣俗、语言、习尚之务，其变难遵而其情难得也，则多愁居惕处，叹息而思归。及其久也，所习已安，所蔽已解，则岁月有期，可引而去矣。故不得专一精思，修治具，以宣布天子及下之仁，而为后世可守之法也。或九州之人，各用于其土，不在西封在东境，士不必勤，舟车舆马不必力，而已傅其邑都，坐其堂奥，道途所次，升降之倦，凌冒之虞，无有接于其形，动于其虑。至则耳、目、口、鼻百体之所养，如不出乎其家；父兄六亲故旧之人，朝夕相见，如不出乎其里。山川之形，土田市井，风谣习俗，辞说之变，利害得失，善恶之条贯，非其童子之所闻，则其少长之所游览；非其自得，则其乡之先生老者之所告也。所居已安，所有事之宜，皆已习熟如此，故能专虑致勤，营职事，以宣上恩，而修百姓之急。其施为先后，不待旁咨久察，而与夺损益之几，已断于胸中矣。岂累夫孤客远寓之忧，而以苟且决事哉！

临川江君任，为洪之丰城。此两县者，牛羊之牧相交，树木、果蔬、五谷之垄相入也。所谓九州之人，各用于其土者，孰近于此？既已得其所处之乐，而厌闻饫听其人民之事，而江君又有聪明敏慧之才，廉洁之行，以行其政，吾知其不去图书讲论之适，宾客之好，而所为有馀矣。盖县之治，则民自得于大山深谷之中，而州以无为于上，吾将见江西之幕府，无南向而虑者矣。于其行，遂书以送之。

送傅向老令瑞安序

曾子固

向老傅氏，山阴人，与其兄元老，读书知道理，其所为文辞可喜。太夫人春秋高，而其家故贫，然向老昆弟尤自守，不苟取而妄交，太夫人亦忘其贫。余得之山阴，爱其自处之重，而见其进而未止也，特心与之。

向老用举者，令温之瑞安，将奉其太夫人以往。予谓向老学古，其为令当知所先后。然古之道，盖无所用于今，则向老之所守，亦难合矣。故为之言，庶夫有知予为不妄者，能以此而易彼也。

送石昌言为北使引

苏明允

昌言举进士时，吾始数岁，未学也。忆与群儿戏先府君侧，昌言从旁取枣栗啖我，家居相近，又以亲戚故甚狎。昌言举进士日有名，吾后渐长，亦稍知读书，学句读，属对声律，未成而废。昌言闻吾废学，虽不言，察其意甚恨。后十余年，昌言及第第四人，守官四方，不相闻。吾日以壮大，乃能感悟，摧折复学。又数年，游京师，见昌言长安，相与劳问，如平生欢，出文十数首，昌言甚喜称善。吾晚学无师，虽日为文，中心自惭，及闻昌言说，乃颇自喜。

今十余年，又来京师，而昌言官两制，乃为天子出使万里外强悍不屈之虏廷，建大旆，从骑数百，送车千乘，出都门，意气慨然。自思为儿时，见昌言先府君旁，安知其至此？鼐按：此明允胸襟陋处，昌黎必不然也。富贵不足怪，吾于昌言独自有感也：大丈夫生不为将，得为使，折冲口舌之间，足矣。

往年彭任从富公使还，为我言曰："既出境，宿驿亭，闻介马数万骑驰过，剑槊相摩，终夜有声，从者怛然失色。及明，视道上马迹，尚心掉不自禁。"凡虏所以夸耀中国者，多此类也；中国之人不测也，故或至于震惧而失辞，以为夷狄笑。呜呼！何其不思之甚也！昔者奉春君使冒顿，壮士健马，皆匿不见，是以有平城之役。今之匈奴，吾知其无能为也。孟子曰："说大人则藐之。"况于夷狄，请以为赠。茅顺甫云：文有生色，直当与昌黎《送殷员外》等序相伯仲。海峰先生云：其波澜跌宕，极为老成，句调声响，中窾合节，几并昌黎，而与《殷员外序》实不相似。

仲兄文甫说

苏明允

洵读《易》至《涣》之六四曰："涣其群，元吉。"曰：嗟夫！群者，圣人之所欲涣以混一天下者也。盖余仲兄名涣，而字公群，则是以圣人之所欲解散涤荡者以自命也，而可乎？他日以告。兄曰："子可无为我易之。"洵曰："唯。"既而曰："请以'文甫'易之如何？"

"且兄尝见夫水之与风乎？油然而行，渊然而留，渟洄汪洋，满而上浮者，是水也，而风实起之；蓬蓬然而发乎太空，不终日而行乎四方，荡乎其无形，飘乎其远来，既往而不知其迹之所存者，是风也，而水实形之。今夫风水之相遭乎大泽之陂也，纡余委蛇，蜿蜒沦涟，安而相推，怒而相凌，舒而如云，蹙而如鳞，疾而如驰，徐而如缅，揖让旋辟，相顾而不前；其繁如縠，其乱如雾，纷纭郁扰，百里若一；汩乎顺流，至乎沧海之滨，磅礴汹涌，号怒相轧，交横绸缪，放乎空虚，掉乎无垠，横流逆折，渍旋倾侧，宛转胶戾，鼐按：此段形容风水处极工，惜太袭长卿《上林》耳。回者如轮，萦者如带，直者如燧，奔者如焰，跳者如鹭，跃者如鲤，殊状异态，而风水之极观备矣。故曰'风行水上，涣'。此亦天下之至文也。然而此二物者，岂有求乎文哉？无意乎相求，不期而相遭，而文生焉。是其为文也，非水之文也，非风之文也，二物者，非能为文，而不能不为文也。物之相使，而文出于其间也。故曰'此天下之至文也'。今夫玉，非不温然美矣，而不得以为文；刻镂组绣，非小文矣，而不可以论乎自然。故夫天下之无营而文生之者，唯水与风而已。

"昔者君子之处于世，不求有功，不得已而功成，则天下以为贤；不求有言，不得已而言出，则天下以为口实。呜呼！此不可与他人道之，唯吾兄可也。"

名二子说

苏明允

轮辐盖轸，皆有职乎车，而轼独若无所为者。虽然，去轼，则吾未见其为完车也。轼乎！吾惧汝之不外饰也。

天下之车，莫不由辙，而言车之功，辙不与焉。虽然，车仆马毙，而患不及辙，是辙者，祸福之间。辙乎！吾知免矣！

太息送秦少章

苏子瞻

孔北海与曹公论盛孝章云："孝章实丈夫之雄者也，游谈之士，依以成声。今之少年，喜谤前辈，或讥评孝章，孝章要为有天下重名，九牧之人所共称叹。"吾读至此，未尝不废书太息也。曰："嗟乎，英伟奇逸之士，不容于世俗也久矣。虽然，自今观之，孔北海、盛孝章犹在世，而向之讥评者，与草木同腐久矣。"

昔吾举进士，试于礼部，欧阳文忠公见吾文曰："此我辈人也，吾当避之。"方是时，士以剽裂为文，聚而见讪，且讪公者，所在成市，曾未数年，忽焉若潦水之归壑，无复见一人者。此岂复待后世哉！今吾衰老废学，自视缺然，而天下士不吾弃，以为可以与于斯文者，犹以文忠公之故也。

张文潜、秦少游，此两人者，士之超逸绝尘者也，非独吾云尔，二三子亦自以为莫及也。士骇于所未闻，不能无异同，故纷纷之言，常及吾与二子。吾策之审矣，士如良金美玉，市有定价，岂可以爱憎口舌贵贱之欤？

少游之弟少章，复从吾游，不及期年，而论议日新，若将施于用者，欲归省其亲，且不忍去。呜呼！子行矣，归而求诸兄，吾何加焉！作《太息》一篇，以饯其行，使藏于家，三年然后出之。

日　喻 赠吴彦律

苏子瞻

生而眇者不识日，问之有目者。或告之曰："日之状如铜槃。"扣槃而得其声，他日闻钟，以为日也。或告之曰："日之光如烛。"扪烛而得其形，他日揣籥，以为日也。日之与钟、籥亦远矣，而眇者不知其异，以其未尝见而求之人也。

道之难见也甚于日，而人之未达也，无以异于眇。达者告之，虽有巧譬善导，亦无以过于槃与烛也。自槃而之钟，自烛而之籥，转而相之，岂有既乎？故世之言道者，或即其所见而名之，或莫之见而意之，皆求道之过也。然则道卒不可求与？苏子曰："道可致而不可求。"何谓致？孙武曰："善战者致人，不致于人。"孔子曰："百工居肆以成其事，君子学以致其道。"莫之求而自至，斯以为致也与！

南方多没人，日与水居也，七岁而能涉，十岁而能浮，十五而能没矣。夫没者岂苟然哉？必将有得于水之道者。日与水居，则十五而得其道；生不识水，则虽壮，见舟而畏之。故北方之勇者，问于没人而求所以没，以其言试之河，未有不溺者也。故凡不学而务求道，皆北方之学没者也。

昔者以声律取士，士杂学而不志于道；今也以经术取士，士知求道而不务学。渤海吴君彦律，有志于学者也，方求举于礼部，作《日喻》以告之。

稼　说 送张琥

苏子瞻

曷尝观于富人之稼乎？其田美而多，其食足而有余。其田美而多，则可以更休，而地力得完；其食足而有余，则种之常不后时，而敛之常及其熟。故富人之稼常美，少秕而多实，久藏而不腐。今吾十口之家，而共百亩之田，寸寸而取之，日夜以望之，锄耰铚艾相寻于其上者如鱼鳞，而地力竭矣。种之常不及时，而敛之常不待其熟，此岂能复有美稼哉？

古之人，其才非有以大过今之人也。其平居所以自养，而不敢轻用，以待其成者，闵闵焉，如婴儿之望长也。弱者养之以至于刚，虚者养之以至于充，三十而后仕，五十而后爵。信于久屈之中，而用于至足之后；流于既溢之余，而发于持满之末。此古之人所以大过人，而今之君子所以不及也。

吾少也有志于学，不幸而早得与吾子同年，吾子之得亦不可谓不早也。吾今虽欲自以为不足，而众且妄推之矣。呜呼！吾子其去此而务学也哉？博观而约取，厚积而薄发，吾告子止于此矣。子归过京师而问焉，有曰辙子由者，吾弟也，其亦以是语之。

送孙正之序

王介甫

时然而然，众人也；已然而然，君子也。已然而然，非私已也，圣人之道在焉尔。

夫君子有穷苦颠跌，不肯一失诎已以从时者，不以时胜道也。故其得志于君，则变时而之道若反手然，彼其术素修，而志素定也。时乎杨、墨，已不然者，孟轲氏而已；时乎释、老，已不然者，韩愈氏而已。如孟、韩者，可谓术素修而志素定也，不以时胜道也。惜也不得志于君，使真儒之效，不白于当世，然其于众人也卓矣。呜呼！予观今之世，圆冠峩如，大裾襜如，坐而尧言，起而舜趋，不以孟、韩之心为心者，果异众人乎？

予官于扬，得友曰孙正之。正之行古之道，又善为古文，予知其能以孟、韩之心为心而不已者也。夫越人之望燕为绝域也，北辕而首之，苟不已，无不至。孟、韩之道去吾党，岂若越人之望燕哉？以正之之不已，而不至焉，予未之信也。一日得志于吾君，而真儒之效不白于当世，予亦未之信也。

正之之兄官于温，奉其亲以行，将从之，先为言以处予。予欲默，安得而默也？

卷三十四 赠序类三

周弦斋寿序

归熙甫

弦斋先生，居昆山之千墩浦上，与吾母家周氏居相近也。异时周氏诸老人皆有厚德，饶于积聚，为子弟延师，曲有礼意，而先生尝为之师，诸老人无不敬爱。久之，吾诸舅兄弟，无非先生弟子者。

余少时见吾外祖与先生游处，及吾诸舅兄弟之从先生游，今闻先生老，而强壮如昔，往来千墩浦上，犹能步行十余里。每余见外氏从江南来，言及先生，未尝不思少时之母家之室屋井里，森森如也；周氏诸老人之厚德，浑浑如也；吾外祖之与先生游处，恂恂如也；吾舅若兄弟之从先生游，龂龂如也。今室屋井里非复昔时矣，吾外祖诸老人无存者矣。舅氏，惟长舅存耳，亦先生之弟子也，年七十余矣。兄弟中，河南行省参知政事子和最贵显，亦已解组而归，方日从先生于桑梓之间。俯仰今昔，览时事之变化，人生之难久长如是，是不可不举觞而为之贺也。

嘉靖丁巳某月日，先生八十之诞辰，子和既有文以发其潜德，余虽不见先生久，而少时所识其淳朴之貌，如在目前。吾弟子静复来言于予，亦以予之知先生也。先生名果，字世高，姓周氏，别号弦斋云。

戴素庵七十寿序

归熙甫

戴素庵先生，与吾父同入学宫为弟子员，同为增广生，年相次也；皆以明经工于进士之业，数试京闱不得第。予之为弟子员也，于班行中见先生辈数人，凝然古貌，行坐不敢与之列，有问则拱以对。先生辈亦偃然自处，无不敢当之色。会予以贡入太学，而先生犹为弟子员。又数年，乃与吾父同谒告而归也。

先生家在某所，渡娄江而北，有陂湖之胜，裕州太守龚西野之居在焉。裕州与先生为内外昆弟，然友爱无异亲昆弟，一日无先生，食不甘，寝不安也。先生尝遘危疾，西野行坐视先生而哭之，疾竟以愈，日相从饮酒为欢。盖龚氏之居枕傀儡荡，溯荡而北，重湖相袭，汗漫沉浸，云树围映，乍合乍开，不可穷际，武陵桃源无以过之。西野既解缨组之累，先生亦释弦诵之负，相得于江湖之外，真可谓肥遁者矣！其后西野既逝，先生落然无所向，然其子上舍君，犹严子弟之礼，事先生如父在时，故先生虽家塘南，而常游湖上为多。

今年先生七十，吾族祖某，先生之子婿也，命予以文，为言先生平生甚详，然皆予之素所知者也。因念往时在乡校中，先生与家君已追道前辈事，今又数年，不能复如先生之时矣。俗日益薄，其间有能如龚裕州之与先生乎？而后知先生潜深伏隩，怡然湖水之滨，年寿乌得而不永也？先生长子某，今为学生，而馀子皆向学，不坠其教云。

王母顾孺人六十寿序

归熙甫

王子敬欲寿其母，而乞言于予。予方有腹心之疾，辞不能为，而诸友为之请者数四。则问子敬之所欲言者，而子敬之言曰：

“吾先人生长太平，吾祖为云南布政使，吾外祖为翰林，为御史，以文章、政事，并驰骋于一时。先人在绮纨之间，读书之暇，饮酒博弈，甚乐也。已而吾母病瘘，蓐处者十有八年；先人就选，待次天官，卒于京邸。是时执礼生十年，诸姊妹四人皆少，而吾弟执法方在娠；比先人返葬，执法始生，而吾母之疾亦瘳。自是抚抱诸孤，茕茕在疚。今二十年，少者以长，长者以壮，以嫁以娶，向之在娠者，今亦颀然成大矣。盖执礼兄弟知读书，不敢堕先世之训；而执法以岁之正月，冠而受室，吾母适当六十之诞辰。回思二十年前，如梦如寐，如痛之方定。如涉大海，茫洋浩荡，颠顿于洪波巨浪之中，篙橹俱失，舟人束手，相向号呼，及夫风恬浪息，放舟徐行，遵乎洲渚，举酒相酬，此吾母今日得以少安，而执礼兄弟所以自幸者也。”

噫！子敬之言如是，诸友之所以贺，与予之所以言，亦无出于此矣。“恩斯勤斯，鬻子之闵斯。”子敬兄弟其念之哉！

顾夫人八十寿序

归熙甫

太保顾文康公，以进士第一人，历事孝、武二朝。今天子由南服入继大统，恭上天地祖考徽号，定郊丘之位，肇九庙，飨明堂，秩百神，稽古礼文，粲然具举。一时议礼之臣，往往拔自庶僚，骤登枢要。而公以宿学元老，侍经幄，备顾问，从容法从，三十余年，晚乃进拜内阁，参与密勿。会天子南巡湖湘，恭视显陵，付以留钥之重。盖上虽不遽用公，而眷注隆矣；至于居守大事，天下安危所系，非公莫寄也。夫人主之恩如风雨，而怒如雷霆，有莫测其所以然者。士大夫遭际，承借贵势，恩宠狎至，天下之士，谁不扼腕跂踵而慕艳之？及夫时移事变，有不能自必者，而后知公为天下之全福也。

公薨之后九年，夫人朱氏，年八十，冢孙尚宝君称庆于家，请于其舅上舍梁君，乞一言以纪其盛。盖夫人自笄而从公，与之偕老，寿考则又过之。公之德顺而厚，其《坤》之所以承《乾》乎？夫人之德静而久，其《恒》之所以继《咸》乎？故曰天下之全福也。常以阴阳之数，论女子之致福尤难。自古妇人不得所偶，有乖人道之常者多矣，况非常之宠渥，重之以康宁寿考乎？初公为谕德，有安人之诰；为侍读，有宜人之诰；进宫保，有一品夫人之诰。上崇孝养，册上昭圣皇太后、章圣皇太后徽号，夫人于是朝三宫，亲蚕之礼，旷千载不见矣，上考古事，宪周制，举三缫之礼，夫人陪侍翟车，煌煌乎三代之典，岂不盛哉！

有光辱与公家世通姻好，自念初生之年，高大父作高玄嘉庆堂，公时在史馆，实为之记，所以勖我后人者深矣！其后公予告家居，率乡人子弟释菜于学宫，有光亦与其间。丙申之岁，以计偕上春官，公时以大宗伯领太子詹事，拜公于第，留与饮酒，问乡里故旧甚欢。天暑露坐庭中，酒酣乐作，夜分乃散，可以见太平风流宰相。自惟不佞，荏苒岁年，德业无闻，多所自愧，独于文字少知好之，执笔以纪公之家庆，所不辞云。

守耕说

归熙甫

嘉定唐虔伯，与予一再晤，然心独慕爱其为人。吾友潘子实、李浩卿，皆虔伯之友也。二君数为予言虔伯，予因二君盖知虔伯也。虔伯之舅曰沈翁，以诚长者见称乡里，力耕六十年矣，未有子，得虔伯为其女夫，予因虔伯盖知翁也。

翁名其居之室曰“守耕”，虔伯因二君使予为说。予曰：“耕稼之事，古之大圣大贤当其未遇，不惮躬为之。至孔子乃不复以此教人。盖尝拒樊迟之请，而又曰：‘耕也馁在其中矣。’谓孔子不耕乎？而钓而弋而猎较，则孔子未尝不耕也。孔子以为如适其时，不惮躬为之矣。然可以为君子之时，而不可以为君子之学。君子之学，不耕将以治其耕者，故耕者得常事于耕，而不耕者亦无害于不耕。夫其不耕，非晏然逸己而已也。今天下之事，举归于名，独耕者其实存耳。其余皆晏然逸己而已也。志乎古者，为耕者之实耶？为不耕者之名耶？”作《守耕说》。

二 石 说

归熙甫

乐者仁之声，而生气之发也。孔子称《韶》尽美矣，又尽善也，在齐闻《韶》，则学之三月，不知肉味。考之《尚书》，自尧克明峻德，至舜重华协于帝，四岳、九官、十二牧，各率其职。至于蛮夷率服，若予上下草木鸟兽，至仁之泽，洋洋乎被动植矣。故曰："虞宾在位，群后德让。"又曰："庶尹允谐，鸟兽跄跄，凤凰来仪。"又曰："百兽率舞。"此唐虞太和之景象，在于宇宙之间，而特形于乐耳。《传》曰："夔始制乐，以赏诸侯。"《吕氏春秋》曰："尧命夔击石，以象上帝玉磬之音，以舞百兽。"击石拊石，夔之所能也，百兽率舞，非夔之所能也，此唐、虞之际，仁治之极也。

颜子学于孔子，三月不违仁，而未至于化。孔子告之以为邦，而曰"乐则《韶》舞"，岂骤语以唐、虞之极哉！亦教之礼乐之事，使其行夏之时，乘殷之辂，服周之冕，而歌有虞氏之风，淫声、乱色，无以奸其间。是所谓非礼勿视、听、言、动，而为仁之用达矣。虽然，由其道而舞百兽，仪凤凰，岂远也哉！冉求欲富国足民，而以礼乐俟君子。孔子所以告颜子，即冉求所以俟君子也。欲富国足民，而无俟于礼乐，其敝必至于聚敛。子游能以弦歌试于区区之武城，可谓圣人之徒矣。

自秦以来，长人者无意于教化之事，非一世也。江夏吕侯，为青浦令，政成而民颂之。侯名调音，字宗夔，又自号二石，请予为二石之说，予故推本《尚书》《论语》之义，以达侯之志焉。

张雄字说

归熙甫

张雄既冠，请字于余。余辱为宾，不可以辞，则字之曰子溪。

闻之老子云："知其雄，守其雌，为天下溪；常德不离，复归于婴儿。"此言人有胜人之德，而操之以不敢胜人之心；德处天下之上，而礼居天下之下，若溪之能受，而水归之也。不失其常德，而复归于婴儿，人己之胜心不生，则致柔之极矣。人居天地之间，其才智稍异于人，常有加于愚不肖之心，其才智弥大，其加弥甚，故愚不肖常至于不胜，而求返之。天下之争，始于愚不肖之不胜，是以古之君子，有高天下之才智，而退然不敢以有所加，而天下卒莫之胜，则其致柔之极也。然则雄必能守其雌，是谓天下之溪；不能守雌，不能为天下溪，不足以称雄于天下。

二子字说

归熙甫

予昔游吴郡之西山，西山并太湖，其山曰光福，而仲子生于家，故以福孙名之。其后三年，季子生于安亭，而予在昆山之宣化里，故名曰安孙。于是福孙且冠娶，予因《尔雅》之义，字福孙以子祜，字安孙以子宁。念昔与其母共处颠危困厄之中，室家欢聚之日盖少，非有昔人之勤劳天下，而弗能子其子也。以是志之，盖出于其母之意云。

今母亡久矣，二子能不自伤，而思所以立身行道，求无愧于所生哉！抑此偶与古之羊叔子、管幼安之名同，二公生于晋、魏之世，高风大节，邈不可及，使孔子称之，亦必以为夷、惠之俦。夫士期以自修其身，至于富贵，非所能必，幼安之隐，叔子之仕，予难以拟其后。若其渊雅高尚，以道素自居，则士诚不可一日而无此。不然，要为流俗之人，苟得爵禄功名显于世，亦鄙夫也。

送王篛林南归序

方灵皋

余与篛林交益笃，在辛卯、壬辰间。前此篛林家金坛，余居江宁，率历岁始得一会合。至是余以《南山集》牵连系刑部狱，而篛林赴公车，间一二日必入视余。每朝餐罢，负手步阶除，则篛林推户而入矣。至则解衣盘薄，咨经诹史，旁若无人。同系者或厌苦，讽余曰：“君纵忘此地为圜土，身负死刑，奈旁观者姗笑何？”然篛林至，则不能遽归，余亦不能畏訾謷而闭所欲言也。余出狱编旗籍，寓居海淀。篛林官翰林，每以事入城，则馆其家。海淀距城往返近六十里，而使问朝夕通，事无细大，必以关，忧喜相闻。每阅月逾时，检篛林手书必寸余。戊戌春，忽告余归有日矣。余乍闻，心忡愓，若瞑行驻乎虚空之径，四望而无所归也。篛林曰：“子毋然，吾非不知吾归子无所向，而今不能复顾子。且子为吾计，亦岂宜阻吾行哉？”篛林之归也，秋以为期，而余仲夏出塞门，数附书问息耗，而未得也。今兹其果归乎？吾知篛林抵旧乡，春秋佳日，与亲懿游好，徜徉山水间，酣嘻自适，忽念平生故人，有衰疾远隔幽、燕者，必为北乡惆然而不乐也。

送刘函三序

方灵皋

道之不明久矣！士欲言中庸之言，行中庸之行，而不牵于俗，亦难矣哉！苏子瞻曰：“古之所谓中庸者，尽万物之理而不过；今之所谓中庸者，循循焉为众人之所为。”夫能为众人之所为，虽谓之中庸可也。自吾有知识，见世之苟贱不廉、奸欺而病于物者，皆自谓中庸，世亦以中庸目之。其不然者，果自桎焉，而众皆持中庸之论以议其后。

燕人刘君函三，令池阳，困长官诛求，弃而授徒江淮间。尝语余曰：“吾始不知吏之不可一日以居也。吾百有四十日而去官，食知甘而寝成寐，若昏夜涉江浮海而见其涯，若沉疴之霍然去吾体也。”夫古之君子，不以道徇人，不使不仁加乎其身。刘君所行，岂非甚庸无奇之道哉！而其乡人往往谓君迂怪不合于中庸。与亲昵者，则太息深矉，若哀其行之迷惑不可振救者。

虽然，吾愿君之力行而不惑也。无耳无目之人，贸贸然适于郁栖坑井之中，有耳目者当其前，援之不克，而从以俱入焉，则其可骇诧也加甚矣。凡务为挠君之言者，自以为智，天下之极愚也。奈何乎不畏古之圣人贤人，而畏今之愚人哉！刘君幸藏吾言于心，而勿以示乡之人，彼且以为诪张颇僻，背于中庸之言也。

送左未生南归序

方灵皋

左君未生，与余未相见，而其精神志趋、形貌辞气，早熟悉于刘北固古塘及宋潜虚。既定交，潜虚、北固各分散，余在京师；及归故乡，惟与未生游处为久长。北固客死江夏，余每戒潜虚，当弃声利，与未生归老浮山，而潜虚不能用，余甚恨之。

辛卯之秋，未生自燕南附漕船东下，至淮阴，始知《南山集》祸作，而余已北发，居常自怼曰："亡者则已矣，其存者遂相望而永隔乎？"己亥四月，余将赴塞上，而未生至自桐。沈阳范恒庵高其义，为言于驸马孙公，俾偕行以就余。既至上营八日，而孙死，祁君学圃馆焉。每薄暮公事毕，辄与未生执手溪梁间。因念此地出塞门二百里，自今上北巡，建行宫，始二十年前，此盖人迹所罕至也。余生长东南，及暮齿，而每岁至此涉三时，其山川物色，久与吾精神相凭依，异矣！而未生复与余数晨夕于此，尤异矣！盖天假之缘，使余与未生为数月之聚；而孙之死，又所以警未生而速其归也。

夫古未有生而不死者，亦未有聚而不散者。然常观子美之诗，及退之、永叔之文，一时所与游好，其人之精神志趋、形貌辞气，若近在耳目间，是其人未尝亡，而其交亦未尝散也。余衰病多事，不可自教率。未生归，与古塘各修行著书，以自见于后世，则余所以死而不亡者有赖矣，又何必以别离为戚戚哉！

送李雨苍序

方灵皋

永城李雨苍，力学治古文，自诸经而外，遍观周、秦以来之作者而慎取焉。凡无益于世教人心政法者，文虽工弗列也，言当矣，犹必其人之可。故虽扬雄氏无所录，而过以余之文次焉。

余故与雨苍之弟畏苍交，雨苍私论并世之文，舍余无所可，而守选逾年，不因其弟以通也。雍正六年，以建宁守承事来京师，又逾年，终不相闻。余因是意其为人必笃自信而不苟以悦人者，乃不介而过之，一见如故旧。得余《周官》之说，时辍其所事而手录焉。以行之速，继见之难，固乞余言。

余惟古之为交也，将以求益也。雨苍欲余之有以益也，其何以益余乎？古之治道术者，所学异，则相为蔽而不见其是；所学同，则相为蔽而不见其非。吾愿雨苍好余文而毋匿其非也。

古之人得行其志，则无所为书。雨苍服官，虽历历著声绩，然为天子守大邦，疆域千里，昧爽盥沐，质明而莅事临民，一动一言，皆世教、人心、政法所由兴坏也，一念之不周，一物之不应，则所学为之亏矣。君其并心于所事，而于文则暂辍可也。高洁。

送张闲中序

刘才甫

河流自昔为中国患，禹疏九河，过家门不入，而东南巨野无溃冒淹没之害者，七百七十余年。周定王时，河徙砾溪，九河故道浸以湮灭。自是之后，秦穿漕渠，而汉时河决酸枣、瓠子、馆陶，泛溢淮、泗、兖、豫、梁、楚诸郡，历魏、晋、唐、宋、元、明，数千百载，迄无宁岁。

皇帝御极之元年，命山东按察使齐苏勒总督河务，吾友张君若矩，以通判河上事，效奔走淮水之南，乃畚乃筑，共职维勤，险阻艰虞，罔敢或避。河督称其能，以荐于天子，使署理兖之泇河。四年冬，题补入觐，而是时河水自河南陕州至江南之宿迁，千有余里，清可照烛须眉者，凡月余日不变。可以见太平有道，元首股肱，联为一体，至治翔洽，感格幽冥，天心协而符瑞见，至于此也。

张君既入觐，卒判泇河，将归其官廨，于是吾徒夙与张君有兄弟之好者，各为歌诗以送之。原注：雄直似昌黎。

送沈茱园序

刘才甫

去父母、别兄弟妻子而游，既久而犹不欲归。滫瀡阙，定省违，父母有子，如未尝有子焉者；有兄弟，如未尝有兄弟焉者；有夫而其妻独处，有父而其子无怙，此鳏寡孤独穷民之无告者类也。虽幸而取万乘之公相，亦奚以云？

余在京师五年矣，父母年皆逾六十，兄弟四人，在家者尚一兄一弟，幼子三人皆已死，寡妻在室，是亦可以归矣而不归。嗟乎！余独安能无愧于沈君哉！

沈君，杭州人，其在京师亦数年。一日，其家人遗之书曰："盍归乎来？"沈君不谋于朋友，秣马束装载道。嗟乎！余独安能无愧于沈君哉！沈君行矣，余于沈君复何言！原注：其来如潮水骤至，顷刻之间，消归无有。此等神境，惟昌黎有之。

送姚姬传南归序

刘才甫

古之贤人，其所以得之于天者独全，故生而向学，不待壮而其道已成。既老而后从事，则虽其极日夜之勤劬，亦将徒劳而鲜获。姚君姬传，甫弱冠，而学已无所不窥，余甚畏之。

姬传，余友季和之子，其世父则南青也。忆少时与南青游，南青年才二十，姬传之尊府方垂髫未娶。太夫人仁恭有礼，余至其家，则太夫人必命酒，饮至夜分乃罢。其后余漂流在外，倏忽三十年，归与姬传相见，则姬传之齿已过其尊府与余游之岁矣。明年，余以经学应举，复至京师，无何则闻姬传已举于乡而来，犹未娶也。读其所为诗赋古文，殆欲压余辈而上之。姬传之显名当世，固可前知，独余之穷如曩时，而学殖将落，对姬传不能不慨然而叹也。

昔王文成公童子时，其父携至京师，诸贵人见之，谓宜以第一流自待。文成问何为第一流，诸贵人皆曰："射策甲科为显官。"文成莞尔而笑："恐第一流当为圣贤。"诸贵人乃皆大惭。今天既赋姬传以不世之才，而姬传又深有志于古人之不朽，其射策甲科为显官，不足为姬传道，即其区区以文章名于后世，亦非余之所望于姬传。孟子曰："人皆可以为尧、舜。"以尧、舜为不足为，谓之悖天；有能为尧、舜之资，而自谓不能，谓之慢天。若夫拥旄仗钺，立功青海万里之外，此英雄豪杰之所为，而余以为抑其次也。姬传试于礼部，不售而归，遂书之以为姬传赠。原注：淋漓道宕，欧公学《史记》之文。

卷三十五　诏令类一

初并天下议帝号令

秦始皇

秦初并天下，令丞相、御史曰："异日韩王纳地效玺，请为藩臣，已而倍约，与赵、魏合从畔秦，故兴兵诛之，虏其王，寡人以为善，庶几息兵革。赵王使其相李牧来约盟，故归其质子，已而倍盟，反我太原，故兴兵诛之，得其王。赵公子嘉乃自立为代王，故举兵击灭之。魏王始约服入秦，已而与韩、赵谋袭秦，秦兵吏诛，遂破之。荆王献青阳以西，已而畔约，击我南郡，故发兵诛，得其王，遂定其荆地。燕王昏乱，其太子丹乃阴令荆轲为贼，兵吏诛灭其国。齐王用后胜计，绝秦使，欲为乱，兵吏诛虏其王，平齐地。寡人以眇眇之身，兴兵诛暴乱，赖宗庙之灵，六王咸伏其辜，天下大定。今名号不更，无以称成功，传后世。其议帝号！"

入关告谕

汉高帝

父老苦秦苛法久矣。诽谤者族，耦语者弃市。吾与诸侯约："先入关者王之。"吾当王关中，与父老约法三章耳：杀人者死，伤人，及盗，抵罪。馀悉除去秦法，吏民皆按堵如故。凡吾所以来，为父老除害，非有所侵暴，毋恐！且吾所以军霸上，待诸侯至而定要束耳。

二年发使者告诸侯伐楚

汉高帝

天下共立义帝，北面事之。今项羽放杀义帝于江南，大逆无道。寡人亲为发丧，诸侯皆缟素，悉发关中兵，收三河士，南浮江、汉以下，愿从诸侯王击楚之杀义帝者！

五年赦天下令

汉高帝

兵不得休八年，万民与苦甚。今天下事毕，其赦天下殊死以下。

令吏善遇高爵诏

汉高帝

七大夫公乘以上，皆高爵也。诸侯子及从军归者，甚多高爵。吾数诏吏先与田宅，及所当求于吏者，亟与。爵或人君，上所尊礼，久立吏前，曾不为决，甚亡谓也。异日秦民爵公大夫以上，令、丞与亢礼，今吾于爵非轻也，吏独安取此？且法以有功劳，行田宅，今小吏未尝从军者多满，而有功者顾不得，背公立私，守、尉、长吏教训甚不善。其令诸吏善遇高爵，称吾意。且廉问有不如吾诏者，以重论之。

六年上太公尊号诏

汉高帝

人之至亲，莫亲于父子。故父有天下，传归于子；子有天下，尊归于父。此人道之极也。前日天下大乱，兵革并起，万民苦殃。朕亲被坚执锐，自帅士卒，犯危难，平暴乱，立诸侯，偃兵息民，天下大安。此皆太公之教训也。诸王、通侯、将军、群卿大夫，已尊朕为皇帝，而太公未有号，今上尊太公曰“太上皇”。

十一年求贤诏

汉高帝

盖闻王者莫高于周文，伯者莫高于齐桓，皆待贤人而成名。今天下贤者智能，岂特古之人乎？患在人主不交故也，士奚由进？今吾以天之灵、贤士大夫，定有天下，以为一家，欲其长久世世奉宗庙亡绝也。贤人已与我共平之矣，而不与吾共安利之，可乎？贤士大夫有肯从我游者，吾能尊显之。布告天下，使明知朕意。御史大夫昌下相国，相国酂侯下诸侯王，御史中执法下郡守。其有意称明德者，必身劝，为之驾，遣诣相国府，署行义年。有而弗言，觉，免。年老癃病勿遣。

二年议犯法相坐诏

汉文帝

法者，治之正，所以禁暴而卫善人也。今犯法者已论，而使无罪之父母妻子同产坐之，及收，朕甚弗取，其议！

朕闻之：法正则民悫，罪当则民从。且夫牧民而道之以善者吏也，既不能道，又以不正之法罪之，是法反害于民，为暴者也。朕未见其便，宜孰计之。

议振贷诏

汉文帝

方春和时，草木群生之物，皆有以自乐，而吾百姓鳏寡孤独穷困之人，或阽于死亡，而莫之省忧。为民父母，将何如？其议所以振贷之。

赐南粤王赵佗书

汉文帝

皇帝谨问南粤王，甚苦心劳意。

朕，高皇帝侧室之子，弃外，奉北藩于代。道里辽远，壅蔽朴愚，未尝致书。高皇帝弃群臣，孝惠皇帝即世，高后自临事，不幸有疾，日进不衰，以故诗暴乎治。诸吕为变故乱法，不能独制，乃取它姓子为孝惠皇帝嗣。赖宗庙之灵，功臣之力，诛之已毕。朕以王、侯、吏不释之故，不得不立，今即位。

乃者闻王遗将军隆虑侯书，求亲昆弟，请罢长沙两将军。朕以王书，罢将军博阳侯，亲昆弟在真定者，已遣人存问，修治先人冢。

前日闻王发兵于边，为寇灾不止。当其时，长沙苦之，南郡尤甚，虽王之国，庸独利乎？必多杀士卒，伤良将吏，寡人之妻，孤人之子，独人父母，得一亡十，朕不忍为也。朕欲定地犬牙相入者，以问吏，吏曰："高皇帝所以介长沙土也。"朕不得擅变焉。吏曰："得王之地，不足以为大；得王之财，不足以为富。"服领以南，王自治之。虽然，王之号为帝，两帝并立，亡一乘之使以通其道，是争也；争而不让，仁者不为也。愿与王分弃前患，终今以来，通使如故。故使贾驰谕告王朕意，王亦受之，毋为寇灾矣。

上褚五十衣，中褚三十衣，下褚二十衣，遗王，愿王听乐娱忧，存问邻国。

二年除诽谤法诏

汉文帝

古之治天下，朝有进善之旌，诽谤之木，所以通治道而来谏者也。今法有诽谤訞言之罪，是使众臣不敢尽情，而上无由闻过失也，将何以来远方之贤良？其除之！

民或祝诅上，以相约而后相谩，吏以为大逆；其有他言，吏又以为诽谤。此细民之愚，无知抵死，朕甚不取。自今以来，有犯此者勿听治。“以相约”者，“以”“已”字通。

日食诏

汉文帝

朕闻之，天生民，为之置君以养治之。人主不德，布政不均，则天示之灾，以戒不治。乃十一月晦，日有食之，适见于天，灾孰大焉！朕获保宗庙，以微眇之身，托于士民君王之上，天下治乱，在予一人。唯二三执政，犹吾股肱也。朕下不能治育群生，上以累三光之明，其不德大矣。令至，其悉思朕之过失，及知见之所不及，丐以启告朕；及举贤良方正，能直言极谏者，以匡朕之不逮。因各敕以职任，务省徭费以便民，朕既不能远德，故憪然念外人之有非，是以设备未息。今纵不能罢边屯戍，又饬兵厚卫，其罢卫将军军。太仆见马遗财足，馀皆以给传置。

十三年除肉刑诏

汉文帝

盖闻有虞氏之时，画衣冠、异章服以为僇，而民弗犯，何治之至也！今法有肉刑三，而奸不止，其咎安在？毋乃朕德之薄，而教不明与？吾甚自愧。故夫训道不纯，而愚民陷焉。《诗》曰：“恺弟君子，民之父母。”今人有过，教未施而刑已加焉，或欲改行为善，而道亡繇至。朕甚怜之！夫刑至断支体，刻肌肤，终身不息，何其刑之痛而不德也！岂称为民父母之意哉？其除肉刑，有以易之。

十四年增祀无祈诏

汉文帝

朕获执牺牲珪币，以事上帝宗庙，十四年于今。历日弥长，以不敏不明，而久抚临天下，朕甚自愧。其广增诸祀坛场珪币。昔先王远施不求其报，望祀不祈其福，右贤左戚，先民后己，至明之极也。今吾闻祠官祝釐，皆归福于朕躬，不为百姓，朕甚愧之。夫以朕之不德，而专乡独美其福，百姓不与焉，是重吾不德也。其令祠官致敬，无有所祈。

后元年求言诏

汉文帝

间者数年比不登，又有水旱疾疫之灾，朕甚忧之。愚而不明，未达其咎，意者朕之政有所失，而行有过与？乃天道有不顺，地利或不得，人事多失和，鬼神废不享与？何以致此？将百官之奉养或费，无用之事或多与？何其民食之寡乏也？夫度田非益寡，而计民未加益，以口量地，其于古犹有余，而食之甚不足者，其咎安在？无乃百姓之从事于末以害农者蕃，为酒醪以靡谷者多，六畜之食焉者众与？细大之义，吾未能得其中。其与丞相、列侯、吏二千石、博士议之，有可以佐百姓者，率意远思，无有所隐。

前六年遗匈奴书

汉文帝

皇帝敬问匈奴大单于无恙。使系虖浅遗朕书云："愿寝兵休士，除前事，复故约，以安边民，世世平乐。"朕甚嘉之。此古圣王之志也。汉与匈奴约为兄弟，所以遗单于甚厚。背约离兄弟之亲者，常在匈奴。然右贤王事，已在赦前，勿深诛。单于若称书意，明告诸吏，使无负约有信，敬如单于书。使者言单于自将并国有功，甚苦兵事。服绣袷绮衣，长襦、锦袍各一，比疏一，黄金饰具带一，黄金犀毗一，绣十匹，锦二十匹，赤绨、绿缯各四十匹，使中大夫意、谒者令肩遗单于。

后二年遗匈奴书

汉文帝

皇帝敬问匈奴大单于无恙。使当户、且渠雕渠难，郎中韩辽，遗朕马二匹，已至，敬受。先帝制，长城以北，引弓之国，受令单于；长城以内，冠带之室，朕亦制之。使万民耕织射猎衣食，父子毋离，臣主相安，居无暴虐。今闻渫恶民，贪降其趋，背义绝约，忘万民之命，离两主之欢，然其事已在前矣。书云："二国已和亲，两主欢说，寝兵、休卒、养马，世世昌乐，翕然更始。"朕甚嘉之！

圣者日新，改作更始，使老者得息，幼者得长，各保其首领，而终其天年。朕与单于，俱由此道，顺天恤民，世世相传，施之无穷，天下莫不咸嘉使。汉与匈奴邻敌之国，仲冯疑"邻"字上有脱字。鼐意衍"使"字。言与为邻国是以相恤遗之物耳。匈奴处北地寒，杀气早降，故诏吏遗单于秫糵、金帛、绵絮它物，岁有数。今天下大安，万民熙熙，独朕与单于为之父母，朕追念前事，薄物细故，谋臣计失，皆不足以离昆弟之欢。朕闻天不颇覆，地不偏载，朕与单于皆捐细故，俱蹈大道也。堕坏前恶，以图长久，使两国之民，若一家子。兀兀万民，下及鱼鳖，上及飞鸟，肢行、喙息、蠕动之类，莫不就安利、避危殆。故来者不止，天之道也。俱去前事，朕释逃虏民，单于毋言章尼等。朕闻古之帝王，约分明而不食言。单于留志，天下大安，和亲之后，汉过不先，单于其察之！

后二年令二千石修职诏

汉景帝

雕文刻镂，伤农事者也；锦绣纂组，害女红者也。农事伤，则饥之本也；女红害，则寒之原也。夫饥寒并至，而能亡为非者寡矣。朕亲耕，后亲桑，以奉宗庙粢盛祭服，为天下先。不受献，减太官，省徭赋，欲天下务农蚕，素有畜积，以备灾害。强毋攘弱，众毋暴寡，老耆以寿终，幼孤得遂长。

今岁或不登，民食颇寡，其咎安在？或诈伪为吏，吏以货赂为市，渔夺百姓，侵牟万民。县丞，长吏也，奸法与盗盗，甚无谓也。其令二千石各修其职。不事官职耗乱者，丞相以闻，请其罪。布告天下，使明知朕意。

卷三十六　诏令类二

元朔元年议不举孝廉者罪诏

汉武帝

公卿大夫，所使总方略，壹统类，广教化，美风俗也。夫本仁祖义，褒德录贤，劝善刑暴，五帝、三王所由昌也。朕夙兴夜寐，嘉与宇内之士，臻于斯路。故旅耆老，复孝敬，选豪俊，讲文学，稽参政事，祈进民心，深诏执事，兴廉举孝，庶几成风，绍休圣绪。夫十室之邑，必有忠信；三人并行，厥有我师。今或至阖郡而不荐一人，是化不下究，而积行之君子，壅于上闻也。二千石官长，纪纲人伦，将何以佐朕烛幽隐，劝元元，厉蒸庶，崇乡党之训哉！且进贤受上赏，蔽贤蒙显戮，古之道也。其与中二千石、礼官博士，议不举者罪。

元狩二年报李广诏

汉武帝

将军者，国之爪牙也。《司马法》曰："登车不式，遭丧不服，振旅抚师，以征不服。"率三军之心，同战士之力，故怒形则千里竦，威振则万物伏。是以名声暴于夷貉，威稜憺乎邻国。夫报忿除害，捐残去杀，朕之所图于将军也。若乃免冠徒跣，稽颡请罪，岂朕之指哉？将军其率师东辕，弥节白檀，以临右北平盛秋。

元狩六年封齐王策

汉武帝

惟元狩六年，四月乙巳，皇帝使御史大夫汤，庙立子闳为齐王。曰：呜呼！小子闳，受兹青社。朕承天序，惟稽古建尔国家，封于东土，世为汉藩辅。呜呼念哉！共朕之诏，惟命不于常。人之好德，克明显光，义之不图，俾君子怠。悉尔心，允执其中，天禄永终。厥有愆不臧，乃凶于乃国，而害于尔躬。呜呼！保国义民，可不敬与？王其戒之！

封燕王策

汉武帝

呜呼！小子旦，受兹玄社，建尔国家，封于北土，世为汉藩辅。呜呼！荤鬻氏虐老兽心，以奸巧边甿，朕命将率，徂征厥罪。万夫长，千夫长，三十有二帅，降旗奔师，荤鬻徙域，北州以妥。悉尔心，毋作怨，毋作棐德，毋废乃备，非教士不得从征。王其戒之。

封广陵王策

汉武帝

呜呼！小子胥，受兹赤社，建尔国家，封于南土，世世为汉藩辅。古人有言曰："大江之南，五湖之间，其人轻心。"扬州保疆，三代要服，不及以正。呜呼！悉尔心，祗祗兢兢，乃惠乃顺；毋桐好逸，毋迩宵人，惟法惟则。《书》云："臣不作福，不作威，靡有后羞。"王其戒之。

元鼎六年敕责杨仆书

汉武帝

将军之功，独有先破石门、寻陋，非有斩将搴旗之实也，乌足以骄人哉！前破番禺，捕降者以为虏，掘死人以为获，是一过也。建德吕嘉，逆罪不容于天下，将军拥精兵不穷追，超然以东越为援，是二过也。士卒暴露连岁，为朝会不置酒，将军不念其勤劳，而造佞巧；请乘传行塞，因用归家，怀银、黄，垂三组，夸乡里，是三过也。失期内顾，以道恶为解，失尊尊之序，是四过也。欲请蜀刀，问君贾几何？对曰率数百；武库日出兵而阳不知，挟伪干君，是五过也。受诏不至兰池宫，明日又不对。假令将军之吏，问之不对，令之不从，其罪何如？推此心以在外，江海之间，可得信乎？今东越深入，将军能率众以掩过不？

赐严助书

汉武帝

制诏会稽太守。君厌承明之庐，劳侍从之事，怀故土，出为郡吏。会稽东接于海，南近诸越，北枕大江，间者阔焉。久不闻问，具以《春秋》对，毋以苏秦纵横。

元封五年求贤良诏

汉武帝

盖有非常之功，必待非常之人。故马或奔踶而致千里，士或有负俗之累而立功名。夫泛驾之马，跅弛之士，亦在御之而已。其令州郡察吏民有茂材异等可为将、相，及使绝国者。

赐燕刺王旦玺书

汉昭帝

昔高皇帝王天下，建立子弟以藩屏社稷。先日诸吕阴谋大逆，刘氏不绝若发，赖绛侯等诛讨贼乱，尊立孝文，以安宗庙，非以中外有人，表里相应故耶？樊、郦、曹、灌，携剑推锋，从高皇帝垦菑除害，耘锄海内，当此之时，头如蓬葆，勤苦至矣，然其赏不过封侯。今宗室子孙，曾亡暴衣露冠之劳，裂地而王之，分财而赐之，父死子继，兄终弟及。今王骨肉至亲，敌吾一体，乃与他姓异族谋害社稷，亲其所疏，疏其所亲，有逆悖之心，无忠爱之义。如使古人有知，当何面目复奉齐酎见高祖之庙乎？

地节四年子首匿父母等勿坐诏

汉宣帝

父子之亲，夫妇之道，天性也。虽有患祸，犹蒙死而存之，诚爱结于心，仁厚之至也，岂能违之哉！自今子首匿父母，妻匿夫，孙匿大父母，皆勿坐。其父母匿子，夫匿妻，大父母匿孙，罪殊死，皆上请廷尉以闻。

元康二年令二千石察官属诏

汉宣帝

狱者，万民之命，所以禁暴止邪，养育群生也，能使生者不怨，死者不恨，则可谓文吏矣。今则不然。用法或持巧心，析律贰端，深浅不平，增辞饰非，以成其罪，奏不如实，上亦亡由知。此朕之不明，吏之不称，四方黎民，将何仰哉？二千石各察官属，勿用此人，吏务平法。或擅兴徭役，饰厨传，称过使客，越职逾法以取名誉，譬犹践薄冰以待白日，岂不殆哉！今天下颇被疾疫之灾，朕甚愍之。其令郡国被灾甚者，毋出今年租赋。

神爵三年益小吏禄诏

汉宣帝

吏不廉平，则治道衰。今小吏皆勤事，而奉禄薄，欲其毋侵渔百姓，难矣。其益吏百石以下奉十五。

议律令诏

汉元帝

夫法令者，所以抑暴扶弱，欲其难犯而易避也。今律令烦多而不约，自典文者不能分明，而欲罗元元之不逮，斯岂刑中之意哉！其议律令可蠲除轻减者条奏，惟在便安万姓而已。

建昭四年议封甘延寿陈汤诏

汉元帝

匈奴郅支单于，背畔礼义，留杀汉使者吏士，甚逆道理，朕岂忘之哉！所以优游而不征者，重动师众，劳将卒，故隐忍而未有云也。今延寿、汤睹便宜，乘时利，结城郭诸国，擅兴师矫制而征之，赖天地宗庙之灵，诛讨郅支单于，斩获其首，及阏氏、贵人、名王以下千数。虽逾义干法，内不烦一夫之役，不开府库之臧，因敌之粮，以赡军用，立功万里之外。威震百蛮，名显四海，为国除残。兵革之原息，边竟得以安，然犹不免死亡之患，罪当在于奉宪。朕甚闵之，其赦延寿、汤罪勿治，诏公卿议封焉。

赐窦融玺书

汉光武帝

制诏行河西五郡大将军事属国都尉：劳镇守边五郡，兵马精强，仓库有蓄，民庶殷富，外则折挫羌、胡，内则百姓蒙福。威德流闻，虚心相望，道路隔塞，邑邑何已！长史所奉书献马悉至，深知厚意。

今益州有公孙子阳，天水有隗将军，方蜀汉相攻，权在将军，举足左右，便有轻重。以此言之，欲相厚岂有量哉？诸事具长史所见，将军所知。王者迭兴，千载一会，欲遂立桓、文，辅微国，当勉卒功业；欲三分鼎足，连衡合从，亦宜以时定。天下未并，吾与尔绝域，非相吞之国。今之议者，必有任嚣效尉佗制七郡之计，王者有分土，无分民，自适己事而已。今以黄金二百斤，赐将军，便宜辄言。

建武二十七年报臧宫诏

汉光武帝

《黄石公记》曰：“柔能制刚，弱能制强。”柔者，德也；刚者，贼也；弱者，仁之助也；强者，怨之归也。故曰：“有德之君，以所乐乐人；无德之君，以所乐乐身。”乐人者其乐长，乐身者不久而亡。舍近谋远者，劳而无功；舍远谋近者，逸而有终。逸政多忠臣，劳政多乱人。故曰：“务广地者荒，务广德者强。有其有者安，贪人有者残。”残灭之政，虽成必败。今国无善政，灾变不息，百姓惊惶，人不自保，而复欲远事边外乎？孔子曰：“吾恐季孙之忧，不在颛臾。”且北狄尚强，而屯田警备，传闻之事，恒多失实。诚能举天下之半，以灭大寇，岂非至愿？苟非其时，不如息人。

卷三十七　诏令类三

谕巴蜀檄

司马长卿

告巴蜀太守：蛮夷自擅，不讨之日久矣。时侵犯边境，劳士大夫。陛下即位，存抚天下，集安中国，然后兴师出兵，北征匈奴，单于怖骇，交臂受事，屈膝请和。康居西域，重译纳贡，稽首来享。移师东指，闽越相诛；右吊番禺，太子入朝。南夷之君，西僰之长，常效贡职，不敢惰怠，延颈举踵，喁喁然，皆乡风慕义，欲为臣妾，道里辽远，山川阻深，不能自致。夫不顺者已诛，而为善者未赏，故遣中郎将往宾之，发巴、蜀之士各五百人以奉币，卫使者不然，靡有兵革之事，战斗之患。今闻其乃发军兴制，惊惧子弟，忧患长老，郡又擅为转粟运输，皆非陛下之意也。当行者或亡逃自贼杀，亦非人臣之节也。

夫边郡之士，闻烽举燧燔，皆摄弓而驰，荷兵而走，流汗相属，惟恐居后，触白刃，冒流矢，议不反顾，计不旋踵，人怀怒心，如报私仇。彼岂乐死恶生，非编列之民，而与巴、蜀异主哉？计深虑远，急国家之难，而乐尽人臣之道也。故有剖符之封，析圭而爵，位为通侯，居列东第。终则遗显号于后世，传土地于子孙，事行甚忠敬，居位甚安佚，名声施于无穷，功烈著而不灭。是以贤人君子，肝脑涂中原，膏液润野草而不辞也。今奉币役至南夷，即自贼杀，或亡逃抵诛，身死无名，谥为至愚，耻及父母，为天下笑。人之度量相越，岂不远哉！然此非独行者之罪也，父兄之教不先，子弟之率不谨，寡廉鲜耻，而俗不长厚也。其被刑戮，不亦宜乎！

陛下患使者有司之若彼，悼不肖愚民之如此，故遣信使，晓谕百姓以发卒之事，因数之以不忠死亡之罪，让三老孝弟以不教诲之过。方今田时，重烦百姓，已亲见近县，恐远所谿谷山泽之民不遍闻，檄到，亟下县道，咸谕陛下意，毋忽！

祭鳄鱼文

韩退之

维年月日，潮州刺史韩愈，使军事衙推秦济，以羊一、猪一，投恶谿之潭水，以与鳄鱼食，而告之曰：

昔先王既有天下，列山泽，罔绳擉刃，以除虫蛇恶物为民害者，驱而出之四海之外。及后王德薄，不能远有，则江、汉之间，尚皆弃之以与蛮、夷、楚、越；况潮，岭、海之间，去京师万里哉！鳄鱼之涵淹卵育于此，亦固其所。

今天子嗣唐位，神圣慈武，四海之外，六合之内，皆抚而有之；况禹迹所揜，扬州之近地，刺史、县令之所治，出贡赋以供天地、宗庙、百神之祀之壤者哉！鳄鱼其不可与刺史杂处此土也。刺史受天子命，守此土，治此民，而鳄鱼睅然不安溪潭，据处食民畜、熊、豕、鹿、麞，以肥其身，以种其子孙，与刺史亢拒，争为长雄。刺史虽驽弱，亦安肯为鳄鱼低首下心，伈伈睍睍，为民吏羞，以偷活于此邪！且承天子命以来为吏，固其势不得不与鳄鱼辨。

鳄鱼有知，其听刺史言：潮之州，大海在其南，鲸、鹏之大，虾、蟹之细，无不容归，以生以食，鳄鱼朝发而夕至也。今与鳄鱼约：尽三日，其率丑类南徙于海，以避天子之命吏。三日不能，至五日；五日不能，至七日；七日不能，是终不肯徙也；是不有刺史，听从其言也。不然，则是鳄鱼冥顽不灵，刺史虽有言，不闻不知也。夫傲天子之命吏，不听其言，不徙以避之，与冥顽不灵而为民物害者，皆可杀。刺史则选材技吏民，操强弓毒矢，以与鳄鱼从事，必尽杀乃止。其无悔！

卷三十八　传状类一

鼐按：任彦昇《齐竟陵文宣王行状》列题："南徐州南兰陵郡县中都乡中都里萧公年三十五行状。"何屺瞻云：《汉书》高祖诏云："诸相国府，署行、义、年。"苏林曰：行状年纪也。此行状所自始。首行必书年几岁，犹其遗也。《柳河东集》中此体仅存。韩、李为人所刊削汩乱矣。鼐按：何论太拘。昌黎业以董公乡邑年纪叙入行状之内，则知首行本未题列，非人汩乱也。惟《王荆公集》内行状三篇，不载人祖、父，此必列文前，而雕本者乃妄削去之矣。

故金紫光禄大夫、检校尚书左仆射、同中书门下平章事、兼汴州刺史、充宣武军节度副大使知节度事、管内支度营田汴宋亳颍等州观察处置等使、上柱国、陇西郡开国公、赠太傅董公行状

韩退之

曾祖仁琬，皇任梁州博士；祖大礼，皇赠右散骑常侍；父伯良，皇赠尚书左仆射。公讳晋，字混成，河中虞乡万岁里人。少以明经上第，宣皇帝居原州，公在原州，宰相以公善为文，任翰林之选闻，召见，拜秘书省校书郎，入翰林为学士，三年，出入左右，天子以为谨愿，赐绯鱼袋，累升为卫尉寺丞。出翰林，以疾辞，拜汾州司马。崔圆为扬州，诏以公为圆

节度判官，摄殿中侍御史。以军事如京师朝，天子识之，拜殿中侍御史内供奉。由殿中为侍御史，入尚书省，为主客员外郎，由主客为祠部郎中。

先皇帝时，兵部侍郎李涵如回纥立可敦，诏公兼侍御史，赐紫金鱼袋，为涵判官。回纥之人来曰："唐之复土疆，取回纥力焉。约我为市，马既入，而归我贿不足，我于使人乎取之。"涵惧不敢对，视公。公与之言曰："我之复土疆，尔信有力焉。吾非无马，而与尔为市，为赐不既多乎？尔之马岁至，吾数皮而归赀。边吏请致诘也。天子念尔有劳，故下诏禁侵犯，诸戎畏我大国之尔与也，莫敢校焉。尔之父子宁而畜马蕃者，非我谁使之！"于是其众皆环公拜。既又相率南面序拜，皆两举手曰："不敢复有意大国。"自回纥归，拜司勋郎中，未尝言回纥之事。迁秘书少监，历太府、太常二寺亚卿，为左金吾卫将军。

今上即位，以大行皇帝山陵出财赋，拜太府卿。由太府为左散骑常侍，兼御史中丞，知台事三司使，选擢才俊，有威风。始公为金吾，未尽一月，拜太府，九日，又为中丞，朝夕入议事。于是宰相请以公为华州刺史，拜华州刺史、潼关防御镇国军使。朱泚之乱，加御史大夫，诏至于上所，又拜国子祭酒，兼御史大夫，宣慰恒州。于是朱滔自范阳以回纥之师助乱，人大恐。公既至恒州，恒州即日奉诏出兵，与滔战，大破走之。

还至河中，李怀光反，上如梁州。怀光所率皆朔方兵，公知其谋与朱泚合也，患之。造怀光言曰："公之功，天下无与敌；公之过，未有闻于人。某至上所，言公之情，上宽明，将无不赦宥焉，乃能为朱泚臣乎？彼为臣而背其君，苟得志，于公何有？且公既为太尉矣，彼虽宠公，何以加此？彼不能事君，能以臣事公乎？公能事彼，而有不能事君乎？彼知天下之怒，朝夕戮死者也，故求其同罪而与之比，公何所利焉？公之敌彼有余力，不如明告之绝，而起兵袭取之，清宫而迎天子，庶人服而请罪有司，虽有大过，犹将掩焉，如公则谁敢议！"语已，怀光拜曰："天赐公活怀光之命。"喜且泣，公亦泣。则又语其将卒，如语怀光者。将卒呼曰："天赐公活吾三军之命。"拜且泣，公亦泣。故怀光卒不与朱泚。当是时，怀光几不反。公气仁，语若不能出口，及当事，乃更疏亮捷给，其词忠，其容貌温然，故有言于人，无不信。

明年，上复京师，拜左金吾卫大将军。由大金吾为尚书左丞，又为太常卿；由太常拜门下侍郎平章事。在宰相位凡五年，所奏于上前者，皆二帝、三王之道，由秦、汉以降，未尝言。退归，未尝言所言于上者于人。子弟有私问者，公曰："宰相所职系天下，天下安危，宰相之能与否可见。欲知宰相之能与否，如此视之其可，凡所谋议于上前者，不足道也。"故其事卒不闻。以疾病辞于上前者不记，退以表辞者八，方许之，拜礼部尚书。制曰："事上尽大臣之节。"又曰："一心奉公。"于是天下知公之有言于上也。

初，公为宰相时，五月朔，会朝，天子在位，公卿百执事在廷，侍中赞，百僚贺，中书侍郎平章事窦参摄中书令，当传诏，疾作不能事。凡将大朝会，当事者既受命，皆先日习仪。于时未有诏，公卿相顾。公逡巡进，北面言曰："摄中书令臣某，病不能事，臣请代某事。"于是南面宣致诏词，事已复位，进退甚详。为礼部四年，拜兵部尚书，入谢，上语问日晏。复有入谢者，上喜曰："董某疾且损矣。"出语人曰："董公且复相。"既二日，拜东都留守，判东都尚书省事，充东都畿汝州都防御使，兼御史大夫，仍为兵部尚书。由留守未尽五月，拜检校尚书左仆射同中书门下平章事、汴州刺史、宣武军节度副大使知节度事，管内支度、营田、汴、宋、亳、颍等州观察处置等使。

汴州自大历来，多兵事，刘玄佐益其师至十万。玄佐死，子士宁代之，畋游无度，其将李万荣，乘其畋也逐之。万荣为节度一年，其将韩惟清、张彦林作乱，求杀万荣不克。三年，万荣病风，昏不知事。其子乃复欲为士宁之故。监军使俱文珍与其将邓惟恭执之，归京师，而万荣死。诏未至，惟恭权军事。公既受命，遂行，刘宗经、韦弘景、韩愈实从，不以兵卫。及郑州，逆者不至，郑州人为公惧，或劝公止以待。有自汴州出者，言于公曰："不可入。"公不对，遂行，宿圃田。明日，食中牟，逆者至，宿八角。明日，惟恭及诸将至，遂逆以入。及郛，三军缘道欢声，庶人壮者呼，老者泣，妇人啼，遂入以居。

初，玄佐死，吴凑代之，及巩，闻乱归，士宁、万荣，皆自为而后命，军士将以为常，故惟恭亦有志。以公之速也，不及谋，遂出逆。既而私其人，观公之所为以告，曰："公无为。"惟恭喜，知公之无害己也，委心焉。进见公者，退皆曰："公仁人也。"闻公言者，皆曰："公仁人也。"环以相告，故大和。初，玄佐遇军士厚，士宁惧，复加厚焉。至万荣，如士宁志；及韩、张乱，又加厚以怀之；至于惟恭，海加厚焉。故士卒骄不能御，则置腹心之士，幕于公庭庑下，挟弓执剑以须，日出而入，前者去，日入而出，后者至。寒暑时至，则加劳赐酒肉。公至之明日，皆罢之。贞元十二年七月也。

八月，上命汝州刺史陆长源为御史大夫、行军司马，杨凝自左司郎中为检校吏部郎中、观察判官，杜伦自前殿中侍御史为检校工部员外郎、节度判官，孟叔度自殿中侍御史为检校金部员外郎、专度营田判官。职事修，人俗化，嘉禾生，白鹊集，苍乌来巢，嘉瓜同蒂联实。四方至者，归以告其帅，小大威怀。有所疑，辄使来问；有交恶者，公与平之。累请朝，不许;及有疾，又请之，且曰:“人心易动，军旅多虞，及臣之生，计不先定，至于他日，事或难期。”犹不许。十五年二月三日，薨于位。上三日罢朝，赠太傅，使吏部员外郎杨於陵来祭，吊其子，赠布帛米有加。公之将薨也，命其子三日敛，既敛而行，于行之四日，汴州乱。故君子以公为知人。公之薨也，汴州人歌之曰:“浊流洋洋，有辟其郛；阗道欢呼，公来之初，今公夕归，公在丧车。”又歌曰:“公既来止，东人以完，今公殁矣，人谁与安？”始公为华州，亦有惠爱，人思之。

公居处恭，无妾媵，不饮酒，不谄笑，好恶无所偏。与友人交，泊如也。未尝言兵，有问者，曰:“吾志于教化。”享年七十六。阶，累升为金紫光禄大夫。勋，累升为上柱国。爵，累升为陇西郡开国公。娶南阳张氏夫人，后娶京兆韦氏夫人。皆先公终。四子，全道、溪、全素、澥。全道、全素，皆上所赐名。全道为秘书省著作郎，溪为秘书省秘书郎，全素为大理评事，澥为太常寺太祝，皆善士，有学行。谨具历官行事状，伏请牒考功，并牒太常，议所谥；牒史馆，请垂编录。谨状。

圬者王承福传

韩退之

圬之为技，贱且劳者也，有业之，其色若自得者。听其言，约而尽。

问之，王其姓，承福其名，世为京兆长安农夫。天宝之乱，发人为兵，持弓矢十三年，有官勋；弃之来归，丧其土田，手镘衣食，馀三十年，舍于市之主人，而归其屋食之当焉。视时屋食之贵贱，而上下其圬之佣以偿之，有余，则以与道路之废疾饿者焉。

又曰："粟，稼而生者也；若布与帛，必蚕绩而后成者也；其他所以养生之具，皆待人力而后完也。吾皆赖之，然人不可遍为，宜乎各致其能以相生也。故君者，理我所以生者也；而百官者，承君之化者也。任有大小，惟其所能若器皿焉，食焉而怠其事，必有天殃，故吾不敢一日舍镘以嬉。夫镘易能，可力焉，又诚有功，取其直，虽劳无愧，吾心安焉。夫力，易强而有功也；心，难强而有智也；用力者使于人，用心者使人，亦其宜也。吾特择其易为而无愧者取焉。

"嘻！吾操镘以入贵富之家有年矣。有一至者焉，又往过之，则为墟矣；有再至三至者焉，而往过之，则为墟矣。问之其邻，或曰：'噫！刑戮也。'或曰：'身既死而其子孙不能有也。'或曰：'死而归之官也。'吾以是观之，非所谓食焉而怠其事，而得天殃者耶？非强心以智而不足，不择其才之称否而冒之者耶？非多行可愧，知其不可而强为之者耶？将富贵难守，薄功而厚飨之者耶？抑丰悴有时，一去一来而不可常者耶？吾之心悯焉，是故择其力之可能者行焉。乐富贵而悲贫贱，我岂异于人哉！"

又曰："功大者，其所以自奉也博；妻与子，皆养于我者也。吾能薄而功小，不有之可也。又吾所谓劳力者，若立吾家而力不足，则心又劳也。一身而二任焉，虽圣者不可能也。"

愈始闻而惑之，又从而思之，盖贤者也，盖所谓"独善其身"者也。然吾有讥焉：谓其自为也过多，其为人也过少。其学杨、朱之道者耶？杨之道，不肯拔我一毛而利天下，而夫人以有家为劳心，不肯一动其心以畜其妻子，其肯劳其心以为人乎哉？虽然，其贤于世之患不得之而患失之、以济其生之欲、贪邪而亡道以丧其身者，其亦远矣。又其言，有可以警余者，故余为之传而自鉴焉。

种树郭橐驼传

柳子厚

郭橐驼，不知始何名。病偻，隆然伏行，有类橐驼者，故乡人号之“驼”。驼闻之曰：“甚善，名我固当。”因舍其名，亦自谓橐驼云。其乡曰丰乐乡，在长安西。

驼业种树，凡长安豪富人为观游及卖果者，皆争迎取养视。驼所种树，或移徙，无不活，且硕茂蚤实以蕃。他植者虽窥伺效慕，莫能如也。

有问之，对曰：“橐驼非能使木寿且孳也，能顺木之天，以致其性焉耳。凡植木之性，其本欲舒，其培欲平，其土欲故，其筑欲密。既然已，勿动勿虑，去不复顾。其莳也若子，其置也若弃，则其天者全而其性得矣。故吾不害其长而已，非有能硕茂之也；不抑耗其实而已，非有能蚤而蕃之也。

“他植者则不然。根拳而土易，其培之也，若不过焉，则不及焉。有能反是者，则又爱之太恩，忧之太勤，旦视而暮抚，已去而复顾。甚者，爪其肤以验其生枯，摇其本以观其疏密，而木之性日以离矣。虽曰爱之，其实害之；虽曰忧之，其实仇之，故不我若也。吾又何能为哉？”

问者曰：“以子之道，移之官理，可乎？”驼曰：“我知种树而已，理非吾业也。然吾居乡，见长人者好烦其令，若甚怜焉，而卒以祸。旦暮吏来而呼曰：官命促尔耕，勖尔植，督尔获，蚤缫尔绪，蚤织尔缕，字而幼孩，遂而鸡豚。鸣鼓而聚之，击木而召之。吾小人辍飧饔以劳吏者且不得暇，又何以蕃吾生而安吾性耶？故病且怠。若是，则与吾业者其亦有类乎！”

问者嘻曰：“不亦善夫！吾问养树，得养人术。”传其事，以为官戒也。

方山子传

苏子瞻

方山子，光、黄间隐人也。少时慕朱家、郭解为人，闾里之侠皆宗之。稍壮，折节读书，欲以此驰骋当世，然终不遇。晚乃遁于光、黄间，曰岐亭。庵居蔬食，不与世相闻，弃车马，毁冠服，徒步往来山中，人莫识也。见其所著帽，方耸而高，曰："此岂古方山冠之遗像乎？"因谓之方山子。

余谪居于黄，过岐亭，适见焉。曰："乌呼！此吾故人陈慥季常也，何为而在此？"方山子亦矍然，问余所以至此者。余告之故，俯而不答，仰而笑。呼余宿其家，环堵萧然，而妻子奴婢皆有自得之意。余既耸然异之。

独念方山子少时，使酒好剑，用财如粪土。前十有九年，余在岐山，见方山子从两骑，挟二矢，游西山。鹊起于前，使骑逐而射之，不获，方山子怒马独出，一发得之。因与余马上论用兵及古今成败，自谓一世豪士。今几日耳，精悍之色，犹见于眉间，而岂山中之人哉？

然方山子世有勋阀，当得官，使从事于其间，今已显闻。而其家在洛阳，园宅壮丽，与公侯等；河北有田，岁得帛千匹，亦足以富乐。皆弃不取，独来穷山中，此岂无得而然哉？

余闻光、黄间多异人，往往佯狂垢污，不可得而见，方山子傥见之与？

兵部知制诰谢公行状题脱"员外郎"三字

王介甫

公讳绛，字希深，其先陈郡阳夏人。以试秘书省校书郎起家，中进士甲科，守太常寺奉礼郎，七迁，至尚书兵部员外郎以卒。尝知汝之颍阴县，检理秘书，直集贤院，通判常州、河南府，为开封府三司度支判官，与修真宗史，知制诰，判吏部流内铨，最后，以请知邓州，遂葬于邓，年四十六，其卒以宝元二年。

公以文章贵朝廷，藏于家凡八十卷。其制诰，世所谓常、杨、元、白，不足多也。而又有政事材，遇事尤剧，尤若简而有余。所至，辄大兴学舍。庄懿明肃太后起二陵于河南，不取一物于民而足，皆公力也。后河南闻公丧，有出涕者，诸生至今祠公像于学。邓州有僧某，诱民男女数百人，以昏夜聚为妖，积六七年不发。公至，立杀其首，弛其馀不问。又欲破美阳堰，废职田，复召信臣故渠，以水与民而罢其岁役。以卒故，不就。于吏部所施置为后法。其在朝，大事或谏，小事或以其职言。郭皇后失位，称《诗·白华》以讽，争者贬，公又救之。尝上书，论四民失业；献《大宝箴》；议昭武皇帝不宜配上帝；请罢内作诸奇巧；因灾异，推天所以谴告之意；言时政，又论方士不宜入宫，请追所赐诏；又以为诏令不宜偏出数易，请由中书、密院然后下。其所尝言甚众，不可悉数。及知制诰，自以其近臣，上一有所不闻，其责今豫我，愈慷慨，欲以论谏为己事。故其葬也，卢陵欧阳公铭其墓，尤叹其不寿，用不极其材云。卒之日，欧阳公入哭其室，椸无新衣；出视其家，库无余财。盖食者数十人，三从孤弟妹皆在，而治衣栉才二婢。平居宽然，貌不自持，至其敢言自守，矫然壮者也。

谢氏，本姓任，自受氏至汉、魏，无显者，而盛于晋、宋之间，至公再世有名爵于朝，而四人皆以材称于世。先人与公，皆祥符八年进士，而公子景初等，以历官行事来日："愿有述也，将献之太史。"谨撰次如右。谨状。

卷三十九　传状类二

通议大夫、都察院左副都御史李公行状

归熙甫

曾祖茂。祖聪，赠通议大夫、都察院左副都御史。父玉，赠承德郎、吏部验封司主事，再赠奉政大夫、吏部验封司郎中，三赠通议大夫、都察院左副都御史。公讳宪卿，字廉甫。世居苏州昆山之罗巷村，以耕农为业，通议始入居县城，独生公一子，令从博士学。山阴萧御史鸣凤，奇其姿貌，曰："是子他日必贵，吾无事阅其卷矣。"先辈吴中英有知人鉴，每称之以为瑚琏之器。公雅自修饬，好交名俊，视庸辈不屑也。

举应天乡试，试礼部，不第。丁通议忧，服阕，再试，中式，赐进士出身。明年，选南京吏部验封司主事，历迁郎中，吏在司者，莫不怀其恩。居九年，冢宰鄞闻公、奉新宋公皆当世名卿，咸赏识之，陞江西布政司左参议。江右田土不相悬，而税入多寡殊绝。如南昌、新建二县，仅百里，多山湖，税粮十六万；广信县六，赣州县十，粮皆六万；南安四县，粮二万。三郡二十县之粮，不及两县。巡抚傅都御史议均之。公在粮储道，为法均派折衷，最为简易。盖国初以次削平僭伪，田赋往往因其旧贯，论者谓苏州田不及淮安半，而吴赋十倍淮阴，松江二县粮与畿内八府百十七县埒，其不均如此。吴郡异时尝均田，而均止于一郡，且破坏两税，阴有增羡，民病之。不若江右之善，而惜不及行也。

升山东按察司副使，兵备临清。先是虏薄京城，又数声言：从井陉口

入掠临清。临清绾漕道，商贾所凑，人情框惧，公处之宴然。或为公地，欲移任。公曰："讵至于此？"境上屯兵数万，调度有方，虏亦竟不至。师尚诏反河南，至五河，兵败散，独与数骑走莘县，擒获之。在镇三年，商民称其简静。瓯宁李尚书自吏部罢还，所过颇懈慢，公劳送，礼有加。李公甚喜，叹曰："李君非世人情，吾因以是识其人。"会召还，即日荐升湖广布政司右参政。景王封在汉东，未之国，诏命德安造王府，公董其役。又以承天修祾恩殿，升河南按察司按察使。受命四月，寻擢巡抚湖广、右佥都御史。奏水灾，乞蠲贷，亲行鄂渚、云梦间拊循之。东南用兵御日本，军府檄至，调保靖、容美、桑植、麻寮、镇溪、大剌土兵三万二千，所过牢廪无缺。公因奏土司各有分守，兵不可多调，且无益，徒縻粮廪。其后土兵还，辄掠内地人口，公檄所至搜阅，悉送归乡里。显陵大水，冲坏二红门黄河便桥，而故邸龙飞、庆云宫殿，多隳挠，奏加修理，建立元祐宫碑亭。是时奉天殿灾，敕命大臣开府江陵，总督湖广、川、贵，采办大木，工部刘侍郎方受命，以忧去，上特旨升公左副都御史，代其任。

先是天子稽古制，建九庙，而西苑穆清之居，岁有兴造，颇写蜀、荆之材。公至，则近水无复峻干，乃行巴、庸、僰道，转荆、岳，至东南川，往来督责，钩之荒裔中，于是万山之木稍出。然帝室紫宫，旧制瑰瑰，于永乐金柱，围长终不能合。公奏言："臣督率郎中张国珍、李佑，副使张正和、卢孝达，各该守、巡。参政游震得，副使周镐，佥事于锦，先后深入永顺卯峒、梭梭江；参政徐霈，佥事崔都入容美；副使黄宗器入施州金峒；参政靳学颜入永宁迤东、兰州、儒溪；副使刘斯洁入黎州、天全、建昌；董策入乌蒙；参政缪文龙入播州、真州、酉阳；佥事吴仲礼入永宁迤西落洪、班鸠井、镇雄；程嗣功入龙州；参政张定入铜仁省溪；参议王重光入赤水猴峒；佥事顾炳入思南潮底；汪集入永宁顺崖；而湖广巡抚、右佥都御史赵炳然，巡按御史吴百朋，各先后亲历荆、岳、辰、常；四川巡抚、右副都御史黄光昇，历叙、马、重、夔；巡按御史郭民敬，历邛、雅；贵州巡抚、右副都御史高翀，历思、石、镇、黎；巡按御史朱贤，历永宁、赤水；臣自趋涪州，六月，上泸、叙。而巨材所生，必于深林穷壑、崇冈绝箐、人迹不到之地，经数百年而至合抱，又鲜不空灌。昔尚书宋礼及近时尚书樊继祖、侍郎潘鉴，采得逾寻丈者数株而已。今三省见采丈围以上楠杉二千余，丈四五以上亦一百一十七，视前亦已超绝矣。第所派长巨非常，故围圆难合。臣奉命初，恐搜索未遍，今则深入穷搜，知不可得，而先年营建，亦必别有所处。伏望皇上敕下该部计议，量材取用，庶臣等专心采办，而大工早集矣。”上允其奏，命求其次者。其后木亦益出，自江、淮至于京师，簰筏相接。而天子犹以皇祖时殿灾，后十年始成，今未六七载，欲待得巨材。故建殿未有期，而西工骤兴，漕下之木，多取以为用。三省吏民，暴露三年，无有休息期。大臣以为言，天子亦自怜之，将作大匠又能规削胶附，极般、尔之巧，而见材度已足用。公恳乞兴工罢采，以休荆、蜀民，使者相望于道，词旨甚哀。而工部大臣力任其事，天子从之，考卜兴工有日矣。其后漕数比先所下多有奇羡，凡得木一万一千二百八十九章。公上最，推功于三巡抚，下至小官，莫不录其劳。今不载，独载其所奏两司涉历采取之地。曰:“四川守、巡，督儒溪之木，播州之木，建昌、天全之木，镇雄、乌蒙之木，龙州、蔺州之木；湖广督容美之木，施州之木，永顺、卯峒之木，靖州之木，及督行湖南购木于九嶷，荆南购木于陕西阶州，武昌、汉阳、黄州购木于施州、永顺；贵州则于赤水、猴峒、思南、潮底、永宁、顺崖，其南出云南、金沙江云。大抵荆、楚虽广山木少，采伐险远，必俟雨水而出，而施州石坡乱滩，迂回千里；贵阳穷险，山岭深峭，由川、辰大河以达城陵矶；蜀山悬隔千里，排岩批谷，滩急漩险，经时历月，始达会河。而吏民冒犯瘴毒，林木蒙笼，与虺蛇虎豹错行，万人邪许，摧轧崩峷，鸟兽哀鸣，震天岌地。”盖出入百蛮之中，穷南纪之地，其艰如此，故附著之，俾后有考焉。昔称雍州南山檀柘，而天水、陇西多材木，故丛台、阿房、建章、朝阳之作，皆因其所有。金源氏营汴新宫，采青峰山巨木，犹以为汉、唐之所不能致。公乃获之山童木遁之时，发天地之藏，助成国家亿万年之丕图，其勤至矣。

是岁冬，征还内台。明年，考察天下官，已而病作，请告；病益侵，乞还乡。天子许之，行至东平安山驿而薨，嘉靖四十一年四月乙亥也，年五十有七。

公仕宦二十余年，未尝一日居家。山东获贼，湖广营建，东南平倭，累有白金文绮之赐。而提督采运之擢，旨从中下，盖上所自简也。祖、考、妣，皆受诰赠。母杜氏，封太淑人。所之官，必迎养，世以为荣。公事太淑人孝谨，每巡行，日遣人问安；还，辄拜堂下。太淑人茹素，公跽以请者数，太淑人不得已，为之进羞膳。平生未尝言人过，其所敬爱，与之甚亲；至其所不屑，然亦无所假借。在江陵，有所使吏迟至，公问其故，言方食市肆中，又无马骑。故事：台所使吏，廪食与马，为荆州夺之。公曰："彼少年欲立名耳。"竟不复问。周太仆还自滇南，公不出候，盖不知也。周公乡里前辈，以礼相责诮，公置酒仲宣楼，深自逊谢而已。为人美姿容，自少衣服鲜好，及贵，益称其志。至京师，大学士严公迎，谓之曰："公不独才望逾人，丰采亦足羽仪朝廷矣。"所居官，廉洁不苛，采办银无虑数百万，先时堆积堂中，公绝不使入台门，第贮荆州府。募召商胡，尝购过当，人皆怀之。故总督三年，地穷边裔，而民、虏不惊，以是为难。是岁奉天殿文武楼告成，上制名曰皇极殿，门曰皇极门，而西宫亦不日而就。天子方加恩臣下，叙任事者之劳绩，而公不逮矣。

娶顾氏，封淑人。子男五：延植，国子生；延节、延芳、延英、延实，县学生。女四：适孟绍颜、管梦周、王世训；其一尚幼。孙男七：世彦、官生、世良、世显、世达，馀未名。孙女六。

余与公少相知，诸子来请撰述，因就其家，得所遗文字，参以所见闻，稍加论次，上之史馆。谨状。

归氏二孝子传

归熙甫

归氏二孝子，予既列之家乘矣，以其行之卓而身微贱，独其宗亲邻里知之，于是思以广其传焉。

孝子讳钺，字汝威。早丧母，父更娶后妻，生子，孝子由是失爱。父提孝子，辄索大杖与之，曰："毋徒手，伤乃力也。"家贫，食不足以赡，炊将熟，即戋戋罪过孝子。父大怒，逐之，于是母子得以饱食。孝子数困，匍匐道中，比归，父母相与言曰："有子不居家，在外作贼耳。"又复杖之，屡濒于死。方孝子依依户外，欲入不敢，俯首窃泪下，邻里莫不怜也。父卒，母独与其子居，孝子摈不见。因贩盐市中，时私其弟，问母饮食，致甘鲜焉。正德庚午，大饥，母不能自活，孝子往，涕泣奉迎。母内自惭，终感孝子诚恳，从之。孝子得食，先母、弟，而已有饥色。弟寻死，终身怡然。孝子少饥饿，面黄而体瘠小，族人呼为菜大人。嘉靖壬辰，孝子钺无疾而卒。孝子既老且死，终不言其后母事也。

绣，字华伯，孝子之族子，亦贩盐以养母。已又坐市舍中卖麻，与弟纹、纬友爱无间。纬以事坐系，华伯力为营救，纬又不自检，犯者数四。华伯所转卖者，计常终岁无他故，才给蔬食，一经吏卒过门辄耗，终始无愠容。华伯妻朱氏，每制衣必三袭，令兄弟均平。曰："二叔无室，岂可使君独被完洁耶？"叔某亡，妻有遗子，抚爱之如己出。然华伯人见之以为市人也。

赞曰：二孝子出没市贩之间，生平不识诗书，而能以纯懿之行，自饬于无人之地，遭罹屯变，无恒产以自润，而不困折，斯亦难矣！华伯夫妇如鼓瑟，汝威卒变顽嚚，考其终，皆有以自达。由是言之，士之独行而忧寡和者，视此可愧也！

筠溪翁传

归熙甫

余居安亭，一日有来告云："北五六里溪上，草舍三四楹，有筠溪翁居其间，日吟哦，数童子侍侧，足未尝出户外。"余往省之，见翁颀然皙白，延余坐，瀹茗以进，举架上书，悉以相赠，殆数百卷。余谢而还，久之遂不相闻。然余逢人辄问筠溪翁所在，有见之者，皆云："翁无恙。"每展所予书，未尝不思翁也。今年春，张西卿从江上来，言翁居南㴩浦，年已七十，神气益清，编摩殆不去手。侍婢生子，方呱呱。西卿状翁貌，如余十年前所见加少，亦异矣哉！

噫！余见翁时岁暮，天风憭栗，野草枯黄。日时晡，余循去径还，家妪、儿子以远客至，具酒，见余挟书还，则皆喜。一二年，妻、儿皆亡，而翁与余别，每劳人问死生，余虽不见翁，而独念翁常在宇宙间，视吾家之溘然而尽者，翁殆如千岁人。昔东坡先生为《方山子传》，其事多奇。余以为古之得道者，常游行人间，不必有异，而人自不之见。若筠溪翁，固在吴淞烟水间，岂方山子之谓哉！

或曰：“筠溪翁非神仙家者流。”抑岩处之高士也与？

陶节妇传

归熙甫

陶节妇方氏，昆山人陶子舸之妻。归陶氏期年，而子舸死，妇悲哀欲自经。或责以姑在，因俯默久之，遂不复言死，而事姑日谨。姑亦寡居，同处一室，夜则同衾而寝，姑、妇相怜甚，然欲死其夫，不能一日忘也。为子舸卜葬地，名清水湾，术者言其不利。妇曰：“清水名美，何为不可以葬？”时夫弟之西山买石，议独为子舸穴。妇即自买砖穴其旁。

已而姑病痢六十余日，昼夜不去侧。时尚秋暑，秽不可闻，常取中裙、厕牏自浣洒之，家人有顾而吐。妇曰：“果臭耶？吾日在侧，诚不自觉。”然闻病人溺臭可得生，因自喜。及姑病日殆，度不可起，先悲哭不食者五日。姑死，含殓毕。

先是子舸兄弟三人，仲弟子舫亦前死，尚有少弟。于是诸妇在丧次，子舫妻言：“姑亡，不知所以为身计。”妇曰：“吾与若，易处耳。独小婶共叔主祭，持陶氏门户，岁月遥遥不可知，此可念也。”因相向悲泣。顷之入室，屑金和水服之，不死。欲投井，井口隘，不能下。夜二鼓，呼小婢随行，至舍西，绐婢还，自投水。水浅，乍沉乍浮，月明中，婢从草间望见之。既死，家人得其尸，以面没水，色如生，两手持茭根，牢甚不可解。

妇年十八嫁子舸，十九丧夫，事姑九年，而与其姑同日死。卒葬之清水湾，在县南千墩浦上。

赞曰：妇以从夫为义，假令节妇遂从子舸死，而世犹将贤之；独濡忍以俟其母之终，其诚孝概之于古人，何愧哉！初妇父玉岗为蕲水令，将之官，时子舸已病，卜嫁之大吉，遂归焉。人特以妇为不幸，卒其所成，为门户之光，岂非所谓吉祥者耶？熙甫与人书云：班孟坚云，太史公质而不俚，人亦易晓。柳子厚称马迁之峻，峻字不易知。近作《陶节妇传》，懋俭甚聪明，可并观之。又云：昨为《陶节妇传》，李习之自谓为不在班孟坚、伯喈下也。得求郡中善书者入石，可摹百本，送连城，使海内知有此奇节，亦知有此文也。又云：近于舟中作得《陶节妇传》，风雪中读之，一似嚼冰雪也。

王烈妇传

归熙甫

王烈妇陆氏，其夫王土，家昆山之西盆渎村。昆故有薛烈妇、彭节妇尝居其地，舍旁今有薛冢焉，百六十年间，三烈妇相望也。自烈妇入王土门，其墓园枯竹更青，三年三生芝，皆双茎。比四年，芝已不生，而烈妇死。世谓芝为瑞草，芝之应恒于贵富、寿考、康宁，而于烈妇以死，是可以观天道也已。

时王土病且死，自怜贫无子，难为其妇计。烈妇指心以誓。土目瞑，为绝水浆，家人作糜强进之，烈妇不得已一举，辄颦蹙曰："视吾如此，能食否？"俯视地，喀喀吐出。每涕泣呼天，欲与俱去。家人颇目属私语，然谓新死悲甚，不深疑。更八日，其舅他出，家无人，诸妇女在灶下，烈妇焚楮作礼，俯首窃泪下，訚然向夫语。见漆工涂棺，曰："善为之。"徐步入房，闻阖户声，缢死矣。麻葛重袭，面土尸也。

归子曰：王土之祖父，旧为吾家比邻，世通游好。予髫年从师，土亦来，长与案等耳。不谓其后乃有贤妇，异哉！一女子感慨自决，精通于鬼神。其舅云："新妇，故淑婉仁孝人也。"嗟乎！是固然无疑。然予不暇论，论其大者。

韦节妇传

归熙甫

韦节妇，九江德化人，姓许氏，为同县韦起妻。节妇归韦氏八年，夫死，生子甫八月。父母怜之，意欲令改适，然见其悲哀，终不敢言也。夫亡后，有所遗资，复失之，贫甚，几无以自存，而节操愈厉。尤善哭其夫，哭必极哀，盖二十馀年，其哭如初丧之日。以故年四十而衰，发尽白，口中无齿，如七十余岁人。

初，所生八月儿多病，死者数矣。节妇谓其姑曰："儿病如此，奈何？吾所以不死，乃以此儿，今如是，悔不从死。"因仰天呼曰："天乎！不能为韦氏延此一息乎？"儿不食，即节妇亦不食，岁岁如是。至六七岁犹病，后乃得无恙。既长，教之学，名曰必荣。已而为郡学弟子员，始有廪米之养。自未入郡学，无廪米之养，非纺绩不给食也。议者以谓节妇之所处，视他妇人守节者，艰难盖百倍之，至于终身而毁，其诚盖出于天性，尤所难者。节妇既没，必荣以贡廷试，选为苏州嘉定学官。

赞曰：予尝从韦先生游，问洞庭、彭蠡江水所汇处，及庐山白鹿洞，想见昔贤之遗迹，而后乃闻韦夫人之节。然先生恂恂儒者，其夫人之教耶？

先妣事略

归熙甫

先妣周孺人，弘治元年二月十一日生。年十六来归，逾年生女淑静。淑静者，大姊也。期而生有光，又期而生女子，殇一人，期而不育者一人。又逾年生有尚，妊十二月。逾年生淑顺，一岁又生有功。有功之生也，孺人比乳他子加健，然数颦蹙顾诸婢曰："吾为多子苦。"老妪以杯水盛二螺进曰："饮此，后妊不数矣。"孺人举之尽，喑不能言。正德八年五月二十三日，孺人卒。诸儿见家人泣，则随之泣，然犹以为母寝也，伤哉！于是家人延画工画，出二子命之曰："鼻以上画有光，鼻以下画大姊。"以二子肖母也。

孺人讳桂。外曾祖讳明，外祖讳行，太学生。母何氏，世居吴家桥，去县城东南三十里。由千墩浦而南直桥，并小港以东，居人环聚，尽周氏也。外祖与其三兄皆以资雄，敦尚简实，与人姁姁说村中语，见子弟甥侄无不爱。孺人之吴家桥则治木绵，入城则缉纩，灯火荧荧，每至夜分。外祖不二日使人问遗，孺人不忧米盐，乃劳苦若不谋夕。冬月炉火炭屑，使婢子为团，累累暴阶下。室靡弃物，家无闲人。儿女大者攀衣，小者乳抱，手中纫缀不辍，户内洒然，遇僮奴有恩，虽至箠楚，皆不忍有后言。吴家桥岁致鱼蟹、饼饵，率人人得食，家中人闻吴家桥人至，皆喜。

有光七岁，与从兄有嘉入学，每阴风细雨，从兄辄留，有光意恋恋不得留也。孺人中夜觉寝，促有光暗诵孝经，即熟读无一字龃龉，乃喜。孺人卒，母何孺人亦卒。周氏家有羊狗之疴，舅母卒，四姨归顾氏又卒，死三十人而定，惟外祖与二舅存。

孺人死十一年，大姊归王三接。孺人所许聘者也；十二年有光补学官弟子，十六年而有妇，孺人所聘者也。期而抱女，抚爱之，益念孺人，中夜与其妇泣。追惟一二，仿佛如昨，馀则茫然矣。世乃有无母之人，天乎，痛哉！

白云先生传

方灵皋

张怡，字瑶星，初名鹿徵，上元人也。父可大，明季总兵登、莱，会毛文龙将卒反，诱执巡抚孙元化，可大死之。事闻，怡以诸生授锦衣卫千户。甲申，流贼陷京师，遇贼将，不屈，械系将肆掠，其党或义而逸之。久之，始归故里，其妻已前死，独身寄摄山僧舍，不入城市，乡人称白云先生。

当是时，三楚、吴、越耆旧，多立名义，以文术相高。惟吴中徐昭发、宣城沈眉生躬耕穷乡，虽贤士大夫不得一见其面，然尚有楮墨流传人间。先生则躬樵汲，口不言诗书，学士词人，无所求取，四方冠盖往来，日至兹山，而不知山中有是人也。先君子与余处士公佩，岁时问起居，入其室，架上书数十百卷，皆所著经说及论述史事，请贰之，弗许，曰："吾以尽吾年耳，已市二瓮，下棺则并藏焉。"

卒年八十有八，平生亲故夙市良材，为具棺椁。疾将革，闻而泣曰："昔先将军致命危城，无亲属视含殓，虽改葬，亲身之椑，弗能易也，吾忍乎？”顾视从孙某，趣易棺，定附身衾衣，乃卒。时先君子适归皖桐，反则已渴葬矣。

或曰：“书已入圹。”或曰：“经说有贰，尚存其家。”乾隆三年，诏修三礼，求遗书。其从孙某以书诣郡。太守命学官集诸生缮写，久之未就。先生之书，余心向之，而惧其无传也久矣，幸其家人自出之，而终不得一寓目焉。故并著于篇，俾乡之后进有所感发，守藏而传布之，毋使遂沉没也。

二贞妇传

方灵皋

康熙乙亥，余客涿州，馆于滕氏，见僮某，独自异于群奴，怪之。主人曰：“其母方氏，歙人也。美姿容，自入吾家，即涕泣请于主妇曰：‘某良家子，不幸夫无藉，凡役之贱且劳者不敢避也。但使与男子杂居同役，则不能一日以生。’会孺子疾，使在视，兼旬睫不交。所养孺子凡六人，忠勤如始至。自其夫自鬻，即誓不与同寝处；而夫死，疏食终其身。家人重其义，故于其子亦体貌焉。”

戊戌秋，天津朱乾御言：“里中节妇任氏，年十七，归符钟奇。逾岁，而钟奇死。姑杨氏，故孀也，阅六月，又死。时任氏仅遗腹一女子，而钟奇弟妹四人皆孩提，任氏保抱携持，为之母，为之师，又以其间修业而息之。凡二十年，各授室有家，而节妇死。族姻皆曰：‘亡者而有知也，杨氏可无怼于其死，钟奇可无憾于其亲矣。’”

夫嫠之苦身以勤家，多为其子也。自有任氏，而承夫之义始备焉。妇人委身于夫，而方氏非生绝其夫，不能守其身以庇其子。是皆遭事之变，而曲得其时义，虽圣贤处此，其道亦无以加焉者也。凡士之安常履顺，而自检其身，与所以施于家者，其事未若二妇人之艰难也，而乃苟于自恕，非所谓失其本心者与？

樵髯传

刘才甫

樵髯翁，姓程氏，名骏，世居桐城县之西鄙。性疏放，无文饰，而多髭须，因自号曰“樵髯”云。

少读书，聪颖拔出凡辈，于艺术、匠巧、嬉游之事，靡不涉猎，然皆不肯穷竟其学。曰：“吾以自娱而已。”尤嗜弈棋，常与里人弈，翁不任苦思。里人或注局凝神，翁辄颦蹙曰：“我等岂真知弈者！聊用为戏耳。乃复效小儿辈强为解事。”时时为人治病，亦不用以为意。诸富家尝与往来者，病作，欲得翁诊视，使僮奴候之，翁方据棋局哓哓然，竟不往也。

翁季父官建宁，翁随至建宁官廨，得以恣情山水，其言武夷九曲幽绝可爱，令人遗弃世事，欲往游焉。

刘子曰：余寓居张氏勺园中，翁亦以医至。余久与翁处，识其性情。翁见余为文，亟求余书其名氏，以传于无穷。余悲之，而作《樵髯传》。

原注：写出村野之态，如在目前，而文之高情远韵，自见于笔墨蹊径之外。

胡孝子传

刘才甫

孝子胡其爱者，桐城人也。生不识诗书，时时为人力佣，而以其佣之直奉母。母中岁遘罢癃之疾，长卧床褥，而孝子常左右之无违。自卧起以至饮食溲便，皆孝子躬自扶抱，一身而百役，靡不为也。

孝子家无升斗之储，每晨起，为母盥沐烹饪进朝馔，乃敢出佣。其佣地稍远不及炊，则出勺米付邻媪，而叩首以祈其代爨。媪辞叩，则行数里外，遥致其拜焉。至夜必归，归则取母中裙秽污自浣涤之。孝子衣履皆敝垢，而时致鲜肥供母。其在与佣者之家，遇肉食，即不食，而请归以遗其母。同列见其然，而分以饷之，辄不受。平生无所取于人，有与之者必报。母又喜出观游，村邻有伶优之剧，孝子每负母以趋，为藉草安坐，候至夜分人散，乃复负而还。时其和霁，母欲往宗亲里党之家，亦如之。孝子以生业之微，遂不娶，惟单独一人，竭力以养终其身。

母陈氏，以雍正八年病，至乾隆二十七年，乃以天年终。盖前后三十余年，而孝子奉之如一日也。母既没，负土成坟，即坟傍，挂片席而居。凄伤成疾，逾年癸未，孝子胡其爱卒。

赞曰：今之士大夫，游宦数千里外，父母没于家，而不知其时日。岂意乡里佣雇之间，怀笃行深爱之德，有不忍一夕离其亲宿于外如胡君者哉！胡君，字汝彩，父曰志贤。又同里有潘元生者，入自外，而其家方火，其母闭在火中。元生奋身入火，取其母以出，头面皆灼烂，此亦人之至情无足异，然愚夫或怯懦不进，则抱终身之痛无及矣。勇如元生，盖亦有足多者，余故为附著之。原注：摹写极真，质而不俚，直逼《史记》。

章大家行略

刘才甫

先大父侧室，姓章氏，明崇祯丙子十一月二十七日生。年十八来归，逾年，生女子一人，不育，又十余年，而大父卒。先大母钱氏，大母早岁无子，大父因娶章大家。三年，大母生吾父，而章大家卒无出。

大家生寒族，年少又无出。及大父卒，家人趣之使行，大家则慷慨号恸不食。时吾父才八岁，童然在侧，大家挽吾父跪大母前，泣曰："妾即去，如此小弱何？"大母曰："若能志夫子之志，亦吾所荷也。"于是与大母同处四十余年，年八十一而卒。大家事大母尽礼，大母亦善遇之，终身无间言。

櫆幼时，犹及事大母。值清夜，大母倚帘帷坐，櫆侍在侧，大母念往事，忽泪落。櫆见大母垂泪，问何故？大母叹曰："予不幸，汝祖中道弃予，汝祖没时，汝父才八岁。"回首见章大家在室，因指谓櫆曰："汝父幼孤，以养以诲，俾至成人，以得有今日，章大家之力为多。汝年及长，则必无忘章大家。"櫆时虽稚昧，见言之哀，亦知从旁泣。

大家自大父卒，遂丧明，目虽无见，而操作不辍。櫆七岁，与伯兄、仲兄从塾师在外庭读书，每隆冬阴风积雪，或夜分始归，僮奴皆睡去，独大家煨炉火以待。闻叩门，即应声策杖扶壁行，启门，且执手问曰：“若书熟否？先生曾扑责否？”即应以书熟，未曾扑责，乃喜。

大家垂白，吾家益贫，衣食不足以养，而大家之晚节更苦。呜呼！其可痛也夫！原注：真气淋漓，《史记》之文。

毛颖传附

韩退之

毛颖者，中山人也。其先明际，佐禹治东方土，养万物有功，因封于卯地，死为十二神。尝曰：“吾子孙神明之后，不可与物同，当吐而生。”已而果然。明际八世孙𩣡，世传当殷时，居中山，得神仙之术，能匿光使物，窃姮娥骑蟾蜍入月，其后代遂隐不仕云。居东郭者曰䨲，狡而善走，与韩卢争能，卢不及，卢怒，与宋鹊谋而杀之，醢其家。

秦始皇时，蒙将军恬南伐楚，次中山，将大猎以惧楚。召左右庶长与军尉，以《连山》筮之，得天与人文之兆。筮者贺曰：“今日之获，不角不牙，衣褐之徒，缺口而长须，八窍而趺居，独取其毛，简牍是资，天下其同书，秦其遂兼诸侯乎！”遂猎，围毛氏之族，拔其豪，载颖而归，献俘于章台宫，聚其族而加束缚焉。秦皇帝使恬赐之汤沐，而封诸管城，号曰管城子，日见亲宠任事。

颖为人，强记而便敏，自结绳之代以及秦事，无不纂录。阴阳、卜筮、占相、医方、族氏、山经、地志、字书、图画，九流、百家、天人之书，及至浮图、老子、外国之说，皆所详悉。又通于当代之务，官府簿书、市井货钱注记，惟上所使。自秦皇帝及太子扶苏、胡亥、丞相斯、中车府令高，下及国人，无不爱重。又善随人意，正直、邪曲、巧拙，一随其人。虽见废弃，终默不泄。惟不喜武士，然见请，亦时往。累拜中书令，与上益狎。上尝呼为“中书君”。上亲决事，以衡石自程，虽宫人不得立左右，独颖与执烛者常侍，上休乃罢。颖与绛人陈玄、弘农陶泓及会稽褚先生友善，相推致，其出处必偕。上召颖，三人者不待诏辄俱往，上未尝怪焉。后因进见，上将有任使，拂拭之，因免冠谢。上见其发秃，又所摹画不能称上意，上嘻笑曰：“中书君老而秃，不任吾用，吾尝谓君中书，君今不中书耶？”对曰：“臣所谓尽心者。”因不复召，归封邑，终于管城。其子孙甚多，散处中国、夷狄，皆冒管城，惟居中山者能继父祖业。

太史公曰：毛氏有两族，其一姬姓，文王之子封于毛，所谓鲁、卫、毛、聃者也。战国时，有毛公、毛遂。独中山之族，不知其本所出，子孙最为蕃昌。《春秋》之成，见绝于孔子，而非其罪。及蒙将军拔中山之豪，始皇封诸管城，世遂有名，而姬姓之毛无闻。颖始以俘见，卒见任使；秦之灭诸侯，颖与有功。赏不酬劳，以老见疏，秦真少恩哉！

卷四十　碑志类上编一

二十八年泰山刻石文

秦始皇

皇帝临位，作制明法，臣下修饬。二十有六年，初并天下，罔不宾服。亲巡远方黎民，登兹泰山，周览东极。从臣思迹，本原事业，祗诵功德。治道运行，诸产得宜，皆有法式。大义休明，垂于后世，顺承勿革。皇帝躬圣，既平天下，不懈于治。夙兴夜寐，建设长利，专隆教诲。训经宣达，远近毕理，咸承圣志。贵贱分明，男女礼顺，慎遵职事。昭隔内外，靡不清净，施于后嗣。化及无穷，遵奉遗诏，永承重戒。

琅邪台立石刻文

秦始皇

维二十六年，皇帝作始。端平法度，万物之纪。以明人事，合同父子，圣智仁义，显白道理。东抚东土，以省卒士，事已大毕，乃临于海。皇帝之功，勤劳本事，上农除末，黔首是富。普天之下，抟心揖志，器械一量，同书文字。日月所照，舟舆所载，皆终其命，莫不得意。应时动事，是维皇帝，匡饬异俗，陵水经地。忧恤黔首，朝夕不懈，除疑定法，咸知所辟。方伯分职，诸治经易，举错必当，莫不如画。皇帝之明，临察四方，尊卑贵贱，不逾次行。奸邪不容，皆务贞良，细大尽力，莫敢怠荒。远迩辟隐，专务肃庄，端直敦忠，事业有常。皇帝之德，存定四极，诛乱除害，兴利致福。节事以时，诸产繁殖，黔首安宁，不用兵革。六亲相保，终无寇贼，欢欣奉教，尽知法式。六合之内，皇帝之土，西涉流沙，南尽北户，东有东海，北过大夏，人迹所至，无不臣者。功盖五帝，泽及牛马，莫不受德，各安其宇。

维秦王兼有天下，立名为皇帝，乃抚东土，至于琅邪。列侯武城侯王离、列侯通武侯王贲、伦侯建成侯赵亥、伦侯昌武侯成、伦侯武信侯冯毋择、丞相隗林、丞相王绾、卿李斯、卿王戊、五大夫赵婴、五大夫杨樛从，与议于海上。曰："古之帝者，地不过千里，诸侯各守其封域，或朝或否，相侵暴乱，残伐不止，犹刻金石，以自为纪。古之五帝、三王，知教不同，法度不明，假威鬼神，以欺远方，实不称名，故不久长。其身未殁，诸侯倍叛，法令不行。今皇帝并一海内，以为郡县，天下和平。昭明宗庙，体道行德，尊号大成。群臣相与诵皇帝功德，刻于金石，以为表经。"

二十九年之罘刻石文

秦始皇

维二十九年，时在中春，阳和方起。皇帝东游，巡登之罘，临照于海。从臣嘉观，原念休烈，追诵本始。大圣作治，建定法度，显著纲纪。外教诸侯，光施文惠，明以义理。六国回辟，贪戾无厌，虐杀不已。皇帝哀众，遂发讨师，奋扬武德。义诛信行，威蝉旁达，莫不宾服。烹灭强暴，振救黔首，周定四极。普施明法，经纬天下，永为仪则。大矣哉！宇县之中，承顺圣意。群臣诵功，请刻于石，表垂于常式。

东观刻石文

秦始皇

维二十九年，皇帝春游，览省远方。逮于海隅，遂登之罘，昭临朝阳。观望广丽，从臣咸念，原道至明。圣法初兴，清理疆内，外诛暴强。武威旁畅，振动四极，禽灭六王。阐并天下，灾害绝息，永偃戎兵。皇帝明德，经理宇内，视听不怠。作立大义，昭设备器，咸有章旗。职臣遵分，各知所行，事无嫌疑。黔首改化，远迩同度，临古绝尤。常职既定，后嗣循业，长承圣治。群臣嘉德，祗诵圣烈，请刻之罘。

三十二年刻碣石门

秦始皇

遂兴师旅，诛戮无道，为逆灭息。武殄暴逆，文复无罪，庶心咸服。惠论功劳，赏及牛马，恩肥土域。皇帝奋威，德并诸侯，初一泰平。堕坏城郭，决通川防，夷去险阻。地势既定，黎庶无繇，天下咸抚。男乐其畴，女修其业，事各有序。惠被诸产，久并来田，莫不安所。群臣诵烈，请刻此石，垂著仪矩。

三十七年会稽立石刻文

秦始皇

皇帝休烈，平一宇内，德惠修长。三十有七年，亲巡天下，周览远方。遂登会稽，宣省习俗，黔首齐庄。群臣诵功，本原事迹，追道高明。秦圣临国，始定刑名，显陈旧章。初平法式，审别职任，以立恒常。六王专倍，贪戾慠猛，率众自强。暴虐恣行，负力而骄，数动甲兵。阴通间使，以事合从，行为辟方。内饰诈谋，外来侵边，遂起祸殃。义威诛之，殄熄暴悖，乱贼灭亡。圣德广密，六合之中，被泽无疆。皇帝并宇，兼听万事，远近毕清。运理群物，考验事实，各载其名。贵贱并通，善否陈前，靡有隐情。饰省宣义，有子而嫁，倍死不贞。防隔内外，禁止淫泆，男女絜诚。夫为寄豭，杀之无罪，男秉义程。妻为逃嫁，子不得母，咸化廉清。大治濯俗，天下承风，蒙被休经。皆遵度轨，安和敦勉，莫不顺令。黔首修洁，人乐同则，嘉保太平。后敬奉法，常治无极，舆舟不倾。从臣诵烈，请刻此石，光垂休铭。

封燕然山铭

班孟坚

惟永元元年秋七月，有汉元舅曰车骑将军窦宪，寅亮圣皇，登翼王室，纳于大麓，惟清缉熙。乃与执金吾耿秉，述职巡御，治兵于朔方。鹰扬之校，螭虎之士，爰该六师，及南单于、东胡乌桓、西戎氐羌、侯王君长之群，骁骑十万，元戎轻武，长毂四分，雷辎蔽路，万有三千余乘，勒以八阵，莅以威神。玄甲耀日，朱旗绛天，遂凌高阙，下鸡鹿，经碛卤，绝大漠，斩温禺以衅鼓，血尸逐以染锷。然后四校横徂，星流彗扫，萧条万里，野无遗寇，于是域灭区殚，反旆而旋。考传验图，穷览其山川，遂逾涿邪，跨安侯，乘燕然，蹑冒顿之区落，焚老上之龙庭，将上以摅高、文之宿愤，光祖宗之玄灵，下以安固后嗣，恢拓境宇，振大汉之天声。兹可谓一劳而久逸，暂费而永宁也。乃遂封山刊石，昭明盛德，其辞曰：

铄王师兮征荒裔，剿凶虐兮截海外。夐其邈兮亘地界，封神丘兮建隆嵑，熙帝载兮振万世。序亦用韵，即琅邪刻石体。

大唐中兴颂有序

元次山

天宝十四载，安禄山陷洛阳，明年陷长安。天子幸蜀，太子即位于灵武。明年，皇帝移军凤翔，其年复两京，上皇还京师。於戏！前代帝王，有盛德大业者，必见于歌颂。若今歌颂大业，刻之金石，非老于文学，其谁宜为！颂曰：

噫嘻前朝，孽臣奸骄，为惛为妖。边将骋兵，毒乱国经，群生失宁。大驾南巡，百僚窜身，奉贼称臣。天将昌唐，繄睨我皇，匹马北方。独立一呼，千麾万旟，戎卒前驱。我师其东，储皇抚戎，荡攘群凶。复服指期，曾不逾时，有国无之。事有至难，宗庙再安，二圣重欢。地辟天开，蠲除袄灾，瑞庆大来。凶徒逆俦，涵濡天休，死生堪羞。功劳位尊，忠烈名存，泽流子孙。盛德之兴，山高日升，万福是膺。能令大君，声容沄沄，不在斯文。湘江东西，中直浯溪，石崖天齐。可磨可镌，刊此颂焉，何千万年！

卷四十一　碑志类上编二

平淮西碑

韩退之

天以唐克肖其德，圣子神孙，继继承承，于千万年，敬戒不怠，全付所覆，四海九州，罔有内外，悉主悉臣。高祖、太宗，既除既治；高宗、中、睿，休养生息。至于玄宗，受报收功，极炽而丰，物众地大，孽牙其间。肃宗、代宗，德祖、顺考，以勤以容。大慝适去，稂莠不薅，相臣将臣，文恬武嬉，习熟见闻，以为当然。

睿圣文武皇帝，既受群臣朝，乃考图数贡曰："呜呼！天既全付予有家，今传次在予，予不能事事，其何以见于郊庙？"群臣震慑，奔走率职。明年平夏，又明年平蜀，又明年平江东，又明年平泽、潞，遂定易、定，致魏、博、贝、卫、澶、相，无不从志。皇帝曰："不可究武，予其少息。"

九年，蔡将死，蔡人立其子元济以请，不许。遂烧舞阳，犯叶、襄城，以动东都，放兵四劫。皇帝历问于朝，一二臣外皆曰："蔡帅之不廷授，于今五十年，传三姓四将，其树本坚，兵利卒顽，不与他等，因抚而有，顺且无事。"大官臆决唱声，万口和附，并为一谈，牢不可破。皇帝曰："惟天惟祖宗，所以付任予者，庶其在此，予何敢不力！况一二臣同，不为无助。"曰："光颜！汝为陈、许帅，维是河东、魏博、郃阳三军之在行者，汝皆将之。"曰："重胤！汝故有河阳、怀，今益以汝，维是朔方、义成、陕、益、凤翔、延、庆七军之在行者，汝皆将之。”曰：“弘！汝以卒万二千，属而子公武往讨之。”曰：“文通！汝守寿，维是宣武、淮南、宣歙、浙西四军之行于寿者，汝皆将之。”曰：“道古！汝其观察鄂、岳。”曰：“愬！汝帅唐、邓、随，各以其兵进战。”曰：“度！汝长御史，其往视师。”曰：“度！惟汝予同，汝遂相予，以赏罚用命不用命。”曰：“弘！汝其以节都统诸军。”曰：“守谦！汝出入左右，汝惟近臣，其往抚师。”曰：“度！汝其往衣服饮食予士，无寒无饥，以既厥事，遂生蔡人。赐汝节斧、通天御带。卫卒三百，凡兹廷臣，汝择自从，惟其贤能，无惮大吏。庚申，予其临门送汝。”曰：“御史，予闵士大夫战甚苦，自今以往，非郊庙祠祀，其无用乐。”

颜、胤、武合攻其北，大战十六，得栅城县二十三，降人卒四万。道古攻其东南，八战，降万三千，再入申，破其外城。文通战其东，十余遇，降万二千。愬入其西，得贼将，辄释不杀，用其策，战比有功。十二年八月，丞相度至师，都统弘责战益急，颜、胤，武合战益用命。元济尽并其众洄曲以备。十月壬申，愬用所得贼将，自文城因天大雪疾驰百二十里，用夜半到蔡，破其门，取元济以献，尽得其属人卒。辛巳，丞相度入蔡，以皇帝命，赦其人。淮西平，大飨赉功，师还之日，因以其食赐蔡人。凡蔡卒三万五千，其不乐为兵愿归为农者十九，悉纵之。斩元济京师。

册功：弘加侍中；愬为左仆射，帅山南东道；颜、胤皆加司空；公武以散骑常侍，帅鄜、坊、丹、延；道古进大夫；文通加散骑常侍。丞相度朝京师，道封晋国公，进阶金紫光禄大夫，以旧官相，而以其副总为工部尚书，领蔡任。

既还奏，群臣请纪圣功，被之金石。皇帝以命臣愈，臣愈再拜稽首而献文曰：

唐承天命，遂臣万邦，孰居近土，袭盗以狂。往在玄宗，崇极而圮，河北悍骄，河南附起。四圣不宥，屡兴师征，有不能克，益戍以兵。夫耕不食，妇织不裳，输之以车，为卒赐粮。外多失朝，旷不岳狩，百隶怠官，事亡其旧。

帝时继位，顾瞻咨嗟，惟汝文武，孰恤予家？既斩吴、蜀，旋取山东，魏将首义，六州降从。淮、蔡不顺，自以为强，提兵叫欢，欲事故常。始命讨之，遂连奸邻，阴遣刺客，来贼相臣。方战未利，内惊京师，群公上言，莫若惠来。帝为不闻，与神为谋，乃相同德，以讫天诛。乃敕颜、胤，愬、武、古、通，咸统于弘，各奏汝功。三方分攻，五万其师，大军北乘，厥数倍之。常兵时曲，军士蠢蠢，既翦陵云，蔡卒大窘。胜之邵陵，郾城来降，自夏入秋，复屯相望。兵顿不励，告功不时，帝哀征夫，命相往厘。士饱而歌，马腾于槽，试之新城，贼遇败逃。尽抽其有，聚以防我，西师跃入，道无留者。额额蔡城，其疆千里，既入而有，莫不顺俟。

帝有恩言，相度来宣，诛止其魁，释其下人。蔡之卒夫，投甲呼舞；蔡之妇女，迎门笑语。蔡人告饥，船粟往哺；蔡人告寒，赐以缯布。始时蔡人，禁不往来，今相从戏，里门夜开。始时蔡人，进战退戮，今旰而起，左飧右粥。为之择人，以收馀惫，选吏赐牛，教而不税。蔡人有言：始迷不知，今乃大觉，羞前之为。蔡人有言：天子明圣，不顺族诛，顺保性命。汝不吾信，视此蔡方，孰为不顺，往斧其吭！凡叛有数，声势相倚，吾强不支，汝弱奚恃？其告而长，而父而兄，奔走偕来，同我太平。淮蔡为乱，天子伐之；既伐而饥，天子活之。

始议伐蔡，卿士莫随，既伐四年，小大并疑。不赦不疑，由天子明，凡此蔡功，惟断乃成。既定淮、蔡，四夷毕来，遂开明堂，坐以治之。茅顺甫云：颂文淋漓纵横，并合绳斧。

处州孔子庙碑

韩退之

自天子至郡邑守长，通得祀而遍天下者，惟社稷与孔子为然。而社祭土，稷祭谷，句龙与弃，乃其佐享，非其专主。又其位所，不屋而坛，岂如孔子用王者事，巍然当座，以门人为配，自天子而下，北面跪祭，进退诚敬，礼如亲弟子者！句龙、弃以功，孔子以德，固自有次第哉！自古多有以功德得其位者，不得常祀；句龙、弃、孔子，皆不得位而得常祀，然其祀事，皆不如孔子之盛，所谓生人以来，未有如孔子者，其贤过于尧、舜远矣，此其效欤！

郡邑皆有孔子庙，或不能修事，虽设博士弟子，或役于有司，名存实亡，失其所业。独处州刺史邺侯李繁至官，能以为先，既新作孔子庙，又令工改为颜子至子夏十人像；其馀六十子，及后大儒公羊高、左丘明、孟轲、荀况、伏生、毛公、韩生、董生，高堂生、扬雄、郑玄等数十人，皆图之壁。选博士弟子，必皆其人，又为置讲堂，教之行礼，肄习其中。置本钱廪米，令可继处以守。庙成，躬率吏及博士弟子入学，行释菜礼。耆老叹嗟，其子弟皆兴于学。邺侯尚文，其于古记无不贯达，故其为政，知所先后，可歌也已。乃作诗曰：

惟此庙、学，邺侯所作。厥初庳下，神不以宇，生师所处，亦窘寒暑。乃新斯宫，神降其献，讲读有常，不诫用劝。揭揭元哲，有师之尊，群圣严严，大法以存。像图孔肖，咸在斯堂，以瞻以仪，俾不或忘。后之君子，无废成美，琢词碑石，以赞攸始。

南海神庙碑

韩退之

海于天地间，为物最巨，自三代圣王，莫不祀事。考于传记，而南海神次最贵，在北、东、西三神、河伯之上，号为祝融。天宝中，天子以为古爵莫贵于公侯，故海岳之祝，牺币之数，放而依之，所以致崇极于大神。今王，亦爵也，而礼海岳，尚循公侯之事，虚王仪而不用，非致崇极之意也。由是册尊南海神为广利王，祝号祭式，与次俱升。因其故庙，易而新之，在今广州治之东南，海道八十里，扶胥之口，黄木之湾。常以立夏气至，命广州刺史行事祠下，事讫，驿闻。而刺史常节度五岭诸军，仍观察其郡邑，于南方事无所不统，地大以远，故常选用重人。既贵而富，且不习海事，又当祀时，海常多大风，将往，皆忧戚，既进，观顾怖悸，故常以疾为解，而委事于其副，其来已久。故明宫斋庐，上雨旁风，无所盖障；牲酒瘠酸，取具临时；水陆之品，狼籍笾豆，荐裸兴俯，不中仪式。

吏滋不供，神不顾享，盲风怪雨，发作无节，人蒙其害。

元和十二年，始诏用前尚书右丞、国子祭酒鲁国孔公为广州刺史，兼御史大夫，以殿南服。公正直方严，中心乐易，祗慎所职，治人以明，事神以诚，内外单尽，不为表襮。至州之明年，将夏，祝册自京师至，吏以时告。公乃斋祓视册，誓群有司曰："册有皇帝名，乃上所自署，其文曰：'嗣天子某，谨遣官某敬祭。'其恭且严扣是，敢有不承！明日吾将宿庙下，以供晨事。"明日，吏以风雨白，不听。于是州府文武吏士凡百数，交谒更谏，皆揖而退。公遂升舟，风雨少弛，棹夫奏功，云阴解驳，日光穿漏，波伏不兴。省牲之夕，载畅载阴；将事之夜，天地开除，月星明概。五鼓既作，牵牛正中，公乃盛服执笏，以入即事。文武宾属，俯首听位，各执其职。牲肥酒香，樽爵静洁，降登有数，神具醉饱。海之百灵秘怪，慌惚毕出，蜿蜿虵虵，来享饮食。阖庙旋舻，祥飚送帆，旗纛旄麾，飞扬晻蔼。铙鼓嘲轰，高管嗷噪，武夫奋棹，工师唱和。穹龟长鱼，踊跃后先，乾端坤倪，轩豁呈露。祀之之岁，风灾熄灭，人厌鱼蟹，五谷胥熟。明年祀归，又广庙宫而大之，治其庭坛，改作东、西两序，斋庖之房，百用具修。明年其时，公又固往，不懈益虔，岁仍大和，耋艾歌咏。

始公之至，尽除他名之税，罢衣食于官之可去者，四方之使，不以资交，以身为帅。燕享有时，赏与以节，公藏私蓄，上下与足。于是免属州负逋之缗钱廿有四万，米三万二千斛。赋金之州，耗金一岁八百，困不能偿，皆以丐之。加西南守长之俸，诛其尤无良不听令者，由是皆自重慎法。人士之落南不能归者，与流徙之胄百廿八族，用其才良而廪其无告者，其女子可嫁，与之钱财，令无朱时。刑德并流，方地数千里，不识盗贼，山行海宿，不择处所。事神治人，其可谓备至耳矣。咸愿刻庙石以著厥美，而系以诗。乃作诗曰：

南海阴墟，祝融之宅，即祀于旁，帝命南伯。吏惰不躬，正自今公，明用享锡，右我家邦。惟明天子，惟慎厥使，我公在官，神人致喜。海岭之陬，既足既濡，胡不均弘，俾执事枢。公行勿迟，公无遽归，匪我私公，神人具依。

衢州徐偃王庙碑

韩退之

徐与秦俱出柏翳，为嬴姓，国于夏、殷、周世，咸有大功。秦处西偏，专用武胜，遭世衰，无明天子，遂虎吞诸国为雄。诸国既皆入秦为臣属，秦无所取利，上下相贼害，卒偾其国而沉其宗。徐处得地中，文德为治，及偃王诞当国，益除刑争末事，凡所以君国、子民、待四方，一出于仁义。当此之时，周天子穆王无道，意不在天下，好道士说，得八龙，骑之西游，同王母宴于瑶池之上，歌讴忘归。四方诸侯之争辩者，无所质正，咸宾祭于徐，贽玉帛死生之物于徐之庭者，三十六国。得朱弓赤矢之瑞。穆王闻之恐，遂称受命，命造父御，长驱而归，与楚连谋伐徐。徐不忍斗其民，北走彭城武原山下，百姓随而从之，万有余家。偃王死，民号其山为徐山，凿石为室，以祠偃王。偃王虽走死失国，民戴其嗣为君如初。驹王、章禹，祖孙相望。自秦至今，名公巨人继迹史书，徐氏十望，其九皆本于偃王；而秦后迄兹无闻家。天于柏翳之绪，非偏有厚薄施，仁与暴之报，自然异也。

衢州，故会稽太末也，民多姓徐氏，支县龙丘，有偃王遗庙。或曰："偃王之逃战，不之彭城，之越城之隅，弃玉几研于会稽之水。"或曰："徐子章禹既执于吴，徐之公族子弟，散之徐、扬二州间，即其居立先王庙云。"开元初，徐姓二人相属为刺史，帅其部之同姓，改作庙屋，载事于碑。后九十年，当元和九年，而徐氏放，复为刺史。放，字达夫，前碑所谓今户部侍郎，其大父也。春行视农，至于龙丘，有事于庙。思惟本原，曰："故制，粫朴下窄，不足以揭虔妥灵，而又梁桷赤白，陊剥不治，图像之威，黕昧就灭，藩拔级夷，庭木秃缺，祈甿日慢，祥庆弗下，州之群支，不获荫庥。余惟遗绍而尸其土，不即不图，以有资聚，罚其可辞？"乃命因故为新。众工齐事，惟月若日，工告讫功，大祠于庙，宗卿咸序，应是岁，州无怪风剧雨，民不夭厉，谷果完实。民皆曰："耿耿祉哉，其不可诬！"乃相与请辞京师，归而鑱之于石。

辞曰：

秦杰以颠，徐由逊绵；秦鬼久饥，徐有庙存。婉婉偃王，惟道之耽，以国易仁，为笑于顽。自初擅命，其实几姓。历短詈长，有不偿亡，课其利害，孰与王当？姑蔑之墟，太末之里，谁思王恩，立庙以祀？王之闻孙，世世多有，唯临兹邦，庙土实守。坚、峤之后，达夫廓之，王殁万年，如始祔时。王孙多孝，世奉王庙，达夫之来，先慎诏教。尽惠庙民，不主于神，维是达夫，知孝之元。太末之里，姑蔑之城，庙事时修，仁孝振声，宜宠其人，以及后生。嗟嗟维王，虽古谁亢？王死于仁，彼以暴丧，文追作诔，刻示茫茫。

柳州罗池庙碑

韩退之

罗池庙者，故刺史柳侯庙也。柳侯为州，不鄙夷其民，动以礼法。三年，民各自矜奋："兹土虽远京师，吾等亦天氓，今天幸惠仁侯，若不化服，我则非人。"于是老少相教语，莫违侯令。凡有所为于其乡间及于其家，皆曰："吾侯闻之，得无不可于意否？"莫不忖度而后从事。

凡令之期，民劝趋之，无有后先，必以其时。于是民业有经，公无负租。流逋四归，乐生兴事，宅有新屋，步有新船，池园洁修，猪牛鸭鸡，肥大蕃息。子严父诏，妇顺夫指，嫁娶葬送，各有条法。出相弟长，入相慈孝。先时民贫，以男女相质，久不得赎，尽没为隶。我侯之至，按国之故，以佣除本，悉夺归之。大修孔子庙。城郭巷道，皆治使端正，树以名木。柳民既皆悦喜。

尝与其部将魏忠、谢宁、欧阳翼饮酒驿亭，谓曰："吾弃于时，而寄于此，与若等好也。明年，吾将死，死而为神，后三年，为庙祀我。"及期而死，三年孟秋辛卯，侯降于州之后堂，欧阳翼等，见而拜之。其夕，梦翼而告曰："馆我于罗池。"其月景辰，庙成，大祭，过客李仪醉酒，慢侮堂上，得疾，扶出庙门即死。明年春，魏忠、欧阳翼使谢宁来京师，请书其事于石。余谓柳侯生能泽其民，死能惊动祸福之，以食其土，可谓灵也已。作迎享送神诗遗柳民，俾歌以祀焉，而并刻之。

柳侯，河东人，讳宗元，字子厚。贤而有文章。尝位于朝，光显矣，已而摈不用。其辞曰：

荔子丹兮蕉黄，杂肴蔬兮进侯堂。侯之船兮两旗，度中流兮风泊之。待侯不来兮，不知我悲。侯乘驹兮入庙，慰我民兮不噘以笑。鹅之山兮柳之水，桂树团团兮，白石齿齿。侯朝出游兮暮来归，春与猿吟兮，秋鹤与飞。北方之人兮，为侯是非。千秋万岁兮，侯无我违！福我兮寿我，驱厉鬼兮山之左。下无苦湿兮高无干，秔稌充羡兮，蛇蛟结蟠。我民报事兮无怠其始，自今兮钦于世世。

袁氏先庙碑

韩退之

袁公滋既成庙，明岁二月，自荆南以旂节朝京师，留六日，得壬子春分，率宗亲子属，用少牢于三室。既事，退言曰："呜呼远哉！维世传德，袭训集余，乃今有济。今祭既不荐金石音声，使工歌诗，载烈象容，其奚以饬稚昧于长久？唯敬系羊豕幸有石，如具著先人名迹，因为诗系之语下，于义其可。虽然，余不敢，必属笃古而达于词者。"遂以命愈。愈谢非其人。不获命，则谨条袁氏本所以出，与其世系里居，起周历汉、魏、晋、拓拔魏、周、隋入国家以来，高曾祖考所以劬躬焘后，委祉于公；公之所以逢将承应者，有概有详，而缀以诗。其语曰：

周树舜后陈，陈公子有为大夫食国之地袁乡者，其子孙世守不失，因自别为袁氏。春秋世，陈常压于楚，与中国相加尤疏。袁氏犹班班见，可谱。常居阳夏，阳夏至晋，属陈郡，故号陈郡袁氏。博士固，申儒遏黄，唱业于前；至司徒安，怀德于身，袁氏遂大显。连世有人，终汉连魏、晋，分仕南、北。始居华阴，为拓拔魏鸿胪。鸿胪讳恭，生周梁州刺史新县孝侯讳颖。孝侯生隋左卫大将军讳温，去官居华阴，武德九年，以大耋薨，始葬华州。左卫生南州刺史讳士政。南州生当阳令讳伦，于公为曾祖。当阳生朝散大夫石州司马讳知玄。司马生赠工部尚书咸宁令讳晔，是为皇考。袁氏旧族，而当阳以通经为儒，位止县令，石州用《春秋》持身治事，为州司马以终。咸宁备学而贯以一，文武随用，谋行功从，出入有立，不爵于朝。比三世宜达而窒，归成后人，数当于公。公惟曾大父、大父、皇考比三世，存不大夫食，殁祭在子孙。惟将相能致备物，世弥远，礼则益不及，在慎德行业治，图功载名，以待上可。无细大，无敢不敬畏；无早夜，无敢不思。成于家，进于外，以立于朝。自侍御史历工部员外郎、祠部郎中、谏议大夫、尚书右丞、华州刺史、金吾大将军，由卑而巨，莫不官称，遂为宰相，以赞辨章。仍持节将蜀、滑、襄、荆，略苞河山，秩登禄富，以有庙祀，具如其志。又垂显刻，以教无忘，可谓大孝。

诗曰：

袁自陈分，初尚蹇连，越秦造汉，博士发论。司徒任德，忍不锢人，收功厥后，五公重尊。晋氏于南，来处华下，鸿胪、孝侯，用适操舍。南州勤治，取最不懈，当阳耽经，唯义之畏。石州烈烈，学专《春秋》，懿哉咸宁，不名一休，趋难避成，与时泛浮。是生孝子，天子之宰，出把将符，群州承楷。数以立庙，禄以备器，由曾及考，同堂异置，柏版松楹，其筵肆肆。维袁之庙，孝孙之为，顺势即宜，以诹以龟，以平其巇，屋墙持持。孝孙来享，来拜庙廷，陟堂进室，亲登笾铏。肩臑胉骼，其尊玄清，降登受胙，于庆尔成。维曾维祖，维考之施，于汝孝嗣，以报以祇。凡我有今，非本曷思？刻诗牲系，维以告之。

乌氏庙碑

韩退之

元和五年，天子曰："卢从史始立议，用师于恒，乃阴与寇连，夸谩凶骄，出不逊言，其执以来！"其四月，中贵人承璀，即诱而缚之。其下皆甲以出，操兵趋哗。牙门都将乌公重胤，当军门叱曰："天子有命，从有赏，敢违者斩。"于是士皆敛兵还营，卒致从史京师。壬辰，诏用乌公为银青光禄大夫、河阳军节度使，兼御史大夫，封张掖郡开国公。居三年，河阳称治。诏赠其父工部尚书，且曰："其以庙享。"即以其年营庙于京师崇化里。军佐窃议曰："先公既位常伯，而先夫人无加命，号名差卑，于配不宜。"语闻，诏赠先夫人刘氏沛国太夫人。八年八月，庙成，三室同宇。

祀自左领府君而下，作主于第。乙巳，升于庙。

乌氏著于《春秋》，谱于《世本》，列于《姓苑》，在莒者存，在齐有余枝鸣，皆为大夫。秦有获，为大官，其后世之江南者家鄱阳，处北者家张掖，或入夷狄为君长。唐初，察为左武卫大将军，实张掖人。其子曰令望，为左领军卫大将军；孙曰蒙，为中郎将，是生赠尚书讳承玭字某。乌氏自莒、齐、秦大夫以来，皆以材力显。及武德以来，始以武功为名将家。开元中，尚书管平卢先锋军，属破奚契丹，从战捺禄，走可突干。渤海扰海上，至马都山，吏民逃徙失业，尚书领所部兵塞其道，堑原累石，绵四百里，深高皆三丈，寇不得进，民还其居，岁罢运钱三千万余。黑水、室韦以骑五千来属麾下，边威益张。其后与耿仁智谋，说史思明降。思明复叛，尚书与兄承恩谋杀之，事发族夷，尚书独走免。李光弼以闻，诏拜冠军将军，守右威卫将军，检校殿中监，封昌化郡王，石岭军使。积粟厉兵，出入耕战。以疾去职。贞元十一年二月丁巳，薨于华阴告平里，年若干。即葬于其地。二子，大夫为长，季曰重元，为某官。铭曰：

乌氏在唐，有家于初，左武左领，二祖绍居，中郎少卑，属于尚书，不偿其劳，乃相大夫，授我戎节，制有疆墟。数备礼登，以有宗庙，作庙天都，以致其孝，右祖左孙，爰飨其报。云谁无子，其有无孙，克对无羞，乃惟有人。念昔平卢，为艰为瘁，大夫承之，危不弃义。四方其平，士有追息，来觐来斋，以馈黍稷。

表忠观碑

苏子瞻

熙宁十一年十月戊子，资政殿大学士、右谏议大夫、知杭州军州事臣抃言："故吴越国王钱氏坟庙，及其父、祖、妃、夫人、子孙之坟，在钱塘者二十有六，在临安者十有一，皆芜废不治，父老过之，有流涕者。"

"谨按故武肃王镠，始以乡兵破走黄巢，名闻江淮；复以八都兵破刘汉宏，并越州以奉董昌，而自居于杭。及昌以越叛，则诛昌而并越，尽有浙东西之地。传其子文穆王元瓘，至其孙忠显王仁佐，遂破李景兵，取福州。而仁佐之弟忠懿王俶又大出兵攻景，以迎周世宗之师，其后卒以国入觐。三世四王，与五代相终始。天下大乱，豪杰蜂起。方是时，以数州之地盗名字者不可胜数，既覆其族，延及于无辜之民，罔有孑遗。而吴越地方千里，带甲十万，铸山煮海，象犀珠玉之富，甲于天下，然终不失臣节，是以其民至于老死，不识兵革，四时嬉游，歌鼓之声相闻，至于今不废，其有德于斯民甚厚。”

“皇宋受命，四方僭乱，以次削平。而蜀、江南，负其险远，兵至城下，力屈势穷，然后束手。而河东刘氏，百战守死，以抗王师，积骸为城，釃血为池，竭天下之力，仅乃克之。独吴越不待告命，封府库，籍郡县，请吏于朝，视去其国，如去传舍，其有功于朝廷甚大。昔窦融以河西归汉，光武诏右扶风修理其父祖坟茔，祠以太牢。今钱氏功德，殆过于融，而未及百年，坟庙不治，行道伤嗟，甚非所以劝奖忠臣、慰答民心之义也。

“臣愿以龙山废佛祠曰妙因院者为观，使钱氏之孙为道士曰自然者居之。凡坟庙之在钱塘者，以付自然；其在临安者，以付其县之净土寺僧曰道微；岁各度其徒一人，使世掌之。籍其地之所入，以时修其祠宇，封殖其草木。有不治者，县令丞察之，甚者易其人，庶几永终不坠，以称朝廷待钱氏之意。臣抃昧死以闻。”

制曰：“可。”其妙因院，改赐名曰表忠观。

铭曰：

天目之山，苕水出焉，龙飞凤舞，萃于临安。笃生异人，绝类离群，奋梃大呼，从者如云。仰天誓江，月星晦蒙，强弩射潮，江海为东。杀宏诛昌，奄有吴越，金券玉册，虎符龙节。大城其居，包络山川，左江右湖，控引岛蛮。岁时归休，以燕父老，晔如神人，玉带毬马。四十一年，寅畏小心，厥篚相望，大贝南金。五朝昏乱，罔堪托国，三王相承，以待有德。既获所归，弗谋弗咨，先王之志，我维行之。天胙忠孝，世有爵邑，允文允武，子孙千亿。帝谓守臣，治其祠坟，毋俾樵牧，愧其后昆。龙山之阳，岿焉新宫，匪私于钱，唯以劝忠。非忠无君，非孝无亲，凡百有位，视此刻文。

卷四十二　碑志类下编一

曹成王碑

韩退之

王姓李氏，讳皋，字子兰，谥曰“成”。其先王明，以太宗子，国曹，绝，复封。传五王，至成王，成王嗣封在玄宗世，盖于时年十七八。绍爵三年，而河南北兵作，天下震扰。王奉母太妃，逃祸民伍，得间走蜀，从天子。天子念之，自都水使者，拜左领军卫将军，转贰国子秘书。王生十年而失先王，哭泣哀悲，吊客不忍闻。丧除，痛刮磨豪习，委己于学。稍长，重知人情，急世之要，耻一不通。侍太妃，从天子于蜀，既孝既忠，持官持身，内外斩斩，由是朝廷滋欲试之于民。上元元年，除温州长史，行刺史事。江东新刳于兵，郡旱饥，民交走死无吊。王及州，不解衣，下令掊锁扩门，悉弃仓实与民，活数十万人。奏报，升秩少府，与平袁贼，仍徙秘书，兼州别驾。部告无事，迁真于衡。法成令修，治出张施，声生势长，观察使噎媢不能出气，诬以过犯，御史助之，贬潮州刺史。杨炎起道州，相德宗，还王于衡，以直前谩。王之遭诬在理，念太妃老，将惊而戚，出则囚服就辩，入则拥笏垂鱼，坦坦施施。即贬于潮，以迁入贺，及是，然后跪谢告实。

初，观察使虐使将国良往戍界，良以武冈叛，戍众万人，敛兵荆、黔、洪、桂，伐之二年，尤张。于是以王帅湖南，将五万士，以讨良为事。王至，则屏兵，投良以书，中其忌讳。良羞畏乞降，狐鼠进退。王即假为使者，从一骑，踔五百里，抵良壁，鞭其门大呼："我曹王来受良降，良今安在？"良不得已，错愕迎拜，尽降其军。

太妃薨，王弃部，随丧之河南葬。及荆，被诏责还。会梁崇义反，王遂不敢辞以还，升秩散骑常侍。

明年，李希烈反，迁御史大夫，授节帅江西，以讨希烈。命至，王出止外舍，禁无以家事关我。哀兵，大选江州，群能著职。王亲教之抟力、勾卒、嬴越之法，曹诛五畀。舰步二万人，以与贼遌。嘬锋蔡山，踣之；剜蕲之黄梅，大鞣长平；钹广济；掀蕲春；撇蕲水；掇黄冈；筴汉阳；行跐汉川；还大膊蕲水界中；披安三县，拔其州，斩伪刺史；标光之北山；䠥随、光化，捁其州，十抽一推；救兵州东北属乡，还，开军受降。大小之战，三十有二，取五州十九县。民老幼妇女不惊，市贾不变，田之果谷下无一迹。加银青光禄大夫、工部尚书，改户部，再换节临荆及襄，真食三百。王之在兵，天子西巡于梁，希烈北取汴、郑，东略宋围陈，西取汝，薄东都。王坐南方，北向落其角距，贼死咋不能入寸尺，亡将卒十万，尽输其南州。

王始政于温，终政于襄，恒平物估，贱敛贵出，民用有经。一吏轨民，使令家听户视，奸宄无所宿，府中不闻急步疾呼。治民用兵，各有条次，世传为法。任马彝、将慎、将锷、将潜，偕尽其力能。薨，赠右仆射。元和初，以子道古在朝，更赠太子太师。

道古，进士、司门郎，刺利、随、唐、睦，征为少宗正，兼御史中丞，以节督黔中。朝京师，改命观察鄂、岳、蕲、沔、安、黄，提其师以伐蔡。且行，泣曰："先王讨蔡，实取沔、蕲、安、黄，寄惠未亡。今余亦受命有事于蔡，而四州适在吾封，庶其有集。先王薨，于今二十五年，吾昆弟在，而墓碑不刻，无文，其实有待。子无用辞。"乃序而诗之。辞曰：

太支十三，曹于弟季，或亡或微，曹始就事。曹之祖王，畏塞绝迁，零王黎公，不闻仅存。子父易封，三王守名，延延百载，以有成王。成王之作，一自其躬，文被明章，武荐峻功。苏枯弱强，龈其奸猖，以报于宗，以昭于王。王亦有子，处王之所，唯旧之视，蹶蹶陛陛，实取实似。刻诗其碑，为示无止。

清边郡王杨燕奇碑

韩退之

公讳燕奇，字燕奇，弘农华阴人也。大父知古，祁州司仓。烈考文诲，天宝中，实为平卢衙前兵马使，位至特进、检校太子宾客，封弘农郡开国伯。世掌诸蕃互市，恩信著明，夷人慕之。禄山之乱，公年几二十，进言于其父曰："大人守官，宜不得去，王室在难，某其行矣。"其父为之请于戎帅，遂率诸将校之子弟各一人，间道趋阙，变服诡行，日倍百里。天子嘉之，特拜左金吾卫大将军员外置，赐勋上柱国。宝应二年春，诏从仆射田公平刘展，又从下河北。大历八年，帅师纳戎帅勉于滑州。九年，从朝于京师。建中二年，城汴州，功劳居多。三年，从攻李希烈，先登。贞元二年，从司徒刘公复汴州。十二年，与诸将执以城叛者，归之于京师，事平，授御史大夫，食实封百户，赐缯彩有加。十四年，年六十一,五月某日，终于家。自始命左金吾大将军，凡十五迁，为御史大夫，职为节度押衙右厢兵马使兼马军先锋兵马使，阶为特进，勋为上柱国，爵为清边郡王。食虚邑自三百户至三千户，真食五百户终焉。

公结发从军四十余年，敌攻无坚，城守必完。临危蹈难，歔欷感发，乘机应会，捷出神怪。不畏义死，不荣幸生。故其事君无疑行，其事上无间言。

初，仆射田公，其母隔于冀州。公独请往迎之，经营贼城，出入死地，卒致其母。田公德之，约为父子。故公始姓田氏，田公终，而后复其族焉。

嗣子通王属良祯，以其年十月庚寅，葬公于开封县鲁陵冈，陇西郡夫人李氏祔焉。夫人清夷郡太守佑之孙，渔阳郡长史献之女，柔嘉淑明，先公而殂。有男四人，女三人。后夫人河南郡夫人雍氏，某官之孙，某官之女，有男一人，女二人，咸有至性纯行，夫人同仁均养，亲族不知异焉。君子于是知杨公之德，又行于家也。铭曰：

烈烈大夫，逢时之虞。感泣辞亲，从难于秦。维兹爰始，遂勤其事。四十余年，或裨或专。攻牢保危，爵位已跻。既明且慎，终老无隳。鲁陵之冈，蔡河在侧。烝烝孝子，思显勋绩。斫石于此，式垂后嗣。

唐故相权公墓碑

韩退之

上之元和六年，其相曰权公，讳德舆，字载之。其本出自殷帝武丁，武丁之子降封于权，权，江、汉间国也。周衰，入楚为权氏。楚灭徙秦，而居天水略阳。符秦之王中国，其臣有安丘公翼者，有大臣之言。后六世至平凉公文诞，为唐上庸太守、荆州大都督长史，焯有声烈。平凉曾孙讳倕，赠尚书礼部郎中，以艺学与苏源明相善，卒官羽林军录事参军，于公为王父。郎中生赠太子太保讳皋，以忠孝致大名，去官，累以官征不起，追谥贞孝，是实生公。公在相位三年，其后以吏部尚书授节镇山南，年六十以薨，赠尚书左仆射，谥文公。

公生三岁，知变四声，四岁能为诗。七岁而贞孝公卒，来吊哭者，见其颜色声容，皆相谓权氏世有其人。及长，好学，孝敬祥顺。贞元八年，以前江西府监察御史，征拜博士，朝士以得人相庆。改左补阙，章奏不绝，讥排奸幸，与阳城为助。转起居舍人，遂知制诰，凡撰命词九年，以类集为五十卷，天下称其能。十八年，以中书舍人典贡士，拜尚书礼部侍郎。荐士于公者，其言可信，不以其人布衣不用；即不可信，虽大官势人交言，一不以缀意。奏广岁所取进士、明经，在得人，不以员拘。转户、兵、吏三曹侍郎，太子宾客，复为兵部迁太常卿，天下愈推为巨人长德。时天子以为宰相宜参用道德人，因拜礼部尚书同中书门下平章事，公既谢辞，不许。其所设张举措，必本于宽大，以几教化，多所助与。维匡调娱，不失其正；中于和节，不为声章；因善与贤，不矜主己。以吏部尚书留守东都，东方诸帅有利病不能自请者，公常与疏陈，不以露布。复拜太常，转刑部尚书，考定新旧令式为三十编，举可长用。其在山南、河南，勤于选付，治以和简，人以宁便。以疾求还。十三年某月甲子，道薨于洋之白草。奏至，天子痛伤，为之不御朝，郎官致赠锡。官居野处，上下吊哭，皆曰："善人死矣。"其年某月日，葬河南北山，在贞孝东五里。

公由陪属升列，年除岁迁，以至公宰，人皆喜闻，若己与有，无忌嫉者。于頔坐子杀人，失位自囚，亲戚莫敢过门省顾，朝莫敢言者。公将留守东都，为上言曰："頔之罪既贳不竟，宜因赐宽诏。"上曰："然，公为吾行谕之。”頔以不忧死。前后考第进士，及庭所策试士，踵相蹑为宰相达官，与公相先后；其馀布处台、阁、外府，凡百余人。自始学至疾未病，未尝一日去书不观。公既以能为文辞擅声于朝，多铭卿大夫功德。然其为家，不视簿书，未尝问有亡，费不偫余。

公娶清河崔氏女，其父造尝相德宗，号为名臣。既葬，其子监察御史璩，累然服丧来，有请。乃作铭文曰：

权在商、周，世无不存。灭楚、徙秦，嬴、刘之间。甘泉始侯，以及安丘，诋诃浮屠，皇极之扶。贞孝之生，凤鸟不至，爵位岂多？半途以税；寿考岂多？四十而逝。惟其不有，以惠厥后，是生相君，为朝德首，行世祖之，文世师之。流连六官，出入屏毗，无党无仇，举世莫疵。人所惮为，公勇为之，其所竞驰，公绝不窥。孰克知之？德将在斯。刻诗墓碑，以永厥垂。

赠太尉许国公神道碑铭

韩退之

韩，姬姓，以国氏。其先有自颍川徙阳夏者，其地于今为陈之太康。太康之韩，其称盖久，然自公始大著。公讳宏，公之父曰海，为人魁伟沉塞，以武勇游仕许、汴之间，寡言自可，不与人交，众推以为巨人长者。官至游击将军，赠太师，娶乡邑刘氏女，生公，是为齐国太夫人。夫人之兄曰司徒玄佐，有功建中、贞元之间，为宣武军帅，有汴、宋、亳、颍四州之地，兵士十万人。公少依舅氏，读书习骑射，事亲孝谨，侃侃自将，不纵为子弟华靡遨放事，出入敬恭，军中皆目之。尝一抵京师，就明经试。退曰："此不足发名成业。"复去，从舅氏学，将兵数百人，悉识其材鄙怯勇，指付必堪其事。司徒叹奇之，士卒属心，诸老将皆自以为不及。司徒卒，去为宋南城将，比六七岁，汴军连乱不定。贞元十五年，刘逸淮死，军中皆曰："此军司徒所树，必择其骨肉为士卒所慕赖者付之。今见在人莫如韩甥，且其功最大，而材又俊。"即柄授之，而请命于天子。天子以为然，遂自大理评事拜工部尚书，代逸淮为宣武军节度使，悉有其舅司徒之兵与地，众果大悦便之。

当此时，陈许帅曲环死，而吴少诚反，自将围许，求援于逸淮，啗之以陈归汴。使数辈在馆，公悉驱出斩之，选卒三千人会诸军击少诚许下。少诚失势以走，河南无事。

公曰："自吾舅没，五乱于汴者，吾苗薅而发栉之几尽，然不一揃刈，不足令震虩。"命刘锷以其卒三百人待命于门，数之以数与于乱，自以为功，并斩之以徇，血流波道。自是讫公之朝京师，廿有一年，莫敢有讙呶叫号于城郭者。

李师古作言起事，屯兵于曹，以吓滑帅，且告假道。公使谓曰："汝能越吾界而为盗耶？有以相待，无为空言。"滑帅告急，公使谓曰："吾在此，公无恐。"或告曰："翦棘夷道，兵且至矣，请备之。"公曰："兵来，不除道也。"不为应。师古诈穷变索，迁延旋军。少诚以牛皮鞵材遗师古，师古以盐资少诚，潜过公界，觉，皆留，输之库曰："此于法不得以私相馈。"

田弘正之开魏博，李师道使来告曰："我代与田氏约相保援，今弘正非其族，又首变两河事，亦公之所恶，我将与成德合军讨之，敢告。"公谓其使曰："我不知利害，知奉诏行事耳。若兵北过河，我即东兵以取曹。"师道惧，不敢动，弘正以济。诛吴元济也，命公都统诸军，曰："无自行以遏北寇。"公请使子公武以兵万三千人会讨蔡下，归财与粮，以济诸军，卒擒蔡奸。于是以公为侍中，而以公武为鄜、坊、丹、延节度使。

师道之诛，公以兵东下，进围考城，克之，遂进迫曹，曹寇乞降。郓部既平，公曰："吾无事于此，其朝京师。"天子曰："大臣不可以暑行，其秋之待。"公曰："君为仁，臣为恭，可矣。"遂行。既至，献马三千匹，绢五十万匹，他锦纨、绮、缬又三万，金银器千。而汴之库厩钱以贯数者尚余百万，绢亦合百余万匹，马七千，粮三百万斛，兵械多至不可数。初公有汴，承五乱之后、掠赏之余，且敛且给，恒无宿储，至是公私充塞，至于露积不垣。

册拜司徒兼中书令，进见上殿，拜跪给扶，赞元经体，不治细微，天子敬之。元和十五年，今天子即位，公为冢宰，又除河中节度使。在镇三年，以疾乞归，复拜司徒中书令。病不能朝，以长庆二年十二月三日，薨于永崇里第，年五十八。天子为之罢朝三日。赠太尉，赐布粟，其葬物有司官给之，京兆尹监护。明年七月某日，葬于万年县少陵原京城东南三十里，楚国夫人翟氏祔。子男二人，长曰肃元，某官；次曰公武，某官。肃元早死。公之将薨，公武暴病先卒，公哀伤之，月馀遂薨，无子，以公武子孙绍宗为主后。

汴之南则蔡，北则郓，二寇患公居间，为己不利，卑身侫辞，求与公好，荐女请昏，使日月至。既不可得，则飞谋钓谤，以间染我。公先事候情，坏其机牙，奸不得发。王诛以成，最功定次，孰与高下。

公子公武，与公一时俱受弓钺，处藩为将，疆土相望。公武以母忧去镇，公母弟充自金吾代将渭北，公以司徒中书令治蒲。于时弟充，自郑滑节度平宣武之乱，以司空居汴，自唐以来，莫与为比。

公之为治，严不为烦，止除害本，不多教条，与人必信，吏得其职，赋入无所漏失，人安乐之，在所以富。公与人有畛域，不为戏狎，人得一笑语，重于金帛之赐。其罪杀人，不发声色，问法何如，不自为轻重，故无敢犯者。其铭曰：

在贞元世，汴兵五猘；将得其人，众乃一愒。其人为谁？韩姓许公，磔其枭狼，养以雨风，桑谷奋张，厥壤大丰。贞元元孙，命正我宇，公为臣宗，处得地所。河流两壖，盗连为群，雄唱雌和，首尾一身。公居其间，为帝督奸，察其嚬呻，与其睨眴。左顾失视，右顾而跽，蔡先郓鉏，三年而墟，槁干四呼，终莫敢濡。常山、幽都，孰陪孰扶？天施不留，其讨不逋，许公预焉，其赉何如？悠悠四方，既广既长，无有外事，朝廷之治。许公来朝，车马干戈，相乎将乎，威仪之多。将则是已，相则三公，释师十万，归居庙堂。上之宅忧，公让太宰，养安蒲坂，万邦绝等。有弟有子，提兵守藩，一时三侯，人莫敢攀。生莫与荣，殁莫与令，刻文此碑，以鸿厥庆。观宏本传及《李光颜传》，载宏以女子间挠光颜事，与志正相反。退之谀墓，亦已甚矣。而文则雄伟，首尾无一字懈，精神奕然。

清河郡公房公墓碣铭

韩退之

公讳启，字某，河南人。其大王父融，王父琯，仍父子为宰相。融相天后，事远不大传。琯相玄宗、肃宗，处艰难中，与道进退，薨赠太尉，流声于兹。父乘，仕至秘书少监，赠太子詹事。公胚胎前光，生长食息，不离典训之内，目擩耳染，不学以能。始为凤翔府参军，尚少，人吏迎观，望见，咸曰:“真房太尉家子孙也！”不敢弄以事。转同州澄城丞，益自饰理，同官惮伏。卫晏使岭南黜陟，求佐得公，擢摘良奸，南土大喜。还，进昭应主簿。裴胄领湖南，表公为佐，拜监察御史，部无遗事。胄迁江西，又以节镇江陵，公一随迁佐胄，累功进至刑部员外郎，赐五品服，副胄使事为上介。上闻其名，征拜虞部员外，在省籍籍。迁万年令，果辩憿绝。

贞元末，王叔文用事，材公之为，举以为容州经略使，拜御史中丞，服佩视三品，管有岭外十三州之地。林蛮洞蜒，守条死要，不相渔劫。税节赋时，公私有余，削衣贬食，不立资遗，以班亲旧朋友为义。在容九年，迁领桂州。封清河郡公，食邑三千户。中人使授命书，应待失礼，客主违言，征贰太仆，未至，贬虔州长史，而坐使者。以疾卒官，年五十九。其子越，能辑父事无失，谨谨致孝。既葬，碣墓请铭。铭曰：

房氏二相，厥家以闻，条叶被泽，况公其孙。公初为吏，亦以门庇，佐使于南，乃始已致。既办万年，命屏容服，功绪卓殊，氓獠循业。维不顺随，失署亡资，非公之怨，铭以著之。依次纪述，是东汉以来刻石文体。但出韩公手，自然简古清峻，其笔力不可强几也。

殿中少监马君墓志铭

韩退之

古者书旌柩前，即谓之铭，故不必有韵之文，始可称铭。

君讳继祖。司徒、赠太师、北平庄武王之孙，少府监、赠太子少傅讳畅之子。生四岁，以门功拜太子舍人。积三十四年，五转而至殿中少监，年三十七以卒。有男八人，女二人。

始余初冠，应进士贡，在京师，穷不自存，以故人稚弟，拜北平王于马前。王问而怜之，因得见于安邑里第。王轸其寒饥，赐食与衣，召二子，使为之主，其季遇我特厚，少府监赠太子少傅者也。姆抱幼子立侧，眉眼如画，发漆黑，肌肉玉雪可念，殿中君也。当是时，见王于北亭，犹高山深林巨谷，龙虎变化不测，杰魁人也。退见少傅，翠竹碧梧，鸾鹄停峙，能守其业者也。幼子娟好静秀，瑶环瑜珥，兰茁其芽，称其家儿也。

后四五年，吾成进士，去而东游，哭北平王于客舍。后十五六年，吾为尚书都官郎，分司东都，而分府少傅卒，哭之。又十余年至今，哭少监焉。呜呼！吾未耄老，自始至今，未四十年，而哭其祖、子、孙三世，于人世何如也！人欲久不死，而观居此世者，何也？

尚书库部郎中郑君墓志铭

韩退之

君讳群，字弘之，世为荥阳人。其祖于元魏时，有假封襄城公者，子孙因称以自别。曾祖匡时，晋州霍邑令。祖千寻，彭州九陇丞。父迪，鄂州唐年令，娶河南独孤氏女，生二子，君其季也。以进士选吏部考功，所试判为上等，授正字。自鄠县尉拜监察御史，佐鄂岳使。裴均之为江陵，以殿中侍御史佐其军。均之征也，迁虞部员外郎。均镇襄阳，复以君为襄府左司马、刑部员外郎，副其支度使事。均卒，李夷简代之，因以故职留君。岁余，拜复州刺史，迁祠部郎中。会衢州无刺史，方选人，君愿行，宰相即以君应诏。治衢五年，复入为库部郎中，行及扬州，遇疾，居月馀，以长庆元年八月二十四日卒，春秋六十。即以其年十一月二十二日，从葬于郑州广武原先人之墓次。

君天性和乐，居家事人，与待交游，初持一心，未尝变节，有所缓急、曲直、薄厚、疏数也。不为翕翕热，亦不为崖岸斩绝之行。俸禄入门，与其所过逢吹笙弹筝，饮酒舞歌，诙调醉呼，连日夜不厌，费尽，不复顾问，或分挈以去，一无所爱惜，不为后日毫发计留也。遇其空无时，客至，清坐相看，或竟日不能设食，客主各自引退，亦不为辞谢。与之游者，自少及老，未尝见其言色有若忧叹者，岂列御寇、庄周等所谓近于道者耶！其治官守身，又极谨慎，不挂于过差，去官而人民思之，身死而亲故无所怨议，哭之皆哀，又可尚也。

初娶吏部侍郎京兆韦肇女，生二女一男，长女嫁京兆韦词，次嫁兰陵萧瓒。后娶河南少尹赵郡李则女，生一女二男；其余男二人、女四人，皆幼。嗣子退思，韦氏生也。铭曰：

再鸣以文进途辟，佐三府治蔼厥迹。郎官郡守愈著白，洞然浑朴绝瑕谪，甲子一终反玄宅。茅顺甫云：隽才逸兴。

卷四十三　碑志类下编二

柳子厚墓志铭

韩退之

子厚，讳宗元。七世祖庆，为拓跋魏侍中，封济阴公。姜坞先生云：柳庆仕终于宇文，又不为侍中，《周书》本传可考，封平齐公。其封济阴者，乃子厚六世祖旦，庆之子也。旦封济阴公，见柳传，《隋书》本传不载。曾伯祖奭，为唐宰相，与褚遂良、韩瑗，俱得罪武后，死高宗朝。皇考讳镇，以事母弃太常博士，求为县令江南，其后以不能媚权贵，失御史。权贵人死，乃复拜侍御史。号为刚直，所与游，皆当世名人。

子厚少精敏，无不通达。逮其父时，虽少年已自成人，能取进士第，崭然见头角，众谓柳氏有子矣。其后以博学宏辞授集贤殿正字。俊杰廉悍，议论证据今古，出入经史百子，踔厉风发，率常屈其座人。名声大振，一时皆慕与之交，诸公要人争欲令出我门下，交口荐誉之。

贞元十九年，由蓝田尉拜监察御史。顺宗即位，拜礼部员外郎。遇用事者得罪，例出为刺史；未至，又例贬永州司马。居闲，益自刻苦，务记览为词章，泛滥停蓄，为深博无涯涘，而自肆于山水间。

元和中，尝例召至京师，又偕出为刺史，而子厚得柳州。既至，叹曰："是岂不足为政耶！"因其土俗，为设教禁，州人顺赖。其俗以男女质钱，约不时赎，子本相侔，则没为奴婢。子厚与设方计，悉令赎归；其尤贫力不能者，令书其佣，足相当，则使归其质。观察使下其法于他州，比一岁，免而归者且千人。衡湘以南，为进士者，皆以子厚为师，其经承子厚口讲指画，为文词者，悉有法度可观。

其召至京师而复为刺史也，中山刘梦得禹锡，亦在遣中，当诣播州。子厚泣曰："播州非人所居，而梦得亲在堂，吾不忍梦得之穷，无辞以白其大人。且万无母子俱往理！"请于朝，将拜疏，愿以柳易播，虽重得罪，死不恨。遇有以梦得事白上者，梦得于是改刺连州。呜呼！士穷乃见节义。今夫平居里巷相慕悦，酒食游戏相征逐，诩诩强笑语以相取下，握手出肺肝相示，指天日涕泣，誓生死不相背负，真若可信；一旦临小利害，仅如毛发比，反眼若不相识，落陷井不一引手救，反挤之又下石焉者，皆是也。此宜禽兽、夷狄所不忍为，而其人自视以为得计，闻子厚之风，亦可以少愧矣！

子厚前时少年，勇于为人，不自贵重顾藉，谓功业可立就，故坐废退。既退，又无相知有气力得位者推挽，故卒死于穷裔，材不为世用，道不行于时也。使子厚在台、省时，自持其身，已能如司马、刺史时，亦自不斥；斥时有人力能举之，且必复用不穷。然子厚斥不久，穷不极，虽有出于人，其文学辞章，必不能自力以致必传于后如今，无疑也。虽使子厚得所愿，为将相于一时，以彼易此，孰得孰失，必有能辨之者。

子厚以元和十四年十一月八日卒，年四十七。以十五年七月十日归葬万年先人墓侧。子厚有子男二人，长曰周六，始四岁；季曰周七，子厚卒乃生。女子二人皆幼。其得归葬也，费皆出观察使河东裴君行立。行立有节概，重然诺，与子厚结交，子厚亦为之尽，竟赖其力。葬子厚于万年之墓者，舅弟卢遵。遵，涿人，性谨顺，学问不厌。自子厚之斥，遵从而家焉，逮其死不去，既往葬子厚，又将经纪其家，庶几有始终者。铭曰：

是惟子厚之室，既固既安，以利其嗣人。

河南令张君墓志铭

韩退之

君讳署，字某，河间人。大父利贞，有名玄宗世，为御史中丞，举弹无所避，由是出为陈留守，领河南道采访处置使，数年卒官。皇考讳郇，以儒学进，官至侍御史。君方质有气，形貌魁硕，长于文词，以进士举博学宏词，为校书郎。自京兆武功尉拜监察御史，为幸臣所谗，与同辈韩愈、李方叔三人，俱为县令南方。二年，逢恩，俱徙掾江陵。半岁，邕管奏君为判官，改殿中侍御史，不行，拜京兆府司录。诸曹白事，不敢平面视。姜坞先生云：此言署能使诸曹严畏，不敢平视。茅顺甫以为署不得意处，大误。《唐书·孙逖传》载孙简论品轶云：京兆河南司录及诸府州录事参军事，皆掺纪律，正诸曹与尚书省左右丞纪纲六曹略等。又李习之《与河南尹论复故事》有云：司录入院，诸官于堂上序立，司录揖，然后坐。八九年来，司录使判司立东廊下，司录于西廊下得揖，然后就食。观此，是司录之驾于诸曹也。又宋孝武起兵讨元凶时，以颜竣领录事兼综内外，是州府重任在录事，由来久矣。共食公堂，抑首促促就哺歠，揖起趋去，无敢阑语。县令、丞、尉，畏如严京兆，事以办治。京兆改凤翔尹，以节镇京西，请与君俱，改礼部员外郎，为观察使判官。帅它迁，君不乐久去京师，谢归，用前能拜三原令。岁余，迁尚书刑部员外郎，守法争议，棘棘不阿。改虔州刺史，民俗相朋党，不诉杀牛，牛以大耗；又多捕鸟雀鱼鳖，可食与不可食相买卖，时节脱放，期为福祥。君视事，一皆禁督立绝。使通经吏与诸生之旁大郡，学乡饮酒、丧婚礼，张施讲说，民吏观听，从化大喜。度支符州，折民户租，岁征绵六千屯。比郡承命惶怖，立期日，唯恐不及事被罪。君独疏言，治迫岭下，民不识蚕桑。月余免符下，民相扶携，守州门叫欢为贺。改澧州刺史，民税出杂产物与钱，尚书有经数，观察使牒州，征民钱倍经。君曰："刺史可为法，不可贪官害民。"留噤不肯从，竟以代罢。观察使使剧吏案簿书，十日不得毫毛罪。改河南令，而河南尹适君平生所不好者。君年且老，当日日拜走仰望阶下，不得已就官，数月，大不适，即以病辞免。公卿欲其一至京师，君以再不得意于守、令，恨曰："义不可更辱，又奚为于京师间！"竟闭门死，年六十。

君娶河东柳氏女，二子升奴、胡师，将以某年某月某日葬某所。其兄将作少监昔，请铭于右庶子韩愈。愈前与君为御史被谗，俱为县令南方者也，最为知君。铭曰：

谁之不如，而不公卿？奚养之违，以不久生？唯其颀颀，以世厥声。

太原王公墓志铭

韩退之

公讳仲舒，字宏中。少孤，奉其母居江南，游学有名。贞元十年，以贤良方正拜左拾遗，改右补阙，礼部、考功、吏部三员外郎，贬连州司户参军，改夔州司马，佐江陵使，改祠部员外郎，复除吏部员外郎，迁职方郎中、知制诰，出为峡州刺史，迁庐州，未至，丁母忧。服阕，改婺州、苏州刺史，征拜中书舍人。既至，谓人曰："吾老，不乐与少年治文书，得一道，有地六七郡，为之三年，贫可富，乱可治，身安功立，无愧于国家可也。"日日语人。丞相闻问语验，即除江南西道观察使，兼御史中丞。至则奏罢榷酒钱九千万，以其利与民；又罢军吏官债五千万，悉焚簿文书；又出库钱二千万，以丐贫民遭旱不能供税者。禁浮屠及老子，五字当衍。为僧道士，不得于吾界内因山野立浮屠老子像，以其诳丐渔利，夺编人之产。在官四年，数其蓄积，钱余于库，米余于廪。朝廷选公卿于外，将征以为左丞，吏部已用薛尚书代之矣。长庆三年十一月十七日，未命而薨，年六十二，天子为之罢朝，赠左散骑常侍，远近相吊。以四年二月某日葬于河南某县先茔之侧。

公之为拾遗，朝退，天子谓宰相曰："第几人非王某邪？"是时公方与阳城更疏论裴延龄诈妄，士大夫重之。鼐按：此文已开王荆公志铭文法。为考功吏部郎也，莫敢有欺犯之者。非其人，虽与同列，未尝比数收拾，故遭谗而贬。在制诰，尽力直友人之屈，不以权臣为意，又被谗而出。元和初，婺州大旱，人饿死，户口亡十七八。公居五年，完富如初，按劾群吏，奏其赃罪，州部清整，加赐金紫。其在苏州，治称第一。公所至，辄先求人利害废置所宜，闭阁草奏。又具为科条，与人吏约，事备，一旦张下，民无不忭叫喜悦。或初若小烦，旬岁皆称其便。公所为文章，无世俗气，其所树立，殆不可学。

曾祖讳玄暕，比部员外郎；祖讳景肃，丹阳太守；考讳政，襄、邓等州防御使，鄂州采访使，赠工部尚书。公先妣渤海李氏，赠渤海郡太君。公娶其舅女，有子男七人，初、哲、贞、弘、泰、复、回。初，进士及第；哲，文学俱善，其馀幼也。长女婿刘仁师，高陵令；次女婿李行修，尚书刑部员外郎。铭曰：

气锐而坚，又刚以严，哲人之常。爱人尽己，不倦以止，乃吏之方。与其友处，顺若妇女，何德之光！墓之有石，我最其迹，万世之藏。

尚书左仆射、右龙武军统军刘公墓志铭

韩退之

公讳昌裔，字光后，本彭城人。曾大父讳承庆，朔州刺史；大父巨敖，好读老子、庄周书，为太原晋阳令，再世宦北方，乐其土俗，遂著籍太原之阳曲。曰："自我为此邑人可也，何必彭城？" 父诵，赠右散骑常侍。

公少好学问，始为儿时，重迟不戏，恒若有所思念计画。及壮自试，以开吐蕃说干边将，不售。入三蜀，从道士游，久之，蜀人苦杨琳寇掠，公单船往说，琳感欷，虽不即降，约其徒不得为虐。琳降，公常随琳不去。琳死，脱身亡，沉浮河、朔之间。建中中，曲环招起之，为环檄李纳，指摘切刻，纳悔恐动心，恒、魏皆疑惑气懈。环封奏其本，德宗称焉。环之会下濮州，战白塔，救宁陵、襄邑，击李希烈陈州城下，公常在军间。环领陈、许军，公因为陈、许从事。以前后功劳，累迁检校兵部郎中、御史中丞、营田副使。吴少诚乘环丧，引兵叩城，留后上官说咨公以城守所以，能擒诛叛将为抗拒，令敌人不得其便。围解，拜陈州刺史。韩全义败，引军走陈州，求入保。公自城上揖谢全义曰："公受命诣蔡，何为来陈？公无恐，贼必不敢至我城下。" 明日，领步骑十余，抵全义营。全义惊喜，迎拜叹息，殊不敢以不见舍望公。改授陈、许军司马。上官说死，拜金紫光禄大夫、检校工部尚书，代说为节度使。命界上吏不得犯蔡州人，曰："俱天子人，奚为相伤？" 少诚吏有来犯者，捕得，缚送曰："妄称彼人，公宜自治之。" 少诚惭其军，亦禁界上暴者。两界耕桑交迹，吏不何问。封彭城郡开国公，就拜尚书右仆射。

元和七年，得疾，视政不时。八年五月，涌水出他界，过其地，防穿不补，没邑屋，流杀居人。拜疏请去职即罪。诏还京师。即其日，与使者俱西，大热，旦暮驰不息，疾大发，左右手辔止之。公不肯，曰："吾恐

不得生谢天子。”上益遣使者劳问，敕无亟行。至则不得朝矣。天子以为恭，即其家拜检校左仆射、右龙武军统军知军事。十一月某甲子薨，年六十二，上为之一日不视朝，赠潞州大都督，命郎吊其家。明年某月某甲子，葬河南某县某乡某原。

公不好音声，不大为居宅，于诸帅中独然。夫人郃国夫人武功苏氏，子四人。嗣子光禄主簿纵，学于樊宗师，士大夫多称之。长子元一，朴直忠厚，便弓马，为淮南军衙门将；次子景阳、景长，皆举进士。葬得日，相与遣使者哭拜阶上，使来乞铭。铭曰：

提将之符，尸我一方。配古侯公，维德不爽。我铭不亡，后人之庆。

国子监司业窦公墓志铭

韩退之

国子司业窦公，讳牟，字某。六代祖敬远，尝封西河公。大父同昌司马，比四代仍袭爵名。同昌讳胤，生皇考讳叔向，官至左拾遗、溧水令，赠工部尚书。尚书于大历初，名能为诗文。及公为文，亦最长于诗。孝谨厚重，举进士登第，佐六府五公，八迁至检校虞部郎中。元和五年，真拜尚书虞部郎中，转洛阳令、都官郎中、泽州刺史，以至司业。年七十四，长庆二年二月丙寅，以疾卒。其年八月某日，葬河南偃师先公尚书之兆次。

初，公善事继母，家居未出，学问于江东，尚幼也，名声词章，行于京师，人迟其至。及公就进士且试，其辈皆曰：“莫先窦生。”于时公舅袁高为给事中，方有重名，爱且贤公，然实未尝以干有司。公一举成名而东，遇其党必曰：“非我之才，维吾舅之私。”其佐昭义军也，遇其将死，公权代领以定其危。后将卢从史重公，不遣，奏进官职。公视从史益骄不逊，伪疾经年，舆归东都。从史卒败死，公不以觉微避去为贤告人。

公始佐崔大夫纵，留守东都，后佐留守司徒余庆，历六府、五公，文武细粗不同，自始及终，于公无所悔望有彼此言者。六府从事，几且百人，有愿奸、易险、贤不肖不同，公一接以和与信，卒莫与公有怨嫌者。

其为郎官、令、守，慎法宽惠不刻。教诲于国学也，严以有礼，扶善遏过，益明上下之分，以躬先之，恂恂恺悌，得师之道。

公一兄三弟：常、群、庠、巩。常，进士，水部员外郎，朗、夔、江、抚四州刺史；群，以处士征，自吏部郎中拜御史中丞，出帅黔、容以卒；庠，三佐大府，自奉先令为登州刺史；巩，亦进士，以御史佐淄、青府，皆有材名。公子三人，长曰周余，好善学文，能谨谨致孝，述父之志，曲而不黩；次曰某曰某，皆以进士贡。女子三人。愈少公十九岁，以童子得见，于今四十年，始以师视公，而终以兄事焉。公待我一以朋友，不以幼壮先后致异，公可谓笃厚文行君子矣！其铭曰：

后缗窦逃闵腹子，夏以再家窦为氏，圣愕旋河犊引比，相婴拨汉纳孔轨。后去观津，而家平陵，遥遥厥绪，夫子是承。我敬其人，我怀其德；作诗孔哀，质于幽刻。

给事中清河张君墓志铭

韩退之

张君，名彻，字某，以进士累官至范阳府监察御史。长庆元年，今牛宰相为御史中丞，奏君名迹中御史选，诏即以为御史，其府惜不敢留，遣之，而密奏“幽州昌黎盖鄙张宏靖，故没其名。“噎喑以为生”者，盖即谓之耶？将父子继续，不廷选且久，今新收，臣又始至，孤怯，须强佐乃济”。发半道，有诏以君还之。仍迁殿中侍御史，加赐朱衣银鱼。

至数日，军乱，怨其府从事，尽杀之，而囚其帅，且相约：“张御史长者，毋侮辱轹蹙我事，毋庸杀。”置之帅所。居月余，闻有中贵人自京师至，君谓其帅：“公无负此土人，上使至，可因请见自辩，幸得脱免归。”即推门求出。守者以告其魁，魁与其徒皆骇曰：“必张御史！张御史忠义，必为其帅告此余人，余人非畔者党也。恐其以言动之。不如迁之别馆。”即与众出君。君出门，骂众曰：“汝何敢反！前日吴元济斩东市，昨日李师道斩军中，同恶者父母妻子皆屠死，肉餧狗、鼠、鸱、鸦。汝何敢反！汝何敢反！”行且骂。众畏恶其言，不忍闻，且虞生变，即击君以死。君抵死，口不绝骂。众皆曰："义士义士！"或收瘗之以俟。

事闻，天子壮之，赠给事中。其友侯云长佐郓使，请于其帅马仆射，为之选于军中，得故与君相知张恭、李元实者，使以币请之范阳。范阳人义而归之。以闻，诏所在给船舆传归其家，赐钱物以葬。长庆四年四月某日，其妻子以君之丧，葬于某州某所。

君弟复，亦进士，佐汴、宋，得疾，变易丧心，惊惑不常。君得间即自视衣褥薄厚，节时其饮食，而匕箸进养之，禁其家无敢高语出声。医饵之药，其物多空青、雄黄诸奇怪物，剂钱至十数万。营治勤剧，皆自君手，不假之人。家贫，妻子常有饥色。

祖某，某官。父某，某官。妻韩氏，礼部郎中某之孙，汴州开封尉某之女，于余为叔父孙女。君常从余学，选于诸生而嫁与之。孝顺祗修，群女效其所为。男若干人，曰某。女子曰某。铭曰：

呜呼彻也！世慕顾以行，子揭揭也。噎喑以为生，子独割也。为彼不清，作玉雪也。仁义以为兵，用不缺折也。知死不失名，得猛厉也。自申于阊明，莫之夺也。我铭以贞之，不肖者之呾也。

试大理评事王君墓志铭

韩退之

君讳适，姓王氏，好读书，怀奇负气，不肯随人后举选。见功业有道路可指取有，名节可以戾契致，困于无资地，不能自出，乃以干诸公贵人，借助声势。诸公贵人既志得，皆乐熟软媚耳目者，不喜闻生语，一见辄戒门以绝。

上初即位，以四科募天下士。君笑曰："此非吾时邪？"即提所作书，缘道歌吟，趋直言试。既至，对语惊人，不中第，益困。久之，闻金吾李将军，年少喜事可撼，乃踏门告曰："天下奇男子王适，愿见将军白事。"一见语合意，往来门下。卢从史既节度昭义军，张甚，奴视法度士，欲闻无顾忌大语。有以君生平告者，即遣客钩致。君曰："狂子不足以共事。"立谢客。李将军由是待益厚，奏为其卫胄曹参军，充引驾仗判官，尽用其言。将军迁帅凤翔，君随往，改试大理评事，摄监察御史、观察判官。栉垢爬痒，民获苏醒。

居岁余，如有所不乐。一旦载妻子入阌乡南山不顾。中书舍人王涯、独孤郁、吏部郎中张惟素、比部郎中韩愈，日发书问讯，顾不可强起，不即荐。明年九月疾病，舆医京师，某月某日卒，年四十四。十一月某日，即葬京城西南长安县界中。曾祖爽，洪州武宁令。祖微，右卫骑曹参军。父嵩，苏州昆山丞。妻上谷侯氏，处士高女。

高固奇士，自方阿衡太师。世莫能用吾言。再试吏，再怒去，发狂投江水。初，处士将嫁其女，惩曰："吾以龃龉穷，一女怜之，必嫁官人，不以与凡子。"君曰："吾求妇氏久矣，惟此翁可人意，且闻其女贤，不可以失。"即谩谓媒妪：吾明经及第，且选即官人，侯翁女幸嫁，若能令翁许我，请进百金为妪谢。诺许白翁，翁曰："诚官人耶？取文书来。"君计穷吐实，妪曰："无苦，翁大人不疑人欺我，得一卷书，粗若告身者，我袖以往，翁见未必取视，幸而听我行其谋。"翁望见文书衔袖，果信不疑，曰："足矣。"以女与王氏。生三子，一男二女，男三岁夭死，长女嫁亳州永城尉姚侹，其季始十岁。铭曰：

鼎也不可以柱车，马也不可使守闾。佩玉长裾，不利走趋，祗系其逢，不系巧愚。不谐其须，有衔不祛。钻石埋辞，以列幽墟。茅顺甫云：滃宕多奇。

孔司勋墓志铭

韩退之

昭义节度卢从史，有贤佐曰孔君，讳戡，字君胜。从史为不法，君阴争，不从，则于会肆言以折之。从史羞，面颈发赤，抑首伏气，不敢出一语以对。立为君更令改章辞者，前后累数十。坐则与从史说古今君臣父子，道顺则受成福，逆辄危辱诛死。曰："公当为彼，不当为此。"从史常耸听喘汗。居五六岁，益骄，有悖语，君争，无改悔色，则悉引从事，空一府往争之。从史虽羞，退益甚。君泣语其徒曰："吾所为止于是，不能以有加矣。”遂以疾辞去，卧东都之城东，酒食伎乐之燕不与。当是时，天下以为贤。论士之宜在天子左右者，皆曰“孔君孔君”云。会宰相李公镇扬州，首奏起君，君犹卧不应。从史读诏曰：“是故舍我而从人邪？”即诬奏君前在军有某事。上曰：“吾知之矣。”奏三上，乃除君卫尉丞，分司东都。诏始下门下，给事中吕元膺封还诏书，上使谓吕君曰：“吾岂不知戡也？行用之矣。”明年元和五年正月，将浴临汝之汤泉，壬子，至其县食，方侍郎云：此用《春秋》“郑伯髡顽卒于鄵”书法，此发疑也。遂卒，年五十七。公卿大夫士相吊于朝，处士相吊于家。君卒之九十六日，诏缚从史送阙下，数以违命，流于日南。遂诏赠君尚书司勋员外郎，盖用尝欲以命君者信其志。其年八月甲申，从葬河南河阴之广武原。

君于为义若嗜欲，勇不顾前后，于利与禄，则畏避退处，如怯夫然。始举进士第，自金吾卫录事为大理评事，佐昭义军。军帅死，从史自其军诸将代为帅，请君曰：“从史起此军行伍中，凡在幕府，唯公无分寸私。公苟留，唯公之所欲为。”君不得已留，一岁再奏，自监察御史至殿中侍御史。从史初听用其言，得不败，后不听信，其恶益闻，君弃去，遂败。

祖某，某官，赠某官。父某，某官，赠某官。君始娶弘农杨氏女，卒；又娶其舅宋州刺史京兆韦屺女，皆有妇道。凡生一男四女，皆幼。前夫人从葬舅姑兆次。卜人曰：“今兹岁未可以祔。”从卜人言，不祔。君母兄戣，尚书兵部员外郎；母弟戢，殿中侍御史，以文行称朝廷。将葬，以韦夫人之弟、前进士楚材之状授愈，曰：“请为铭。”铭曰：

允义孔君，兹惟其藏。更千万年，无敢坏伤。

卷四十四　碑志类下编三

唐故朝散大夫商州刺史除名徙封州董府君墓志铭

韩退之

公讳溪，字惟深，丞相赠太师陇西恭惠公第二子。十九岁明两经，获第有司，沉厚精敏，未尝有子弟之过。宾接门下，推举人士，侍侧无虚口；退而见其人，淡若与之无情者。太师贤而爱之，父子间自为知己，诸子虽贤，莫敢望之。太师累践大官，臻宰相，致平治，终始以礼，号称名臣，晨昏之助，盖有赖云。

太师之平汴州，年考益高，挈持维纲，锄削荒纇，纳之太和而已。其囊箧细碎，无所遗漏，繄公之功。上介尚书左仆射陆公长源，齿差太师，标望绝人，闻其所为，每称举以戒其子。杨凝、孟叔度以材德显名朝廷，及来佐幕府，诣门请交，屏所挟为。太师薨，始以秘书郎选参军京兆府法曹，日伏阶下，与大尹争是非，大尹屡黜己见。岁中，奏为司录参军，与一府政。以能，拜尚书度支员外郎，迁仓部郎中、万年令。兵诛恒州，改度支郎中，摄御史中丞，为粮料使，兵罢，迁商州刺史。粮料吏有忿争相牵告者，事及于公，因征下御史狱。公不与吏辨，一皆引伏受垢，除名徙封州。元和六年五月十二日死湘中，年四十九。明年立皇太子，有赦令许归葬，其子居中始奉丧归。元和八年十一月甲寅，葬于河南河南县万安山下太师墓左。夫人郑氏祔。

公凡再娶，皆郑氏女，生六子，四男二女。长曰全正，慧而早死；次曰居中，好学，善为诗，张籍称之；次曰从直，曰居敬，尚小。长女嫁吴郡陆畅，其季女后夫人之子。公之母弟全素，孝慈友弟，公坐事，弃同官令归，公殁，比葬三年，哭泣如始丧者。大臣高其行，白为太子舍人。将葬，舍人与其季弟澥问铭于太史氏韩愈，愈则为之铭。辞曰：

物以久弊，或以斩毁，考致要归，孰有彼此？由我者吾，不我者天。斯而以然，其谁使然？

集贤院校理石君墓志铭

韩退之

君讳洪，字濬川。其先姓乌石兰，九代祖猛，始从拓跋氏入夏，居河南，遂去乌与兰，独姓石氏，而官号大司空。后七世，至行褒，官至易州刺史，于君为曾祖。易州生婺州金华令讳怀一，卒葬洛阳北山。金华生君之考讳平，为太子家令，葬金华墓东，而尚书水部郎刘复为之铭。

君生七年丧其母，九年而丧其父，能力学行，去黄州录事参军，则不仕，而退处东都洛上。十余年，行益修，学益进，交游益附，声号闻四海。故相国郑公馀庆留守东都，上言洪可付史笔。李建拜御史，崔周祯为补阙，皆举以让。宣、歙、池之使与浙东使，交牒署君从事。河阳节度乌大夫重胤，间以币先走庐下，故为河阳得，佐河阳军，吏治民宽。考功奏从事考，君独于天下为第一。元和六年，诏下河南，征拜京兆昭应尉校理集贤御书。明年六月甲午，疾卒，年四十二。娶彭城刘氏女，故相国晏之兄孙，生男二人，八岁曰壬，四岁曰申。女子二人。顾言曰葬死所，七月甲申，葬万年白鹿原。既病，谓其游韩愈曰："子以吾铭。"铭曰：

生之艰，成之又艰；若有以为，而止于斯！

河南少尹裴君墓志铭

韩退之

公讳复，字茂绍，河东人。曾大父元简，大理正。大父旷，御史中丞、京畿采访使。父叫，以有气略，敢谏诤，为谏议大夫，引正大疑，有宠代宗朝。屡辞官不肯拜，卒，赠工部尚书。公举贤良，拜同官尉。仆射南阳公开府徐州，召公主书记，三迁至侍御史。入朝，历殿中侍御史，累迁至刑部郎中。疾病，改河南少尹，舆至官，若干日卒，实元和三年四月二十三日，享年五十。夫人博陵崔氏，少府监颋之女。男三人，璟、质皆既冠，其季始六岁，曰充郎。卜葬，得公卒之四月壬寅，遂以其日葬东都芒山之阴杜翟村。

公幼有文，年十四，上《时雨诗》，代宗以为能，将召入为翰林学士。尚书公请免，日："愿使卒学。"丁后母丧，上使临吊，又诏尚书公曰："父忠而子果孝，吾加赐以厉天下，终丧必且以为翰林。"其在徐州府，能勤而有劳；在朝，以恭俭守其职。居丧必有闻。待诸弟友以善教，馆嫠妹，畜孤甥，能别而有恩。历十一官而无宅于都，无田于野，无遗资以为葬，斯其可铭也已。铭曰：

裴为显姓，入唐尤盛，支分族离，各为大家。惟公之系，德隆位细，日子曰孙，厥声世继。晋阳之邑，愉愉翼翼，无外无私，幼壮若一。何寿之不遐，而禄之不多？谓必有后，其又信然耶？

李元宾墓志铭

韩退之

李观，字元宾，其先陇西人也。始来自江之东，年二十四，举进士，三年登上第，又举博学宏词，得太子校书。一年，年二十九，客死于京师。既敛之三日，友人博陵崔宏礼葬之于国东门之外七里，乡曰庆义，原曰嵩原。友人韩愈书石以志之。辞曰：

已乎元宾！寿也者吾不知其所慕，夭也者吾不知其所恶。生而不淑，谁谓其寿？死而不朽，谁谓之夭？已乎元宾！才高乎当世，而行出乎古人。已乎元宾！竟何为哉，竟何为哉！

施先生墓志铭

韩退之

贞元十八年十月十一日，太学博士施先生士丐卒，其寮太原郭伉买石志其墓，昌黎韩愈为之辞曰：

先生明毛、郑《诗》，通《春秋左氏传》，善讲说，朝之贤士大夫从而执经考疑者继于门，太学生习毛、郑《诗》，《春秋左氏传》者，皆其弟子。贵游之子弟，时先生之说二经来太学，帖帖坐诸生下，恐不卒得闻。先生死，二经生丧其师，仕于学者亡其朋，故自贤士大夫、老师宿儒、新进小生，闻先生之死，哭泣相吊，归衣服货财。先生年六十九，在太学者十九年，由四门助教为太学助教，由助教为博士。太学秩满当去，诸生辄拜疏乞留，或留或迁，凡十九年，不离太学。

祖曰旭，袁州宜春尉。父曰婼，豪州定远丞。妻曰太原王氏，先先生卒。子曰友直，明州鄮县主簿；曰友谅，太庙斋郎。系曰：

先生之祖，氏自施父。其后施常，事孔子以彰，仇为博士，延为太尉。太尉之孙，始为吴人，曰然曰绩，亦载其迹。先生之兴，公车是召，纂序前闻，于光有曜。古圣人言，其旨密微；笺注纷罗，颠倒是非。闻先生讲论，如客得归，卑让肫肫，出言孔扬，今其死矣，谁嗣为宗！县曰万年，原曰神禾，高四尺者，先生墓耶？

南阳樊绍述墓志铭

韩退之

樊绍述既卒且葬，愈将铭之。从其家求书，得书号《魁纪公》者三十卷，曰《樊子》者又三十卷，《春秋集传》十五卷，表、笺状、策、书、序、传记、纪志，说论、今文赞铭凡二百九十一篇，道路所遇及器物门里杂铭二百二十，赋十，诗七百一十九。曰：多矣哉，古未尝有也。然而必出于己，不袭蹈前人一言一句，又何其难也！必出入仁义，其富若生蓄，万物必具，海含地负，放恣横纵，无所统纪，然而不烦于绳削而自合也。呜呼！绍述于斯术，其可谓至于斯极者矣。

生而其家贵富，长而不有其藏一钱，妻子告不足，顾且笑曰：“我道盖是也。”皆应曰：“然！”无不意满。尝以金部郎中告哀南方，还，言某帅不治，罢之，以此出为绵州刺史。一年，征拜左司郎中，又出刺绛州。绵、绛之人，至今皆曰“于我有德”。以为谏议大夫，命且下，遂病以卒，年若干。

绍述讳宗师。父讳泽，尝帅襄阳、江陵，官至右仆射，赠某官。祖某官，讳泳。自祖及绍述三世，皆以军谋堪将帅策上第以进。

绍述无所不学，于辞于声，天得也，在众若无能者。尝与观乐，问曰：“何如？”曰：“后当然。”已而果然。铭曰：

惟古于词必己出，降而不能乃剽贼，后皆指前公相袭，从汉迄今用一律。寥寥久哉莫觉属，神徂圣伏道绝塞。既极乃通发绍述，文从字顺各识职，有欲求之此其躅。

贞曜先生墓志铭

韩退之

唐元和九年，岁在甲午，八月己亥，贞曜先生孟氏卒。无子，其配郑氏以告。愈走位哭，且召张籍会哭。明日，使以钱如东都，供葬事。诸尝与往来者，咸来哭吊，韩氏遂以书告兴元尹故相馀庆。闰月，樊宗师使来吊，告葬期，征铭。愈哭曰：“呜呼！吾尚忍铭吾友也夫！”兴元人以币如孟氏赙，且来商家事。樊子使来速铭，曰：“不则无以掩诸幽。”乃序而铭之。

先生讳郊，字东野。父廷玢，娶裴氏女，而选为昆山尉，生先生及二季酆、郢而卒。先生生六七年，端序则见，长而愈骞，涵而揉之，内外完好，色夷气清，可畏而亲。及其为诗，刿目鉥心，刃迎缕解，钩章棘句，掐擢胃肾，神施鬼设，间见层出。唯其大玩于词，而与世抹摋，人皆劫劫，我独有余。有以后时开先生者，曰："吾既挤而与之矣，其犹足存耶？"

年几五十，始以尊夫人之命，来集京师，从进士试。既得，即去。间四年，又命来，选为溧阳尉，迎侍溧上。去尉二年，而故相郑公尹河南，奏为水陆运从事，试协律郎。亲拜其母于门内。母卒五年，而郑公以节领兴元军，奏为其军参谋，试大理评事。挈其妻行，之兴元，次于阌乡，暴疾卒，年六十四。买棺以敛，以二人舆归。酆、郢皆在江南。十月庚申，樊子合凡赠赙而葬之洛阳东其先人墓左，以馀财附其家而供祀。

将葬，张籍曰："先生揭德振华，于古有光，贤者故事有易名，况士哉！如曰贞曜先生，则姓名字行有载，不待讲说而明。"皆曰："然。"遂用之。

初，先生所与俱学同姓简，于世次为叔父，由给事中观察浙东，曰："生，吾不能举；死，吾知恤其家。"铭曰：

於戏贞曜！维执不猗，维出不訾；维卒不施，以昌其诗。

唐河中府法曹张君墓碣铭

韩退之

有女奴抱婴儿来，致其主夫人之语曰："妾，张圆之妻刘也。妾夫常语妾云：'吾常获私于夫子。'且曰：'夫子，天下之名能文辞者，凡所言必传世行后。'今妾不幸，夫逢盗，死途中，将以日月葬，妾重哀其生志不就，恐死遂沉泯，敢以其稚子汴见，先生将赐之铭，是其死不为辱，而名永长存，所以盖覆其遗胤子若孙，且死万一能有知，将不悼其不幸于土中矣。"又曰："妾夫在岭南时，尝疾病，泣语曰：'吾志非不如古人，吾才岂不如今人，而至于是，而死于是耶！尔若吾哀，必求夫子铭，是尔与吾不朽也。'"愈既哭吊辞，遂叙次其族世、名字、事始终而铭曰：

君字直之。祖谠，父孝新，皆为官汴、宋间。君尝读书，为文辞有气，有吏才，尝感激欲自奋拔，树功名以见世。初举进士，再不第，因去事宣武军节度使，得官至监察御史。坐事贬岭南，再迁至河中府法曹参军。摄虞乡令，有能名，进摄河东令，又有名，遂署河东从事。绛州阙刺史，摄绛州事，能闻朝廷。元和四年秋，有事适东方，既还，八月壬辰，死于汴城西双丘，年四十有七。明年二月日，葬河南偃师。妻彭城人，世有衣冠。祖好顺，泗州刺史。父泳，卒蕲州别驾。女四人；男一人，婴儿，汴也。是为铭。

扶风郡夫人墓志铭

韩退之

夫人姓卢氏，范阳人。亳州城父丞序之孙，吉州刺史徇之女，嫁扶风马氏，为司徒、侍中庄武公之冢妇，少府监、西平郡王、赠工部尚书之夫人。

初，司徒与其配陈国夫人元氏，惟宗庙之尊重，继序之不易，贤其子之才。求妇之可与齐者，内外亲咸曰："卢某旧门，承守不失其初，其子女闻教训，有幽闲之德，为公子择妇，宜莫如卢氏。"媒者曰然，卜者曰祥。夫人适年若干，入门而媪御皆喜，既馈而公姑交贺，克受成福，母有多子，为妇为母，莫不法式。天资仁恕，左右媵侍常蒙假与颜色，人人莫不自在。杖婢使数未尝过二三，虽有不怿，未尝见声气。

元和五年，尚书薨，夫人哭泣成疾。后二年，亦薨。年四十有六。九年正月癸酉，祔于其夫之封。长子殿中丞继祖，孝友以类，葬有日，言曰："吾父友，惟韩丈人视诸孤，其往乞铭。"以其状来，愈读曰："尝闻乃公言然，吾宜铭。"铭曰：

阴幽坤从，维德之恒，出为辨强，乃匪妇能。淑哉夫人，夙有多誉，来嫔大家，不介母父。有事宾祭，酒食祇饬，协于尊章，畏我侍侧。及嗣内事，亦莫有施，齐其躬心，小大顺之。夫先其归，其室有丘，合葬有铭，壶彝是攸。

河南府法曹参军卢府君夫人苗氏墓志铭

韩退之

夫人姓苗氏，讳某，字某，上党人。曾大父袭夔，赠礼部尚书。大父殆庶，赠太子太师；父如兰，仕至太子司议郎、汝州司马。夫人年若干，嫁河南法曹卢府君讳贻，有文章德行，其族世所谓甲乙者，先夫人卒。夫人生能配其贤，殁能守其法。男二人，於陵、浑；女三人，皆嫁为士妻。贞元十九年四月四日，卒于东都敦化里，年六十有九。其年七月某日，祔于法曹府君墓，在洛阳龙门山。其季女婿昌黎韩愈为之志。其词曰：

赫赫苗宗，族茂位尊，或毗于王，或贰于藩，是生夫人，载穆令闻。爰初在家，孝友惠纯，乃及于行，克媲德门，肃其为礼，裕其为仁。法曹之终，诸子实幼，茕茕其哀，介介其守，循道不违，厥声弥劭。三女有从，二男知教，闾里叹息，母妇思效。岁时之嘉，嫁者来宁，累累外孙，有携有婴，扶床坐膝，嬉戏欢争。既寿而康，既备而成，不歉于约，不矜于盈。伊昔淑哲，或图或书，嗟咨夫人，孰与为俦？刻铭置墓，以赞硕休。

女挐圹铭

韩退之

女挐，韩愈退之第四女也，慧而早死。愈之为少秋官，以刑部侍郎称少秋官，徇俗不典，虽昌黎为之而不足法。言佛夷鬼，其法乱治，梁武事之，卒有侯景之败，可一扫刮绝去，不宜使烂漫。天子谓其言不祥，斥之潮州，汉南海揭扬之地。愈既行，有司以罪人家不可留京师，迫遣之。女挐年十二，病在席，既惊痛与其父诀，又舆致走道撼顿，失食饮节，死于商南层峰驿，即瘞道南山下。五年，愈为京兆，始令子弟与其姆易棺衾，归女挐之骨于河南之河阳韩氏墓葬之。女挐死，当元和十四年二月二日，其发而归，在长庆三年十月之四日，其葬在十一月之十一日。铭曰：

汝宗葬于是，汝安归之，惟永宁。

故襄阳丞赵君墓志铭

柳子厚

贞元十八年月日，天水赵公矜，年四十二，客死于柳州。官为敛葬于城北之野。元和十三年，孤来章始壮，自襄州徒行，求其葬不得，征书而名其人，皆死，无能知者。来章日哭于野，凡十九日。惟人事之穷，则庶于卜筮。五月甲辰，卜秦诩兆之，曰："金食其墨，而火以贵，其墓直丑，在道之右。南有贵神，冢土是守，乙巳于野，宜遇西人，深目而髯，其得实因。七日发之，乃覩其神。"明日求诸野，有叟荷杖而东者，问之，曰："是故赵丞儿耶？吾为曹信，是迩吾墓。噫！今则夷矣，直社之北，二百举武，吾为子莼焉。"辛亥，启土，有木焉，发之，绯衣緅衾，凡自家之物皆在。州之人皆为出涕，诚来章之孝，神付是叟，以与龟偶，不然，其协焉如此哉！六月某日，就道。月日，葬于汝州龙城县期城之原。夫人河南源氏，先殁而祔之。

矜之父曰渐，南郑尉。祖曰倩之，郓州司马。曾祖曰玼安，金紫光禄大夫、国子祭酒。始矜由明经为舞阳主簿，蔡帅反，犯难来归，擢授襄城主簿，赐绯鱼袋，后为襄阳丞。其墓自曾祖以下，皆族以位。时宗元刺柳，用相其事，哀而旌之以铭。铭曰：

诩也挈之，信也莼之，有朱其绂，神具列之。恳恳来章，神实恫汝！锡之老叟，告以兆语。灵其鼓舞，从而父祖，孝斯有终，宜福是与。百越蓁蓁，羁鬼相望，有子而孝，独归故乡。涕盈其铭，旌尔勿忘。

卷四十五　碑志类下编四

资政殿学士文正范公神道碑铭

欧阳永叔

皇祐四年五月甲子，资政殿学士、尚书户部侍郎、汝南文正公薨于徐州，以其年十有二月壬申，葬于河南尹樊里之万安山下。

公讳仲淹，字希文。五代之际、世家苏州，事吴越。太宗皇帝时，吴越献其地，公之皇考从钱俶朝京师，后为武宁军掌书记以卒。公生二岁而孤，母夫人贫无依，再适长山朱氏。既长，知其世家，感泣，去之南都，入学舍，扫一室，昼夜讲诵，其起居饮食，人所不堪，而公自刻益苦。居五年，大通六经之旨，为文章，论说必本于仁义。祥符八年，举进士，礼部选第一，遂中乙科，为广德军司理参军，始归迎其母以养。及公既贵，天子赠公曾祖苏州粮料判官讳梦龄为太保，祖秘书监讳赞时为太傅，考讳墉为太师，妣谢氏为吴国夫人。

公少有大节，于富贵、贫贱、毁誉、欢戚，不一动其心，而慨然有志于天下。常自诵曰："士当先天下之忧而忧，后天下之乐而乐也。"其事上遇人，一以自信，不择利害为趋舍。其所有为，必尽其方，曰："为之自我者当如是；其成与否，有不在我者，虽圣贤不能必，吾岂苟哉！"

天圣中，晏丞相荐公文学，以大理寺丞为秘阁校理。以言事忤章献太后旨，通判河中府。一有陈州。久之，上记其忠，召拜右司谏。当太后临朝听政时，以至日大会前殿，上将率百官为寿，有司已具。公上疏，言

"天子无北面，且开后世弱人主以强母后之渐"，其事遂已。又上书，请还政天子，不报。及太后崩，言事者希旨，多求太后时事，欲深治之。公独以谓太后受托先帝，保佑圣躬，始终十年，未见过失，宜掩其小故，以全大德。初，太后有遗命立杨太妃，代为太后。公谏曰："太后，母号也，自古无代立者。"由是罢其册命。是岁大旱蝗，奉使安抚东南。使还，会郭皇后废，率谏官御史伏阁争，不能得，贬知睦州，又徙苏州。岁余，即拜礼部员外郎、天章阁待制。召还，益论时政阙失，而大臣权倖，多忌恶之。居数月，以公知开封府。开封素号难治，公治有声，事日益简，暇则益取古今治乱安危为上开说，又为百官图以献。曰："任人各以其材，而百职修，尧、舜之治，不过此也。"因指其迁进迟速次序，曰："如此，而可以为公，可以为私，亦不可以不察。"由是吕丞相怒，至交论上前。公求对辩，语切，坐落职，知饶州。明年，吕公亦罢，公徙润州，又徙越州。而赵元昊反河西，上复召相吕公，乃以公为陕西经略安抚副使，迁龙图阁直学士。是时新失大将，延州危。公请自守鄜、延扞贼，乃知延州。元昊遣人遗书以求和，公以谓无事请和难信，且书有僭号，不可以闻。乃自为书，告以逆顺、成败之说甚辩。坐擅复书，夺一官，知耀州，未逾月，徙知庆州。既而四路置帅，以公为环庆路经略安抚招讨使、兵马都部署，累迁谏议大夫、枢密直学士。

公为将，务持重，不急近功、小利。于延州筑青涧城垦营田，复承平、永平废寨，熟羌归业者数万户。于庆州城大顺以据要害，一本有"夺贼地而耕之"六字。又城细腰胡芦，于是明珠、灭臧等大族，皆去贼为中国用。自边制久隳，至兵与将常不相识，公始分延州兵为六将，训练齐整，诸路皆用以法。公之所在，贼不敢犯，人或疑公见敌应变为如何。至其城大顺也，一旦引兵出，诸将不知所向，军至柔远，始号令告其地处，使往筑城，至于版筑之用，大小毕具，而军中初不知。贼以骑三万来争，公戒诸将，战而贼走，追勿过河，已而贼果走，追者不渡，而河外果有伏。贼一有"既"字。失计，乃引去。于是诸将皆服公为不可及。公待将吏，必使畏法而爱己，所得赐赉，皆以上意分赐诸将，使自为谢。诸蕃质子，纵其出入，无一人逃者。蕃酋来见，召之卧内，屏人撤卫，与语不疑。公居三岁，士勇、边实，恩信大洽，乃决策谋取横山，复灵武，而元昊数遣使称臣请和，上亦召公归矣。初，西人籍为乡兵者十数万，既而黥以为军，惟公所部，但刺其手，公去兵罢，独得复为民。其于两路，既得熟羌为用，使以守边，因徙屯兵就食内地，而纾西人馈輓之劳。其所设施，去而人德之，与守其法不敢变者，至今尤多。

自公坐吕公贬，群士大夫各持二公曲直。吕公患之，凡直公者皆指为党，或坐窜逐。及吕公复相，公亦再起被用，于是二公欢然相约，戮力平贼。天下之士，皆以此多二公。然朋党之论，遂起而不能止。上既贤公可大用，故卒置群议而用之。

庆历三年春，召为枢密副使，五让，不许，乃就道。既至数月，以为参知政事，每进见，必以太平责之。公叹曰："上之用我者至矣，然事有先后，而革弊于久安，非朝夕可也。"既而上再赐手诏，趣使条天下事；又开天章阁，召见赐坐，授以纸笔，使疏于前。公惶恐避席，始退而条列时所宜先者十数事上之。其诏天下兴学取士先德行不专文辞，革磨勘例迁以别能否，减任子之数而除滥官，用农桑考课守宰等事，方施行，而磨勘、任子之法，侥幸之人皆不便，因相与腾口，而嫉公者，亦幸外有言，喜为之佐佑。会边奏有警，公即请行，乃以公为河东陕西宣抚使。至则上书愿复守边，即拜资政殿学士，知邠州，兼陕西四路安抚使。其知政事，才一岁而罢，有司悉奏罢公前所施行，而复其故。言者遂以危事中之，赖上察其忠，不听。是时夏人已称臣，公因以疾请邓州。守邓三岁，求知杭州，又徙青州。公益病，又求知颍州，肩舁至徐，遂不起。享年六十有四。

方公之病，上赐药存问。既薨，辍朝一日，以其遗表无所请，使就问其家所欲，一有"为"，赠以兵部尚书，所以哀恤之甚厚。

公为人外和内刚，乐善泛爱。丧其母时尚贫，终身非宾客，食不重肉。临财好施，意豁如也。及退而视其私，妻子仅给衣食。其为政，所至民多立祠画像。其行己临事，自山林、一作"搢绅。"处士、里闾田野之人，外至夷狄，莫不知其名字，而乐道其事者甚众。及其世次官爵，志于墓，谱于家，藏于有司者，皆不论著，著其系天下国家之大者，亦公之志也与！铭曰：

范于吴越，世实陪臣，俶纳山川，及其士民，范始来北，中间几息。公奋自躬，与时偕逢。事有罪功，言有违从，岂公必能？天子用公。其艰其劳，一其初终。夏童跳边，乘吏怠一作“殆”安，帝命公往，问彼骄顽，有不听顺，锄其穴根。公居三年，怯勇堕完，儿怜兽扰，卒俾来臣。夏人在廷，其事方议，帝趣公来，以就予治。公拜稽首，兹惟难一作“艰”哉！初匪其难，在其终之。群言营营，卒坏于成，匪恶其成，惟公是倾。不倾不危，天子之明。存有显荣，殁有赠谥，藏其子孙，宠及后世。惟百有位，可劝无怠。真西山云：按司马文正公《记闻》，景祐中，吕许公执政，范文正公知开封，屡攻吕短，坐落职，知饶州、康定元年，复旧职，知永兴。会许公复相，言于仁宗曰："仲淹贤者，朝廷将用之，岂可但除旧职？"即除龙图阁直学士、陕西经略安抚副使。上以许公为长者，天下亦以许公不念旧恶。又苏文定公《龙川志》：范文正自饶州还朝，出领西事，恐申公不为之地，无以成功，乃为书自咎解仇而去。故欧阳公作《文正碑》有“二公晚年欢然相得”之语。后生不知，皆咎欧阳公。予见张公安道言之，乃信。又《邵氏闻见录》：当时文正子尧夫，不以为然。从欧阳公辨，不可得，则自削去“驩然”“勠力”等语。公不乐，谓苏明允曰："范公碑，为其子弟擅于石本改动文字，令人恨之"。故今罗氏本于“坐落职知饶州”下，无“明年吕公亦罢”六字。“为陕西经略安抚副使”上，无“上复召相吕公”六字。又无“自公坐吕公贬”已下至“故卒置群议而用之”一段。以此观之，诸家本，乃当时定本也。罗氏本，尧夫改本也。今从众，而载尧夫所改如此。朱文公《答周益公书》略云：盖尝窃谓吕公用事之时，举措之不合众心者，盖亦多矣，而又恶忠贤之异己，必力排之，使不得容于朝廷而后已。逮其晚节，知天下之公议不可以终拂，亦以老病将归，而不复有所畏忌。又虑夫天下之事，或终至于危乱不可如何，而彼众贤之排去者，或将起而复用，则其罪必归于我，而并及于吾之子孙，是以宁损故怨，以为收之桑榆之计。盖其虑患之意，虽未必尽出于至公，而其补过之善，天下实被其赐。则与世之遂非长恶，力战天下之公议，以贻患于国家者，相去远矣。至若范公之心，则其正大光明，固无宿怨，而惓惓之义，实在国家，故承其善意，起而乐为之用。其自讼之书，所谓“相公有汾阳之心之德，仲淹无临淮之才之力”者，亦不可不谓之倾倒而无余矣。此书今不见于集中，恐亦以忠宣刊去而不传也。此最为范公之盛德，而他人之难者。欧阳公亦识其意而特书之，摭实而言之，但曰："吕公前日未免蔽贤之罪，而其后日诚有补过之功。"范、欧二公之心，则其终始本末如青天白日，无一毫之可议。若范公所谓“平生无怨恶于一人”，尤足以见其心量之广大高明，可为百世之师表。至于忠宣则所见虽狭，然亦不害其为守正，则不费词说，而名正言顺，无复可疑矣。

太尉文正王公神道碑铭

欧阳永叔

至和二年七月乙未，枢密直学士右谏议大夫王素奏事殿中，已而泣且言曰："臣之先臣旦，相真宗皇帝十有八年，今臣素又得待罪侍从之臣，惟是先臣之训，其遗业余烈，臣实无似，不能显大，而墓碑至今无辞以刻，惟陛下哀怜，不忘先帝之臣，以假宠于王氏，而勖其子孙。"天子曰："呜呼！惟汝父旦，事我文考真宗，叶德一心，克终厥位，有始有卒，其可谓全德元老矣。汝素以是刻于碑。"素拜稽首泣而出。明日，有诏史馆修撰欧阳修曰："王旦墓碑未立，汝可以铭。"

臣修谨按：故推诚保顺同德守正翊戴功臣、开府仪同三司、守太尉、充玉清昭应宫使、上柱国、太原郡开国公、赠太师尚书令兼中书令、追封魏国公、谥曰"文正"王公，讳旦，字子明，大名莘人也。皇曾祖讳言，滑州黎阳令，追封许国公。皇祖讳彻，左拾遗，追封鲁国公。皇考讳祐，尚书兵部侍郎，追封晋国公。皆累太师、尚书令，兼中书令。曾祖妣姚氏，鲁国夫人。祖妣田氏，秦国夫人。妣任氏，徐国夫人；边氏，秦国夫人。公之皇考，以文章自显汉、周之际，逮事太祖、太宗为名臣，尝谕杜重威使无反汉，拒卢多逊害赵普之谋，以百口明符彦卿无罪，故世多称王氏有阴德。公之皇考亦自植三槐于庭曰："吾之后世，必有为三公者。"此其所以志也。

公少好学有文，太平兴国五年进士及第，为大理评事，知平江县，监潭州银场。再迁著作佐郎，与编《文苑英华》。迁殿中丞，通判郑、濠二州。王禹偁荐其材，任转运使。驿召至京师，辞不受，献其所为文章，得试直史馆，迁右正言、知制诰，知淳化三年礼部贡举，迁虞部员外郎，同判吏部流内铨，知考课院。右谏议大夫赵昌言参知政事，公以婿避嫌，求解职，太宗嘉之，改礼部郎中、集贤殿修撰。昌言罢，复知制诰，仍兼修撰判院事，召赐金紫。久之，迁兵部郎中，居职。真宗即位，拜中书舍人。数日，召为翰林学士，知审官院通进银台封驳事。

公为人严重，能任大事，避远权势，不可干以私，由是真宗益知其贤。钱若水名能知人，常称公曰："真宰相器也。"若水为枢密副使，罢，召对苑中，问谁可大用者。若水言公可。真宗曰："吾固已知之矣。"咸平三年，又知礼部贡举，居数日，拜给事中，知枢密院事。明年，以工部侍郎参知政事，再迁刑部侍郎。景德元年，契丹犯边，真宗幸澶州，雍王元份留守东京，得暴疾，命公驰自行在，代元份留守。二年，迁尚书左丞。三年，拜工部尚书同中书门下平章事、集贤殿大学士，监修国史。是时契丹初请盟，赵德明亦纳誓约，愿守河西故地，二边兵罢不用，真宗遂欲以无事治天下。公以谓宋兴三世，祖宗之法具在，故其为相，务行故事，慎所改作，进退能否，赏罚必当。真宗久而益信之，所言无不听，虽他宰相大臣有所请，必曰："王某以谓如何？"事无大小，非公所言不决。

公在相位十余年，外无夷狄之虞，兵革不用，海内富实，群工百司各得其职。故天下至今称为贤宰相。公于用人，不以名誉，必求其实。苟贤且材矣，必久其官，众以为宜某职然后迁。其所荐引，人未尝知。寇准为枢密使当罢，使人私公，求为使相。公大惊曰："将相之任，岂可求耶？且吾不受私请。"准深恨之。已而制出，除准武胜军节度使，同中书门下平章事。准入见泣涕曰："非陛下知臣，何以至此！"真宗具道公所以荐准者。准始愧叹，以为不可及。故参知政事李穆子行简，有贤行，以将作监丞居于家。真宗召见慰劳之，迁太子中允。初遣使者召，不知其所止，真宗命至中书问王某，然后人知行简，公所荐也。公自知制诰至为相，荐士尤多。其后公薨，史官修《真宗实录》，得内出奏章，乃知朝廷之士，多公所荐者。

公与人寡言笑，其语虽简，而能以理屈人。默然终日，莫能窥其际。及奏事上前，群臣异同，公徐一言以定。今上为皇太子，太子谕德见公，称太子学书有法。公曰："谕德之职止于是耶？"赵德明言民饥，求粮百万斛，大臣皆曰："德明新纳誓而敢违，请以诏书责之。"真宗以问公，公请敕有司具粟百万于京师，诏德明来取。真宗大喜。德明得诏书，惭且拜曰："朝廷有人。"大中祥符中，天下大蝗，真宗使人于野得死蝗，以示大臣。明日，他宰相有袖死蝗以进者，曰："蝗实死矣。"请示于朝，率百官贺。公独以为不可。后数日，方奏事，飞蝗蔽天。真宗顾公曰："使百官方贺，而蝗如此，岂不为天下笑邪！"宦官刘承规以忠谨得幸，病且死，求为节度使。真宗以语公，曰："承规待此以瞑目。"公执以为不可，曰："他日将有求为枢密使者，奈何？"至今内臣官不过留后。

公任事久，人有谤公于上者，公辄引咎，未尝自辩。至人有过失，虽人主盛怒，可辨者辨之，必得而后已。荣王宫火延前殿，有言非天灾，请置狱劾火事，当坐死者百余人。公独请见曰："始失火时，陛下以罪己诏天下，而臣等皆上章待罪。今反归咎于人，何以示信？且火虽有迹，宁知非天谴邪？"由是当坐者皆免。日者上书言宫禁事，坐诛，籍其家，得朝士所与往还占问吉凶之说。真宗怒，欲付御史问状。公曰："此人之常情，且语不及朝廷，不足罪。"真宗怒不解。公因自取常所占问之书进，曰："臣少贱时，不免为此，必以为罪，愿并臣付狱。"真宗曰："此事已发，何可免？"公曰："臣为宰相，执国法，岂可自为之？幸于不发，而以罪人。"真宗意解。公至中书，悉焚所得书。既而真宗悔，复驰取之，公曰："臣已焚之矣。"由是获免者众。

公累官至太保，以病求罢，入见滋福殿。真宗曰："朕方以大事托卿，而卿病如此！"因命皇太子拜公。公言皇太子盛德，必任陛下事，因荐可为大臣者十余人，其后不至宰相者，李及、凌策二人而已，然亦皆为名臣。公屡以疾请，真宗不得已，拜公太尉，兼侍中，五日一朝视事，遇军国大事不以时人参决。公益惶恐，因卧不起，以疾恳辞。册拜太尉、玉清昭应宫使。自公病，使者存问，日常三四，真宗手自和药赐之。疾亟，遽幸其第，赐以白金五千两，辞不受。以天禧元年九月癸酉，薨于家，享年六十有一。真宗临哭，辍视朝三日，发哀于苑中。其子弟、门人、故吏，皆被恩泽。即以其年十一月庚申，葬公于开封府开封县新里乡大边村。

公娶赵氏，封荣国夫人，后公五年卒。子男三人：长曰司封郎中雍，次日赞善大夫冲，次日素。女四人：长适太子太傅韩亿，次适兵部员外郎、直集贤院苏耆，次适右正言范令孙，次适龙图阁直学士、兵部郎中吕公弼。诸孙十四人。

公事寡嫂谨，与其弟旭，友悌尤笃，任以家事，一无所问，而务以俭约率励子弟，使在富贵不知为骄侈。兄子睦，欲举进士。公曰："吾常以太盛为惧，其可与寒士争进？”至其薨也，子素犹未官，遗表不求恩泽。有文集二十卷。乾兴元年，诏配享真宗庙庭。

臣修曰：景德、祥符之际盛矣，观公之所以相，而先帝之所以用公者，可谓至哉！是以君明臣贤，德显名尊，生而俱享其荣，殁而长配于庙，可谓有始有卒，如明诏所褒。昔者《烝民》《江汉》，推大臣下之事，所以见任贤使能之功，虽曰山甫、穆公之诗，实歌宣王之德也。臣谨考国史实录，至于缙绅故老之传，得公终始之节，而录其可纪者，辄为铭诗，以彰先帝之明，以称圣恩褒显王氏、流泽子孙、与宋无极之意。铭曰：

烈烈魏公，相我真宗。真庙翼翼，魏公配食。公相真宗，不言以躬。时有大事，事有大疑，匪卜匪筮，公为蓍龟。公在相位，终日如默，问其夷狄，包裹兵革；问其卿士，百工以职；问其庶民，耕织衣食。相有赏罚，功当罪明；相有黜升，惟否惟能。执其权衡，万物之平。孰不事君，胡能必信？孰不为相，其谁有终？公薨于位，太尉之崇。天子孝思，来荐清庙，侑我圣考，惟时元老。天子念功，报公之隆，春秋从享，万祀无穷。作为诗歌，以谂庙工。

卷四十六 碑志类下编五

河南府司录张君墓表

欧阳永叔

故大理寺丞、河南府司录张君，讳汝士，字尧夫，开封襄邑人也，明道二年八月壬寅，以疾卒于官，享年三十有七。卒之七日，葬洛阳北邙山下，其友人河南尹师鲁志其墓，而庐陵欧阳修为之铭。以其葬之速也，不能刻石，乃得金谷古砖，命太原王顾以丹为隶书，纳于圹中。嘉祐二年某月某日，其子吉甫、山甫，改葬君于伊阙之教忠乡积庆里。君之始葬北邙也，吉甫才数岁，而山甫始生。余及送者相与临穴视窆，且封哭而去。今年春，余主试天下贡士，而山甫以进士试礼部，乃来告以将改葬其先君，因出铭以示余。盖君之卒，距今二十有五年矣。

初，天圣、明道之间，钱文僖公守河南。公王家子，特以文学仕至贵显，所至多招集文士，而河南吏属，适皆当时贤材知名士，故其幕府号为天下之盛，君其一人也。文僖公善待士，未尝责以吏职，而河南又多名山水，竹林茂树，奇花怪石，其平台清池，上下荒墟草莽之间，余得日从贤人长者赋诗饮酒以为乐。而君为人，静默修洁，常坐府治事，省文书，尤尽心于狱讼。初以辟为其府推官，既罢，又辟司录，河南人多赖之，而守尹屡荐其材。君亦工书，喜为诗，间则从余游，其语言简而有意，饮酒终日不乱，虽醉未尝颓堕。与之居者莫不服其德，故师鲁之志曰："饬身临事，余尝愧尧夫，尧夫不余愧也。"

始君之葬，皆以其地不善，又葬速，其礼不备。君夫人崔氏有贤行，能教其子。而二子孝谨，克自树立，卒能改葬君如吉卜，君其可谓有后矣。自君卒后，文僖公得罪，贬死汉东，吏属亦各引去。今师鲁死且十馀年，王顾者，死亦六七年矣，其送君而临穴者，及与君同府而游者，十盖八九死矣。其幸而在者，不老则病且衰，如予是也。呜呼！盛衰、生死之际，未始不如是，是岂足道哉！惟为善者能有后，而托于文字者可以无穷。故于其改葬也，书以遗其子，俾碣于墓，且以写余之思焉。

吉甫今为大理寺丞，知缑氏县，山甫始以进士赐出身云。方侍郎云：空朗澄澈，无一滞笔。

胡先生墓表

欧阳永叔

先生讳瑗，字翼之，姓胡氏。其上世为陵州一作“京兆”人，后为泰州如皋一作“海陵”人。先生为人师，言行而身化之，使诚明者达，昏愚者励，而顽傲者革。故其为法严而信，为道久而尊。师道废久矣，自明道、景祐以来，学者有师，惟先生及泰山孙明复、石守道三人，而先生之徒最盛。其在湖州之学，弟子去来常数百人，各以其经转相传授，其教学之法最备。行之数年，东南之士，莫不以仁义礼乐为学。

庆历四年，天子开天章阁，与大臣讲天下事，始慨然诏州县皆立学。于是建太学于京师，而有司请下湖州，取先生之法，以为太学法，至今著为令。后十余年，先生始来居太学，学者自远而至，太学不能容，取旁官署一作“宇”以为学舍。礼部贡举，岁所得士，先生弟子十常居四五。其高第者知名当时，或取一作“中”甲科，居显仕。其余散在四方，随其人贤愚，皆循循雅饬，其言谈举止，遇之一无二字不问可知为先生弟子。其学者相语称先生，不问可知为胡公也。

先生初以白衣见天子论乐，拜一有“试”字秘书省校书郎，辟丹州军事推官，改密州观察推官，丁父忧去职。服除，为保宁军节度推官，遂居湖学。召为诸王宫教授，以疾免。已而以太子中舍致仕，迁殿中丞于家。

皇祐中，驿召至京师议乐，复以为大理评事，兼太常寺主簿，又以疾辞。岁余为光禄寺丞、国子监直讲，乃居太学，迁大理寺丞，赐绯衣银鱼。嘉祐元年，迁太子中允，充天章阁侍讲，仍居太学。已而病不能朝，天子数遣使者存问，又以太常博士致仕。东归之日，太学之诸生与朝廷贤士大夫，送之东门，执弟子礼，路人嗟叹以为荣。以四年六月六日，卒于杭州，享年六十有七。以明年十月五日，葬于乌程何山之原。其世次官邑，与其行事，莆阳蔡君谟具一作“且”志于幽堂。

呜呼！先生之德在乎人，不待表而见于后世，然非此无以慰学者之思，乃揭于其墓之原。

连处士墓表

欧阳修

连处士，应山人也。以一布衣终于家，而应山之人至今思之。其长老教其子弟，所以孝友恭谨礼让而温仁，必以处士为法，曰：“为人如连公足矣。”其矜寡、孤独、凶荒、饥馑之人，皆曰：“自连公亡，使吾无所告依而生以为恨。”呜呼！处士居应山，非有政令恩威以亲其人，而能使人如此，其所谓行之以躬、不言而信者欤！

处士讳舜宾，字辅之，其先闽人。自其祖光裕，尝为应山令，后为磁、郢二州推官，卒而反葬应山，遂家焉。处士少举《毛诗》，一不中，而其父正以疾废于家，处士供养左右十余年，因不复仕进。父卒，家故多赀，悉散以赒乡里，而教其二子以学，曰：“此吾赀也。”岁饥，出谷万斛以粜，而市谷之价卒不能增，及旁近县之民皆赖之。盗有窃其牛者，官为捕之甚急。盗穷，以牛自归，处士为之愧谢曰：“烦尔送牛。”厚遗以遣之。尝以事之信阳，遇盗于西关，左右告以处士。盗曰：“此长者，不可犯也。”舍之而去。

处士有弟居云梦，往省之，得疾而卒。以其柩归应山，应山之人去县数十里迎哭，争负其柩以还。过县市，市人皆哭，为之罢市三日。曰：“当为连公一作“当与处士”行丧。”处士生四子，曰庶、庠、庸、膺。其二子教以学者，后皆举进士及第。今庶为寿春令，庠为宜城令。

处士以天圣八年十二月某日卒，庆历二年某月日，葬于安陆蔽山之阳。自卒至今二十年，应山之长老识处士者，与其县人尝赖以为生者，往往尚皆在，其子弟后生闻处士之风者，尚未远。使更三四世，至于孙曾，其所传闻，有时而失，则惧应山之人不复能知处士之详也，乃表其墓，以告于后人。一作"云"。

集贤校理丁君墓表

欧阳永叔

君讳宝臣，字元珍，姓丁氏，常州晋陵人也。景祐元年，举进士及第，为峡州军事判官，淮南节度掌书记，杭州观察判官，改太子中允，知剡县，徙知端州，迁太常丞博士。坐海贼侬智高陷城失守。夺一官，徙置黄州。久之，复得太常丞，监湖州酒税，又复博士，知诸暨县，编校秘阁书籍，遂为校理，同知太常礼院。

君为人，外和怡而内谨立，望其容貌进趋，知其君子人也。居乡里，以文行称。少孤，与其兄笃于友悌，兄亡，服丧三年。曰："吾不幸幼失其亲，兄，吾父也。"庆历中，诏天下大兴学校，东南多学者，而湖、杭尤盛。君居杭学为教授，以其素所学问而自修于乡里者教其徒，久而学者多所成就。其后天子患馆阁职废，特置编校八员，其选甚精，乃自诸暨召居秘阁。

君治州县，听决精明，赋役有法，民畏信而便安之。其始治剡也，如此。后治诸暨，剡邻邑也，其民闻其来，讙曰："此剡人爱而思之，谓不可复得者也。今吾民乃幸而得之。"而君亦以治剡者治之，由是所至有声。及居阁下，淡然不以势利动其心，未尝走谒公卿，与诸学士群居恂恂，人皆爱亲之，盖其召自诸暨，已以才行选。及在馆阁久，而朝廷益知其贤，英宗每论人物屡称之。

国家自削除僭伪，东南遂无事，偃兵弛备者六十余年矣，而岭外尤甚。其山海荒阔，列郡数十，皆为下州，朝廷命吏，常以一县视之，故其守无城，其戍无兵。一日，智高乘不备，陷邕州，杀将吏，有众万余人，顺流而下，浔、梧、封，康诸小州，所过如破竹，吏民皆望而散走。独君犹率羸卒百余拒战，杀六七人，既败亦走。初贼未至，君语其下曰："幸得兵数千人伏小湘峡，扼至险以击骄兵，可必胜也。"乃请兵于广州，凡九请不报。又尝得贼觇者一人斩之。贼既平，议者谓君文学，宜居台、阁，备侍从，以承顾问，而眇然以一儒者守空城，提百十饥羸之卒，当万人卒至之贼，可谓不幸。而天子亦以谓县官不素设备，而责守吏不以空手捍贼，宜原其情，故一切轻其法；而君以尝请兵不得，又能拒战杀贼，则又轻之。故他失守者皆夺两官，而君夺一官，已而知其贤，复召用。后十余年，御史知杂苏案，受命之明日，建言请复治君前事，夺其职而黜之。天子知君贤，不可以一眚废，而先帝已察其罪而轻之矣，又数更大赦，且罪无再坐。然犹以御史新用，故屈君使少避而不伤之也，乃用其校理岁满所当得者，即以君通判永州。方待阙于晋陵，以治平四年四月某甲子，暴中风眩，一夕卒，享年五十有八。累官至尚书司封员外郎，阶朝奉郎，勋上轻车都尉。

曾祖讳某，祖讳某，皆不仕。父讳某，赠尚书工部侍郎。母张氏，仙游县太君。君娶饶氏，封晋陵县君，先卒。子男四人，曰隅、曰除、曰隮，皆举进士。曰恩儿，才一岁。女一人，适著作佐郎集贤校理胡宗愈。君既卒，天子悯然，推恩录其子隅，为太庙斋郎。

君之平生，履忧患而遭困厄，处之安焉，未尝见戚戚之色。其于穷达寿夭，知有命，固无憾于其心，然知君之贤，哀其志而惜其命止于斯者，不能无恨也。于是相与论著君之大节，伐石纪辞，以表见于后世，庶几以慰其思焉。

太常博士周君墓表

欧阳永叔

有笃行君子曰周君者，孝于其亲，友于其兄弟，居父母丧，与其兄某弟某，居于倚庐，不饮酒食肉者三年。其言必戚，其哭必哀，除丧而癯然不能胜人事者，盖久而后复。

自孔子在鲁，而鲁人不能行三年之丧，其弟子疑以为问，则非鲁而他国可知也；孔子殁，而其后世又可知也。今世之人，知事其亲者多矣，或居丧而不哀者有矣；生能事而死能哀，或不知丧礼者有矣；或知礼，而以谓丧主于哀而已，不必合于礼者有矣。如周君者，事生尽孝，居丧尽哀，而以礼者也。礼之失久矣，丧礼尤废也。今之居丧者，惟仕宦、婚嫁、听乐不为，此特法令之所禁尔。其衰麻之数，哭泣之节，居处之别，饮食之变，皆莫知夫有礼也。在上位者，不以身率其下，在下者，无所望于其上，其遂废矣乎？故吾于周君有所取也。

君讳尧卿，字子俞，道州永明县人也。天圣二年，举进士，累官至太常博士。历连、衡二州司理参军，桂州司录，知高安、宁化二县。通判饶州，未行，以庆历五年六月朔日，卒于朝集之舍，享年五十有一。皇祐五年某月日，葬于道州永明县之紫微冈。曾祖讳某，祖讳某，父讳某，赠某官。母唐氏，封某县太君。娶某氏，封某县君。君学长于毛、郑《诗》，《左氏春秋》，家贫不事生产，喜聚书。居官禄虽薄，常分俸以赒宗族朋友。人有慢己者，必厚为礼以愧之。其为吏，所居皆有能政。有文集二十卷。君有子七人，曰谕，鼎州司理参军；曰诜，湖州归安主簿；曰谥，曰讽，曰谭，曰说，曰谊，皆未仕。

呜呼！孝非一家之行也，所以移于事君而忠，仁于宗族而睦，交于朋友而信。始于一乡，推之四海，表于金石，示之后世而劝。考君之所施者，无不可以书也，岂独俾其子孙之不陨也哉！

石曼卿墓表

欧阳永叔

曼卿讳延年，姓石氏。其上世为幽州人，幽州入于契丹，其祖自成始以其族间走南归。天子嘉其来，将禄之，不可，乃家于宋州之宋城。父讳补之，官至太常博士。

幽、燕俗劲武，而曼卿少亦以气自豪。读书不治章句，独慕古人奇节伟行、非常之功，视世俗屑屑无足动其意者。自顾不合于时，乃一混于酒，然好剧饮大醉，颓然自放。由是益与时不合，而人之从其游者，皆知爱曼卿落落可奇，而不知其才之有以用也。年四十八，康定二年二月四日，以太子中允、秘阁校理，卒于京师。

曼卿少举进士不第，真宗推恩，三举进士，皆补奉职。曼卿初不肯就，张文节公素奇之，谓曰："母老乃择禄耶！"曼卿矍然起就之。迁殿直，久之，改太常寺太祝，知济州金乡县，叹曰："此亦可以为政也。"县有治声。通判乾宁军，丁母永安县君李氏忧。服除，通判永静军，皆有能名。充馆阁校勘，累迁大理寺丞，通判海州，还为校理。庄献明肃太后临朝，曼卿上书请还政天子。其后太后崩，范讽以言见幸，引尝言太后事者，遽得显官，欲引曼卿。曼卿固止之，乃已。

自契丹通中国，德明尽有河南而臣属，遂务休兵养息，天下宴然，内外弛武，三十余年。曼卿上书言十事，不报。已而元昊反，西方用兵，始思其言。召见，稍用其说，籍河北、河东、陕西之民，得乡兵数十万。曼卿奉使籍兵河东，还，称旨，赐绯衣银鱼。天子方思尽其才，而且病矣。既而闻边将有欲以乡兵捍贼者，笑曰："此得吾粗也！夫不教之兵，勇怯相杂，若怯者见敌而动，则勇者亦牵而溃矣。今或不暇教，不若募其敢行者，则人人皆胜兵也。"其视世事蔑若不足为，及听其施设之方，虽精思深虑，不能过也。状貌伟然，喜酒自豪，若不可绳以法度，退而质其平生趣舍大节，无一悖于理者。遇人无贤愚，皆尽忻欢；及可否天下是非善恶，当其意者无几人。其为文章，劲健称其意气。

有子济、滋，天子闻其丧，官其一子，使禄其家。既卒之三十七日，葬于太清之先茔。其友欧阳修表于其墓曰：

呜呼曼卿，宁自混以为高，不少屈以合世，可谓自重之士矣！士之所负者愈大，则其自顾也愈重；自顾愈重，则其合愈难。然欲与共大事，立奇功，非得难合自重之士，不可为也。古之魁雄之人，未始不负高世之志，故宁或毁身污迹，卒困于无闻。或老且死，而幸遇一，犹克少施于世。若曼卿者，非徒与世难合，而不克所施，亦其不幸不得至乎中寿，其命也夫！其可哀也夫！方侍郎云：章法极变化，语亦不蔓。

永春县令欧君墓表

欧阳永叔

君讳庆，字贻孙，姓欧氏。其上世为韶州曲江人，后徙均州之郧乡，又徙襄州之谷城。乾德二年，分谷城之阴城镇为乾德县，建光化军，欧氏遂为乾德人。修尝为县令，问其故老乡间之贤者，皆曰：有三人焉。其一人曰太傅、赠太师、中书令邓文懿公，其一人曰尚书屯田郎中戴国忠，其一人曰欧君也。

三人者，学问出处，未尝一日不同。其忠信笃于朋友，孝悌称于宗族，礼义达于乡闾，乾德之人，初未识学者，见此三人，皆尊礼而爱亲之。既而皆以进士举于乡，而君独黜于有司。后二十年，始以同三礼出身，为潭州湘潭主簿、陈州司法参军，监考城酒税，迁彭州军事推官，知泉州永春县事；而邓公已贵显于朝，君尚为州县吏。所至上官多邓公故旧，君绝口不复道前事，至终其去，不知君为邓公友也。

君为吏廉，贫宗族之孤幼者，皆养于家。居乡里，有讼者多就君决曲直，得一言遂不复争，人至于今传之。嗟夫！三人之为道无所不同，至其穷达何其异也！而三人者未尝有动于其心，虽乾德之人称三人者，亦不以贵贱为异，则其幸不幸，岂足为三人者道哉？然而达者昭显于一时，而穷者泯没于无述，则为善者何以劝，而后世之来者何以考德于其先？故表其墓以示其子孙。君有子世英，为邓城县令；世绩，举进士。君以天圣七年卒，享年六十有四，葬乾德之西北广节山之原。

右班殿直赠右羽林军将军唐君墓表

欧阳永叔

嘉祐四年冬，天子既受祫享之福，推恩群臣，并进爵秩；既又以及其亲，若在若亡，无有中外远迩。于是天章阁待制、尚书户部员外郎唐君，得赠其皇考骁卫府君为右羽林将军。

府君讳拱，字某。其先晋原人，后徙为钱塘人。曾祖讳休复，唐天复中举明经，为建威军节度推官。祖讳仁恭，仕吴越王，为唐山县令，累赠谏议大夫。父讳谓，官至尚书职方郎中，累赠礼部尚书。府君以父荫，补太庙斋郎，改三班借职，再迁右班殿直，监舒州孔城镇、澧州酒税，巡检泰州盐场，漳州兵马监押。乾兴元年七月某日，以疾卒于官，享年四十有六。府君孝悌于其家，信义于其朋友，廉让于其乡里。其居于官，名公巨人，皆以为材，而未及用也。享年不永，君子哀之。

有子曰介，字子方，举进士。皇祐中，尝为御史，以言事切直，贬春州别驾。当是时，子方之风竦动天下。已而天子感悟，贬未至而复用之，今列侍从，居谏官。自子方为秘书丞，始赠府君为太子右清道率府率。其为尚书主客员外郎、殿中侍御史里行，又赠府君为右监门卫将军。其为尚书工部员外郎、直集贤院、权开封府判官，又赠府君为右屯卫将军。其迁户部员外郎、河东转运使，又赠府君为骁卫将军。盖自登于朝，以至荣显，遇天子有事于天地宗庙，推恩必及焉。

府君初娶博陵崔氏，赠仙游县太君；后娶崔氏，赠清河县太君，皆卫尉卿仁冀之女。生一男，介也。五女：长适太子中舍卢圭，次适欧阳昊，早卒，次适横州推官高定，次适进士陆平仲，次适著作佐郎陈起。

庆历三年八月某日，以府君及二夫人之丧，合葬于江陵龙山之东原。后十有七年，庐陵欧阳修乃表于其墓曰：

呜呼！余于此见朝廷所以褒宠劝励臣子之意，岂不厚哉！又以见士之为善者，虽湮没幽郁，其潜德隐行，必有时而发，而迟速显晦，在其子孙。然则为人之子者，其可不自勉哉！盖古之为子者，禄不逮养，则无以及其亲矣；今之为子者，有克自立，则尚有荣名之宠焉。其所以教人之孝者，笃于古也深矣。子方进用于时，其所以荣其亲者，未知其止也，姑立表以待焉。

泷冈阡表

欧阳永叔

呜呼！惟我皇考崇公，卜吉于泷冈之六十年，其子修始克表于其阡。

非敢缓也，盖有待也。

修不幸，生四岁而孤。太夫人守节自誓，居贫自力于衣食，以长以教，俾至于成人。太夫人告之曰：“汝父为吏廉，而好施与，喜宾客。其俸禄虽薄，常不使有馀，曰：‘毋以是为我累。’故其亡也，无一瓦之覆、一垅之植以庇而为生。吾何恃而能自守邪？吾于汝父，知其一二，以有待于汝也。自吾为汝家妇，不及事吾姑，然知汝父之能养也。汝孤而幼，吾不能知汝之必有立，然知汝父之必将有后也。吾之始归也，汝父免于母丧方逾年，岁时祭祀，则必涕泣曰：‘祭而丰，不如养之薄也。’间御酒食，则又涕泣曰：‘昔常不足，而今有余，其何及也！’吾始一二见之，以为新免于丧适然耳。既而其后常然，至其终身未尝不然。吾虽不及事姑，而以此知汝父之能养也。汝父为吏，尝夜烛治官书，屡废而叹。吾问之，则曰：‘此死狱也，我求其生不得尔！’吾曰：‘生可求乎？’曰：‘求其生而不得，则死者与我皆无恨也，矧求而有得邪！以其有得，则知不求而死者有恨也！夫常求其生，犹失之死，而世常求其死也。’回顾乳者，剑汝而立于旁，因指而叹曰：‘术者谓我岁行在戌将死。使其言然，吾不及见儿之立也，后当以我语告之。’其平居教他子弟，常用此语。吾耳熟焉，故能详也。其施于外事，吾不能知；其居于家，无所矜饰，而所为如此。是真发于中者邪！呜呼！其心厚于仁者邪！此吾知汝父之必将有后也。汝其勉之！夫养不必丰，要于孝；利虽不得溥于物，要其心之厚于仁。吾不能教汝，此汝父之志也。”修泣而志之，不敢忘。

先公少孤力学。咸平三年，进士及第。为道州判官，泗、绵二州推官，又为泰州判官，享年五十有九，葬沙溪之泷冈。太夫人姓郑氏，考讳德仪，世为江南名族。太夫人恭俭仁爱而有礼，初封福昌县太君，进封乐安、安康、彭城三郡太君。自其家少微时，治其家以俭约，其后常不使过之，曰：“吾儿不能苟合于世，俭薄所以居患难也。”其后修贬夷陵，太夫人言笑自若，曰：“汝家故贫贱也，吾处之有素矣。汝能安之，吾亦安矣。”

自先公之亡二十年，修始得禄而养。又十有二年，列官于朝，始得赠封其亲。又十年，修为龙图阁直学士、尚书吏部郎中，留守南京，太夫人以疾终于官舍，享年七十有二。又八年，修以非才，入副枢密，遂参政事，又七年而罢。自登二府，天子推恩，褒其三世。盖自嘉祐以来，逢国大庆，必加宠锡：皇曾祖府君累赠金紫光禄大夫、太师、中书令兼尚书令，曾祖妣累封楚国太夫人；皇祖府君累赠金紫光禄大夫、太师、中书令兼尚书令，祖妣累封吴国太夫人；皇考崇公累赠金紫光禄大夫、太师、中书令兼尚书令，皇妣累封越国太夫人。今上初郊，皇考赐爵为崇国公，太夫人进号魏国。

于是小子修泣而言曰："呜呼！为善无不报，而迟速有时，此理之常也。惟我祖考，积善成德，宜享其隆。虽不克有于其躬，而赐爵受封，显荣褒大，实有三朝之锡命，是足以表见于后世，而庇赖其子孙矣。"乃列其世谱，具刻于碑。既又载我皇考崇公之遗训，太夫人之所以教而有待于修者，并揭于阡，俾知夫小子修之德薄能鲜，遭时窃位，而幸全大节、不辱其先者，其来有自。

熙宁三年，岁次庚戌，四月辛酉朔，十有五日乙亥，男推诚保德崇仁翊戴功臣、观文殿学士、特进、行兵部尚书、知青州军州事、兼管内劝农使、充京东东路安抚使、上柱国、乐安郡开国公、食邑四千三百户、食实封一千二百户修表。

卷四十七　碑志类下编六

张子野墓志铭

欧阳永叔

吾友张子野既亡之二年，其弟充以书来请曰："吾兄之丧，将以今年三月某日，葬于开封，不可以不铭，铭之莫如子宜。"呜呼！予虽不能铭，然乐道天下之善以传焉，况若吾子野者，非独其善可铭，又有平生之旧，朋友之恩，与其可哀者，皆宜见于予文，宜其来请于予也。

初，天圣九年，予为西京留守推官，是时陈郡谢希深、南阳张尧夫与吾子野，尚皆无恙。于时一府之士，皆魁杰贤豪，日相往来，饮酒欢呼，上下角逐，争相先后，以为笑乐。而尧夫、子野退然其间，不动声气，众皆指为长者。予时尚少，心壮志得，以为洛阳东西之冲，贤豪所聚者多，为适然耳。其后去洛来京师，南走夷陵，并江、汉，其行万三四千里。山砠水厓，穷居独游，思从曩人，邈不可得。然虽洛人，至今皆以为无如向时之盛，然后知世之贤豪不常聚，而交游之难得，为可惜也。初在洛时，已哭尧夫而铭之；其后六年，又哭希深而铭之；今又哭吾子野而铭。于是又知非徒相得之难，而善人君子欲使幸而久在于世，亦不可得。呜呼！可哀也已。

子野之世，曰赠太子太师讳某，曾祖也；宣徽北院使、枢密副使，累赠尚书令讳逊，皇祖也；尚书比部郎中讳敏中，皇考也。曾祖妣李氏，陇西郡夫人；祖妣宋氏，昭化郡夫人，孝章皇后之妹也；妣李氏，永安县太君。子野家联后姻，世久贵仕，而被服操履，甚于寒儒。好学自力，善笔札。天圣二年举进士，历汉阳军司理参军、开封府咸平主簿、河南法曹参军。王文康公、钱思公、谢希深与今参知政事宋公，咸荐其能，改著作佐郎，监郑州酒税，知阆州阆中县，就拜秘书丞。秩满，知亳州鹿邑县。宝元二年二月丁未，以疾卒于官，享年四十有八。子伸，郊社掌坐；次从；次幼，未名。女五人，一适人矣。妻刘氏，长安县君。

子野为人，外虽愉怡，中自刻苦，遇人浑浑不见圭角，而志守端直，临事果决。平居酒半，脱冠垂头，童然秃且白矣。予固已悲其早衰，而遂止于此，岂其中亦有不自得者邪！

子野讳先，其上世博州高堂人。自曾祖已来，家京师而葬开封，今为开封人也。铭曰：

嗟夫子野，质厚材良。孰屯其亨？孰短其长？岂其中有不自得，而外物有以戕！开封之原，新里之乡，三世于此，其归其藏。

徂徕石先生墓志铭

欧阳永叔

徂徕先生姓石氏，名介，字守道，兖州奉符人也。徂徕，鲁东山，而先生非隐者也，其仕尝位于朝矣。鲁之人不称其官而称其德，以为徂徕鲁之望，先生鲁人之所尊，故因其所居山，以配其有德之称，曰徂徕先生者，鲁人之志也。

先生貌厚而气完，学笃而志大，虽在畎亩，不忘天下之忧，以谓“时无不可为，为之无不至。不在其位，则行其言。吾言用，功利施于天下，不必出乎己;吾言不用，虽获祸咎，至死而不悔”。其遇事发愤，作为文章，极陈古今治乱、成败，以指切当世贤愚、善恶、是是非非，无所讳忌。世俗颇骇其言，由是谤议喧然，而小人尤嫉恶之，相与出力必挤之死。先生安然不惑不变，曰：“吾道固如是，吾勇过孟贲矣。”不幸遇疾以卒。既卒，而奸人有欲以奇祸中伤大臣者，犹指先生以起事，谓其诈死而北走契丹矣，请发棺以验。赖天子仁圣，察其诬，得不发棺，而保全其妻子。

先生世为农家，父讳丙，始以仕进，官至太常博士。先生年二十六，举进士甲科，为郓州观察推官、南京留守推官。御史台辟主簿，未至，以上书论赦，罢不召。秩满，迁某军节度掌书记，代其父官于蜀，为嘉州军事判官。丁内外艰去官，垢面跣足，躬耕徂徕之下，葬其五世未葬者七十丧。服除，召入国子监直讲。是时兵讨元昊久无功，海内重困，天子奋然思欲振起威德，而进退二三大臣，增置谏官御史，所以求治之意甚锐。先生跃然喜曰："此盛事也！雅颂吾职，其可已乎？"乃作《庆历圣德诗》，以褒贬大臣，分别邪正，累数百言。诗出，太山孙明复曰："子祸始于此矣。"明复，先生之师友也。其后所谓奸人作奇祸者，乃诗之所斥也。

先生自闲居徂徕，后官于南京，常以经术教授。及在太学，益以师道自居，门人弟子从之者甚众。太学之兴，自先生始。其所为文章，曰某集者若干卷，曰某集者若干卷。其斥佛、老、时文，则有《怪说》《中国论》，曰："去此三者，然后可以有为。"其戒奸臣、宦女，则有《唐鉴》，曰："吾非为一世监也。"其余喜怒哀乐，必见于文，其辞博辩雄伟，而忧思深远。其为言曰："学者，学为仁义也。惟忠能忘其身，惟笃于自信者，乃可以力行也。"以是行于己，亦以是教于人。所谓尧、舜、禹、汤、文、武、周公、孔子、孟轲、扬雄、韩愈氏者，未尝一日不诵于口；思与天下之士，皆为周、孔之徒，以致其君为尧、舜之君，民为尧、舜之民，亦未尝一日少忘于心。至其违世惊众，人或笑之，则曰："吾非狂痴者也。"是以君子察其行而信其言，推其用心而哀其志。

先生直讲岁余，杜祁公荐之天子，拜太子中允。今丞相韩公又荐之，乃直集贤院。又岁余，始去太学，通判濮州。方待次于徂徕，以庆历五年七月某日，卒于家，享年四十有一。友人庐陵欧阳修哭之以诗，以谓待彼谤焰熄，然后先生之道明矣。

先生既殁，妻子冻馁不自胜。今丞相韩公与河阳富公，分俸买田以活之。后二十一年，其家始克葬先生于某所。将葬，其子师讷与其门人姜潜、杜默、徐遁等来告曰："谤焰熄矣，可以发先生之光矣。敢请铭。"某曰："吾诗不云乎子道自能久也，何必吾铭？"遁等曰："虽然，鲁人之欲也。"乃为之铭曰：

徂徕之岩岩，与子之德兮，鲁人之所瞻；汶水之汤汤，与子之道兮，逾远而弥长。道之难行兮，孔孟亦云遑遑；一世之屯兮，万世之光。曰：吾不有命兮，安在夫桓魋与臧仓！自古圣贤皆然兮，噫，子虽毁其何伤！

方侍郎云：笔阵酣恣，辞繁而不懈。

太常博士尹君墓志铭

欧阳永叔

君讳源，字子渐，姓尹氏，与其弟洙师鲁，俱有名于当世。其论议文章，博学强记，皆有以过人。而师鲁好辩，果于有为；子渐为人刚简不矜饰，能自晦藏，与人居久而莫知，至其一有所发，则人必惊伏。其视世事若不干其意，已而榷其情伪，计其成败，后多如其言。其性不能容常人，而善与人交，久而益笃。自天圣、明道之间，予与其兄弟交，其得于子渐者如此。其曾祖讳谊，赠光禄少卿。祖讳文化，官至都官郎中，赠刑部侍郎。父讳仲宣，官至虞部员外郎，赠工部郎中。子渐初以祖荫，补三班借职，稍迁左班殿直。天圣八年，举进士及第，为奉礼郎，累迁太常博士。历知芮城、河阳二县，佥署孟州判官事，又知新郑县，通判泾州、庆州，知怀州，以庆历五年三月十四日，卒于官。

赵元昊寇边，围定川堡，大将葛怀敏发泾原兵救之。君遗怀敏书曰："贼举其国而来，其利不在城堡，而兵法有不得而救者。且吾军畏法，见敌必赴而不计利害，此其所以数败也。宜驻兵瓦亭，见利而后动。"怀敏不能用其言，遂以败死。刘涣知沧州，杖一卒不服，涣命斩之以闻，坐专杀，降知密州，君上书为涣论直，得复知沧州。范文正公常荐君材可以居馆阁，召试不用，遂知怀州，至期月大治。是时天子用范文正公，与今观文殿学士富公、武康军节度使韩公欲更置天下事，而权倖小人不便。三公皆罢去，而师鲁与时贤士多被诬枉得罪。君叹息忧悲发愤，以谓生可厌而死可乐也，往往被酒哀歌泣下，朋友皆窃怪之。已而以疾卒，享年五十。至和元年十有二月十三日，其子材葬君于河南府寿安县甘泉乡龙洲里。其平生所为文章六十篇，皆行于世。子男四人：曰材、植、机、桴。

呜呼！师鲁常劳其智于事物，而卒蹈忧患以穷死。若子渐者，旷然不有累其心，而无所屈其志，然其寿考亦以不长。岂其所谓短长得失者，皆非此之谓与！其所以然者，不可得而知与！铭曰：

有韫于中不以施，一愤乐死其如归。岂其志之将衰？不然世果可嫉其如斯！

黄梦升墓志铭

欧阳永叔

予友黄君梦升，其先婺州金华人，后徙洪州之分宁。其曾祖讳元吉，祖讳某，父讳中雅，皆不仕。黄氏世为江南大族，自其祖父以来，乐以家资赈乡里，多聚书以招延四方之士。梦升兄弟皆好学，尤以文章意气自豪。

予少家随州，梦升从其兄茂宗官于随，予为童子立诸兄侧，见梦升年十七八，眉目明秀，善饮酒谈笑。予虽幼，心已独奇梦升。后七年，予与梦升皆举进士于京师，梦升得丙科，初任兴国军永兴主簿，怏怏不得志，以疾去。久之，复调江陵府公安主簿。时予谪夷陵令，遇之于江陵。梦升颜色憔悴，初不可识，久而握手嘘戚，相饮以酒，夜醉起舞，歌呼大噱。予益悲梦升志虽衰，而少时意气尚在也。后二年，予徙乾德令，梦升复调南阳主簿，又遇之于邓。间尝问其平生所为文章几何，梦升慨然叹曰："吾已讳之矣，穷达有命，非世之人不知我，我羞道于世人也。"求之不肯出，遂饮之酒，复大醉起舞歌呼，因笑曰："子知我者。"乃肯出其文。读之，博辩雄伟，意气奔放，若不可御。予又益悲梦升志虽困，而文章未衰也。是时谢希深出守邓州，尤喜称道天下士。予因手书梦升文一通，欲以示希深，未及而希深卒，予亦去邓。后之守邓者皆俗吏，不复知梦升。梦升素刚不苟合，负其所有，常怏怏无所施，卒以不得志，死于南阳。

梦升讳注，以宝元二年四月二十五日卒，享年四十有二。其平生所为文曰《破碎集》《公安集》《南阳集》，凡三十卷。娶潘氏，生四男二女。将以庆历四年某月某日，葬于董坊之先茔，其弟渭泣而来告曰："吾兄患世之莫吾知，孰可为其铭？"予素悲梦升者，因为之铭曰：

予尝读梦升之文，至于哭其兄子庠之词曰：“子之文章，电激雷震，雨雹忽止，阒然灭泯。”未尝不讽诵叹息而不已。嗟夫梦升！曾不及庠，不震不惊，郁塞埋藏。孰予其有，不使其施？吾不知所归咎，徒为梦升而悲！

孙明复先生墓志铭

欧阳永叔

先生讳复，字明复，姓孙氏，晋州平阳人也。少举进士不中，退居泰山之阳，学《春秋》，著《尊王发微》。鲁多学者，其尤贤而有道者石介，自介而下，皆以弟子事之。

先生年逾四十，家贫不娶，李丞相迪将以其弟之女妻之。先生疑焉。介与群弟子进曰：“公卿不下士久矣，今丞相不以先生贫贱，而欲托以子，是高先生之行义也，先生宜因以成丞相之贤名。”于是乃许。孔给事道辅，为人刚直严重，不妄与人，闻先生之风，就见之。介执杖屦，侍左右，先生坐则立，升降拜则扶之，及其往谢也亦然。鲁人既素高此两人，由是始识师弟子之礼，莫不叹嗟之。而李丞相、孔给事，亦以此见称于士大夫。

其后介为学官，语于朝曰：“先生非隐者也，欲仕而未得其方也。”庆历二年，枢密副使范仲淹、资政殿学士富弼，言其道德经术，宜在朝廷，召拜校书郎、国子监直讲。尝召见迩英阁说《诗》，将以为侍讲，而嫉之者言其讲说多异先儒，遂止。七年，徐州人孔直温以狂谋捕治，索其家得诗，有先生姓名，坐贬监处州商税，徙泗州，又徙知河南府长水县，佥署应天府判官公事，通判陵州。翰林学士赵概等十余人上言：孙某行为世法，经为人师，不宜弃之远方。乃复为国子监直讲。居三岁，以嘉祐二年七月二十四日，以疾卒于家，享年六十有六，官至殿中丞。先生在太学时，为大理评事，天子临幸，赐以绯衣银鱼，及闻其丧，恻然，予其家钱十万。而公卿大夫、朋友、太学之诸生，相与吊哭赙治其丧。于是以其年十月二十七日，葬先生于郓州须城县卢泉乡之北扈原。

先生治《春秋》，不惑传注，不为曲说以乱经，其言简易，明于诸侯大夫功罪，以考时之盛衰，而推见王道之治乱，得于经之本义为多。方其病时，枢密使韩琦言之天子，选书吏给纸笔，命其门人祖无择就其家，得其书十有五篇，录之藏于秘阁。先生一子大年，尚幼。铭曰：

圣既殁经更战焚，逃藏脱乱仅传存。众说乘之汩其原，怪迂百出杂伪真。后生牵卑习前闻，有欲患之寡攻群。往往止燎以膏薪，有勇夫子辟浮云。刮磨蔽蚀相吐吞，日月卒复光破昏。博哉功利无穷垠，有考其不在斯文！

尹师鲁墓志铭

欧阳永叔

师鲁，河南人，姓尹氏，讳洙。然天下之士识与不识，皆称之曰师鲁。盖其名重当世，而世之知师鲁者，或推其文学，或高其议论，或多其材能；至其忠义之节，处穷达，临祸福无愧于古君子，则天下之称师鲁者，未必尽知之。师鲁为文章，简而有法，博学强记，通知古今，长于《春秋》。其与人言，是是非非，务穷尽道理乃已，不为苟止而妄随，而人亦罕能过也。遇事无难易，而勇于敢为，其所以见称于世者，亦所以取嫉于人，故其卒穷以死。

师鲁少举进士及第，为绛州正平县主簿，河南府户曹参军，邵武军判官。举书判拔萃，迁山南东道掌书记，知伊阳县。王文康公荐其才，召试充馆阁校勘，迁太子中允，天章阁待制。范公贬饶州，谏官御史不肯言，师鲁上书言"仲淹，臣之师友，愿得俱贬"，贬监郢州酒税，又徙唐州。遭父丧，服除，复得太子中允，知河南县。赵元昊反，陕西用兵，大将葛怀敏奏起为经略判官。师鲁虽用怀敏辟，而尤为经略使韩公所深知。其后诸将败于好水，韩公降知秦州，师鲁亦徙通判濠州。久之，韩公奏得通判秦州，迁知泾州，又知渭州，兼泾原路经略部署。坐城水洛与边将异议，徙知晋州，又知潞州。为政有惠爱，潞州人至今思之，累迁官至起居舍人，直龙图阁。

师鲁当天下无事时，独喜论兵，为《叙燕》《息戍》二篇行于世。自西兵起凡五六岁，未尝不在其间，故其论议益精密，而于西事尤习其详。

其为兵制之说，述战守胜败之要，尽当今之利害。又欲训土兵代戍卒，以减边用，为御戎长久之策。皆未及施为，而元昊臣，西兵解严，师鲁亦去而得罪矣。然则天下之称师鲁者，于其材能，亦未必尽知之也。初师鲁在渭州，将吏有违其节度者，欲按军法斩之，而不果。其后吏至京师，上书讼师鲁以公使钱贷部将，贬崇信军节度副使，徙监均州酒税。得疾，无医药，舁至南阳求医。疾革，凭几而坐，顾稚子在前，无甚怜之色；与宾客言，终不及其私。享年四十有六以卒。

师鲁娶张氏，某县君。有兄源，字子渐，亦以文学知名，前一岁卒。师鲁凡十年间，三贬官，丧其父，又丧其兄。有子四人，连丧其三。女一，适人亦卒，而其身终以贬死。一子三岁，四女未嫁，家无余赀，客其丧于南阳不能归。平生故人无远迩皆往赙之，然后妻子得以其柩归河南，以某年某月某日，葬于先茔之次。余与师鲁兄弟交，尝铭其父之墓矣，故不复次其世家焉。铭曰：

藏之深，固之密，石可朽，铭不灭。

梅圣俞墓志铭

欧阳永叔

嘉祐五年，京师大疫。四月乙亥，圣俞得疾，卧城东汴阳坊。明日，朝之贤士大夫往问疾者，驺呼属路不绝。城东之人，市者废，行者不得往来，咸惊顾相语曰："兹坊所居大人谁耶？何致客之多也！"居八日癸未，圣俞卒。于是贤士大夫又走吊哭如前日益多，而其尤亲且旧者，相与聚而谋其后事，自丞相以下，皆有以赙恤其家。粤六月甲申，其孤增载其柩南归，以明年正月丁丑葬于宣州阳城镇双归山。

圣俞，字也，其名尧臣，姓梅氏，宣州宣城人也。自其家世颇能诗，而从父询以仕显，至圣俞遂以诗闻，自武夫、贵戚、童儿、野叟，皆能道其名字。虽妄愚人不能知诗义者，直曰"此世所贵也，吾能得之"，用以自矜。故求者日踵门，而圣俞诗遂行天下。其初喜为清丽、闲肆、平淡，久则涵演深远，间亦琢刻以出怪巧。然气完力余，益老以劲。其应于人者多，故辞非一体。至于他文章皆可喜，非如唐诸子号诗人者僻固而狭陋也。圣俞为人，仁厚乐易，未尝忤于物。至其穷愁感愤，有所骂讥笑谑，一发于诗。然用以为欢，而不怨怼，可谓君子者也。

初在河南，王文康公见其文，叹曰："二百年无此作矣。"其后大臣屡荐宜在馆阁。尝一召试，赐进士出身，馀辄不报。嘉祐元年，翰林学士赵概等十余人列言于朝曰："梅某经行修明，愿得留与国子诸生讲论道德，作为雅颂以歌咏圣化。"乃得国子监直讲。三年冬，祫于太庙，御史中丞韩绛言："天子且亲祠，当更制乐章以荐祖考，惟梅某为宜。"亦不报。圣俞初以从父荫补太庙斋郎，历桐城、河南、河阳三县主簿，以德兴县令，知建德县，又知襄城县，监湖州盐税，签署忠武、镇安两军节度判官，监永济仓，国子监直讲，累官至尚书都官员外郎。尝奏其所撰《唐载》二十六卷，多补正旧史阙缪，乃命编修《唐书》。书成，未奏而卒，享年五十有九。

曾祖讳远，祖讳邈，皆不仕。父讳让，太子中舍致仕，赠职方郎中。母曰仙游县太君束氏，又曰清河县太君张氏。初娶谢氏，封南阳县君，再娶刁氏，封某县君。子男五人，曰增、曰墀、曰坰、曰龟儿，一早卒。女二人，长适太庙斋郎薛通，次尚幼。

圣俞学长于《毛诗》，为《小传》二十卷；其文集四十卷，注《孙子》十三篇。余尝论其诗曰："世谓诗人少达而多穷，盖非诗能穷人，殆穷者而后工也。"圣俞以为知言。铭曰：

不戚其穷，不困其鸣；不踬于艰，不履于倾。养其和平，以发厥声。震越浑锽，众听以惊。以扬其清，以播其英；以成其名，以告诸冥。

江邻几墓志铭

欧阳永叔

君讳休复，字邻几。其为人外若简旷，而内行修饬，不妄动于利欲。其强学博览，无所不通，而不以矜人。至有问辄应，虽好辩者不能穷也，已则默若不能言者。其为文章淳雅，尤长于诗。淡泊闲远，往往造人之不至。善隶书，喜琴、弈、饮酒。与人交，久而益笃。孝于宗族，事孀姑如母。天圣中，与尹师鲁、苏子美游，知名当时。举进士及第，调蓝山尉，骑驴赴官，每据鞍读书，至迷失道，家人求得之乃觉。历信、潞二州司法参军，又举书判拔萃，改大理寺丞，知长葛县事，通判阆州，以母丧去职。服除，知天长县事，迁殿中丞，又以父忧。终丧，献所著书，召试充集贤校理，判尚书刑部。

当庆历时，小人不便大臣执政者，欲累以事去之。君友苏子美，杜丞相婿也，以祠神会饮得罪，一时知名士皆被逐，君坐落职，监蔡州商税。久之，知奉符县事，改太常博士，通判睦州，徙庐州。复得集贤校理，判吏部南曹登闻鼓院，为群牧判官。出知同州，提点陕西路刑狱。入判三司盐铁局院，修起居注，累迁刑部郎中。君于治人，则曰："为政所以安民也，无扰之而已。"故所至民乐其简易，至辩疑折狱，则或权以术，举无不得，而不常用，亦不自以为能也。

君所著书，号《唐宜鉴》十五卷，《春秋世论》三十卷，文集二十卷。又作《神告》一篇，言皇嗣事，以谓皇嗣，国大事也，臣子以为嫌而难言，或言而不见纳，故假神告祖宗之意，务为深切，冀以感悟。又尝言昭宪太后杜氏子孙宜录用。故翰林学士刘筠无后，而官没其赀，宜为立后，还其赀，刘氏得不绝。君之论议颇多，凡与其游者莫不称其贤，而在上位者久未之用也。自其修起居注，士大夫始相庆，以为在上者知将用之矣，而用君者亦方自以为得，而君亡矣。呜呼！岂非其命哉！

君以嘉祐五年四月乙亥，以疾终于京师，即以其年六月庚申，葬于阳夏乡之原。君享年五十有六。方其无恙时，为《理命》数百言，已而疾且革，其子问所欲言，曰："吾已著之矣。"遂不復言。

曾祖讳浚，殿中丞，赠驾部员外郎；妣李氏，始平县太君。祖讳日新，驾部员外郎，赠太仆少卿；妣孙氏，富阳县太君。考讳中古，太常博士，赠工部侍郎；妣张氏，仁寿县太君。夫人夏侯氏，永安县君，金部郎中彧之女，先君数月卒。子男三人：长曰懋简，并州司户参军；次日懋相，太庙斋郎；次日懋迪。女三人，长适秘书丞钱衮，余尚幼。

君姓江氏，开封陈留人也。自汉辕阳侯德居于陈留之圉城，其后子孙分散，而君世至今居圉城不去，自高祖而上七世葬圉南夏冈，由大王父而下三世，乃葬阳夏。

铭曰：

彼驰而我后，彼取而我不。岂用力者好先，而知命者不苟。嗟吾邻几兮，卒以不偶。举世之随兮，君子之守；众人所亡兮，君子之有。其失一世兮，其存不朽。惟其自以为得兮，吾将谁咎？

湖州长史苏君墓志铭

欧阳永叔

故湖州长史苏君，有贤妻杜氏，自君之丧，布衣蔬食。居数岁，提君之孤子，敛其平生文章走南京，号泣于其父曰："吾夫屈于生，犹可伸于死。"其父太子太师以告于予，予为集次其文而序之，以著君之大节，与其所以屈伸得失，以深诮世之君子当为国家乐育贤材者，且悲君之不幸。其妻卜以嘉祐元年十月某日，葬君于润州丹徒县义里乡檀山里石门村，又号泣于其父曰："吾夫屈于人间，犹可伸于地下。"于是杜公及君之子泌，皆以书来乞铭以葬。

君讳舜钦，字子美。其上世居蜀，后徙开封，为开封人。自君之祖讳易简，以文章有名太宗时，承旨翰林为学士，参知政事，官至礼部侍郎。父讳耆，官至工部郎中，直集贤院。君少以父荫补太庙斋郎，调荥阳尉，非所好也。已而锁其厅去，举进士中第，改光禄寺主簿，知蒙城县，丁父忧。服除，知长垣县，迁大理评事，监在京楼店务。君状貌奇伟，慷慨有大志。少好古，工为文章，所至皆有善政。官于京师，位虽卑，数上疏论朝廷大事，敢道人之所难言。范文正公荐君，召试得集贤校理。

自元昊反，兵出无功，而天下殆于久安，尤困兵事。天子奋然用三四大臣，欲尽革众弊以纾民。于是时范文正公与今富丞相，多所设施，而小人不便，顾人主方信用，思有以撼动，未得其根。以君文正公之所荐，而宰相杜公婿也。乃以事中君，坐监进奏院祠神、奏用市故纸钱会客为自盗，除名。君名重天下，所会客皆一时贤俊，悉坐贬逐，然后中君者喜曰："吾一举网尽之矣。"其后三四大臣，相继罢去，天下事卒不复施为。

君携妻子居苏州，买木石作沧浪亭，日益读书，大涵肆于六经，而时发其愤闷于歌诗，至其所激，往往惊绝。又喜行草书，皆可爱，故其虽短章醉墨，落笔争为人所传。天下之士闻其名而慕，见其所传而喜，往揖其貌而竦，听其论而惊以服，久与其居而不能舍以去也。居数年，复得湖州长史。庆历八年十二月某日，以疾卒于苏州，享年四十有一。

君先娶郑氏，后娶杜氏。三子：长曰泌，将作监主簿；次日液，曰激。二女：长适前进士陈纮，次尚幼。

初，君得罪时，以奏用钱为盗，无敢辩其冤者。自君卒后，天子感悟，凡所被逐之臣复召用，皆显列于朝，而至今无复为君言者，宜其欲求伸于地下也！宜予述其得罪以死之详，而使后世知其有以也！既又长言以为之辞，庶几并写予之所以哀君者。其辞曰：

谓为无力兮，孰击而去之？谓为有力兮，胡不反子之归！岂彼能兮此不为。善百誉而不进兮，一毁终世以颠挤。荒孰问兮杳难知，嗟子之中兮，有韫而无施。文章发耀兮，星日交辉。虽冥冥以掩恨兮，不昭昭其永垂。

大理寺丞狄君墓志铭

欧阳永叔

距长沙县西三十里新阳乡梅溪村，有墓曰狄君之墓者，乃予所记《谷城孔子庙碑》所谓狄君栗者也。始君居谷城有善政，尝已见于予文。及其亡也。其子遵谊泣而请曰："愿卒其详而铭之，以终先君死生之赐。"呜呼！予哀狄君者，其寿止于五十有六，其官止于一卿丞。盖其生也，以不知于世而止于是，若其殁而又无传，则后世遂将泯没，而为善者何以劝焉？此予之所欲铭也。

君字仲庄，世为长沙人。幼孤事母，乡里称其孝。好学自立，年四十，始用其兄棐荫补英州真阳主簿，再调安州应城尉，能使其县终君之去无一人为盗。荐者称其材任治民，乃迁谷城令。汉旁之民，惟邓、谷为富县，尚书铨吏，常邀厚赂以售贪令，故省中私语以一二数之，惜为奇货。而二邑之民，未尝得廉吏，其豪猾习以赇贿污令而为自恣。至君一切以法绳之，奸民大吏不便君之政者，往往诉于其上。虽按覆率不能夺君所为。其州所下文符有不如理，必辄封还，州吏亦切齿，求君过失不可得，君益不为之屈。其后民有讼田而君误断者，诉之，君坐被劾。已而县籍强壮为兵，有告讼田之民隐丁以规避者，君笑曰："是尝诉我者，彼冤民能自伸，此令之所欲也，吾岂挟此而报以罪邪！"因置之不问。县民繇是知君为爱我。是岁西北初用兵，州县既大籍强壮，而讹言相惊，云当驱以备边，县民数万聚邑中。会秋大雨霖，米踊贵绝粒，君发常平仓赈之。有司劾君擅发仓廪，君即具伏。事闻，朝廷亦原之。又为其民正共税籍之失，而吏得岁免破产之患。逾年，政大洽，乃修孔子庙，作礼器，与其邑人春秋释奠而兴于学。时予为乾德令，尝至其县，与其民言，皆曰："吾邑不幸，有生而未识廉吏者，而长老之民所记才一人，而继之者，今君也。"问其一人者，曰："张及也。"推及之岁至于君，盖三十余年，是谓一世矣。呜呼！使民更一世而始得一良令，吏其可不慎择乎！君其可不惜其殁乎？其政之善者可遗而不录乎？

君用谷城之绩，迁大理寺丞，知新州，至则丁母夫人郑氏忧。服除，赴京师，道病，卒于宿州，实庆历五年七月二十四日也。曾祖讳崇谦，连州桂阳令。祖讳文蔚，全州清湘令。父讳杞，不仕。君娶荥阳郑氏，生子男二人：遵谊、遵微，皆举进士。女四人，长适进士胡纯臣，其三尚幼。铭曰：

强而仕，古之道。终中寿，不为夭。善在人，宜有后。铭于石，著不朽。茅顺甫云：逸调。

蔡君山墓志铭

欧阳永叔

予友蔡君谟之弟曰君山，为开封府太康主簿。时予与君谟皆为馆阁校勘，居京师，君山数往来其兄家，见其以县事决于其府。府尹吴遵路，素刚，好以严惮下吏。君山年少位卑，能不慑屈，而得尽其事之详。吴公独喜，以君山为能。予始知君山敏于为吏，而未知其他也。明年，君谟南归拜其亲。夏，京师大疫，君山以疾卒于县。其妻程氏，一男二女皆幼。县之人哀其贫，以钱二百千为其赙。程氏泣曰："吾家素以廉为吏，不可以此污吾夫。"拒而不受。于是又知君山能以惠爱其县人，而以廉化其妻妾也。

君山间尝语予曰："天子以六科策天下士，而学者以记问应对为事，非古取士之意也。吾独不然。"乃昼夜自苦为学。及其亡也，君谟发其遗稿，得十数万言，皆当世之务。其后逾年，天子与大臣讲天下利害为条目，其所改更，于君山之稿十得其五六。于是又知君山果天下之奇才也。

君山景祐中举进士，初为长谿县尉。县媪二子渔于海而亡，媪指某氏为仇，告县捕贼。县吏难之，皆曰："海有风波，岂知其不水死乎？且虽果为仇所杀，若尸不得，则于法不可理。"君山独曰："媪色有冤，吾不可不为理。"乃阴察仇家得其迹，与媪约曰："吾与汝宿海上，期十日不得尸，则为媪受捕贼之责。"凡宿七日，海水潮，二尸浮而至，验之皆杀也，乃捕仇家伏法。民有夫妇偕出，而盗杀其守舍子者。君山亟召里民毕会，环坐而熟视之，指一人曰："此杀人者也。"讯之果伏。众莫知其以何术得也。长谿人至今喜道君山事多如此，曰："前史所载能吏，号如神明，不过此也。"自天子与大臣条天下事，而屡下举吏之法，尤欲官无小大，必得其材，方求天下能吏，而君山死矣！此可为痛惜者也。

君山讳高，享年二十有八，以某年某月某日卒。今年君谟又归迎其亲，自太康取其柩以归，将以某年某月某日葬于某所。且谓余曰："吾兄弟始去其亲而来京师，欲以仕宦为亲荣。今幸还家，吾弟独以柩归，甚矣，老者之爱其子也！何以塞吾亲之悲？子能为我铭君山乎？"乃为之铭曰：

呜呼！吾闻仁义之行于天下也，可使父不哭子，老不哭幼。嗟夫君山，不得其寿。父母七十，扶行送柩。退之有言：死孰谓夭？子墓予铭，其传不朽。庶几以此，慰其父母。

集贤院学士刘公墓志铭

欧阳永叔

公讳敞，字仲原父，姓刘氏，世为吉州临江人。自其皇祖以尚书郎有声太宗时，遂为名家。其后多闻人，至公而益显。公举庆历六年进士，中甲科，以大理评事通判蔡州，丁外艰。服除，召试学士院，迁太子中允，直集贤院判登闻鼓院，吏部南曹尚书考功。于是夏英公既薨，天子赐谥曰文正。公曰："此吾职也。"即上疏言：谥者，有司之事也，且竦行不应法，今百司各得守其职，而陛下侵臣百。疏凡三上，天子嘉其守，为更其谥曰"文庄"。公曰："姑可以止矣。"权判三司开拆司，又权度支判官，同修起居注。至和元年九月，召试，迁右正言，知制诰。宦者石全彬，以劳迁宫苑使，领观察使，意不满，退而有愠言。居三日，正除观察使，公封还辞头不草制，其命遂止。

二年八月，奉使契丹。公素知虏山川道里，虏人道自古北口，回曲千余里，至柳河。公问曰："自古松亭趋柳河甚直而近，不数日可至中京，何不道彼而道此？"盖虏人常故迂其路，欲以国地险远夸使者，且谓莫习其山川。不虞公之问也，相与惊顾羞愧，即吐其实，曰："诚如公言！"时顺州山中有异兽如马，而食虎豹，虏人不识，以问，公曰："此所谓驳也。"为言其形状声音皆是。虏人益叹服。三年，使还，以亲嫌求知扬州。岁余，迁起居舍人，徙知郓州，兼京东西路安抚使。居数月，召还，纠察在京刑狱，修玉牒，知嘉祐四年贡举，称为得人。

是岁，天子卜以孟冬祫，既廷告，丞相用故事，率文武官加上天子尊号。公上书言：尊号非古也，陛下自宝元之郊，止群臣毋得以请，迨今二十年无所加，天下皆知甚盛德，奈何一旦受虚名而损实美？上曰："我意亦谓当如此。"遂不允群臣请。而礼官前祫，请祔郭皇后于庙，自孝章以下四后在别庙者，请毋合食。事下议，议者纷然。公之议曰："春秋之义，不薨于寝，不称夫人，而郭氏以废薨。按景祐之诏，许复其号，而不许其谥与祔，谓宜如诏书。"又曰："礼于祫，未毁庙之主皆合食，而无帝后之限，且祖宗以来用之。《传》曰：'祭从先祖。'宜如故。"于是皆如公言。

公既骤屈廷臣之议，议者已多仄目。既而又论吕溱过轻而责重，与台谏异，由是言事者亟攻之，公知不容于时矣。会永兴阙守，因自请行，即拜翰林侍读学士，充永兴军路安抚使，兼知永兴军府事。长安多富人右族，豪猾难治，犹习故都时态。公方发大姓范伟事，狱未具而公召，由是狱屡变，连年吏不能决。至其事闻，制取以付御史台乃决，而卒如公所发也。

公为三州，皆有善政。在扬州，夺发运使冒占雷塘田数百顷予民，民至今以为德。其治郓、永兴，皆承旱歉，所至必雨雪，蝗辄飞去，岁用丰稔，流亡来归，令行民信，盗贼禁止，至路不拾遗。

公于学博，自六经、百氏、古今传记，下至天文、地理、卜、医、数术、浮屠、老庄之说，无所不通。其为文章，尤敏赡。尝直紫微阁，一日追封皇子公主九人，公方将下直，为之立马却坐，一挥九制数千言，文辞典雅，各得其体。公知制诰七年，当以次迁翰林学士者数矣，久而不迁。及居永兴岁余，遂以疾闻。八年八月，召还，判三班院太常寺。

公在朝廷，遇事多所建明，如古渭州可弃，孟阳河不可开，枢密使狄青宜罢以保全之之类，皆其语在士大夫间者。若其规切人主，直言逆耳，至于从容进见，开导聪明，贤否人物，其事不闻于外廷者，其补益尤多。故虽不合于世，而特被人主之知。方嘉祐中，嫉者众而攻之急，其虽危而得无害者，仁宗深察其忠也。及侍英宗讲读，不专章句解诂，而指事据经，因以讽谏，每见听纳，故尤奇其材。已而复得惊眩疾，告满百日，求便郡。上曰："如刘某者，岂易得也？"复赐以告。上每宴见诸学士，时时问公少间否？赐以新橙五十，劳其良苦。疾少间，复求外补，上怅然许之。出知卫州，未行，徙汝州。治平三年，召还，以疾不能朝，改集贤院学士，判南京留司御史台。熙宁元年四月八日，卒于官舍，享年五十。

呜呼！以先帝之知公，使其不病，其所以用之者，岂一翰林学士而止哉！方公以论事忤于时也，又有构为谤语以怒时相者。及归自雍，丞相韩公方欲还公学士，未及而公病，遂止于此，岂非其命也夫！

公累官至给事中，阶：朝散大夫，勋：上轻车都尉，爵：开国彭城公，邑：户二千一百，实食者三百。曾祖讳琠，赠大理评事。祖讳式，尚书工部员外郎，赠户部尚书。考讳立之，尚书主客郎中，赠工部尚书。公再娶伦氏，皆侍御史程之女，前夫人先公早卒，后夫人以公贵，累封河南郡君。子男四人：长定国，郊社掌座，早卒；次奉世，大理寺丞；次当时，大理评事；次安上，太常寺太祝。女三人，长适大理评事韩宗直，二尚幼。

公既卒，天子推恩，录其两孙望、旦，一族子安世，皆试将作监主簿。

公为人磊落明白，推诚自信，不为防虑，至其屡见侵害，皆置而不较，亦不介于胸中。居家不问有无，喜赒宗族。既卒，家无余财。与其弟攽，友爱尤笃。有文集六十卷，其为《春秋》之说，曰《传》，曰《权衡》，曰《说例》，曰《文权》，曰《意林》，合四十一卷；又有《七经小传》五卷，《弟子记》五卷。而《七经小传》，今盛行于学者。二年十月辛酉，其弟攽与其子奉世等，葬公于祥符县魏陵乡，祔于先墓，以来请铭。乃为铭曰：

呜呼！惟仲原父，学强而博，识敏而明。坦其无疑一以诚，见利如畏义必争。触机履险危不倾，畜大不施夺其龄。惟其文章粲日星，虽欲有毁知莫能。维古圣贤皆后亨，有如不信考斯铭。

翰林侍读学士给事中梅公墓志铭

欧阳永叔

翰林侍读学士、给事中梅公既卒之明年，其孤及其兄之子尧臣，来请铭以葬，曰："吾叔父病且亟矣，犹卧而使我诵子之文，今其葬，宜得子铭以藏。"公之名在人耳目五十余年，前卒一岁，予始拜公于许。公虽衰且病，其言谈词气，尚足动人，嗟予不及见其壮也。然尝闻长老道公咸平、景德之初，一遇真宗，言天下事合意，遂以人主为知己。当时搢绅之士，望之若不可及，已而摈斥流离四十年间，白首翰林，卒老一州。嗟夫！士果能自为材邪？惟世用不用尔！故予记公终始，至于咸平、景德之际，尤为详焉，良以悲其志也。

公讳询，字昌言，世家宣城。年二十六，进士及第，试校书郎、利丰监判官，迁将作监丞，知杭州仁和县，又迁著作佐郎，举御史台推勘官，时亦未之奇也。咸平三年，与考进士于崇政殿，真宗过殿庐中，一见以为奇材，召试中书，直集贤院，赐绯衣银鱼。是时契丹数寇河北，李继迁急攻灵州，天子新即位，锐于为治。公乃上书，请以朔方授潘罗支，使自攻取，是谓以蛮夷攻蛮夷。真宗然其言，问谁可使罗支者？公自请行，天子惜之，不欲使蹈兵间。公曰：“苟活灵州而罢西兵，何惜一梅询！”天子壮其言，因遣使罗支，未至，而灵州没于贼。召还，迁太常丞、三司户部判官，数访时事，于是屡言西北事。时边将皆守境不能出师，公请大臣临边督战，募游兵击贼，论曹玮、马知节才可用，又论傅潜、杨琼败绩当诛，而田绍斌、王荣等，可责其效以赎过，凡数十事。其言甚壮，天子益器其材，数欲以知制诰，宰相有言不可者乃已。其后继迁卒为潘罗支所困，而朝廷以两镇授德明，德明顿首谢罪。河西平，天子亦再幸澶渊盟契丹，而河北之兵解，天下无事矣。

公既见疏不用，初坐断田讼失实，通判杭州，徙知苏州；又徙两浙转运使，还判三司开拆司，迁太常博士，用封禅恩，迁祠部员外郎。又坐事出知濠州，以刑部员外郎为荆湖北路转运使，坐擅给驿马与人奔丧而马死，夺一官，通判襄州，徙知鄂州，又徙苏州。天禧元年，复为刑部员外郎、陕西转运使。灵州弃已久，公与秦州曹玮得胡芦河路，可出兵，无沙行之阻，而能径趋灵州，遂请玮居环庆，以图出师。会玮入为宣徽使，不克而止。迁工部郎中，坐朱能反，贬怀州团练副使，再贬池州。天圣元年，拜度支员外郎，知广德军，徙知楚州，迁兵部员外郎，知寿州，又知陕府。六年，复直集贤院，又迁工部郎中，改直昭文馆，知荆南府。召为龙图阁待制，纠察在京刑狱，判流内铨，改龙图阁直学士，知并州。未行，迁兵部郎中、枢密直学士以往，就迁右谏议大夫，入知通进银台司，复判流内铨，改翰林侍读学士、群牧使，迁给事中，知审官院，以疾出知许州。康定二年六月某日，卒于官。

公好学有文，尤喜为诗。为人严毅修洁，而材辩敏明，少能慷慨见奇真宗。自初召试，感激言事，自以谓君臣之遇。已而失职逾二十年，始复直于集贤，比登侍从，而门生故吏、曩时所考进士，或至宰相，居大官，故其视时人常以先生长者自处，论事尤多发愤。其在许昌，继迁之孙复以河西叛，朝廷出师西方，而公已老，不复言兵矣。享年七十有八以终。

梅氏远出梅伯，世久而谱不明。公之皇曾祖讳超，皇祖讳远，皆不仕。父讳邈，赠刑部侍郎。夫人刘氏，彭城县君。子五人：长曰鼎臣，官殿中丞，次曰宝臣，皆先公卒；次日得臣，太子中舍；次曰辅臣，前将作监丞；次日清臣，大理评事。公之卒，天子赠赙优恤，加得臣殿中丞，清臣卫尉寺丞。明年八月某日，葬公宣州之某县某乡某原。铭曰：

士之所难，有蕴无时。伟欤梅公，人主知之！勇无不敢，惟义之为。困于翼飞，中垂以敛，一失其途，进退而坎。理不终穷，既晚而通。惟其寿考，福禄之隆。

尚书都官员外郎欧阳公墓志铭

欧阳永叔

公讳晔，字日华，于检校工部尚书讳托、彭城县君刘氏之室为曾孙，武昌县令讳郴、兰陵夫人萧氏之室为孙，赠太仆少卿讳偃、追封潘原县太君李氏之室为第三子，于修为叔父。修不幸幼孤，依于叔父而长焉。尝奉太夫人之教曰："尔欲识尔父乎？视尔叔父，其状貌、起居、言笑，皆尔父也。"修虽幼，已能知太夫人言为悲，而叔父之为亲也。

欧阳氏世家江南，伪唐李氏时，为庐陵大族。李氏亡，先君昆弟同时而仕者四人，独先君早世，其后三人皆登于朝以殁。公咸平三年举进士甲科，历南雄州判官，随、阆二州推官，江陵府掌书记，拜太子中允、太常丞博士、尚书屯田、都官二员外郎，享年七十有九，最后终于家，以庆历四年三月十日，葬于安州应城县高风乡彭乐村。于其葬也，其素所养兄之子修，泣而书曰："呜呼！叔父之亡，吾先君之昆弟无复在者矣。其长养教育之恩，既不可报，而至于状貌、起居、言笑之可思慕者，皆不得而见焉矣。惟勉而纪吾叔父之可传于世者，庶以尽修之志焉。"

公以太子中允监兴国军盐酒税，太常丞知汉州雒县，博士知端州桂阳监，屯田员外郎知黄州，迁都官知永州，皆有能政。坐举人夺官，复以屯田通判歙州，以本官分司西京，托家于随，复迁都官于家，遂致仕。景祐四年四月九日卒。

公为人严明方质，尤以廉洁自持，自为布衣，非其义不辄受人之遗。少而所与亲旧，后或甚贵，终身不造其门。其莅官临事，长于决断。初为随州推官，治狱之难决者三十六。大洪山奇峰寺聚僧数百人，转运使疑其积物多，而僧为奸利，命公往籍之。僧以白金千两馈公，公笑曰："吾安用此！然汝能听我言乎？今岁大凶，汝有积谷六七万石，能尽以输官而赈民，则吾不籍汝。”僧喜曰：“诺。”饥民赖以全活。陈尧咨以豪贵自骄，官属莫敢仰视，在江陵用私钱诈为官市黄金，府吏持帖，强僚佐署。公呵吏曰：“官市金，当有文符。”独不肯署。尧咨虽惮而止，然讽转运使出公，不使居府中。鄂州崇阳，素号难治，乃徙公治之。至则决滞狱百余事。县民王明，与其同母兄李通争产累岁，明不能自理，至贫为人赁舂。公折之一言，通则具伏，尽取其产巨万归于明，通退而无怨言。桂阳民有争舟而相殴至死者，狱久不决。公自临其狱，出囚坐庭中，去其桎梏而饮食之。食讫，悉劳而还于狱，独留一人于庭。留者色动惶顾，公曰：“杀人者汝也。”囚不知所以然。公曰：“吾视食者皆以右手持匕，而汝独以左。今死者伤在右肋，此汝杀之明也。”囚即涕泣曰：“我杀也，不敢以累他人。”公之临事明辩，有古良吏决狱之术多如此。所居人皆爱思之。

公娶范氏，封福昌县君。子男四人，长曰宗颜，次曰宗闵，其二早亡。女一人，适张氏，亦早亡。铭曰：

公之明足以决于事，爱足以思于人，仁足以施其族，清足以洁其身，而铭之以此，足以遗其子孙。

尚书职方郎中分司南京欧阳公墓志铭

欧阳永叔

公讳颖，字孝叔。咸平三年举进士中第，初任峡州军事判官，有能名，即州拜秘书省著作佐郎，知建宁县。未半岁，峡路转运使薛颜巡部至万州，逐其守之不治者。以谓继不治非尤善治者不能，因奏自建宁县往代之。以治闻，由万州相次九领州，而治之一再至曰鄂州，二辞不行，初彭州，以母夫人老不果行，最后嘉州，以老告不行，实治七州。州大者繁广，小者俗恶而奸，皆世指为难治者。其尤甚曰歙州，民习律令，性喜讼，家家自为簿书，凡闻人之阴私，毫发坐起语言日时皆记之，有讼则取以证。其视入狴牢，就桎梏，犹冠带偃箦，恬如也。盗有杀其民董氏于市，三年捕不获，府君至，则得之以抵法。又富家有盗夜入启其藏者，有司百计捕之甚急，且又大购之，皆不获，有司苦之。公曰："勿捕与购。"独召富家二子，械付狱鞫之。州之吏民皆曰："是素良子也。"大怪之，更疑互谏。公坚不回，鞫愈急，二子服。然吏民犹疑其不胜而自诬，及其取所盗某物于某所皆是，然后谨曰："公神明也。"其治尤难者若是，其易可知也。

公刚果有气，外严内明，不可犯，以是施于政，亦以是持其身。初，皇考侍郎为许田令，时丁晋公尚少，客其县，皇考识之曰："贵人也。"使与之游，待之极厚。及公佐峡州，晋公荐之，遂拜著作。其后晋公居大位用事，天下之士往往因而登荣显，而公屏不与之接。故其仕也，自著作佐郎、秘书丞、太常博士、尚书屯田都官职方三员外郎郎中，皆以岁月考课次第，升知万、峡、鄂、歙、彭、鄂、阆、饶、嘉州，皆所当得。及晋公败，士多不免，惟公不及。

明道二年，以老乞分司，有田荆南，遂归焉。以景祐元年正月二十六日终于家，年七十有三。祖讳某，赠某官；皇妣李氏，赠某县君。夫人曾氏，某县君，先亡。

公平生强力少疾病，居家忽晨起，作遗戒数纸，以示其嗣子景昱曰："吾将终矣。"后三日乃终，而嗣子景昱，能守其家如其戒。

欧氏出于禹。禹之后有越王句践，句践之后有无强者，为楚威王所灭。无强之子皆受楚封，封之乌程欧阳亭者，为欧阳氏。汉世有仕为涿郡守者，子孙遂北，有居冀州之渤海，有居青州之千乘，而欧阳仕汉世为博士，所谓欧阳尚书者也。渤海之欧阳，有仕晋者曰建，所谓"渤海赫赫，欧阳坚石"者也。建遇赵王伦之乱，其兄子质南奔长沙。自质十二世生询，询生通，仕于唐，皆为长沙之欧阳，而犹以渤海为封。通又三世而生琮，琮为吉州刺史，子孙家焉。自琮八世生万,万生雅，雅生高祖讳效，高祖生曾祖讳托，曾祖生皇祖武昌令讳郴，皇祖生公之父赠户部侍郎讳儆，皆家吉州，又为吉州之欧阳。及公遂迁荆南，且葬焉，又为荆南之欧阳。呜呼！公于修，叔父也，铭其叔父，宜于其世尤详。铭曰：

寿孰与之？七十而老；禄则自取，于取犹少。扶身以方，亦以从公；不变其初，以及其终。

南阳县君谢氏墓志铭

欧阳永叔

庆历四年秋，予友宛陵梅圣俞，来自吴兴，出其哭内之诗而悲，曰：“吾妻谢氏亡矣。”丐我以铭而葬焉。予诺之未暇作，居一岁中，书七八至，未尝不以谢氏铭为言。且曰：“吾妻故太子宾客讳涛之女，希深之妹也。希深父子为时闻人，而世显荣，谢氏生于盛族，年二十以归吾，凡十七年而卒。卒之夕，敛以嫁时之衣，甚矣，吾贫可知也！然谢氏怡然处之，治其家有常法，其饮食器皿，虽不及丰侈，而必精以旨；其衣无故新，而浣濯缝纫必洁以完；所至官舍虽卑陋，而庭宇洒扫必肃以严；其平居语言容止，必从容以和。吾穷于世久矣，其出而幸与贤士大夫游而乐，入则见吾妻之怡怡而忘其忧，使吾不以富贵贫贱累其心者，抑吾妻之助也。吾尝与士大夫语，谢氏多从户屏窃听之，间则尽能商榷其人才能贤否，及时事之得失，皆有条理。吾官吴兴，或自外醉而归，必问曰：‘今日孰与饮而乐乎？’闻其贤者也，则悦：否，则叹曰：‘君所交皆一时贤俊，岂其屈己下之邪？惟以道德焉，故合者尤寡。今与是人饮而欢邪！’是岁南方旱，仰见飞蝗而叹曰：‘今西兵未解，天下重困，盗贼暴起于江淮，而天旱且蝗如此。我为妇人，死而得君葬我幸矣。’其所以能安居贫而不困者，其性识明而知道理多此类。呜呼！其生也迫吾之贫；而没也又无以厚焉，谓惟文字可以著其不朽，且其平生尤知文章为可贵，殁而得此，庶几以慰其魂，且塞予悲，此吾所以请铭于子之勤也。”若此，予忍不铭？

夫人享年三十七，用夫恩封南阳县君，二男一女。以其年七月七日，卒于高邮。梅氏世葬宛陵，以贫不能归也，某年某月某日，葬于润州之某乡某原。铭曰：

高崖断谷兮，京口之原；山苍水深兮，土厚而坚。居之可乐兮，卜者曰然。骨肉归土兮，魂气则天。何必故乡兮，然后为安。

北海郡君王氏墓志铭

欧阳永叔

太常丞致仕吴君之夫人，曰北海郡君王氏，潍州北海人也。皇考讳汀，举明经不中，后为本州助教。夫人年二十三，归于吴氏。天圣元年六月二日，以疾卒，享年三十有七。

夫人为人，孝顺俭勤。自其幼时，凡于女事，其保傅皆曰："教而不劳。"组紃织纴，其诸女皆曰："巧莫可及。"其归于吴氏也，其母曰："自吾女适人，吾之内事无所助。"而吴氏之姑曰："自吾得此妇，吾之内事不失时。"及其卒也，太常君曰："举吾里中有贤女者莫如王氏。"于是娶其女弟以为继室，而今夫人戒其家曰："凡吾吴氏之内事，惟吾女兄之法是守，至今而不敢失。"

夫人有贤子曰奎，字长文，初举明经，为殿中丞，后举贤良方正，直言极谏，今为翰林学士、尚书兵部员外郎、知制诰。夫人初用子恩追封福昌县君。其后长文贵显，以夫人为请。天子曰："近臣吾所宠也，有请其可不从？"乃追封夫人为北海郡君。长文号泣顿首曰："臣奎不幸，窃享厚禄，不得及其母，而天子宠臣以此，俾以报其亲，臣奎其何以报？"当是时，朝廷之士大夫，吴氏之乡党邻里，皆咨嗟叹息曰："吴氏有子矣。"

嘉祐四年冬，长文请告于朝，将以明年正月丁酉葬夫人于郓州之鱼山，以书来乞铭。夫人生三男，曰奎、奄、胃；今夫人生一男，曰参。女三人。孙男女九人。曾孙女二人。铭曰：

奎显矣，奄早亡，胃与参，仕方强。以一子，荣一乡。生虽不及殁有光，孙曾多有后愈昌。

卷四十八　碑志类下编七

虞部郎中赠卫尉卿李公神道碑

王介甫

嘉祐八年六月某甲子，制曰："朕初即位，大赉群臣，升朝者及其父母。具官某，父具官某，率德蹈义，不躬荣禄，能教厥子，并为才臣，加赐名命，序诸卿位，所以劝天下之为人父者，岂特以慰孝子之心哉！可特赠卫尉卿。"翌日某甲子，中书下其书告第，又副其书赐宽等以待墓焚。宽等受书，焚其副墓上，乃撰次卫尉官世行治始卒，来请曰："先人赖天子庆施，赐之官三品矣；而墓碑未刻，惟德善可以有辞于后世者，夫子实闻知。"某曰："然。卫尉公墓隧，宜得铭久矣。"于是为序而铭焉。序曰：

公姓李氏，故陇西人。七世祖讳某，始迁于光山；五世祖讳某，以其郡人王闽，从之，始为建安人。曾祖讳某，祖讳某，皆不仕。考讳某，尝仕江南李氏，稍显矣，江南国除，又举进士，中等，以殿中丞致仕，有学行，名能知人。赠其父大理评事，而己亦以子贵，赠至吏部尚书。游豫章，乐其湖山，曰："吾必终于此。"于是又始为豫章人。尚书之子，伯曰虚己，官至尚书工部侍郎，以才能闻天下，其季则公也。

公讳某，字公济，少笃学，读书兼昼夜不息。一以进士举，不中，即以兄荫为郊社斋郎，再选福州闽清、洪州靖安县尉，有能名。迁饶州余干县令，至则毁淫祠，取其材以为孔子庙，率县人之秀者兴于学，豪宗大姓，敛手不敢犯法。州将、部使者，奏乞与京官，移之剧县，不报，而坐不觉狱卒杀人以免。当是时，侍郎方以分司就第。公曰："吾兄老矣，我得朝夕从之游，以洒扫先人庐冢，尚何求而仕？"遂止不复言仕。侍郎之卒也，天子以公试秘书省校书郎，知江州德安县事，辞不就。后尝一至京师，大臣交口劝说，欲官之，终以其不可强也。而晏元献公为公请，乃除太子洗马致仕。

初，尚书未老，弃其官以归。至侍郎，及公之退也，亦皆未老。自尚书至公，再世皆有子，而皆以严治其家如吏治。江西士大夫慕其世德，称其家法。盖近世士多外自藩饰为声名，而内实罕能治其家。及老，往往顾利冒耻，不知休息。公独父子兄弟能如此。呜呼！其可谓贤于人也已。

公事亲孝，比遭大丧，庐墓六年然后已。事兄与其寡姊，衣食药物，必躬亲之。及公老矣，二子就养，如公之为子弟也。宽，尝为江浙等路提点铸钱坑冶，又尝提点江南西路刑狱。定，亦再为洪州官，不去左右者十二年。皆以才能，为世闻人。以恩迁公官至尚书虞部郎中，阶至朝奉郎，勋至护军。以嘉祐四年七月某甲子，卒于豫章之第室，年八十九。

夫人长寿县君赵氏，先公卒八年。既葬矣，五年某月某甲子，以公葬于夫人之墓左曰雷冈，在新建县之桃花乡新里。夫人故衢州人，某官湘之女。湘有文行，尚书与为友，故为公娶其女。子三人：宽、定、实。实守秘书省正字，早世。于公之葬也，宽为尚书司勋员外郎，定为尚书库部员外郎。女子二人，已嫁。孙二十有一人，曾孙十有五人，皆率公教，无违者。公既葬，而二子以恩赠公卫尉卿云。铭曰：

李世大家，陇西其先，于唐之季，再世光山，移遁于闽，岭海之间。乃生尚书，节行有伟，始来江南，考室章水。绳绳二子，隐显兼荣，孰多厚禄？其季维卿。幼壮躬孝，唯君之践。能不尽用，止于一县。退以德义，厘身于家。外内肃雝，人不疵嗟。亦有二子，维天子使。父曰往矣，致而臣身；子曰归哉，以宁吾亲。以率其妇，左右恂恂；以官就侍，天子之仁。既具祉福，考终大耋。追荣于幽，乃赐卿号。伐石西山，作为螭龟。营之墓上，勒此铭诗。鼐按：《挥麈录》载：李定，一扬州人，倾苏子瞻者；一洪州人，字仲求，欲与赛神会，苏子美拒之，致兴大狱者。然则此卫尉卿，盖仲求之父。此碑文作于嘉祐五年，即宝元元年。后七年，为庆历五年，乃有赛神会之事，宜荆公尚为作文也。又按《李虚己传》，卫尉之名虚舟，其父名寅。又载：定官为司农少卿，为吏有能名，而不及其倾子美事。意《宋史》亦取志状之类为之传，而不复考定耳。

广西转运使孙君墓碑

王介甫

君少学问勤苦，寄食浮屠山中，步行借书数百里，升楼诵之，而去其阶，盖数年而具众经，后遂博极天下之书。属文操笔布纸，谓为方思，而数百千言已就。以天圣五年，同学究出身，补滁州来安县主簿，洪州右司理。再举进士甲科，迁大理寺丞，知常州晋陵县，移知浔州。浔当是时，人未趋学，乃改作庙学，召吏民子弟之秀者，亲为据案讲说，诱劝以文艺。居未几，旁州士皆来学，学者由此遂多。以选，通判耀州，兵士有讼财而不直者，安抚使以为直，君争之不得，乃奏决于大理；大理以君所争为是，而用君议编于敕。

庆历二年，擢为监察御史里行，于是奏弹狄青不当沮败刘沪水洛城事；又因日食言阴盛，以后宫为戒。仁宗大猎于城南，卫士不及整而归以夜；明日将复出，有雉陨于殿中。君奏疏，即是夜有诏止猎。蛮唐和寇湖南，以君安抚，奏事有所不合，因自劾。乃知复州，又通判金州，知汉阳军、吉州，稍迁至尚书都官员外郎，提点江南西路刑狱。有言常平岁凶，当稍贵其粟以利籴本者，诏从之。君言此非常平本意也，诏又从之。侬智高反，君即出兵二千于岭，以助英、韶，会除广西转运使，驰至所部，而智高方煽。天子出大臣、部诸将兵数万击之，君驱散亡残败之吏民，转刍米于惶扰卒急之间。又以余力督守吏治城堑，修器械。属州多完，而师饱以有功，君劳居多。以劳，迁尚书司封员外郎。初，君请斩大将之北者，发骑军以讨贼。及后贼所以破灭，皆如君计策。军罢而人重困，方恃君绥抚，君乘险阻，冒瘴毒，经理出入，起居无时，以嘉祐二年二月七日卒于治所，年五十六。官至尚书工部郎中，散官至朝奉郎，勋至上轻车都尉。

君所为州，整齐其大体，阔略其细故。与宾客谈说，弦歌饮酒，往往终日。而能听用佐属，尽其力，事以不废。在御史言事，计曲直利害如何，不顾望大臣，以此无助。所为文，自少及终，以类集之，至百卷。天德、地业、人事之治，掇拾贯穿，无所不言，而诗为多。

君讳抗，字和叔，姓孙氏，得姓于卫，得望于富春。其在黟县，自君之高祖弃广陵以避孙儒之乱。至君曾大父讳师睦，以善治生致富。岁饥，贱出米谷，以斗升付籴者，得欢心于乡里。大父讳旦，始尽弃其产，而能招士以教子。父讳遂良，当终时，君始十余岁。后以君故赠尚书职方员外郎。君初娶张氏，又娶吴氏，又娶舒氏，封太康县君。五男子，適、邈、迪、适、遘。適常从予游，年十四，论议著书，足以惊人，终永州军事推官。邈，今潞州上党县令，亦好学能文。状君行以求铭者，邈也。君之卒也，天子以适试秘书省校书郎。二女子，一嫁试秘书省校书郎一本作“太庙斋郎”李简夫，一尚幼。一本作“嫁进士郑安平”。以其卒之年十二月二十五日，葬黟县怀远乡上林村。

歙之为州，在山岭涧谷崎岖之中。自去五代之乱百年，名士大夫亦往往而出，然不能多也。黟尤僻陋，中州能人贤士之所不至。君孤童子，徒步宦学，终以就立，为朝廷显用。论次终始，作为铭诗，岂特以显孙氏而慰其子孙？乃亦以诒其乡里。铭曰：

在仁宗世，蛮跳不制，馈师牧民，实有肤使。践艰乘危，条变画奇。瘝毒既除，膏熨以治。方迁既陨，哀暨山夷。维此肤使，文优以仕，禄则不殖，其书满笥。书藏于家，铭在墓前，以告黟人，孙氏之阡。

宝文阁待制常公墓表

王介甫

右正言、宝文阁待制、特赠右谏议大夫汝阴常公，以熙宁十年二月己酉卒，以五月壬申葬。临川王某志其墓曰：

公学不期言也，正其行而已；行不期闻也，信其义而已。所不取也，可使贪者矜焉，而非雕斫以为廉；所不为也，可使弱者立焉，而非矫抗以为勇。官之而不事，召之而不赴，或曰必退者也，终此而已矣。及为今天子所礼，则出而应焉。于是天子悦其至，虚己而问焉，使莅谏职以观其迪己也，使董学政以观其造士也。公所言乎上者无传，然皆知其忠而不阿；所施乎下者无助，然皆见其正而不苟。《诗》曰：“胡不万年。”惜乎既病而归死也！自周道隐，观学者所取舍，大抵时所好也。违俗而适己，独行而特起，呜呼！公贤远矣。传载公久，莫如以石。石可磨也，亦可泐也，谓公且朽，不可得也。秩为谏臣，无所献替，荆公以所亲厚为之饰词。然文特峻而曲。

处士征君墓表

王介甫

淮之南有善士三人，皆居于真州之扬子。

杜君者，寓于医，无贫富贵贱，请之辄往；与之财，非义，辄谢而不受。时时穷空，几不能以自存。而未尝有不足之色，盖善言性命之理，而其心旷然无累于物。而予尝与之语，久之而不厌也。

徐君，忠信笃实，遇人至谨，虽疾病，召筮，不正衣巾不见。寓于筮，日得百数十钱则止，不更筮也。能为诗，亦好属文，有集若干卷。两人者以医、筮，故多为贤士大夫所知，而征君独不闻于世。

征君者，讳某，字某，事其母夫人至孝。于乡里，恂恂恭谨，乐振人之穷急，而未尝与人校曲直。好蓄书，能为诗。有子五人，而教其三人为进士，某今为某官，某今为某官，某亦再贡于乡。征君与两人者相为友，至欢而莫逆也。两人者，皆先征君以死，而征君以某年某月某甲子终于家，年七十七。

噫！古者一乡之善士，必有以贵于一乡，一国之善士，必有以贵于一国。此道亡也久矣，余独私爱夫三人者，而乐为好事者道之。而征君之子又以请，于是书以遗之，使之镵诸墓上。

杜君讳婴，字太和。徐君讳仲坚，字某。

卷四十九　碑志类下编八

给事中孔公墓志铭

王介甫

宋故朝请大夫、给事中、知郓州军州事、兼管内河堤劝农同群牧使、上护军、鲁郡开国侯、食邑一千六百户实封二百户、赐紫金鱼袋孔公者，尚书工部侍郎、赠尚书吏部侍郎讳勖之子，兖州曲阜县令、袭封文宣公、赠兵部尚书讳仁玉之孙，兖州泗水县主簿讳光嗣之曾孙，而孔子之四十五世孙也。其仕当今天子天圣、宝元之间，以刚毅谅直，名闻天下。尝知谏院矣，上书请明肃太后归政天子，而廷奏枢密使曹利用、上御药罗崇勋罪状。当是时，崇勋操权利，与士大夫为市，而利用悍强不逊，内外惮之。尝为御史中丞矣，皇后郭氏废，引谏官、御史伏阁以争，又求见上，皆不许，而固争之，得罪然后已。盖公事君之大节如此。此其所以名闻天下，而士大夫多以公不终于大位，为天下惜者也。

公讳道辅，字厚济。初以进士释褐，补宁州军事推官。年少耳，然断狱议事，已能使老吏惮惊。遂迁大理寺丞，知兖州仙源县事，又有能名。其后尝直史馆，待制龙图阁，判三司理欠凭由司，登闻检院，吏部流内铨，纠察在京刑狱，知许、徐、兖、郓、泰五州，留守南京，而兖、郓御史中丞皆再至。所至官治，数以争职不阿，或绌或迁，而公持一节以终身，盖未尝自绌也。

其在兖州也，近臣有献诗百篇者，执政请除龙图阁直学士。上曰：“是诗虽多，不如孔某一言。”乃以公为龙图阁直学士。于是人度公为上所思，且不久于外矣。未几，果复召以为中丞，而宰相使人说公稍折节以待迁。公乃告以不能，于是又度公且不得久居中，而公果出。初，开封府吏冯士元坐狱，语连大臣数人，故移其狱御史。御史劾士元罪，止于杖，又多更赦。公见上，上固怪士元以小吏与大臣交私，污朝廷，而所坐如此，而执政又以谓公为大臣道地，故出知郓州。

公以宝元二年如郓，道得疾，以十二月壬申卒于滑州之韦城驿，享年五十四。其后诏追复郭皇后位号，而近臣有为上言公明肃太后时事者。上亦记公平生所为，故特赠公尚书工部侍郎。

公夫人金城郡君尚氏，尚书都官员外郎讳宾之女。生二男子：曰淘，今为尚书屯田员外郎；曰宗翰，今为太常博士，皆有行治世其家。累赠公金紫光禄大夫、尚书兵部侍郎，而以嘉祐七年十月壬寅，葬公孔子墓之西南百步。

公廉于财，乐振施，遇故人子，恩厚尤笃。而尤不好鬼神机祥事。在宁州，道士治真武像，有蛇穿其前，数出近人，人传以为神。州将欲视验以闻，故率其属往拜之，而蛇果出，公即举笏击蛇杀之。自州将以下皆大惊，已而又皆大服，公由此始知名。然余观公数处朝廷大议，视祸福无所择，其智勇有过人者，胜一蛇之妖，何足道哉！世多以此称公者，故余亦不得而略也。铭曰：

展也孔公，维志之求，行有险夷，不改其辀。权强所忌，谗谄所仇，考终厥位，宠禄优优。维皇好直，是锡公休，序行纳铭，为识诸幽。茅顺甫云：荆公第一首志铭。须看他顿挫纡徐，往往序事中伏议论，风神萧飒处。又云：于序事中一一点缀，而风韵焕发，若顺江流而看两岸之山，古人所谓“应接不暇”。

太子太傅田公墓志铭

王介甫

田氏故京兆人，后迁信都，晋乱，公皇祖太傅入于契丹。景德初，契丹寇澶州，略得数百人，以属皇考太师，太师哀怜之，悉纵去，因自脱归中国，天子以为廷臣，积官至太子率府率以终。为人沉悍笃实，不苟为笑语。生八男子，多知名，而公为长子。

公少卓荦有大志，好读书，书未尝去手，无所不读，盖亦无所不记。其为文章，得纸笔立成，而闳博辨丽称天下。初举进士，赐同学究出身，不就。后数年，遂中甲科，补江宁府观察推官，以母英国太夫人丧罢去。除丧，补楚州团练判官，用举者监转般仓，迁秘书省著作佐郎；又对贤良方正策为第一，迁太常丞，通判江宁府。数上书言事，召还，将以为谏官。方是时，赵元昊反，夏英公、范文正公经略陕西，言臣等才力薄，使事恐不能独办，请得田某自佐。以公为其判官，直集贤院、参都总管军事。自真宗弭兵，至是且四十年，诸老将尽死，为吏者不知兵法，师数陷败，士民震恐。二公随事镇抚，其为世所善，多公计策。大将有欲悉数路兵出击贼者，朝廷许之矣，公极言其不可，乃止。又言所以治边者十四事，多听用。

还为右正言，判三司理欠凭由司，权修起居注，遂知制诰，判国子监。于是陕西用兵未已，人大困，以公副今宰相枢密副使韩公宣抚。自宣抚归，判三班院，而河北告兵食阙，又以公往视。而保州兵士杀通判，闭城为乱，又以公为龙图阁直学士、知成德军真定府定州安抚使，往执杀之。论功，迁起居舍人，又移秦凤路都总管经略安抚使，知秦州。遭太师丧，辞起复者久之，上使中贵人手敕趣公，公不得已，则乞归葬然后起。既葬，托边事求见上，曰："陛下以孝治天下，方边鄙无事，朝廷不为无人，而区区犬马之心，尚不得自从，臣即死，知不瞑矣。"因泫然泣数行下。上视其貌甚瘠，又闻其言悲之，乃听终丧。盖帅臣得终丧，自公始。

服除，以枢密直学士为泾原路兵马都总管、经略安抚使知渭州，遂自尚书礼部郎中迁右谏议大夫，知成都府，充蜀梓利夔兵马钤辖。西南夷侵边，公严兵惮之，而诱以恩信，即皆稽颡。蜀自王均、李顺再乱，遂号为易动，往者得便宜决事，而多擅杀以为威，至虽小罪，犹并妻子迁出之蜀，流离颠倒，有以故死者。公拊循教诲，儿女子畜其人，至有甚恶，然后绳以法。蜀人爱公，以继张忠定，而谓公所断治为未尝有误。岁大凶，宽赋减徭，发廪以救之，而无饿者。事闻，赐书奖谕，迁给事中，以守御史中丞充理检使召焉。未至，以为枢密直学士权三司使，既而又以为龙图阁学士、翰林学士，又迁尚书礼部侍郎，正其使号。

自景德会计，至公始复钩考财赋，尽知其出入，于是人多景德矣，岁所出，乃或多于人。公以为厚敛疾费如此，不可以持久。然欲有所扫除变更，兴起法度，使百姓得完其蓄积而县官亦以有余，在上与执政所为，而主计者不能独任也。故为《皇祐会计录》上之，论其故，冀以寤上。上固恃公欲以为大臣，居顷之，遂以为枢密副使，又以检校太傅充枢密使。公自常选数年，遂任事于时，及在枢密为之使，又超其正，天下皆以为宜。顾尚有恨公得之晚者。

公行内修，于诸弟尤笃。为人宽厚长者，与人语款款若恐不得当其意。至其有所守，人亦不能移也。自江宁归，宰相私使人招之，公谢不往。及为谏官，于小事近功，有所不言，独常从容为上言为治大方而已。范文正公等，皆士大夫所望以为公卿，而其位未副。公得间，辄为上言之，故文正公等未几皆见用。当是时，上数以天下事责大臣，慨然欲有所为，盖其志多自公发。公所设施，事趣可，功期成，因能任善，不必己出，不为独行异言以峙声名，故功利之在人者多，而事迹可记者止于如此。

嘉祐三年十二月，暴得疾，不能兴。上闻悼骇，敕中贵人太医问视，疾加损辄以闻。公即辞谢求去位，奏至十四五，犹不许，而公求之不已，乃以为尚书右丞、观文殿学士、翰林侍读学士、提举景灵宫事，而公求去位终不已，于是遂以太子少傅致仕。致仕凡五年，疾遂笃，以八年二月乙酉薨于第，享年五十九。号推诚保德功臣，阶特进，勋上柱国，爵开国京兆郡公，食邑三千五百户、实封八百户。诏赠公太子太傅，而赙赐之甚厚。

公讳况，字元均。皇曾祖讳祐，赠太保。皇祖讳行周，赠太傅。皇考讳延昭，赠太师。妻富氏，封永嘉郡夫人，今宰相河南公之女弟也。无男子，以弟之子至安为主后。女子一人，尚幼。田氏自太师始占其家开封，而葬阳翟，故今以公从太师葬阳翟之三封乡西吴里。于是公弟右赞善大夫洵来曰："卜葬公，利四月甲午，请所以志其圹者。"盖公自佐江宁以至守蜀，在所辄兴学，数亲临之以进诸生。某少也与公弟游，而公所进以为可教者也，知公为审。铭曰：

田室于姜，卒如龟祥。后其孙子，旷不世史，于宋继显，自公攸始。奋其华蕤，配实之美。乃发帝业，深宏卓炜；乃兴佐时，宰饪调胹。文驯武克，内外随施，亦有厚仕，孰无众毁，公独使彼，若荣豫己。维昔皇考，敢于活人，传祉在公，不集其身。公又多誉，公宜难老，胡此殆疾，不终寿考？掩诗于幽，为告永久。海峰先生云：直序作一气奔泻之势，而终有提掇起伏，故情事屈曲，而气势直达。

荆湖北路转运判官尚书屯田郎中刘君墓志铭并序

王介甫

治平元年五月六日，荆湖北路转运判官、尚书屯田郎中刘君，年五十四，以官卒。三年，卜十月某日，葬真州扬子县蜀冈，而子洙以武宁章望之状来求铭。噫！余故人也。为序而铭焉。序曰：

君讳牧，字先之，其先杭州临安县人。君曾大父讳彦琛，为吴越王将有功，刺衢州，葬西安，于是刘氏又为西安人。当太宗时，尝求诸有功于吴越者录其后，而君大父讳仁祚，辞以疾。及君父讳知礼，又不仕，而乡人称为君子。后以君故，赠官至尚书职方郎中。

君少则明敏，年十六，求举进士不中，曰："有司岂枉我哉！"乃多买书，闭户治之。及再举，遂为举首。起家饶州军事推官。与州将争公事，为所挤，几不免。及后将范文正公至，君大喜曰："此吾师也！"遂以为师。文正公亦数称君，勉以学。君论议仁恕，急人之穷，于财物无所顾计，凡以慕文正公故也。弋阳富人为客所诬，将抵死，君得实，以告。文正公未甚信，然以君故，使吏杂治之，居数日，富人得不死。文正公由此愈知君，任以事。岁终，将举京官，君以让其同官有亲而老者。文正公为叹息许之，曰："吾不可以不成君之善。"及文正公安抚河东，乃始举君可治剧，于是君为兖州观察推官。又学《春秋》于孙复，与石介为友。州旱、蝗，奏便宜十余事，其一事请通登莱盐商，至今以为赖。

改大理寺丞，知大名府馆陶县，中贵人随契丹使往来多扰县，君视遇有理，人吏以无所苦。先是多盗，君用其党推逐，有发辄得，后遂无为盗者。诏集强壮刺其手为义勇，多惶怖，不知所为，欲走。君谕以诏意，为言利害，皆就刺，欣然曰：“刘君不吾欺也。”留守称其能，虽府事，往往咨君计策。用举者通判广信军，以亲老不行，通判建州。当是时，今河阳宰相富公，以枢密副使使河北，奏君掌机宜文字。保州兵士为乱，富公请君抚视，君自长垣乘驿至其城下，以三日，会富公罢出，君乃之建州，方并属县诸里，均其徭役，人大喜，而遭职方君丧以去。通判青州，又以母夫人丧罢。又通判庐州。

朝廷弛茶榷，以君使江西，议均其税，盖期年而后反。客曰：“平生闻君敏而敢为，今濡滞若此，何故也？”君笑曰：“是固君之所能易也，而我则不能。且是役也，朝廷岂以为他？亦曰爱人而已。今不深知其利害，而苟简以成之，君虽以吾为敏，而人必有不胜其弊者。”及奏事皆听，人果便之。除广南西路转运判官，于是修险阨，募丁壮，以减戍卒，徙仓便输，考摄官功次，绝其行赇。居二年，凡利害无所不兴废。乃移荆湖北路，至，逾月卒。家贫无以为丧，自棺椁诸物，皆荆南士人为具。

君娶江氏，生五男二女。男曰洙、沂、汶，为进士。洙以君故，试将作监主簿，余尚幼。

初，君为范、富二公所知，一时士大夫争誉其材，君亦慨然自以当得意。已而迍邅流落，抑没于庸人之中，几老矣，乃稍出为世用，若将有以为也。而既死，此爱君者所为恨惜，然士之赫赫为世所愿者可睹矣。以君始终得丧相除，亦何负彼之有？铭曰：

嗟乎刘君，宜寿而显，何畜之久，而施之浅？虽或止之，亦或使之。唯其有命，故止于斯。

泰州海陵县主簿许君墓志铭

王介甫

君讳平，字秉之，姓许氏。余尝谱其世家，所谓今泰州海陵县主簿者也。

君既与兄元相友爱称天下，而自少卓荦不羁，善辨说，与其兄俱以智略为当世大人所器。宝元时，朝廷开方略之选，以招天下异能之士，而陕西大帅范文正公、郑文肃公，争以君所为书以荐。于是得召试为太庙斋郎，已而选泰州海陵县主簿。贵人多荐君有大才，可试以事，不宜弃之州县。君亦常慨然自许，欲有所为，然终不得一用其智能以卒。噫！其可哀也已。

士固有离世异俗，独行其意，骂讥笑侮，困辱而不悔。彼皆无众人之求，而有所待于后世者也，其龃龉固宜。若夫智谋功名之士，窥时俯仰，以赴势物之会，而辄不遇者，乃亦不可胜数。辨足以移万物，而穷于用说之时；谋足以夺三军，而辱于右武之国。此又何说哉！嗟乎！彼有所待而不悔者，其知之矣。

君年五十九，以嘉祐某年某月某甲子，葬真州之扬子县甘露乡某所之原。夫人李氏。子男环，不仕；璋，真州司户参军；琦，太庙斋郎；琳，进士。女子五人，已嫁二人，进士周奉先，泰州泰兴令陶舜元。铭曰：

有拔而起之，莫挤而止之。呜呼许君，而已于斯，谁或使之！海峰先生云：以议论行序事，而感叹深挚，跌荡昭朗，荆公此等志文最可爱。鼐按：《宋史·许元传》，元固趋势之士，平盖亦非君子，故介甫语含讥刺。

王深甫墓志铭

王介甫

吾友深父，书足以致其言，言足以遂其志，志欲以圣人之道为己任，盖非至于命弗止也。故不为小廉曲谨以投众人耳目。而取舍、进退、去就，必度于仁义。世皆称其学问文章行治，然真知其人者不多，而多见谓迂阔，不足趣时合变。嗟乎！是乃所以为深父也。令深父而有以合乎彼，则必无以同乎此矣。

尝独以谓天之生夫人也，殆将以寿考成其才，使有待而后显，以施泽于天下，或者诱其言以明先王之道，觉后世之民。呜呼！孰以为道不任于天，德不酬于人？而今死矣。甚哉！圣人君子之难知也。以孟轲之圣，而弟子所愿止于管仲、晏婴，况馀人乎！至于扬雄，尤当世之所贱简，其为门人者，一侯芭而已。芭称雄书以为胜《周易》。《易》，不可胜也。芭尚不为知雄者。而人皆曰古之人生无所遇合，至其没久而后世莫不知，若轲、雄者，其没皆过千岁，读其书，知其意者甚少，则后世所谓知者，未必真也。夫此两人以老而终，幸能著书，书具在，然尚如此。嗟乎！深父！其智虽能知轲，其于为雄，虽几可以无悔。然其志未就，其书未具，而既早死，岂特无所遇于今，又将无所传于后？天之生夫人也，而命之如此，盖非余所能知也。

深父讳回，本河南王氏。其后自光州之固始，迁福州之侯官，为侯官人者三世。曾祖讳某，某官。祖讳某，某官。考讳某，尚书兵部员外郎。兵部葬颍州之汝阴，故今为汝阴人。深父尝以进士补亳州卫真县主簿，岁余自免去。有劝之仕者，辄辞以养母。其卒以治平二年七月二十八日，年四十三。于是朝廷用荐者以为某军节度推官，知陈州南顿县事。书下而深父死矣。夫人曾氏，先若干日卒。子男一人，女二人，皆尚幼。诸弟以某年某月某日，葬深父某县某乡某里，以曾氏祔。铭曰：

呜呼深父！维德之仔肩，以迪祖武。厥艰荒遐，力必践取。莫吾知庸，亦莫吾侮。神则尚反，归形此土。

建安章君墓志铭

王介甫

君讳友直，姓章氏。少则卓越自放不羁，不肯求选举，然有高节大度过人之材。其族人郇公为宰相，欲奏而官之，非其好，不就也。自江、淮之上，海、岭之间，以至京师，无不游。将相大人豪杰之士，以至闾巷庸人小子，皆与之交际，未尝有所忤，莫不得其欢心，卒然以是非利害加之，而莫能见其喜愠。视其心，若不知富贵贫贱之可以择而取也，颓然而已矣。昔列御寇、庄周，当文、武末世，哀天下之士，沉于得丧，陷于毁誉，离性命之情，而自托于人伪，以争须臾之欲，故其所称述，多所谓天之君子。若君者似之矣。

君读书通大指，尤善相人，然讳其术，不多为人道之。知音乐、书画、弈棋，皆以知名于一时。皇祐中，近臣言君文章，善篆，有旨召试，君辞焉。于是太学篆石经，又言君善篆，与李斯、阳冰相上下，又召君，君即往。经成，除试将作监主簿，不就也。嘉祐七年十一月甲子，以疾卒于京师，年五十七。娶辛氏，生二男，存孺为进士。五女子：其长嫁常州晋陵县主簿侍其玮，早卒，玮又娶其中女；次适苏州吴县黄元；二人未嫁。

君家建安者五世，其先则豫章人也。君曾祖考讳某，仕江南李氏，为建州军事推官。祖考讳某，皇著作佐郎，赠工部尚书。考讳某，京兆府节度判官。君以某年某月某甲子，葬润州丹阳县金山之东园。铭曰：

弗缋弗雕，弗跂以为高。俯以狎于野，仰以游于朝。中则有实，视铭其昭。海峰先生云：其来如春水之骤至，故佳。

孔处士墓志铭

王介甫

先生讳旼，字宁极，睦州桐庐县尉讳询之曾孙，赠国子博士讳延滔之孙，尚书都官员外郎讳昭亮之子。自都官而上至孔子，四十五世。

先生尝欲举进士，已而悔曰："吾岂有不得已于此邪？"遂居于汝州之龙兴山，而上葬其亲于汝。汝人争讼之不可平者，不听有司，而听先生之一言；不羞犯有司之刑，而以不得于先生为耻。庆历七年，诏求天下行义之士，而守臣以先生应诏。于是朝廷赐之米帛，又敕州县除其杂赋。嘉祐二年，近臣多言先生有道德可用，而执政度以为不肯屈，除守秘书省校书郎致仕。四年，近臣又多以为言，乃召以为国子监直讲。先生辞，乃除守光禄寺丞致仕。五年，大臣有请先生为其属县者，于是天子以知汝州龙兴县事。先生又辞，未听，而六月某日，先生终于家，年六十七。大臣有为之请命者，乃特赠太常丞。至七年月日，弟为葬先生于尧山都官之兆，而以夫人李氏祔。李氏故大理评事昌符之女，生一女，嫁为士人妻，而先物故。

先生事父母至孝，居丧如礼。遇人恂恂，虽仆奴不忍以辞气加焉。衣食与田桑有余，辄以赒其乡里，贷而后不能偿者，未尝问也。未尝疑人，人亦以故不忍欺之。而世之传先生者多异，学士大夫有知而能言者，盖先生孝弟忠信，无求于世，足以使其乡人畏服之如此，而先生未尝为异也。先生博学，尤喜《易》，未尝著书，独《大衍》一篇传于世。考其行治，非有得于内，其孰能致此耶？

当汉之东徙，高守节之士，而亦以故成俗。故当世处士之闻，独多于后世。乃至于今，知名为贤而处者，盖亦无有几人。岂世之所不尚，遂湮没而无闻？抑士之趋操亦有待于世邪？若先生固不为有待于世，而卓然自见于时，岂非所谓豪杰之士者哉！其可铭也已。铭曰：

有入而不出，以身易物；有往而不反，以私其佚。呜呼先生！好洁而无尤，匪佚之为私，维志之求。

秘阁校理丁君墓志铭

王介甫

朝奉郎、尚书司封员外郎、充秘阁校理、新差通判永州军州兼管内劝农事、上轻车都尉、赐绯鱼袋晋陵丁君卒。临川王某曰："噫！吾僚也。方吾少时，辅我以仁义者。"乃发哭吊其孤，祭焉，而许以铭。越三月，君壻以状至，乃叙铭赴其葬。

叙曰：君讳宝臣，字元珍，少与其兄宗臣，皆以文行称乡里，号为"二丁"。景祐中，皆以进士起家。君为峡州军事判官，与庐陵欧阳公游，相好也。又为淮南节度掌书记。或诬富人以博，州将，贵人也，猜而专，吏莫敢议，君独力争正其狱。又为杭州观察判官，用举者兼州学教授，又用举者迁太子中允。知越州剡县，盖其始至，流大姓一人，而县遂治，卒除弊兴利甚众，人至今言之。于是再迁为太常博士，移知端州。侬智高反，攻至其治所，君出战，能有所捕斩，然卒不胜，乃与其州人皆去而避之，坐免一官。徙黄州，会恩，除太常丞，监湖州酒，又以大臣有解举者，迁博士，就差知越州诸暨县。其治诸暨如剡，越人滋以君为循吏也。英宗即位，以尚书屯田员外郎编校秘阁书籍，遂为校理，同知太常礼院。

君直质自守，接上下以恕，虽贫困，未尝言利。于朋友故旧，无所不尽。故其不幸废退，则人莫不怜；少进也，则皆为之喜。居无何，御史论君尝废矣，不当复用，遂出通判永州，世皆以咎言者谓为不宜。夫驱未尝教之卒，临不可守之城，以战虎狼百倍之贼，议今之法，则独可守死尔；论古之道，则有不去以死，有去之以生。吏方操法以责士，则君之流离穷困，几至老死，尚以得罪于言者，亦其理也。

君以治平三年，待阙于常州，于是再迁尚书司封员外郎，以四年四月四日卒，年五十八。有文集四十卷。明年二月二十九日，葬于武进县怀德北乡郭庄之原。

君曾祖讳辉，祖讳谅，皆弗仕。考讳柬之，赠尚书工部侍郎。夫人饶氏，封晋陵县君，前死。子男隅，太庙斋郎；除、阶为进士；其季恩儿尚幼。女嫁秘书省著作佐郎、集贤校理同县胡宗愈，其季未嫁，嫁胡氏者，亦又死矣。铭曰：

文于辞为达，行于德为充。道于古为可，命于今为穷。呜呼已矣！卜此新宫。

叔父临川王君墓志铭

王介甫

孔子论天子、诸侯、卿、大夫、士、庶人之孝，固有等矣，至其以事亲为始，而能竭吾才，则自圣人至于士，其可以无憾焉一也。

余叔父讳师锡，字某，少孤则致孝于其母，忧悲愉乐，不主于己，以其母而已。学于他州，凡被服、饮食、玩好之物，苟可以惬吾母而力能有之者，皆聚以归，虽甚劳窘，终不废。丰其母以及其昆弟姑姊妹，不敢爱其力之所能得；约其身以及其妻子，不敢慊其意之所欲为。其外行，则自乡党邻里，及其尝所与游之人，莫不得其欢心。其不幸而蚤死也，则莫不为之悲伤叹息。夫其所以事亲能如此，虽有不至，其亦可以无憾矣。

自庠序聘举之法坏，而国论不及乎闺门之隐。士之务本者，常诎于浮华浅薄之材。故余叔父之卒，年三十七，数以进士试于有司，而犹不得禄赐以宽一日之养焉。而世之论士也，以苟难为贤，而余叔父之孝，又未有以过古之中制也，以故世之称其行者亦少焉。盖以叔父自为，则由外至者，吾无意于其间可也。自君子之在势者观之，使为善者不得职，而无以成名，则中材何以勉焉！悲夫！

叔父娶朱氏，子男一人，某，女子一人，皆尚幼。其葬也，以至和四年，祔于真州某县某乡铜山之原皇考谏议公之兆。为铭，铭曰：

夭孰为之？穷孰为之？为吾能为，已矣无悲！

兵部员外郎马君墓志铭

王介甫

马君讳遵，字仲途，世家饶州之乐平。举进士，自礼部至于廷，书其等皆第一。守秘书省校书郎，知洪州之奉新县，移知康州。当是时，天子更置大臣，欲有所为，求才能之士，以察诸路，而君自大理寺丞，除太子中允、福建路转运判官，以忧不赴。忧除，知开封县，为江淮荆湖两浙制置发运判官。于是君为太常博士，朝廷方尊宠其使事以监六路，乃以君为监察御史，又以为殿中侍御史，遂为副使。已而还之台，以为言事御史。至则弹宰相之为不法者，宰相用此罢，而君亦以此出知宣州。至宣州一日，移京东路转运使，又还台为右司谏，知谏院，又为尚书礼部员外郎，兼侍御史、知杂事，同判流内诠。数言时政，多听用。

始君读书，即以文辞辨丽称天下。及出仕，所至号为办治。论议条鬯，人反覆之而不能穷。平居颓然，若与人无所谐。及遇事有所建，则必得其所守。开封常以权豪请托不可治，客至有所请，君辄善遇之无所拒，客退视其事，一断以法。居久之，人知君之不可以私属也，县遂无事。及为谏官御史，又能如此。于是士大夫叹曰："马君之智，盖能时其柔刚以有为也。"

嘉祐二年，君以疾求罢职以出，至五六，乃以为尚书吏部员外郎直龙图阁，犹不许其出。某月某甲子，君卒，年四十七。天子以其子某官某为某官，又官其兄子持国某官。夫人某县君郑氏，以某年某月某甲子，葬君信州之弋阳县归仁乡襄沙之原。

君故与余善，余尝爱其智略，以为今士大夫多不能如，惜其不得尽用，亦其不幸早世，不终于贵富也。然世方惩尚贤任智之弊，而操成法以一天下之士，则君虽寿考，且终于贵富，其所畜亦岂能尽用哉！呜呼！可悲也已。既葬，夫人与其家人谋，而使持国来以请曰："愿有纪也。"使君为死而不朽，乃为之论次而系之以辞曰：

归以才能兮，又予以时；投之远途兮，使骤而驰；前无御者兮，后有推之，忽税不驾兮，其然奚为？哀哀茕妇兮，孰慰其思？墓门有石兮，书以余辞。海峰先生云：序次与田太傅同一机法。

赠光禄少卿赵君墓志铭

王介甫

侬智高反广南，攻破诸州，州将之以义死者二人，而康州赵君，余尝知其为贤者也。

君用叔祖荫，试将作监主簿，选许州阳翟县主簿，潭州司法参军。数以公事抗转运使，连劾奏君，而州将为君讼于朝，以故得无坐。用举者为温州乐清县令，又用举者就除宁海军节度推官，知衢州江山县。断治出己，当于民心，而吏不能得民一钱，弃物道上，人无敢取者。余尝至衢州，而君之去江山盖已久矣。衢人尚思君之所为，而称说之不容口。又用举者改大理寺丞，知徐州彭城县。祀明堂恩，改太子右赞善大夫，移知康州。至二月而侬智高来攻，君悉其卒三百以战，智高为之少却。至夜，君顾夫人取州印佩之，使负其子以匿，曰："明日贼必大至，吾知不敌，然不可以去，汝留死无为也。"明日战不胜，遂抗贼以死。于是君年四十二。兵马监押马贵者，与卒三百人亦皆死，而无一人亡者。初，君战时，马贵惶忧，至不能食饮，君独饱如平时。至夜，贵卧不能著寝，君即大鼾，比明而后寤。夫死生之故亦大矣，而君所以处之如此。呜呼！其于义与命，可谓能安之矣。

君死之后二日，而州司理谭必始为之棺敛。又百日而君弟至，遂护其丧归葬。至江山，江山之人老幼相携扶祭哭，其迎君丧有数百里者。而康州之人，亦请于安抚使，而为君置屋以祠。安抚使以君之事闻天子，赠君光禄少卿，官其一子觐右侍禁，官其弟子试将作监主簿，又以其弟润州录事参军师陟为大理寺丞，签书泰州军事判官厅公事。

君讳师旦，字潜叔，其先单州之成武人。曾祖讳晟，赠太师。祖讳和，尚书比部郎中，赠光禄少卿。考讳应言，太常博士，赠尚书屯田郎中。自君之祖，始去成武而葬楚州之山阳，故今为山阳人。而君弟以嘉祐五年正月十六日，葬君山阳上乡仁和之原。于是夫人王氏亦卒矣，遂举其丧以祔。铭曰：

可以无祸，有功于时。玩君安荣，相顾莫为。谁其视死，高蹈不疑？呜呼康州！铭以昭之。茅顺甫云：此篇如秋水可掬。又云：王公文敛散曲折处有法，皆得之天授，非人所及。

大理丞杨君墓志铭

王介甫

君讳忱，字明叔，华阴杨氏子。少卓荦，以文章称天下。治《春秋》，不守先儒传注，资他经以佐其说，其说超厉卓越，世儒莫能难也。及为吏，披奸发伏，振擿利害，大人之以声名权势骄士者，常逆为君自绌，盖君有以过人如此。然峙其能，奋其气，不治防畛以取通于世，故终于无所就以穷。

初，君以父荫守将作监主簿，数举进士不中。数上书言事，其言有众人所不敢言者。丁文简公且死，为君求职，君辞焉。复用大臣荐，召君试学士院，又久之不就。积官至朝奉郎、行大理寺丞、通判河中府事、飞骑尉。而坐小法，绌监蕲州酒税，未赴，而以嘉祐七年四月辛巳，卒于河南，享年三十九。顾言曰："焚吾所为书无留也，以柩从先人葬。"八年四月辛卯，从其父葬河南府洛阳县平乐乡张封村。

君曾祖讳津。祖讳守庆，坊州司马，赠尚书左丞。父讳偕，翰林侍读学士，以尚书工部侍郎致仕，特赠尚书兵部侍郎。娶丁氏，清河县君，尚书右丞度之女。子男两人：景略，守太常寺太祝，好书学能自立；景彦，早卒。君有文集十卷，又别为《春秋正论》十卷，《微言》十卷，《通例》二十卷。铭曰：

芒乎其孰始？以有厥美；昧乎其孰止？以终于此。纳铭幽宫，以慰其子。

卷五十　碑志类下编九

尚书屯田员外郎仲君墓志铭

王介甫

君仲氏，讳讷，字朴翁，广济军定陶人。曾祖讳环，祖讳祚，皆弗仕。而至君父讳尹，始仕至曹州观察支使，赠右赞善大夫。

君景祐元年进士，起家莫州防御推官。年少初官，然上下无敢易者。时传契丹且大扰边，朝廷使中贵人来问，知州张崇俊未知所对。君策契丹无他为，具奏论之。崇俊喜曰："朝廷必知非吾能为此，然亦当善我能听用君也。"又权博州防御判官，以母夫人丧去。去三年，复权明州节度推官。县送海贼数十人，狱具矣，君独疑而辨之，数十人者皆得雪。用举者改大理寺丞，知大名府清平、邛州临溪两县，又通判解州。于是三迁为尚书屯田员外郎，而以皇祐五年十二月二十一日卒，年五十五。

君厚重有大志，不妄言笑，喜读书，为古文章，晚而尤好为诗，诗尤称于世。所在有声绩，然直道自信，于权贵人不肯有所屈，故好者少，然亦多知其非常人也。其在越、蜀，士多从之学。当宝元、康定间，言者喜论兵，然计不过攻守而已，君独推《书》所谓"食哉惟时，柔远能迩，惇德允元，而难任人，蛮夷率服"为《御戎议》二篇。嗟乎！此流俗所羞以为迂而弗言者也，非明于先王之义，则孰知夫中国安富尊强之为必出于此？君知此矣，则其自信不屈，宜以有所负而然，惜乎其未试也。

君初娶王氏，尚书驾部郎中兰之女；又娶李氏，尚书虞部员外郎宋卿之女。三男子：伯达，为太常博士；次伯适、伯同为进士。三女子：嫁殿中丞任庾，并州交城县尉崔绛，兴元府户曹参军任膺。博士以熙宁元年十一月二十一日，葬君于定陶之闵丘县，而以余之闻君也，来求铭。铭曰：

於戏朴翁，天偶人觭。翔其德音，而踬于时。

广西转运使苏君墓志铭

王介甫

庆历五年，河北都转运使、龙图阁直学士信都欧阳修，以言事切直，为权贵人所怒，因其孤甥女子有狱，诬以奸利事。天子使三司户部判官、太常博士武功苏君，与中贵人杂治。当是时，权贵人连内外诸怨恶修者，为恶言，欲倾修锐甚。天下汹汹，必修不能自脱。苏君卒白上曰："修无罪，言者诬之耳。"于是权贵人大怒，诬君以不直，绌使为殿中丞、泰州监税。然天子遂寤，言者不得意，而修等皆无恙。苏君以此名闻天下。嗟乎！以忠为不忠，而诛不当于有罪，人主之大戒。然古之陷此者相随属，以有左右之谗，而无如苏君之救，是以卒至于败亡而不寤。然则苏君一动，其功于天下岂小也哉！苏君既出逐，权贵人更用事。凡五年之间，再赦，而君六徙，东西南北，水陆奔走辄万里。其心恬然，无有怨悔。遇事强果，未尝少屈。盖孔子所谓刚者，殆苏君矣。

君又尝通判陕府。当葛怀敏之败，边告急，枢密使使取道路戍还之卒再戍仪、渭。于是延州还者千人，至陕闻再戍，大恐，即讙，聚谋为变。吏白闭城，城中无一人敢出。君徐以一骑出卒间，谕慰止之，而以便宜还使者。戍卒喜曰："微苏君，吾不得生。"陕人曰："微苏君，吾其掠死矣。"有令刺陕西之民以为兵，敢亡者死。既而亡者得，有司治之以死，而君辄纵去，言上曰："令民以死者，为事不集也。事集矣，而亡者犹不赦，恐其众相聚而为盗。惟朝廷幸哀怜愚民，使得自反。"天子以君言为然，而三十州之亡者皆不死。其后知坊州，州税赋之无归者，里正代为之输，岁弊大家数十，君悉钩治使归其主。坊人不忧为里正，自苏君始也。

苏君讳安世，字梦得，其先武功人。后徙蜀，蜀亡，归于京师，今为开封人也。曾大考讳进之，率府副率。大考讳继，殿直。考讳咸熙，赠都官郎中；君以进士起家三十二年，方侍郎云："起家"，自家起而尊用也，自荆公误用，而明代人遂有云以《尚书》起家，以《毛诗》起家者。鼒按：在家曰居，出仕曰起，非必尊用也。曰"起家三十二年"，犹言仕三十二年尔。义自可通，不可以明人之误而追贬荆公也。其卒年五十九。为广西转运使，而官止于屯田员外郎者，以君十五年不求磨勘也。君娶南阳郭氏，又娶清河某氏。子四人：台文，永州推官；祥文，太庙斋郎；炳文，试将作监主簿；彦文，未仕。女子五人：适进士会稽江松，单州鱼台县尉江山赵扬，三人尚幼。君既卒之三年，嘉祐二年十月庚午，其子葬君扬州之江都东兴宁乡马坊村。而太常博士知常州军州事临川王安石，为之铭曰：

皇有四极，周绥以福。使维苏君，奠我南服。亢亢苏君，不圆其方，不晦其明，君子之刚。其枉在人，我得吾直。谁怼谁愠？祇天之役。日月有丘，其下冥冥，昭君无穷，安石之铭。王铚《默记》云：欧阳文忠庆历中为谏官，锐意言事，大忤权贵。除修起居注知制诰，未几，以龙图阁直学士为河北部运，令内侍供奉官王昭明同往，相度河事。公言："侍从出使，故事无内臣同行之理，臣实耻之。"朝廷从之。会公甥张氏幼孤，鞠育于家，嫁侄晟，与仆陈谏犯奸。事发，鞠于开封府右军巡院。张惧罪，图自解免，语引及公。军巡判官、著作佐郎孙揆止勘张与谏通事，不复枝蔓。宰相闻之，怒，再命太常博士三司户部判官苏安世勘之，又差王昭明者监勘，盖以公前事欲令释憾也。昭明至狱，见安世所勘案牍，骇曰："昭明在官家左右，无三日不说欧阳修，今省判所勘，乃迎合宰相意，加以大恶，异日昭明吃剑不得。"安世闻之，大惧，竟不易揆所勘，但劾欧公用张氏资买田产立户事奏之。宰相大怒。公既降知制诰，知滁州，而安世坐牒三司取录问人吏不闻奏，降殿中丞、泰州监税，昭明降寿春监税。其后王荆公为苏安世埋铭，盛称能回此狱，而世殊不知揆守之于前，昭明主之于后，使安世不能有变改迎合也，则二人可谓奇士矣。

临川吴子善墓志铭

王介甫

临川吴氏，有子兴宗，字子善，年二十丧母，而其父以生事付之，则先日出以作，后日人以息。日午矣，家一人未饭，其夫妇必尚空腹；天寒矣，家一人未纩，其夫妇必尚单衣。盖如此者二十年而父父终，三十年而己死。凡嫁五妹，办数丧，又以其筋力之余，及于乡党。苟有故，必我劳人佚，先往后归。而尤笃于友爱，见弟有过，则颜色愈温，须饮酒欢极之间，乃微示以意。既而即泣下，曰："吾亲属我以汝，吾所以不避艰险者，保汝而已。"其弟终感悟悔改为善士，以文学名于世。此待其弟乃尔，若于他人，则绝口不涉其非。然里中少年闻其謦咳之音，往往逃匿；若匿不及，则俯首恐愧。而尝有所絓，一至讼庭，及著械，同絓数十人为之皆哭，掌狱者惊起白守，守立免焉，其见畏爱多此类！某谓其父为诸舅，甚知其所为，故于其弟子经孝宗之求志以葬也，为道而不辞。

子善尝应进士举，后专于耕养，遂不复应。其死以治平四年八月九日，而十二月十五日，与其母黄氏共葬于灵源村父墓之域中。父讳偃，亦有行义，用疾弗仕。祖讳表微，尚书屯田员外郎。曾相讳英，殿中丞。初妻姓王氏，一男良弼，皆前卒。再娶杨氏，生荛、适、枉，荛始九岁。而四女幼者一岁云。

葛兴祖墓志铭

王介甫

许州长社县主簿葛君，讳良嗣，字兴祖。其先处州之丽水人，而兴祖之父徙居明州之鄞，兴祖葬其父润州之丹徒，故今又为丹徒人矣。曾大父讳遇，不仕。大父讳盱，赠尚书都官郎中。父讳源，以尚书度支郎中，终仁宗时。度支君三子，当天圣、景祐之间，以文有声，赫然进士中。先人尝受其挚，阅之终篇，而屡叹葛氏之多子也。既而三子者，伯、仲皆蚤死，独其季在，即兴祖。

兴祖博知多能，数举进士，角出其上；而刻励修洁，笃于亲友，慨然欲有所为，以效于世者也。年四十馀，始以进士出仕州县。馀十年，而卒穷于无所遇以死。嗟乎！命不可控引，而才之难恃以自见盖久矣。然兴祖于仕未尝苟，闻人疾苦，欲去之如在己；其临视虽细故，人不以属耳目者，必皆致其心。论者多怪之，曰："兴祖且老矣，弊于州县，而服勤如此。"余曰："是乃吾所欲于兴祖。夫大仕之则奋，小仕之则怠忽以不治，非知德者也。"兴祖闻之，以余之言为然。

兴祖娶胡氏，又娶郑氏，其卒年五十三，实治平二年三月辛巳。其葬以胡氏袝，在丹徒之长乐乡显扬村，即其年十一月某甲子也。兴祖三男子，蘗、蕴皆有文学，蘗许州临颍县主簿，蕴邓州穰县主簿，蘋尚幼也。四女子，皆未嫁云。铭曰：

蹇于仕以为人尤，不愸施以年，孰主孰谋？无大憾于德，又将何求！

金溪吴君墓志铭

王介甫

君和易罕言，外如其中，言未尝极人过失。至论前世善恶，其国家存亡、治乱、成败所由，甚可听也。尝所读书甚众，尤好古而学其辞，其辞又能尽其议论。年四十三,四以进士试于有司，而卒困于无所就。其葬也，以皇祐六年某月日，抚州之金溪县归德乡石廪之原，在其舍南五里。当是时，君母夫人既老，而子世隆、世范皆尚幼。三女子，其一卒，其二未嫁云。

呜呼！以君之有，与夫世之贵富而名闻天下者计焉，其独歉彼耶？然而不得禄以行其意，以祭以养以遗其子孙以卒，此其士友之所以悲也。夫学者将以尽其性，尽性而命可知也；知命矣，于君之不得意，其又何悲耶！铭曰：

蕃君名，字彦弼，氏吴其先自姬出。以儒起家世冕黻，独成之难幽以折，厥铭维甥订君实。

仙源县太君夏侯氏墓碣

王介甫

仙源县太君夏侯氏，济州巨野人。尚书驾部员外郎讳晟之子，翰林侍读学士、尚书户部侍郎谯公讳峤之孙，赠太子太师讳浦之曾孙，尚书兵部员外郎、知制诰、知邓州军州事、阳夏公谢氏讳绛之夫人，太常博士、通判汾州军州事景初之母，年二十三卒。后五年，葬杭州之富阳。于是时，阳夏公为太常丞秘阁校理，博士生五岁矣，而其女兄一人亦幼。又十五年康定二年，博士举夫人如邓，以合于阳夏公之墓，而临川王某书其碣曰：

夫人以顺为妇，而交族亲以谨；以严为母，而抚媵御以宽。阳夏公之名，天下莫不闻，而曰："吾不以家为恤六年于此者，夫人之相我也。"故于其卒，闻者欲其有后，而夫人之子果以才称于世。呜呼！阳夏公之事在太史，虽无刻石，吾知其不朽矣。若夫夫人之善，不有以表之隧上，其能与公之烈相久而传乎？此博士所以属予之意也。予读《诗》，惟周士大夫侯公之妃，修身饬行，动止以礼，能辅佐劝勉其君子，而王道赖以成，盖其法度之教非一日，而其习俗不得不然也。及至后世，自当世所谓贤者，于其家不能以独化，而夫人卓然如此，惜乎其蚤世也。顾其行治，虽列之于风以为后世观，岂愧也哉！

曾公夫人万年县太君黄氏墓志铭

王介甫

夫人江宁黄氏，兼侍御史知永安场讳某之子，南丰曾氏赠尚书水部员外郎讳某之妇，赠谏议大夫讳某之妻。凡受县君封者四：萧山、江夏、遂昌、雒阳。受县太君封者二：会稽、万年。男子四，女子三。以庆历四年某月日，卒于抚州，寿九十有二。明年某月，葬于南丰之某地。

夫人十四岁无母，事永安府君至孝，修家事有法。二十三岁归曾氏，不及舅水部府君之养，以事永安之孝事姑陈留县君，以治父母之家治夫家。事姑之党，称其所以事姑之礼。事夫与夫之党，若严上然。视子慈，视子之党若子然。每自戒不处白人善否。有问之，曰：“顺为正，妇道也，吾勤此而已。处白人善否，靡靡然为聪明，非妇人宜也。”以此为女与妇，其传而至于没，与为女妇时弗差也。故内外亲，无老幼疏近，无智不能，尊者皆爱，辈者皆附，卑者皆慕之。为女妇在其前者，多自叹不及，后来者皆曰可矜法也。其言色在视听，则皆得所欲；其离别则涕洟不能舍。有疾皆忧，及丧来吊哭，皆哀有余。於戏！夫人之德如是，是宜有铭者。铭曰：

女子之德，煦愿愉愉，教堕弗行，妇妾乘夫，趋为亢厉，励之颛愚。猗嗟夫人！惟德之经。媚于族姻，柔色淑声。其究女初，不倾不盈。谁疑不信，来监于铭。

仙居县太君魏氏墓志铭

王介甫

临川王某曰：俗之坏久矣。自学士大夫多不能终其节，况女子乎！当是时，仙居县太君魏氏，抱数岁之孤，专屋而闲居，躬为桑麻以取衣食。穷苦困厄久矣，而无变志，卒就其子以能有家，受封于朝而为里贤母。呜呼！其可铭也，于其葬为序而铭焉。

序曰：魏氏其先江宁人。太君之曾祖讳某，光禄寺卿，祖讳某，池州刺史，考讳某，太子谕德，皆江南李氏时也。李氏国除，而谕德易名居中，退居于常州，以太君为贤，而选所嫁，得江阴沈君讳某，曰：“此可以与吾女矣。”于是时，太君年十九，归沈氏。归十年，生两子，而沈君以进士甲科，为广德军判官以卒。太君亲以《诗》《论语》《孝经》教两子。两子就外学时，数岁耳，则已能诵此三经矣。其后子回为进士，子遵为殿中丞、知连州军州，而太君年六十有四，以终于州之正寝，时皇祐二年六月庚辰也。嘉祐二年十二月庚申，两子葬太君江阴申港之西怀仁里，于是遵为太常博士、通判建州军州事，而沈君赠官至太常博士。铭曰：

山朝于跻，其下惟谷，缵我博士，夫人之淑。其淑维何？博士其家，二子翼翼，萼跗其华。诜诜诸孙，其实其葩。孰云其昌？其始萌芽。皇有显报，曰维在后。硕大蕃衍，封牲以告。视铭考施，夫人之效。

郑公夫人李氏墓志铭

王介甫

尚书祠部郎中、赠户部侍郎安陆郑公讳纾之夫人，追封汝南郡太君李氏者，尚书驾部郎中、赠卫尉卿文蔚之子也，光州仙居县令，赠工部员外郎讳岵之孙。以祥符九年嫁，至天圣九年，年三十二，以八月壬辰，卒于其夫为安州应城县主簿之时。后三十七年，为熙宁元年八月庚申，祔于其夫安陆太平乡进贤里之墓。于是夫人两子：祢为秘书丞，知潭州攸县；獬为翰林学士、尚书兵部员外郎，知制诰。一女子，嫁郊社斋郎张蒙山。

夫人敏于德，详于礼，事皇姑称孝，内谐外附，上下裕如。郑公大姓，尝以其富主四方之游士。至侍郎则始贫而专于学，夫人又故富家，尽其资以助宾祭。补纫浣濯，饎爨朝夕，人有不任其劳苦，夫人欢终日，如未尝贫。故侍郎亦以自安于困约之时，如未尝富。郑氏盖将日显矣，而夫人不及其显禄。呜呼！良可悲也。于其葬，临川人王某为铭曰：

于嗟夫人！归孔时兮。窈其为德，婉有仪兮。命云如何，壮则萎兮；烝烝令子，悲慕思兮。有严葬祔，祭配祇兮。告哀无穷，铭此诗兮。

卷五十一　碑志类下编十

亡友方思曾墓表

归熙甫

余友方思曾之殁，适岛夷来寇，权厝于某地。已而其父长史公官四方，子升幼，不克葬。某年月日，始祔于其祖侍御府君之墓，来请其墓上之文，亦以葬未有期，不果为，至是始畀其子升，俾勒之于石。

盖天之生材甚难，其所以成就之尤难。夫其生之者，率数千百人之中得一人而已耳。其一人者果出于数千百人之中，则其所处必有以自异，而不肯同于数千百人之为；而其所值又有以激之，是以不克安居徐行以遽入于中庸之道，则天之所以成材者其果尤难也。思曾少负奇逸之姿，年二十余，以《礼经》为经闱首荐。既一再试春官不利，则自吒而疑曰："吾所为以为至矣，而又不得，彼必有出于吾术之外者。"则使人具书币走四方，求尝已得高第者，与夫邑里之彦，悉致之于家而馆饩之。其人亦有为显官以去者，然思曾自负其才，顾彼之术实不能有加于吾，亦遂厌弃不能以久。方其试而未得也，则愤憾而有不屑之志。其后每偕计吏行，时时绝大江，徘徊北岸。辄返棹登金、焦二山，徜徉以归，与其客饮酒放歌，绝不与豪贵人通；间与之相涉，视其龌龊，必以气陵之。闻为佛之学于临安者，思曾往师之，作礼赞叹，求其解说。自是遇禅者，虽其徒所谓堕龙哑羊之流，即跪拜施舍，冀得真乘焉。而人遂以思曾果溺于佛之说，不知其有所不得志而肆意于此。以是知古之毁服童发逃山林而不处，未必皆积志于其教，亦有所愤而为之者耶！以思曾之材，有以置之，使之无愤憾之气，其果出于是耶？然使假之以年以至于今，又安知愤憾不益甚，而将不出于是耶？抑彼其道，空荡翛然不与世竞，而足以消其愤憾之气耶？抑将平其气无待于外，安居徐行而至于中庸之途也？此吾所以叹天之成材为难也。

思曾讳元儒，后更曰钦儒。曾祖曰麟，赠承德郎礼部主事。祖曰凤，朝列大夫、广东佥事、前监察御史。父曰筑，今为唐府长史。侍御与兄鹏，同年举进士，侍御以忤权贵出，而兄为翰林春坊至太常卿，亦罢归。思曾后起，谓必光显于前之人，而竟不得位以殁，时嘉靖某年月日也。春秋四十。娶朱氏，福建都转运盐使司判官希阳之女。男一人，升；女三人，皆侧出。

思曾少善余，余与今李中丞廉甫，晚步城外隍桥，每望其庐，怅然而返，其相爱慕如此。后余同为文会，又同举于乡，思曾治园亭田野中，至梅花开时，辄使相召，予多不至，而思曾时乘肩舆过安亭江上，必尽醉而归。尝以余文示上海陆詹事子渊，有过奖之语，思曾陵晓乘船来告。余非求知于世者，而亦有以见思曾爱余之深也。思曾之葬也，陈吉甫既为铭，余独痛思曾之材，使不得尽其所至，亦为之致憾于天而已矣。海峰先生云：学荆公为文折旋有气。

赵汝渊墓志铭

归熙甫

宋熙陵九王子，其八为周恭肃王元俨。恭肃王生定王允良，定王生安康郡王宗绛，安康郡王生南阳侯仲纡，南阳侯生处州兵马钤辖士翮，士翮始迁严陵。士翮生保义郎不玷，又自严陵徙浦江。不玷生三观使武经郎善近，善近生武翼郎汝涅，汝涅生崇傒。自定王以后至崇傒，始失其官为士庶。崇傒生必俊，必俊生良仁，始自浦江徙吴，今长洲之金庄也。良仁生友端，友端生季永，季永生同芳，同芳生巘。巘生四子：濂、潜、深、滨。潜者，汝渊讳也。汝渊于兄弟次在二，授室于昆山真义里朱氏。汝渊年六十有六，卒嘉靖四十二年十二月某日。朱孺人年五十五，卒嘉靖三十八年正月某日。生子男一人：世贞。孙男四人：和平、和顺、和德皆夭；最后生和敬。孙女一人。其葬以隆庆二年十二月某日，墓在长洲之某乡。

宋自青城之难，王子三千余人，尽为北俘。其散处四方，仅仅有存者，若周王之后，以诗书世其家，故谱系颇可考。其在长洲，同鲁其贤者也。同鲁于汝渊为再从父，汝渊夫妇孝敬，修士人之行。世贞方将以进士起其家。世贞于余先妻魏氏，内外兄弟也，故属余铭。铭曰：

宋失维城，宗沦于朔。哀哉重昏，鼎折覆餗。不仁之殃，迨其九族，存者孑遗，逃窦而延。惟恭肃王，当世称贤，宜其孙子，百叶以传。宜君宜王，今为士庶，亦修于家，鱼菽以祭。曷以铭之？不愧其世。

沈贞甫墓志铭

归熙甫

自余初识贞甫时，贞甫年甚少，读书马鞍山浮屠之偏。及余娶王氏，与贞甫之妻为兄弟，时时过内家相从也。余尝入邓尉山中，贞甫来共居，日游虎山、西崦，上下诸山，观太湖七十二峰之胜。嘉靖二十年，余卜居安亭，安亭在吴淞江上，界昆山、嘉定之壤，沈氏世居于此。贞甫是以益亲善，以文字往来无虚日。以余之穷于世，贞甫独相信，虽一字之疑，必过余考订，而卒以余之言为然。盖余屏居江海之滨二十年间，死丧忧患，颠顿狼狈，世人之所嗤笑，贞甫了不以人之说而有动于心，以与之上下。至于一时富贵翕赫，众所观骇，而贞甫不余易也。嗟夫！士当不遇时，得人一言之善，不能忘于心，余何以得此于贞甫邪？此贞甫之殁，不能不为之恸也。

贞甫为人伉厉，喜自修饬，介介自持，非其人未尝假以辞色。遇事激昂，僵仆无所避。尤好观古书，必之名山及浮图老子之宫，所至扫地焚香，图书充几。闻人有书，多方求之，手自抄写，至数百卷。今世有科举速化之学，皆以通经学古为迂，贞甫独于书知好之如此，盖方进于古而未已也。不幸而病，病已数年，而为书益勤。余甚畏其志，而忧其力之不继，而竟以病死。悲夫！

初，余在安亭，无事每过其精庐，啜茗论文，或至竟日。及贞甫殁，而余复往，又经兵燹之后，独徘徊无所之，益使人有荒江寂莫之叹矣。

贞甫讳果，字贞甫。娶王氏，无子，养女一人。有弟曰善继、善述。其殁以嘉靖三十四年七月日，年四十有二，即以是年某月日，葬于某原之先茔，可悲也已。铭曰：

天乎命乎不可知，其志之勤，而止于斯！

归府君墓志铭

归熙甫

府君姓归氏，讳椿，字天秀。大父讳仁，父讳祚，母徐氏。嘉靖十五年正月初八日卒，年七十一。娶曹氏，父讳永太，母高氏，嘉靖十年三月十九日卒，年六十八。子男三：雷、霆、电；女一，适钱操。孙男五：谏，县学生；谟、训，皆国学生；让，幼。女三，曾孙男六。以嘉靖二十六年十二月庚申日，合葬于马泾实渍泾。

按归氏出春秋胡子，后灭于楚，其子孙在吴，世为吴中著姓。至唐宣公，仍世贵显，封爵官序，具载《唐史》。宋湖州判官罕仁，居太仓，其别子居常熟之白茆，居白茆已数世矣。由湖州而下，差以昭穆，府君，我曾大父城武公兄弟行也。

府君初为农，已乃延礼师儒，教训诸孙，彬彬向文学矣。府君少时，亦尝学书，后弃之，夫妇晨夜力作。白茆在江海之壖，高仰瘠卤，浦水时浚时淤，无善田。府君相水远近，通溪置闸，用以灌溉。其始居民鲜少，茅舍历落数家而已。府君长身古貌，为人倜傥，好施舍，田又日垦，人稍稍就居之，遂为庐舍市肆，如邑居云。晚年，诸子悉用其法，其治数千亩如数十亩，役属百人如数人。吴中多利水田，府君家独以旱田。诸富室争逐肥美，府君选取其硗者，曰："顾我力可不可，田无不可耕者。"人以此服府君之精。

盖古之王者之于田功勤矣，下至保介、田畯、遂师、遂大夫、县正、里宰、司稼，设官用人，如是悉也。汉二千石遣令、长、三老力田，及里父老善田者，受田器，学耕种养苗状，时赵过、蔡癸之徒，皆以好农为大官。今天下田，独江南治耳，中原数千里，三代畎浍之迹未有复也。议者又欲放前元海口万户之法，治京师濒海萑苇之田，以省漕壮国本。兹事行之实便，而久不行，岂不以任事者难其人邪？或往往叹事功之不立，谓世无其人，若府君，岂非世之所须也？铭曰：

昔在颛顼，曰惟我祖。绵绵汝、颍，蹙于荆楚。迄唐而昌，鸣玉接武。湖州来东，海鱼为伍。亦有别子，居白茆浦。旷然江海，寂无烟火。孰生聚之？府君之抚。府君颀颀，才无不可。实甽畮之，终古泻卤。黍稷薿薿，有万斯亩。曷不虎符？藏于兹土。叙为田处，极酣恣，似《货殖传》。

女二二圹志

归熙甫

女二二，生之年月，戊戌戊午，其日时又戊戌戊午，予以为奇。今年予在光福山中，二二不见予，辄常常呼予。一日予自山中还，见长女能抱其妹，心甚喜。及予出门，二二尚跃入予怀中也。既到山数日，日将晡，予方读《尚书》，举首忽见家奴在前，惊问曰："有事乎？"奴不即言，第言他事。徐却立曰："二二今日四鼓时已死矣。"盖生三百日而死，时为嘉靖己亥三月丁酉。予既归为棺敛，以某月日瘗于城武公之墓阴。呜呼！予自乙未以来多在外，吾女生既不知，而死又不及见，可哀也已！

女如兰圹志

归熙甫

须浦先茔之北累累者，故诸殇冢也。坎方封有新土者，吾女如兰也。死而埋之者，嘉靖乙未中秋日也。女生逾周，能呼予矣。呜呼！母微而生之又艰，予以其有母也，弗甚加抚，临死乃一抱焉。天果知其如是，而生之奚为也？

寒花葬志

归熙甫

婢，魏孺人媵也。嘉靖丁酉五月四日死，葬虚丘。事我而不卒，命也夫！婢初媵时，年十岁，垂双环，曳深绿布裳。一日天寒，爇火煮荸荠熟，婢削之盈瓯。余入自外，取食之，婢持去不与，魏孺人笑之。孺人每令婢倚几旁饭，即饭，目眶冉冉动，孺人又指余以为笑。回思是时，奄忽便已十年。吁！可悲也已。

杜苍略先生墓志铭

方灵皋

先生姓杜氏，讳岕，字苍略，号些山，湖广黄冈人。明季为诸生，与兄濬，避乱居金陵，即世所称茶村先生也。二先生行身略同，而趣各异。茶村先生峻廉隅，孤特自遂，遇名贵人，必以气折之，于众人未尝接语言，用此丛忌嫉；然名在天下，诗每出，远近争传诵之。先生则退然一同于众人，所著诗歌、古文，虽子弟弗示也。方壮丧妻，遂不复娶。所居室漏且穿，木榻敝帷，数十年未尝易。室中终岁不扫除。有子教授里巷间，窭艰，每日中不得食，男女啼号；客至，无水浆，意色间无几微不自适者。间过戚友，坐有盛衣冠者，即默默去之。行于途，尝避人，不中道与人语，虽儿童、厮舆，惟恐有伤也。

初，余大父与先生善，先君子嗣从游，苞与兄百川亦获侍焉。先生中岁道仆，遂跛，而好游，非雨雪常独行，徘徊墟莽间。先君子暨苞兄弟暇则追随，寻花莳，玩景光，藉草而坐，相视而嘻，冲然若有以自得，而忘身世之有系牵也。辛未、壬申间，苞兄弟客游燕、齐，先生悄然不怡，每语先君子曰："吾思二子，亦为君惜之。"

先生生于明万历丁巳四月初九日，卒于康熙癸酉七月十九日，年七十有七，后茶村先生凡七年，而得年同。所著《些山集》藏于家。其子掞以某年月日卜葬某乡某原，来征辞。铭曰：

蔽其光，中不息也。虚而委蛇，与时适也。古之人与！此其的也。有逸气，《望溪集》中所罕见。

李抑亭墓志铭

方灵皋

雍正十年冬十月朔后九日，过吾友抑亭，遂赴海淀。次日归，闻抑亭蹶而瘖，日再往视，越六日而死。

始余见君于其世父文贞公所，终日温温，非有问不言。及供事蒙养斋，始习而慕焉，期月而后，无贵贱老少，背面皆曰："李君，君子人也。"其后余移武英殿领修书事，首举君自助，殿中无贵贱老少，称之如蒙养斋。君自入翰林，再充顺天乡试同考官，典试云南，士论翕然。视学江西，高安朱相国每曰："百年中无或并也。"按察司李兰，以咨革诸生，君常难之，劾君牵制有司之法，而弹章亦具列其廉明。余自获交文贞，习于李氏族姻，及泉、漳间士大夫，其私论乡人，各有向背，而信君无异辞。君被劾，当降补国子监丞，群士日夜望君之至。既受职，长官相庆，而涖事未弥月。用此六馆之士，尤深痛焉。

往者岁在戊申，君弟钟旺蹶而瘖，卒于君寓，余既哭而铭之。君在江西，丧其良子清江，又为之铭，以塞君悲。而今复见君之死。古者亲旧相与宴乐，而乐歌之辞乃曰"死丧无日，无几相见"，有以也。君在蒙养斋及殿中，与余共晨夕各一二年；返自江西，无兼旬不再三见者。辛亥春，余益病衰，凡公事必私引君自助，无旬日不再三见者。一日不见而君疾，一言不接而君死，故每欲铭君，则怆然不能举其辞。丧归有日矣，乃力疾而就之。

君讳锺侨，字世邠，福建泉州安溪县人。康熙壬午举于乡，壬辰成进士，年五十有四。所著《论语孟子讲蒙》十卷、《诗经测义》十卷、《易解》八卷，藏于家；《尚书》《周官》，皆有说未就。父讳鼎征，康熙庚申举人，户部主事，诰授奉直大夫。母庄氏，赠宜人。兄弟五人，四举甲乙科。兄天宠，自入翰林十余年，与君相依，皆不取室人自随。痛两弟羁死，乃引疾送君之丧以归。君娶黄氏，敕封孺人。子五人，四举甲乙科。长清载，庚戌进士，兵部武选司额外主事；次清芳，癸卯举人，拣选知县；次清江，癸卯举人，拣选知县；次清恺，壬子副榜贡生；次清时，壬子举人，世父抚为己子。女一，适士族。以某年月日葬于某乡某原。铭曰：

蓄之也深，而施者微；将踵武于儒先，而年命摧。悼余生之无成，犹有望者夫人，而今谁与归？

舅氏杨君权厝志

刘才甫

舅氏杨君讳绍奭，字稚棠，于书无所不读。少工为科举之文，而郁不得志；既困无所合，而读书益奋发不衰。年已老，头白且秃，犹依灯火坐读《礼经》，至城上三鼓不辍。盖君之于书，自其天性，而非以求名声、利禄也。舅氏性刚直，于寻常人未尝苟有所酬答；与乡人处，虽贵显，有不善，即面责无少依阿。临财廉，执事果，可谓好学有道君子者也。娶邱氏，累生男不育，而舅氏遂无子。以康熙六十年六月二十七日，病痈而卒。呜呼！可痛也。

舅氏于诸甥中，尤爱怜櫆，尝抚予指吾父而言曰："此子殆能大刘氏之门，然未知吾及见之否。"平居设酒食，召櫆与饮，舅氏自提觞行趣令醉。櫆谢已醉，不能饮，舅氏笑曰："予性嗜饮，每过从人家饮酒，主饮者不趣予饮，吾意辄不乐，以此度人意皆然。乃者舅氏实饮汝酒，当不使甥意不乐也。"酒半，仰首歔欷，徐顾谓櫆曰："予穷于世，今老，旦暮且死，然未有子息。汝读书能为古文辞，其传于后世无疑，当为我作传，则吾虽无子，犹有子焉。"櫆受命而退，未及为，而舅氏遂舍予以卒。悲夫！

君既卒之七日，其兄子某，以君之柩权厝于县城北月山之麓，櫆涕泣而为之志。

卷五十二　杂记类一

郓州溪堂诗并序

韩退之

宪宗之十四年，始定东平，三分其地，以华州刺史、礼部尚书兼御史大夫扶风马公为郓、曹、濮节度观察等使，镇其地。既一年，褒其军号曰“天平军”。上即位之二年，召公入，且将用之，以其人之安公也，复归之镇。

上之三年，公为政于郓、曹、濮也适四年矣，治成制定，众志大固，恶绝于心，仁形于色，专心一力，以供国家之职。于时沂、密始分而残其帅；其后幽、镇、魏不悦于政，相扇继变，复归于旧；徐亦乘势逐帅自置，同于三方。惟郓也截然中居，四邻望之，若防之制水，恃以无恐。然而皆曰：“郓为虏巢且六十年，将强卒武，曹、濮于郓，州大而近，军所根柢，皆骄以易怨。而公承死亡之后，掇拾之余，剥肤椎髓，公私扫地赤立，新旧不相保持，万目睽睽。公于此时能安以治之，其功为大。”若幽、镇、魏、徐之乱，不扇而变，此功反小，何也？公之始至，众未熟化，以武则忿以憾，以恩则横而肆，一以为赤子，一以为龙蛇，惫心罢精，磨以岁月，然后致之，难也。及教之行，众皆戴公为亲父母，夫叛父母，从仇雠，非人之情，故曰易。

于是天子以公为尚书右仆射，封扶风县开国伯，以褒嘉之。公亦乐众之和，知人之悦，而侈上之赐也，于是为堂于其居之西北隅，号曰“溪堂”，以飨士大夫，通上下之志。既飨，其从事陈曾谓其众言：“公之畜此邦，其勤不亦至乎！此邦之人，累公之化，惟所令之，不亦顺乎！上勤下顺，遂济登兹，不亦休乎！昔者人谓斯何？今者人谓斯何？虽然，斯堂之作，意其有谓，而喑无诗歌，是不考引公德，而接邦人于道也。”乃使来请。其诗曰：

帝奠九廛，有叶有年。有荒不条，河岱之间。及我宪考，一收正之，视邦选侯，以公来尸。公来尸之，人始未信，公不饮食，以训以徇。孰饥无食，孰呻孰叹，孰冤不问，不得分愿？孰为邦蠹，节根之螟，羊狠狼贪，以口覆城？吹之煦之，摩手拊之；箴之石之，膊而磔之。凡公四封，既富以强。谓公吾父，孰违公令？可以师征，不宁守邦。公作溪堂，播播流水，浅有蒲莲，深有蒹苇。公以宾燕，其鼓骇骇。公燕溪堂，宾校醉饱，流有跳鱼，岸有集鸟，既歌以舞，其鼓考考。公在溪堂，公御琴瑟，公暨宾赞，稽经诹律，施用不差，人用不屈。溪有蘘荿，有龟有鱼，公在中流，右诗左书。无我斁遗，此邦是庥。

蓝田县丞厅壁记

韩退之

丞之职所以贰于令，于一邑无所不当问。其下主簿、尉，主簿、尉乃有分职。丞位高而逼，例以嫌不可否事。文书行，吏抱成案诣丞，卷其前，钳以左手，右手摘纸尾，雁鹜行以进。平立睨丞曰：“当署。”丞涉笔占位署惟谨，目吏问可不可，吏曰：“得。”则退，不敢略省，漫不知何事。官虽尊，力势反出主簿、尉下。谚数慢，必曰丞，至以相訾謷。丞之设岂端使然哉！

博陵崔斯立，种学绩文，以蓄其有，泓涵演迤，日大以肆。贞元初，挟其能，战艺于京师，再进，再屈千人。元和初，以前大理评事言得失黜官，再转而为丞兹邑。始至，喟曰：“官无卑，顾材不足塞职。”既嘿不得施用，又喟曰：“丞哉丞哉！余不负丞，而丞负余。”则尽枿去牙角，一蹑故迹，破崖岸而为之。丞厅故有记，坏漏污不可读，斯立易桷与瓦，墁治壁，悉书前任人名氏。庭有老槐四行，南墙巨竹千梃，俨立若相持，水㶁㶁循除鸣。斯立痛扫溉，对树二松，日哦其间。有问者，辄对曰："余方有公事，子姑去。"

考功郎中、知制诰韩愈记。

新修滕王阁记

韩退之

愈少时，则闻江南多临观之美，而滕王阁独为第一，有瑰伟绝特之称。及得三王所为序、赋、记等，王勃作游阁序，王绪作赋，今中丞王公为从事日作修阁记，并题在阁也。壮其文辞，益欲往一观而读之，以忘吾忧。系官于朝，愿莫之遂。

十四年，以言事斥守揭阳，便道取疾以至海上，又不得过南昌而观所谓滕王阁者。其冬，以天子进大号，加恩区内，移刺袁州。袁于南昌为属邑，私喜幸自语，以为当得躬诣大府，受约束于下执事，及其无事且还，倘得一至其处，窃寄目偿所愿焉。至州之七月，诏以中书舍人太原王公为御史中丞，观察江南西道，洪、江、饶、虔、吉、信、抚、袁，悉属治所。八州之人，前所不便，及所愿欲而不得者，公至之日，皆罢行之，大者驿闻，小者立变，春生秋杀，阳开阴闭，令修于庭户数日之间，而人自得于湖山千里之外。吾虽欲出意见，论利害，听命于幕下，而吾州乃无一事可假而行者，又安得舍己所事，以勤馆人？则滕王阁，又无因而至焉矣。

其岁九月，人吏浃和，公与监军使燕于此阁。文武宾士，皆与在席，酒半，合辞言曰："此屋不修且坏，前公为从事此邦，适理新之，公所为文，实书在壁。今三十年，而公来为邦伯，适及期月，公又来燕于此，公乌得无情哉？"公应曰："诺。"于是栋楹梁角板槛之腐黑挠折者，盖瓦级砖之破缺者，赤白之漫漶不鲜者，治之则已，无侈前人，无废后观。工既讫功，公以众饮，而以书命愈曰："子其为我记之。"愈既以未得造观为叹，窃喜载名其上，词列三王之次，有荣耀焉，乃不辞而承公命。其江山之好，登望之乐，虽老矣，如获从公游，尚能为公赋之。

燕喜亭记

韩退之

太原王弘中，在连州与学佛人景常、元慧游。异日，从二人者行于其居之后，丘荒之间，上高而望，得异处焉。斩茅而嘉树列，发石而清泉激，辇粪壤，燔椔翳，却立而视之，出者突然成丘，陷者呀然成谷，洼者为池，而缺者为洞，若有鬼神异物阴来相之。

自是弘中与二人者，晨往而夕忘归焉，乃立屋以避风雨寒暑。既成，愈请名之。其丘曰俟德之丘，蔽于古而显于今，有俟之道也。其石谷曰谦受之谷，瀑曰振鹭之瀑，谷言德，瀑言容也。其土谷曰黄金之谷，瀑曰秩秩之瀑，谷言容，瀑言德也。洞曰寒居之洞，志其入时也。池曰君子之池，虚以钟其美，盈以出其恶也。泉之源曰天泽之泉，出高而施下也。合而名之以屋，曰燕喜之亭，取《诗》所谓“鲁侯燕喜”者颂也。于是州民之老，闻而相与观焉。曰：“吾州之山水名天下，然而无与燕喜者比。经营于其侧者相接也，而莫直其地。凡天作而地藏之，以遗其人乎？”

弘中自吏部郎贬秩而来，次其道途所经，自蓝田入商、洛，涉淅、湍，临汉水，升岘首，以望方城；出荆门，下岷江，过洞庭，上湘水，行衡山之下；繇郴逾岭，猿狖所家，鱼龙所宫，极幽遐瑰诡之观，宜其于山水饫闻而厌见也。今其意乃若不足，《传》曰：“知者乐水，仁者乐山。”弘中之德，与其所好，可谓协矣。智以谋之，仁以居之，吾知其去是而羽仪于天朝也不远矣。遂刻石以记。

河南府同官记

韩退之

永贞元年，愈自阳山移江陵法曹参军，获事河东公。公尝与其从事言：建中初，天子始纪年更元，命官司举贞观、开元之烈，群臣惕慄奉职，命材登良，不敢私违。当时自齿朝之士而上，以及下百执事，官阙一人，将补，必取其良。然而河南同时于天下称多，独得将相五人：故于府之参军，则得我公；于河南主簿，则得故相国范阳卢公；于汜水主簿，则得故相国今太子宾客荥阳郑公；于陆浑主簿，则得相国今吏部侍郎天水赵公；于登封主簿，则得故吏部尚书东都留守吴郡顾公。

卢公去河南为右补阙，其后由尚书左丞至宰相。郑公去汜水为监察御史，佐山南军，其后由工部侍郎至宰相，罢而又为。赵公去陆浑为右拾遗，其后由给事中为宰相。顾公去登封为监察御史，其后由京兆尹至吏部尚书东都留守。我公去府为长水尉，其后由膳部郎中为荆南节度行军司马，遂为节度使。

自工部尚书至吏部尚书。三相国之劳在史册。顾吏部慎职小心，于时有声。我公愿洁而沉密，开亮而卓伟，行茂于宗，事修于官，嗣绍家烈，不违其先。作帅荆南，厥闻休显，武志既扬，文教亦熙。登槐赞元，其庆且至。故好语故事者，以为五公之始迹也同，其后进而偕大也亦同，其称名臣也又同；官职虽分，而功德有巨细，其有忠劳于国家也同。有若将同其后而先同其初也。有闻而问者，于是焉书。既五年，始立石刻其语河南府参军舍庭中。

于是河东公为左仆射、宰相，出藩大邦，开府汉南；郑公以工部尚书留守东都；赵公以吏部尚书镇江陵。汉南地连七州，戎士十万，其官宰相也；留守之官，居禁省中，岁时出旌旗，序留司文武百官于宫城门外而衙之；江陵，故楚都也，戎士五万。三公同时，千里相望，可谓盛矣。河东公名均，姓裴氏。姜坞先生云：《记》中卢公者，卢迈；赵公者，赵宗儒；顾公者，顾少连；郑公，当即郑余庆。《新书》不载其为汜水主簿及留守东都。公《送郑涵校理序》云："为郎于都官，事相公于居守。"涵即余庆子，更名浣者也。此余庆为留守之证。方侍郎云：四番叙述，不觉其冗。

汴州东西水门记

韩退之

贞元十四年正月戊子，陇西公命作东西水门。越三月辛巳朔，水门成。三日癸未，大合乐，设水嬉，会监军军司马宾佐僚属将校熊罴之士，肃四方之宾客以落之。士女和会，阗郭溢郛。既卒事，其从事昌黎韩愈请纪成绩。其词曰：

维汴州河水自中注，厥初距河为城，其不合者，诞置联锁于河，宵浮昼湛，舟不潜通。然其襟抱亏疏，风气宣泄，邑居弗宁，讹言屡腾。历载已来，孰究孰思？

皇帝御天下十有八载，此邦之人，遭逢疾威。嚣童嗷呼，劫众阻兵，懔懔栗栗，若坠若覆。时维陇西公受命作藩，爰自洛京，单车来临。遂拯其危，遂去其疵；弗肃弗厉，薰为太和。神应祥福，五谷穰熟。既庶而丰，人力有余，监军是咨，司马是谋。乃作水门，为邦之郛，以固风气，以闬寇偷。黄流浑浑，飞阁渠渠，因而饰之，匪为观游。

天子之武，惟陇西公是布；天子之文，惟陇西公是宣。河之沄沄，源于昆仑，天子万祀，公多受祉。乃伐山石，刻之日月，尚俾来者，知作之所始。

画记

韩退之

杂古今人物小画共一卷：骑而立者五人，骑而被甲载兵立者十人，一人骑执大旗前立，骑而被甲载兵、行且下牵者十人，骑且负者二人，骑执器者二人，骑拥田犬者一人，骑而牵者二人，骑而驱者三人，执羁靮立者二人，骑而下倚马臂隼而立者一人，骑而驱涉者二人；徒而驱牧者二人，坐而指使者一人；甲胄手弓矢鈇钺植者七人，甲胄执帜植者十人，负者七人，偃寝休者二人，甲胄坐睡者一人，方涉者一人，坐而脱足者一人，寒附火者一人；杂执器物役者八人，奉壶矢者一人，舍而具食者十有一人，挹且注者四人；牛牵者二人，驴驱者四人；一人杖而负者，妇人以孺子载而可见者六人，载而上下者三人，孺子戏者九人；凡人之事，三十有二，为人大小百二十有三，而莫有同者焉。

马大者九匹，于马之中，又有上者，下者，行者，牵者，涉者，陆者，翘者，顾者，鸣者，寝者，讹者，立者，人立者，龁者，饮者，溲者，陟者，降者，痒磨树者，嘘者，嗅者，喜相戏者，怒相踶啮者，秣者，骑者，骤者，走者，载服物者，载狐兔者：凡马之事，二十有七，为马大小八十有三，而莫有同者焉。

牛大小十一头；橐驼三头，驴如橐驼之数，而加其一焉；隼一，犬、羊、狐、兔、麋鹿共三十；旃车三两，杂兵器弓、矢、旌、旗、刀、剑、矛、盾、弓服、矢房、甲胄之属，瓶、盂、簦、笠、筐、筥、锜、釜饮食服用之器，壶、矢、博、弈之具，二百五十有一，皆曲极其妙。

贞元甲戌年，余在京师，甚无事。同居有独孤生申叔者，始得此画，而与余弹棋，余幸胜而获焉。意甚惜之，以为非一工人之所能运思，盖丛集众工人之所长耳，虽百金不愿易也。明年，出京师，至河阳，与二三客论画品格，因出而观之。座有赵侍御者，君子人也，见之戚然若有感然。少而进曰："噫！余之手摸也，亡之且二十年矣。余少时，常有志乎兹事，得国本，绝人事而摸得之，游闽中而丧焉。居闲处独，时往来余怀也，以其始为之劳而夙好之笃也。今虽遇之，力不能为已，且命工人存其大都焉。"余既甚爱之，又感赵君之事，因以赠之，而记其人物之形状与数，而时观之，以自释焉。方侍郎云：周人以后，无此种格力。欧公自谓不能为，所谓晓其深处。而东坡以所传为妄，于此见知言之难。

题李生壁

韩退之

余始得李生于河中，今相遇于下邳，自始及今十四年矣。始相见，吾与之皆未冠，未通人事，追思多有可笑者，与生皆然也。今者相遇，皆有妻子。昔时无度量之心，宁复可有是。生之为交，何其近古人也！是来也，余黜于徐州，将西居于洛阳。泛舟于清泠池，泊于文雅台下，西望商丘，东望修竹园，入微子庙，求邹阳、枚叔、司马相如之故文，久立于庙陛间，悲《那颂》之不作于是者已久。陇西李翱、太原王涯、上谷侯喜，实同与焉。贞元十六年五月十四日，昌黎韩愈书。

卷五十三　杂记类二

游黄溪记

柳子厚

北之晋，西适豳，东极吴，南至楚、越之交，其间名山水而州者以百数，永最善。环永之治百里，北至于浯溪，西至于湘之源，南至于泷泉，东至于黄溪、东屯，其间名山水而村者以百数，黄溪最善。

黄溪距州治七十里。由东屯南行六百步，至黄神祠。祠之上，两山墙立，如丹碧之华叶骈植，与山升降，其缺者为崖，峭岩窟，水之中，皆小石平布。黄神之上，揭水八十步，至初潭，最奇丽，殆不可状。其略若剖大瓮，侧立千尺，溪水积焉。黛蓄膏渟，来若白虹，沈沈无声，有鱼数百尾，方来会石下。南去又行百步，至第二潭。石皆巍然，临峻流，若颏颔断齶。其下大石离列，可坐饮食。有鸟赤首乌翼，大如鹄，方东向立。鼐按：朱子谓《山海经》所纪异物，有云“东西向”者，盖以其有图画在前故也。此言最当。子厚不悟，作山水记效之，盖无谓也。后人又有以子厚此等为工而效法者，益失之矣。自是又南数里，地皆一状，树益壮，石益瘦，水鸣皆锵然。又南一里，至大冥之川，山舒水缓，有土田。

始黄神为人时，居其地。传者曰：“黄神，王姓，莽之世也。莽既死，神更号黄氏，逃来，择其深峭者潜焉。”始莽尝曰：“余，黄虞之后也。”故号其女曰黄皇室主。黄与王声相迩，而又有本，其所以传焉者益验。神既居是，民咸安焉，以为有道，死乃俎豆之，为立祠，后稍徙近乎民。今祠在山阴溪水上。

元和八年五月十六日，既归为记，以启后之好游者。

永州万石亭记

柳子厚

御史中丞、清河男崔公来莅永州，闲日登城北墉，临于荒野丛翳之隙，见怪石特出，度其下必有殊胜，步自西门，以求其墟。伐竹披奥，欹仄以入，绵谷跨溪，皆大石林立，涣若奔云，错若置棋，怒者虎斗，企者鸟厉。抉其穴，则鼻口相呀；搜其根，则蹄股交峙。环行卒愕，疑若搏噬。于是刳辟朽壤，翦焚榛薉，决浍沟，导伏流，散为疏林，洄为清池，寥廓泓渟，若造物者始判清浊，效奇于兹地，非人力也。乃立游亭，以宅厥中。直亭之西，石若掖分，可以眺望。其上青壁斗绝，沉于渊源，莫究其极。自下而望，则合乎攒峦，与山无穷。

明日州邑耋老杂然而至，曰："吾侪生是州，艺是野，眉厖齿鲵，未尝知此。岂天坠地出，设兹神物，以彰我公之德欤！"既贺而请名。公曰："是石之数，不可知也，以其多，而命之曰万石亭。"耋老又言曰："懿夫公之名亭也，岂专状物而已哉！公尝六为二千石，既盈其数。然而有道之士咸恨公之嘉绩未洽于人，敢颂休声，祝公于明神。汉之三公，秩号万石，我公之德，宜受兹锡。汉有礼臣，惟万石君，我公之化，始于闺门，道合于古，祐之自天。野夫献词，公寿万年。"

宗元尝以笺奏隶尚书，敢专笔削，以附零陵故事。时元和十年正月五日记。

始得西山宴游记

柳子厚

自余为僇人，居是州，恒惴栗。其隙也，则施施而行，漫漫而游。日与其徒上高山，入深林，穷回溪，幽泉怪石，无远不到；到则披草而坐，倾壶而醉；醉则更相枕以卧，意有所极，梦亦同趣。觉而起，起而归，以为凡是州之山有异态者，皆我有也，而未始知西山之怪特。

今年九月二十八日，因坐法华西亭，望西山，始指异之。遂命仆过湘江，缘染溪，斫榛莽，焚茅茷，穷山之高而止。攀援而登，箕踞而遨，则凡数州之土壤皆在衽席之下。其高下之势，岈然洼然，若垤若穴，尺寸千里，攒蹙累积，莫得遁隐。萦青缭白，外与天际，四望如一，然后知是山之特出，不与培塿为类。悠悠乎与灏气俱，而莫得其涯；洋洋乎与造物者游，而不知其所穷。引觞满酌，颓然就醉，不知日之入。苍然暮色，自远而至，至无所见，而犹不欲归。心凝形释，与万化冥合，然后知吾向之未始游，游于是乎始，故为之文以志。是岁元和四年也。

钴鉧潭记

柳子厚

钴鉧潭在西山西。其始盖冉水自南奔注，抵山石，屈折东流；其颠委势峻，荡击益暴，齧其涯，故旁广而中深，毕至石乃止；流沫成轮，然后徐行。其清而平者且十亩，有树环焉，有泉悬焉。

其上有居者，以予之亟游也，一旦款门来告曰：“不胜官租、私券之委积，既芟山而更居，愿以潭上田贸财以缓祸。”

予乐而如其言，则崇其台，延其槛，行其泉于高者坠之潭，有声潨然。尤与中秋观月为宜，于以见天之高，气之迥。孰使予乐居夷而忘故土者，非兹潭也欤？

钴鉧潭西小丘记

柳子厚

得西山后八日，寻山口西北道二百步，又得钴鉧潭。潭西二十五步，当湍而浚者为鱼梁。梁之上有丘焉，生竹树。其石之突怒偃蹇，负土而出，争为奇状者，殆不可数。其嵚然相累而下者，若牛马之饮于溪；其冲然角列而上者，若熊罴之登于山。

丘之小不能一亩，可以笼而有之。问其主，曰："唐氏之弃地，货而不售。"问其价，曰："止四百。"余怜而售之。李深源、元克己时同游，皆大喜，出自意外。即更取器用，铲刈秽草，伐去恶木，烈火而焚之。嘉木立，美竹露，奇石显。由其中以望，则山之高，云之浮，溪之流，鸟、兽、鱼之遨游，举熙熙然回巧献技，以效兹丘之下。枕席而卧，则清泠之状与目谋，瀯瀯之声与耳谋，悠然而虚者与神谋，渊然而静者与心谋。不匝旬而得异地者二，虽古好事之士，或未能至焉。

噫！以兹丘之胜，致之沣、镐、鄠、杜，则贵游之士争买者，日增千金，而愈不可得。今弃是州也，农夫渔父过而陋之，价四百，连岁不能售。而我与深元、克己独喜得之，是其果有遭乎！书于石，所以贺兹丘之遭也。

至小丘西小石潭记

柳子厚

从小丘西行百二十步，隔篁竹，闻水声，如鸣佩环，心乐之。伐竹取道，下见小潭，水尤清冽。全石以为底，近岸卷石底以出，为坻、为屿，为嵁、为岩。青树翠蔓，蒙络摇缀，参差披拂。

潭中鱼可百许头，皆若空游无所依。日光下澈，影布石上，佁然不动，俶尔远逝。往来翕忽，似与游者相乐。

潭西南而望，斗折蛇行，明灭可见。其岸势犬牙差互，不可知其源。

坐潭上，四面竹树环合，寂寥无人，凄神寒骨，悄怆幽邃。以其境过清，不可久居，乃记之而去。

同游者：吴武陵龚古、余弟宗玄，隶而从者：崔氏二小生，曰恕己、曰奉壹。

袁家渴记

柳子厚

由冉溪西南水行十里，山水之可取者五，莫若钴鉧潭；由溪口而西，陆行，可取者八九，莫若西山。由朝阳岩东南，水行至芜江，可取者三，莫若袁家渴。皆永中幽丽奇处也。

楚越之间，方言谓水之支流者为“渴”，音若衣褐之“褐”。渴上与南馆高嶂合，下与百家濑合。其中重洲、小溪，澄潭、浅渚，间厕曲折，平者深黑，峻者沸白。舟行若穷，忽又无际。

有小山出水中，山皆美石，石上生青丛，冬夏常蔚然。其旁多岩洞，其下多白砾，其树多枫柟、石楠、楩、槠、樟、柚，草则兰芷。又有异卉，类合欢而蔓生，轇轕水石。每风自四山而下，振动大木，掩苒众草，纷红骇绿，蓊葧香气，冲涛旋濑，退贮溪谷，摇飏葳蕤，与时推移。其大都如此，余无以穷其状。

永之人未尝游焉，余得之，不敢专也，出而传于世。其地世主袁氏，故以名焉。

石 渠 记

柳子厚

自渴西南行不能百步，得石渠。民桥其上，有泉幽幽然，其鸣乍大乍细。渠之广，或咫尺，或倍尺，其长可十许步。其流抵大石，伏出其下，逾石而往，有石泓，菖蒲被之，青鲜环周。又折西行，旁陷岩石下，北堕小潭。潭幅员减百尺，清深多鲦鱼。又北曲行纡余，睨若无穷，然卒入于渴。其侧皆诡石怪木，奇卉美箭，可列坐而庥焉。风摇其颠，韵动崖谷，视之既静，其听始远。

予从州牧得之，揽去翳朽，决疏土石，既崇而焚，既酾而盈。惜其未始有传焉者，故累记其所属，遗之其人，书之其阳，俾后好事者求之得以易。

元和七年正月八日，蠲渠至大石，十月十九日，逾石得石泓小潭。渠之美于是始穷也。茅顺甫云：清冽。

石涧记

柳子厚

石渠之事既穷，上由桥西北，下土山之阴，民又桥焉。其水之大，倍石渠三之。亘石为底，达于两涯，若床若堂，若陈筵席，若限阃奥。水平布其上，流若织文，响若操琴。揭跣而往，折竹，扫陈叶，排腐木，可罗胡床十八九居之。交络之流，触激之音，皆在床下；翠羽之木，龙鳞之石，均荫其上。古之人其有乐于此邪？后之来者，有能追余之践履邪？得意之日，与石渠同。

由渴而来者，先石渠，后石涧；由百家濑上而来者，先石涧，后石渠。涧之可穷者，皆出石城村东南，其间可乐者数焉。其上深山幽林逾峭险，道狭不可穷也。

小石城山记

柳子厚

自西山道口径北，逾黄茅岭而下，有二道：其一西出，寻之无所得；其一少北而东，不过四十丈，土断而川分，有积石横当其垠。其上为睥睨梁欐之形；其旁出堡坞，有若门焉。窥之正黑，投以小石，洞然有水声，其响之激越，良久乃已。环之可上，望甚远，无土壤，而生嘉树美箭，益奇而坚。其疏数偃仰，类智者所施设也。

噫！吾疑造物者之有无久矣，及是愈以为诚有。又怪其不为之于中州，而列是夷狄，更千百年不得一售其伎，是固劳而无用，神者傥不宜如是。则其果无乎？或曰："以慰夫贤而辱于此者。"或曰："其气之灵，不为伟人，而独为是物，故楚之南，少人而多石。"是二者，余未信之。

柳州东亭记

柳子厚

出州南谯门左行二十六步，有弃地在道南。南值江，西际垂杨传置。东曰东馆，其内草木猥奥，有崖谷倾亚缺圮，豕得以为囿，蛇得以为薮，人莫能居。至是始命披刜蠲疏，树以竹箭、松、柽、桂、桧、柏、杉，易为堂亭，峭为杠梁。下上回翔，前出两翼，冯空拒江，江化为湖，众山横环，嶛阔瀴湾，当邑居之剧，而忘乎人间，斯亦奇矣。乃取馆之北宇，右辟之以为夕室；取传置之东宇，左辟之以为朝室；又北辟之以为阴室；作屋于北牖下，以为阳室；作斯亭于中，以为中室。朝室以夕居之，夕室以朝居之，中室日中而居之，阴室以违温风焉，阳室以违凄风焉。若无寒暑也，则朝夕复其号。

既成，作石于中室，书以告后之人，庶勿坏。元和十二年九月某日，柳宗元记。

柳州山水近治可游者记

柳子厚

古之州治，在浔水南山石间，今徙在水北，直平四十里，南北东西皆水汇。

北有双山，夹道崭然，曰背石山。有支川，东流入于浔水。浔水因是北而东，尽大壁下，其壁曰龙壁，其下多秀石可砚。南绝水，有山无麓，广百寻，高五丈，下上若一，曰甑山，山之南皆大山，多奇。又南且西，曰驾鹤山，壮耸环立，古州治负焉。有泉在坎下，恒盈而不流。南有山正方而崇，类屏者曰屏山。其西曰四姥山。皆独立不倚，北流浔水濑下。李穆堂云“北流浔水濑下”，“流”字当作“枕”。又西白仙弈之山，山之西可上，其上有穴，穴有屏，有室，有宇。其宇下有流石成形，如肺肝，如茄房，或积于下，如人如禽，如器物，甚众。东西九十尺，南北少半。东登入小穴，常有四尺，则廓然甚大，无窍正黑，烛之，高仅见其宇，皆流石怪状。由屏南室中入小穴，倍常而上，始黑，已而大明，为上室。由上室而上，有穴北出，出之，乃临大野，飞鸟皆视其背。其始登者，得石枰于上，黑肌而赤脉，十有八道，可弈，故以云。其山多柽，多楮，多篔筜之竹，多橐吾，“多橐吾”穆堂改“多蘘荷”，伯父姜坞先生云：《尔雅》“菟奚颗冻”注：款冬也。邢疏《本草》“款冬”一名“橐吾”。其鸟多秭规。

石鱼之山全石，无大草木。山小而高，其形如立鱼。在多秭归西，有穴类仙弈。入其穴东，出其西北，灵泉在东趾下，有麓环之。泉大类毂，雷鸣西奔二十尺，有泂在石涧，因伏无所见。多绿青之鱼，多石鲫，多鯈。

雷山两崖皆东西，“雷山两崖皆东西”，鼐疑“西”字当作“面”。雷水出焉，蓄崖中曰雷塘，能出云气作雷雨，变见有光，祷用俎鱼、豆彘、脩形、糈稌、阴酒，方侍郎云：“形”当作“刑”、“铏”，羹也。见《周官》内外饔职。虔则应。

在立鱼南，其间多美山，无名而深。峨山在野中，无麓，峨水出焉，东流入于浔水。

卷五十四　杂记类三

零陵郡复乳穴记

柳子厚

石钟乳，饵之最良者也，楚、越之山多产焉，于连、于韶者，独名于世。连之人告尽焉者五载矣，以贡则买诸他郡。

今刺史崔公至逾月，穴人来，以乳复告。邦人悦是祥也，杂然谣曰："甿之熙熙，崔公之来，公化所彻，土石蒙烈，以为不信，起视乳穴。"穴人笑之曰："是恶知所谓祥邪？向吾以刺史之贪戾嗜利，徒吾役而不吾货也，吾是以病而绐焉。今吾刺史令明而志洁，先赖而后力，欺诬屏息，信顺休洽，吾以是诚告焉。且夫乳穴必在深山穷林，冰雪之所储，豺虎之所庐。由而入者，触昏雾，扞龙蛇，束火以知其物，縻绳以志其返。其勤若是，出又不得吾直，吾用是安得不以尽告？今而乃诚吾告故也，何祥之为？"

士闻之曰："谣者之祥也，乃其所谓怪者也；笑者之非祥也，乃其所谓真祥者也。君子之祥也，以政不以怪。诚乎物而信乎道，人乐用命，熙熙然以效其有，斯其为政也，而独非祥也欤！"伯父姜坞先生云：崔简以刺连州为州人所讼，流死驩州；即子厚亦云饵五石，病疡且乱；又书与之论石钟乳。则此记盖誉其姻连，不得谓为信辞矣。"零陵郡"当作"连山郡"，文安礼尝论及之。

零陵三亭记

柳子厚

邑之有观游，或者以为非政，是大不然。夫气烦则虑乱，视壅则志滞。君子必有游息之物，高明之具，使之清宁平夷，恒若有余，然后理达而事成。

零陵县东有山麓，泉出石中，沮洳污途，群畜食焉，墙藩以蔽之，为县者积数十人，莫知发视。河东薛存义以吏能闻荆、楚间，潭部举之，假湘源令。会零陵政庞赋扰，民讼于牧，推能济弊，来莅兹邑。遁逃复还，愁痛歌笑；逋租匿役，期月办理；宿蠹藏奸，披露首服。民既卒税，相与欢归道途，迎贺里闾，门不施胥吏之席，耳不闻鼙鼓之召，鸡豚糗醑，得及宗族。州牧尚焉，旁邑仿焉。

然而未尝以剧自挠，山水、鸟鱼之乐，淡然自若也。乃发墙藩，驱群畜，决疏沮洳，搜剔山麓，万石如林，积坳为池。爰有嘉木美卉，垂水丛峰，珑琭萧条，清风自生，翠烟自留，不植而遂；鱼乐广闲，鸟慕静深，别孕巢穴，沉浮啸萃，不蓄而富。伐木坠江，流于邑门，陶土以埴，亦在署侧。人无劳力，工得以利。乃作三亭，陟降晦明，高者冠山颠，下者俯清池。更衣膳饔，列置备具。宾以燕好，旅以馆舍，高明游息之道，具于是邑，由薛为首。

在昔裨谌谋野而获，宓子弹琴而理，乱虑滞志，无所容入，则夫观游者，果为政之具欤？薛之志，其果出于是欤？及其弊也，则以玩替政，以荒去理。使继是者，咸有薛之志，则邑民之福，其可既乎！余爱其始，而欲久其道，乃撰其事以书于石。薛拜手曰："吾志也。"遂刻之。

馆驿使壁记

柳子厚

凡万国之会，四夷之来，天下之道途，毕出于邦畿之内。奉贡输赋，修职于王都者，入于近关，则皆重足错毂，以听有司之命。征令赐予，布政于下国者，出于甸服，而后按行成列，以就诸侯之馆。故馆驿之制，于千里之内尤重。

自万年至于渭南，其驿六，其蔽曰华州，其关曰潼关。自华而北，界于栎阳，其驿七，其蔽曰同州，其关曰蒲津。自灞而南，至于蓝田，其驿六，其蔽曰商州，其关曰武关。自长安至于盩厔，其驿十有一，其蔽曰洋州，其关曰华阳。自武功西，至于好畤，其驿三，其蔽曰凤翔府，其关曰陇关。自渭而北，至于华原，其驿九，其蔽曰方州。“方州”盖坊州之误。自咸阳而西，至于奉天，其驿六，其蔽曰邠州。由四海之内，总而合之，以至于关；由关之内，束而会之，以至于王都，华人夷人，往复而授馆者，旁午而至。传吏奉符而阅其数，县吏执牍而书其物。告至告去之役，不绝于道；寓望迎劳之礼，无旷于日。而春秋朝陵之邑，皆有传馆。其饮、饫、饩馈，咸出于丰给，缮完筑复，必归于整顿。列其田租，布其货利，权其入而用其积。于是有出纳奇赢之数，勾会考校之政。

大历十四年，始命御史为之使，俾考其成，以质于尚书。季月之晦，必合其簿书，以视其等列，而校其信宿，必称其制；有不当者，反之于官。尸其事者有劳焉，则复于天子，而优升之。劳大者增其官；其次者降其调之数；又其次，犹异其考绩。官有不职，则以告而罪之。故月受俸二万于太府，史五人，承符者二人，皆有食焉。

先是假废官之印而用之。贞元十九年，南阳韩泰告于上，始铸使印，而正其名。然其嗣当斯职，未尝有记之者。追而求之，盖数岁而往则失之矣。今余为之记，遂以韩氏为首，且曰修其职，故首之也。鼐按：子厚在御使礼部时文，往往摹效《国语》，而蹊径不化，辞颇蹇塞，若《飨军堂》《江运》二记，皆然。此文较为明净雅饬，然尚不及永、柳以后所为也。

陪永州崔使君游宴南池序

柳子厚

零陵城南，环以群山，延以林麓，其崖谷之委会，则泓然为池，湾然为溪。其上多枫、柟、竹箭、哀鸣之禽，其下多芡、芰、蒲、蕖、腾波之鱼。韬涵太虚，澹滟里闾，诚游观之佳丽者已。

崔公既来，其政宽以肆，其风和以廉，既乐其人，又乐其身。于暮之春，征贤合姻，登舟于兹水之津。连山倒垂，万象在下，浮空泛景，荡若无外，横碧落以中贯，陵太虚而径度。羽觞飞翔，匏竹激越，熙然而歌，婆然而舞，持颐而笑，瞪目而倨，不知日之将暮。则于向之物者，可谓无负矣！昔之人知乐之不可常，会之不可必也，当欢而悲者有之。况公之理行，宜去受厚锡；而席之贤者，率皆在官蒙泽，方将脱鳞介，生羽翮，夫岂趦趄湘中为憔悴客耶？

余既委废于世，恒得与是山水为伍，而悼兹会不可再也，故为文志之。

序 饮

柳子厚

买小丘，一日锄理，二日洗涤，遂置酒溪石上。向之为记所谓牛马之饮者，离坐其背，实觞而流之，接取以饮。乃置监史而令曰："当饮者举筹之十寸者三，逆而投之，能不洄于洑，不止于坻，不沉于底者，过不饮；而洄而止而沉者，饮如筹之数。"既或投之，则旋眩滑汩，若舞若跃。速者、迟者，去者、住者，众皆据石注视，欢忭以助其势。突然而逝，乃得无事。于是或一饮，或再饮。客有娄生图南者，其投之也，一洄、一止、一沉，独三饮，众乃大笑欢甚。余病痞不能食酒，至是醉焉，遂损益其令，以穷日夜而不知归。

吾闻昔之饮酒者，有揖让酬酢，百拜以为礼者；有叫号屡舞，如沸如羹，以为极者；有裸裎袒裼以为达者，有资丝竹金石之乐以为和者；有以促数纠逖而为密者。今则举异是焉，故舍百拜而礼，无叫号而极，不袒裼而达，非金石而和，去纠逖而密。简而同，肆而恭，衎衎而从容；相以合山水之乐，成君子之心，宜也。作《序饮》，以贻后之人。

序棋

柳子厚

房生直温，与予二弟游，皆好学。予病其确也，思所以休息之者，得木局，隆其中而规焉。其下方以直，置棋二十有四，贵者半，贱者半。贵曰上，贱曰下，咸自第一至十二，下者二乃敌一，用朱墨以别焉。房于是取二毫如其第书之。

既而抵戏者二人，则视其贱者而贱之，贵者而贵之。其使之击触也，必先贱者；不得已而使贵者，则皆栗焉昏焉，亦鲜克以中。其获也，得朱焉则若有余，得墨焉则若不足。

余谛睨之以思，其始则皆类也，房子一书之，而轻重若是。适近其手而先焉，非能择其善而朱、否而墨之也。然而上焉而上，下焉而下，贵焉而贵，贱焉而贱，其易彼而敬此，遂以远焉。然则若世之所以贵贱人者，有异房之贵贱兹棋者欤？无亦近而先之耳。有果能择其善否者欤？其敬而易者，亦从而动心矣。有敢议其善否者欤？其得于贵者，有不气扬而志荡者欤？其得于贱者，有不貌慢而心肆者欤？其所谓贵者，有敢轻而使之击触者欤？所谓贱者，有敢避其使之击触者欤？彼朱而墨者，相去千万且不啻，有敢以二敌其一者欤？

余，墨者徒也，观其始与末，有似棋者，故叙。

来南录

李习之

元和三年十月，翱既受岭南尚书公之命，四年正月己丑，自旌善第以妻子上船于漕。乙未，去东都，韩退之、石濬川假舟送予。明日，及故洛东，吊孟东野，遂以东野行。濬川以妻疾，自漕口先归。黄昏，到景云山居，诘朝，登上方，南望嵩山，题姓名记别。既食，韩、孟别予西归。戊戌，予病寒，饮葱酒以解表，暮宿于巩。庚子，出洛下河，止汴梁口，遂泛汴流通河于淮。辛丑，及河阴。乙巳，次汴州，疾又加，召医察脉，使人入卢乂。二月丁未朔，宿陈留。戊申，庄人自卢乂来，宿雍丘。乙酉，次宋州，疾渐瘳。壬子，至永城。甲寅，至埇口。丙辰，次泗州，见刺史假舟，转淮上河，如扬州。庚申，下汴渠，入淮，风帆及盱眙。风逆，天黑色，水波激，顺潮入新浦。壬戌，至楚州。丁卯，至扬州。戊辰，上栖灵浮图。辛未，济大江，至润州。戊寅，至常州。壬午，至苏州。癸未，如虎丘之山，息足千人石，窥剑池，宿望海楼，观走砌石。将游报恩，水涸，舟不通，无马道，不果游。乙酉，济松江。丁亥，官艘隙，水溺，舟败。戊子，至杭州。己丑，如武林之山，临曲波，观轮辖，登石桥，宿高亭，晨望平湖、孤山江涛，穷竹道，上新堂，周眺群峰，听松风，召灵山，永吟叫猿，山童学反舌声。癸巳，驾涛江，逆波至富春。丙申，七里滩至睦州。庚子，上杨盈川亭。辛丑，至衢州，以妻疾止行，居开元佛寺临江亭后。三月丁未朔，翱在衢州。甲子，女某生。四月丙子朔，翱在衢州，与侯高宿石桥。丙戌，去衢州。戊子，自常山上岭至玉山。庚寅，至信州。甲午，望弋阳山，怪峰直耸似华山。丙申，上干越亭。己亥，直渡担石湖。辛丑，至洪州，遇岭南使，游徐孺亭，看荷华。五月壬子，至吉州。壬戌，至虔州。己丑，与韩泰安平渡江，游灵应山居。辛未，上大庾岭。明日，至浈昌。癸酉，上灵屯西岭，见韶石。甲戌，宿灵鹫山居。六月乙亥朔，至韶州。丙子，至始兴公室。戊寅，入东荫山，看大竹笋如婴儿，过浈阳峡。己卯，宿清远峡山，癸未，至广州。

自东京至广州，水道出衢、信，七千六百里；出上元、西江，七千一百有三十里。自洛川下黄河、汴梁，过淮，至淮阴，一千八百有三十里，顺流；自淮阴至邵伯，三百有五十里，逆流。自邵伯至江九十里。自润州至杭州八百里，渠有高下，水皆不流。自杭州至常山，六百九十有五里，逆流，多惊滩，以竹索引船，乃可上。自常山至玉山八十里，陆道，谓之玉山岭。白玉山至湖，七百有一十里，顺流，谓之高溪。自湖至洪州，一百有一十八里，逆流。自洪州至大庾岭，一千有八百里，逆流，谓之章江。自大庾岭至浈昌，一百有一十里，陆道，谓之大庾岭。自浈昌至广州，九百有四十里，顺流，谓之浈江；出韶州，谓之韶江。

卷五十五　杂记类四

仁宗御飞白记

欧阳永叔

治平四年夏五月，余将赴亳，假道于汝阴，因得阅书于子履之室。姜坞先生云：陆经字子履，洛阳人，官集贤修撰。而云章烂然，辉映日月，为之正冠肃容再拜，而后敢仰视，盖仁宗皇帝之御飞白也。曰："此宝文阁之所藏也。《宋史·职官志》：宝文阁在天章之东西序，群玉蕊珠殿之北。英宗即位，诏以仁宗御书集藏于阁。胡为于子之室乎？"

子履曰："曩者天子宴从臣于群玉，而赐以飞白，余幸得与赐焉。予穷于世久矣，少不悦于时人，流离窜斥，十有余年，而得不老死江湖之上者，盖以遭时清明，天子向学，乐育天下之材，而不遗一介之贱，使得与群贤并游于儒学之馆。而天下无事，岁时丰登，民物安乐，天子优游清闲，不迩声色，方与群臣从容于翰墨之娱。而余于斯时窃获此赐，非惟一介之臣之荣遇，亦朝廷一时之盛事也。子其为我志之。"

余曰："仁宗之德泽涵濡于万物者，四十余年。虽田夫野老之无知，犹能悲歌思慕于垅亩之间，而况儒臣学士，得望清光，蒙恩宠，登金门而上玉堂者乎！"于是相与泫然流涕而书之。

夫石韫玉而珠藏渊，其光气常见于外也。故山辉而白虹，水变而五色者，至宝之所在也。今赐书之藏于子室也，吾知将有望气者，言荣光起而烛天者，必赐书之所在也。茅顺甫云：文不用意处，却有一片浑雄冲淡精神。

襄州谷城县夫子庙记

欧阳永叔

释奠释菜，祭之略者也。古者士之见师，以菜为贽，故始入学者，必释菜以礼其先师。其学官四时之祭，乃皆释奠。释奠有乐无尸，而释菜无乐，则其又略也，故其礼亡焉。而今释奠幸存，然亦无乐，又不遍举于四时，独春秋行事而已。

《记》曰。“释奠必有合，有国故则否。”谓凡有国，各自祭其先圣、先师，若唐、虞之夔、伯夷，周之周公，鲁之孔子。其国之无焉者，则必合于邻国而祭之。然自孔子没，后之学者，莫不宗焉，故天下皆尊以为先圣而后世无以易。学校废久矣，学者莫知所师，又取孔子门人之高弟曰颜回者而配焉，以为先师。

隋、唐之际，天下州县皆立学，置学官生员，而释奠之礼，遂以著令。其后州县学废，而释奠之礼，吏以其著令，故得不废。学废矣，无所从祭，则皆庙而祭之。荀卿子曰:“仲尼，圣人之不得势者也。”然使其得势，则为尧、舜矣。不幸无时而没，特以学者之故，享弟子春秋之礼。而后之人不推所谓释奠者，徒见官为立祠，而州县莫不祭之，则以为夫子之尊，由此为盛。甚者乃谓生虽不得位，而没有所享，以为夫子荣，谓有德之报，虽尧舜莫若。何其谬论者欤!

祭之礼以迎尸酌鬯为盛。释奠，荐馔直奠而已，故曰祭之略者。其事有乐舞授器之礼，今又废，则于其略者又不备焉。然古之所谓吉凶乡射宾燕之礼，民得而见焉者，今皆废失。而州县幸有社稷释奠，风雨雷师之祭，民犹得以识先王之礼器焉。其牲酒器币之数，升降俯仰之节，吏又多不能习。至其临事，举多不中，而色不庄，使民无所瞻仰。见者怠焉，因以为古礼不足复用。可胜叹哉!

大宋之兴，于今八十年，天下无事，方修礼乐，崇儒术，以文太平之功。以谓王爵未足以尊夫子，又加至圣之号，以褒崇之。讲正其礼，下于州县，而吏或不能谕上意，凡有司簿书之所不责者，谓之不急，非师古好学者，莫肯尽心焉。

谷城令狄君栗，为其邑未逾时，修文宣王庙，易于县之左，大其正位；为学舍于其旁，藏九经书，率其邑之子弟兴于学。然后考制度，为俎、豆、笾、篚、罇、爵、簠、簋凡若干，以与其邑人行事。谷城县政久废，狄君居之，期月称治。又能载国典，修礼兴学，急其有司所不责者，諰諰然惟恐不及，可谓有志之士矣。

有美堂记

欧阳永叔

嘉祐二年，龙图阁直学士、尚书吏部郎中梅公，出守于杭，于其行也，天子宠之以诗，于是始作有美之堂。盖取赐诗之首章而名之，鼐按：宋仁庙《赐梅挚守杭州诗》止一首，云："地有吴山美，东南第一州。"欧公云赐诗首章者，《左传》以"耆定尔功"为《武》之卒章，则"首句"得称"首章"。以为杭人之荣。然公之甚爱斯堂也，虽去而不忘。今年自金陵遣人走京师，命予志之，其请至六七而不倦。予乃为之言曰：

夫举天下之至美与其乐，有不得而兼焉者多矣。故穷山水登临之美者，必之乎宽闲之野，寂寞之乡，而后得焉。览人物之盛丽，夸都邑之雄富者，必据乎四达之冲，舟车之会，而后足焉。盖彼放心于物外，而此娱意于繁华，二者各有适焉。然其为乐，不得而兼也。

今夫所谓罗浮、天台、衡岳、庐阜、洞庭之广，三峡之险，号为东南奇伟秀绝者，乃皆在乎下州小邑、僻陋之邦。此幽潜之士，穷愁放逐之臣之所乐也。若乃四方之所聚，百货之所交，物盛人众，为一都会，而又能兼有山水之美，以资富贵之娱者，惟金陵、钱塘。然二邦皆僭窃于乱世，及圣宋受命，海内为一，金陵以后服见诛，今其江山虽在，而颓垣废址，荒烟野草，过而览者，莫不为之踌躇而凄怆。独钱塘，自五代时，知尊中国，效臣顺；及其亡也，顿首请命，不烦干戈，今其民幸富完安乐，又其俗习工巧，邑屋华丽，盖十余万家。环以湖山，左右映带，而闽商海贾，风帆浪舶，出入于江涛浩渺、烟云杳霭之间，可谓盛矣。而临是邦者，必皆朝廷公卿大臣，若天子之侍从，又有四方游士为之宾客，故喜占形胜，治亭榭，相与极游览之娱。然其于所取，有得于此者，必有遗于彼。独所谓有美堂者，山水登临之美，人物邑居之繁，一寓目而尽得之。盖钱塘兼有天下之美，而斯堂者，又尽得钱塘之美焉，宜乎，公之甚爱而难忘也。

梅公，清慎好学君子也，视其所好，可以知其人焉。姜坞先生云：文虽宋世格调，然势随意变，风韵溢于行间，诵之锵然。

岘山亭记

欧阳永叔

岘山临汉上，望之隐然，盖诸山之小者，而其名特著于荆州者，岂非以其人哉！其人谓谁？羊祜叔子、杜预元凯是已。

方晋与吴以兵争，常倚荆州以为重，而二子相继于此，遂以平吴，而成晋业，其功烈已盖于当世矣。至于风流余韵，蔼然被于江、汉之间者，至今人犹思之，而于思叔子也尤深。盖元凯以其功，而叔子以其仁，二子所为虽不同，然皆足以垂于不朽。

余颇疑其反自汲汲于后世之名者，何哉？《传》言叔子尝登兹山，慨然语其属，以谓此山常在，而前世之士，皆已湮灭于无闻，因自顾而悲伤。然独不知兹山待己而名著也。元凯铭功于二石，一置兹山之上，一投汉水之渊。是知陵谷有变，而不知石有时而磨灭也。岂皆自喜其名之甚，而过为无穷之虑欤？将自待者厚，而所思者远欤？

山故有亭，世传以为叔子之所游止也。故其屡废而复兴者，由后世慕其名而思其人者多也。熙宁元年，余友人史君中辉，以光禄卿来守襄阳。明年，因亭之旧，广而新之，既周以回廊之壮，又大其后轩，使与亭相称。君知名当世，所至有声，襄人安其政，而乐从其游也。因以君之官，名其后轩，为光禄堂；又欲纪其事于石，以与叔子、元凯之名并传于久远。君皆不能止也，乃来以记属于余。

余谓君知慕叔子之风，而袭其遗迹，则其为人与其志之所存者，可知矣。襄人爱君而安乐之如此，则君之为政于襄者又可知矣。此襄人之所欲书也。若其左右山川之胜势，与夫草木云烟之杳霭，出没于空旷有无之间，而可以备诗人之登高、写《离骚》之极目者，宜其览者自得之。至于亭屡废兴，或自有记，或不必求其详者，皆不复道也。鼐按：欧公此文，神韵缥缈，如所谓吸风饮露、蝉蜕尘壒者，绝世之文也。而“其人谓谁”二句，则实近俗调，为文之颣。刘海峰欲删此二句，而易下“二子相继于此”为“羊叔子、杜元凯相继于此”。

游鲦亭记

欧阳永叔

禹之所治大水七，岷山导江，其一也。江出荆州，合沅、湘，合汉、沔，以输之海。其为汪洋诞漫，蛟龙水物之所凭，风涛晦冥之变怪，壮哉！是为勇者之观也。

吾兄晦叔，为人慷慨，喜义勇，而有大志，能读前史，识其盛衰之迹。听其言，豁如也。困于位卑，无所用以老，然其胸中亦已壮矣。夫壮者之乐，非登崇高之丘，临万里之流，不足以为适。今吾兄家荆州，临大江，舍汪洋诞漫壮哉勇者之所观，而方规地为池，方不数丈，治亭其上，反以为乐，何哉？盖其击壶而歌，解衣而饮，陶乎不以汪洋为大，不以方丈为局，则其心岂不浩然哉！

夫视富贵而不动，处卑困而浩然其心者，真勇者也。然则水波之涟漪，游鱼之上下，其为适也，与夫庄周所谓“惠施游于濠梁之乐”何以异？乌用蛟龙变怪之为壮哉！故名其亭曰游鲦亭。

景祐五年四月二日舟中记。鼐按：景祐止四年，次年即宝元元年。是年仁宗以十年祀天地于圜丘，故改元也。作文在四月，故尚称景祐五年尔。

丰乐亭记

欧阳永叔

修既治滁之明年夏，始饮滁水而甘。问诸滁人，得于州南百步之近。其上丰山，耸然而特立；下则幽谷，窈然而深藏；中有清泉，滃然而仰出。

俯仰左右，顾而乐之，于是疏泉凿石，辟地以为亭，而与滁人往游其间。

滁于五代干戈之际，用武之地也。昔太祖皇帝尝以周师破李景兵十五万于清流山下，生擒其将皇甫晖、姚凤于滁东门之外，遂以平滁。修尝考其山川，按其图记，升高以望清流之关，欲求晖、凤就擒之所，而故老皆无在者，盖天下之平久矣。自唐失其政，海内分裂，豪杰并起而争，所在为敌国者，何可胜数！及宋受天命，圣人出而四海一，向之凭恃险阻，划削消磨，百年之间，漠然徒见山高而水清，欲问其事，而遗老尽矣。今滁介于江、淮之间，舟车、商贾、四方宾客之所不至。民生不见外事，而安于畎亩衣食，以乐生送死；而孰知上之功德，休养生息，涵煦百年之深也！

修之来此，乐其地僻而事简，又爱其俗之安闲。既得斯泉于山谷之间，乃日与滁人仰而望山，俯而听泉。掇幽芳而荫乔木，风霜冰雪，刻露清秀，四时之景，无不可爱；又幸其民乐其岁物之丰成，而喜与予游也。因为本其山川，道其风俗之美，使民知所以安此丰年之乐者，幸生无事之时也。夫宣上恩德，以与民共乐，刺史之事也，遂书以名其亭焉。

菱溪石记

欧阳永叔

菱溪之石有六，其四为人取去;其一差小而尤奇，亦藏民家;其最大者，偃然僵卧于溪侧，以其难徙，故得独存。每岁寒霜落，水涸而石出，溪旁人见其可怪，往往祀以为神。

菱溪，按图与经，皆不载。唐会昌中，刺史李渍为《荇溪记》，云水出永阳岭西，经皇道山下。以地求之，今无所谓荇溪者。询于滁州人，曰:“此溪是也。”杨行密据淮南，淮人为讳其嫌名，以荇为菱，理或然也。

溪傍若有遗址，云故将刘金之宅，石即刘氏之物也。金，伪吴时贵将，与行密共起合肥，号三十六英雄，金其一也。金本武夫悍卒，而乃能知爱赏奇异，为儿女子之好，岂非遭逢乱世，功成志得，骄于富贵之佚欲而然邪？想其陂池台榭、奇木异草，与此石称，亦一时之盛哉！今刘氏之后，散为编氓，尚有居溪旁者。余感夫人物之废兴，惜其可爱而弃也，乃以三牛曳置幽谷；又索其小者，得于白塔民朱氏，遂立于亭之南北。亭负城而近，以为滁人岁时嬉游之好。

夫物之奇者，弃没于幽远则可惜，置之耳目，则爱者不免取之而去。嗟夫！刘金者，虽不足道，然亦可谓雄勇之士，其生平志意，岂不伟哉！及其后世，荒堙零落，至于子孙泯没而无闻，况欲长有此石乎？用此可为富贵者之戒。而好奇之士，闻此石者，可以一赏而足，何必取而去也哉？

姜坞先生云：刘金，吴时为濠、滁二州刺史，长子仁规，次即刘仁赡也。公于《五代史记》中《刘仁赡传》内亦具之。而此记云"子孙泯没无闻"，岂忽忘之邪？

真州东园记

欧阳永叔

真为州当东南之水会，故为江淮两浙荆湖发运使之治所。龙图阁直学士施君正臣、侍御史许君子春之为使也，得监察御史里行马君仲途为其判官。三人者，乐其相得之欢，而因其暇日，得州之监军废营以作东园，而日往游焉。

岁秋八月，子春以其职事走京师，图其所谓东园者来以示余曰："园之广百亩，而流水横其前，清池浸其右，高台起其北。台，吾望以拂云之亭；池，吾俯以澄虚之阁；水，吾泛以画舫之舟。敞其中以为清宴之堂，辟其后以为射宾之圃。芙蕖、芰荷之的历，幽兰、白芷之芬芳，与夫佳花美木，列植而交阴：此前日之苍烟白露而荆棘也。高甍巨桷，水光、日景，动摇而下上，其宽闲深靓，可以答远响而生清风：此前日之颓垣断堑而荒墟也。嘉时令节，州人士女，啸歌而管弦：此前日之晦冥风雨、鼪鼯鸟兽之嗥音也。吾于是信有力焉。凡图之所载，盖其一二之略也。若乃升于高，以望江山之远近；嬉于水，而逐鱼鸟之浮沉，其物象意趣，登临之乐，览者各自得焉。凡工之所不能画者，吾亦不能言也。其为我书其大概焉。"

又曰："真，天下之冲也，四方之宾客往来者，吾与之共乐于此，岂独私吾三人者哉！然而池台日益以新，草树日益以茂，四方之士五日而不来，而吾三人者，有时而皆去也，岂不眷眷于是哉？不为之记，则后孰知其自吾三人者始也？”

予以谓三君子之材贤，足以相济；而又协于其职，知所后先，使上下给足，而东南六路之人，无辛苦愁怨之声；然后休其馀闲，又与四方之贤士大夫共乐于此，是皆可嘉也。乃为之书。施君为施昌言，许君为许元，马君为马适。

浮槎山水记

欧阳永叔

浮槎山，在慎县南三十五里。或曰浮阇山，或曰浮巢二山，其事出于浮图、老子之徒荒怪诞幻之说。其上有泉，自前世论水者皆弗道。余尝读《茶经》，爱陆羽善言水；后得张又新《水记》载刘伯刍、李季卿所列水次第，以为得之于羽。然以《茶经》考之，皆不合。又新妄狂险谲之士，其言难信，颇疑非羽之说。及得浮槎山水，然后益以羽为知水者。浮槎与龙池山皆在庐州界中，较其水味，不及浮槎远甚。而又新所记以龙池为第十，浮槎之水，弃而不录，以此知其所失多矣。羽则不然，其论曰：“山水上，江次之，井为下。山水，乳泉石池漫流者上。”其言虽简，而于论水尽矣。

浮槎之水，发自李侯。嘉祐二年，李侯以镇东军留后出守庐州，因游金陵，登蒋山，饮其水。既又登浮槎，至其山上，有石池，涓涓可爱，盖羽所谓乳泉漫流者也。饮之而甘，乃考图记，问于故老，得其事迹，因以其水遗余于京师。予报之曰：

李侯可谓贤矣！夫穷天下之物，无不得其欲者，富贵者之乐也。至于荫长松，藉丰草，听山溜之潺湲，饮石泉之滴沥，此山林者之乐也。而山林之士，视天下之乐，不一动其心；或有欲于心，顾力不可得而止者，乃能退而获乐于斯。彼富贵者之能致物矣，而其不可兼者，惟山林之乐尔。惟富贵者而不得兼，然后贫贱之士，有以自足而高世。其不能两得，亦其理与势之然欤？今李侯生长富贵，厌于耳目，又知山林之为乐，至于攀缘上下，幽隐穷绝，人所不及者，皆能得之。其兼取于物者，可谓多矣。

李侯折节好学，喜交贤士，敏于为政，所至有能名。凡物不能自见，而待人以彰者有矣；其物未必可贵，而因人以重者亦有矣。故予为志其事，俾世知斯泉发自李侯始也。茅顺甫云：风韵翛然。姜坞先生云：曹能始《名胜志》引此记云：李不疑为郡守，不疑未详何人。某按：李端愿仁宗时邢州观察使，镇东军留后，知邓、襄二州，移庐州。不疑，盖端愿也。端愿，遵勖之子，遵勖，尚万寿长公主，太宗女也，故《记》有“生长富贵”之语。端愿，字公谨，一字不疑。欧公集中《浮槎寺八记诗跋》及与李简牍，言李遗水及作记事，简中数称其字。

李秀才东园亭记

欧阳永叔

修友李公佐，有亭在其居之东园。今年春，以书抵洛，命修志之。

李氏世家随。随，春秋时称汉东大国，鲁桓之后。楚始盛，随近之，常与为斗国相胜败。然怪其山川土地，既无高深壮厚之势，封域之广，与郧、蓼相界，才一二百里，非有古强诸侯制度，而为大国何也？其春秋世，未尝通中国盟会朝聘。僖二十年，方见于经，以伐见书。哀之元年，始约列诸侯一会而罢，其后乃希见。僻居荆夷，盖于蒲骚、郧、蓼小国之间特大而已。故于今虽名藩镇，而实下州。山泽之产无美材，土地之贡无上物。朝廷达官大人，目闽陬岭徼出而显者，往往皆是，而随近在天子千里内，几百年间，未闻出一士。岂其瘠贫薄陋自古然也？

予少从江南就食居之，能道其风土。地既瘠枯，民急生不舒愉，虽丰居大族厚聚之家，未尝有树林池沼之乐，以为岁时休暇之嬉。独城南李氏为著姓，家多藏书，训子孙以学。予为童子，与李氏诸儿戏其家，见李氏方治东园，佳木美草，一一手植，周视封树，日日去来园间甚勤。李氏寿终，公佐嗣家，又构亭其间，益修先人之所为。予亦壮，不复至其家。已而去客汉、沔，游京师，久而乃归，复行城南，公佐引予登亭上，周寻童子时所见，则树之蘖者抱，昔之抱者枿，草之茁者丛，荄之甲者今果矣。

问其游儿，则有子如予童子之岁矣。相与逆数昔时，则于今七闰矣，然忽忽如前日事，因叹嗟徘徊不能去。

噫！予方仕宦奔走，不知再至城南登此亭复几闰？幸而再至，则东园之物又几变也。计亭之梁木其蠹，瓦甓之溜、石物其泐乎？随虽陋，非予乡，然予之长也，岂能忘情于随哉！公佐好学有行，乡里推之，与予友善。

明道二年十月十二日记。

樊侯庙灾记

欧阳永叔

郑之盗，有入樊侯庙刳神象之腹者。既而大风雨雹，近郑之田，麦苗皆死。人咸骇曰："侯怒而为之也。"

余谓樊侯，本以屠狗立军功，佐沛公至成皇帝，位为列侯，邑食舞阳，剖符传封，与汉长久，礼所谓"有功德于民则祀之"者欤！舞阳距郑既不远，又汉、楚常苦战荥阳、京、索间，亦侯平生提戈斩级所立功处，故庙而食之宜矣。

方侯之参乘沛公，事危鸿门，振目一顾，使羽失气，其勇力足有过人者。故后世言雄武称樊将军，宜其聪明正直，有遗灵矣。然当盗之剸刃腹中，独不能保其心腹肾肠，而反移怒于无罪之民，以骋其恣睢，何哉？岂生能万人敌，而死不能庇一躬耶？岂其灵不神于御盗，而反神于平民，以骇其耳目邪？风霆雨雹，天之所以震耀威罚，宜有司者，而侯又得以滥用之邪？

盖闻阴阳之气，怒则薄而为风霆，其不和之甚者，凝结而为雹。方今岁且久旱，伏阴不兴，壮阳刚燥，疑有不和而凝结者，岂其适会民之自灾也邪？不然，则喑呜叱咤，使风驰霆击，则侯之威灵暴矣哉！

丛翠亭记

欧阳永叔

九州皆有名山以为镇，而洛阳天下中，周营汉都，自古常以王者制度临四方，宜其山川之势雄深伟丽，以壮万邦之所瞻。

由都城而南以东，山之近者，阙塞、万安、轘辕、缑氏，以连嵩少，首尾盘屈逾百里。从城中因高以望之，众山靡迤，或见或否，惟嵩最远、最独出，其崭岩耸秀，拔立诸峰上而不可掩蔽。盖其名在祀典，与四岳俱备天子巡狩望祭，其秩甚尊，则其高大殊杰当然。

城中可以望而见者，若巡检署之居洛北者为尤高。巡检使内殿崇班李君，始入其署，即相其西南隅而增筑之，治亭于上，敞其南，北向以望焉。见山之连者、峰者、岫者，络绎联亘，卑相附，高相摩，亭然起，崒然止，来而向；去而背，倾崖怪壑，若奔、若蹲，若斗、若倚，世所谓嵩阳三十六峰者，皆可以坐而数之。因取其苍翠丛列之状，遂以丛翠名其亭。

亭成，李君与宾客以酒食登而落之，其古所谓“居高明而远眺望”者欤！既而欲记其始造之岁月，因求修辞而刻之云。

卷五十六　杂记类五

宜黄县学记

曾子固

古之人，自家至于天子之国，皆有学；自幼至于长，未尝去于学之中。学有《诗》、《书》、六艺、弦歌洗爵，俯仰之容、升降之节，以习其心体、耳目、手足之举措；又有祭祀、乡射、养老之礼，以习其恭让；进材、论狱、出兵、授捷之法，以习其从事；师友以解其惑，劝惩以勉其进，戒其不率。其所以为具如此。而其大要，则务使人人学其性，不独防其邪僻放肆也。虽有刚柔缓急之异，皆可以进之于中，而无过不及。使其识之明，气之充于其心，则用之于进退、语默之际，而无不得其宜；临之以祸福死生之故，而无足动其意者。为天下之士，为所以养其身之备如此。则又使知天地事物之变，古今治乱之理，至于损益废置，先后终始之要，无所不知。其在堂户之上，而四海九州之业，万世之策皆得；及出而履天下之任，列百官之中，则随所施为，无不可者，何则？其素所学问然也。

盖凡人之起居、饮食、动作之小事，至于修身为国家天下之大体，皆自学出，而无斯须去于教也。其动于视听四支者，必使其洽于内；其谨于初者，必使其要于终。驯之以自然，而待之以积久。噫！何其至也！故其俗之成，则刑罚措；其材之成，则三公百官得其士；其为法之永，则中材可以守；其入人之深，则虽更衰世而不乱。为教之极至此，鼓舞天下，而人不知其从之，岂用力也哉？

及三代衰，圣人之制作尽坏，千余年之间，学有存者，亦非古法。人之体性之举动，唯其所自肆，而临政治人之方，固不素讲。士有聪明朴茂之质，而无教养之渐，则其材之不成，夫疑“固”然。盖以不学未成之材而为天下之吏，又承衰敝之后而治不教之民。呜呼！仁政之所以不行，盗贼刑罚之所以积，其不以此也欤！

宋兴几百年矣。庆历三年，天子图当世之务，而以学为先，于是天下之学乃得立。而方此之时，抚州之宜黄，犹不能有学。士之学者皆相率而寓于州，以群聚讲习。其明年，天下之学复废，士亦皆散去，而春秋释奠之事，以著于令，则常以庙祀孔氏，庙废不复理。皇祐元年，会令李君详至，始议立学，而县之士某某与其徒，皆自以谓得发愤于此，莫不相励而趋为之。故其材不赋而羡，匠不发而多。其成也，积屋之区若干，而门序正位，讲艺之堂，栖士之舍，皆足。积器之数若干，而祀饮寝食之用皆具。其像孔氏而下，从祭之士，皆备。其书经、史、百氏，翰林、子墨之文章，无外求者。其相基会作之本末，总为日若干而已。何其周且速也！

当四方学废之初，有司之议，固以谓学者人情之所不乐。及观此学之作，在其废学数年之后，唯其令之一唱，而四境之内响应而图之如恐不及。则夫言“人之情不乐于学者”，其果然也欤？宜黄之学者，固多良士。而李君之为令，威行爱立，讼清事举，其政又良也。夫及良令之时，而顺其慕学发愤之俗，作为宫室教肄之所，以至图书器用之须，莫不皆有以养其良材之士。虽古之去今远矣，然圣人之典籍皆在，其言可考，其法可求，使其相与学而明之，礼乐节文之详，固有所不得为者。若夫正心、修身，为国家天下之大务，则在其进之而已。使一人之行修，移之于一家，一家之行修，移之于乡邻族党，则一县之风俗成，人材出矣。教化之行，道德之归，非远人也，可不勉欤！

县之士来请曰：“愿有记。”故记之。十二月某日也。

筠州学记

曾子固

周衰，先王之迹息。至汉，六艺出于秦火之余，士学于百家之后。言道德者，矜高远而遗世用；语政理者，务卑近而非师古；刑名兵家之术，则狃于暴诈。惟知经者为善矣，又争为章句训诂之学，以其私见妄穿凿为，故先王之道不明，而学者靡然溺于所习。当是时，能明先王之道者，扬雄而已。而雄之书，世未知好也。然士之出于其时者，皆勇于自立，无苟简之心，其取与、进退、去就，必度于礼义。及其已衰，而缙绅之徒，抗志于强暴之间，至于废锢杀戮，而其操愈厉者，相望于先后。故虽有不轨之臣，犹低徊没世，不敢遂其篡夺。

自此至于魏、晋以来，其风俗之弊，人材之乏久矣，以迄于今，士乃有特起于千载之外，明先王之道，以寤后之学者。世虽不能皆知其意，而往往好之。故习其说者，论道德之旨，而知应务之非近；议政理之体，而知法古之非迂。不乱于百家，不蔽于传疏，其所知者若此。此汉之士所不能及。然能尊而守之者，则未必众也。故乐易惇朴之俗微，而诡欺薄恶之习胜。其于贫富贵贱之地，则养廉远耻之意少，而偷合苟得之行多。此俗化之美，所以未及于汉也。

夫所闻或浅，而其义甚高，与所知有余，而其守不足者，其故何哉？由汉之士，察举于乡闾，故不得不笃于自修。至于渐摩之久，则果于义者，非强而能也。今之士选用于文章，故不得不笃于所学。至于循习之深，则得于心者，亦不自知其至也。由是观之，则上所好，下必有甚者焉，岂非信欤！令汉与今有教化开导之方，有庠序养成之法，则士于学行，岂有彼此之偏，先后之过乎？夫大学之道，将欲诚意、正心、修身以治其国家天下，而必本于先致其知，则知者固善之端，而人之所难至也。以今之士，于人所难至者既几矣，则上之施化，莫易于斯时，顾所以导之如何尔！

筠为州，在大江之西，其地僻绝。当庆历之初，诏天下立学，而筠独不能应诏，州之士以为病。至治平三年，盖二十有三年矣，始告于知州事、尚书都官郎中董君仪。董君乃与通判州事、国子博士郑君蒨，相州之东南，得亢爽之地，筑宫于其上，斋祭之室，诵讲之堂，休息之庐，至于庖、湢、库、厩，各以序为。经始于其春，而落成于八月之望。既而来学者，常数十百人。二君乃以书走京师，请记于予。

予谓二君之于政，可谓知所务矣。使筠之士，相与升降乎其中，讲先王之遗文以致其知，其贤者超然自信而独立，其中材勉焉，以待上之教化，则是宫之作，非独使夫来者玩思于空言，以干世取禄而已。故为之著予之所闻者以为记，而使归刻焉。鼐按：《宜黄》《筠州》二记，论学之指皆精甚。然《宜黄记》随笔曲注，而浑雄博厚之气，郁然纸上，故最为曾文之盛者。《筠州记》体势方幅，而气脉亦稍弱矣。

徐孺子祠堂记

曾子固

汉元兴以后，政出宦者，小人挟其威福，相扇为恶，中材顾望，不知所为。汉既失其操柄，纪纲大坏。然在位公卿大夫，多豪杰特起之士，相与发愤同心，直道正言，分别是非白黑，不少屈其意，至于不容，而织罗钩党之狱起。其执弥坚，而其行弥厉，志虽不就，而忠有余。故及其既没，而汉亦以亡。当是之时，天下闻其风、慕其义者，人人感慨奋激，至于解印绶，弃家族，骨肉相勉，趋死而不避。百余年间，擅强大、觊非望者相属，皆逡巡而不敢发。汉能以亡为存，盖其力也。

孺子于时，豫章太守陈蕃、太尉黄琼辟，皆不就。举有道，拜太原太守，安车备礼召，皆不至。盖忘己以为人与独善于隐约，其操虽殊，其志于仁一也。在位士大夫，抗其节于乱世，不以死生动其心，异于怀禄之臣远矣，然而不屑去者，义在于济物故也。孺子尝谓郭林宗曰："大木将颠，非一绳所维，何为栖栖不皇宁处？"此其意亦非自足于丘壑，遗世而不顾者也。孔子称颜回："用之则行，舍之则藏，惟我与尔有是夫！"孟子亦称孔子："可以进则进，可以止则止，乃所愿则学孔子"。而《易》于君子小人消长进退，择所宜处，未尝不惟其时则见，其不可而止，此孺子之所以未能以此而易彼也。

孺子姓徐，名穉，孺子其字也，豫章南昌人。按图记：章水北径南昌城，西历白社，其西有孺子墓。又北历南塘，其东为东湖，湖南小洲上有孺子宅，号孺子台。吴嘉禾中，太守徐熙于孺子墓隧种松，太守谢景于墓侧立碑。晋永安中，太守夏侯嵩于碑旁立思贤亭，世世修治，至拓跋魏时，谓之聘君亭。今亭尚存，而湖南小洲，世不知其尝为孺子宅，又尝为台也。予为太守之明年，始即其处结茅为堂，图孺子像，祠以中牢，率州之宾属拜焉。

汉至今且千岁，富贵湮灭者，不可称数；孺子不出闾巷，独称思至今，则世之欲以智力取胜者非惑欤？孺子墓失其地，而台幸可考而知，祠之，所以视邦人以尚德，故并采其出处之意为记焉。

襄州宜城县长渠记

曾子固

荆及康狼，楚之西山也。水出二山之间，东南而流，春秋之世曰鄢水，左丘明《传》鲁桓公十有三年，楚屈瑕伐罗，“及鄢乱次以济”是也。其后曰夷水，《水经》所谓“汉水又南过宜城县东夷水注之”是也。又其后曰蛮水，郦道元所谓“夷水避桓温父名改曰蛮水”是也。秦昭王二十八年，使白起将攻楚，去鄢百里，立竭，壅是水为渠以灌鄢。鄢，楚都也，遂拔之。秦既得鄢，以为县，汉惠帝三年改曰宜城。宋孝武帝永初元年，筑宜城之大堤为城，今县治是也，而更谓鄢曰故城。鄢入秦，而白起所为渠因不废，引鄢水以灌田，田皆为沃壤，今长渠是也。长渠至宋至和二年，久隳不治，而田数苦旱，川饮者无所取。令孙永曼叔率民田渠下者，理渠之坏塞，而去其浅隘，遂完故竭，使水还渠中。自二月丙午始作，至三月癸未而毕。田之受渠水者，皆复其旧。曼叔又与民为约束，时其蓄泄，而止其侵争，民皆以为宜也。

盖鄢水之出西山，初弃于无用，及白起资以祸楚，而后世顾赖其利。郦道元以谓溉田三千余顷，至今千有余年，而曼叔又举众力而复之，使并渠之民，足食而甘饮，其余粟散于四方。盖水出于西山诸谷者其源广，而流于东南者其势下，至今千有余年，而山川高下之形势无改，故曼叔得因其故迹，兴于既废。使水之源流与地之高下，一有易于古，则曼叔虽力，亦莫能复也。夫水莫大于四渎，而河盖数徙，失禹之故道。至于济水，又疑“及”王莽时而绝，况于众流之细，其通塞岂得而常？而后世欲行水溉田者，往往务蹑古人之遗迹，不考夫山川形势，古今之同异，故用力多而收功少，是亦其不思也欤！

初，曼叔之复此渠，白其事于知襄州事张瓌唐公。唐公听之不疑，沮止者不用，故曼叔能以有成。则渠之复，自夫二人者也。方二人者之有为，盖将任其职，非有求于世也。及其后，言渠堨者蜂出，然其心盖或有求，故多诡而少实。独长渠之利较然，而二人者之志愈明也。

熙宁六年，余为襄州，过京师，曼叔时为开封，访余于东门，为余道长渠之事，而诿余以考其约束之废举。余至而问焉，民皆以谓贤君之约束，相与守之，传数十年如其初也。余为之定著令，上司农。八年，曼叔去开封为汝阴，始以书告之。而是秋大旱，独长渠之田无害也。夫宜知其山川与民之利害者，皆为州者之任，故余不得不书以告后之人，而又使之知夫作之所以始也。

越州赵公救灾记

曾子固

熙宁八年夏，吴越大旱。九月，资政殿大学士右谏议大夫知越州赵公，前民之未饥，为书问属县，灾所被者几乡？民能自食者有几？当廪于官者几人？沟防构筑，可僦民使治之者几所？库钱仓粟，可发者几何？富人可募出粟者几家？僧道士食之羡粟书于籍者，其几具存？使各书以对，而谨其备。州县吏录民之孤老疾弱不能自食者二万一千九百余人以告。

故事：岁廪穷人，当给粟三千石而止。公敛富人所输，及僧道士食之羡者，得粟四万八千余石。佐其费，使自十月朔，人受粟日一升，幼小半之。忧其众相蹂也，使受粟者男女异日，而人受二日之食。忧其且流亡也，于城市郊野为给粟之所，凡五十有七，使各以便受之，而告以去其家者勿给。计官为不足用也，取吏之不在职而寓于境者，给其食而任以事。不能自食者，有是具也；能自食者，为之告富人，无得闭粜。又为之出官粟，得五万二千余石，平其价予民。为粜粟之所凡十有八，使余者自便如受粟。又僦民完城四千一百丈，为工三万八千，计其佣与钱，又与粟再倍之。民取息钱者，告富人纵予之，而待熟，官为责其偿。弃男女者，使人得收养之。明年春，大疫，为病坊处疾病之无归者，募僧二人，属以视医药饮食，令无失所时。凡死者，使在处随收瘗之。法廪穷人，尽三月当止，是岁尽五月而止。事有非便文者，公一以自任，不以累其属。有上请者，或便宜多辄行。公于此时，蚤夜惫心力不少懈，事巨细，必躬亲。给病者药食，多出私钱。民不幸罹旱、疫，得免于转死，虽死，得无失敛埋，皆公力也。

是时旱、疫被吴越，民饥馑疾疠死者殆半，灾未有巨于此也。天子东向忧劳，州县推布上恩，人人尽其力。公所拊循，民尤以为得其依归。所以经营绥辑先后终始之际，委曲纤悉，无不备者。其施虽在越，其仁足以示天下；其事虽行于一时，其法足以传后。盖灾诊之行，治世不能使之无，而能为之备。民病而后图之，与夫先事而为计者，则有间矣。不习而有为，与夫素得之者，则有间矣。余故采于越，得公所推行，乐为之识其详，岂独以慰越人之思？将使吏之有志于民者，不幸而遇岁之灾，推公之所已试，其科条可不待顷而具，则公之泽，岂小且近乎？

公元丰二年，以大学士加太子少保致仕，家于衢。其直道正行在于朝廷，岂弟之实在于身者，此不著。著其荒政可师者，以为《越州赵公救灾记》云。

拟岘台记

曾子固

尚书司门员外郎晋国裴君，治抚之二年，因城之东隅，作台以游，而命之曰拟岘台，谓其山溪之形拟乎岘山也。数与其属与州之寄客者游，而间独求记于余。

初，州之东，其城因大丘，其隍因大溪，其隅因客土，以出溪上。其外连山高陵，野林荒墟，远近高下，壮大闳廓，怪奇可喜之观，环抚之东南者，可坐而见也。然而雨隳潦毁，盖藏弃委于榛丛莽草之间，未有即而爱之者也。君得之而喜，增甓与土，易其破缺；去榛与草，发其亢爽；缭以横槛，覆以高甍，因而为台，以脱埃氛，绝烦嚣，出云气，而临风雨。然后溪之平沙漫流，微风远响，与夫浪波汹涌，破山拔木之奔放，至于高桅劲艣，沙禽水兽，下上而浮沉者，皆出乎履舄之下。山之苍颜秀壁，巅崖拔出，挟光景而薄星辰。至于平冈长陆，虎豹踞而龙蛇走，与夫荒蹊聚落，树阴晻暧，游人行旅，隐见而断续者，皆出乎衽席之内。

若夫云烟开敛，日光出没，四时朝暮，雨旸明晦，变化之不同，则虽览之不厌，而虽有智者，亦不能穷其状也。或饮者淋漓，歌者激烈，或靓观微步，旁皇徙倚，则得于耳目与得之于心者，虽所寓之乐有殊，而亦各适其适也。

抚非通道，故贵人富贾之游不至。多良田，故水旱螟螣之灾少。其民乐于耕桑以自足，故牛马之牧于山谷者不收，五谷之积于郊野者不垣，而晏然不知枹鼓之警，发召之役也。君既因其土俗，而治以简静，故得以休其暇日，而寓其乐于此。州人士女，乐其安且治，而又得游观之美，亦将得同其乐也，故予为之记。其成之年月日，嘉祐二年之九月九日也。

广德军重修鼓角楼记

曾子固

熙宁元年冬，广德军作新门鼓角楼成，太守合文武宾属以落之，既而以书走京师属巩曰："为我记之。"巩辞不能，书反覆至五六，辞不获，乃为其文曰：

盖广德居吴之西疆，故鄣之墟，境大壤沃，食货富穰，人力有余。而狱讼赴诉，财贡输入，以县附宣，道路回阻，众不便利，历世久之。太宗皇帝在位四年，乃按地图，因县立军，使得奏事专决，体如大邦。自是以来，田里辨争，岁时税调，始不勤远，人用宜之。而门闳隘庳，楼观弗饰，于以纳天子之命，出令行化，朝夕吏民，交通四方，览示宾客，弊在简陋，不中度程。

治平四年，尚书兵部员外郎知制诰钱公辅守是邦，始因丰年，聚材积土，将改而新之。会尚书驾部郎中朱公寿昌来继其任，明年政成，封内无事，乃择能吏，揆时庀徒，以畚以筑，以绳以削，门阿是经，观阙是营，不督不期，役者自劝。自冬十月甲子始事，至十二月甲子卒功。崇墉崛兴，复宇相瞰，壮不及僭，丽不及奢。宪度政理，于是出纳；士吏宾客，于是驰走；尊施一邦，不失宜称。至于伐鼓鸣角，以警昏昕，下漏数刻，以节昼夜，则又新是四器，列而栖之。邦人士女，易其听观，莫不悦喜，推美诵勤。

夫礼有必隆，不得而杀；政有必举，不得而废。二公于是兼而得之，宜刻金石，以书美实，使是邦之人，百世之下，于二公之德尚有考也。

学舍记

曾子固

予幼则从先生受书，然是时，方乐与家人童子嬉戏上下，未知好也。十六七时，窥六经之言与古今文章，有过人者，知好之，则于是锐意欲与之并，而是时家事亦滋出。

自斯以来，西北则行陈、蔡、谯、苦、睢、汴、淮、泗，出于京师；东方则绝江舟漕河之渠，逾五湖，并封禺、会稽之山，出于东海上；南方则载大江，临夏口，而望洞庭，转彭蠡，上庾岭，繇真阳之泷，至南海上；此予之所涉世而奔走也。蛟鱼汹涌湍石之川，巅崖莽林貙虺之聚，与夫雨畅寒燠，风波雾毒不测之危：此予之所单游远寓，而冒犯以勤也。衣食药物，庐舍器用，箕筥碎细之间：此予之所经营以养也。天倾地坏，殊州独哭，数千里之远，抱丧而南，积时之劳，乃毕大事：此予之所遭祸而忧艰也。太夫人所志，与夫弟婚妹嫁，四时之祠，与夫属人外亲之问，王事之输：此予之所皇皇而不足也。予于是力疲意耗，而又多疾，言之所序，盖其一二之粗也。得其闲时，挟书以学，于夫为身治人，世用之损益，考观讲解，有不能至者，故不得专力尽思，琢雕文章，以载私心难见之情，而追古今之作者为并，以足予之所好慕：此予之自视而嗟也。

今天子至和之初，予之侵扰多事故益甚，予之力无以为，乃休于家，而即其旁之草舍以学。或疾其卑，议其隘者，予顾而笑曰："是予之宜也。予之劳心困形，以役于事者，有以为之矣。予之卑巷穷庐，冗衣砻饭，芑苋之羹，隐约而安者，固予之所以遂其志而有待也。予之疾，则有之，可以进于道者，学之有不至；至于文章，平生所好慕，为之有不暇也。若夫土坚木好，高大之观，固世之聪明豪隽、挟长而有恃者所得为。若予之拙，岂能易而志彼哉！遂历道其少长出处，与夫好慕之心，以为《学舍记》。

齐州二堂记

曾子固

齐滨泺水，而初无使客之馆。使客至，则常发民调材木为舍以寓，去则彻之，既费且陋。乃为徙官之废屋，为二堂于泺水之上以舍客，因考其山川而名之。

盖《史记·五帝纪》谓："舜耕历山，渔雷泽，陶河滨，作什器于寿丘，就时于负夏"，郑康成释：历山在河东；雷泽在济阴；负夏，卫地。皇甫谧释：寿丘，在鲁东门之北；河滨，济阴定陶西南陶丘亭是也。以予考之，耕稼陶渔，皆舜之初，宜同时，则其地不宜相远。二家所释雷泽、河滨、寿丘、负夏，皆在鲁、卫之间，地相望，则历山不宜独在河东也。孟子又谓"舜，东夷之人"，则陶渔在济阴，作什器在鲁东门，就时在卫，耕历山在齐，皆东方之地，合于孟子。按图记，皆谓《禹贡》所称雷首山在河东，妫水出焉，而此山有九号，历山其一号也。予观《虞书》及《五帝纪》，盖舜娶尧之二女，乃居妫汭，则耕历山盖不同时，而地亦当异。世之好事者，乃因妫水出于雷首，迁就附益，谓历山为雷首之别号，不考其实矣。由是言之，则图记皆谓齐之南山为历山，舜所耕处，故其城名历城，为信然也。今泺上之北堂，其南则历山也，故名之曰"历山之堂"。

按图：泰山之北，与齐之东南诸谷之水，西北汇于黑水之湾，又西北汇于柏崖之湾，而至于渴马之崖。盖水之来也众，其北折而西也，悍疾尤甚，及至于崖下，则泊然而止。而自崖以北，至于历城之西，盖五十里，而有泉涌出，高或至数尺，其旁之人，名之曰“趵突之泉”。齐人皆谓尝有弃糠于黑水之湾者，而见之于此。盖泉自渴马之崖潜流地中，而至此复出也。趵突之泉冬温，泉旁之蔬甲经冬常荣，故又谓之温泉。其注而北，则谓泺水，达于清河，以入于海，舟之通于齐者，皆于是乎出也。齐多甘泉，冠于天下，其显名者以十数，而色味皆同，以予验之，盖皆泺水之旁出者也。泺水尝见于《春秋》，鲁桓公十有八年，“公及齐侯会于泺”，杜预释在历城，西北入济。济水自王莽时，不能被河南，而泺水之所入者清河也，预盖失之。今泺上之南堂，其西南则泺水之所出也，故名之曰“泺源之堂”。

夫理使客之馆，而辨其山川者，皆太守之事也，故为之识，使此邦之人尚有考也。熙宁六年二月乙丑记。

墨池记

曾子固

临川之城东，有地隐然而高，以临于溪，曰新城。新城之上，有池，洼然而方以长，曰王羲之之墨池者，荀伯子《临川记》云也。羲之尝慕张芝，临池学书，池水尽黑。此为其故迹，岂信然邪？

方羲之之不可强以仕，而尝极东方，出沧海，以娱其意于山水之间，岂其徜徉肆恣而又尝自休于此邪？羲之之书晚乃善，则其所能，盖亦以精力自致者，非天成也。然后世未有能及者，岂其学不如彼邪？则学固岂可以少哉？况欲深造道德者邪？

墨池之上，今为州学舍。教授王君盛，恐其不彰也，书“晋王右军墨池”之六字于楹间以揭之，又告于巩曰：“愿有记。”推王君之心，岂爱人之善，虽一能不以废，而因以及乎其迹邪？其亦欲推其事以勉其学者邪？夫人之有一能，而使后人尚之如此，况仁人庄士之遗风余思，被于来世者如何哉！

序越州鉴湖图

曾子固

鉴湖，一曰南湖，南并山，北属州城漕渠，东西距江。汉顺帝永和五年，会稽太守马臻之所为也，至今九百七十有五年矣。其周三百五十有八里，凡水之出于东南者皆委之。州之东，自城至于东江。其北堤，石楗二，阴沟十有九，通民田。田之南属漕渠，北东西属江者皆溉之。州之东六十里，自东城至于东江。其南堤，阴沟十有四，通民田。田之北抵漕渠，南并山，西并堤，东属江者皆溉之。州之西三十里，曰柯山斗门，通民田。田之东并城，南并堤，北滨漕渠，西属江者皆溉之。总之溉山阴、会稽两县十四乡之田九千顷。非湖能溉田九千顷而已，盖田之至江者尽于九千顷也。其东曰曹娥斗门，曰槁口斗门，水之循南堤而东者，由之以入于东江。其西曰广陵斗门，曰新迳斗门，水之循北堤而西者，由之以人于西江。其北曰朱储斗门，去湖最远。盖因三江之上，两山之间，疏为二门，而以时视田中之水，小溢则纵其一，大溢则尽纵之，使入于三江之口。所谓湖高于田丈余，田又高海丈余。水少则泄湖溉田，水多则泄田中水入海，故无荒废之田，水旱之岁者也。由汉以来几千载，其利未尝废也。

宋兴，民始有盗湖为田者。祥符之间二十七户，庆历之间二户，为田四顷。当是时，三司转运司犹下书切责州县，使复田为湖。然自此吏益慢法，而奸民浸起，至于治平之间，盗湖为田者，凡八千余户，为田七百余顷，而湖废几尽矣。其仅存者，东为漕渠，自州至于东城六十里，南通若耶溪，自樵风泾至于桐鸣十里，皆水广不能十余丈，每岁少雨，田未病，而湖盖已先涸矣。

自此以来，人争为计说。蒋堂则谓宜有罚以禁侵耕，有赏以开告者。杜杞则谓盗湖为田者，利在纵湖水，一雨则放声以动州县，而斗门辄发。故为之立石则水，一在五云桥，水深八尺有五寸，会稽主之；一在跨湖桥，水深四尺有五寸，山阴主之。而斗门之钥，使皆纳于州，水溢则遣官视则，而谨其闭纵。又以谓宜益理堤防斗门，其敢田者，拔其苗，责其力以复湖，而重其罚。犹以为未也，又以谓宜加两县之长以提举之名，课其督察，而为之殿赏。吴奎则谓每岁农隙，当僦人浚湖，积其泥涂以为丘阜，使县主役，而州与转运使、提点刑狱督摄赏罚之。张次山则谓湖废，仅有存者，难卒复，宜益广漕路，及他便利处，使可漕，及注民田，里置石柱以识之，柱之内禁敢田者。刁约则谓宜斥湖三之一与民为田，而益堤使高一丈，则湖可不开，而其利自复。范师道、施元长则谓重侵耕之禁，犹不能使民无犯，而斥湖与民，则侵者孰御；又以湖水较之，高于城中之水或三尺有六寸，或二尺有六寸，而益堤壅水使高，则水之败城郭庐舍可必也。张伯玉则谓日役五千人浚湖，使至五尺当十五岁毕，至三尺当九岁毕。然恐工起之日，浮议外摇，役夫内溃，则虽有智者，犹不能必其成。若日役五千人益堤，使高八尺当一岁毕，其竹木费凡九十二万有三千，计越之户二十万有六千，赋之而复其租，其势易足。如是，则利可坐收，而人不烦弊。陈宗言、赵诚复以水势高下难之。又以谓宜从吴奎之议，以岁月复湖。当是时，都水善其言，又以谓宜增赏罚之令。其为说如此，可谓博矣。

朝廷未尝不听用，著之于法。故罚有自钱三百至于千，又至于五万；刑有杖百至于徒二年。其文可谓密矣。然而田者不止而日愈多，湖不加浚而日愈废，其故何哉？法令不行，而苟且之俗胜也。昔谢灵运从宋文帝求会稽回踵湖为田，太守孟顗不听；又求休崲湖为田，颉又不听，灵运至以语诋之。则利于请湖为田，越之风俗旧矣。然南湖由汉历吴、晋以来接于唐，又接于钱镠父子之有此州，其利未尝废者。彼或以区区之地当天下，或以数州为镇，或以一国自王，内有供养禄廪之须，外有贡输问馈之奉，非得晏然而已也。故强水土之政，以力本利农，亦皆有数，而钱镠之法最详，至今尚多传于人者，则其利之不废有以也。近世则不然。天下为一，而安于承平之故，在位者重举事而乐因循。而请湖为田者其言语气力往往足以动人。至于修水土之利，则又费财动众，从古所难。故郑国之役，以谓足以疲秦，而西门豹之治邺渠，人亦以为烦苦。其故如此，则吾之吏，孰肯任难当之怨，来易至之责，以待未然之功乎？故说虽博而未尝行，法虽密而未尝举，田者之所以日多，湖之所以日废，由是而已。故以为法令不行，而苟且之俗胜者，岂非然哉！夫千岁之湖，废兴利害，较然易见。然自庆历以来，三十余年，遭吏治之因循，至于既废而世犹莫寤其所以然。况于事之隐微，难得而考者，由苟简之故而弛坏于冥冥之中，又可知其所以然乎？

今谓湖不必复者，曰湖田之入既饶矣，此游谈之士，为利于侵耕者言之也。夫湖未尽废，则湖下之田旱，此方今之害而众人之所睹也。使湖尽废，则湖之为田亦旱矣，此将来之害而众人所未睹者。故曰此游谈之士为利于侵耕者言之，而非实知利害者也。谓湖不必浚者，曰益堤壅水而已，此好辩之士，为乐闻苟简者言之也。夫以地势较之，壅水使高，必败城郭，此议者之所已言也。以地势较之，浚湖使下，然后不失其旧，不失其旧，然后不失其宜，此议者之所未言也。又山阴之石则，为四尺有五寸，会稽之石则，几倍之。壅水使高，则会稽得尺，山阴得半，地之洼隆不并，则益堤未为有补也。故曰此好辩之士，为乐闻苟简者言之，而又非实知利害者也。二者既不可用，而欲禁侵耕开告者，则有赏罚之法矣；欲谨水之蓄泄，则有闭纵之法矣；欲痛绝敢田者，则拔其苗、责其力以复湖，而重其罚，又有法矣；或欲任其责于州县，与运使、提点刑狱，或欲以每岁农隙浚湖，或欲禁田石柱之内者，又皆有法矣。欲知浚湖之浅深用工若干，为日几何，欲知增堤竹木之费几何，使之安出，欲知浚湖之泥涂积之何所，又已计之矣。欲知工起之日，或浮议外摇，役夫内溃，则不可以必其成，又已论之矣。诚能收众说而考其可否，用其可者，而以在我者润泽之，令言必行，法必举，则何功之不叫成，何利之不可复哉！

巩初蒙恩，通判此州，问湖之废兴于人，求有能言利害之实者。及到官，然后问图于两县，问书于州与河渠司，至于参核之而图成，熟究之而书具，然后利害之实明。故为论次，庶夫计议者有考焉。

熙宁二年冬卧龙斋。

卷五十七　杂记类六

木假山记

苏明允

木之生，或蘖而殇，或拱而夭。幸而至于任为栋梁则伐，不幸而为风之所拔，水之所漂，或破折或腐。幸而得不破折不腐，则为人之所材，而有斧斤之患。其最幸者，漂沉汩没于湍沙之间，不知其几百年，而其激射齧食之余，或仿佛于山者，则为好事者取去，强之以为山，然后可以脱泥沙而远斧斤。而荒江之濆，如此者几何？不为好事者所见，而为樵夫野人所薪者，何可胜数！则其最幸者之中，又有不幸者焉。

予家有三峰，予每思之，则疑其有数存乎其间。且其蘖而不殇，拱而不夭，任为栋梁而不伐，风拔水漂而不破折不腐，不破折不腐而不为人所材以及于斧斤，出于湍沙之间而不为樵夫野人之所薪，而后得至乎此，则其理似不偶然也。

然予之爱之，则非徒爱其似山，而又有所感焉；非徒爱之，而又有所敬焉。予见中峰，魁岸踞肆，意气端重，若有以服其旁之二峰。二峰者，庄栗刻峭，凛乎不可犯，虽其势服于中峰，而岌然无阿附意。吁！其可敬也夫！其可以有感也夫！

张益州画像记

苏明允

至和元年秋，蜀人传言，有寇至边。边军夜呼，野无居人，妖言流闻，京师震惊。方命择帅，天子曰："毋养乱，毋助变。众言朋兴，朕志自定。外乱不作，变且中起，不可以文令，又不可以武竞。惟朕一二大吏，孰为能处兹文武之间，其命往抚朕师？"乃疑"推"曰："张公方平其人。"天子曰："然。"公以亲辞，不可。遂行。

冬十一月至蜀。至之日，归屯军，撤守备，使谓郡县："寇来在吾，无尔劳苦。"明年正月朔旦，蜀人相庆如他日，遂以无事。又明年正月，相告留公像于净众寺，公不能禁。

眉阳苏洵言于众曰："未乱易治也，既乱易治也。有乱之萌，无乱之形，是谓将乱。将乱难治，不可以有乱急，亦不可以无乱弛。惟是元年之秋，如器之欹，未坠于地，惟尔张公，安坐于其旁，颜色不变，徐起而正之。既正，油然而退，无矜容。为天子牧小民不倦，惟尔张公，尔繄以生，惟尔父母。且公尝为我言：'民无常性，惟上所待。人皆曰蜀人多变，于是待之以待盗贼之意，而绳之以绳盗贼之法。重足屏息之民而以砧斧令，于是民始忍以其父母妻子之所仰赖之身，而弃之于盗贼，故每每大乱。夫约之以礼，驱之以法，惟蜀人为易。至于急之而生变，虽齐、鲁亦然。吾以齐、鲁待蜀人，而蜀人亦自以齐、鲁之人待其身。若夫肆意于法律之外，以威劫齐民，吾不忍为也。'呜呼！爱蜀人之深，待蜀人之厚，自公而前，吾未始见也。"皆再拜稽首曰："然。"

苏洵又曰："公之恩在尔心，尔死在尔子孙，其功业在史官，无以像为也。且公意不欲，如何？"皆曰："公则何事于斯？虽然，于我心有不释焉。今夫平居闻一善，必问其人之姓名与乡里之所在，以至于其长短、大小、美恶之状。甚者，或诘其平生所嗜好，以想见其为人。而史官亦书之于其传，意使天下之人思之于心，则存之于目；存之于目，故其思之于心也固。由此观之，像亦不为无助。"苏洵无以诘，遂为之记。

公南京人，慷慨有节，以度量容天下。天下有大事，公可属。系之以诗曰：

天子在阼，岁在甲午。西人传言，有寇在垣。庭有武臣，谋夫如云。天子曰嘻，命我张公。公来自东，旗纛舒舒。西人聚观，于巷于途。谓公暨暨，公来于于。公谓西人：“安尔室家，无敢或讹。讹言不详，往即尔常。春尔条桑，秋尔涤场。”西人稽首：“公我父兄。”公在西囿，草木骈骈。公宴其僚，伐鼓渊渊。西人来观，祝公万年。有女娟娟，闺闼闲闲。有童哇哇，亦既能言。昔公未来，期汝弃捐。禾麻芃芃，仓庾崇崇，嗟我妇子，乐此岁丰。公在朝廷，天子股肱。天子曰归，公敢不承？作堂严严，有庑有庭。公像在中，朝服冠缨。西人相告：“无敢逸荒，公归京师，公像在堂。”

石钟山记

苏子瞻

《水经》云：“彭蠡之口，有石钟山焉。”郦元以为下临深潭，微风鼓浪，水石相搏，声如洪钟。是说也，人常疑之。今以钟磬置水中，虽大风浪，不能鸣也，而况石乎？至唐李渤，始访其遗踪，得双石于潭上。扣而聆之，南声函胡，北音清越，桴止响腾，馀韵徐歇，自以为得之矣。然是说也，余尤疑之。石之铿铿然有声者，所在皆是也，而此独以“钟”名，何哉？

元丰七年六月丁丑，余自齐安舟行适临汝，而长子迈将赴饶之德兴尉，送之至湖口，因得观所谓石钟者。寺僧使小童持斧于乱石间择其一二扣之，硿硿然，余固笑而不信也。至其夜月明，独与迈乘小舟至绝壁下。大石侧立千尺，如猛兽奇鬼，森然欲搏人，而山上栖鹘闻人声亦惊起，磔磔云霄间。又有若老人欬且笑于山谷中者，或曰：“此鹳鹤也。”余方心动欲还，而大声发于水上，噌吰如钟鼓不绝，舟人大恐。徐而察之，则山下皆石穴罅，不知其浅深，微波入焉，涵澹澎湃而为此也。舟回至两山间，将入港口，有大石当中流，可坐百人，空中而多窍，与风水相吞吐，有窾坎镗鞳之声，与向之噌吰者相应，如乐作焉。因笑谓迈曰：“汝识之乎？噌吰者，周景王之无射也；窾坎镗鞳者，魏献子之歌钟也。

古之人不余欺也。”

事不目见耳闻，而臆断其有无，可乎？郦元之所见闻，殆与余同，而言之不详；士大夫终不肯以小舟夜泊绝壁之下，故莫能知；而渔工水师虽知而不能言，此世所以不传也。而陋者乃以斧斤考击而求之，自以为得其实。余是以记之，盖叹郦元之简，而笑李渤之陋也。

超然台记

苏子瞻

凡物皆有可观，苟有可观，皆有可乐，非必怪奇伟丽者也；餔糟啜醨，皆可以醉，果蔬草木，皆可以饱。推此类也，吾安往而不乐？夫所为求福而辞祸者，以福可喜而祸可悲也。人之所欲无穷，而物之可以足吾欲者有尽。美恶之辨战乎中，而去取之择交乎前，则可乐者常少，而可悲者常多，是谓求祸而辞福。夫求祸而辞福，岂人之情也哉？物有以盖之矣。彼游于物之内，而不游于物之外。物非有大小也，自其内而观之，未有不高且大者也。彼挟其高大以临我，则我常眩乱反覆，如隙中之观斗，又乌知胜负之所在？是以美恶横生，而忧乐出焉。可不大哀乎？

余自钱塘移守胶西，释舟楫之安，而服车马之劳；去雕墙之美，而庇采椽之居；背湖山之观，而行桑麻之野。始至之日，岁比不登，盗贼满野，狱讼充斥；而斋厨索然，日食杞菊，人固疑余之不乐也。处之期年，而貌加丰，发之白者日以反黑。余既乐其风俗之淳，而其吏民亦安余之拙也。于是治其园圃，洁其庭宇，伐安丘高密之木，以修补破败，为苟完之计。而园之北因城以为台者旧矣，稍葺而新之，时相与登览，放意肆志焉。南望马耳、常山，出没隐见，若近若远，庶几有隐君子乎！而其东则卢山，秦人卢敖之所从遁也。西望穆陵，隐然如城郭，师尚父、齐桓公之遗烈，犹有存者。北俯潍水，慨然太息，思淮阴之功，而吊其不终。

台高而安，深而明，夏凉而冬温。雨雪之朝，风月之夕，余未尝不在，客未尝不从。撷园蔬，取池鱼，酿秫酒，瀹脱粟而食之。曰：“乐哉游乎！”方是时，予弟子由适在济南，闻而赋之，且名其台曰“超然”，以见余之无所往而不乐者，盖游于物之外也。

游桓山记

苏子瞻

元丰二年正月己亥晦，春服既成，从二三子游于泗之上。登桓山，入石室，使道士戴日祥鼓雷氏之琴，操《履霜》之遗音。曰："噫嘻！悲夫！此宋司马桓魋之墓也。"

或曰："鼓琴于墓，礼欤？"曰："礼也。季武子之丧，曾点倚其门而歌。仲尼，日月也，而魋以为可得而害也，且死为石椁，三年不成，古之愚人也。余将吊其藏，而其骨毛爪齿，既已化为飞尘，荡为冷风矣，而况于椁乎？况于从死之臣妾，饭含之贝玉乎？使魋而无知也，余虽鼓琴而歌可也；使魋而有知也，闻余鼓琴而歌，知哀乐之不可常，物化之五日也，其愚岂不少瘳乎！"

二三子喟然而叹，乃歌曰："桓山之上，维石嵯峨兮，司马之恶，与石不磨兮。桓山之下，维水弥弥兮，司马之藏，与水皆逝兮。"歌阕而去。

从游者八人：毕仲孙、舒焕、寇昌朝、王适、王遹、王肄，轼之子迈，焕之子彦举。

醉白堂记

苏子瞻

故魏国忠献韩公，作堂于私第之池上，名之曰"醉白"，取乐天《池上》之诗以为醉白堂之歌，意若有羡于乐天而不及者。天下之士，闻而疑之，以为公既已无愧于伊、周矣，而犹有羡于乐天，何哉？轼闻而笑曰："公岂独有羡于乐天而已乎？方且愿为寻常无闻之人，而不可得者。"

天之生是人也，将使任天下之重，则寒者求衣，饥者求食，凡不获者求得，苟有以与之，将不胜其求。是以终身处乎忧患之域，而行乎利害之途，岂其所欲哉？夫忠献公既已相三帝、安天下矣，浩然将归老于家，而天下共挽而留之莫释也。当是时，其有羡于乐天，无足怪者。

然以乐天之平生，而求之于公，较其所得之厚薄浅深，孰有孰无，则后世之论，有不可欺者矣。文致太平，武定乱略，谋安宗庙，而不自以为功；急贤才，轻爵禄，而士不知其恩；杀伐果敢，而六军安之；四夷八蛮想闻其风采，而天下以其身为安危。此公之所有，而乐天之所无也。乞身于强健之时，退居十有五年，日与其朋友赋诗饮酒，尽山水园池之乐；府有余帛，廪有余粟，而家有声伎之奉。此乐天之所有，而公之所无也。忠言嘉谋效于当时，而文采表于后世，死生穷达不易其操，而道德高于古人。此公与乐天之所同也。公既不以其所有自多，亦不以其所无自少，将推其同者而自托焉。方其寓形于一醉也，齐得丧，忘祸福，混贵贱，等贤愚，同乎万物，而与造物者游，非独自比于乐天而已。

古之君子，其处己也厚，其取名也廉，是以实浮于名，而世颂其美不厌。以孔子之圣，自比于老彭，自同于丘明，自以为不如颜渊。后之君子，实则不至，而皆有侈心焉。臧武仲自以为圣，白圭自以为禹，司马长卿自以为相如，扬雄自以为孟轲，崔浩自以为子房，然世终莫之许也。由此观之，忠献公之贤于人也远矣。

昔公尝告其子忠彦，将求文于轼以为记，而未果。既葬，忠彦以告轼，以为义不得辞也，乃泣而书之。

灵壁张氏园亭记

苏子瞻

道京师而东，水浮浊流，陆走黄尘，陂田苍莽，行者倦厌，凡八百里，始得灵壁张氏之园于汴之阳。其外，修竹森然以高，乔木蓊然以深。其中，因汴之馀浸，以为陂池；取山之怪石，以为岩阜。蒲苇莲芡，有江湖之思；椅桐桧柏，有山林之气；奇花美草，有京洛之态；华堂夏屋，有吴、蜀之巧。其深可以隐，其富可以养。果蔬可以饱邻里，鱼鳖笋茹可以馈四方之宾客。余自彭城移守吴兴，由宋登舟，三宿而至其下。肩舆叩门，见张氏之子硕。硕求余文以记之。

维张氏世有显人，自其伯父殿中君与其先人通判府君，始家灵璧，而为此园，作兰皋之亭，以养其亲。其后出仕于朝，名闻一时，推其余力，日增治之，于今五十余年矣。其木皆十围，岸谷隐然，凡园之百物，无一不可人意者，信其用力之多且久也。

古之君子不必仕，不必不仕。必仕则忘其身，必不仕则忘其君，譬之饮食，适于饥饱而已。然士罕能蹈其义，赴其节，处者安于故而难出，出者狃于利而忘返，于是有违亲绝俗之讥，怀禄苟安之弊。今张氏之先君所以为其子孙之计虑者远且周，是故筑室艺园于汴、泗之间，舟车冠盖之冲，凡朝夕之奉，燕游之乐，不求而足。使其子孙开门而出仕，则跬步市朝之上；闭门而归隐，则俯仰山林之下。于以养生治性，行义求志，无适而不可。故其子孙，仕者皆有循吏良能之称，处者皆有节士廉退之行，盖其先君子之泽也。

余为彭城二年，乐其土风，将去不忍，而彭城之父老亦莫余厌也，将买田于泗水之上而老焉。南望灵璧，鸡犬之声相闻，幅巾杖履，岁时往来于张氏之园，以与其子孙游，将必有日矣。

元丰二年三月二十七日记。

武昌九曲亭记

苏子由

子瞻迁于齐安，庐于江上。齐安无名山，而江之南武昌诸山，陂陁蔓延，涧谷深密，中有浮图精舍，西曰西山，东曰寒谿，依山临壑，隐蔽松枥，萧然绝俗，车马之迹不至。每风止日出，江水伏息，子瞻杖策载酒，乘渔舟，乱流而南。山中有二三子，好客而喜游，闻子瞻至，幅巾迎笑，相携徜徉而上，穷山之深，力极而息。扫叶席草，酌酒相劳，意适忘反，往往留宿于山上。以此居齐安三年，不知其久也。

然将适西山，行于松柏之间，羊肠九曲，而获少平，游者至此必息。倚怪石，荫茂木，俯视大江，仰瞻陵阜，旁瞩溪谷，风云变化，林麓向背，皆效于左右。有废亭焉，其遗址甚狭，不足以席众客。其旁古木数十，大皆百围千尺，不可加以斤斧。子瞻每至其下，辄睥睨终日。一旦大风雷雨拔去其一，斥其所据，亭得以广。子瞻与客人山视之，笑曰:“兹欲以成吾亭邪？”遂相与营之。亭成，而西山之胜始具，子瞻于是最乐。

昔余少年，从子瞻游，有山可登，有水可浮，子瞻未始不褰裳先之。有不得至，为之怅然移日。至其翩然独往，逍遥泉石之上，撷林卉，拾涧实，酌水而饮之，见者以为仙也。盖天下之乐无穷，而以适意为悦。方其得意，万物无以易之；及其既厌，未有不洒然自笑者也。譬之饮食，杂陈于前，要之一饱，而同委于臭腐，夫孰知得失之所在？惟其无愧于中，无责于外，而姑寓焉，此子瞻之所以有乐于是也。

东轩记

苏子由

余既以罪谪监筠州盐酒税，未至，大雨，筠水泛溢，蔑南市，登北岸，败刺史府门。盐酒税治舍，俯江之漘，水患尤甚。既至，敝不可处，乃告于郡，假部使者府以居。郡怜其无归也，许之。岁十二月，乃克支其攲斜，补其圮缺，辟听事堂之东为轩，种杉二本，竹百个，以为宴休之所。然盐酒税旧以三吏共事，余至，其二人者适皆罢去，事委于一。昼则坐市区，鬻盐沽酒税豚鱼，与市人争寻尺以自效；暮归，筋力疲废，辄昏然就睡，不知夜之既旦；旦则复出营职，终不能安于所谓东轩者。每旦暮出入其旁，顾之，未尝不哑然自笑也。

余昔少年读书，窃尝怪以颜子箪食瓢饮，居于陋巷，人不堪其忧，颜子不改其乐。私以为虽不欲仕，然抱关、击柝尚可自养，而不害于学，何至困辱贫窭自苦如此？及来筠州，勤劳米盐之间，无一日之休，虽欲弃尘垢，解羁絷，自放于道德之场，而事每劫而留之，然后知颜子之所以甘心贫贱，不肯水升斗之禄以自给者，良以其害于学故也。

嗟夫！士方其未闻大道，沉酣势利，以玉帛子女自厚，自以为乐矣。及其循理以求道，落其华而收其实，从容自得，不知夫天地之为大，与死生之为变，而况其下者乎！故其乐也，足以易穷饿而不怨，虽南面之王不能加之，盖非有德不能任也。余方区区欲磨洗浊污，晞圣贤之万一，自视缺然，而欲庶几颜氏之福，宜其不可得哉！若夫孔子周行天下，高为鲁司寇，下为乘田、委吏，惟其所遇，无所不可。彼盖达者之事，而非学者之所望也。

余既以谴来此，虽知桎梏之害，而势不得去，独幸岁月之久，世或哀而怜之，使得归伏田里，治先人之敝庐，为环堵之室而居之。然后追求颜氏之乐，怀思东轩，优游以忘其老，然而非所敢望也。

卷五十八　杂记类七

慈溪县学记

王介甫

天下不可一日而无政教，故学不可一日而亡于天下。古者井天下之田，而党庠、遂序、国学之法，立乎其中。乡射饮酒，春秋合乐，养老劳农，尊贤使能，考艺选言之政，至于受成献馘讯囚之事，无不出于学。于此养天下智仁、圣义、忠和之士，以至一偏、一技、一曲之学，无所不养。而又取士大夫之材行完洁，而其施设已尝试于位而去者，以为之师，释奠释菜以教不忘其学之所自，迁徙逼逐以勉其怠而除其恶，则士朝夕所见所闻，无非所以治天下国家之道，其服习必于仁义，而所学必皆尽其材。一日取以备公卿大夫百执事之选，则其材行皆已素定；而士之备选者，其施设亦皆素所见闻而已，不待阅习而后能者也。古之在上者，事不虑而尽，功不为而足，其要如此而已。此二帝、三王所以治天下国家，而立学之本意也。后世无井田之法，而学亦或存或废，大抵所以治天下国家者，不复皆出于学。而学之士，群居族处，为师弟子之位者，讲章句、课文字而已。至其陵夷之久，则四方之学者废而为庙，以祀孔子于天下。斫木抟土，如浮图道士法，为王者象，州县吏春秋帅其属释奠于其堂，而学士者或不与焉。盖庙之作出于学废，而近世之法然也。

今天子即位若干年，颇修法度，而革近世之不然者。当此之时，学稍稍立于天下矣，犹曰州之士满二百人，乃得立学。于是慈溪之士，不得有学，而为孔子庙如故，庙又坏不治，令刘君在中言于州，使民出钱，将修而作之，未及为而去，时庆历某年也。后林君肇至，则曰："古之所以为学者，吾不得而见，而法者，吾不可以毋循也。虽然，吾之人民于此不可以无教。"即因民钱作孔子庙，如今之所云，而治其四旁为学舍讲堂其中，帅县之子弟，起先生杜君醇为之师，而兴于学。噫！林君其有道者邪！夫吏者，无变今之法，而不失古之实，此有道者之所能也。林君之为，其几于此矣。

林君固贤令，而慈溪小邑，无珍产淫货以来四方游贩之民，田桑之美，有以自足，无水旱之忧也。无游贩之民，故其俗一而不杂；有以自足，故人慎刑而易治。而吾所见其邑之士，亦多美茂之材易成也。杜君者，越之隐君子，其学行宜为人师者也。夫以小邑得贤令，又得宜为人师者为之师，而以修醇一易治之俗，而进美茂易成之材，虽拘于法，限于势，不得尽如古之所为，吾固信其教化之将行，而风俗之成也。

夫教化可以美风俗。虽然，必久而后至于善，而今之吏，其势不能以久也。吾虽喜且幸其将行，而又忧夫来者之不吾继也，于是本其意以告来者。

度支副使厅壁题名记

王介甫

三司副使，不书前人名姓。嘉祐五年，尚书户部员外郎吕君冲之，始稽之众史，而自李纮已上至查道，得其名，自扬偕已上，得其官；自郭劝已下，又得其在事之岁时，于其书石而镵之东壁。

夫合天下之众者财，理天下之财者法，守天下之法者吏也。吏不良，则有法而莫守；法不善，则有财而莫理；有财而莫理，则阡陌闾巷之贱人，皆能私取予之势，擅万物之利，以与人主争黔首，而放其无穷之欲，非必贵强桀大而后能。如是而天子犹为不失其民者，盖特号而已耳。虽欲食蔬衣敝，憔悴其身，愁思其心，以幸天下之给足而安吾政，吾知其犹不得也。然则善吾法而择吏以守之，以理天下之财，虽上古尧、舜，犹不能毋以此为先急，而况于后世之纷纷乎？

三司副使，方今之大吏，朝廷所以尊宠之甚备。盖今理财之法有不善者，其势皆得以议于上，而改为之，非特当守成法，吝出入以从有司之事而已。其职事如此，则其人之贤不肖，利害施于天下如何也。观其人，以其在事之岁时，以求其政事之见于今者，而考其所以佐上理财之方，则其人之贤不肖与世之治否，吾可以坐而得矣。此盖吕君之志也。

游褒禅山记

王介甫

褒禅山，亦谓之华山，唐浮图惠褒始舍于其址，而卒葬之，以故其后名之曰“褒禅”。今所谓惠空禅院者，褒之庐冢也。距其院东五里，所谓华阳洞者，以其在华山之阳名之也。距洞百余步，有碑仆道，其文漫灭，独其为文犹可识曰花山。今言“华”如“华实”之“华”者，盖音谬也。

其下平旷，有泉侧出，而记游者甚众，所谓前洞也。由山以上五六里，有穴窈然，入之甚寒，问其深，则虽好游者不能穷也，谓之后洞。余与四人拥火以入，入之愈深，其进愈难，而其见愈奇。有怠而欲出者，曰：“不出，火且尽。”遂与之俱出。盖予所至，比好游者尚不能十一，然视其左右，来而记之者已少。盖其又深，则其至又加少矣。方是时，予之力尚足以入，火尚足以明也。既其出，则或咎其欲出者，而予亦悔其随之，而不得极夫游之乐也。

于是予有叹焉。古人之观于天地、山川、草木、虫鱼、鸟兽，往往有得，以其求思之深而无不在也。夫夷以近，则游者众；险以远，则至者少。而世之奇伟、瑰怪、非常之观，常在于险远，而人之所罕至焉，故非有志者不能至也。有志矣，不随以止也，然力不足者，亦不能至也。有志与力，而又不随以怠，至于幽暗昏惑，而无物以相之，亦不能至也。然力足以至焉而不至，于人为可讥，而在己为有悔；尽吾志也，而不能至者，可以无悔矣，其孰能讥之乎？此予之所得也。

余于仆碑，又以悲夫古书之不存，后世之谬其传，而莫能名者，何可胜道也哉！此所以学者不可以不深思而慎取之也。

四人者，庐陵萧君圭君玉，长乐王回深父，予弟安国平父，安上纯父。

至和元年七月某日，临川王某记。茅顺甫云：逸兴满眼，馀音不绝。

芝阁记

王介甫

祥符时，封泰山以文天下之平，四方以芝来告者万数。其大吏，则天子赐书以宠嘉之，小吏若民，辄赐金帛。方是时，希世有力之大臣，穷搜而远来；山农野老，攀缘狙杙，以上至不测之高，下至涧溪壑谷，分崩裂绝，幽穷隐伏，人迹之所不通，往往求焉。而芝出于九州四海之间，盖几于尽矣。至今上即位，谦让不德，自大臣不敢言封禅，诏有司以祥瑞告者皆勿纳。于是神奇之产，销藏委翳于蒿藜榛莽之间，而山农野老不复知其为瑞也。则知因一时之好恶，而能成天下之风俗，况于行先王之治哉？

太丘陈君，学文而好奇。芝生于庭，能识其为芝，惜其可献而莫售也，故阁于其居之东偏，掇取而藏之，盖其好奇如此。

噫！芝一也，或贵于天子，或贵于士，或辱于凡民，夫岂不以时乎哉？士之有道，固不役志于贵贱，而卒所以贵贱者，何以异哉？此予之所以叹也。

伤仲永

王介甫

金溪民方仲永，世隶耕。鼐按："隶耕"字本晋语。"隶"，农夫也。仲永生五年，未尝识书具，忽啼求之。父异焉。借旁近与之，即书诗四句，并自为其名。其诗以养父母、收族为意，传一乡秀才观之。自是指物作诗立就，其文理皆有可观者。邑人奇之，稍稍宾客其父，或以钱币乞之。父利其然也，日扳仲永环谒于邑人，不使学。

余闻之也久。明道中，从先人还家，于舅家见之，十二三矣。令作诗，不能称前时之闻。又七年，还自扬州，复到舅家问焉，曰："泯然众人矣。"

王子曰：仲永之通悟，受之天也。其受之天也，贤于材人远矣；卒之为众人，则其受于人者不至也。彼其受之天也，如此其贤也，不受之人，且为众人。今夫不受之天，固众人；又不受之人，得为众人而已邪？

新城游北山记

晁无咎

去新城之北三十里，山渐深，草木泉石渐幽。初犹骑行石齿间，旁皆大松，曲者如盖，直者如幢，立者如人，卧者如虬。松下草间有泉，沮洳伏见，堕石井，锵然而鸣。松间藤数十尺，蜿蜒如大蚖。其上有鸟，黑如鸲鹆，赤冠长喙，俯而啄，磔然有声。稍西一峰高绝，有蹊介然，仅可步。系马石觜，相扶携而上，篁筿仰不见日。如四五里，乃闻鸡声。有僧布袍蹑履来迎，与之语，愕而顾，如麋鹿不可接。顶有屋数十间，曲折依崖壁为栏楯，如蜗鼠缭绕，乃得出，门牖相值。既坐，山风飒然而至，堂殿铃铎皆鸣，二三子相顾而惊，不知身之在何境也。

且暮皆宿。于时九月，天高露清，山空月明，仰视星斗，皆光大，如适在人上。窗间竹数十竿相摩戛，声切切不已。竹间梅、棕，森然如鬼魅离立突鬓之状。二三子又相顾魄动而不得寐。迟明皆去。既还家数日，犹恍惚若有遇，因追记之。后不复到，然往往想见其事也。

卷五十九　杂记类八

项脊轩记

归熙甫

项脊轩，旧南阁子也。室仅方丈，可容一人居。百年老屋，尘泥渗漉，雨泽下注，每移案顾视，无可置者。又北向不能得日，日过午已昏。余稍为修葺，使不上漏；前辟四窗，垣墙周庭，以当南日，日影反照，室始洞然。又杂植兰桂竹木于庭，旧时栏楯，亦遂增胜。借书满架，偃仰啸歌，冥然兀坐，万籁有声，而庭阶寂寂，小鸟时来啄食，人至不去。三五之夜，明月半墙，桂影斑驳，风移影动，珊珊可爱。然余居于此，多可喜，亦多可悲。

先是庭中通南北为一，迨诸父异爨，内外多置小门墙，往往而是。东犬西吠，客逾庖而宴，鸡栖于厅。庭中始为篱，已为墙，凡再变矣。家有老妪，尝居于此。妪，先大母婢也。乳二世，先妣抚之甚厚。室西连于中闺，先妣尝一至，妪每谓予曰："某所，而母立于兹。"妪又曰："汝姊在吾怀，呱呱而泣。娘以指叩门扉曰：'儿寒乎？欲食乎？'吾从板外相为应答。"语未毕，余泣，妪亦泣。

余自束发读书轩中，一日大母过余曰："吾儿久不见若影，何竟日默默在此，大类女郎也？"比去，以手阖扉，自语曰："吾家读书久不效，儿之成，则可待乎？"顷之，持一象笏至，曰："此吾祖太常公宣德间执此以朝，他日汝当用之。"瞻顾遗迹，如在昨日，令人长号不自禁。

轩东故尝为厨，人往从轩前过。余扃牖而居，久之，能以足音辨人。轩凡四遭火得不焚，殆有神护者。

项脊生曰：蜀清守丹穴，利甲天下，其后秦皇帝筑女怀清台；刘玄德与曹操争天下，诸葛孔明起陇中。方二人之昧昧于一隅也，世何足以知之？余区区处败屋中，方扬眉瞬目，谓有奇景，人知之者，其谓与坎井之蛙何异？

余既为此志，后五年，余妻来归，时至轩中从余问古事，或凭几学书。吾妻归宁，述诸小妹语曰："闻姊家有阁子，且何谓阁子也？"其后六年，吾妻死，室坏不修。其后二年，余久卧病无聊，乃使人复葺南阁子，其制稍异于前。然自后余多在外，不常居。庭有枇杷树，吾妻死之年所手植也，今已亭亭如盖矣。

思子亭记

归熙甫

震泽之水，蜿蜒东流，为吴淞江，二百六十里入海。嘉靖壬寅，余始携吾儿来居江上，二百六十里水道之中也。江至此欲涸，萧然旷野，无辋川之景物、阳羡之山水，独自有屋数十楹，中颇弘邃，山池亦胜，足以避世。

余性懒出，双扉昼闭，绿草满庭，最爱吾儿与诸弟游戏穿走长廊之间。儿来时九岁，今十六矣。诸弟少者三岁、六岁、九岁。此余平生之乐事也。十二月己酉，携家西去，余岁不过三四月居城中，儿从行绝少，至是去而不返。每念初八之日，相随出门，不意足迹随履而没。悲痛之极，以为大怪，无此事也。盖吾儿居此七阅寒暑，山池草木，门阶户席之间，无处不见吾儿也。

葬在县之东南门。守冢人俞老，薄暮见儿衣绿衣，在享堂中。吾儿其不死邪？因作思子之亭。徘徊四望，长天寥阔，极目于云烟杳霭之间，当必有一日见吾儿翩然来归者。于是刻石亭中，其词曰：

天地运化，与世而迁，生气日漓，曷如古先？浑敦、梼杌，天以为贤；矬陋瘥躄，天以为妍。跖年必永，回寿必悭，噫嘻吾儿，敢觊其全？今世有之，死固宜焉。闻昔郗超，殁于贼间，遗书在笥，其父舍旃。胡为吾儿，愈思愈妍？爰有贫士，居海之边，重趼来哭，涕泪潺湲。王公大人，死则无传，吾儿孱弱，何以致然？人自胞胎，至于百年，何时不死，死者万千。如彼死者，亦奚足言？有如吾儿，真为可怜！我庭我庐，我简我编，髧彼两髦，翠眉珠颜。宛其绿衣，在我之前，朝朝暮暮，岁岁年年。似邪非邪，悠悠苍天！腊月之初，儿坐阁子，我倚栏杆，池水漭漭。日出山亭，万鸦来止，竹树交满，枝垂叶披。如是三日，予以为祉。岂知斯祥，兆儿之死！儿果为神，信不死矣。是时亭前，有两山茶。影在石池，绿叶朱花。儿行山径，循水之涯，从容笑言，手撷双葩。花容照映，烂然云霞。山花尚开，儿已辞家，一朝化去，果不死邪？汉有太子，死后八日，周行万里，苏而自述。倚尼渠余，白璧可质。大风疾雷，俞老战栗，奔走来告，人棺已失。儿今起矣，宛其在室。吾朝以望，及日之昳；吾夕以望，及日之出。西望五湖之清泌，东望大海之荡谲。寥寥长天，阴云四密，俞老不来，悲风萧瑟。宇宙之变，日新日茁，岂曰无之？吾匪怪谲。父子重欢，兹生已毕。於乎天乎，鉴此诚壹！

见村楼记

归熙甫

昆山治城之隍，或云即古娄江。然娄江已湮，以隍为江，未必然也。吴淞江自太湖西来，北向，若将趋入县城，未二十里，若抱若折，遂东南入于海。江之将南折也，背折而为新洋江。新洋江东数里，有地名罗巷村，亡友李中丞先世居于此，因自号为罗村云。

中丞游宦二十余年，幼子延实，产于江右南昌之官廨。其后每迁官辄随，历东兖、汴、楚之境，自岱岳、嵩少、匡庐、衡山、潇湘、洞庭之渚，延实无不识也。独于罗巷村者，生平犹昧之。

中丞既谢世，延实卜居县城之东南门内金潼港，有楼翼然出于城闉之上。前俯隍水，遥望三面，皆吴淞江之野。塘浦纵横，田塍如画，而村墟远近映带。延实日焚香洒扫，读书其中，而名其楼曰见村。余间过之，延实为具饭。念昔与中丞游，时时至其故宅所谓南楼者，相与饮酒论文，忽忽二纪，不意遂已隔世。今独对其幼子饭，悲怅者久之。

城外有桥，余尝与中丞出郭，造故人方思曾。时其不在，相与凭槛，尝至暮，怅然而返。今两人者皆亡，而延实之楼，即方氏之故庐，余能无感乎？

中丞自幼携策入城，往来省墓，及岁时出郊嬉游，经行术径，皆可指也。孔子少不知父葬处，有輓父之母知而告之，余可以为輓父之母乎？延实既能不忘其先人，依然水木之思，肃然桑梓之怀，怆然霜露之感矣。自古大臣子孙早孤而自树者，史传中多其人，延实在勉之而已。

野鹤轩壁记

归熙甫

嘉靖戊戌之春，余与诸友会文于野鹤轩。

吾昆之马鞍山，小而实奇。轩在山之麓，旁有泉，芳冽可饮。稍折而东，多盘石，山之胜处，俗谓之东崖，亦谓刘龙洲墓，以宋刘过葬于此。墓在乱石中，从墓间仰视，苍碧嶙峋，不见有土，惟石壁旁有小径，蜿蜒出其上，莫测所往，意其间有仙人居也。

始慈溪杨子器名父创此轩。令能好文爱士，不为俗吏者称名父，今奉以为名父祠。嗟夫名父！岂知四十余年之后，吾党之聚于此邪？时会者六人，后至者二人。潘士英自嘉定来，汲泉煮茗，翻为主人。余等时时散去，士英独与其徒处。烈风暴雨，崖崩石落，山鬼夜号，可念也。

畏垒亭记

归熙甫

自昆山城水行七十里，曰安亭，在吴淞江之旁，盖图志有安亭江，今不可见矣。土薄而俗浇，县人争弃之，余妻之家在焉。余独爱其宅中闲靓，壬寅之岁，读书于此。宅西有清池古木，垒石为山。山有亭，登之，隐隐见吴松江环绕而东，风帆时过于荒墟树杪之间，华亭九峰，青龙镇古刹浮屠，皆直其前。亭旧无名，余始名之曰畏垒。

庄子称庚桑楚得老聃之道，居畏垒之山，其臣之画然知者去之，其妾之挈然仁者远之，拥肿之与居，鞅掌之为使。三年，畏垒大熟，畏垒之民尸而祝之，社而稷之。而余居于此，竟日闭户，二三子或有自远而至者，相与讴吟于荆棘之中。予妻治田四十亩，值岁大旱，用牛輓车，昼夜灌水，颇以得谷。酿酒数石，寒风惨慄，木叶黄落，呼儿酌酒，登亭而啸，忻忻然，谁为远我而去我者乎？谁与吾居而吾使者乎？谁欲尸祝而社稷我者乎？作《畏垒亭记》。

吴山图记

归熙甫

吴、长洲二县，在郡治所，分境而治。而郡西诸山，皆在吴县。其最高者，穹窿、阳山、邓尉、西脊、铜井，而灵岩，吴之故宫在焉，尚有西子之遗迹。若虎丘剑池，及天平、尚方、支硎，皆胜地也。而太湖汪洋三万六千顷，七十二峰沉浸其间，则海内之奇观矣。

余同年友魏君用晦为吴县，未及三年，以高第召入为给事中。君之为县有惠爱，百姓扳留之不能得，而君亦不忍于其民，由是好事者绘《吴山图》以为赠。夫令之于民诚重矣。令诚贤也，其地之山川草木，亦被其泽而有荣也；令诚不贤也，其地之山川草木，亦被其殃而有辱也。君于吴之山川，盖增重矣。异时吾民将择胜于岩峦之间，尸祝于浮屠、老子之宫也固宜。而君则亦既去矣，何复惓惓于此山哉！

昔苏子瞻称韩魏公去黄州四十余年，而思之不忘，至为《思黄州诗》，子瞻为黄人刻之于石，然后知贤者于其所至，不独使其人之不忍忘，而已亦不能自忘于其人也。君今去县已三年矣，一日与余同在内廷，出示此图，展玩太息，因命余记之。噫！君之于吾吴有情如此，如之何而使吾民能忘之也！

长兴县令题名记

归熙甫

长兴为县，始于晋太康三年。初名长城，唐武德四年、五年，为绥州、雉州，七年，复为长城；梁开平元年，为长兴；元元贞二年，县为州；洪武二年，复为县，县常为吴兴属。隋开皇、仁寿之间，一再属吾苏州。丁酉之岁，国兵克长兴，耿侯以元帅即今治开府者十余年。既灭吴，耿侯始去，而长兴复专为县，至今若干年矣。溯县之初，建为长城若干年矣，长城为长兴又若干年矣，旧未有题名之碑，余始考图志，取洪武以来为县者列之。

呜呼！彼其受百里之命，其志亦欲以有所施于民，以不负一时之委任者盖有矣。而文字缺轶，遂不见于后世，幸而存者，又其书之之略，可慨也。抑其传于后世者既如彼，而是非毁誉之在于当时，又岂尽出于三代直道之民哉？夫士发愤以修先圣之道，而无闻于世则已矣。

余之书此，以为后之承于前者，其任宜尔，亦非以为前人之欲求著其名氏于今也。

遂初堂记

归熙甫

宋尤文简公，尝爱孙兴公《遂初赋》，而以“遂初”名其堂，崇陵书扁赐之，在今无锡九龙山之下。公十四世孙质，字叔野，求其遗址，而莫知所在，自以其意规度于山之阳，为新堂，仍以“遂初”为扁，以书来求余记之。

按兴公尝隐会稽，放浪山水，有高尚之志，故为此赋。其后涉历世途，违其夙好，为桓温所讥。文简公历仕三朝，受知人主，至老而不得去，而以“遂初”为况，若有不相当者。昔伊尹、傅说、吕望之徒，起于胥靡耕钓，以辅相商、周之主，终其身无复隐处之思，古之志得道行者，固如此也。惟召公告老，而周公留之，曰：“汝明勖偶王，在直乘兹大命，惟文王德，丕承无疆之恤。”当时君臣之际可知矣。后之君子，非复昔人之遭会，而义不容于不仕，及其已至贵显，或未必尽其用，而势不能以遽去。然其中之所谓介然者，终不肯随世俗而移易，虽三公之位，万钟之禄，固其心不能一日安也。则其高世遐举之志，宜其时见于言语文字之间，而有不能自已者。当宋皇祐、治平之时，欧阳公位登两府，际遇不为不隆矣。今读其《思颍》之诗，《归田》之录，而知公之不安其位也。况南渡之后，虽孝宗之英毅，光宗之总揽，远不能望盛宋之治，而崇陵末年疾病恍惚，宫闱戚畹干预朝政，时事有不可胜道者矣。虽然，二公之言已行于朝廷，当世之人主不可谓不知之，而终不能默默以自安，盖君子之志如此。

公殁至今四百年，而叔野能修复其旧，遗构宛然。无锡，南方士大夫入都孔道，过之者登其堂，犹或能想见公之仪刑，而读余之言，其亦不能无慨于中也已。

浮山记

刘才甫

浮山，自东南路入，曰华严寺。寺在平旷中，竹树殆以万计，而石壁环寺之背，削立千尺入天，其色绀碧相错杂如霞。春夏以往，岚光照游者衣袂。

逾寺东行，循九曲涧，登山之半，曰金谷岩。大石中空，上下五十尺，东西百有二十尺，装岩为殿，架石为楼，凿壁为石佛，而栖丈六金像于其中。其石宇覆荫佛阁，而宇之峻削直上者犹二丈余，望之如丹障，四时檐溜滴沥。其左为僧厨，厨亦在岩石之中。岩之北壁有洞，窥之甚黑，以火烛之，深邃殆不可穷。丹障之西，障垂欲尽，石坼而水出，小桥跨之，过桥而巨石塞其口。沿涧曲折，循石罅以入。至其中则廓然甚广而圆，如覆大瓮，如蜗螺旋折而上。上有复阁，其顶开圆窍见天，飞流从中直下数十尺，如喷珠然。岩底四周皆石岸，可容百人，可步可环坐而观焉。以石击其壁，响处处殊。燃火炮于其中，则如崖崩石裂，声闻十里外。其中承溜为石池，溢而至于岩口，则伏而不见，此所谓滴珠之岩也。若时值冬寒雨雪，或凝为冰柱，屹立岩石之下，尤为瑰丽奇绝，然不常有，盖数十年乃一得之云。自滴珠西转，是为闻虚之峰，绿萝岩在焉。峭壁倚天，古藤盘结，石楠、女贞相与鼓侧被之，无寸土而坚。而壁石中拆一罅，水从罅中出，注而为垂虹之井。出金谷而左陟其肩，有大石穹起当道，两枨中虚，如植玉环而埋其半于地。自远望之，天光见其下，如弦月焉。其旁怪石森列，如狮、如象、如鹦鹉甚众，不可名状。而首楞岩在狮石口吻内。其中凿石为几榻，可弈、可饮，可以望江南九华诸峰，如在宇下。自首楞缘仄径西行，有泉滴沥不断者，上方岩也。往时泉漫流，悬注金谷之额。自岩僧凿石连枧，引其水入厨，而金谷之檐溜微矣。自上方复西行，有圩陂，广可数亩，其形如漏卮。其口则滴珠之飞流所自来也。

自华严之寺西行，径山麓田野中，至松坪，入之甚深而隐。背金谷而当山之豁者，会胜岩也。岩纵三十尺，横五十尺，即岩内为殿，而架阁于其右。一日坐阁上，值大雷雨，云雾窈冥，阁前老松数十株，隐见云际，森然如群龙欲上腾之状。自岩左拾级而上，为堂三间，曰九带之堂，石三面抱之。门外植四松，松下则会胜之檐溜也。会胜之右，有岩曰松涛，有洞曰三曲。洞中乳石成柱，委宛覆折，而古木苍藤，蔽亏掩映，冬夏常蔚然。有泉冷然出其下，南流入峡中。而朝肠洞在峡西石壁之半，梯之以登，至亭午日景始去。自会胜左出，石壁西向，岩洞鳞次，曰栖真，曰栖隐，曰翠华，曰枕流。而五云岩在翠华之上，望之如层楼。至壁之将尽，则嵌石覆出如廊，廊西乳石下垂，如象蹄，对峙为柱者二，如辟三门焉。金谷岩洞类宫廷，会胜廊成列肆。自三门南出，有石龙蜿蜒南行数百丈，人亭其上，左右皆俯临大壑，群木覆之，溪水自阴翳中流去，锵然有声。自三门左转，一径甚狭，垂泉为帘者，雷公洞也。中有石池，以闽人雷鲤读书于此，故名。自会胜迤西而北，入石门，则山之顶也。其上平旷，天池出焉。有大小三天池，菰蒲被之，虾鱼群戏于其中。又有大石坦夷，上可立千人。石理成芙蕖，经雨则红艳如绘。石尽则菜畦麦陇弥望，如在原野。畦陇尽则又出石骨坡陀，其侧可以俯瞰连云之峡，而危险不可下。

连云峡在会胜石龙之西，峡三方皆石壁如城，而阙其西南一面，有岩在峡口之右，石罅如蜂房。架有为寺，凿石为磴而登之。冬时得南日最暖。自寺左行，有崖巍然高覆，其承雨溜者，岁久正黑；雨所不到，石色犹赭。赭黑相间，斑驳不可状。崖腹有岩曰野同。自野同又左，崖檐有泉悬注，侧足循危径以行，人在悬泉之内。至峡之将尽，有岩石理凹凸纤密，如浮沤，如浪波之沄沄。而崖檐之泉，铿訇击越，如闻风涛之声，名之曰海岛。

出连云之峡，又西北行，有岩曰壁立之岩，即岩内为殿，而于其前架楼以居。其上有重岩，曰石楼，其下有井不涸，其前有石台，台之下有洞曰鼎炉。其右有泉自峡而出，曰桃花之涧。跨涧为桥。涧以全石为底，雨后泉穿桥而堕，游其下者，自鼎炉以趋桃花之洞，则必越涧之委，仰见飞流如喷雪，其声轰然，人语不能相闻也。逾桥而西，有岩，石壁陡立不可入。乃穴石为门，架石为楼而居之，名之曰啸月。循其西壁而转，有小洞。洞内石穴如蜂房，其数盖百有八，名之曰总岩。壁立之右，有岩曰半月。折而北，有岩高敞曰西封。旧有大石，可罗百席，石工采其石以去，既久而洼，积水深二丈焉。旁岩三，不知其名，皆可游。又其西，则云锦廊也。自壁立之左南出，石壁峭削不可攀。好事者凿石为磴，磴才受足，凡百余级，五折而上，名之曰绕云之梯。自壁立来者，上梯以睊天池；自会胜来者，下梯以趋壁立。绕云之南，有岩曰披云。登其梯之半，其旁有洞曰戛玉。

浮山在桐城县治之东九十里，登山而望之，盖东西南北皆水汇，而山石嵃巉空虚，几欲乘风而去，故名之曰浮山。

是山也，自樯山迤逦而来，北起而为黄鹄峰。峰之西，石壁削立千尺，上丰而下敛，其势欲倾。有洞在其上曰金鸡，大如车轮，四分石壁，而金鸡高得其三，崭绝不可登。当其蹙然下敛，有二岩，曰毕陶，临水而幽；曰晚翠，日西夕则岩受之，盖与朝旸之洞平分一日云。黄鹄之南，有岩曰摘星，地峻而险，其径不容足。岩之前有绝涧横焉，游者皆苦其难至。自摘星而下，其石有瓮岩，其口隘而其腹甚广。其左有两石屹立，高数丈，中距二尺许，若人斧以斯之者，名之曰夹桅之石。石之右，断虹峡也。峡中有洞曰涵苍，曰横云。

自黄鹄东南复起而为妙高峰。妙高者，浮山之最高处也。峰之半有岩曰凌霄，登之则飞鸟皆在其下。自妙高之凌霄折而下，至西北直上，又得醉翁之岩。下临平原，其岩石覆压欲坠，有僧构而居之，窗棂皆如支柱然。中有泉，甘冽异于他水。其旁有关岩，他岩三面石，而此独四面，一户一牖，皆石以为之。

自妙高东南再起而为余莱峰。余莱之南，则华严之背，所谓石壁削立千尺者也。壁有洞二：曰定心，曰宝藏。自定心、宝藏而东，有洞二：曰长虹，曰剑谷。登妙高、余莱之巅，其间多大石，皆奇。有一石直立余莱峰上，当额一孔如秦碑，而其下方石整立，如连屏折迭，烺然可数。

自黄鹄北迤，是为翠微峰。翠微峰之西南壑中，其水流而为胡麻溪，由石龙之左，循溪以入，其石壁之洞有三：曰深遥，曰石驻，曰蛾眉。折而南，有小峡，峡有岩曰谈玄。出峡而北，有石梁二，相并而跨于溪上。溪以全石为底，而仰承二梁为一石，名之曰仙人之桥。雨则登桥而下见溪水之奔流，霁则桥下可通往来，可罗几榻而居之。

自翠微之东别起而为抱龙峰。抱龙与余莱并峙金谷之前，金谷则黄鹄之东面也。登抱龙之颠有大石，上平如砥，曰露台，四望无所蔽，而风自远来甚劲，立其上则人辄欲仆。台之后，有洞穹然跨峰之脊，左右豁达。自东入，则西见山之林壑；自西入，则东见野之原隰。台前有老松，松干虬曲，盖千岁物云。

自翠微西衍，是为翠盖峰。自翠盖转而西南，则会胜、连云，壁立、啸月诸岩也。自啸月而更西北，浮山之西面也。从其西以望之，山如石几正方，而丹丘一掌二岩，并立方几之下。山之北，戴土无岩洞，而山中有青鸟，其声百啭，独时时往来于白云、原注：桐城山名，东去浮山二十里。金谷之间，他山未之见也。又有鸟状类博劳，日将入则鸣，其声如木鱼。原注：此篇全学《禹贡》章法。浮山胜境凡五处，一曰华严寺，二曰金谷岩，三曰会胜岩，四曰连云峡，五曰壁立岩。文直叙此五处在前，如《禹贡》前并列九州也。后叙诸峰脉络次第，一曰黄鹄峰，二曰妙高峰，三曰余莱峰，四曰翠微峰，五曰抱龙峰，如《禹贡》之有导山导水也。其岩洞之在五胜境前后左右者，即附在本境之后；其不在五胜境之内，而见于诸峰之上下者，附在诸峰之后。有与前相关，复为点次，如九州既有壶口、碣石，而导山导水复见之，非复乱也。浮山所在，及其所以名，叙在中间，亦奇。

窦祠记

刘才甫

桐城县治之西北有窦祠，邑之人所建以祀蜀人窦成者也。明之亡，流贼将破桐城，成有救城功，故邑人戴其德，而建祠以祀之也。

当是时，贼攻城甚急，城坚不可卒下。贼时去时来。巡抚安庆等处部将廖应登，率蜀兵三千人为防御。时贼不在，应登将兵往庐州，经舒城，方解鞍憩息，而贼骑突至，遂劫应登去。贼顾谓应登曰："今欲诱降桐城，汝卒中谁可遣者？"应登曰："宜莫如窦成。"贼问成："若能往否？"成许之，无难色。贼遂以二卒持兵夹成，拥至城下，使登高阜呼城守而告之。成谛视，见所与相识者，乃大呼曰："我廖将军麾下窦成也。贼胁我诱若令降，若必无降，若谨守若城，且急使人请援。贼今穿洞，洞皆石骨不可穿，计穷且去矣。"夹成之二卒，卒出不意，相顾惊愕，遂以刀劈其头，脑出而死。自是守兵始无降贼意，益昼夜谨护城，而使人之安庆请援，援至而城赖以全。当明之季世，流贼横行，江之北鲜完邑焉。而桐以蕞尔，独坚守得全，虽天命，岂非人力哉？

成本武夫悍卒，然能知大义，不为贼屈，捐一身之死，以卒全一邑数万之生灵，有功德于民，则庙而食之宜矣。彼其受专城之寄，百里之命，君父之恩至深且渥也，贼未至而开门迎揖者，独何心欤！夫以一卒之微，而使一邑之缙绅大夫莫不稽首跪拜其前，岂非以义邪？又况士君子之杀身以成仁者哉！

吾观有明之治，常贵士而贱民。诵读草茅之中，一日列名荐书，已安富而尊荣矣。系官于朝，则其尊至于不可指。而百姓独辛苦流亡，无所控诉。然卒亡明之天下者，百姓也。后之为人君者，可以鉴矣。

游凌云图记

刘才甫

知者乐水，仁者乐山，非山水之能娱人，而知者仁者之心，常有以寓乎此也。天子神圣，天下无事，百僚庶司，咸称厥职。乃以莅政之余暇，翛然自适于山岨水涯，所以播国家之休风，鸣太平之盛事，施广誉于无穷者也。

南方故山水之奥区，而巴蜀峨眉，尤为怪伟奇绝。昔苏子瞻浮云轩冕，而愿得出守汉嘉，以为凌云之游。古之杰魁之士，其纵恣倘佯而不可羁縻以事者，类如此与？

吾友卢君抱孙，以进士令蜀之洪雅，地小而僻，政简而明，民安其俗，从容就理。于是携童幼，挈壶觞，逶迤而来，攀缘以登，坐于崇冈积石之间，超然远瞩。邈然澄思，飘飘乎遗世之怀，浩浩乎如在三古以上，于时极乐。既归里闲居，延请工画事者，画卢公载酒游凌云也。

古今人不相及矣。昔之人所尝有事者，今人未必能追步之也。乃子瞻之有志焉而未毕者，至卢君而遂能见之行事，则夫卢君之施泽于民，其亦有类于古人之为之邪？于是为之记。

卷六十　箴铭类一

州箴十二首

扬子云

鼒按：子云本传云：箴莫善于《虞箴》，作《州箴》。《文艺志》以《州箴》列于儒家。此本录从《艺文类聚》，别无善本，盖多舛误。子云文尚奇诡，而《赵充国颂》及此文独平易，盖箴颂之体宜尔也。汉武帝元封五年初，置刺史部十三州。《晋书·地志》以冀、幽、并、兖、徐、青、扬、荆、豫、益、凉及朔方、交趾，是为十三部，而田仁于天汉、大始之间，尝刺举三河，又在十三部之外。其后征和四年，置司隶校尉，又其后罢所领兵，而使察三辅、三河、宏农，于是无三河刺史，而有司隶。是武帝时，其十四部也。昭帝初，以河内属冀州，河东属并州，则司隶但有三辅、宏农、河南。其后成帝罢刺史，置州牧，哀帝始复刺史，而卒又改为州牧焉。司隶之官，成帝时省，哀帝时复。然哀帝虽复其官，但属大司空，比于司直，故《本纪》谓之正司直。司隶盖自是佐三公，举朝廷不法者而已，不复如成帝以前之督部诸郡三辅也。故自成帝省司隶后，总为十三部，其时司隶所部必分属于豫、凉二州矣，但史言之不详耳。至平帝元始三年，始更十二州名，分界郡国所属，其州名史亦不详，独赖子云是箴而知之尔。盖设雍州以易凉州，而朔方所部归于并州，而交阯谓之交州。王莽奏改州名，云汉家十三州州名及界多不应经。此箴首必引《禹贡》，所谓应经也。平帝元始二年，黄支国献犀牛，其《交州箴》内亦述及焉，然则其文必平帝时作。当时王莽既改州名，颇张其事，盖使人定为地理之书，今《汉书·地理志》所本者是也。故《地理志》书户口，独举元始二年，知其与《州箴》同时有也。《志》内每郡国必曰属某州，而三辅、宏农、河东、武都、陇西、金城、天水十余郡，独不著所属，此其旧书必曰属雍州也，班氏以雍州乃王莽专擅时所置之名，故刊除之尔。其实《志》内某郡属某州，大抵皆莽所定，而汉平帝以前郡国分属诸州之制，莽所云不应经者，皆不复可详也。自是迄莽之亡，皆十二部。建武中兴，改雍州为司隶，而复设凉州，乃复为十三部。

冀州牧箴

洋洋冀州，鸿原大陆。岳阳是都，岛夷皮服。潺湲河流，夹以碣石。三后攸降，列为侯伯。降周之末，赵、魏是宅。冀州麋沸，炫沄如汤。更盛更衰，载纵载横。陪臣擅命，天王是替。赵、魏相反，秦拾其敝。北筑长城，恢夏之场。汉兴定制，改列藩王。仰览前世，厥力孔多。初安如山，后崩如崖。故治不忘乱，安不忘危。周宗自怙，云焉有予隳？六国奋矫，渠绝其维。牧臣司冀，敢告在阶。

扬州牧箴

矫矫杨州，江、汉之浒。彭蠡既潴，阳鸟攸处。橘柚羽贝，瑶琨篆荡。闽越北垠，沅湘攸往。犷矣淮夷，蠢蠢荆蛮。翩彼昭王，南征不旋。人咸颠于垤，莫颠于山；咸跌于污，莫跌于川。明哲不云我昭，童蒙不云我昏，汤、武圣而师伊、吕，桀、纣悖而诛逢、干。盖迩不可不察，远不可不亲，靡有孝而逆父，罔有义而忘君。泰伯逊位，基吴绍类。夫差一误，泰伯无祚。周室不匡，句践入霸。当周之隆，越裳重译，春秋之末，侯甸畔逆。元首不可不思，股肱不可不孳。尧崇屡省，舜盛钦谋。牧臣司扬，敢告执筹。

荆州牧箴

幽幽巫山，在荆之阳。江、汉朝宗，其流汤汤。夏君遭洚，荆、衡是调。云梦涂泥，包匦菁茅。金玉砥砺，象齿元龟。贡篚百物，世世以饶。战战慄慄，至桀荒溢，曰我在帝位，若天有日，不顺庶国，孰敢予夺！亦有成汤，果秉其钺，放之南巢，号之以桀。南巢茫茫，包楚与荆，风慄以悍，气锐以刚。有道后服，无道先强。世虽安平，无敢逸豫。牧臣司荆，敢告执御。

青州牧箴

茫茫青州，海岱是极。盐铁之地，铅松怪石。群水攸归，莱夷作牧。贡篚以时，莫怠莫违。昔在文武，封吕于齐。厥土涂泥，在丘之营，五侯、九伯，是讨是征。马殆其衔，御失其度，周室荒乱，小白以霸。诸侯佥服，复尊京师。小白既没，周卒陵迟。嗟兹天王，附命下土。失其法度，丧其文武。牧臣司青，敢告执矩。

徐州牧箴

海岱伊淮，东海是渚。徐州之土，邑于海宇。大野既潴，有羽有蒙。孤桐蠙珠，泗、沂攸同。实列藩蔽，侯卫东方，民好农蚕，大野以康。帝癸及辛，不祗不恪，沉湎于酒，而忘其东作。天命汤、武，剿绝其绪祚；降周任姜，镇于琅琊。姜氏绝苗，田氏攸都。事由细微，不虑不图。祸如丘山，本在萌芽。牧臣司徐，敢告仆夫。

兖州牧箴

悠悠济河，兖州之寓。九河既道，雷夏攸处。草繇木条，漆丝絺纻。济漯既通，降丘宅土。成汤五徙，卒都于亳；盘庚北渡，牧野是宅。丁感雊雉，祖己伊忠；爰正厥事，遂绪高宗。厥后陵迟，颠覆厥绪。西伯戡黎，祖伊奔走。致天威命，不恐不震。妇言是用，牝鸡是晨。三仁既知，武果戎殷。牧野之禽，岂复能耽？甲子之朝，岂复能笑？有国虽久，必畏天咎。有民虽长，必惧人殃。箕子欷歔，厥居为歔。牧臣司兖，敢告执书。

豫州牧箴

郁郁荆山，伊洛是经。荥播枲漆，惟用攸成。田田相拏，庐庐相距，夏、殷不都，成周攸处。豫野所居，爰在鹑墟。四隩咸宅，寓内莫如。陪臣执命，不虑不图。王室陵迟，丧其爪牙。靡哲靡圣，捐失其正，方伯不维，韩卒擅命。文武孔纯，至厉作昏；成康孔宁，至幽作倾。故有天下者，毋曰我大，莫或余败；毋曰我强，靡克余亡。夏宅九州，至于季世，放于南巢；成康太平，降及周微，带蔽屏营。屏营不起，施于孙子，至赧为极，实绝周祀。牧臣司豫，敢告柱史。

雍州牧箴

黑水西河，横截昆仑。邪指阊阖，画为雍垠。上侵积石，下碍龙门。自彼氐、羌，莫敢不来庭，莫敢不来匡。每在季主，常失厥绪。侯纪不贡，荒侵其宇。陵迟衰微，秦据以戾。兴兵山东，六国颠沛。上帝不宁，命汉作京，陇山以徂，列为西荒。南排劲越，北启强胡。并连属国，一护攸都。盖安不忘危，盛不讳衰。牧臣司雍，敢告缀衣。

益州牧箴

岩岩岷山，古曰梁州。华阳西极，黑水南流。茫茫洪波，鲧堙降陆。于时八都，厥民不隩。禹导江、沱，岷、嶓启乾，远近底贡，磬错砮丹。丝麻条畅，有粳有稻。自京徂畛，民攸温饱。帝有桀、纣，湎沉颇僻，遏绝苗民，灭夏、殷绩。爰周受命，复古之常，幽、厉夷业，破绝为荒。秦作无道，三方溃叛，义兵征暴，遂国于汉。拓开疆宇，恢梁之野，列为十二，光羡虞、夏。牧臣司梁，是职是图；经营盛衰，敢告士夫。

幽州牧箴

荡荡平川，惟冀之别。北阨幽州，戎、夏交逼。伊昔唐、虞，实为平陆，周末荐臻，迫于獯鬻。晋失其陪，周使不祖，六国擅权，燕、赵本都，东限獩貊，羡及东胡。强秦北排，蒙公城疆，大汉初定，介狄之荒。元戎屡征，如风之腾，义兵涉漠，偃我边萌。既定且康，复古虞、唐，盛不可不图，衰不可或忘。堤溃蚁穴，器漏针芒。牧臣司幽，敢告侍旁。

并州牧箴

雍别朔方，河水悠悠。北辟獯鬻，南界泾流。画兹朔土，正直幽方。自昔何为，莫敢不来贡，莫敢不来王。周穆遐征，犬戎不享。爰貊伊德，侵玩上国。宣王命将，攘之泾北。宗周罔职，日用爽蹉。既不俎豆，又不干戈。犬戎作难，毙于骊阿。太上曜德，其次曜兵。德兵俱颠，靡不悴荒。牧臣司并，敢告执纲。

交州牧箴

交州荒裔，水与天际。越裳是南，荒国之外。爰自开辟，不羁不绊，周公摄祚，白雉是献。昭王陵迟，周室是乱。越裳绝贡，荆楚逆叛。四国内侵，蚕食周宗。臻于季赧，遂入灭亡。大汉受命，中国兼该，南海之宇，圣武是恢。稍稍受羁，遂臻黄支。杭海三万，来牵其犀。盛不可不忧，隆不可不惧。顾瞻陵迟，而忘其规摹。亡国多逸豫，而存国多难，泉竭中虚，池竭濒干。牧臣司交，敢告执宪。

酒　箴

扬子云

子犹瓶矣，观瓶之居，居井之眉。处高临深，动常近危。酒醪不入口，藏水满怀，不得左右，牵于纆徽。一旦叀碍，为瓽所轠，身提黄泉，骨肉为泥。自用如此，不如鸱夷。鸱夷滑稽，腹如大壶，尽日盛酒，人复借酤，常为国器，托于属车。出入两宫，经营公家。由是言之，酒何过乎？

座右铭

崔子玉

无道人之短，无说己之长。施人慎勿念，受施慎勿忘。世誉不足慕，唯仁为纪纲。隐心而后动，谤议庸何伤！勿使名过实，守愚圣所臧。在涅贵不淄，暧暧内含光。柔弱生之徒，老氏戒刚强。行行鄙夫志，悠悠故难量。慎言节饮食，知足胜不祥。行之苟有恒，久久自芬芳。

剑阁铭

张孟阳

岩岩梁山，积石峨峨。远属荆、衡，近缀岷、嶓。南通邛、僰、北达褒斜。狭过彭、碣，高逾嵩、华。惟蜀之门，作固作镇，是曰剑阁，壁立千仞。穷地之险，极路之峻，世浊则逆，道清斯顺。闭由往汉，开自有晋。秦得百二，并吞诸侯；齐得十二，田生献筹。矧兹狭隘，土之外区，一人荷戟，万夫趑趄。形胜之地，匪亲勿居。昔在武侯，中流而喜，山河之固，见屈吴起。兴实在德，险亦难恃，洞庭、孟门，二国不祀。自古迄今，天命不易。凭阻作昏，鲜不败绩。公孙既灭，刘氏衔璧。覆车之轨，无或重迹。勒铭山阿，敢告梁、益。

五箴并序

韩退之

人患不知其过，既知之不能改，是无勇也。余生三十有八年，发之短者日益白，齿之摇者日益脱，聪明不及于前时，道德日负于初心，其不至于君子，而卒为小人也昭昭矣。作《五箴》以讼其恶云。

游箴

余少之时，将求多能，早夜以孜孜。余今之时，既饱而嬉，蚤夜以无为。呜呼余乎，其无知乎！君子之弃，而小人之归乎！

言箴

不知言之人，乌可与言？知言之人，默焉而其意已传。幕中之辨，人反以汝为叛；台中之评，人反以汝为倾。汝不惩邪，而呶呶以害其生邪！

行箴

行与义乖，言与法违，后虽无害，汝可以悔。行也无邪，言也无颇，死而不死，汝悔而何？宜悔而休，汝恶曷瘳？宜休而悔，汝善安在？悔不可追，悔不可为。思而斯得，汝则勿思。

好恶箴

无善而好，不观其道；无悖而恶，不详其故。前之所好，今见其尤，从也为比，舍也为仇。前之所恶，今见其臧，从也为愧，舍也为狂。维仇维比，维狂维愧，于身不祥，于德不义。不义不祥，维恶之大，几如是为，而不颠沛。齿之尚少，庸有不思，今其老矣，不慎胡为？

知名箴

内不足者，急于人知；霈焉有余，厥闻四驰。今日告汝，知名之法：勿病无闻，病其晔晔。昔者子路，唯恐有闻。赫然千载，德誉愈尊。矜汝文章，负汝言语。乘人不能，揜以自取。汝非其父，汝非其师，不请而教，谁云不欺？欺以贾憎，揜以媒怨，汝曾不悟，以及于难。小人在辱，亦克知悔；及其既宁，终莫能戒。既出汝心，又铭汝前。汝如不顾，祸亦宜然。

行已箴

李习之

人之爱我，我度于义，义则为朋，否则为利。人之恶我，我思其由，过宁不改，否又何仇？仇实生怨，利实害德，我如不思，乃陷于惑。内省不足，愧形于颜，中心无他，曷畏多言？惟咎在躬，若市于戮，慢虐自他，匪汝之辱。昔者君子，惟礼是持，自小及大，曷莫从斯？苟远于此，其何不为！事之在人，昧者亦知，迁焉及己，则莫之思，造次不戒，祸焉可期。书之在侧，以为我师。

西铭

张　子

乾称父，坤称母，予兹藐焉，乃混然中处。故天地之塞吾其体，天地之帅吾其性，民吾同胞，物吾与也。大君者，吾父母宗子，其大臣，宗子之家相也。尊高年，所以长其长；慈孤弱，所以幼其幼。圣其合德，贤其秀也。凡天下疲癃、残疾，惸独、鳏寡，皆吾兄弟之颠连而无告者也。于时保之，子之翼也。乐且不忧，纯乎孝者也。违曰悖德，害仁曰贼，济恶者不才，其践形惟肖者也。知化则善述其事，穷神则善继其志，不愧屋漏为无忝，存心养性为匪懈。恶旨酒，崇伯子之顾养；育英才，颍封人之锡类。不弛劳而底豫，舜其功也；无所逃而待烹，申生其恭也。体其受而归全者，参乎！勇于从而顺令者，伯奇也。富贵福泽，将厚吾之生也；贫贱忧戚，庸玉汝于成也。存吾顺事，没吾宁也。

徐州莲华漏铭

苏子瞻

故龙图阁直学士、礼部侍郎燕公肃，以创物之智，闻于天下，作莲华漏，世服其精。凡公所临必为之，今州郡往往而在，虽有巧者莫能损益。而徐州独用瞽人卫朴所造，废法而任意，有壶而无箭，自以无目而废天下之视，使守者伺其满，则决之而更注，人莫不笑之。国子博士傅君裼，公之外曾孙，得其法为详，其通守是邦也，实始改作，而请铭于轼。铭曰：

人之所信者，手、足、耳、目也。目识多寡，手知重轻，然人未有以手量而目计者，必付之度量与权衡，岂不自信而信物？盖以为无意无我，然后得万物之情。故天地之寒暑，日月之晦明，昆仑旁薄于三十八万七千里之外，而不能逃于三尺之箭，五斗之瓶。虽疾雷、霾风、雨雪、昼晦，而迟速有度，不加亏赢。使凡为吏者，如瓶之受水，不过其量；如水之浮箭，不失其平；如箭之升降也，视时之上下，降不为辱，升不为荣。则民将靡然而心服，而寄我以死生矣。

九成台铭

苏子瞻

韶阳太守狄咸，新作九成台，玉局散吏苏轼为之铭曰：

自秦并天下，灭礼乐，《韶》之不作，盖千三百二十有三年。其器存，其人亡，则《韶》既已隐矣，而况于人器两亡而不传！虽然，《韶》则亡矣，而有不亡者存，盖尝与日月、寒暑、晦明、风雨并行于天地之间。世无南郭子綦，则耳未尝闻地籁也，而况得闻天籁！使耳闻天籁，则凡有形有声者，皆吾羽旄、干戚、管磬、匏弦。尝试与子登夫韶石之上，舜峰之下，望苍梧之眇莽，九疑之联绵，览观江山之吐吞，草木之俯仰，鸟兽之鸣号，众窍之呼吸，往来唱和，非有度数而均节自成者，非《韶》之大全乎？上方立极以安天下，人和而气应，气应而乐作，则夫所谓箫《韶》九成，来凤鸟而舞百兽者，既已灿然毕陈于前矣。

卷六十一　颂赞类一

赵充国颂

扬子云

明灵惟宣，戎有先零，先零猖狂，侵汉西疆。汉命虎臣，惟后将军，整我六师，是讨是震。既临其域，喻以威德，有守矜功，谓之弗克。请奋其旅，于罕之羌，天子命我，从之鲜阳。营平守节，屡奏封章，料敌制胜，威谋靡亢。遂克西戎，还师于京，鬼方宾服，罔有不庭。昔周之宣，有方有虎，诗人歌功，乃列于《雅》。在汉中兴，充国作武，赳赳桓桓，亦绍厥后。

子产不毁乡校颂

韩退之

我思古人，伊郑之侨。以礼相国，人未安其教，游于乡之校，众口嚣嚣。或谓子产，毁乡校则止。曰何患焉，可以成美。夫岂多言？亦各其志。善也吾行，不善吾避，维善维否，我于此视。川不可防，言不可弭，下塞上聋，邦其倾矣。既乡校不毁，而郑国以理。

在周之兴，养老乞言，及其已衰，谤者使监。成败之迹，昭哉可观！维是子产，执政之式，维其不遇，化止一国。诚率是道，相天下君，交畅旁达，施及无垠。於乎！四海所以不理，有君无臣。谁其嗣之？我思古人。

伊尹五就桀赞

柳子厚

伊尹五就桀。或疑曰：汤之仁闻且见矣，桀之不仁闻且见矣，夫胡去就之亟也？柳子曰：恶！是吾所以见伊尹之大者也。彼伊尹，圣人也。圣人出于天下，不夏、商其心，心乎生民而已，曰："孰能由吾言？由吾言者为尧、舜，而吾生人尧、舜人矣。"退而思曰："汤诚仁，其功迟；桀诚不仁，朝吾从而暮及于天下可也。"于是就桀。桀果不可得，反而从汤。既而又思曰："尚可十一乎使斯人蚤被其泽也。"又往就桀。桀不可，而又从汤，以至于百一千一万一，卒不可，乃相汤伐桀，俾汤为尧舜，而人为尧舜之人。是吾所以见伊尹之大者也。仁至于汤矣，四去之；不仁至于桀矣，五就之，大人之欲速其功如此。不然，汤、桀之辨，一恒人尽之矣，又奚以憧憧圣人之足观乎！吾观圣人之急生人，莫若伊尹；伊尹之大，莫若于五就桀。作《伊尹五就桀赞》：

圣有伊尹，思德于民。往归汤之仁，曰仁则仁矣，非久不亲。退思其速之道，宜夏是因，就焉不可，复反亳殷。犹不忍其迟，亟往以观，庶狂作圣，一日胜残。至千万冀一，卒无其端，五往不疲，其心乃安。遂升自陑，黜桀尊汤，遗民以完。大人无形，与道为偶，道之为大，为人父母。大矣伊尹，惟圣之首，既得其仁，犹病其久。恒人所疑，我之所大，呜呼远哉！志以为诲。

韩干画马赞

苏子瞻

韩干之马四：其一在陆，骧首奋鬣，若有所望，顿足而长鸣。其一欲涉，尻高首下，择所由济，跼蹐而未成。其二在水，前者反顾，若以鼻语；后者不应，欲饮而留行。以为厩马也，则前无羁络，后无箠策；以为野马也，则隅目耸耳，丰臆细尾，皆中度程，萧然如贤大夫贵公子，相与解带脱帽，临水而濯缨。遂欲高举远引，友麋鹿而终天年，则不可得矣！盖优哉游哉，聊以卒岁而无营。

文与可飞白赞

苏子瞻

呜呼哀哉！与可，岂其多好，好奇也与！抑其不试故艺也。始予见其诗与文，又得见其行、草、篆、隶也，以为止此矣。既没一年，而复见其飞白，美哉多乎！其尽万物之态也，霏霏乎其若轻云之蔽月，翻翻乎其若长风之卷旆也；猗猗乎其若游丝之萦柳絮，袅袅乎其若流水之舞荇带也；离离乎其远而相属，缩缩乎其近而不隘也。其工至于如此，而余乃今知之，则余之知与可者固无几，而其所不知者，盖不可胜计也。呜呼哀哉！

卷六十二　辞赋类一

淳于髡讽齐威王

威王八年，楚大发兵加齐。齐王使淳于髡之赵请救兵，赍金百斤，车马十驷。淳于髡仰天大笑，冠缨索绝。王曰："先生少之乎？"髡曰："何敢。"王曰："笑岂有说乎？"髡曰："今者臣从东方来，见道旁有禳田者，操一豚蹄，酒一盂，祝曰：'瓯窭满篝，污邪满车，五谷蕃熟，穰穰满家。'臣见其所持者狭，而所欲者奢，故笑之。"于是齐威王乃益赍黄金千镒，白璧十双，车马百驷。髡辞而行。至赵，赵王与之精兵十万，革车千乘。楚闻之，夜引兵而去。

威王大说，置酒后宫，召髡赐之酒。问曰："先生能饮几何而醉？"髡对曰："臣饮一斗亦醉，一石亦醉。"威王曰："先生饮一斗而醉，恶能饮一石哉？其说可得闻乎？"髡曰："赐酒大王之前，执法在旁，御史在后，髡恐惧俯伏而饮，不过一斗，径醉矣。若亲有严客，髡帣韝鞠𦜞，侍酒于前，时赐馀沥，奉觞上寿，数起，饮不过二斗，径醉矣。若朋友交游，久不相见，卒然相睹，欢然道故，私情相语，饮可五六斗，径醉矣。若乃州闾之会，男女杂坐，行酒稽留，六博投壶，相引为曹，握手无罚，目眙不禁，前有堕珥，后有遗簪，髡窃乐此，饮可八斗，而醉二参。日莫酒阑，合尊促坐，男女同席，履舄交错，杯盘狼籍，堂上灭烛，主人留髡而送客，罗襦襟解，微闻芗泽，当此之时，髡心最欢，能饮一石。故曰酒极则乱，乐极则悲，万事尽然。言不可极，极之而衰，以讽谏焉。"齐王曰：

"善。"乃罢长夜之饮，以髡为诸侯主客，宗室置酒，髡尝在侧。

离 骚

屈 原

帝高阳之苗裔兮，朕皇考曰伯庸。摄提贞于孟陬兮，惟庚寅吾以降。皇览揆余于初度兮，肇锡余以嘉名：名余曰正则兮，字余曰灵均。纷吾既有此内美兮，又重之以修能。扈江蓠与辟芷兮，纫秋兰以为佩。汩余若将不及兮，恐年岁之不吾与。朝搴阰之木兰兮，夕揽洲之宿莽。日月忽其不淹兮，春与秋其代序。惟草木之零落兮，恐美人之迟暮。不抚壮而弃秽兮，何不改乎此度也？乘骐骥以驰骋兮，来吾导夫先路。昔三后之纯粹兮，固众芳之所在。杂申椒与菌桂兮，岂惟纫夫蕙茝！彼尧、舜之耿介兮，既遵道而得路；何桀、纣之昌披兮，夫惟捷径以窘步？惟党人之偷乐兮，路幽昧以险隘。岂余身之惮殃兮，恐皇舆之败绩！忽奔走以先后兮，及前王之踵武。荃不察余之中情兮，反信谗而齐怒。余固知謇謇之为患兮，忍而不能舍也。指九天以为正兮，夫惟灵修之故也。初既与余成言兮，后悔遁而有他。余既不难夫离别兮，伤灵修之数化。余既滋兰之九畹兮，又树蕙之百亩；畦留夷与揭车兮，杂杜蘅与芳芷。冀枝叶之峻茂兮，愿俟时乎吾将刈。虽萎绝其亦何伤兮，哀众芳之芜秽！以上言以道事君，见疑而不改。

众皆竞进以贪婪兮，凭不厌乎求索。羌内恕己以量人兮，各兴心而嫉妒。忽驰骛以追逐兮，非余心之所急。老冉冉其将至兮，恐修名之不立。朝饮木兰之坠露兮，夕餐秋菊之落英。苟余情其信姱以练要兮，长顑颔亦何伤。擥木根以结茝兮，贯薜荔之落蕊。矫菌桂以纫蕙兮，索胡绳之纚纚。謇吾法夫前修兮，非时俗之所服。虽不周于今之人兮，愿依彭咸之遗则。长太息以掩涕兮，哀人生之多艰。二句疑误倒。盖"涕"与"替"为韵，《齐东野语》已有此说。余虽好修姱以鞿羁兮，謇朝谇而夕替。既替余以蕙纕兮，又申之以揽茝。亦余心之所善兮，虽九死其犹未悔。怨灵修之浩荡兮，终不察夫人心。众女嫉余之蛾眉兮，谣诼谓余以善淫。固时俗之工巧兮，偭规矩而改错。背绳墨以追曲兮，竞周容以为度。忳郁邑余侘傺兮，吾独穷困乎此时也。宁溘死以流亡兮，余不忍为此态也。鸷鸟之不群兮，自前代而固然。何方圆之能周兮，夫孰异道而相安？屈心而抑志兮，忍尤而攘诟。伏清白以死直兮，固前圣之所厚。以上言谗人之害而将挤于死。

悔相道之不察兮，延伫乎吾将反。回朕车以复路兮，及行迷之未远。步余马于兰皋兮，驰椒丘且焉止息。进不入以离尤兮，退将复修吾初服。制芰荷以为衣兮，集芙蓉以为裳。不吾知其亦已兮，苟余情其信芳。高余冠之岌岌兮，长余佩之陆离。芳与泽其杂糅兮，唯昭质其犹未亏。忽反顾以游目兮，将往观乎四荒。佩缤纷其繁饰兮，芳菲菲其弥章。言吾挟此德美，将适四方乎？若居楚国，芳菲弥章，安能使人之不忌乎！人生各有所乐兮，余独好修以为常。“常”当作“恒”，避汉讳，改。虽体解吾犹未变兮，岂余心之可惩！以上言欲退隐不涉世患而能也。此段即《渔夫篇》之义。又扬子云《反离骚》所云“弃由、聃之所珍”者，屈子于此，已解其难。

女嬃之婵媛兮，申申其詈予。曰：“鲧婞直以亡身兮，终然殀乎羽之野。汝何博謇而好修兮，纷独有此姱节？薋菉葹以盈室兮，判独离而不服。众不可户说兮，孰云察余之中情？世并举而好朋兮，夫何茕独而不予听？”以上设为女嬃辞，所谓“慎毋为善”也。

依前圣以节中兮，喟凭心而历兹。济沅、湘以南征兮，就重华而陈辞；启《九辩》与《九歌》兮，夏康娱以自纵。“启《九辩》”下十六句，皆言失道君之致祸；“汤禹”四句，皆言得道君之致福。启之失道，载《逸书·武观篇》，墨子所引是也。屈子以与浇并斥为康娱。王逸误以“夏康”连读，解为太康，伪作古文者遂有“太康尸位”之语，其失始于逸也。不顾难以图后兮，五子用失乎家巷。羿淫游以佚田兮，又好射夫封狐。固乱流其鲜终兮，浞又贪夫厥家。浇身被服强圉兮，纵欲而不忍。日康娱而自忘兮，厥首用夫颠陨。夏桀之常违兮，乃遂焉而逢殃。后辛之菹醢兮，殷宗用而不长。汤、禹严而祇敬兮，周论道而莫差。举贤而授能兮，循绳墨而不颇。皇天无私阿兮，览民德焉错辅。夫维圣哲以茂行兮，苟得用此下土。瞻前而顾后兮，相观民之计极。夫孰非义而可用兮，孰非善而可服？阽余身而危死兮，览余初其犹未悔。不量凿而正枘兮，固前修以菹醢。曾歔欷余郁悒兮，哀朕时之不当。揽茹蕙以掩涕兮，沾余襟之浪浪。以上言以此心正于舜而无愧，又安能不为善也。

跪敷衽以陈辞兮，耿吾既得此中正。驷玉虬以乘鹥兮，溘埃风余上征。此下承"往观乎四荒"极言之，而卒归于不可，所谓发乎情，止乎理义。朝发轫于苍梧兮，夕余至乎县圃。欲少留此灵琐兮，日忽忽其将暮。吾令羲和弭节兮，望崦嵫而勿迫。路漫漫其修远兮，吾将上下而求索。饮余马于咸池兮，总余辔乎扶桑。折若木以拂日兮，聊须臾以相羊。前望舒使先驱兮，后蜚廉使奔属。鸾皇为余先戒兮，雷师告余以未具。吾令凤鸟飞腾兮，又继之以日夜。飘风屯其相离兮，帅云霓而来御。纷总总其离合兮，班陆离其上下。吾令帝阍开关兮，倚阊阖而望予。时暧暧其将罢兮，结幽兰而延伫。世溷浊而不分兮，好蔽美而嫉妒。朝吾将济于白水兮，登阆风而緤马。忽反顾以流涕兮，哀高丘之无女。溘吾游此春宫兮，折琼枝以继佩。及荣华之未落兮，相下女之可贻。吾令丰隆乘云兮，求虙妃之所在。解佩壤以结言兮，吾令蹇修以为理。纷总总其离合兮，忽纬缅其难迁。夕归次于穷石兮，朝濯发乎洧槃。保厥美以骄傲兮，日康娱以淫游。虽信美而无礼兮，来违弃而改求。虙妃者，盖后羿之妻，《天问》所谓"妻彼洛嫔"者是也。言方令蹇修为理，而彼乃难于迁而归我，而反适无道之羿，相从于骄傲无礼，何足顾耶！羿自锄迁于穷石，穷石是羿国。凡《淮南子》《山海经》之类，多依《楚词》，妄为附会，皆不足据。上言"相下女"，故虙妃、有娀、二姚，皆下土女，非谓神也。览相观于四极兮，周流乎天余乃下。望瑶台之偃蹇兮，见有娀之佚女。吾令鸩为媒兮，鸩告余以不好。雄鸠之鸣逝兮，余犹恶其佻巧。心犹豫而狐疑兮，欲自适而不可。凤鸟既受诒兮，恐高辛之先我。欲远集而无所止兮，聊浮游以逍遥。及少康之未家兮，留有虞之二姚。理弱而媒拙兮，恐导言之不固。时溷浊而嫉贤兮，好蔽美而称恶。闺中既以邃远兮，哲王又不寤。怀朕情而不发兮，余焉能忍与此终古！以上言将以此中正适于兹世。其于楚也，则如天阍之不通，是哲王不寤也。其于异国，则世无贤君，相从骄傲；或有贤而非我偶，如佚女之不可求，是闺中邃远也。索琼茅以筳篿兮，命灵氛为余占之。曰："两美其必合兮，孰信修而慕之？思九州之博大兮，岂唯是其有女？"曰："勉远逝而无狐疑兮，孰求美而释汝？何所独无芳草兮，尔何怀乎故宇？世幽昧以眩曜兮，孰云察余之美恶？人好恶其不同兮，惟此党人其独异。户服艾以盈要兮，谓幽兰其不可佩。览察草木其犹未得兮，岂理美之能当？苏粪壤以充帏兮，谓申椒其不芳。”以上皆灵氛之词。

欲从灵氛之吉占兮，心犹豫而狐疑。巫咸将夕降兮，怀椒糈而要之。百神翳其备降兮，九疑缤其并迎。皇剡剡其扬灵兮，告余以吉故。曰：“勉升降以上下兮，求矩矱之所同。汤、禹俨而求合兮，挚、咎繇而能调。苟中情其好修兮，何必用夫行媒？说操筑于傅岩兮，武丁用而不疑。吕望之鼓刀兮，遭周文而得举。宁戚之讴歌兮，齐桓闻以该辅。及年岁之未晏兮，时亦犹其未央。恐鹈鴂之先鸣兮，使百草为之不芳。”何琼佩之偃蹇兮，众薆然而蔽之。惟此党人之不亮兮，恐嫉妒而折之。时缤纷其变易兮，又何可以淹留？兰芷变而不芳兮，荃蕙化而为茅。何昔日之芳草兮，今直为此萧艾也？岂其有他故兮，莫好修之害也！灵氛第言世之幽昧而已，巫咸则言党人之害益深，中材畏而从之矣。是既无复同志之人，而居此则必遭其折害而死，其势益危矣。余以兰为可恃兮，羌无实而容长。委厥美以从俗兮，苟得列乎众芳。椒专佞以慢谄兮，榝又欲充其佩帏。既干进而务入兮，又何芳之能祗？固时俗之从流兮，又孰能无变化？览椒兰其若兹兮，又况揭车与江离？惟兹佩之可贵兮，委厥美而历兹。芳菲菲而难亏兮，芬至今犹未沫。和调度以自娱兮，聊浮游而求女。及余饰之方壮兮，周流观乎上下。以上皆巫咸之词。

灵氛既告余以吉占兮，言承灵氛，则巫咸在其内矣。历吉日乎吾将行。折琼枝以为羞兮，精琼爢以为粻。为余驾飞龙兮，杂瑶象以为车。何离心之可同兮，吾将远逝以自疏。上虙妃、有娀一节，犹言求女；灵氛、巫咸二节，亦以求女为言，欲其择君而事也。知此节，则知求女之必不可矣，姑远逝以自疏，遨游娱乐，如《远游》一篇之旨，而卒亦不忍。则死从彭咸焉而已也。吾道夫昆仑兮，路修远以周流。扬云霓之晻蔼兮，鸣玉鸾之啾啾。朝发轫于天津兮，夕余至乎西极。凤皇翼其承旂兮，高翱翔之翼翼。忽吾行此流沙兮，遵赤水而容与。麾蛟龙使梁津兮，诏西皇使涉予。路修远以多艰兮，腾众车使径待。路不周以左转兮，指西海以为期。屯余车其千乘兮，齐玉軑而并驰。驾八龙之婉婉兮，载云旗之委蛇。抑志而弭节兮，神高驰之邈邈。奏《九歌》而舞《韶》兮，聊假日以媮乐。陟升皇之赫戏兮，忽临睨夫旧乡。仆夫悲余马怀兮，蜷局顾而不行。

乱曰：“已矣哉！国无人莫我知兮，又何怀乎故都！既莫足与为美政兮，吾将从彭咸之所居！”

九 章

屈　原

惜 诵

惜诵以致愍兮，发愤以抒情。所非忠而言之兮，指苍天以为正。令五帝以折中兮，戒六神与向服。俾山川以备御兮，命咎繇使听直。竭忠诚以事君兮，反离群而赘肬。忘儇媚以背众兮，待明君其知之。言与行其可迹兮，情与貌其不变。故相臣莫若君兮，所以证之不远。吾谊先君而后身兮，羌众人之所仇也。专惟君而无他兮，又众兆之所雠也。壹心而不豫兮，羌不可保也。疾亲君而无他兮，有招祸之道也。

思君其莫我忠兮，忽忘身之贱贫。事君而不贰兮，迷不知宠之门。忠何辠以遇罚兮，亦非余之所志也。行不群以颠越兮，又众兆之所咍也。纷逢尤以离谤兮，謇不可释也。情沉抑而不达兮，又蔽而莫之白也。心郁邑余侘傺兮，又莫察余之中情。固烦言不可结而诒兮，愿陈志而无路。退静默而莫余知兮，进号呼又莫吾闻。申侘傺之烦惑兮，中闷瞀之忳忳。

昔余梦登天兮，魂中道而无杭。吾使厉神占之兮，曰有志极而无旁。终危独以离异兮，曰君可思而不可恃。故众口其铄金兮，初若是而逢殆。惩热羹而吹齑兮，何不变此志也？欲释阶而登天兮，犹有曩之态也。众骇遽以离心兮，又何以为此伴也？同极而异路兮，又何以为此援也？晋申生之孝子兮，父信谗而不好。行婞直而不豫兮，鲧功用而不就。”

吾闻作忠以造怨兮，忽谓之过言。九折臂而成医兮，吾至今乃知其信然。矰弋机而在上兮，罻罗张而在下。设张辟以娱君兮，愿侧身而无所。欲儃佪以干傺兮，恐重患而离尤。欲高飞而远集兮，君罔谓女何之。欲横奔而失路兮，盖坚志而不忍。背膺牉以交痛兮，心郁结而纡轸。捣木兰以挢蕙兮，糳申椒以为粮。播江离与滋菊兮，愿春日以为糗芳。恐情质之不信兮，故重著以自明。挢兹媚以私处兮，愿曾思而远身。鼐疑此篇与《离骚》同时作，故有“重著”之语。

涉江

余幼好此奇服兮，年既老而不衰。带长铗之陆离兮，冠切云之崔嵬。被明月兮佩宝璐，世溷浊而莫余知兮，吾方高驰而不顾。驾青虬兮骖白螭，吾与重华游兮瑶之圃。登昆仑兮食玉英，与天地兮比寿，与日月兮齐光。哀南夷之莫吾知兮，旦余济乎江湘。

乘鄂渚而反顾兮，欸秋冬之绪风。步余马兮山皋，邸余车兮方林。乘舲船余上沅兮，齐吴榜以击汰。船容与而不进兮，淹回水而疑滞。朝发枉渚兮，夕宿辰阳。苟余心其端直兮，虽僻远其何伤！

入溆浦余儃佪兮，迷不知吾所如。深林杳以冥冥兮，乃猿狖之所居。山峻高而蔽日兮，下幽晦以多雨。霰雪纷其无垠兮，云霏霏而承宇。哀吾生之无乐兮，幽独处乎山中。吾不能变心而从俗兮，固将愁苦而终穷。

接舆髡首兮，桑扈裸行。忠不必用兮，贤不必以。伍子逢殃兮，比干菹醢。与前世而皆然兮，吾又何怨乎今之人？余将董道而不豫兮，固将重昏而终身。

乱曰：鸾鸟凤皇，日以远兮。燕雀乌鹊，巢堂坛兮。露申辛夷，死林薄兮。腥臊并御，芳不得薄兮。阴阳易位，时不当兮。怀信侘傺，忽乎吾将行兮。

哀郢

皇天之不纯命兮，何百姓之震愆？民离散而相失兮，方仲春而东迁。去故乡而就远兮，遵江、夏以流亡。出国门而轸怀兮，甲之鼂吾以行。发郢而去闾兮，怊荒忽其焉极？楫齐扬以容与兮，哀见君而不再得。望长楸而太息兮，涕淫淫其若霰。过夏首而西浮兮，顾龙门而不见。心婵媛而伤怀兮，眇不知余所跖。顺风波而流从兮，焉洋洋而为客。凌阳侯之泛滥兮，忽翱翔之焉薄？心絓结而不解兮，思蹇产而不释。将运舟而下浮兮，上洞庭而下江。去终古之所居兮，今逍遥而来东。

羌灵魂之欲归兮，何须臾而忘反！背夏浦而西思兮，哀故都之日远。登大坟以远望兮，聊以舒吾忧心。哀州土之平乐兮，悲江介之遗风。当陵阳之焉至兮，鼐疑怀王时放屈子于江南，在今江西饶信，地处郢之东，盖作《哀郢》时也。顷襄再迁之，乃在辰、湘之间，处郢之南，作《涉江》时也。《招魂》曰："路贯庐江兮左长薄"，庐江古即彭蠡之水，故山曰庐山。汉初，庐江郡犹在江南，后乃移郡江北。《地志》云：庐江出陵阳东南，北入江，盖彭蠡东源出今饶州东界者，古陵阳界及此。故屈子曰："当陵阳之焉至"，言不意其忽至此也。其后陵阳南界乃益狭，乃仅有今南陵铜陵县耳。运舟下浮者，乘流下也；上洞庭下江者言其处地之上下，非屈子是时已南入洞庭也。淼南度之焉如？曾不知夏之为丘兮，孰两东门之可芜？心不怡之长久兮，忧与忧其相接。惟郢路之辽远兮，江与夏之不可涉。忽若去不信兮，至今九年而不复。惨郁郁而不通兮，蹇侘傺而含慼。

外承欢之汋约兮，谌荏弱而难持。忠湛湛而愿进兮，妒披离而鄣之。彼尧、舜之抗行兮，瞭杳杳其薄天。众谗人之嫉妒兮，被以不慈之伪名。憎愠惀之修美兮，好夫人之慷慨。众踥蹀而日进兮，美超远而逾迈。

乱曰：曼余目以流观兮，冀壹反之何时！鸟飞反故乡兮，狐死必首丘。信非吾罪而弃逐兮，何日夜而忘之？

抽思

心郁郁之忧思兮，独永叹乎增伤。思蹇产之不释兮，曼遭夜之方长。悲秋风之动容兮，何回极之浮浮？数惟荪之多怒兮，伤余心之忧忧。愿遥赴而横奔兮，览民尤以自镇。结微情以陈辞兮，矫以遗夫美人。昔君与我成言兮，曰黄昏以为期。羌中道而回畔兮，反既有此他志。憍吾以其美好兮，览余以其修姱。与余言而不信兮，盖为余而造怒。

愿承间而自察兮，心震悼而不敢。悲夷犹而冀进兮，心怛伤之憺憺。历兹情以陈辞兮，荪详聋而不闻。固切人之不媚兮，众果以我为患。初吾所陈之耿著兮，岂至今其庸亡？言所陈成败得失，无不耿著，其言犹在，而至今不已验乎！何独乐斯之謇謇兮，愿荪美之可完。望三五以为像兮，指彭咸以为仪。夫何极而不至兮，故远闻而难亏。善不由外来兮，名不可以虚作。孰无施而有报兮，孰不实而有获？

少歌曰：与美人抽怨兮，并日夜而无正。憍吾以其美好兮，敖朕辞而不听。

倡曰：有鸟自南兮，来集汉北。好夸佳丽兮，牉独处此异域。既惸独而不群兮，又无良媒在其侧。道逴远而日忘兮，愿自申而不得。望南山而流涕兮，临流水而太息。望孟夏之短夜兮，何晦明之若岁？惟郢路之辽远兮，魂一夕而九逝。此承上文，言我初陈言，明知施报之不爽，而君乃不听，安得无祸乎？怀王入秦，渡汉而北，故托言有鸟而悲伤其南望郢而不得反也。故曰，虽流放，睠顾楚国，系心怀王，不忘欲返。曾不知路之曲直兮，南指月与列星。愿径逝而不得兮，魂识路之营营。何灵魂之信直兮，人之心不与吾心同。理弱而媒不通兮，尚不知余之从容。言怀王以信直而为秦欺矣，又无行媒为通一言，王尚不知余之心，所谓以此见怀王之终不悟也。怀王昔者所任用，盖皆小人为利者耳。一旦主遭忧辱，则弃而忘之，冀如瑕生之于晋惠，子展、子鲜之推挽卫献者，安可得哉？屈子所以痛心于理弱也。与《离骚》之理弱，托意异矣。

乱曰：长濑湍流，泝江潭兮。狂顾南行，聊以娱心兮。轸石崴嵬，蹇吾愿兮。超回志度，行隐进兮。低佪夷犹，宿北姑兮。烦冤瞀容，实沛徂兮。愁叹苦神，灵遥思兮。路远处幽，又无行媒兮。道思作颂，聊自救兮。怀王之事不可追矣，聊作颂为戒，以救襄王，尚可及也。故曰冀幸君之一悟。此篇悲伤怀王之拘困于秦，其辞致为凄切，既自抒忠爱，亦所以厉顷襄王报仇之心，而是时君臣方耽逸乐，恶闻国耻，此令尹子兰所以闻之大怒也。忧心不遂，斯言谁告兮！

怀 沙

滔滔孟夏兮，草木莽莽。伤怀永哀兮，汩徂南土。眴兮杳杳，孔静幽默。郁结纡轸兮，离慜而长鞠。抚情效志兮，冤屈而自抑。

刓方以为圜兮，常度未替。易初本迪兮，君子所鄙。章画志墨兮，前图未改。内直质重兮，大人所盛。巧倕不斫兮，孰察其揆正？

玄文处幽兮，矇谓之不章。离娄微睇兮，瞽以为无明。变白以为黑兮，倒上以为下。凤皇在笯兮，鸡鹜翔舞。同糅玉石兮，一概而相量。夫惟党人之鄙固兮，羌不知余之所臧。任重载盛兮，陷滞而不济。怀瑾握瑜兮，穷不知所示。邑犬群吠兮，吠所怪也。非俊疑桀兮，固庸态也。文质疏内兮，众不知余之异采。材朴委积兮，莫知余之所有。

重仁袭义兮，谨厚以为丰。重华不可遌兮，孰知余之从容！古固有不并兮，岂知其故也？汤、禹久远兮，邈不可慕也。惩违改忿兮，抑心而自强。离慜而不迁兮，愿志之有像。进路北次兮，日昧昧其将莫。舒忧娱哀兮，限之以大故。

乱曰：浩浩沅、湘，分流汩兮。修路幽拂，道远忽兮。曾吟恒悲，永叹喟兮。世既莫吾知，人心不可谓兮。怀情抱质，独无匹兮。伯乐既没，骥将焉程兮？民生禀命，各有所错兮。定心广志，余何畏惧兮？曾伤爰哀，永叹喟兮。世溷浊莫吾知，人心不可谓兮。知死不可让，愿勿爱兮。明告君子，吾将以为类兮。

橘 颂

后皇嘉树，橘俫服兮。受命不迁，生南国兮。深固难徙，更壹志兮。绿叶素荣，纷其可喜兮。曾枝剡棘，圜实抟兮。青黄杂糅，文章烂兮。精色内白，类任道兮。纷缊宜修，姱而不丑兮。

嗟尔幼志，有以异兮。独立不迁，岂不可喜兮！深固难徙，廓其无求兮。苏世独立，横而不流兮。闭心自慎，终不过失兮。秉德无私，参天地兮。愿岁并谢，与长友兮。淑离不淫，梗其有理兮。年岁虽少，可师长兮。行比伯夷，置以为像兮。鼐疑此篇尚在怀王朝初被谗时所作，故首言“后皇”，末言“年岁虽少”，与《涉江》年既老之时异矣。而“闭心自慎”之语，又若以辨释上官所云“每一令出，平伐其功”之为诬也。

悲回风

悲回风之摇蕙兮，心冤结而内伤。物有微而陨性兮，声有隐而先倡。夫何彭咸之造思兮，暨志介而不忘。万变其情岂可盖兮，孰虚伪之可长！鸟兽鸣以号群兮，草苴比而不芳。鱼葺鳞以自别兮，蛟龙隐其文章。故荼荠不同亩兮，兰茝幽而独芳。惟佳人之永都兮，更统世以自贶。眇远志之所及兮，怜浮云之相羊。介眇志之所惑兮，窃赋诗之所明。

惟佳人之独怀兮，折芳椒以自处。曾歔欷之嗟嗟兮，独隐伏而思虑。涕泣交而凄凄兮，思不眠以至曙。终长夜之曼曼兮，掩此哀而不去。寤从容以周流兮，聊逍遥以自恃。伤太息之愍怜兮，气於邑而不可止。纠思心以为纕兮，编愁苦以为膺。折若木以蔽光兮，随飘风之所仍。存仿佛而不见兮，心踊跃其若汤。抚佩衽以案志兮，超惘惘而遂行。岁曶曶其若颓兮，时亦冉冉而将至。薠蘅槁而节离兮，芳已歇而不比。怜思心之不可惩兮，证此言之不可聊。宁溘死而流亡兮，不忍此心之常愁。孤子吟而抆泪兮，放子出而不还。孰能思而不隐兮，昭彭咸之所闻。

登石峦以远望兮，路眇眇之默默。入景响之无应兮，闻省想而不可得。愁郁郁之无快兮，居戚戚而不可解。心鞿羁而不开兮，气缭转而自缔。穆眇眇之无垠兮，莽芒芒之无仪。声有隐而相感兮，物有纯而不可为。藐蔓蔓之不可量兮，缥绵绵之不可纡。愁悄悄之常悲兮，翩冥冥之不可娱。陵大波而流风兮，托彭咸之所居。

上高岩之峭岸兮，处雌蜺之标颠。据青冥而摅虹兮，遂儵忽而扪天。吸湛露之浮凉兮，漱凝霜之雰雰。依风穴以自息兮，忽倾寤以婵媛。冯昆仑以瞰雾兮，隐岷山之清江。惮涌湍之磕磕兮，听波声之汹汹。纷容容之无经兮，罔芒芒之无纪。轧洋洋之无从兮，驰委蛇之焉止？飘翻翻其上下兮，翼遥遥其左右。泛潏潏其前后兮，伴张弛之信期。观炎气之相仍兮，窥烟液之所积。悲霜雪之俱下兮，听潮水之相击。借光景以往来兮，施黄棘之枉策。求介子之所存兮，见伯夷之放迹。心调度而不去兮，刻著志之无适。

曰：吾怨往昔之所冀兮，悼来者之悐悐。浮江淮而入海兮，从子胥而自适。望大河之洲渚兮，悲申徒之抗迹。骤谏君而不听兮，任重石之何益！心絓结而不解兮，思蹇产而不释。

思美人

思美人兮，揽涕而伫眙。媒绝路阻兮，言不可结而诒。蹇蹇之烦冤兮，陷滞而不发。申旦以舒中情兮，志沉菀而莫达。愿寄言于浮云兮，遇丰隆而不将。因归鸟而致辞兮，羌迅高而难当。高辛之灵晟兮，遭玄鸟而致诒。欲变节以从俗兮，愧易初而屈志。独历年而离愍兮，羌冯心犹未化。宁隐闵而寿考兮，何变易之可为？

知前辙之不遂兮，未改此度。车既覆而马颠兮，蹇独怀此异路。勒骐骥而更驾兮，造父为我操之。迁逡次而勿驱兮，聊假日以须时。指嶓冢之西隈兮，与纁黄以为期。

开春发岁兮，白日出之悠悠。吾将荡志而愉乐兮，遵江夏以娱忧。揽大薄之芳茝兮，搴长洲之宿莽。惜吾不及古人兮，吾谁与玩此芳草？解萹薄与杂菜兮，备似为交佩。佩缤纷以缭转兮，遂萎绝而离异。吾且儃佪以娱忧兮，观南人之变态。窃快在中心兮，扬厥冯而不俟。

芳与泽其杂糅兮，羌芳华自中出。纷郁郁其远烝兮，满内而外扬。情与质信可保兮，羌居蔽而闻章。令薜荔以为理兮，惮举趾而缘木。因芙蓉以为媒兮，惮褰裳而濡足。登高吾不说兮，入下吾不能。固朕形之不服兮，然容与而狐疑。广遂前画兮，未改此度也。命则处幽吾将罢兮，愿及白日之未莫也。独茕茕而南行兮，思彭咸之故也。

惜往日

惜往日之曾信兮，受命诏以昭时。奉先功以照下兮，明法度之嫌疑。国富强而法立兮，属贞臣而日嬉。秘密事之载心兮，虽过失犹弗治。心纯庬而不泄兮，遭谗人而嫉之。君含怒以待臣兮，不清澂其然否。蔽晦君之聪明兮，虚惑误又以欺。弗参验以考实兮，远迁臣而弗思。信谗谀之溷浊兮，盛气志而过之。何贞臣之无罪兮，被譖谤而见尤？惭光景之诚信兮，身幽隐而备之。临江、湘之玄渊兮，遂自忍而沉流。卒没身而绝名兮，惜壅君之不昭。君无度而弗察兮，使芳草为薮幽。焉舒情而抽信兮？恬死亡而不聊。独鄣壅而蔽隐兮，使贞臣而无由。

闻百里之为虏兮，伊尹烹于庖厨。吕望屠于朝歌兮，宁戚歌而饭牛。不逢汤、武与桓、缪兮，世孰云而知之？吴信谗而弗味兮，子胥死而后忧。介子忠而立枯兮，文君寤而追求。封介山而为之禁兮，报大德之优游。思久故之亲身兮，因缟素而哭之。或忠信而死节兮，或訑谩而不疑。弗省察而按实兮，听谗人之虚辞。芳与泽其杂糅兮，孰申旦而别之？何芳草之早夭兮？微霜降而下戒。谅聪不明而蔽壅兮，使谗谀而日得。自前世之嫉贤兮，谓蕙若其不可佩。妒佳冶之芬芳兮，嫫母姣而自好。虽有西施之美容兮，谗妒人以自代。愿陈情以白行兮，得罪过之不意。情冤见之日明兮，如列宿之错置。

乘骐骥而驰骋兮，无辔衔而自载；乘泛泭以下流兮，无舟楫而自备。背法度而心治兮，辟与此其无异。宁溘死而流亡兮，恐祸殃之有再。不毕辞而赴渊兮，惜壅君之不识。

卷六十三　辞赋类二

远　游

屈　原

悲时俗之迫阨兮，愿轻举而远游。质菲薄而无因兮，焉托乘而上浮？遭沉浊之污秽兮，独菀结其谁语！夜耿耿而不寐兮，魂营营而至曙。惟天地之无穷兮，哀人生之长勤。往者余弗及兮，来者吾不闻。步徙倚而遥思兮，怊惝恍而永怀。意荒忽而流荡兮，心愁凄而增悲。神倏忽而不反兮，形枯槁而独留。内惟省以端操兮，求正气之所由。

漠虚静以恬愉兮，澹无为而自得。闻赤松之清尘兮，愿承风乎遗则。贵至人之休德兮，美往世之登仙。与化去而不见兮，名声著而日延。奇傅说之托辰星兮，羡韩众之得一。形穆穆以寖远兮，离人群而遁逸。因气变而遂曾举兮，忽神奔而鬼怪。时仿佛以遥见兮，精皎皎以往来。绝氛埃而淑邮兮，终不反其故都。免众患而不惧兮，世莫知其所如。

恐天时之代序兮，曜灵晔而西征。微霜降而下沦兮，悼芳草之先零。聊仿佯而逍遥兮，永历年而无成。谁可与玩斯遗芳兮，长乡风而舒情。高阳邈以远兮，余将焉所程？重曰：春秋忽其不淹兮，奚久留此故居？轩辕不可攀援兮，吾将从王乔而娱戏。餐六气而饮沆瀣兮，漱正阳而含朝霞。保神明之清澂兮，精气入而粗秽除。

顺凯风以从游兮，至南巢而壹息。见王子而宿之兮，审壹气之和德。曰道可受兮，而不可传。其小无内兮，其大无垠。无淈而魂兮，彼将自然。壹气孔神兮，于中夜存。虚以待之兮，无为之先。庶类以成兮，此德之门。闻至贵而遂徂兮，忽乎吾将行。仍羽人于丹丘兮，留不死之旧乡。朝濯发于汤谷兮，夕晞余身兮九阳。吸飞泉之微液兮，怀琬琰之华英。玉色頩以脱颜兮，精醇粹而始壮。质销铄以汋约兮，神要眇以淫放。

嘉南州之炎德兮，丽桂树之冬荣。山萧条而无兽兮，野寂漠其无人。载营魄而登霞兮，掩浮云而上征。命天阍其开关兮，排阊阖而望予。召丰隆使先导兮，问太微之所居。集重阳入帝宫兮，造旬始而观清都。朝发轫于太仪兮，夕始临乎于微闾。屯余车之万乘兮，纷容与而并驰。驾八龙之婉婉兮，载云旗之逶蛇。建雄虹之采旄兮，五色杂而炫耀。服偃蹇以低昂兮，骖连蜷以骄骜。骑胶葛以杂乱兮，班曼衍而方行。撰余辔而正策兮，吾将过乎句芒。历太皓以右转兮，前飞廉以启路。阳杲杲其未光兮，陵天地以径度。风伯为余先驱兮，氛埃辟而清凉。凤皇翼其承旂兮，遇蓐收乎西皇。擥彗星以为旍兮，举斗柄以为麾。叛陆离其上下兮，游惊雾之流波。时暧曃其党莽兮，召玄武而奔属。后文昌使掌行兮，选署众神以并毂。路曼曼其修远兮，徐弭节而高厉。左雨师使径侍兮，右雷公以为卫。欲度世以忘归兮，意恣睢以揭挢。内欣欣而自美兮，聊媮娱以淫乐。

涉青云以泛滥兮，忽临睨夫旧乡。仆夫怀余心悲兮，边马顾而不行。思旧故以想像兮，长太息而掩涕。泛容与而遐举兮，聊抑志而自弭。指炎帝而直驰兮，吾将往乎南疑。览方外之荒忽兮，沛罔瀁而自浮。祝融戒而跸御兮，腾告鸾鸟迎虙妃。张《咸池》奏《承云》兮，二女御《九韶》歌。使湘灵鼓瑟兮，令海若舞冯夷。列螭象而并进兮，形蟉虬而逶蛇。雌霓蜺娟以曾挠兮，鸾鸟轩翥而翔飞。音乐博衍无终极兮，焉乃逝以裴回。舒并节以驰骛兮，逴绝垠乎寒门。轶迅风于清源兮，从颛顼乎增冰。历玄冥以邪径兮，乘间维以反顾。召黔赢而见之兮，为余先乎平路。经营四荒兮，周流六漠。上至列缺兮，降望大壑。下峥嵘而无地兮，上寥廓而无天。视儵忽而无见兮，听惝恍而无闻。超无为以至清兮，与太初而为邻。

卜 居

屈　原

屈原既放，三年，不得复见。竭智尽忠，蔽鄣于谗，心烦意乱，不知所从。乃往见太卜郑詹尹曰："余有所疑，愿因先生决之。"詹尹乃端策拂龟曰："君将何以教之？"

屈原曰："吾宁悃悃款款朴以忠乎，将送往劳来，斯无穷乎？宁诛锄草茅以力耕乎？将游大人以成名乎？宁正言不讳以危身乎，将从俗富贵以偷生？宁超然高举以保真乎，将呢訾栗斯喔咿嚅唲以事妇人乎？宁廉洁正直以自清乎，将突梯滑稽如脂如韦以絜楹乎？宁昂昂若千里之驹乎？将泛泛若水中之凫与波上下，偷以全吾躯乎？宁与骐骥抗轭乎？将随驽马之迹乎？宁与黄鹄比翼乎，将与鸡鹜争食乎？此孰吉孰凶？何去何从？世溷浊而不清，蝉翼为重，千钧为轻；黄钟毁弃，瓦釜雷鸣；谗人高张，贤士无名。吁嗟默默兮，谁知吾之廉贞！"

詹尹乃释策而谢曰："夫尺有所短，寸有所长，物有所不足，智有所不明，数有所不逮，神有所不通。用君之心，行君之意，龟策诚不能知此事。"

渔 父

屈　原

屈原既放，游于江潭，行吟泽畔，颜色憔悴，形容枯槁。渔父见而问之曰："子非三闾大夫与？何故至于斯？"屈原曰："世人皆浊我独清，众人皆醉我独醒，是以见放。"渔父曰："圣人不凝滞于万物，而能与世推移。世人皆浊，何不淈其泥而扬其波？众人皆醉，何不餔其糟而歠其醨？何故深思高举，自令放为？"屈原曰："吾闻之，新沐者必弹冠，新浴者必振衣。安能以身之察察，受物之汶汶者乎！宁赴湘流葬于江鱼之腹中，安能以皓皓之白，蒙世之尘埃乎！"渔父莞尔而笑，鼓枻而去。乃歌曰："沧浪之水清兮，可以濯我缨；沧浪之水浊兮，可以濯我足！"遂去，不复与言。

卷六十四　辞赋类三

九 辩

宋　玉

悲哉，秋之为气也。萧瑟兮，草木摇落而变衰；憭慄兮，若在远行。登山临水兮，送将归。泬寥兮，天高而气清；寂漻兮，收潦而水清。憯凄增欷兮，薄寒之中人；怆怳圹悢兮，去故而就新；坎廪兮，贫士失职而志不平；廓落兮，羁旅而无友生；惆怅兮，而私自怜。燕翩翩其辞归兮，蝉寂寞而无声。雁嗈嗈而南游兮，鹍鸡啁哳而悲鸣。独申旦而不寐兮，哀蟋蟀之宵征。时亹亹而过中兮，蹇淹留而无成。

悲忧穷蹙兮独处廓，有美一人兮心不绎；去乡离家兮来远客，超逍遥兮今焉薄！专思君兮不可化，君不知兮可奈何！蓄怨兮积思，心烦憺兮忘食事。愿一见兮道余意，君之心兮与余异。车驾兮朅而归，不得见兮心悲。倚结軨兮太息，涕潺湲兮霑轼。慷慨绝兮不得，中瞀乱兮迷惑。私自怜兮何极？心怦怦兮谅直。

皇天平分四时兮，窃独悲此凛秋。白露既下降百草兮，奄离披此梧楸。去白日之昭昭兮，袭长夜之悠悠。离芳蔼之方壮兮，余委约而悲愁。秋既先戒以白露兮，冬又申之以严霜。收恢台之孟夏兮，然坎傺而沉藏。叶菸邑而无色兮，枝烦挐而交横。颜淫溢而将罢兮，柯仿佛而委黄。萷櫹椮之可哀兮，形销铄而瘀伤。惟其纷糅而将落兮，恨其失时而无当。揽騑辔而下节兮，聊逍遥以相羊。岁忽忽而遒尽兮，恐余寿之弗将。悼余生之不时兮，逢此世之俇攘。澹容与而独倚兮，蟋蟀鸣此西堂。心怵惕而震荡兮，何所忧之多方！仰明月而太息兮，步列星而极明。

窃悲夫蕙华之曾敷兮，纷旖旎乎都房。何曾华之无实兮，从风雨而飞飏！以为君独服此蕙兮，嗟无以异于众芳。闵奇思之不通兮，将去君而高翔。心闵怜之惨凄兮，愿一见而有明。重无怨而生离兮，中结轸而增伤。岂不郁陶而思君兮，君之门以九重！猛犬狺狺而迎吠兮，关梁闭而不通。皇天淫溢而秋霖兮，后土何时而得干？块独守此无泽兮，仰浮云而永叹。

何时俗之工巧兮，背绳墨而改错！却骐骥而不乘兮，策驽骀而取路。当世岂无骐骥兮，诚莫之能善御。见执辔者非其人兮，故駶跳而远去。凫雁皆唼夫粱藻兮，凤愈飘翔而高举。圜凿而方枘兮，吾固知其鉏铻而难入。众鸟皆有所登栖兮，凤独遑遑而无所集。愿衔枚而无言兮，尝被君之渥洽。太公九十乃显荣兮，诚未遇其匹合。谓骐骥兮安归？谓凤凰兮安栖？变古易俗兮世衰，今之相者兮举肥。骐骥伏匿而不见兮，凤凰高飞而不下。鸟兽犹知怀德兮，何云贤士之不处？骥不骤进而求服兮，凤亦不贪餧而妄食。君弃远而不察兮，虽愿忠其焉得？欲寂寞而绝端兮，窃不敢忘初之厚德。独悲愁其伤人兮，冯郁郁其何极！

霜露惨凄而交下兮，心尚幸其弗济。霰雪雰糅其增加兮，乃知遭命之将至。愿徼幸而有待兮，泊莽莽兮与野草同死。愿自直而径往兮，路壅绝而不通。欲循道而平驱兮，又未知其所从。然中路而迷惑兮，自厌按而学诵。性愚陋以褊浅兮，信未达乎从容。窃美申包胥之气盛兮，恐时世之不固。何时俗之工巧兮，灭规矩而改凿！独耿介而不随兮，愿慕先圣之遗教。处浊世而显荣兮，非余心之所乐。与其无义而有名兮，宁穷处而守高。食不媮而为饱兮，衣不苟而为温。窃慕诗人之遗风兮，愿托志乎素餐。蹇充倔而无端兮，泊莽莽而无垠。无衣裘以御冬兮，恐溘死而不得见乎阳春。

靓杪秋之遥夜兮，心缭悷而有哀。春秋逴逴而日高兮，然惆怅而自悲。四时递来而卒岁兮，阴阳不可与俪偕。白日晼晚其将入兮，明月销铄而减毁。岁忽忽而遒尽兮，老冉冉而愈弛。心摇悦而日幸兮，然怊怅而无冀。中憯恻之凄怆兮，长太息而增欷。年洋洋以日往兮，老嵺廓而无处。事亹亹而觊进兮，蹇淹留而踌躇。

何泛滥之浮云兮，猋壅蔽此明月。忠昭昭而愿见兮，然露曀而莫达。愿皓日之显行兮，云蒙蒙而蔽之。窃不自料而愿忠兮，或黕点而污之。尧、舜之抗行兮，瞭冥冥而薄天。何险巇之嫉妒兮，被以不慈之伪名？彼日月之照明兮，尚黯黮而有瑕。何况一国之事兮，亦多端而胶加。被荷裯之晏晏兮，然潢洋而不可带。既骄美而伐武兮，负左右之耿介。憎愠惀之修美兮，好夫人之慷慨。众踥蹀而日进兮，美超远而逾迈。农夫辍耕而容与兮，恐田野之芜秽。事绵绵而多私兮，窃悼后之危败。世雷同而炫曜兮，何毁誉之昧昧！今修饰而窥镜兮，后尚可以窜藏。愿寄言夫流星兮，羌倏忽而难当。卒壅蔽此浮云兮，下暗漠而无光。

尧、舜皆有所举任兮，故高枕而自适。谅无怨于天下兮，心焉取此怵惕！乘骐骥之浏浏兮，驭安用夫强策？谅城郭之不足恃兮，虽重介之何益？翼翼而无终兮，忳惛惛而愁约。生天地之若过兮，功不成而无效。愿沉滞而不见兮，尚欲布名乎天下。然潢洋而不遇兮，直怐愗而自苦。莽洋洋而无极兮，忽翱翔之焉薄？国有骥而不知乘兮，焉皇皇而更索？宁戚讴于车下兮，桓公闻而知之。无伯乐之善相兮，今谁使乎訾之？罔流涕以聊虑兮，惟著意而得之。纷忳忳之愿忠兮，妒被离而鄣之。愿赐不肖之躯而别离兮，放游志乎云中。乘精气之抟抟兮，骛诸神之湛湛，骖白霓之习习兮，历群灵之丰丰。左朱雀之茇茇兮，右苍龙之跃跃。属雷师之阗阗兮，道飞廉之衙衙。前轻輬之锵锵兮，后辎乘之从从。载云旗之委蛇兮，扈屯骑之容容。计专专之不可化兮，愿遂推而为臧。赖皇天之厚德兮，还及君之无恙。

风赋

宋　玉

楚襄王游于兰台之宫，宋玉、景差侍。有风飒然而至，王乃披襟而当之，曰：“快哉此风！寡人所与庶人共者邪？”宋玉对曰：“此独大王之风耳，庶人安得而共之？”

王曰：“夫风者天地之气，溥畅而至，不择贵贱高下而加焉。今子独以为寡人之风，岂有说乎？”宋玉对曰：“臣闻于师：枳句来巢，空穴来风，其所托者然，则风气殊焉。”

王曰：“夫风，始安生哉？”

宋玉对曰：“夫风生于地，起于青蘋之末，侵淫溪谷，盛怒于土囊之口。缘太山之阿，舞于松柏之下，飘忽淜滂，激扬熛怒。耾耾雷声，回穴错迕。蹶石伐木，梢杀林莽。至其将衰也，被丽披离，冲孔动楗，眴涣粲烂，离散转移。故其清凉雄风，则飘举升降，乘陵高城，入于深宫。邸华叶而振气，徘徊于桂椒之间，翱翔于激水之上，将击芙蓉之精，猎蕙草，离秦蘅，概新夷，被荑杨，回穴冲陵，萧条众芳。然后徜徉中庭，北上玉堂，跻于罗帏，经于洞房，乃得为大王之风也。故其风中人状，直憯凄惏慄，清凉增欷，清清泠泠，愈病析酲，发明耳目，宁体便人。此所谓大王之雄风也。”

王曰：“善哉论事！夫庶人之风，岂可闻乎？”

宋玉对曰：“夫庶人之风，塕然起于穷巷之间，堀堁扬尘，勃郁烦冤，冲孔袭门，动沙堁，吹死灰，骇溷浊，扬腐馀，邪薄入瓮牖，至于室庐。故其风中人状，直憞溷郁邑，驱温致湿，中心惨怛，生病造热，中唇为胗，得目为蔑，啗齰嗽嚄，死生不卒。此所谓庶人之雌风也。”

高 唐 赋

宋　玉

昔者楚襄王与宋玉游于云梦之台，望高唐之观。其上独有云气，崒兮直上，忽兮改容，须臾之间，变化无穷。王问玉曰：“此何气也？”玉对曰：“所谓朝云者也。”王曰：“何谓朝云？”玉曰：“昔者先王尝游高唐，怠而昼寝，梦见一妇人，曰：‘妾巫山之女也，为高唐之客。闻君游高唐，愿荐枕席。’王因幸之。去而辞曰：‘妾在巫山之阳，高丘之岨，旦为朝云，暮为行雨。朝朝暮暮，阳台之下。’旦朝视之如言，故为立观，号曰朝云。”王曰：“朝云始出，状若何也？”玉对曰：“其始出也，㬪兮若松榯；其少进也，晰兮若姣姬。扬袂鄣日，而望所思。忽兮改容，偈兮若驾驷马、建羽旗，湫兮如风，凄兮如雨。风止雨霁，云无处所。”王曰：“寡人方今可以游乎？”玉曰：“可。”王曰：“其何如矣？”玉曰：“高矣显矣，临望远矣。广矣普矣，万物祖矣。上属于天，下见于渊。珍怪奇伟，不可称论。”王曰：“试为寡人赋之。”玉曰：“唯唯。”

惟高唐之大体兮，殊无物类之可仪比。巫山赫其无畴兮，道互折而曾累。登巉岩而下望兮，临大阺之稸水。遇天雨之新霁兮，观百谷之俱集。濞汹汹其无声兮，溃淡淡而并入。滂洋洋而四施兮，蓊湛湛而不止。长风至而波起兮，若丽山之孤亩。势薄岸而相击兮，隘交引而却会。崒中怒而特高兮，若浮海而望碣石。砾磥磥而相摩兮，巆震天之礚礚。巨石溺溺之瀺灂兮，沫潼潼而高厉。水澹澹而盘纡兮，洪波淫淫之溶裔。奔扬踊而相击兮，云兴声之霈霈。猛兽惊而跳骇兮，妄奔走而驰迈。虎豹豺兕，失气恐喙；雕鹗鹰鹞，飞扬伏窜；股战胁息，安敢妄挚？于是水虫尽暴，乘渚之阳。鼋鼍鳣鲔，交积纵横。振鳞奋翼，蜲蜲蜿蜿。

中阪遥望，玄木冬荣。煌煌荧荧，夺人目精。烂兮若列星，曾不可殚形。榛林郁盛，葩叶覆盖。双椅垂房，纠枝还会。徙靡澹淡，随波闇蔼。东西施翼，猗狔丰沛，绿叶紫裹，朱茎白蒂。纤条悲鸣，声似竽籁。清浊相和，五变四会。感心动耳，回肠伤气。孤子寡妇，寒心酸鼻。长吏隳官，贤士失志。愁思无已，叹息垂泪。

登高远望，使人心瘁。盘岸巑岏，裖陈硙硙。盘石险峻，倾崎崖隤。岩岖参差，纵横相追。陬互横啎，背穴偃跖。交加累积，重叠增益。状似砥柱，在巫山之下。仰视山巅，肃何芊芊，炫耀虹霓。俯视青嵘，窐寥窈冥。不见其底，虚闻松声。倾岸洋洋，立而熊经。久而不去，足尽汗出。悠悠忽忽，怊怅自失。使人心动，无故自恐。贲、育之断，不能为勇。卒愕异物，不知所出，縰縰莘莘，若生于鬼，若出于神，状似走兽，或象飞禽，谲诡奇伟，不可究陈。

上至观侧，地盖底平。箕踵漫衍，芳草罗生。秋兰、茝蕙，江蓠载菁。青荃、夜干，揭车苞并。薄草靡靡，联延夭夭。越香掩掩，众雀嗷嗷。雌雄相失，哀鸣相号。王睢、鹂黄，正冥、楚鸠，姊归、思妇，垂鸡高巢。其鸣喈喈，当年遨游。更唱迭和，赴曲随流。

有方之士，羡门高溪，上成郁林，公乐聚谷，进纯牺，祷璇室。醮诸神，礼太一。传祝已具，言辞已毕。王乃乘玉舆，驷苍螭。垂旒旌，旆合谐。紬大弦而雅声流，冽风过而增悲哀。于是调讴，令人惏悷憯凄，胁息增欷。于是乃纵猎者，基址如星，传文盲羽猎，衔枚无声。弓弩不发，罘罕不倾。涉漭漭，驰苹苹。飞鸟未及起，走兽未及发。弭节奄忽，蹄足洒血。举功先得，获车已实。

王将欲往见之，必先斋戒，差时择日。简舆玄服，建云旆，霓为旌，翠为盖，风起雨止，千里而逝。盖发蒙，往自会。思万方，忧国害。开贤圣，辅不逮。九窍通郁，精神察滞，延年益寿千万岁。

神女赋

宋　玉

楚襄王与宋玉游于云梦之浦，使玉赋高唐之事。其夜玉寝，梦与神女遇，其状甚丽。王异之，明日以白王。王曰："其梦若何？"玉对曰："晡夕之后，精神恍忽，若有所喜，纷纷扰扰，未知何意。目色仿佛，乍若有记。见一妇人，状甚奇异。寐而梦之，寤不自识。罔兮不乐，怅尔失志。于是抚心定气，复见所梦。"王曰："状何如也？"玉曰："茂矣美矣，诸好备矣；盛矣丽矣，难测究矣。上古既无，世所未见。瓌姿玮态，不可胜赞。其始来也，耀乎若白日初出照屋梁；其少进也，皎若明月舒其光。须臾之间，美貌横生。晔兮如花，温乎如莹。五色并驰，不可殚形。详而视之，夺人目精。其盛饰也，则罗纨绮缋盛文章，极服妙采照万方。振绣衣，被袿裳，秾不短，纤不长，步裔裔兮曜殿堂。忽兮改容，婉若游龙乘云翔。嫷被服，侻薄装。沐兰泽，含若芳，性和适，宜侍旁，顺序卑，调心肠。"王曰："若此盛矣，试为寡人赋之。"玉曰："唯唯。"

夫何神女之姣丽兮，含阴阳之渥饰；被华藻之可好兮，若翡翠之奋翼。其象无双，其美无极。毛嫱鄣袂，不足程式；西施掩面，比之无色。近之既妖，远之有望，骨法多奇，应君之相。视之盈目，孰者克尚？私心独悦，乐之无量。交希恩疏，不可尽畅，他人莫睹，王览其状。

其状峨峨，何可极言。貌丰盈以庄姝兮，苞温润之玉颜。眸子炯其精朗兮，瞭多美而可观。眉联娟以蛾扬兮，朱唇的其若丹。素质干之醎实兮，志解泰而体闲。既婉婳于幽静兮，又婆娑乎人间。宜高殿以广意兮，翼放纵而绰宽。动雾縠以徐步兮，拂墀声之珊珊。望余帷而延视兮，若流波之将澜。奋长袖以正衽兮，立踯躅而不安。澹清静其愔嫕兮，性沉详而不烦。时容与以微动兮，志未可乎得原。意似近而既远兮，若将来而复旋。褰余帱而请御兮，愿尽心之惓惓。

怀贞亮之洁清兮，卒与我乎相难。陈嘉辞而云对兮，吐芬芳其若兰。精交结以来往兮，心凯康以乐欢。神独亨而未结兮，魂茕茕以无端。含然诺其不分兮，喟扬音而哀叹。頩薄怒以自持兮，曾不可乎犯干。于是摇珮饰，鸣玉鸾。整衣服，敛容颜。顾女师，命太傅。欢情未接，将辞而去。迁延引身，不可亲附。似逝未行，中若相首。目略微眄，精彩相授。志态横出，不可胜记。意离未绝，神心怖覆。礼不遑讫，辞不及究。愿假须臾，神女称遽。回肠伤气，颠倒失据。闇然而冥，忽不知处。情独私怀，谁者可语？惆怅垂涕，求之至曙。

登徒子好色赋

宋　玉

大夫登徒子侍于楚襄王，短宋玉曰：“玉为人体貌闲丽，口多微辞，又性好色，愿王勿与出入后宫。”王以登徒子之言问于宋玉。玉曰：“体貌闲丽，所受于天也;口多微辞，所学于师也;至于好色，臣无有也。”王曰：“子不好色，亦有说乎？有说则止，无说则退。”

玉曰：“天下之佳人，莫若楚国；楚国之丽者，莫若臣里；臣里之美者，莫若臣东家之子。臣东家之子，增之一分则太长，减之一分则太短；著粉则太白，施朱则太赤。眉如翠羽，肌如白雪，腰如束素，齿如含贝。嫣然一笑，惑阳城，迷下蔡。然此女登墙窥臣三年，至今未许也。登徒子则不然。其妻蓬头挛耳，齞唇历齿，旁行踽偻，又疥且痔。登徒子悦之，使有五子。王孰察之，谁为好色者矣？”

是时秦章华大夫在侧，因进而称曰：“今夫宋玉盛称邻之女，以为美色愚乱之邪？臣自以为守德，谓不如彼矣。言玉之意，以为美色必能愚乱人邪，臣之守德，尚不至如彼所虑也。且夫南楚穷巷之妾，焉足为大王言乎？若臣之陋，目所曾睹者，未敢云也。”王曰：“试为寡人说之。”

大夫曰：“唯唯。臣少曾远游，周览九土，足历五都，出咸阳，熙邯郸，从容郑、卫、溱、洧之间。是时向春之末，迎夏之阳，鸧鹒喈喈，群女出桑。此郊之姝，华色含光，体美容冶，不待饰装。臣观其丽者，因称诗曰‘遵大路兮揽子袪’，赠以芳华辞甚妙。于是处子恍若有望而不来，忽若有来而不见。意密体疏，俯仰异观，含喜微笑，窃视流眄。复称诗曰：‘寤春风兮发鲜荣，洁斋俟兮惠音声，赠我如此兮不如无生。’因迁延而辞避。盖徒以微辞相感动，精神相依凭，目欲其颜，心顾其义。扬诗守礼，终不过差，故足称也。”

于是楚王称善，宋玉遂不退。

对楚王问

宋　玉

楚襄王问于宋玉曰：“先生其有遗行与？何士民众庶不誉之甚也？”

宋玉对曰：“唯，然，有之。愿大王宽其罪，使得毕其辞。

“客有歌于郢中者。其始曰《下里巴人》，国中属而和者数千人；其为《阳阿薤露》，国中属而和者数百人；其为《阳春白雪》，国中属而和者不过数十人；引商刻羽，杂以流徵，国中属而和者，不过数人而已。是其曲弥高，其和弥寡。

故鸟有凤而鱼有鲲；凤凰上击九千里，绝云霓，负苍天，足乱浮云，翱翔乎杳冥之上。夫藩篱之鷃，岂能与之料天地之高哉？鲲鱼朝发昆仑之墟，暴鬐于碣石，暮宿于孟诸。夫尺泽之鲵，岂能与之量江海之大哉？

故非独鸟有凤，而鱼有鲲也，士亦有之。夫圣人瑰意琦行，超然独处，世俗之民，又安知臣之所为哉？”

楚人以弋说顷襄王

楚人有好以弱弓微缴加归雁之上者。顷襄王闻，召而问之。对曰：“小臣之好射鶀雁罗鸗，小矢之发也，何足为大王道也！且称楚之大，因大王之贤，所弋非直此也。昔者三王以弋道德，五霸以弋战国。故秦、魏、燕、赵者，鶀雁也；齐、鲁、韩、卫者，青首也；邹、费、郯、邳者，罗鸗也，外其余则不足射者。见鸟六双，以王何取？王何不以圣人为弓，以勇士为缴，时张而射之，此六双者，可得而囊载也。其乐非特朝夕之乐也，其获非特凫雁之实也。王朝张弓而射魏之大梁之南，加其右臂，而径属之于韩，则中国之路绝，而上蔡之郡坏矣。还射圉之东，解魏左肘，而外击定陶，则魏之东外弃，而大宋、方与二郡者举矣。且魏断二臂，颠越矣，膺击郯国，大梁可得而有也。王绮缴兰台，饮马西当作南河，定魏大梁，此一发之乐也。若王之于弋，诚好而不厌，则出宝弓，碆新缴，射噣鸟于东海，还盖长城以为防，朝射东莒，夕发浿丘，夜加即墨，顾据午道，则长城之东收，而太山之北举矣。西结境于赵，而北达于燕，三国布翅，则从不待约而可成也。北游目于燕之辽东，而南登望于越之会稽，此再发之乐也。若夫泗上十二诸侯，左萦而右拂之，可一旦而尽也。今秦破韩以为长忧，得列城而不敢守也；伐魏而无功，击赵顾病，则秦、魏之勇力屈矣。楚之故地汉中、析、郦，可得而复有也。王出宝弓，碆新缴，涉鄳塞，而待秦之倦也，山东、河内，可得而一也，劳民休众，南面称王矣。故曰秦为大鸟，负海内而处，东面而立，左臂据赵之西南，右臂傅楚鄢、郢，膺击韩、魏，垂头中国，处既形便，势有地利，奋翼鼓翅，方三千里，则秦未可得独招而夜射也。”

欲以激欲以激怒襄王，故对以此言，襄王因召与语，遂言曰：“夫先王为秦所欺而客死于外，怨莫大焉。今以匹夫有怨，尚有报万乘，白公、子胥是也。今楚之地方五千里，带甲百万，犹足以踊跃中野也，而坐受困，臣窃为大王弗取也。”于是顷襄王遣使于诸侯，复为从，欲以伐秦。

庄辛说襄王

庄辛谓楚襄王曰："君王左州侯，右夏侯，辇从鄢陵君与寿陵君，专淫泆侈靡，不顾国政，郢都必危矣。"襄王曰："先生老悖乎？将以为楚国妖祥乎？"庄辛曰："臣诚见其必然者也，非敢以为国妖祥也。君王卒幸四子者不衰，楚国必亡矣！臣请避于赵，淹留以观之。"庄辛去之赵，留五月，秦果举鄢、郢、巫、上蔡、陈之地，襄王流揜于城阳。于是使人发驺，征庄辛于赵。庄辛曰："诺。"庄辛至，襄王曰："寡人不能用先生之言，今事至于此，为之奈何？"

庄辛对曰："臣闻鄙语曰：'见兔而顾犬，未为晚也；亡羊而补牢，未为迟也。'臣闻昔汤、武以百里昌，桀、纣以天下亡。今楚国虽小，绝长续短，犹以数千里，岂特百里哉！

"王独不见夫蜻蛉乎？六足四翼，飞翔乎天地之间，俯啄蚊虻而食之，仰承甘露而饮之，自以为无患，与人无争也。不知夫五尺童子，方将调饴胶丝，加己乎四仞之上，而下为蝼蚁食也。

"夫蜻蛉其小者也，黄雀因是以。俯噣白粒，仰栖茂树，鼓翅奋翼，自以为无患，与人无争也。不知夫公子王孙，左挟弹，右摄丸，将加己乎十仞之上，以其类为招。昼游乎茂树，夕调乎酸咸，倏忽之间，堕于公子之手。

"夫黄雀其小者也，黄鹄因是以。游乎江海，淹乎大沼，俯噣鳝鲤，仰啮蔆衡，奋其六翮而凌清风，飘飖乎高翔，自以为无患，与人无争也。不知夫射者，方将修其碆卢，治其缯缴，将加己乎百仞之上，被礛磻，引微缴，折清风而抎矣。故昼游乎江湖，夕调乎鼎鼐。

"夫黄鹄其小者也，蔡灵侯之事因是以。南游乎高陂，北游乎巫山，饮茹溪之流，食湘波之鱼，左抱幼妾，右拥嬖女，与之驰骋乎高蔡之中，而不以国家为事。不知夫子发方受命乎灵王，系己以朱丝而见之也。

"蔡灵侯之事其小者也，君王之事因是以。左州侯，右夏侯，辇从鄢陵君与寿陵君，饭封禄之粟，而载方府之金，与之驰骋乎云梦之中，而不以天下国家为事。而不知夫穰侯方受命乎秦王，填黾塞之内，而投己乎黾塞之外。"

襄王闻之，颜色变作，身体战慄，于是乃以执珪而授之为阳陵君，与淮北之地。鼐按:《以弋说襄王》及《庄辛篇》，此与《渔夫》《宋玉对楚王》《东方客难》同类，并是设辞。乃太史公、褚先生、刘子政悉载叙之，以为事实，为失其旨已。

卷六十五　辞赋类四

惜 誓

贾　生

惜余年老而日衰兮，岁忽忽而不反。登苍天而高举兮，历众山而日远。观江河之纡曲兮，离四海之沾濡。攀北极而一息兮，吸沆瀣以充虚。飞朱鸟使先驱兮，驾太乙之象舆。苍龙蚴虬于左骖兮，白虎骋而为右騑。建日月以为盖兮，载玉女于后车。驰骛于杳冥之中兮，休息乎昆仑之墟。乐穷极而不厌兮，愿从容乎神明。涉丹水而驰骋兮，右大夏之遗风。

黄鹄之一举兮，知山川之纡曲；再举兮，睹天地之圜方。临中国之众人兮，托回飚乎尚羊。乃至少原之野兮，赤松、王乔皆在旁，二子拥瑟而调均兮，予因称乎清商。澹然而自乐兮，吸众气而翱翔。念我长生而久仙兮，不如反予之故乡。黄鹄后时而寄处兮，鸱枭群而制之；神龙失水而陆居兮，为蝼蚁之所裁。夫黄鹄、神龙犹如此兮，况贤者之逢乱世哉！

寿冉冉而日衰兮，固儃回而不息。俗流从而不止兮，众枉聚而矫直。或偷合而苟进兮，或隐居而深藏。苦称量之不审兮，同权概而就衡。或推移而苟容兮，或直言之谔谔。伤诚是之不察兮，并纫茅丝以为索。方世俗之幽昏兮，眩白黑之美恶。放山渊之龟玉兮，相与贵夫砾石。梅伯数谏而至醢兮，来革顺志而用国。悲仁人之尽节兮，反为小人之所贼。比干忠谏而剖心兮。箕子被发而佯狂。水背流而源竭兮，木去根而不长。非重躯以虑难兮，惜伤身之无功。

已矣哉！独不见夫鸾凤之高翔兮，乃集大皇之野。循四极而回周兮，见盛德而后下。彼圣人之神德兮，远浊世而自藏。使麒麟可得羁而系兮，又何以异乎犬羊！

鹏鸟赋有序

贾　生

谊为长沙王傅三年，有鹏鸟飞入谊舍，止于坐隅。鹏似鸮，不祥鸟也。谊既以谪居长沙，长沙卑湿，谊自伤悼，以为寿不得长，乃为赋以自广。其辞日：

单阏之岁兮，四月孟夏。庚子日斜兮，鹏集予舍。止于坐隅兮，貌甚闲暇。异物来萃兮，私子，怪其故。发书占之兮，谶言其度。曰“野鸟入室，主人将去”。请问鹏子，予去何之？吉乎告我，凶言其灾。淹速之度兮，语余其期。鹏乃叹息，举首奋翼，口不能言，请对以臆。

曰：万物变化兮，固无休息。斡流而迁兮，或推而还。形气转续兮，变化而蟺。沕穆无穷兮，胡可胜言！祸兮福所倚，福兮祸所伏；忧喜聚门兮，吉凶同域。彼吴强大兮，夫差以败；越栖会稽兮，句践霸世。斯游遂成兮，卒被五刑；傅说胥靡兮，乃相武丁。夫祸之与福兮，何异纠纆？命不可说兮，孰知其极？水激则旱兮，矢激则远。万物回薄兮，振荡相转。云蒸雨降兮，纠错相纷。大钧播物兮，坱圠无垠。天不可预虑兮，道不可预谋。迟速有命兮，焉识其时？

且夫天地为炉兮，造化为工；阴阳为炭兮，万物为铜。合散消息兮，安有常则；千变万化兮，未始有极。忽然为人兮，何足控抟；化为异物兮，又何足患！小智自私兮，贱彼贵我；达人大观兮，物无不可。贪夫徇财兮，烈士徇名；夸者死权兮，品庶每生。怵迫之徒兮，或趋西东；大人不曲兮，意变齐同。愚士系俗兮，窘若囚拘；至人遗物兮，独与道俱。众人惑惑兮，好恶积亿；真人恬漠兮，独与道息。释智遗形兮，超然自丧；寥廓忽荒兮，与道翱翔。乘流则逝兮，得坻则止；纵躯委命兮，不私与己。其生兮若浮，其死兮若休；澹乎若深渊之静，泛乎若不系之舟。不以生故自宝兮，养空而游；德人无累兮，知命不忧。细故蒂芥兮，何足以疑！

七 发

枚 叔

楚太子有疾，而吴客往问之，曰："伏闻太子玉体不安，亦少间乎？"太子曰："惫，谨谢客。"客因称曰："今时天下安宁，四宇和平，太子方富于年。意者久耽安乐，日夜无极，邪气袭逆，中若结轖。纷屯澹淡，嘘唏烦酲，惕惕怵怵，卧不得瞑。虚中重听，恶闻人声；精神越渫，百病咸生。聪明眩曜，悦怒不平。久执不废，大命乃倾。太子岂有是乎？"太子曰："谨谢客。赖君之力，时时有之，然未至于是也。"

客曰："今夫贵人之子，必宫居而闺处，内有保母，外有傅父，欲交无所。饮食则温淳甘膬，腥醲肥厚；衣裳则杂遝曼暖，燂烁热暑。虽有金石之坚，犹将销铄而挺解也，况其在筋骨之间乎哉？故曰：纵耳目之欲，恣支体之安者，伤血脉之和。且夫出舆入辇，命曰蹷痿之机；洞房清宫，命曰寒热之媒；皓齿蛾眉，命曰伐性之斧；甘脆肥脓，命曰腐肠之药。今太子肤色靡曼，四支委随，筋骨挺解，血脉淫濯，手足惰窳。越女侍前，齐姬奉后，往来游宴，纵恣乎曲房隐间之中。此甘餐毒药，戏猛兽之爪牙也。所从来者至深远，淹滞永久而不废，虽令扁鹊治内，巫咸治外，尚何及哉！今如太子之病者，独宜世之君子，博见强识，承间语事，变度易意，常无离侧，以为羽翼。淹沉之乐，浩唐之心，遁佚之志，其奚由至哉！"太子曰："诺。病已，请事此言。"

客曰："今太子之病，可无药石针刺灸疗而已，可以要言妙道说而去也。不欲闻之乎？"太子曰："仆愿闻之。"

客曰："龙门之桐，高百尺而无枝。中郁结之轮菌，根扶疏以分离。上有千仞之峰，下临百丈之谿。湍流溯波，又澹淡之。其根半死半生。冬则烈风、漂霰、飞雪之所激也，夏则雷霆、霹雳之所感也。朝则鹂黄鳱鴠鸣焉，暮则羁雌迷鸟宿焉。独鹄晨号乎其上，鹍鸡哀鸣翔乎其下。于是背秋涉冬，使琴挚斫斩以为琴，野茧之丝以为弦，孤子之钩以为隐，九寡之珥以为约。使师堂操畅，伯子牙为之歌。歌曰：‘麦秀蔪兮雉朝飞，向虚壑兮背槁槐，依绝区兮临回溪。’飞鸟闻之，翕翼而不能去；野兽闻之，垂耳而不能行；蚑蟜蝼蚁闻之，拄喙而不能前。此亦天下之至悲也。太子能强起听之乎？”太子曰：“仆病，未能也。”

客曰：“刍牛之腴，菜以笋蒲；肥狗之和，冒以山肤。楚苗之实，安胡之饭，抟之不解，一啜而散。于是使伊尹煎熬，易牙调和。熊蹯之臑，勺药之酱，薄耆之炙，鲜鲤之鲙，秋黄之苏，白露之茹。兰英之酒，酌以涤口。山梁之餐，豢豹之胎。小饭大歠，如汤沃雪。此亦天下之至美也。太子能强起尝之乎？”太子曰：“仆病未能也。”

客曰：“钟、岱之牡，齿至之车，前似飞鸟，后类距虚。穱麦服处，躁中烦外；羁坚辔，附易路。于是伯乐相其前后，王良、造父为之御，秦缺、楼季为之右；此两人者，马佚能止之，车覆能起之。于是使射千镒之重，争千里之逐。此亦天下之至骏也。太子能强起乘之乎？”太子曰：“仆病未能也。”

客曰：“既登景夷之台，南望荆山，北望汝海，左江右湖，其乐无有。于是使博辩之士，原本山川，极命草木，比物属事，离辞连类。浮游览观，乃下置酒于虞怀之宫。连廊四注，台城层构，纷纭玄绿，辇道邪交，黄池纡曲。溷章白鹭，孔雀䴔䴖，鹓雏鸡䴔，翠鬣紫缨。螭龙德牧，邕邕群鸣。阳鱼腾跃，奋翼振鳞。漃漻薵蓼，蔓草芳苓。女桑河柳，素叶紫茎。苗松豫章，条上造天。梧桐并榈，极望成林。众芳芬郁，乱于五风。从容猗靡，消息阳阴。列坐纵酒，荡乐娱心。景春佐酒，杜连理音。滋味杂陈，肴糅错该。练色娱目，流声悦耳。于是乃发《激楚》之结风，扬郑、卫之皓乐，使先施、徵舒、阳文、段干、吴娃、闾娵、傅予之徒，杂裾垂髾，目窕心与，揄流波，杂杜若，蒙清尘，被兰泽，燃服而御。此亦天下之靡丽皓侈广博之乐也。太子能强起游乎？”太子曰：“仆病未能也。”

客曰：“将为太子驯骐骥之马，驾飞转之舆，乘牡骏之乘，右夏服之劲箭，左乌号之雕弓。游涉乎云林，周驰乎兰泽，弭节乎江浔。掩青蘋，游清风。陶阳气，荡春心。逐狡兽，集轻禽。于是极犬马之才，困野兽之足，穷相御之智巧。恐虎豹，慑鸷鸟。逐马鸣镳，鱼跨麋角；履游麕兔，蹈践麋鹿，汗流沫坠，冤伏陵窘。无创而死者，固足充后乘矣。此校猎之至壮也，太子能强起游乎？”太子曰：“仆病未能也。”然阳气见于眉宇之间，侵淫而上，几满大宅。

客见太子有悦色也，遂推而进之曰：“冥火薄天，兵车雷运；旌旗偃蹇，羽旄肃纷；驰骋角逐，慕味争先。徼墨广博，望之有圻。纯粹全牺，献之公门。”太子曰：“善。愿复闻之。”

客曰：“未既。于是榛林深泽，烟云闇莫，兕虎并作。毅武孔猛，袒裼身薄。白刃硙硙，矛戟交错。收获掌功，赏赐金帛。掩蘋肆若，为牧人席。旨酒嘉肴，羞炰脍炙，以御宾客。涌觞并起，动心惊耳。诚必不悔，决绝以诺。贞信之色，形于金石。高歌陈唱，万岁无数。此真太子之所喜也。能强起而游乎？”太子曰：“仆甚愿从，直恐为诸大夫累耳。”然而有起色矣。

客曰：“将以八月之望，与诸侯远方交游兄弟，并往观涛乎广陵之曲江。至则未见涛之形也，徒观水力之所到，则恤然足以骇矣。观所驾轶者，所擢拔者，所扬汩者，所温汾者，所涤汔者，虽有心略辞给，固未能缕形其所由然也。怳兮忽兮，聊兮慄兮，混汩汩兮，忽兮慌兮，俶兮傥兮，浩瀇瀁兮，慌旷旷兮。秉意乎南山，通望乎东海；虹洞兮苍天，极虑乎崖涘。流揽无穷，归神日母。汩乘流而下降兮，或不知其所止。或纷纭其流折兮，忽缪往而不来。临朱汜而远逝兮，中虚烦而益怠。莫离散而发曙兮，鼐按：“暮离散”者，晚潮去也；“发曙”者，早潮来也。内存心而自持。于是澡概胸中，洒练五藏，澹澉手足，颒濯发齿。揄弃恬怠，输写淟浊，分决狐疑，发皇耳目。当是之时，虽有淹病滞疾，犹将伸伛起躄，发瞽披聋而观望之也，况直眇小烦懑、酲聕病酒之徒哉！故曰：发蒙解惑，不足以言也。”太子曰：“善。然则涛何气哉？”

客曰：“不记也。然闻于师曰，似神而非者三；疾雷闻百里；江水逆流，海水上潮；山出内云，日夜不止。衍溢漂疾，波涌而涛起。其始起也，洪淋淋焉若白鹭之下翔。其少进也，浩浩溰溰，如素车白马帷盖之张。其波涌而云乱，扰扰焉如三军之腾装。其旁作而奔起也，飘飘焉如轻车之勒兵。六驾蛟龙，附从太白。纯驰浩霓，前后络绎。颙颙卬卬，椐椐彊彊，莘莘将将。壁垒重坚，沓杂似军行。訇隐匈磕，轧盘涌裔，原不可当。观其两旁，则滂渤怫郁，闇漠感突，上击下碑，有似勇壮之卒，突怒而无畏。蹈壁冲津，穷曲随限，逾岸出追，遇者死，当者坏。初发乎或围之津涯，荄轸谷分。回翔青篾，衔枚檀桓。弭节伍子之山，通厉胥母之场。凌赤岸，篲扶桑，横奔似雷行。诚奋厥武，如振如怒。沌沌浑浑，状如奔马。混混庉庉，声如雷鼓。发怒庢沓，清升逾跇，侯波奋振，合战于藉藉之口。鸟不及飞，鱼不及回，兽不及走。纷纷翼翼，波涌云乱。荡取南山，背击北岸，覆亏丘陵，平夷西畔。险险戏戏，崩坏陂池，决胜乃罢。澓汩潺湲，披扬流洒，横暴之极，鱼鳖失势，颠倒偃侧。沋沋湲湲，蒲伏连延。神物怪疑，不可胜言。直使人踣焉，回闇凄怆焉。此天下怪异诡观也。太子能强起观之乎？”太子曰：“仆病未能也。”

客曰：“将为太子奏方术之士有资略者，若庄周、魏牟、杨朱、墨翟、便蜎、詹何之伦，使之论天下之精微，理万物之是非。孔、老览观，孟子持筹而算之，万不失一。此亦天下要言妙道也。太子岂欲闻之乎？”于是太子据几而起曰：“涣乎若一听圣人辩士之言。”涊然汗出，霍然病已。”

秋风辞

汉武帝

秋风起兮白云飞，草木黄落兮雁南归。兰有秀兮菊有芳，怀佳人兮不能忘。泛楼船兮济汾河，横中流兮扬素波，箫鼓鸣兮发棹歌。欢乐极兮哀情多，少壮几时兮奈老何！

瓠子歌

汉武帝

瓠子决兮将奈何！浩浩洋洋，虑殚为河。殚为河兮地不得宁，功无已时兮吾山平。吾山平兮巨野溢，鱼弗郁兮柏冬日。正道弛兮离常流，蛟龙骋兮放远游。归旧川兮神哉沛，不封禅兮安知外？皇谓河公兮何不仁？泛滥不止兮愁吾人。罶桑浮兮淮泗满，久不反兮水维缓。

河汤汤兮激潺湲，北渡回兮迅流难。搴长茭兮湛美玉，河伯许兮薪不属。薪不属兮卫人罪，烧萧条兮噫乎何以御水！隤林竹兮揵石菑，宣防塞兮万福来。

招隐士

淮南小山

王逸以为淮南小山之辞，盖《艺文志》所云淮南王群臣赋也。《文选》直题为淮南王安作。鼒疑昭明之世，容有班固、贾逵所解《楚词》或据异说题之。

桂树丛生兮山之幽，偃蹇连卷兮枝相缭。山气巃嵸兮石嵯峨，溪谷崭岩兮水增波。猿狖群啸兮虎豹嗥，攀援桂枝兮聊淹留。王孙游兮不归，春草生兮萋萋。岁莫兮不自聊，蟪蛄鸣兮啾啾。坱兮轧，山曲弗，心淹留兮恫荒忽。罔兮沕，憭兮慄，虎豹穴，丛薄深林兮人上慄。嵚岑碕礒兮，碅磳磈硊。树轮相纠兮，林木茷骫。青莎杂树兮，薠草靃靡。白鹿麏麚兮，或腾或倚。状貌崟崟兮峨峨，凄凄兮漇漇。猕猴兮熊罴，慕类兮以悲。攀援桂枝兮聊淹留，虎豹斗兮熊罴咆，禽兽骇兮亡其曹。王孙兮归来！山中兮不可以久留。

客难

东方曼倩

客难东方朔曰："苏秦、张仪，一当万乘之主，而都卿相之位，泽及后世。今子大夫修先王之术，慕圣人之义，讽诵诗书百家之言，不可胜记；著于竹帛，唇腐齿落，服膺而不释。好学乐道之效，明白甚矣。自以智能海内无双，则可谓博闻辩智矣。然悉力尽忠以事圣帝，旷日持久，官不过侍郎，位不过执戟，意者尚有遗行邪？同胞之徒，无所容居，其故何也？"

东方先生喟然长息，仰而应之，曰："是固非子之所能备。彼一时也，此一时也，岂可同哉？夫苏秦、张仪之时，周室大坏，诸侯不朝，力政争权，相禽以兵，并为十二国，未有雌雄，得士者强，失士者亡，故谈说行焉。身处尊位，珍宝充内，外有廪仓，泽及后世，子孙长享。今则不然。圣帝流德，天下震慑，诸侯宾服，连四海之外以为带，安于覆盂。天下平均，合为一家。动发举事，犹运之掌。贤不肖何以异哉？遵天之道，顺地之理，物无不得其所。故绥之则安，动之则苦；尊之则为将，卑之则为虏；抗之则在青云之上，抑之则在深渊之下；用之则为虎，不用则为鼠。虽欲尽节效情，安知前后？夫天地之大，士民之众，竭精谈说，并进辐凑者，不可胜数。悉力募之，困于衣食，或失门户。使苏秦、张仪与仆并生于今之世，曾不得掌故，安敢望常侍郎乎？《传》曰：'天下无害灾，虽有圣人，无所施才；上下和同，虽有贤者，无所立功。'故曰时异事异。

"虽然，安可以不务修身乎哉？《诗》曰：'鼓钟于宫，声闻于外。''鹤鸣于九皋，声闻于天。'苟能修身，何患不荣？太公体行仁义，七十有二，乃设用于文、武，得信厥说，封于齐七百岁而不绝。此士所以日夜孳孳，修学敏行而不敢怠也。辟若鹡鸰，飞且鸣矣。传曰：'天不为人之恶寒而辍其冬，地不为人之恶险而辍其广，君子不为小人之匈匈而易其行。天有常度，地有常形，君子有常行。君子道其常，小人计其功。《诗》云："礼义之不愆，何恤人之言？'上既云当修身矣，而东方行事，乃如有遗行者，故此下复言己之修身，乃在大德而不拘小节，但求自得本心之安而已，故世尤不能识之。故曰：'水至清则无鱼，人至察则无徒。冕而前旒，所以蔽明；黈纩充耳，所以塞聪。'明有所不见，聪有所不闻。举大德，赦小过，无求备于一人之义也。'枉而直之，使自得之；优而柔之，使自求之；揆而度之，使自索之。'盖圣人之教化如此，欲其自得之。自得之，则敏且广矣。何屺瞻云：本望武帝知之不尽，反言明有所遗者，君道固然。

"今世之处士，魁然无徒，廓然独居。上观许由，下察接舆，计同范蠡，忠合子胥，天下和平，与义相扶，寡偶少徒，固其宜也。子何疑于予哉？若夫燕之用乐毅，秦之任李斯，郦食其之下齐，说行如流，曲从如环;所欲必得，功若丘山，海内定，国家安，是遇其时也。子又何怪之邪？

"语曰：'以管窥天，以蠡测海，以莛撞钟。'岂能通其条贯，考其文理，发其音声哉？由是观之，譬犹鼱鼩之袭狗，孤豚之咋虎，至则靡耳，何功之有？今以下愚而非处士，虽欲勿困，固不得已。此适足以明其不知权变而终惑于大道也。”姜坞先生云：瑰迈宏放之气，如荼云而上驰。

非有先生论

东方曼倩

非有先生仕于吴，进不称往古以厉主意，退不能扬君美以显其功，默然无言者三年矣。吴王怪而问之曰：“寡人获先人之功，寄于众贤之上，夙兴夜寐，未尝敢怠也。今先生率然高举，远集吴地，将以辅治寡人，诚窃嘉之。体不安席，食不甘味，目不视靡曼之色，耳不听钟鼓之音，虚心定志，欲闻流议者，三年于兹矣。今先生进无以辅治，退不扬主誉，窃不为先生取之也。盖怀能而不见，是不忠也；见而不行，主不明也。意者寡人殆不明乎？”非有先生伏而“唯唯”。吴王曰：“可以谈矣，寡人将竦意而览焉。”

先生曰：“於戏！可乎哉？可乎哉？谈何容易！夫谈有悖于目，拂于耳，谬于心，而便于身者；或有说于目，顺于耳，快于心，而毁于行者。非有明王圣主，孰能听之？”吴王曰：“何为其然也？中人以上，可以语上也。先生试言，寡人将听焉。”

先生对曰：“昔者关龙逢深谏于桀，而王子比干直言于纣。此二臣者，皆极虑尽忠，闵主泽不下流，而万民骚动；故直言其失，切谏其邪者，将以为君之荣，除主之祸也。今则不然，反以为诽谤君之行，无人臣之礼，果纷然伤于身，蒙不辜之名，戮及先人，为天下笑。故曰‘谈何容易’。是以辅弼之臣瓦解，而邪谄之人并进。及蜚廉、恶来革等，二人皆诈伪，巧言利口以进其身，阴奉琱瑑刻镂之好以纳其心，务快耳目之欲，以苟容为度，遂往不戒，身没被戮，宗庙崩弛，国家为虚，放戮圣贤，亲近谗夫。《诗》不云乎‘谗人罔极，交乱四国’？此之谓也。故卑身贱体，说色微辞，愉愉呴呴，终无益于主上之治，则志士仁人，不忍为也。将俨然作矜严之色，深言直谏，上以拂主之邪，下以损百姓之害，则忤于邪主之心，历于衰世之法。故养寿命之士，莫肯进也。遂居深山之间，积土为室，编蓬为户，弹琴其中，以咏先王之风，亦可以乐而忘死矣。是以伯夷、叔齐避周，饿于首阳之下，后世称其仁。如是邪主之行，固足畏也。故曰：‘谈何容易！’”

于是吴王惧然易容，捐荐去几，危坐而听。先生曰：“接舆避世，箕子被发佯狂，此二人者，皆避浊世以全其身者也。使遇明王圣主，得清燕之间，宽和之色，发愤毕诚，图画安危，揆度得失，上以安主体，下以便万民，则五帝、三王之道，可几而见也。故伊尹蒙耻辱、负鼎俎、和五味以干汤，太公钓于渭之阳以见文王，心合意同，谋无不成，计无不从，诚得其君也。深念远虑，引义以正其身，推恩以广其下；本仁祖义，褒有德，禄贤能，诛恶乱；总远方，一统类，美风俗：此帝王所由昌也。上不变天性，下不夺人伦，则天地和洽，远方怀之，故号圣王。臣子之职既加矣，于是裂地定封，爵为公侯，传国子孙，名显后世，民到于今称之，以遇汤与文王也。太公、伊尹以如此，龙逢、比干独如彼，岂不哀哉？故曰‘谈何容易！’”

于是吴王穆然，俯而深惟，仰而泣下交颐，曰：“嗟乎！余国之不亡也，绵绵连连，殆哉世之不绝也。”于是正明堂之朝，齐君臣之位；举贤材，布德惠，施仁义，赏有功；躬节俭，减后宫之费，损车马之用，放郑声，远佞人，省庖厨，去侈靡，卑宫馆；坏苑囿，填池堑，以予贫民无产业者；开内藏，振贫穷，存耆老，恤孤独；薄赋敛，省刑辟。行此三年，海内晏然，天下大洽，阴阳和调，万物咸得其宜。国无灾害之变，民无饥寒之色，家给人足，畜积有馀，囹圄空虚，凤凰来集，麒麟在郊，甘露既降，朱草萌芽，远方异俗之人，乡风慕义，各奉其职而来朝贺。

故治乱之道，存亡之端，若此易见，而君人者莫肯为也。臣愚窃以为过。故《诗》云：“王国克生，惟周之桢。济济多士，文王以宁。”此之谓也。

卷六十六　辞赋类五

子虚赋

司马长卿

楚使子虚使于齐，王悉发车骑，与使者出畋。畋罢，子虚过奼乌有先生，亡是公存焉。坐定，乌有先生问曰："今日畋，乐乎？"子虚曰："乐。""获多乎？"曰："少。""然则何乐？"封曰："仆乐齐王之欲夸仆以车骑之众，而仆对以云梦之事也。"曰："可得闻乎？"

子虚曰："可。王驾车千乘，选徒万骑，畋于海滨，列卒满泽，罘网弥山，掩兔辚鹿，射麋脚麟，骛于盐浦，割鲜染轮。射中获多，矜而自功，顾谓仆曰：'楚亦有平原广泽游猎之地饶乐若此者乎？楚王之猎，孰与寡人乎？'仆下车对曰：'臣，楚国之鄙人也。幸得宿卫十有余年，时从出游，游于后园，览于有无，然犹未能遍睹也，又焉足以言其外泽乎？'齐王曰：'虽然，略以子之所闻见而言之。'

"仆对曰：'唯唯。臣闻楚有七泽，尝见其一，未睹其余也。臣之所见，盖特其小小者耳，名曰云梦。云梦者，方九百里，其中有山焉。其山则盘纡茀郁，隆崇嵂崒，岑崟参差，日月蔽亏;交错纠纷，上干青云;罢池陂陁，下属江河。其土则丹青赭垩，雌黄白坿，锡碧金银，众色炫耀，照烂龙鳞。其石则赤玉玫瑰，琳瑉昆吾，瑊玏玄厉，碝石碔砆。其东则有蕙圃，衡兰芷若，芎䓖菖蒲，茳蓠蘪芜，诸柘巴苴。其南则有平原广泽，登隆陁靡，案衍坛曼，缘以大江，限以巫山。其高燥则生葴菥苞荔，薛莎青薠。

其埤湿则生藏莨蒹葭，东蘠雕胡，莲藕菰芦，庵闾轩于。众物居之，不可胜图。其西则有涌泉清池，激水推移，外发芙蓉菱华，内隐巨石白沙。其中则有神龟蛟鼍，瑇瑁鳖鼋。其北则有阴林巨树，楩楠豫章，桂椒木兰，檗离朱杨，樝梨梬栗，橘柚芬芳。其上则有鹓鸰孔鸾，腾远射干。其下则有白虎玄豹，蟃蜒貙犴。兕象野犀，穷奇獌狿。

"'于是乎乃使专诸之伦，手格此兽。楚王乃驾驯駮之驷，乘雕玉之舆，靡鱼须之桡旃，曳明月之珠旗，建干将之雄戟，左乌号之雕弓，右夏服之劲箭；阳子骖乘，纤阿为御，案节未舒，即陵狡兽，蹴蛩蛩。辚距虚，轶野马，轊騊駼；乘遗风，射游骐，倏眒倩浰，雷动猋至，星流霆击，弓不虚发，中必决眥，洞胸达掖，绝乎心系，获若雨兽，揜草蔽地。于是楚王乃弭节徘徊，翱翔容与，览乎阴林，此即其北之阴林。观壮士之暴怒，与猛兽之恐惧，徼𠜵受诎，殚睹众物之变态。

"'于是郑女曼姬，被阿緆，揄纻缟，杂纤罗，垂雾縠，襞積褰绉，纡徐委曲，郁桡溪谷；衯衯裶裶粉粉排排，扬袘戌削，蜚襳垂髾，扶舆猗靡，翕呷萃蔡，下靡兰蕙，上拂羽盖；错翡翠之葳蕤，缪绕玉绥；眇眇忽忽，若神仙之仿佛。

"'于是乃相与獠于蕙圃，此即东之蕙圃。媻姗勃窣，上乎金堤，揜翡翠，射鵕鸃，微矰出，纤缴施，弋白鹄，连驾鹅，双鸧下，玄鹤加。怠而后发，游于清池，此即西之涌泉清池。浮文鹢，扬旌枻，张翠帷，建羽盖。罔玳瑁，钩紫贝，摐金鼓，吹鸣籁。榜人歌，声流喝。水虫骇，波鸿沸，涌泉起，奔扬会，礧石相击，琅琅磕磕，若雷霆之声，闻乎数百里之外。

"'将息獠者，击灵鼓，起烽燧，车按行，骑就队，缅乎淫淫，般乎裔裔。于是楚王乃登云阳之台，云阳在巫山下，此即至其南也。泊乎无为，澹乎自持，勺药之和具而后御之。不若大王终日驰骋，曾不下舆，脟割轮焠，自以为娱。臣窃观之，齐殆不如。'于是齐王无以应仆也。"

乌有先生曰："是何言之过也！足下不远千里，来贶齐国，王悉发境内之士，备车骑之众，与使者出畋，乃欲戮力致获，以娱左右，何名为夸哉！问楚地之有无者，愿闻大国之风烈，先生之余论也。今足下不称楚王之德厚，而盛推云梦以为高，奢言淫乐而显侈靡，窃为足下不取也。必若所言，固非楚国之美也。无而言之，是害足下之信也。彰君恶，伤私义，二者无一可，而先生行之，必且轻于齐而累于楚矣。且齐，东睹巨海，南有琅邪，观乎成山，射乎之罘，浮渤澥，游孟诸，邪与肃慎为邻，右以汤谷为界。秋田乎青丘，徬徨乎海外，吞若云梦者八九，于其胸中曾不蒂芥。若乃俶傥瑰玮，异方殊类，珍怪鸟兽，万端鳞崒，充牣其中，不可胜记，禹不能名，卨不能计。然在诸侯之位，不敢言游戏之乐、苑囿之大；先生又见客，是以王辞不复，何为无以应哉！”

上林赋

司马长卿

亡是公听然而笑曰：“楚则失矣，而齐亦未为得也。夫使诸侯纳贡者，非为财币，所以述职也；封疆画界者，非为守御，所以禁淫也。今齐列为东藩，而外私肃慎，捐国逾限，越海而田，其于义固未可也。且二君之论，不务明君臣之义，正诸侯之礼，徒事争游戏之乐，苑囿之大，欲以奢侈相胜，荒淫相越，此不可以扬名发誉，而适足以贬粤君自损也。

“且夫齐、楚之事，又乌足道乎！君未睹夫巨丽也，独不闻天子之上林乎？左苍梧，右西极，丹水更其南，紫渊径其北。终始灞、浐，出入泾、渭，酆、镐、潦、潏，纡余委蛇，经营乎其内。荡荡乎八川分流，相背而异态。东西南北，驰骛往来，出乎椒丘之阙，行乎洲淤之浦，经乎桂林之中，过乎泱漭之野。汩乎混流，顺阿而下，赴隘狭之口，触穹石，激堆埼，沸乎暴怒，汹涌澎湃。滭弗宓汩，逼侧泌瀄，横流逆折，转腾潎洌，滂濞沆溉，穹隆云桡，宛潬胶盭，逾波趋浥，涖涖下濑，批岩冲拥，奔扬滞沛，临坻注壑，瀺灂賈坠。沉沉隐隐，砰磅訇礚，潏潏淈淈，湁潗鼎沸。驰波跳沫，汩急漂疾，悠远长怀，寂漻无声，肆乎永归。然后灏溔潢漾，安翔徐回，翯乎滈滈，东注太湖，衍溢陂池。“于是乎蛟龙赤螭，䱭䲛渐离，鰅鳙鰬魠，禺禺魼鳎，揵鳍掉尾，振鳞奋翼，潜处乎深岩。鱼鳖欢声，万物众夥，明月珠子，的皪江靡，蜀石黄碝，水玉磊砢。磷磷烂烂，采色澔汗，丛积乎其中。鸿鹔鹄鸨，驾鹅属玉，交精旋目，烦鹜庸渠，箴疵䴔卢，群浮乎其上。沉淫泛滥，随风澹淡，与波摇荡，奄薄水渚，唼喋青藻，咀嚼菱藕。

“于是乎崇山矗矗，宠嵸崔巍，深林巨木，崭岩参差。九嵕、巀嶭，南山峨峨，岩陁甗锜，摧崣崛崎，振溪通谷，蹇产沟渎，谽呀豁閜，阜陵别岛，崴磈嵔廆，丘虚堀礨，隐辚郁垒，登降施靡，陂池貏豸。沇溶淫鬻，散涣夷陆，亭皋千里，靡不被筑。揜以绿蕙，被以江蓠，糅以蘪芜，杂以留夷。布结缕，攒戾莎，揭车衡兰，稾本射干，茈姜蘘荷，葴持若荪，鲜支黄砾，蒋芧青薠，布濩闳泽，延曼太原。离靡广衍，应风披靡，吐芳扬烈，郁郁菲菲，众香发越，肸蚃布写，晻薆咇茀。

“于是乎周览泛观，缜纷轧芴，芒芒恍忽，视之无端，察之无崖，日出东沼，入乎西陂。其南则隆冬生长，涌水跃波；其兽则㺎旄貘犛，沉牛麈麋，赤首圜题，穷奇象犀。其北则盛夏含冻裂地，涉冰揭河；其兽则麒麟角端，騊駼橐驼，蛩蛩驒騱，駃騠驴骡。

“于是乎离宫别馆，弥山跨谷，高廊四注，重坐曲阁，华榱璧珰，辇道纚属，步櫩周流，长途中宿。夷嵕筑堂，累台增成，岩窔洞房。俯杳眇而无见，仰攀橑而扪天，奔星更于闺闼，宛虹拖于楯轩。青龙蚴蟉于东箱，象舆婉僤于西清，灵圄燕于间馆，偓佺之伦暴于南荣，醴泉涌于清室，通川过于中庭。盘石裖崖，嵚岩倚倾，嵯峨嶕嶫，刻削峥嵘，玫瑰碧琳，珊瑚丛生，琘玉旁唐，玢豳文鳞，赤瑕驳荦，杂插其间，朝采琬琰，和氏出焉。

“于是乎卢橘夏熟，黄甘橙楱，枇杷橪柿，亭柰厚朴，梬枣杨梅，樱桃蒲陶，隐夫薁棣，苔遝离支，罗乎后宫，列乎北园，貤丘陵，下平原。扬翠叶，杌紫茎，发红华，垂朱荣，煌煌扈扈，照曜巨野。沙棠栎槠，华枫枰栌，留落胥邪，仁频并闾，欃檀木兰，豫章女贞，长千仞，大连抱，夸条直畅，实叶葰茂。攒立丛倚，连卷欐佹，崔错癹委，抗衡閜砢，垂条扶疏，落英幡纚，纷溶萷蔘，猗狔从风，藰莅卉歙，盖象金石之声，管籥之音。偨池茈虒，旋还乎后宫，杂袭累辑，被山缘谷，循坂下隰，视之无端，究之无穷。

“于是乎玄猿素雌，蜼玃飞蠝，蛭蜩蠼猱，獑胡豰蛫，栖息乎其间。长啸哀鸣，翩幡互经，夭蟜枝格，偃蹇杪颠，逾绝梁，腾殊榛，捷垂条，掉希间，牢落陆离，烂漫远迁。

“若此者数百千处，娱游往来，宫宿馆舍，庖厨不徙，后宫不移，百官备具。

“于是乎背秋涉冬，天子校猎。乘镂象，六玉虬，拖蜺旌，靡云旗，前皮轩，后道游；孙叔奉辔，卫公骖乘，扈从横行，出乎四校之中。鼓严簿，纵猎者。江河为阹，泰山为橹，车骑雷起，殷天动地，先后陆离，离散别追，淫淫裔裔，缘陵流泽，云布雨施。生貔豹，搏豺狼，手熊罴，足野羊。蒙鹖苏，绔白虎，鼒按：续书《舆服志》云，武冠环缨无蕤，以青系为绲，加双鹖尾。五官、左右虎贲，羽林中郎将、羽林左右监，皆冠鹖冠。虎贲将虎文绔，襄邑岁献，织成虎文，此乃所云“蒙鹖苏绔白虎”也。孟康注“鹖，鹖尾也；苏，析羽也”，盖得之。而善注谬甚；郭景纯以绔为绊，亦失之。被斑文，跨野马。凌三嵕之危，下碛历之砥，径峻赴险，越壑厉水。推蜚廉，弄獬豸，格虾蛤，鋋猛氏，罥騕褭，射封豕。箭不苟害，解脰陷脑；弓不虚发，应声而倒。

“于是乎乘舆弭节徘徊，翱翔往来，睨部曲之进退，览将帅之变态。然后侵淫促节，儵夐远去，流离轻禽，蹴履狡兽，轊白鹿，捷狡兔，轶赤电，遗光耀，追怪物，出宇宙，弯蕃弱，满白羽，射游枭，栎蜚遽。择肉而后发，先中而命处，弦矢分，艺殪仆。

“然后扬节而上浮，凌惊风，历骇猋，乘虚无，与神俱，躏玄鹤，乱昆鸡，遒孔鸾，促鵕鸃，拂翳鸟，捎凤皇，捷鹓雏，揜焦明。

“道尽途殚，回车而还。招摇乎襄羊，降集乎北纮，率乎直指，晻乎反乡。蹶石阙，历封峦，过鳷鹊，望露寒，下棠梨，息宜春，西驰宣曲，濯鹢牛首，登龙台，掩细柳，观士大夫之勤略，均猎者之所得获，徒车之所辚轹，步骑之所蹂若，人臣之所蹈藉，与其穷极倦𠹃，惊惮詟伏，不被创刃而死者，他他藉藉，填坑满谷，掩平弥泽。

“于是乎游戏懈怠，置酒乎颢天之台，张乐乎胶葛之宇。撞千石之钟，立万石之虡，建翠华之旗，树灵鼍之鼓，奏陶唐氏之舞，听葛天氏之歌。千人唱，万人和，山陵为之震动，川谷为之荡波。巴、渝、宋、蔡，淮南《干遮》，文成、颠歌，族居递奏，金鼓迭起，铿枪闛鞈，洞心骇耳。荆、吴、郑、卫之声，《韶》《濩》《武》《象》之乐，阴淫案衍之音，鄢、郢缤纷，《激楚》《结风》，俳优侏儒，狄鞮之倡，所以娱耳目乐心意者，丽靡烂漫于前，靡曼美色于后。

“若夫青琴、宓妃之徒，绝殊离俗，妖冶娴都，靓妆刻饰，便嬛绰约；柔桡嫚嫚，妩媚纤弱。曳独茧之褕绁，眇阎易以恤削，便姗嫳屑，与俗殊服，芬芳沤郁，酷烈淑郁，皓齿粲烂，宜笑的皪，长眉连娟，微睇绵藐，色授魂与，心愉于侧。

“于是酒中乐酣，天子芒然而思，似若有亡，曰：‘嗟乎，此大奢侈！朕以览听馀闲，无事弃日，顺天道以杀伐，时休息于此，恐后叶靡丽，遂往而不返，非所以为继嗣创业垂统也。’于是乎乃解酒罢猎，而命有司曰：‘地可垦辟，悉为农郊，以赡萌隶。陨墙填堑，使山泽之人得至焉。实陂池而勿禁，虚宫馆而勿仞。发仓廪以救贫穷，补不足，恤鳏寡，存孤独。出德号，省刑罚，改制度，易服色，革正朔，与天下为更始。’”

“于是历吉日以斋戒，袭朝服，乘法驾，建华旗，鸣玉鸾，游乎六艺之囿，驰骛乎仁义之途，览观《春秋》之林，射《狸首》，兼《驺虞》，弋玄鹤，舞干戚，载云罕，掩群雅，悲《伐檀》，乐乐胥，修容乎《礼》园，翱翔乎《书》圃，述《易》道，放怪兽，登明堂，坐清庙。次群臣，奏得失，四海之内，靡不受获。于斯之时，天下大说，乡风而听，随流而化，卉然兴道而迁义。刑错而不用，德隆于三王，而功羡乎五帝。若此，故猎乃可喜也。

“若夫终日驰骋，劳神苦形，罢车马之用，抚士卒之精，费府库之财，而无德厚之恩，务在独乐，不顾众庶，忘国家之政，贪雉兔之获，则仁者不由也。从此观之，齐、楚之事，岂不哀哉！地方不过千里，而囿居九百，是草木不得垦辟，而民无所食也。夫以诸侯之细，而乐万乘之所侈，仆恐百姓被其尤也。”

于是二子愀然改容，超若自失，逡巡避席，曰：“鄙人固陋，不知忌讳。乃今日见教，谨受命矣。”

卷六十七　辞赋类六

哀二世赋

司马长卿

登陂阤之长阪兮，坌入曾宫之嵯峨。临曲江之隑州兮，望南山之参差。岩岩深山之谾谾兮，通谷豁乎谽谺。汩淢噏习以永逝兮，注平皋之广衍。观众树之蓊薆兮，览竹林之榛榛。东驰土山兮，北揭石濑。弭节容与兮，历吊二世。持身不谨兮，亡国失势。信谗不寤兮，宗庙灭绝。呜呼哀哉！操行之不得兮，坟墓芜秽而不修兮，魂无归而不食。复邈绝而不齐兮，弥久远而愈佅。精罔阆而飞扬兮，拾九天而永逝。呜呼哀哉！

大人赋

司马长卿

世有大人兮，在于中州。宅弥万里兮，曾不足以少留。悲世俗之迫隘兮，竭轻举而远游。垂绛幡之素霓兮，载云气而上浮。建格泽之长竿兮，总光耀之采旄。垂旬始以为幓兮，抴彗星而为髾。掉指挢以偃蹇兮，又旖旎以招摇。揽欃枪以为旌兮，靡屈虹而为绸。红杳渺以眩湣兮，猋风涌而云浮。驾应龙象舆之蠖略逶丽兮，骖赤螭青虬之蚴蟉蜿蜒。低卬夭娇据以骄骜兮，诎折隆穷蠼以连卷。沛艾赳螑，仡以佁儗兮，放散畔岸骧以孱颜。蛭踱輵辖容以逶丽兮，绸缪偃蹇怵㚟以梁倚。纠蓼叫奡蹋以艐路兮，蔑蒙踊跃而狂趭。莅飒卉翕熛至电过兮，焕然雾除，霍然云消。

邪绝少阳而登太阴兮，与真人乎相求。互折窈窕以右转兮，横厉飞泉以正东。悉征灵圉而选之兮，部署众神于瑶光。使五帝先导兮，反太一而从陵阳。左玄冥而右含雷兮，前陆离而后潏湟。厮征伯侨而役羡门兮，属岐伯使尚方。祝融警而跸御兮，清气氛而后行。屯余车其万乘兮，綷云盖而树华旗。使句芒其将行兮，吾欲往乎南嬉。

历唐尧于崇山兮，过虞舜于九疑。纷湛湛其差错兮，杂遝胶葛以方驰。骚扰冲苁其相纷挐兮，滂濞泱轧洒以林离。钻罗列聚丛以茏茸兮，衍曼流烂痑以陆离。径人雷室之砰磷郁律兮，洞出鬼谷之崛礨嵬磈。遍览八纮而观四荒兮，朅度九江而越五河。经营炎火而浮弱水兮，杭绝浮渚而涉流沙。奄息总极泛滥水嬉兮，使灵娲鼓瑟而舞冯夷。时若薆薆将混浊兮，召屏翳诛风伯而刑雨师。西望昆仑之轧沕洸忽兮，直径驰乎三危。排阊阖而入帝宫兮，载玉女而与之归。舒阆风而摇集兮，亢乌腾而一止。低回阴山翔以纡曲兮，吾乃今目睹西王母。暠然白首戴胜而穴处兮，亦幸有三足乌为之使。必长生若此而不死兮，虽济万世不足以喜。

回车朅来兮，绝道不周，会食幽都。呼吸沆瀣兮餐朝霞，噍咀芝英兮叽琼华。嬐侵浔而高纵兮，纷鸿涌而上厉。贯列缺之倒景兮，涉丰隆之滂沛。驰游道而修降兮，骛遗雾而远逝。迫区中之隘陕兮，舒节出乎北垠。遗屯骑于玄阙兮，轶先驱于寒门。下峥嵘而无地兮，上寥廓而无天。视眩眠而无见兮，听惝恍而无闻。乘虚无而上遐兮，超无友而独存。鼐按：此赋多取于《远游》。《远游》先访求中国仙人之居，乃上至天帝之宫，又下周览天地之间，自“于微闾”以下，分东、西、南、北四段。此赋自“横历飞泉以正东”以下，分东、西、南、北四段，而求仙人之居意，即载其间。末六句与《远游》语同。然屈子意在远去世之沉浊，故云“至清而与太初为邻”。长卿则谓帝若果能为仙人，即居此无闻、无见、无友之地，亦胡乐乎此邪？与屈子语同而意别矣。

长门赋有序

司马长卿

孝武皇帝陈皇后，时得幸，颇妒。别在长门宫，愁闷悲思。闻蜀郡成都司马相如天下工为文，奉黄金百斤为相如、文君取酒，因于解悲愁之辞，而相如为文以悟主上，陈皇后复得亲幸。其辞曰：

夫何一佳人兮，步逍遥以自虞。魂逾佚而不返兮，形枯槁而独居。言我朝往而暮来兮，饮食乐而忘人。心慊移而不省故兮，交得意而相亲。伊予志之慢愚兮，怀贞慤之欢心。愿赐问而自进兮，得尚君之玉音。奉虚言而望诚兮，期城南之离宫。修薄具而自设兮，君曾不肯乎幸临。廓独潜而专精兮，天飘飘而疾风。

登兰台而遥望兮，神怳怳而外淫。浮云郁而四塞兮，天窈窈而昼阴。雷殷殷而响起兮，声象君之车音。飘风回而赴闺兮，举帷幄之襜襜。桂树交而相纷兮，芳酷烈之訚訚。孔雀集而相存兮，玄猿啸而长吟。翡翠胁翼而来萃兮，鸾凤飞而北南。心凭噫而不舒兮，邪气壮而攻中。

下兰台而周览兮，步从容于深宫。正殿块以造天兮，郁并起而穹崇。间徙倚于东厢兮，观夫靡靡而无穷。挤玉户以撼金铺兮，声噌吰而似钟音。刻木兰以为榱兮，饰文杏以为梁。罗丰茸之游树兮，离楼梧而相撑。施瑰木之欂栌兮，委参差以糠梁。时仿佛以物类兮，象积石之将将。五色炫以相曜兮，烂耀耀而成光。致错石之瓴甓兮，象玳瑁之文章。张罗绮之幔帷兮，垂楚组之连纲。抚柱楣以从容兮，览曲台之央央。

白鹤噭以哀号兮，孤雌跱于枯杨。日黄昏而望绝兮，怅独托于空堂。悬明月以自照兮，徂清夜于洞房。援雅琴以变调兮，奏愁思之不可长。按流徵以却转兮，声幼妙而复扬。贯历览其中操兮，意慷慨而自卬。左右悲而垂泪兮，涕流离而纵横。舒息悒而增欷兮，蹝履起而彷徨。揄长袂以自翳兮，数昔日之諐殃。无面目之可显兮，遂颓思而就床。

抟芬若以为枕兮，席荃兰而茝香。忽寝寐而梦想兮，魄若君之在旁。惕寤觉而无见兮，魂迋迋若有亡。众鸡鸣而愁予兮，起视月之精光。观众星之行列兮，毕昴出于东方。望中庭之蔼蔼兮，若季秋之降霜。夜曼曼其若岁兮，怀郁郁其不可再更。澹偃蹇而待曙兮，荒亭亭而复明。妾人窃自悲兮，究年岁而不敢忘。

难蜀父老

司马长卿

汉兴七十有八载，德茂存乎六世，威武纷纭，湛恩汪涉，群生沾濡，洋溢乎方外。于是乃命使西征，随流而攘，风之所被，罔不披靡。因朝冉从駹，定笮存邛，略斯榆，举苞蒲，结轨还辕，东乡将报，至于蜀都。

耆老大夫荐绅先生之徒二十有七人，俨然造焉。辞毕，因进曰："盖闻天子之于夷狄也，其义羁縻勿绝而已。今罢三郡之士，通夜郎之途，三年于兹，而功不竟，士卒劳倦，万民不赡；今又接以西夷，百姓力屈，恐不能卒业，此亦使者之累也，窃为左右患之。且夫邛、莋、西僰之与中国并也，历年兹多，不可记已。仁者不以德来，强者不以力并，意者其殆不可乎！今割齐民以附夷狄，弊所恃以事无用，鄙人固陋，不识所谓。"

使者曰："乌谓此邪？必若所云，则是蜀不变服而巴不化俗也，余尚恶闻若说。然斯事体大，固非观者之所觏也。余之行急，其详不可得闻已，请为大夫粗陈其略。

"盖世必有非常之人，然后有非常之事;有非常之事，然后有非常之功。夫非常者，固常人之所异也。故曰非常之原，黎民惧焉，及臻厥成，天下晏如也。

昔者鸿水浡出，泛滥溢溢，民人登降移徙，崎岖而不安。夏后氏戚之，乃堙鸿水，决江疏河，漉沉赡灾，东归之于海，而天下永宁。当斯之勤，岂惟民哉？心烦于虑，而身亲其劳，躬胝无胈，肤不生毛。故休烈显乎无穷，声称浃乎于兹。

"且夫贤君之践位也，岂特委琐握龊，拘文牵俗，循诵习传，当世取说云尔哉！必将崇论宏议，创业垂统，为万世规。故驰骛乎兼容并包，而勤思乎参天贰地。且《诗》不云乎'普天之下，莫非王土；率土之滨，莫非王臣'？是以六合之内，八方之外，浸浔衍溢，怀生之物，有不浸润于泽者，贤君耻之。今封疆之内，冠带之伦，咸获嘉祉，靡有阙遗矣。而夷狄殊俗之国，辽绝异党之地，舟舆不通，人迹罕至，政教未加，流风犹微。内之则犯义侵礼于边境，外之则邪行横作，放弑其上，君臣易位，尊卑失序，父兄不辜，幼孤为奴。系累号泣，内向而怨，曰：'盖闻中国有至仁焉，德洋而恩普，物靡不得其所，今独曷为遗己！'举踵思慕，若枯旱之望雨。戾夫为之垂涕，况乎上圣，又恶能已？故北出师以讨强胡，南驰使以诮劲越。四面风德，二方之君鳞集仰流，愿得受号者以亿计。故乃关沫、若，徼牂舸，镂灵山，梁孙原，创道德之途，垂仁义之统，将博恩广施，远抚长驾，使疏逖不闭，曶爽闇昧得耀乎光明，以偃甲兵于此，而息诛伐于彼。遐迩一体，中外禔福，不亦康乎？夫拯民于沉溺，奉至尊之休德，反衰世之陵迟，继周氏之绝业，斯乃天子之急务也。百姓虽劳，又恶可以已哉？

"且夫王事固未有不始于忧勤，而终于佚乐者也。然则受命之符，合在于此矣。方将增泰山之封，加梁父之事，鸣和鸾，扬乐颂，上咸五，下登三。观者未睹指，听者未闻音，犹鷦鹏已翔乎廖廓，而罗者犹视乎薮泽，悲夫！"

于是诸大夫芒然丧其所怀来，而失厥所以进，喟然并称曰："允哉汉德！此鄙人之所愿闻也。百姓虽劳，请以身先之。"敞罔靡徙，因迁延而辞避。

封禅文

司马长卿

伊上古之初肇，自昊穹生民。历选列辟，以迄乎秦。率迩者踵武，逖听者风声。纷纶威蕤，堙灭而不称者，不可胜数。继《韶》《夏》，崇号谥，略可道者，七十有二君。罔若淑而不昌，畴逆失而能存？

轩辕之前，遐哉邈乎！其详不可得闻已。五三、《六经》载籍之传，惟见可观也。《书》曰："元首明哉！股肱良哉！"因斯以谈，君莫盛于唐尧，臣莫贤于后稷。后稷创业于唐，公刘发迹于西戎，文王改制，爰周郅隆。大行越成，伯父姜坞先生云："成"，即成王也。下云"蹑梁父，登泰山"，即

《管子》所云“成王封泰山，禅社首”。而后陵迟衰微，千载亡声，岂不善始善终哉！然无异端，慎所由于前，谨遗教于后耳。故轨迹夷易，易遵也；湛恩厖洪，易丰也！宪度著明，易则也；垂统理顺，易继也。是以业隆于襁褓，而崇冠乎二后，揆厥所元，终都攸卒，未有殊尤绝迹可考于今者也。鼐按：此处文则狭小成王而夸汉，实则谓古圣谨慎之道易遵易继，今舍之而更为浩侈，则难以遵继，古圣所未为，而今欲过之，可乎？然犹躡梁父，登泰山，建显号，施尊名。大汉之德，逢涌原泉，沕潏曼羡，旁魄四塞，云布雾散，上畅九垓，下泝八埏。怀生之类，沾濡浸润，协气横流，武节猋逝，尔狭游原，迥阔泳末，首恶郁没，闇昧昭晰，昆虫闿怿，回首面内。然后囿驺虞之珍群，徼麋鹿之怪兽，导一茎六穗于庖，牺双觡共抵之兽，获周余放龟于岐，招翠黄乘龙于沼。鬼神接灵圉，宾于闲馆。奇物谲诡，俶傥穷变。钦哉，符瑞臻兹，犹以为德薄，不敢道封禅。盖周跃鱼陨杭，休之以燎。微夫斯之为符也，以登介丘，不亦恧乎！进攘之道，何其爽与！

于是大司马进曰：“陛下仁育群生，义征不憓，诸夏乐贡，百蛮执贽，德牟往初，功无与二，休烈浃洽，符瑞众变，期应绍至，不特创见。意者太山、梁父，设坛场，望幸盖，伯父姜坞先生云：师古曰“盖，发语辞”，予谓当如《考工记》“轮人为盖”之“盖”。号以况荣，上帝垂恩储祉，将以荐成，陛下谦让而弗发也。挈三神之欢，缺王道之仪，群臣恧焉。或谓且天为质，伯父姜坞先生云：《周颂》“匪且有且”，毛《传》云：“且，此也”。闇示珍符，固不可辞；若然辞之，是泰山靡记而梁父罔几也。亦各并时而荣，咸济厥世而屈，说者尚何称于后，而云七十二君哉？夫修德以锡符，奉符以行事，不为进越也。故圣王弗替，而修礼地祇，谒款天神，勒功中岳，以章至尊；舒盛德，发号荣，受厚福，以浸黎民。皇皇哉斯事，天下之壮观，王者之丕业，不可贬也，愿陛下全之。而后因杂缙绅先生之略术，使获曜日月之末光绝炎，以展采错事。犹兼正列其义，祓饰厥文，作《春秋》一艺。将袭旧六为七，摅之无穷，俾万世得激清流，扬微波，蜚英声，腾茂实，前圣之所以永保鸿名而常为称首者，用此。宜命掌故悉奏其仪而览焉。”

于是天子沛然改容，曰：“俞乎，朕其试哉！”乃迁思回虑，总公卿之议，询封禅之事，诗大泽之博，广符瑞之富，遂作颂曰：

自我天覆，云之油油。甘露时雨，厥壤可游。滋液渗漉，何生不育！嘉谷六穗，我穑曷蓄？

匪唯雨之，又润泽之；匪唯濡之，泛布护之。万物熙熙，怀而慕思。名山显位，望君之来。君乎，君乎，侯不迈哉？

般般之兽，乐我君囿；白质黑章，其仪可嘉；旼旼穆穆，君子之态。盖闻其声，今视其来。厥途靡从，天瑞之征。兹尔于舜，虞氏以兴。

濯濯之麟，游彼灵畤。孟冬十月，君徂郊祀。驰我君舆，帝用享祉，三代之前，盖未尝有。

宛宛黄龙，兴德而升；采色炫耀，焕炳辉煌。正阳显见，觉寤黎烝。于传载之，云受命所乘。

厥之有章，不必谆谆。依类托寓，谕以封峦。

披艺观之，天人之际已交，上下之情允洽。圣王之德，兢兢翼翼。故曰于兴必虑衰，安必思危。是以汤武至尊严，不失肃祗，舜在假典，顾省厥遗，此之谓也。伯父姜坞先生云：《封禅文》相如创为之，体兼赋、颂，其设意措辞，皆翔蹑虚无，非如扬、班之徒，诞妄贡谀，为跖实之文也。通体结构，若无畔岸，如云兴水溢，一篇浑茫骏邈之气。观扬、班之作，而后知相如文，句句欲活。

卷六十八　辞赋类七

甘泉赋

扬子云

孝成帝时，客有荐雄文似相如者。上方郊祠甘泉泰畤、汾阴后土，以求继嗣，召雄待诏承明之庭。正月，从上甘泉，还，奏《甘泉赋》以风。其辞曰：

惟汉十世，将郊上玄，定泰畤，雍神休，尊明号，同符三皇，录功五帝，恤胤锡羡，拓迹开统。于是乃命群僚，历吉日，协灵辰，星陈而天行。诏招摇与太阴兮，伏钩陈使当兵。属堪舆以壁垒兮，梢夔、魖而抶獝狂。八神奔而警跸兮，振殷辚而军装；蚩尤之伦带干将而秉玉戚兮，飞蒙茸而走陆梁。齐总总以撙撙，其相胶轕兮，猋骇云迅，奋以方攘；骈罗列布，鳞以杂沓兮，傱僁参差，鱼颉而鸟睨；翕赫曶霍，雾集而蒙合兮，半散照烂，粲以成章。

于是乘舆乃登夫凤皇兮而翳华芝，驷苍螭兮六素虬，蠖略蕤绥，漓乎襂缅。帅尔阴闭，霅然阳开，腾清霄而轶浮景兮，夫何旟旐郅偈之旖旎也！流星旄以电烛兮，咸翠盖而鸾旗。屯万骑于中营兮，方玉车之千乘。声驿隐以陆离兮，轻先疾雷而驳遗风。凌高衍之嵱嵸兮，超纡谲之清澄。登椽栾而羾天门兮，驰阊阖而入凌兢。

是时未臻夫甘泉也，乃望通天之绎绎。下阴潜以惨懔兮，上洪纷而相错；直峣峣以造天兮，厥高庆而不可乎弥度。平原唐其坛曼兮，列新雉于林薄；攒并闾与茇葀兮，纷被丽其亡鄂。崇丘陵之駊騀兮，深沟嵚岩而为谷；往往离宫般以相烛兮，封峦、石关迆靡乎延属。于是大厦云谲波诡，摧嶉而成观；仰挢首以高视兮，目冥眴而亡见。正浏滥以弘惝兮，指东西之漫漫，徒徊徊以徨徨兮，魂固眇眇而昏乱。据軨轩而周流兮，忽坱圠而亡垠。翠玉树之青葱兮，璧马犀之瞵㻞。金人仡仡其承钟虡兮，嵌岩岩其龙鳞，扬光曜之燎烛兮，垂景炎之炘炘。配帝居之悬圃兮，象泰壹之威神。洪台崛其独出兮，㨃北极之嶟嶟。列宿乃施于上荣兮，日月才经于柍桭。雷郁律于岩窔兮，电倏忽于墙藩。鬼魅不能自逮兮，半长途而下颠。历倒景而绝飞梁兮，浮蠛蠓而撇天。

左欃枪而右玄冥兮，前熛阙而后应门；荫西海与幽都兮，涌醴汩以生川。蛟龙连蜷于东崖兮，白虎敦圉乎昆仑。览樛流于高光兮，溶方皇于西清。前殿崔巍兮，和氏珑玲，抗浮柱之飞榱兮，神莫莫而扶倾，闶阆阆其寥廓兮，似紫宫之峥嵘。骈交错而曼衍兮，崴嵬隗乎其相婴。乘云阁而上下兮，纷蒙笼以掍成。曳红采之流离兮，飏翠气之宛延。袭琁室与倾宫兮，若登高眇远，亡国“亡国”字《汉书》无。无是。肃乎临渊。

回猋肆其砀骇兮，翍桂椒而郁移杨。香芬茀以穹隆兮，击薄栌而将荣。芗呹肸以棍批兮，声骈隐而历钟。排玉户而飏金铺兮，发兰蕙与芎䓖。帷弸环其拂汨兮，稍暗暗而靓深。阴阳清浊穆羽相和兮，若夔、牙之调琴。般、倕弃其剞劂兮，王尔投其钩绳。虽方征侨与偓佺兮，犹仿佛其若梦。

于是事变物化，目骇耳回。盖天子穆然珍台闲馆，琁题玉英、蜵蜎蠖之中。惟夫所以澄心清魂，储精垂恩，感动天地，逆厘三神者。乃搜逑索偶皋、伊之徒，冠伦魁能，函甘棠之惠，挟东征之意，相与齐乎阳灵之宫。靡薜荔而为席兮，折琼枝以为芳，噏清云之流瑕兮，饮若木之露英，集乎礼神之囿，登乎颂祇之堂。建光耀之长旓兮，昭华覆之威威。攀琁玑而下视兮，行游目乎三危，陈众车于东坑兮，肆玉轪而下驰，漂龙渊而还九垠兮，窥地底而上回。风从从而扶辖兮，鸾凤纷其衔蕤，梁弱水之濎濴兮，蹑不周之逶蛇。想西王母欣然而上寿兮，屏玉女而却宓妃。玉女亡所眺其清胪兮，宓妃曾不得施其蛾眉。方揽道德之精刚兮，侔神明与之为资。

于是钦柴宗祈，燎熏皇天，招摇泰壹。举洪颐，树灵旗。樵蒸昆上，配藜四施，东烛沧海，西耀流沙，北熿幽都，南炀丹厓。玄瓒觩䚡，秬鬯泔淡，肸蚃丰融，懿懿芬芬。炎感黄龙兮，熛讹硕麟。选巫咸兮叫帝阍，开天庭兮延群神。傧暗蔼兮降清坛，瑞穰穰兮委如山。

于是事毕功弘，回车而归，度三峦兮偈棠梨。天阃决兮地垠开，八荒协兮万国谐。登长平兮雷鼓磕，天声起兮勇士厉。云飞扬兮雨滂沛，于胥德兮丽万世。

乱曰：崇崇圜丘，隆隐天兮。登降峛崺，单埢垣兮。增宫参差，骈嵯峨兮，岭巆嶙峋，洞无厓兮。上天之縡，杳旭卉兮，圣皇穆穆，信厥对兮。徕祇郊禋，神所依兮。徘徊招摇，灵迟迟兮。辉光眩耀，降厥福兮，子子孙孙，长无极兮。

河 东 赋

扬子云

其三月，将祭后土，上乃帅群臣横大河，凑汾阴。既祭，行游介山，回安邑，顾龙门，览盐池。登历观，陟西岳以望八荒，迹殷、周之虚，眇然以思唐、虞之风。雄以为临川羡鱼，不如归而结网，还，上《河东赋》以劝。其辞曰：

伊年暮春，将瘗后土，礼灵祇，谒汾阴于东郊，因兹以勒崇垂鸿，发祥隤祉，钦若神明者，盛哉铄乎，越不可载已！于是命群臣，齐法服，整灵舆，乃抚翠凤之驾，六先景之乘，掉奔星之流旃，彏天狼之威弧。张燿日之玄旄，扬左纛，被云梢，奋电鞭，骖雷辎，鸣洪钟，建五旗。羲和司日，颜伦奉舆，风发飙拂，神腾鬼趡；千乘霆乱，万骑屈桥，嘻嘻旭旭，天地稠嵏。簸丘跳峦，涌渭跃泾。秦神下詟，跖魂负沴；河灵矍踢，爪华蹈襄。颜监云："爪，古掌字。"鼒按：《说文》爪，亦丮也，从反爪，诸两切。丮，持也，故苏林注此赋云"掌据之"，是即持丮之义，不得谓即"掌"字也。《水经·河水》下，郦注引"掌华蹈襄"，盖以音近而相承失读久矣。襄，《汉书》作"衰"，然《效祀志》及《史记·封禅书》并作"襄山"，此文与"矍踢"协韵，故知作“襄”为正，“衰”字误也。遂臻阴宫，穆穆肃肃，蹲蹲如也。

灵祇既乡，五位时叙，细缊玄黄，将绍厥后。于是灵舆安步，周流容与，以览乎介山。嗟文公而愍推兮，勤大禹于龙门，洒沉灾于豁渎兮，播九河于东濒。登历观而遥望兮，聊浮游以经营。乐往昔之遗风兮，喜虞氏之所耕。瞰帝唐之嵩高兮，觅隆周之大宁。汩低回而不能去兮，行睨陔下与彭城。涉南巢之坎坷兮，易豳、岐之夷平。乘翠龙而超河兮，陟西岳之峣峭。云霏熏而来迎兮，泽渗漓而下降，郁萧条其幽蔼兮，滃泛沛以丰隆。叱风伯于南北兮，呵雨师于西东。参天地而独立兮，廓荡荡其亡双。

遵逝乎归来，以函夏之大汉兮，彼曾何足与比功？建《乾》《坤》之贞兆兮，将悉总之以群龙。丽钩芒与骖蓐收兮，服玄冥及祝融。敦众神使式道兮，奋《六经》以摅颂。隃於穆之缉熙兮，过《清庙》之雍雍。轶五帝之遐迹兮，蹑三皇之高踪。既发轫于平盈兮，谁谓路远而不能从？《上林》之末，有“游乎六艺术之囿”及“翱翔书圃”之语，此文法之，借行游为喻，言以天道为车马，以六经为容，行乎帝王之途，何必巡历山川以为观览乎！

羽猎赋

扬子云

“羽猎”，《汉书》注家不甚详，惟《晋语》“却虎被羽先升”韦昭注云：“羽，鸟羽，系于背，若今军将负眊矣。”鼒疑“负眊”盖汉以后制，恐古人无此，韦说非也。“大司马职”郑注：“号名者徽识，所以相别，在军象其制为之，被之以备死事。”《东京赋》薛综注：“挥为肩上绛帜，如燕尾者也，以在肩上，故曰负。”《韩诗外传》：“子路曰：白羽如月，赤羽如朱。”然则羽者徽帜耳。以其似羽，非真鸟羽也。赋内“羽骑营营，昈分殊事”，则其取相别识之义明矣。

其十二月羽猎，雄从。以为昔在二帝三王，宫馆台榭，沼池苑囿，林麓薮泽，财足以奉郊庙，御宾客，充庖厨而已，不夺百姓膏腴谷土桑柘之地。女有余布，男有余粟，国家殷富，上下交足，故甘露零其庭，醴泉流其唐，凤凰巢其树，黄龙游其沼，麒麟臻其囿，神爵栖其林。昔者禹任益虞而上下和，草木茂；成汤好田，而天下用足；文王囿百里，民以为尚小；齐宣王囿四十里，民以为大。裕民之与夺民也。武帝广开上林，东南至宜春、鼎湖、御宿、昆吾，旁南山，西至长杨、五柞，北绕黄山，滨渭而东，周袤数百里。穿昆明池，象滇河，营建章、凤阙、神明、驭娑，渐台、泰液，象海水周流方丈、瀛洲、蓬莱。游观侈靡，穷妙极丽。虽颇割其三垂以赡齐民，然至羽猎，甲车、戎马，器械储偫，禁籞所营，尚泰奢丽夸诩，非尧、舜、成汤、文王三驱之意也。又恐后世复修前好，不折中以泉台，故聊因《校猎赋》以风之。其辞曰：

或称羲、农，岂或帝王之弥文哉？论者云否，各亦并时而得宜，奚必同条而共贯？则泰山之封，焉得七十而有二仪？是以创业垂统者俱不见其爽，遐迩五三，孰知其是非？遂作颂曰：丽哉神圣，处于玄宫，富既与地乎侔訾，贵正与天乎比崇。齐桓曾不足使扶毂，楚严未足以为参乘；狭三王之阸僻，峤高举而大兴；历五帝之寥廓，陟三皇之登闳；建道德以为师，友仁义与之为朋。

于是玄冬季月，天地隆烈，万物权舆于内，徂落于外，帝将惟田于灵之囿，开北垠，受不周之制，以终始颛顼、玄冥之统。乃诏虞人典泽，东延昆邻，西驰阊阖。储积共偫，戍卒夹道，斩丛棘，夷野草，御自汧、渭，经营酆，镐，章皇周流，出入日月，天与地沓。尔乃虎落三嵕以为司马，围经百里而为殿门。外则正南极海，邪界虞渊，鸿濛沆茫，碣以崇山。营合围会，然后先置乎白杨之南，昆明灵沼之东。贲、育之伦，蒙盾负羽，杖镆邪而罗者以万计，其余荷垂天之罼，张竟野之罘，靡日月之朱竿，曳彗星之飞旗。青云为纷，虹霓为缳，属之乎昆仑之墟，涣若天星之罗，浩如涛水之波，淫淫与与，前后要遮。欃枪为闉，明月为候，荧惑司命，天弧发射，鲜扁陆离，骈衍佖路。徽车轻武，鸿絧緁猎，殷殷轸轸，被陵缘坂，穷夐极远者，相与迾乎高原之上；羽骑营营，昈分殊事，缤纷往来，轠轳不绝，若光若灭者，布乎青林之下。

于是天子乃以阳朝始出乎玄宫，撞鸿钟，建九旒，六白虎，载灵舆，蚩尤并毂，蒙公先驱。立历天之旂，曳捎星之旃，霹雳列缺，吐火施鞭。萃从沇溶，淋离廓落，戏八镇而开关；鼐按：将猎时，先已合围，天子至，乃复开关入之，然后纵猎。飞廉、云师，吸嚊潚率，鳞罗布列，攒以龙翰。秋秋跄跄，入西园，切神光；望平乐，径竹林，蹂蕙圃，践兰唐。举烽烈火，辔者施技，方驰千驷，狡骑万帅。虓虎之陈，从横胶輵，猋泣雷厉，駍駍聆磕，汹汹旭旭，天动地岋。羡漫半散，萧条数千里外。

若夫壮士忼慨，殊乡别趣，东西南北，骋耆奔欲。拖苍豨，跋犀犛，蹶浮麋。斮巨狿，搏玄猿，腾空虚，距连卷，踔夭蟜，嬉涧间，莫莫纷纷，山谷为之风猋，林丛为之生尘。及至获夷之徒，蹶松柏，掌蒺藜；猎蒙茏，辚轻飞；屦般首，带修蛇，钩赤豹，摼象犀；跇峦坑，超唐陂。车骑云会，登降闇蔼，泰华为旒，熊耳为缀。木仆山还，漫若天外，储与乎大浦，聊浪乎宇内。

于是天清日晏，逢蒙列眥，姜坞先生云：《易》“列其夤”，“列”即今“裂”字。羿氏控弦。皇车幽輵，光纯天地，望舒弥辔，翼乎徐至于上兰。移围徙阵，浸淫蹴部，曲队坚重，各按行伍。壁垒天旋，神扶电击，逢之则碎，近之则破。鸟不及飞，兽不得过，军惊师骇，刮野扫地。及至罕车飞扬，武骑聿皇，蹈飞豹，羂嘄阳；追天宝，出一方。应駍声，击流光。野尽山穷，囊括其雌雄，沇沇溶溶，遥噱乎纮中。三军芒然，穷冘阏与，亶观夫剽禽之绁隃，犀兕之抵触，熊罴之挐攫，虎豹之凌遽，徒角枪题注，蹴竦詟怖，魂亡魄失，触辐关脰。妄发期中，进退履获，创淫轮夷，丘累陵聚。

于是禽殚中衰，相与集于靖冥之馆，以临珍池。灌以岐、梁，溢以江、河，东瞰目尽，西畅亡厓，随珠和氏，焯烁其陂。玉石嶜，眩燿青荧，汉女水潜，怪物暗冥，不可殚形。玄鸾孔雀，翡翠垂荣，王雎关关，鸿雁嘤嘤，群嬉乎其中。噍噍昆鸣，凫鹭振鹭，上下砰磕，声若雷霆。乃使文身之技，水格鳞虫，凌坚冰，犯严渊，探岩排碕，薄索蛟螭，蹈獱獭，据鼋鼍，抾灵蠵。入洞穴，出苍梧，乘巨鳞，骑京鱼。浮彭蠡，目有虞。方椎夜光之流离，剖明月之珠胎，鞭洛水之宓妃，饷屈原与彭、胥。

于兹乎鸿生巨儒，俄轩冕，杂衣裳，修唐典，匡《雅》《颂》，揖让于前。昭光振耀，蚃曶如神，仁声惠于北狄，武谊动于南邻。是以旃裘之王，胡貉之长，移珍来享，抗手称臣。前入围口，后陈卢山。群公常伯杨朱、墨翟之徒，喟然并称曰：“崇哉乎德，虽有唐、虞、大夏、成周之隆，何以侈兹！太古之觐东岳，禅梁基，舍此世也，其谁与哉？”

上犹谦让而未俞也，方将上猎三灵之流，下决醴泉之滋，发黄龙之穴，窥凤凰之巢，临麒麟之囿，幸神爵之林；奢云梦，侈孟诸，非章华，是灵台，罕徂离宫而辍观游，土事不饰，木功不雕，承民乎农桑，劝之以弗怠，侪男女使莫违；恐贫穷者不遍被洋溢之饶，开禁苑，散公储，创道德之囿，弘仁惠之虞，驰弋乎神明之囿，览观乎群臣之有亡；放雉兔，收罝罘，麋鹿、刍荛，与百姓共之，盖所以臻兹也。于是醇洪鬯之德，丰茂世之规，加劳三皇，勖勤五帝，不亦至乎！乃祗庄雍穆之徒，立君臣之节，崇贤圣之业，未遑苑囿之丽、游猎之靡也，因回轸还衡，背阿房，反未央。

长 杨 赋有序

扬子云

明年，上将大夸胡人以多禽兽。秋，命右扶风发民入南山，西自褒斜，东至弘农，南驱汉中，张罗网罝罘，捕熊罴、豪猪、虎豹、狖玃、狐兔、麋鹿，载以槛车，输长杨射熊馆。以网为周阹，纵禽兽其中，令胡人手搏之，自取其获，上亲临观焉。是时农民不得收敛。雄从至射熊馆，还，上《长杨赋》，聊因笔墨之成文章，故借翰林以为主人，子墨为客卿以风。其辞曰：

子墨客卿问于翰林主人曰：“盖闻圣主之养民也，仁沾而恩洽，动不为身。今年猎长杨，先命右扶风，左太华而右褒斜，椓嶻嶭而为弋，纡南山以为罝，罗千乘于林莽，列万骑于山隅，帅军踤法，锡戎获胡。搤熊罴，拖豪猪，木拥枪累，以为储胥，此天下之穷览极观也。虽然，亦颇扰于农人。三旬有余，其勤至矣，而功不图。恐不识者，外之则以为娱乐之游，内之则不以为乾豆之事，岂为民乎哉！且人君以玄默为神，澹泊为德，今乐远出以露威灵，数摇动以罢车甲，本非人主之急务也，蒙窃惑焉。”

翰林主人曰：“吁，客何谓兹邪！若客，所谓知其一未睹其二，见其外不识其内也。仆尝倦谈，不能一二其详，请略举其凡，而客自览其切焉。”客曰：“唯唯！”

主人曰："昔有强秦，封豕其士，窫窳其民，凿齿之徒，相与磨牙而争之，豪俊麋沸云扰，群黎为之不康，于是上帝眷顾高祖。高祖奉命，顺斗极，运天关，横巨海，漂昆仑，提剑而叱之，所过麾城撕邑，下将降旗，一日之战，不可殚记。当此之勤，头蓬不暇疏，饥不及餐，鞮鍪生虮虱，介胄被沾汗，以为万姓请命乎皇天。乃展民之所诎，振民之所乏，规亿载，恢帝业，七年之间而天下密如也。

"逮至圣文，随风乘流，方垂意于至宁。躬服节俭，绨衣不敝，革鞜不穿，大厦不居，木器无文。于是后宫贱玳瑁而疏珠玑，却翡翠之饰，除雕琢之巧，恶丽靡而不近，斥芬芳而不御，抑止丝竹晏衍之乐，憎闻郑、卫幼眇之声，是以玉衡正而太阶平也。

"其后熏鬻作虐，东夷横畔，羌、戎睚眦，闽、越相乱，遐氓为之不安，中国蒙被其难。于是圣武勃怒，爰整其旅，乃命骠、卫，汾坛沸渭，云合电发，猋腾波流，机骇蜂轶，疾如奔星，击如震霆。碎镣辒，破穹庐，脑沙幕，髓余吾。遂蹶乎王庭，驱橐驼，烧熐蠡，分剺单于，磔裂属国，夷坑谷，拔卤莽，刊山石，蹂尸舆厮，系累老弱，吮铤瘢耆金镞淫夷者数十万人，皆稽颡树颔，扶服蛾伏。二十余年矣，尚不敢惕息。夫天兵四临，幽都先加，回戈邪指，南越相夷，靡节西征，羌僰东驰。是以遐方疏俗、殊邻绝党之域，自上仁所不化，茂德所不绥，莫不跻足抗手，请献厥珍，使海内澹然，永亡边城之灾、金革之患。

今朝廷纯仁，遵道显义，并包书林，圣风云靡；英华沉浮，洋溢八区，普天所覆，莫不沾濡。士有不谈王道者，则樵夫笑之。意者以为事罔隆而不杀，物靡盛而不亏，故平不肆险，安不忘危。乃时以有年出兵，整舆竦戎，振师五莋，习马长杨，简力狡兽，校武票禽。乃萃然登南山，瞰乌弋，西厌月蜡，东震日域。又恐后代迷于一时之事，常以此为国家之大务，淫荒田猎，陵夷而不御也。是以车不安轫，日未靡旃，从者仿佛，委属而还；亦所以奉太尊之烈，遵文、武之度，复三王之田，反五帝之虞；使农不辍耰，工不下机，婚姻以时，男女莫违；出恺悌，行简易，矜劬劳，休力役；见百年，存孤弱，帅与之同苦乐。然后陈钟鼓之乐，鸣鞀磬之和，建碣磍之虡，拮隔鸣球，掉八列之舞；酌允铄，肴乐胥，听庙中之雍雍，受神人之福祜；歌投颂，吹合雅。其勤若此，故真神之所劳也。方将俟元符，以禅梁甫之基，增泰山之高，延光于将来，比荣乎往号，岂徒欲淫览浮观，驰骋秔稻之地，周流梨栗之林，蹂践刍荛，夸诩众庶，盛狖玃之收，多麋鹿之获哉！且盲者不见咫尺，而离娄烛千里之隅；客徒爱胡人之获我禽兽，曾不知我亦已获其王侯。”

言未卒，墨客降席再拜稽首曰：“大哉体乎！允非小人之所能及也。乃今日发矇，廓然已昭矣。”此篇效《难蜀父老》。

解 嘲

扬子云

客嘲扬子曰：“吾闻上世之士，人纲人纪，不生则已，生则上尊人君，下荣父母，析人之珪，儋人之爵，怀人之符，分人之禄，纡青拖紫，朱丹其毂。今子幸得遭明盛之世，处不讳之朝，与群贤同行，历金门、上玉堂有日矣，曾不能画一奇，出一策，上说人主，下谈公卿，目如燿星，舌如电光，一从一横，论者莫当；顾默而作《太玄》五千文，枝叶扶疏，独说十余万言，深者入黄泉，高者出苍天，大者含元气，细者入无伦，然而位不过侍郎，擢才给事黄门。意者玄得无尚白乎？何为官之拓落也？”

扬子笑而应之曰：“客徒欲朱丹吾毂，不知一跌将赤吾之族也！往者周网解结，群鹿争逸，离为十二，合为六七，四分五剖，并为战国。士无常君，国无定臣，得士者富，失士者贫。矫翼厉翮，恣意所存。故士或自盛以橐，或凿坏以遁。是故邹衍以颉颃而取世资，孟轲虽连蹇犹为万乘师。

“今大汉左东海，右渠搜，前番禺，后陶涂，东南一尉，西北一候。徽以纠墨，制以锧铁，散以礼乐，风以《诗》《书》，旷以岁月，结以倚庐。天下之士，雷动云合，鱼鳞杂袭，咸营于八区，家家自以为稷、契，人人自以为皋陶，戴縰垂缨而谈者皆拟于阿衡，五尺童子羞比晏婴与夷吾。当途者升青云，失路者委沟渠，旦握权则为卿相，夕失势则为匹夫。譬若江湖之崖，渤澥之岛，乘雁集不为之多，双凫飞不为之少。昔三仁去而殷虚，二老归而周炽，子胥死而吴亡，种、蠡存而越霸，五羖入而秦喜，乐毅出而燕惧，范雎以折摺而危穰侯，蔡泽以噤吟而笑唐举。故当其有事也，非萧、曹、子房、平、勃、樊、霍，则不能安；当其无事也，章句之徒，相与坐而守之，亦无所患。故世乱，则圣哲驰骛而不足；世治，则庸夫高枕而有馀。

“夫上世之士，或解缚而相，或释褐而傅；或倚夷门而笑，或横江潭而渔；或七十说而不遇，或立谈间而封侯；或枉千乘于陋巷，或拥彗而先驱。是以士颇得信其舌而奋其笔，窒隙蹈瑕而无所诎也。当今县令不请士，郡守不迎师，群卿不揖客，将相不俯眉；言奇者见疑，行殊者得辟。是以欲谈者卷舌而同声，欲步者拟足而投迹。乡使上世之士处乎今，策非甲科，行非孝廉，举非方正，独可抗疏时道是非，高得待诏，下触闻罢，又安得青紫？

“且吾闻之，炎炎者灭，隆隆者绝；观雷观火，为盈为实，天收其声，地藏其热。高明之家，鬼瞰其室。攫拏者亡，默默者存；位极者宗危，自守者身全。是故知玄知默，守道之极；爰清爰静，游神之庭；惟寂惟寞，守德之宅。世异事变，人道不殊，彼我易时，未知何如。今子乃以鸱枭而笑凤皇，执蝘蜓而嘲龟龙，不亦病乎！子徒笑我玄之尚白，吾亦笑子病甚，不遭臾跗、扁鹊，悲夫！”

客曰：“然则靡《玄》无所成名乎？范、蔡以下，何必《玄》哉？”

扬子曰：“范雎，魏之亡命也。折胁拉髂，免于徽索，翕肩蹈背，扶服入橐，激中万乘之主，界泾阳抵穰侯而代之，当也。蔡泽，山东之匹夫也。顉颐折頞，涕唾流沫，西揖强秦之相，搤其咽，炕其气，拊其背而夺其位，时也。天下已定，金革已平，都于洛阳，娄敬委辂脱挽，掉三寸之舌，建不拔之策，举中国徙之长安，适也。五帝垂典，三王传礼，百世不易，叔孙通起于枹鼓之间，解甲投戈，遂作君臣之仪，得也。《吕刑》靡敝，秦法酷烈，圣汉权制，而萧何造律，宜也。故有造萧何律于唐虞之世，则谬矣；有作叔孙通仪于夏、殷之时，则惑矣；有建娄敬之策于成周之世，则缪矣；有谈范、蔡之说于金、张、许、史之间，则狂矣。夫萧规曹随，留侯画策，陈平出奇，功若泰山，响若砥隤，虽其人之赡智哉，亦会其时之可为也。故为可为于可为之时，则从，为不可为于不可为之时，则凶。若夫蔺先生收功于章台，四皓采荣于南山，公孙创业于金马，骠骑发迹于祁连，司马长卿窃资于卓氏，东方朔割名于细君，仆诚不能与此数子者并，故默然独守吾《太玄》。”伯父姜坞先生云：雄伟瑰丽，后人于此不能复加恢奇矣。鼐按：此文，前半以取爵位富贵为说，后半以有所建立于世成名为说，故范雎、蔡泽、萧、曹、留侯前后再言之而义别，非重复也。未数句言人之取名，有建功于世者，有高隐者，又有以放诞之行使人惊异，若司马长卿、东方朔，亦所以致名也。今进不能建功，退不能高隐，又不肯失于放诞之行，不能与数子者并，惟著书以成名耳。“响若阺隤”者，以状其声名之盛。《文选》及《说文》引之，并作“响”，《汉书》作“向”，古字通也。《说文》：“巴蜀名山岸胁之旁著欲落者曰氏。氏崩声闻数百里。”而阜部又有“阺”，曰：“秦谓陵阪曰阺。”然则此字作“氏”音，承旨切，或作“阺”音，丁礼切，皆本《说文》，义皆可通。

解难

扬子云

客难扬子曰：“凡著书者，为众人之所好也，美味期乎合口，工声调于比耳。今吾子乃抗辞幽说。闳意眇指，独驰骋于有亡之际，而陶冶大炉，旁薄群生，历览者兹年矣，而殊不寤。亶费精神于此，而烦学者于彼。譬画者画于无形，弦者放于无声，殆不可乎？”

扬子曰：“俞。若夫闳言崇议，幽微之途，盖难与览者同也。昔人有观象于天，视度于地，察法于人者，天丽且弥，地普而深，昔人之辞，乃玉乃金。彼岂好为艰难哉？势不得已也。独不见夫翠虬绛螭之将登乎天，必耸身于苍梧之渊；不阶浮云，翼疾风，虚举而上升，则不能撠胶葛，腾九闳。日月之经不千里，则不能烛六合，燿八纮；泰山之高不焦峣，则不能浡滃云而散歊烝。是以宓牺氏之作《易》，也，绵络天地，经以八卦，文王附六爻，孔子错其象而彖其辞，然后发天地之臧，定万物之基。《典》《谟》之篇，《雅》《颂》之声，不温纯深润，则不足以扬鸿烈而章缉熙。盖胥靡为宰，寂寞为尸；大味必淡，大音必希；大语叫叫，大道低回。是以声之眇者，不可同于众人之耳，形之美者，不可棍于世俗之目，辞之衍者，不可齐于庸人之听。今夫弦者，高张急徽，追趋逐耆，则坐者不期而附矣；试为之施《咸池》，揄《六茎》，发《萧韶》，咏《九成》，则莫有和也。是故钟期死，伯牙绝弦破琴而不肯与众鼓；獿人亡，则匠石辍斤而不敢妄斫。师旷之调钟，俟知音者之在后也；孔子作《春秋》，几君子之前睹也。老聃有遗言：贵知我者希。此非其操与！”

反离骚

扬子云

有周氏之蝉嫣兮，或鼻祖于汾隅，灵宗初谍伯侨兮，流于末之杨侯。淑周、楚之丰烈兮，超既离乎皇波，因江潭而淮记兮，钦吊楚之湘累。

惟天轨之不辟兮，何纯洁而离纷！纷累以其淟涊兮，暗累以其缤纷。

汉十世之阳朔兮，招摇纪于周正，正皇天之清则兮，度后土之方贞。图累承彼洪族兮，又览累之昌辞，带钩矩而佩衡兮，履欃枪以为綦。累初贮厥丽服兮，何文肆而质䶪！资娵、娃之珍髢兮，鬻九戎而索赖。

凤皇翔于蓬陼兮，岂驾鹅之能捷！骋骅骝以曲艰兮，驴骡连蹇而齐足。枳棘之榛榛兮，猿狖拟而不敢下，灵修既信椒、兰之唼佞兮，吾累忽焉而不蚤睹？

衿芰茄之绿衣兮，被夫容之朱裳，芳酷烈而莫闻兮，固不如襞而幽之离房。闺中容竞淖约兮，相态以丽佳，知众嫭之嫉妒兮，何必飏累之蛾眉？

懿神龙之渊潜兮，俟庆云而将举，亡春风之被离兮，孰焉知龙之所处？愍吾累之众芬兮，飏烨烨之芳苓。遭季夏之凝霜兮，庆夭悴而丧荣。

横江、湘以南泩兮，云走乎彼苍梧，驰江潭之泛溢兮，将折衷乎重华。舒中情之烦或兮，恐重华之不累与，陵阳侯之素波兮，岂吾累之独见许。

精琼靡与秋菊兮，将以延夫天年。临汨罗而自陨兮，恐日薄于西山。解扶桑之总辔兮，纵令之遂奔驰。鸾皇腾而不属兮，岂独飞廉与云师！

卷薜芷与若蕙兮，临湘渊而投之；棍申椒与菌桂兮，赴江湖而沤之。费椒稰以要神兮，又勤索彼琼茅，违灵氛而不从兮，反湛身于江皋！

累既攀夫傅说兮，奚不信而遂行？徒恐鹎鴂之将鸣兮，顾先百草为不芳！

初累弃彼虙妃兮，更思瑶台之逸女，抨雄鸩以作媒兮，何百离而曾不壹耦！乘云霓之旖旎兮，望昆仑以樛流。览四荒而顾怀兮，奚必云女彼高丘？

既亡鸾车之幽蔼兮，焉驾八龙之委蛇？临江濒而掩涕兮，何有《九招》与《九歌》？夫圣哲之不遭兮，固时命之所有；虽增欷以於邑兮，吾恐灵修之不累改。昔仲尼之去鲁兮，斐斐迟迟而周迈，终回复于旧都兮，何必湘渊与涛濑！溷渔父之哺啜兮，洁沐浴之振衣。弃由、聃之所珍兮，跖彭咸之所遗！凄怆呜咽，望溪宗伯所论，最得子云用意深处。

卷六十九　辞赋类八

两 都 赋并序

班孟坚

伯父姜坞先生云：凡所举典，于建国之规，皆得其要。赡而不秽，详而有体，即班氏之史材也。

或曰："赋者，古诗之流也。昔成、康没而颂声寝，王泽竭而诗不作。大汉初定，日不暇给。至于武、宣之世，乃崇礼官，考文章，内设金马、石渠之署，外兴乐府、协律之事，以兴废继绝，润色鸿业。是以众庶悦豫，福应尤盛，《白麟》《赤雁》《芝房》《宝鼎》之歌，荐于郊庙；神爵、五凤、甘露、黄龙之瑞，以为年纪。故言语侍从之臣，若司马相如、虞丘寿王、东方朔、枚皋、王褒、刘向之属，朝夕论思，日月献纳；而公卿大臣御史大夫倪宽、太常孔臧、大中大夫董仲舒、按：汉武帝前，本有中大夫，此是在省中官也。大中大夫，必中大夫之巨者，故称大也。中大夫，武帝后改为光禄大夫，其秩比二千石，则董生为大中大夫时，其秩或中二千石，或比二千石也。其后大中大夫盖不复内侍，但属光禄勋，其秩仅千石，反小于光禄大夫矣。此必昭、宣以后之制，《百官表》未详言其升，但云秩千石，则非公卿大臣，而贾生自大中大夫为长沙傅，亦何为降黜乎？此实非旧制，据孟坚此序，足知表之漏厥矣。又《仲舒传》但云为中大夫，不云为大中大夫，亦是漏也。宗正刘德、太子太傅萧望之等，时时间作。或以抒下情而通讽谕，或以宣上德而尽忠孝，雍容揄扬，著于后嗣，抑亦《雅》《颂》之亚也。故孝成之世，论而录之，盖奏御者千有余篇，而后大汉之文章，炳焉与三代同风。且夫道有夷隆，学有粗密，因时而见德者，不以远近易则。故皋陶歌虞，奚斯颂鲁，同见采于孔氏，列于《诗》《书》，其义一也。稽之上古则如彼，考之汉室又如此。斯事虽细，然先臣之旧式，国家之遗美，不可缺也。臣窃见海内清平，朝廷无事，京师修宫室，浚城隍，起苑囿，以备制度。西土耆老，咸怀怨思，冀上之眷顾，而盛称长安旧制，有陋洛邑之议。故臣作《两都赋》，以极众人之所眩曜，折以今之法度。其辞曰：

有西都宾问于东都主人曰："盖闻皇汉之初经营也，尝有意乎都河、洛矣。辍而弗康，实用西迁，作我上都。主人闻其故而睹其制乎？"主人曰："未也。愿宾摅怀旧之蓄念，发思古之幽情，博我以皇道，弘我以汉京。"宾曰："唯唯！

"汉之西都，在于雍州，实曰长安。左据函谷、二崤之阻，表以太华、终南之山。右界褒斜、陇首之险，带以洪河、泾、渭之川。众流之隈，汧涌其西。华实之毛，则九州之上腴焉；防御之阻，则天地之隩区焉。是故横被六合，三成帝畿。周以龙兴，秦以虎视。及至大汉受命而都之也，仰悟东井之精，俯协《河图》之灵。奉春建策，留侯演成，天人合应，以发皇明。乃眷西顾，实惟作京。于是睎秦岭，睋北阜，挟沣灞，据龙首。图皇基于亿载，度宏规而大起。肇自高而终平，世增饰以崇丽。历十二之延祚，故穷泰而极侈。建金城之万雉，呀周池而成渊。披三条之广路，立十二之通门。内则街衢洞达，闾阎且千，九市开场，货别隧分，人不得顾，车不得旋。阗城溢郭，旁流百廛，红尘四合，烟云相连。于是既庶且富，娱乐无疆。都人士女，殊异乎五方，游士拟于公侯，列肆侈于姬、姜。乡曲豪举游侠之雄，节慕原、尝，名亚春、陵。连交合众，骋骛乎其中。

"若乃观其四郊，浮游近县，则南望杜、霸，北眺五陵，名都对郭，邑居相承，英俊之域，绂冕所兴，冠盖如云，七相五公。与乎州郡之豪杰，五都之货殖，三选七迁，充奉陵邑，盖以强干弱枝，隆上都而观万国也。

"封畿之内，厥土千里。卓荦诸夏，兼其所有。其阳则崇山隐天，幽林穹谷。陆海珍藏，蓝田美玉。商、洛缘其隈，鄠、杜滨其足，源泉灌注，陂池交属，竹林果园，芳草甘木，郊野之富，号为近蜀。其阴则冠以九嵕，陪以甘泉，乃有灵宫，起乎其中。秦、汉之所极观。渊、云之所颂叹，于是乎存焉。下有郑、白之沃，衣食之源。提封五万，疆埸绮分。沟塍刻镂，原隰龙鳞，决渠降雨，荷插成云。五谷垂颖，桑麻铺棻。东郊则有通沟大漕，溃渭洞河。泛舟山东，控引淮、湖，与海通波。西郊则有上囿禁苑，林麓薮泽陂池连乎蜀、汉，缭以周墙，四百余里，离宫别馆，三十六所，神池灵沼，往往而在。其中乃有九真之麟，大宛之马，黄支之犀，条枝之鸟，逾昆仑，越巨海。殊方异类，至于三万里。

“其宫室也，体象乎天地，经纬乎阴阳，据坤灵之正位，仿太、紫之圆方。树中天之华阙，丰冠山之朱堂，因瑰材而究奇，抗应龙之虹梁，列棼橑以布翼，荷栋桴而高骧。雕玉瑱以居楹，裁金璧以饰珰，发五色之渥彩，光焖朗以景彰。于是左墄右平，重轩三阶，闺房周通，门闼洞开。列钟虡于中庭，立金人于端闱，仍增崖而衡阈，临峻路而启扉。徇以离宫别寝，承以崇台闲馆，焕若列宿，紫宫是环。清凉、宣、温，神仙、长年，金华、玉堂，白虎、麒麟，区宇若兹，不可殚论。增盘崔嵬，登降炤烂，殊形诡制，每各异观，乘茵步辇，惟所息宴。后宫则有掖庭、椒房，后妃之室。合欢、增城，安处、常宁，茝若、椒风，披香、发越，兰林、蕙草，鸳鸾、飞翔之列。昭阳特盛，隆乎孝成，屋不呈材，墙不露形。裛以藻绣，络以纶连，随侯明月，错落其间，金釭衔璧，是为列钱。翡翠、火齐，流耀含英，悬黎、垂棘，夜光在焉。于是玄墀钔砌，玉阶彤庭，碝碱彩致，琳、珸青荧，珊瑚碧树，周阿而生。红罗飒缅，绮组缤纷，精曜华烛，俯仰如神。后宫之号，十有四位，窈窕繁华，更盛迭贵，处乎斯列者，盖以百数。左右庭中，朝堂百僚之位。周时天子诸侯，朝皆在庭，不在堂。惟《考工记》云，外有九室，就卿朝焉。此通言治事之所曰朝耳。汉时议事亦在廷中，与古同，异于古者，皆坐而非立也。其朝堂盖本为大臣所次止，略如古之九室。《前汉书》内不见朝堂事，如《霍光传》议立帝，固在廷也。至《后汉》，则陈球议窦太后事，袁安议北单于事，并在朝堂矣。而熹平四年议历，则又在司徒府廷中。似议人少则在堂，人多则在廷耶？以东京之事推之，西都或亦然耶？此朝堂盖亦南向，在殿廷外偏东，故《西京赋》云朝堂承东，非如后世朝房之制也。而班云“左右廷中”者，自指百僚位言之，非朝堂有左右。萧、曹、魏、邴，谋谟乎其上。佐命则垂统，辅翼则成化，流大汉之恺悌，荡亡秦之毒螫。故令斯人扬乐和之声，鼐按：此用王襄令王褒作中和乐职宣布诗事。善注引《孔丛子》“功善者其乐和”，非也。作画一之歌。功德著乎祖宗，膏泽洽乎黎庶。又有天禄、石渠典籍之府，命夫惇诲故老，名儒师傅。讲论乎《六艺》，稽合乎同异。又有承明、金马，著作之庭，大雅宏达，于兹为群，元元本本，殚见洽闻，启发篇章，校理秘文。周以钩陈之位，卫以严更之署。总礼官之甲科，群百郡之廉孝。鼐按：此二句，乃赋郎署，《儒林传》以博士弟子甲科为郎中，故云“总礼官之甲科”也。其廉孝一途，则若王吉、京房俱以孝廉为郎是也，郎选略尽于此二句。虎贲赘衣，“赘衣”即缀衣，古称也。其在汉，则少府侍中之职。阉尹阍寺。陛戟百重，各有典司。周庐千列，钩陈之位，郎卫也，周庐千列，卒卫也。徼道绮错，辇路经营，修除飞阁。自未央而连桂宫，北弥明光而亘长乐，陵磴道而超西墉，棍建章而连外属，设璧门之凤阙，上觚棱而栖金爵。内则别风嶕峣，眇丽巧而耸擢，张千门而立万户，顺阴阳以开阖。尔乃正殿崔嵬，层构厥高，临乎未央。经骀荡而出馺娑，洞枍诣以与天梁，上反宇以盖戴，激日景而纳光。神明郁其特起，遂偃蹇而上跻，轶云雨于太半，虹霓回带于棼楣，虽轻迅与僄狡，犹愕眙而不能阶。攀井干而未半，目眩转而意迷，舍櫺槛而却倚，若颠坠而复稽。魂怳怳以失度，巡回途而下低。既惩惧于登望，降周流以彷徨，步甬道以萦纡，又杳窱而不见阳。排飞闼而上出，若游目于天表，似无依而洋洋。前唐中而后太液，览沧海之汤汤，扬波涛于碣石，激神岳之嶈嶈。滥瀛洲与方壶，蓬莱起乎中央。于是灵草冬荣，神木丛生，岩峻崷崒，金石峥嵘。抗仙掌以承露，擢双立之金茎，轶埃壒之混浊，鲜颢气之清英。骋文成之丕诞，驰五利之所刑，庶松、乔之群类，时游从乎斯庭，实列仙之攸馆，非吾人之所宁。

“尔乃盛娱游之壮观，奋大武乎上囿，因兹以威戎夸狄，耀威灵而讲武事。命荆州使起鸟，诏梁野而驱兽，毛群内阗，飞羽上覆。接翼侧足，集禁林而屯聚。水衡虞人，修其营表。种别群分，部曲有署。罘网连纮，笼山络野，列卒周匝，星罗云布。于是乘銮舆，备法驾，帅群臣。披飞廉，入苑门。遂绕酆、鄗，历上兰。六师发逐，百兽骇殚，震震爚爚，雷奔电激，草木涂地，山渊反覆，蹂躏其十二三，乃拗怒而少息。尔乃期门佽飞，列刃钻鍭，要趹追踪，鸟惊触丝，兽骇值锋，机不虚掎，弦不再控。矢不单杀，中必迭双，飑飑纷纷，矰缴相缠，风毛雨血，洒野蔽天。平原赤，勇士厉，猿狖失木，豺狼慑窜。尔乃移师趋险，并蹈潜秽，穷虎奔突，狂兕触蹶。许少施巧，秦成力折。掎僄狡，扼猛噬，脱角挫脰，徒搏独杀。挟师豹，拖熊螭，曳犀犛，顿象罴，超洞壑，越峻崖。蹶崭岩，巨石隤，松柏仆，丛林摧，草木无余，禽兽殄夷。于是天子乃登属玉之馆，历长杨之榭，览山川之体势，观三军之杀获，原野萧条，目极四裔。禽相镇压，兽相枕藉。然后收禽会众，论功赐胙，陈轻骑以行炰，腾酒车以斟酌，割鲜野食，举燧命爵。飨赐毕，劳逸齐，大辂鸣銮，容与徘徊，集乎豫章之宇，临乎昆明之池。左牵牛而右织女，似云汉之无涯，茂树荫蔚，芳草被堤，兰茝发色，晔晔猗猗，若摛锦布乡绣，烛耀乎其陂。玄鹤、白鹭，黄鹄、䴔䴖。鸧、鸹、鸨鶂，凫鹥鸿、雁。朝发河、海，夕宿江、汉，沉浮往来，云集雾散。于是后宫乘栈辂，登龙舟，张凤盖，建华旗，袪黼帷，镜清流，靡微风，澹淡浮。棹女讴，鼓吹震，声激越，营厉天，鸟群翔，鱼窥渊。招白鹇，下双鹄，揄文竿，出比目。抚鸿罿，御矰缴。方舟并骛，俯仰极乐。遂乃风举云摇，浮游溥览，前乘秦岭，后越九嵕，东薄河、华，西涉岐、雍，宫馆所历，百有余区，行所朝夕，储不改供。礼上下而接山川，究休祐之所用。采游童之欢谣，第从臣之佳颂。于斯之时，都都相望，邑邑相属，国藉十世之基，家承百年之业，士食旧德之名氏，农服先畴之畎亩，鼐按：《王嘉传》仓氏、库氏，则仓库吏之后也。商循族世之所鬻，工用高曾之规矩，粲乎隐隐，各得其所。

"若臣者，徒观迹于旧墟，闻之乎故老，十分未得其一端，故不能遍举也。"

东都主人喟然而叹曰："痛乎，风俗之移人也！子实秦人，矜夸馆室，保界河山，信识昭、襄而知始皇矣，乌睹大汉之云为乎？夫大汉之开元也，奋布衣以登皇位，由数期而创万世，盖六籍所不能谈，前圣靡得而言焉。当此之时，功有横而当天，计有逆而顺民。故娄敬度势而献其说，萧公权宜而拓其制。时岂泰而安之哉？计不得以已也。吾子曾不是睹，顾曜后嗣之末造，不亦暗乎？今将语子以建武之治，永平之事，监于太清，以变子之惑志。

“往者王莽作逆，汉祚中缺，天人致诛，六合相灭。于时之乱，生民几亡，鬼神泯绝，壑无完柩，郛罔遗室。原野厌人之肉，川谷流人之血，秦、项之灾犹不克半，书契以来未之或纪。故下民号而上诉，上帝怀而降监，乃致命乎圣皇。于是圣皇乃握乾符，阐坤珍，披皇图，稽帝文，赫然发愤，应若兴云。霆击昆阳，凭怒雷震。遂超大河，跨北岳，立号高邑，建都河、洛。绍百王之荒屯，因造化之荡涤，体元立制，继天而作。系唐统，接汉绪。茂育群生，恢复疆宇。勋兼乎在昔，事勤乎三、五。岂特方轨并迹，纷纶后辟，治近古之所务，蹈一圣之险易云尔哉？且夫建武之元，天地革命，四海之内，更造夫妇，肇有父子，君臣初建，人伦实始，斯乃伏牺氏之所以基皇德也。分州土，立市朝，作舟舆，造器械，斯乃轩辕氏之所以开帝功也。龚行天罚，应天顺民，斯乃汤、武之所以昭王业也。迁都改邑，有殷宗中兴之则焉；即土之中，有周成、隆平之制焉。不阶尺土一人之柄，同符乎高祖。克己复礼，以奉终始，允恭乎孝文。宪章稽古，封岱勒成，仪炳乎世宗。按《六经》而校德，眇古昔而论功，仁圣之事既该，而帝王之道备矣。

“至于永平之际，重熙而累洽，盛三雍“三雍”字，见《后汉书·赵熹传》之上仪，修衮龙之法服。铺鸿藻，信景铄，扬世庙，正予乐。人神之和允洽，群臣之序既肃。乃动大辂，遵皇衢。省方巡狩，穷览万国之有无。考声教之所被，散皇明以烛幽。然后增周旧，修洛邑，扇巍巍，显翼翼，光汉京于诸夏，总八方而为之极。于是皇城之内，宫室光明，阙庭神丽，奢不可逾，俭不能侈。外则因原野以作苑，顺流泉而为沼，发蘋藻以潜鱼，丰圃草以毓兽，制同乎梁邹，谊合乎灵囿。若乃顺时节而蒐狩，简车徒以讲武，则必临之以《王制》，考之以《风》《雅》。历《驺虞》，览《驷铁》。嘉《车攻》，采《吉日》，礼官整仪，乘舆乃出。于是发鲸鱼，铿华钟，登玉辂，乘时龙。凤盖棽丽，和銮玲珑，天官景从，寖威盛容，山灵护野，属御方神，雨师泛洒，风伯清尘，千乘雷起，万骑纷纭，元戎竟野，戈铤彗云，羽旄扫霓，旌旗拂天。焱焱炎炎，扬光飞文。吐焰生风，欲野歕山，日月为之夺明，丘陵为之摇震。遂集乎中囿，陈师按屯，骈部曲，列校队，勒三军，誓将帅。然后举烽发鼓，申令三驱，輶车霆激，骁骑电骛。由基发射，范氏施御。弦不视禽，辔不诡遇，飞者不及翔，走者未及去，指顾倏忽，获车已实，乐不极盘，杀不尽物，马腕馀足，士怒未泄，先驱复路，属车案节。

“于是荐三牺，效五牲，礼神祇，怀百灵，觐明堂，临辟雍，扬缉熙，宣皇风，登灵台，考休征。俯仰乎乾坤，参象乎圣躬，目中夏而布德，瞰四裔而抗棱。西荡河源，东澹海漘，北动幽崖，南耀朱垠。殊方别区，界绝而不邻，自孝武之所不征，孝宣之所未臣，莫不陆詟水慄，奔走而来宾。遂绥哀牢，开永昌，春王三朝，会同汉京。是日也，天子受四海之图籍，膺万国之贡珍，内抚诸夏，外绥百蛮。尔乃盛礼兴乐，供帐置乎云龙之庭，陈百寮而赞群后，究皇仪而展帝容。于是庭实千品，旨酒万钟，列金罍，班玉觞，嘉珍御，太牢飨。尔乃食举《雍》彻，太师奏乐，陈金石，布丝竹。钟鼓铿锵，管弦晔煜。抗五声，极六律，歌九功，舞八佾，《韶》《武》备，泰古毕。四夷间奏，德广所及，《僸》《佅》《兜离》，罔不具集。万乐备，百礼及，皇欢浃，群臣醉，降烟煴，调元气，然后撞钟告罢，百寮遂退。

“于是圣上睹万方之欢娱，又沐浴于膏泽，惧其侈心之将萌，而怠于东作也，乃申旧章，下明诏，命有司，班宪度，昭节俭，示太素。去后宫之丽饰，损乘舆之服御，抑工商之淫业，兴农桑之盛务。遂令海内弃末而反本，背伪而归真，女修织纴，男务耕耘，器用陶匏，服尚素玄，耻纤靡而不服，贱奇丽而不珍，捐金于山，沉珠于渊。于是百姓涤瑕荡秽而镜至清，形神寂漠，耳目不营，嗜欲之源灭，廉耻之心生，莫不优游而自得，玉润而金声。是以四海之内，学校如林，庠序盈门，献酬交错，俎豆莘莘，下舞上歌，蹈德咏仁。登降饫宴之礼既毕，因相与嗟叹玄德，谠言弘说，咸含和而吐气，颂曰：‘盛哉乎斯世！’

“今论者但知诵虞、夏之《书》，咏殷、周之《诗》，讲羲、文之《易》，论孔氏之《春秋》，罕能精古今之清浊，究汉德之所由。唯子颇识旧典，又徒驰骋乎末流。温故知新已难，而知德者鲜矣！且夫僻界西戎，险阻四塞，修其防御，孰与处乎土中，平夷洞达，万方辐凑？秦岭九嵕，泾、渭之川，曷若四渎、五岳，带河洛，图书之渊？建章、甘泉，馆御列仙，孰与灵台明堂，统和天人？太液、昆明，鸟兽之囿，曷若辟雍海流，道德之富？游侠逾侈，犯义侵礼。孰与同履法度，翼翼济济也？子徒习秦阿房之造天，而不知京洛之有制也;识函谷之可关，而不知王者之无外也。”

主人之辞未终，西都宾矍然失容。逡巡降阶，惵然意下，捧手欲辞。主人曰：“复位，今将授子以五篇之诗。”宾既卒业，乃称曰：“美哉乎斯诗，义正乎扬雄，事实乎相如。匪唯主人之好学，盖乃遭遇乎斯时也。小子狂简，不知所裁。既闻正道，请终身而诵之。”其诗曰：

於昭明堂，明堂孔阳；圣皇宗祀，穆穆煌煌。上帝宴飨，五位时序；谁其配之？世祖光武。普天率土，各以其职；猗与缉熙，允怀多福。

乃流辟雍，辟雍汤汤；圣皇莅止，造舟为梁。皤皤国老，乃父乃兄；抑抑威仪，孝友光明。於赫太上，示我汉行；洪化惟神，永观厥成。

乃经灵台，灵台既崇；帝勤时登，爰考休征。三光宣精，五行布序；习习祥风，祁祁甘雨。百谷蓁蓁，庶草蕃庑；屡惟丰年，於皇乐胥。

岳修贡兮川效珍，吐金景兮浮云。宝鼎见兮色纷缊，焕其炳兮被龙文。登祖庙兮享圣神，昭灵德兮弥亿年。

启灵篇兮披瑞图，获白雉兮效素乌。嘉祥阜兮集皇都。发皓羽兮奋翘英，容洁朗兮於淳精。彰皇德兮侔周成，永延长兮膺天庆。

舞赋

傅武仲

楚襄王既游云梦，使宋玉赋高唐之事。将置酒宴饮，谓宋玉曰：“寡人欲觞群臣，何以娱之？”玉曰：“臣闻歌以咏言，舞以尽意，是以论其诗不如听其声，听其声不如察其形。《激楚》《结风》《阳阿》之舞，材人之穷观，天下之至妙。噫，可以进乎？”王曰：“其如郑何？”玉曰：“小大殊用，郑雅异宜，弛张之度，圣哲所施。是以《乐》记干戚之容，《雅》美蹲蹲之舞，《礼》设三爵之制，《颂》有醉归之歌。夫《咸池》《六英》，所以陈清庙、协神人也。郑、卫之乐，所以娱密坐、接欢欣也。馀日怡荡，非以风民也，其何害哉？”王曰：“试为寡人赋之。”玉曰：“唯唯。”

夫何皎皎之闲夜兮，明月烂以施光。朱火晔其延起兮，燿华屋而熺洞房。黼帐袪而结组兮，铺首炳以焜煌。陈茵席而设坐兮，溢金罍而列玉觞。腾觚爵之斟酌兮，漫既醉其乐康。严颜和而怡怿兮，幽情形而外扬。文人不能怀其藻兮，武毅不能隐其刚。简惰跳踃，般纷挐兮，渊塞沉荡，改恒常兮。

于是郑女出进，二八徐侍，姣服极丽，姁媮致态。貌嫽妙以妖蛊兮，红颜晔其扬华。眉连娟以增绕兮，目流睇而横波。珠翠的皪而炤燿兮，华袿飞髾而杂纤罗。顾形影，自整装，顺微风，挥若芳。动朱唇，纡清扬，亢音高歌，为乐之方。歌曰："摅予意以弘观兮，绎精灵之所束。弛紧急之弦张兮，慢末事之委曲。舒恢炱之广度兮，阔细体之苛缛。嘉《关雎》之不淫兮，哀《蟋蟀》之局促。启泰贞之否隔兮，超遗物而度俗。"扬《激徵》，骋《清角》，赞舞操，奏均曲。形态和，神意协，从容得，志不劫。于是蹑节鼓陈，舒意自广，游心无垠，远思长想。其始兴也，若俯若仰，若来若往，雍容惆怅，不可为象。其少进也，若翱若行，若竦若倾，兀动赴度，指顾应声。罗衣从风，长袖交横，骆驿飞散，飒擖合并。鶣鷅燕居，拉揩鹄惊。绰约闲靡，机迅体轻。姿绝伦之妙态，怀悫素之洁清。修仪操以显志兮，独驰思乎杳冥。

在山峨峨，在水汤汤。与志迁化，容不虚生。明诗表指，喟息激昂，气若浮云，志若秋霜。观者增叹，诸工莫当。于是合场递进，案次而俟，埒材角妙，夸容乃理。轶态横出，瑰姿谲起，眄般鼓则腾清眸，吐哇咬则发皓齿。摘齐行列，经营切儗，仿佛神动，回翔竦峙。击不致策，蹈不顿趾。翼尔悠往，闇复辍已。及至回身还入，迫于急节。浮腾累跪，跗蹋摩跌。纡形赴远，漼似摧折。纤縠蛾飞，纷猋若绝。超趫鸟集，纵弛殟殁。蜲蛇姌袅，云转飘曶。体如游龙，袖如素霓。瞟眇而拜，曲度究毕。迁延微笑，退复次列。观者称丽，莫不怡悦。

于是欢洽宴夜，命遣诸客。扰躟就驾，仆夫正策。车骑并狎，巃嵸逼迫。良骏逸足，跄捍凌越。龙骧横举，扬镳飞沫。马材不同，各相倾夺。或有逾埃赴辙，霆骇电灭，跖地远群，闇跳独绝？或有宛足郁怒，般桓不发。后往先至，遂为逐末；或有矜容爱仪，洋洋习习，迟速承意，控御缓急。车音若雷，骛骤相及。骆漠而归，云散城邑。天王燕胥，乐而不滥。娱神遗老，永年之术。优哉游哉，聊以永日。

卷七十　辞赋类九

二京赋

张平子

有凭虚公子者，心侈体忲，雅好博古，学乎旧史氏，是以多识前代之载。言于安处先生曰:“夫人在阳时则舒，在阴时则惨，此牵乎天者也。处沃土则逸，处脊土则劳，此系乎地者也。惨则尠于欢，劳则褊于惠，能违之者寡矣。小必有之，大亦宜然。故帝者因天地以致化，兆民承上教以成俗。化俗之本，有与推移，何以核诸?秦据雍而强，周即豫而弱，高祖都西而泰，光武处东而约。政之兴衰，恒由此作。先生独不见西京之事与?请为吾子陈之。

“汉氏初都，在渭之涘，秦里其朔，实为咸阳。左有崤、函重险桃林之塞，缀以二华，巨灵赑屃，高掌远跖，以流河曲，厥迹犹存。右有陇坻之隘，隔阂华、戎，岐、梁、汧、雍，陈宝鸣鸡在焉。于前则终南、太一，隆崛崔崒，隐辚郁律，连冈乎嶓冢，抱杜含鄠，欱沣吐镐，爰有蓝田珍玉，是之自出。于后则高陵平原，据渭踞泾，澶漫靡迤，作镇于近。其远则有九嵕、甘泉，涸阴沍寒，日北至而含冻，此焉清暑。尔乃广衍沃野，厥田上上，实为地之奥区神皋。昔者大帝悦秦缪公而觐之，飨以钧天广乐，帝有醉焉，乃为金策，锡用此土，而翦诸鹑首。是时也，并为强国者有六，然而四海同宅西秦，岂不诡哉!

“自我高祖之始入也，五纬相汁以旅于东井。娄敬委辂，干非其议，天启其心，人惎之谋。及帝图时，意亦有虑乎神祇，宜其可定以为天邑，岂伊不虔思于天衢？岂伊不怀归于枌榆？天命不滔，畴敢以渝？

“于是量径轮，考广袤，经城洫，营郭郛，取殊裁于八都，岂稽度于往旧？尔乃览秦制，跨周法，狭百堵之侧陋，增九筵之迫胁，正紫宫于未央，表峣阙于阊阖。疏龙首以抗殿，状巍峨以岌嶪，亘雄虹之长梁，结棼橑以相接。蔕倒茄于藻井，披红葩之狎猎，饰华榱与璧珰，流景曜之韡晔。雕楹玉碣，绣栭云楣，三阶重轩，镂槛文棍，右平左墄，青琐丹墀。刊层平堂，设砌厓隒，坻崿鳞眴，眴，胡绢切。栈齴巉崄，襄岸夷途，修路峻险。重门袭固，奸宄是防。仰福帝居，阳曜阴藏，洪钟万钧，猛虡趪趪，负筍业而余怒，乃奋翅而腾骧。朝堂承东，温调延北，西有玉台，联以昆德，嵯峨崨嶪，罔识所则。

“若夫长年、神仙，宣室、玉堂，麒麟、朱鸟，龙兴、含章，譬众星之环极，叛赫戏以辉煌。正殿路寝，用朝群辟，大夏耽耽，鼒按：“路寝”谓长乐宫正殿，其殿名大夏。《董卓传》注引《三辅旧事》云，汉置铜人长乐宫大夏殿前。九户开辟，嘉木树庭，芳草如积。高门有闶，列坐金狄。内有常侍、谒者，常侍与谒者皆士人。《息夫躬传》有中堂侍宋弘，《董贤传》有中常侍王闳，薛综注谓“阉官”，误矣。阉官中常侍，后汉之制耳。谒者，后汉选孝廉为之，前汉无定制，其寺人之谒者，若《高后纪》中谒者张释卿是也。然灌婴亦名中谒者，则士人为常侍谒者，并可加“中”字。颜监谓加“中”字为阉，亦非也。奉命当御；外有兰台、金马，递宿迭居；次有天禄、石渠校文之处，重以虎威、章沟严更之署。徼道外周，千庐内附，卫尉八屯，警夜巡昼，植铩悬瞂，用戒不虞。

“后宫则昭阳、飞翔，增成、合欢，兰林、披香，凤凰、鸳鸾，群窈窕之华丽，嗟内顾之所观，故其馆室次舍，采饰纤缛，裛以藻绣，文以朱绿，翡翠火齐，络以美玉，流悬黎之夜光，缀随珠以为烛。金戺玉阶，彤庭辉辉，珊瑚琳碧，瓀珉璘彬，珍物罗生，焕若昆仑。虽厥裁之不广，侈靡逾乎至尊。

“于是钩陈之外，阁道穹隆，属长乐与明光，径北通乎桂宫。命般、尔之巧匠，尽变态乎其中。于是后宫不移，乐不徙悬，门卫供帐，官以物辨。恣意所幸，下辇成燕，穷年忘归，犹弗能遍，瑰异日新，殚所未见。

以上赋城内宫殿，以下赋城外离宫。独举甘泉、建章者，以帝常居此也。

“惟帝王之神丽，惧尊卑之不殊，虽斯宇之既坦，心犹凭而未摅。思比象于紫微，恨阿房之不可庐。觑往昔之遗馆，获林光于秦馀，处甘泉之爽垲，乃隆崇而弘敷。既新作于迎风，增露寒与储胥。托乔基于山冈，直墆霓以高居。通天訬以竦峙，径百常而茎擢。上辨华以交纷，下刻陗其若削。翔鹍仰而不逮，况青鸟与黄雀！伏櫺槛而俯听，闻雷霆之相激。

“柏梁既灾，越巫陈方，建章是经，用压火祥。营宇之制，事兼未央。圜阙竦以造天，若双碣之相望。凤骞翥于甍标，咸遡风而欲翔。阊阖之内，别风嶕峣，何工巧之瑰玮，交绮豁以疏寮？干云雾而上达，状亭亭以苕苕。神明崛其特起，井干叠而百增。峙游极于浮柱，结重栾以相承。累层构而遂跻，望北辰而高兴。消雰埃于中宸，集重阳之清澄。瞰宛虹之长鬐，察云师之所凭。上飞闼而仰眺，正睹瑶光与玉绳。将乍往而未半，怵悼栗而耸兢。非都卢之轻趫，孰能超而究升？驳娑、骀荡，焘奡桔桀，枍诣、承光，睽罛庨豁，增桴重棼，锷锷列列，反宇业业，飞檐辙辙，流景内照，引曜日月。天梁之宫，实开高闱，旗不脱扃，结驷方蕲，栎辐轻骛，容于一扉。长廊广庑，连阁云蔓，闬庭诡异，门千户万。重闺幽闼，转相逾延，望窈窱以径廷，眇不知其所返。既乃珍台蹇产以极壮，墱道逦倚以正东，似阆风之遐坂，横西洫而绝金墉。城尉不弛柝，而内外潜通。

“前开唐中，弥望广潒，顾临太液，沧池漭沆。渐台立于中央，赫昈昈，乎古切以弘敞。清渊洋洋，神山峨峨，列瀛洲与方丈，夹蓬莱而骈罗。上林岑以罍嵬，下崭岩以喦龉。长风激于别陭，起洪涛而扬波，浸石菌于重涯，濯灵芝以朱柯。海若游于玄渚，鲸鱼失流而蹉跎。于是采少君之端信，庶栾大之贞固，立修茎之仙掌，承云表之清露，屑琼蕊以朝餐，必性命之可度。美往昔之松、乔，要羡门乎天路，想升龙于鼎湖，岂时俗之足慕？若历世而长存，何遽营乎陵墓？

“徒观其城郭之制，以下城市风俗。则旁开三门，参途夷庭，方轨十二，街衢相经，廛里端直，甍宇齐平。北阙甲第，当道直启，程巧致功，期不陁陊，木衣绨锦，土被朱紫，武库禁兵，设在兰锜。匪石匪董，畴能宅此？尔乃廓开九市，通阛带阓，旗亭五重，俯察百隧，周制大胥，今也惟尉。瓌货方至，鸟集鳞萃，鬻者兼赢，求者不匮。尔乃商贾百族，裨贩夫妇，鬻良杂苦，蚩眩边鄙。何必昏于作劳，邪赢优而足恃！彼肆人之男女，丽美奢乎许、史。若夫翁伯、浊、质、张里之家，击钟鼎食，连骑相过，东京公侯，壮何能加！都邑游侠，张、赵之伦，齐志无尽，拟迹田文。轻死重气，结党连群，实蕃有徒，其从如云。茂陵之原，阳陵之朱，趫悍虓豁，如虎如貙，睚眦蠆芥，尸僵路隅。丞相欲以赎子罪，阳石污而公孙诛。若其五县游丽辩论之士，街谈巷议，弹射臧否，剖析毫厘，擘肌分理，所好生毛羽，所恶成创痏。郊甸之内，乡邑殷赈，五都货殖，既迁既引。商旅联槅，隐隐展展，冠带交错，方辕接轸，封畿千里，统以京尹。

“郡国宫馆，以下补叙诸离宫苑囿。百四十五，右极盩厔，并卷酆、鄠，左暨河、华，遂至虢土。善注“右扶风有虢县”，非是。此当引《地志》“宏农郡陕县，故虢国，《左传》‘东尽虢略’是也”。上林禁苑，跨谷弥皋，东至鼎湖，斜界细柳。掩长杨而联五柞，绕黄山而款牛首，缭垣绵联，四百馀里。植物斯生，动物斯止，众鸟翩翻，群兽駓騃，散似惊波，聚似京峙，伯益不能名，隶首不能纪。林麓之饶，于何不有？木则枞、栝、椶、楠，梓、棫、楩、枫，嘉卉灌丛，蔚若邓林，郁蓊薆薱，橚爽櫹槮，吐葩飏荣，布叶垂阴。草则葴、莎、菅、蒯，薇、蕨、荔、苀，王刍、莔、台，戎葵、怀羊，苯䔿蓬茸，弥皋被冈。筿荡敷衍，编町成篁，山谷原隰，泱漭无疆。乃有昆明灵沼，黑水玄阯，周以金堤，树以柳杞，豫章珍馆，揭焉中峙，牵牛立其左，织女处其右，日月于是乎出入，象扶桑与濛汜。其中则有鼋鼍巨鳖，鳣、鲤、鲔、鲖，鲔、鲵、鲿、鲨，修额短项，大口折鼻，诡类殊种。鸟则鹔鷞、鸹、鸨，驾鹅、鸿、鹍，上春候来，季秋就温，南翔衡阳，北栖雁门，奋隼归凫，沸卉軿訇，众形殊声，不可胜论。

“于是孟冬作阴，以下田猎。寒风肃杀，雨雪飘飘，冰霜惨烈，百卉具零，刚虫搏挚。尔乃振天维，衍地络，荡川渎，簸林薄，鸟毕骇，兽咸作，草伏木栖，寓居穴托，起彼集此，霍绎纷泊。在彼灵囿之中，前后无有垠锷，虞人掌焉，为之营域。焚莱平场，柞木翦棘，结罝百里，迒杜蹊塞。麀鹿麌麌，骈田逼仄。天子乃驾雕轸，六骏驳，戴翠帽，倚金较，璿弁玉缨，薛注：“弁”，马冠也。鼐按：马冠自名钹耳。《左传》“子玉为琼弁玉缨”，赋正用此。言服皮弁以猎耳，岂马冠乎？遗光倏爚。建玄弋，树招摇，何义门改“弋”为“戈”，云《史记》杓头有两星，一内为矛招摇，一外为盾天锋。晋灼云：外远北斗也，一名“玄戈”。然“玄弋”又见马融《广成颂》，似非误。栖鸣鸢，曳云梢，弧旌枉矢，虹旃蜺旄。华盖承辰，天毕前驱，千乘雷动，万骑龙趋，属车之簉，载猃、猲獢。匪惟玩好，乃有秘书，小说九百，本自虞初，从容之求，实俟实储。于是蚩尤秉钺，奋鬣被般，禁御不若，以知神奸，魑魅魍魉，莫能逢旃。鼒按：此六句谓旄头。陈虎旅于飞廉，正垒壁乎上兰。结部曲，整行伍，燎京薪，骇雷鼓，纵猎徒，赴长莽。迾卒清候，武士赫怒，缇衣韎韐，睢盱拔扈。光炎烛天庭，嚣声振海浦，河渭为之波荡，吴岳为之陁堵。百禽陵遽，骙瞿奔触，丧精亡魂，失归忘趋。投轮关辐，不邀自遇。飞罕潚箾，流镝𢮦爆。矢不虚舍，铤不苟跃，当足见蹍，值轮被轹，僵禽毙兽，烂若碛砾。但观罝罗之所羂结，竿殳之所揘毕，叉蔟之所搀捔，徒搏之所撞拯，白日未及移其晷，已弥其什七八。若夫游鷮高翚，绝坑逾斥，毚兔联猭，陵峦超壑，比诸东郭，莫之能获。乃有迅羽轻足，寻景追括，鸟不暇举，兽不得发，青骹挚于韝下，韩卢噬于绁末。及其猛毅髬髵，隅目高眶，威慑兕虎，莫之敢伉。乃使中黄之士，育、获之俦，朱鬘鬌髽，植发如竿，袒裼戟手，奎踽盘桓。鼻赤象，圈巨狿，摣狒猬，批窳狻，揩枳落，突棘藩，梗林为之靡拉，朴丛为之摧残。轻锐僄狡趫捷之徒，赴洞穴，探封狐，陵重巘，猎昆駼，杪木末，擭獑猢，超殊榛，摕飞鼯。是时后宫嬖人、昭仪之伦，常亚于乘舆。慕贾氏之如皋，乐北风之同车，盘于游畋，其乐只且。

“于是鸟兽殚，目观穷，迁延邪睨，集乎长杨之宫。息行夫，展车马，收禽举胔，数课众寡。置互摆牲，颁赐获卤。割鲜野飨，犒勤赏功，三军六师，千列百重，酒车酌醴，方驾授饔，升觞举燧，既釂鸣钟，膳夫驰骑，察贰廉空。炙炰夥，清酤多，皇恩溥，洪德施，徒御悦，士忘罢。巾车命驾，回旆右移，以下水嬉。相羊乎五柞之馆，旋憩乎昆明之池。登豫章，简矰红，蒲且发，弋高鸿，挂白鹤，联飞龙，磻不特絓，往必加双。于是命舟牧，为水嬉，浮鹢首，翳云芝，垂翟葆，建羽旗。齐栧女，纵棹歌，发引和，校鸣葭。奏淮南，度阳阿，感河冯，怀湘娥，惊蝄蜽，惮蛟蛇。然后钓鲂鳢，纚鰋鲉，摭紫贝，搏耆龟，搤水豹，馽潜牛，泽虞是滥，何有春秋！搉潨澥，搜川渎，布九罭，设罜䍡，摷鲲鲕，殄水族，蘧藕拔，蜃蛤剥。逞欲畋渔，效获麑麇，擢蓼涬浪，干池涤薮，上无逸飞，下无遗走，攫胎拾卵，蚳蝝尽取，取乐今日，遑恤我后。

"既定且宁，焉知倾陁。以下陈百戏。大驾幸乎平乐，张甲乙而袭翠被。攒珍宝之玩好，纷瑰丽以侈靡，临迥望之广场，程角觝之妙戏。乌获扛鼎，都卢寻撞，冲狭燕濯，胸突铦锋。跳丸剑之挥霍，走索上而相逢。华岳峨峨，冈峦参差，神木灵草，朱实离离，总会仙倡，戏豹舞罴，白虎鼓瑟，苍龙吹篪。女娥坐而长歌，声清畅而蜲蛇；洪涯立而指麾，被毛羽之襳裲。度曲未终，云起雪飞，初若飘飘，后遂霏霏。复陆重阁，转石成雷，礔砺激而增响，磅磕象乎天威。巨兽百寻，是为曼延。神山崔巍，焰从背见，熊虎升而挐攫，猿狖超而高援。怪兽陆梁，大爵踆踆，白象行孕，垂鼻辚囷。海鳞变而成龙，状蜿蜿以蝹蝹。舍利飏飏，化为仙车，骊驾四鹿，芝盖九葩，蟾蜍与龟，水人弄蛇。奇幻倏忽，易貌分形，吞刀吐火，云雾杳冥，画地成川，流渭通泾。东海黄公，赤刀粤祝，冀厌白虎，卒不能救，挟邪作蛊，于是不售。尔乃建戏车，树修旃，侲僮逞材，上下翩翻，突倒投而跟结，譬殒绝而复联。百马同辔，骋足并驰，橦末之伎，态不可弥。弯弓射乎西羌，又顾发乎鲜卑。

"于是众变尽，心酲醉，以下燕游声色。盘乐极，怅怀萃。阴戒期门，微行要屈，降尊就卑，怀玺藏绂，便旋闾阎，周观郊遂。若神龙之变化，彰后皇之为贵。然后历掖庭，适欢馆，捐衰色，从燕婉，促中堂之陿坐，羽觞行而无算。秘舞更奏，妙材骋伎，妖蛊艳夫夏姬，美声畅于虞氏。始徐进而羸形，似不任乎罗绮，嚼清商而却转，增婵娟以跐豸。纷纵体而迅赴，若惊鹤之群罢，振朱屣于盘樽，奋长袖之飒𫄧。要绍修态，丽服飏菁，䁠眳流眄，一顾倾城，展季、桑门，谁能不营？列爵十四，竞媚取荣，盛衰无常，惟爱所丁，卫后兴于鬒发，飞燕宠于体轻。尔乃逞志究欲，穷欢极娱，鉴戒《唐》诗，他人是媮。自君作故，何礼之拘？增昭仪于婕好，贤既公而又侯，许、赵氏以无上，思致董于有虞，王闳争于坐侧，汉载安而不渝。

"高祖创业，继体承基，暂劳永逸，无为而治。耽乐是从，何虑何思？多历年所，二百余期。徒以地沃野丰，百物殷阜；岩险周固，襟带易守。得之者强，据之者久，流长则难竭，柢深则难朽。故奢泰肆情，馨烈弥茂。鄙生生乎三百之外，传闻于未闻之者，曾仿佛其若梦，未一隅之能睹。此何异于殷人屡迁，前八而后五？居相圮耿，不常厥土，盘庚作诰，帅人以苦。方今圣上，同天号于帝皇，掩四海而为家，富有之业，莫我大也。徒恨不能以靡丽为国华，独俭啬以龌龊，忘《蟋蟀》之谓何，岂欲之而不能，将能之而不欲与？蒙窃惑焉，愿闻所以辩之之说也。”

安处先生于是似不能言者。怃然有间，乃莞尔而笑曰：“若客所谓，末学肤受，贵耳而贱目者也。苟有胸而无心，不能节之以礼，宜其陋今而荣古矣。由余以西戎孤臣，而悝缪公于宫室，如之何其以温故知新，研核是非，近于此惑也？周姬之末，不能厥政，政用多僻，始于宫邻，卒于金虎。嬴氏搏翼，择肉西邑。是时也，七雄并争，竞相高以奢丽。楚筑章华于前，赵建丛台于后，秦政利嘴长距，终得擅场，思专其侈，以莫己若。乃构阿房，起甘泉，结云阁，冠南山。征税尽，人力殚，然后收以太半之赋，威以参夷之刑。其遇民也，若薙氏之芟草，既蕴崇之，又行火焉。憟憟黔首，岂徒跼高天蹐厚地而已哉？乃救死于其颈。殴以就役，惟力是视，百姓不能忍，是用息肩于大汉，而欣戴高祖。

“高祖膺箓受图，顺天行诛，杖朱旗而建大号，而所推必亡，所存必固。扫项军于垓下，绁子婴于轵途，因秦宫室，据其府库，作洛之制，我则未暇。是以西匠营宫，目玩阿房，规摹逾溢，不度不臧。损之又损，然尚过于周堂，观者狭而谓之陋，帝已讥其泰而弗康。且高既受命建家，造我区夏矣，文又躬自菲薄，治致升平之德；武有大启土宇，纪禅肃然之功；宣重威以抚和戎狄，呼韩来享。咸用纪宗存主，西汉本以高帝为太祖，文帝为太宗，武帝为世宗，及光武建武十九年，又尊宣帝曰中宗，故并曰“纪宗存主”。飨祀不辍，铭勋彝器，历世弥光。今舍纯懿而论爽德，以《春秋》所讳而为美谈，宜无嫌于往初，故蔽善而扬恶，祇吾子之不知言也。必以肆奢为贤，则是黄帝合宫，有虞总期，固不如夏癸之瑶台，殷辛之琼室也，汤武谁革而用师哉？盍亦观东京之事以自寤乎？

“且夫天子有道，守在海外。守位以仁，不恃隘害。苟民志之不谅，何云岩险与襟带？秦负阻于二关，卒开项而受沛，彼偏据而规小，岂如宅中而图大。昔先王之经邑也，掩观九隩，靡地不营，土圭测景，不缩不盈，总风雨之所交，然后以建王城。审曲面势，溯洛背河，左伊右瀍，西阻九阿。东门于旋，盟津达其后，太谷通其前，回行道乎伊阙，邪径捷乎镮辕。太室作镇，揭以熊耳，底柱辍流，镡以大岯。温液汤泉，黑丹石缁，王鲔岫居，能鳖三趾。虙妃攸馆，神用挺纪，龙图授羲，龟书畀姒，召伯相宅，卜惟洛食。周公初基，其绳则直，苌弘、魏舒，是廓是极，经途九轨，城隅九雉。度堂以筵，度室以几。京邑翼翼，四方所视。汉初弗之宅，故宗绪中圮。巨猾间衅，窃弄神器，历载三六，偷安天位。于时蒸民，罔敢或贰，其取威也重矣。我世祖忿之，乃龙飞白水，凤翔参墟。授钺四七，共工是除，欃枪旬始，群凶靡馀。区宇乂宁，思和求中，睿哲玄览，都兹洛宫。曰止曰时，昭明有融。既光厥武，仁洽道丰。登岱勒封，与黄比崇。

"逮至显宗，六合殷昌，乃新崇德，遂作德阳。崇德殿在南宫，见《蔡邕传》注，光武时本有，故曰新。德阳殿在北宫，见《灵纪》，明帝始立，故曰作南北宫相距三里。薛综注乃云"崇德宫在东，德阳宫在西，相去五十步"，殆是误也。启南端之特闱，立应门之将将。昭仁惠于崇贤，抗义声于金商。飞云龙于春路，屯神虎于秋方。建象魏之两观，旌六典之旧章。其内则含德、章台，天禄、宣明，温饬、迎春，寿安、永宁，飞阁神行，莫我能形。濯龙、芳林，《续汉志》濯龙，园名，近北宫。善注谓池名。按池故名濯龙，然赋乃指谓园。九谷八溪，芙蓉覆水，秋兰被涯，渚戏跃鱼，渊游龟巂。永安离宫，《续汉志》永安，北宫东北别小宫名，有园观。修竹冬青，阴池幽流，玄泉洌清。鹎鶋秋栖，鹘鸼春鸣，鴡鸠、丽黄，关关嘤嘤。于南则前殿、云台，和欢、安福，謻门曲榭，邪阻城洫，奇树珍果，钩盾所职。西登少华，亭候修敕；九龙之内，实曰嘉德，西南其户，匪雕匪刻，我后好约，乃宴斯息。"于东则洪池、洪池，《后汉书》纪传作"鸿池"。清籞，以下皆洛阳城外。渌水澹澹，内阜川禽，外丰葭菼。献鳖蜃与龟鱼，供蜗蠯与菱芡。其西则有平乐都场示远之观，龙雀蟠蜿，天马半汉，瑰异谲诡，灿烂炳焕。奢未及侈，俭而不陋，规遵王度，动中得趣。于是观礼，礼举仪具。经始勿亟，成之不日，犹谓为之者劳，居之者逸，慕唐虞之茅茨，思夏后之卑室。乃营三宫，布教颁常，三宫皆在平城门外。平城门，洛阳南门也。复庙重屋，八达九房。规天矩地，授时顺乡，造舟清池，惟水泱泱。左制辟雍，右立灵台，因进距衰，表贤简能，冯相观祲，祈褫禳灾。

“于是孟春元日，群后旁戾，百僚师师，于斯胥洎。藩国奉聘，要荒来质。具惟帝臣，献琛执贽，当觐乎殿下者，盖数万以二。尔乃九宾重，胪人列，崇牙张，镛鼓设，郎将司阶，虎戟交铩，龙辂充庭，云旗拂霓。夏正三朝，庭燎晢晢。撞洪钟，伐灵鼓。旁震八鄙，軯磕隐訇，若疾霆转雷而激迅风也。是时称警跸已，下雕辇于东厢，鼐按：天子下辇于东厢前者，乃谒陵礼，若朝，则《叔孙通传》固云“辇出房”也。此“厢”字必“房”字之误，而薛、李注皆未辨之。冠通天，配玉玺。纡皇组，要干将，负斧扆，次席纷纯，左右玉几，而南面以听矣。然后百辟乃入，司仪辨等，尊卑以班。璧羔皮帛之贽既奠，天子乃以三揖之礼礼之，穆穆焉，皇皇焉，济济焉，将将焉，信天下之壮观也。乃羡公侯卿士，登自东除，访万几，询朝政，勤恤民隐，而除其眚。人或不得其所，若己纳之于隍，荷天下之重任，匪怠皇以宁静。鼐意作“宁静以怠皇”，则于韵协。发京仓，散禁财，赉皇僚，逮舆台。命膳夫以大飨，饔饩浃乎家陪。春醴惟醇，燔炙芬芬，君臣欢康，具醉熏熏。千品万官，已事而踆。勤屡省，懋乾乾，清风协于玄德，淳化通于自然。宪先灵而齐轨，必三思以顾愆。招有道于侧陋，开敢谏之直言。聘丘园之耿洁，旅束帛之戋戋。上下通情，式宴且盘。

“及将祀天郊，报地功，祈福乎上玄，思所以为虔。肃肃之仪尽，穆穆之礼殚。然后以献精诚，奉禋祀，曰：‘允矣天子也！’乃整法服，正冕带，珩纮綋綖，玉笄綦会，火龙黼黻，藻绛鞶厉。结飞云之袷辂，树翠羽之高盖，建辰旒之太常，纷焱悠以容裔，六玄虬之奕奕，齐腾骧而沛艾。龙辀华轙，金鋄镂锡，方釳“方釳”薛注明不分明。刘昭注《舆服志》引蔡邕《独断》云：“铁广数寸在马骏后，后有三孔，插翟尾其中”。又许慎《说文》云“乘舆马头上防釳，插以翟尾，铁翮象角，所以防网罗，釳去之。”鼐按：蔡、许二说合，其制乃明，而《独断》马骏后之“后”字，盖“前”字或“上”字之误，所云翟尾，盖以铁为其形耳。赋内“方”字宜读作“防”。左纛，钩膺玉瓖，銮声哕哕，和铃鉠鉠。重轮贰辖，疏毂飞令，羽盖葳蕤，葩瑵曲茎，顺时服而设副，咸龙旂而繁缨，立戈迤戛，农舆辂木，属车九九，乘轩并毂，斑弩重旃，朱旄青屋。奉引既毕，先辂乃发，鸾旗皮轩，通帛綪旆，云罕九斿，闟戟轇輵，髶髦被绣，虎夫戴鹖。驸承华之蒲梢，飞流苏之骚杀。总轻武于后陈，奏严鼓之嘈囋，戎士介而扬挥，戴金钲而建黄钺。清道案列，天行星陈，肃肃习习，隐隐辚辚，殿未出乎城阙，旆已回乎郊畛。盛夏后之致美，爰恭敬于明神。尔乃孤竹之管，云和之瑟，雷鼓䨻䨻，六变既毕，冠华秉翟，列舞八佾。元祀惟称，群望咸秩。飏槱燎之炎炀，致高烟乎太一。神歆馨而顾德，祚灵主以元吉。然后宗上帝于明堂，推光武以作配。辨方位而正则，五精帅而来摧，尊赤氏之朱光，四灵懋而允怀。

“于是春秋改节，四时迭代，蒸蒸之心，感物增思，躬追养于庙祧，奉蒸尝与禴祠。物牲辨省，设其福衡；毛焦豚胉，亦有和羹；涤濯静嘉，礼仪孔明。万舞奕奕，钟鼓喤喤，灵祖皇考，来顾来飨，神具醉止，降福穰穰。及至农祥晨正，土膏脉起，乘銮辂而驾苍龙，介驭间以剡耜，躬三推于天田，修帝籍之千亩。供禘郊之粢盛，必致思乎勤己。兆民劝于疆埸，感懋力以耘耔。

“春日载阳，合射辟雍，设业设虡，宫悬金镛，鼖鼓路鼗，树羽幢幢。于是备物，物有其容，伯夷起而相仪，后夔坐而为工。张大侯，制五正，设三乏，厞司旌，并夹既设，储乎广庭。于是皇舆夙驾，𨏥于东阶以须，《说文》“𨏥，连车也。一曰却车抵堂为𨏥。”消启明，扫朝霞，登天光于扶桑。天子乃抚玉辂，时乘六龙，发鲸鱼，铿华钟，大丙弭节，风后陪乘，摄提运衡，徐至于射宫。礼事展，乐物具，《王夏》阕，《驺虞》奏，决拾既次，雕弓斯彀。达馀萌于暮春，昭诚心以远喻。进明德而崇业，涤饕餮之贪欲。仁风衍而外流，谊方激而遐骛。

“日月会于龙狵，恤民事之劳疚。因休力以息勤，致欢忻于春酒。执銮刀以袒割，奉觞豆于国叟。降至尊以训恭，送迎拜乎三寿。敬慎威仪，示民不偷。我有嘉宾，其乐愉愉，声教布濩，盈溢天区。

“文德既昭，武节是宣，三农之隙，曜威中原。岁惟仲冬，大阅西园。虞人掌焉，先期戒事。悉率百禽，鸠诸灵囿。兽之所同，是惟告备。乃御小戎，抚轻轩，中畋四牡，既佶且闲。戈矛若林，牙旗缤纷，迄于上林，结徒为营。次和树表，司铎授钲，坐作进退，节以军声。三令五申，示戮斩牲，陈师鞠旅，教达禁成。火烈具举，武士星敷，鹅鹳、鱼丽，箕张翼舒，轨尘掩远，匪疾匪徐。驭不诡遇，射不翦毛，升献六禽，时膳四膏，马足未极，舆徒不劳。成礼三驱，解罘放麟，不穷乐以训俭，不殚物以昭仁，慕天乙之弛罟，因教祝以怀民，仪姬伯之渭阳，失熊罴而获人。泽浸昆虫，威振八寓，好乐无荒，允文允武。薄狩于敖，既琐琐焉，岐阳之搜，又何足数！

“尔乃卒岁大傩，驱除群疠，方相秉钺，巫觋操茢，侲子万童，丹首玄制，桃弧棘矢，所发无臬。飞砾雨散，刚瘅必毙，煌火驰而星流，逐赤疫于四裔。然后凌天池，绝飞梁，捎魑魅，斮獝狂，斩蜲蛇，脑方良，囚耕父于清泠，溺女魃于神潢，残夔魖于罔像，殪野仲而歼游光。八灵为之震慑，况鬾蟚与毕方。度朔作梗，守以郁垒，神荼副焉，对操索苇，目察区陬，司执遗鬼，京室密清，罔有不韪。

“于是阴阳交和，庶物时育，卜征考祥，终然允淑。乘舆巡乎岱岳，劝稼穑于原陆。同衡律而壹轨量，齐急舒于寒燠。省幽明以黜陟，乃反旆而回复。望先帝之旧墟，慨长思而怀古。俟阊风而西遐，致恭祀乎高祖。既春游以发生，启诸蛰于潜户。度秋豫以收成，观丰年之多稌。嘉田畯之匪懈，行致赉于九扈。左瞰旸谷，右睨玄圃，眇天末以远期，规万世而大摹。且归来以释劳，膺多福以安悆。

“总集瑞命，备致嘉祥。圉林氏之驺虞，扰泽马与腾黄，鸣女床之鸾鸟，舞丹穴之凤皇。植华平于春圃，丰朱草于中唐。惠风广被，泽洎幽荒，北燮丁令，南谐越裳，西包大秦，东过乐浪，重舌之人九译，佥稽首而来王。

“是故论其迁邑易京，则同规乎殷盘；改奢即俭，则合美乎《斯干》；登封降禅，则齐德乎黄轩。为无为，事无事，永有民以孔安。遵节俭，尚素朴，思仲尼之克己，履老氏之常足，将使心不乱其所在，目不见其可欲。贱犀象，简珠玉，藏金于山，抵璧于谷。翡翠不裂，玳瑁不蔟，所贵惟贤，所宝惟谷。民去末而反本，咸怀忠而抱悫。于斯之时，海内同悦，曰：‘吁！汉帝之德，侯其祎而！’盖萁荚为难莳也，故旷世而不觌，惟我后能殖之以至和平，方将数诸朝阶。然则道胡不怀？化胡不柔？声与风翔，泽从云游。万物我赖，亦又何求？德寓天覆，辉烈光烛。狭三王之趢起，轶五帝之长驱，踵二皇之遐武，谁谓驾迟而不能属？

“东京之懿未罄，值余有犬马之疾，不能究其精详，故粗为宾言其梗概如此。若乃流遁忘反，放心不觉，乐而无节，后离其戚，一言几于丧国，我未之学也。

“且夫挈瓶之智，守不假器，况纂帝业而轻天位！瞻仰二祖，厥庸孔肆，常翘翘以危惧，若乘奔而无辔。白龙鱼服，见困豫且，虽万乘之无惧，犹怵惕于一夫。终日不离其辎重，独微行其焉如？夫君人者，黈纩塞耳，车中不内顾，佩以制容，銮以节途，行不变玉，驾不乱步。却走马以粪车，何惜騕褭与飞兔？方其用财取物，常畏生类之殄也；赋政任役，常畏人力之尽也。取之以道，用之以时，山无槎枿，畋不麛胎，草木蕃庑，鸟兽阜滋，民忘其劳，乐输其财。百姓同于饶衍，上下共其雍熙。洪恩素蓄，民心固结，执义顾主，夫怀贞节。此应首纯懿。忿奸慝之干命，怨皇统之见替，玄谋设而阴行，合二九而成谲。登圣皇于天阶，章汉祚之有秩。若此，故王业可乐焉。今公子苟好剿民以媮乐，此应首爽德。忘民怨之为仇也；好殚物以穷宠，忽下叛而生忧也。夫水所以载舟，亦所以覆舟。坚冰作于履霜，寻木起于蘖栽。昧旦丕显，后世犹怠，况初制于甚泰，服者焉能改裁？故相如壮上林之观，扬雄骋《羽猎》之辞，虽系以颓墙填堑，乱以收罝解罘，卒无补于风规，祇以昭其愆尤。臣济侈以陵君，忘经国之长基，故函谷击柝于东，西朝颠覆而莫持。鼐按：西朝颠覆，指王莽篡弑之事，薛注失之。

“凡人心是所学，体安所习，鲍肆不知其臭，玩其所以先入。《咸池》不齐度于蛙咬，而众听或疑，能不惑者，其惟子野乎？”

客既醉于大道，饱于文义，劝德畏戒，喜惧交争，罔然若酲，朝罢夕倦，夺气褫魄之为者，忘其所以为谈，失其所以为夸。良久乃言曰：“鄙哉予乎！习非而遂迷也，幸见指南于吾子。若仆所闻，华而不实；先生之言，信而有征。鄙夫寡识，而今而后，乃知大汉之德馨，咸在于此。昔常恨三坟五典既泯，仰不睹炎帝帝魁之美。得闻先生之馀论，则大庭氏何以尚兹？走虽不敏，庶斯达矣！”

鼐按：《西京》雄丽，欲掩孟坚；《东京》则气不足举其辞，不若《东都》之简当。惟末章讽戒挚切处为胜。

思玄赋

张平子

仰先哲之玄训兮，虽弥高而弗违。匪仁里其焉宅兮，匪义迹其焉追？潜服膺以永靖兮，绵日月而不衰。伊中情之信修兮，慕古人之贞节。竦余身而顺止兮，遵绳墨而不跌。志抟抟以应悬兮，诚心固其如结。旌性行以制佩兮，佩夜光与琼枝。纗幽兰之秋华兮，又缀之以江蓠。美襞積以酷烈兮，允尘邈而难亏。既姱丽而鲜双兮，非是时之攸珍。奋余荣而莫见兮，播余香而莫闻。幽独守此仄陋兮，敢怠皇而舍勤。幸二八之逕虞兮，嘉傅说之生殷；尚前良之遗风兮，恫后辰而无及。何孤行之茕茕兮，孑不群而介立？感鸾鹥之特栖兮，悲淑人之希合。

彼无合而何伤兮，患众伪之冒真。旦获讟于群弟兮，启《金縢》而後信。览蒸民之多僻兮，畏立辟以危身。增烦毒以迷惑兮，羌孰可为言己？私湛忧而深怀兮，思缤纷而不理。愿竭力以守谊兮，虽贫穷而不改。执雕虎而试象兮，阽焦原而跟趾。庶斯奉以周旋兮，要既死而后已。俗迁渝而事化兮，泯规矩之员方。宝萧艾于重笥兮，谓蕙茝之不香。斥西施而弗御兮，絷骤裹以服箱。行颇僻而获志兮，循法度而离殃。惟天地之无穷兮，何遭遇之无常！不抑操而苟容兮，譬临河而无航。欲巧笑以干媚兮，非余心之所尝。袭温恭之黻衣兮，被礼义之绣裳。辫贞亮以为鞶兮，杂技艺以为珩。昭綵藻与琱琭豫兮，璜声远而弥长。淹栖迟以恣欲兮，燿灵忽其西藏。恃已知而华予兮，鶗鴂鸣而不芳。冀一年之三秀兮，遒白露之为霜。时亹亹而代序兮，畴可与乎比伉？咨妒嫮之难并兮，想依韩以流亡，恐渐冉而无成兮，留则蔽而不彰。

心犹豫而狐疑兮，即岐趾而胪情。文君为我端蓍兮，利飞遁以保名。历众山以周流兮，翼迅风以扬声。二女感于崇岳兮，或冰拆而不营。天盖高而为泽兮，谁云路之不平！勔自强而不息兮，蹈玉阶之峣峥。惧筮氏之长短兮，钻东龟以观祯。遇九皋之介鸟兮，怨素意之不逞。游尘外而瞥天兮，据冥翳而哀鸣。雕鹗竞于贪婪兮，我修洁以益荣。子有故于玄鸟兮，归母氏而后宁。

占既吉而无悔兮，简元辰而俶装。旦余沐于清源兮，以下东方。晞余发于朝阳。漱飞泉之沥液兮，咀石菌之流英。翾鸟举而鱼跃兮，将往走乎八荒。过少皞之穷野兮，问三丘于句芒。何道真之淳粹兮？去秽累而飘轻。登蓬莱而容与兮，鳌虽抃而不倾。留瀛洲而采芝兮，聊且以乎长生。凭归云而遐逝兮，夕余宿乎扶桑。饮青岑之玉醴兮，餐沆瀣以为粻。发昔梦于木禾兮，谷昆仑之高冈。朝吾行于旸谷兮，从伯禹乎稽山。嘉群神之执玉兮，疾防风之食言。

指长沙之邪径兮，存重华乎南邻。以下南方。哀二妃之未从兮，翩缤处彼湘滨。流目眺夫衡阿兮，睹有黎之圮坟。痛火正之无怀兮，托山陂以孤魂。愁郁郁以慕远兮，越邛州而游遨。跻日中于昆吾兮，憩炎火之所陶。扬芒熛而绛天兮，水泫沄而涌涛。温风翕其增热兮，惄郁悒其难聊。

颤羁旅而无友兮，余安能乎留兹？以下西方。顾金天而叹息兮，吾欲往乎西嬉。前祝融使举麾兮，缅朱鸟以承旗。躔建木于广都兮，摭若华而踌躇。超轩辕于西海兮，跨汪氏之龙鱼；闻此国之千岁兮，曾焉足以娱余；思九土之殊风兮，从蓐收而遂徂。欻神化而蝉蜕兮，朋精粹而为徒。

蹶白门而东驰兮，云台行乎中野。以下中央。乱弱水之潺湲兮，逗华阴之湍渚。号冯夷俾清津兮，棹龙舟以济予。会帝轩之未归兮，怅徜徉而延伫。惆河林之蓁蓁兮，伟《关雎》之戒女。黄灵詹而访命兮，樛天道其焉如。曰近信而远疑兮，六籍阙而不书。神逵昧其难覆兮，畴克谋而从诸？牛哀病而成虎兮，虽逢昆其必噬。鳖令殪而尸亡兮，取蜀禅而引世。死生错其不齐兮，虽司命其不晰。窦号行于代路兮，后膺祚而繁庑。王肆侈于汉庭兮，卒衔恤而绝绪。尉厖眉而郎潜兮，逮三叶而遘武。董弱冠而司衮兮，设王隧而弗处。夫吉凶之相仍兮，恒反仄而靡所。穆届天以悦牛兮，竖乱叔而幽主。文断祛而忌伯兮，阉谒贼而宁后。通人闇于好恶兮，岂昏惑而能剖？嬴摇谶而戒胡兮，备诸外而发内。或辇贿而违车兮，孕行产而为对。慎、竈显以言天兮，占水火而妄讯。梁叟患夫黎丘兮，丁厥子而剚刃。亲所暖而弗识兮，矧幽冥之可信！毋绵挛以涬己兮，思百忧以自疹。彼天监之孔明兮，用棐忱而祐仁。汤蠲体以祷祈兮，蒙厖褫以拯民。景三虑以营国兮，荧惑次于他辰。魏颗亮以从治兮，鬼亢回以毙秦。咎繇迈而种德兮，树德懋于英、六。桑末寄夫根生兮，卉既凋而已育。有无言而不酬兮，又何往而不复？盍远迹以飞声兮，孰谓时之可蓄？

仰矫首以遥望兮，魂懒惘而无俦。逼区中之隘陋兮，以下北方。将北度而宣游。行积冰之硙硙兮，清泉冱而不流。寒风凄其永至兮，拂穹岫之骚骚。玄武缩于壳中兮，腾蛇蜿而自纠。鱼矜鳞而并凌兮，鸟登木而失条。坐太阴之屏室兮，慨含欷而增愁。怨高阳之相寓兮，伷颛顼而宅幽。庸织路于四裔兮，斯与彼其何瘳？望寒门之绝垠兮，纵余緤乎不周。以下入地。迅猋潚其媵我兮，骛翩飘而不禁。越谽㘔之洞穴兮，漂通川之砯砯。经重㾣乎寂寞兮，愍坟羊之深潜。

追荒忽于地底兮，轶无形而上浮。出石密之㾣野兮，不识蹊之所由。以下仙居。速烛龙令执炬兮，过钟山而中休。瞰瑶溪之赤岸兮，吊祖江之见刘。聘王母于银台兮，羞玉芝以疗饥，戴胜愁其既欢兮，又诮余之行迟。载太华之玉女兮，召洛浦之宓妃。咸姣丽以蛊媚兮，增嫮眼而蛾眉。舒沙婧之纤腰兮，扬杂错之桂徽。离朱唇而微笑兮，颜的砾以遗光。献环琨与琛缡兮，申厥好以玄黄。虽色艳而赂美兮，志浩荡而不嘉。双材悲于不纳兮，并咏诗而清歌。歌曰："天地烟煴，百卉含葩。鸣鹤交颈，雎鸠相和。处子怀春，精魂回移。如何淑明，忘我实多！"

将答赋而不暇兮，爰整驾而亟行。瞻昆仑之巍巍兮，临萦河之洋洋。伏灵龟以负坻兮，亘螭龙之飞梁。登阆风之层城兮，构不死而为床。屑琼蕊以为粻兮，斟白水以为浆。抨巫咸以占梦兮，乃贞吉之元符。滋令德于正中兮，含嘉秀以为敷。既垂颖而顾本兮，亦要思乎故居。安和静而随时兮，姑纯懿之所庐。

戒庶僚以夙会兮，佥供职而并迓。丰隆軯其震霆兮，以下登天。列缺哗其照夜。云师䨴以交集兮，冻雨沛其洒途。轙琱舆而树葩兮，扰应龙以服辂。百神森其备从兮，屯骑罗而星布。振余袂而就车兮，修剑揭以低昂。冠咢咢其映盖兮，佩綝缅以辉煌。仆夫俨其正策兮，八乘腾而超骧。氛旄溶以天旋兮，霓旌飘以飞扬。轸转轵而还睨兮，心勺漷其若汤。羡上都之赫戏兮，何迷故而不忘？左青琱以揵芝兮，右素威以司钲。前长离使拂羽兮，委水衡乎玄冥。属箕伯以函风兮，澂淟涊而为清。曳云旗之离离兮，鸣玉鸾之嘤嘤。涉清霄而升遐兮，浮蠛蠓而上征。纷翼翼以徐戾兮，焱回回其扬灵。叫帝阍使辟扉兮，觌天皇于琼宫。聆广乐之九奏兮，展泄泄以彤彤。考治乱于律均兮，意建始而思终。惟般逸之无斁兮，惧乐往而哀来。素女抚弦而馀音兮，太容吟曰念哉。既防溢而靖志兮，迨我暇以翱翔。出紫宫之肃肃兮，集太微之阆阆。命王良掌策驷兮，逾高阁之将将。建罔车之幕幕兮，猎青林之芒芒。弯威弧之拔刺兮，射嶓冢之封狼。观壁垒于北落兮，伐河鼓之磅硠。乘天潢之泛泛兮，浮云汉之汤汤。倚招摇、摄提以低徊剹流兮，察二纪、五纬之绸缪遹皇。偃蹇夭矫娩以连卷兮，杂沓丛颡飒以方骧。戫汨飂泪沛以罔象兮，烂漫丽靡藐以迭逿。凌惊雷之硠磕兮，弄狂电之淫裔。逾庞鸿于宕冥兮，贯倒景而高厉。廓荡荡其无涯兮，乃今窥乎天外。

据开阳而俯氐兮，临旧乡之暗蔼。悲离居之劳心兮，情悁悁而思归。魂眷眷而屡顾兮，马倚辀而徘徊。虽游娱以偷乐兮，岂愁慕之可怀？出阊阖兮降天途，乘焱忽兮驰虚无。云菲菲兮绕余轮，风眇眇兮震余旍。缤连翩兮纷暗暧，倏眩云兮反常闾。

收畴昔之逸豫兮，卷淫放之遐心。修初服之娑娑兮，长余佩之参参。文章奂以灿烂兮，美纷纭以从风。御六艺之珍驾兮，游道德之平林。结典籍而为罟兮，驱儒墨而为禽。玩阴阳之变化兮，咏《雅》《颂》之徽音。嘉曾氏之《归耕》兮，慕历阪之嵚崟。恭夙夜而不贰兮，固终始之所服。夕惕若厉以省愆兮，惧余身之未敕。苟中情之端直兮，莫吾知而不恧。默无为以凝志兮，与仁义乎逍遥。不出户而知天下兮，何必历远以劬劳？

系曰：天长地久岁不留，俟河之清祇怀忧。愿得远度以自娱，上下无常穷六区。超逾腾跃绝世俗，飘遥神举逞所欲。天不可阶仙夫稀，柏舟悄悄吝不飞。松、乔高跱孰能离？结精远游使心携。回志来从玄谋，获我所求夫何思！

卷七十一　辞赋类十

鲁灵光殿赋有序

王子山

鲁灵光殿者，盖景帝程姬之子恭王馀之所立也。初，恭王始都下国，好治宫室，遂因鲁僖基兆而营焉。遭汉中微，盗贼奔突，自西京未央、建章之殿，皆见隳坏，而灵光巍然独存。意者岂非神明依凭支持，以保汉室者也？然其规矩制度，上应星宿，亦所以永安也。予客自南鄙。观艺于鲁，睹斯而眙，曰："嗟乎！诗人之兴，感物而作。故奚斯颂僖，歌其路寝，而功绩存乎辞，德音昭乎声。物以赋显，事以颂宣，匪赋匪颂，将何述焉？"遂作赋曰：

粤若稽古帝汉，祖宗浚哲钦明，殷五代之纯熙，绍伊唐之炎精。荷天衢以元亨，廓宇宙而作京。敷皇极以创业，协神道而大宁。于是百姓昭明，九族敦序，乃命孝孙，俾侯于鲁。锡介珪以作瑞，宅附庸而开宇。乃立灵光之秘殿，配紫微而为辅。承明堂于少阳，昭列显于奎之分野。

瞻彼灵光之为状也，则嵯峨嶵嵬，巍巍磊嵲。吁！可畏乎其骇人也；迢峣倜傥，丰丽博敞，洞轇轕乎其无垠也。邈希世而特出，羌瑰谲而鸿纷。屹山峙以纡郁，隆崛岉乎青云。郁坱圠以增峵，崱缯绫而龙鳞，汨硙硙以璀璨，赫烨烨而烛坤。状若积石之锵锵，又似乎帝室之威神。崇墉冈连以岭属，朱阙岩岩而双立。高门拟于阊阖，方二轨而并入。于是乎乃历夫太阶，以造其堂，俯仰顾盼，东西周章。彤彩之饰，徒何为乎？澔澔涆涆，流离烂漫。皓壁暠曜以月照，丹柱歙赩而电烻。霞驳云蔚，若阴若阳。瀖濩燐乱，炜炜煌煌。隐阴夏以中处，霐寥窲以峥嵘。鸿炉炾以爣阆，飂萧条而清冷。动滴沥以成响，殷雷应其若惊，耳嘈嘈以失听，目瞜瞜而丧精。骈密石与琅玕，齐玉珰与璧英。

遂排金扉而北入；霄霭霭而晻暧。旋室㛹娟以窈窕，洞房叫窱而幽邃。西厢踟蹰以闲宴，东序重深而奥秘。屹𥈭瞑以勿罔，屑黡翳以懿濞。魂悚悚其惊斯，心猥猥而发悸。于是详察其栋宇，观其结构，规矩应天，上宪觜陬。倔佹云起，嵚崟离楼。三间四表，八维九隅。万楹丛倚，磊砢相扶。浮柱岹嵽以星悬，漂峣峴而枝拄；飞梁偃蹇以虹指，揭蘧蘧而腾凑。层栌磥佹以岌峨，曲枅要绍而环句。芝栭攒罗以戢孴，枝掌杈枒而斜据，傍夭蟜以横出，互黝纠而搏负。下茀蔚以璀错，上崎㕡而重注。捷猎鳞集，支离分赴。纵横骆驿，各有所趣。

尔乃悬栋结阿，天窗绮疏。圆渊方井，反植荷蕖，发秀吐荣，菡萏披敷，绿房紫菂，窋咤垂珠。云楶藻棁，龙桷雕镂，飞禽走兽，因木生姿。奔虎攫拏以梁倚，仡奋亹而轩鬐；虬龙腾骧以蜿蟺，颔若动而躨跜；朱鸟舒翼以峙衡，腾蛇虬而绕榱；白鹿孑蜺于欂栌，蟠螭宛转而承楣；狡兔跧伏于柎侧，猿狖攀椽而相追；玄熊蚺蜲炎以龂龂，却负戴而蹲跠，齐首目以瞪眄，徒脈脈以狋狋。胡人遥集于上楹，俨雅跽而相对，仡欺猥以雕䀣，䫜颏䫉而睽睢。状若悲愁于危处，憯嚬蹙而含悴。神仙岳岳于栋间，玉女窥窗而下视。忽瞟眇以响像，若鬼神之仿佛。

图画天地，品类群生，杂物奇怪，山神海灵。写载其状，托之丹青，千变万化，事各缪形。随色象类，曲得其情。上纪开辟，遂古之初。五龙比翼，人皇九头。伏羲鳞身，女娲蛇躯。鸿荒朴略，厥状睢盱。焕炳可观，黄帝、唐、虞。轩冕以庸，衣裳有殊。下及三后，淫妃乱主。忠臣孝子，烈士贞女。贤愚成败，靡不载叙。恶以诫世，善以示后。

于是乎连阁承宫，驰道周环。阳榭外望，高楼飞观。长途升降，轩槛曼延。渐台临池，层曲九成。屹然特立，的尔殊形。高径华盖，仰看天庭。飞陛揭孽，缘云上征。中坐垂景，俯视流星。千门相似，万户如一。岩突洞出，逶迤诘屈。周行数里，仰不见日。

何宏丽之靡靡，咨用力之妙勤。非夫通神之俊才，谁能克成乎此勋？

据坤灵之宝势，承苍昊之纯殷，包阴阳之变化，含元气之烟煴。玄醴腾涌于阴沟，甘露被宇而下臻。朱桂黝儵于南北，兰芝阿那于东西。祥风翕习以飒洒，激芳香而常芬。神灵扶其栋宇，历千载而弥坚。永安宁以祉福，长与大汉而久存。实至尊之所御，保延寿而宜子孙。苟可贵其若斯，孰亦有云而不珍！

乱曰：彤彤灵宫，岿嶵穹崇，纷厖鸿兮。崱岃嵫厘，岑崟崰嶷，骈茏炏兮。连拳偃蹇，仑菌踡跜，傍鼓倾兮。歇欻幽蔼，云覆霮䨴，洞杳冥兮。葱翠紫蔚，礧碨瑰玮，含光晷兮。穷奇极妙，栋宇已来，未之有兮。神之营之，瑞我汉室，永不朽兮。

登楼赋

王仲宣

登兹楼以四望兮，聊假日以销忧。览斯宇之所处兮，实显敞而寡俦。挟清漳之通浦兮，倚曲沮之长洲；背坟衍之广陆兮，临皋隰之沃流。北弥陶牧，西接昭丘；华实蔽野，黍稷盈畴。虽信美而非吾土兮，曾何足以少留？遭纷浊而迁逝兮，漫逾纪以迄今。情眷眷而怀归兮，孰忧思之可任？凭轩槛以遥望兮，向北风而开襟。平原远而极目兮，蔽荆山之高岑。路逶迤而修迥兮，川既漾而济深。悲旧乡之壅隔兮，涕横坠而弗禁。昔尼父之在陈兮，有“归与”之叹音。钟仪幽而楚奏兮，庄舄显而越吟。人情同于怀土兮，岂穷达而异心？

唯日月之逾迈兮，俟河清其未极。冀王道之一平兮，假高衢而骋力。惧匏瓜之徒悬兮，畏井渫之莫食。步栖迟以徙倚兮，白日忽其将匿。风萧瑟而并兴兮，天惨惨而无色。兽狂顾以求群兮，鸟相鸣而举翼。原野阒其无人兮，征夫行而未息。心凄怆以感发兮，意忉怛而憯恻。循阶除而下降兮，气交愤于胸臆。夜参半而不寐兮，怅盘桓以反侧。

鹪鹩赋有序

张茂先

鹪鹩，小鸟也。生于蒿莱之间，长于藩篱之下，翔集寻常之内，而生生之理足矣。色浅体陋，不为人用;形微处卑，物莫之害，繁滋族类，乘居匹游，翩翩然有以自乐也。彼鹫、鹗鹍、鸿、孔雀、翡翠，或凌赤霄之际，或托绝垠之外，翰举足以冲天，嘴距足以自卫，然皆负矰婴缴，羽毛入贡，何者？有用于人也。夫言有浅而可以托深，类有微而可以喻大，故赋之云尔。

何造化之多端兮，播群形于万类？惟鹪鹩之微禽兮，亦摄生而受气。育翩翾之陋体，无玄黄以自贵。毛弗施于器用，肉弗登于俎味。鹰鹯过犹俄翼，尚何惧于罿罻。翳荟蒙茏，是焉游集。飞不飘飏，翔不翕习，其居易容，其求易给。巢林不过一枝，每食不过数粒。栖无所滞，游无所盘。匪陋荆棘，匪荣茝兰。动翼而逸，投足而安。委命顺理，与物无患。

伊兹禽之无知，何处身之似智？不怀宝以贾害，不饰表以招累。静守约而不矜，动因循以简易，任自然以为资，无诱慕于世伪。雕、鹖介其觜距，鹄、鹭轶于云际;鹍鸡窜于幽险，孔翠生乎遐裔;彼晨凫与归雁，又矫翼而增逝。咸美羽而丰肌，故无罪而皆毙。徒衔芦以避缴，终为戮于此世。苍鹰鸷而受緤，鹦鹉惠而入笼。屈猛志以服养，块幽絷于九重，变音声以顺旨，思摧翮而为庸。恋钟代之林野，慕陇坻之高松，虽蒙幸于今日，未若畴昔之从容。海鸟鶢鶋，避风而至。条枝巨雀，逾岭自致。提挈万里，飘飖逼畏。夫惟体大妨物，而形瓌足玮也。

阴阳陶蒸，万品一区。巨细舛错，种繁类殊。鹪螟巢于蚊睫，大鹏弥乎天隅，将以上方不足，而下比有馀。普天壤以遐观，吾又安知小大之所如？

秋兴赋有序

潘安仁

晋十有四年，余春秋三十有二，始见二毛，以太尉掾兼虎贲中郎将，寓直于散骑之省。高阁连云，阳景罕曜，珥蝉冕而袭纨绮之士，此焉游处。仆野人也，偃息不过茅屋茂林之下，谈话不过农夫田父之客，摄官承乏，猥厕朝列，夙兴晏寝，匪遑底宁，譬犹池鱼笼鸟，有江湖山薮之思。于是染翰操纸，慨然而赋。于时秋也，故以秋兴名篇。其辞曰：

四运忽其代序兮，万物纷以回薄。览花莳之时育兮，察盛衰之所托。感冬索而春敷兮，嗟夏茂而秋落。虽末士之荣悴兮，伊人情之美恶。善乎宋玉之言曰："悲哉秋之为气也！萧瑟兮草木摇落而变衰。憀慄兮若在远行，登山临水送将归。"夫送归怀慕徒之恋兮，远行有羁旅之愤。临川感流以叹逝兮，登山怀远而悼近。彼四戚之疚心兮，遭一途而难忍。

嗟秋日之可哀兮，谅无愁而不尽。野有归燕，隰有翔隼。游氛朝兴，槁叶夕陨。于是乃屏轻箑，释纤絺。藉莞蒻，御袷衣。庭树槭以洒落兮，劲风戾而吹帷。蝉嘒嘒以寒吟兮，雁飘飘而南飞。天晃朗以弥高兮，日悠扬而浸微。何微阳之短晷兮，觉凉夜之方永。月曈胧以含光兮，露凄清以凝冷。熠耀粲于阶闼兮，蟋蟀鸣乎轩屏。听离鸿之晨吟兮，望流火之馀景。宵耿介而不寐兮，独展转于华省。悟时岁之遒尽兮，慨俯首而自省。斑鬓髟以承弁兮，素发飒以垂领。仰群俊之逸轨兮，攀云汉以游骋。登春台之熙熙兮，珥金貂之炯炯。苟趣舍之殊途兮，庸讵识其躁静！

闻至人之休风兮，齐天地于一指。彼知安而忘危兮，固出生而入死。行投趾于容迹兮，殆不践而获底。阙侧足以及泉兮，虽猴猿而不履。龟祀骨于宗祧兮，思反身于绿水。且敛衽以归来兮，忽投绂以高厉。耕东皋之沃壤兮，输黍稷之馀税。泉涌湍于石间兮，菊扬芳于崖澨。澡秋水之涓涓兮，玩游鯈之潎潎。逍遥乎山川之阿，放旷乎人间之世。优哉游哉，聊以卒岁。

笙　赋

潘安仁

河汾之宝，有曲沃之悬匏焉；邹鲁之珍，有汶阳之孤篠焉。若乃绵蔓纷敷之丽，浸润灵液之滋，隅隈夷险之势，禽鸟翔集之嬉，固众作者之所详，余可得而略之也。

徒观其制器也，则审洪纤，面短长，剧生簳，裁熟簧。设宫分羽，经徵列商，泄之反谧，厌焉乃扬。管攒罗而表列，音要妙而含清。各守一以司应，统大魁以为笙。基黄钟以举韵，望风仪以擢形。写皇翼以插羽，摹鸾音以厉声。如鸟斯企，翾翾歧歧；明珠在咮，若衔若垂。修桍内辟，馀箫外逶。骈田猎捆，鲤鳞参差。

于是乃有始泰终约，前荣后悴，激愤于今贱，永怀乎故贵。众满堂而饮酒，独向隅以掩泪。援鸣笙而将吹，先嗢哕以理气。初雍容以安暇，中佛郁以怫惜，终嵬峨以蹇愕，又飒遝而繁沸。罔浪孟以惆怅，若欲绝而复肆，惏檄杂以奔邀，似将放而中匮。愀怆恻淢，虺桦煜熠，沉淫泛艳，雪晔岌岌，或案衍夷靡，或竦踊剽急。或既往不反，或已出复入。徘徊布濩，涣衍葺袭。舞既蹈而中辍，节将抚而弗及。乐声发而尽室欢，悲音奏而列坐泣。

捻纤翮以震幽簧，越上箫而通下管。应吹嗡以往来，随抑扬以虚满，勃慷慨以懰亮，顾踌躇以舒缓。辍张女之哀弹，流广陵之名散；咏园桃之夭夭，歌枣下之纂纂。歌曰：

“枣下纂纂，朱实离离。宛其落矣，化为枯枝。人生不能行乐，死何以虚谥为？”尔乃引飞龙，鸣鹍鸡，双鸿翔，白鹤飞，子乔轻举，明君怀归，荆王喟其长吟，楚妃叹而增悲。

夫其凄戾辛酸，嘤嘤关关，若离鸿之鸣子也；含啁啴谐，雍雍喈喈，若群雏之从母也。郁捋劫悟，泓宏融裔。哇咬嘲嗜，壹何察惠！诀厉悄切，又何磬折！

若夫时阳初暖，临川送离，酒酣徒扰，乐阕日移。疏客始阑，主人微疲。弛弦韬籥，彻埙屏篪。尔乃促中筵，携友生，解严颜，擢幽情；披黄包以授甘，倾缥瓷以酌郧；光歧俨其偕列，双凤嘈以和鸣。晋野悚而投琴，况齐瑟与秦筝！

新声变曲，奇韵横逸，萦缠歌鼓，网罗钟律。烂熠爚以放艳，郁蓬勃以气出。秋风咏于燕路，天光重乎朝日。大不逾宫，细不过羽。唱发《章》《夏》，导扬《韶》《武》。协和陈、宋，混一齐、楚。迩不逼而远无携，声成文而节有叙。彼政有失得，而化以醇薄。乐所以移风于善，亦所以易俗于恶。故丝竹之器未改，而桑、濮之流已作。惟簧也能研群声之清，惟笙也能总众清之林。卫无所措其邪，郑无所容其淫。非天下之和乐、不易之德音，其孰能与于此乎？

射雉赋有序

潘安仁

余徙家于琅邪，其俗实善射，聊以讲肄之馀暇，而习媒翳之事，遂乐而赋之也。

涉青林以游览兮，乐羽族之群飞，聿采毛之英丽兮，有五色之名翚。厉耿介之专心兮，侈雄艳之姱姿。巡丘陵以经略兮，画坟衍而分畿。于是青阳告谢，朱明肇授。靡木不滋，无草不茂。初茎蔚其曜新，陈柯槭以改旧。天泱泱以垂云，泉涓涓而吐溜。麦渐渐以擢芒，雉鷕鷕而朝雊。眄箱笼以揭骄，睨骁媒之变态。奋劲骹以角槎，瞵悍目以旁睐。鸾绮翼而𦐂挝，灼绣颈而衮背。郁轩翥以馀怒，思长鸣以效能。

尔乃擎场拄翳，停僮葱翠，绿柏参差，文翮鳞次。萧森繁茂，婉转轻利。衷料戾以彻鉴，表厌蹑以密致。恐吾游之晏起，虑原禽之罕至，甘疲心于企想，分倦目以寓视。何调翰之乔桀，邈畴类而殊才。候扇举而清叫，野闻声而应媒。褰微罟以长眺，已踉蹡而徐来。摛朱冠之赩赫，敷藻翰之陪鳃。首药绿素，身拖黼绘，青秋莎靡，丹臆兰綷。或蹶或啄，时行时止。斑尾扬翘，双角特起。良游呃喔，引之规里。应叱愕立，擢身竦峙。捧黄间以密彀，属刚罫以潜拟。倒禽纷以进落，机声振而未已。山鹫悍害，猋迅已甚，越壑凌岑，飞鸣薄廪。擎牙低镞，心平望审，毛体摧落，霍若碎锦。逸群之俊，擅场挟两。栎雌妒异，倏来忽往。忌上风之餮切，畏映日之傥朗。屏发布而累息，徒心烦而技痒。伊义鸟之应机，啾擭地以厉响。彼聆音而迳进，忽交距以接壤。彤盈窗以美发，纷首颓而臆仰。

或乃崇坟夷靡，农不易垅。梯菽丛糅，翳荟菶茸。鸣雄振羽，依于其冢。搁降丘以驰敌，虽形隐而草动。瞻挺穟之倾掉，意淴跃以振踊。暾出苗以入场，愈情骇而神悚。望麌合而翳皛，雉肤肩而旋踵，欣余志之精锐，拟青颅而点项。亦有目不步体，邪眺旁剔，靡闻而惊，无见自鸳。周环回复，缭绕磐辟。戾翳旋把，萦随所历。彳亍中辍，馥焉中镝。前剔重膺，傍截叠翮。若夫多疑少决，胆劣心狷，内无固守，出不交战。来若处子，去如激电。阙闾蔼叶，冥历乍见。于是算分铢，商远迩，揆悬刀，骋绝技。如辕如轩，不高不埤。当咮值胸，裂膝破嘴。夷险殊地，驯粗异变。昃不暇食，夕不告倦。昔贾氏之如皋，始解颜于一箭。丑夫为之改貌，憾妻为之释怨。

彼游田之致获，咸乘危以驰骛，何斯艺之安逸，羌禽从其已豫！清道而行，择地而住。尾饰镳而在服，肉登俎而永御。岂惟皂隶？此焉君举。若乃耽槃流遁，放心不移，忘其身恤，司其雄雌，乐而无节，端操或亏。此则老氏之所诫，而君子之所不为。

酒德颂

刘伯伦

有大人先生，以天地为一朝，万期为须臾。日月为扃牖，八荒为庭衢。行无辙迹，居无室庐。幕天席地，纵意所如。止则操卮执觚，动则挈榼提壶。惟酒是务，焉知其余！

有贵介公子，搢绅处士，闻吾风声，议其所以。乃奋袂攘襟，怒目切齿。陈说礼法，是非锋起。

先生于是方捧罂承槽，衔杯漱醪，奋髯箕踞，枕麴藉糟，无思无虑，其乐陶陶。兀然而醉，豁尔而醒。静听不闻雷霆之声，孰视不睹泰山之形，不觉寒暑之切肌，利欲之感情。俯观万物，扰扰焉如江汉之载浮萍；二豪侍侧焉，如蜾蠃之与螟蛉。

归去来辞

陶渊明

归去来兮，田园将芜，胡不归！既自以心为形役，奚惆怅而独悲？悟已往之不谏，知来者之可追，实迷途其未远，觉今是而昨非。舟遥遥以轻飏，风飘飘而吹衣。问征夫以前路，恨晨光之熹微。乃瞻衡宇，载欣载奔。僮仆欢迎，稚子候门。三径就荒，松菊犹存；携幼入室，有酒盈樽。引壶觞以自酌，眄庭柯以怡颜；倚南窗以寄傲，审容膝之易安。园日涉以成趣，门虽设而常关。策扶老以流憩，时矫首而遐观。云无心以出岫，鸟倦飞而知还。景翳翳以将入，抚孤松而盘桓。

归去来兮，请息交以绝游。世与我而相遗，复驾言兮焉求？悦亲戚之情话，乐琴书以消忧。农人告余以春及，将有事乎西畴。或命巾车，或棹孤舟。既窈窕以寻壑，亦崎岖而经丘。木欣欣以向荣，泉涓涓而始流。善万物之得时，感吾生之行休。

已矣乎！寓形宇内复几时，曷不委心任去留，胡为遑遑欲何之？富贵非吾愿，帝乡不可期。怀良辰以孤往，或植杖而耘耔。登东皋以舒啸，临清流而赋诗。聊乘化以归尽，乐夫天命复奚疑！

芜城赋

鲍明远

沵迤平原，南驰苍梧、涨海，北走紫塞、雁门。拖以漕渠，轴以昆冈。重江复关之隩，四会五达之庄。当昔全盛之时，车挂轊，人驾肩。廛闬扑地，歌吹沸天。孳货盐田，铲利铜山。才力雄富，士马精妍。故能侈秦法，佚周令，划崇墉，刳浚洫，图修世以休命。是以板筑雉堞之殷，井干烽橹之勤，格高五岳，袤广三坟，崒若断岸，矗似长云。制磁石以御冲，糊赪壤以飞文。观基扃之固护，将万祀而一君。出入三代，五百余载，竟瓜剖而豆分。

泽葵依井，荒葛罥途。坛罗虺蜮，阶斗麏鼯。木魅山鬼，野鼠城狐，风嗥雨啸，昏见晨趋。饥鹰厉吻，寒鸱吓雏。伏虣藏虎，乳血餐肤。

崩榛塞路，峥嵘古馗。白杨早落，塞草前衰。棱棱霜气，蔌蔌风威。孤蓬自振，惊沙坐飞。灌莽杳而无际，丛薄纷其相依。通池既已夷，峻隅又已颓。直视千里外，惟见起黄埃。凝思寂听，心伤已摧。

若夫藻扃、黼帐，歌堂、舞阁之基；旋渊、碧树，弋林、钓渚之馆；吴、蔡、齐、秦之声，鱼、龙、爵、马之玩。皆薰歇烬灭，光沉响绝。东都妙姬，南国佳人。蕙心纨质，玉貌绛唇，莫不埋魂幽石，委骨穷尘，岂忆同舆之愉乐，离宫之苦辛哉？

天道如何？吞恨者多。抽琴命操，为芜城之歌。歌曰：

边风急兮城上寒，井径灭兮丘陇残。千龄兮万代，共尽兮何言！驱迈苍凉之气，惊心动魄之词，皆赋家之绝境也。

卷七十二　辞赋类十一

讼风伯

韩退之

维兹之旱兮，其谁之由？我知其端兮，风伯是尤。山升云兮泽上气，雷鞭车兮电摇帜。雨寖寖兮将坠，风伯怒兮云不得止。畅乌之仁兮念此下民，其光兮不斗其神。

嗟风伯兮其独谓何？我于尔兮岂有其他？求其时兮修祀事，羊甚肥兮酒甚旨，食足饱兮饮足醉，风伯之怒兮谁使？云屏屏兮吹使醨之，气将交兮吹使离之，铄之使气不得化，寒之使云不得施。嗟尔风伯兮，欲逃其罪又何辞！

上天孔明兮有纪有纲，我今上讼兮其罪谁当？天诛加兮不可悔，风伯虽死兮人谁汝伤？

进学解

韩退之

国子先生晨入太学，招诸生立馆下，诲之曰：“业精于勤，荒于嬉；行成于思，毁于随。方今圣贤相逢，治具毕张。拔去凶邪，登崇畯良。占小善者率以录，名一艺者无不庸。爬罗剔抉，刮垢磨光。盖有幸而获选，孰云多而不扬？诸生业患不能精，无患有司之不明；行患不能成，无患有司之不公。”

言未既，有笑于列者曰：“先生欺予哉！弟子事先生，于兹有年矣。先生口不绝吟于六艺之文，手不停披于百家之编。记事者必提其要，纂言者必钩其玄。贪多务得，细大不捐。焚膏油以继晷，恒兀兀以穷年。先生之业，可谓勤矣。觝排异端，攘斥佛老。补苴罅漏，张皇幽渺。寻坠绪之茫茫，独旁搜而远绍。障百川而东之，回狂澜于既倒。先生之于儒，可谓有劳矣。沉浸浓郁，含英咀华。作为文章，其书满家。上规姚姒，浑浑无涯。周诰殷盘，佶屈聱牙。《春秋》谨严，左氏浮夸，《易》奇而法，《诗》正而葩。下逮《庄》《骚》，太史所录，子云、相如，同工异曲。先生之于文，可谓闳其中而肆其外矣。少始知学，勇于敢为；长通于方，左右具宜。先生之于为人，可谓成矣。然而公不见信于人，私不见助于友。跋前踬后，动辄得咎。暂为御史，遂窜南夷。三年博士，冗不见治。命与仇谋，取败几时。冬暖而儿号寒，年丰而妻啼饥。头童齿豁，竟死何裨？不知虑此，而反教人为！”

先生曰：“吁！子来前。夫大木为案，细木为桷，欂栌、侏儒，椳、闑、扂、楔，各得其宜，施以成室者，匠氏之工也。玉札、丹砂，赤箭、青芝，牛溲、马勃，败鼓之皮，俱收并蓄，待用无遗者，医师之良也。登明选公，杂进巧拙，纡余为妍，卓荦为杰，较短量长，惟器是适者，宰相之方也。昔者孟轲好辩，孔道以明，辙环天下，卒老于行。荀卿守正，大论是弘，逃谗于楚，废死兰陵。是二儒者，吐辞为经，举足为法，绝类离伦，优入圣域，其遇于世何如也？今先生学虽勤而不由其统，言虽多而不要其中，文虽奇而不济于用，行虽修而不显于众，犹且月费俸钱，岁縻廪粟。子不知耕，妇不知织，乘马从徒，安坐而食。踵常途之促促，窥陈编以盗窃，然而圣主不加诛，宰臣不见斥，兹非其幸与！动而得谤，名亦随之，投闲置散，乃分之宜。若夫商财贿之有无，计班资之崇庳，忘己量之所称，指前人之瑕疵，是所谓诘匠氏之不以杙为楹，而訾医师以昌阳引年，欲进其豨苓也。”

送穷文

韩退之

元和六年正月乙丑晦，主人使奴星结柳作车，缚草为船，载糗舆粻，牛系轭下，引帆上樯，三揖穷鬼而告之曰："闻子行有日矣，鄙人不敢问所途。窃具船与车，备载糗粻。日吉时良，利行四方。子饭一盂，子啜一觞，携朋挈俦，去故就新。驾尘彍风，与电争先。子无底滞之尤，我有资送之恩。子等有意于行乎？"

屏息潜听，如闻音声，若啸若啼，砉欻嘎嘤。毛发尽竖，竦肩缩颈，疑有而无，久乃可明。若有言者曰："吾与子居，四十年余。子在孩提，吾不子愚；子学子耕，求官与名，惟子是从，不变于初。门神户灵，我叱我呵，包羞诡随，志不在他。子迁南荒，热烁湿蒸，我非其乡，百鬼欺陵。太学四年，朝齑暮盐，惟我保汝，人皆汝嫌。自初及终，未始背汝。心无异谋，口绝行语。于何听闻，云我当去？是必夫子信谗，有间于予也。我鬼非人，安用车船？鼻嗅臭香，糗粻可捐。单独一身，谁为朋俦？子苟备知，可数已不？子能尽言，可谓圣智。情状既露，敢不回避？"

主人应之曰："子以吾为真不知也耶？子之朋俦，非六非四，在十去五，满七除二。各有主张，私立名字，捩手覆羹，转喉触讳。凡所以使吾面目可憎，语言无味者，皆子之志也。其名曰智穷，矫矫亢亢，恶圆喜方。羞为奸欺，不忍害伤。其次名曰学穷，傲数与名，摘抉杳微，高挹群言，执神之机。又其次日文穷，不专一能，怪怪奇奇，不可时施，只以自嬉。又其次曰命穷，影与形殊，面丑心妍，利居众后，责在人先。又其次曰交穷：磨肌戛骨，吐出心肝，企足以待，置我仇冤。凡此五鬼，为吾五患。饥我寒我，兴讹造讪。能使我迷，人莫能间。朝悔其行，暮已复然。蝇营狗苟，驱去复远。"

言未毕，五鬼相与张眼吐舌，跳踉偃仆，抵掌顿脚，失笑相顾。徐谓主人曰："子知我名，凡我所为，驱我令去，小黠大痴。人生一世，其久几何？吾立子名，百世不磨。小人君子，其心不同，惟乖于时，乃与天通。携持琬琰，易一羊皮，饫于肥甘，慕彼糠麋。天下知子，谁过于予？虽遭斥逐，不忍子疏。谓予不信，请质诗书。

主人于是垂头丧气，上手称谢，烧车与船，延之上座。

释言

韩退之

元和元年六月十日，愈自江陵法曹诏拜国子博士，始进见今相国郑公。公赐之坐，且曰："吾见子某诗，吾时在翰林，职亲而地禁，不敢相闻。今为我写子诗书为一通以来。"愈再拜谢，退录诗书若干篇，择日时以献。

于后之数月，有来谓愈者曰："子献相国诗书乎？"曰："然。"曰："有为谗于相国之座者曰：'韩愈曰："相国征余文，余不敢匿，相国岂知我哉！"'子其慎之。"愈应之曰："愈为御史，得罪德宗朝，同迁于南者凡三人，独愈为先收用，相国之赐大矣。百官之进见相国者，或立语以退；而愈辱赐坐语，相国之礼过矣。四海九州之人，自百官已下，欲以其业彻相国左右者多矣，皆惮而莫之敢，独愈辱先索，相国之知至矣。赐之大，礼之过，知之至，是三者，于敌以下受之，宜以何报，况在天子之宰乎？人莫不自知，凡适于用之谓才，堪其事之谓力。愈于二者，虽日勉焉而不迨。束带执笏，立士大夫之行，不见斥以不肖，幸矣，其何敢敖于言乎？夫敖虽凶德，必有恃而敢行。愈之族亲鲜少，无扳联之势于今；不善交人，无相先相死之友于朝；无宿资蓄货以钓声势。弱于才而腐于力，不能奔走乘机抵巇以要权利，夫何恃而敖！若夫狂惑丧心之人，蹈河而入火，妄言而骂詈者，则有之矣，而愈人知其无是疾也，虽有谗者百人，相国将不信之矣，愈何惧而慎与？"

既累月，有来谓愈曰："有谗子于翰林舍人李公与裴公者，子其慎与！"愈曰："二公者，吾君朝夕访焉，以为政于天下，而阶太平之治，居则与天子为心膂，出则与天子为股肱。四海九州之人，自百官已下，其孰不愿忠而望赐？愈也不狂不愚，不蹈河而入火，病风而妄骂，不当有如谗者之说也。虽有谗者百人，二公将不信之矣，愈何惧而慎！"

既以语应客，夜归私自尤曰："咄！市有虎，而曾参杀人，谗者之效也。《诗》曰：'取彼谗人，投畀豺虎。豺虎不食，投畀有北；有北不受，投畀有昊。'伤于谗，疾而甚之之辞也。又曰：'乱之初生，僭始既涵；乱之又生，君子信谗。'始疑而终信之之谓也。孔子曰：'远佞人。'夫佞人不能远，则有时而信之矣。今我恃直而不戒，祸其至哉！"徐又自解之曰："市有虎，听者庸也；曾参杀人，以爱惑聪也；巷伯之伤，乱世是逢也。今三贤方与天子谋所以施政于天下，而阶太平之治，听聪而视明，公正而敦大。夫聪明则视听不惑，公正则不迩谗邪，敦大则有以容而思。彼谗人者，孰敢进而为谗哉？虽进而为之，亦莫之听矣，我何惧而慎！"

既累月，上命李公相。客谓愈曰："子前被言于一相，今李公又相，子其危哉！"愈曰："前之谤我于宰相者，翰林不知也；后之谤我于翰林者，宰相不知也。今二公合处而会言，若及愈，必曰：'韩愈亦人耳，彼敖宰相，又敖翰林，其将何求？必不然。'吾乃今知免矣。"

既而谗言果不行。

前赤壁赋

苏子瞻

壬戌之秋，七月既望，苏子与客泛舟游于赤壁之下。清风徐来，水波不兴。举酒属客，诵明月之诗，歌窈窕之章。少焉，月出于东山之上，徘徊于斗牛之间。白露横江，水光接天。纵一苇之所如，凌万顷之茫然。浩浩乎如冯虚御风，而不知其所止，飘飘乎如遗世独立，羽化而登仙。

于是饮酒乐甚，扣舷而歌之。歌曰："桂棹兮兰桨，击空明兮溯流光。渺渺兮予怀，望美人兮天一方。"客有吹洞箫者，倚歌而和之。其声呜呜然，如怨如慕，如泣如诉，余音袅袅，不绝如缕，舞幽壑之潜蛟，泣孤舟之嫠妇。

苏子愀然，正襟危坐而问客曰："何为其然也？"客曰："'月明星稀，乌鹊南飞'，此非曹孟德之诗乎？西望夏口，东望武昌，山川相缪，郁乎苍苍，此非孟德之困于周郎者乎？方其破荆州，下江陵，顺流而东也，舳舻千里，旌旗蔽空，酾酒临江，横槊赋诗，固一世之雄也，而今安在哉？况吾与子渔樵于江渚之上，侣鱼虾而友麋鹿，驾一叶之扁舟，举匏尊以相属；寄蜉蝣于天地，渺沧海之一粟。哀吾生之须臾，羡长江之无穷，挟飞仙以遨游，抱明月而长终。知不可乎骤得，托遗响于悲风。”

苏子曰：“客亦知夫水与月乎？逝者如斯，而未尝往也；盈虚者如代，而卒莫消长也。盖将自其变者而观之，则天地曾不能以一瞬；自其不变者而观之，则物与我皆无尽也，而又何羡乎？且夫天地之间，物各有主；苟非吾之所有，虽一毫而莫取。惟江上之清风，与山间之明月，耳得之而为声，目遇之而成色，取之无禁，用之不竭，是造物者之无尽藏也，而吾与子之所共适。”

客喜而笑，洗盏更酌，肴核既尽，杯盘狼籍。相与枕藉乎舟中，不知东方之既白。

后赤壁赋

苏子瞻

是岁十月之望，步自雪堂，将归于临皋。二客从予过黄泥之坂。霜露既降，木叶尽脱，人影在地，仰见明月。顾而乐之，行歌相答。已而叹曰：“有客无酒，有酒无肴，月白风清，如此良夜何？”客曰：“今者薄暮，举网得鱼，巨口细鳞，状如松江之鲈。顾安所得酒乎？”归而谋诸妇。妇曰：“我有斗酒，藏之久矣，以待子不时之需。”

于是携酒与鱼，复游于赤壁之下。江流有声，断岸千尺，山高月小，水落石出。曾日月之几何，而江山不可复识矣。予乃摄衣而上，履巉岩，披蒙茸，踞虎豹，登虬龙，攀栖鹘之危巢，俯冯夷之幽宫。盖二客不能从焉。划然长啸，草木震动，山鸣谷应，风起水涌。予亦悄然而悲，肃然而恐，凛乎其不可留也。反而登舟，放乎中流，听其所止而休焉。时夜将半，四顾寂寥。适有孤鹤，横江东来，翅如车轮，玄裳缟衣，戛然长鸣，掠余舟而西也。

须臾客去，予亦就睡。梦一道士，羽衣翩跹，过临皋之下，揖余而言曰：“赤壁之游乐乎？”问其姓名，俯而不答。“呜呼噫嘻！我知之矣。畴昔之夜，飞鸣而过我者，非子也耶？”道士顾笑，余亦惊悟。开户视之，不见其处。

卷七十三　哀祭类一

九　歌

屈　原

东皇太一

吉日兮辰良，穆将愉兮上皇。抚长剑兮玉珥，谬锵鸣兮琳琅。

瑶席兮玉镇，盍将把兮琼芳。蕙肴燕兮兰藉，奠桂酒兮椒浆。扬枹兮拊鼓，疏缓节兮安歌，陈竽瑟兮浩倡。

灵偃蹇兮姣服，芳菲菲兮满堂。五音纷兮繁会，君欣欣兮乐康。

云　中　君

浴兰汤兮沐芳，华采衣兮若英。灵连蜷兮既留，烂昭昭兮未央。謇将憺兮寿宫，与日月兮齐光。龙驾兮帝服，聊翱游兮周章。

灵皇皇兮既降，猋远举兮云中。览冀州兮有馀，横四海兮焉穷？思夫君兮太息，极劳心兮忡忡。

湘　君

君不行兮夷犹，謇谁留兮中洲？美要眇兮宜修，沛吾乘兮桂舟。令沅湘兮无波，使江水兮安流。望夫君兮未来，吹参差兮谁思？

驾飞龙兮北征，邅吾道兮洞庭。薜荔拍兮蕙绸，荃桡兮兰旌。望涔阳兮极浦，横大江兮扬灵。扬灵兮未极，女婵媛兮为余太息。横流涕兮潺湲，隐思君兮陫侧。

桂棹兮兰枻，斫冰兮积雪。采薜荔兮水中，搴芙蓉兮木末。心不同兮媒劳，恩不甚兮轻绝。石濑兮浅浅，飞龙兮翩翩。交不忠兮怨长，期不信兮告予以不闲。

朝骋骛兮江皋，夕弭节兮北渚。鸟次兮屋上，水周兮堂下。捐余玦兮江中，遗余珮兮澧浦。采芳洲兮杜若，将以遗兮下女。时不可兮再得，聊逍遥兮容与。

湘夫人

帝子降兮北渚，目眇眇兮愁予。袅袅兮秋风，洞庭波兮木叶下。

登白蘋兮骋望，与佳期兮夕张。鸟何萃兮蘋中，罾何为兮木上？

沅有芷兮澧有兰，思公子兮未敢言。慌惚兮远望，观流水兮潺湲。

麋何为兮庭中？蛟何为兮水裔？朝驰余马兮江皋，夕济兮西澨。闻佳人兮召予，将腾驾兮偕逝。

筑室兮水中，葺之兮荷盖。荪壁兮紫坛，播芳椒兮成堂。桂栋兮兰橑，辛夷楣兮药房。罔薜荔兮为帷，擗蕙櫋兮既张。白玉兮为镇，疏石兰兮为芳。芷葺兮荷屋，缭之兮杜衡。合百草兮实庭，建芳馨兮庑门。九疑缤兮并迎，灵之来兮如云。

捐余袂兮江中，遗余褋兮澧浦。搴汀州兮杜若，将以遗兮远者。时不可兮骤得，聊逍遥兮容与。

大司命

广开兮天门，纷吾乘兮玄云。令飘风兮先驱，使涷雨兮洒尘。

君回翔兮以下，逾空桑兮从女。纷总总兮九州，何寿夭兮在予！

高飞兮安翔？乘清气兮御阴阳。吾与君兮齐速，导帝之兮九阬。

灵衣兮披披，玉佩兮陆离。壹阴兮壹阳，众莫知兮余所为。

折疏麻兮瑶华，将以遗兮离居。老冉冉兮既极，不寖近兮愈疏。

乘龙兮辚辚，高驰兮冲天。结桂枝兮延伫，羌愈思兮愁人。

愁人兮奈何，愿若今兮无亏。固人命兮有当，孰离合兮可为？

少司命

秋兰兮蘼芜，罗生兮堂下。绿叶兮素华，芳菲菲兮袭予。夫人兮自有美子，荪何以兮愁苦？

秋兰兮青青，绿叶兮紫茎。满堂兮美人，忽独与余兮目成。

入不言兮出不辞，乘回风兮载云旗。悲莫悲兮生别离，乐莫乐兮新相知。

荷衣兮蕙带，倏而来兮忽而逝。夕宿兮帝郊，君谁须兮云之际？

与女沐兮咸池，晞女发兮阳之阿。望美人兮未来，临风怳兮浩歌。

孔盖兮翠旍，登九天兮抚彗星。竦长剑兮拥幼艾，荪独宜兮为民正。

东君

暾将出兮东方，照吾槛兮扶桑。抚余马兮安驱，夜皎皎兮既明。驾龙辀兮乘雷，载云旗兮委蛇。长太息兮将上，心低徊兮顾怀。羌声色兮娱人，观者憺兮忘归。

緪瑟兮交鼓，萧钟兮瑶虡，鸣篪兮吹竽，思灵保兮贤姱。翾飞兮翠曾，展诗兮会舞，应律兮合节，灵之来兮蔽日。

青云衣兮白霓裳，举长矢兮射天狼。操余弧兮反沦降，援北斗兮酌桂浆。撰余辔兮高驰翔，杳冥冥兮以东行。

河伯

与女游兮九河，冲风起兮横波。乘水车兮荷盖，驾两龙兮骖螭。登昆仑兮四望，心飞扬兮浩荡。日将莫兮怅忘归，惟极浦兮寤怀。

鱼鳞屋兮龙堂，紫贝阙兮朱宫，灵何为兮水中？

乘白鼋兮逐文鱼，与女游兮河之渚，流澌纷兮将来下。子交手兮东行，送美人兮南浦，波滔滔兮来迎，鱼邻邻兮媵予。

山鬼

若有人兮山之阿，被薜荔兮带女萝。既含睇兮又宜笑，子慕予兮善窈窕。乘赤豹兮从文狸，辛夷车兮结桂旗。被石兰兮带杜蘅，折芳馨兮遗所思。余处幽篁兮终不见天，路险难兮独后来。

表独立兮山之上，云容容兮而在下。杳冥冥兮羌昼晦，东风飘兮神灵雨。留灵修兮憺忘归，岁既晏兮孰华予！

采三秀兮于山间，石磊磊兮葛蔓蔓。怨公子兮怅忘归，君思我兮不得闲。山中人兮芳杜若，饮石泉兮荫松柏，君思我兮然疑作。

雷填填兮雨冥冥，猨啾啾兮狖夜鸣。风飒飒兮木萧萧，思公子兮徒离忧。

国殇

操吴戈兮被犀甲，车错毂兮短兵接。旌蔽日兮敌若云，矢交坠兮士争先。

陵余陈兮躐余行，左骖殪兮右刃伤。霾两轮兮絷四马，援玉枹兮击鸣鼓。天时怼兮威灵怒，严杀尽兮弃原野。

出不入兮往不反，平原忽兮路超远。带长剑兮挟秦弓，首虽离兮心不惩。诚既勇兮又以武，终刚强兮不可陵。身既死兮神以灵，魂魄毅兮为鬼雄。

礼魂

成礼兮会鼓，传芭兮代舞，姱女倡兮容与。春兰兮秋菊，长无绝兮终古！

招魂

宋　玉

朕幼清以廉洁兮，身服义而未沫。主此盛德兮，牵于俗而芜秽。上无所考此盛德兮，长离殃而愁苦。帝告巫阳曰:“有人在下，我欲辅之。魂魄离散，汝筮予之。”巫阳对曰:“掌梦，上帝其命难从。”“若必筮予之，恐后谢之不能复用巫阳焉。”乃下招曰:

魂兮归来！去君之恒干，何为乎四方些？舍君之乐处，而离彼不祥些。魂兮归来！东方不可以托些。长人千仞，惟魂是索些。十日代出，流金铄石些。彼皆习之，魂往必释些。归来归来！不可以托些。魂兮归来！南方不可以止些。雕题、黑齿，得人肉以祀，以其骨为醢些。蝮蛇蓁蓁，封狐千里些。雄虺九首，往来倏忽，吞人以益其心些。归来归来！不可久淫些。魂兮归来！西方之害，流沙千里些。旋入雷渊，靡散而不可止些。幸而得脱，其外旷宇些。赤蚁若象，玄蜂若壶些。五谷不生，丛菅是食些。其土烂人，求水无所得些。彷徉无所倚，广大无所极些。归来归来！恐自遗贼些。魂兮归来！北方不可以止些！增冰峨峨，飞雪千里些。归来归来！不可以久些！

魂兮归来！君无上天些。虎豹九关，啄害下人些。一夫九首，拔木九千些。豺狼从目，往来侁侁些。悬人以嬉，投之深渊些。致命于帝，然后得瞑些。归来归来！往恐危身些。魂兮归来！君无下此幽都些。土伯九约，其角觺觺些。敦脄血拇，逐人駓駓些。参目虎首，其身若牛些。此皆甘人。归来归来！恐自遗灾些。魂兮归来！入修门些。工祝招君，背行先些。秦篝齐缕，郑绵络些。招具该备，永啸呼些。魂兮归来！反故居些。

天地四方，多贼奸些。像设君室，静闲安些。高堂邃宇，槛层轩些。层台累榭，临高山些。网户朱缀，刻方连些。冬有突夏，夏室寒些。川谷径复，流潺湲些。光风转蕙，泛崇兰些。经堂入奥，朱尘筵些。砥室翠翘，絓曲琼些。翡翠珠被，烂齐光些。蒻阿拂壁，罗帱张些。纂组绮缟，结奇璜些。室中之观，多珍怪些。兰膏明烛，华容备些。二八侍宿，射递代些。九侯淑女，多迅众些。盛鬋不同制，实满宫些。容态好比，顺弥代些。弱颜固植，謇其有意些。姱容修态，絙洞房些。蛾眉曼睩，目腾光些。靡颜腻理，遗视矊些。离榭修幕，侍君之闲些。翡帷翠帱，饰高堂些。红壁沙版，玄玉之梁些。仰观刻桷，画龙蛇些。坐堂伏槛，临曲池些。芙蓉始发，杂芰荷些。紫茎屏风，文缘波些。文异豹饰，侍陂陀些。轩辌既低，步骑罗些。兰薄户树，琼木篱些。魂兮归来！何远为些？

室家遂宗，食多方些。稻粢穱麦，拏黄粱些。大苦咸酸，辛甘行些。肥牛之腱，臑若芳些。和酸若苦，陈吴羹些。胹鳖炮羔，有柘浆些。鹄酸臇凫，煎鸿鸧些。露鸡臛蠵，厉而不爽些。粔籹蜜饵，有餦餭些。瑶浆蜜勺，实羽觞些。挫糟冻饮，酎清凉些。华酌既陈，有琼浆些。归来反故室，敬而无妨些。肴羞未通，女乐罗些。陈钟按鼓，造新歌些。《涉江》《采菱》，发《扬荷》些。美人既醉，朱颜酡些。嬉光眇视，目曾波此。被文服纤，丽而不奇些。长发曼鬋，艳陆离些。二八齐容，起郑舞些。衽若交竿，抚案下些。竽瑟狂会，填鸣鼓些。宫庭震惊，发《激楚》些。吴歈蔡讴，奏大吕些。士女杂坐，乱而不分些。放陈组缨，班其相纷些。郑、卫妖玩，来杂陈些，《激楚》之结，独秀先些。菎蔽象棋，有六簙些。分曹并进，遒相迫些。成枭而牟，呼五白些。晋制犀比，费白日些。铿钟摇簴，揳梓瑟些。娱酒不废，沉日夜些。兰膏明烛，华灯错些。结撰至思，兰芳假些。人有所极，向心赋些，酎饮尽欢，乐先故些。魂兮归来！反故居些。

乱曰：献岁发春兮，汨吾南征。菉蘋齐叶兮白芷生。路贯庐江兮，左长薄。倚沼畦瀛兮，遥望博。青骊结驷兮，齐千乘。悬火延起兮，玄颜烝。步及骤处兮，诱骋先。抑骛若通兮，引车右还。与王趋梦兮，课后先。君王亲发兮，惮青兕。朱明承夜兮，时不可淹。皋兰被径兮，斯路渐。湛湛江水兮，上有枫。目极千里兮，伤春心。魂兮归来，哀江南！

大招

景　差

青春爰谢，白日昭只。春气奋发，万物遽只。冥陵浃行，魂无逃只。魂魄归徕！无远遥只。

魂乎归徕，无东无西，无南无北只。东有大海，溺水浟浟只。螭龙并流，上下悠悠只。雾雨淫淫，白皓胶只。魂乎无东！汤谷寂寥只。魂乎无南！南有炎火千里，蝮蛇蜒只。山林险隘，虎豹蜿只。鰅鳙、短狐，王虺骞只。魂乎无南！蜮伤躬只。魂乎无西！西方流沙，漭洋洋只。豕首纵目，被发鬤只。长爪踞牙，诶笑狂只。魂乎无西！多害伤只。魂乎无北！北有寒山，逴龙赩只。代水不可涉，深不可测只。天白颢颢，寒凝凝只。魂乎无往！盈北极只。

魂魄归徕！闲以静只。自恣荆楚，安以定只。逞志究欲，心意安只。穷身永乐，年寿延只。魂乎归徕！乐不可言只。五谷六仞，设菰粱只。鼎臑盈望，和致芳只。内鸧、鸽、鹄，味豺羹只。魂乎归徕！恣所尝只。鲜蠵甘鸡，和楚酪只。醢豚、苦狗，脍苴蓴只。吴酸蒿、蒌，不沾薄只。魂乎归徕，恣所择只。炙鸹烝凫，煔鹑陈只。煎鲼臛雀，遽爽存只。魂乎归徕，丽以先只。四酎并孰，不涩嗌只。清馨冻饮，不歠役只。姜坞先生云：《诗》“禾役穟穟”毛《传》云：“役，列也”不歠役，言虽不及饮，而皆陈列于前也。吴醴白糵，和楚沥只。魂乎归徕！不遽惕只。

代、秦、郑、卫，鸣竽张只。伏戏《驾辩》，楚《劳商》只。讴和《扬阿》，赵箫倡只。魂乎归徕！定空桑只。二八接武，投诗赋只。叩钟调磬，娱人乱只。四上竞气，极声变只。魂乎归徕！听歌撰只。

朱唇皓齿，嫭以姱只。比德好闲，习以都只。丰肉微骨，调以娱只。魂乎归徕！安以舒只。嫮目宜笑，蛾眉曼只。容则秀雅，穉朱颜只。魂乎归徕！静以安只。姱修滂浩，丽以佳只。曾颊倚耳，曲眉规只。滂心绰态，姣丽施只。小腰秀颈，若鲜卑只。魂乎归徕！思怨移只。易中利心，以动作只。粉白黛黑，施芳泽只。长袂拂面，善留客只。魂乎归徕！以娱昔只。青色直眉，美目婳只。靥辅奇牙，宜笑嘕只。丰肉微骨，体便娟只。魂乎归徕！恣所便只。

夏屋广大，沙堂秀只。南房小坛，观绝霤只。曲屋步櫚，宜扰畜只。腾驾步游，猎春囿只。琼毂错衡，英华假只。茝兰桂树，郁弥路只。魂乎归徕！恣志处只。孔雀盈园，畜鸾皇只。鹍鸿群晨，杂鹙鸧只。鸿鹄代游，曼鹔鷞只。魂乎归徕！凤皇翔只。曼泽怡面，血气盛只。永宜厥身，保寿命只。室家盈廷，爵禄盛只。魂乎归来！居室定只。

接径千里，出若云只。三圭重侯，听类神只。姜坞先生云：出若云，言其车骑从官之盛。《庄子·让王》“延之以三旌之位”，司马彪本作“三圭”，云诸侯三卿执圭。察笃夭隐，孤寡存只。魂乎归徕！正始昆只。田邑千畛，人阜昌只。美冒众流，德泽章只。先威后文，善美明只。魂乎归徕！赏罚当只。名声若日，照四海只。德誉配天，万民理只。北至幽陵，南交阯只。西薄羊肠，东穷海只。魂乎归徕！尚贤士只。发政献行，禁苛暴只。举杰压陛，姜坞先生云：俊杰光辅本朝，殿陛之间，如待以镇压。诛讥罢只。直、赢在位，近禹麾只。姜坞先生云：《吕览·求士篇》“禹治水，得陶、化益、直窥、横革、之交”，《荀子·成相》“得益、皋陶、横革、直成为辅”，《战国策》“禹有五丞”。此直、赢，即五丞之二也。豪杰执政，流泽施只。魂乎归徕！国家为只，雄雄赫赫，天德明只。三公穆穆，登降堂只。诸侯毕极，立九卿只。昭质既设，大侯张只。执弓挟矢，揖辞让只。魂乎归徕！尚三王只。

吊屈原赋

贾　生

恭承嘉惠兮，俟罪长沙。仄闻屈原兮，自沉汨罗。造托湘流兮，敬吊先生。遭世罔极兮，乃陨厥身。乌乎哀哉兮，逢时不祥！鸾凤伏窜兮，鸱枭翱翔。阘茸尊显兮，谗谀得志；贤圣逆曳兮，方正倒植。世谓随、夷溷兮，谓跖、蹻廉，莫邪为顿兮，铅刀为铦。于嗟默默兮，生之无故！斡弃周鼎兮，而宝康瓠。腾驾罢牛兮，骖蹇驴，骥垂两耳兮，服盐车。章甫荐屦兮，渐不可久；嗟苦先生兮，独离此咎！

谇曰：已矣，国其莫我知，独堙郁兮其谁语？凤漂漂其高逝兮，夫固自缩而远去。袭九渊之神龙兮，沕深潜以自珍。弥融爚以隐处兮，夫岂从蚁与蛭蚓？所贵圣人之神德兮，远浊世而自藏。使骐骥可得系羁兮，岂云异夫犬羊！般纷纷其离此尤兮，亦夫子之辜也！瞝九州而相君兮，何必怀此都也？凤皇翔于千仞之上兮，览德辉焉下之。见细德之险微兮，摇增翮而去之。彼寻常之污渎兮，岂能容吞舟之鱼！横江湖之鳣鲸兮，固将制于蝼蚁。

悼李夫人赋

汉武帝

美连娟以修嫮兮，命樔绝而不长。饰新宫以延贮兮，泯不归乎故乡。惨郁郁其芜秽兮，隐处幽而怀伤。释舆马于山椒兮，奄修夜之不阳。秋气憯以凄目兮，桂枝落而销亡。神茕茕以遥思兮，精浮游而出疆。托沉阴以圹久兮，惜蕃华之未央。念穷极之不还兮，惟幼眇之相羊。函菱荴以俟风兮，芳杂袭以弥章。的容与以猗靡兮，缥飘姚乎愈庄。燕淫衍而抚楹兮，连流视而娥扬。既激感而心逐兮，包红颜而弗明。驩接狎以离别兮，宵寤梦之芒芒。忽迁化而不反兮，魂放逸以飞扬。何灵魂之纷纷兮，哀徘回以踌躇？势路日以远兮，遂荒忽而辞去。超兮西征，屑兮不见。寖淫敞克，寂兮无音。思若流波，怛兮在心。

乱曰：佳侠函光，陨朱荣兮。嫉妒阘茸，将安程兮？方时隆盛，年夭伤兮。弟子增欷，洿沫怅兮。悲愁於邑，喧不可止兮。响不虚应，亦云已兮。嫶妍太息，叹稚子兮。怮慄不言，倚所恃兮。仁者不誓，岂约亲兮？既往不来，申以信兮。去彼昭昭，就冥冥兮。既下新宫，不复故庭兮。呜呼哀哉！想魂灵兮。

卷七十四　哀祭类二

祭田横墓文

韩退之

贞元十一年九月，愈如东京，道出田横墓下，感横义高能得士，因取酒以祭，为文而吊之。其辞曰：

事有旷百世而相感者，余不自知其何心。非今世之所稀，孰为使余歔欷而不可禁？余既博观乎天下，曷有庶几乎夫子之所为？死者不复生，嗟余去此其从谁？当秦氏之败乱，得一士而可王。何五百人之扰扰，而不能脱夫子于剑铓？抑所宝之非贤，亦天命之有常？昔阙里之多士，孔圣亦云其遑遑。苟余行之不迷，虽颠沛其何伤！自古死者皆一，夫子至今有耿光。跽陈辞而荐酒，魂仿佛而来享。此时公少作，故犹取屈子成句。

潮州祭神文五首录一

韩退之

维年月日，潮州刺史韩愈，谨以清酌腶脩之奠，祈于大湖神之灵曰：

稻既穟矣而雨，不得熟以获也；蚕起且眠矣而雨，不得老以簇也；岁且尽矣，稻不可以复种，而蚕不可以复育也，农夫桑妇将无以应赋税继衣食也。非神之不爱人，刺史失所职也。百姓何罪，使至极也？神聪明而端一，听不可滥以惑也。刺史不仁，可坐以罪；惟彼无辜，惠以福也。划劙云阴，卷月日也。幸身有衣，口得食，给神役也。充上之须，脱刑辟也。选牲为酒，以报灵德也。吹击管鼓，侑香洁也。拜庭跪坐，如法式也。不信当治，疾殃殛也。神其尚飨！

祭张员外文

韩退之

维年月日，彰义军行军司马、守太子右庶子兼御史中丞韩愈，谨遣某乙，以庶羞清酌之奠，祭于亡友故河南县令张十二员外之灵：

贞元十九，君为御史，余以无能，同诏并跱。君德浑刚，标高揭己，有不吾如，唾犹泥滓。余戆而狂，年未三纪，乘气加人，无挟自恃。彼婉娈者，实惮吾曹，侧肩帖耳，有舌如刀。

我落阳山，以尹鼯猱；君飘临武，山林之牢。岁弊寒凶，雪虐风饕，颠于马下，我泗君咷。夜息南山，同卧一席，守隶防夫，抵顶交跖。洞庭漫汗，黏天无壁，风涛相豗，中作霹雳，追程盲进，帆船箭激。南上湘水，屈氏所沉，二妃行迷，泪踪染林。山哀浦思，鸟兽叫音，余唱君和，百篇在吟。

君止于县，我又南逾，把觞相饮，后期有无。期宿界上，一夕相语，自别几时，遽变寒暑，枕臂攲眠，加余以股。仆来告言，虎入厩处，无敢惊逐，以我騋去。君云是物，不骏于乘，虎取而往，来寅其征。我预在此，与君俱膺，猛兽果信，恶祷而凭？

余出岭中，君俟州下，偕掾江陵，非余望者。郴山奇变，其水清写，泊沙倚石，有罾无舍。衡阳放酒，熊咆虎嗥，不存令章，罚筹猬毛。委舟湘流，往观南岳，云壁潭潭，穹林攸擢。避风太湖，七日鹿角，钩登大鲇，怒颊豕狗，脔盘炙酒，群奴馀啄。走官阶下，首下尻高，下马伏途，从事是遭。

余徵博士，君以使已，相见京师，过愿之始。分教东生，君掾雍首，两都相望，于别何有？解手背面，遂十一年，君出我入，如相避然。生阔死休，吞不复宣。刑官属郎，引章讦夺。权臣不爱，南康是斡。明条谨狱，氓獠户歌，用迁澧浦，为人受瘥。还家东都，起令河南，屈拜后生，愤所不堪。屡以正免，身伸事蹇，竟死不升，孰劝为善？丞相南讨，余辱司马，议兵大梁，走出洛下。哭不凭棺，莫不亲罼，不抚其子，葬不送野。望君伤怀，有陨如泻。铭君之绩，纳石壤中，爰及祖考，纪德事功。外著后世，鬼神与通，君其奚憾？不余鉴衷。呜呼哀哉！尚飨！茅鹿门云：公之奇崛战斗鬼神处，令人神眩。姜坞先生云：凄丽处独以健倔出之，层见叠耸，而笔力坚净，他人无此也。

祭柳子厚文

韩退之

维年月日，韩愈谨以清酌庶羞之奠，祭于亡友柳子厚之灵：

嗟嗟子厚，而至然耶？自古莫不然，我又何嗟！人之生世，如梦一觉，其间利害，竟亦何校！当其梦时，有乐有悲，及其既觉，岂足追维？

凡物之生，不愿为材，牺樽青黄，乃木之灾。子之中弃，天脱禺羁，玉珮琼琚，大放厥辞。富贵无能，磨灭谁纪？子之自著，表表愈伟。不喜为斫，血指汗颜，巧匠旁观，缩手袖间。子之文章，而不用世，乃令吾徒，掌帝之制。子之视人，自以无前。一斥不复，群飞刺天。

嗟嗟子厚，今也则亡。临绝之音，一何琅琅！遍告诸友，以寄厥子，不鄙谓余，亦托以死。凡今之交，观势厚薄，余岂可保，能承子托？非我知子，子实命我，犹有鬼神，宁敢遗堕？念子永归，无复来期，设祭棺前，矢心以辞。呜呼哀哉！尚飨！

祭侯主簿文

韩退之

维年月日，吏部侍郎韩愈，谨遣男殿中省进马佶，致祭于亡友故国子主簿侯君之灵：

呜呼！惟子文学，今谁过之？子于道义，困不舍遗。我狎我爱，人莫与夷，启始及今，二纪于兹。我或为文，笔俾子持，唱我和我，问我以疑。我钓我游，莫不我随；我寝我休，莫尔之私。朋友昆弟，情敬异施，惟我于子，无适不宜。弃我而死，嗟我之衰，相好满目，少年之时。日月云亡，今其有谁！谁不富贵？而子为羁。我无利权，虽怨曷为？

子之方葬，我方斋祠，哭送不可，谁知我悲？呜呼哀哉！尚飨！

祭薛助教文

韩退之

维元和四年，岁次己丑，后三月二十一日景寅，朝议郎守国子博士韩愈、太学助教侯继，谨以清酌之奠，祭于亡友国子助教薛君之灵：

呜呼！吾徒学而不见施设，禄又不足以活身，天于此时，夺其友人。同官太学，日得相因，奈何永违，只隔数晨！笑语为别，恸哭来门。藏棺蔽帷，欲见无缘，皎皎眉目，在人目前。酌以告诚，庶几有神。呜呼哀哉！尚飨！

祭虞部张员外文

韩退之

维年月日，愈等谨以清酌庶羞之奠，谨敬祭于亡友张十三员外之灵：

呜呼！往在贞元，俱从宾荐，司我明试，时维邦彦。各以文售，幸皆少年，群游旅宿，其欢甚焉。出言无尤，有获同喜，他年诸人，莫有能比。

倏忽逮今，二十余岁，存皆衰白，半亦辞世。外缠公事，内迫家私，中宵兴叹，无复昔时。如何今者，又失夫子，懿德柔声，永绝心耳。

庐亲之墓，终丧乃归，阳瘖避职，妻子不知。分司宪台，风纪由振，遂迁司虞，以播华问。不能老寿，孰究其因？托嗣于宗，天维不仁。

酒食备设，灵其降止，论德叙情，以视诸诔。尚飨！

祭穆员外文

韩退之

呜呼！建中之初，予居于嵩，携扶北奔，避盗来攻。晨及洛师，相遇一时，顾我如故，眷然顾之。子有令闻，我来自山子，之畯明，我钝而顽。道既云异，谁从知我？我思其厚，不知其可。

于后八年，君从杜侯，我时在洛，亦应其招。留守无事，多君子僚，罔有疑忌，惟其嬉游。草生之春，鸟鸣之朝，我辔在手，君扬其镳。君居于室，我既来即，或以啸歌，或以偃侧。诲余以义，复我以诚，终日以语，无非德声。

主人信谗，有惑其下，杀人无罪，诬以成过。入救不从，反以为祸。赫赫有闻，王命三司，察我于狱，相从系缧。曲生何乐，直死何悲！上怀主人，内闵其私，进退之难，君处之宜。既释于囚，我来徐州，道之悠悠，思君为忧。

我如京师，君居父丧，哭泣而拜，言词不通。我归自西，君反吉服，晤言无他，往复其昔。不日而违，重我心恻。自后闻君，母丧是丁，痛毒之怀，六年以并。孰云孝子，而殒厥灵！

今我之至，入门失声。酒肉在前，君胡不餐？升君之堂，不与我言。呜呼死矣，何日来还！

祭房君文

韩退之

维某年月日，愈谨遣旧吏皇甫悦，以酒肉之馈，展祭于五官蜀客之柩前：

呜呼！君乃至于此，吾复何言！若有鬼神，吾未死，无以妻子为念。呜呼！君其能闻吾此言否？尚飨！

独孤申叔哀辞

韩退之

众万之生，谁非天耶？明昭昏蒙，谁使然耶？行何为而怒，居何故而怜耶？胡喜厚其所可薄，而恒不足于贤耶？将下民之好恶，与彼苍悬耶？抑苍茫无端，而暂寓其间耶？死者无知，吾为子恸而已矣；如有知也，子其自知之矣。濯濯其英，晔晔其光。如闻其声，如见其容。呜呼远矣，何日而忘！

欧阳生哀辞有序

韩退之

欧阳詹，世居闽越。自詹以上，皆为闽越官，至州佐、县令者，累累有焉。闽越地肥衍，有山泉禽鱼之乐，虽有长材秀民，通文书吏事与上国齿者，未尝肯出仕。

今上初，故宰相常衮为福建诸州观察使，治其地。衮以文辞进，有名于时，又作大官，临莅其民，乡县小民，有能诵书作文辞者，衮亲与之为客主之礼，观游宴飨，必召与之。时未几，皆化翕然。詹于时独秀出，衮加敬爱，诸生皆推服。闽越之人举进士，由詹始。

建中、贞元间，余就食江南，未接人事，往往闻詹名闾巷间，詹之称于江南也久。贞元三年，余始至京师，举进士，闻詹名尤甚。八年春，遂与詹文辞同考试登第，始相识。自后詹归闽中，余或在京师他处，不见詹久者惟詹归闽中时为然，其他时与詹离，率不历岁，移时则必合；合必两忘其所趋，久然后去。故余与詹相知为深。

詹事父母尽孝道，仁于妻子，于朋友义以诚。气醇以方，容貌嶷嶷然。其燕私善谑以和，其文章切深喜往复，善自道。读其书，知其于慈孝最隆也。十五年冬，余以徐州从事朝正于京师，詹为国子监四门助教，将率其徒伏阙下举余为博士，会监有狱，不果上。观其心有益于余，将忘其身之贱而为之也。

呜呼！詹今其死矣！詹，闽越人也。父母老矣，舍朝夕之养以来京师，其心将以有得于是，而归为父母荣也。虽其父母之心亦皆然。詹在侧，虽无离忧，其志不乐也，詹在京师，虽有离忧，其志乐也。若詹者，所谓以志养志者与！詹虽未得位，其名声流于人人，其德行信于朋友，虽詹与其父母，皆可无憾也。

詹之事业文章，李翱既为之传，故作哀辞以舒余哀，以传于后，以遗其父母，而解其悲哀，以卒詹志云。

求仕与友兮，远违其乡，父母之命兮，子奉以行。友则既获兮，禄实不丰，以志为养兮，何有牛羊？事实既修兮，名誉又光，父母忻忻兮，常若在旁。命虽云短兮，其存者长，终要必死兮，愿不永伤。

友朋亲视兮，药物甚良。饮食孔时兮，所欲无妨。寿命不齐兮，人道之常。在侧与远兮，非有不同。山川阻深兮，魂魄流行，祀祭则及兮，勿谓不通。哭泣无益兮，抑哀自强，推生知死兮，以慰孝诚。呜呼哀哉兮！是亦难忘。

祭韩侍郎文

李习之

呜呼！孔氏云远，杨、墨恣行，孟轲拒之，乃坏于成。戎风混华，异学魁横，兄常辨之，孔道益明。建武以还，文卑质丧，气萎体败，剽剥不让。俪花斗叶，颠倒相上。及兄之为，思动鬼神，拨去其华，得其本根。开合怪骇，驱涛涌云，包刘越嬴，并武同殷。六经之风，绝而复新，学者有归，大变于文。

兄之仕宦，罔辞于艰，疏奏辄斥，去而复迁。升黜不改，正言亟闻。贞元十二，兄在汴州，我游自徐，始得兄交。视我无能，待予以友，讲文析道，为益之厚。二十九年，不知其久。兄以疾休，我病卧室，三来视我，笑语穷日。何荒不耕？会之以一。人心乐生，皆恶言凶。兄之在病，则齐其终，顺化以尽，靡惑于中。别我千万，意如不穷。

临丧大号，决裂肝胸。老聃言寿，死而不亡，兄名之垂，星斗之光。我撰兄行，下于太常，声殚天地，谁云不长？丧车来东，我刺庐江，君命有严，不见兄丧。遣使奠斝，百酸搅肠，音容若在，曷日而忘？呜呼哀哉！尚飨！

卷七十五　哀祭类三

祭资政范公文

欧阳永叔

呜呼公乎！学古居今，持方人员，丘、轲之艰，其道则然。公曰彼恶，谓公好讦；公曰彼善，谓公树朋。公所勇为，谓公躁进；公有退让，谓公近名：谗人之言，其何可听！先事而斥，群讥众排；有事而思，虽仇谓材。毁不吾伤，誉不吾喜，进退有仪，夷行险止。

呜呼公乎！举世之善，谁非公徒！谗人岂多，公志不舒。善不胜恶，岂其然乎？成难毁易，理又然欤？呜呼公乎！欲坏其栋，先摧桷榱。倾巢破毂，披折旁枝。害一损百，人谁不罹？谁为党论，是不仁哉！

呜呼公乎！易名谥行，君子之荣；生也何毁，没也何称？好死恶生，殆非人情。岂其生有所嫉，而死无所争？自公云亡，谤不待辨，愈久愈明，由今可见。始屈终伸，公其无恨！写怀平生，寓此薄奠。

祭尹师鲁文

欧阳永叔

嗟乎师鲁！辩足以穷万物，而不能当一狱吏；志可以狭四海，而无所措其一身。穷山之崖，野水之滨，猿猱之窟，麋鹿之群，犹不能容于其间兮，遂即万鬼而为邻。

嗟乎师鲁！世之恶子之多，未必若爱子者之众。而其穷而至此兮，得非命在乎天而不在乎人？方其奔颠斥逐，困厄艰屯，举世皆冤，而语言未尝以自及；以穷至死，而妻子不见其悲忻。用舍进退，屈伸语默，夫何能然？乃学之力。至其握手为诀，隐几待终，颜色不变，笑言从容，死生之间，既已能通于性命；忧患之至，宜其不累于心胸。自子云逝，善人宜哀；子能自达，余又何悲？惟其师友之益，平生之旧，情之难忘，言不可究。

嗟乎师鲁！自古有死，皆归无物，惟圣与贤，虽埋不没；尤于文章，焯若星日。子之所为，后世师法，虽嗣子尚幼，未足以付予，而世人藏之，庶可无于坠失。

子于众人，最爱余文，寓辞千里，侑此一尊，冀以慰子，闻乎不闻？尚飨！

祭石曼卿文

欧阳永叔

呜呼曼卿！生而为英，死而为灵。其同乎万物生死，而复归于无物者，暂聚之形；不与万物共尽，而卓然其不朽者，后世之名。此自古圣贤，莫不皆然，而著在简册者，昭如日星。

呜呼曼卿！吾不见子久矣，犹能仿佛子之平生。其轩昂磊落，突兀峥嵘，而埋藏于地下者，宜其不化为朽壤，而为金玉之精。不然，生长松之千尺，产灵芝而九茎。奈何荒烟野蔓，荆棘纵横，风凄露下，走燐飞萤。但见牧童樵叟，歌吟而上下，与夫惊禽骇兽，悲鸣踯躅而咿嘤。今固如此，更千秋而万岁兮，安知其不穴藏狐貉与鼯鼪？此自古圣贤亦皆然兮，独不见夫累累乎旷野与荒城！

呜呼曼卿！盛衰之理，吾固知其如此，而感念畴昔，悲凉凄怆，不觉临风而陨涕者，有愧乎太上之忘情。尚飨！

祭苏子美文

欧阳永叔

哀哀子美！命止斯耶？小人之幸，君子之嗟。

子之心胸，蟠屈龙蛇，风云变化，雨雹交加，忽然挥斧，霹雳轰车。人有遭之，心惊胆落，震仆如麻。须臾霁止，而四顾百里，山川草木，开发萌芽。子于文章，雄豪放肆，有如此者，吁可怪邪！

嗟乎世人，知此而已，贪悦其外，不窥其内。欲知子心，穷达之际。金石虽坚，尚可破坏，子于穷达，始终仁义。惟人不知，乃穷至此。蕴而不见，遽以没地，独留文章，照耀后世。

嗟世之愚，掩抑毁伤，譬如磨鉴，不灭愈光。一世之短，万世之长，其间得失，不待较量。哀哀子美，来举予觞。尚飨！

祭梅圣俞文

欧阳永叔

昔始见子，伊川之上，予仕方初，子年亦壮。读书饮酒，握手相欢，谭辨锋出，贤豪满前。谓言仕宦，所至皆然，但当行乐，何有忧患？

子去河南，余贬山峡，三十年间，乖离会合。晚被选擢，滥官朝廷，荐子学舍，吟哦六经。余才过分，可愧非荣，子虽穷厄，日有声名。

予狷而刚，中遭多难，气血先耗，发须早变。子心宽易，在险如夷，年实加我，其颜不衰。谓子仁人，自宜多寿；予譬膏火，煎熬岂久？事今反此，理固难知，况于富贵，又可必期？

念昔河南，同时一辈，零落之馀，惟予子在。子又去我，今存兀然，凡今之游，皆莫余先。纪行琢辞，子宜予责，送终恤孤，则有众力，惟声与泪，独出予臆。

祭欧阳文忠公文

苏子瞻

呜呼哀哉！公之生于世，六十有六年。民有父母，国有蓍龟；斯文有传，学者有师；君子有所恃而不恐，小人有所畏而不为。譬如大川乔岳，不见其运动，而功利之及于物者，盖不可以数计而周知。今公之没也，赤子无所仰芘，朝廷无所稽疑；斯文化为异端，而学者至于用夷；君子以为无为为善，而小人沛然自以为得时。譬如深山大泽，龙亡而虎逝，则变怪杂出，舞鳅鳝而号狐狸。

昔其未用也，天下以为病；而其既用也，则又以为迟。及其释位而去也，莫不冀其复用；至其请老而归也，莫不惆怅失望，而犹庶几于万一者，幸公之未衰。孰谓公无复有意于斯世也，奄一去而莫予追？岂厌世溷浊，洁身而逝乎？将民之无禄，而天莫之遗！

昔我先君，怀宝遁世，非公则莫能致。而不肖无状，因缘出入受教于门下者，十有六年于兹。闻公之丧，义当匍匐往吊，而怀禄不去，愧古人以忸怩。缄词千里，以寓一哀而已矣，盖上以为天下恸，而下以哭其私。呜呼哀哉！

祭柳子玉文

苏子瞻

猗欤子玉！南国之秀。甚敏而文，声发自幼。从横武库，炳蔚文囿，独以诗鸣，天锡雄咮。元轻白俗，郊寒岛瘦，嘹然一吟，众作卑陋。

凡今卿相，伊昔朋旧，平视青云，可到宁骤。孰云坎轲？白发垂脰，才高绝俗，性疏来诟。谪居穷山，遂侣猩狖，夜衾不絮，朝甑绝馏。慨然怀归，投弃缨绶，潜山之麓，往事神后。道味自饴，世芬莫嗅，凡世所欲，有避无就。谓当乘除，并畀之寿，云何不淑，命也谁咎！

顷在钱塘，惠然我觏，相从半岁，日饮醇酎。朝游南屏，暮宿灵鹫，雪窗饥坐，清阕间奏。沙河夜归，霜月如昼，纶巾鹤氅，惊笑吴妇。会合之难，如次组绣，翻然失去，覆水何救！

维子耆老，名德俱茂，嗟我后来，匪友惟媾。子有令子，将大子后，颀然二孙，则谓我舅。念子永归，涕如悬霤，歌此奠诗，一樽往侑。

代三省祭司马丞相文

苏子由

呜呼！元丰末命，震惊四方，号令所从，帷幄是望。公来自西，会哭于庭，缙绅咨嗟，复见老成。太任在位，成王在左，曰予惸惸，谁恤予祸？白发苍颜，三世之臣，不留相予，谁左右民？公出于道，民聚而呼，皆曰"吾父"，归欤归欤！公畏莫当，遄返洛师，授之宛丘，实将用之。

公之来思，岌然特立，身如槁木，心如金石。时当宅忧，恭默不言，一二卿士，代天斡旋。事棼如丝，众比如栉，治乱之几，间不容发。公身当之，所恃惟诚，吾民苟安，吾君则宁。以顺得天，以信得人，钼去太甚，复其本原。白叟黄童，织妇耕夫，庶几休焉，日月以须。公乘安舆，入见延和，裕民之言，之死靡他。

将享合宫，百辟咸事，公病于家，卧不时起。明日当斋，公讣暮闻，天以雨泣，都人酸辛。礼成不贺，人识君意，龙衮蝉冠，遂以往襚。

公之初来，民执弓矛，逮公永归，既耕且耰。公虽云亡，其志则存，国有成法，朝有正人。持而守之，有进毋陨，匪以报公，维以报君。天子圣明，神母万年，民不告勤，公志则然。死者复生，信我此言。呜呼哀哉！尚享！

祭范颍州文

王介甫

呜呼我公，一世之师。由初迄终，名节无疵。明肃之盛，身危志殖，瑶华失位，又随以斥。治功亟闻，尹帝之都，闭奸兴良，稚子歌呼。赫赫之家，万首俯趋，独绳其私，以走江湖。士争留公，蹈祸不慄，有危其辞，谒与俱出。风俗之衰，骇正怡邪，蹇蹇我初，人以疑嗟。力行不回，慕者兴起，儒先酋酋，以节相侈。

公之在贬，愈勇为忠，稽前引古，谊不营躬。外更三州，施有余泽，如酾河江，以灌寻尺。宿赃自解，不以刑加，猾盗涵仁，终老无邪。讲艺弦歌，慕来千里，沟川障泽，田桑有喜。戎孽猘狂，敢齮我疆，铸印刻符，公屏一方。取将于伍，后常名显；收士至佐，维邦之彦。声之所加，虏不敢濒，以其馀威，走敌完邻。昔也始至，疮痍满道，药之养之，内外完好。既其无为，饮酒笑歌，百城宴眠，吏士委蛇。上嘉曰材，以副枢密，稽首辞让，至于六七。遂参宰相，厘我典常，扶贤赞杰，乱穴除荒。官更于朝，士变于乡，百治具修，偷堕勉强。彼阏不遂，归侍帝侧，卒屏于外，身屯道塞。谓宜耇老，尚有以为，神乎孰忍，使至于斯？盖公之才，犹不尽试，肆其经纶，功孰与计？

自公之贵，厩库逾空，和其色辞，傲讦以容。化于妇妾，不靡珠玉，翼翼公子，弊绨恶粟。闵死怜穷，惟是之奢，孤女以嫁，男成厥家。孰堙于深？孰锲乎厚？其传其详，以法永久。

硕人今亡，邦国之忧，矧鄙不肖，辱公知尤。承凶万里，不往而留，涕洟驰辞，以赞醪羞。姜坞先生云："虏不敢濒"，"濒"当作"㰥"。"乱穴"，"穴"疑当作"冗"，"乱"，治也。鼐疑"濒"字，是言虏不敢近边也。

祭欧阳文忠公文

王介甫

夫事有人力之可致，犹不可期，况乎天理之溟漠，又安可得而推？惟公生有闻于当时，死有传于后世，苟能如此足矣，而亦又何悲！如公器质之深厚，知识之高远，而辅学术之精微，故充于文章，见于议论，豪健俊伟，怪巧瑰琦。其积于中者，浩如江河之停蓄；其发于外者，烂如日星之光辉。其清音幽韵，凄如飘风急雨之骤至；其雄辞闳辩，快如轻车骏马之奔驰。世之学者，无问乎识与不识，而读其文，则其人可知。

呜呼！自公仕宦四十年，上下往复，感世路之崎岖，虽屯邅困踬、窜斥流离而终不可掩者，以其公议之是非。既压复起，遂显于世，果敢之气，刚正之节，至晚而不衰。方仁宗皇帝临朝之末年，顾念后事，谓如公者，可寄以社稷之安危；及夫发谋决策，从容指顾，立定大计，谓千载而一时。功名成就，不居而去。其出处进退，又庶乎英魄灵气。不随异物腐散，而长在乎箕山之侧与颍水之湄。然天下之无贤不肖，且犹为涕泣而歔欷，而况朝士大夫，平昔游从，又予心之所向慕而瞻依！

呜呼！盛衰兴废之理，自古如此，而临风想望不能忘情者，念公之不可复见，而其谁与归？

祭丁元珍学士文

王介甫

我初闭门，屈首书诗，一出涉世，茫无所知。援挈覆护，免于阽危；雍培浸灌，使有华滋。微吾元珍，我殆弗植，如何弃我，陨命一昔！以忠出恕，以信行仁，至于白首，困厄穷屯。又从挤之，使以踬死，岂伊人尤？天实为此。有磐彼石，可志于丘，虽不属我，我其徂求。请著君德，铭之九幽，以驰我哀，不在醪羞。

祭王回深甫文

王介甫

嗟嗟深甫！真弃我而先乎？孰谓深甫之壮以死，而吾可以长年乎？维吾昔日，执子之手，归言子之所为，实受命于吾母，曰：“如此人，乃可与友。”吾母知子，过于予初，终子成德，多吾不如。呜呼天乎！既丧吾母，又夺吾友，虽不即死，吾何能久！搏胸一恸，心摧志朽，泣涕为文，以荐食酒。嗟嗟深甫！子尚知否？

祭高师雄主簿文

王介甫

我始寄此，与君往还。于是康定，庆历之间，爱我勤我，急我所难。日月一世，疾于跳丸，南北几时，相见悲欢。去岁忧除，追寻陈迹。淮水之上，冶城之侧，握手笑语，有如一昔。屈指数日，待君归龄。安知弥年，乃见哭庭！维君家行，可谓修饬，如其智能，亦岂多得？垂老一命，终于远域，岂惟故人，所为叹惜！抚棺一奠，以告心恻。茅顺甫云：奇崛之文。

祭曾博士易占文

王介甫

呜呼！公以罪废，实以不幸；卒困以夭，亦惟其命。命与才违，人实知之，名之不幸，知者为谁？公之闾里，宗亲党友，知公之名，于实无有。呜呼公初，公志如何！孰云不谐，而厄孔多？

地大天穹，有时而毁，星日脱败，山倾谷圮。人居其间，万物一偏，固有穷通，世数之然。至其寿夭，尚何忧喜？要之百年，一蜕以死。方其生时，窘若囚拘，其死以归，混合空虚。以生易死，死者不祈，惟其不见，生者之悲。

公今有子，能隆公后，惟彼生者，可无甚悼。嗟理则然，其情难忘，哭泣驰辞，往侑奠觞。

祭李省副文

王介甫

呜呼！君谓死者必先气索而神零，孰谓君气足以薄云汉兮，神昭晰乎日星，而忽陨背乎不能保百年之康宁？惟君别我，往祠太乙，笑言从容，愈于平日。既至即事，升降孔秩，归鞍在途，不返其室。讣闻士夫，环视太息，矧我于君，情何可极！具兹醪羞，以告哀恻。

祭周几道文

王介甫

初我见君，皆童而帻，意气豪悍，崩山决泽。弱冠相视，隐忧厄穷。貌则侔年，心颓如翁。俯仰悲欢，超然一世，皓发黧馘，分当先弊。孰知君子，讣我称孤？发封涕洟，举屋惊呼。行与世乖，惟君缱绻，吊祸问疾，书犹在眼。序铭于石，以报德音，设辞虽遍，义不愧心。君实爱我，祭其如歆！

祭束向元道文

王介甫

呜呼束君！其信然耶？奚仇友朋，奚怨室家？堂堂去之，我始疑嗟。惟昔见君，田子之自，我欲疾走，哭诸田氏。吾縻不赴，田疾不知，今乃独哭，谁同我悲？

始君求仕，士莫敢匹，洪洪其声，硕硕其实。霜落之林，豪鹰俊鹘，万鸟避逃，直摩苍天。蹶焉仅仕，后愈以困，洗藏销塞，动辄失分。如羁骏马，以驾柴车，侧身堕首，与蹇同刍。命又不祥，不能中寿，百不一出，孰知其有？

能知君者，世孰予多？学则同游，仕则同科。出作扬官，君实其乡，倾心倒肝，迹斥形忘。君于寿食，我饮鄞水，岂无此朋，念不去彼。既来自东，乃临君丧，閟閟阴宫，梗野榛荒。东门之行，不几日月，孰云于今，万世之别！

嗟屯怨穷，闵命不长，世人皆然，君子则亡。予其何言？君尚有知，具此酒食，以陈我悲。

祭张安国检正文

王介甫

呜呼！善之不必福，其已久矣，岂今于君始悼叹其如此！自君丧除，知必顾予。怪久不至，岂其病欤？今也君弟，哭而来赴。天不姑释一士，以为予助。何生之艰，而死之遽？

君始从我，与吾儿游，言动视听，正而不偷。乐于饥寒，惟道之谋。既掾司法，议争谳失，中书大理，再为君屈。遂升宰属，能挠强倔，辨正狱讼，又常精出。岂君刑名，为独穷深？直谅明清，靡所不任，人恌莫知，乃恻我心。君仁至矣，勇施而忘己；君孝至矣，孺慕以至死。能人所难，可谓君子。

呜呼！吾儿逝矣，君又随之，我留在世，其与几时？酒食之哀，侑以言辞。

宣左人哀辞

方灵皋

左人与余生同郡，长而客游同方。往还离合，逾二十年，而为泛交。己丑、庚寅间，余频至淮上，左人授徒邗江，道邗数与语，始异之。

其家在龙山，吾邑山水奇胜处也。每语余居此之乐，而自恨近六十，犹栖栖于四方。余久寓金陵，亦倦游思还故里，遂以辛卯正月至其家。左山右湖，皋壤如沐。留连信宿，相期匝岁定居于此。而是冬十月，以《南山集》牵连被逮。时左人适在金陵，急余难，与二三骨肉兄弟之友相先后。在诸君子不为异，而余固未敢以望于左人也。

壬辰夏，余系刑部，左人忽入视。问何以来，则他无所为。将归，谓余曰："吾附人舟车不自由，以天之道，子无恙，寻当归，吾终待子龙山之阳矣。"及余邀宽法出狱隶汉军，欲附书报左人，而乡人来言左人死矣。时康熙五十二年也。

龙山地偏而俗淳，居者多寿耇，左人父及伯叔父皆八九十。左人貌魁然，其神凝然，人皆曰："当得大年。"虽左人亦自谓然，而竟此于此！余与左人相识几三十年，而不相知；相知逾年，而余及于难；又逾年而左人死！虽欲与之异地相望，而久困穷，亦不可得。此恨有终极耶？辞曰：

嗟子精爽之炯然兮，今已阴为野土。闭两心之所期兮，永相望于终古，川原信美而可乐兮，生如避而死归。解人世之纠缠兮，得甘寝其何悲！

武季子哀辞

方灵皋

康熙丙申夏，闻武君商平之丧，哭而为墓表，将以归其孤。冬十月，孤洙至京师，曰："家散矣，父母、大父母、诸兄七丧蔑以葬，为是以来。"

叩所学，则经书能背诵矣。授徒某家，冬春间数至，假唐、宋诸家古文自缮写。首夏，余出塞，返役，而洙死已浃日矣。始商平有子三人，余皆见其孩提以及成人。长子洛，为邑诸生，卒年二十有四；次子某，年二十有一，将受室而卒。洙其季也。

忆洙五岁时，余过商平，常偕群儿喧聒左右；少长，抱书从其父往来余家；及至京师，则干躯伟然。余方欲迪之学行，以嗣其宗，而遽以羁死。有子始二岁。

商平生故家，而窭艰迫厄，视细民有甚焉。又父母皆笃老，烦争家事，凌杂米盐，无几微辄生瑕衅，然卒能约身隐情以尽其恩，而不愆于义，余每叹其行之难也。而既羸其躬，复札其后嗣。呜呼！世将绝而后乃繁昌者，于古有之矣，其果能然也耶？

洙卒：于丁酉十月十日，年二十有一，藁葬京师郭东江宁义冢。余志归其丧，事有待，先以鸣余哀。其辞曰：

嗟尔生兮震愆，罹百忧兮连延。蹇孤游兮局窄，命支离兮为鬼客。天属尽兮茕茕，羌地下兮相从。江之干兮淮之汭，翳先灵兮日延企。魂朝发兮暮可投，异生还兮路阻修。孺子号兮在室，永护呵兮无失。

祭史秉中文

刘才甫

呜呼！我居帝里，阒寂寡聊，徐氏之自，得与子交。昵我畏我，谘我道义，六艺之玄，奇章逸字。既我读书，假子之庐，于子焉饭，欢然有馀。或提一觞，远适墟墓，长松之阴，惨怆相顾。问我与子，胡为其然？我不自知，子亦不言。凡今之朋，利名是赖；惟我与子，不营其外。我乖于世，动辄有尤，惟与子处，如疾斯瘳。如何今日，子又我弃！独行茕茕，低颜失气。自子云没，寡妻去帷，皤皤二老，于何其依？子之奇穷，匪我能救，哭泣陈辞，惟心之疚。原注：琅然之音，与退之争长。

祭吴文肃公文

刘才甫

呜呼！我初见公，公在内阁，皓发朱颜，笑言磊落。追念平生，朋好游从，欷歔晚遇，石友之功。留我信宿，取酒斟酌，亲布衾裯，权其厚薄。我生盖寡，得此于人，而况公德，齿爵皆尊。公年七十，称觞命坐，落落群贤，其中有我。我谓公健，百岁可望，相见无几，遽哭于堂。呜呼！人之生世，蘧然一梦，惟其令名，一世传颂。死而不死，夫又何悲？为知己痛，哭泣陈辞。原注："亲布衾裯，权其厚薄"，令读者皆生感叹。

祭舅氏文

刘才甫

维年月日，刘氏甥大櫆谨以清酌庶羞之奠，致祭于舅氏杨君稚棠先生之灵。

呜呼舅氏！以君之毅然直方长者，而天乃绝其嗣续，使茕茕之孤魄，依于月山之址。樾不肖，未尝学问，然君独顾之而喜，谓能光刘氏之业者，其在斯人。吾未老耄，庶几犹及见之矣。呜呼！孰知君之忽焉以殁，而不肖之零落无状，今犹若此？尚飨！

附 录

校刊《古文辞类纂》后序

桐城姚姬传先生所为《古文辞类篹》，早已风行海内，学者多有其书矣。顾先生于此书，初纂于乾隆四十四年，时主讲扬州梅花书院。乾、嘉之间，学者所见大抵皆传抄之本，至嘉庆季年，先生门人兴县康中丞绍镛，始刊于粤东；道光五年，江宁吴处士启昌复刊于金陵。然康氏所刊乃先生乾隆间订本，后二三十年，先生时加审订，详为评注，而圈点亦与康本互有异同。盖先生之学与年俱进，晚年造诣益深，其衡鉴古人文字尤精且密矣。然吴氏刊本，系先生晚年主讲钟山书院时所授，且命付梓时去其圈点。道光以来，外省重刊，大抵据康氏之本，而吴本仅同治间楚南杨氏校刊家塾，不甚行世，而外间学者虽多读此书，容有未知康刊为先生中年订本，吴刊为先生晚年定本，又未知先生命名《古文辞类篹》。篹字本《汉书·艺文志》，康氏不明篹字所由来，误刊为《古文辞类纂》，至今《古文辞类纂》之名大著，鲜有知为篹字本义者已。又耳食之徒，以康本字句时有脱讹，不如吴本经先生高第弟子梅伯言、管异之、刘殊庭诸君雠校之精。然康氏刊本，实出先生高弟李申耆，李君又实司校刊之役者也。

承渊少读此书，先后得康、吴两本，互为校勘，乃知各有脱讹，均未精善，所谓齐则失矣，而楚亦未为得者也。不知为姚先生原本所据尚非各种精本，未及详勘，抑亦诸君子承校此书，不免以轻心掉之者也。二十年来，承渊凡见宋元以后、康熙以前各书旧椠有关此书校勘者，随时用硃墨笔注于上下方，积久颇觉近完美。又桐城老辈，如方望溪侍郎代果亲王所为《古文约选》，刘海峰学博所为《唐宋八家文约选》，均用圈点，学者称之。姚先生承方、刘二公之业，亦尝示学者前辈批点，可资启发，即所纂此书，不但评注数有增加，而圈点亦随时厘订，惜往年无由得见耳。

顷与先生乡人兰陵逸叟相往还，偶谈此书，逸叟即出行笥所录姚先生晚圈点本见示，大喜过望。询所由来，乃得诸其乡先生苏厚子征君惇元；征君即得诸姚先生少子耿甫上舍雉家藏原本而录之者也。承渊早岁浮家，久离乡土，念吾滁州僻处江、淮之间，四方书贾足迹罕至，乡塾所读，不过俗行《古文析义》《观止》等本，不足启发后学神智，乃假逸叟藏本，录其圈点于所校本上，付诸手民，刊于家塾，庶几吾滁可家有其书，不为俗本所囿矣，至刊版改从毛氏汲古阁所刊古书格式，字画力求精审；又康刻于姚先生所录汉文，时用《汉书》古字。今考姚先生所录汉文，其例不一，有以己意参用《史记》《文选》及司马氏《资治通鉴》、真氏《文章正宗》等书字句者，今亦酌为变通。凡一文参用各本者，则均用通行宋字。惟单据《汉书》本文，则仍遵用《汉书》本字，以存其真。

惟姚先生定本虽有圈点，而无句读。承渊伏念穷乡晚进所读古文，不惟借前人圈点获知古人精义所在，即句读尤不可轻忽。句读不明，精义何有？昔班氏《汉书》初出，当时如大儒马融，至执贽于曹大家，请授句读。韩昌黎《上兵部李侍郎书》，亦有“究穷于经传史记百家之说，沉潜乎训义，反复乎句读”之论。我朝乾隆三年冬，诏刊《十三经》《二十一史》时，方侍郎苞曾上《重刊经史事宜札子》，中一条有“旧刻经史，俱无句读，盖以诸经注疏及《史记》、前后《汉书》，辞义古奥，疑似难定故也。因此纂辑引用者多有破句。臣等伏念必熟思详考，务期句读分明，使学者开卷了然，乃有裨益”云云，意至美也，法至善也，惜当时竟未全行。今姚先生所纂此书，既精且博，论者以汉、唐文字句法古奥，多有难明。承渊以为唐、宋以来，洋洋大篇，句读亦未易全晓。矧穷乡晚进，读书不多，顿见此书，旨义未通，不免以破句相授，贻误来学，匪为浅鲜。今承渊窃取方公之义，每读一篇，精思博考，句点分明，虽未必一一有合古人，而大要固已无失。昔颜秘监之注《汉书》，胡景参之注《资治通鉴》间有破句，有失两书本旨者。以二公之学识通博，精神措注，尚未能毫发无憾，而况后人学识精神远出二公之下者哉！惟有不偏执己见，勤学好问，一有会悟，随时改正而已。惟承渊所读，间有句读与前人有异，及近代名公偶有句读能补前人所未明者，且有删改康、吴原书字句恐滋后人所疑者，容当别为札记一编，附于本书之后，不过使穷乡晚进，增广见闻，便于诵习而已，非敢云能补姚先生之所不逮也。

第康、吴之本，校刊虽未精善，而两序实能发明姚先生所纂大旨。今仍附录之，俾读者详悉，而承渊更不敢再赞一辞焉。光绪二十七年岁在辛丑正月元日，滁州后学李承渊书于上海求要堂寓。

康刻《古文辞类纂》后序

余抚粤东之明年，儿子兆奎师武进李君兆洛申耆来，语次及桐城姚姬传先生《古文辞类纂》一书在其家。余尝受学于先生，凡语弟子，未尝不以此书；非有疾病，未尝不订此书。盖先生之于是亦勤矣，顾未有刻，因发书取其本，校付梓人，序其后曰：

先生博通坟籍，学达古今，尤善文章。然铭之必求其人，言之必附于道，生平未尝苟作也。以乾隆二十八年入翰林，散馆改刑部，历官郎中，典试山东、湖南。当国家平治之际，而已无言责，于廷臣集议，尝引大体无所附丽。于文襄公方招致文学之士，欲得先生出其门，先生不应，谢病归。归后数年，客扬州，有少年从问古文法者，于是集次秦、汉以来，至方望溪、刘海峰之作，类而论之，总七百篇，七十四卷。

先生之著述多矣，何独勤勤于是哉？盖以为古文之衰且七百年，本朝作者以十数，然推方望溪、刘海峰。望溪之言曰："学行继程、朱而后，文章介韩、欧之间，为得其正。"昔之君子学古先圣王之书，通其指要，致其精粗，本末赅备，然后形而为言，崇之如山，放之如海，浑合元气，细凑无伦。其于事也，资之无穷，用之不竭，如饮食水火之不可释者，文之至盛也。次则镜治乱之体，救当世之急。言出乎己，不必古人之尽同也；量足以立，不必事行之于我也。若夫不遍不该，驰骋事物，纵丽可喜，不失尺寸，则所谓小言者矣。秦、汉、唐、宋，文章闳隽，后世莫及，亦比于其次而已。然犹代不数人，人不数篇，盖难也如是。以至于今，不知古人之纯备，不究修辞之体要，而决裂规矩，沉酣淫詖者，往往而然。后生小子，循而习之，则古文之学，将不可复振已乎！不有开之，孰能起之？开之以言，不若导之以道。导而不然，导而不当，则亦俟焉以语来者。呜呼！言之无文，行而不远，必也言有物而行有恒，乃得与于作者之林矣。

先生为先荣禄庚午同年，伯父茂园先生之友。余从宦金陵，侍先生于钟山讲席。先生曰："为学不可以不勤，植品不可以不端。学勤则所得固，品端则行不移，而知致焉，气充焉。所守于内者如此，其施于外者宜何如哉？"是先生之教也。其所著有《惜抱轩诗文集》二十六卷，《九经说》十七卷，《三传补注》一卷，《惜抱轩笔记》八卷，皆已刻。《古文辞类纂》七十四卷，今之所刻也。康绍镛撰。

吴刻《古文辞类纂》序

桐城姚惜抱先生撰有《古文辞类纂》七十五卷。先生晚年，启昌任为刊刻。请其本而录藏焉。未几，先生捐馆舍，启昌亦以家事，卒卒未及为也。后数年，兴县康抚军刻诸粤东，其本遂流布海内。启昌得之，以校所录藏，其间乃不能无稍异。盖先生于是书，应时更定，没而后已。康公所见，犹是十余年前之本，故不同也。

夫文辞之纂，始自昭明，而《文苑英华》等集次之。其中率皆六代、隋、唐骈丽绮靡之作，知文章者，盖摈弃焉。南宋以后，吕伯恭、真希元诸君稍取正大，而所集殊隘。迄于有明，唐应德、茅顺甫文字之见，实胜前人，然所选或止科目时文之计。自兹以降，盖无论矣。且夫无离、朱之明，则不能穷青、黑；无夔、旷之聪，则不能正宫、羽；无孔、孟之贤圣，则不能等差舜、武，品题夷、惠。文辞者，道之馀，纂文辞者，抑教之末也。顾非才足于素，学溢于中，见之明而知之的，则亦何以通古今、穷正变、论昔人而毫厘无失也哉？逞私臆而言之，陋而不可为也；执一得而言之，狭而不足为也。自梁以来，纂文辞者日众，而至今讫无善本，其以是也夫！

先生气节、道德，海内所知，兹不具论。其文格则授之刘学博，而学博得之方侍郎。然先生才高而学识深远，所独得者，方、刘不能逮也。蚤休官，耄耋嗜学不倦，是以所纂文辞，上自秦、汉，下至于今，搜之也博，择之也精，考之也明，论之也确，使夫读者若入山以采金玉，而石砾有必分；若入海以探珠玑，而泥沙靡不辨。呜呼！至矣，无以加矣，纂文辞者，至是而止矣。

启昌于先生，既不敢负已诺，又重惜康公用意之勤，而所见未备，遂取向所录藏本，与同门管异之同、梅伯言曾亮、刘殊庭钦，同事雠校，阅二年而书成。是本也，旧无方、刘之作，而别本有之，今依别本仍刻入者，先生命也。本旧有批抹圈点，近乎时艺，康公本已刻入，今悉去之，亦先生命也。道光五年秋八月，受业门人江宁吴启昌谨记。